을유세계문학전집·68

문명소사

을 유 세 계 문 학 전 집 · 6 8

문명소사

文 明 小 史

이보가 지음 · 백승도 옮김

✧ 을유문화사

옮긴이 백승도

연세대학교 중어중문학과를 졸업하고, 『'장자'에서의 진인(眞人)의 담론 방식 연구』로 박사 학위를 받았다. 대학에서 강의를 하다가 지금은 가산불교문화연구원에서 상임 연구원으로 일하고 있다. 『도와 로고스』(공역), 『동양과 서양, 그리고 미학』(공역), 『늑대의 꿈』, 『장파 교수의 중국 미학사』 등의 번역서가 있다.

을유세계문학전집 68
문명소사

발행일·2014년 5월 30일 초판 1쇄
지은이·이보가 | 옮긴이·백승도
펴낸이·정무영 | 펴낸곳·(주)을유문화사
창립일·1945년 12월 1일 | 주소·서울시 종로구 우정국로 51-4
전화·734-3515, 733-8153 | FAX·732-9154 | 홈페이지·www.eulyoo.co.kr
ISBN 978-89-324-0400-4 04820 978-89-324-0330-4(세트)

차례

설자(楔子)

나는 기억하고 있다.

어느 해였던가. 한번은 증기선을 타고 큰 바다를 떠가고 있었다. 그때 하늘엔 여명이 깔려 있었는데, 우연찮게 나는 갑판 위에 올라 사방을 내다보고 있었다. 하지만 보이는 것이라곤 물은 하늘에, 하늘은 물에 잇닿아 있는 모습뿐이었다. 일망무제(一望無際), 온통 새하얄 뿐. 내가 어디로 가고 있는지도 알 수 없었다. 잠시 뒤, 문득 동쪽 바다 위로 한 줄기 붉은빛이 떠오르더니 조수(潮水)를 따라 위아래로 흔들렸다. 파도가 거칠게 쳐 댔지만, 그 빛은 멀고 가까운 곳을 두루두루 밝게 비추었다. 사람들이 일제히 "해가 곧 뜨려나 보다!" 하고 함성을 질렀다. 승객들 모두 소리치며 갑판 위로 올라와 바라보았다. 일각이 채 지나기도 전에, 과연 물결을 가르며 태양이 떠올랐다.

또 어느 해였던가. 여름이었던 것으로 기억된다. 그날 나는 점심을 먹자마자 북쪽 창문을 열어 둔 채 대나무 의자에 누워 신문을 읽고 있었다. 뜨거운 태양, 금석을 녹일 듯한 무더운 날씨였지만 나는 조금도 더위를 느끼지 못했고, 지금이 어느 때인지도 잊고 있었다. 그런데 잠시 후, 불현듯 서북쪽에서 한 줄기 먹구름이 피어오르며 천둥소리가 은은히 들려왔다. 삽시간에 번갯불이 번쩍이고 미친 듯한 바람이 성을 내며 부르짖기 시작했다. 다시 보았을 때, 하늘엔 벌써 먹구름이 가득했다. 모두가 소리쳤다. "곧 큰비가 내리겠군!" 온 집안사람들이 창문을 닫고 의자를 거둬들이느라 부산을 떨었다. 과연 일각이 채 흐르기도 전에 바람 소리가 멈추더니 큰비가 내리기 시작했다.

여러분, 생각해 보시오. 아직 태양이 떠오르기도 전에 우리는 무엇을 근거로 태양이 곧 떠오를 것임을 아는가? 또 큰비가 내리기 전, 무엇을 근거로 비가 곧 내리리라는 것을 아는가?

여기엔 분명 까닭이 있는데, 그 까닭은 바로 눈앞에 있다. 단지 조수의 흐름을 잘 살펴보고 바람 소리를 새겨듣기만 한다면 곧 태양이 반드시 떠오를 것이며 큰비가 반드시 내리리라는 것을 추측하는 일이 무에 그리 어렵겠는가? 이 두 번의 경험을 통해 필자에게 한 가지 비교할 것이 생겼으니, 여러분에게 가르침을 구하고자 한다. 오늘날 우리의 세계는 지금 어느 시점에 이르렀는가? 이에 대해 어떤 이들은 "이미 늙어 버린 제국인지라, 다시 젊어지진 못할 것"이라 말하기도 하고, 또 어떤 이들은 "아직 미성숙한 단계이니, 건장해지는 것이 어렵지 않다"고 말하기도 한다. 그러나 필자가 보기에, 현재의 상황은 그리 늙어 버리지도 그렇다고 미성숙하지도 않다. 그리고 얼추 태양이 떠오르고 큰비가 내릴 시점과도 그리 머지않다. 무엇으로 알 수 있는가? 보라, 요 몇 년 사이 새로운 정치와 새로운 학문이 이미 왁자지껄 성황을 이루었다. 그중 어떤 정치는 잘되었고, 또 어떤 것은 성공하지 못했다. 그리고 어떤 학문은 제대로 성과를 거두었고, 또 어떤 것은 그렇지 못했다. 지금 그들이 성공했건 실패했건 간에, 결국은 기꺼이 앞장서서 실행하려는 사람들이 있었다는 점이 중요하다. 마찬가지로 성과를 거두었건 그렇지 못했건 간에 결국 앞장서서 기꺼이 배우려는 이들이 있었다. 그리하여 사람들의 마음을 고무시켜 지위 고하를 막론하고 떨쳐 일어나게 하였으니, 이러한 풍조가 태양이 막 떠오르고 큰비가 곧 내리려는 상황과 같지 않겠는가? 그러므로 이 활동가들이 성공했건 실패했건 간에, 그리고 부흥시켰건 아니면 황폐화시켰건 간에, 공적이든 아니면 사적이든 간에, 진짜든 아니면 가짜든 간에, 장래 이들은 결국 문명세계의 공신으로 기록될 터. 때문에 필자는 특별히 이 책을 지어 그들을 표창하려 하니, 부디 그들이 심혈을 기울인 고독한 뜻을 저버리지 말기 바란다.

> 예부터 방서(謗書)라며 사마천(司馬遷)을 깔보았고
> 오늘날엔 직필(直筆)이라고 동호(董狐)를 비웃는다
> 썩음과 새로움은 변화를 따르나니
> 잠시 이 말로 앞길을 축복하노라

이 책에서 말하려는 것이 무엇인지를 알고 싶은 사람은 첫 회를 듣고 알아보기 바란다.

제1회

교사관(校士館) 노비가 역사를 논하고

고승점에서 태수는 서양인을 만나다

각설하고, 호남(湖南) 영순부(永順府)는 사천(四川)과 인접한 지방으로, 묘족(苗族)과 한족(漢族)이 섞여 살며, 풍속은 순박하여 먼 옛적의 소박한 풍습이 아직도 남아 있었다. 군벌들이 흥기한 이래로 공신 문벌들이 한 시대를 풍미했건만, 그들은 모두 장사(長沙)나 악주(岳州) 등에 분포하고 있었다. 이에 반해 영순부는 궁벽한 변경 지역이어서, 여태껏 새로운 변화에 영향을 받지 않았다. 때문에 그곳 풍속은 줄곧 소박함을 지키며 변화가 없었던 것이다. 다만 이 지방은 강보다 산이 많아 사방이 구릉과 산맥으로 들쭉날쭉하고, 짙푸른 초목이 무성하여 백성들 대부분은 산자락 오목한 곳에 퍼져 살고 있다. 그들은 산자락에 의지하여 마을을 이루고 물길을 따라 집을 지으며, 밭을 갈아 농사짓고 우물 뚫어 물 마시니, 저도 모르게 『대학(大學)』에서 말하는 "그 즐거움을 즐기고, 그 이로움을 이롭게 여긴다(樂其樂而利其利)"는 글귀와 합치되었다. 그런 까닭에 여기서 관리 노릇 하는 사람은 하루 종일 한가하고 유유자적할 것임은 더 말할 나위가 없었다.

당시 지부(知府)[1]는 성이 유(柳)씨요 이름은 계현(繼賢)이라는 사람으로, 본적은 강서(江西)였다. 그는 본래 향시(鄕試)와 회시(會試)를 거친 진사 출신으로, 주사(主事)에 임명되어 이부(吏部)에서 관정(觀政)[2]을 시작했다. 20여 년 관직을 역임하는 동안 주사에서 원외랑(員外郎)을 거쳐 낭중(郎中)으로 승진했다. 올해 경찰(京察)[3] 기간에 이부 당상관은, 그가 똑똑하여 일을 잘하고 과감하며 심성이 자애롭고 공무를 신중히 처리하는 것을 보고 그를 보증하여 천거했다. 그리하여 황제를 알현한 후, 성지를 받들어 이름을 기록하게 되었다. 그런데 반년도 못 되어, 공교롭게도 이곳에 결원이 생겨 상주문을 올리니, 또다시 황제의 성은을 입어 그 자리를 제수받았다. 이에 사은(謝恩)의 예를 행한 후, 일일이 찾아다니며 작별 인사를 나누었다.

그에겐 오랜 벗이 하나 있었는데, 성은 요(姚)씨요 이름은 사광(士廣)으로 별호는 둔암(遁盦)이라고 했다. 본관은 휘주(徽州)요, 나이는 70여 세로 보정서원(保定書院)의 장교(掌敎)[4]였다. 이번에 일이 있어 서울에 들렀다가, 때마침 유 지부가 외직(外職)으로 나가게 된 상황을 접했던 것이다. 하여 이제부터는 남북으로 서로 엇갈려 자주 만날 수 없게 될 터인지라, 요 선생은 며칠 더 머물다 함께 서울을 떠나자고 했다.

출발하기 하루 전, 요 선생은 자신의 거처에 술자리를 마련하여 유 지부를 위한 송별연을 베풀었다. 거진 일순배가 돌았을 즈음, 요 선생이 한 잔 가득 술을 따라 유 지부에게 권하며 말했다.

---

1 명·청 시대 부의 장관.
2 명·청 시대에 실시한 제도로, 과거를 거쳐 선발된 인재들이 정식 관직을 제수받기 전에 실무를 배우는 과정.
3 명·청 시대에 3년에 한 번씩 실시하던 재경(在京) 관리에 대한 근무 평정.
4 서원에서 강의를 전담하는 직책.

"자네가 이번에 지부로 나가는 일은, 위로는 어명을 받들고 아래로는 만백성을 다스리는 일일세. 그러니 지부라는 직책을 가볍게 여기지 말게나. 이는 한대(漢代)에 이미 녹봉이 2천 석에 달하던 직분이 아니던가. 땅은 비록 천여 리에 불과하지만, 백성들을 교화하고 풍속을 바로잡으려면 크게 할 일이 많을 걸세. 우형(愚兄)[5]이 아우님께 바라는 것은 이 몇 마디뿐이네. 우리야 권세나 이익으로 사귄 사람들이 아니니, 승진하라거나 돈 많이 벌라는 말은 일체 하지 않겠네. 자네, 내 말이 옳다 싶으면 이 잔 한잔 받게나."

　요 선생은 본디 학문이 깊고, 고문 실력이 대단했다. 게다가 지금 나이가 70인데도 시대의 흐름을 좇는 데 가장 뛰어나, 서원 학생들 가운데 그에게 감복하지 않는 이가 없었다. 유 지부 또한 팔고(八股)[6] 출신이었지만, 줄곧 요 선생을 흠모해 오던 터였다. 그런 까닭에 이 말을 듣자마자 술잔을 손에 들고 말했다.

　"그렇지 않아도 소제(小弟)[7]는 이번 일로 형님께 가르침을 청하려던 참이었는데, 때마침 이렇게 좋은 말씀을 해 주시니 더더욱 고맙습니다. 하지만 이제 외직으로 나가게 되었으니, 서울에 있는 것과는 다르겠지요. 부임 후에 무엇을 일으키고 무엇을 혁파해야 할지, 형님께서 한 번 더 가르쳐 주십시오. 나침반으로 삼겠습니다."

　말을 마치고 곧장 술잔을 비웠다. 그러고는 요 선생에게 다시 술잔을 건넨 뒤 제자리로 돌아와 앉아 대작했다. 요 선생이 말했다.

　"한 가지 이로움을 일으키자면 반드시 먼저 한 가지 폐단을 혁파해야 하네. 개혁이란 정말이지 쉽게 말할 수 있는 것이 아니지.

5　아우뻘 되는 사람에게 자신을 겸손하게 가리키는 말.
6　명·청 시대에 과거 시험의 답안용으로 채택된 특별한 형식의 문체.
7　나이나 신분이 서로 같거나 비슷한 사람들 사이에서 자기보다 나이가 조금 위인 사람을 대하여 자기를 겸손하게 가리키는 말.

자네가 부임할 호남성(湖南省)을 예로 들자면, 풍속이 완고하기 그지없다네. 옛것을 혁파하지 못하고서야 어찌 새로운 것을 기대할 수 있겠나? 나는 평생 공자를 흠모해 왔네. 공자께서 말씀하셨지, '백성은 이끌 수는 있지만, 알게 할 수는 없다'라고. 내가 하는 이 말은 결코 진시황처럼 백성들을 어리석게 만들라는 것이 아닐세. 본시 우리 중국은 수천 년간 같은 풍속을 지켜 왔네. 때문에 몇몇 통상(通商) 개항지에서 시대 상황에 맞춰 약간 조처를 취한 것을 제외하면, 그 나머지 열여덟 성(省) 중 어느 한 곳도 잘못된 것을 고집하고 바꾸지 않으면서, 새로운 것이라곤 전혀 받아들이지 않고 있네! 우리에겐 일으켜 세워야 할 일도 많고, 혁파하여 제거해야 할 일도 많다네. 그러나 결국, 가장 필요한 것은 물을 부어 가며 숫돌을 갈듯, 자신도 모르는 사이에 저들을 은연중 교화시켜야 한다는 것일세. 결코 조급하게 일을 처리하다 타초경사(打草驚蛇)[8]의 우를 범해 도리어 더 나쁘게 만들어선 안 될 걸세. 이보게, 아우! 내 말을 명심하게. 우형의 소견으로는 우리 중국의 대세가 머잖아 확 바뀔 걸세!"

유 지부는 이 말을 듣고 크게 놀랐다. 찬탄하고 감격하는 것 외에 달리 더 할 말이 없었다. 그날 밤, 자리를 파하고 자신의 거처로 돌아왔다. 다음 날 서로 이별하고 각자 자기 갈 길을 갔다. 요 선생이 보정서원으로 돌아간 일에 대해서는 더 이상 언급하지 않겠다.

그건 그렇다 치고 한편, 유 지부는 가솔들을 거느리고 밤을 도와 서둘러 임지로 떠났다. 당시엔 증기선이 이미 개통되어, 천진(天津)·상해(上海)·한구(漢口)를 오가고 있었다. 그러나 그는 진사에

---

8 풀을 쳐서 뱀을 놀라게 한다는 뜻. 공연히 부질없는 짓으로 화를 불러들임을 뜻함.

급제한 이후 지금까지 꼬박 20여 년을 북경(北京)에서만 살아, 적 잖이 변해 버린 바깥 상황을 전혀 짐작하지 못하고 있었다. 때문에 이번 행로를 통해 다양한 면모에 대한 견문을 넓히게 되었다.

호남에 도착하니, 상관은 그가 서울에서 오랫동안 관료를 역임 했으니, 즉시 새 직분에 부임하라고 공시했다. 부임한 이후 그는 요 선생의 말을 따라, 모든 일을 옛 법령에 근거하여 처리하면서, 조급하게 무언가를 바꾸려는 행동을 하지 않았다. 이에 반년이 흐르도록 그럭저럭 상하가 두루 평안하여 그는 잠자고 밥 먹는 일 외에 하는 일이라곤 아무것도 없었다.

다만 이 사람은 천성이 원래 일하기를 좋아했기에, 스스로 '나는 관리이니, 이 고을에서는 아무래도 내가 모범이 되어 무언가를 해야 사람들이 비로소 이를 좇을 것'이라 생각했다. 그러나 이리저리 곰곰이 생각해 보아도 어디서부터 손을 대야 할지 묘안이 떠오르지 않았다. 그런데 마침 그해 봄, 세시(歲試)[9]가 있었다. 이에 각 학교 교관들에게 공문을 내려, 모든 늠생(廩生)[10]들은 사환들을 대동할 것이며, 글이나 무예를 할 줄 아는 동생(童生)[11]들도 모두 관부에 보고하라 명했다. 영순부는 도합 4개 현(縣)을 관할했는데, 그중 수현(首縣)[12]은 영순현(永順縣)이었고, 나머지는 용산(龍山)·보정(保靖)·상식(桑植) 등 3개 현이었다. 통계를 내어 보니, 무예를 익히는 자들은 많았지만 글을 익히는 자들은 적었다. 4개 현을 합쳐 글을 익힌 자는 1천 명을 넘지 않았으나 무예를 익힌 동생들은 3천 명이 넘었다. 각 소속 교관들이 지부(知府)를 알현하

---

9 청대에, 3년마다 있는 향시(鄕試), 회시(會試), 전시(殿試)의 예비 시험으로 매년 실시됨.
10 명·청 시대에 관청에서 돈과 양식 등을 지급한 생원(生員).
11 명·청 시대에 수재(秀才) 시험을 보지 않았거나, 그 시험에 낙방한 사람.
12 옛날, 성회(省會) 혹은 부치(府治)가 있는 현 또는 그곳의 현령.

자, 지부는 3월 초하루에 문동(文童)들의 경전과 고문 능력을 시험하고, 초사흘에 정식 시험을 치르기로 공시했다.

유 지부는 본래 팔고문 출신이었다. 그러나 그는 늠생 시절 성적이 뛰어나 일찍이 경(經)·사(史)·시부(詩賦) 등 일체의 학문 또한 연구했었다. 서울에 있을 때 그는 사람들이 상소를 올려 시험 방식을 바꿀 것을 청하는 소리를 자주 들은 터라, 머잖아 팔고문이 폐기되리라는 것을 알고 있었다. 게다가 고문의 대가인 그의 오랜 벗 요 선생의 영향을 받아 기질 또한 자연스레 변해 왔다. 때문에 그는 이때를 기회로 인재를 모으리라 생각했다. 이에 그는 시험에 응시하는 동생들에게 시부 이외에도 산학(算學)이나 사론(史論) 같은 과목도 준비하여 응시하라고 고시(告示)했다. 그러나 유감스럽게도 동생들은 그 고시를 보고도 무슨 말인지 이해하지 못했다. 때가 되어 점호해 보니, 용산현의 동생 한 명이 사론에 응시하고 영순현의 동생 한 명이 산학에 응시했을 뿐, 나머지는 모두 효경론(孝經論)이나 성리론(性理論)에 몰렸고, 시부를 짓는 과목조차도 응시자가 매우 적었다.

유 지부는 점호를 하면서 매우 실망했으나, 어쩔 도리 없이 과제를 써 공시했다. 산학에 응시한 동생은 의외로 그럭저럭 답안을 완성했다. 그러나 사론에 응시한 동생은 과제가 '한신론(韓信論)'인 것을 보고는, 휴대해 간 『강감이지록(綱鑑易知錄)』, 『이십일사약편(二十一史約編)』 등을 이리저리 찾아보았지만, 끝내 한신이 어느 시대 인물인지도 알아내지 못했다. 그러자 그는 시험관에게 그 문제는 출처를 모르겠으니 좀 더 쉬운 문제로 바꿔 줄 것을 지부에게 청해 달라고 부탁했다. 그러나 시험관은 차마 그에게 얽히지 않으려고, 우선 시험장의 시종과 상의했다. 무식하기 그지없는 시종은 과제를 흘긋 보더니, 한신이라는 이름이 꽤 익숙하여 마치 어디선

가 만나 본 적이 있는 것 같다고 말했다. 그러면서 고개를 갸웃거리며 한참 생각하더니, 다음과 같이 말하는 것이었다.

"맞다, 저 도련님께서 책은 읽지 않으셨다지만, 연극도 보지 못했다고는 않겠지요? 「이진궁(二進宮)」에서 양(楊) 대인이 노래하는 마지막 구절에서 무슨 한(漢)나라 한신인가가 꽃을 채 피우지 못하고 비명횡사했다고 하는데, 아마 그 사람이 아니겠습니까? 그러니 그는 한대(漢代) 사람이지요. 그렇지 않다면 왜 한나라 한신이라 말했겠소?"

시종이 이렇게 말하자, 곁에 있던 그의 동료가 말참견을 했다.

"형님, 허풍 좀 떨지 마슈. 한신이 한대 사람이라면, 무엇 때문에 그 사람이 무대에 올랐을 때 장군들이 절하며 삼제한왕(三齊韓王)이라 말했겠수? 그러니 내 말대로, 한신은 분명 제(齊)나라 사람이우."

그러고는 그 동생을 돌아보며 말하길, "도련님, 저 사람 말대로 하지 마십시오! 내 말대로 하신다면 분명 틀리진 않을 거외다" 하는 것이었다. 그러나 어찌 알았으랴. 이 동생은 어려서부터 촌구석에서 자라, 경극이라곤 본 적이 없었던 것을. 때문에 그는 그들이 말하는 「이진궁」조차 무엇인지 몰라, 여전히 갈피를 잡지 못했다. 결국 할 수 없이 시험관에게 부탁했고, 시험관은 지부에게서 '관중론(管仲論)'이란 시제를 새로 받아 왔다. 이는 사서(四書)에 있는 내용인지라, 더 이상 『강감(綱鑒)』을 뒤적거릴 필요가 없었다. 때마침 또 그가 가진 책에 '관중(管仲)'이라는 두 글자를 제목으로 쓴 글도 한 편 있어, 이를 발견한 동생은 더할 바 없이 기뻤다. 이에 바삐 간판만 바꾸어 달듯 팔고(八股)를 여덟 단락으로 나누어 좋아라 하며 답안을 작성하여 두루마리를 제출했다. 지부의 막료가 두루마리를 열어 한 번 쓱 쳐다보곤 미간을 찌푸렸다. 지부가 그의 답안이 어떠냐고 묻자, 막료는 이렇게 말했다.

"팔고로 개작한 것은 그나마 경구라도 있다지만, 지금 사론으로 개작한 것은 허다한 말들을 제대로 배치하지도 못했습니다."

그러고는 두루마리를 지부에게 건네며, "나리께서 살펴보시고 버릴지 취할지를 결정하시지요"라고 말했다.

유 지부는 한 번 훑어보고는 실로 난감하여, 마음속으로 '이런 답안을 어찌 취한단 말인가?' 하고 주저했다. 그러나 시험장을 통틀어 오직 그의 답안 하나밖에 없었다. 그리고 답안을 제대로 작성했건 아니건 간에 어쨌든 거죽에 '사론'이라는 두 글자가 쓰여 있고, 또 공소하고 근거도 없는 글들에 비하면 그나마 낫다고 생각했다. 어찌 되었든 이 사람은 세속을 따르지 않는 심장이라도 갖고 있으니, 결국 뜻있는 선비라 할 만했다. 게다가 그의 답안을 취하여 다른 동생들에게 보임으로써 그들의 의기를 격려하고, 아울러 역사에 대해 토론하게 하는 것도 괜찮을 듯싶었다. 생각이 정해지자 곧 산학에 응시한 동생을 1등으로 뽑고, '관중론'을 작성한 동생을 2등으로 뽑았다. 그 외 시부 몇 편도 뽑았다. 이에 공문을 발포하여 연이어 공식 시험, 1차·2차·3차 시험 등이 보름도 채 못 되는 사이 모두 완료되었다.

뒤이어 공문을 발포하고 무동(武童)을 시험했다. 첫 시험은 연무장(演武場)에서 말 타고 활쏘기 시험을 보았다. 두 번째 시험은 걸어가며 활쏘기로, 동헌에서 검열했다. 그런데 응시생들이 많아 기한을 넘기지 않기 위해 세 개의 과녁을 세우고, 한 조에 세 명씩 동시에 쏘도록 조처했다.

시험 당일, 유 지부가 참부(參府)[13]와 회동하여 동헌에 올라 자

---

13 지부의 보좌관.

리를 잡고 막 점호를 하려는데, 문득 대문을 밀고 들어오는 사람이 보였다. 그는 얼굴이 땀범벅인 채로 가쁜 숨을 몰아쉬며 달려 오더니, 대청 아래 이르자 무릎을 꿇고 말했다.

"소인은 서문(西門) 밖 지보(地保)[14] 기장춘(紀長春)이라 하옵니다. 오늘 아침 서문 밖 고승점(高升店)의 점소이가 쇤네의 집으로 뛰어오더니, 엊저녁에 그 객점으로 외국인 세 명하고 변발을 한 사람 몇 명이 들었답니다요."

"그들은 분명 중국인일 게다."

지부의 말에 지보가 대꾸했다.

"중국인이 아닙니다요. 만약 우리 중국인이라면, 왜 외국 모자를 썼겠습니까?"

그러자 지부가 물었다.

"네가 살펴보았느냐?"

"점소이가 와서 알려 주길래, 쇤네가 바로 가서 살펴봤습죠. 외국인이 몇 있었는데, 혹여 그들이 놀랄까 봐 쇤네도 감히 들어가지는 못했습죠. 그래서 이렇게 곧장 대인께 와서 보고를 드리는 것입니다요."

"저들이 무얼 하러 왔는지는 아느냐?"

"소인도 점소이에게 물어봤습죠. 점소이가 말하기를, 엊저녁에 변발을 한 외국인 하나가 점소이의 아비가 부주의하여 그의 찻잔을 깬 일로 화가 나서는 점소이의 아비를 한차례 두들겨 팼답니다요. 그러고서도 놓아주지 않고, 관아에 고하겠다고 했답니다요. 점소이는 놀라서 일찌감치 피해 나와서는 두 번 다시 감히 돌아가지 못했습니다요."

---

[14] 청조(淸朝)와 중화민국 초기에 실시된 지방 자치 제도로, 마을의 치안 담당자.

"이런 썩을 놈들! 네놈들은 일을 저지르고 도망가 숨어서는 보고도 하지 않았으렸다. 무슨 그릇을 깨부쉈다고? 네놈이 알기나 아느냐, 외국인의 물건을 못 쓰게 만들면 배상해야 한다는 것을?"

그러자 지보가 품속에서 부서진 자기 두 조각을 꺼내 바치며 말했다.

"그 그릇은 백자입니다요. 자기점에 가면 쉽게 구할 수 있을 것입니다요."

지부는 그것을 가져다 자세히 살펴보고는 냅다 "무슨 헛소리냐!"라고 꾸짖으며, "이것은 서양 자기다. 자기점에는 없을 뿐만 아니라, 전문가가 강서(江西)에 가더라도 이렇게 구워 내지는 못할 것이다. 이거 큰일 났군! 먼저 이 썩을 놈들을 옥에 가둔 후, 다시 처결하겠다!"라고 말했다.

이 말을 듣고 지보는 황급히 모자를 벗고 엎드려 머리가 땅에 닿을 듯 굽실거리며 주둥아리로는 "대인, 은혜를 베풀어 살려 주십시오!" 하고 말했다. 지부는 그런 그를 거들떠보지도 않고 다시 물었다.

"점소이는?"

지보가 대답했다.

"쇤네 집에 숨어 있습니다요."

"알고 보니 네놈들이 한통속이었구나!"

지부가 손에 잡히는 대로 화첨(火籤)[15]을 집어 들고는 관헌 하나를 보내 즉시 점소이를 잡아들이게 했다. 관헌이 명을 받들어 떠났다.

지부가 곧이어 말했다.

---

15 옛날 관청에서 범인을 잡아들이기 위해 사용했던 일종의 구속 영장과 같은 패.

"오늘 큰일을 처리해야 하니, 잠시 시험을 그쳐야겠다. 외국인과 관련된 일을 처리한 뒤에 다시 시험 일정을 논하겠다."

그는 이렇게 말하면서 자리를 떠났다. 동생들은 비록 그렇게 하고 싶지는 않았으나, 그들의 부모나 사환 및 관속들도 어쩔 수 없었기에, 그들도 자리를 물러날 수밖에 없었다. 이리하여 지부는 참부(參府)를 공무실로 불러 이 일을 의논했다.

참부가 말했다.

"기왕 외국인들이 이곳에 와 있으니, 우리 관아에서 병졸 몇을 먼저 보내 만반의 준비를 해야겠습니다."

지부가 말했다.

"노형의 말씀이 지당하오."

참부 또한 차도 마실 겨를 없이 즉시 물러 나와 가마를 타고 떠났다. 지부는 황급히 수현을 불러오게 했다. 원래 수현은 부(府) 내에서 무과 시험을 관장하고 있었는데, 지부를 알현한 후 할 일이 없어져, 곧장 관아로 돌아갈 참이었다. 때마침 공교롭게도 지보를 만나 현(縣) 관아로 돌아가지 않고 곧장 길을 돌려 부 관아로 돌아와 관청의 부름을 기다렸다. 지부는 또 형명사야(刑名師爺)[16]도 청했다. 그런데 고문의 심부름꾼 아이가 와서 아뢰길, "12시 종이 울리지 않으면, 깨우지 말라셨습니다"라고 하는 것이었다. 이에 지부는 포기할 수밖에 없었다.

얼마 지나지 않아 수현이 알현하고자 수본(手本)[17]을 올리자 지부가 급히 불러들였다. 수현이 들어와 자리에 앉자 지부가 말했다.

"서문 밖에 외국인 몇 명이 와 있다는 것을 알고 있소?"

---

16 법률 고문.
17 명·청 시대, 문하생이 스승을 만나거나 부하가 상사를 만날 때 사용하던 자기소개장으로, 성명·직위 따위를 쓴 것. 오늘날의 명함.

수현이 말했다.

"저도 방금 소식을 듣고, 돌아온 것입니다. 어찌해야 하올지 대인께서 하교해 주십시오. 저들을 상대해야 할지 아니면 아랑곳 않고 무시해야 하올지. 아무튼 저들은 이곳에 당도하고서도 대인께 인사를 드리지 않았습니다."

"지금 사달이 났소. 그대가 저들을 거들떠보지 않는다 해도, 저들이 그대를 찾을 게요."

수현은 황급히 무슨 사달이 벌어졌는지 물었다. 지부가 말했다.

"아직도 모르셨소?"

그러고선 지보가 품신(稟申)한 대로, 점소이의 아비가 외국인들의 그릇을 깨뜨린 일이며, 그를 잡으려다가 관아로 압송하려 한다는 말을 들려주었다. 그 말을 듣고 수현은 아무 말도 하지 못한 채 한동안 멍하니 있었다. 지부가 말했다.

"그대들은 오래도록 지방에서 관리 노릇을 한 터라, 서울 내부의 상황은 잘 모를 것이오. 내가 서울에 있을 때, 지체 높은 선생들이 모두들 외국인을 만나고는 깜짝 놀랐지요! 저들은 간편한 평상복을 입고 왔는데, 여기 우리는 모두 보괘(補褂)[18]에 조주(朝珠)[19]를 늘어뜨리고 있었소. 물론 저들의 옷은 수공업으로 만든 것이었소. 우리 대인들은 늘 저들과 함께 일어나고 앉았소이다. 그렇게 한 논리는 『중용(中庸)』에서 말한 대로, 멀리 있는 이들을 유화하기 위해서요. 하물며 저들은 손님으로 왔으니, 너나 나나 서로 응당 주인으로서 해야 할 도리가 있는 법. 책에서도 '가는 사람 배웅하고 찾아오는 사람 맞으라(送往迎來)'라고 하였으니, 이러한 것은 한 점 틀린 게 없지요. 현재 중앙에서는 이 공부를 특히

---

18 명·청 시대 문무관의 대례복(大禮服).
19 산호나 마노 등을 엮어 만든 구슬 목걸이로, 청대 고관들이 목에 걸어 가슴까지 늘어뜨렸음.

강구하고 있소. 이후로 외국인들의 유입이 잦아진다면, 그때 우리 중국의 유원(柔遠)[20]의 효험이 더욱 잘 드러날 게요. 나의 우견(愚見)으로는 차제에 우리가 먼저 저들을 찾아가는 게 좋을 듯하오. 아울러 술과 요리도 좀 보내고, 또 사람을 몇 보내 그들을 대접하는 게 좋겠소. 그것은 첫째 우리 동도(東道)의 정을 다하는 것이고, 둘째 객점에서 그들의 그릇을 깨뜨렸는데, 우리 지방관들이 예로 대접하는 것을 보면 그들이 강제로 요구할 것이 있다손 치더라도 제 맘대로 억지를 부리지는 못할 터. 그리되면 큰 일은 작게, 작은 일은 무화시킬 수도 있을 게요. 저들이 우리 관할 밖으로 나가야 우리가 책임을 덜 수 있을 터. 저들이 도중에 강도에게라도 잡히면 큰일이지 않겠소."

수현이 말했다.

"현명한 생각이십니다, 대인. 비직(卑職)*도 대인을 따라서 함께 가겠습니다."

지부가 말했다.

"좋소. 다만 한 가지, 우리는 서양 말을 하나도 할 줄 모르니 어찌하면 좋겠소이까?"

수현이 말했다.

"소관의 관아에 가정 교사로 장(張)씨 성을 가진 선생이 있습니다. 예전 성도(省都)의 무슨 학당에선가 석 달 동안 영문(英文)을 공부했다더군요. 지금 그를 청해 비직의 두 아들놈에게 양서(洋書)를 가르치고 있습니다."

지부가 말했다.

"알고 보니 아드님이 서양 글을 공부하고 있었구려. 이는 요즘

---

20 먼 곳에 있는 백성들을 회유하여 따르게 함.

경세에 유용한 학문이기도 하거니와 장래에는 그 쓰임새가 한량 없을 게요. 정말 경하하오."

이에 즉시 시종에게 명함을 들고 현(縣) 관아에 있는 장 선생을 청하도록 시켰다. 얼마 뒤 장 선생이 포괘(袍掛)[21]를 입고 가마를 타고 왔다. 지부는 아주 정중하게 맞으며 몇 마디 앙모(仰慕)의 말을 건넸다. 장 선생도 기분이 매우 좋았다. 세 사람은 나란히 나팔을 불어 길을 열며 일제히 서문 밖 고승점으로 갔다.

다음 이야기, 지부는 외국인에게 잘 보이려 하고, 영순현은 광맥을 조사한다. 동자들은 무리를 이루고, 명륜당에서는 크게 공분이 인다.

뒷일이 어떻게 되었는지 알고 싶다면 다음 회를 듣고 알아보기 바란다.

---

21 청대의 예복.

제2회

정국을 아는 자사(刺史)는 외교를 강구하고
유언비어에 미혹된 동생들은 사달을 일으키다

　각설하고, 유 지부는 수현, 통역관과 함께 성을 나서 곧장 고승점으로 달려갔다. 그 즉시 호방(號房)[22]이 한 걸음 먼저 객점에 당도하여 전갈을 알렸다. 잠시 뒤 가마가 문 앞에 당도했다. 참부(參府)에서 파견 나온 노장이 군사 넷을 데리고 벌써 그곳에 자리 잡고 있었다. 객점에 머물고 있던 외국인은 이탈리아 광산 기술자였다.

　근래 들어 조정에선 국고가 텅 비고 재정이 날로 줄어들었다. 시무를 잘 아는 경향 각지의 몇몇 고관들은 나라가 빈약한 까닭이 이로움은 있으되 그것을 제대로 개발하지 못한 데서 연유한다는 사실을 깨달았다. 하여 증기선이나 전보·방직·방사·기기창·무기공장 등 크고 작은 조치들을 이미 적잖이 시도해 보았다. 그러나 입법이 갖추어지지 않아 실패한 경우가 많았고 또한 제대로 된 것도 있고 제대로 되지 않은 것도 있었다. 게다가 신경 쓰지 않을 수 없는 두 가지 천지자연의 이점이 있었으니, 하나는 농공이요 다른

22　옛날 관청에서 소식을 전달하던 곳 또는 사람.

하나는 광물 자원이었다. 만약 이 두 가지가 제대로만 된다면, 백성들은 빈곤을 걱정하지 않아도 될 것이요, 나라 또한 자연 강성해질 것이다. 그렇기에 나라를 위한 마음이 충직했던 독무(督撫)[23]는 이러한 도리를 깨닫고, 일본으로 위원들을 파견하여 농업 정책을 시찰하게 하고, 또 외국에서 몇몇 유명한 광산 기술자들을 초빙해서 각 부(府)·주(州)·현(縣)마다 나누어 파견하여 광맥을 살펴보게 함으로써 개발의 편리를 도모하고자 했다.

이번에 온 이 이탈리아인은 호북(湖北) 총독이 파견한 사람이었다. 위원이 한 명 더 함께 왔으나, 그는 이전의 현(縣)에 일이 있어 다소 지체된 까닭에 그 광사(礦師)[24]는 외국인 둘과 통사(通事)[25] 하나 그리고 서세(西崽)[26] 두 명 등을 데리고, 도합 여섯 명이 한 걸음 먼저 왔던 것이다. 그리고 영순성(永順城) 외곽에 당도하여 고승점을 찾아 머물면서, 위원이 도착하기를 기다려 함께 성내에 들어가 지부를 배알하려 했다. 그러나 뜻밖에도 점소이의 아비가 두들겨 맞은 까닭에 점소이는 곧장 지보에게 달려가 울며 호소했고, 지보는 또 일을 그르칠까 겁이 덜컥 나서는 곧장 성내로 들어와 보고했던 것이다. 그런데 마침 유 지부는 또 외교를 극도로 강조하는 사람이었기 때문에 수현을 대동하고 먼저 그들을 찾아왔던 것이다.

전갈을 알리니, 다행히 그 광사는 중국에 온 이후로 대소 관원들을 적잖이 만난 터라 중국 관료계의 규범을 잘 알고 있었다. 게다가 그 자신 또한 중국어 몇 마디를 할 줄 알았으니, 전갈을 듣자

---

23 총독(總督)과 순무사(巡撫使)의 합칭. 본래 명나라의 도찰원(都察院)에서 지방에 파견하던 관원들로 시간이 흐르면서 의미가 확대되어 이후로는 지방관을 통칭하기도 함.
24 광산 기술자.
25 통역.
26 외국 교민들을 위해 복역(服役)하는 사람.

마자 황급히 "들어오십시오!" 하고 말했다. 가마에서 내린 유 지부가 먼저 앞장서고, 통역을 맡은 장 선생이 가운데, 그리고 마지막으로 수현이 뒤를 따랐다. 객점에 들어 점원의 안내를 따라 계단을 오르니, 광사가 어느새 계단 곁에 서서 유 지부 일행을 맞았다. 첫 대면 후 광사는 한 손으로 모자를 벗었다. 유 지부는 외국의 예절을 잘 알고 있었으므로, 곧장 오른손을 뻗어 악수를 나누었다. 이어 석 달 동안 양서를 공부한 장 선생도 이러한 예절을 알 뿐만 아니라, 외국어도 한마디 했다. 광사 또한 그에게 한마디 대답했다. 마지막은 수현이었는데, 그는 그만 손을 잘못 내밀고 말았다. 그가 내민 것은 왼손이었던 것이다. 그러자 광사는 악수를 나누려 하지 않았다. 다행히 장 선생이 이를 알아차리고 재빨리 그의 오른손을 잡아끌었다. 그렇게 해서라도 상견례를 행하려는 심산이었다. 광사와 함께 온 동료 및 통사들도 모두 와서 인사를 나누었다. 통사는 콧등에 금사(金絲)로 된 작은 안경을 걸치고 머리에는 외국 중절모를 쓰고 있었다. 그리고 발에는 가죽 구두를 신고 있었는데, 걸을 때마다 또각또각 소리가 울렸다. 몸에는 셔츠와 바지를 걸쳤는데 온통 새하얬다. 엉덩이까지 길게 드리운 새까만 변발만 아니었다면, 모두들 외국인이라고 의심했을 것이다. 통사는 윗사람을 보고도 안경을 벗지 않았고, 다만 지부와 수현을 향해 읍(揖)을 할 뿐이었다. 그나마 다행히 중국식 예법은 아직 잊지 않고 있었다.

잠시 인사를 나누고 좌정하자 서새가 차를 내왔다. 곧 장 선생이 자신의 재학(才學)을 뽐내 볼 요량으로 외국 말을 시도했다. 그런데 무슨 원, 투, 스리, 컴, 예스 등을 지껄이는데 그 소리가 분명하지 않았다. 처음에는 광산 기술자도 귀를 기울여 들으며 어떤 때는 한두 마디 대답을 하는가 싶더니, 나중에는 때론 미간을 찌푸리고 또 때론 입가를 문지르며 웃기만 할 뿐 한마디도 대답하지 않았다. 지부와 수현은 속으로 그들의 대화가 의기투합하여 득의망언(得意忘言)한 것으로만 여겼다. 그런데 잠시 뒤 광사가 실실 웃으며 중국어로 장 선생에게 이렇게 말하는 것이었다.

"장 선생님, 차라리 당신네 나라 말로 이야기하시는 게 좋겠습니다. 당신의 외국어는 우리 통사는 말할 것도 없고, 나조차 한마디도 알아듣지 못하겠습니다."

이 지경에 이르자, 그제야 모두들 장 선생의 공부가 부실하여 말을 제대로 못했기에 외국인도 그에게 중국어로 말하라고 한 것임을 알게 되었다. 이 말을 듣고 장 선생은 부끄러워하며, 귀까지 온통 빨개져서는 입만 딱 벌린 채 아무 말도 못했다. 그는 심지어 중국 말조차 한마디도 못하고 끽소리 없이 앉아 있었다. 수현 또한 참으로 난감한 듯 눈만 껌뻑일 뿐이었다. 다행히 지부가 의례적인 말은 할 줄 알아서 더 이상 통역을 거치지 않고 중국어로 몇 마디 점잖게 말을 나누었다. 그제야 광사는 무슨 말인지 알아듣고 이렇게 말했다.

"저는 무창(武昌)에서 총독을 뵌 적이 있습니다. 총독 대인은 귀국의 큰 충신으로, 광산 개발의 이로움이 다른 어떤 이익보다 크다는 것을 아시는 분입니다. 그래서 저에게 김(金) 나리와 함께 귀하를 찾아뵙게 하셨습니다. 오는 길 내내 정세와 형편을 살피고 장사(長沙)에 도착해서는 성의 순무(巡撫)도 배알했습니다. 순무께서는 저녁 식사에 저를 초대하셨는데, 이분 또한 시무에 밝은 분이시더군요. 오늘 여기 영순부(永順府)에 도착했는데, 김 나리께서 도착하지 않은 연고로 아직 관아에는 고하지 못했습니다. 그런데 이제 이렇듯 수고를 아끼지 않으시니, 제 마음이 아주 기쁩니다."

이어 다시 몇 마디 더 인사치레를 했다. 유 지부 또한 침착하게 그를 치켜세우고 난 뒤에야 몸을 일으켜 작별 인사를 했다. 유 지부는 광사에게 관아에 머물기를 요청하기도 했으나, 그는 김 나리가 오면 그때 가서 다시 얘기하자고 했다. 서로 앞서거니 뒤서거니 하며 계단까지 이르러 다시 한 번 일일이 악수를 나누고 광사는 곧 되돌아갔다.

유 지부는 수현, 장 선생과 함께 2층에서 내려와 가마에 올라 곧장 부 관아로 돌아왔다. 가마에서 내린 지부는 이전과 마찬가지로 수현과 장 선생을 안으로 불러 함께 담소를 나누고자 했다. 그러나 장 선생은 아까처럼 즐거울 수가 없었다. 그래서 지부가 식사라도 하고 가라며 청했지만, 그는 그럴 생각이 없다며 먼저 돌아갔다. 이에 수현이 말했다.

"오늘 비직이 쓸모없는 사람을 천거하여 창피를 당할 뻔하였으니, 정말이지 부끄럽기 짝이 없습니다."

지부가 말했다.

"저이를 책망하진 마시오. 저 사람이 양학을 배운 수준이 비록 얕다지만, 이 영순부에서 저 사람 말고 또 누굴 찾을 수 있겠소. 그를 이곳에 두고 새로운 기풍을 여는 것도 괜찮을 게요. 노형께선 돌아가 예전처럼 저이를 대우해 주시구려. 장차 노형께 쓸모가 있을 게요!"

이어 곧장 점소이의 부친이 그들의 그릇 깬 일을 의논했는데, 조금 전에 이 일을 거론하지 않았으므로 얼추 다시 더는 따지지 않을 것이라고 결론 내렸다. 막 그 얘기를 하고 있는데 문상(門上)이 돌아와 보고했다.

"점소이는 벌써 잡아들였고, 지금 그 아비를 잡으러 갑니다요. 그런데 아비와 자식을 한꺼번에 잡아들이고 아울러 지보까지 세 놈을 묶어다가 현에다 발고를 할까요, 아니면 나리께서 직접 심문을 하시겠습니까요?"

지부가 말했다.

"서둘러 심문할 필요는 없겠지만 그렇다고 놓아주는 것도 안 되겠다. 만약 도망이라도 가면 나중에 외국인이 사람을 내놓으라고 요구할 때는 또 어디 가서 찾는단 말이냐? 무슨 요긴한 물건도 아니어서 여러 사람을 귀찮게 할 만한 것도 아니지만, 저 외국인들은 아주 냉정한 인간들인지라 어쨌든 그릇 하나를 깨뜨렸으니 그릇 깨뜨린 사람을 패가망신시킬 수도 있지 않겠느냐? 지금 저 외국인들은 기고만장하니 우리가 조금 양보할 수밖에. 불쌍한 이 사람들 중 누구 하나 황상의 백성이 아닌 이 없으니, 우리 관리 된 자가 저들을 보호하지 못한다는 것도 이미 말이 되지 않거늘, 이제 도리어 타인을 도와 저들을 괴롭히면서 조정의 봉록을 먹는다면 정말이지 부끄럽기 그지없다 하겠다! 그렇지만 달리 방도가 없구나. 이제 김 위원이 당도하기를 기다렸다가 부탁해 봐야겠다. 보아하니 그리 큰일로까지 가지는 않을 모양이니."

문상은 곧장 물러갔다. 수현도 두어 마디 더 나누고 물러갔다.

지부는 객들을 보내고 돌아와 급히 옷을 갈아입고 밥을 먹었다. 점심을 먹자마자 시험 담당관이 문상에게 부탁하여 수본을 올려 왔다. 무동들의 보충 시험을 몇 시에 볼 것인지 지시를 달라는 것이었다. 인원은 많은데, 대부분 가난했다. 저마다 날짜에 맞춰 준비해 오느라 여비에 한계가 있었다. 여기서 하루라도 더 머문다면 먹고 쓰는 것 역시 확실히 적지 않을 것이다. 어느 날 몇 시에 보충 시험을 치를지를 하교하여 그들을 안정시켜야 했다. 지부가 말했다.

"그걸 내가 결정해야 하느냐? 나도 오늘 시험을 다 끝내고 싶다. 하루라도 일찍 시험을 마치면 그들도 하루 더 일찍 돌아갈 수 있고, 나 역시 하루라도 일찍 편해질 수 있을 터. 허나 외국인들이 여기 머물고 있어 언제 무슨 일이 벌어질지 알 수 없는데, 내 어찌 편안하게 당장 필요하지도 않은 활쏘기를 하루 종일 보고 앉아 있을 수 있겠느냐? 게다가 그들에게 일일이 한마디씩 잘 쐈는지를 묻기라도 할 요량이면, 어느 겨를에 외국인들과 외교할 수 있겠느냐?"

유 지부는 방금까지 점소이의 부친을 잡아 온 일로 수현과 반나절이나 얘기를 나눴기에 골치가 좀 아팠다. 그는 속으로 '내가 한 고을의 수장이면서 백성 하나 보호하지 못한다면 어찌 사람이라 할 수 있겠나?' 하고 생각하고 있었다. 이 때문에 잠을 자다가도 문득 깨어 좀처럼 잠들지 못하고, 침상에 누워서도 엎치락뒤치락하며 생각할수록 화가 치밀었다. 그런데 마침 문상이 와서 이 일을 꺼내니 그는 마치 재수 없게도 무슨 난관에 부딪힌 것 같았다. 문상이 물러간 뒤, 지부는 하나에서 열까지 하나하나 꼬치꼬치 시험관에게 일러 주었다. 시험관은 어쩔 수 없이 자기 거처로 돌아갔다. 곧이어 우두머리 품보(稟保)[27]가 왔다. 시험관은 그에게 태존(太尊)께서 지금 기분이 매우 좋지 않으니, 여러분은 한 이틀 기다려 보면 결국엔 시험을 보게 될 것이라 일렀다. 품보들이 말했다.

"시험은 당연히 봐야지요. 본성(本城)의 동생(童生)들은 그래도 낫습니다요. 하지만 외현(外縣)에서 온 이들은 어쩔 것이며, 또 개중에는 시골 촌구석에서 올라온 이들도 있습니다. 모두들 날짜에 맞춰 시험을 보러 왔습니다. 그러니 어디 며칠이라도 더 지체할 수 있겠습니까요? 먹고 쓸 여비를 다 써 버리고 나면, 어디 더 나올

데라도 있겠습니까요?"

시험관이 말했다.

"태존의 분부가 내렸으니, 나도 어쩔 도리가 없네."

품보들도 물러날 수밖에 없었다. 동생들에게 그 소식을 알리니, 불만이 분분했다. 그러면서 일제히 "지부는 외국인에게 아첨 떠느라 이 땅의 동포 자식들은 생각지도 않는다"며 떠들어 대기 시작했다. 그 소문은 꼬리에 꼬리를 물고 눈 깜짝할 사이에 온 성안에 퍼져 나갔다. 뒷일은 다시 서술하겠다.

각설하고, 호북 총독이 파견한 김 위원(金委員)은 후보 지주(候補知州)로, 예전에는 무창(武昌) 양무국의 하급 관리였다. 그는 서양을 다녀온 뒤 영어·프랑스어 등 두 나라의 말을 할 수 있게 되었다. 이에 성(省)으로 돌아왔을 때는 윗사람들이 모두 그를 다른 눈으로 보았다. 이번에 그가 광사들과 함께 시찰에 나서게 된 것은 바로 윗분께서 국가의 이로움을 일으키고자 하는 적극적인 뜻을 담고 있었다. 그날 유 지부가 광사를 찾아갔을 때 광사는 그가 머잖아 도착할 것이라고 했는데, 과연 저녁 등불을 켜기도 전에 그가 수본을 들고 뵙기를 청했다. 유 지부는 즉시 들라 하여 인사를 나누고 자리에 앉았다. 몇 마디 인사말을 주고받은 뒤, 김 위원은 자신이 온 이유를 밝혔다. 아울러 서양 광사가 대인께서 먼저 그를 찾아 준 것에 대해 더없이 기뻐하더라는 말도 전했다. 유 지부가 말했다.

"내 벌써 현(縣)에 말해 주안상 둘을 준비하여 저들에게 보내라 하였소. 아울러 내가 관아에 들어와 머물라고 청했지만, 그가 말하기를 노형께서 오시면 다시 얘기하자더군요."

김 위원이 말했다.

"대인께서 먼저 저들을 찾아갔고 또 주안상도 보냈으니, 이것으로도 충분합니다. 그러나 외국인과 교제할 때는 적당한 선에서 그치는 것이 좋습니다. 이 사람들은 욕심이 끝없어서 떠받들수록 한술 더 뜨니, 저들에게 지나치게 얽매일 필요가 없습니다. 비직은 외국에 나가 본 적이 있어 그들의 기질을 잘 압니다. 비직의 생각으로 대인께서는 더 이상 저들을 상대할 필요가 없고, 관아에 들어와 머물라고 청할 필요도 없습니다."

원래 유 지부는 내내 외국인들을 잘 꾀어, 저들이 자신의 상사에게 그가 양무(洋務)를 열심히 강구하고 있노라고 잘 말해 주기를 바랐다. 그런데 지금 김 위원이 이리 말하자 속으로는 '내가 오늘 한 행동이 어찌 사족(蛇足)이란 말인가? 예의는 지나쳐도 허물로 여기지 않는 법, 더구나 지금 이곳은 저들에게 단단히 매여 있는데, 하물며 나에게 있어서랴?' 하고 생각했다. 속으로는 그리 생각했지만, 체면상 반박하기도 뭣해서 대충 얼버무렸다.

"노형의 소견이 참으로 옳소이다. 제가 많이 배웠습니다. 그런데 노형이 저들과 함께 여기 온 것은 대략 정황을 살펴보기 위한 것입니까, 아니면 곧 개발을 하려는 것입니까? 말씀해 주시면, 우리도 미리 준비하겠소이다."

김 위원이 말했다.

"이번은 총독의 공무를 받들어 먼저 산이 있는 모든 지방 각 부를 한번 현장 조사 해 보는 것에 불과합니다. 그런 다음 성으로 돌아가 총독께 보고를 올립니다. 그러면 어떤 곳은 주식을 모집하여 외국 기계들을 들여다 개발을 하고, 또 어떤 곳은 그 지역 유지 중에 도급을 맡을 사람이 있으면 재래식 방법을 써서 개발하는 것도 좋겠지요. 그때가 되면 당연히 다른 장정(章程)[28]이 있어야 하

---

28 여러 작은 부분으로 나누어 마련한 규정.

겠지만, 아직은 거기까지 말할 단계가 아닙니다. 지금은 다만 대인께서 고시(告示) 몇 장을 써서 미리 이 지방 백성들을 효유(曉諭)하시기를, 이번에 양인(洋人)들이 와서 광맥을 시험하는 것은 장차 이 지역의 이익을 도모하고자 하는 것으로 결코 나쁜 뜻이 없으니 놀라 의심할 필요가 없다고 알려 주십시오. 그리고 양인들이 시골로 갈 때는 현과 영(營)[29]에서 관아의 일꾼과 병사 몇을 파견하여 말썽이 생기지 않게 도와주십시오. 부에 딸린 네 개 현을 다 둘러보면, 임무를 마치고 곧장 성으로 돌아가겠습니다. 비록 이곳의 산이 다른 부에 비해 많다지만, 길어야 보름에서 20일 정도면 일을 마칠 수 있을 것입니다."

유 지부는 내일 포고(布告)를 써서 모레 아침까지는 방을 붙이겠노라고 답했다. 김 위원은 거듭 감사를 표하고 물러났다. 이어 현(縣)과 영(營)을 찾아간 일은 더 이상 자세히 말하지 않겠다. 다음 날, 다시 현에 당도하여 지역 유지들의 명단을 찾아보고 집집마다 일일이 찾아가 인사했다. 그러나 어느 누구도 그를 만나러 나오지 않았다. 사흘째, 부에서 내린 포고가 나붙었다. 현에서 파견한 일꾼들과 영에서 파견한 병사들도 모두 객점에 모여 명(命)을 기다렸다.

이야기는 둘로 갈린다.

각설하고, 시험에 응시했던 무동(武童)들은 모두 하릴없이 손을 놓고 있었다. 소년들이란 본시 일 만들기 좋아하는 놈들이 많은 법. 게다가 이곳은 묘족과 한족이 뒤섞인 지역이라 풍속이 억세고 강했다. 하여 지방관이 법을 제대로 준수한다면 상하가 서로 평안 무사하지만, 혹여 성질이라도 건드리는 일이 생겨 제 생각대로 되

---

29 군영.

지 않으면 이후로는 어른 아이 할 것 없이 기어코 흠집을 들춰내며 관리를 업신여겼다. 그런데 이번에 유 지부는 신학문을 제창하고 외교를 강구하였으니, 일테면 좋은 관리라고 할 수 있었다. 다만 그가 양인들에게 지나치게 아부하고 멋대로 무과 시험을 그만두었기에, 그들은 돌아가고 싶어도 돌아갈 수 없고 그렇다고 시험도 볼 수 없어 마음속에 원망이 생겨날 수밖에 없었다. 게다가 무동들은 다방 아니면 술집 같은 곳에 늘 삼삼오오 무리를 이루어 한데 모여서는 유언비어를 날조하여 사달을 일으키곤 했다. 아무 일이 없어도 무언가 일을 만들어 난리 법석 피우기를 좋아했던 것이다.

각설하고, 이날 열 명 남짓이 다방에서 차를 마시다 동료 동생(童生) 하나가 다방을 들어서며 고함치는 소리를 들었다.

"큰일 났어!"

모두들 깜짝 놀라 일제히 벌떡 일어나며 무슨 일인지 물었다. 그가 말했다.

"내가 방금 부 관아 앞에서 빈둥거리고 있는데, 담장에 포고 한 장을 붙이더라고. 사람들이 시끌벅적 함께 몰려가서 봤지. 글자를 아는 늙은 선생 하나가 뭐라고 쓰여 있는지 사람들에게 읽어 주더라고. 그런데 글쎄, 유 지부가 우리 부내의 산들을 몽땅 외국인에게 팔아 버린다는 거지 뭐야. 저놈들이 여기 와서 광산을 개발할 수 있게 말이야. 생각해 봐, 우리 중 누구 하나라도 산에 살지 않는 놈 있어? 이제 외국인에게 팔아 버리면, 우린 몸 하나 뉠 곳도 없어진다고. 정말 큰일 났어!"

그가 말을 채 끝내기도 전에 또 다른 동생이 달려와 똑같은 소리를 했다. 그리고 채 일각도 지나기 전에 연방 서너 명이 더 오더니 모두들 똑같은 소리를 하는 것이었다. 순식간에 2백여 명이 몰려들었다. 그중 누군가 말했다.

"우리 집은 산에 있는데, 그럼 분명 우리 집을 부숴 버리고 말 거야!"

다른 이가 말했다.

"우리 밭은 산에 있는데, 그럼 우리 밭이 없어지는 거잖아!"

또 하나가 말했다.

"몇백 년 된 우리 조상 무덤은 전부 산에 있는데, 이렇게 되면 부관참시가 아니고 뭐란 말이야?"

또 누군가 말했다.

"내 비록 산속에 살진 않지만, 외려 산기슭 아래 집이 있어 대문이 산을 바로 맞대고 있지. 그런데 저들이 거기 땅을 건드려 뜻밖의 사고라도 생긴다면, 어찌 우리 집 풍수와 관계가 없다 하겠어? 우리 모두 막을 방법을 찾아야겠어."

그러자 곧이어 누군가 말했다.

"무슨 막느니 못 막느니 말만 하고 있는 거야. 우선 서문 밖으로 가서 외국인을 죽여 후환을 없애 버리세. 그런 다음에도 저들이 광산을 개발할 수 있는지 어디 두고 보자고."

또 누군가 말했다.

"먼저 이곳 부 관아를 헐고 탐관오리를 때려죽여 버리세. 그런 다음에도 우리 땅을 외국인에게 팔아넘길 수 있는지 두고 보자고. 제멋대로 시험도 보지 않고. 모두 목숨 걸고 가서 끝장을 보자고. 그럼 어떻게든 결판이 나지 않겠어?"

이에 너도나도 한마디씩 왁자지껄 난리 법석이었다. 이처럼 시끌시끌거리면서 거리에는 갈수록 사람들이 많아졌다. 처음에는 수험생들뿐이었던 것이 나중에는 시험을 보지 않는 이들도 그 속에 섞이게 되었다. 무리가 왁자지껄하고 있을 때, 불현듯 이 지방에서 성질이 가장 더러운 거인(擧人)[30] 하나가 나타나 사람들 사이를 비집고 다방으로 들어오더니 무슨 일인지를 물었다. 이에 무리는 여차여차 이만저만하다고 한바탕 하소연을 늘어놓았다. 이 거인이란 인물은 한평생 오로지 소송 도맡기를 즐기면서, 관장(官長)을 협박하는 일이라면 하지 않은 게 없다는 것으로 이름자가 자자했다. 그런 인물이었으니, 이 일을 듣자마자 얼씨구나 하고 이를 구실 삼아 트집 잡을 생각을 했다.

"어디 이래서야 쓰겠는가! 이놈의 탐관오리 눈에는 사람이 뵐질 않는 모양이군. 까닭 없이 우리 영순 지방을 외국 놈에게 팔아먹어 이 지방 백성들을 다 죽이겠다는 심보로군. 다방은 이런 큰일을 논할 곳이 못 되니, 어서 명륜당을 열어 방법을 찾아보세. 여기서 뭘 할 수 있겠는가?"

그 말에 군중들은 정신이 번쩍 들어, 왁자지껄 다방을 나섰다. 모인 사람들은 이미 천 명을 넘었다. 다방에서는 찻값도 받지 못했을 뿐 아니라, 다기도 적잖이 부서졌다. 그러나 어디 하소연할 곳도 없어 눈만 흘기며 그들이 떠나는 것을 지켜볼 수밖에 없었다. 다방을 부수지 않은 것만도 천만다행이니, 어찌 불만을 토로할 수 있겠는가?

각설하고, 한 무리가 학궁(學宮)으로 달려가 명륜당을 열고, 대성전의 북을 끌어 내려다 명륜당 뜰에서 두들기기 시작했다. 학궁 선생은 그때 집에서 아들에게 글을 가르치고 있었다. 그때 문지기가 와서 보고하는 소리를 듣고는 자기도 모르게 깜짝 놀랐다. 감히 얼굴을 내밀지는 못한 채 담을 사이에 두고 엿듣자니, 실로 오가는 사람이 적지 않았다. 그는 살금살금 자신의 관아로 돌아와

---

30 명·청 시대에 향시에 합격한 사람.

대문을 닫아걸었다. 그러고는 문지기에게 옷 보따리와 모자 보관 상자를 가져오라 하여, 뒷문으로 연기처럼 빠져나와 하교를 청하려고 부(府)로 달려갔다.

다음 이야기, 동생들은 무리를 이루고, 광사는 분장하여 도망간다. 태수는 군사들을 청하고, 품행이 단정한 선비는 죄도 없이 연루된다. 도대체 이 동생들이 어느 지경까지 난리를 피우는지, 다음 회를 듣고 알아보기 바란다.

제3회

광사는 담을 넘어 도망가고
거인은 옥에 갇혀 죄를 추궁받다

각설하고, 유학(儒學) 선생은 수험생들이 무리를 이뤄 명륜당을 열고 논의하는 상황을 보고는, 문지기에게 일의 자초지종이 어떻게 된 것인지 소상히 알아보게 하여 들었다. 그러고는 급히 후문을 빠져나와 곧장 부 관아로 달려가 유 지부에게 알현을 품신했다. 소식을 들은 유 지부는 깜짝 놀라 즉시 그를 청해 만났다. 선생은 그들이 한바탕 난리를 피운 상황을 늘어놓았다. 그러나 유 지부는 가만히 듣기만 할 뿐 아무 말이 없었다. 선생이 말했다.

"저들이 이미 무리를 이뤄 사달을 일으키고 있으니, 양인(洋人)들이 험한 꼴을 당하지 않으리란 보장이 없습니다. 이 사달은 시험을 그만두었기 때문에 생긴 일이고, 시험을 그친 것은 양인들 때문인지라 그 화근이 모두 양인들에게로 돌려졌습니다. 다시 난리 법석을 피우기 시작하면 사태는 갈수록 심각해질 것입니다. 하여 비직이 급히 달려와 대인께 알려 드리는 것입니다."

유 지부가 말했다.

"자네 말을 들어 보면, 그놈들은 외국인을 때려죽이지 않고선 끝내지 않겠다는 말이렷다? 그놈들 대가리는 몇 개나 된다더냐. 감히 저희들이 조정을 대신해 외교 분쟁을 일으키겠단 말이더냐?"

선생이 말했다.

"이 무리에는 수험생뿐만 아니라 건달이나 부랑자들도 섞여 부화뇌동하고 있습니다."

유 지부가 의아하다는 듯 말했다.

"대체 제놈들과 무슨 상관이 있다고? 어찌하여 그 속에 섞여 부화뇌동한단 말인가?"

선생이 말했다.

"처음에는 몇몇 동생(童生)들만 시험을 치르지도 못하고 또 돌아갈 수도 없으니, 원망이 생겼겠지요. 제 분수를 알고 스스로를 지킬 줄 아는 사람들은 당연히 아무 말 없었습니다. 그런데 일 벌이기 좋아하는 무리들이 다방이며 주점에 모여 유언비어를 퍼뜨렸습니다. 하는 말이, 대인께서 영순부 일대의 산을 탁탁 털어 외국인에게 팔아넘긴다는 것이었습니다. 그 말을 들은 사람들은 자연스레 속에 불만이 생겼고, 이렇게 소문이 꼬리에 꼬리를 물고 퍼져 나가, 무리들이 갈수록 몰려들면서 이렇듯 큰 사달이 벌어지게 되었습니다."

유 지부가 말했다.

"이런 억울할 데가! 내 비록 한 부의 장이라 하나 그럼에도 본 왕조의 신하이거늘, 어떻게 조정의 땅을 사사로이 외국인에게 팔아넘길 수 있단 말인가? 그런 놈은 그야말로 매국노가 아니던가? 이놈들, 제대로 알지도 못하는구나. 노형께서는 이미 알고 계시니, 나를 대신해서 해명 좀 해 주시구려. 괜스레 그놈들이 사달을 일으켜 사나운 꼴 보지 않게."

선생이 말했다.

"대인께서는 굽어살피소서! 저들이 벌써 무리를 이뤄 움직이고 있으니, 비직 혼자서 어찌 설득할 수 있겠습니까? 게다가 비직은 지위가 낮아 말에 무게가 없으니, 아무리 말해 봤자 들은 척도 않을 것입니다."

유 지부가 말했다.

"내가 내린 포고에 분명히 말하지 않았던가. 이번에 외국인들이 온 것은 여러 산들 가운데 광맥의 유무를 답사하는 데 불과하고, 그 결과 광맥이 있어서 채굴할 수 있다면 이 또한 이 지방에 이익을 가져다주지 않는 것이 없다 하였거늘. 하물며 지금 살펴보고 간다 해도 곧바로 공사가 진행되는 것도 아니니, 그리 놀랄 필요가 없다고 분명하게 말해 두지 않았더냐. 여기에 무슨 이해하기 어려운 말이 있단 말인가?"

선생이 말했다.

"글자를 아는 이는 적고 헛소리하는 인간은 많아 그렇습니다. 비직이 여기 온 것이 벌써 30분이 넘었으니, 아마 무리가 적잖이 더 몰려들었을 것입니다. 대인께서는 어서 생각을 정하셔야겠습니다. 양인들을 어찌 보호하실는지? 그리고 학궁(學宮)은 어떻게 진압하실는지? 너무 늦어 수습하지 못할 상황은 피해야 하지 않겠습니까."

유 지부가 말했다.

"자네 말이 맞네."

그러고는 곧 사람을 시켜 군영의 참부에게 통지하여, 서문 밖 고승점으로 사람을 보내 양인들을 보호하도록 시켰다. 또 한편으로는 사람을 시켜 수현에게 와서 함께 의논하자는 전갈을 보냈다. 그리 말하고 있던 참에 수현 또한 이 일 때문에 수본을 들고 뵙기를 청했다. 유 지부는 즉시 그를 안으로 들라 하여 함께 국가 대사라도 논하듯 신중하고 치밀하게 의견을 나누었다. 수현이 대답했다.

"비직이 여기로 올 때, 막 관아 문을 나서자마자 길을 가득 메운 강도들이 비직의 홍산(紅傘)이며 집사(執事)[31]를 모두 빼앗아 갔습니다. 큰길 양편 점포들도 모두 문을 닫아 버렸습니다. 비직은 상황을 보아 안 될 듯하여 가마꾼에게 골목길로 가자고 하여 겨우 대인이 계신 여기로 올 수 있었습니다."

유 지부가 말했다.

"잘했소이다. 서문 밖은 내 이미 군영에 사람을 보내 양인들을 보호하라고 시켰소. 당신은 선생과 함께 학궁으로 가서 저들을 알아듣도록 타이르되 이렇게 말하시오. 본부(本府)는 영순부 일대의 산을 결코 외국인에게 팔아넘기지 않을 것이며, 백성들의 재산을 지켜 줄 것이니 더 이상 사달을 일으키지 말라고."

수현은 연이어 "예, 예" 하고 대답하다가, 선생과 함께 물러났다.

유 지부는 걱정으로 배 속이 그득했다. 자신이 다시 포고를 내려 알아듣도록 타이르자니, 모두 시험을 보러 온 사람들인지라 자신의 글을 생소하게 여기지나 않을까 하는 점이 걱정되었다. 이에 특별히 서계(書啓)[32]에게 시켜 사륙문(四六文)[33]으로 된 포고를 짓게 했다. 그리고 이를 서판(書辦)[34]에게 써서 붙이게 했는데, 마침 그것을 형명사야가 보게 되었다. 그런데 그의 말이, 저들은 모두 무과 시험을 보러 온 사람들인지라 글을 아는 자는 그중 몇몇에 지나지 않으리라는 것이었다. 이 말이 다시 한 번 유 지부를 일

---

31 관원의 신분을 나타내는 기나 장식물. 지물(指物)이라고도 함.
32 지방관에게 개인적으로 고용되어 문서 작성 등의 공적 사무를 보조하던 서류 담당 관원.
33 중국 육조 시대에서 당나라에 이르기까지 유행한 한문 문체의 하나. 변려문(駢儷文)이라고도 하며, 문장을 지을 때 각 문구를 네 글자 또는 여섯 글자씩 짝을 맞추어 번갈아 가며 짓는 형식을 취한다.
34 각 관아에서 문서 처리를 담당하던 관원.

깨웠다. 그는 곧 형명에게 6언(六言)으로 된 포고를 대신 짓게 했다. 그런 다음 이를 받아쓰게 하여 관인(官印)을 찍고 여기저기 곳곳에 방을 붙이게 했다. 그런데 군영에서 제대로 보호하지 못하여 양인들이 그들에게 살해라도 당한다면, 조정에선 분명 그 죄를 다스릴 터. 그리되면 유 지부 자신이 가장 큰 죄인이 될 것이니, 앞길이 끊어지는 것은 사소한 일이요 잘못하면 목숨을 부지하지 못할지도 모를 일이었다. 여기까지 생각이 미치자 유 지부는 어찌해야 할지 몰라 머리를 긁적이며 안절부절못했다.

이야기가 둘로 갈린다.

한편 수험생들은 거인(擧人)의 말을 듣고 왁자지껄 학궁으로 달려가 명륜당을 열고는 북을 두드려 사람들을 모았다. 눈 깜짝할 사이에 4천~5천 명이 몰려들었다. 이 거인의 성은 황(黃)이요 이름은 종상(宗祥)이었다. 그는 천성이 온통 뒤틀린 심사와 악랄한 생각으로 똘똘 뭉쳐 있어, 부성(府城) 내의 사람이면 누구든 그를 두려워하지 않는 이가 없었다. 이제 그가 앞으로 나서자 그의 명령을 따르지 않는 자가 없었다. 명륜당에 당도하자 사람들은 옹기종기 의론이 분분했다. 그때 그가 사람들 사이를 가르며 마당 가운데 탁자를 내려놓고 그 위에 올라서서 대중을 향해 한마디 했다.

"내 생각에 영순부는 황상의 땅이요, 우리 삶의 터전이외다. 그런데 지금 유 지부가 감히 사사로이 외국 놈에게 팔아 우리 삶의 터전을 절멸(絕滅)시키려 하고 있소이다. 이는 황상의 땅을 몰래 팔아먹는 것이니, 내 이제 그와 끝장을 보려 하오. 그러자면 먼저, 성 안팎의 크고 작은 점포는 일괄 문을 닫아야 할 것이외다. 둘째, 서문 밖으로 가서 외국 놈을 찾아 때려죽여 뿌리를 완전히 제거해야 할 것이오. 셋째, 모두들 부 관아로 몰려가 유 지부를 붙잡아야 할 것이외다. 그러나 그의 목숨을 상하게 해서는 아니 되오. 다만 양인을 때려죽인 일을 윗전에 발고하지 못하도록 그에게 복변(伏辯)[35] 한 장을 써서 우리한테 달라 해야 할 것이외다. 그때가 되면 만사가 끝날 것이외다. 그리되면 그가 목숨을 부지하려고 자연 우리한테 매달리게 될 것이오."

그 소리를 듣자 군중들이 일제히 일리가 있다고 여겼다. 당장 몇 백 명이 따로따로 나가 크고 작은 점포마다 문을 닫도록 지시했다. 그들의 기세가 얼마나 흉맹(凶猛)하던지, 누가 감히 따르지 않을 수 있으랴? 황종상 자신은 일군의 무리를 이끌고 서문으로 나가 고승점을 찾아갔다. 때는 벌써 등불을 밝힐 시간이었다.

한편 이날 오후, 고승점에 머물고 있던 광사는 이미 바깥소식을 전해 들었다. 수험생들이 사달을 일으키지나 않을까 걱정되어 그의 동료는 물론 함께 온 통역사와 서새 등도 감히 문밖으로 나가지 못했다. 김 위원도 이 일 때문에 걱정이 되어 몰래 간편복으로 갈아입고, 유 지부에게 보호할 방도를 마련해 달라고 청하기 위해 걸어서 부 관아로 갔다. 가는 내내 사람들이 웅성웅성 모여 있는 것을 보고 속으로 깜짝 놀랐다. 관아에 당도하니 마침 유 지부가 수현과 유학 선생을 보내고 홀로 미간을 찌푸리고 있었다. 그는 김 위원이 왔다는 말을 듣자 즉시 안으로 청했다. 인사를 나눈 뒤, 김 위원이 입을 열기도 전에 유 지부가 먼저 바깥소식을 물었다. 김 위원은 밖에서 들은 말과 길거리에서 본 상황을 쭉 얘기했다. 유 지부가 말했다.

"내 벌써 군영에다 객점으로 가서 양인들을 보호하라 조치를 취했소. 제일 좋기로는 우리 관아로 거처를 옮겨 걱정을 더는 것이 겠지요."

---

[35] 자신의 죄를 인정하는 자백서.

김 위원이 말했다.

"지방에서는 군중들이 소란을 피우게 되면, 그 어느 곳도 믿고 의지하기가 힘들지요."

김 위원은 유 지부에게 친히 나서 군중들을 진압하고 자신들을 보호해 줄 것을 다시 요청했다. 유 지부가 난감해하고 있을 때, 문상(門上) 몇몇이 허둥지둥 달려와 보고했다. 하는 말이, 지금 수백 명이 한꺼번에 관아로 몰려와 이문(二門)을 닫아걸었으니, 김 나리께서는 여기서 위험을 피하시라는 것이었다. 김 위원은 유 지부가 그 자리에 있다는 것도 잊은 채 연신 발을 동동 구르며 말했다.

"만약 그놈들이 외국인을 죽여 버린다면, 내가 성으로 돌아가 어떻게 보고하란 말이냐?"

유 지부 또한 장탄식만 내쉴 뿐, 달리 뾰족한 방도가 없었다. 하인들도 서로 얼굴만 멀뚱멀뚱 쳐다보며 아무 말도 하지 못했다. 안에서는 부인과 아씨, 하인들과 늙은 하녀들의 울음소리가 진동하며 야단법석이었다. 밖으로는 관원들이 도망가려 허둥거리고 있었다. 어떤 이는 담을 넘어 도망가려 했고, 또 어떤 이들은 개구멍으로 빠져나가려 했다. 유 지부는 권하기도 그렇고 말리기도 뭣하여 그들이 하는 대로 내버려 두었다. 이문 밖에서는 폭도들이 소란을 피우고 있었다. 심지어 벽돌을 들고 이문을 쾅쾅 두드리는 소리도 들려왔다. 형세는 바야흐로 위태위태했다.

한편 고승점의 양인들은 김 위원이 유 지부에게 보호를 청하러 간 것을 보고, 이제는 아무 일도 없으리라 생각했다. 그러나 누가 알았으랴. 공교롭게도 김 위원이 떠나고 얼마 지나지 않아 학궁(學宮)에 있던 일단의 무리들이 들이닥쳤다. 다행히 객점 주인은 눈치가 빨라, 오후부터 들려오는 풍문이 심상치 않자 하루 종일 객점 앞을 지키고 있었다. 게다가 군영과 현에서 파견된 병사들 또한 절대로 방심하면 안 된다며 그들을 더없이 주의시키고 있었다. 어느 덧 등불을 켜야 할 즈음, 멀리서 사람들이 벌 떼처럼 몰려왔다. 주 인장은 곧바로 사람들을 객점 안으로 들어가게 한 뒤 대문을 닫 아걸었다. 그리고 뒤뜰에다 돌덩이 몇 개도 갖다 두었다. 다행히 이 객점은 방이 아주 많았다. 앞은 길거리에 접해 있고 뒤쪽은 성 곽 기슭에 기대 있었다. 후문을 열면 바로 해자와 맞닿아 있어 따 로 길이 없었다. 다만 오른쪽 담장 밖에 이웃집에서 말을 기르는 버려진 뜰이 있었는데, 그곳에는 밖으로 나가는 작은 문이 있었다. 그 양인은 풍문을 들은 뒤부터 일찌감치 도망가기 위한 현장 조 사를 명확히 해 두었다. 설명은 길었지만, 그 시간은 매우 짧았다.

바깥에선 갈수록 사람 소리가 왁자지껄해지며 객점 문이 거의 뜯겨 나갈 지경이 되었다. 주인장이 문틈 사이로 내다보니, 보이는 건 횃불뿐인지라 백주대낮처럼 환했다. 그는 조짐이 좋지 못하다 는 것을 눈치채고 황급히 양인들에게 도망가라 일렀다. 양인들은 이미 준비를 마쳤기에, 곧장 무거운 것들은 버리고 각자 작은 보 따리 하나씩만 가지고 사다리를 올라 빈 뜰로 도망쳤다. 사방엔 아무도 보이지 않았다. 그들은 곧 말 몇 필을 끌고 와 뒷문을 열 고, 말에 올라탄 뒤 방향도 가리지 않고 죽어라 냅다 달아났다.

객점 주인은 양인들이 이미 도망친 것을 보고, 또다시 앞으로 나서며 속으로 궁리했다.

'만약 저들에게 제대로 해명하지 않는다면 저들이 어찌 그만두 겠는가? 그리되면 우리 집은 짓밟히고 말겠지. 만약 놓아주었다고 한다면? 에이, 그건 더 좋지 않아. 차라리 아직 성에 있다고 말해 서 저들을 성안으로 몰려가게 함으로써 한숨 돌릴 지연책으로 삼 는 게 낫겠다.'

생각이 정해지자 곧 문틈으로 양인들은 일찌감치 성으로 들어갔다는 말을 전했다. 하지만 무리는 그 말을 믿지 않고 들어가 봐야겠다고 말했다. 주인은 그들에게, 우린 모두 이웃사촌이니 너희들도 날 해코지할 필요가 없지 않느냐며, 이렇게도 말해 보고 저렇게도 구슬려 보았다. 그때 황 거인이 대문 밖에서 말했다.

"우린 결코 너희 집 풀 한 포기도 건드리지 않겠다!"

그러고는 대문을 열고 들어오려 했다. 그렇다고 한들 주인장이 어찌 감히 문을 열어 줄 수 있으랴? 허나 대문은 끝내 부서지고 말았다. 그들이 한꺼번에 들이닥쳐, 제대로 살펴보지도 않고 닥치는 대로 적잖은 물건들을 노략질해 가 버렸다. 객점 점원들은 도망도 가지 못한 채, 많은 이가 부상을 당했다. 무리는 결국 양인들이 객점에 없다는 것을 알고 일제히 벌 떼처럼 성으로 몰려가 곧장 부 관아로 달려갔다.

성문을 막 들어서려던 순간, 그들은 큰 깃발을 들고 구령에 맞춰 행군하는 군사들을 이끌고 위풍당당하게 걸어오는 참부와 맞닥뜨렸다. 물론 지금의 이 녹영(綠營) 병사들은 별 쓸모가 없었다. 그렇지만 동생들이나 일반 오합지졸들을 진압하는 데는 충분했다. 상황이 이리되자 군중들은 뿔뿔이 흩어졌다. 참부가 고승점에 당도하여 양인들을 찾으니, 부 관아에 있다는 것이었다. 그는 놈들이 분명 부 관아로 가서 난리를 피울 것임을 알아챘다. 만약 관원을 살해하는 그런 큰일을 벌이기라도 한다면, 그때는 자신의 책임이 더욱 막중할 것이었다. 이에 그 또한 즉시 말 머리를 돌려 깃발을 들고 구령에 맞추어 부 관아로 돌아갔다.

부 관아 앞에 당도하여 조장(照墻)[36]을 막 지났을 때, 참부는 병사들에게 멈추라 명했다. 안을 들여다보니 사람들 머리만 옹기종

기 보일 뿐, 대당(大堂)[37]의 난각(暖閣)은 이미 허물어져 있었다. 그나마 이문(二門)은 견고한 덕분에 아직 부수지 못했다는 사람들의 말소리가 들려왔다. 한 무리는 아직도 안에서 와자지껄했다. 참부는 약해 빠진 수하들을 데리고 저들을 어떻게 막을 것인지 가늠해 보았다. 그러다 문득 좋은 계책이 떠올랐다.

'먼저 대오를 갖춰 밖을 지키면서, 와~ 와~ 하는 함성을 질러 저들에게 겁을 준다. 그리하여 안에 있던 놈들이 나오면 추적하지 않고 그냥 도망가게 놔둔다. 그렇게 해서 놈들이 흩어지면, 그 뒤에 다시 방법을 찾아보자.'

하여 곧장 병사들에게 조장 밖에서 함성을 계속 지르라는 명을 내렸다.

한편 안에 있던 무리들은 규율도 없고 무기도 없이, 다만 수가 많다는 것에 힘입어 난각을 허물 수 있었다. 그러나 이문은 아무리 두드려도 열리지 않았다. 하늘은 어느새 어둑어둑하고, 배 속은 꼬르륵거렸다. 이에 많은 이들이 몰래 빠져나가 밥을 먹고 돌아왔다. 한데 그들이 돌아왔을 때, 관아 앞엔 이미 징을 울리며 구령을 붙이고 있는 무수한 병사들이 버티고 있었다. 하여 그들은 안으로 들어갈 엄두를 내지 못했다. 안에 있는 무리들은 밖에서 구령 소리가 들리자, 자신들을 잡기 위해 얼마나 많은 병사들이 왔는지 몰라 깜짝 놀랐다. 이에 삼삼오오 무리를 이뤄 도망가기 시작했다. 그런데 문밖을 나서는데도 누구 하나 잡으러 오지 않아 안심하고 집으로 돌아갔다. 이즈음엔 가는 사람만 있고, 오는 사람은 더 이상 없었다. 삼경이 채 되기도 전에 겨우 2백~3백 명만 남게 되었다. 이들은 오로지 이문을 부수는 데만 정신이 팔려 바

---

[37] 옛날 관청의 정청(正廳).

깥 상황이 어떻게 돌아가는지 전혀 몰랐다. 때문에 아직도 거기서 난리를 피우고 있었던 것이다.

밖을 지키던 참부는 이제 안에 인원이 줄었다는 것을 알고 곧장 군대를 관아로 진입시켜 대당 아래에 주둔했다. 마침 수현과 전사(典史)[38]도 무리가 이미 흩어졌다는 소식을 듣고, 세 무리의 아역(衙役)[39]을 이끌고 떼를 지어 부 관아로 달려왔다. 이문을 뚫지 못하고 있던 무리들은 그제야 뭔가 잘못되었다는 것을 눈치채고 일제히 "와~"하며 뿔뿔이 흩어졌다. 그때를 맞춰 참부가 대문을 막고 체포하라는 명령을 내렸다. 병사와 아역들이 일제히 손을 움직여 즉시 20~30명을 나포했다. 나머지는 모두 도망갔다. 그런 연후, 수현이 직접 이문을 두드리며 저간의 사정을 설명했다. 그러나 안에 있던 이들은 그 말을 믿지 못하는 듯 묻고 또 물었다. 밖에 있던 참부와 전사까지 일제히 대답하고서야 안에서는 안심하고 이문을 열어 그들을 들게 했다. 그제야 그들은 유 지부가 죽다 살아날 정도로 몹시 놀랐다는 것을 알았다.

김 위원이 먼저 양인들의 소식부터 물었다. 참부가 객점에 없어 점원들에게 물어보았더니 관아에 있다고 하더란 소리를 전했다. 김 위원이 말했다.

"언제 같이 왔단 말이오? 큰일 났군! 분명 저놈들에게 죽임을 당한 게야!"

그러더니 즉시 자신이 직접 찾아 나서려 했다. 유 지부는 수현에게 함께 가도록 지시했다. 참부 또한 병사 스물과 천총(千總)[40] 하나를 대동하게 했다. 객점에 당도하니 대문은 활짝 열려 있고,

---

38 현(縣)의 치안을 맡아 보던 관직.
39 관아에서 부리던 하인이나 고용인.
40 청대(淸代) 하급 무관의 관직명.

사람들은 모두 뿔뿔이 흩어져 도망가고 없었다. 물건들도 죄다 강탈당하고, 부상을 입은 몇몇이 신음을 뱉고 있었다. 곧이어 뒷간에서 주인장의 아들을 찾고서야 양인들이 벌써 도망갔다는 사실을 알 수 있었다. 그제야 김 위원도 한시름 놓으며 다시 캐물었다.

"어디로 갔는지 아느냐?"

주인장의 아들이 말했다.

"맙소사! 제가 따라간 것도 아닌데, 어찌 알겠습니까요?"

김 위원은 다급한 마음에 자신이 직접 찾아 나서려 하자 수현이 나서며 말했다.

"이런 한밤중에 어디 가서 찾는단 말입니까? 벌써 도망갔으니 목숨에는 지장이 없을 터, 제가 사람을 시켜 찾아보도록 하겠습니다. 내일 반드시 조치를 취하겠습니다."

김 위원은 어쩔 수 없이 부 관아로 다시 돌아왔다. 그는 유 지부를 만나, 사달을 일으킨 놈들을 잡아다 반드시 엄중하게 처벌해야 할 것이며, 그렇지 않으면 임무를 마치고 성(省)으로 돌아갈 수 없노라고 소리쳤다. 유 지부는 연신 그러마고 응답했다. 그러고는 그에게 관아에 머물며 몸을 쉬라고 붙잡았다. 수현이 즉시 사람을 시켜, 자신의 관아에서 이불과 요를 가져오게 했다. 부족한 게 있으면 영수증을 떼고 가져오라는 말도 덧붙였다. 유 지부는 수현에게 잡아 온 놈들을 화청(花廳)[41]에서 밤을 새워서라도 심문하라고 지시했다. 그러면서 우두머리가 누구인지 밝히는 데 힘쓰고, 무고한 사람들은 연루되지 않게 하라는 말을 잊지 않았다. 김 위원은 유 지부가 너무 충직하고 온후하지 않나 하는 의심이 들어 등 뒤에서, 폭도들은 일괄 법에 따라 다스려야지 무슨 주범·종범의 구

---

41 구식 건물에서 대청(大廳) 이외의 객청(客廳). 대부분 과원(跨院)이나 화원(花園)에 만든다.

분이 필요하냐며 투덜댔다. 유 지부는 그럴지도 모르겠다고 생각
했다.

이날 오후부터 삼경이 되도록 아무도 밥을 제대로 먹지 못했다.
유 지부는 밖에다 밥상을 차리라고 하여, 김 위원을 윗자리에, 이
어 참부, 수현, 전사 등의 자리를 마련하고 자신은 가장 아랫자리
에 앉아 그들을 대접했다. 식사를 마치자 참부는 병사들을 거느
리고 직접 성문을 조사하러 나섰다. 혹여 폭도들이 함부로 쳐들어
올까 걱정이 되었던 것이다. 또 병사 열여섯을 남겨 나머지 폭도들
을 체포할 수 있도록 예비해 두었다.

수현은 김 위원과 함께 잡아들인 무리를 심문하러 갔다. 당장 조
사 장부를 가지고 화청으로 가 자리에 앉았다. 밖에서는 80~90명
의 병사들이 두셋이 짝을 지어 감방 하나씩 감시했다. 마치 강도를
심문하듯이 한 명 한 명 끌고 갔다. 그중에는 묻는 말에 고분고분
자백하지 않아 몇 대 따귀를 맞는 이도 있었고, 또 몇 마디 묻고는
금방 물러가게 한 이들도 있었다. 모두 서른넷이 잡혀 왔는데, 수재
(秀才) 셋과 무동이 열여덟이었고, 나머지는 장사치나 난리 법석을
구경 나온 이들이었다. 김 위원은 이들 모두를 일괄 감옥에 가두
라고 요구했다. 수현도 그를 거스를 수 없었다. 당시 심문관이 주모
자가 황 거인이란 사실과 그가 사는 곳도 알아냈다. 김 위원은 곧
바로 유 지부에게 달려가, 밤을 달려 그를 잡아들이라고 요구했다.
혹여라도 지체하여 도망이라도 갈까 봐 걱정되었던 것이다. 유 지
부는 즉시 그 요구를 받아들여 수현에게 아역들과 병사 열여섯 그
리고 잡혀 온 무리 중에 밀정으로 쓸 사람도 하나 데려가라 했다.
그들은 횃불을 밝히고 기세등등하게 문을 나섰다.

한편 황 거인은 명륜당을 나온 뒤 고승점으로 갔다. 그런데 객
점 문을 부수고 들어갔는데도 양인들의 코빼기 하나 보지 못하자

급히 부 관아로 달려갔다. 무리를 이끌고 이문을 부수고 들어가 유 지부를 붙잡은 뒤 소란을 일단락 지으려는 속셈이었다. 그런데 누가 알았으랴. 한창 신이 나서 들떠 있을 때, 갑자기 대문 밖에서 와와 하는 고함 소리가 들려오는 것이었다. 그는 병사들이 잡으러 온 줄 알고 깜짝 놀랐다. 이어 무리가 점점 흩어져 자신의 세력이 고립되어 가는 것을 보고, 그 또한 몰래 빠져나갔다. 다행히 문을 빠져나가는데 조사하는 이 하나 없어 곧장 집으로 돌아갔다. 돌아가는 길에 생각해 보니, 이 일이 그들에게는 아무런 문제가 없을 성싶었다. 그러나 장차 조사를 통해 자신이 주모자라는 것이 밝혀지면 분명 체포하러 올 것이다. 생각할수록 느낌이 좋지 않아, 급히 가족들과 대책을 도모했다. 이어 여비를 마련하고 뒷문으로 도망가 다른 곳에서 한동안 몸을 피할 생각이었다.

그러고는 한참 짐을 꾸리고 있는데, 문득 담장 밖 사방에서 사람 소리가 들려왔다. 사람들이 앞뒷문을 모두 지키고 있었다. 그의 집 문은 고승점이나 관아의 문에 비할 바가 못 되었다. 파견 나온 사람들이 두어 번 주먹질·발길질을 하자 금방 열리고 말았다. 그들은 종놈 하나를 붙잡아 황 거인이 어디 있는지를 물었다. 종놈이 일러바치자 사람들이 곧장 방으로 달려가 침상 아래서 그를 끌어낸 뒤 포승줄에 칭칭 묶어 끌고 갔다. 관아로 돌아오니 시간은 어느덧 오경(五更)이었다. 김 위원은 또 수현에게 함께 자백을 받아 내자며 압박했다. 그를 문초했지만 황 거인은 순순히 시인하려 하지 않았다. 김 위원이 그에게 곤장을 때리려 하자 수현이 말렸다.

"그는 공명(功名)이 있는 사람이니, 공명을 박탈하는 것으로 형벌을 갈음하는 것이 좋겠습니다."

그러자 김 위원이 낯빛을 확 바꾸며 말했다.

"모반한 역도를 잡아들였는데 공명을 박탈하는 것으로 처벌을 대신하자니, 그게 말이나 되는 소리요?"

이에 수현은 어쩔 수 없이 먼저 그의 뺨을 수백 대 때리고, 다시 곤장 수백 대를 칠 수밖에 없었다. 그런데도 그는 자백을 하지 않았다. 이에 감옥에 가두어 두었다가, 다음 날 다시 추궁하여 죄가 명백해지면 그때 죄명을 다시 결정하기로 했다. 유 지부는 황 거인의 공명을 박탈하지도 않고 곧바로 곤장을 때린 것에 대해 속으로 매우 불만이었다.

"만약 외국인을 죽였다면, 내 그의 목을 쳐서 배상할 것이다. 그렇지만 이렇듯 독서인(讀書人)[42]을 모욕해서는 안 되는 것을, 아무래도 김 위원은 사문(斯文)[43]의 일맥이 아닌가 보다!"

이튿날, 그는 자신이 직접 이 안건을 심문하겠노라고 말했다.

다음 이야기, 백성을 사랑하는 태수의 마음을 군현(郡縣)의 관리들은 조금씩 알고 감화된다. 광사는 성으로 돌아가고 일반 백성들은 다시 연루된다. 뒷일이 어떻게 되었는지 알고 싶으면 다음 회를 들어 보고 이해하기 바란다.

---

42 지식인, 학자.
43 유교에서 유교의 도의(道義)나 문화를 이르는 말.

제4회

창졸지간에 도망쳤으나 재앙은 끝나지 않고
중·서 간의 거듭되는 견책으로 현명한 처신이 어렵다

각설하고, 서양 광사 무리는 고승점에서 담을 타고 넘어가 이웃 집 말을 훔쳐 연신 채찍질을 하며 도망갔다. 길이 높고 낮은 것도 가리지 않고 동서남북 방향도 분간하지 않은 채, 단숨에 10여 리를 달린 뒤에야 겨우 한숨을 놓았다. 다행히 황야로 도망쳐서 아무도 뒤쫓는 이가 없었다. 시선을 집중하여 살펴보니, 숲 속 어렴풋한 가운데 멀리 불빛 두서넛이 비쳤다. 때는 어느덧 5월 초순, 초승달이 나뭇가지에 높이 걸린 덕분에 희미하게나마 분간할 수는 있었다. 도망칠 때가 초경에 불과했고, 길을 달린 것도 겨우 일각(一刻) 정도였다. 때마침 몇 사람이 인가를 보게 되었으니, 마음을 정하고 일제히 말에서 내려 손으로 고삐를 끌고 걷기 시작했다. 광사가 말했다.

"이곳 백성들은 우리 외국인을 미워하니, 잠잘 곳을 얻을 수 없을 거야. 그러면 어떻게 하지?"

서새가 말했다.

"이곳은 성에서 비교적 멀리 떨어져 있어, 이 사람들은 성내의 일을 아직 모를 것입니다. 우리와 함께 가면 거절하지는 않을 것입니다."

통사도 한마디 거들었다.

"비록 거절을 당하지는 않는다 하더라도, 이 거친 황야에 사는 시골 사람들은 이제껏 외국인을 본 적이 없으니, 본다면야 어찌 무서워하지 않을 것인가? 그러니 감히 우리를 머물게 해 주겠는가?"

그러자 광사가 우물쭈물 한동안 주저하다 말했다.

"이 일을 어쩐다?"

다행히 광사와 함께 온 동료는 비록 외국인이기는 했지만 꾀가 많았다. 그는 광사와 한참 동안 외국어로 의견을 나누었다. 광사는 무언가를 깨달은 듯 머리를 끄덕이다 급히 통사에게 물었다.

"가져온 짐 보따리에 중국옷이 있소?"

통사가 말했다.

"있습니다. 있어요, 있어."

광사가 말했다.

"있다니 정말 잘됐군."

그러고는 곧 동료와 상의하더니, 중국인처럼 분장하겠다는 생각을 말하자 모두들 좋다고 했다. 서새가 말했다.

"만약 부족하면, 제 보따리에 마고자와 조끼도 있습니다."

그렇게 말하면서 한편으론 통사와 둘이서 급히 옷 보따리를 펼쳤다. 통사는 본래 서양 옷을 좋아하는 사람이었는데, 이때는 자기가 먼저 중국옷으로 갈아입었다. 그리고 또 적삼 하나와 홑겹 마고자도 하나 꺼냈다. 서새는 죽포(竹布) 장삼 한 벌과 조끼 한 벌을 꺼냈다. 두 서양인은 몹시 기뻐하며 길가에서 몸에 걸치고 있던 서양 옷을 벗어 보따리로 잘 싸 두고, 장삼과 마고자 그리고 조끼로 갈아입었다. 위아래 신발과 모자가 서로 어울리지 않았지만,

어쩔 수 없는 일이었다. 서새가 보따리에서 낡은 신발 한 켤레를 꺼내 광사에게 주었다. 그러나 여전히 한 켤레가 모자랐다. 서새는 할 수 없이 자신의 신발을 벗어 서양인에게 주었다. 그 바람에 자신은 맨발로 걷게 되었다. 발은 갖추어졌지만, 머리에 무엇을 써야 할지 좋은 생각이 나지 않았다. 만약 모자를 쓰지 않으면, 변발이 없어 사람들이 보자마자 정체를 알아차릴 것이다. 그렇다고 외국 밀짚모자를 쓰자니, 시골 사람들은 이런 밀짚모자를 본 적이 없으므로 이상하게 여길 것이다. 모두들 한 차례 의논을 거쳤지만, 좋은 방법이 떠오르지 않았다. 두 서양인 또한 귀를 만지작거리며 당황해할 뿐, 눈앞이 막막했다. 잠시 뒤, 서새가 문득 희희 웃으며 말했다.

"제게 생각이 있습니다."

모두들 다급히 무슨 방법인지를 물었다. 서새가 말했다.

"이렇게 궁벽한 촌에는 이발소가 없습니다. 그러니 가발을 쓰려고 해도 금방 될 수는 없지요. 제 생각에는 두 분께서 수건으로 머리를 싸매 병자로 가장한 뒤 우리 둘이 부축하고 가서 잠자리를 구하는 게 좋을 것 같습니다. 그러곤 이렇게 말하는 거죠. 길을 가다 길을 잃었는데 여름 날씨가 들쑥날쑥하여 두 사람이 더위를 먹었고, 하여 바람을 맞을까 두려워 수건으로 머리를 싸맸다고 하면 되지 않겠습니까. 오늘 하루 잠자리를 빌려 주면 내일 성으로 들어갈 거라고요."

광사가 그 말을 듣고 묘책이라며 연신 칭찬했다. 두 사람은 급히 그 말을 따라 분장했다. 만약 시골 사람들이 물으면, 변발은 안에 둘둘 말아 두었다고 적당히 둘러대면 될 것이다. 적당히 분장을 마친 뒤 말을 끌고 어느 집 문 앞에 이르렀다. 말은 나무에 매 두었다. 그런데 인기척 소리가 전혀 들리지 않았다. 이미 잠들었다 생각되어, 더 이상 놀라게 하고 싶지 않았다. 다시 다음 집 문 앞에 이르니, 집 안에서 두 사람이 대화하는 말소리가 들려왔다. 서새는 곧장 몇 차례 문을 두드렸다. 안에서 누구냐고 물었지만, 서새는 대답하지 않고 계속 문을 두드렸다. 시골 사람들은 성정이 솔직하여 더 이상 누구냐고 묻지도 않았다. 다급히 문 두드리는 소리를 듣고 한 남자가 빗장을 걸고 문을 열었다. 한 사람씩 부축한 넷이 일제히 문 안으로 들어섰다. 두 서양인은 머리를 숙인 채 병든 모양새를 꾸몄다. 문을 들어선 뒤, 침상을 보고는 곧장 옷을 입은 채 쓰러져 잠들었다. 집주인은 본시 모자 두 사람이었다. 그 남자는 아들이었고, 그 밖에 노파가 하나 더 있었다. 이러한 모양새를 보고 깜짝 놀라 어찌 된 일인지 급히 물었다. 서새가 말했다.

"저는 저 세 사람과 장사를 하러 나섰는데, 원래는 오늘 성안으로 들어갈 생각이었습니다. 그런데 뜻밖에 그만 길을 잃고 말았습니다. 성까지 얼마나 더 가야 할지도 모르는데, 지금은 날씨도 들쑥날쑥하여 도중에 저 두 사람이 더위를 먹어 괴질까지 걸렸으니 더 이상 갈 수도 없게 됐습니다. 그래서 여기서 하룻밤 머물까 합니다. 내일 아침에 사례하겠습니다."

시골 모자가 그 말을 듣고 반신반의하며 다시 물었다.

"짐 보따리는?"

서새가 대답했다.

"원래는 아침 일찍 집을 나서 저녁이면 돌아갈 줄 알고, 짐 보따리는 챙기지도 않고 각자 작은 보따리 하나씩만 챙겼지요."

모자는 그 말을 듣고 참말인 줄로 믿었다. 그러고는 다시 밥은 먹었는지를 물었다. 서새가 대답했다.

"못 먹었습니다."

노파가 말했다.

"당신 두 사람만 밥을 먹어야겠구려. 저 두 사람은 하룻밤 편히 요양해야 할 모양이니 굶는 것도 좋을 게요."

중국 말을 알아듣는 광사가 그 말을 듣고 기뻐하며 속으로 말했다.

'저들을 속여 하룻밤 머물 수 있겠군. 그렇지만 고승점을 떠난 이후로 아무것도 먹지 못했는걸. 지금 저들이 날 먹여 주지는 않고 여기서 잠이나 자라고 하니, 배고파 견딜 수가 없군. 목숨은 구했으나 뱃가죽은 구할 수 없으니, 이 또한 큰일이로구나.'

각설하고, 시골 남자는 어머니에게 밥 지을 불을 피우라 하고, 자기는 쌀을 씻으러 밖으로 나갔다. 무심결에 나무 아래에 이르렀다가, 좋은 말 몇 필이 나란히 묶여 있는 것을 보곤 깜짝 놀랐다. 문득 네 사람의 출신이 기이하다는 생각이 들면서, 어쩌면 악당들이 우리 집에 쳐들어온 것이 아닌지 싶어 어찌해야 좋을지 몰랐다. 급히 쌀을 씻고 얼른 어머니 곁으로 달려가 틈을 보아 낮은 목소리로 그 같은 사실을 알렸다. 그 말을 들은 그의 어머니가 틈을 타 문밖으로 나가 살펴보니 정말이었다. 그녀는 아들에게 말했다.

"애야, 이 사람들 말소리를 들어 보니, 죄다 외지 말투더구나. 게다가 이런 좋은 말도 가지고 있으니, 어쩌면 우리가 마적들을 맞닥뜨린 게 아닌지 모르겠구나. 나는 집에서 저들이 먹을 밥을 짓고 있을 테니, 너는 얼른 지보(地保) 댁에 가서 이 소식을 전하려무나. 만약 심상치 않을 것 같으면 우리가 먼저 저놈들을 꽁꽁 묶어 두자꾸나. 해코지나 당하지 않게."

아들은 그 말을 듣고 옳다 여기고는 방으로 들어가 한참이나 시중들다 핑계를 대고 나와 집을 나섰다. 집에서는 두 사람만 밥을 먹었다. 노파는 착실하고 친근하게 차며 물이며 꼼꼼하게 챙겨 주었다. 그들은 눈 깜짝할 사이에 밥을 먹어 치웠다. 그러면서도 말에게는 풀을 먹일지 밀기울을 먹일지는 전혀 관심이 없었다. 오히려 노파가 물었다.

"나리들의 말도 뭘 먹어야 할 텐데, 우리 집엔 밀기울이 없으니 어찌하리까?"

서새가 말했다.

"풀이나 먹이면 됩니다."

노파가 그 말을 듣고 말을 먹이러 나왔다. 집 안에서 네 사람은 두 사람당 한 침상에서 잠시 숨을 골랐다. 낮에는 경황이 없었고 저녁에는 또 난리를 피해 10여 리를 달린 터라, 하루 종일 시달린 궁둥이가 아파 밥그릇을 치우자마자 곧장 드러누웠다. 서새는 그제야 한숨을 놓았다. 네 사람은 침상에 누워 집 안에 아무도 없는 틈을 타 고생담을 털어놓으며 노파 모자의 호의를 가슴에 새겼다.

"만약 저들을 만나지 못했다면, 오늘 밤은 어디서 새웠을지 모르겠어요."

그러나 두 외국인은 배 속이 비어 꼬르륵거리며 난리였다. 서새는 보따리에 빵 몇 덩이를 가지고 있었다. 두 외국인이 그것을 보더니 마치 보물이라도 되는 양, 권하자마자 가져다 얼른 허기를 채웠다. 설명은 길었지만, 사실 그 시간은 짧았다. 그들이 막 눈을 붙이려던 그때, 노파의 아들은 어느새 지보를 찾아가 우리 마을에 마적들이 쳐들어왔고 지금 자기 집에 머물고 있다는 것을 알려 주었다. 지보는 그 말을 듣자마자 일의 중차대함을 알고 즉시 20~30명을 불러 모았다. 그들은 각자 호미며 곡괭이를 들고 집 뒤를 돌아 문 앞으로 나아갔다. 노파의 아들이 앞장서고, 그 뒤를 지보가, 그리고 그 뒤를 한 무리가 따랐다. 살금살금 문 앞에 이르러 한꺼번에 집 안으로 짓쳐 들어갔다. 외국인들은 필경 고생을 겪은 뒤라 깊이 잠들어 사람들이 집 안으로 쳐들어온 것조차 알아차리지 못했다. 노파는 아들이 많은 사람들을 데려온 것을 보고, 저들을 끌고 갈 사람들임을 알아채고 입으로 계속 침상을 가리켰다. 지보가 그 뜻을 알아채고 사람들을 시켜 재빨리 네 사람을 새끼줄로 꽁꽁 묶었다. 노파의 아들도 손을 거들었다. 불쌍한 네 사람은 마치 죽은 사람처럼, 여러 사람들 마음대로 처리되었다. 다 묶고 나자 지보가 말했다.

"먼저 도적질한 물건이 있는지 없는지, 저들의 보따리를 풀어 보자."

그런데 누가 알았으랴, 안에서 쏟아져 나온 것은 대부분 서양인들의 의복이었고, 게다가 밀짚모자 두 개와 가죽신 두 켤레가 더 들어 있었다. 나머지는 중국옷 두 벌뿐이었다. 그 외에 손수건 보자기가 하나 더 있었는데, 거기 싸인 것은 빵과 같은 음식이었다. 지보는 자기 눈으로 보고도 뭐가 뭔지 영문을 몰랐다. 다시 무기는 없는지 저들의 몸을 뒤지라고 시켰다. 사람들이 또다시 일제히 손을 놀렸다. 그제야 광사가 놀라 깼다. 그는 눈을 크게 뜨고 많은 사람들이 온 것을 보고는 속으로, 분명 성 사람들이 자신들을 잡으러 온 것이라 단정하고 급히 몸을 일으키려 했다. 그러나 누가 알았으랴, 팔다리가 꽁꽁 묶여 옴짝달싹할 수 없었다. 변명을 하려 해도 감히 할 수 없었다. '결국 죽게 되겠지. 그가 지켜보니 어쩐다?' 그의 속은 온갖 생각으로 헝클어졌다. 지보는 한참을 뒤져 외국인들이 집 밖을 나설 때 쓰는 지팡이 두 개만 겨우 찾아냈다. 그 나머지는 아무것도 없었다. 다시 횃불을 가져다 문밖을 비췄다. 말 네 필이 있는데, 그중 두 필에만 안장이 있고 나머지 두 필에는 없었다. 무리 가운데 하나가 말했다.

"의심할 여지 없이 마적이 분명합니다요. 강도들이 아니고서야 누가 이런 안장도 없는 말을 탈 만큼 실력이 있겠습니까요? 이것저것 따질 것 없이 저들을 들쳐 메고 성으로 가서 나리께 처분해 달라고 하면 그만입지요."

지보는 그 말이 옳다 싶어 사람들을 시켜 문짝 두 개와 바구니 두 개를 가져오게 했다. 그러고는 두 사람은 문짝 위에 올리고, 두 사람은 바구니에 담아 몇몇에게 들고 가도록 시켰다. 그리고 지보 자신은 그들을 호송하고, 또 노파의 아들도 증인으로 동행하게 했다.

그런데 누가 알았으랴. 그들이 문밖에서 이런 말들을 주고받을 때, 그 말을 광사가 모두 엿들었다. 광사는 그들이 성안 사람들이 아니라는 것을 알고는 기뻤다. 게다가 사람들이 그들 네 사람을 성으로 압송하리라는 말을 들으니, 한편으론 놀랍고 또 한편으론 기뻤다. 놀란 것은 성에 당도해서, 또다시 고시생들의 손에 떨어지지만 않는다면 목숨은 건지리란 것이었다. 기쁜 것은 이번에 도망치면서 길도 모르고 게다가 짐도 잃어버려 여비도 없는데, 지방관을 만나게 되면 그가 자신들의 재물을 제대로 보호하지 못했으니 그 잘못을 따질 수 있으리라는 것이었다. 이렇게 생각하자 더 이상 속내를 드러낼 필요도 없이 그들이 성으로 들어가기를 기다렸다가 다시 방법을 도모하기로 마음먹었다. 생각이 정해지자 아예 자는 척하면서 저들이 마음대로 데려가도록 몸을 맡겼다. 사람들은 즉시 두 사람은 문짝 위에, 그리고 두 사람은 바구니에 담았다. 네 사람 중에서 광사는 자는 척했지만, 그가 데려온 동료 광사는 중국어를 몰라 이러한 상황을 보고 놀란 나머지 일찌감치 끽소리도 못하고 있었다. 통사는 말을 타고 오느라 궁둥이가 찢어져, 지금 그곳에 열이 나고 욱신거리는 중이었다. 서새는 데면데면한 사람인지라 사람들이 건드려도 낌새조차 못 차렸다. 지보는 힘 좋은 시골 사람 10여 명을 더 골라 길을 가며 교대하게 했다. 나머지는 말을 끌거나 보따리를 챙겨 곧장 서문(西門)으로 들어갔다.

한편 성내의 관리 김 위원은 황 거인을 잡아다가 한바탕 곤장을 때리고 감옥에 수감한 뒤 들어와 한숨을 돌렸다. 수현도 관아로 돌아와 일을 처리했다. 유 지부 또한 밤새 안정을 취하지 못했기에 손님을 돌려보낸 뒤 혼자 첨압방(簽押房)[44]의 연포(煙鋪)[45]에 들어가 잠깐 눈이나 붙일 요량이었다. 그런데 누가 알았으랴. 잠든 지 일각도 채 되지 않아 해가 떠올랐다. 다시 잠을 청하여도 잠이 오지 않아 주섬주섬 일어나 앉아 물 담배를 피우며 생각했다.

'이 일을 어찌 처리한다? 소동을 일으킨 우두머리는 이미 잡아들였다지만, 도대체 양인들은 어디로 도망가서 지금까지 행방이 묘연하단 말인가. 김 위원이 여기 머물면서 마냥 양인들을 기다리는데, 온종일 소식 하나 없으니 그는 분명 어디 가지도 않을 터. 이리되면 머잖아 윗분들도 알게 될 텐데, 이 일을 어찌하면 좋단 말인가? 게다가 이 안건 교섭에서 만일 외국인들이 사람을 내놓으라며 날더러 다른 무언가를 요구한다면? 설사 황 거인을 죽인다 하더라도 나는 이런 죄명을 뒤집어쓸 수 없지.'

이리저리 궁리는 해 보지만, 마치 벙어리 냉가슴 앓듯 말 못할 고통이었다. 이런저런 생각을 하는 동안 문상이 명첩(名帖) 한 무더기를 가져오는 것이 보였다. 성내의 신사(紳士)들이 찾아뵈려 한다는 내용이었다. 유 지부는 무슨 일로 이른 아침부터 그들이 한꺼번에 몰려왔는지를 물었다. 문상이 말했다.

"뭘 하려는지는 저도 모릅니다요. 어렴풋이 듣기론 황 거인이 상혁공명(詳革功名)[46]도 없이 김 위원 나리가 잡아다 곤장을 때려서,

---

44 관리가 공문서를 살펴보는 방.
45 담배 가게 또는 담배 피우는 곳.
46 특정한 죄에 대해 벌을 주는 대신, 그가 가진 지위와 명예를 박탈하고자 상부에 비준을 요청하는 일.

모두들 불복하여 나리를 먼저 뵙고 이게 무슨 도리인지 따져 보려 한답니다요. 만일 나리께서 제대로 된 이유를 밝혀 주시지 않는다면 그들은 곧장 상소할 거랍니다요."

유 지부가 발을 동동 구르며 다급히 말했다.

"어떠냐? 내 이미 말하지 않았더냐. 이 김 위원이란 양반, 양무(洋務) 처리는 참 잘하지. 그렇지만 이런 판례를 강구하자면 어쨌든 몇 년은 더 배워야 할 게야. 이놈의 관리 노릇이 어디 그리 쉽다더냐? 생각해 봐라. 내 지금 외국인을 찾지 못하면 김 위원은 분명 여기서 먹고 자면서 날더러 찾아내라 할 것이다. 그러면서 황 거인을 몰아붙일 테니 그러면 신사들은 또 불복하여 날 찾아올 게다. 이제 내 신세가 이놈 저놈들에게 만만한 개새끼가 되고 말았구나. 쥐구멍이라도 있다면 내 진작 그 속에 들어갔을 게야. 정말이지 이놈의 관리 노릇, 하루도 더 하고 싶지 않구나."

문상은 첩자(帖子)를 들고 한 켠에 서서 한마디도 대꾸하지 못했다. 다른 수행원들은 일찌감치 그가 손님을 맞을 수 있도록 의관을 갖추는 데 시중을 들었다. 이곳 영순부 성내에는 대단한 신사가 전혀 없었다. 문반(文班)으로는 최고가 진사(進士)나 주사(主事)이고, 무반(武班)으로 으뜸은 유격(遊擊)·연저(連箸)·좌잡(佐雜)·천파(千把) 등에 지나지 않았다. 그것도 통틀어 봐야 20~30명에 불과한데, 지금 기껏 온 것도 그나마 10여 명뿐이었다. 유 지부가 다과를 준비하고 자리를 권한 뒤 먼저 입을 열었다.

"오늘 이른 아침부터 여러분을 놀라게 해 드렸습니다."

그러자 여럿이 말했다.

"어제저녁, 대인께서 많이 놀라셨겠습니다."

유 지부가 말했다.

"제가 부덕하여 백성들을 안정시키고 어루만져 달래지 못했습니다. 비록 여기서 관리 노릇을 하고는 있으나, 참으로 부끄럽기 그지없습니다."

신사들이 말했다.

"수험생들이 감히 사달을 일으키려 했겠습니까만, 대인께서 시험을 멈추신 뒤라 저들이 절망하여 속으로 원망하는 것이야 그럴 수 있겠지요. 이번 사달과 관련된 자들은 지방의 건달들일 뿐, 시험에 응시한 자들은 결단코 이 사달과 관련이 없습니다."

유 지부가 말했다.

"그 일이야 저도 잘 압니다."

신사들이 말했다.

"대인께서 잘 아신다니, 이야말로 우리 지방의 큰 복입니다. 그러나 한 가지, 어찌하여 어젯밤 또다시 황 거인을 잡아다 다짜고짜 곤장을 때리고 감옥에 수감하셨는지요? 황 거인의 평소 인품이 어떠한지는 더 말할 필요가 없습니다. 그러나 그 또한 일방(一榜)[47] 출신입니다. 법에 비추어 보면 왕자가 법을 어겨 서민들과 같은 죄일지라도 상혁공명을 얻어 그에 따라 형을 내렸습니다. 한데 그가 도대체 무슨 일을 저질렀기에 심문도 하지 않고, 곤장을 때릴 수 있단 말입니까?"

유 지부가 말했다.

"이는 저들끼리 저지른 일입니다."

신사들이 말했다.

"설마 대인께서는 모반을 일으킨 자에게 한 입 물린 자라도 그역시 모반자라고 말하면서 불문곡직 그를 능지처참하고 멸문을 시키지는 않으시겠지요? 대인께서는 양방(兩榜)[48] 출신이시니 선

---

47 과거 시험 중 1차 향시의 합격자.
48 과거에서 향시의 거인과 회시의 진사에 급제한 사람.

비들을 아끼고 보호해야만 사문의 일맥으로 부끄럽지 않을 것입니다. 만약 거인에게 곤장을 때릴 수 있다고 하신다면, 여기 저희 무리 중에 대인과 같은 출신의 진사도 있는데, 그 역시 벌벌 떨 것입니다."

이 말을 들은 유 지부는 얼굴이 붉으락푸르락했지만, 한마디도 답을 할 수가 없었다. 한참이 지나고서야 겨우 한마디 내뱉었다.

"이 일은 제가 직접 심문하여 시비곡직을 밝히겠소이다. 결코 황 거인을 억울하게 하지는 않겠소이다."

신사들이 말했다.

"기왕 대인께서 저희를 대신하여 주재하시겠다니, 저희는 잠시 물러갔다가 내일 다시 말씀을 듣겠습니다. 어제 건달들에게 훼손된 대당의 난각은 일이 결정된 후 저희가 변상하겠습니다."

신사들은 말을 마치고 일제히 일어났다. 유 지부는 다른 말을 더 하려 했으나, 사람들이 이미 나가는 것을 보고 더 이상 말하지 않았다. 사람들을 보내고 이문으로 들어설 때, 문상이 수본을 들고 오는 것이 보였다. 수현이 뵙기를 청하며, 외국인도 있다는 것이었다. 그 말을 듣고 유 지부는 마치 보물이라도 주운 것처럼 기쁨을 금할 수 없었다. 그는 다급히 어디서 찾았는지, 양인이 지금 어디 있는지, 그리고 언제 왔는지, 왜 일찌감치 말하지 않았는지를 다그쳤다. 문상이 말했다.

"사람을 보내 찾은 게 아니라, 시골 사람들이 잡아 왔답니다요."

그 말을 듣고 유 지부는 깜짝 놀라 물었다.

"까닭 없이 어째서 시골 사람들에게 잡혀 온단 말이냐? 시골 사람들에게 맞아 다친 데는 없더냐?"

문상이 말했다.

"이건 수현 나리께서 소인에게 말씀하신 겁니다요. 자세한 내용은 소인도 모릅니다요."

유 지부는 곧 수현을 들라 하고, 또 사람을 시켜 김 위원에게 양인들을 찾았다고 알리게 했다. 잠시 뒤 수현이 들어왔다. 그리고 막 두어 마디 나눈 참에 김 위원도 달려왔다. 유 지부가 말했다.

"축하합니다! 축하해요! 외국인들을 찾았습니다."

김 위원이 말했다.

"어떻게 찾았답니까?"

유 지부가 말했다.

"저 사람이 얘기해 줄 거요."

수현이 곧 말했다.

"비직이 오늘 아침 대인이 계신 이곳에서 돌아갔더니, 이 시골 지보가 와서 마적 넷을 잡아 왔다고 알리더군요. 그 말을 듣고 비직은 깜짝 놀랐습니다. 왜냐하면 이 지방은 줄곧 평안하여 도적 사건이라곤 일어난 적이 없는데, 어디서 강도가 나타나겠습니까? 그래 먼저 사람을 시켜 조사하게 했더니 돌아와서 들려주는 내용이, 말이 네 필인데 그중 두 필은 안장이 있고 두 필은 안장이 없으며, 보따리에는 외국 의복이 많다는 것이었습니다. 비직은 그 말을 듣고 의문이 들더군요. 내친김에 네 사람을 데려오라 했습니다. 그런데 누가 알았겠습니까. 외국인은 비직을 보더니 바로 알아보고 절 부르더군요. 비직은 그들을 보자마자 일어나 제 손으로 그들을 묶은 새끼줄을 풀어 주었습니다. 다만 통사는 어제 말을 타고 가다 부상을 입어 온몸에 열이 나고 머리가 어질어질하여 몸을 움직일 수 없다고 해서, 지금 비직의 관아에 남는 방 하나를 수습하여 거기서 요양하게 했습니다. 두 양인(洋人)은 밤새 굶주린 터라 비직의 관아에 남아 밥을 먹고 있는데, 다 먹으면 곧 올 것입니다. 비직은 대인께서 염려하실까 싶어 먼저 와서 보고를 드리는 것입니다."

유 지부가 물었다.

"말은 어디서 구한 게요? 시골에는 어떻게 갔으며, 또 어쩌다 강도로 오인받았답니까?"

수현이 말했다.

"비직도 양인들에게 물어봤더니, 어제 수천 명이 객점으로 와 난리를 피우는 통에 객점 주인이 문을 닫아걸고 네 사람에게 담을 넘어 도망가게 했다더군요. 마침 뒷담 너머가 이웃집 마구간이어서, 말을 타고 단숨에 10여 리를 달려 그 마을에 당도했답니다. 그런데 시골 사람들이 그들을 보고 의심할까 봐 중국식으로 분장하고, 두 양인은 또 보자기로 얼굴을 가려 병든 것처럼 가장하여 겨우 시골 사람의 이목을 가렸답니다. 그런데 한고비 넘으니 또 한 고비가 있을 줄 누가 알았겠습니까. 시골 사람은 그들이 안장 없는 말을 탈 줄 안다는 것을 보고 강도라 여겨 지보에게 알렸고, 지보는 또 세세히 조사해 보지도 않고 저들을 한꺼번에 묶어 성으로 보내왔던 것입니다. 정말 웃기는 이야기지요! 다행히 그들을 두드려 패지는 않았습니다. 지보와 시골 사람들은 대인의 처분을 듣고 처리하기 위해 비직이 관아에 잠시 잡아 두었습니다."

유 지부가 말했다.

"묶을 때 저들은 왜 고함을 지르지 않은 게요?"

수현이 말했다.

"저들을 묶을 때, 네 사람은 곤히 잠들어 있었습니다. 광사 중 한 사람이 놀라 깼지만, 성으로 갈 것이란 말에 어찌 된 일인지 알고, 괜스레 쓸데없는 일이 생길까 하여 입을 다물었답니다. 나머지 세 사람 중 양인 하나는 중국 말을 할 줄 모르고, 통사는 병으로 쓰러져 말을 할 수 없었답니다. 그리고 서새는 죽은 듯 잠이 들어 시골에서 성까지 오는 내내 잠들어 있었답니다. 비직이 사람을 시켜 새끼줄을 풀어 주고서야 겨우 깼습니다."

유 지부가 말했다.

"아이고! 천지신명이시여, 감사합니다. 이 일은 결말이 났으니, 내 이제야 한시름 놓겠구나. 그렇지만 다른 한 가지는 장차 어떻게 수습해야 할지 모르겠구나."

수현이 들어올 때, 그는 신사들이 왜 왔는지를 이미 알고 있었다. 지금 유 지부가 말한 것이 바로 그 일이었다. 이제 막 물어보려던 참인데, 문상이 돌아와 말했다.

"서양 나리께서 당도하여 이당(二堂)에서 가마를 내리고 계십니다요."

유 지부와 김 위원 그리고 수현 등 세 사람이 함께 그들을 맞이하러 나갔다. 가마 세 대가 나란하였는데, 사인교(四人轎) 두 대에는 양인이 앉았고, 이인교(二人轎) 한 대에는 서새가 앉아 있었다. 서새는 그때까지도 가마에서 내려오지 않고 부현(府縣)이 나오기를 기다리고 있었다. 부현이 나오자 그들 셋은 그제야 가마에서 내려와 안으로 들어갔다. 유 지부는 황급히 악수를 나눈 다음 얼마나 놀랐는지 묻고 이어 유감의 말을 마친 뒤 자리에 앉았다. 서새는 김 위원의 집사 손에 이끌려 잡담을 나누러 나갔다.

유 지부가 먼저 입을 열어 광사에게 어제 도망가던 상황을 물었다. 양인은 처음부터 끝까지 자세히 들려주었다. 김 위원도 그에게 지금 몇 놈을 잡아다 벌써 곤장을 때리고 감옥에 수감해 두었으며, 심문을 통해 잘잘못을 명명백백하게 가려 죄를 정할 것임을 알려 주었다. 광사가 말했다.

"유 대인! 당신네 부현의 풍속은 정말 좋지 않군요! 어제는 수험생들이 사달을 일으켜 우린 거의 죽을 뻔했습니다. 게다가 시골로 도망갔더니, 시골 사람들은 또 우릴 강도라고 잡아들이질 않나. 우리는 귀 총독이 초빙해서 온 사람들입니다. 그러니 귀하는 마땅히 온 힘을 다해 우릴 보호해야 하는 것이 제대로 된 도리겠지요. 지금 이 같은 경우는 우리에게도 잘못하는 것일 뿐만 아니라 당신네 총독 대인께도 잘못하는 것입니다. 지금 우린 짐과 여비를 모두 잃어버리고 말았습니다. 시골 사람들과 어제 잡아들인 고시생들 모두 엄중히 다스려 우리의 화를 풀어야 직성이 풀리겠습니다."

광사의 말을 들은 유 지부는 속으로 화가 났지만, 한마디 대꾸도 하지 못했다.

다음 이야기, 김 위원이 화해를 도모하는데, 그는 오직 돈으로만 조정하려 한다. 신사들은 잘못을 꾸짖으며, 상소에 온 힘을 기울인다. 유 지부가 어떻게 양인들을 떠나보내는지, 신사들의 상소는 피할 수 있는지 없는지를 알고 싶으면 다음 회를 듣고 알아보기 바란다.

제5회

교활한 관리는 뇌물로 여비를 보태고
부추김을 받은 광사는 배상을 요구하다

각설하고, 유 지부는 앞서 신사들의 항의를 받은 데 이어, 이번에는 또 면전에서 양인들에게 백성들을 처벌하라는 압박을 받게 되었으니, 진퇴양난인지라 속으로는 화도 나고 초조하기도 하여 잠시 궁지에 몰린 채 대답을 못하고 있었다. 그때 김 위원도 그 자리에 있었는데, 그는 일견 양인들이 무사한 것을 보고 자신의 책임을 내려놓을 수 있었다. 게다가 사달을 일으킨 무리도 이미 수감해 놓았으니, 이와 관련해서는 할 말도 있었다. 그래서 그는 첫째로는 유 지부에게 잘 보이고, 둘째로는 양인들을 잘 구슬려 보기 위해 기꺼이 좋은 사람이 되기로 했다. 그는 유 지부가 대답을 못하고 있는 상황을 보고 용감하게 나서서 양인들에게 힘껏 해명을 해 주었다.

"이번 일과 관련해서 유 대인은 우릴 위해 전심전력을 기울였습니다. 우리가 여기 온 이후로 유 대인이 우리를 어떻게 대접했습니까? 다만 백성들이 완고하기 그지없어 그런 것이니, 유 대인을 탓할 수는 없습니다. 어제 사달이 벌어진 이후로 유 대인은 족히 40여

시간을 눈도 붙이지 못하고 먹지도 못했습니다. 지금 사달을 일으킨 놈들은 벌써 잡아다 족친 뒤 감방에 처넣었으니, 반드시 엄중하게 처벌할 것입니다. 결코 그들을 쉬이 놓아주지는 않을 것이니, 두 분은 마음을 놓으시지요. 우리가 잃어버린 짐이며 침구며 여비 등을 찾을 수 있으면 다행이지만, 설사 찾지 못한다 하더라도 유 대인께서 결코 빈손으로 돌아가게 하지는 않을 것입니다. 게다가 당신들을 잡아 온 저 시골 사람들은 이치로 따지자면 오히려 공을 세운 것입니다. 만약 그들이 당신을 잡아 오지 않았다면, 여러분은 지금 어느 곳을 떠돌고 있을지 알 수 없는 노릇이지요. 다만 저들은 당신들을 묶지는 말았어야 했습니다. 그게 저들이 잘못한 점이지요. 이런 것들은 모두 소소한 일들로 유 대인께서 반드시 처리하실 터이니, 그리 걱정하실 필요가 없습니다. 지금 두 분은 어제저녁에는 고초를 겪으셨고, 또 오늘은 이른 아침부터 묶여 오는 고초를 충분히 겪으셨으니, 우선 제 방으로 가서 좀 쉬시지요. 그리고 일체의 일들은 그 뒤에 다시 논하기로 하시지요."

광사가 말했다.

"그런 일들은 내 관여치 않을 것이니, 김 위원이 하시자는 대로 하지요."

그러고는 다시 고개를 돌려 유 지부에게 말했다.

"유 대인께서 우리 때문에 고생하셨으니, 나중에 충분히 사례하겠습니다."

유 지부는 그 말을 듣고 또 무슨 말로 대꾸해야 좋을지 몰랐다. 양인은 말을 마치자마자 일어나 물러갔다. 김 위원이 황급히 앞서 길을 인도하며 둘을 자기 방으로 데려갔다. 유 지부는 그들이 쉬려는 것인 줄 알고, 침상이 모자랄까 하여 즉시 사람을 시켜 침대보와 이불 등을 더 보내 주었다. 이에 대해서는 더 얘기하지 않겠다.

양인들이 자리를 떠난 것을 보고 곧장 일을 어떻게 처리해야 할지 수현이 유 지부에게 교시를 청하자 유 지부가 말했다.

　"자네도 저들이 하는 말을 들었는가? 빨간 얼굴 한 놈과 하얀 얼굴 한 놈, 두 놈이 서로 결탁했더군. 저 둘의 돈을 배상하는 것은 그리 요긴한 일도 아니오. 얼마든 액수에 맞춰 주면 될 일이지. 내 지금 다른 것은 하나도 화가 나지 않소. 다만 우리 중국을 개나 소나 강도보다 못한 놈들이 제멋대로 기어올라 업신여기는 걸 참을 수 없소. 어찌 이럴 수가 있단 말인가!"

　유 지부는 얼마나 화가 났던지 수염이 파르르 떨렸다. 그는 한참 동안 말이 없었다. 수현이 말했다.

　"배상을 하라면야 배상하면 그만이겠지요. 다만 어제 잡아들인 무리들과 시골 사람들은 어찌 처리해야 할는지요?"

　"시골 사람들은 아무 잘못이 없소. 저들은 이상한 말투에 이상한 옷을 입은 사람들을 보고 혹시라도 나쁜 사람들일까 하여 잡아서 데려온 것이니까. 여기로 압송해 온 뒤 처분을 들으려는 것이었겠지요. 또 그들은 한 대도 사사로이 때리지 않았소. 만약 진짜 마적들이었고 그 마적들을 잡아들인 것이라면, 크게 상을 내려야 마땅하거늘 어찌 그들을 잘못되었다 할 수 있겠소?"

　"그렇지만 저들에게 벌을 내리지 않는다면, 아마도 양인들이 마음에 들어 하지 않을까 싶습니다."

　"저들을 만족시키기란 참으로 어렵소. 만약 우리 백성의 고혈을 짜서 그들의 기쁨을 사야 한다면, 내 차라리 관직을 때려치울지언정 결단코 그 짓은 못하겠소이다. 배상 문제는, 이미 이 지경에 이르렀으면 조정에서도 어찌할 수 없을 것이니, 우리도 단념해야겠지. 그러나 착한 사람이 억울하게 연루되게 해서는 절대 아니 될 것이오."

"외국인들은 다만 돈을 요구하고 있으니, 돈만 있으면 잘 해결될 것입니다. 시골에서 온 사람들 또한 방면하면 그만입니다. 그리고 황 거인의 무리 중 곤장을 때릴 놈들은 곤장을 때려 모두 감옥에 수감하였습니다. 그렇지만 어떤 이들은 아직 공명(功名)을 제거하지 않았으니, 이 일은 어찌 처리해야 하는지 대인의 교시를 바랍니다."

"다른 거 없소. 내가 관직을 버리면 그만이지."

수현은 태존의 화가 머리끝까지 치밀어 있는 상황을 보자 더 이상 말을 꺼내지 못하고, 그저 몇 마디 한담을 더 주고받다가 물러나 자신의 관아로 돌아갔다. 양인들은 김 위원과 함께 부 관아에서 2~3일을 머물렀다. 통역관은 현에서 이틀을 쉬어 병이 호전되자 부 관아로 옮겨 와 함께 머물렀다. 황 거인의 무리는 여전히 감옥에 갇혀 있었다. 시골에서 온 사람들도 여전히 현에 갇혀 있었다. 유 지부는 이 일들에 일체 관여하지 않았다. 신사들이 뵈러 와도 만나지 않고, 병이 났으니 호전되면 직접 만나 볼 것이라고 말했다.

이렇게 4~5일이 흐르자, 김 위원 등이 도리어 더 견디지 못했다. 그제야 그들은 유 지부의 별난 성격을 알게 되었다. 그는 어떤 때는 담이 너무 작아 떨어지는 낙엽에도 벌벌 떨 정도였지만, 성질이 뻗치면 아무것도 두려워하지 않았다. 요 며칠 양인들과는 마주치면 억지로 대꾸라도 했지만, 김 위원과는 어쩔 수 없이 말을 나누게 되더라도 의견이 서로 엇갈렸다. 때문에 김 위원은 괜히 긁어 부스럼을 만들고 싶지 않았다. 그나마 다행히 수현과는 아직 말을 나눌 수 있어, 이날은 혼자 간편복을 입고 현 관아로 가서 수현을 만나 상의했다.

"우리가 여기 와서 이런 사달이 벌어지게 되었는데, 정말 생각지도 못한 일입니다. 이제는 광맥을 더 살펴볼 필요도 없이, 일을 끝내고 성으로 돌아가야겠습니다. 잃어버린 물건 중에 많거나 적거나 제 것은 어찌 되어도 상관없습니다. 하지만 양인들 것은 어쨌든 태존께서 무슨 언질이라도 주셔야 할 것입니다. 여기서 하루라도 더 머물면 피차 서로 불편할 테니까요. 잡아들인 사람들을 어떻게 처리할지 우리가 알 필요는 없겠습니다. 일을 마치고 성으로 돌아가면 무슨 말이 있겠지요. 그런데 태존께서는 고민만 하시고 아무 말씀이 없으시니, 도대체 무슨 속셈이신지 모르겠습니다."

수현이 말했다.

"물건은 반드시 배상할 것이고, 사람들도 반드시 처벌할 것입니다. 요 며칠 태존께서 기분이 영 좋질 않으시니, 속관인 저희들도 말씀드리기가 어렵습니다. 마침 잘 오셨습니다. 식사하시고 별일 없으시면 종종 오셔서 한담이라도 나누며 며칠 더 머무는 것도 좋겠지요."

"아이고, 형님. 그렇게 말씀해 주시니 참으로 마음이 놓입니다! 허나 우리가 떠나온 지 벌써 두세 달이 지났는데도 아무런 결과가 없어, 아직도 성으로 돌아가지 못하고 있습니다. 여기서 계속 죽치고 있으면 무엇을 한단 말입니까? 형님! 제발 부탁드립니다. 우리가 좀 떠날 수 있도록 오늘이나 내일 지부께 확실히 물어봐 주십시오. 이 태존이란 양반은 처음 뵈었을 때는 참으로 원만하시더니, 이제 저는 그와 얼굴을 마주하는 것도 두렵습니다. 형님, 어떻게 해서든 날 좀 도와주십시오."

말을 마친 그는 다시 일어나 공손히 읍을 했다. 이에 수현은 어쩔 도리 없이 응낙할 수밖에 없었다. 그러고는 그에게 배상하려면 액수가 어느 정도 되는지를 물었다. 김 위원이 말했다.

"외국인들은 욕심이 많아서 5만~6만 냥도 기꺼이 요구할 것입니다. 제 생각에는 대략 많으면 2만, 적어도 만 냥이나 5천 냥 정도면 충분할 겁니다."

그 문제는 피차 더 이상 거론할 필요가 없어 수현은 아무 말도 하지 않았다.

독자 여러분! 여러분도 아시다시피 이 교섭의 처음에는 유 지부가 얼마나 융통성을 부렸고, 또 얼마나 양보했습니까? 그런데 어째서 지금은 완전히 다른 사람이 되었을까요? 그 이유는 당초에 그가 관직에 연연하여 부득불 조정의 뜻에 따라 외국에 아부했기 때문입니다. 그는 외국인이 왔다는 소식을 듣자마자 즉시 시험을 멈추었습니다. 그리고 점소이가 찻그릇을 부쉈다는 얘기를 듣고는 곧바로 그들 부자를 압송하여 심문했습니다. 그런데 지금은 사달을 일으킨 무리는 점소이에 비해 백배나 많고, 잃어버린 물건도 찻그릇의 백배는 됩니다. 한데도 그는 전혀 묻지도 따지지도 않은 채 아무것도 하지 않고 있습니다. 이 무슨 까닭입니까? 사실 그는 지금, 안으로는 신사들에게 압박을 받고 밖으로는 양인들에게 압박을 받아 이러지도 저러지도 못한다는 사실을 분명히 알고 마침내 마음을 비우게 되었습니다. 또 관직을 잃게 될까 염려하는 마음을 버렸기 때문에, 그의 마음은 편안해진 것입니다. 그리되자 오히려 김 위원이 그가 아무것도 하지 않는 것을 보면서 이 일이 끝나지 않을까 걱정되고 초조하여, 부득이 수현에게 대신 말 좀 해 달라고 부탁하게 된 것입니다.

쓸데없는 말은 그만두고 본론으로 다시 돌아갑시다.

한편 수현은 지부를 알현할 때 그 자리에서 김 위원이 부탁한 말을 완곡하게 늘어놓았다. 또한 양인들이 여기 머무는 것은 필경 별로 좋지 않으니, 조금이라도 일찍 보내 눈앞에서 치워 버리는 것이 좋지 않겠느냐는 말도 덧붙였다. 유 지부는 처음에는 마음이 온통 걱정으로 가득했지만, 며칠 지나면서 점점 편안해졌다. 이에 수현의 말을 듣자 그들이 무엇을 요구하더냐고 물었다. 수현은 김 위원이 말한 액수를 말했고 유 지부가 대꾸했다.

"너무 많소! 얼마 되지도 않는 짐 꾸러미의 가치가 그렇게나 많단 말이오? 내 생각엔 은자 2천 냥을 주어 보내려고 하오. 저들의 짐이래야 가치가 기껏 몇백 냥에 불과할 테니, 그것만으로도 이미 그들의 편의를 봐준 것이오."

수현은 양인들의 요구한 액수와 배상액의 차이가 너무 현격한 것을 보고 더 이상 거론할 수 없었다. 이어 김 위원이 성으로 돌아간 뒤 보고할 수 있도록, 잡아들인 사람들은 어찌 처리할지를 물었다. 유 지부가 말했다.

"이 일은 내 일찍이 생각해 둔 바 있소. 상부에 보고해서 윗전께서 하라는 대로 처리할 것이오. 그리되면 자네나 나는 나쁜 놈이 될 리도 없고 좋은 사람이 될 것도 없지 않겠소. 내 지금 양인들에게 면목을 세우자니 신사들에게 체면이 서지 않고, 신사들에게 체면을 세우자니 양인들에게 면목이 없을 지경이오. 하물며 이 사람들은 대부분 현장에서 잡혀 왔고, 어떤 이들은 자백하기도 했으니……. 그렇지만 이는 김 위원이 직접 가서 잡아들인 사람들이고 또 곤장도 김 위원이 제멋대로 때린 것이라, 백성들에게 해서는 안 될 일로 김 위원이 너무 성급했소. 하지만 지금은 누가 옳고 그른지 내 일체 묻지 않을 것이오. 상부에 보고해서 윗전의 뜻이 무엇인지를 보고 그때 결정할 것이오."

수현은 더 이상 할 말이 없어 물러난 뒤, 김 위원에게 사실대로 알려 주었다. 김 위원도 그때 황 거인을 때리지 말았어야 했고, 또 그들 일당을 모두 감옥에 집어넣은 것도 너무 성급하여 이제는 수습하기가 쉽지 않게 된 것이 후회되었다. 그러면서 머리를 굴려,

상부에 당도하면 일체의 일을 외국인들 탓으로 돌리고 나와는 아무 상관 없는 것으로 만들어야겠다고 생각했다. 그리고 지금은 이 기회를 틈타 저 두 사람이나 잘 구슬려야겠다고 생각했다. 그러고는 곧 수현과 다시 상의하며, "은자 2천 냥을 나보고 어찌 양인들에게 말하라는 것이냐? 모든 일은 최선을 다해야 하는 법이다. 아울러 자신이 만 냥을 깎아 준 것도 적다고 할 수 없다"는 둥 말을 늘어놓기 시작했다. 수현은 어쩔 수 없이 다시 한 번 그를 대신하여 지부에게 말했다. 유 지부는 2천5백부터 시작하여 3천 냥까지 올려 주고는 더 이상은 안 된다고 잘라 말했다. 수현은 물러나 이를 다시 김 위원에게 전했다. 그러나 김 위원은 계속해서 그에게 에둘러 돈을 더 올려 달라고만 말할 뿐이었다. 수현은 태존의 면전에서 다시 말하기가 뭣하여, 자신이 몰래 김 위원에게 은자 천 냥을 직접 보내 줄 수밖에 없었다. 다행히 한 푼이라도 헛되지 않는다면, 장래에 어떤 효과가 있을 것이다. 그래서 그는 곧 김 위원에게 말했다.

"이건 제 조그만 성의입니다. 노형의 노잣돈으로 드리는 것이니, 배상액에는 포함되지 않는 것입니다."

김 위원은 그것을 받아들였다. 그는 수현에게는 감격했지만, 유 지부는 뼈에 사무치도록 미웠다. 그가 말했다.

"노형의 천 냥은 고맙게 받겠습니다. 태존께서 말씀하신 3천 냥에 대해서도 제가 더 이상 따질 필요가 없겠지요. 다만 모두에게 아무 일이 없도록 외국인에게 할 말이 없다는 것이 문제겠지요."

수현은 자신이 일을 제대로 처리하여, 외국인이 성으로 돌아갔을 때 김 위원이 한 힘 거들어 준다면 이후의 일은 걱정할 필요가 없다는 걸 알고, 군말 없이 웃으며 헤어졌다. 김 위원은 유 지부가 배상하려는 액수를 보고, 욕심에 차지 않아서 방으로 돌아와 광사를 부추기며 유 지부를 험담했다. 광사가 말했다.

"내 보기에, 여기 지부와 수현 두 사람 모두 전력을 다하지 않아요. 오히려 군영의 참부가 우릴 위해 몇 놈을 잡아들였지요."

김 위원이 말했다.

"사달이 난 그날 유 대인은 줄곧 이문(二門)을 닫아걸고 관아에 꼭꼭 숨어 있었습니다. 다행히 수현 나리께서 먼저 포청(捕廳)과 함께 거리로 나가 진압하시고, 또 그 뒤에는 한밤중인데도 저와 함께 황가 놈을 잡으러 가느라 한밤 내내 한숨도 자지 못했습니다. 수현 나리는 그날 우릴 위해 온 힘을 다했습지요. 만약 그가 아니었다면, 수괴 황가 놈을 어떻게 잡을 수 있었겠습니까?"

광사가 말했다.

"오히려 그가 훌륭한 관리였다는 걸 알아보지 못했군요. 그런데 유 대인은 처음 뵈었을 때는 사리를 아는 사람처럼 보이더니, 어째서 우릴 위해 전혀 힘을 쓰지 않은 것이오?"

김 위원이 말했다.

"우릴 위해 힘을 쓰지 않은 것은 그렇다 칩시다. 지금 우린 짐을 모두 잃어버려, 여기서 묶인 채 성으로 돌아가지도 못하고 있습니다. 그래서 내가 여비로 삼으려고 은자 몇천 냥을 빌려 달라고 했지만, 그는 한 푼도 내놓지 않았습니다. 뿐만 아니라 잡아들인 놈들을 심문도 하지 않습니다. 언제까지 우릴 잡아 두려는지 모르겠어요!"

광사가 말했다.

"난 저들의 총독 대인이 초청해서 온 사람이오. 그러니 내게 죄를 짓는 것은 곧 총독 대인에게 죄짓는 것이나 진배없소이다. 내 짐은 털끝만큼도 없어서는 안 될 것들이라, 만약 하나라도 없어졌다면 반드시 은자로 배상해야 할 것이오. 우리가 잃어버린 물건이 모두 얼마가 됐든, 반드시 그에 맞게 은자로 배상해야 할 것이외다. 빨리 장부를 만들어 내게 주시오. 내가 가서 따질 터이니. 조금이라도 부족해서는 아니 될 것이오."

이에 김 위원은 직접 손을 놀려 거짓 장부를 꾸몄다. 계산에 계산을 거듭하니 족히 은자 2만 6천여 냥이었다. 그것을 광사에게 주고, 일행은 일제히 화청으로 가 유 지부의 알현을 청했다. 유 지부가 소식을 듣고 얼른 나와 그들을 맞았다. 광사는 화가 나 씩씩거리며 그에게 말했다.

"유 대인! 당신은 내가 누구의 부탁으로 왔는지를 모르시오? 나는 당신네 총독 대인이 청해서 온 사람이오. 그런 내가 이 지방에 왔으면, 당신은 응당 전력을 다해 우릴 보호해야 마땅하거늘. 사달이 난 뒤 우리가 간신히 도망쳐 목숨을 부지했더니, 당신은 또 시골 사람들을 시켜 우릴 잡아 오게 하였소. 그런데도 우린 관아에 머물라는 당신의 말을 좋은 뜻으로 받아들였소. 그런데 당신은 지금 잡아들인 사람들을 심판하지도 않거니와, 또 우리가 잃어버린 물건을 찾아보지도 않고 있소. 우린 이제 당신에게 처벌을 요구하지도 않고, 또 우리 짐을 배상하라고도 하지 않을 것이오. 다만 우리가 성으로 돌아갈 수 있게 여비나 조금 빌리자는 것이오. 당신이 사달을 일으킨 사람들을 처벌하지 않겠다면, 내가 나서서 당신네 총독 대인께 처벌해 달라고 부탁하겠소이다. 우리가 잃어버린 물건은 도합 2만 6천 냥으로 이 장부에 다 적어 놓았소. 무창(武昌)으로 가져가면, 당신네 총독 대인도 인정하여 하나라도 부족함이 없게 해 줄 것이오."

그의 일장 연설에 유 지부는 갈피를 잡지 못했다.

"이게 도대체 무슨 말씀이시오? 사달을 일으킨 사람들은 당신네 김 위원이 잡아 왔고, 곤장을 때릴 놈은 때리고 감옥에 넣을 놈은 수감하였소. 또 뭘 더 어떻게 하라는 것이오?"

유 지부의 말이 채 끝나기도 전에 광사가 말을 이었다.

"왜 아니겠소! 전부 우리 김 나리 덕분이지. 사람 몇 잡아들이는 일에 당신네 지방관이 무슨 쓸모가 있겠소?"

유 지부가 말했다.

"그날 나는 수현에게 먼저 나가 진압하라 시켰고, 그 뒤엔 사람들 잡아들이는 일을 돕도록 하였소."

광사가 말했다.

"그렇지요! 온 성내에 오직 수현 나리만 그나마 우릴 위해 힘을 써 주셨지요."

이 말을 듣고 유 지부는 화가 머리끝까지 나서 말했다.

"당신들이 잃어버린 물건은 내 벌써 3천 냥을 물어 주겠다고 응낙했소이다. 그것이 은자가 아니면 무엇이오이까? 게다가 이 은자는 모두 내가 직접 마련한 것이외다. 설마 백성들을 착취해야 한다는 것은 아니겠지요?"

광사가 말했다.

"당신이 말한 은자 3천 냥은 보지도 못했소. 누구한테 줬다는 말이오? 그리고 내 장부로는 2만 6천 냥인데, 그 3천 냥으로 어느 항목을 배상한다는 것이오이까?"

유 지부가 맞받았다.

"3천 냥이라고 했으면 3천 냥이지, 지금 무슨 말도 안 되는 소리를 하시오?"

그때 김 위원도 그 자리에 있어, 유 지부가 3천 냥을 거론하는 말을 들었다. 원래 그런 이야기가 있었지만, 김 위원은 저 혼자만 알고 양인들에게는 말을 하지 않았던 것이다. 만약 그들이 있는 이 자리에서 그런 말이 나오면 난처하기가 이만저만이 아닐 것이다. 그래서 얼른 일어나 무마하며 말머리를 다른 데로 돌렸다.

"우리가 떠나온 지도 이미 적잖은 날이 지났는지라, 이제는 어서 일을 마치고 성으로 돌아가야 합니다. 유 대인께서 2천 냥을 더 얹어 주실 수 있다면 더 이상 좋을 수 없겠지만, 그렇게 할 수 없다 하더라도 3천 냥이면 우리가 돌아갈 여비로는 충분할 겝니다. 여기 일은 다행히 유 대인께서도 상부에 보고하실 것이니, 상부의 뜻이 어떤지를 보고 다시 처리하면 되겠지요."

광사는 본래 유 지부와 시비곡직을 더 따져 보려 하였으나, 김 위원의 말을 듣고는 그만두었다. 어쨌든 유 지부는 충직하고 온후한 사람이었던지라, 이번에도 김 위원이 자신을 대신해서 해명해 준 것에 감격하여 곧 광사에게 말했다.

"3천 냥은 마련할 수 있지만, 사실 더 이상은 장만하기 힘드오. 현에 미리 준비를 시키게 언제 떠나실는지 날짜를 정해 주시구려."

김 위원은 그 자리에서 광사와 상의한 끝에 모레 떠나기로 결정했다. 김 위원이 다시 유 지부에게 부탁했다.

"행장을 꾸릴 수 있도록 은자 몇백 냥만 먼저 내어 주십시오."

유 지부 또한 그러라면서 즉시 장방(帳房)[49]에 전갈하여 은자 5백 냥을 먼저 보내 주었다. 다음 날, 유 지부는 은자를 모두 모았고 광사는 그 자리에서 모두 받아들였다.

그날 저녁, 유 지부는 또 특별히 거나한 주안상을 마련하고 참부와 수현 등을 초대하여 주객 도합 여섯이 함께 담소를 나누며 즐겼다. 6시에 자리 잡고 앉아, 이고(二鼓)[50]가 지나서야 술자리를 파했다. 술자리에서 나눈 얘기는 전부 한담들로 공무는 전혀 거론

---

49 재물의 출입을 관리하던 곳 또는 관원.

50 밤의 시간을 다섯으로 나눈 두 번째 시간. 이때 두 번째 북을 울려서 알렸음. 계절에 따라 밤의 길이가 달라 이 시각에도 변동이 있으나, 대략 오후 10시 전후를 말함.

하지 않았다. 다음 날, 군영과 현의 각 관원들은 일제히 부 관아에 모여 광사 일행이 떠나는 것을 배웅했다. 부와 현의 각 관원들은 성 밖까지 배웅하고 돌아왔다. 김 위원이 양인들 및 통역사와 함께 무창으로 돌아간 일은 더 이상 거론하지 않겠다.

한편 유 지부는 관아로 돌아와 먼저 형명(刑名)과 함께 이 일을 상부에 어떻게 보고할 것인가를 상의했다. 그리하여 초고를 쓴 뒤, 고치고 또 고쳤다. 어쨌든 유 지부는 나름 학문이 있는지라 자못 스스로 글을 지을 수 있었다. 그는 이 일의 시말을 상세히 적어 윗전에 보고했다. 아울러 사달을 일으킨 사람들은 모두 잡아들여 지금 수감하여 두었으니 어찌 처리하면 좋을지를 기다린다는 말을 덧붙였다. 그러나 시험을 그친 일이나 또 무동(武童)들이 사달을 일으킨 일과 관아의 대당을 훼손한 일 등은 다소 가볍게 고쳤다.

상부로 보고서를 보내고 나서, 다시 각 학궁 교관들에게 '양인들이 이미 떠났으므로, 이전에 시험을 치르지 않은 무동들은 모레 날을 잡아 시험을 계속 치르겠으니, 각 교관들은 수험생들에게 알리라'는 말을 전했다. 그런데 누가 알았으랴. 그날이 되어도 시험을 치르러 온 이들이 거의 없었다. 어찌 된 일인가? 태반은 가져온 여비에 한계가 있어 더 이상 머물지 못하고 일찌감치 돌아가고 말았다. 또 태반은 이번 난리에 무동들 대부분이 현장에 있었기에, 열에 대여섯은 부(府) 대인이 이번 시험을 빌미로 그들을 잡아들이려는 게 아닐까 싶어 감히 오지 못했던 것이다. 때문에 시험에 응시한 인원은 처음 응시했을 때에 비해 열에 한둘밖에 남지 않았다. 때문에 유 지부는 대충대충 마칠 수밖에 없었다.

신사들도 일찍이 여러 차례 재촉했지만 유 지부는 태연자약하게 말했다.

"이 일은 상부의 결정을 기다리겠노라고 이미 보고하였소이다.

잡아들인 사람들의 경우, 그들의 억울함을 벗을 길이 있으면 제 힘껏 누명을 벗겨 주려 하였습니다. 또한 무동들이 무리를 이룬 일이나 본부의 대당을 부순 일 등은 보고하지 않았습니다."

신사들이 말했다.

"대공조(大公祖)[51]께서 백성들의 입장을 잘 헤아려 주시니, 이는 진실로 이 지방의 홍복입니다. 그렇지만 이 일은 사실 시험을 그쳤기 때문에 발생한 것임은 분명합니다."

유 지부는 더 이상 뭐라 하지도 못하고, 자신을 탓할 수밖에 없었다. 신사들이 물러갔다. 그중 몇몇 충직한 이들은 더 이상 성가시게 굴지 않고 상부의 대답을 기다렸다. 그러나 몇몇 교활한 이들은 일찌감치 고소장을 써서 성(省)에 상소를 올렸다.

다음 이야기, 악인들의 중상모략으로 태수는 해임되고, 탐관오리 때문에 많은 선비들이 다시 줄줄이 끌려간다. 뒷일이 어떻게 진행되는지 알고 싶으면 다음 회를 듣고 알아보기 바란다.

---

51 명·청 시대에 신사들이 부(府) 이상의 관원들을 부르던 존칭.

제6회

새로운 태수는 처음부터 위세를 부리고
유약한 서생은 글짓기 모임으로 체포되다

각설하고, 서양 광사는 돌아가는 길에 김 위원의 말을 듣고, 장사(長沙)에 도착하여 무원(撫院)[52]을 보자마자 유 지부에 대한 악담부터 늘어놓았다. 즉 그는 성격이 너무 물러 터져서 백성들을 진압하지도 못했을뿐더러 사달이 난 뒤에는 제대로 처결도 하지 않았다는 둥. 다행히 거기 지현은 그래도 일 처리가 능숙하여, 당시 사건의 주모자 몇을 잡아들여 감옥에 처넣었다는 둥. 우리 몇몇은 지금 도망 나와 비록 목숨은 건졌지만, 가져간 짐은 백성들에게 모두 뺏겨 하나도 남은 게 없다는 둥. 이 말을 듣고 무원은 할 수 없이 양인들에게 몇 마디 위로를 건넨 뒤, 지응국(支應局)[53]에 명하여 각 사람에게 은자 천 냥씩을 먼저 내주었다. 그리고 차후 유 지부에게 공문을 보내 당신들의 물건을 배상하라면 되지 않겠

---

52 순무(巡撫)이며, 무대(撫臺)라고도 한다. 명·청 시대에 성(省)의 군사(軍事)와 민사(民事)를 맡아 보던 벼슬.

53 청대 후기에 각 성(省)의 총독(總督)이나 순무가 특수한 용도로 사용하는 돈을 현지에서 조달하기 위해 설치한 비공식 재정 기구.

느냐고 달랬다. 그러자 양인들은 말없이 물러나 무창으로 돌아갔다. 이에 대해서는 더 이상 말하지 않겠다.

원래 이 무대(撫臺) 대인도 양무를 특히 강조하는 양반이라, 이러한 상황을 듣고 백성들이 이처럼 완고하니 장차 이 일을 어찌 처리해야 할지 고민이었다. 바로 그때 무대를 알현하기 위해 관원들이 들어왔는데, 그중에는 발심국(發審局)[54]의 총관도 있었다. 그는 성이 부(傅)씨요 이름은 축등(祝登)으로, 주현(州縣)의 수장급 출신이었다. 그가 말했다.

"제가 예전에 영순부에서 지현을 지낸 적이 있습니다. 그 지방 백성들은 하도 완고하여 교화되지도 않습니다. 제가 부임한 이후 그들을 개도하려고 해 봤지만, 교화되지 않는 무리들도 있었습니다. 그래서 곧바로 그를 잡아다 엄중히 벌을 주어 본보기로 삼았습니다. 그 뒤로는 백성들도 감히 어쩌지 못하게 되었습니다."

무원이 말했다.

"옳소이다! 내 생각에 일을 처리하자면 항상 먼저 위엄을 세워 백성들에게 두려움을 심어 주어야 하오. 그리되면 자연스레 우리가 이끄는 대로 따라오게 되지요. 그러지 않으면 지금 내부에 처리해야 할 일도 많고, 게다가 개연(開捐)[55]도 해야 하는데, 걸핏하면 무리를 이뤄 관장(官長)을 협박하는 이런 풍습을 그냥 놔둬서야 되겠소이까! 내 보기에, 유 아무개는 이게 부족하여 일을 제대로 못하는 것 같구려. 차라리 잠시 성으로 불러들이고, 노형이 가셔서 고생 좀 해 주셔야겠소. 우선은 그곳 백성들을 바로잡는 것이 가장 요긴한 일이외다."

---

54 청대 후기에 각 주현의 관료들이 처리할 수 없는 중요한 소송 사건은 총독이나 순무가 후보 관원들을 파견하여 심문했는데, 이를 위해 설치한 비공식 심문 기관.
55 관부(官府)에서 유관 방면의 기부나 헌납을 직접 거둬들이는 것.

그 말을 듣고 부축등(傅祝登)은 진심으로 기뻐하며 재빨리 일어나 사의를 표하고 물러갔다.

무원은 이어 번사(藩司)[56]를 들어오라 했다. 그러고는 영순부의 백성들이 사달을 일으키고 양인들을 때려 현재의 지부를 해임하고, 부축등을 서리(署理)로 보내려 한다고 말했다. 이 말을 듣고 번대(藩臺)는 그대로 시행했다. 임명장이 내려오자 일찌감치 원문(轅門)[57] 앞엔 분패(粉牌)가 높이 걸렸고, 아울러 공문도 띄워졌다. 그때 영순부의 심부름꾼이 이러한 풍문을 듣고 즉시 영순부에 품첩(稟帖)을 보내 알렸다.

이날 유 지부는 관아에서 하릴없이 지내다가, 문상이 편지를 들고 오는 것을 보았다. 봉투를 뜯어 보니 심부름꾼이 보낸 것으로, 해임에 관한 일과 신임은 부축등 대인이라는 말과 머잖아 곧 부임하리라는 등의 내용이었다. 당시 이 소식을 들은 관아의 상하 여러 사람들은 모두 깜짝 놀랐다. 그러나 유 지부는 어쨌든 독서인인지라 나름 수양 공부가 좀 되어 있어, 편지를 받고도 비록 속으로는 괴로웠지만 겉으로는 털끝만치도 드러내지 않았다. 그는 항상 말했다.

"우리 같은 관리야 기껏 백성들 면전에서 체면을 세우는 것이 전부인데, 그들에게 체면을 세우기도 전에 이런 난리를 피워 내 자리를 위태롭게 하는구나. 보아하니 백성들은 뭐가 좋고 나쁜지를 알지도 못하는구나. 장차 자신들에게 해로운 관리로 바뀌어 고초를 겪어 봐야 좋고 나쁜 것을 알게 될 터."

말을 마친 유 지부는 탄식을 그치지 않았다. 채 이틀도 지나지

---

56 명·청 시대 포정사(布政使)의 별칭으로 번대(藩臺)라고도 한다. 각 성(省)의 민정(民政)과 재무(財務) 등의 행정 사무를 담당하던 장관.
57 군영(軍營)의 문 또는 군영.

않아 번사의 공문이 내려왔다. 유 지부는 인계 업무를 정리했다. 다시 이틀이 지나 부축등이 부성(府城)에 당도하여 홍유(紅諭)[58]를 발포하여 길일을 잡아 관인(官印)을 접수하겠다고 했다. 관리들의 점호며 회계 감사, 성곽과 감옥에 대한 검열 등 상투적인 내용들은 여기서 자세하게 서술하지 않겠다.

예전에는 신임이 구관을 만나면 관례에 따라 여러 번 가르침을 청했다. 그런데 이번 부 지부는 전임 유 지부를 보고도 시종 무덤덤했다. 유 지부는 관인을 건네준 뒤, 바로 그날로 가솔들의 거처를 관아에서 서원으로 옮겨 잠시 머물게 하고 자신은 혼자서 성으로 먼저 돌아갔다. 돌아가던 그날 배웅 나온 신사들은 거의 없었고, 만민산(萬民傘)[59] 또한 아무도 보내오지 않았다. 유 지부는 전혀 개의치 않고 장사로 돌아갔다. 이에 대해서는 더 이상 얘기하지 않겠다.

한편 부 지부는 영순부에 당도하여 이렇게 생각했다.

'전임은 지나치게 충직하여 백성들에게 잘 보이려 했다. 그러나 이제껏 백성들 중 어느 누구도 그가 훌륭했다는 말을 하는 이가 없고, 게다가 그는 헛되이 관직만 박탈당하고 말았다. 나는 이번에 백성들에게 본보기가 되도록 위엄부터 세워야겠다. 그리고 윗전을 도와 일들을 제대로 처리하여, 내가 용렬하고 무능한 인간이 아니라는 것을 보여 주자.'

이렇게 생각을 정하고는 관인을 접수하자마자 관원들을 대당에 모이라고 지시했다. 축하하기 위해 먼저 와 있던 관원들은 이 소식을 듣고, 관청에서 대기할 뿐 감히 퇴청하지 못했다. 그러고는 모두들 부 대인이 오늘 처음 부임했는데, 도대체 무슨 일을 하려고 대당에 모이라는 것인지를 두고 쑥덕거렸다. 잠시 뒤 안에서 또 전갈이 왔다. 무리를 이뤄 난동을 부리고 양인들을 구타한 황 거인 일당을 심문하겠다는 것이었다. 이 말을 듣고 그제야 관원들은 모이라고 한 이유가 무엇 때문인지를 알았다. 잠시 뒤 관원들은 관례에 따라 점호를 하고 참당(參堂)[60]을 마쳤다. 부 지부가 곧바로 황 거인을 대령하라 지시했다.

황 거인은 일찌감치 검은 밧줄에 칭칭 묶인 채 한 치나 자란 머리를 하고 국문장에 들어서 가운데 꿇어앉아 "거인이 대공조께 머리를 조아립니다!" 하고 말했다. 부 지부는 기름기가 번드르르한 얼굴로 윗자리에 앉아 있다가 그가 자칭 '거인'이라 하는 말을 듣고는 곧장 경당목(驚堂木)[61]을 두드리며 꾸짖었다.

"너는 네가 무슨 죄를 저질렀는지 아직도 모른단 말이냐? 똑똑히 알아 두어라. 본관은 성격이 너그러워 너희들 전임 유 대인보다 얘기하기가 훨씬 수월할 게다. 본관은 무대의 찰자(札子)[62]를 받들어 이번에 너희들을 판결하러 온 것이니라. 이 사건은 네가 수괴이니, 발뺌하지 못하렸다. 너희 외에도 일당들이 더 있을 터, 더 이상 고초를 겪지 말고 어서 이실직고하렸다."

황 거인이 말했다.

"대공조께선 굽어살피소서! 거인은 너무 억울합니다! 거인은 집에 있었을 뿐인데, 근거도 없이 거인을 사달을 일으킨 주범으로 몰아 잡아 온 것입니다. 거인은 사달을 일으킨 적도 없는데, 어찌 일당이 있겠습니까?"

부 지부가 말했다.

---

60 높은 사람을 찾아가 뵙는 일.
61 옛날 국문장에서 법을 집행하는 관료가 탁상을 쳐서 죄인을 경고하던 막대기.
62 옛날 상급 기관이 하급 관청으로 보내는 공문서의 일종.

"말로 해선 안 되겠구나. 네놈의 '거인'이란 직함도 박탈당할 날이 머지않았다. 나는 반역도인데도 여전히 공명(功名)을 보전해 주려던 너희 전임 유 대인과는 전혀 다르니라. 이실직고할 때까지 매우 쳐라!"

양쪽에 있던 아역들이 큰 소리로 복명하니, 황 거인은 땅에 바짝 엎드려 억울함을 호소할 뿐이었다. 부 지부는 거듭 매우 치라고 고함쳤고, 즉시 아역 몇이 달려가 황 거인을 끌어 땅바닥에 엎어 놓고 돌아가며 곤장 수백 대를 때렸다. 부 지부가 말했다.

"네놈이 불면 내가 잡으러 갈 것이고, 네놈이 불지 않더라도 잡으러 갈 것이다."

그리고는 마침내 네 명의 간역(幹役)[63]을 보내 황 거인의 가족은 물론 그의 친구들까지 행적이 의심 가는 자는 모두 잡아들여 죄를 다스려 벌을 주었다. 또 한편으로는 이전에 잡아들인 20여 명을, 공명의 유무를 불문하고 하나도 빠짐없이 각각 곤장 5백 대씩 때리고 일괄 수감했다. 부 지부는 이놈들은 무리를 이뤄 사달을 일으켜 관장(官長)을 겁박했으니, 항차 반역에 준하여 처리할 것이라고 했다. 그리고 다른 한편으로는 또 형명(刑名)에게 상부에 보고할 보고서를 작성하도록 했다. 그러면서 이들은 반드시 엄중히 징치해야 하니, 공명이 있는 자들은 일제히 박탈하고, 그 나머지 사달을 일으킨 일당들은 일괄적으로 체포하여 죄를 다스릴 것이라고 말했다. 또 보고서에는 유 지부에 대한 험담도 한참 늘어놓았다. 즉 그가 얼마나 물러 터졌던지, 사달이 났는데도 책임을 피하려고 그들을 숨겨 주다 결국 면직을 당하는 지경에 이르게 되었다는 것이었다.

---

[63] 일 처리가 노련한 관청의 하급 관원.

보고서를 보내고 나자, 수현이 공무를 여쭈어 아뢰었다. 그러고는 예전에 외국인의 찻잔을 깨뜨린 점소이 부자와 지보 그리고 외국인을 묶어 온 일당들을 언급하며, 지금은 모두 현에 잡아 두고 있으니 어떻게 처리할지 대인의 교시를 바란다고 했다. 부 지부가 말했다.

"왜 일찌감치 말하지 않았소? 이놈들은 외국인에게 죄를 지었으니 모두 엄히 다스려야 할 것이오!"

그러고는 즉시 친히 국문하는 자리에 앉아 현에서 그들을 끌고 왔다. 점소이 부자는 각각 8백 대의 곤장을 때리고, 찻잔 값으로 은자 3백 냥을 보름 내에 납부하라고 판결했다. 어길 시에는 더욱 엄중한 처벌이 가해질 것이라고 했다. 지보는 외국인을 제대로 보호하지 못했으므로, 천 대의 곤장을 때리고 그 지위를 박탈했다. 시골 사람들은 각각 6백 대에서 8백 대를 때린 뒤, 관아에 잡아 두고 상부의 지시를 기다렸다. 처결을 마치고 다시 형명에게 저간의 사정을 갖추어 각 상관들에게 보고하게 했다. 그러면서 또 자잘한 지엽적인 일도 장황하게 첨가했다. 그 지엽이란 게 죄다 자신이 외교를 신중하게 처리한다는 내용뿐이었다. 그 밖에도 보고서 두 통을 더 써서, 하나는 호광(湖廣)[64] 총독에게 보내고 또 하나는 무창 양무국(洋務局)의 상관에게 보냈다. 자신이 일 처리에 신중하고 능력이 있음을 자랑하여 상관에게 자신의 이름자를 알리자는 심산이었다. 이에 대해서는 더 이상 이야기하지 않겠다.

각설하고, 부 지부가 범인을 체포하라고 파견한 네 명의 간역은 본부(本府) 대인의 명을 받들어, 패표(牌票)[65]를 받고 사람을 잡으러 나갔다. 전문(錢文)·조무(趙武)·주경(周經)·오위(吳緯), 이 네 사

---

64 호북성과 호남성의 두 성을 통칭하는 말.
65 옛날 상급 기관이 하급 기관에 보내는 공문의 한 가지.

람은 관아를 나서자 먼저 하처(下處)[66]에 당도하여 몰래 서로 상의했다. 각 동료들은 중대한 임무를 봉행하라는 소리를 듣자, 여기엔 분명 무슨 심상찮은 것이 있음을 알고 일제히 이리로 먼저 와서 의논하기에 이른 것이다. 전문이 먼저 입을 열었다.

"우리 임무가 사람들을 잡아들이는 게야? 아니면 잡아들이지 않는 게야?"

주경이 말했다.

"너는 본부 대인께서 오늘 관인을 접수하자마자 이런 사나운 위세를 부리는 걸 보지도 못했어? 지금 우릴 파견했는데, 만약 잡아들이지 못하면 분명 재미없을 게야. 그랬다가 괜히 10여 년 익힌 안면을 잃지나 말게."

그 소리를 듣고 조무가 킥킥 웃으며 말했다.

"내 보기에 진짜 난리를 피운 놈들은 거진 잡아들였네. 더 이상 무고한 사람들을 잡아들일 필요가 없다고. 내 말 들어 봐. 차라리 이참에 몇 놈 구슬려서 우리도 좋은 놈 구실을 하고, 또 돈도 좀 만져 볼 수 있다면 일거양득이 아니겠나?"

오위가 말했다.

"내 말 들어 봐. 그럴 게 아니라, 놈들도 잡아들이고 돈도 벌자고. 만일 한 놈도 잡아들이지 않으면 본부 대인께는 뭐라고 보고할 겐가? 또 돈을 벌지 못할 거면 뭐하러 우리가 이 힘든 일을 하겠나? 내 생각에 돈 좀 있는 놈은 풀어 주고, 대충 돈 없는 놈 몇 잡아가는 걸로 우리 임무를 끝내자고."

이 말을 듣고 모두들 한목소리로 말했다.

"오 형의 말이 일리가 있구먼. 우리 그 말대로 하세."

---

66 외출 시 잠시 머무는 곳, 여곽.

생각이 정해지자 각자 일을 분담하여 처리했다.

이런 소문이 돌자 가련하게도 놀란 사람들 중에서 떠날 이들은 떠나고 도망갈 이들은 모두 도망가고 말았다. 비록 열에 아홉까지는 아니어도, 거진 태반이 도망갔다. 이미 잡혀 간 몇몇 집의 경우, 남자들은 수감되고, 집에 남은 처자들은 장차 이 일이 어떻게 끝날지 알 수 없어 울고불고 난리였다. 호랑이같이 사나운 공차(公差)[67]가 다시 와서 협박하는 것을 어떻게 막을 것인가? 이들은 대부분 돈을 써서 풀려났다. 그러나 돈을 내지 못한 이들 중에 도망갈 이들은 도망가고, 도망가지 못한 이들 몇몇은 공차에게 붙들려 관아로 압송되었다. 부 지부는 시비곡직을 불문하고 잡아 오는 대로 곤장을 때린 뒤 감옥에 처넣었다.

얼마 지나지 않아 상부의 지시가 내려왔다. 사달을 일으킨 주범은 공명을 박탈하여 영원히 감금하고, 그 나머지는 분별해서 석방하라는 것이었다. 부 지부는 상부의 지시에 따라 재심을 거쳐, 그중 여덟은 장기 수감하고 나머지는 석방했다. 또 며칠이 지나지 않아 공문이 하달되었다. 점소이와 시골 사람들의 처분에 대해 외국인들이 별로 토를 달지 않으니, 자네가 환란을 방비할 만한 능력이 있고 일 처리가 확실하다는 것을 족히 알 수 있겠다는 내용이었다. 공문 내용은 확실히 그를 고무시켰다. 부 지부는 기분이 좋아 서둘러 점소이를 다시 심문하여 배상을 압박했다. 불쌍하게도 잡일이나 하던 그가 어떻게 그 많은 돈을 배상할 수 있으랴? 이에 부 지부는 지보에게 배상을 분담하게 했다. 지보는 어쩔 수 없이 전답과 집을 팔아 바치고서야 겨우 풀려날 수 있었다. 그는 일찌감치 패가망신하고 말았다.

---

[67] 공무로 파견된 하급 관리.

부 지부는 상부에 더 잘 보이기 위해 다시 보고를 올렸다. 내용인즉슨, 이곳 신사들은 황 거인이 잡혀 온 이후 제 본분을 지키지 않고 누차 찾아와 따지는데 아무래도 이들 모두 한통속인 것 같다. 이 때문에 명단을 작성하여 잡아다 처결하려 한다는 것이었다. 그러나 다행히 윗전에서 알고 다음과 같은 지시를 내렸다.

'사건이 이미 진정되었으니 더 이상 타초경사할 필요 없이 그들을 탐방하여 주의를 주도록 하라. 그래도 제 분수를 지키지 않는 무리가 있으면, 그때는 한둘 정도 잡아다 징치하는 것도 괜찮다. 그러나 이때도 쓸데없는 일을 해서는 절대 안 된다.'

이런 지시를 받고 부 지부는 그리 기분이 좋지 않아, 상부의 일 처리는 온통 용두사미로 끝나므로 나는 결코 그렇게 못하겠다고 중얼거렸다. 그러고는 곧바로 자신이 증오하는 신사들의 이름을 모두 적은 포고를 내렸다. 내용은 이랬다. '이들은 자기 본분을 지키지 않았음이 지금 본관의 조사를 거쳐 명백히 밝혀졌다. 그러나 차마 무턱대고 벌을 줄 수 없으니, 앞으로 석 달 동안 은인자중하며 자신의 잘못을 고치도록 하라. 만약 이를 따르지 않다가 일단 본관에게 체포되어 법정에 출두하게 되면 반드시 엄중하게 처벌할 것이다.' 방이 나붙자 글을 본 신사들은 화가 치밀었지만 대놓고 말을 할 수 없었다. 그렇다고 달리 또 그를 어찌할 수도 없었다.

이야기는 둘로 갈라진다.

각설하고, 부 지부가 영장을 발부하여 사람들을 잡아들일 때, 그중에는 두 명의 수재가 있었다. 하나는 공(孔)씨 성에 이름은 도창(道昌)으로 별호는 군명(君明)이고, 다른 하나는 황(黃)씨 성에 이름은 민진(民震)이고 별호는 강보(强甫)였다. 공가는 황 거인과 동문이었고, 황가는 그의 친척 동생이었다. 그 둘은 집안이 부유하지 못했음에도 본분을 지켜 책을 읽고 글을 짓는 이외의 나머지 일에는 관심을 두지 않았다. 그날 사달이 나던 그때, 둘은 다방에서 차를 마시고 있었다. 그러다 사람들이 많아지는 것을 보고 공도창(孔道昌)이 황민진(黃民震)의 소매를 당기며 말했다.

"강보, 아무래도 여기서 사달이 벌어질 모양이니 우린 가세나!"

그리하여 둘은 곧장 집으로 돌아가 몸을 숨기고 소식만 들을 뿐, 감히 집 밖으로 나가진 못했다. 다음 날, 부 관아의 대당이 부서지고, 황 거인이 잡혀 갔으며, 동학(同學)들도 사달을 일으켰다는 이유로 적잖이 체포되었다는 사실을 알게 되었다. 두 사람 모두 황 거인과 친분이 있었지만, 지금은 도와줄 힘이 없어 다만 되어 가는 대로 맡겨 둘 수밖에 없었다. 게다가 황 거인의 평소 됨됨이를 잘 아는지라 누차 조심하라고 말려도 듣지 않더니, 끝내 사달을 일으키고 말았던 것이다. 이건 모두 자업자득으로 제3자들로서야 어찌할 수 없는 일인지라, 그저 탄식만 할 뿐이었다.

며칠이 지나자 태수가 새로 바뀌어 황 거인 사건을 심문하고 상부로 보고서를 보내 윗전의 처분을 기다리게 되었다. 또 학원(學院)[68]이 공문을 보내, 중추절(仲秋節) 이후 순시(巡視)를 하겠다고 알려 왔다. 이 둘은 영순현에서는 공부를 많이 한 수재들로, 선생들도 모두 하루도 쉬지 않고 열심히 공부한다며 그들의 뛰어난 품행을 보증했다.

때는 어느덧 7월. 황강보는 공군명을 집으로 불러, 몇몇 친구들과 함께 글짓기 모임을 갖자고 상의했다. 미리 연습을 해 보자는 의미였다. 공군명인들 어찌 그것을 바라지 않았겠는가? 이에 명단을 적어 모두 열두 명을 초청하기로 하고, 사람을 시켜 초청장을 보냈다. 그들은 평소 잘 알고 지내던 사람들이었던지라, 흔쾌히 초

---

68 청대에 각 성(省)의 교육 행정 장관. 학정(學政)이라고도 함.

청에 응했다. 공군명과 황강보가 주인 역을 맡아 성황묘(城隍廟) 후원을 빌리고, 기일이 되면 그곳에 모여 하루 동안 글 두 편과 시 한 편씩 짓기로 했다. 그리고 지은 글을 명숙에게 부탁하여 우열을 가리기로 했다. 그날 모일 사람들은 공군명과 황강보 두 사람을 포함해 모두 열네 명이었다.

한편 명단을 보낸 뒤, 관아의 하급 관리가 이를 알게 되었다. 두 사람이 평소 황 거인과 친분이 있었다는 생각이 그의 교활한 머리에 떠올랐다. 하지만 공군명과 황강보 두 사람은 스스로 생각하기에 부끄러움이 전혀 없었기에 이를 염두에 두지 않았다. 그러나 생각지도 못하게 관리는 이를 빌미로 그들이 모임을 가지고 작당하여, 날을 잡아 성황묘 후원에서 거사하기로 했다고 떠벌렸다. 그리고 그들의 명단을 베껴 증거로 삼았다. 그는 명단에 적힌 '합잠회(盍簪會)'라는 세 글자를 가리키며, 저들은 사사로이 모임 명칭도 정했다고 억지를 부렸다. 그는 관아로 돌아와 지부에게 보고하고, 인마(人馬)를 동원하여 그들을 체포하러 가려 했다. 이 말을 듣고 지부는 사실로 믿고, 즉시 군영에 그날 체포하러 갈 준비를 해 두라고 통고했다. 그때 막부에 그나마 사리에 밝은 사람이 있어, 부 지부에게 권했다.

"수재들이 반란을 일으키기란 백년하청입니다. 물론 그런 일은 없을 터이니 신경 쓰실 필요도 없습니다. 만약 실제로 그런 일이 있다 하더라도, 사람 몇을 보내 그들이 도대체 왜 이런 행동을 하게 되었는지를 조사해 본 연후에 대책을 강구해도 될 것입니다."

부 지부가 말했다.

"사사로이 모임 명칭을 정하고 무리를 모아 작당하였으면, 크게 법을 어긴 짓이라 상부에서도 이런 폭도들을 엄히 잡아들이라 하였소. 만약 정보가 새기라도 해서 저들이 도망이라도 가 버리면,

그 책임을 누가 진단 말이오?"

말을 마치고는 곧바로 그들이 도망가지 못하도록 사람을 시켜 암암리에 조사하도록 명했다. 부 지부는 이 사건을 기회로 커다란 공을 세우고픈 사심이 있었다.

다음 이야기, 포위망은 수포로 돌아가고, 명철보신한 이는 멀리 달아났다. 피땀으로 이룬 재물은 다하고, 장사치들은 두려워 앞으로 나가지 못한다. 다음 일이 어떠한지 알고 싶으면 다음 회를 듣고 알아보기 바란다.

제7회

천둥처럼 맹렬하고 바람같이 신속하게 회당을 체포하고
어리석은 망상에 이연극을 설치하다

각설하고, 영순부 지부서리 부(傅)가는 하급 관리의 말을 듣고, 공을 세우고 싶은 마음이 간절하여 시비곡직을 따지지 않고 곧장 이 수재들이 무리를 이뤄 맹세하고 불법을 저지르기로 모의하였다고 단언했다. 그리하여 군영과 현에 통지하는 한편, 보고서를 작성하여 6백 리 길을 재촉하여 밤을 도와 총독에게 보고했다. 아직 지시가 내려오지도 않았는데, 벌써 그들이 모임을 갖기로 한 날이 되었다. 부 지부는 밤새 뜬눈으로 지새면서, 여명이 깔리자 곧바로 차역들을 모두 모이라 하여 참부·수현과 함께 그들을 잡으러 갔다. 자신은 커다란 가마에 올라 뒤에서 지휘했다. 마침 몸을 일으키려 할 때, 형명의 부관이 헐레벌떡 달려와 말했다.

"우리 나리께서 말씀하시길, 설사 그들이 도망가려 해도 이리 일찍 도망가지는 않을 터이니, 대인께서는 9시가 지나서 가도 늦지 않을 것이라 하였습니다."

그러나 어디 부 지부가 그 말을 들을까. 그는 즉시 인마를 재촉하여 길을 나섰다. 그런데 성황묘에 이르렀는데도 대문은 조용하니 굳게 닫혀 있었다. 병졸들이 앞으로 나서 문을 두드리려 하자, 부 지부는 그들이 도망갈지 모르니 소란을 피우지 말라며 말렸다. 그러고는 뒤따라온 병졸들에게 한 사람도 빠져나가지 못하도록 사방 길목을 단단히 지키게 했다.

어느새 날은 훤히 밝았지만, 거리엔 행인이 하나도 없었다. 잠시 뒤 해가 떠오르자 '끼익' 하는 소리와 함께 성황묘 대문이 열리며 한 늙은이가 걸어 나왔다. 그런데 이게 누군가? 그는 다름 아닌 이 사당의 묘축(廟祝)[69]이었다. 새벽에 일어나 대문을 여는 것은 결코 별다른 일이 아니었다. 그런데 대문을 열고 보니 문밖에 칼과 창이 즐비하고 인마가 떠들썩하여 저도 모르게 깜짝 놀라 펄쩍 뛰었다.

병졸들은 사람을 보면 바로 체포하라는 지부 대인의 분부를 미리 받은 터라, 그를 보자마자 다짜고짜 즉시 변발을 잡아끌고 지부의 가마 앞으로 가 땅바닥에 무릎을 꿇렸다. 부 지부는 대담하면서도 세심한 사람이었다. 그런 까닭에 혹여 그가 악당이어서 몸에 흉기를 지니고 있지나 않을까 싶어 먼저 몸을 샅샅이 뒤지게 한 후 아무것도 없자 그제야 무릎을 꿇렸다. 부 지부가 말했다.

"네놈 이름이 무엇이냐? 네놈은 오늘 사람들이 이 사당에 모여 모반을 도모한다는 사실을 잘 알고 있으렷다?"

묘축은 본시 시골 무지렁이였던지라, 이러한 정황을 보고는 일찌감치 겁을 집어먹어 꼼짝도 못하고 바들바들 떨기만 할 뿐, 어찌 대답이나 할 수 있으랴? 여러 번 물어봐도 대답이 없자, 부 지부는 사실이 발각되어 지금 이렇듯 놀라는 지경에 이르렀다고 판정하여 큰 소리로 말했다.

---

[69] 사당지기.

"본관이 짐작하기에 이놈은 결코 선량한 부류가 아니다. 형법을 쓸 것도 없고 이실직고하지 않아도 그만이다. 잠시 뒤 관아로 끌고 가 자세히 심문해야겠다!"

말을 마치고 차역들에게 잘 지키라고 명했다. 한편, 병졸들을 반으로 나누어 사당으로 들어가 나머지 일당들을 수색하게 하고, 나머지 반은 사당 밖 사방을 단단히 포위하게 했다. 안으로 들어간 병졸들은 일각여를 뒤지다 수색을 마치고 밖으로 나와, 땅바닥에 꿇어앉아 전전긍긍하는 도사 몇 놈만 잡아 왔을 뿐 수재라곤 하나도 없더라고 복명했다. 보고를 들은 부 지부가 이상하다는 듯 말했다.

"설마 저들이 미리 소문을 듣고 벌써 도망간 것은 아니겠지? 아니면 형명의 말처럼 내가 너무 빨리 온 건가?"

마음속에 의혹이 일었다. 하여 병졸들에게 다시 물었다.

"사당 후원도 자세히 조사해 봤느냐?"

병졸들이 대답했다.

"샅샅이 뒤져 보았습니다요."

그중 하나가 말했다.

"측간까지도 소인이 살펴봤습니다만, 개미 새끼 하나 없었습니다요."

부 지부는 한참을 생각하다 말했다.

"도사들은 폭도들을 잘 받아들이니 분명 악당들과 한통속일 터, 이놈들은 필경 이 도사를 통해 추적할 수 있을 것이다."

그러고는 시종에게 도사도 함께 포박하여 관아로 끌고 가 심문하라고 지시했다.

원래 이 사당은 향화객이 그리 많지 않아 많은 도사들을 수용할 수 없어, 도사 하나와 그의 제자 둘뿐이었다. 오랏줄에 묶인 늙은 도사는 땅바닥에 엎드려 애원했다.

"빈도가 이 사당에 머문 지 이미 30여 년입니다. 빈도의 나이 또한 70여 세입니다. 이제껏 삼가 청규(淸規)[70]를 지키며 감히 한 걸음도 허투루 걷지 않았습니다. 대인께선 굽어살피십시오!"

그러나 부 지부는 대답은 하지 않고 데려가 잘 감시하라는 명령만 내렸다. 그러고는 바로 그 자리에서 곧장 매가 참새를 잡아채듯 사제 세 사람을 잡아갔다. 부 지부는 이번에 놈들을 잡아들이지 못한다면, 상사에게 보고하기도 면목이 서지 않고, 관아의 친구들 보기도 낯부끄럽다는 생각이 들었다. 미간을 찌푸리다 문득 묘책이 떠올라, 바로 발고한 아역(衙役)이 작성한 명단을 들춰 보았다. 다행히 그들의 주소가 모두 적혀 있었다. 그는 더없이 기뻤다. 즉시 참부와 수현 그리고 성수영(城守營)을 가마 앞으로 불러 함께 상의했다. 부 지부가 말했다.

"우리 넷이 병졸 수십 명씩 나눠, 주범 공가와 황가를 포함한 열네 명의 집으로 쳐들어갑시다. 아직 이른 시간이라 저들은 아직 일어나지도 않았을 게요. 숨을 틈도 주지 않게 벼락처럼 강습해서 잡아들입시다. 그러면 필경 한 놈도 빠져나가지 못할 게요."

여러 관원들이 그 말을 듣고 일리가 있다고 여겼다. 그리하여 참부가 동문을 맡고, 수현은 남문을, 성수영은 북문을 맡고, 부 지부 자신은 서문을 맡기로 했다. 공가와 황가 둘 다 서문 왼편 근처에 살고 있어, 다른 사람에게 맡기기에는 마음이 놓이지 않았기 때문이었다. 부 지부는 자신을 보호하고 또 폭도들도 체포하기 위해 몇 사람을 데리고 갔다. 아울러 병졸 넷은 사당을 지키게 남겨 놓으며 행적이 의심스러운 자가 있으면 곧바로 붙잡아 오도록 명했다.

---

[70] 계율. 종교적인 규칙이나 법도.

각자 역할을 분담한 뒤, 부 지부는 먼저 황가를 엄습했다. 왜냐하면 그가 황 거인의 친척이고, 또 이 사건의 주범이기 때문이었다. 황가의 집에 이르렀을 때, 해는 벌써 높이 떠올랐다. 황 수재는 이날 글 모임이 자신이 주도한 것인지라 응당 먼저 사당으로 가서 준비를 해야 했기에 특히 더 일찍 일어났다. 세수하고 머리 빗기를 마친 뒤 문을 나서려는데, 갑자기 수많은 병졸들이 물밀듯 밀려들어왔다. 개중에 그의 얼굴을 아는 자가 있어 다짜고짜 포박하여 부 지부의 가마 앞으로 질질 끌고 갔다. 무릎을 꿇으라 하여도 꿇지 않고, 자신의 입장을 굽히지 않고 주장했다. 그러나 어디 그의 말이 용납되기나 하겠는가? 부 지부의 불호령에 아역들이 득달같이 달려들어 그를 내리눌렀다. 곧이어 이름을 묻자 황강보라고 대답했다. 명단의 이름과 일치했다. 부 지부는 그를 포박하여 좀 전에 체포한 도사, 묘축 등과 일제히 가마 앞에 앞세우고 곧장 공가의 집으로 갔다.

원래 공군명의 집은 황가네와 엎어지면 코 닿을 만큼 가까운 거리로, 길을 나서 모퉁이를 돌면 바로 닿는 곳이었다. 공 수재는 아편을 몇 모금 마신 때문에 황 수재보다 늦게 일어나, 이제 막 정신이 든 참이었다. 아직 옷도 입지 못했는데 그들이 들이닥쳤다. 그들은 객실로 들어와 닥치는 대로 때리고 사람을 잡아갔다. 그런데 병졸들 중에는 그를 아는 자가 아무도 없어, 늙은 하녀에게 물어보고서야 그가 누구인지 알게 되었다. 즉시 세 사람이 앞으로 나서 한 사람은 변발을 끌고 두 사람은 팔을 잡아 침상에서 그를 끌어냈다. 그가 나체인 것을 보고 바지만 입혀 주었을 뿐, 여전히 맨발인 채였다. 병졸들은 도망갈까 봐 일제히 손을 썼지만, 기실 그는 문사(文士)인지라 닭 모가지 하나 비틀 힘도 없었다. 게다가 아편까지 마셨으니 어디 다른 사람과 다툴 기력이나 있었으랴? 이

내 대문 밖으로 끌려 나와 가마 앞에 무릎 꿇렸다. 부 지부가 이름을 물으니, 그 또한 명단과 상부하는지라 고개를 끄덕이며 말했다.

"하늘에 눈이 있어, 너희의 죄상이 하루아침에 발각되고 말았다."

공군명은 다급히 호소했다.

"생원(生員)은 무슨 잘못을 저질렀는지 모르겠습니다."

부 지부는 그를 거들떠보지도 않고 냉소만 날리며, 차역들에게 잘 감시하라고 명했다.

다만 성이 유(劉)씨인 한 사람만은 글 모임에 참석할 요량으로 아침 일찍 일어나 문을 나섰다. 그런데 사당에 당도해 보니 병졸들이 지키고 있고, 거리엔 벌써 행인들이 삼삼오오 짝을 지어 머리를 맞댄 채 귓속말을 주고받고 있었다. 내용인즉슨 '성내의 모든 관원들이 무슨 일로 여기 와서 사람을 잡아가는지 모르겠다, 도사는 벌써 잡혀 갔고 지금은 다른 곳으로 또 사람을 체포하러 갔다더라, 도대체 뭘 하려는 것인지 모르겠다'는 둥. 유 수재는 뭔가 심상치 않은 생각이 들었다. '저번에 사달을 일으킨 사람들은 일찌감치 처벌했는데, 이번에 체포한 이들은 또 무슨 사달을 일으킨 것일까? 도사는 무슨 상관이 있지? 사당 안으로 들어가지 못하게 하니 황강보를 만나 어찌하면 좋을지 결정해야겠다.' 한참 생각에 잠겨 걸어가고 있는데, 큰 깃발을 나부끼며 한 무리의 병졸들이 칼과 창을 들고 구령을 붙여 가며 길 가득 벌 떼처럼 몰려오고 있는 것이 보였다. 병졸들 뒤에는 본부(本府)의 큰 가마가 뒤따르고 있었고, 가마 곁으로 한 무리의 병졸들이 도사 셋과 또 다른 네 사람을 끌고 가고 있었다. 넷 중 둘은 장삼을 걸쳤고, 하나는 웃통을 벗고 있었으며, 또 하나는 간편한 옷차림이었다. 눈여겨 살펴보니 바로 오늘 글 모임을 갖자던 세 친구들이었다. 웃통을 벗은 이는 공군명이었지만, 간편한 옷차림새는 누군지 알 수 없었다. 보지 못했으면 그만이지만 이미 그런 꼴을 보았으니 유 수재는 대경실색했다. 뭔가 일이 심상치 않음을 알아차린 유 수재는 한 점포에 몸을 숨겼다가 그들이 지나간 것을 보고 나서야 가게를 나섰다.

다행히 그를 알아보는 사람이 없어 잡혀 가진 않았다. 더 알아보고 자시고 할 것도 없이 곧장 자기 집으로 돌아갔다. 다행히 그는 부모도 없고 형제도 없었다. 또 나이가 아직 어려 장가도 들지 않아 혼자 살았다. 다만 가족이 없었기에 자신은 안채에 머물고, 나머지 방들은 일가친척들에게 빌려 주어 함께 살았다. 그런데 이 날 아침 그가 나가고 없을 때, 부 지부가 그를 잡으러 왔다. 함께 살고 있던 친척들은 그가 무슨 일에 연루되지나 않았을까 노심초사했다. 부 지부는 그가 집에 없는 것을 보고 분명 사당으로 갔음이 틀림없다고 여겼다. 집 안을 샅샅이 살펴보았으나 증거가 될 만한 것은 하나도 없었다. 그가 사당으로 갔다면 그곳을 지키는 병사들이 있으니 도망가지는 못하리라. 게다가 주범은 이미 잡아들였으니 서둘러 관아로 돌아가 심문하려고 먼저 무리를 이끌고 바삐 돌아갔다. 그러나 유 수재가 사람들이 사당을 지키는 것을 보고 감히 들어가지 못하고, 또 길에서 사람들이 수군거리는 말을 듣고 급히 자기 집으로 돌아간 줄 어찌 알았으랴. 함께 살던 일가친척들은 방금 전의 일을 미주알고주알 그에게 알려 주었다. 그는 본래부터 상황을 대략 알고 있었지만, 이 말을 듣고는 오히려 더 적잖이 놀랐다. 친척들은 그에게 관부에서 다시 잡으러 오기 전에 속히 다른 곳으로 도망가 몸을 숨기라고 권했다. 그들이 언제 다시 돌아올지 모르니 떠날 거면 어서 속히 떠나라고 재촉했다. 유 수재는 그 말이 틀리지 않다고 생각하여, 이것저것 따질 것도 없이 되는대로 은자 몇 푼과 옷 두 벌 그리고 작은 보따리 하나를 챙겼다. 집은 친척들에게 대신 잘 봐 달라 부탁하고, 바삐 홀로 문을 나섰다.

각설하고 부 지부가 관아로 돌아오니, 세 곳으로 나눠 갔던 사람들도 모두 돌아왔다. 세 곳에서 도합 일곱을 잡아들였고, 둘은 도망갔다. 합산하니 모두 열하나를 잡아들였고, 셋이 도망간 셈이었다. 그러나 다행히 주범을 놓치지 않았고, 또 함께 모의한 도사 셋과 묘축 하나까지 총 열다섯을 잡아들였다. 부 지부는 더없이 기뻤다. 원래는 관아로 돌아오는 즉시 심문을 하려고 하였으나 뜻밖에 그와 같은 지부 반열의 위원(委員) 하나가 성(省)에서 파견 나와 그를 방문했다. 그 위원의 말이, 성헌(省憲)[71]의 공무를 받들고 왔는데, 직접 만나 얘기를 나눴으면 한다는 것이었다. 부 지부는 명첩(名帖)에 적힌 '우제(愚弟)[72] 손명고(孫名高)가 인사드립니다'라는 몇 글자를 보고는, 그가 호남성(湖南省) 아리국(牙釐局)[73] 제조(提調)[74]이자 무대의 총애를 받는 사람으로, 무대와는 먼 친척이 되는 사람임을 알아보았다. 이에 감히 게으름을 피우지 못하고 즉시 안으로 들게 했다. 손 지부는 가마를 내려 관아로 들어와 상견례를 하고 좌정했다. 잠시 잡담을 나눈 뒤 그가 말했다.

"이번에 제가 여기 온 것은 무대와 번대(藩臺) 두 상관의 공무를 받잡은 것입니다. 지금 본성에는 학당(學堂)을 개설하거나 기기국(機器局) 설치 등과 같이 극도로 재정을 필요로 하는 대사(大事)가 많고, 또 중앙 정부에 배상을 약속한 금액도 내놓아야 하는 등 성 정부의 재정 지출이 심합니다. 호남성은 본시 가장 고통이 심한 지역인지라, 어찌 번고(藩庫)[75]로 일시에 다 조달할 수 있겠습니까?

71 성 정부의 상관. 총독.

72 주로 편지글에서, 형으로 대접하는 사람에게 자기를 겸손하게 가리키는 말.

73 성(省)의 수입과 지출을 담당하는 재무 기구.

74 기술, 잡직 계열의 관아 일을 겸직으로 지휘하거나 총괄하던 관원.

75 청대 포정사(布政司) 소속의 돈과 곡식을 저장하던 창고.

하여 상부의 생각은 성문 출입세와 다리세를 마련해야겠다는 것입니다. 이는 본시 제가 올린 보고서로, 부성(府城)이나 현성(縣城)을 막론하고 성문이 있으면 거기에 요금소를 설치하여, 성문을 드나드는 사람마다 몸에 지닌 재화가 백 냥이면 열 푼을 걷자는 것입니다. 호남성엔 수십 개의 성(城)이 있는데, 만약 번화한 곳이라면 드나드는 이가 하루에도 수만 명은 될 터, 제 방법을 쓴다면 거둬들이는 세금 또한 굉장할 것입니다. 다리세 역시 다리마다 요금소를 설치하고, 요금은 성문과 동일하게 합니다. 이곳에는 다리가 모두 몇 개나 있는지 모르겠지만, 반드시 지보들을 독려하여 상세히 조사해서 저들이 숨기지 못하도록 해야 할 것입니다. 성문은 물어보면 금방 알 수 있는 것이니 굳이 조사할 필요는 없겠지요."

부 지부는 요금소를 언제 설치해야 하느냐고 급히 물었다. 손 지부가 말했다.

"저는 여기에 오래 머물 수 없습니다. 길어야 이틀 짧으면 하루, 이 일을 적절하게 처리하면 곧 떠날 것입니다. 이번에 각 부를 다니며 조사한 지 20여 일이 지났습니다. 성성(省城)의 본국(本局)에는 일이 많습니다. 이번에 우연히 틈을 타서 나왔지만, 이런 경우는 쉽지 않습니다."

"무엇하러 이런 일에 직접 나서 고생을 하십니까? 윗전에 위원을 파견해 달라 하여, 저에게 세부 규정을 만들고 기한을 정하여 개설하라고 통지하셨다면 수고를 더는 일이 아니겠습니까?"

"이 일은 제가 보고서를 올렸으니 제가 먼저 일을 시작한 사람이지요. 또 장차 상부에 보거(保擧)[76]를 하자면, 어찌 직접 각처를 한번 살펴보지 않을 수 있겠습니까? 성으로 돌아가 일을 처리하

---

[76] 뛰어난 재주를 가지고 있거나 공적이 있는 자를 골라 책임지고 보증하여 추천하는 일.

자면 제가 사정을 파악하고 있어야 하겠지요."

"보아하니 곧 개설해야겠군요."

"빠르면 중추절, 늦어도 9월 초하루까지는 반드시 개설해야 합니다."

"사람은 얼마나 필요한지요?"

"제가 올린 보고서에 자세히 설명되어 있습니다. 각 부현(府縣)마다 상부에서 총판(總辦)으로 위원 한 명씩 파견하고, 부성(府城)에서 또 각 부를 위임할 회판(會辦)을 세우고, 현성(縣城)에서도 회판 하나씩을 세웁니다. 총판·회판에게는 따로 봉급을 주지 않고, 거두어들인 세금을 2 대 8 비율로 구전을 뗍니다. 가령 귀 부에서 1년에 20만 냥을 거두어들였다면, 본국에서 4만 냥을 구전으로 떼어 2만 냥은 본국에서 쓰고, 나머지 2만 냥은 노형과 위원들의 봉급으로 쓰는 것이지요. 노형, 이번에 제가 이 보고서를 올리자 후보(候補)[77] 반열들이 저마다 칭송해 마지않았습니다. 맞습니다. 각 부현마다 한 명씩이면 바로 수십 명의 차사(差使) 자리가 생겨날 판이니, 그들이 왜 기뻐하지 않겠습니까. 때문에 이 일이 성공하기를 바라는 그들의 기대가 저보다 열 배는 더합니다."

"후보들이 그대를 칭송하는 것이야 더 말할 필요도 없지요. 게다가 저같이 결원을 보충하는 서리들도 서리 직 외에 이처럼 좋은 차사 자리를 겸직할 수 있게 된 것이, 음수사원(飮水思源)[78]이라 어찌 노형이 주신 것에서 나온 것이 아니겠습니까?"

"그뿐만이 아닙니다. 제가 올린 보고서에 설명되어 있듯이, 상부에서는 매년 한 차례 결산 보고를 갖습니다. 어떤 곳에서든 거둬들인 세금이 3만 냥에 이르면, 그 총판이나 회판은 일반적인 보

---

77 관리로서의 자격 요건을 갖추었으나 아직 관리로 임명되지 못하고 대기하는 자.
78 물을 마실 때 그 근원을 생각한다는 말. 근본을 잊지 않는다는 뜻.

거(保擧) 하나를 얻게 됩니다. 그리고 6만 냥이면 이상(異常) 하나를 얻습니다. 가령 노형께서 20만 냥을 거둬들인다면, 먼저 18만 냥을 결산 보고하여 세 개의 이상을 얻을 수 있습니다. 그 나머지 2만 냥은 다음 해로 넘겼다가 다시 결산 보고를 하시면 됩니다. 왜 이런 방법을 쓰느냐? 제가 올린 보고서에 상세히 설명되어 있듯이, 3만 냥에 이르지 않은 것은 계산에 넣지 않습니다. 예컨대 장사를 하면서 우수리는 떼어 버리는 것과 마찬가지로, 결산 보고를 할 필요가 없습니다. 노형은 저와 지기(知己)이시니 제가 아는 대로 다 말씀드렸습니다만, 만약 다른 사람이라면 돈을 싸 들고 온다 해도 결코 이 비결을 말해 주지 않을 것입니다."

부 지부가 물었다.

"만약 세 개의 이상을 가지고 있다면, 이것은 무엇을 보증하는 것이오이까?"

"노형을 예로 들자면, 하나일 경우 과반(過班)[79]을 보증하고, 다시 하나 더하면 2품 정대(頂戴)[80] 또는 화령(花翎)[81]을 하나 더하고, 다시 하나 더하면 송부 인견(送部引見)[82]을 보증하니, 그러면 상전의 눈에 든 것이나 진배없지요."

부 지부가 말했다.

"달랑 송부 인견일 뿐이라면 이상이랄 것도 없지 않습니까."

손 지부가 정색을 하고 말했다.

"인견한 뒤 즉시 이름을 기록하고, 이름을 기록한 뒤에는 곧바로

---

79 반열을 뛰어넘음.
80 청대에는 관복과 모자의 구슬로 산호(珊瑚)·남보석(藍寶石)·청금석(靑金石)·수정(水晶)·차거(硨磲)·금(金) 등을 써서 관품(官品)의 차이를 나타냈다. 이를 정대라고 한다.
81 청대에는 관원의 직위 고하를 나타내는 예모(禮帽)에 공작 깃 장식을 활용했는데 이를 화령이라 불렀다.
82 각 부서 윗사람에게 보내 그 사람께 불러서 만나 보게 함.

방결(放缺)[83]됩니다. 노형, 임시직 지부로 있는 것과 곧장 도대(道臺)[84]로 실결(實缺)[85]되는 것의 차이가 얼마인지 생각해 보십시오."

그 말을 듣고 부 지부는 이 일이야말로 돈도 벌고 승진도 할 수 있는 천하제일의 득의(得意)한 일이라고 생각했다. 방금 전 잡아들인 몇몇 회당(會黨)이 떠올랐다. 이들을 심문하여 죄상을 밝히고 처벌하면 분명 보거가 있을 것이다. 그러나 이 일처럼 월등하지는 않을 것이며, 게다가 돈도 벌 수 없지 않은가. 그러니 명예와 이익을 겸하여 일거양득할 수 있는 이 일과 어찌 같다 할 수 있으랴? 이리 생각하자 그의 마음은 온통 요금소 개설에 쏠려, 회당을 징치하려는 생각은 금세 사그라졌다. 이에 곧바로 손 지부에게 말했다.

"노형, 이렇게 오셨으니 하루 이틀 더 머무시지요. 제가 모시겠습니다. 이 일을 어떻게 처리하면 좋을지 상의도 하고, 아울러 현장 답사도 한번 하시지요. 요금소 설치할 곳을 현장 답사 해 보아야 항차 성으로 돌아가시더라도 보고할 게 있지 않겠습니까. 여기는 위원이 내려오시기만 하면, 바로 일을 처리할 수 있습니다. 노형, 마음을 놓으시지요. 저는 전심전력을 다할 것입니다. 이야말로 제 앞날이 걸린 일이지 않습니까?"

"그러시다면 더없이 좋지요."

부 지부는 문상에게, 잡아들인 열다섯 중 도사들과 묘축은 현으로 압송하고, 나머지 수재 열하나는 포도청에 감금하여 일이 끝나는 대로 내가 심문하겠노라고 전하라 일렀다. 문상은 분부를 받고 물러갔다. 손 지부가 말했다.

---

83 관직을 받음.
84 각 성내(省內) 특정 지역의 행정 사무를 관할하는 관명.
85 청대 제도에 규정된 관직은 정식으로 임명된 자를 실결(實缺)이라 하고, 서리로 파견된 자를 서결(署缺)이라 한다.

"유능한 사람일수록 수고를 많이 한다더니, 노형은 정말 공무가 바쁘시군요."

부 지부가 한숨을 푹 쉬며 말했다.

"그렇다고 해 봐야 그럭저럭 하루하루 보내면서 제 직분을 다할 뿐이지요. 저는 본래 일하기를 좋아하는 성격인데, 일이 생긴 뒤에야 다른 이를 따라 하려니 좀이 쑤셔 못 견디겠습니다."

"요즘 사람들은 다들 지부를 한가로운 자리로 보니, 노형처럼 이렇게 나라를 대신해 일하려는 사람은 정말 얻기 어렵습니다. 제 성격도 노형과 같아서, 매일 자잘한 일이라도 떠올려서 해야 직성이 풀립니다."

"정말 그렇습니다."

그 당장에 둘은 의기투합했다. 부 지부는 줄곧 그를 접대했고, 의형제도 맺었다. 둘은 밥을 먹고 함께 나가 각 성문을 한 바퀴 둘러보았다. 그러고 돌아오니 어느새 저녁이었다. 부 지부는 다시 연회석을 마련하여 그를 부르고, 또 군영과 현에도 함께하자고 초청을 보냈다. 이틀 뒤 손 지부는 성으로 돌아갔다. 부 지부는 그를 보내고 나서, 우선 그가 써 놓았던 방을 붙였다.

이에 관한 다음 이야기, 관문을 설치하여 마음대로 거두어들이니, 장사치들은 폭리(暴吏)를 만나게 되었다. 투서하여 참견하며 전도사들은 억지로 보증인을 만든다. 다음 이야기가 어떻게 되는지 알고 싶으면 다음 회를 듣고 알아보기 바란다.

제8회

난관에 처한 서생은 양복으로 갈아입고
폭리는 제멋대로 백성의 고혈을 짜다

각설하고, 손 지부를 보낸 뒤, 부 지부는 세금 걷는 일에 온통 마음이 쏠렸다. 그는 손 지부가 생각지도 못한 부분까지 수많은 조목을 만들어 냈다. 이 일은 승진도 할 수 있고 돈도 벌 수 있는 일이었기에, 다른 그 무엇보다 좋았다. 하여 회당(會黨)을 징치하여 상사에게 잘 보이려던 마음도 어느덧 거의 사라지고 말았다. 황가와 공가 등의 수재들은 줄곧 포청에 압송되어 관리되고 있었다. 성황묘의 세 도사와 묘축은 수현에게 압송되었지만, 수현 또한 관심을 두지 않은 채 시간만 끌었다. 덕분에 수재들은 질책과 모욕을 받지 않을 수 있었다. 손 지부가 온 것이 그들에게는 큰 은혜가 된 셈이었다! 그러나 이 사안은 하루아침에 끝날 일이 아니어서, 수재들도 그만큼 더 갇혀 있어야 했다. 도망간 몇몇 수재 역시 그만큼 더 돌아올 수 없었다.

이야기가 갈린다.

한편 그날 글 모임에 참석하려다 잡히지 않고 빠져나간 유(劉) 수재는 지방 토박이로, 이름은 진표(振鑣)요 별호는 백기(伯驥)였다. 그날 글 모임이 이뤄지지 않은 뒤로 크게 놀라, 당장 같이 살던 일가친척에게 집을 부탁하고 자신은 보따리 하나만 달랑 들고 급히 성을 빠져나갔다. 그는 동서남북 방향도 불문하고 길이 험한 것도 개의치 않은 채 한달음에 20~30리를 도망쳤다. 성(城)에서 멀어져 뒤쫓아 잡으려는 자가 금방 따라잡지 못하리라는 것을 알고, 그제야 마음을 놓고 천천히 걷기 시작했다. 다시 1~2리를 더 가다 보니, 문득 어느 한곳에 이르게 되었다. 앞에는 높은 산등성이가 있고, 그 산등성이에는 오래된 절이 하나 있었다. 산등성이 아래 3면으로는 물이 흐르고, 물가 일대에는 인가가 몇 채 있었다. 그들은 모두 고기잡이를 업으로 삼고 있었다. 비록 대나무 울타리에 초가집이었지만, 무성한 나무들과 어울려 또 다른 청취(淸趣)가 있었다. 높은 산등성이 위 오래된 절 뒤로는 커다란 양옥이 한 채 있었다. 당신은 이 양옥의 유래를 아시겠는가? 원래는 선교사 두 사람이 살던 곳이었다. 그들은 이 지방이 봉우리가 우뚝 솟아 있고 물과 나무가 맑고 아름다운 것을 보고, 이곳을 사서 교회당을 지은 뒤 그곳에 머물며 전도하고 있었던 것이다. 이에 대해서는 더 이상 말하지 않겠다.

유백기는 그곳에 이르러 아름다운 경치를 보자 마음이 확 뚫리며 상쾌해졌다. 한동안 개울가 버드나무 그늘에 혼자 앉아 흐르는 물을 보며 감상했다. 어느새 해는 서산으로 기울었다. 아침에 일어났을 때 간단히 요기를 하긴 했지만, 하루 종일 달렸더니 허기가 졌다. 곰곰 생각해 보니, 이들 인가는 집이 좁아 분명 자신을 받아 줄 수 없을 터였다. 그러나 절에는 남는 방도 많을 터이니, 저기 가서 방 한 칸 얻어 잠시 몸을 쉬며 다시 방도를 찾아보아야겠다고 생각했다. 마음이 정해지자 한 발 한 발 성큼성큼 산을 올랐다. 절 문전에 당도하여 몇 차례 문을 두드렸다. 어린 사미 하나가

문을 열어 어디서 오셨냐고 묻더니 안으로 들어가 늙은 화상에게 알렸다. 이어 늙은 화상이 나와선 이름과 사는 곳을 물었다. 유백기는 사실대로 대답했다. 다만 성(城)은 번잡하여 조용한 시골만 못하니, 아침저녁으로 열심히 경사(經史)를 익힐 수 있도록 남는 방 하나 빌려서 한 두어 달 머물려 한다고만 했다. 유백기의 부모가 살아 계실 적에 이 절에 보시한 적이 있었기에, 그 말을 했더니 화상도 믿는 눈치였다. 또 부모는 이미 돌아가셨고, 그는 아직 결혼하지 않았다는 것을 알고 있었다. 본시 걸리는 것이 없는 사람이니, 지금 성안이 번잡하다고 여기던 차에 우연히 시골에 이르러 얼마 동안 머물려는 것도 의당 생각해 볼 수 있는 일이리라. 또 몇 푼 방세를 받는 것도 좋은 일이겠지. 그 당장에 늙은 화상은 하하 웃으며 대답했다.

"빈방이 있습니다. 시주께서 멀리서 오셨으니, 얼마든지 마음 놓고 머무시면 될 텐데 무슨 방세를 말씀하십니까? 다만 여기는 먹을 것이라곤 두부와 나물뿐으로 어육(魚肉)이나 맵고 비린 것은 하나도 없으니, 시주께서 이런 거친 것들을 드실 수 있을지가 걱정입니다."

유백기가 말했다.

"스님께선 무슨 말씀을 그리하십니까? 나물과 두부를 먹을 수 있다는 것만도 복에 겨운 일입니다. 요즈음 산동(山東)에선 물난리가 났고, 산서(山西)엔 가뭄이 들어 온 세상이 이재민들로 가득합니다. 저들은 초근목피(草根木皮)로 연명하고 있는데, 이젠 그 초근목피마저도 다 먹어 치워 그것조차 구하기 힘듭니다. 그러니 언감생심 무슨 두부며 나물을 말할 수나 있겠습니까? 머물 집이 있고 먹을 밥이 있는 것만으로도 저들에 비하면 천당과 지옥 차이거늘, 어찌 만족하지 않을 수 있겠습니까? 옛 선현께서 말씀하시길, '나물 뿌리는 맛이 좋다(菜根滋味長)'고 하셨습니다. 제가 성에서 있을 때, 살찌고 기름기 많은 어육으로 배를 채웠으니, 이 기회에 한동안 맑고 담박하게 지내는 것도 좋겠지요. 방세에 관해서는 절대 사양하지 마십시오. 출가인들은 여러 곳을 다니며 탁발하여 먹는데, 제가 스님께 빌붙어 먹는다면 말이나 되는 소리겠습니까?"

늙은 화상이 말했다.

"시주께서 대접이 소홀타 생각지 않으시니 잘됐습니다."

그러고는 급히 사미에게 물었다.

"상공(相公)의 짐은 들여왔느냐?"

유백기가 말했다.

"날씨가 아직 더운데 무슨 짐이 필요하겠습니까. 몸에 걸친 보따리가 전부입니다."

그것을 보고 화상은 부자가 집을 나서면서 어찌 짐을 챙기지 않았을까 하는 의문이 들었다. 다행히 그의 부모가 살아 계실 때 여러 번 얼굴을 보았던지라 전혀 근본 없는 사람은 아니었다. 어쩌면 챙겨 주는 사람이 없어서 이 지경이 되었을지도 모를 일이니 더 이상 따질 일도 아니리라. 하여 짐을 지니고 있지 않은 것을 알았으면서도 더 이상 캐묻지 않았다. 그러나 그는 성에서 사는 것이 습관이 된 사람이니 시골의 빈한한 삶을 견디지 못하여 그리 오래 머물지 못하고 곧 돌아갈 것이라 추측했다. 그리하여 당장에 빈방 하나를 치우고 그를 머물게 했다. 하루 세끼는 모두 화상이 대 주었다. 다음 날 유백기는 보따리에서 12원을 꺼내 한 달 치 방값으로 늙은 화상에게 주었다. 그것을 보고 화상은 싱글벙글 좋아하며, 몇 마디 객쩍은 소리를 하다가 받아 갔다.

이곳에 왔을 때 유백기는 조용한 곳에서 글이나 읽으려다고 말했다. 그런데 어찌 알았으랴. 너무 다급히 오느라 보따리엔 몸에 걸칠 옷 몇 가지만 챙겼을 뿐, 책이라곤 전혀 챙기지 못했고 지필묵 또한 마찬가지였다. 비록 여윳돈이 있다 해도 이 궁벽진 시골에 독서인이라곤 하나도 없으니 서점이 있을 리 만무할 터. 그는 본시 손에서 책을 놓지 않던 사람인데, 이렇게 되고 보니 무료하기 그지없었다. 그는 매일 아침저녁으로 절간 앞뒤를 유유자적 산책하며 갑갑함을 해소했다. 산책을 마치고 돌아오면 혼자 조용히 앉아 있거나, 늙은 화상과 한담을 나누었다. 다행히 돈을 받아서인지 화상은 공부에 관해서는 전혀 묻지 않았다. 어느 때는 오히려 그에게 이렇게 말하기도 했다.

"상공, 당신은 공부를 많이 한 수재인데, 아쉽게도 이런 시골에는 당신과 함께 논할 만한 이가 없습니다. 다만 우리 절 뒤편 교회당에 선교사 양반이 하나 있습니다. 비록 외국인이긴 하지만 중국인처럼 머리를 밀고 변발을 하여, 무슨 일이건 중국인을 따라 배우려 합니다. 다만 눈이 움푹하고 코가 높다는 차이 때문에 그를 외국인이라 부르지 않을 수 없지요. 비록 외국인이라고는 하나 오히려 무시 못할 실력을 갖추고 있으니, 우리 중국 말도 아주 그럴듯하게 배웠고 학문 또한 깊고 넓습니다. 다른 것은 차치하고라도, 『강희자전(康熙字典)』을 통째로 다 꿰고 있습니다. 상공! 내 생각에 당신도 우리 부성(府城)에서 글로는 으뜸인데, 이렇듯 『강희자전』을 통째로 숙지한 이를 만나기는 어려울 것입니다! 그런데 이 선교사 양반은 다른 사람들과는 아주 화기애애하게 말을 섞으면서, 폐사의 승중(僧衆)과는 어울리려 하지 않고 늘 길을 피해 다닙니다. 그래서 그가 온 지 여러 해가 지났지만, 피차 내왕이 없었습니다."

유백기는 화상의 말을 듣고 반신반의하며 그의 말을 받아 잇는 것도 잊은 채, 고개를 숙이고 생각에 잠겼다. 지금 그에게 다른 것은 전혀 귀에 들어오지 않았다.

'내일 시간을 내서 한번 가 봐야겠다. 요즘의 선교사는 조정에서도 두려워한다니, 도대체 어떤 사람일까? 지금 나는 탐관오리에게 쫓기고 있고, 몇몇 친구들은 잡혀 가 생사도 알지 못한다. 내 이번 기회에 저들과 안면이라도 터서 혹여 저들의 힘을 빌려 친구들을 구해 낼 수 있다면 좋지 않겠나. 내가 이번에 붙잡히지 않은 것은 혹시 귀신들이 몰래 나한테 친구들을 구할 방법을 강구하라는 것인지도 모를 일이다.'

생각을 정하고는 늙은 화상과 한두 마디 더 나누었다. 화상이 자리를 떠나자 그는 곧 산책을 핑계로 절 뒤를 돌아 교회당으로 가 문을 두드렸다.

원래 이 선교사는 중국에 온 지 26년이나 되어, 중국어를 할 줄 알뿐더러 중국 책도 읽을 수 있었다. 게다가 머문 지도 오래되어 중국인들과 왕래하는 것을 무척 좋아했다. 다만 시골에는 조야한 사람들뿐인지라, 비록 몇몇 사람이 그의 종교에 귀의하긴 했으나 얘기를 나눌 만한 이는 없었다. '학문'이란 두 글자는 더 말할 필요도 없었다. 누군가 문을 두드리는 소리를 듣고 급히 나가 보았다. 이번에 온 사람은 풍채가 빼어나고 기우(基宇)가 헌앙(軒昂)한 것을 보니, 기품이 있어 시골 무지렁이는 아니라는 것을 한눈에 알수 있었다. 곧장 안으로 들게 하여 좌정하고 존성대명과 고향을 물었다. 유백기는 일일이 대답했다. 아울러 도시는 번잡하여 시골의 조용함만 못하므로, 여기서 잠시 머물고자 지금은 요 앞 절에 머물고 있다고 말했다. 선교사가 말했다.

"유 선생! 내 귀에 거슬리는 소리 몇 마디 할 터이니, 부디 화내지 마십시오. 이 불교라는 것은 천만부득 믿을 게 못 됩니다. 『강희자전』에 실린 '불(佛)'이란 글자의 주석만 보더라도 '인(人)'과 '불(弗)'로 이루어져 있으니, 이는 저 염불하는 사람들은 죄다 사람이 아니라(弗)고 꾸짖는 것입니다. 게다가 '승(僧)'은 '인(人)'과 '증(曾)'으로 구성되어 있습니다. 이는 그들도 예전에는 사람이었으나, 지금은 머리를 깎고 공문(空門)에 들어가 사람 노릇을 못하게 되었음을 말하는 것입니다. 유 선생!『강희자전』은 귀국의 강희(康熙) 황제가 만든 것입니다. 성인의 말씀은 한 점 틀림이 없지요. 우리 마음에는 오직 하느님만 있습니다. 그 어떤 재난에 처할지라도 오직 눈을 감고 한마음 한뜻으로 하느님께 기도를 올리면, 언제든 하느님이 당신을 구해 주십니다. 당신네 중국의 황제께서도 우리 선교사들이 모두 좋은 사람들이고, 나쁜 사람은 하나도 없다는 것을 잘 알고 계십니다. 그래서 우리가 중국으로 와서 전도하는 것을 허락하신 것입니다. 유 선생! 생각해 보십시오! 내 말이 틀렸습니까?"

유백기는 처음 그가『강희자전』을 외우는 것을 보고 가소롭다는 생각을 떨칠 수 없었다. 다만 체면 때문에 웃지 않았을 뿐이었다. 그런데 뒤로 갈수록 그의 말하는 것이 이치에 맞고 일리가 있어 숙연히 경청하게 되었다. 그의 말을 다 듣고 나서 그는 진심으로 겸손하고 예의 바르게, 절에 머무는데 소일거리가 없으니 귀 선교사께 책 몇 권 빌렸으면 한다는 말을 했다. 책을 빌리려 한다는 그의 말을 듣고 선교사는 그가 문인이라는 것을 알아차렸다. 그는 즉시 책장에서 이것저것 수십 종의 책을 꺼내 왔다. 사서오경(四書五經),『동주 열국지(東周列國志)』,『삼국지연의(三國志演義)』,『고문관지(古文觀止)』,『당시 3백 수(唐詩三百首)』,『지리지』등을 꺼내 오는 족족 탁자 위에 늘어놓았다. 그중에는 그가 직접 주석을 단『대학(大學)』도 있었고, 또 직접 표점(標點)을 찍은『강희자전』도 있었다. 비록 그가 다 정통한 것은 아닐지라도, 대략 반 정도는 꿰고 있는 것 같았다. 그렇지 않다면 어찌 그렇게 술술 입 밖으로 내뱉을 수 있겠는가?

유백기가 이리저리 살펴보니 모두 물리도록 읽은 책들이라, 마음에 드는 것이 하나도 없었다. 그렇지만 빌려 달란 말을 이미 입 밖으로 꺼낸 터여서, 싫다 하기도 뭣하여 마지못해 『당시』와 『고문』 그리고 『지리지』 등 셋을 골랐다. 나머지는 필요 없으니 다시 거둬 가라고 했다. 그런 뒤 다시 한동안 자리에 앉았다가 몸을 일으켜 이별을 고했다. 선교사가 말했다.

"우리 외국의 예의범절로는 손님을 배웅하지 않습니다. 다만 악수를 나누며 '굿바이!'라고 한마디 하지요. 우리 다시 만나자는 뜻인데, 그걸로 끝입니다. 하지만 오늘은 유 선생이 저를 처음 방문했고, 또 선생이 계신 곳은 보살들이 머무는 절인지라 제가 가지 못하는 곳이니 저는 당신을 답방하지 못합니다. 그래서 오늘은 제가 문밖까지 배웅하겠습니다."

유백기가 거듭 만류했지만 그가 하도 고집을 부려 그냥 저 하고 싶은 대로 배웅하게 두었다. 대문을 나서니, 마침 절 후문 맞은편 텃밭에서 늙은 화상이 일꾼 몇을 감독하며 채소에 물을 주고 있었다. 선교사는 그를 보더니 머리도 돌리지 않고 절을 가리키며 말했다.

"언젠가 이 절을 밀어 버려야 속이 시원하겠소."

"이 절이 없으면 교회당의 전망도 더없이 훤해지겠군요."

"유 선생! 당신이 오해했소. 내가 말한 것은 그게 아닙니다. 『고문관지』에 한유(韓愈)가 쓴 글이 있는데, 뭐라 했더라? '그 사람을 불태우고, 그 거처를 민가로 만들어야 한다'*고 했던가? 하여튼 그런 뜻입니다."

그 말을 듣고서야 유백기는 그가 중들을 욕하는 것임을 알고 한바탕 크게 웃었다. 그러고는 공수(拱手)[86]하고 헤어졌다. 선교사는 거듭 일이 없으면 와서 얘기나 나누자며 단단히 부탁했다. 유백기가 그러마고 응낙하니 선교사는 그제야 집으로 들어갔다.

이후 유백기는 날마다 그와 왕래하게 되었는데, 죽이 잘 맞았다. 이미 나누지 않은 말이 없었지만, 그래도 여전히 속에 있는 말은 꺼내지 않았다. 다만 유백기가 도망 나올 때는 날씨가 더워, 홑겹 의복 몇 가지만 지니고 왔을 뿐 솜옷은 챙겨 오지 못했다. 절에서 두어 달 머무는 동안 화상은 방세만 받아 갈 뿐, 나머지는 신경도 쓰지 않았다. 산촌의 날씨는 도시와 달라, 8월 말에 한바탕 큰비가 내리고 서늘한 바람이 몇 차례 불더니 어느새 11월의 날씨처럼 추워졌다.

이날 유백기는 바깥바람은 찬데 옷은 얇아 밖으로 나가지 못하고 온종일 방 안에서 이불을 뒤집어쓰고 잠을 잤다. 그런데 어찌 알았으랴. 끝내 한기가 들어 다음 날엔 머리가 아프고 열이 나면서 병이 나고 말았다. 이렇게 되자 늙은 화상은 그제야 후회막급이었다. 혹여 생각지도 못한 사달이라도 날까 봐 더 이상 그를 머물게 해서는 안 되겠다고 생각했다. 비록 자주 와서 탕이나 물이 필요하지 않은지 묻기는 했지만, 그의 말투에는 어쩔 수 없이 그를 싫어하는 기색이 묻어났다. 유백기는 그런 기색을 눈치챘으나, 성격이 원체 너그러워 이런 부류의 인간들과는 따지려 하지도 않고 개의치도 않았다. 그러나 추위는 정말 견디기 어려워, 늙은 화상에게 솜이불 하나와 솜옷 두 벌을 빌려 한기를 막아 보려 했다. 화상이 말했다.

"우리 출가인들은 여벌 옷이 없습니다. 각자 한두 벌 솜옷을 갖고 있지만 모두 입고 있습니다. 솜이불 또한 각자 하나밖에 없으니, 어떻게 빌려 드릴 수 있겠습니까? 유 상공, 어째서 저 외국 선교사 양반에게 가서 빌리지 않습니까? 제가 듣기로, 그가 입고 있는 것은 무슨 외국의 플란넬이라든가 뭐라든가, 하여튼 가볍고 따뜻하다니 우리 중들 것에 비해 훨씬 낫지 않겠습니까?"

원래 이 늙은 화상은 근래 유백기가 선교사와 사이좋은 것을 보고, 유백기에게 선교사와 서로 소통할 수 있는 다리 좀 놔 달라고 부탁했다. 그리하여 이후 왕래를 하다 보면 선교사의 보시라도 받아 보지 않을까 하는 요량이었다. 그러나 유백기는 선교사의 성격을 잘 알고 있었고 자신의 성격 또한 시원 솔직한지라, 선교사에게 그런 말을 전하러 가는 대신 먼저 이런 실정(實情)을 들어 화상의 청을 거절했다. 다시는 그런 헛된 생각을 하지 못하게 하려는 것이었다. 그런데 누가 알았으랴. 그 말을 듣고 화상은 그렇지 않다는 듯, "유 상공은 우리 편의를 봐주고 싶지 않으신 거로군요"라고 말하는 것이었다. 지금 이 말은 바로 그를 야유하는 것이었다. 그런데 누가 알았으랴. 그 한마디가 유백기의 심기를 건드리고 말았다. 그는 벌떡 일어나 바깥 추위도 아랑곳 않고, 담요로 몸을 감싸고는 신발을 끌며 문을 나가 버렸다. 늙은 화상은 두 눈을 멀뚱히 뜨고 멍하니 쳐다보았다. 그런데 누가 알았으랴. 그는 후문을 열고 나가서는 곧장 교회당으로 가 버렸다.

선교사는 하루 종일 그가 오지 않자 걱정이 되어 찾아가 볼까도 생각했다. 그러나 절간 문은 죽어도 들어가기가 싫어서 그저 근심만 하고 있던 차에 유백기가 그런 모양새로 오는 것을 보고 다급히 물었다.

"유 선생! 어찌 된 일이오?"

유백기는 그를 보자 대답 대신 무릎을 꿇었다. 선교사가 일으켜도 일어나려 하지 않았다. 그 까닭을 물었다. 그제야 그는 친구들이 어떻게 잡혀 갔는지, 자신은 또 어떻게 도망쳤는지 등 그날 성에서 일어났던 일들을 처음부터 끝까지 상세하게 털어놓았다. 그리고 감기에 걸린 사실과 화상이 자신을 야유했던 말까지 다 털어놓았다. 선교사는 성미가 급하고, 또 열정이 넘치는 사람이었다. 그는 그 말을 듣더니 연신 이렇게 말하는 것이었다.

"이렇듯 큰일이 있었으면, 어째서 일찍 말하지 않았소? 만약 당신이 처음 왔을 때 내게 말했다면, 지금 벌써 그들을 구출했을 것이오. 지금은 벌써 두 달이나 지났으니, 이런 썩어 빠진 관리가 벌써 그들을 해쳤을까 걱정입니다. 그런 관리가 어찌 지금까지 기다리겠습니까?"

그렇게 말하면서 그는 또 여러 번 한숨을 내쉬었다. 유백기는 여전히 무릎을 꿇고 앉아 바들바들 떨고 있었다. 선교사도 뒷짐을 지고 왔다 갔다 하면서 계책을 생각하느라 그를 일으켜 세우는 것을 잊고 있었다. 그나마 다행히 왕래가 잦았던 덕에 선교사의 부인과 아이들도 그와 안면이 있었다. 부인이 말해 주자, 선교사는 그제야 정신이 들었다. 그는 급히 유백기를 일으켜 세우고, 평상에 누워 요양하라고 일렀다. 그리고 담요를 가져와 덮어 주었다. 선교사 부부는 본래 의학에도 일가견이 있어 그에게 무슨 병인지를 물었다. 바람이 차서 감기에 걸린 것뿐이었다. 선교사는 외국에서 가져온 약을 가져다 먹이며, 한숨 푹 자고 일어나면 병이 나을 것이라고 했다. 선교사가 말했다.

"내 말하지 않았소, 출가 화상치고 좋은 사람 없다고. 어째서 저들을 믿었단 말이오?"

그 말에 유백기는 달리 변명할 도리가 없었다. 선교사가 다시 말했다.

"이 일을 생각해 봤는데, 내일 내가 직접 성으로 가 봐야겠소. 그들은 모두 좋은 사람들이니, 내 반드시 모두 구해 내야 되겠소. 지방관이 아직 그들을 죽이지 않아 아직 감옥에 갇혀 있다면, 그들을 나에게 내어 주라 하겠소."

유백기가 말했다.

"저도 가는 게 좋을까요?"

"당신이 날 따라가면, 누가 감히 당신을 잡아갈 수 있겠소?"

이 말을 듣자 유백기는 순간 마음이 한결 편안해지며 몽롱하게 잠이 들었다. 선교사는 밥을 먹으러 나갔다. 한숨 자고 일어났더니 어느새 병이 나아, 유백기는 혼자서도 일어날 수 있었다. 다만 몸에 걸친 옷이 없어 추위를 견딜 수 없었다. 선교사가 말했다.

"내게 중국옷이 있긴 하나, 크기가 유 선생 몸에 맞지 않을 거요. 게다가 중국옷을 입고 다니면 당신은 저들에게 위험을 받을 수 있으니, 차라리 분장을 하는 게 낫겠소. 마침 위층에 어제 중국 여행을 온 친구가 있는데, 여기서 한 이틀 머물 모양이오. 그에게 여벌 옷이 여럿 있으니, 가서 당신 몸에 맞는 옷을 좀 빌려 오리다. 신발이나 모자, 지팡이 등은 여기 모두 있으니, 가져다 쓰면 될 게요."

그리 말하더니 과연 위층에서 옷 한 벌을 빌려 왔다.

"이 옷은 내 이미 당신 대신 샀으니, 추위나 면하게 어서 입으시구려. 당신네 중국인들은 기초 체력이 약해 이런 것도 이겨 내지 못하지."

옷을 보자 유백기는 크게 기뻐하며 당장 차려입었다. 다만 변발은 어떻게 둘 곳이 없었다. 선교사가 모자 안에 둘둘 말아 넣고 모자를 쓰면 되지 않겠느냐고 권했다. 그렇게 했더니 과연 가짜 외국인이 되었다. 거울에 비춰 보니 우습기도 했다. 선교사가 다음 날 아침 일찍 성으로 들어갈 수 있도록, 절로 가서 짐들을 수습해 교회당으로 가져오라고 재촉했다. 양복으로 갈아입자 유백기는 이제 춥지 않았다. 절로 돌아가니 중들이 보고 이상하다는 듯 일제히 말했다.

"유 상공이 저 종교에 입문하려나 보다. 그러니 외국인처럼 분장을 했겠지."

그는 본래 짐이랄 것도 없어, 보자기 하나에 둘둘 말아 들고 갔다. 방문을 나서는데 마침 늙은 화상이 달려왔다.

"유 상공, 산책을 할 수 있게 되었군요. 병이 다 나았나 보군요?"

유백기가 말했다.

"난 곤경에 빠져 있소이다! 그러니 산책할 여유나 있겠소? 당신 같은 화상들이나 즐겁겠지요?"

말을 마치자 보따리를 들고 뒤도 돌아보지 않고 그 자리를 떠났다. 늙은 화상은 본래 그가 그리 오래 머물지 않으리란 것을 알았다. 계산에 계산을 해 보니, 며칠 치 방값과 밥값이 남아 더 이상 아무 말도 하지 않았다.

한편 유백기는 교회당으로 돌아와 하루를 보내고, 다음 날 선교사를 따라 함께 문을 나섰다. 한 외국인은 중국인으로 분장하고 한 중국인은 외국인으로 분장하였으니, 피차 서로 참 우스웠다. 여기서 성으로 가는 데는 조그만 샛길이 하나 있는데, 15~16리 거리였다. 선교사는 지리에 익숙하고 또 다리도 튼튼하여 항상 걸어다녔다. 그러나 유백기는 병치레를 한 뒤라 두 다리에 힘이 없었다. 다행히 길가에서 쉴 수 있어, 한참을 걷고는 또 한참을 쉬었다. 그렇게 걸으며 성에 도착한 뒤에는 어떻게 일 처리를 할 것인가를 상의하느라 힘든 줄 몰랐다.

둘은 새벽녘에 출발하여 진시(辰時)[87]에 성에서 2~3리 거리에 도착했다. 그런데 보아하니 저 앞에 한 무리의 사람들이 밀려 내려오는 것이 마치 공연을 보고 흩어지는 듯했다. 한데 그들 중 어떤 이는 투덜거렸고, 어떤 이는 욕을 하는가 하면 또 어떤 이들은 저주를 퍼붓는 등 그 정황이 기괴하기 짝이 없었다. 둘은 한참 잡담을 나누고 있던 중이었기에, 처음 보았을 때는 그리 마음에 두지 않았다. 그런데 이런 괴이한 정황을 보고 나니 이상하다는 생각이 들어 걸음을 멈추고 무슨 일인가 알아보았다. 그때 길가에 한 여인이 앉아 구슬피 울고 있었다. 무슨 일인가 묻자, 곁에 있던 누군가가 그녀를 대신해 말했다.

"이게 모두 오늘 9월 초하루를 기하여, 본부(本府) 대인께서 돈을 후려칠 신선한 방법을 생각해 냈기 때문이죠. 성 주변 근교 곳곳에 성문마다 다리마다 하나씩 수도 없이 많은 요금소를 설치했지 뭡니까. 이 여인은 어머니가 병이 들어, 몇 날 며칠을 고생해서 직접 광목 한 필을 짰습니다. 그걸 성으로 가져가 팔아 몇 푼이라도 벌어 의원을 부르고 약이라도 먹일 생각이었습죠. 그런데 누가 알았겠습니까. 광목을 팔기도 전에 벌써 요금소에 압류돼 버렸지 뭡니까요."

그리 말하고 있는데, 또 한 사람이 팔을 흔들며 말했다.

"정말 이놈의 탐관오리들은 돈에 눈이 멀었수다! 내 고기 두 근을 사서 성을 나서는데, 아, 글쎄 날더러 돈을 내라지 뭐요. 그래 냈지요. 그런데 누가 알았겠습니까. 성문 요금소에서 계산이 끝난 게 아니더군요. 적교(吊橋)에 이르니 또 요금을 내랍디다. 고기 두 근이 몇 푼이나 한다고? 그래 내 안 냈지요. 그렇게 돈을 내다가

---

87 오전 7~9시.

는 새끼들 밥그릇까지도 다 내줘야 할 판입니다요!"

그 말을 듣고 선교사는 의아하다는 듯 말했다.

"조정에서 머잖아 이국(釐局)[88]을 폐지할 것이란 조칙을 내렸는데, 어째서 다시 이렇듯 수많은 요금소를 설치했단 말인가? 정말이지 암흑천지로구먼. 내 관리를 만나면 이 요금소를 누가 설치하라고 했는지 물어봐야겠다!"

말을 마치자 유백기를 데리고 곧장 성으로 달려갔다.

자초지종을 알고 싶으면 다음 회를 듣고 알아보기 바란다.

---

[88] 상업세를 징수하고 관리하던 기구.

제9회

각설하고, 유백기는 양복으로 바꿔 입고 선교사와 함께 성으로 들어가, 부 지부를 알현하여 동지들을 구해 내고자 하였는데 뜻밖에도 마침 그날, 본부(本府)에서 요금소를 설치하여 백성들을 들들 볶으니 백성들의 원성이 자자했다. 선교사는 그 말을 듣고 이상하게 여겨 급히 유백기와 함께 성으로 들어가려 했다. 지부를 만나 도대체 어떻게 된 일인지를 물어볼 생각이었다. 그런데 성문 근처에 이르렀을 때, 뜻밖에 성에서 수많은 사람들이 바닷물처럼 밀려 나왔다. 두 사람은 길가에서 발을 멈추고, 그들이 다 나오기를 기다렸다가 다시 들어가기로 했다.

그런데 의외로 이 사람들 뒤로 번호 달린 저고리를 입은 수많은 병사들이 따르고 있었다. 그들은 저마다 대나무 몽둥이를 손에 들고 고함을 지르며 사람들을 마구 패 댔다. 놀란 사람들은 머리를 감싸며 도망가기 바빴다. 그중에는 여인도 끼여 있었다. 호남(湖南) 사람들에겐 전족이라는 특별한 관습이 있었다. 대갓집이든 가난한 집이든 막론하고 모두들 발을 마름모꼴로 앙상하고 뾰족하게 감쌌다. 크기는 세 치를 넘지 않았다. 아무 일 없을 때는 자늑자늑한 걸음걸이가 참으로 예뻤다. 그러나 무슨 일이라도 나서 몇 걸음이라도 걸을라치면, 온종일을 걸어도 채 한 길을 못 갔다. 이번에 성으로 간 여인들 중에는 친척을 보러 간 이도 있었고, 바구니를 들고 채소를 사러 간 이도 있었다. 어떤 이는 선물 꾸러미의 분량이 과중해서, 또 어떤 이는 바구니에 든 채소가 너무 많아서 이연국(釐捐局)에서 새로 반포한 규정에 따라 세금을 낸 다음에야 지나갈 수 있었다. 이 백성들은 모두 가난한 사람들이니 어찌 이 같은 착취를 견뎌 낼 수 있으랴? 사람들은 원망하는 소리를 내뱉지 않을 수 없었다. 하여 몇몇 대담한 이들이 세리와 충돌을 일으키기 시작했다.

부 지부는 이날 큰 가마를 타고 사대문을 다니며 친히 세금 징수를 감독했다. 그는 세금 징수에 반항하는 놈들을 즉시 체포하여 큰칼을 씌워 본보기를 보여 주고 싶은 마음이 굴뚝같았다. 다행히 그 기관에 일 처리가 노련한 사사(司事)[89]가 있어, 그렇게 해서는 안 된다고 힘써 말렸다. 그리하여 부 지부는 다만 국용(局勇)[90]에게 세금을 내지 않는 사람들은 일괄 성에서 쫓아내 머물지 못하게 하라고 지시했다. 이에 요금소 입구는 일시에 사람들로 붐볐고, 여인들도 떠밀리게 되었다. 남자들은 그래도 괜찮았다. 그러나 여인들은 넘어지고 엎어져 머리는 일찌감치 산발이 되었다. 넘어져 머리가 깨진 이, 손발이 밟혀 피가 철철 흐르는 이, '아이고 하느님!' 부르짖으며 울고불고 아비규환이었다. 선교사와 유백기가 보고 있자니 비참하기 그지없었다.

그렇게 바라보고 있을 때, 마침 병졸 하나가 실수하여 손에 들

---

89 관서의 중하급 관리 혹은 회관 등의 단체에서 재무나 잡무를 관리하던 사람.
90 옛날 공공 기관의 위병(衛兵).

고 있던 죽봉이 누군가의 몸에 가 닿았다. 그 사람이 불복하고 병졸의 목덜미를 움켜잡았다. 병졸은 다급히 손발을 놀리며 죽봉을 들어 그 사람의 머리를 사정없이 패 댔다. 그런데 자기도 모르게 너무 세게 때리는 바람에, 머리가 깨져 피가 흥건히 흘러내렸다. 그 사람은 필사적으로 소리쳤다.

"이런데도 대들지 않을 수 있나?"

그의 고함에 병졸들이 놀라 일제히 달려와서는 동료를 도와 그를 구타했다. 그는 힘이 셌지만, 중과부적이었다. 병사 네다섯이 달려들어 그를 땅바닥에 엎어 놓고, 손발을 번갈아 가며 목이 쉬고 힘이 다하여 꼼짝도 못할 때까지 두들겨 팼다. 그런데 어찌 알았으랴. 그가 구타를 당하고 있던 그때, 사람들이 이를 보고 불복하여 사방에서 몰려들며 한목소리로 고함을 질렀다.

"반역이다! 반역!"

함성 소리가 삽시간에 온 하늘을 가득 메웠다. 병졸들은 그 기세에 눌려 대부분 도망쳤다. 미처 빠져나가지 못한 이들은 백성들에게 붙들려 옷이 찢어지고 두드려 맞았다. 그중에는 중상을 입은 이들도 있어, 땅바닥에 널브러진 채 생사를 가늠하기 힘들었다. 선교사와 유백기는 이런 정황에다 또 성문이 너무 붐벼 열리지 않는 것을 보고, 그 자리에 한참 서 있을 수밖에 없었다. 당시 백성들은 탐관오리의 핍박 때문에 원성이 하늘을 찔렀다. 모두들 일찌감치 같은 마음이었던지라, 한마디 함성에 수많은 사람들이 호응했다. 성에서 쫓겨난 이들이 병사들에게 일제히 몰려 들어가니, 아무도 그들을 막을 수 없었다. 요금소의 위원이며 사사(司事) 그리고 진압에 나섰던 병정들은 사달이 난 것을 보고는 혼이 쑥 빠져 어디로 달아나야 할지도 몰랐다.

그 시각, 부 지부는 가마에 앉아 다른 요금소를 순시하고 있었는데, 상황 파악을 나선 이가 달려와 보고를 올렸다. 이에 부 지부가 목소리를 높여 소리쳤다.

"세금을 걷는 것은 상부의 뜻을 받들어 시작한 일인데, 저놈들이 저러는 것은 반역이 아니더냐? 못 믿겠다. 내 직접 저놈들을 만나 보아야겠다. 놈들의 이해득실이 나의 이해득실이 아니더냐!"

그리 말하면서 그는 어서 가자며 가마꾼을 재촉했다. 지부는 잘 모르고 있었지만, 백성들이 난동을 부리기 시작했다면 이 일은 당신 같은 미관말직이 아니라 독무(督撫) 대인이라 할지라도 겁을 낼 수밖에 없는 사태라는 것을 수하들은 잘 알고 있었다. 그러나 부 지부는 이런 이치도 모르면서 그곳으로 가자며 고집을 부렸다. 다행히 그곳에는 순정(巡丁)[91]이 있었다. 모두 지부의 오랜 하인들로, 이들은 주인이 가는 것을 한사코 말렸다. 한 순정이 말했다.

"다른 곳에 이미 사달이 나서 요금소를 부쉈다면, 아마 곧장 이리로 달려와 난리를 피울 것입니다. 나리께선 속히 관아로 돌아가 몸을 피하심이 좋겠습니다."

하지만 부 지부는 허세를 부렸다.

"제깟 놈들이 뭘 어쩔 건데? 날 잡아먹기라도 하겠는가? 착한 백성들이라면 내 규정에 따르겠지. 만약 따르지 않는다면 질서를 문란케 하는 백성들이니, 내 그놈들을 단단히 징치할 것이야!"

그러나 뜻밖에도 그가 소리를 높이고 있을 때, 함성 소리와 함께 백성들이 몰려와 요금소를 부수고는 곧장 그리로 이르렀다. 부 지부는 들리는 소리가 심상치 않아 깜짝 놀랐다. 황급히 옷을 벗어 하인들이 입는 장괘자(長褂子)[92]로 갈아입고, 쌍량혜(雙梁鞋)[93]

---

91 순찰을 담당하던 병졸이나 차역(差役).
92 중국식 긴 홑저고리.
93 헝겊으로 만든 신발.

로 갈아 신었다. 그러고는 가마도 타지 않은 채, 순정 둘을 불러 하나는 길을 인도하고 하나는 자신을 부축하게 하여 급히 도망쳤다.

설명은 길었지만, 그 시간은 짧았다. 그들이 막 문간을 넘어섰을 때, 벌써 앞문에는 사람들이 가득 밀려들었다. 그러고는 이유를 불문하고, 물건이건 사람이건 닥치는 대로 때려 부수고 팼다. 다행히 그때 사람들은 모두 도망간 뒤였다. 그러나 애꿎게도 몇몇 위원이며 사사들이 이번 기회에 가까스로 마련해, 채 하루도 되지 않은 이불과 침대보는 모두 찢겨 공중에 뿌려졌다. 어떤 이들은 상자에 들어 있던 각종 비단이며 털로 만든 옷가지를 모두 꺼내 갈가리 찢어 거리에 내다 버렸다. 그 나머지 대문이며 창문, 사립문 등은 어느 것 하나 남아나지 않았다. 방이 부서지지 않은 것이 그나마 다행이었다. 그때 백성들은 물건들은 비록 훼손했지만, 사람은 아무도 때리지 않았다. 더 이상 부술 것이 없자 이들은 다시 한꺼번에 몰려 나가 연도를 따라가며 소리쳤다.

"우리가 오늘 탐관오리를 만났는데, 여러분은 아직도 장사나 하며 호시절을 보내겠다는 것인가? 그래도 아직 문을 닫지 않겠단 말이오? 누구든 문을 닫지 않는다면 탐관오리와 한통속으로 간주하여, 쳐들어가 장사를 망쳐 놓고 말 테요!"

이 말이 전해지자 곳곳에 있던 성안 모든 가게들이 철시했고, 일반 집들도 모두 문을 닫아 사태는 갈수록 커졌다. 이 시각, 백성들은 끝장을 보자는 기세였다. 그리고 거리에 더 이상 시빗거리가 보이지 않자, 일제히 관아로 몰려갔다. 본부 영관(營官)은 일찌감치 이런 정보를 입수한 터였다. 그는 이곳 백성들이 상대하기 쉽지 않다는 것을 잘 알고 있었다. 지난번과 같은 사달이 다시 일어날까 걱정되어, 즉시 인마(人馬)를 점검하여 관아로 달려갔다. 한편 학궁의 선생들도 풍문을 듣고 전사(典史)와 함께 몇몇 나이 든 신사들을 찾아가 중재를 부탁했다. 신사들이 말했다.

"이 일은 본래 부 대인이 지방의 돈을 긁어모으려 일을 너무 거칠고 서투르게 해서 생긴 일이외다. 그런데 우리에게는 일언반구도 통지하지 않았지요. 또한 어르신께서 부임하신 이래 우린 그에게 술 한잔 신세진 일도 없으니, 우리가 뭣 때문에 관여한단 말이오?"

다행히 전사는 여기서 오래 살아 평소 신사들과 접촉이 있던 터라, 재차 부드럽게 청하니 신사들도 응낙하지 않을 수 없었다. 이에 전사, 학궁 선생을 따라 관아 앞으로 가서 백성들을 위로하고 일깨웠다. 그때 군영의 인마도 달려왔다. 백성들은 신사들이 원만히 수습하는 것을 보고 마침내 일제히 손을 멈추었다. 그러나 가게들은 문을 열지 않았다. 사태가 잘 해결되고 요금소도 철거하여 다시 예전처럼 장사할 수 있게 해 달라고 요구했다. 신사들은 그들의 요구를 받아들일 수밖에 없었다. 사달을 일으킨 백성들을 겨우 돌려보내고 이 일을 상의하기 위해 지부를 만나러 갔다. 부 지부는 사람들을 보자 다시 예전처럼 잘난 체했다.

"내 일찍이 여러 해 관직 생활을 하면서 많은 일을 맡아 보았지만, 당신네 영순부 백성들처럼 교활하고 악독한 경우는 본 적이 없소이다!"

이 말은 본시 한순간 기분상의 말이었으나, 신사들을 보자 그만 자신도 모르게 입 밖으로 튀어나오고 말았다. 그중 한 신사는 말버릇이 신랄해서 절대 양보하는 법이 없었다. 지부의 말을 듣자 그가 냉소를 날리며 대꾸했다.

"물론 우리 영순부 백성들은 문제가 많지요. 그러나 최근 여러 해 동안 많은 지부께서 다녀가셨지만, 본부(本府)께서 어떤 일을 하려 하실 때면 늘 신사들과 상의한 후 처리했습니다. 그래서 사달이 일어난 적이 없었지요. 대공조처럼 이런 경우는 한 번도 없었습니다."

이 말을 듣고 부 지부는 얼굴을 붉히며 부끄럽고 분한 나머지 저도 모르게 성을 냈다.

"신사 중에도 좋은 이가 있고 나쁜 놈들이 있는데, 너 같은 놈은……!"

그가 말을 끝내기도 전에 신사가 벌떡 일어나며 소리쳤다.

"저 같은 게 어떻다는 것입니까?"

그 자리에 있던 다른 신사들과 전사 그리고 학궁 선생은 그가 지부와 서로 반목하는 것을 보고 다시 무슨 일이 벌어질까 두려워 일제히 일어나 말렸다. 그 신사는 씩씩거리며 일어나 인사도 않고 떠났다. 부 지부 또한 그를 배웅하지 않고 그냥 가게 내버려 두었다. 이때가 돼서야 전사와 학궁 선생은 방금 전에 있었던 모든 상황을 세세히 보고했다.

"만약 여러 신사분이 나서지 않으셨더라면, 아마 전임 유 대인 때보다 더 흉한 꼴을 볼 뻔했습니다."

이렇게 되자 부 지부는 한발 물러나지 않을 수 없어, 신사들에게 데면데면 형식적으로나마 몇 마디 치사했다. 신사들이 말했다.

"요금소를 철거하지 않으면 백성들은 시장을 열지 않을 것입니다. 지금의 사태는 결국 대공조께서 주도적으로 요금소를 철거해야 끝날 성싶습니다."

부 지부가 말했다.

"이 일은 제 마음대로 할 수 없소이다. 요금소는 윗분의 뜻을 받들어 설립한 것이오. 저들이 시장을 열지 않는 것은 그들 마음이되, 세금을 내지 않는다면 이는 조정의 뜻을 위반하는 것이외다. 이 일은 제가 지체할 수 없는 일이오."

신사들은 지부가 이렇듯 집요한 것을 보자, 상관 말고 되어 가는 대로 내버려 두리라 여겼다. 다행히 전사는 사리에 밝아 이참에 회담이 결렬되고 나면 이후 다시 회복되기 어려우리라는 것이 걱정되었다. 이에 저간의 사정을 거듭 일깨우며, 지부에게 족히 두어 시간을 찬찬히 설명했다. 그제야 요금소 설치를 잠시 늦추고, 상황을 상부에 보고한 뒤 방법을 모색하기로 합의했다. 그러면서 한편으로는 신사들에게, 백성들이 다시 문을 열어 예전처럼 장사하도록 이끌어 달라고 부탁했다. 부 지부는 이 틈을 노려 신사들에게 선심이나 쓰는 듯 말했다.

"오늘 일은 여러분의 체면을 보아 허락하는 것입니다. 그렇지 않았다면 나는 상전의 뜻을 어기고 세금을 내지 않는 놈들을 반드시 징치하여, 저들이 감당할 수 있는지 없는지를 보았을 것이외다."

신사들은 그것이 자신의 체면을 세우려는 말인 줄 알고 더 이상 따지지 않았다. 곧이어 물러나 각자 자신이 맡은 일을 처리하러 갔다. 백성들은 과연 신사들의 말을 듣고 일제히 문을 열어 다시 예전처럼 장사했다. 이에 대해서는 더 이상 말하지 않겠다.

각설하고, 부 지부는 백성들이 예전처럼 장사를 하며 아무 일이 없는 것을 보자 다시 간이 붓기 시작했다. 다음 날 아침 일찍 전사와 학궁 선생을 불러 어제 일을 꺼냈다.

"정치의 도는 너그러움과 엄격함을 잘 조화시키는 데 있거늘, 이곳 백성들의 성질은 전임이 다 망쳐 놓고 말았소이다. 당신들은 관리 노릇의 도리를 이해하지 못한 채, 그저 좋은 게 좋은 줄로만 알 뿐이지. 백성들이 관리에게 대들고 뜻을 어기는데도 자기 명성을 얻으려고, 이제는 본관조차도 눈에 뵈지 않는 지경이 되었소이다. 그래 내 어제 한숨도 자지 못하고 밤새 생각하노라니, 생각할수록 화가 나더이다. 이제 요금소 설치를 잠시 뒤로 미루기로 하였으니, 결국 저들의 바람대로 되었소이다. 그렇지만 우리 관리들의 체면은 떨어질 대로 떨어지고 말았소. 그래 내 오늘 두 분과 의논 좀 하려는데, 신사들에게 가서 어제 요금소를 부수는 사달을 일으킨 놈들 중 두 놈만 내게 넘겨 달라 하시오. 내 그 두 놈을 징치하여 화도 좀 풀고, 우리 관리 체면도 좀 세워야겠소. 지금 두 분은 속히 가서 사람을 내 달라 하시오. 나는 아침밥 먹고 국문장으로 가겠소."

말을 마치자 지부는 차 한잔 대접하고는 바로 손님을 배웅했다. 전사와 학궁 선생은 물러날 수밖에 없었다. 그들은 속으로 지부가 멍청하다고 생각했다. 어제 일은 엄청난 노력을 기울이고서야 겨우 가라앉혔는데, 지부는 그런 상황을 알지도 못하고, 오히려 이런 난제를 자신들더러 처리하라니 정말 괴로웠다. 두 사람은 관청에서 한참을 상의하다 함께 현으로 갔다. 수현과 계책을 상의한 뒤 어찌할지 정할 생각이었다. 그다음은 밝히지 않겠다.

한편 유백기와 함께 있던 선교사는 백성들이 요금소를 부수고 시장도 철시한 것을 보자, 그 이유를 자세히 알아보고는 분노를 금치 못했다. 오늘 본부에서 일어난 일은 지난번 사건과는 비교도 되지 않았다. 그는 우선 유백기와 함께 객잔(客棧)을 찾아 머물기로 했다. 유백기는 양복으로 갈아입고 있어서 사람들이 의아해할까 봐 집으로 돌아가지 못했다. 선교사는 다시 소식을 알아보러 나갔다가, 지난번 잡혀 간 수재들은 부 지부가 요금소 건으로 바빠 이제껏 심문할 시간이 없어 지금까지 감옥에 갇혀 있다는 것을 알았다. 그 소식을 듣고 선교사는 기뻤다. 저녁 무렵이 되자 다시 가게가 문을 열었다. 알아보니 신사들이 나서서 조정한 까닭이라는 것이었다. 이날 밤, 객잔으로 돌아온 선교사는 유백기에게 알아낸 소식을 모두 들려주고, 내일 지부에게 사람을 내 달라고 요구하기로 했다. 적절히 논의가 끝나자 둘은 편안히 잠들었다. 다음 날, 두 사람은 아침 일찍 일어났다. 유백기는 곧장 관아로 가고 싶었다. 선교사가 말했다.

"당신네 중국 관리들은 오전까지 잠을 자지 않으면 깨지 않으니, 아무래도 지금은 이르지 싶소."

유백기가 말했다.

"어제 요금소 사건에 철시 사건이 있어 오늘 볼일이 있을 터이니, 아마 다른 날보다 조금 일찍 일어나지 않을까 싶습니다."

선교사가 반박했다.

"어제 일은 어제 다 끝나, 오늘은 별다른 일이 없습니다. 게다가 어제 하루 종일 고생했으니, 오늘은 좀 더 늘어지게 잘 거요. 그럭저럭 보내면서 즐기는 당신네 중국인들의 성격을 아직도 나한테 감추겠다는 거요?"

유백기는 그 말에도 일리가 있어 그가 하자는 대로 할 수밖에 없었다. 10시 종이 울리고서야 두 사람은 객잔을 나서 관아로 갔다. 그런데 누가 알았으랴, 관아에 도착하니, 사람들이 붐비고 지부는 벌써 재판을 하고 있었다. 그 아래 아역들이 한 사람을 잡아다 땅바닥에 엎어 놓고 번갈아 가며 곤장을 때리고 있었다. 유백기가 말했다.

"우리가 너무 늦게 왔습니다, 벌써 재판이 시작됐어요."

선교사 또한 중국 관리가 어째서 이리 일찍 일어나 재판을 시작했는지 의아하게 여겼다. 속으로는 그렇게 생각하면서도, 입으로는 유백기에게 이렇게 말했다.

"재판을 하고 있다니 더 잘된 일이오, 함께 사람 내놓으라 요구하러 갑시다!"

말을 끝내자마자 유백기의 소매를 잡고 나는 듯이 달려 지부의 안탁(案桌)⁹⁴ 앞으로 갔다. 사람들은 생각지도 않고 있다가, 외국인 둘이 오는 것을 보고 저도 모르게 깜짝 놀랐다. 그중 하나는 비록 중국옷을 입고 있었지만 그래도 그가 외국인이라는 사실을 금방 알아챌 수 있었다. 그곳에 사람들이 한가득 있었으나, 어느 누구도 감히 그 둘을 저지하지 못했다. 어떤 이들은 그들이 고소하러 온 것이라 생각하기도 했다. 지금 막 곤장을 때리고 있던 부지부 또한 그들을 보고 놀라 두 눈만 크게 뜨고 바라보았다. 선교사가 먼저 입을 열었다.

"당신이 이곳 지부요?"

부 지부는 무슨 말로 대답해야 좋을지 몰라 그저 '그렇다'라고만 대답했다. 선교사가 말했다.

"좋습니다, 좋아요, 좋아! 내 지금 당신께 몇 사람 내어 달라 할텐데, 내어 주시겠소?"

부 지부는 도무지 갈피를 잡을 수 없어 아무 대답도 하지 못했다. 이번에도 선교사가 말했다.

"우리 전도하는 사람은 본시 당신네 지방의 공무에는 아무 간섭도 하지 않았습니다. 그러나 지금 이 사람들은 모두 우리 교회의 친구들로, 우리와 관련된, 시원스레 해결되지 않은 일이 많습니다. 만약 여기 있다가 도주라도 한다면 나는 장차 누구한테 요구할 수 있겠습니까? 그래서 내 오늘 특별히 지부 대인을 찾아와 이 사람들을 즉시 데려갈 수 있게 해 주시길 요구합니다."

부 지부는 한참을 멍한 상태로 있으면서 그가 요구하는 사람이 누구인지 갈피를 잡지 못했다. 다행히 당직을 서고 있던 관리가 그나마 사리에 밝았다.

---

94 관리들이 정무를 보던 좁고 긴 탁자.

"두 분 양(洋) 선생께서 도대체 누굴 요구하시는지 분명히 말씀하시면, 저희 대인께서 데려가시도록 내어 주실 것입니다."

그 말을 듣고 선교사도 웃었다. 한참을 말해 놓고도 여전히 이름자를 말하지 않았으니, 누굴 내놓으라는 것이었던가? 이에 곧 유백기로부터 명단을 받아 부 지부에게 건넸다.

"모든 이름이 거기 다 적혀 있습니다."

부 지부는 명단을 보고서야 그가 요구하는 사람들이 지난번에 잡아들인 회당(會黨)임을 알았다. 그런데 이 일은 이미 상부에 보고를 올렸고, 상부에서도 공문을 내려 엄하게 다스리라고 한 일이었다. 그러나 그는 요금소 설치로 바빠 이 일을 뒤로 미뤄 두고 있었다. 아직 확실한 자백을 받지도 못했는데, 만약 저 사람이 데려가 돌려주지 않으면, 장차 윗전께서 물으실 때 어떻게 복명해야 할 것인가. 이렇게 쭉 생각을 굴려 본 뒤 선교사에게 말했다.

"양 선생! 날 탓하진 마십시오. 다른 사람은 몰라도 이 열 몇은 윗전께서 지명하여 잡아들인 무리들로, 윗전께서도 엄히 다스리라 명하셨습니다. 아직 심문을 명확히 하지 않았는데, 만약 당신한테 내주었다가, 윗전께서 그들을 데려오라 하시면 제가 어찌 윗전께 보고할 수 있겠습니까? 무슨 일인지 모르나, 당신 대신 내가 물어봐 주면 되지 않겠소."

선교사가 말했다.

"이 사람들은 나와 아주 관련이 깊으니, 당신이 물어볼 것도 없이 내게 그들을 내어 주시면 됩니다. 윗전께서 당신에게 요구하면, 당신은 나한테 물어보시면 됩니다. 다행히 내가 사는 집은 당신네 영순부에 있으니, 다른 곳으로 도망갈 리도 없습니다."

"그게 아닙니다. 저는 윗전의 지시를 받들지 않고는 그들을 놓아줄 수 없다는 말이오."

"이 사람들은 우릴 위해 하는 일이 적지 않습니다. 여기 두면 제 마음이 놓이질 않습니다. 만약 불상사라도 생긴다면 어찌해야 좋습니까? 그러니 제가 데려가야겠습니다."

"모두 여기서 잘 지내고 있소이다. 그들을 괴롭히는 건 하나도 없소. 마음이 놓이지 않는다면, 당신한테 보여 줄 테니 무슨 말이든 그 자리에서 물어보시오."

"좋습니다, 좋아요, 좋아. 어서 보여 주시오."

부 지부는 즉시 그들을 데려오라 분부했다. 명을 받은 관리가 아역(衙役)을 데리고 감방으로 가서 수재들을 끌고 왔다. 수재들은 철그렁철그렁 쇠사슬에 묶인 채 끌려와 무릎 꿇었다. 선교사가 그들을 보자마자, 바짝 마른 사람을 가리키며 말했다.

"안 되겠소! 안 되겠어! 이 사람은 예전엔 뚱뚱했는데, 여기 두 달 있는 사이 머리는 봉두난발에 얼굴도 시커멓게 변했고 살도 쏙 빠졌소이다. 더 이상 여기 있다간 목숨도 부지 못하겠소. 여기 있으면 내 마음이 놓이질 않으니, 내 반드시 데려가야겠소."

그러나 부 지부는 응낙하지 않았다. 선교사도 만만치 않았다.

"이 사람들은 우리 교회와 관련된 사람들이오. 내어 주든 말든 당신 맘대로 하시오. 나중에 조정에서 당신을 압박하여 내어 주라 하면 그만이지요."

말을 마치고는 곧장 유백기를 데리고 떠나려 했다. 이에 부 지부가 말했다.

"멈추시오! 우리 여유를 가지고 천천히 논의해 봅시다."

"내어 주시든가 말든가 양단간에 결정하시오. 다른 말은 필요 없소이다."

"사람은 내어 드리겠습니다. 당신네 선교사들은 남에게 좋은 일을 하시는 양반들이니, 결코 나를 난처하게 만들지는 않겠지요.

상부에서 사람을 데려오라 하면, 그땐 반드시 돌려주셔야 합니다."

"윗전께서 요구하시면, 당신은 나한테 말씀하시면 됩니다."

말을 마치자 곧 형구를 풀게 하여, 그들을 데리고 아무 일 없다는 듯 휘휘 떠나 버렸다. 부 지부는 화가 나서 입을 앙다문 채 그대로 앉아 있었다. 비록 당하(堂下)에 백여 명이나 있었지만, 아무도 그가 떠나는 것을 막을 수 없었다.

뒷일이 어떻게 되었는지 알고 싶으면 다음 회를 듣고 알아보기 바란다.

제10회

호랑이가 산으로 돌아가니 구경꾼은 훈수를 두고
물고기 미끼를 놓으려 당국자는 고심한다

각설하고, 유백기는 선교사와 함께 영순부로 달려가 직접 동지들을 내놓으라고 요구했다. 부 지부는 상사의 질책도 아랑곳 않고, 어쩔 수 없이 그들의 형구를 풀어 주었다. 그는 두 눈 멀쩡히 뜬 채 그들이 떠나는 것을 지켜볼 수밖에 없었다. 그들이 관아를 나서자 재판을 구경 나온 사람들은 이런 기이한 상황을 보고, 무슨 영문인지 몰라 삼삼오오 짝을 지어 머리를 맞댄 채 수군거렸다. 어떤 이들은 그들의 뒤를 따라 거리를 가득 메우며 웅성거렸다. 선교사는 사람들이 너무 많아지면 문제가 생길까 봐 유백기가 들고 있던 지팡이를 가져다 구경꾼들에게 때리는 시늉을 했다. 구경꾼들이 놀라 도망갔다. 저들의 간이 이렇듯 작은 것을 보고 선교사는 피식 웃었다. 가는 내내 두런두런 얘기를 나누느라 저도 모르게 어느새 어제 머물렀던 작은 객잔에 이르렀다. 객잔 주인은 그들이 모두 봉두난발인 것을 보고, 양인(洋人)이 두려워 말을 하지 못했을 뿐, 무언가 이상하다는 듯 고개를 갸웃거렸다. 수재들은 양인 곁을 떠나면 또 무슨 풍파가 일지 몰라 그와 함께 머물며 뒷일을 도모하기로 했다. 이에 대해서는 뒤에 천천히 얘기하겠다.

한편 그날 부 지부가 국문장에서 곤장을 때린 이들은 다름 아닌 사대문의 지보들이었다. 사대문의 지보들이 사람들을 진압도 못하고, 도리어 폭도들이 요금소를 부수게 만들었기 때문이었다. 지부의 생각은 원래 전사(典史)와 학궁 선생을 시켜 신사들에게 주동자 몇 놈을 내놓으라 한 뒤 엄하게 처벌하는 것이었다. 그러나 신사들이 거들떠보지도 않았기에 더 이상 기다릴 수 없어 지보들을 관아로 압송했던 것이다. 국문장에 앉아 각각 볼기 수백 대씩 때려 자신의 체면을 세워 보자는 심산이었다. 그중 한 교활한 지보는 땅바닥에 엎드려 얻어터지면서도 울며불며 호소했다.

"대인, 은전을 베푸소서! 소인은 정말 억울합니다요! 어제 사달이 났을 때, 대인은 물론이요 나리들이며 친병(親兵)·순용(巡勇)까지 수많은 사람들이 모두 거기에 있었는데도, 저들은 맘대로 사달을 일으켰습니다요. 소인 혼자 어떻게 그 많은 사람들을 진압하라는 것입니까?"

이 말을 듣자 부 지부는 더욱 부아가 치밀었다.

"이런 썩을 잡것이 있나! 본관을 농락하려 들다니, 이게 어디 될 법이나 한 소리더냐!"

그리하여 다른 사람들은 8백 대씩 맞았지만, 그 사람만 유독 두 배인 1천6백 대를 맞았다. 그의 볼기는 찢어져 선혈이 낭자했고, 더 이상 움직이지도 못했다. 두 사람이 부축하여 당하로 질질 끌고 와 다시 무릎을 꿇렸다. 이에 부 지부는 득의만면한 얼굴로 거들먹거리며 다시 한 번 지보들에게 호통치는 것으로 겨우 체면을 세웠다.

이제 막 그들을 처리하고 퇴청하려는데, 뜻밖에 선교사와 유백기가 오더니 그 자리에서 열 몇을 데려가겠다고 압박하는 것이었다. 말로는, 그들과 아직 끝나지 않은 일이 있다는 것이었다. 부 지부로서는 그들을 내주자니 상사의 질책이 두렵고, 그렇다고 내주지 않자니 선교사의 외면이 두려웠다. 그가 편지를 써서 공사(公使)에게 부탁하여 총리아문으로 보내 시비를 가리자면 그것도 감당하지 못하겠고, 아니면 영사(領事)를 찾아가 독무(督撫) 면전에서 이것저것 고해바치면 그것 역시 감당하기 힘든 일이었다. 진퇴양난이라 어찌해야 할지 몰랐다. 결국 그들을 불러다 선교사를 대신해 다루는 일이 무엇인지를 추궁한다면, 그야말로 일석이조가 아니겠느냐는 생각이 떠올랐다. 그러나 뜻밖에도 선교사는 그들을 보자마자 심문도 필요 없다며, 그 자리에서 바로 형구를 풀고 데려가 버렸다. 그곳에 수많은 사람들이 있었지만, 그를 어쩌지는 못했다. 부 지부는 두 눈 멀쩡히 뜬 채 그들이 문을 나서는 것을 지켜볼 수밖에 없었다. 그들의 그림자가 보이지 않을 때까지 그 자리에 꼼짝 않고 앉아, 부아가 치밀어 한마디도 하지 못했다. 한참이 흐른 뒤 겨우 정신이 돌아와 몸을 일으켜 퇴청했다. 첨압방(簽押房)으로 들어가 옷을 벗고 앉아, 집사에게 형명(刑名) 선생을 불러오라 시켰다. 이 일을 상의하기 위해서였다.

선생의 성은 주(周)씨요, 이름은 조신(祖申), 별호는 사한(師韓)이었다. 그는 소흥(紹興) 출신으로, 부 지부가 성(省)에서 함께 데려온 사람이었다. 부 지부가 부르자 선생은 그 당장에 달려와 주인을 뵙고 공수(拱手)한 뒤 자리에 앉았다. 부 지부가 먼저 입을 열었다.

"선생! 내 이놈의 관리 노릇 더 이상 못해 먹겠소!"

주사한(周師韓)이 급히 무슨 일인지 물었다. 부 지부는 선교사가 와서 사람을 요구하던 정황을 처음부터 끝까지 쭉 설명했다. 주사한이 말했다.

"태존(太尊)께 여쭙니다, 어찌하여 허락하셨단 말입니까?"

"허락하지 않으면 총리아문에 가겠다지 뭐요. 총리아문에 가면 분명 그에게 허락할 것이오. 내 생각엔 남 좋은 일 시킬 게 뭐 있나, 내가 하느니만 못하지 싶었소. 외국인에게 잘 보여 두면 혹여 그에게 부탁할 일이라도 생길지 모르잖소."

"몇 사람을 보내 준 것은 그리 요긴한 일이 아닙니다. 다만 이 일은 태존께서 이미 상부에 보고하셨고, 상부에서도 지침을 내리길 엄히 다스리라 하셨습니다. 요 두 달 동안, 태존께서는 요금소 설치로 바빠 이 일을 미뤄 두셨습니다. 그리고 전에 상부에서 또 공문서를 보내, 빨리 일을 결말지으라고 재촉했습니다. 그런데 이제 심문도 한 번 하지 않았는데 어쩌자고 데려가도록 그냥 두셨습니까?"

부 지부는 선생의 말이 일리가 있자 속으로 주저하며 말했다.

"어떻게 한다?"

그러고는 다시 한참을 생각하다 말했다.

"이렇게 하지. 가마를 타고 가서 돌려 달라면 되지 않겠소."

그 말을 듣고 주사한은 '푸학~' 하고 웃었다.

"어찌 그리 쉬이 말씀하십니까! 돌려줄 것이었다면, 애당초 데려가지도 않았을 것입니다."

"그가 말하길, 이 사람들과 다 끝맺지 못한 일이 있다더군. 그래서 그들을 데려간 것이라네. 지금쯤이면 그들 사이의 일도 얼추 마무리가 됐을 터. 여긴 아직 사건이 미결이니, 당연히 돌려줄 것이네."

"무슨 일을 다룬다는 것도 다 명목상으로만 그리 말한 것일 뿐입니다. 저들이 없으면 안 될 무슨 긴요한 사정이 있겠습니까. 이제 저들을 돌려주었으니, 저들은 거기서 아무 하는 일도 없이 한껏 자유롭게 지내고 있을 것입니다."

"듣자 하니, 내가 그들에게 속았다는 것이렷다."

"제가 어찌 감히!"

"자네는 방금 전 국문장에서의 상황을 못 봤으니 망정이지, 한시도 지체할 수 없었네. 어느 누구도 그를 거역할 수 없었어."

"그가 만약 사람을 요구하면 조약(條約)을 꺼내 그에게 철두철미 '이치'라는 한마디만 말씀하시면서, 그런 뒤에도 그가 간여할 수 있는지 없는지를 물어보셨어야 합니다."

"누가 그 많은 걸 다 기억한단 말인가? 그런 조약을 다 알고 있어야 관리 노릇을 할 수 있다면, 그건 너무 어렵네."

"요즘의 관리 노릇은 예전과 달라서, 그런 것에도 신경을 쓰셔야 합니다."

"이건 제대(制臺)[95]나 무대도 알고 있지 못할 텐데, 우리 같은 지부야 일러 무엇하겠는가?"

"모르면 손해를 보게 됩니다."

"눈앞의 손해야 보고 안 보고는 내 상관치 않겠네. 하여튼 사람들을 돌려받을 방법이나 생각하게."

주사한이 어렵게 말문을 열었다.

"제가 보기에 이 일은 해결하기가 참 어렵습니다. 이런 궁지를 어찌 처리하기 쉽겠습니까? 게다가 지금 그들은 외국인의 종교에 가입하였으니, 이는 호랑이가 날개를 단 격이라 장차 무슨 일을 더 벌일지 알 수도 없습니다!"

부 지부가 짜증을 냈다.

"사달을 벌이든 안 벌이든, 또 일이 성사되든 안 되든 간에, 이 늙은이 체면을 무릅쓰고 한번 가 봐야겠네."

주사한은 더 이상 말이 통하지 않는 것을 보고 물러날 수밖에 없었다.

부 지부는 문상에게 가서 이곳에 교회당이 몇이나 있는지, 방금 왔던 양인(洋人)은 어느 교회당 선교사인지 알아보았다. 문상이 말했다.

"소인은 모릅니다요. 현으로 사람을 보내 알아보겠습니다요."

부 지부가 화를 내며 말했다.

"교회당이 몇 개인지도 모르면서 무슨 고안(稿案)[96]을 담당한단 말이냐? 문상은 어서 가서 알아 오너라!"

고안과 문상은 감히 말대꾸하지 못하고 밖으로 나와 문간방으로 가서 중얼거리며 불만을 털어놓았다.

"대인께서도 모르면서, 우리한테만 뭐라시지!"

그러곤 삼소자(三小子)[97]에게 지시했다.

"현으로 가서 노(魯) 나리를 찾아뵙고, 한번 알아봐 달라고 부탁드려라."

삼소자는 간 지 얼마 되지 않아 되돌아와 이렇게 보고했다.

'노 나리께서도 모른다고 하시더라. 잠시 후 수현 어르신께서 서판(書辦)을 불러 제대로 조사했다. 모두 두 개의 교회당이 있는데, 하나는 성안에 있고 하나는 성 밖 시골에 있다. 여기 글쪽지에 자세히 적혀 있다. 방금 전에 왔던 선교사는 성에 거주하지 않으니, 분명 시골에 거주할 것이다. 거기 가서 물어보면 금방 알 수 있을 것이다.'

고안이 말했다.

"수현 나리께서도 멍청하시기는. 거기 가서 또 물어볼 거였으면,

---

96 옛날 관청에서 문서를 관리하던 막료.
97 옛날 노복(奴僕)들이 부리던 노복.

우리가 무엇하러 그에게 물어봤을까?"

말을 마치고는 곧장 부 지부에게 가서 보고했다.

"방금 왔던 선교사는 성내가 아니라 시골에 살고 있을 것입니다. 먼저 성안의 교회당에 가서 물어보고, 만약 거기 없으면 다시 시골로 가도 늦지 않을 것입니다. 만약 거기에 있다면 시골로 가는 수고를 덜 수 있겠지요."

그 말을 듣고 부 지부는 일리가 있다 여기고, 시종에게 전갈하여 먼저 성안 교회당으로 선교사를 방문하기로 했다. 삽시간에 대포 세 방을 쏘고 관아를 나섰다. 투첩(投帖)하는 이가 앞서 달려가 첩(帖)[98]을 전달했다. 거기에 도착하여 물으니, 선교사는 사흘간 다른 곳에 선교하러 가고 없다는 대답이 돌아왔다. 그 말을 듣고 부 지부는 가슴이 답답했다. 마침 가마를 돌려 시골로 향하려는데, 공교롭게도 억지로 사람을 데려갔던 그 선교사가 수재들과 함께 이 교회의 선교사를 방문하러 왔다가 부 지부와 마주치게 되었다. 부 지부는 단번에 그를 알아보고, 손잡이를 두드려 가마를 멈추게 했다.

"양(洋) 선생! 내 특별히 당신을 배방하러 왔소이다! 가지 마시고, 함께 들어가 얘기나 나눕시다."

"이곳은 내 집이 아닙니다. 내 집은 시골에 있습니다. 이곳은 내 친구가 머무는 곳입니다. 괜히 실수하지 마십시오."

"여길 빌려 얘기하는 것도 좋겠지요."

그는 한편으론 그리 말하면서 한편으로 벌써 가마에서 내려와 한 손으로 선교사의 소매를 붙잡았다. 선교사 뒤를 따르던 몇 사람을 보니, 지난번에 잡아들였던 수재들이었다. 부 지부는 그들을

모두 알고 있어 곧 손을 들어 불러 함께 교회로 들어갔다. 선교사는 그와 더 이상 다투기 싫다는 듯 교회로 다가가 문을 두드렸다. 중국식으로 꾸민 서양 부인 하나가 문을 열고 나오더니, 선교사와 몇 마디 서양 말을 나누고는 문을 닫고 들어가 버렸다. 선교사가 부 지부에게 말했다.

"친구가 집에 없으니, 들어가기가 불편합니다."

부 지부가 말을 받았다.

"길에서는 얘기할 수 없으니, 우리 함께 관아로 가서 얘기 좀 합시다."

모두 그 말이 무엇을 의미하는지 알고 있었다. 그러니 어느 누가 그 말에 따르겠는가. 수재들은 일제히 선교사를 쳐다보았다. 선교사가 부 지부에게 말했다.

"부 대인, 당신 뜻은 내 벌써 잘 알았습니다. 이 사람들과 함께 하기는 불편하니, 다른 날 다시 귀 관아를 찾아 가르침을 청하겠습니다."

말을 마친 그는 사람들을 데리고 아무렇지도 않은 듯 훌쩍 떠나 버렸다. 부 지부는 이러지도 저러지도 못하여 화가 단단히 난 채 혼자 거리에 한참 동안 서 있었다. 가마꾼들이 가마를 대령했지만 그는 가마를 타고서도 어디로 가잔 말이 없었다. 두어 걸음 떼자 호방(號房)이 와서 교시를 청하니 그제야 정색을 하며 돌아가자 했다. 감히 아무도 그 말을 거스르지 못하고, 즉시 길을 열어 관아로 돌아왔다. 가마에서 내려 첨압방으로 가는 내내 화가 풀리지 않았다. 그리고 막 옷을 벗으려는데, 같이 갔던 관리 하나가 달려와 보고했다.

"방금 그 선교사는 시골이 아니라 관아 서쪽 작은 객잔에 머물고 있답니다요. 관아를 나서 서쪽으로 쭉 조금만 가면 있습니다요."

이 말을 듣고 부 지부는 황급히 다시 시종에게, 즉각 그가 머무는 객잔으로 찾아가 봐야겠다고 전했다. 정계(政界)의 규정으로는 가마 없이는 한 걸음도 움직일 수 없었다. 그 당장에 시종이 앞에서 길을 인도하고, 지부는 뒤에서 큰 가마를 타고 곧바로 객잔에 당도했다. 그러고는 통보도 할 것 없이 먼저 가마에서 내려 그길로 바로 물어보러 들어갔다. 양(洋) 선생이 머무는 방이 몇 호냐고 물었다. 그런데 주인장 하는 말이, 요 며칠간 이 객점에는 양(楊)씨 성을 가진 손님이 없었다는 것이었다. 부 지부가 양(楊)씨 성을 가진 손님이 아니라, 전도(傳道)하는 양인(洋人)이라고 설명하자, 그제야 주인은 무슨 말인지 알고, 11호·12호·13호 방이 모두 그들 방인데 양 선생은 그중 어느 방에 머무는지 모른다고 대답했다. 부 지부가 직접 일일이 찾아가, 12호 방에 이르니 과연 그가 있었다. 사실 선교사와 수재들은 징을 울리며 길을 여는 소리를 듣고 일찌감치 지부가 왔다는 사실을 알고 있었다. 하지만 그가 들어올 때까지 아무도 거들떠보지 않았다. 그가 방으로 들어서자 수재들은 선교사 혼자 그와 얘기를 나누도록 자리를 피했다. 방으로 들어온 부 지부는 연신 읍(揖)을 하며 말했다.

"일간 적적했습니다. 제가 윗전의 교시를 받들어 이곳에 와서 관인을 접수한 이후 지금까지 쭉 공무로 바빴습니다. 하여 여러분께 제대로 인사를 하지 못했습니다."

"부 대인께서는 너무 겸손하십니다. 대인께서 몸소 이리 납시니 감당하기 어렵습니다."

"기왕 여러 선생들도 계시니, 모두 불러 만나 봤으면 합니다."

"그들은 관리 만나는 걸 두려워합니다. 하니 아무래도 만나지 않는 것이 좋겠습니다."

"그들의 학문과 품행은 내 익히 흠모하던 바입니다. 기왕 이렇게 왔으니 당연히 만나 봐야지요."

"그들은 나와 마찬가지로 도리라곤 모르는 사람들이니, 아무래도 만나지 않는 것이 좋겠습니다."

그 말에 부 지부는 더 이상 할 말이 없었다. 다시 생각에 생각을 거듭하다 말했다.

"제가 이리 온 것은 무슨 큰일이 아니라, 소소한 일에 불과한 것으로 당신과 상의를 좀 하려 합니다. 그러니 제발 내 체면을 봐서라도 상부에 복명할 수 있게 해 주시오."

"저는 외국인이라 귀 부에 도착한 이래 곳곳에서 귀 부의 보호를 받는 입장이니, 귀 부에서 나와 상의할 일이 무에 있단 말입니까?"

"다름이 아니라, 아침 일찍 귀 선교사께서 데려간 그 수재들 문제입니다."

"맞습니다. 몇몇 수재를 당신이 제게 내주셨지요. 한데 무슨 일이라도 있습니까?"

"이들은 상부에서 잡아들이라고 한 자들로, 지금까지 심문을 하지 못했는데 귀 선교사께서 데려가셨지요. 항차 상부에서 저에게 저들의 일을 물으면, 제가 복명할 것이 없습니다."

"지부의 그 말씀은 틀렸습니다. 이들은 본래 억울한 사람들입니다. 설령 억울하지 않더라도 상부에서 잡아들이라 하였으면, 당신은 그 즉시 심문하여 처벌할 자들은 처벌하고 석방할 자들은 석방했어야 합니다. 시비곡직을 따지지도 않고 모두 감옥에 수감하란 법은 없습니다. 지금은 저들이 우리 교회와 관련하여 아직 끝내지 못한 일이 있고, 아울러 돈 문제도 남아 있습니다. 만약 오랫동안 당신네 거기에 갇혀 있다가 혹여 저들이 도망이라도 가 버리면 장차 이 돈은 누구한테 받아 낸단 말입니까? 그래서 내가 그들을 데려다 곁에 두는 것이 마음이 놓입니다."

"이 일은 제가 당신과 상의해서, 저들을 데려가야 끝납니다. 저들이 머물 수 있도록 방을 수습해서 주겠습니다. 절대 저들을 괴롭게 하지 않겠습니다. 마음 놓으시지요."

"그곳 어디에 저들에게 줄 방이 있습니까? 감옥에 수감했다가 상부의 전갈이 오면, 저들을 잡아다 처벌하기밖에 더하겠습니까? 이번에 당신을 따라간다면 아마 저들은 더 빨리 죽고 말겠지요."

"저들이 저지른 일이 죽을죄는 아닙니다. 저들을 데려가 제 체면을 좀 세워 보자는 것에 불과할 뿐, 어디 목숨을 요구할 리야 있겠습니까?"

"당신 말은 믿지 못하겠습니다. 이제 그만 돌아가시지요! 여기는 불결하기 그지없고 또 옹색한 곳이라, 대인께서 올 곳이 못 됩니다."

이 말을 듣고 부 지부는 얼굴이 시뻘겋게 달아올랐다. 두 사람은 그렇게 아무 말 없이 한참을 앉아 있다가 적당히 얼버무리며 헤어졌다.

관아로 돌아온 지부는 온갖 근심 걱정에 가슴이 답답했다. 그에겐 뇌대전(賴大全)이란 이름의 처남이 하나 있었다. 예전에 한구(漢口)에서 무슨 양행(洋行)에선가 살랍부(煞拉夫)[99]를 지낸 적이 있었다. 자형이 보결(補缺)[100]을 얻자, 그를 불러 관아에서 빌붙어 살고 있었다. 아무 일 없을 때는 자형, 누이와 함께 마작을 하거나 한담을 나누었다. 그러다 무슨 일이 생기면 한마디도 끼어들지 않았다. 요 이틀 사이 자형을 살펴보니, 하루는 요금소가 박살 나고, 또 다음 날은 양인(洋人)이 와서 감옥에 있는 중죄인을 데려

---

99 슬레이브(slave)의 중국어식 표현. 서양인이 운영하는 점포에서 종업원으로 일하는 중국인을 가리킴.
100 관리 후보. 관직에 빈자리가 생길 경우 그 자리를 채울 수 있는 자격.

가 버렸다. 자형의 부아는 갈수록 더했다. 그러나 어느 누구도 좋은 계책을 내놓지 못하고 있으니, 이번에 자신이 비위를 좀 맞춰야겠다고 생각했다. 하여 자형을 찾아가 차도 마시고 담배도 피우면서 한나절이나 성심성의를 다했다. 하지만 자형이 아무 말도 하지 않는 것을 보고, 그 역시 한마디도 하지 못했다. 그러다 나중에 한 가지 묘책을 생각해 내고는, 이걸 말하고 싶어 안달이 나서 먼저 한숨을 푹 쉬었다. 자형이 물었다.

"무엇 때문에 그리 한숨을 쉬나?"

뇌대전이 말했다.

"자형이 요 이틀간 당한 일을 지켜보니, 화가 나서 내 배가 다 아플 지경이오!"

"그래도 요금소 일은 내 떳떳하네. 어린 백성들이 감히 황상의 뜻을 거스르고 관리에게 대들다니. 내 비록 지금은 저놈들의 협박에 잠시 멈췄다만, 항차 윗전에 보고하여 몇 놈 처벌하고 말 것이야. 내 반드시 저놈들을 그냥 두지는 않을 게야. 허나 이 서양 선교사에게 받은 모욕은 도리어 불만이 좀 있네. 반드시 무슨 방법을 찾아야겠어."

"선교사는 외국인인데, 지금 외국인들의 기세는 사납기 그지없습니다. 그들에게 조금 양보하는 수밖에 없지요. 강공으로 안 되면 연공(軟功)을 쓰는 게 좋습니다. 내가 전에 양행에서 몇 년 동안 밥을 얻어먹은 적이 있어, 저들의 기질을 잘 압니다. 제게 좋은 계책이 있습니다."

부 지부가 다급히 무슨 계책인지, 연공을 어떻게 써야 하는지를 물었다. 뇌대전이 말했다.

"내일 아침 일찍 자형은 주방에 지시하여 크고 살찐 닭 열두 마리를 사라 하십시오. 외국인들은 열둘을 한 묶음으로 여기니, 반드시 열두 마리여야 합니다. 그리고 달걀 백 개와 양고기 한 덩어리도 장만하라고 일러 두십시오. 또 거기다 같은 종류의 과일을 보태, 사양례(四樣禮)[101]를 완성하는 것이지요. 선교사가 중국 글을 안다니, 자형은 편지도 한 통 쓰십시오. 편지에는 이런 사정을 곡절하게 써서, 이들 열 몇을 돌려보내 달라고 애걸하십시오. 그리고 편지는 선물과 함께 보내십시오. 만약 선교사가 선물을 받는다면, 일은 십중팔구 성공입니다."

부 지부가 물었다.

"외국인들은 욕심이 많아서 이런 것들이 눈에 차지 않아 받지 않으면 어쩌나?"

뇌대전이 말했다.

"외국인들의 기질은 제가 죄다 압니다. 많아도 받고 적어도 받습니다. 물리치지 않을 것입니다. 그가 받아들이기만 하면, 일은 잘 해결될 것입니다."

그 말을 듣고 부 지부는 즉시 주방에 시켜, 내일 아침 일찍 말한 대로 준비하여 선물을 보내라고 지시했다. 그리고 자신은 첨압방으로 돌아가 직접 편지 한 통을 써서, 다음 날 사람을 시켜 모두 보냈다.

다만 이 계책이 쓸모가 있을는지 알 수 없으니 다음 회를 듣고 알아보기 바란다.

---

101 옛날 결혼에 이바지로 보내던 음식 네 가지. 고기와 연근, 술과 담배.

제11회

각설하고, 처남의 말을 들은 부 지부는 그 계책이 참으로 절묘하다고 여겼다. 그리하여 곧 예물을 장만하고 편지까지 써서, 다음 날 아침 일찍 사람을 시켜 선교사가 머무는 객잔으로 보냈다.

한편 선교사는 부 지부를 보내고 돌아와 수재들에게 말했다.

"여러분, 내 보기에 이곳은 결코 안전한 곳이 아니오. 지부가 오늘은 비록 돌아갔지만, 짐작건대 절대 포기하지 않을 것입니다. 우리가 떠나지 않는 한, 그의 성가심도 끝나지 않을 것이오. 우리 시골 교회당은 여러분처럼 이렇게 많은 인원을 수용하지 못합니다. 게다가 여러분은 젊고 건장하니, 장차 장렬하게 큰일 한번 하기 딱 좋을 때입니다. 이렇게 시간을 낭비해선 결코 안 될 것이오!"

그의 말은 틀린 게 하나도 없었다. 그러나 수재들은 서로 얼굴만 쳐다보며 어떤 의견도 내지 못했다. 양인(洋人)과 헤어지면 관부에서 잡으러 오는 것이 두려웠던 까닭에 한참을 주저하면서 끝내 결정을 내리지 못한 것이다. 선교사는 그들의 두려움을 잘 알고 있었다.

"만약 여러분이 집을 떠나 멀리 가시겠다면, 내게 보호할 방법이 있소이다. 여러분을 상해(上海) 조계(租界)*지까지 데려다 주겠소. 그곳에 도착하면 여러분은 자유입니다."

그제야 모두들 고개를 끄덕이며 동의했다. 어떤 이는 집에서 마음 졸이며 조마조마한 것보다 당연히 집을 떠나는 것이 훨씬 좋겠다고 말했다. 또 어떤 이는 집구석에 처박혀 있다가는 큰일은 끝내 못하리니, 집을 떠나 세상을 두루 경험하여 학문을 넓히는 것도 좋겠다고 했다. 선교사가 말했다.

"여러분이 제 의견에 동의해 주시니, 바로 짐을 꾸려 내일 함께 길을 나섭시다. 어떻소?"

이 말에 모두들 동의했다. 바야흐로 한참 의논하고 있는데, 문득 창밖에서 누군가 소리 높여 차방(茶房)[102]에게 묻는 소리가 들려왔다.

"양 대인, 양 선생은 어느 방에 묵고 계시느냐?"

차방이 보아하니 머리에는 홍영대모(紅纓大帽)[103]를 썼고 발에는 조지호(抓地虎)[104]를 신었으며 손에는 첩자(帖子)를 들고 있는 품새가 대단한 기세였다. 차방은 그 즉시 연신 '예, 예' 하며 앞장서서 12호 방으로 인도하여 선교사를 만나게 해 주었다. 그가 먼저 한 걸음 앞서 문안을 여쭈며 말했다.

"주인의 명을 받들어 양 대인께 문안 여쭙니다. 저희 주인께서 특별히 몇 가지 수례(水禮)[105]를 준비했으니, 양 대인께선 받아 주십사 하셨습니다. 여기 편지도 한 통 있으니, 한번 훑어봐 주십시오."

---

102 찻집이나 기차·배·여관 등에서 차 심부름 등을 하는 심부름꾼.
103 붉은 술이 달린 큰 모자.
104 일종의 바닥이 얇은 가죽신.
105 과자나 과일 따위의 선물.

그렇게 말하면서 두 손으로 편지를 바쳤다. 선교사는 중국에 머무른 지 오래되고 『강희자전』도 잘 알고 있는지라, 이와 같은 편지 등은 당연히 읽을 수 있었다. 마침 편지를 받아 열어 보려는데, 지부의 심부름꾼이 다시 쿵쿵쿵 걸어 나가더니 데려온 이들에게 선물을 가지고 들어오라고 지시했다. 선교사는 편지를 일별하고 그가 온 뜻을 알아차렸다. 보내온 물목도 편지에 일일이 적혀 있었다. 선교사는 연신 손을 휘저으며 심부름꾼에게 분부했다.

"들여올 필요 없네. 난 절대 받지 않겠네!"

받지 않겠다는 소리가 떨어지자, 심부름꾼은 그 자리에 멍하니 선 채 아무 말도 하지 못했다. 선교사가 말했다.

"너는 돌아가서 너희 주인을 뵙거든, 정성은 내 이미 마음으로 받았으니 선물은 받지 않겠다고 전하여라. 그리고 이 사람들은 내일 상해로 데려갈 것이다. 그들을 보내 준 뒤, 나는 다시 돌아올 것이다. 그때 내 다시 너희 주인을 뵈러 갈 것이니라!"

심부름꾼이 말했다.

"제가 여기 올 때 저희 주인께서 말씀하셨습니다요. 만약 양 대인께서 선물을 받지 않으시면 소인은 돌아갈 수 없습니다요. 양 대인! 소인을 어여삐 여기셔서 제발 받아 주십시오, 어르신!"

선교사가 웃으며 말했다.

"그거참 이상하군! 보내고 안 보내고는 그의 자유요, 받고 안 받고는 내 자유인데, 억지로 받아야 한다니 이런 법도가 어디 있단 말이냐? 어서 돌아가거라. 내가 할 얘긴 끝났다. 더 있어 봐야 아무도 널 상대하지 않을 것이다."

말을 마치고 선교사는 성큼성큼 방으로 들어가 버렸다. 심부름꾼도 더는 어쩔 수 없어 예물을 다시 들고 돌아가라 할 수밖에 없었다. 그리고 자신은 다시 방으로 들어와 선교사에게 답장을 달라고 했다. 선교사가 말했다.

"돌아가거든 네 주인께 말씀드려라. 내 할 말은 어제 직접 맞대면하고 다 말하였으니, 답장은 필요 없을 것이라고."

심부름꾼이 말했다.

"답장이 없으시다니, 그럼 회편(回片)[106]이라도 한 장 써 주십시오."

"너무 바빠 오느라 명함을 챙겨 오지 못했네."

그는 더 이상 어쩌지 못하고 우물쭈물 멋쩍어 하다 밖으로 나갔다. 찬합을 들고 함께 온 사람들이 몰래 그를 잡아끌며 물었다.

"답장도 없고, 회편도 없습니까? 그렇지만 관아에서 선물을 보내면, 비록 받지는 않더라도 수고비는 항상 줬는뎁쇼."

그가 말했다.

"젠장! 두 눈 똑똑히 뜨고 보아라, 여기가 어디더냐. 뭐? 수고비를 달라고? 정말 죽을지 살지도 모르는구먼!"

심부름꾼은 말을 마치고 다시 사람들을 인솔하여 물건을 챙겨 돌아갔다.

한편 부 지부는 문상을 시켜 객잔으로 선물을 보내고 나서, 이번에 선물을 보냈으니 그가 자신의 체면을 봐주지 않을 수 없을 터, 혹여 이로 인해 사람을 돌려보낸다면 자신도 상부에 보고할 수 있겠거니 하고 생각했다. 이렇게 생각하니 기분이 좋았다. 잠시 뒤 모자를 쓴 하인이 첩자(帖子)를 들고 돌아왔다. 부 지부는 그를 보자마자 당장 달려가 물었다.

"외국인은 만나 봤느냐? 물건은 받더냐? 어찌 말하더냐? 그들은 데려왔느냐?"

하인이 말했다.

---

[106] 명함 따위에 쓴 간단한 인수증.

"뵙기는 뵙습죠. 그런데 물건을 받지 않으셨고, 사람도 데려오지 못했습니다요."

이 말을 듣자 부 지부는 저도 모르게 충격을 받았다. '어째서 외국인이 선물을 받지 않았을까? 설마 너무 적어서 그런 건 아니겠지?' 이리 생각하다 급히 다시 물었다.

"내가 보낸 편지는? 읽고 뭐라더냐? 답장은 어디 있느냐?"

하인이 주저하며 말했다.

"편지를 보고는 그저 웃으며 '알았다'고만 할 뿐, 답장은 없었습니다요."

그 말을 듣고 부 지부는 화가 치밀었다.

"지가 뭔데 이리 허세를 부린단 말이냐! 무슨 황상(皇上)이라도 된 양, '알았다!'고 한다더냐. 정말 괘씸하구나! 답장은 없다 치고 회편은? 어찌 썼더냐? 내 선물은 받지 않는다 해도 무슨 말은 있을 게 아니냐."

하인이 말했다.

"회편도 없습니다요."

부 지부가 원망하며 말했다.

"내가 기껏 마련한 일이 너희 잡것들 손에 다 망쳐 버렸구나! 특별히 너를 보내 선물을 전하라 하였거늘, 답장도 없고 회편도 없다니, 네놈이 정말 갔는지 안 갔는지도 모르겠구나. 이런 죽일 놈 같으니, 내 널 데리고 뭘 할 수 있겠느냐! 썩 꺼져라!"

하인은 감히 끽소리도 하지 못했다. 한참 꾸짖고 있는데, 사람들이 들고 갔던 선물을 대청으로 들고 왔다. 부 지부가 말했다.

"외국인이 받지 않았는데, 다시 들고 와서 뭘 하겠다는 것이냐? 과일은 가게에 돌려주고, 필요 없다더라고 전하여라. 닭과 달걀 또한 가져왔던 집에 돌려주고, 양고기는 주방장에게 주어 요리를 시켜라. 요리는 돈이 얼마나 들건 장방(帳房)에서 그에 맞게 충분히 사례하여라."

외국인이 선물을 받지 않았건만, 저 어른은 자기 돈을 한 푼도 들이지 않았다. 지시를 마치자 그제야 안으로 들어와 형명(刑名)과 상의한 끝에, 지금 이 일까지 부연하여 상부에 올릴 보고서를 작성했다. 이 보고서가 올라갈 즈음, 지난번 요금소 사태와 관련하여 신사들은 이미 성(省)에 상소를 올린 상태였다. 무대 또한 풍문을 들었기에 즉시 번대에게, 부 지부를 해임하고 새로 노(魯)씨 성을 가진 지부로 그를 대신한다는 사실을 공시하도록 했다. 이후 관인을 주고받는 등 관례에 따라 공무를 처리하느라 분주했다. 이에 관해서는 번다하게 서술할 필요가 없으리라.

인수인계 이틀 전, 부 지부는 자신이 직접 들은 외부의 평판이 좋지 않자, 지방에서 그를 배웅하는 만민산을 마련해 주었으면 좋겠고, 아울러 떠나는 날 신사 둘이 자신의 신발을 남기는 의식을 거행해 주기를 바랐다. 또한 고문(古文)을 지을 줄 아는 효렴공(孝廉公)[107]이나 진사를 청하여 덕정비(德政碑) 비문을 짓게 하고, 생사(生祠)[108]도 세웠으면 하고 바랐다. 그런 다음 성(省)으로 돌아가면, 상부의 이목을 가릴 수 있을 것 같았다. 하지만 이런 일을 자신의 입으로 꺼내기가 뭣하여, 형명 선생에게 수현을 불러 함께 상의해 보라고 부탁했다. 수현이 말했다.

"선생께 터놓고 말씀드리겠습니다. 태존께서는 관리 노릇에 무척 노력하고 힘쓰셨습니다. 그러나 백성들은 뭐가 좋은지 뭐가 나쁜지도 모르고, 또 부임하신 날도 너무 짧았습니다. 비록 많은 덕정을 베푸셨다고는 하나, 아직 백성들의 마음에는 깊이 들어가지

---

107 명·청 시대 거인(擧人)에 대한 별칭.
108 관리의 선정을 찬양하여 그가 살아 있을 때부터 백성들이 제사 지내는 사당.

못했습니다. 이 일은 저도 좀 그렇습니다. 차라리 왕포청(王捕廳)이나 주(周) 선생을 찾아보는 게 좋겠습니다. 그 둘은 이 지방 사람들과 친숙하니, 혹시 그들을 설득할 수 있을지도 모르겠습니다."

형명 선생이 말했다.

"저희 주인께서 분명히 말씀하셨습니다. 이름을 걸어 주기만 한다면, 만민산을 만들 돈이나 생사를 지을 돈은 저희 주인께서 모두 부담할 것이며, 결코 그들에게 돈을 쓰게 하지 않을 것입니다. 이와 관련해서는 이미 다 준비되어 있습니다."

수현이 물었다.

"기왕 태존께서 직접 돈을 내시겠다면 되는대로 몇 명의 이름을 쓰시면 될 일이지, 무엇하러 또 그들을 번거롭게 하시겠다는 겁니까? 그들이 기꺼이 그러든 말든, 도리어 의론만 분분해질 것입니다."

선생이 말했다.

"생사를 짓는 일은 저희 주인께서 일찌감치 말씀하시길, 토목 공사를 크게 할 필요가 없다고 하셨습니다. 기억하기로, 서원(書院) 뒤편에 빈 건물이 있는데 거기에 세 칸짜리 빈방이 하나 있더군요. 다행히 바깥에 사립문도 달려 있으니, 장생녹위(長生祿位)[109]나 하나 만들고 문에다 편액 하나만 걸면 되겠더군요. 그야말로 이미 만들어져 있는 생사가 아니겠습니까? 다만 만민산을 보내는 날에는 어쨌든 몇 사람이 의관을 갖추고 배웅하러 나와야 할 터인데, 이건 누구에게 맡겨야 좋을지?"

수현이 말했다.

"그건 쉽습니다. 다른 사람들이 오지 않는다면, 저희 관아의 서

판(書辦)이 그 일을 감당할 수 있을 겝니다."

선생이 무슨 말인지 영문을 몰라 하자 수현이 덧붙였다.

"선생! 법률 공부 10년이 헛공부로군요. 서판은 정대(頂戴)를 쓰는 사람들이니, 그들에게 일제히 천청괘자(天靑褂子)[110]를 입고 정자(頂子)[111]를 쓰라고 하면, 그래도 오지 않겠습니까? 신발을 벗기는 의식은 아역들을 시키면 됩니다. 이렇게 해서 사람들의 이목을 가리는 일은 그래도 쉽습니다. 오히려 효렴공이나 진사를 찾아 덕정비 비문을 짓는 일이 어렵지요. 제가 여기 몇 년 있어 봐서 이 지방의 문풍(文風)은 확실히 잘 알고 있습니다. 이들에겐 시문(時文)[112]도 한계가 있는데, 어찌 고문(古文)을 지을 수 있겠습니까? 제가 비록 재주는 없으나, 저 역시 양방(兩榜) 출신입니다. 그러나 지금은 공부를 소홀히 하여 붓을 들면, 생각은 있지만 이리저리 쓰다 보면 결국 생각대로 글이 되지 않습니다. 그렇지 않았다면 이 일은 모수자천(毛遂自薦)[113] 격으로 제가 나서서, 태존께서 다른 사람을 찾는 심려를 덜어 드렸을 것입니다. 이 지역의 몇몇 거인이나 진사들은 제가 보기에도 그저 그렇습니다! 대략 시문 짓는 일이야 왕류문(汪柳門)의 팔운시(八韻詩) 어투를 빌려 지을 수라도 있어, 그나마 실점(失粘)[114]에 이르지는 않습니다. 또한 조상이나 문중의 공덕에 기대어 거인이나 진사가 된 이들은 축에도 넣을 수 없으니, 그들에게 뭘 더 바라겠습니까? 오히려 수재들 가운

---

110 푸른색 관복.
111 청대 관리들의 관모 정수리 중앙을 장식하던 구슬. 이를 통해 관리의 등급을 표시함. 여기서는 관모를 가리킴.
112 팔고문(八股文)과 청말에서 민국에 걸쳐 공문서나 신문에 쓰이던 문체.
113 모수라는 사람이 스스로 자신을 천거했다는 말. 재주가 있는데도 추천해 주는 사람이 없어 자청하여 자신을 추천하는 경우를 말함.
114 시를 지을 때 평측에 맞추어 글자를 배치해야 하는 규율을 점법(粘法)이라 하고, 이 규율에 어긋나는 것을 실점이라 한다.

데는 괜찮은 이들이 몇 명 있습니다. 하지만 애석하게도 태존께선 그들을 죄인으로 만들어 버렸고, 지금은 서양의 가르침에 들어가 외국 밥을 먹으며, 모두 외국인을 따라 어디로 가 버렸는지조차 알 수 없습니다. 일찌감치 이럴 줄 알았다면, 애초에 그들을 잘 대접해 둘 걸 그랬습니다. 그럼 지금쯤 저들에게 비문을 짓게 하면, 저들이 전력을 다하지 않았겠습니까?"

선생이 말했다.

"그 얘긴 더 이상 꺼낼 필요가 없겠습니다. 내 보기에, 당신 관아에 있는 서계(書啓) 선생의 필력이 나름 훌륭하더군요. 태존께서도 늘 그를 칭찬하셨습니다. 말씀하시길, 사륙문 편지를 그보다 잘 쓴 이가 없다더군요. 간지(干支)를 맞추고 괘명(卦名)의 짝을 짓는 것은 그도 아마 써내기 어려울 것입니다. 내 생각에 그에게 글을 한 편 지으라 하고, 각하(閣下)께서 다시 한 번 다듬어 주신다면 이 일도 얼추 끝낼 수 있지 않겠습니까?"

수현이 말했다.

"태존께서 말씀하시는 것은 고문(古文)입니다. 고문은 분명 산체(散體)[115]지요. 사람들은 모두 산체가 쉽고 정체(整體)[116]는 어렵다고 하는데, 제가 보기에는 그렇지 않습니다. 태존께서 만약 정체를 원하신다면, 그에게 한 이틀 말미를 주면 한 편 지을 수 있을 것입니다. 그렇지 않더라도 옛날 글귀에서 몇 구절 베껴 적당히 둘러맞출 수 있을 것입니다. 그러나 만약 산체를 요구하신다면, 그에게는 그런 재주가 없습니다."

선생이 물었다.

"어째서 산체가 더 어렵다는 것이오?"

---

115 특정한 형식에 얽매이지 않는 자유로운 문체.
116 글자의 자수나 대구를 맞추는 등의 특정한 형식에 따르는 문체.

수현이 말했다.

"보십시오, 과거를 치른 뒤 위묵(闈墨)[117]을 새기면, 백 편 가운데 거의 99편은 정체요, 오직 한두 편만 산체입니다. 산체의 문장으로 거인에 합격하기는 이렇듯 어렵습니다. 저는 이 산체라는 것이 짓기가 그리 쉽지 않다는 것을 수십 년 공부 끝에 깨달았지요. 하여 선생께서 고문이라는 두 글자를 말씀하시자마자 감히 그 말에 응대하지 못했던 것입니다."

"이것은…… 태존께서도 그냥 말해 본 것에 지나지 않습니다. 제가 보기에는 사륙문으로 짓는 것도 괜찮을 듯싶습니다. 태존께서 요구하시는 것은 다만 덕정비 비문을 짓기만 하면 되는 것이니, 그것이 정체든 산체든 무슨 상관이 있겠습니까?"

"기왕 그렇다면야 제가 돌아가서 서계 선생에게 한 편 지어 보라 하겠습니다."

"그럼, 수고 좀 해 주십시오!"

말을 마치고 서로 헤어졌다.

형명 선생은 과연 수현의 말을 좇아 재봉사를 찾아 돈을 주고 만민산을 만들었다. 그리고 문상과 상의하여 예전에 대인께 은혜를 입은 서판 둘을 찾아, 그 둘이 나서 서판들을 모아 그날 일제히 의관을 차려입고 와서 만민산을 바치라 시켰다. 이날 부 지부는 그들에게 결코 들켜서는 안 되고, 만약 들켰다가는 자신의 체면은 말이 아니게 된다는 것을 거듭 주지시켰다. 수현은 관아로 돌아가 서계 선생을 찾아 덕정비문 한 편을 짓게 했다. 전체가 사륙문으로, 글귀의 십중팔구는 옛글에 있는 말로 구성되었다. 그나마 다행히 성조(聲調)가 잘 어울리고 평측(平仄)이 맞아, 소리 내어

---

117 향시(鄕試)나 회시(會試)를 치른 뒤, 시험관이 답안지 중에서 격식에 맞는 글을 뽑아 책으로 엮은 것.

읽노라면 술술 읽혔다. 대구의 구성 또한 매우 짜임새가 있었다. 그 글을 본 부 지부는 더없이 칭찬하며 연신 "참으로 수고가 많으셨습니다!" 하고 말했다. 그러면서 장차 서계 선생의 문집에 이 글을 실어 오래도록 널리 전하면 서로에게 광영이 있을 것이라고 덧붙였다. 이어 문서 담당자를 시켜 다섯 부를 베끼게 했다. 그중 한 부는 석공을 시켜 비석을 파도록 수현에게 주고, 나머지 넷은 성으로 돌아갈 때 가지고 가서 번대며 얼대(臬臺)[118]며 도대 등 여러 대인들에게 보여 줄 생각이었다. 각자 할 일에 대한 지시를 마치고 곧 떠날 날을 잡았다.

떠나던 날, 미리 문고(門稿)[119]를 시켜 예전에 은혜를 입었던 아역 둘에게 먼저 성문 아래서 대인의 신발을 벗길 준비를 하고 기다리라 전했다. 예부터 청백리가 이임할 때면, 백성들은 그의 신발을 벗기고 백성들이 돈을 내서 새로 사 온 신발로 갈아 신겨 주었다. 이 두 아역은 비록 대인의 은혜를 입어 그의 신발을 벗겨 주기는 하겠지만, 자신들이 돈을 내서 새 신발을 살 생각은 눈곱만큼도 없었다. 따라서 신발 살 돈도 대인 자신이 낸 돈인데, 이는 형명 선생이 처리한 것이다.

이날 부 지부는 으스대고 싶은 마음에 관아에서부터 모든 관리들을 도열시켰다. 가마를 맨 앞에, 그리고 만민산이며 덕정비 등을 길에 한가득 펼쳐 놓았다. 그것들은 모두 자신이 아껴 마지않는 돈으로 산 것들이었다. 바야흐로 일이 그렇게 되고 보니, 체면 때문에 말할 수도 없었다. 길 양편에는 구경 나온 사람들이 적지 않았다. 그중 어떤 이들은 손가락질하고, 또 어떤 이들은 웃고 떠들며, 또 몇몇은 배를 내밀고 이를 갈며 욕을 하기도 했다. 부 지부

---

118 안찰사(按察使)의 속칭. 성의 사법·감찰 및 연락 업무를 관장함.
119 고안(稿案). 관아 수장의 개인 비서.

는 도량이 큰 척, 짐짓 모른 체하며 더 이상 따지고 싶지 않았다. 눈 깜짝할 새 서원 앞에 당도하고 보니 훈장이 나이 든 학생 몇 명을 거느린 채 기다리고 있었다. 부 지부는 가마에서 내려 안으로 들어가 몇 마디 한담을 나누었다. 훈장이 술을 권했지만, 부 지부가 받으려 하지 않자 학생들이 머리를 땅에 대고 조아렸다. 부 지부는 예를 표한 뒤, 하인에게 시켜 각자에게 백접선(白摺扇)[120] 하나씩 돌렸다. 그 위에는 7언8구의 이별시가 적혀 있었다. 모두들 두 손으로 공손히 받아 들었다. 그런데 이 모든 것이 저 어르신께서 서석(西席)[121] 선생에게 시켜 미리 준비해 둔 것으로, 이렇게 하여 자신의 체면을 좀 꾸며 볼 심산이었다.

이렇게 서로 겸양하고 있을 때, 불현듯 문밖에서 시끄러운 소리가 들려왔다. 사람을 시켜 알아보려던 참에 어느새 누군가 와서 보고하기를, '대인 생사(生祠)의 편액과 장생녹위가 무뢰한들에게 산산이 부서졌고, 게다가 대인의 위패를 똥간에 갖다 버려야겠다고 말하더라'는 것이었다. 그 말을 듣고 부 지부는 낯빛이 변하면서 아무 말도 하지 못했다. 훈장이 말했다.

"어찌 이런 일이? 무뢰배들은 어디 있느냐? 서원은 중지(重地)인데, 감히 떼를 지어 제멋대로 행동하다니, 정말이지 국법도 없는 놈들이로구나!"

그렇게 말하면서 밖으로 나갔다. 한 무리가 팔을 걷어붙인 채 주먹을 휘두르고 손짓 발짓 다 해 가며, 아둔한 관리라느니 탐관오리라느니 하며 큰 소리로 욕을 하고 있었다. 그중에는 그가 아는 자도 둘 있었다. 여러 번 월 시험에 3등을 한 이였다. 그는 훈장

---

120 흰색의 접는 부채. 대나무로 살을 만들고 여기에 흰 종이를 발라 만들며, 접었다 폈다 할 수 있는 부채를 말함. 접선 가운데 가장 고급임.
121 옛날 가정 교사나 막료.

을 보자마자 눈에 불을 켜고 달려와 두들겨 팰 기세였다. 다행히 훈장은 기회를 보아 조용히 안으로 들어가 부 지부에게 말했다.

"대공조! 여기서 잠시 계십시오. 지금은 밖으로 나갈 수 없습니다. 혹여 난동 부리는 무리와 부닥쳐 눈앞에서 안 좋은 꼴이라도 당할까 저어됩니다. 그럴 필요가 없지 않겠습니까."

부 지부가 말했다.

"짐작건대 이 학생들은 대단한 수완을 가지고 있는 모양이군. 감히 본관의 사당을 부수다니!"

그리 말하면서 기어코 직접 나가 그들을 꾸짖으려 했다. 다행히 훈장이 나가지 못하도록 옷자락을 잡아끌었다. 여러분은 이 생사를 부순 인물들이 누구인지 알겠는가? 그들은 바로 지부가 지난번에 잡아들인 수재의 친구들이었다. 그중에는 정말 복수하러 온 이들도 있었고, 또 불공평한 일을 보고 도우려 나선 이들도 있었다. 때문에 군중들은 갈수록 늘어나, 순식간에 수백 명이나 모여들었다. 다행히 나중에 수현이 와서 겨우 태존을 보호하여 밖으로 나가 작은 길을 따라 성문에 도착할 수 있었다.

마침 신발을 남기는 의식을 거행하려는데, 갑자기 그 옆에서 수많은 사람들이 쏟아져 나오더니 시비곡직을 불문하고 한꺼번에 달려들었다. 그 바람에 신발을 벗겨 남기는 의식도 제대로 거행하지 못했을 뿐 아니라, 부 지부의 모자도 벗겨지고 말았다. 한쪽 신발은 이제 막 벗긴 상태로 아직 새 신발을 신지도 못한 상황에 사람들에게 휩쓸려 가 버렸다. 그 바람에 부 지부는 한쪽 발은 높고 한쪽 발은 낮은 채 군중 속에서 이리저리 떠밀렸다. 다행히 모자를 쓰고 있지 않아, 사람들은 그가 지부인지 알아보지 못했다. 덕분에 두들겨 맞지는 않았다. 그 짧은 시간 동안 가마도 부서지고, 관리들도 모두 흩어졌다. 만민산 또한 부러지고, 덕정비도 쪼개졌다. 부 지부는 겨우 관리 하나를 발견하고, 그를 따라 조그만 집을 찾아들어 한참 동안 몸을 숨겼다. 바깥의 소란이 잠잠해지자 그제야 겨우 고개를 내밀었다.

독자 여러분은 이들이 누구인지 아시는가? 바로 요금소를 때려 부순 사람들이었다. 지난번에는 흡족하게 때려 부수지 못했다. 그러다 이번에 부 지부가 떠나는데 성문을 지나며 신발을 벗겨 남기는 의식을 행하려 한다는 소식을 들었다. 하여 그 순간 한꺼번에 달려들어 그를 두들겨 팬다면 그 또한 즐겁지 않겠는가.

하지만 그들은 너무 경솔했다. 결국 부 지부는 한 대도 맞지 않은 채, 포위망을 뚫고 도망가 버렸다. 다행히 나중에 군영과 현에서 일제히 달려와, 한편으로 군중들을 진압하고 한편으론 태존을 위한 가마를 준비했다. 그러나 한참을 찾아도 태존은 어디로 갔는지 알 수가 없었다! 수현은 초조했다. 혹여 목숨이라도 상했으면 어쩌나? 그것은 있을 수 없는 일이었다. 이에 즉시 지보에게 전하여, 아역들을 데리고 집집마다 찾아보라고 시켰다. 한참이 지나서야 한 작은 집에서 그를 찾아냈다. 지보가 무릎을 꿇고 머리를 조아리며 말했다.

"아이고, 대인! 소인, 대인을 찾느라 고생했습니다요! 대인, 어서 나오십시오, 수현 나리께서 기다리십니다!"

그래도 부 지부는 사달을 일으킨 사람들이 자기를 불러내 두들겨 패려는 것으로 여겨, 감히 나가지 못한 채 바들바들 떨고만 있었다. 다행히 지보는 그를 찾아내자, 일찌감치 사람을 보내 수현에게 소식을 전했다. 수현은 멀지 않은 곳에 있어서, 소식을 듣자마자 곧장 달려왔다. 수현을 보고서야 부 지부는 겨우 마음을 놓으며 안심하고 밖으로 나왔다. 수현이 말했다.

"대인, 많이 놀라셨습니다!"

부 지부는 대답도 않고 다짜고짜 판차(辦差)[122]가 자신을 업신여겨, 백성들에게 맞아 죽으라고 힘도 없는 놈들을 붙여 주었고, 또 그들 중 자신을 지켜 주러 온 놈이 하나도 없었으니 정말 썩을 잡것들이라며 욕을 해 댔다. 수현은 그가 꾸짖는 소리를 듣고 대꾸하기도 뭣해서, 다만 사람을 시켜 가마를 준비한 뒤 그를 태웠다. 군영에서 또 초관(哨官)[123] 휘하 16명의 병사를 파견하여 가마를 에워싸고 경계를 벗어날 때까지 보호해 주었다.

뒷일이 어떻게 되었는지 알고 싶으면 다음 회를 듣고 알아보기 바란다.

---

122 예전에 관부나 군대에서 자잘한 사무를 처리하던 하급 관리.
123 군대에서 1초를 거느리는 분대장급 군관.

제12회

각설하고, 지난 회에서 부 지부가 해임되고, 성헌(省憲)은 새로운 관리를 위촉하여 영순부의 일을 관리하게 하였음을 이야기했다. 신임 관리가 인자하고 자애로워 백성들을 감은(感恩)하게 할지, 아니면 포악하고 제멋대로여서 두려움에 떨게 할지, 필자는 세세하게 설명할 겨를이 없다.

한편 선교사는 유백기의 말을 듣고, 그의 동학(同學) 공군명(孔君明) 등 열한 명을 감옥에서 구출하여 관아 앞 작은 객잔에 머물고 있었다. 부 지부는 거듭 찾아와 독촉하며 그들을 돌려받기 위해 심지어는 선물을 보내고 애걸복걸하기도 했지만, 선교사가 고집을 부리며 허락하지 않아 어쩌지 못했다. 그러나 수재들은 성 근방에서 오래 머물다 서양인이 떠나기라도 한다면 언제 화를 당하게 될지 알 수 없었다. 하여 선교사는 그들이 고향을 떠나 유학하며 잠시 몸을 피해 있다가 사건이 해결된 뒤 다시 고향으로 돌아오기를 강력히 권했다. 유백기와 공군명 등은 모두 뜻있는 선비들이었고, 또 이 기회를 틈타 고향을 떠나 넓은 세상을 한번 두루 경험하여 학식의 경지를 증장(增長)시키고 싶은 마음이 있었다. 게다가 고향은 오래 머물 수도 없는 곳이어서 이번이 아니면 다시는 기꺼이 자유를 누릴 날도 없을 듯싶었다. 이런 이유로 모두 선교사의 말을 옳다고 여겼다. 선교사는 그것을 보고 매우 기분이 좋아 즉시 그들에게 행장을 꾸려 길 떠날 채비를 하라고 재촉했다. 그때 그들의 친척들 중 몇몇 대담한 이들은 서양인이 보호하면 아무 걱정이 없다는 것을 알고 그들을 보러 왔다. 어떤 이들은 돈을 보태 주고 또 어떤 이들은 의복을 갖다주었으며, 또 어떤 이들은 서적을 보내 주었다. 그리하여 열두 명 가운데 여덟아홉은 친척들의 도움을 받게 되었다. 나머지 서넛은 의지가지없었지만, 선교사가 여비로 쓸 돈을 보태 주어 입고 먹을 걱정은 없었다. 이리하여 그들 모두 다른 걱정 없이 안심하고 길을 떠날 수 있었다.

다시 며칠이 지나 선교사는 마침내 그들과 함께 길을 나섰다. 낮이면 걷고 밤이면 잠을 자고, 물을 만나면 배를 타고 뭍에서는 걸으며, 가는 내내 하루도 지체하지 않고 곧장 장사(長沙)까지 이르렀다. 선교사는 그들을 객잔에 안정시킨 뒤, 소식을 알아보기 위해 성으로 들어갔다. 그리고 성(省)의 선교사를 만나 현재 성헌이 이미 부 아무개를 해임하고 새로운 관리를 파견한다는 공문서를 내렸다는 소식을 들었다. 그 말을 들은 선교사는 크게 기뻐하며 즉시 객잔으로 돌아와 모두에게 알렸다. 모두들 당연히 기뻐했다. 그중 처음으로 고향을 떠난 둘은 고향을 그리는 마음이 간절하여, 장사에서 머물며 소식을 기다리고자 했다. 말로는 이번에 아무 일 없으면, 한 이틀 지나 집으로 다시 돌아갈 수 있겠다는 것이었다. 그리되면 낯설고 물 선 타향살이의 고생을 면할 수 있으리라는 것이었다. 이 말을 듣고 선교사가 막 입을 열려 했다. 다행히 공군명은 성격이 강직하고 큰일을 도모해 보고자 하는 마음이 있는 사람이었다. 그는 그 말을 듣자 곧바로 그렇지 않다며 말을 꺼냈다.

"제군들의 말은 틀렸네! 선교사님께서 우리를 호랑이 굴에서 구해 주시고 또 먼 길을 마다 않고 우릴 만국이 통상하는 문명된 곳까지 데려온 것은, 먼 훗날 공업(功業)을 이룰 기초를 마련하기 위해 우리의 지식이 늘어나길 바라서였네. 그분의 이런 고심은 실로 존경할 만하네. 지금 제군들이 힘써 앞으로 나아가길 도모하지 않고 갑자기 중도에서 멈추고 만다면, 이는 선교사님께 송구한 일이자 지나치게 자포자기하는 것일세! 한마디 더하자면, 제군들은 구관이 해임되고 새로 관리가 바뀌었으니, 신관이 구관처럼 그렇지는 않아서 곳곳에서 구관과 반대로 구관이 했던 모든 일을 일괄 번복하리라 여기는가. 하여 감히 간이 커져서 돌아가려는 모양이지. 그러나 중국의 일이란 내 일찍이 조금 간파한 것이 있다네. 신관이 비록 우리 일을 추궁하지 않는다 하더라도, 이 사안은 아직 말끔히 해소되지 않아 우리 이름이 아직 당안(檔案)에 남아 있네. 그러니 건달패들이나 무뢰배들 및 관아의 어중이떠중이나 교활한 놈들이 모두 달려들어 우릴 협박할 걸세. 우리가 돈을 써서 방면되지 않고는 불가능한 일이지. 그러나 우리가 가진 돈은 한정되어 있어 저들의 욕심을 다 채워 줄 수는 없으리니, 결국 우린 옴짝달싹할 수 없는 가시밭에 이르고 말 터. 제군들은 이제 내 말을 다시 한 번 생각해 보시게. 너무 늦은 것이 아니길 바라네."

모두들 그의 말을 듣고 아무 말 없이 침묵했다. 선교사는 연신 박수를 치며 거들었다.

"공 선생의 말은 하나도 틀린 게 없소. 내 생각도 그렇소이다."

유백기 또한 그의 말에 동의하여 거들고 나섬으로써, 그들이 딴마음을 품지 못하도록 만들었다. 더 이상 뭐라 할 말이 없어, 모두 고개를 끄덕이며 그의 말을 따랐다. 다시 이틀이 지나, 이전처럼 함께 길을 나섰다. 그리고 며칠 뒤 무창(武昌)에 당도했다.

무창은 호광 총독이 주절(駐節)[124]하는 곳이었다. 총독은 두 성(省)을 총괄하여 군정과 민정을 관할하니, 예전의 절도사(節度使)와 같은 체제였다. 강 건너가 한구(漢口)였다. 근래 수십 년 동안 중국은 온 나라와 통상하게 되었는데, 한구에도 각국의 조계지가 마련되어 있었다. 장강(長江)을 왕래하는 화륜선(火輪船)은 아래로는 상해(上海), 위로는 한구를 두 기점으로 삼았다. 이후 한구는 남북 각 성(省)으로 통하는 교통 요지가 되었다. 당시에는 아직 철로가 개통되지 않았지만, 부두로 말할 것 같으면 상해를 제외하고 전국에서 첫째 둘째를 다투는 곳이라 할 만했다. 때문에 국내외 상인들이 이곳으로 와서 장사하는 이가 적지 않았다. 각국에서도 영사(領事)를 파견하여, 이곳에 머물며 전문적으로 외교 사건을 다루고 또 본국의 상인들을 관리했다. 무창의 경우, 총독 대인은 신법(新法)을 강구하고 백성들의 이익을 우선했다. 그가 부임한 지 7~8년 동안 방적 공장이며 무기 공장 등을 세웠다. 또한 양무와 농공을 강구하고, 문무를 장려하기 위한 학당을 개설했으며, 해군을 위한 수사 학당(水師學堂)과 육군을 위한 육군 학당을 창설하고, 출판사며 신문사 등 크고 작은 일들을 적잖이 처리했다. 이는 최소한 그가 수만 가지 능력을 지녀야 비로소 감당할 수 있을 정도였다. 날마다 인삼탕이나 마시는 여타 인물들은 하루도 견뎌 내지 못할 것이다. 그러나 이 총독 대인은 사람이 매우 진취적이고 또 일하기를 매우 좋아했다. 그는 수십 년 관직 생활을 하면서 진심으로 나라를 위해 크게 돈을 내어 사람들에게 주어 쓰게 했다. 총독의 관아에서 각 학당과 부서에 이르기까지, 조금이라도

---

124 옛날 고급 관원들이 외지에 주재하면서 공무를 집행함.

명망 있고 학문이 있는 사람이면 모조리 자신의 휘하에 끌어모으고, 생활할 수 있도록 돈을 주었다. 그렇지만 자신은 수십 년 관직 생활을 하면서도 청렴결백하여 조금도 때 묻지 않았다.

어느 해 12월 초, 그는 양렴은(養廉銀)[125]은 물론 녹봉까지도 일찌감치 다 써 버렸다. 설을 지내려면 꼭 써야 할 일이 수두룩하게 남아 있었고, 아직 다 지출하지도 않았는데 말이다. 그는 천성이 씀씀이가 커서 이제껏 자잘한 것은 따진 적도 없었다. 또한 자신은 신분이 높아 돈을 빌릴 곳도 마뜩잖았다. 며칠을 이리저리 궁리해 보았지만, 뾰족한 수가 없었다. 다행히 부인에겐 혼수품이 많았다. 하여 안방으로 달려가 부인과 상의하길, 옷상자를 가져다 저당을 잡히면 어떻겠냐고 물었다. 부인이 말했다.

"남들은 관리가 되면 두 배로 번다던데, 당신 하는 꼴을 보니 갈수록 가난해지기만 하는구려. 옷상자를 저당 잡히면 언제 다시 찾을 수 있을는지? 이렇게 다시 두어 해가 더 지나면 풀뿌리 하나 남는 게 없을 겁니다. 부탁이니, 일찌감치 병을 핑계 대고 고향으로 돌아갑시다. 차라리 한 그릇 밥을 먹을지언정, 나는 더 이상 당신이 관리 노릇 하는 부귀영화는 누릴 생각이 없어요."

부인은 말을 마치고 닭똥 같은 눈물을 뚝뚝 흘렸다. 총독은 그 모양을 보고 우두커니 한 귀퉁이에 앉아 아무 말도 못했다. 잠시 뒤 부인이 울음을 그치자 그는 다시 부드러운 말로 애원했다. 부인은 탄식을 뱉으며 말했다.

"당신은 관직이 1품이나 되는 큰 관리인데, 어째서 내 이 조그만 혼수품을 부수는 것 외에는 다른 방도가 없단 말입니까? 알겠습니다. 이 옷상자가 아니면 당신은 분명 오늘 밥도 못 먹겠지요. 알

---

125 청나라 특유의 봉급 제도. 양렴(養廉)은 청렴함을 기른다는 뜻으로, 지방관의 청렴을 유지하기 위해 지급한 특별 수당.

앞어요, 알았어, 자! 열쇠를 가져다 문을 열고, 필요한 게 얼마든 당신 맘대로 가져가세요. 내 이 고통을 어서 끝내고 당신도 걱정을 끊어 버리게요."

당장 분부를 받잡은 하인이 열쇠를 가져다 문을 열고 옷상자를 꺼내 나리께 갖다 바쳤다. 총독 대인은 부인이 허락하는 소리를 듣자 즉시 웃음을 지으며 크게 소리쳤다.

"이리 오너라!"

그 즉시 7~8명의 과십(戈什)[126]이 나는 듯 달려왔다. 총독 대인이 다시 "옷상자를 들어라!" 하고 분부를 내리니, 그 즉시 소매를 걷어붙이고 우르르 달라붙어 들고 메고 하여, 순식간에 여덟 개의 커다란 가죽 상자를 안방에서 들고 나갔다. 그러곤 저당을 담당할 관리를 임명하여 파견했다. 차관(差官)[127]이 급히 달려와 교시를 청하며, 대인께서는 얼마나 저당을 잡히시려는지를 물었다. 총독이 말했다.

"지금으로서야 10만 냥도 부족하지. 허나 옷상자 여덟 개로는 그렇게까지 많이는 안 될 게야. 너는 가서 저들과 은자 1만 냥을 빌릴 수 있도록 잘 상의해 보아라. 최소한 8천 냥은 있어야 하니, 그보다 적으면 아무것도 할 수 없느니라."

차관이 말했다.

"대인께서는 굽어살피소서! 전당포의 규정으로는 이제껏 반값에만 저당을 잡습니다. 예를 들어 열 푼짜리 물건이면 다섯 푼만 빌려 줍니다. 여섯 푼을 빌려 준다면 많이 배려하는 것입니다. 만약 계산대의 조봉(朝奉)[128]이 잠시 눈이라도 멀면 일고여덟 푼도

---

126 과십합(戈什哈). 청대 고위 관원의 신변을 지키는 호위 병사를 가리킨다.
127 파견 관원.
128 휘주(徽州)인들은 전당포의 총지배인을 '조봉'이라 하였는데, 후에 일반적인 통칭이 되었음.

저당을 잡아 줄 수 있을 것입니다. 지금 이 여덟 개의 옷상자로 저들에게 8천 냥을 빌리려는데, 과연 그만한 가치가 있으면 8천 냥은 물론이요 1만 냥도 빌려 줄 것입니다. 다만 걱정되는 점은 저들이 값을 매기지 못해, 대인께 먼저 상자를 열어 어떤 옷들이 있는지를 보고 나서 저당을 잡겠다고 요구하는 것입니다."

총독이 말했다.

"나도 거진 반 빌린 것에 불과하니, 옷상자를 저들에게 담보로 주게. 아마 내년이면 갚을 수 있을 게야. 그래서 내가 자네에게 저들과 잘 상의해 보라는 것일세. 만약 물건을 보여 주고, 얼마짜리인지 값을 매길 요량이면 내 아무나 보내 저당을 잡힐 일이지, 무엇하러 자네를 수고롭게 하겠나?"

이 말을 듣고 차관은 대인이 물건을 저당 잡히려는 게 아니라, 담보로 주고 대출을 받으라는 것임을 알았다. 그는 속으로 생각했다. 담보 대출을 받으려면 그래도 물건을 본 뒤 값을 매겨야 하고, 그리하여 열 푼짜리면 여섯 푼을 대출해 준다. 그 역시 저당을 잡는 것과 별반 다를 바 없고, 다만 이문이 조금 적다는 것에 불과할 뿐이다. 그리 생각하고 있는데, 총독은 이미 사람을 불러 봉인 열여섯 장을 가져오라 하여, 몸소 먹을 흠뻑 묻혀 일일이 글씨를 쓰고 관인을 찍었다. 그리고 수하를 시켜 십자로 봉인을 붙이게 한 뒤, 차관에게 가서 저당을 잡히라고 했다. 차관은 어쩔 수 없이 사람을 불러 상자를 메고 나갔다. 자신은 그 뒤를 따르며 생각에 잠겼다.

원문을 나서면 곧장 전당포였다. 차관은 사람들을 시켜 상자를 들고 안으로 들어갔다. 상자는 저마다 봉인이 붙어 있고, 또 아무도 열지 못하게 한 상태였다. 차관은 조봉과 상의하며, 제대(制臺)의 명을 봉행하는 것이니 먼저 은자 8천 냥을 빌려 달라고 설명했다. 조봉이 말했다.

"8천 냥은 물론이요 1만 냥도 빌려 드릴 수 있습니다요. 그러나 물건을 보고 값어치가 있는지 없는지를 따져 본 뒤에야 최종적으로 결정을 내릴 수 있습니다요."

차관이 말했다.

"상자는 대인께서 친히 봉인한 것이니, 누가 감히 걷어 낼 수 있겠느냐? 아마 값진 옷들이 들어 있을 것이다. 올해 빌려, 내년엔 분명 갚으실 게다."

"아이고머니나! 전당포의 규정으로는 바늘 하나라도 따져 봅니다요. 물건도 보지 않고 값도 매겨 보지 않고 저당을 잡는 일이 어디 있답니까요? 정말이지, 아이고머니나! 썩 꺼지슈!"

차관은 벌컥 화가 나서 다른 집으로 갔지만, 거기서도 똑같이 말하는 것이었다. 부득이하여 다시 연이어 서너 집을 돌았지만, 그들도 모두 마찬가지였다. 차관은 하도 걸은 나머지 다리가 시큰거려 그 자리에 앉아 꼼짝도 하지 못했다. 그는 반드시 저당을 잡혀야 하고, 조봉은 또 반드시 저당을 잡으려 하지 않았으니, 둘 사이에 옥신각신 말다툼이 일기 시작했다. 차관은 데려온 사람이 많았다. 상자를 메고 온 이들은 비록 병졸 복장을 갖추지 않았지만 모두 총독의 친병(親兵)들인지라 힘도 셌다. 차관의 호령 소리에 벌 떼같이 달려들어 조봉을 계산대에서 끌어내 두들겨 팼다. 삽시간에 왁자지껄해지면서 전당포 동업자들이 모두 뛰쳐나와 "강도야!" 하고 소리쳤다. 그 말에 차관은 더욱 화가 났다.

"이 눈먼 오귀(烏龜)[129] 같은 놈들이. 그래, 두 눈 똑똑히 뜨고 상자 위의 봉인을 보아라. 그래도 우리 제대 대인의 것이 아니더란

---

[129] 오쟁이 진 남자.

말이냐? 네놈들이 대인을 강도라고 욕하다니, 어디 말이나 되는 소리더냐! 긴말할 것 없다. 저놈을 총독 관저로 끌고 가자. 할 말이 있거든 대인을 직접 뵙고 말하여라!"

차관이 막 손짓 발짓 해 가며 흥분해서 떠들자, 곁에 있던 나이 든 조봉은 깜짝 놀랐다. 그는 제대 대인의 봉인이라는 말을 듣고, 계산대에서 나와 상자 앞으로 가서 침침한 눈으로 자세히 살펴보았다. 과연 틀림이 없었다. 그는 연신 손을 흔들며 모두들 싸움을 멈추고 좋은 말로 하자고 말렸다. 그러나 차관은 이미 조봉과 한데 엉겨 붙고 있었다. 조봉의 머리는 차관에게 맞아 피가 철철 흘렀다. 차관의 얼굴에도 조봉에게 긁힌 혈흔이 몇 가닥 나 있었다. 따라서 둘은 갈수록 더 손을 놓으려 하지 않았다. 이때 전당포 점원이 나는 듯이 달려가 대당수(大擋手)[130]에게 알렸다. 대당수가 말했다.

"제대께서는 황실의 관원인데, 어찌 국법도 모르고 제멋대로 백성들의 규정을 억누를 수 있단 말인가? 지금으로서는 그가 진짜인지 가짜인지는 차치하고라도 일이 이미 이 지경이 되었으니 그를 끌고 관아로 가는 게 좋겠네. 전당포를 운영하는 우린 요 몇 해 동안 손해를 많이 보았네. 이렇게도 손해 저렇게도 손해, 우리더러 어떻게 돈을 벌라는 것인지 모르겠군. 그런데도 지금 우리더러 강제로 입을 다물라는 것인가. 함께 관리를 만나 명백하게 판가름해 주신다면 손을 떼는 것이고, 설명이 석연치 않으면 이참에 자본주들에게 통지하여 모두 문을 닫고 장사를 그만두면 될 것이야."

모두들 한목소리로 "일리가 있다"며 맞장구쳤다. 그의 말은 저당을 잡히러 온 차관의 귀에도 들렸다. 그는 자신이 총독 대인이

파견한 사람으로 목에 힘깨나 주는 사람이니 무창성(武昌城)의 어느 누구라도 한발 양보해야 한다 여기고 있었다. 그런데 지금 전당포 지배인이 함께 관리를 만나러 가자는 것이었다. 그는 벌떡 일어나 의복을 탈탈 털며 한 손으로는 조봉의 머리채를 잡아끌고 말했다.

"좋다! 아주 좋아! 우리 함께 대인을 뵈러 가자꾸나!"

그리하여 그는 조봉을 잡아끌었고, 무리들은 그의 뒤를 따랐다. 친병들은 다시 옷상자를 들쳐 메고 그 뒤를 따랐다. 전당포를 나서 빙 둘러 몇 개의 거리를 지났다. 거리를 가득 메운 사람들은 모두 발을 멈추고 이 야단법석을 구경했다. 개중에는 그들의 뒤를 따르는 이도 있었다.

이 전당포는 제대의 관아와 멀었지만, 무창부 관아에서는 아주 가까웠다. 눈 깜짝할 사이에 무창부 조벽(照壁) 앞에 이르렀다. 그때 갑자기 전당포 사람 하나가 한발 앞서 두문(頭門)으로 달려가, 억울하다고 소리치며 들어갔다. 뒤따르던 사람들도 와 하고 몰려 들어갔다. 차관은 자신도 어쩔 수 없이 사람들에게 떠밀려 들어가게 되었다. 차관은 속으로 생각하길, 여기 부대인(府大人)은 제대 대인의 문하생이니 결코 외인을 도울 리 없으리라 여겼다. 이에 더욱 대담해져서 몸을 꼿꼿이 세운 채, 아무 거리낌 없이 관아로 들어갔다. 관아의 모든 서역(書役)[131]들이 놀라, 황급히 이야(二爺)[132]에게 보고하였고, 이야는 다시 위로 지부에게 보고했다. 지부는 독원(督轅)[133]의 차관이 저당 잡히는 일로 다툼이 있었다는 말을 듣고, 그것이 차관의 일인 줄로만 여기고 총독 대인의 일인 줄은

---

131 서판(書辦). 문서를 관장하던 관리.
132 관아의 두 번째 지위에 있는 사람.
133 청대 총독 관아 앞 양측의 원문(轅門)으로, 총독의 관아를 가리킴.

전혀 몰랐다. 하여 이야에게 전유(傳諭)[134]하였다.

"이런 사소한 일은 자네들이 처리하면 될 것을, 왜 그리 호들갑을 떠는가?"

이야가 말했다.

"이 차관은 제대께서 저당을 잡히라고 파견한 사람입니다. 게다가 제대의 옷상자 여덟 개도 지금 대청에 갖다 두었습니다."

그 말을 듣고 지부는 크게 놀랐다.

"말도 안 되는 소리! 제대 대인의 1년 양렴은이 만 냥도 넘거늘, 설마 그게 부족하실까? 설사 충분치 않더라도 어느 부서에서든 몇만 냥을 찾아 쓰고, 사정이 되는 대로 환불하리라는 글이라도 써 주면 그래도 내어 주지 않을까? 지금 어르신께서 저당 잡히려 한다고 말하는 것은, 아마도 그 수하가 그의 이름을 빌려 밖으로 과시하여 사람들을 억압하려는 것일 터, 이는 자세히 조사하지 않으면 안 될 일이로다. 저 어르신께서 저당 잡히려 하신다고 말했는데, 제대라는 분이 쓸 돈이 없다면 그보다 몇 단계나 급이 낮은 우리는 허구한 날 굶주려야 할 게야! 이는 분명 너희들이 제대로 알아보지 못한 것일 터. 어서 가서 자세히 알아보시게."

이리 말하자 이야는 뭐라 대답할 길이 없어, 다만 이리저리 다니며 다시 묻고 또 물어본 결과, 제대께서 저당 잡히려는 것이 확실했다. 게다가 증거로 새로 붙인 봉인도 있었다. 이에 다시 지부에게 품신하자 지부가 말했다.

"제대께서 저당을 잡히신다니, 거참 이상하군!"

그리 말하면서 그는 얼른 나섰다. 한달음에 이당(二堂)으로 달려가 아역에게 차관과 전당포의 관련 인물들을 모두 불러오라 했

---

134 윗사람이 아랫사람에게 지시를 내림.

다. 자신이 직접 심문하여 도대체 누가 저당을 잡히려는 것인지 알아볼 심산이었다. 아역이 명을 받들어 떠난 지 얼마 되지 않아 한 무리의 사람들을 데리고 왔다. 차관은 앞서 오다가 지부를 뵙자, 이미 알고 있던 사이인지라 급히 문안을 여쭙고 곁으로 물러섰다. 전당포 조봉은 담이 작은지라, 일찌감치 땅에 무릎을 꿇었다. 지부가 막 물어보려는데, 조봉이 저 먼저 무릎을 꿇은 채 울며불며 억울하다고 호소했다. 지부가 대갈일성을 내질렀다.

"그만! 내가 질문할 터이니, 어느 누구도 소란을 피우지 마라. 내가 묻거든 그때 대답하라!"

한마디 호통에 조봉은 감히 끽소리도 하지 못했다. 차관이 한발짝 앞으로 나서며, 일의 자초지종을 상세히 진술하고는 한마디 덧붙였다.

"이 전당포 놈은 눈이 삐었는지, 저희 제대 대인조차 뵈지 않는 모양입니다. 게다가 제대 대인을 강도라고 욕하기까지 하였으니, 이 때문에 소인이 저들에게 두어 마디 호통을 쳤습니다. 그런데 저놈이 저의 호통에도 불복하기에 달려들어 머리끄덩이를 잡아 체포하게 되었습니다."

지부가 말했다.

"쓸데없는 소리는 그만두고, 어째서 대인께서 저당을 잡히려 한 것인가?"

차관이 말했다.

"여기 있는 옷상자 여덟 개를 구하려고 대인께선 부인 면전에서 얼마나 신경 쓰고 얼마나 많은 말을 하셨는지 모릅니다. 그제야 부인께서 겨우 허락하셨습니다. 소인이 떠나올 때, 대인께서는 대청에 앉아 소인의 회신을 기다리고 계셨습니다. 지금 소인이 나온 지 벌써 서너 시간이 지났습니다. 게다가 저놈들에게 맞아 얼굴에

긁힌 자국도 났으니, 대인께서 소인을 대신해 처리해 주십시오.”

지부는 그 말을 듣고 고개를 끄덕였다. 이어 전당포 조봉에게
말했다.

“저당을 잡고 안 잡고는 너의 맘대로지만, 어찌하여 까닭 없이
사람을 때렸단 말이냐? 이는 분명 너희 잘못이다.”

전당포 조봉이 말했다.

“아이고! 하늘 같으신 나리! 저이는 제대 대인께서 파견하신 나
리입니다. 그리고 또 수하에 이렇게 많은 사람들을 거느리고 있었
습니다. 소인의 전당포에 비록 사람이 많다고는 하나, 누가 그의
적수가 될 수 있겠습니까? 소인들의 전당포에는 많은 자본주들
이 있습니다요. 전당포의 돈은 모두 자본주들의 피 같은 자본입
죠. 지금 이 여덟 개의 옷상자를 저당 잡히려는데, 물건이 값어치
가 있다면 몇천 냥이 아니라 몇만 냥이라도 당연히 빌려 주었을
것입니다. 저희 전당포는 돈을 빌려 주고 이문을 추구하는 곳이니,
찾아오는 이 어느 누구나 다 고객이 아니겠습니까? 그런데 저이
는 줄곧 물건을 보지도 못하게 하고, 입만 열면 무조건 8천 냥을
내놓으라 하니, 대인께서는 굽어살피십시오, 소인이 어찌 빌려 줄
수 있겠습니까? 만약 빌려 가서 갚지 않기라도 하거나 혹은 물건
이 그 액수만큼 값어치를 못하면, 자본주들은 그 손해를 저희에
게 배상하라고 할 것입니다. 전당포 점원에 불과한 소인이 어떻게
배상할 수 있겠습니까? 그래서 빌려 주지 않았더니, 주먹으로
마구 때려 머리에 상처도 났습니다요. 대인께서 살펴보십시오.”

이 말을 들으니, 그 말 또한 일리가 있어 보였다. 지부는 속으로
한참을 궁리했다.

‘이 일은 확실히 체면이 서지 않는 소동이구먼. 어찌 됐든 제대
의 체면을 살리는 방법을 생각해 내야겠다.’

미간을 찌푸리며 한참을 궁리했다.

무창부 지부가 생각해 낸 방법이 어떻게 누이 좋고 매부 좋은 방법인지를 알고 싶으면 다음 회를 듣고 알아보기 바란다.

제13회

거만하지도 비굴하지도 않은 중용은 어렵고
환경에 영향을 받으니, 선기(先幾)를 통찰하다

각설하고, 무창부 지부는 당시 두 사람의 말을 듣고 속으로 생각했다.

'천만뜻밖에 총독 대인께서 저당을 잡히시려 하다니, 그야말로 청렴결백 멸사봉공하는 관리로다. 그런데 지금으로서는 총독의 뜻을 받들자니 백성들을 수고롭게 할 것이고, 백성들을 돕자니 상사의 면전에 보고하기가 껄끄럽구나. 진퇴양난이라, 어찌하면 좋을까?'

그렇게 한참을 생각하다 말했다.

"좋다! 너희들은 여기서 잠시 기다리도록 하라. 내 지금 양사(兩司)[135]를 만나 묘책을 상의해 보겠다. 제대 대인께는 내 반드시 복명할 것이고, 또한 너희 장사치들에게도 고초를 주지는 않을 것이다."

차관과 전당포 조봉은 그 말을 듣고 일제히 감사를 올렸다. 지

---

135 청대의 포정사(布政司)와 안찰사(按察使).

부는 먼저 번대를 만나 상황을 품신했다. 그는 비록 수부(首府)에 불과했으나, 제대가 가장 총애하는 사람인지라 번대 또한 그에게 한 수 접어 주며 그를 각별히 중시했다. 게다가 그 일이 제대와 관련된 것인지라, 전심전력을 다하지 않을 수 없었다. 그가 말했다.

"이 제군(制軍)[136]이란 분은 너무 청렴결백하시군요. 공금은 얼마든지 있으니, 어느 곳에서든 은자 만 냥을 떼어 내 보내 드리면 될 것을? 그런데도 저당을 잡히려 하시다니!"

무창부 지부가 말했다.

"제군께선 공금을 유용하고 싶지 않아서 저당을 잡히신 것입니다. 그런데 지금 공금을 가져다 쓰라고 드리면 받지 않으실 것이 뻔하고, 더하여 도리어 꾸중을 들을 것입니다."

그 말을 듣고 번대는 일리가 있다고 여겼다.

"지금으로서는 달리 방법이 없으니, 우선 우리가 추렴해서 8천 냥을 쓰시라고 드리는 게 좋겠네. 어르신께서 저당을 잡히시다니, 참으로 난감하지 않은가."

무창부 지부가 말했다.

"그냥 드린다고 하면 분명 받지 않을 것입니다. 부득이 우리가 빌려 드리는 것이라고 말하는 게 좋겠습니다. 저는 어르신의 성격을 잘 압니다. 분명 차용증을 써 주시려 할 터이니, 차용증은 반드시 받으십시오. 그래야 어르신이 기뻐하실 것입니다."

번대가 말했다.

"은자는 우선 내가 대신 내겠네, 자네는 가지고 가서 얼대에게 통지하시게. 내일 총독 관저에서 만나 내가 앞장설 테니, 모두의 뜻을 모아 함께 상주를 올리세."

---

136 총독.

무창부 지부는 그러마고 대답했다. 번대는 즉시 사람을 시켜 8천 냥짜리 은표(銀票)[137]를 써서 지부에게 주었다. 그런 다음 지부는 다시 얼대를 만났다. 얼대를 만난 뒤, 지부는 관아로 돌아와 사람들에게 상황을 알려 주었다. 전당포 조봉에게는 집으로 돌아가 상처를 치료하고, 각자 자기 본분으로 돌아가라고 타일렀다. 그리고 다시 가마를 대령하라 한 뒤, 차관과 친병들을 대동하여 옷상자를 메고 총독 관저로 복명하러 갔다. 지부는 관저에 당도하자 먼저 관청에 들렀다. 차관은 친병들을 시켜 옷상자를 부인께 돌려 드렸다.

그 시각, 제대 대인은 관청에서 소식을 기다리고 있었다. 그러나 온종일 기다려도 소식이 없었다. 이에 저당 잡히는 일이 성사되지 못한 줄 알고, 올해는 어떻게 보내나 하며 뒷짐을 진 채 골똘히 궁리하고 있었다. 그런데 불현듯 머리를 들고 보니, 차관과 친병들이 옷상자를 메고 오는 것이 아닌가. 그는 저도 모르게 눈에 불길이 치솟으며 꾸짖었다.

"이런 쓸모없는 것들 같으니. 내 너에게 무슨 일을 시켰더냐. 어째 그것 하나 처리 못하고 돌아왔단 말이냐."

차관이 기어드는 목소리로 말했다.

"대인께 보고 드립니다. 소인, 온 성안의 전당포를 모두 돌아다녔으나, 어느 누구도 저당을 잡아 주려 하지 않았습니다. 나중에 수부께서 소인에게 저당 잡힐 필요가 없다 하셨습니다. 지금 수부께서 번대께 8천 냥을 빌려 대인께서 쓰시라고 효경(孝敬)[138]을 보내실 것입니다. 그래서 속하(屬下)는 감히 상자를 들고 돌아온 것입니다."

제대가 말했다.

---

137 옛날 은행에서 발행한 은태환 지폐.
138 섬기고 공경한다는 뜻으로 존장(尊長)에게 보내는 선물이나 돈.

"무슨 헛소리! 어찌 이럴 수 있더란 말이냐! 내가 그들에게 효경을 바랐더냐! 나는 그런 돈일랑 쓸 수 없다. 내 그런 돈을 쓰지 않으려고 저당 잡힌 것이거늘! 도대체 너는 일도 제대로 처리하지 못했으면서, 또 어쩌자고 수부가 알도록 했더란 말이냐!"

이 말을 듣고 차관은 감히 조봉을 때린 일은 아뢰지도 못했다. 제대가 다시 말했다.

"밖에 지시를 내려 수부가 품신하러 오거든, 내가 만나지 않으련다고 전하여라. 만약 돈을 보내오거든, 나는 그 돈으로 밥 사 먹을 생각이 없으니 가지고 돌아가라 전하여라."

그리 말하고 있는 중에 순포(巡捕)[139]가 수부의 수본을 들고 와 보고했다. 제대는 수본을 보자마자 시비곡직을 불문하고 연신 손을 휘저으며 말했다.

"안 봐! 안 만나!"

상황이 이러하니 순포는 물러갈 수밖에 없었다. 그리고 그런 사실을 수부에게 일일이 고했다. 다행히 수부는 제대의 문하생이라 평소 첨압방을 드나드는 데 익숙했다. 그는 제대가 저러는 것을 보고, 자신이 직접 들어갈 수밖에 없었다. 오후부터 한밤까지 제대는 첨압방에서 공무를 보며 그를 만났다. 그들은 서로 만남이 익숙하여 겸양을 할 필요가 없었다. 제대가 무엇하러 왔느냐고 묻자 무창부 지부는 자신이 온 뜻을 완곡하게 설명했다. 제대가 말했다.

"너희들이 돈을 쓰게 하는 것은 결코 옳지 않다."

무창부 지부가 말했다.

"선생님께 속관들의 돈을 쓰시라는 얘기가 아닙니다. 선생님께서 돈이 생기면 그때 돌려주시면 됩니다. 이 또한 일시적인 화급

을 피하고 보자는 것에 불과합니다."

제대는 한참을 생각하다 말했다.

"기왕 이렇게 되었으니, 차용증을 써 주마. 나중에 너희들은 그 걸 가지고 와서 나한테 요구하여라."

무창부 지부는 선생의 성격을 잘 아는지라, 그가 이렇게 말한 이상 그가 하자는 대로 따랐다. 서로 거래가 깔끔하게 마무리되자, 무창부 지부는 물러났다. 그 이야기는 더 이상 하지 않겠다.

한편 호남 영순부의 선교사는 공군명 일행과 함께 무창에 당도했다. 들리는 바에 따르면, 여기 제군은 현사(賢士)를 예우하는데 먼 곳에서 온 이들을 특히 더 우대한다고 했다. 선교사는 거처를 잡자 먼저 양무국(洋務局) 관원들을 예방하여, 제대께 어느 나라의 모 선교사가 모일(某日)에 알현하고자 한다며 먼저 청탁을 넣어 달라고 부탁했다. 양무국 관리들은 일찌감치 제대의 당부를 들은 터였다. 원래 이 제대 대인의 최고 장기는 임기응변하여 때에 맞게 일을 적절히 처리하는 것이었다. 보아하니, 요 근래 중국의 형세가 해가 갈수록 쇠락하여 점점 외국의 강성함에 미치지 못했다. 게다가 외국인에게 의존하는 바도 많았다. 때문에 그는 젊은 시절의 혈기를 거둬들였고, 이외에 일 처리 수단도 융통성 있게 바꾸었다. 그는 항상 관리들에게 이렇게 훈시했다.

"무릇 모든 일은 예의와 겸양을 중심으로 해야 한다. 상대를 받들어 주면 분쟁을 초래하지는 않을 것이다. 오늘날 우리의 형세는 이미 저들을 절대 이길 수 없다. 저들과 강화(講和)를 맺게 된 것도 강요에 의한 것이었다. 이런 지경에 이르렀는데도 우리가 잘난 체할 수 있겠는가? 물어보자, 네가 잘난 체한다고 해 봐야 누가 널 거들떠보기라도 하겠는가? 내 지금 규칙을 한 가지 정하겠다. 외국인이 와서 만나기를 원하거든, 그가 어느 나라 사람이건 무슨 일을 하려는 것이든 불문하고 만나도록 하라. 그리고 항상 양무국에서 먼저 접대하도록 하라. 관원인지 상인인지 물어봐서 관리면 전부 녹색 큰 가마와 홍산(紅傘)[140] 그리고 친병(親兵) 넷을 마련해 주도록 하라. 그가 상인이거든 남색 사인교에 가마를 들 친병 넷을 더해 주도록 하라. 그 사람이 친왕(親王)이나 총독에 버금가는 고관대작이면, 어찌 접대하고 어찌 응대할 것인지는 그때 가서 대책을 다시 마련하면 될 것이다. 공자께서 말씀하시길, '능히 예와 겸양으로 나라를 다스릴 수 있다(以禮讓爲國)'라고 하셨다. 이는 바로 현재 우리의 시세를 정확히 지적한 것으로, 증세에 따른 적절한 처방 약이라 할 수 있다. 제공(諸公)들은 이후 반드시 이에 따라 일을 처리하도록 하라."

양무국의 도대들은 총독이 이렇듯 당부하는 것을 보고, 어느 누구도 외국인을 애먹이지 않았다. 그들은 외국인을 하나하나 떠받들어 이제껏 그들과는 아무런 마찰도 없었다.

그런데 이번에 온 선교사는 관리도 아니고 상인도 아니었다. 양무국 관리들이 함께 모여 어떤 가마를 제공해야 할지 상의할 때 누군가 말했다.

"『맹자』에 '선비도 한 자리(士一位)'*라고 하였으니, 사(士)는 곧 관리라 할 수 있지요. 그러므로 응당 녹색 큰 가마를 제공해야지요."

또 다른 이가 말했다.

"선교사는 우리 중국의 글을 가르치는 선생과 마찬가지외다. 글 가르치는 선생을 관리로 보는 경우가 어디에 있단 말입니까? 하물며 선교사들 중에는 우리 중국에서 병원을 연 이도 있고, 또 책을 만들어 판매하는 이도 있소. 따라서 그를 장사하는 사람으로 대

---

140 붉은색 일산. 주로 고관대작들의 행차에 햇볕을 가리는 용도로 사용했다.

하는 게 좋을 듯하니, 남색 가마를 주는 게 옳을 듯싶소."

또 하나가 말했다.

"그가 관리든 상인이든 우리야 상관없지요. 만약 관리라면 접대를 소홀히 할 수 없고, 또 상인이라면 지나치게 영합할 필요가 없지요. 그러니 영사(領事)에게 편지를 써서 어떤 가마를 제공해야 할지 물어보는 것이 좋겠소."

모두들 그의 말에 일리가 있다고 했다. 양무국에는 통역사가 있어, 즉시 연필을 가져다 외국 글자로 된 편지를 써서 심부름꾼 편에 보냈다. 덧붙여 적기를, 즉시 회신을 바란다고 했다. 그러나 때마침 영사는 연회에 갔다가 저녁이나 되어서야 돌아온다는 것이었다. 선교사는 내일 아침 일찍 총독 관저로 가려는데, 만약 이튿날이 되어서야 회신이 온다면 너무 늦었다. 양무국 관리들은 다급했다.

"영사의 회신을 기다리고 있을 수만은 없으니, 밤을 달려 총독께 교시를 청하는 게 좋겠소. 그럼 혹여 대접에 잘못을 저질러도 제대께서 친히 분부한 것인지라 다른 사람을 원망하지 못할 게 아니겠소."

몇이서 그리 상의한 뒤, 하나는 남아서 영사의 회신을 기다리고 하나는 총독에게 교시를 청하러 갔다. 수본을 올려 중요한 일로 알현을 청한다고 했다. 그런데 마침 제대는 저녁을 먹은 뒤, 밥상을 물린 채 그 자리에서 졸고 있었다. 순포는 보고를 드리기도 그렇다고 물러가기도 어려워 수본을 들고 한 귀퉁이에 서서 기다렸다. 원래 이 제대는 아주 특이한 사람이었다. 정신이 맑을 때는 열흘 낮밤도 눈을 붙이지 않을 수 있었다. 그러나 또 아무 일이 없을 때는 한 번에 사흘 낮밤이라도 잘 수 있었다. 공무를 보면서든 밥을 먹으면서든, 심지어는 손님을 맞은 채로도 잠을 잘 수 있었다. 다만 일이 생기기만 하면 그는 놀라 벌떡 깼다. 그러나 별일 아닌데도 깨웠다면, 반드시 크게 화를 냈다. 순포는 지금 수본을 들고 들어오긴 했지만, 어르신이 언제 깨실지 확신할 수 없었다. 소리쳐 깨우는 것도 감히 할 수 없는 일인지라, 다만 문간에 서서 그가 깨어나기를 기다릴 수밖에 없었다. 그런데 누가 알았으랴, 저 어르신은 이번엔 사흘 낮밤이 아니라 여덟 시간밖에 주무시지 않았다. 그가 여덟 시간을 자는 내내, 순포는 여덟 시간을 꼬박 서 있어야 했고, 밖에서 기다리던 양무국 관리 또한 여덟 시간을 죽치고 있어야 했다. 저녁도 먹지 못하고 총독 관저로 달려와 새벽 1시 한밤중이 되도록 줄곧 기다리기만 했더니 배가 고파 죽을 지경이었다. 심부름꾼을 불러 만두 두 개를 사 오라 하여 그것으로 배를 채웠다. 반면 숙직 순포는 밥도 먹지 못하고 앉지도 못하였으니 정말 가련했다. 제대가 깨기를 겨우 기다렸으나, 그렇다고 또 댓바람에 감히 올라가 보고를 드릴 수도 없었다. 제대가 담배 한 대를 피우고, 또 차 한 모금 마시고 얼굴을 돌리기를 기다렸다. 수본을 들고 있었기에, 따로 용무를 말할 필요가 없었다. 제대는 일찌감치 그것을 보고, 누가 무슨 일로 알현하러 왔느냐고 물었다. 순포는 양무국의 총판(總辦) 아무개가 교시를 청하러 왔다고 재빨리 대답했다. 그때가 되어서야 제대는 들라 하라고 전했다. 앉기를 기다려 관례에 따라 몇 마디 한담을 나눈 뒤 양무국 관리가 낮에 있었던 일을 진술했다. 제대는 그의 말을 들으면서 고개를 흔들었다. 관리의 말이 끝나자 제대가 말했다.

"이런 사소한 일까지 나한테 물으러 오다니, 자네들은 너무 소심하구먼. 양호(兩湖)[141] 총독인 내가 삼두육비(三頭六臂)라 해도 다 처리하지 못하겠네. 선교사는 관직이 없으니 어찌 관리라 할 수

---

141 호남성과 호북성의 두 지역.

있겠나? 또 주식을 모집하여 회사를 차린 것도 아니니 사업가라고도 할 수 없지. 관리도 아니요 상인도 아니니, 자네들이 짐작해서 적당히 접대하면 될 것을. 관리보다는 조금 못하게 상인보다는 조금 중하게 대우하면 되지 않겠나?"

양무국 관리는 그 말을 듣고, 「취병산(翠屏山)」[142]의 반로장(潘老丈)과 비슷한 투로 투덜거렸다.

"아직 명확히 말씀해 주시지 않은 것이 있어, 제대의 말씀에 저는 더욱 어리둥절합니다!"

그때 관리는 그렇게 말하고 싶었지만 제대가 화를 낼까 두려워 감히 다시 묻지 못하고 물러날 수밖에 없었다. 양무국으로 돌아와 이 말을 몇몇 동료들에게 전했지만, 나머지 동료도 별다른 의견이 없었다. 다행히 재학(才學)이 뛰어나고 시의(時宜)에도 통달한 문안(文案)[143]이 하나 있었다. 뜻밖에 그가 제대의 뜻을 대충 알아듣고 선뜻 나서며 말했다.

"비직이 제대의 말씀을 8~9할은 추측할 수 있겠습니다."

모두들 무슨 뜻이냐고 황급히 물었다. 문안이 말했다.

"그에게 남색 사인교를 제공해 주면 될 듯합니다."

중인들이 말했다.

"남색 사인교라, 그럼 그를 상인으로 대접하자는 것 아니오?"

문안이 말했다.

"너무 조급해하지 마십시오. 제 말이 아직 끝나지 않았습니다. 말이 끝나거든 그때 반박하시지요."

이에 관리들은 눈만 멀뚱멀뚱 뜨고 그의 말을 들었다. 문안이 말했다.

<hr />

142 『수호전』에서 소재를 취해 만든 경극(京劇).
143 관아에서 기록을 담당하거나 문서의 초안을 잡는 막료.

"가마는 남색 가마로 하되, 가마 앞에는 상인들에게 없는 일산(日傘)을 하나 더합니다."

모두 일제히 박수 치며 묘책이라고 과장된 칭찬을 덧붙였다. 순식간에 의견이 정해지자 관리들은 각자 자기 집으로 돌아갔다.

이야기가 갈린다.

한편 선교사는 제대가 멀리서 온 이들을 우대한다는 사실을 알고 모든 것을 양무국에 미리 준비시켰다. 호남(湖南)에 있을 때 관민(官民)이 서로 갈려 의견이 맞지 않던 것과 비교하면 전혀 다른 모습인지라 마음은 더없이 기뻤다. 다음 날, 아직 일어나지도 않았는데 관에서 보낸 큰 가마와 인마(人馬)가 이미 다 갖추어져 있었다. 선교사는 중국옷을 입었다지만 간편복이었고, 또 가죽신과 모자를 쓰지 않아 사인교에 앉았으되 모양은 그리 좋지 않았다. 그러나 양무국의 가마꾼과 친병들은 외국인을 시중드는 것이 익숙하여 별로 개의치 않았다. 호북(湖北) 백성들 또한 익숙하게 보아 온 터라, 길에서 만나도 이상하게 여기지 않았다. 삽시간에 제대의 관아에 당도하니, 나발을 불며 중문을 열어 맞이했다. 선교사는 안으로 들어가 제대와 악수하고, 모자를 벗은 뒤 좌정했다. 피차 한담을 나누며 서로를 칭송했다. 선교사가 자신이 온 뜻을 제대에게 일일이 설명했다.

"지금까지 여기서 며칠을 머물렀으니, 이제 곧 떠날 예정입니다. 함께 온 이들을 상해까지 배웅하여 그들에게 살길이 마련되면 저는 호남으로 다시 돌아가려 합니다. 그때 무창을 지나는 길에 반드시 총독 대인을 찾아뵙겠습니다."

제대는 선교사의 말을 들으며 지난달 호남 순무의 편지를 받은 일을 떠올렸다. 그는 일찌감치 영순부에서 일어난 사건을 잘 알고 있었다. 그 자리에서 그는 속으로 한참을 궁리했다.

'이 생원들은 분명 제 본분을 지키는 무리들이 아니다. 만약 제 본분을 지키는 무리라면 서양 종교를 믿고 따르지는 않을 것이다. 지금 저들을 상해로 보낸다면, 상해에는 서양인들이 더욱 많을 터, 만약 저들이 그런 습성에 더욱더 물든다면 장차 갈수록 해가 될 것이다. 내 비록 겉으로는 서양인을 우대하지만, 이는 시세에 쫓겨 어쩔 수 없이 그러는 것일 뿐, 결코 그들을 존중할 뜻은 없다. 이 젊은이들은 혈기가 아직 안정되지 않아 환경에 따라 영향을 받는다. 그들은 지금 지방관에게 고초를 당하여 중국 관료들에게 뼛속 깊이 원한을 품고 있으니, 마음속에 어디 중국이 있으랴? 한 번 삿된 길로 들어서면 다시는 되돌리기 어려운 법. 내 지금 흐르는 물에 배를 맡기듯 추세에 맞추어 행동해야겠다. 우선 서양인의 힘을 빌려 저들을 구슬려 장래의 후환을 제거하는 것이 좋지 않겠는가?'

생각이 정해지자 곧 전혀 몰랐다는 척하며 선교사에게 영순부에서 사달이 일어났던 상황을 자세히 설명해 달라고 요구했다. 선교사는 당연히 수재들에 관한 이야기를 있는 것 없는 것 다 꺼내 놓으며 제대에게 모두 고했고, 제대는 흥분하여 발을 동동 구르고 가슴을 탕탕 치며 부 지부를 크게 책망했다. 또한 부 지부에 대해 "이리 괘씸할 수가 있나, 내 지금 당장 상주문을 만들어 그를 탄핵하겠다"고 했다. 그 말을 들은 선교사가 매우 기뻐하는 것을 보고 제대는 일부러 또 연신 발을 동동거리며 말했다.

"나라가 평안할 때는 인재가 없음을 근심하거늘, 인재가 있는데도 이런 못된 관리들에게 멋대로 업신여김을 당하다니. 자기편으로 만들 수 있는 것도 적들 편에 몰아 주다니 생각할수록 가증스럽도다! 내 생각에, 이곳엔 사람 쓸 곳이 적지 않으니 저들을 호북에 머물게 하여 재능에 따라 기용하면 좋겠소이다. 각자에게 자리

하나씩 마련해 주는 일은 그리 어렵지 않을 것이오. 허나 장담하지는 못하겠소. 뜬소문들이 워낙 많아 안으로는 정부에서, 또 밖으로는 동료들이 나를 어느 지경까지 책망할지 알 수 없구려. 나를 아는 이들은 내가 인재를 북돋아 과실 있는 사람도 쓴다 할 것이요, 모르는 이들은 내가 도피처를 제공한다고 할 것이오! 생각해 보시구려, 내가 어찌할 수 있겠소?"

선교사는 제대가 그들을 호북에 남겨 일을 주겠다는 말을 듣자 처음에는 자신을 속이려는 것이라고 의심했다. 관료들은 이제껏 줄곧 저희끼리 서로 보호해 왔기에, 이를 기회로 일망타진하려는 계책이 아니라고 보장하기 어려웠다. 하지만 그가 다시 헐뜯기고 욕먹는 상황을 걱정하는 것을 보며 진실이라고 믿지 않을 수 없었다. 그래서 이렇게 말했다.

"내가 저들을 상해로 보내려는 것도 부득이해서입니다. 사실 저들이 지방관에게 탄압받는 것이 가련하였습니다. 저들은 자유롭지도 않을뿐더러, 목숨도 보전하기 어려웠습니다. 하느님은 생명을 아끼고 사랑하십니다. 저는 하느님의 부르심을 받은 몸이니, 어찌 죽을 지경에 놓인 생명을 보고 구명하지 않을 수 있었겠습니까? 기왕 총독 대인께서 저들의 죄를 면해 주시어 저들이 탄압받지 않을 수 있다면, 저들은 모두 학식 있는 사람들로 크게 사업을 일으킬 수 있을 터, 저들이 총독을 도와 일을 처리할 수 있게 된다면, 저로서는 더 바랄 것이 없겠습니다. 게다가 귀 총독의 명성은 더없이 훌륭하십니다. 장차 저희 나라에 전해진다면, 그들도 모두 흠모하여 존경할 것입니다."

제대가 말머리를 살짝 돌렸다.

"귀 선교사의 중국어는 썩 훌륭하십니다. 우리 중국에 온 지 몇 년이나 되셨는지요?"

"온 지는 햇수가 적지 않습니다. 제가 호남에 처음 왔을 때는 중국어라곤 한마디도 못했습니다. 그 당시 호남을 통틀어 저희 나라 사람은 오직 저희 부부 두 사람과 어린아이 하나가 전부였습니다. 저는 중국어를 배우려고 집을 떠나 중국 사람의 집에 따로 머물렀습니다. 매일 그들과 얘기하다 보니 반년이 채 못 되어 반쯤은 할 수 있게 되었습니다."

제대가 물었다.

"호남을 통틀어 외국인이라곤 당신 하나뿐이었는데, 혹여 중국인들이 행패라도 부릴까 두렵지는 않았습니까? 그리고 또 누가 당신에게 중국어를 가르쳐 주려 했겠습니까?"

선교사가 말했다.

"그때 제게는 가지고 온 돈이 좀 있었습니다. 당신네 나라 사람들은 돈만 주면, 말을 가르쳐 주는 것은 물론이요 온갖 일을 저에게 모두 알려 주었습니다. 돈만 준다면 조상 대대로 전해 오는 무덤까지도 제가 집을 지을 수 있도록 팔 것입니다. 지금은 저도 여러 가지를 잘 알아서 돈도 적게 듭니다."

제대는 그의 이야기를 듣고 한동안 아무 소리도 없다가 한참 후에 말했다.

"무창에서 며칠 더 머무시다가, 내가 저들을 안배할 방도를 마련하거든 다시 와서 살펴보시지요."

선교사는 그 말을 듣고 다시 감사의 말을 몇 마디 더 하고는 물러갔다.

그러나 제대가 이들을 어떻게 안치할지는 모르겠으니, 다음 회를 듣고 알아보기 바란다.

제14회

골패 점을 해독하며 미신을 떨치지 못하고

신문을 읽으며 점차 문명을 깨닫다

각설하고, 호광(湖廣) 총독은 선교사를 보낸 뒤, 내전으로 돌아와 홀로 생각에 잠겼다.

'만약 이들을 상해로 보낸다면, 장래엔 빌어먹을 양아치들이 더욱 많아질 터. 저들은 법도 없고 하늘도 무서워하지 않으며 그 어떤 일이라도 저지를 것이다. 그때가 되면 후환을 남길 일이 무궁할 터, 어찌하면 좋단 말인가? 일찌감치 방도를 마련해, 저들을 미리 굴복시킴만 못하리라. 첫째로는 근심거리를 해소하고, 둘째로는 또한 재능에 맞게 사용할 수 있으리라.'

생각이 정해지자, 다음 날 역서국(譯書局)과 관보국(官報局)의 총판을 만나 이름이 적힌 종이를 나눠 주며, 이들을 잠시 알맞은 자리에 배정하고 봉급을 주라고 분부했다. 그러면서 차후 다시 조정이 있을 것이라는 말을 덧붙였다. 양국의 총판들은 분부대로 처리했다. 그 후 제대는 또 양무국에 전하여, 즉시 선교사에게 편지를 쓰라고 전했다. 이튿날 선교사가 사람들을 데리고 와서 제대를 알현했다. 제대는 그들을 우대하여 즉시 각자 맡은바 직책에 부임하도록 했다. 선교사는 무창에서 얼마간 더 머물다 인사를 전하고 호남으로 돌아갔다. 이에 대해서는 더 이상 말하지 않겠다. 이로부터 이들은 몸을 의탁할 곳이 생겼다.

필자는 부득이 다른 곳의 사정을 간략히 서술하여 독자들의 이목을 깨우지 않을 수 없겠다.

각설하고, 강남(江南) 오강현(吳江縣) 성에서 20여 리 떨어진 곳에 한 인가가 있었다. 이 집은 가(賈)씨로, 비록 대대로 시골에 살고 있었지만 누대에 걸쳐 서향(書香)이 끊이지 않았으며, 조상 중에는 출세한 이도 몇몇 있었다. 지금에 이르러 구세대는 모두 쇠락하고, 다만 어린 형제 셋만 남았다. 맏이의 이름은 가자유(賈子猷)이고, 둘째는 가평천(嘉平泉)이며, 막내는 가갈민(賈葛民)이었다. 나이는 모두 스물 남짓이었다. 부친이 일찍 돌아가신 연고로 집에는 노모만 있었다. 집안 형편은 그런대로 풍족하여, 일상의 자잘한 일들은 모두 하인들이 관장했다. 때문에 3형제는 입신양명을 위한 공부에 매진할 수 있었다. 이즈음 형제 셋 모두 동생(童生)이었으며, 아무도 진학(進學)[144]하지는 못했다. 하여 특별히 본성(本城)의 늠생(廩生)이자 소제(小題)[145]의 명수인 맹전의(孟傳義) 선생을 초빙하여 집 안에 글방을 설치하고, 선생에게 시험용 글쓰기 방법을 배워 소시(小試)를 대비한 준비를 했다.

하루는 맹전의가 틈이 생겨 찻집에서 소일하고 있다가 예전에 함께 배운 친구를 만났다. 한데 그가 얘기하기를, 지금 조정에서는 유신을 하기로 단단히 마음먹고, 시대에 뒤떨어진 낡은 틀을 혁파

---

144 과거 제도 가운데 부(府)·주(州)·현(縣)의 시험에 합격하여 관학에 들어가면 생원(生員)이 되는데, 이를 '진학'이라 하고, 또 '수재가 되었다'고도 한다.
145 과거 시험 용어. 사서(四書)의 문구를 출제 범위로 삼는 것을 '소제'라 하고, 오경(五經)을 범위로 삼는 것을 '대제(大題)'라고 한다.

하고자 동생들의 시험 규정을 모두 바꾸려 한다는 것이었다. 금일 본 학관의 선생이 학원(學院)으로부터 다음과 같은 공문을 받았다. '조정에서 어떤 이가 상소를 올렸는데, 그 내용이 각 성의 학신(學臣)들은 사인(士人)들을 효유(曉諭)하기를, 이후로는 해마다 두 번 시험을 볼 것이며, 겸하여 시무(時務)와 책론(策論)[146] 및 장고(掌故)[147]와 천산(天算)[148]·여지(輿地)[149] 등을 시험 볼 것이고, 시문(時文)만 전적으로 중시하는 것은 허락하지 않는다.' 맹전의는 팔고문의 명수로 시문을 제외한 여타 학문은 이제껏 배운 적이 없었다. 때문에 그런 명칭들도 알지 못했다. 이 말을 듣자 그는 한참을 멍하니 있다가 겨우 입을 뗐다.

"이건 내 밥그릇을 뺏자는 게 아닌가?"

그 말을 듣고 친구가 급히 그를 달랬다.

"지금 팔고를 완전히 폐기하자는 것은 아닐세. 경전이나 시부 이외에도 시무나 장고 등으로 시험을 볼 수 있다는 것에 불과하네. 자네, 투서하려 들지 말게. 그들은 결코 자네에게 강요하지는 않을 것이네."

맹전의가 말했다.

"그렇다면야 다행이지, 다행이야! 하지만 조정에서 기왕 이것을 중시한다면, 당연히 잡학을 아는 이들은 덕을 보고 우린 결국 뒤로 한발 물러나게 되겠군."

친구가 말했다.

"이 또한 반드시 그렇다고 할 순 없네! 대인께서도 반드시 다 안

---

146 옛날의 의론(議論)을 가져와 현재의 정치 문제를 다루거나 조정에 대책을 바치는 글.
147 역사적 인물이나 전장 제도 등에 관한 연구.
148 천문·역산(天文曆算).
149 지리.

다고 할 수는 없지."

맹전의가 말했다.

"그 사람이 알든 말든 상관없네. 다만 자네 이 말이 내 제자들의 귀에 들어가게 해서는 절대 안 되네. 저들은 아직 어리고 의지가 굳지 못해, 내 가정 교사 자리도 떨어질지 모르니 말이야."

친구는 그러마고 대답했다. 맹전의는 그와 헤어져 글방으로 돌아왔다. 다행히 세 제자는 아직 나이가 어리고 노부인의 가정 교육이 엄하여, 평소에는 집 밖으로 한 발짝도 나가지 못하게 한 터라 그 소식을 선생이 일러 주지 않으면 그들은 결코 알 수 없었다. 가까스로 다시 몇 개월을 그럭저럭 버텼다. 학원이 소주(蘇州)에 행차한다는 공문이 내려왔다. 3형제는 선생을 따라 성(省)으로 가서 시험에 응시했다. 숙소를 잡아 짐을 풀던 날은 거리를 거닐며 놀았다. 그러다가 시험장 밖에서 학대(學臺)[150]의 포고를 보고는 이상한 생각이 들어, 숙소로 돌아와 선생께 무엇을 '시무·장고·천산·여지'라 하는지 물었다. 상황이 이렇게 되자 맹전의는 그 낱말들을 얼버무리며 말했다.

"이것들은 모두 잡학이라 배우지 않는 것이 좋다. 입신양명하는 길은 이 팔고에 있느니라."

제자들은 그 말을 듣고 진실이라 믿어 더 이상 따지지 않았다. 하루가 지나자 학원은 다시 방을 내걸었다. 모일(某日)에 오강현(吳江縣)의 문동(文童)을 시험 보겠다는 것이었다. 맹전의는 선생 노릇에 심부름꾼 노릇까지 일인이역을 했다. 첫날, 세 제자를 위해 시험 보따리를 바삐 꾸려 제자들을 이끌고 시험장으로 들어가, 이름을 적고 시험지를 받은 뒤 거듭 규정을 확인했다. 아직 어두워

---

150 각 성의 교육을 관장하는 장관. 학원을 가리킴.

지기도 전에 먼저 제자들을 재우고, 자신은 밖에서 포(砲) 소리에 귀를 기울였다. 한밤중이 되자, 첫 대포 소리가 울렸다. 그는 서둘러 제자들을 깨워 밥을 먹이고 옷을 갈아입혔다. 시험장으로 달려가니, 학원 대인이 벌써 자리에 올라 시험을 시작하려 하고 있었다. 그는 급히 인사를 올리고, 세 제자가 시험장으로 들어가는 것을 보고서야 겨우 마음을 놓았다. 거처로 돌아오니 하늘은 어느새 훤히 밝았다. 그는 잠을 자고 싶은 생각이 없었다. 의관을 아직 벗지 않은 김에 골패 점을 쳤다. 향 한 대를 피우고, 공손히 절을 한 뒤 입으로 한참 동안 중얼중얼 주문을 외웠다. 그런 다음 탁자 위의 골패를 가져다 깨끗이 씻었다. 이어 일렬로 죽 늘어놓고 그중 몇 개를 하나씩 뒤집어 보았다. 이렇게 연거푸 세 번을 했다. 중하(中下)·중중(中中)·상상(上上)이 나왔다. 얼른 책을 뒤져 보니, 점괘에 이렇게 쓰여 있었다.

행원필자이(行遠必自邇, 멀리 가려면 반드시 가까운 곳에서 시작해야 하고)

등고필자비(登高必自卑, 높이 오르려면 반드시 낮은 곳에서 출발해야 한다)

영과무부진(盈科無不進, 가득하여 무성하니 나아가지 않음이 없으니)

누란부하위(累卵復何危, 알을 포갠들 무슨 위험이 있으랴)

점괘를 보고 맹전의는 매우 기뻐했다. 세 제자에게 분명 좋은 일이 생기리라 여긴 것이다. 만약 그들이 모두 진학하게 된다면, 장차 고향으로 돌아가 사례로 최소한 몇백 냥은 받을 수 있을 것이다. 그는 자리에 앉아 한껏 의기양양해하며 피곤한 줄도 몰랐다.

학원은 시험을 일찌감치 마쳤다. 정오가 막 지날 무렵, 벌써 원문 앞에선 '펑~ 펑~ 펑~' 하고 대포 세 방이 울렸다. 첫 시험이 끝난 줄 알고 맹전의가 급히 심부름꾼 아이를 시험장으로 보냈더니, 첫째와 둘째가 먼저 나왔다. 맹전의는 시험 제목이 뭐더냐고 물었다. 가자유(賈子猷)가 씩씩거리며 말했다.

"제목은 '등문공위세자사장(滕文公爲世子四章)'[151]이었습니다. 제가 태어난 이래, 이렇듯 긴 제목은 처음 봅니다. 어렴풋이 기억하기로 제가 가져간 책들 가운데 한 편이었던 것 같은데, 생각지도 못하게 감독관에게 뺏기고 말았습니다. 때문에 저는 화가 나서 되는대로 한 편을 쓰고 나와 버렸습니다."

다시 둘째 가평천(賈平泉)에게 물으니, 그가 말했다.

"출제 이후 학원이 공문을 내서, 시무로 입론(立論)하되 굳이 제예(制藝)[152]의 격식에 얽매일 필요가 없다고 했습니다. 도대체 시무가 무엇인지 알 수가 있어야지요. 사람을 골리려는 이런 재수 없는 학대(學臺)를 만났으니, 제 생각에도 진학하기는 그른 듯싶어 저 역시 되는대로 답안을 적었습니다."

그 말을 듣고도 맹전의는 아무 말이 없었다. 날이 어두워져 어느새 등불을 밝힐 때가 되어서야 셋째 가갈민(賈葛民)이 고개를 떨군 채 풀이 죽어 돌아왔다. 맹전의가 만족스럽게 썼느냐고 묻자 가갈민이 대답했다.

"오늘은 글발이 아주 좋았습니다. 허나 아쉽게도 다 쓸 틈도 없이 답안을 걷어 가고 말았습니다."

그 말에 맹전의는 대경실색하며, 어찌 썼느냐고 물었다. 가갈민이 말했다.

---

151 『맹자』 「등문공장구(滕文公章句)」를 가리킨다.
152 팔고문.

"제 생각에 긴 제목에는 반드시 장편의 의론을 써야 한다고 생각했습니다. 그래서 한 구절 한 구절 써 내려갔지요. 그런데 막 '조문하는 사람들이 크게 만족하게 생각하더라'(弔者大悅)[153]란 구절을 쓰려는데, 글자 수를 세어 보니 어느새 2천여 자가 넘었더군요. 다시 써 내려가려는데, 어느덧 날이 어두워져 촛불을 켤 수밖에 없었습니다. 그런데 뜻밖에 시험 답안을 거둬 가며, 저에게 더 쓰는 것을 허락하지 않고 시험장 밖으로 쫓아냈습니다."

이 말을 다 듣고 맹전의가 말했다.

"제예는 7백 자가 한계로, 더 길게 쓰는 것을 허락하지 않는단다. 그러나 네가 지금 비록 관례를 벗어났다 하지만, 내 지금 점을 쳐 보니 그래도 희망은 있겠구나."

세 제자가 급히 점괘가 무엇이었느냐고 물었다. 맹전의는 점괘의 시구를 읊으며 해석을 해 주었다.

"셋째 구의 '영과무부진'은 분명 너희 셋 중 어느 누구도 진학하지 못함이 없음을 가리킨단다. 막내의 문장이 비록 길기는 하다지만, 다행히 학대가 앞서 공고하기를 틀에 얽매이지 말라 하였으니, 혹여 너의 재기가 왕성한 것을 보고 진학시켜 줄지도 모를 일이다."

3형제는 반신반의하면서도 각자 휴식을 취하며 조용히 결과를 기다렸다.

한편 이 학원이란 분은 답안 채점이 신속하여, 이튿날 벌써 시험 결과가 발표되었다. 그러나 형제 셋의 이름은 어디에도 없었다. 그들은 일제히 거처로 돌아와, 학대(學臺)가 눈이 삐었다며 욕을 그치지 않았다. 맹전의가 말했다.

"다른 것은 다 그렇다고 치자. 하지만 내 골패 점은 이제껏 영험

---

153 『맹자』「등문공장구」에 나오는 글귀.

하기 그지없었는데, 어찌하여 이번에는 이렇듯 크게 어긋났단 말인가? 정말 이해할 수가 없구나!"

이에 가자유가 말했다.

"어째서 이해가 안 된단 말입니까? 이 점괘는 처음부터 낙방할 것이라고 설명하고 있는데, 제대로 보지 못한 게지요."

"점괘에는 분명 '무부진(無不進)'이라고 했다. 나는 '무부진'을 하나도 진학하지 않음이 없다고 해석했는데, 너는 어찌하여 '진학하지 않는다'고 해석하는 것이냐?"

"'영과(盈科)'는 이번 시험(科)의 한도가 이미 가득 찼다는 뜻이고, '무(無)'는 여분의 수량이 없다는 뜻이지요. 여분이 없는데 어찌 진학할 수 있겠습니까?"

"내가 잘못했다! 잘못했어! 내가 잘못 해석했구나! 올해는 다시 시험이 없으니, 내년 시험에는 분명 모두 진학할 게다."

3형제는 진학을 못한 탓에 맥이 풀려, 그와 더 이상 따지고 싶지도 않았다. 다시 하루가 지나 그들은 배를 타고 되돌아갔다. 맹전의는 학원을 배웅하고, 예전과 다름없이 가씨네 글방으로 돌아왔다. 3형제는 배운 것이 하나도 쓸모가 없었기에 선생을 다소 깔보았다. 나중에 진학한 이들이 돌아와 함께 만나 얘기를 나누다 그제야 시문(時文)은 이미 조정에서 중시하지 않는다는 것을 알게 되었다. 더불어 이후로는 시무·장고·천산·여지 등의 공부에 시간을 쏟아야 할 필요가 있다는 것을 알았다. 3형제는 그제야 학대가 발표한 포고문이 사람들을 격려하는 말이었으며, 틀린 게 하나도 없다는 것을 알았다. 이제는 맹씨의 잘못으로 올해 진학하지 못하게 된 것은 그리 중요하지 않았다. 그러나 맹씨는 옛것만 고집하고 변화란 모르니 이런 식으로 가다간 그 피해를 크게 받지 않을 수 없었다. 이에 3형제는 상의했다. 그들은 맹전의를 깔보는 뜻이 자못 있었다. 이에 기회를 보아 어머니께 다른 선생으로 바꿔 달라는 생각을 전했다. 노부인은 어쨌든 여인인지라, 자세한 내막은 모른 채 자신이 보기에 근무 태도가 좋고 또 아무 잘못도 없는 선생을 왜 바꾸려 하느냐고 말했다. 그리고 만약 바꾸려면 연말에나 바꾸라고 덧붙였다. 셋은 어쩔 수 없이 개인적으로 다른 이에게 소개를 부탁했다. 명성이 있는 발공(拔貢)[154] 선생을 좇아 학문을 배우고 싶었다.

발공의 성은 요(姚)씨요 이름은 문통(文通)으로, 장주현 사람이었다. 장주(長洲)는 성(省)의 수도이자 수현(首縣)으로, 오강(吳江)에 비해 시대적 풍조를 훨씬 앞서고 있었다. 그에 비해 가씨네는 시골에 있어 발끝에도 미치지 못했다. 이 요문통(姚文通)이란 사람은 발공이 되기 전에 이미 문명(文名)이 자자했다. 그는 나중에 상해에서 나온 신문을 보고, 상해에 구지서원(求志書院)이 있고 영파(寧波)에는 변지문회(辨志文會)가 있어 장학금이 많다는 것을 알았다. 시험을 쳐서 1년 동안 몇 번의 최우수를 받으면, 생활 보조금으로 쓸 수도 있으니 도움이 될 것이다. 이에 그는 다른 사람에게 부탁하여, 그중 한 곳의 문제집을 사 오게 하여 명목뿐인 응시를 했다. 이 두 곳에서 시험 보는 것은 전부 잡학이었는데, 무슨 시무며 장고·천산·여지 등 없는 것이 없었다. 그는 기억력이 탁월하고 관찰력도 빨라, 한번 읽은 책은 시간이 얼마나 지나든 잊는 법이 없었다.

그런 재능 덕분에 매번 시험 제목이 손에 들어오면, 여기저기서 글귀를 따다가 장편의 의론문을 지었다. 답안지 한 장에는 다 쓸 수가 없어, 늘 몇 쪽에 걸쳐 두 줄씩 써야 했다. 답안지를 본 이들

---

154 청대의 관리 등용 시험 제도. 12년마다 각 성(各省)에서 우수한 학생을 선발하여 중앙에 보내 조정의 시험을 거친 뒤 성적이 우수한 자는 관료로 임명되었음.

은 그의 재능에 탄복하여 어느 누구도 감히 그를 경시하지 못했다. 매번 답안을 제출할 때면 열 번 가운데 아홉 번은 최우수였다. 이렇게 한두 해가 지나자 그의 문명은 갈수록 널리 퍼졌고, 그에게 배우려는 사람 또한 갈수록 많아졌다. 때맞추어 그가 품평한 문장이나 책론을 고친 사람들 중 몇 명이 매년 두 번의 시험에서 항상 진학을 하였고, 그중에는 향시(鄉試)에 급제하여 거인(擧人)이 된 이도 여럿 있었다. 이에 대갓집에서는 서로 자기 자제들을 그의 문하에 두려고 했다. 가씨 3형제도 그의 명성을 흠모해 왔다. 그러나 요 발공(姚拔貢)은 이제껏 성성(省城)의 자기 집에 문호를 열어 제자들을 받아들였을 뿐, 다른 이의 집에 가서 글방을 차리려 하지는 않았다. 때문에 가씨 3형제는 그와 서찰만 주고받았다. 직접 얼굴을 맞대고 가르침을 받는 것에 비하면 한참 차이가 날 것은 당연했다.

가씨 3형제는 요 발공의 이름을 접한 뒤로는 맹 선생을 쳐다보지도 않았다. 시험을 보아도 답안을 제출하지 않고, 의문 나는 점이 있어도 가르침을 청하지 않았다. 맹 선생은 스스로 부끄러워 연말이 되기 전에 먼저 가정 교사를 그만두었다. 그러면서 3형제에게 말했다.

"너희 셋은 재기가 넘쳐 내가 묶어 두기에는 역량이 모자라는구나. 다른 고명한 이를 청하느니만 못하리라!"

그리고 이어 말했다.

"너희 셋은 비록 재능은 뛰어나지만, 재기를 거두고 법도를 잘 지켜야 할 것이다. 장차 수습할 수 없는 지경까지 가선 안 될 것이야. 그때 가서 내 말을 떠올린들 너무 늦은 게 아닐는지 모르겠구나."

그 말을 듣고도 3형제는 전혀 개의치 않고 관례대로 그를 배웅했다. 이에 대해서는 더 이상 언급하지 않겠다.

한편 그해 겨울, 3형제는 때때로 요 발공에게 편지를 보내, 언제 시간이 나는지, 시간이 나면 마을로 와서 얼마간 머물며 직접 얼굴을 맞대고 가르침을 주실 수는 없는지를 청했다. 요 발공이 답신을 보냈다.

　'올해는 시간이 없고, 내년 정월에 큰아이를 상해학당(上海學堂)에 보내 서양 글을 공부하게 하련다. 그때 만약 세 현제(賢弟)께서 흥미가 있다면 배를 사서 성(省)으로 와 함께 상해 나들이를 함이 어떠한가?'

　가씨 3형제는 편지를 받고 가슴이 쿵쾅거렸다. 요 발공은 편지에서, 민지(民智)를 개발하려면 모든 것이 신문을 보는 데 있다고 항상 말해 왔다. 그러면서 또 상해에서 발간한 무슨 일보(日報)며 순보(旬報)·월보(月報) 등을 함께 보내왔다. 3형제는 이제껏 본 적이 없던 것을 보면서 바깥 사정을 알게 되었고, 또 이를 보며 소일하느라 아침부터 밤까지 족히 두세 시간은 신문을 보는 데 썼다. 신문 보는 일은 심심풀이 책을 보는 것보다 훨씬 더 재미있었다. 그러니 경서(經書)나 사서(史書)는 더 말할 것도 없었다.

　가씨네는 대대로 대문을 닫아걸고 외부와 단절된 삶을 살아왔다. 3형제의 부친이 돌아가신 뒤로 노부인은 그들을 더욱 엄격하게 가르치고 관리했다. 하여 친척이나 벗의 경조사에 왕래하는 것 외에는 거리나 읍내에조차 가 본 적이 없었다. 그 집엔 비록 돈이 많았으나 줄곧 시골에만 살고 있었으므로, 입는 것이며 먹는 것 등이 다른 이들에 비해 소박하기 그지없었다. 3형제는 평소 남색 베옷에 검은색 마고자를 입었다. 설날이나 무슨 특별한 날에는 털옷을 입었는데, 그것이 곧 나들이옷인 셈이었다. 그러니 능라 비단옷은 이제껏 몸에 걸쳐 본 적이 없었다. 대청에 내건 등불도 유등(油燈)이었다. 그런데 뜻밖에 신문을 본 뒤로 바깥 사정을 조금 알게 되었다. 게다가 상해에서 출판된 서적들을 충분히 읽은 덕에 식견이 뚫리고 생각도 많이 발전했다. 개인 돈으로 다른 이에게 부탁하여, 성(省)에 있는 양화점(洋貨店)에서 양등(洋燈)을 사 오게 했다. 양등은 기름에 불을 붙이는 것으로, 불빛이 유등에 비해 몇 배는 더 밝았다. 3형제가 불을 밝히고 책을 보니 백주대낮과 다름없는지라 기쁘기 한량없었다. 가자유가 손뼉을 치고 발을 구르며 말했다.

"내 이제껏 책에서 외국의 문명을 줄창 말하기에 왜 그런지를 알지 못했다. 그런데 이제 보니 이 양등이야말로 불빛이 반짝반짝하는 것이 바로 외국 문명의 증거가 아니더냐. 신문에서 하는 말을 보니, 상해라는 곳에는 무슨 자래화(自來火)[155]라느니 전기등(電氣燈) 같은 것들이 있다던데, 그 불빛은 양초에 비해 몇십 배는 된다더군. 그러니 이 양초에 비해 얼마나 더 빛날는지 또 모르지? 안타깝게도 우리는 이렇듯 외진 곳에 태어나 우물 안 개구리처럼 아무것도 모른 채 지내 왔는데, 언제 한번 상해를 돌아다니며 두루 구경해 보지 못한다면 한평생이 너무 억울하지 않겠느냐?"

3형제는 이때부터 이전보다 신문을 보는 데 더 유의했다. 무릇 신문을 통해 외국에서 새로 들어온 물건이 있다는 것을 알면, 쓰임새가 있든 없든 상관없이 누군가에게 부탁하여 사 와서는 방안에 쌓아 두었다. 형제는 저희들끼리 칭송하며, 자신들이 아주 개명하여 문명화된 양 여겼다. 그러나 어떤 물건들은 쓰임새를 몰라 쓸모없는 헛것이 되고 말았다.

그러던 어느 날, 함께 상해로 가자는 요 선생의 답신을 받았다. 그 기쁨은 보통이 아니어서 당장 안방으로 달려가 노부인께 알리

---

155 가스등.

며 덧붙이기를, '요 선생께서 편지를 보내 특별히 우리 세 형제를 초청하여 내년 정월에 상해로 가자 하니, 학문과 식견을 늘리는 것이 아님이 없다. 이에 어머님께 허락을 청하러 왔으니, 허락해 주시기 바란다'고 했다. 그러면서 한편으로는 내년 정월 성(省)에서 만나 동행하자고 선생께 답신을 써야 하고, 또 한편으로는 설날이 지나면 바로 떠날 수 있도록 행장을 꾸려야 한다고 했다. 그 말을 듣고 노부인은 한참 동안 말이 없었다. 3형제는 더 이상 참지 못하고 너 한마디 나 한마디씩 마구 떠들어 댔다. 상해를 구경하고픈 마음이 매우 단단했던 것이다. 이에 노부인이 크게 탄식하며 말했다.

"상해는 그리 좋은 곳이 못 된다. 내 비록 가 보지는 않았다만, 나이 든 분들 얘기를 들어 보면 젊은 자제들이 상해에 한번 가면 공부가 무너지지 않은 이가 없다더구나. 게다가 거기엔 뻔뻔한 여자들도 많아서, 돈을 쓰게 하는 것도 모자라 사기를 친다는구나. 너희들은 집에서도 열심히 공부할 수 있는데, 무엇하러 반드시 상해에 가겠다는 것이냐?"

가자유가 말했다.

"요 선생이 동행하시니 문제 될 것이 없습니다."

노부인이 말했다.

"요 선생 혼자 어찌 그 많은 사람을 관리할 수 있단 말이냐? 게다가 그 사람도 자기 자식이 있으니, 너희들은 필경 그와 사이가 소원해질 터. 그 사람도 너희들을 어찌 관리해야 할지 불편할 게다. 너희들의 성질로 말미암아 혹여 소란이라도 피운다면 놀림감이 되지 않겠느냐! 너희들은 그 마음을 거두어라! 반드시 상해로 가야겠다면, 내가 눈을 감고 숨이 끊어졌을 때 가도 늦지 않을 것이다. 내가 살아 있는 동안에는 결코 너희들 마음대로 소란을 피울 수 없을 것이다."

3형제는 노부인이 상해행을 허락하지 않겠다고 딱 잘라 말하자 더 이상 거스를 수가 없었다. 이 일은 나중에 다시 대책을 마련하기로 하고, 울적한 마음으로 글방으로 돌아갈 수밖에 없었다.

일의 자초지종을 알고 싶으면 다음 회를 듣고 알아보기 바란다.

제15회

어머님의 가르침을 거슬러 고향을 떠나
큰 뜻을 품고 먼 곳으로 용감하게 나아가다

각설하고, 가자유 3형제는 새해 정월에 상해로 함께 가자는 요 선생의 편지를 받고 더없이 기뻤다. 그런데 누가 알았으랴, 어머니께 말씀을 드렸더니 결코 허락하지 않았다. 3형제 또한 어쩔 수 없어, 울적하니 글방으로 돌아와 조용히 기다리며 설이 지나면 그때 다시 도모하기로 했다.

시간은 쏜살같아 눈 깜짝할 사이에 새해 초닷새가 지났다. 3형제는 언제 움직일 거냐고 묻는 요 선생의 편지를 또 받았다. 3형제는 마침내 글방에서 계책을 도모했다. 가자유가 먼저 입을 열었다.

"우리가 허구한 날 시골에 처박혀 있으니, 우물 안 개구리처럼 바깥일은 하나도 알 수가 없어. 다행히 요 선생께서 신서(新書)와 신문을 보도록 이끌어 주셔서, 식견이 적잖이 늘게 되었다. 그러나 백문이 불여일견이라. 귀로 듣는 것은 가짜요 눈으로 보는 것만이 진짜라 할 수 있지. 이제 겨우 요 선생이 우릴 데리고 상해로 가서 세상의 다양한 면모를 볼 수 있는 기회가 생겼는데, 뜻밖에 어머니께서 허락하지 않으시니 정말 답답해 미칠 지경이다."

가평천이 말했다.

"어머니께서 허락하지 않으시면 우리 몰래 갑시다. 가짜 편지를 써서 내년 정월 학대께서 소주에 행차하신다고 말씀드립시다. 우린 시험을 핑계 삼아 어머니를 속이고, 상해로 가서 한 스무 날쯤 놀다 오면 되지 않겠소. 게다가 시험을 치르려면 시험비도 있어야 할 터, 집안 돈을 쓸 수도 있을 게요. 이런 방법을 쓰면, 여비도 마련되니 일거양득 아니겠소?"

그러자 가갈민이 말했다.

"좋기는 합니다만, 작년 시험에는 맹씨가 함께 갔기에 어머니가 마음을 놓으셨지요. 그런데 지금은 맹씨가 없으니, 우리 셋만 가겠다면 어머니는 분명 마음을 놓지 못하실 겁니다. 그래서 반드시 사람을 붙여 소주까지 가게 할 겁니다. 함께 갔다가 함께 오면서 아침부터 저녁까지 감시할 것이니, 우린 마음대로 할 수도 없을 게요. 게다가 학원께서 행차하신다면 다른 집에서도 시험 치러 간다고 움직여야 할 터인데, 우리 셋만 움직이고 다른 친척들 가운데 가는 이가 하나도 없으면, 결국 거짓말은 드러나고 말 게요. 내 보기에 이 방법은 절대로 안 되오."

가자유는 이리저리 생각해 보았지만 뾰족한 방법이 떠오르지 않자 갑자기 화를 벌컥 내며 말했다.

"내게 두 발이 있어 가고 싶으면 가고 멈추고 싶으면 멈추는 게지. 내가 세 살 먹은 아이도 아닌데, 누가 날 이래라저래라 할 수 있단 말인가? 어머니가 허락하지 않으시니, 다시 가서 부탁드리는 것도 쓸모없을 터. 우리 몰래 가자. 내일 배를 불러 바로 떠나자. 우리가 이번에 집을 나서는 것은 식견을 늘리고 학문에도 도움이 되는 일이니 그리 황당한 일도 아니지 않느냐. 돌아와 어머니를 뵈면, 꾸중 한바탕 듣는 것 말고 무슨 큰일이야 있겠느냐? 그러나 이번에 길을 나서자면 셋이서 물건도 사야 하고 여비도 있어야 하니, 최소한 몇백 냥은 있어야 할 터. 여분의 돈도 어림짐작으로 계산해 두어야 할 거야. 그런데 이 돈을 어디서 구하지?"

가평천이 말했다.

"내 생각에 돈은 크게 걱정할 것 없습니다. 어머니가 돌아가시면 남은 재산은 모두 우리 세 형제 몫이죠. 지금 우리에게 이런 정당한 용도가 있으니, 아마 집사도 쓰지 못하도록 돈을 숨겨 두지는 못할 것입니다. 잠시 동안 어머니를 속일 수만 있다면, 아무 말도 못하게 일러 두었다가 우리가 떠난 뒤 어머니가 알게 하면 되겠지요. 장차 돌아와 돈의 용처를 말씀드릴 때, 우리가 도박을 하거나 오입질을 해서 쓴 게 아닌 이상 모두 꺼내 보이면 될 것이고요."

이번에는 가갈민이 나섰다.

"형님들의 말씀은 설왕설래하시는데, 내 보기에는 한마디도 쓸만한 게 없습니다. 지금의 상황을 보면, 크게 바뀌지 않고는 안 됩니다. 예컨대 시험으로 비유하자면, 조정에서는 본래 시부를 시험보았는데 어찌하여 지금은 시무나 책론으로 바꿨습니까? 이로 미루어 보건대, 현재의 일은 크게는 한 나라, 작게는 한 가정에서도 좋은 방법이 있기만 하다면 전부 바꿀 수 있는 것입니다. 내 말 가운데 틀린 말이 있습니까? 만약 내가 큰형이라면, 직접 주도하여 어머니의 허락도 필요 없이 당장 두 동생과 함께 배에 올라 상해로 갈 것입니다. 누가 우릴 간섭할 수 있단 말입니까?"

그 말이 끝나자 가자유가 벌떡 일어나며 말했다.

"내 어찌 그런 생각을 못했을까? 우리 3형제가 함께 작정하기만 하면 무슨 일인들 못할까? 여비만 마련된다면, 안 가겠다는 놈을 혼내 줄 테다."

가평천이 말했다.

"돈은 원래 쓰라고 주어진 것입니다. 내가 우리 가씨 집안 돈을 쓰겠다는데, 누가 막을 수 있단 말이오? 남의 돈을 빼앗는 것이 아니라면 내 맘대로 쓸 수 있는 게지요."

이에 가갈민이 또다시 말했다.

"작은형의 말이 틀리진 않습니다. 그러나 내 생각엔 어떤 일을 하는 데 돈이 모자라면 다른 이에게 빌려 쓰는 것도 무방할 것입니다. 하려는 일이 끝나고, 나중에 돈이 생겼을 때 갚으면 되지요."

첫째와 둘째는 그 말이 일리가 있다 여기고, 당장 용기백배하여 즉시 글방에 시중드는 아이에게 배를 불러오라 시켰다. 그러고는 집사에게 가, 곳간에서 몇백 냥만 쓰게 내줄 수 없겠느냐고 상의했다. 집사는 마음대로 할 수도 없고 또 그렇다고 감히 작은 주인에게 죄를 지을 수도 없어, 어디 쓰실 거냐고 황급히 물었다. 시골에서의 씀씀이란 그리 크지 않아서, 돈이 있다 해도 마음대로 몇백 냥이나 되는 돈을 가져갈 수는 없었다. 그는 노부인에게 보고하려 하였으나 3형제는 절대 안 된다며 말렸다. 그러자 집사의 의심은 더욱 커졌다. 3형제는 돈을 구하지도 못하고 또 달리 방법도 없어 다른 대책을 세울 수밖에 없었다.

배를 부르러 간 심부름꾼 아이는 나이가 어렸던지라, 작은 주인이 상해로 구경 가는 데 자신을 데려간다는 말을 듣고 더없이 신이 났다. 시골 부자들은 집집마다 배가 있어, 뱃사공을 부르기만 하면 그 즉시 몸을 움직일 수 있었다. 3형제는 곳간에서 자신들이 빼 쓸 돈이 없다는 것을 알았다. 게다가 어머니가 알 것이 두려워 함부로 떠벌릴 수도 없었다. 이에 각자 자신이 저축한 돈을 긁어모아 당분간 운신하기로 하고, 나중에 소주에 닿으면, 요 선생을 만나 그에게 방법을 부탁해 보기로 했다. 순식간에 모든 준비가 갖추어졌다.

밤이 되어 노부인이 잠들자 3형제는 귀신도 모르게 심부름꾼 아이를 데리고 조용히 후문을 열고 배에 올랐다. 때마침 그날 밤엔 순풍이 불었다. 뱃사공은 갑판에 올라 노를 젓고 돛을 폈다. 3형제는 선창에서 담소를 나누다 잠이 들었다. 귓가로 살랑이는 바람 소리, 찰박이는 물결 소리가 들려왔다. 그들은 저도 모르게 깊은 잠에 빠졌다. 날이 밝자 배는 어느새 수십 리를 달려 큰 강에 들어서 있었다. 사공의 말을 들으니, 점심때쯤이면 소주에 당도할 수 있다고 했다. 그 말을 듣고 3형제는 매우 들떠, 서둘러 옷을 걸치고 일어나 뱃머리로 나가 구경했다. 심부름꾼 아이는 주인들이 뱃머리에 선 것을 보고, 저도 어쩔 수 없이 엉금엉금 기어 일어나 요와 이불을 정리하고 세숫물을 대령했다. 3형제는 선실로 돌아와 세수를 했다.

　모든 일이 끝났을 때 마침 작은 읍에 도착했다. 사공은 배를 정박시키고 뭍으로 올라 음식거리를 샀다. 3형제도 따라 뭍에 올라 구경했다. 거리에 울타리가 쳐진 시장 입구에 이르니, 외국 모자를 쓰고 외국 옷을 걸친 외국인이 손에 책을 한 묶음 든 사람을 데리고 가는 것이 보였다. 이 외국인은 한 권 한 권 가져다 길 가는 이들에게 보여 주며, 입으로는 중국 말을 외쳤다.

　"선생! 이 책은 정말 좋은 책입니다. 가지고 돌아가 읽어 보시면, 모두들 부자가 될 것입니다."

　그리 말하고 있는 사이에 가씨 3형제가 그곳을 지나게 되었다. 외국인은 셋이 품위 있는 것을 보고 지식인 부류인 줄을 알아 말을 바꾸어 말했다.

　"세 분 선생! 이 책을 가지고 가서 읽어 보시면, 장차 반드시 장원 급제 하실 것입니다."

　3형제는 처음으로 집을 떠났기에, 바깥세상 길에서 보는 모든 일들이 이제껏 본 적이 없는 것들이었던지라, 이 말을 듣고 매우 신기했다. 그의 덕담을 듣고 보니 기분이 좋아 일제히 손을 뻗어 책을 받아 들었다. 거리를 구경하고 배로 돌아와 책을 꺼내 읽어 보니, 선행을 권하는 내용들뿐이었다. 책을 읽고 나니, 아는 것도 있고 모르는 것도 있어 한쪽에 제쳐 두었다. 어느새 뱃사공이 음식을 사 왔다. 그러고는 다시 돛을 펼쳤다. 바람은 순조로워서 점심 무렵에는 소주에 당도했다. 셋은 서둘러 밥을 먹고 뭍에 올랐다.

해마다 작은 시험을 치르느라 소주에는 몇 번 와 본 적이 있었다. 길도 그리 낯설지 않았다. 요 선생은 송선주항(宋仙洲巷)에 살고 있었다. 3형제는 거리 풍경을 구경하느라, 성안으로 들어가는 내내 힘든 줄 몰랐다. 물어물어 요 선생 댁에 당도하여 심부름꾼 아이가 수업 초청장을 문지기 노인에게 건넸다. 3형제는 노인을 따라 집으로 들어갔다. 그때 요 선생은 신년 방학을 맞아 아들과 함께 설날 제사를 지내고 남은 음식을 먹고 있었다. 그는 명첩(名帖)을 보자마자 작년에 새로 거둬들인 오강현(吳江縣)의 세 학생임을 알아보고 급히 밥상을 물렸다. 젓가락도 내려놓기 전에 3형제가 벌써 객당(客堂)으로 들어서고 있었다. 처음 만난 자리인 터라 서로 관례에 따라 인사를 나누었다. 요 선생은 답례하기 바빴다. 사제지간에 상견례를 마친 후, 요 선생은 또 아들을 오라 하여 그 자리에서 세 분 세형(世兄)[156]에게 일일이 인사를 시켰다. 그런 다음 3형제에게 자리를 권하고 담소를 나누었다. 문지기 노인이 먹다 남은 음식을 거두어 갔다. 잠시 뒤 그는 다시 찻잔 셋을 가져와 차를 따랐다. 요 선생은 차를 권하며 학문을 논하는 한담을 몇 마디 나눴다. 세 제자가 자못 영특하여 요 선생은 매우 기뻤다. 그

---

156 교분이 있는 집안의 같은 세대 아랫사람에 대한 경칭 또는 스승의 아들이나 아버지의 제자에 대한 호칭.

자리에서 그들 셋에게 성으로 짐을 옮겨 며칠 머물다 함께 상해로 떠나자고 했다. 3형제는 선생 곁에 있으면 여러모로 불편할까 싶어 배에서 지내겠다며 극력 사양했다.

가씨 3형제가 소주에 도착한 날은 정월 초아흐레였다. 요 선생은 그들이 배에서 기다리는 것 때문에 시간을 지체하기가 껄끄러웠다. 그는 부인과 상의하여, 아들에게 초열흘에 성 밖으로 나가 세 분 세형과 하루 놀다 오라고 시켰다. 그들은 원묘관(元妙觀)에서 차를 마시고, 또 부근의 작은 식당에서 몇 가지 요리를 시켜 먹었다. 서양 돈으로 1원 30전어치를 먹었는데, 3형제는 충분히 배가 불렀다. 이날 하루 종일 놀다가 저녁이 되어서야 성 밖으로 나섰다. 요 선생은 11일에 작은 증기선을 타고 상해로 가기로 날을 잡았다. 그는 세 제자에게 알려 그날 성 밖에서 만나기로 약속했다. 떠나는 날 밥을 먹고 부자 두 사람은 성을 나섰다. 문지기 노인은 침구와 그물 덮개 바구니를 짊어지고 뒤를 따랐다. 대동공사(大同公司) 부두에 이르러 찻집에서 가씨 3형제를 만났다. 뜨거운 차 한 잔을 마시고, 요 선생이 직접 매표소로 가서 객실 표 다섯 장과 연봉 표(煙篷票)[157] 한 장을 끊었다. 그러고는 또 언덕 위에서 절인 오리며 장육(醬肉)·다식(茶食)·양초 따위를 사서 찻집으로 가져왔다. 배에 짐을 실은 뒤, 문지기 노인을 돌려보냈다. 가씨 3형제 또한 자신이 타고 온 배를 소주에서 기다리도록 지시했다. 모든 준비를 마쳤을 때, 시간은 4시가 넘었다. 작은 증기선은 '뚜~ 뚜~ 뚜~' 하고 세 번 고동을 울렸다. 선장이 대동공사의 배를 증기선 가까이 대더니, 밧줄로 묶고 다시 한 번 고동을 울렸다. 작은 증기선의 고동이 연기처럼 바람을 타고 멀리멀리 날아갔다. 이때

---

[157] 연봉은 작은 증기선의 객실 위를 가리킨다. 여기는 의자가 없어 눕거나 양반다리를 하고 앉아야 하며, 가격이 비교적 저렴하다.

가 되자 3형제는 덩실덩실 춤을 추며 신이 나서 어쩔 줄 몰랐다.

얼마 지나지 않아 배는 양관(洋關)[158] 부두에 이르렀다. 둘러보니 서양인 하나가 한 손에는 장부를 들고 다른 한 손에는 연필을 잡은 채, 천자수(扦子手)[159] 몇 명을 데리고 배에 올라 승객들의 짐을 점검했다. 수상쩍거나 중량을 초과한 짐이 보이면 당사자에게 열어 검사를 받게 했다. 만약 당사자가 조금이라도 꾸물거리면 서양인이 직접 손을 써서 끈으로 묶인 것들을 칼로 잘라 버렸다. 한참을 뒤져 보다 금지품이 없었던지, 서양인은 천자수를 데리고 뱃머리로 가서 다시 갑판 위를 검사했다. 갑판 위에 있던 사람들이 말했다.

"양관에서의 검사는 정말 철저하군!"

그러나 서양인이 칼로 끈을 잘라 버린 상자의 주인은 외국인을 욕하기에 여념이 없었다. 이를 보고 요 선생이 탄식하며 말했다.

"나라에서 세금을 주재(主宰)하지 못하면 이런 병폐는 결코 없어지지 않으리라!"

그러자 곁에 있던 사람이 거들고 나섰다.

"예전엔 이연국(釐捐局)에서 행상들을 못살게 굴어, 행상들이 골머리를 앓았다고 하더군요. 그렇지만 친족의 배를 만나 사정을 이야기하면 그 자리에서 통행을 허가해 주고 별다른 말도 없었다면서요. 그러나 지금은 외국인을 쓰고 있는데, 관가의 권속이거나 여자거나 아이거나 할 것 없이 반드시 하나하나 조사하고 곳곳을 다 살펴본답니다. 정말 냉혹하고 인정은 눈곱만치도 없지요. 게다가 그를 따라온 이들은 중국인들인데, 저놈들은 호가호위(狐假虎

---

158 아편 전쟁 이후 청 정부가 통상 항구에 설립한 해관(海關). 이후 여러 열강이 통제하게 되었다.
159 옛날 해관의 검사원이 배에 올라 검사할 때, 손에 쇠꼬챙이 하나씩 들고 의심나는 짐이 보이면 쇠꼬챙이로 쑤셔 확인했기 때문에, 검사원을 천자수라고 한다.

威)하며 유언비어를 퍼뜨려 사건을 일으키곤 한답니다. 뭐라고 대꾸라도 할라치면, 짐 꾸러미를 죄다 뒤적여 꼴이 말이 아니게 됩니다. 방금 전 그 친구는 듣자 하니, 상해로 가서 큰 증기선으로 갈아타고 천진(天津)으로 갔다가, 다시 기차를 타고 산서(山西)로 갈 계획이었나 봅니다. 하여 상자를 밧줄로 꽁꽁 묶었던 게지요. 그런데 어찌 알았겠습니까, 부두를 떠나자마자 바로 양인(洋人)이 저렇게 헝클어 놓았으니. 당신인들 원망하지 않겠습니까?"

가씨 3형제는 이 말을 듣고 그제야 비로소 집 떠난 이들의 고초를 알게 되었다. 가자유는 근자에 신문을 보는 데 더없이 유의했다.

'국고가 텅 비어 배상하기 어려웠다. 이에 어떤 이가 외국인에게 은자 수천만 냥을 빌리고, 대신 중국의 세금을 저당 잡히는 것이 어떠냐고 건의했다. 그러나 이 때문에 세금 징수 권리가 양인들의 손에 돌아가 중국인을 검사하기 시작하면, 그땐 백성들의 삶이 더 이상 여유롭지 못하게 될 것이다. 그런 가시밭길엔 다닐 수 있는 길이 없는 법! 예전 이백(李白)이 지은 「행로난(行路難)」[160]이란 시가 있는데, 지금이 바로 그 꼴이로구나.'

한참을 생각하고 있는데, 선상에서 어느새 배식이 시작되었다. 채소 요리 한 그릇씩만 제공되었다. 요 선생이 소주를 떠날 때 사 온 절인 오리와 장육을 꺼내 세 제자에게 권했다. 가씨네서 데려 온 심부름꾼 아이는 식사한다는 말을 듣자 연봉(煙篷)에서 기어 내려와 주인의 시중을 들었다. 식사가 끝나자 사람들은 저마다 이 불을 펴고 잠자리에 들었다. 객실에는 수백 명이 있었지만, 불빛 아래서 아편을 먹는 몇몇과 옆자리에 누운 사람과 장광설을 늘어놓는 몇몇을 제외한 나머지는 벌써 꿈속을 헤매고 있었다. 코 고

는 소리가 진동했다. 이때가 되자 요씨 부자와 가씨 형제도 잠자리에 들 수밖에 없었다. 요씨 부자는 채 일각(一刻)도 되지 않아 잠이 들었다. 가씨 3형제는 비록 오랫동안 시골에서 살았다지만, 이제껏 응석받이로 자랐으니 어찌 한평생 이런 고통을 겪어 본 적이 있었겠는가? 하지만 지금의 죄업은 자신이 초래한 것인지라 다른 이를 탓할 수도 없었다. 그들은 얼기설기 얽은 침대에 누워 엎치락뒤치락하며 편히 잠들지 못했다. 귓가에선 바람 소리와 물소리와 승객들의 말소리, 뱃전에 부딪히는 물결 부서지는 소리만 들려왔다.

얼마나 지났을까, 멀리서 '뚜웅~ 뚜웅~' 하는 고동 소리가 들려왔다. 누군가 상해의 작은 증기선이 왔다고 했다. 가평천과 가갈민은 아직 어렸던지라, 자리에서 벌떡 일어나 문을 열고 밖을 내다보았다. 그런데 바깥은 북풍이 크게 불어 얼마나 춥던지 얼른 다시 안으로 들어왔다. 그사이 작은 배는 어느새 가까이 다가왔다. 이곳은 강폭이 넓어 파도가 크게 일었다. 그러나 다행히 그들이 탄 큰 배는 아주 빨리 달려 미동을 전혀 느낄 수 없었다.

초봄의 밤은 길어, 이제 겨우 날이 밝았다. 함께 배를 탄 이들은 어느새 모두 일어나 세수하고 이불을 갰다. 가자유가 둘러보니, 어젯밤 아편을 먹은 몇몇은 아직 이불을 뒤집어쓴 채 누워 있었다. 요씨 부자도 벌써 일어나 양치질하고 세수했다. 그리고 어제 사 온 다식(茶食)을 바구니에서 꺼내 함께 먹었다. 그런 다음 짐을 정리하여 내릴 준비를 마쳤다. 나이가 가장 어린 가갈민이 불쑥 나서며, 상해에 도착하려면 얼마나 더 가야 하느냐고 물었다. 누군가 말했다.

"저 앞이 대왕묘(大王廟)이니 벌써 신설된 갑문(閘門)에는 이르렀고, 다시 쓰레기 다리 하나를 더 지나면 부두에서 그리 멀지 않을 게요.”

작은 증기선은 매우 빨랐다. 눈 깜짝할 새 다리 두서너 개를 지났다. 많은 소형 배들이 큰 배 곁에 묶여 있었다. 20~30명이 몰려들었는데 저마다 붉은 종이에 새긴 광고지를 들고 있었다. 어떤 이는 장춘잔(長春棧)이라 외치고, 어떤 이는 전안잔(全安棧)이라고 외쳐 댔다. 모두들 앞다투어 손님을 선점하려는 것이었다. 요 선생은 바깥나들이를 해 본 경험이 있었던지라, 모두에게 저들을 상대하지 말라고 일렀다. 마지막으로 늙은 접객원 하나가 손에 춘신복(春申福)이라는 광고지를 들고 있었다. 요 선생은 그를 알아보고 짐을 그에게 넘기며 객잔으로 옮겨 두라고 시켰다. 배는 벌써 부두에 닿았다. 접객원이 인력거 몇 대를 불러 배로 가서 짐을 가져오라 시켰다. 가씨 형제가 그를 도와주려 하자 늙은 접객원이 말했다.

“여러분은 인력거를 타고 뭍으로 오르시고, 짐은 저에게 주십시오. 하나도 모자람이 없을 것입니다.”

요 선생 또한 그들에게 참견하지 말라고 했다. 주인과 하인 모두 여섯은 함께 뭍으로 올라, 여섯 대의 인력거를 타고 곧장 삼마로(三馬路)에 있는 춘신복잔방(春申福棧房)으로 갔다.

자초지종을 알고 싶으면 다음 회를 듣고 알아보기 바란다.

제16회

요부와 곱상한 사내, 혼인의 자유
밀짚모자에 가죽 구두, 이상한 차림새

　각설하고, 가씨 3형제는 요 선생을 따라 부두에 오른 뒤 여섯 대의 인력거를 나눠 타고 곧장 삼마로(三馬路) 서정신항(西鼎新衖) 들머리까지 갔다. 그리고 인력거에서 내려 비용을 지불한 뒤, 춘신 복잔방(春申福棧房)으로 들어갔다. 지배인이 접대하며 응접실에서 잠시 기다리라고 했다. 곧이어 접객원이 짐을 가지고 왔다. 곧 차방(茶房)이 3호와 4호 방을 열어, 그들 여섯이 짐을 정리하도록 해주었다. 모든 정리가 끝났는데도 날은 아직 일렀다. 요 선생은 아들과 제자를 데리고 삼마로를 걸어 곧장 서쪽으로 갔다. 돌길을 따라 모퉁이를 돌아 남쪽으로 대관루(大觀樓)에 이르렀다. 그곳이 찻집인 것을 알고 그들은 성큼성큼 2층으로 올랐다. 마침 그때는 아침 차를 마시는 사람들이 많지 않아, 사제 다섯은 창가의 탁자를 찾아 앉았다. 사환이 차 세 잔을 타 왔다. 요 선생은 두 잔만 마시겠다고 했다. 그러자 사환은 다섯 명이면 세 잔이 필요할 거라고 우겼다. 요 선생은 사환을 설득하지 못하여 그냥 내려놓으라고 할 수밖에 없었다. 점심을 먹기에는 아직 이른 터라 요 선생은 아들을 시켜 참깨 떡 다섯 개를 사 오라 하여 허기를 채웠다. 가씨 형제도 가진 용돈이 있었다. 그들은 들어올 때 일찌감치 아래층에서 만두와 소매(燒賣)[161] 파는 것을 보아 두었다. 가갈민이 사 가지고 와 서로 배불리 먹었다. 요기를 마치자 차를 마시며 한담을 나누었다. 요 선생이 넷에게 말했다.

"너희 네 사람은 모두 이장(夷場)[162]엔 처음 왔으니, 여기 풍경도 조금 알아 두어야 할 것이다. 내게 계획이 있다. 낮에는 친구를 만나거나 책을 사고, 또 학당이며 서원·출판사 등을 매일 한 곳씩 둘러보며 식견을 늘리는 것도 좋을 게다. 저녁에는 책을 읽거나 연극을 보거나 야식을 먹자꾸나. 토요일엔 마차를 타고 장원(張園)으로 놀러 가자. 취풍원(聚豊園) 같은 큰 식당은 이름만 그럴싸하지 사실 음식은 그저 그렇단다. 그 외에도 놀 만한 곳이 있긴 하나, 너희처럼 어린 사람들이 갈 수 있는 곳은 아니니, 나도 너희들을 데리고 갈 수 없겠구나."

가씨 3형제와 아들은 이 말을 듣고 흥미진진해했다. 한참 얘기를 나누는데 신문팔이가 손에 신문을 한 뭉치 들고, 『신보(申報)』며 『신문보(新聞報)』며 『호보(滬報)』를 외치면서 다가왔다. 요 선생은 열두 푼을 주고 『신문보』 한 장을 사 들고, 신문을 가리키며 제자들에게 말했다.

"이것은 상해에서 오늘 당일 나온 신문이다. 우리가 집에서 받아 보는 것은 전부 하루가 지났거나, 심지어는 사나흘씩 지난 것도 있다. 당일 나온 신문을 보려면 상해에서나 구할 수 있다."

신문팔이가 그의 말하는 품이 정통한 것을 보고, 들고 있던 신문 가운데 열 몇 장을 꺼내며 말했다.

---

161 샤오마이. 얇은 피에 소를 넣고 찐 만두의 일종.
162 상해의 조계.

"전부 다 사 보시려면 백여 푼이 필요합니다만, 빌려 보시는 것도 가능합니다."

요 선생이 빌려 보면 셈법이 어떻게 되느냐고 묻자 신문팔이가 말했다.

"여기 있는 신문을 모두 빌려 드릴 테니 열댓 푼만 주십시오. 그리고 다 보신 뒤에 제게 돌려주시면 됩니다."

요 선생은 아주 싸게 말하는 것을 듣고 신문을 내려놓으라고 했다. 가씨 형제는 근자에 지식이 크게 늘어, 신문의 유익한 점을 잘 알고 있었다. 그들은 신문팔이의 말을 듣자 아주 기뻤다. 즉시 다섯은 쥐 죽은 듯 조용히 각자 신문을 가져다 읽기 시작했다. 그런데 무슨 소식을 보았는지 모르겠으되, 가자유가 갑자기 큰 소리로 외쳤다.

"너희들, 와서 이걸 좀 봐!"

요 선생이 신문에 무슨 보기 드문 소식이라도 실렸는지 싶어 급히 무슨 일이냐고 물었다. 함께 앉은 몇 사람도 몸을 기대며 보았다. 그런데 누가 알았으랴, 그것은 별다른 일이 아니라 신문 뒷면에 실린 연극 제목이었다. 오늘 밤 천선희원(天仙戲園)에서 새로 연출한 문무희(文武戲)[163] 「철공계(鐵公雞)」[164]를 공연한다는 내용이었다. 가자유가 시골에 있을 때 상해를 돌아본 당숙 한 분이 있었는데, 그는 천선희원에서 공연한 「철공계」가 얼마나 대단했던가를 칭송한 적이 있었다. 하여 그는 지금까지도 그것을 마음에 새기고 있었다. 그런데 뜻밖에 여기서 보게 되었으니, 신이 나는 것은 당연했다. 둘째와 셋째도 그 광고를 보더니 연신, 저녁을 먹고 연극

---

[163] 연극에서 가창(歌唱)을 주로 하는 것을 문희(文戲)라 하고, 동작을 주로 하는 것을 무희(武戲)라 한다. 그리고 이 둘을 합친 것을 문무희라 한다.
[164] 구두쇠.

을 보러 가자며 신이 났다. 요 선생이 말했다.

"원래가 그렇지. 세상에서 민지(民智)를 계몽하는 데 가장 좋은 것 중 하나가 연극이지. 하여 외국 여러 나라에서는 연극배우를 하등인(下等人)으로 취급하지 않는데 애석하게도 우리 중국 사람들은 연극을 공연하면 바로 연극배우로만 취급하는 습성이 있지. 이번 「철공계」는 듣자 하니 태평천국 시대의 일을 연출한 것이라니, 한번 보면 그 당시의 정황을 알 수 있을 것이다. 다만 내 듣기에, 이 연극은 한 회로 끝나지 않고 전부 10여 일을 공연해야 끝난다고 하더구나."

가자유가 말했다.

"우리가 여기 도착하자마자 연극을 공연하는, 이렇듯 좋은 기회는 만나기 힘듭니다. 요컨대 하루 있으면 하루 보고, 한 회가 있으면 한 회를 보아, 다 보아야 떠날 수 있다는 것이지요."

선생과 제자가 신이 나서 한참 얘기를 나누고 있을 때, 칸막이 너머 탁자에서는 한 여자와 세 남자가 앉아 손짓 발짓 해 가며 장광설을 늘어놓고 있었다. 여인의 나이는 스물 남짓해 보였는데, 머리도 빗지 않고 얼굴도 씻지 않았다. 몸에 딱 달라붙는 남색 호추(湖縐)[165]를 입고, 겉에는 짙푸르고 검은 비단을 안감으로 댄 가죽 조끼를 입고 있었다. 아래는 원색(元色)의 바지를 입고, 꽃을 수놓은 슬리퍼를 신고 있었다. 그녀는 손을 들어 탁자를 치며 말했다. 손가락에는 울긋불긋 보석이 박힌 반지를 몇 개 끼고 있었고, 손목에는 딸랑거리는 금팔찌를 두 개 끼고 있었다. 가씨 형제는 흘 깃 보고, 이 여인이 분명 누군가의 아내이며 그래서 이런 모습으로 치장하고 있다고 여겼다. 그들은 그녀가 슬리퍼를 끌고 있는 것

---

[165] 절강성 호주(湖州)에서 나는 견직물로, 염색을 하고 난 표면에 주름이 뚜렷해 이런 이름이 붙었음.

을 보고는 연신 말했다.

"꼴사납군, 꼴사나워! 아녀자는 절대 슬리퍼를 끌고 찻집에 오면 안 되지!"

그러다가 최근 두어 해 사이 상해에 '불전족회(不纏足會)'[166]라는 것이 생겼다는데, 혹시 이 여자도 그 모임의 회원은 아닌지 모르겠다는 생각이 들었다. 가씨 형제는 제멋대로 추측하면서, 한편으로는 나머지 세 남자를 살펴보았다. 한 사람은 마르고 큰 키에 호추 두루마기를 입고, 허리를 묶은 가늘고 긴 흰 비단 띠를 두 갈래로 늘어뜨리고 있었다. 위에는 세 치나 될까 말까 한 좁은 소매의 긴팔 마고자를 입었고, 머리엔 작은 모자를 썼는데 짧은 머리카락이 모자 밖으로 삐져나와 있었다. 발에는 꽃무늬 면 신발을 신었고, 입에는 담배 한 개비를 물고 불을 붙여 피우고 있었다. 이 남자는 여자와 마주 보고 앉아 있었다. 그러나 여자가 말을 하면 남자는 두 눈으로 그녀만 바라볼 뿐 아무 말이 없었다. 그리고 나머지 두 남자는 한쪽에 하나씩 앉았는데, 상석에 앉은 사람은 온몸이 까만색으로 덮여 있었다. 검은 두루마기에 검은 마고자, 검은 허리띠, 검은 신발 그리고 검은 모자에, 심지어 모자의 끈조차 모두 검은색이었다. 이 사람은 얼굴에 살이 실룩실룩했으며, 수염이 없었다. 그 역시 여인이 말하는 것을 지켜볼 뿐, 아무런 대꾸를 하지 않았다. 아랫자리에 앉은 이는 팔을 걷고 있었다. 정월 날씨였는데도 모자는 쓰지 않았다. 번드르르하게 빗은 변발에 둘레는 족히 세 치가 될 만큼 짧은 머리가 머리를 덮고 있었다. 눈썹은 한 치가 될까 말까 했다. 그 역시 남색 호추 두루마기에 검은 융모바지를 입고 있었다. 게다가 검은 양말에 가죽 구두를 신고, 검은

안경을 쓰고 있었다. 이 사람은 때때로 여자를 대신해 몇 마디 거들곤 했다. 하지만 그들은 모두 끈이 달린 검은 모자를 쓴 사람을 향해 말할 뿐, 마르고 키 큰 남자는 상대도 하지 않았다. 가씨 형제는 이 네 사람을 보고, 얼토당토않게도 그들이 누군지 몰라 갑갑했다. 그러다 그들을 보고는 다시 고개를 돌려 요 선생에게 뭐 하는 사람들인지 가르침을 청했다. 요 선생이 대답도 하기 전에, 옆자리의 누군가가 그들에게 알려 주었다.

"뭐 좋은 일 있겠소? 간통한 것 해결하려는 게 뭐 그리 대단한 일이라고."

요 선생은 상해에서 신문이나 신서(新書)를 많이 보았기에, 상해엔 외국의 자유 결혼과 유사한 일종의 알평두(軋姘頭)[167]라는 것이 있는데, 일이 커지면 법정까지 간다는 것을 알고 있었다. 요 선생은 세 제자와 아들이 아직 결혼하지 않은 사람들이라, 짐짓 못 들은 척하며 상대하지 않았다. 가자유는 요 선생에게 거듭 물었지만 대답을 않자, 무슨 까닭이 있으리라 여기고 더 이상 묻지 않았다. 그는 다만 그들이 무슨 말을 하는지에 귀를 기울였다. 그런데 어찌 알았으랴, 그들의 말을 한참 듣고 있던 와중에 여자와 마른 남자가 서로 말이 맞지 않았는지 갑자기 한데 엉겨 붙었다. 끈 달린 검은 모자를 쓴 사람이 곧바로 일어나 둘 다 손을 멈추라며 호통을 쳤지만 둘은 그 말을 듣지 않았다. 그러자 검은 모자를 쓴 사람이 두 사람을 계단 쪽으로 끌고 가더니 아래층을 향해 사람을 불렀다. 아래에는 중국 경찰 하나와 붉은 머리에 검은 얼굴을 한 외국 경찰 하나가 입구를 지키고 있었다. 위층에서 끌려 내려온 한 쌍의 남녀는 곧장 두 경찰에게 끌려갔다. 그 뒤로는 떠들썩

---

167 상해 지방 사투리로, 부부가 아닌 남녀가 사통하거나 동거하는 것을 가리키는 말.

한 장면을 구경 나온 일군의 사람들이 뒤따랐다.

위층에서 차 마시던 사람들은 의론이 분분했다. 누군가 말했다.

"방금 그 여자는 이름이 광동아이(廣東阿二)라네. 열서너 살에 학당에서 1년 동안 외국 책을 공부했다더군. 그런데 어찌 된 영문인지, 열일고여덟 살 때쯤 성격이 변해서 남자를 꼬드겨 동거하는 것을 전문으로 하게 됐다더라고. 비쩍 마른 남자는 양행(洋行)의 포루(跑樓)[168]인데, 어쩌다 저 여자한테 코가 꿰였는지 모르겠어. 게다가 지금은 또 이런 난장판을 만들다니, 정말 알다가도 모를 일이야. 지금 모두 대마로(大馬路)로 끌려갔으니, 아마 내일쯤 법정에서 해결을 봐야 할지도 모르겠네."

또 어떤 이가 말했다.

"끈 달린 검은 모자를 쓴 사람은 특무(特務)[169]야. 지들끼리 사통 문제를 해결하려다 안 되니까 특무를 부른 것이겠지. 그런데 특무조차 해결을 못하니까 죄다 끌고 가 버린 게지."

여기까지 말이 끝나자, 누군가 간편복을 입은 사람은 뭐하는 사람이냐고 물었다. 그 사람이 말했다.

"그는 마부 아사(阿四)인데, 이제껏 좋은 일이라곤 해 본 적이 없는 놈이지. 그놈은 뚜쟁이질이 전문이라, 지금 그 남녀도 그놈이 뚜쟁이질한 것이지. 그런데 지금 저 둘이 서로 갈라서려고 원래 중매 섰던 놈을 찾은 거야. 하지만 중매쟁이가 권해도 듣지 않으니, 아마 내일은 관리에게 끌려가겠지!"

요 선생은 그들이 하는 말이 전부 지저분해서 귀에 담을 수 없는 것들인지라, 아들과 제자들이 듣고 나쁜 짓을 배울까 봐 사환을 불러 찻값을 계산하고 객잔으로 돌아가려 했다. 막 찻값을 지

---

168 예전 양행에서 서양인 주인과 고용 직원 사이에서 중간 다리 역할을 하던 직원.
169 특수 임무를 맡은 사람. 주로 비밀 요원을 가리킴.

불하고 있을 때, 계단에서 또각또각 구두 소리가 들려왔다. 그 소리는 나막신과 흡사했다. 쳐다보니 키가 크고 야윈, 시커먼 얼굴에 양복을 입은 이였다. 멀리서 보면 마치 까만색 같았는데, 가까이서 보니 검은색을 물들인 베옷이었다. 머리에는 밀짚으로 엮은 외국 모자를 썼고, 발에는 붉지도 누렇지도 않은 가죽 구두를 신었으며, 손에는 지팡이를 들고 있었다. 그가 계단을 반쯤 오르자, 옆 탁자에 있던 이가 그를 불렀다.

"원수(元帥), 여길세! 여기!"

방금 도착한 그 사람은 위층에서 자신을 부르자, 모자를 벗어 들고는 자신을 부른 사람을 향해 고개를 숙였다. 그런데 누가 알았으랴, 모자를 벗으면서 드러난 머리엔 외국인들의 단발과는 전혀 달리 상투를 틀고 있었다. 요 선생 부자와 사제들은 그제야 양복을 입은 이가 원래는 중국인이었다는 것을 알게 되었다. 다시 보니 그를 부른 사람은 아주 드문 구식의 작은 모자를 썼고, 머리카락은 족히 세 치 정도로 길었지만 깎지는 않았다. 얼굴 가득한 검은 기름기가 햇살을 받아 반짝거렸다. 몸에는 꿰맨 무명 장삼을 입었고, 발에는 검은 양말에 해진 신발을 신고 있었다. 요 선생 일행은 이 두 사람의 형상이 기괴한 것을 보고, 혹시 신학문을 배운 이들이 아닐까 생각했다. 그들을 직접 볼 수 있는 기회를 놓칠 수야 없지. 이에 다시 앉아 그들의 행동을 살폈다.

양복을 입은 사람이 친구를 향해 공수(拱手)하며 말했다.

"황국민(黃國民) 형, 오랜만이네. 언제 오셨는가?"

친구가 말했다.

"한 시간쯤 됐네."

양복 입은 사람이 말했다.

"국민 형, 작년 10월 성내에서 귀뚜라미 싸움 할 때, 함께 읍조

(邑朝) 호심정(湖心亭)에서 차를 마셨는데, 내 기억에 그때는 짧게 깎은 머리였지. 그런데 어느새 석 달이나 흘러 당신 머리가 이렇게 길었으니, 다시 한 번 깎아야겠어."

"외국인들이 머리를 자주 깎을 필요가 없다고 말하더군. 머리를 깎은 뒤에는 모공이 비어 바람이 들기 쉬워 뇌 신경이 상하기 쉽다더라고. 하여 나는 4~5개월에 한 번씩 머리를 깎는다네."

황국민이 한담을 하면서 양복 입은 친구에게 말했다.

"원수, 자네 점심은 했는가?"

"양복으로 갈아입은 뒤로는 일체의 음식이나 기거를 모두 외국인 방식으로 바꾸었지. 하여 식사도 두 번만 한다네. 즉 매일 정오에 한 번, 저녁 7시에 한 번 먹지. 평시에는 아무것도 먹지 않아. 그런데 외국인이 하는 것이라면 뭐든 다 배워 따라 하겠지만, 단 한 가지, 매일 목욕하고 옷 갈아입는 것만큼은 배우질 못했네."

황국민이 물었다.

"외국인들은 매일 목욕을 하지. 몸에 묻은 불결함을 제거할 뿐만 아니라, 근육도 풀리고 기혈도 왕성해지는데, 어째서 배우지 않았나?"

양복 입은 친구가 말했다.

"내가 목욕을 하지 않는 것은 자네가 머리를 깎지 않는 것과 마찬가지로 바람에 상할까 싶어서지. 바람에 상하면 곧 기침을 하게 되고, 기침을 하다 보면 가래가 끓게 되지. 자넨 외국인들이 가래 뱉는 것을 본 적이 있는가? 우리끼리 하는 얘기니 말이네만, 진짜 외국인을 만나면 가래가 끓어도 삼켜야 한다네. 작년 12월로 기억하는데, 내가 처음 양복을 입었을 때 한마음으로 저들 외국인을 배울 생각이었네. 그래서 냉수를 가져다 목욕을 했지. 그런데 누가 알았겠나, 씻고 났더니 얼어 죽는 줄 알았다네. 다음 날 바로 감기가 들어 밤까지 기침을 했다네. 그런데 마침 한 외국인이 찾아와서 한나절이나 얘기를 나눴지 뭔가. 나는 온종일 가래를 뱉지 못했지. 그야말로 오금이 저려 죽는 줄 알았다네. 하여 그때부터 난 두 번 다시 목욕을 하지 않았네."

"그래도 자네 양복은 좋아 뵈는구먼. 내일 나도 자네 따라 옷을 바꿔야겠어."

"옷을 바꾸는 게 좋은 점은 다른 것이 아닐세. 첫째는 1년 동안 옷 만드는 데 드는 값을 적잖이 아낄 수 있고, 둘째로는 겨울이건 여름이건 이 한 벌만 있으면 계절이 어떠하든 옷 걱정을 할 필요가 없다네."

"이장(夷場)에 있는 친구들은 융모 마고자를 세 계절이나 입을 수 있다던데, 어찌 자네는 이 한 벌로 사계절이나 입을 수 있단 말인가?"

"솔직히 말하겠네. 자네는 내가 왜 양복으로 바꿨는지 아는가? 사실은 중국옷을 입을 수 없어서라네. 중국옷은 비단옷으로 맞추자면 한 벌에 10여 원이 들지. 1년이면 가죽으로 된 것이며 면으로 된 것이며 홑옷이며 겹옷 등등 몇 벌은 갈아입어야 하니, 족히 백여 원이 들지 않는가. 그러나 지금은 이 한 벌에 머리끝에서 발끝까지 통틀어 10여 원을 넘지 않는다네. 게다가 1년 내내 입을 수 있을 뿐만 아니라, 누가 벗겨서 갖다 팔려고 해도 전당포에선 받아주지도 않는다네. 그러니 1년 동안 내가 돈을 얼마나 아꼈겠는가?"

그 말을 듣고 황국민은 저도 모르게 고개를 끄덕이며 맞장구를 쳤다.

"나도 돌아가면 반드시 자넬 따라 바꿔야겠네."

그렇게 말하고 있는데, 양복 입은 친구가 갑자기 몸을 뒤틀었다. 마치 목에 무언가가 물어서 간지러운 것 같았다. 그가 손을 들어

목을 긁었다. 그런데 누가 알았으랴, 그것은 이(虱)였다. 양복 입은 친구는 난처한 듯 즉시 입으로 가져갔다. 다행히 황국민은 보지 못했다. 그러나 뜻밖에 칸막이 너머에 있던 가갈민은 눈이 날카로워 알아보았다. 그가 조용히 목소리를 낮춰 모두에게 일러 주었다. 요 선생 또한 그 둘이 말하는 내용이 이와 같은 데 불과하여 곧바로 몸을 일으켜 아들과 제자를 데리고 함께 아래로 내려와 원래 길을 되돌아 객잔으로 돌아왔다. 객잔으로 돌아오니 마침식사를 배식했다. 스승과 제자들은 상의하여, 밥을 먹고 함께 책을 사러 가기로 했다. 순식간에 식사를 마치자 요 선생이 아들에게 당부했다.

"너는 며칠 지나면 학당에 들어가야 하니, 객잔에서 조용히 앉아 정신을 편안히 하는 게 좋겠다. 우릴 따라 거리를 쏘다녀 마음을 방종하게 하면 학당에 들어가는 데 좋지 않다."

아들은 어쩔 수 없이 객잔에서 짐이나 지키고 있어야 했다. 사제 넷은 함께 문을 나섰다. 가씨 3형제는 심부름꾼 아이를 데리고 갔다. 물건을 사면 그에게 들려 돌아오기 위해서였다. 다섯 사람은 삼마로를 나서 곧장 동쪽으로 갔다. 망평가(望平街)를 지나 다시 동쪽으로 꺾어 어느 한곳에 이르렀다. 마치 큰 성문이 달린 동굴 같았다. 가씨 3형제는 이곳이 뭣하는 곳인지 알지 못한 채, 요 선생에게 들어가 구경하자고 했다. 그러자 요 선생은 연신 손을 저으며 말했다.

"여긴 경찰서라네. 죄인들을 관리하는 곳이지. 좋은 사람은 가서는 안 되는 곳이라네."

3형제는 그만둘 수밖에 없었다. 요 선생을 따라 남쪽으로 기반가(棋盤街)에 이르렀다. 길 양쪽으로 양화점이며 환약점(丸藥店) 등 모두 최신식 점포들이었다. 유리창이 무척 예뻤다. 다시 남쪽으로 걸어가니, 일대가 모두 강좌서림(江左書林)·홍보재(鴻寶齋)·문췌루(文萃樓)·점석재(點石齋) 등의 간판을 단 서점들이었는데, 다 기억하기도 힘들었다. 요 선생은 몇 년 동안 큰 시험 작은 시험을 치르느라 시험장 근처의 서점을 다닌 터라 대부분 알고 있었다. 그 중에서도 문췌루 주인과는 더없이 친했다. 때문에 그는 책을 살펴보기 위해 그 서점으로 성큼성큼 들어갔다. 그런데 누가 알았으랴, 서점 문을 막 서들어서는데 마침 누군가가 거기서 책을 사고 있었다. 그가 요 선생을 보고는 다시 한 번 자세히 살피더니, 바삐 품속에서 안경을 꺼내 쓰고는 크게 읍하며 말했다.

"아이고! 문통(文通) 형, 언제 오셨소이까?"

그 말에 요 선생은 깜짝 놀랐다. 시선을 집중해 보니, 매우 친숙한 사람이었다.

그가 누군지 아시겠는가? 다음 회를 듣고 알아보기 바란다.

제17회

나이 든 부공(副貢)[170]은 세상사를 논하며 웅변을 토로하고
양학을 배운 이는 책을 써서 비본이라 자랑하다

각설하고, 요문통(姚文通) 선생은 가씨 3형제를 데리고 춘신복
잔방(春申福棧房)을 나와, 기반가의 문췌루(文萃樓)로 갔다. 그런데
서점 문을 막 들어서는데 어떤 이가 거기서 책을 사고 있었다. 그
는 요문통을 보자 크게 인사하며 언제 상해에 왔는지, 그리고 어
디에 머무는지를 물었다. 요 선생은 본래 근시여서, 자기에게 인사
하는 사람을 보자 급히 안경을 찾느라 답례도 못했다. 그런데 누
가 알았으랴, 안경이 없으니 두 눈은 흐릿하여 그 사람의 얼굴을
알아보지 못했다. 자세히 보아도 그 사람이 누군지 몰라 감히 아
무 대답을 못했다. 인사한 사람은 그가 근시임을 잘 알고 있어 급
히 재촉했다.

"문통 형, 내 말투도 알아보지 못하겠소? 안경이나 쓰고 얘기합
시다."

요문통은 안경을 꺼내 쓸 수밖에 없었다. 그런 뒤에야 자신에게

---

170 청대의 제도로, 각 성(省)의 향시(鄕試)에서 정식 합격자 외에 따로 보결 합격자 약간 명을 더
뽑아 태학(太學)에 입학시켰다. 이들의 자격은 공생(貢生)에 준하여 발공(拔貢)과 동등했다.

인사한 사람이 바로 동년(同年)**171** 호중립(胡中立)임을 알아보았다. 호중립은 강서(江西) 사람으로, 최근 상해 제조국의 문안(文案)이 되었다. 이후 총지배인의 신임을 얻어 최근에는 출납 업무까지 겸하게 되었다. 수입이 좋아 집을 나설 때면 깨끗한 옷에 마차를 타 체면이 그럴싸했다. 아직 뜻을 얻지 못하던 예전에 그는 소주(蘇州)에서 가정 교사를 지냈다. 그의 주인집 또한 송선주항(宋仙州港)에 있어, 이를 인연으로 요문통과 면식을 트게 되었다. 나중에는 또 같은 해에 거인이 되었기에, 둘은 더없이 친해졌다. 한데 최근 2~3년 동안은 서로 만나지 못해, 요문통은 안경을 찾느라 순간 그의 목소리를 알아듣지 못했던 것이다. 안경을 끼고서야 그를 알아보고는 말할 수 없이 기뻐했다. 두 사람은 손을 맞잡고 이것저것 물으며 선 채로 한참이나 대화를 나누었다. 요문통은 자세한 사정을 말해 주었다.

'이번에 상해에 온 것은 아들놈을 학당에 보내 공부시키려는 것이다. 그 김에 세 제자와 함께 여기서 며칠 머물려고 한다. 오늘 아침에 도착했는데, 머무는 곳은 춘신복잔방이다. 아들이 학당에 들어가 자리를 잡으면 곧 돌아가려 한다……'

그렇게 말을 하면서 또 가씨 3형제를 불러 인사시켰다. 서로 인사를 나누고, 이름과 태보(台甫)**172**를 물었다. 서점 주인이 그를 보고 일찌감치 나와 있다가 안으로 초대하여 차를 대접하며, 또다시 한담을 나누었다. 그때 요문통이 호중립에게 물었다.

"듣자 하니 제조국에 취직했다더군. 제조국은 그해 이합비(李合肥) 재상께서 상주하여 창설한 것이라지? 이합비라는 위인은 내 이제껏 존경해 본 적이 없네. 몇 번 강화(講和)를 맺더니, 중국 땅

---

171 같은 해에 향시에 합격한 사람.
172 다른 이의 자(字).

이며 돈을 헛되이 외국인들의 수중에 다 주어 버려 오늘날 나라와 백성이 곤궁한 지경에 이르게 만들었네. 해를 끼침이 끝이 없으니, 생각하면 한스럽기 그지없다네!"

호중립이 말했다.

"비록 합비 상국께 만족스럽지 못한 부분이 있기는 하지만, 나라가 쇠약해진 것은 비단 하루 이틀의 일이 아니지. 게다가 조정에선 매번 그를 보내 강화를 맺게 했으니, 어쩔 수 없이 나가게 된 일이었네. 그런 때를 당하여 그가 조정을 위해 돈을 아꼈다면 외국인들은 응답하지 않았을 것이네. 만약 외국인들이 동의하지 않는다면 또 돈이 아니고는 일이 성사되지 않는다네. 여보게, 친구! 만약 그때 조정에서 자네를 전권대신(全權大臣)으로 파견하여 외국인과 교섭을 맺으라고 했다면, 그런 처지를 당했을 때 자네 역시 돈 이외에는 저들의 군대를 물릴 별다른 묘책이 없었을 걸세."

요문통이 말했다.

"조정에서 천만금을 들여 해군을 설립했지만, 갑오년 전쟁에 교전도 해 보지 못하고 여지없이 패하여 다시는 일어날 수 없게 되었네. 이 화근을 추적해 보면, 어쩔 수 없이 합비(合肥)가 나라에 잘못한 것이 너무 심했다는 허물을 나무랄 수밖에 없네!"

그 말을 듣고 호중립은 더 이상 대꾸할 수가 없어 이렇게 에둘러 말했다.

"예로부터 지금까지 완전한 사람이 얼마나 있는가? 지금으로서야 간략히 본의를 살펴보는 수밖에. 완전무결함을 요구한다면 세상 어디에 그런 사람이 있겠는가?"

요문통은 그가 줄곧 중립주의를 고수하려는 것을 알아챘다. 예전 소주에 있을 때 서로 어떤 일을 가지고 때때로 변론을 벌이기는 했으나, 오랜만에 만난 자리에서 언쟁을 벌이기가 거북하여 기회를 보아 말머리를 다른 데로 돌렸다. 서로 얘기를 주고받으며 또다시 한참 대화를 나누었다. 그러다 호중립이 일이 있다면서 먼저 일어섰다. 그는 마차에 오르며 옛 친구에게 오늘 밤 약속이 있는지를 물었다. 요문통은 없다고 대답했다. 호중립은 마차에 올라 떠났다. 요문통은 호중립이 마차를 타고 떠나는 것을 지켜보다 안으로 들어와, 주인에게 요즘 새로 나온 책이 어떤 것이 있는지를 물었다. 주인이 말했다.

"근래에는 번역 서적이 널리 유통됩니다. 그래서 저희 서점에선 특별히 많은 명망가를 초빙하여 번역소를 설립했습니다. 그들은 저희 서점에서 전문적으로 번역을 합니다. 번역된 책은 판권이 저희 서점에 있으며, 다른 서점에서는 출판할 수 없도록 상해 관아로 가져가 등록합니다."

번역소에서 초빙한 사람들이 어떤 이들이냐고 요문통이 묻자 서점 주인이 대답했다.

"당신 동향들이 많습니다. 한 분은 장주(長洲) 출신의 동화문(董和文) 선생이고, 다른 한 분은 오현(吳縣) 출신의 신명지(辛名池) 선생입니다. 이 두 분은 번역문 윤색을 총괄하십니다. 그 외에도 몇 분 더 있지만, 동향이 아니어서 잘 모르실 겁니다."

요문통이 말했다.

"동화문은 제 동안(同案)[173]으로, 팔고문의 대가입니다. 고향에 있을 때는 그가 외국 서적을 공부했다는 말을 들어 보지 못했는데, 번역이라는 이런 대단한 능력을 언제 갖게 되었지? 신(辛)씨 성을 가진 이는 잘 모릅니다. 또 어느 해에 진학(進學)했는지도 모릅니다."

---

[173] 명·청 시대. 같은 해에 향시의 하나인 '원고(院考)'에 합격하여 지방 학교에 진학한 수재(秀才).

이에 서점 주인이 말했다.

"두 분 모두 동양(東洋)[174]에서 돌아오셨습니다. 당신네 지방은 문풍(文風)이 참 좋습니다. 하여 배출된 인재들도 저마다 다르지요. 신 선생의 경우만 보더라도, 번역 능력은 최고입니다. 외국 책에 나오는 문자를 적잖이 알고 있습니다. 그 사람은 부분별로 나누어 베껴 두었다가 그때그때 활용합니다. 그에게 그런 책이 있다는 것을 우리도 알기는 하지만, 이제껏 다른 사람에겐 보여 주지 않았습니다. 이 또한 그를 탓할 수는 없지요. 고생해서 만든 것이니, 어찌 쉬이 다른 사람에게 보여 주어 따라 하게 하겠습니까? 그래 종종 책 한 권이 번역되어 나오면, 그의 손을 거칩니다. 백화이긴 한데 백화 같지 않거나 문리가 통하지 않을 경우 더하거나 삭제하여 통하지 않는 곳을 고치고, 그런 다음 그 비본(秘本)을 가져다 한 글자 한 글자 퇴고합니다. 그가 항상 말하길, 번역되어 나온 것은 아직 삶지 않은 생고기와 같아서, 그의 손을 거친 연후에야 잘 삶기게 된다고 합니다. 허나 또 소금이나 간장·식초 등 갖은 양념을 넣어 요리하지 않으면 여전히 담담해서 아무 맛이 없지요. 그는 그 비본이 바로 책을 만드는 양념이라고 합니다. 그 안에는 소금이나 간장, 식초 등 온갖 것이 다 갖추어져 있답니다."

가써 3형제 가운데 가갈민은 그중 가장 총명하고 오성(悟性)도 좋았다. 그가 이 말을 듣더니 곧바로 요 선생에게 말했다.

"선생님, 그 책이 뭔지 알겠어요. 아마 우리가 문장을 지을 때 사용하는 『문료촉기(文料觸機)』와 크게 다르지 않은 것 같습니다."

서점 주인이 맞장구를 쳤다.

"맞습니다! 『문료촉기』로 말할 것 같으면, 예전에 팔고문이 성행할 때 저희 서점에서 1년에 5만 부 정도 팔았습니다. 나중에 다른 이들이 저희 서점 장사가 잘되는 것을 보곤 집집마다 번각(翻刻)[175]했습지요. 그즈음 다행히 저와 친척이 되는 시량헌(時量軒) 선생이 있어, 언제나 저희 서점을 위해 문장을 뽑아 위묵(闈墨)을 판각해 주어 1년 내내 그의 덕을 적잖이 보았습지요. 당시 우린 이런 상황을 시(時) 선생께 말씀드렸더니 시 선생께서 좋은 의견을 내어 주셨습니다. 그리하여 조수 세 분을 초빙하여 반년 만에 『광문료촉기(廣文料觸機)』한 부를 편찬해 내셨습니다. 그 책은 7만~8만 부 정도 팔렸습니다. 나중에 또 남들이 따라서 번각하자 시 선생께서는 몹시 화를 내셨습니다. 그래서 다시 『문료대성(文料大成)』을 편찬하셨습니다. 그런데 애석하게도 2만 부 정도 판매했을 때, 조정에서 규정을 바꿔 시무와 책론 등을 첨가하며 팔고문만 중시하지 못하게 했습니다. 어떤 신문에서는 심지어 유언비어를 날조하여, 조정에서 날짜를 정하여 팔고문을 완전히 폐기할 것이라고 하거나 또 오로지 책론만으로 시험을 본다고도 했습니다. 생각해 보십시오. 만약 신문에서 말한 대로라면, 『문료대성』을 사려는 사람이 어디 있겠습니까? 이렇게 두어 해를 난리 치면서, 시문(時文)의 판로는 결국 끝장나고 말았지요. 뒤에 다행히 일본을 두루 돌아다니고 돌아온 당신 동향 두 분을 만난 것 또한 하늘이 주신 인연이지요. 하루는 우리 서점에 책을 사러 오셨더랬지요. 그러다 저와 얘기를 나누게 되었는데 저희 서점이 바뀌어야 한다고 극력 주장하셨습니다. 그의 말이, 팔고는 머잖아 폐기될 것이고, 번역이 번성할 것이라고 했습니다. 그때 저도 그들의 말을 듣고 기분이 좋았습니다. 그들의 말을 듣자 하니, 번역가는 상해에서 찾

---

175 한 번 출판한 책을 그대로 다시 조판해서 새로 출판함.

기 쉽다더군요. 양행에는 외국어를 할 줄 아는 사람이 아주 많아, 10여 원만 주면 저희를 위해 번역할 수 있는 분을 초빙할 수 있을 거라고 하더군요. 그들은 뒤에 다시 서양어는 필요 없고 일본어를 할 줄 아는 사람을 요구했습니다. 저는 곤란했습니다. 할 수 없이 그들에게 일본어 번역가는 어디 가서 초빙해야 할지를 물었습니다. 그러자 그 두 분이 그들과 함께 일본에서 돌아온 이들을 추천했는데, 능력이 대단했습니다. 그는 일본 말은 그리 잘하지 못했지만, 번역은 잘했습니다. 그는 일본 책을 읽을 수 있었고, 또 가격도 아주 싸서 천 자당 1원으로 계산했습니다. 예컨대 1030자를 번역했다면, 우수리는 떼어 버리고 계산하지 않습니다. 그때 저는 그들에게, 번역을 할 때 크고 작은 시험에 쓸 수 있도록 공급하려면 무슨 책을 번역해야 할는지 물었습니다. 그 두 사람은 번역이 장차 성행할 것이지만 지금은 아직 맹아기인지라, 전문적인 책은 번역되어 나와도 사람들이 이해하지 못해서 오히려 판로에 장애가 될 것이라고 했습니다. 지금까지 번역한 것은 『남녀 교합 대개량(男女交合大改良)』과 『전종 신문제(傳種新問題)』 두 종입니다. 각 서적당 3천 부를 인쇄하여 출판한 다음, 신문 두 곳에 광고를 냈습니다. 그런데 한 달 동안 거의 반을 팔았지 뭡니까. 지금 번역하고 있는 것은 『종자대성(種子大成)』입니다. 이 세 권은 모두 육아법에 관한 내용입니다. 문통 선생께도 자제분이 계실 터이니, 두 부 가지고 가서 한번 읽어 보십시오."

그리 말하고는 서가에서 『남녀 교합 대개량』과 『전종 신문제』를 꺼내 요문통에게 주었다. 요문통이 손에 들고 보니, 완전히 외국 제본 방식을 써서 매우 정교하고 아름다웠다. 그는 거듭 감사를 표했다. 가자유는 신명지에게 외국 책에서 베낀 단어집이 있다는 말을 듣고 속으로, 이 책을 얻을 수만 있다면 장차 글을 지을 때 다른 사람을 깜짝 놀라게 할 무궁한 묘처가 있을 것이라 생각했다. 그래서 불현듯 서점 주인에게 물었다.

"신 선생이 기왕 이 책을 집성했다면, 당신들은 왜 그것을 출판해 팔자고 청하지 않습니까?"

서점 주인이 대답했다.

"전들 그런 생각을 왜 안 해 봤겠습니까? 그런데 신 선생이 그러자고 하질 않으시니…… . 천 원을 내놓아야 밑천을 팔겠다지 뭡니까."

그 말에 가평천이 혀를 쑥 내밀며 말했다.

"책 한 권이 그렇게나 비싸단 말입니까?"

서점 주인이 말했다.

"신 선생께서 말하기를, 그가 몇 년 동안 심혈을 기울여 만들었는데, 만약 출판이라도 한다면 사람들이 모두 약삭빠르게 배워 갈 터. 그리되면 자신의 재능은 아무 가치가 없어진다는 것이지요."

가자유가 물었다.

"그 책 제목은 뭡니까?"

서점 주인이 말했다.

"이름이 있지요, 있고말고요. 처음에는 『번역진량(飜譯津梁)』[176]이라고 했다가, 나중에 별로 좋지 않았던지 다시 『무사자통신어록(無師自通新語錄)』[177]으로 바꾸었습니다."

"제목으로는 뒤의 것이 더 우아하군요."

가자유의 말에 서점 주인이 거들었다.

"그러나 처음 것보다 분명하지는 않습니다. 우리처럼 책 파는 사람들은 책 이름을 전문적으로 연구합니다. 제목이 시원시원하면 그 책은 반드시 성공합니다. 그러나 제목이 좋지 않으면, 인쇄하고

---

[176] 번역을 위한 다리.
[177] 선생이 없어도 스스로 능통하게 되는 새로운 낱말 사전.

출판하여 서가에 꽂아 놓아도 누구 하나 관심을 주지 않습니다."

그 말을 듣고 가씨 형제는 그제야 책을 출판하고 판매하는 데에도 신경을 많이 쓴다는 사실을 알게 되었다. 서점 주인이 동 선생과 신 선생을 칭찬하는 것을 보고, 속으로 이 두 사람이 얼마나 대단한 능력을 가지고 있는지 모르겠지만 장차 얼굴을 직접 맞대고 가르침을 받아 보아야겠다고 생각했다. 하여 그런 생각을 서점 주인에게 얘기하자, 그가 흔쾌히 대답했다.

"시간 나시거든 저희 서점으로 한번 오십시오. 제가 모시고 저희 서점 번역소를 구경시켜 드리겠습니다. 그 두 분은 아침부터 밤까지 거기 계시니까요."

그리 말하고 있는 동안 요 선생은 벌써 책 몇 권을 뽑아 들었다. 가씨 3형제도 많은 책을 사서 심부름꾼 아이에게 들렸다. 요 선생은 시간이 벌써 많이 지났기 때문에, 객잔에 혼자 있는 아들이 염려되어 급히 돌아가려고 몸을 일으켜 인사를 고했다. 서점 주인은 거듭 정성을 다하여 문밖까지 배웅하고 서점 안으로 들어갔다. 이에 대해서는 더 이상 얘기하지 않겠다.

한편 요 선생 일행은 길을 나서 여기저기 두리번거리다 기반가에서 곧장 북쪽을 향하여 사마로(四馬路)까지 갔다. 그런데 거기서 꺾는 것을 깜빡 잊고 계속 북쪽으로 나아갔다. 한참을 가다 보니 왔던 길이 아니었던지라 일행은 당황했다. 뒤에 보니 거리 한가운데 붉은 술이 달린 모자를 쓴 사람이 보였다. 요 선생은 그가 경찰이란 것을 알아보았다. 신문에서 보아하니, 길을 잃은 것 등의 일은 모두 경찰이 담당했다. 또 사람들 말을 들어 보니, 경찰을 보면 모름지기 '경찰 선생'이라고 존중해 주어야 기분 좋아한다고 했다. 이에 요 선생은 부드러운 얼굴로 경찰에게 다가가 경찰 선생이라 부르며, 삼마로에 있는 춘신복장방으로 가려면 어느 길로 가야 하는지를 물었다. 경찰이 손가락으로 가리키며 말했다.

"서쪽을 향해 곧장 가시면 됩니다. 길을 꺾지 마십시오."

원래 그들 넷은 격구장(擊毬場)* 근처에 있었는데, 길을 잃었던 까닭에 상해의 큰길이 모두 서로 연결되어 있다는 것을 알지 못했던 것이다. 경찰 말을 듣고 넷은 당장 서쪽을 향해 걸어갔다. 과연 틀리지 않았다. 서정신항 들머리에 이르니, '춘신복(春申福)'이라는 세 글자가 새겨진 커다란 간판이 보였다. 그제야 그들은 마음을 놓았다.

객잔으로 돌아오니 뜻밖에도 방문이 잠겨 있고, 요 선생의 아들은 보이지 않았다. 요 선생은 깜짝 놀라 예삿일이 아니라며 급히 차방에게 물었다. 그러나 차방은 모른다고 대답했다. 다시 계산대에 가서 물으니, 열쇠가 거기 있다는 것이었다. 요 선생은 아들이 어디 갔는지 물었다. 그러자 계산대 점원이 말했다.

"열쇠는 남색 두루마기에 검은 호추 마고자를 입은 젊은 사람이 저에게 준 것입니다. 혹시 그분이 댁의 자제분 되시는지요?"

요 선생이 말했다.

"맞소, 바로 그 사람이오! 어디로 갔소?"

"친구분과 함께 나간 것 같습니다. 어디로 가시는지는 물어보지 않았습니다."

"이놈 정말 황당하구나. 혹여 마차에라도 부딪히면 어쩐다? 혹여 그렇지 않고 소란이라도 피워 경찰에게 잡혀 가 내일 신문에 나오고, 그 소식이 소주에까지 알려지면 이만저만 망신이 아니지 않은가!"

그러다 자신이 직접 나가 찾아보겠다고 했다. 가자유가 급히 만류했다.

"세형(世兄)께서도 턱수염이 돋은 스무 살 어른입니다. 보아하니 함부로 나가서 무슨 소란을 피울 것 같지는 않습니다. 기왕 계산원이 누군가와 함께 나갔다고 하니, 혹여 친구와 함께 차라도 한 잔하러 나간 것인지도 모르지요. 선생님께서 직접 나가 찾아보시겠다고는 하지만, 상해는 워낙 큰 도시라 금방 찾을 수도 없을 것입니다. 제 생각엔 여기서 잠시 기다리는 것이 좋겠습니다. 곧 돌아올 것입니다."

요 선생은 그의 말이 일리가 있어 찾아 나서려던 생각을 그만두었다. 그는 혼자서 뒷짐 진 채 마치 뜨거운 솥에 든 개미처럼 방 안을 왔다 갔다 하며 좌불안석이었다. 날이 어둑해지도록 아들은 돌아오지 않았다. 그러자 요 선생은 더욱 초조해 미칠 지경이었다. 원래 이날은 객잔으로 돌아와 식사를 마친 뒤, 모두 함께 천선희원(天仙戱園)으로 가서 「철공계」를 보기로 약속했다. 그런데 지금 요 세형(姚世兄)이 보이질 않으니, 요 선생만 초조한 것이 아니라 가씨 3형제까지도 무료하고 따분했다. 어느새 차방이 밥을 가져왔다. 요 선생은 침상에 누운 채 먹으려 하지 않았다. 자연히 가씨 형제도 젓가락을 놀릴 수가 없었다. 그러자 요 선생이 거듭 재촉하며 말했다.

"자네들은 어서 들게, 날 기다리지 말고."

셋은 어쩔 수 없이 대충대충 한 술 떴다. 그런데 공교롭다고 할 수밖에 없는 것이, 3형제가 막 밥술을 뜨려는데 요 세형이 돌아왔다. 요 선생은 그를 보자마자 눈에 불길이 일면서 득달같이 다그치며 꾸짖었다.

"이 금수 같은 놈, 간덩이가 부었구나! 나가지 말라 했거늘, 내 말을 듣지 않고 제멋대로 나가다니. 날 말려 죽일 작정이로구나. 하루 종일 어딜 쏘다닌 게냐?"

꾸중만으로는 안 되겠는지, 무릎을 꿇리고 또 몽둥이를 들어

패려고 했다. 가씨 3형제가 급히 나서 말리며 물었다.

"세형께서는 도대체 어디를 가셨던 게요? 이후로 출타를 하시려거든 계산대에 말이라도 남겨 두어, 선생님 걱정을 덜어 드리십시오."

요 세형이 말했다.

"내 몸에 내 다리가 달렸으니, 내가 가고 싶은 곳이면 어디든 내 맘대로 갈 수 있지요. 하늘이 사람을 낳고 또 이렇게 두 다리를 준 것은 마음대로 하라는 것입니다. 사람은 저마다 권리가 있는 법, 비록 압박이 크다지만 어찌 날 내리눌러 둘 수 있겠소?"

그가 이런 말을 내뱉는 것을 보고 가자유는 요 선생이 듣고 더욱 화를 내지나 않을까 걱정되어, 얼른 그의 입을 막고 더 이상 아무 말도 못하게 했다. 다행히 요 선생은 팔짱을 낀 채 계속 꾸짖고 있느라, 그들이 어떤 말을 하고 있는지 듣지 못했다. 가자유는 얼른 그들 부자에게 식사를 권했다. 요 선생은 여전히 아들에게 어디를 갔었는지를 묻고 있었다. 아들은 그의 다그침에 어쩔 수 없이 털어놓았다.

'객잔에 함께 머물고 있는, 일본에서 돌아온 선생이 자기를 찾아와 얘기를 나누었다. 그가 말하길, 지금 학당에서 벌써 그를 교사로 초빙했다는 것이었다. 장차 함께 지내게 될 것인데, 그가 와서 함께 나가자는데 어찌 가지 않겠다고 말할 수 있겠는가?'

요 선생은 어디를 갔었는지 물었다. 아들이 말했다.

"3층짜리 양옥에서 차 한잔 마신 뒤 거리를 몇 바퀴 쏘다녔습니다. 그러다 어느 골목 어귀에 많은 여자들이 서성거리고 있었는데, 일본에서 돌아온 그 선생이 저에게 함께 들어가 놀자고 하였습니다. 제가 들어가려 하지 않자, 그 사람은 그제야 저를 돌려보내 주었습니다. 아마 그는 혼자 갔을 것입니다."

요 선생은 아들이 그 사람과 함께 사창가에 가지 않은 것을 알고 그제야 화를 누그러뜨렸다. 밥 한 술 뜨고 세수를 마친 뒤, 다 함께 천선희원으로 연극을 구경 가려고 준비를 마쳤다. 그런데 그때 차방이 초청장을 가져왔다. 요 선생이 받아 들고 보니, 호중립이 '만년춘(萬年春)'이라는 서양 요릿집에서 간단한 술자리를 초대한 것이다. 이에 나머지 넷에게 자신은 만년춘에 들렀다 오겠다며 먼저 천선희원으로 가서 기다리라고 했다. 사제 다섯은 함께 문을 나선 뒤, 골목 어귀에서 헤어졌다.

자초지종을 알고 싶으면 다음 회를 듣고 알아보기 바란다.

제18회

아편을 마시며 다투어 유신을 논하고
반값이라 별로 남는 게 없다며 떠벌리다

각설하고, 요문통은 춘신복잔방에서 저녁을 먹고, 아들·제자와 함께 석로(石路)에 있는 천선희원으로 가 「철공계」를 보려고 하였는데 갑자기 호중립이 초대장을 보내 만년춘에서 서양 요리를 대접하겠다고 했다. 그는 아들과 제자에게 먼저 천선희원으로 가 기다리라고 했다. 자신은 만년춘에 들렀다가 오겠다고 한 뒤 그길로 객잔을 나와 삼마로에 이르러 서로 헤어졌다.

이야기는 둘로 갈린다.

한편 요문통은 삼마로를 나와 곧장 동쪽으로 향했다. 그는 길을 몰랐지만, 그렇다고 차비를 내기도 싫었다. 가는 내내 사람들에게 물어 겨우 만년춘에 당도했다. 계산대에 제조국 호(胡) 나리가 몇 호 방에서 손님들을 대접하고 있는지 물었다. 계산원은 촌티 나는 그의 몰골을 보더니, 직접 올라가 찾아보고 했다. 요문통은 몇 년 전 상해에 왔을 때, 무슨 서양 요리며 화주(花酒)[178] 등을

---

[178] 기생을 끼고 마시는 술.

먹어 보긴 했으나, 전부 다른 이가 초청한 것들이었다. 게다가 그는 독서인(讀書人)이었던 까닭에 이런 일에는 신경을 쓰지도 않았다. 하여 일련의 예절들은 거의 다 잊어버리고 어렴풋이 흐릿한 기억만 남아 있었다. 계산원이 직접 올라가 호중립을 찾으라는 말을 듣고 그는 성큼성큼 계단을 올랐다. 다행히 계단 입구에 서새(西崽)가 있었는데 인상이 부드러웠다. 그가 몇 호로 가려느냐고 물었다. 요문통이 제조국이라는 세 글자만 말했는데, 서새는 곧바로 4호라고 알려주며 문 앞까지 데려다 주었다. 그러고는 "4호 손님께 차 한 잔" 하고 크게 소리쳤다. 요문통이 들어서니 벽면에 호중립이 주인이 되어 아랫자리에 앉아 있었다. 그는 요문통이 들어오는 것을 보고 몸을 일으켜 겸양했다. 그 자리에는 이미 세 사람이 와 있었고, 방구들에 누워 아편을 피우고 있는 두 사람이 더 있었다. 요문통은 주인을 향해 인사를 하고, 아울러 동석한 이들에게도 인사를 했다. 자리에 앉아 다시 한 번 일일이 서로 통성명했다.

그와 같은 자리에 앉은 사람은 성이 강(康)이고, 호는 백도(伯圖)라고 했다. 호중립이 말했다.

"이분 강백도 형은 이곳 발재양행(發財洋行)의 중국인 총지배인이신데, 주량이 대단하시지."

요문통은 또 맞은편에 앉은 두 사람에 대해서도 물었다. 한 사람은 성이 담(談)이고 호는 자영(子英)이었으며, 또 한 사람은 성이 주(周)에 호는 사해(四海)였다. 호중립이 또 설명했다.

"이분 자영 형은 외국어가 매우 뛰어나서 미국 변호사 사무소에 통역으로 계시고, 사해 형은 포동사창(浦東絲廠)의 재무장으로 계시는데 친구를 워낙 좋아해서 사람됨이 사해와 같다네."

요문통은 또 방구들에서 아편을 먹고 있는 두 사람에 대해서도 물었다. 그중 한 사람은 온몸을 까만 두루마기에 까만 마고자로 감싸고 있었다. 초봄이라 아직 날이 찬데도 그는 가죽으로 된 것은 하나도 걸치고 있지 않았다. 물으니, 그의 성은 종(鍾)이고 호는 양오(養吾)였다. 다른 한 사람은 외국 복장을 하고 있었는데, 융단 옷에 융단 바지, 밀짚모자에 가죽 구두를 신고 있었다. 그때는 모자를 쓰지 않고 옆에 놓아두었다. 드러난 머리는 단발이었는데, 가늘고 긴 것이 예뻤다. 요문통이 그의 성명을 물으니, 그는 마침 담뱃대를 문 채 불 위에 대고 한참 빨고 있었다. 그는 한 대를 다 피우고 다시 차를 한 모금 마신 연후에야 일어나 요문통을 향해 공수하며 말했다.

"죄송합니다! 버릇없이 굴었습니다!"

그런 다음 자기 이름을 말했다. 성은 곽(郭)이고 호는 지문(之問)이었다. 요문통이 자세히 보니 얼굴빛이 푸르스름한 것이 입안 가득 연기를 물고 있었다. 그의 상판을 보아하니, 매일 최소한 두 냥어치 아편을 먹어야 만족할 수 있을 듯싶었다. 요문통이 일일이 인사를 나누자, 다른 사람들도 일일이 그의 성명을 물었다. 그런 다음 다시 자리에 앉았다.

서새가 메뉴판을 가져왔다. 주인이 요문통에게 요리를 주문하라고 했다. 그러나 그는 거기 적힌 요리가 무엇인지 전혀 몰라 다시 주인에게 대신 탕(湯) 하나에 요리 넷을 주문해 달라고 청했다. 그리고 달걀볶음밥을 하나 청했다. 서새가 순식간에 요리를 날라 왔다. 요문통이 먹어 보고 저도 모르게 이상한 감을 느꼈다. 이어 칼로 불그레한 것을 잘라 먹었다. 그러면서도 요문통은 그것이 무엇인지 몰랐다. 호중립이 알려 주었다.

"이건 소갈비일세. 우리 같은 지식인들이 먹으면 심(心)을 보완할 수 있지."

이에 요문통이 말했다.

"우리 집은 아주 오랜 선조 때부터 지금까지 몇 대째 소고기를 먹지 않았네. 이건 물리도록 하게!"

그러자 호중립이 크게 웃으며 말했다.

"여보게, 친구! 그래 놓고도 자네가 신학을 익혔다고 할 텐가. 소고기조차 먹지 않는다면, 어찌 유신하는 친구들에게 웃음을 사지 않겠는가?"

요문통은 그래도 먹으려 하지 않았다. 강백도가 말했다.

"상해의 소고기는 중국 것과 다릅니다. 중국의 소는 모두 일하는 소들로 인간을 위해 온 힘을 다 쏟았으니, 그래 놓고도 잡아먹는다면 당연히 안 될 일이지요. 그러나 상해의 외국인들은 요리해서 먹기 위해 전문적으로 소를 살찌웁니다. 그래서 그것들을 비육우(肥肉牛)라고 하니, 먹어도 그리 죄가 되지 않습니다."

주사해도 거들었다.

"백도 옹(伯翁)의 말이 맞습니다. 문통 옹(文翁)! 소고기는 몸에 좋습니다. 먹는 게 습관이 되지 않으셨다니, 우선 맛만이라도 보십시오. 나중에 습관이 되면 자연스레 먹게 될 것입니다."

몇이서 얘기를 나누고 있을 때, 방구들에 누워 있던 친구들도 그 말을 들었다. 뒤에 요문통이 신학문을 익혔다는 호중립의 말을 듣고, 둘은 눈을 들어 요문통을 한참이나 관찰했다. 그러다 틈을 타 그와 얘기를 나누게 되었다. 요문통은 겉으로는 촌티가 났지만, 그가 지닌 문재(文才)는 매우 깊어 그 둘이 묻는 말에 대답하지 못하는 것이 없었다. 때문에 그 둘은 그에게 매우 탄복하여 자신들과 같은 부류의 사람으로 인정했다. 요문통이 커피를 다 마시자, 외국 복식을 한 곽지문이 그에게 방구들로 와 아편을 피우자고 권했다. 그러나 요문통은 피우지 않겠다고 대답했다. 곽지문이 다시 그에게 자신이 곁에 누워 모실 테니, 구들로 와 앉으라고 권했다. 그러면서 한편으론 아편에 불을 붙였다. 까만 두루마기를 입은 종양오가 차제에 둥그런 마작용 의자를 끌어다 아편 먹는 평상에 기대앉아 두 사람의 대화를 들었다. 곽지문은 그 자리에서 아편을 꺼내 요문통에게 한 입 먹기를 권했다. 한참을 권하여도 요문통이 끝내 먹으려 하지 않자 결국 포기하고 저 혼자 불에 대고 뻑뻑대며 피우기 시작했다. 한 입으로는 부족했는지, 한 입 또 한 입, 결국 네댓 번을 빨고서야 겨우 만족한 듯 두 손으로 물 담뱃대를 들고 천천히 말했다.

"논리적으로야 우리처럼 신학문을 한 사람들은 몸에 해로우니 이런 아편을 피워서는 안 되겠지요. 하여 처음에는 저도 그만두려 했습니다. 그런데 뒤에 다시 생각해 보니, 이 세상에 인간으로 태어나서 자유의 기쁨을 누려야겠더군요. 제가 아편을 피우는 것은 비록 부모라 할지라도 간섭할 수 없는 제 자유지요. 문통 옹! 방금 강·주 두 공께서 당신에게 소고기를 먹으라 권한 것은 참으로 이치에 맞습니다. 무릇 인간이 먹고 마시는 것이 자신에게 이익이 된다면야 무엇인들 꺼릴 게 있겠습니까? 당신 선조께서 드시지 않았다 하여 어찌 당신도 먹지 말아야 한다고 금할 수 있단 말입니까? 만약 당신이 드시지 않는다면, 그것은 스스로 당신의 자유권을 방기하는 것입니다. 신학문을 한 사람들은 취하지 않는 행동이지요."

그들 셋은 담뱃불을 둘러싸고 한담을 나누었다. 식탁에 둘러앉은 주인과 손님 넷 또한 장광설을 늘어놓고 있었다. 종양오가 듣고 있다 넌더리를 내며 말했다.

"난 서양 말이나 하고 서양 놈의 밥을 먹는 사람들이 제일 싫어. 어디 출신인지는 모르겠지만, 대인(大人) 선생이 함께 있어도 꼭 그 꼴사나운 작태를 보이지. 중립(中立)은 훌륭한 사람인데 어째서 이런 사람들과 교류하는지, 원!"

곽지문이 말했다.

"양오! 자네 말이 틀렸네. 중립이 그런 사람들과 교류하는 것이 바로 그의 장점이라네. 사람들은 모두 중립이 보수적이라고 하는데, 사실 그가 낡은 것을 고쳐 새로워진 점은 아주 많다네! 이 사람들만 놓고 보아도, 그들이 어디 출신이든 우리 4억 동포 중 하나이지 않은가. 오늘날 우리 중국에서 가장 요긴한 일은 무리를 이뤄 단체를 결성하는 것이라고 할 수 있네. 그러니 그가 어떤 사람이건 막론하고, 우리는 모두 평등하게 대해야 하네. 그들을 끌어들여야지, 어찌 소원하게 한단 말인가? 문통 옹! 제 말이 틀렸습니까?"

요문통은 그저 "지당하십니다!"라고만 대꾸했다. 곽지문이 계속 말을 하려는데, 식탁에 앉았던 손님 셋이 마고자를 입고 떠나려 했다. 그들 셋은 더 오래 머물 수 없다는 것을 알았다. 곽지문 또한 급히 일어나 연거푸 연기를 빨았다. 그가 일어나자 종양오도 급히 두어 모금 빤 뒤 일어나 마고자를 입고 주인에게 사례했다. 모두 함께 사례했다. 입구에 이르자 곽지문이 다시 요문통의 손을 잡고 어디에 머무는지 물으며 말했다.

"내일 오후 7시에 제가 양오와 함께 찾아뵙겠습니다."

요문통이 말했다.

"아닙니다. 제가 찾아뵙겠습니다!"

그러자 곽지문이 말했다.

"오시려면 저녁 불을 켠 뒤에 오셔야 합니다. 너무 일찍 오시면 제가 일어나지 못하여 괜스레 죄송스러울까 걱정됩니다."

요문통이 말했다.

"기왕 그러시다면, 내일 객잔에서 기다리고 있겠습니다!"

말을 마치고는 서로 공수하고 헤어졌다. 호중립은 마차를 타고 제조국으로 돌아갔다. 이에 대해서는 더 이상 말하지 않겠다.

요문통은 급히 천선희원으로 달려갔다. 안목(案目)[179]이 그를 데리고 극장의 무대 정면으로 가 아들과 제자들을 찾았다. 무대에선 벌써 「철공계」가 공연되고 있었다. 요문통은 사방을 둘러보았다. 관람석은 빼곡히 들어차 있었다. 그때 무대 위에서는 장가상(張家祥)으로 분한 유명 배우 소련생(小連生)이 호남(湖南) 말투로 누군가를 꾸짖고 있었다. 무대 아래 관객들은 거듭 갈채를 보냈다. 그중에 박수를 치는 소리도 끼여 있었다. 요 선생 일행은 박수 소리를 듣고 기이하게 여겨 급히 사방을 둘러보았다. 그들 뒤편 테이블에 외국인 셋과 중국인 둘이 있었는데, 그들이 만족스러운 부분을 보고 박수를 쳤던 것이다. 가자유가 가만히 보니, 마침 오늘 대관루(大觀樓)에서 옆자리에 앉아 차를 마시던 양복 입은 원수(元帥)와 머리를 깎지 않은 친구도 거기에 있었다. 가자유가 그들을 보고 있을 때, 그들도 가자유를 보았다. 뜻하지 않게 두 눈이 서로 부딪치며 얼굴을 맞대게 되었다. 그들은 서로 아는 눈치였다. 눈 깜짝할 사이에 연극이 끝나고 관객들은 사방으로 흩어졌다. 극장을 나서는 사람들이 썰물처럼 빠져나갔다. 요 선생 일행은 사람들이 다 빠져나가기를 기다려 뒤를 따라 나왔다. 고향에 있을 때는 이제껏 아주 이른 시간에 잠을 잤었다. 게다가 가씨 형제는 어제 배에서 밤새 한숨도 제대로 못 잤기에 너무 피곤했다. 그들은 거리 야경에는 아무런 관심도 없이 바삐 객잔으로 돌아와, 몇 마디 한담을 나누다 이내 잠이 들었다.

밤은 쉬이 지나 다시 날이 밝았다. 요 선생은 먼저 일어나 집으

---

179 극장에서 손님을 접대하는 사람.

로 보내는 편지를 썼다. 다음으로 그의 아들이 일어났다. 가씨 3형제는 12시가 다 되도록 잠을 잤다. 객잔에서 배식을 하기에, 심부름꾼 아이는 그제야 그들을 깨웠다. 세수를 하고 나니 어느새 점심이었다. 요 선생은 밥을 먹은 뒤 아들을 데리고 미리 말해 둔 학당으로 가서 세부 규정들을 살펴볼 생각이었다. 가씨 3형제도 함께 가 식견을 넓히고자 했다. 요 선생이 허락했다. 가씨네 심부름꾼 아이만 남겨 두고, 선생과 제자 일행 다섯이 함께 문을 나섰다. 대문을 막 나서려는데, 어떤 사람 하나가 객잔으로 들어왔다. 그는 외국 밀짚모자를 쓰고 가죽신을 신었으며, 까만 솜두루마기를 입었는데 허리띠도 매고 있지 않았다. 등 뒤로는 길게 땋은 변발을 살래살래 흔들며 들어오고 있었다. 모두들 그를 보고도 개의치 않는데, 요 선생의 아들이 그를 보더니 매우 공경하는 자세로 급히 두어 걸음 달려가 인사를 나누는 것이었다. 그 사람은 본시 요 선생의 아들과 몇 마디 얘기를 나눌 생각이었지만, 사람들이 많은 것을 보고 문득 부끄러운 기색을 보이며 급히 객잔으로 들어갔다. 요 선생이 아들에게 물었다.

"누구냐? 어찌 그를 아느냐?"

아들이 어제 했던 말을 반복했다. 그제야 모두들 어제 요 세형을 꾀어 객잔을 나섰다가, 뒤에 혼자 사창가로 간 사람이 그라는 것을 알게 되었다. 요 선생은 학문은 비록 깊었으나, 연일 만나느니 모두 이런 의표를 찌르는 기괴한 사람들이었다. 그러니 따지고 보면 결국 그의 바깥 경험도 그리 깊지 않다고 해야 할 것이다. 비록 유신에 뜻을 두었지만, 아직 어떤 사람이 좋고 나쁜지도 분간해 내지 못했다. 하여 그는 양복 입은 사람이 몇 마디 새로운 말을 하기라도 할라치면, 마치 하느님을 대하듯이 했다. 그러나 이는 그의 견문이 아직 넓지 않아서이니, 그를 탓할 일도 아니었다. 그가 이럴진대 나머지 제자들이나 아들은 더 말할 필요도 없었다.

쓸데없는 말은 그만두고, 한편 요 선생의 아들이 입학하기로 말해 둔 학당은 사마로에서 멀지 않은 홍구(虹口) 파자로(靶子路)에 있었다. 일행은 삼마로를 벗어나 다시 좀 더 걷다가 인력거를 불러 30분쯤 갔다. 가는 내내 요 선생이 인력거에서 내려 직접 여러 사람들에게 묻고 또 물어 겨우 학당에 당도했다. 학당 문 앞에 이르러 쳐다보니, 문 위에는 붉은 바탕에 검은 글씨로 '봉헌설립 배현학당(奉憲設立 培賢學堂)'*이란 여덟 글자가 새겨진 편액이 걸려 있었다. 한편에는 또 호두패(虎頭牌)[180]가 걸려 있었는데, 그 위에는 '학당중지 한인면진(學堂重地 閒人免進)'*이란 여덟 글자가 쓰여 있었다. 그 밖에 포고문 두 짝이 더 있었는데, 기개가 위풍당당했다. 스승과 제자 일행은 문밖에서 내려 차비를 지불했다. 요 선생이 앞에 서고, 나머지 넷은 뒤를 따라 학당으로 들어갔다. 요 선생은 공손히 품에서 명함을 꺼내 차방에게 주며, 안에 통보해 달라고 부탁했다. 이 학당에는 공(孔)씨 성을 가진 감독이 하나 있었는데, 자기 말로는 공자의 124대 후손이라고 했다. 명함을 들이고 잠시 기다리니 공 감독이 나오고, 차방이 "드십시오!" 하고 말했다. 다섯은 안으로 들어가 안면을 튼 뒤, 일일이 인사를 나누었다. 요 선생이 아들에게 개두(磕頭)[181]를 시키려 하자 공 감독이 말리며 말했다.

"우리 학당은 아직 개관하지 않았으니, 개두를 하지 않아도 됩니다. 우리 학당에서는 상해도(上海道)에 위원을 위촉했는데, 우리 학당으로 와 개관식을 감찰할 것입니다. 나중에 개관하는 날, 그때 개두하시면 됩니다."

---

180 옛날 관청에서 하릴없는 사람들의 출입 금지를 알리던 문패.
181 옛날의 예절로, 무릎을 꿇고 두 손을 바닥에 짚은 다음 이마를 땅에 조아리며 드리는 인사.

그 말을 듣고 요 선생의 아들은 읍을 했다. 모두들 자리에 앉자 요 선생이 먼저 말문을 열었다.

"저희 집은 소주에 있습니다. 저는 이제껏 고향에서만 살았는데, 지난해 내종사촌 형님께서 말씀하시는 것을 듣고 귀 학당의 제도나 규칙 등 모든 것이 훌륭하다는 것을 알게 되었습니다. 하여 작년 12월에 사친(舍親)[182]께 저희 아들놈을 등록해 달라고 부탁하였습니다. 올해 아들놈을 귀 학당에 보내 공부를 시키려고 합니다."

그 말을 듣고 공 감독이 물었다.

"아드님의 나이가 올해 몇입니까?"

요 선생이 대답했다.

"열아홉입니다."

공 감독이 또 이름을 물었다. 요 선생이 대답했다.

"성은 요씨이고 이름은 달천(達泉), 호는 소통(小通)입니다."

공 감독은 안탁(案桌) 서랍을 뒤져 양식 장부를 꺼내 들고 뒤적뒤적 살폈다. 한참을 뒤지다 요소통이라는 이름을 찾았다. 작년 12월에 등록하였고, 이름 밑에 은화 5원을 이미 수납했다고 기록되어 있었다. 공 감독은 다 살펴본 뒤 장부를 내려놓고, 다시 서가에서 서류 한 장을 꺼내 요 선생에게 주며 말했다.

"저희 학당의 숙식 규정으로는 6개월에 은화 48원입니다. 미리 지불하시겠다면 45원만 내시면 됩니다. 작년에 은화 5원을 이미 수납하셨으니, 40원만 더 내시면 됩니다."

요 선생은 여기로 오기 전에 상해의 학당은 등록금이 가장 저렴하면서도 교육 방법은 가장 낫다는 말을 들었다. 그래서 친척

---

182 다른 사람에게 자신의 친척을 지칭하는 겸양어.

형님에게 부탁하여 이 학당을 찾은 것이었다. 친척 형님은 요 선생을 대신해 은화 5원을 지불하면서도, 끝내 얼마를 내야 하는지는 애매하여 그도 몰랐던 것이다. 요 선생은 상해로 올 때 20여 원만 가지고 왔다. 여비며 물건 살 돈도 그 안에 포함되어 있었다. 학당 등록금은 이미 지불했으므로 더 이상 내지 않아도 된다 생각하고 있었던 것이다. 그런데 지금 공 감독의 말을 듣고 보니, 저도 모르게 깜짝 놀라고 말았다. 다시 학칙을 찬찬히 살펴보니 과연 틀리지 않았다. 물리자니 그 말도 입 밖으로 꺼내기가 난감했다. 다행히 공 감독이 미리 낼 경우 45원만 내면 된다는 말을 해서, 곧 개학하는 날 먼저 아들을 들여보내고 자신은 소주로 돌아가 월별로 등록금을 보내 주면 되리라 여겼다. 그리하여 공 감독에게 그리해도 될는지 물었다. 그러자 공 감독이 말했다.

"개학 전에 지불하는 것이면 어떤 경우든 선불로 계산할 수 있습니다. 그러나 개학한 뒤로는, 그 이튿날이건 사흘째 되는 날이건 전부 48원을 내야 합니다. 만약 3일 이내에 등록금을 완납하지 않으면 제명됩니다. 학칙에 자세히 설명되어 있습니다. 당신과 같은 지식인들은 보면 다 알 수 있을 것입니다."

상황이 그리되자 요 선생은 실망을 금치 못하고는 혼자 중얼거렸다.

"이렇게나 비싸단 말인가!"

그러자 공 감독이 또 말했다.

"저희 학당은 결코 비싸다고 할 수 없습니다. 지금은 학당을 연 곳이 많아졌습니다. 그래서 저희 학당에선 아주 싸게 널리 학생들을 모집하게 되었지요. 상해에서 저희 학당 하나밖에 없던 3년 전에는 6개월에 은화 120원을 받았습니다. 지금은 반에도 못 미칩니다. 그러니 어찌 비싸다고 할 수 있겠습니까?"

요 선생이 말했다.

"보아하니 상해의 학당들은 벌이가 아주 좋겠습니다."

그 말에 공 감독은 미간을 찌푸리며 말했다.

"요즘 상해에서 '돈벌이'를 언급하기는 참 골치가 아픕니다. 저희 학당을 예로 들면, 3년 전에는 이문이 2천~3천 원 남았습니다. 저희 학당은 고향 친구 셋이서 함께 연 것입니다. 그러니 1년에 한 사람당 은화 천 원씩 나눠 가질 수 있었지요. 한데 요 2년 동안은 장사가 영 시원찮았습니다. 그러자 두 동료는 더 이상 간여하지 않고 저에게 다 맡겨 버렸습니다. 이렇게 되고 보니, 저 혼자만 돈을 쓰게 되었지요. 돈벌이를 생각했다면 여기 있지도 않았을 것입니다. 우리 중국 사람들은 마음이 들쭉날쭉해서, 누군가 조금 좋다 싶으면 모두 따라 합니다. 우리만 이익을 독점하게 상부에 품신을 올려 다른 이들은 학당을 열지 못하도록 했어야 합니다."

그러자 요 선생이 말했다.

"학당은 많을수록 좋은 일인데, 어찌하여 다른 사람은 열지 못하게 해야 한단 말입니까?"

공 감독이 말했다.

"다른 이들이 많이 열면 열수록 우리가 먹을 수 있는 밥이 줄어들기 때문이지요."

여기까지 말이 끝나자 요 선생은 온 지 오래되었음을 알고, 아들과 제자를 데리고 일어나 작별을 고했다. 공 감독이 말했다.

"20일에 개학하니, 하루라도 빨리 아드님의 짐을 옮겨 여관비를 아끼시는 게 좋지 않겠습니까. 저희 학당은 하루 이틀 더 머문다고 따로 요구하는 것 없이 무료입니다. 저희 학당의 규정은 참으로 잘되어 있습니다. 기생을 끼고 술을 마시거나 사창가를 들락거리지 못하게 하지요."

요 선생은 이곳 학비가 너무 비싸 좀 더 싼 곳을 찾아봐야겠다고 생각했다. 여기보다 싸다면, 이미 지불한 은화 5원은 없는 셈 치고 싶었다. 그는 길을 가면서 속으로 계산을 했다. 때문에 공 감독이 나중에 한 말은 듣지도 못했다. 인사를 하고 나와 다시 객잔으로 돌아왔다.

이제 막 인력거에서 내려 서정신항 어귀를 들어서는데, 가씨네 심부름꾼 아이가 객잔 밖에서 초조하게 기다리고 있었다. 녀석은 그들을 보더니 생각 없이 나오는 대로 지껄였다.

"아이고! 이제 돌아오셨군요! 죽는 줄 알았습니다요!"

그 말을 듣고 모두 깜짝 놀랐다.

자초지종을 알고 싶으면 다음 회를 듣고 알아보기 바란다.

제19회

혼인의 진화는 은밀한 만남의 장소에서 유행하고
여성계의 개량에 깜짝 놀라 얼굴이 새파래지다

각설하고, 요문통 선생은 아들과 제자를 데리고 학당에서 돌아와 이제 막 서정신항 골목 어귀를 들어섰다. 그러다 가씨네 심부름꾼 아이가 고개를 내밀고 두리번거리는 것을 보았다. 안절부절못하는 모양새였다. 그들 일행이 돌아오자, 아이가 급히 달려와 주절대기 시작했다.

"빨리 객잔으로 가 보십시오. 소주에서 편지가 왔습니다요. 아주 급한 일인지, 편지 봉투에 동그라미가 그려져 있습니다요."

그 말을 듣고 일행은 예삿일이 아니라며 깜짝 놀랐다. 요문통은 한달음에 객잔으로 들어가 방문을 열었다. 소주에서 온 편지는 탁자 위에 놓여 있었다. 손을 뻗어 봉투를 열고 읽었다. 그의 부인은 원래 출산이 임박해 있었다. 그런데 산기가 있은 지 사흘이 지났는데도 아직 아기를 낳지 못하고 있었다. 때문에 집에서는 다급한 나머지, 그에게 돌아오라는 편지를 보냈던 것이다. 지금은 상황이 어찌 되었는지 알 길이 없었다. 그는 다급하여 어찌할 바를 몰랐다. 당장 등에 날개가 돋아 돌아가지 못하는 것이 원망스러웠다.

다음 날 증기선이 떠나는 것도 기다릴 수 없어, 그 밤으로 당장 객잔에 부탁하여 은화 6원을 주고 각화선(脚划船)[183] 한 대를 빌렸다. 떠날 무렵 그는 또 각별히 서점에 들러 새로 출간된 『전종 개량 신법(傳種改良新法)』과 『육아여위생(育兒與衛生)』 등의 서적 몇 권을 사 가지고 갔다. 어찌해야 할지 도움이 필요할 때, 멍청한 의원이 구태의연한 방법으로 잘못이라도 범하는 것을 방비하기 위해서였다. 짐을 수습하여 그길로 배에 올랐다. 배에 오르기 전, 그는 아들에게 몇 마디 당부했다.

"이번에 가면 짧게는 열흘, 길게는 반달이 걸릴 것이지만 반드시 돌아올 것이다. 그러니 너는 세형들과 함께 상해에 있으면서, 함부로 싸돌아다니다 남들의 웃음거리가 되지 마라. 배현학당(培賢學堂)은 갈 필요가 없겠다. 내가 돌아오면 그때 다시 대책을 찾아보자꾸나."

아들은 그러겠다고 대답했다. 아버지를 배웅하고 나니 여전히 시간이 일렀다. 객잔에 죽치고 앉아 있기엔 좀이 쑤셔서, 가씨 3형제와 밖으로 나가 놀자고 청했다. 가씨 형제도 모두 젊은이였던지라 성정이 조용히 있기보다는 움직이기를 좋아하였으니, 그 말을 듣자 당연히 신이 났다. 이에 모두 옷을 갈아입고 거리로 나갔다.

이제는 간섭하는 어른이 없으므로 여기저기 두리번거리며 구경하기가 전보다 훨씬 편했다. 발길 닿는 대로 걷다가 저도 모르게 제일루(第一樓) 아래에 이르게 되었다. 이즈음 사마로는 거리 가득 노랫소리에 풍악이 울려 퍼지며 떠들썩했다. 기녀들이 출국(出局)[184]하는 가마가 끊임없이 오갔다. 그들은 모두 상해에 처음 와 보았기에 출국이 뭔지 몰랐다. 하여 가마에 앉은 이들을 대갓집

---

183 강소·절강 일대에 운행하던 작은 배. 선원이 발로 노를 저어 속도는 매우 느렸다.
184 기녀들이 외부로 출장하는 일.

제19회 259

여인들로만 여기고 속으로 이상하다는 생각을 떨칠 수 없어 이렇게 수군거렸다.

"이 부인네들은 뭐하려고 가마에 앉아 거리를 쏘다닌담?"

그러다 나중에 가마 속을 들여다보고, 한쪽에 비파가 기대 있는 것을 보고 나서야 뭔지 알게 되었다. 이제껏 책에서 말하던 문명의 교화라도 받은 것처럼, 이것이 도대체 무슨 이치인지 몰라 어리둥절했다. 한참을 멍하니 서서 지켜보다가 누각 위에 사람 소리가 시끌벅적한 것을 듣고 넷은 성큼성큼 누각을 올랐다. 이즈음 제일루에서는 기생들이 장사를 나섰다. 아직 손님을 맞지 못한 여인들이 온갖 기묘한 교태를 부리며 손님들을 유혹했다. 넷은 모두 구식 옷을 입고 있었다. 마고자는 길이가 족히 2척 8촌은 되었고, 소맷부리 또한 7~8촌은 됨 직했다. 여인들은 그들이 외지인이라는 것을 알아보고 유혹하려 들었다. 앞서 계단을 오르던 가자유가 연지와 분을 바른 주름이 지기 시작한 중년의 기녀에게 붙잡혔다. 가자유는 아무리 발버둥 쳐도 벗어날 수 없었다. 뒤이어 가평천과 가갈민 그리고 요소통까지 모두 여인네에게 붙잡혔다. 네 사람은 눈앞이 어질어질하여 저들이 늙은지 젊은지도 분간할 수 없었다. 그저 가슴만 쿵쾅쿵쾅 뛰었다. 어쨌든 이 넷은 아직 간이 작았다. 게다가 상해에 처음 왔기에 부끄러움을 잘 탔다. 한참을 발버둥 쳤지만 여인들은 놓아주지 않았다. 가갈민이 더 이상 참지 못하여 고개를 숙인 채 욕을 퍼부었다.

"이런, 뻔뻔한 것들! 놓아주지 않으면 소릴 지를 테야!"

기녀들은 그가 촌스럽고 어리벙벙한 것을 보고, 장사하기는 글렀으며 설사 성공한다 해도 돈을 쓸 만한 인간이 되지 못한다는 것을 눈치챘다. 이에 몇 마디 경박한 말을 내뱉곤 놓아주었다. 그리되자 넷은 마치 사면이라도 받은 듯 좌충우돌하며 곧장 앞으로 뛰어갔다. 그런데 누가 알았으랴, 가는 내내 수많은 여인들과 계속 부딪쳤는데, 그 여인들도 모두 같은 모양새였다. 그제야 넷은 누각을 오르지 말았어야 했다며 후회했다. 내려가고 싶었지만 다시 그 뻔뻔한 여인네에게 붙잡힐까 두려웠다.

이러지도 저러지도 못하는 곤경에 처해 있을 때, 마침 저 앞 창가 탁자에서 누군가 손짓하며 그들을 불렀다. 자세히 보니 세 사람이 함께 차를 마시고 있었는데, 그들에게 손짓한 사람은 바로 어제 요소통과 함께 놀러 나갔던, 일본에서 돌아왔다는 선생이었다. 넷은 앞으로 가 그와 공수하며 인사할 수밖에 없었다. 일본에서 돌아왔다는 그 선생은 가씨 3형제를 보고, 객잔에서 이미 얼굴을 마주쳤기에 자못 면식이 있는 것처럼 행동했다. 게다가 요소통이 함께 있는 것을 보고 3형제에게 함께 앉기를 권했다. 가자유가 보니, 어제 대관루(大觀樓)에서 차를 마시던 양복 입은 원수(元帥)라는 사람과 황국민(黃國民)이라는 두 사람도 마침 그 자리에서 차를 마시고 있었다.

일곱이 자리를 잡고 앉자, 서로 통성명을 했다. 양복 입은 원수가 자신은 성은 위(魏)요 호는 방현(榜賢)이라고 소개했다. 일본에서 돌아왔다는 선생은 성이 유(劉)에 호는 학심(學深)이라 했다. 황국민은 모두들 이름을 아는지라 따로 말할 필요가 없었다. 그 자리에서 가씨 3형제와 요소통도 일일이 응수했다. 처음에는 학당을 여는 일이며 책을 번역하는 일 등 몇 마디 겉치레 말을 주고받았다. 그러다 얘기가 한창 재밌어지고 있는데, 마침 기녀 하나가 빙 돌며 다가오더니 유학심을 한 대 내려쳤다. 그 바람에 유학심은 온몸이 후들거리고 눈앞이 번쩍하며 정신을 차리지 못하고 자리에 제대로 앉아 있지도 못했다. 그런 그를 보고 위방현이 웃으며 말했다.

"학심 형, 자네 여자 복은 도대체 몇 생이나 윤회해서 얻은 공덕인지 모르겠군?"

그러고는 이어 그를 가리키며 다른 이들에게 말했다.

"자네들 아는가, 학심 형은 올해 스물일곱인데, 아직까지 장가를 들지 않았다네. 그의 생각으론 반드시 혼인의 자유라는 외국 방법을 배워야 한다는군. 올해 일본에서 돌아오더니, 학문에 큰 발전이 있었을 뿐 아니라 하는 일마다 바꾸지 않은 것이 없다네. 저 사람에겐 한 가지 원칙이 있는데, 내 여러분께 알려 드리지. 그러면 아마 자네들도 그를 떠받들지 않을 수 없을 게야."

모두들 어서 말하라며 다그치자 위방현이 말했다.

"학심 형이 말하기를, 모든 법제를 고치는 일은 자고로 가정에서부터 먼저 바뀌어야 하며, 가정의 변화 없이는 나라의 변화도 결코 없다는 게야."

그 말을 듣고 가자유가 연신 고개를 끄덕이며 말했다.

"정확한 견해요, 정확한 견해야!"

위방현이 말했다.

"학심 형은 또 이렇게 말하더군. 병을 치료하는 자는 급하면 병증부터 다스려야 하는 것이 불변의 법칙이라, 나라를 다스리는 것 또한 병을 다스리는 것과 마찬가지. 위급하고 어려운 경우에 처했을 땐 응당 어떻게 해야 하는가. 결코 옛것에 얽매여서는 안 되지. 얽매이는 것이 없어야 자유를 추구할 수 있다는 걸세. 모든 게 자유로워지면, 그때는 변법을 얘기하지 않아도 그 속에 자연스레 담겨 있게 된다는 걸세. 속박과 압제가 사라진 뒤에야 변법을 얘기할 수 있다는 것이지. 그래서 학심 형은 부친과 모친이 여러 차례 편지를 보내 고향으로 돌아와 결혼하라고 했지만, 그는 자신의 견해를 고집하며 돌아가지 않고 반드시 상해에서 자신이 직접 신붓

감을 고르겠다며 고집하고 있다네. 그의 말이, 중국 4억 인구 중에 2억의 여성이 있지만, 오직 상해의 여인들만 문명화되어 그가 말하는 평등과 자유의 이치에 합치된다는 게지. 이 여인들은 대범하여 다른 사람을 보아도 한 점 부끄러워하는 기색이 없다네. 그래서 학심 형은 반드시 여기서 신붓감을 고르려는 것이네."

그러자 가갈민이 물었다.

"좋기는 한데, 이 여인들은 모두 기녀가 아닙니까?"

한데 그가 말을 끝내기도 전에 유학심이 끼어들었다.

"양갓집 규수도 사람이고, 기녀 또한 사람일세. 하는 일이 비천하다 하지만, 하늘이 처음 사람을 낳을 때는 다 한가지였네. 만약 우리가 저들을 천시한다면 평등에 크게 위배되지. 그래서 나는 저들이 비록 기녀이기는 하지만 늘 양갓집 규수와 마찬가지로 대접한다네. 만약 내게 선택되어 둘이 서로 사랑한다면, 나는 그녀를 아내로 맞을 걸세. 안 될 게 뭐 있겠는가?"

가평천이 말했다.

"지당하십니다. 이 동생, 탄복했습니다! 다만 한 가지 가르침을 청할 것이 있습니다. 요 근래 우리 사회에선 여인들의 전족이 큰 문제가 되고 있습니다. 제 생각에 천하에는 해야 할 일이 하고많은데, 어찌하여 여인들의 두 발에 이렇듯 문제가 집중되었습니까?"

그러자 위방현이 끼어들었다.

"이 일은 반드시 내 아내한테 물어봐야 할 거외다. 그녀는 지금 '불전족회(不纏足會)'에 가입하려 하고 있지. 자네들한테 터놓고 말하자면, 나는 열일곱에 상해로 왔네. 그때 집안엔 어르신이 살아 계셨고, 살림살이도 그럭저럭 괜찮았지. 나는 여기서 하는 일이 따로 없었어. 그래 다른 학문에는 별 진전이 없었지만, 이 화류계에서만은 나름 공부가 있었지. 한마디로 말하자면, 기녀 선생은 기녀 아가씨만 못하다는 거야."

'선생'이라는 두 글자를 듣자 가갈민은 이상하다는 생각이 들어 급히, 선생들은 어떻게 계집질하느냐고 물었다. 위방현이 그에게 말했다.

"상해에선 기녀를 모두 선생이라 부른다네."

그제야 가갈민은 그것이 무슨 뜻인지 알게 되었다. 위방현이 또 말했다.

"상해의 늙은 창부들은 전부 팔려 온 사람들이어서, 반드시 전족을 시켜 고생시켰지. 손님을 접대하는 데도 자유롭지 못했어. 하지만 그녀들은 딸을 낳으면 딸들을 '아가씨'로 만들어 전족을 하는 고생을 시키지 않아. 아가씨들은 그러다 뜻 맞는 손님이 결혼하자고 하면 시집가고, 첩으로 삼자면 첩이 된다네. 자기 내키는 대로 할 뿐이지. 나이 든 창부도 그런 그녀를 간섭하지 않는다네. 나는 아가씨들이 이처럼 자유로운 것을 보고, 처음 왔을 때부터 곧장 아가씨와 놀았지. 호한(好漢)은 출신을 따지지 않는 법. 솔직히 말하자면 내 아내도 여기 출신이라네. 다른 것은 차치하고, 내게 시집올 때 오직 금으로 된 물건만 해도 값어치가 족히 3천~4천 냥은 넘었다네! 지금은 또 아내의 발이 자연스럽다는 사람들의 추천을 받아 불전족회를 창립했다네. 마침 내일 제3기 연설회가 있네. 여기 참석하는 여인들은 반드시 내 아내 앞에서 연설해야 하는데, 그것은 그들이 좋아해서 그러는 것이라네. 나는 오늘 집으로 돌아가면 그녀가 내일 연설하는 데 도움이 될 만한 내용들을 전해 주어야 한다네."

가자유가 말했다.

"맞습니다. 상해에 무슨 연설회가 있다는 소리를 들었는데, 생각해 보니 바로 이런 것이군요. 우리도 함께 가 볼 수 있을는지 모르겠습니다."

그러자 유학심이 끼어들었다.

"방현 형이 그 모임의 우두머리신데, 함께 데려가 달라고 한다면 안 될 게 뭐 있겠나?"

황국민이 말했다.

"여러분, 불전족회를 절대 가벼이 보지 마시게. 종족을 보존하고 나라를 강성하게 하는 일과 관계가 아주 크다네. 방현 형을 예로 들자면, 그가 지금의 아내를 얻고 연이어 아들 셋을 낳았는데, 전부 튼실하여 병에도 걸리지 않는다네. 이게 바로 강한 씨의 증거라고 할 수 있지."

애기가 한창 무르익어 갈 무렵, 뜻밖에 한 기녀가 다가왔다. 모두들 그녀의 기색을 보고는 저도 모르게 말머리를 끊었다. 그러나 유학심은 그 까닭을 모르는지 손뼉을 치며 말했다.

"오묘하구나! 비록 얼굴은 좀 떨어지지만 저 두 발만은 아주 작으니, 어찌 사람의 넋을 빼놓지 않을 수 있으랴? 방현 형! 이 여인이 어디 사는지 아시오?"

위방현은 방금 불전족회 얘기를 하던 것이 생각났다. 그런데 지금 다시 갑자기 저 기녀의 발이 작은 것을 칭찬하자니 뜻이 부합되지 않는지라, 혹여 가씨 형제와 요씨 자제에게 비웃음이나 사지 않을까 걱정되어 급히 유학심에게 연신 눈짓을 보내며 더 이상 말을 못하게 했다. 그러나 유학심은 이를 눈치채지 못하고 여전히 조금 크다는 둥, 세 치도 되지 않겠다는 둥 지껄이며 애초에 자신이 어떻게 했는지를 까맣게 잊어버렸다. 그렇게 혼자 중얼거리자, 나머지 사람들은 다른 얘기를 나눌 수밖에 없었다. 가씨 형제가 불전족회에는 어떤 규칙이 있는지를 물었다. 위방현이 다시 그들에게 말했다.

"이 모임은 우리 몇몇 동지의 안사람들이 만든 것이라네. 무릇 입회하려는 사람은 전족을 풀어야 하지. 만약 입회한 후에 다시 전족을 한 것이 발각되면, 그 사람은 벌금으로 은자 백 냥을 물고 모임에서도 쫓겨난다네. 이런 풍속을 혁파하기 위해 부득불 그렇게 엄격한 규칙을 마련한 것이라네."

그러자 가갈민이 말했다.

"지금 규칙이 엄한가 그렇지 않은가를 묻는 게 아니라, 제가 묻고 싶은 것은 여인들이 전족을 하지 않으면 무슨 좋은 점이 있는가 하는 것입니다."

위방현이 말했다.

"방금 말했던 강한 씨가 가장 좋은 점이지. 게다가 여자들이 전족을 하지 않으면 발이 고생하지 않을 것이고, 그리되면 책을 읽고 글 쓸 시간을 낼 수 있어 남편이 가정을 이루고 독립된 생활을 하는 데 도움을 줄 수 있지. 외국 여자들이 모두 남자와 마찬가지로 쓸모 있는 것은 바로 이런 까닭이지. 이제 이 여인들을 가르쳐 이끌자면 먼저 전족을 하지 않는 것부터 시작해야 하네. 전족을 하지 않을 수 있은 연후에야 자유를 얘기할 수 있지. 사람이 이 세상에 태어나서 어디에도 속박되지 않고 자유로울 수 있다면, 이보다 더 기쁜 일이 뭐가 있겠나?"

그 말을 듣고 가갈민은 가슴이 쿵쿵 뛰며, 속으로 생각했다.

'우리 3형제는 비록 이미 정혼이 되어 있지만, 다행히 아직 결혼은 하지 않았어. 게다가 얼굴이 어떻게 생겼는지도 모르지. 이참에 편지를 써서 여자 쪽에 모두 전족을 풀라고 기별을 넣어야겠다. 만약 풀지 않으면 아내로 맞지 않겠다고 전하는 거지. 추측건대 내지(內地)는 아직 풍속이 개명하지 못하여, 분명 우리 말을 들으려 하지 않을 거야. 그렇다면 그때 이를 빌미로 아내로 맞지 않으면 돼. 그리고 몇 해 상해에 머무르며 절세가인을 물색하면 될 것이다. 다행히 전족을 푼 뒤에야 혼인이 자유로울 수 있다는 것은 온 세상이 다 아는 자명한 이치이니, 아마 우리가 틀렸다고 타박할 사람이 없을 거야.'

혼자 조용히 생각에 잠겨 있는데, 갑자기 문을 닫는다는 종업원의 고함 소리가 들려왔다. 차를 마시던 남녀들이 왁자지껄 흩어졌다. 그들도 더 이상 앉아 있을 수가 없어 종업원을 불러 계산했다. 종업원이 손가락을 꼽아 가며 계산하니, 도합 152문(文)이 소요되었다. 그런데 누가 알았으랴, 유학심과 위방현 두 사람은 한참을 뒤적거리더니 동전 20여 푼만 내놓았다. 그러고는 서로 얼굴만 쳐다보며 심히 난처해했다. 다행히 가씨 형제가 보고, 즉시 주머니에서 동원(銅圓)[185] 열다섯 개를 꺼내 대신 내주었다. 그러고는 다 함께 누각을 내려왔다. 한데 그들이 함께 차를 마실 때는 원래 일곱이었는데, 지금 세어 보니 황국민은 없고 여섯만 남았다. 애초에 그는 문을 닫으려는 것을 보고, 그러면 찻값을 내야 한다는 것을 알았다. 하여 일찌감치 빠져나가는 것이 좋겠다 생각하고 먼저 내려가 기다리고 있었던 것이다. 여섯이 누각을 내려와 다시 만났다.

가씨 형제가 그들이 사는 곳을 물었다. 내일 찾아보기 편하려는 것이었다. 위방현은 홍구(虹口) 오송로(吳淞路)에 산다 했고, 황국민은 신마로(新馬路)에 산다고 했다. 유학심은 그들과 마찬가지로 객잔에 머물고 있으니 물어볼 필요가 없었다. 위방현이 내일 불전족회 여회원의 연설이 있는데, 12시 이후 객잔에서 기다리면 자신이 와서 함께 가겠다고 했다. 모두들 좋다고 대답했다. 얘기를 나누는 동안 저도 모르게 벌써 큰길에 이르러 서로 공수하고 헤어

---

185 청말에 발행된 동(銅)으로 만든 고액의 화폐. 일반적인 네모 구멍 동전과 달리 중간에 구멍이 없다.

졌다. 위방현과 황국민은 하나는 동쪽으로, 하나는 서쪽으로 갈라졌다. 그런데 그들은 인력거도 부르지 않고 모두 걸어서 돌아갔다. 가씨와 요씨 일행 넷은 오늘 유학심을 만난 뒤로 일행이 하나 더 늘게 되었다. 다섯은 담소를 나누며 객잔으로 돌아왔다. 유학심은 애써 그들과 어울리려고 일부러 가씨와 요씨 일행의 방까지 따라와 한담을 나누다 새벽 3시가 되어서야 잠자리로 돌아갔다.

밤은 쉬이 지나 다시 날이 밝았다. 상해에서의 아침엔 할 일이 없었으므로, 유학심은 또다시 건너와 온갖 장광설을 늘어놓았다. 그의 말을 듣다 보니, 네 사람이 이제껏 들어 보지 못한 내용들이었다. 덕분에 그들은 지식을 많이 늘리게 되었다. 그는 또 넷을 데리고 거리로 나가, 차를 마시고 국수를 먹었다. 그 비용은 모두 가자유가 댔다. 그리고 다시 큰길을 쏘다니다 보니 어느새 12시가 지났다. 일행은 혹여 위방현이 왔을까 싶어 급히 객잔으로 돌아와 밥을 먹고 기다렸다. 그러나 밥을 먹고서도 한 시간을 더 기다렸다. 시계를 보니 벌써 2시가 다 되었다. 그제야 위방현이 땀을 뻘뻘 흘리며 들어왔다. 위방현은 자리에 앉아 차도 마시지 않고, 그 즉시 함께 나설 것을 재촉했다. 모두 오래 기다린 터라 곧바로 방문을 잠그고, 여섯이 함께 큰길로 나가 인력거를 불렀다. 위방현이 앞장섰다. 거리를 열댓 번 꺾고서야 조그만 골목에 다다랐다. 인력거에서 내려 들어가니 대문 위에 검은 바탕에 금색 글씨를 새긴 간판이 걸린 집이 있었는데, 간판에는 '보국강종 불전족회(保國强種 不纏足會)'*라는 여덟 글자가 크게 쓰여 있었다. 위방현은 그들을 들여보낸 후, 각별히 한 걸음 더 다가와 가자유의 귀에 대고 말했다.

"지금 여회원들은 모두 도착했지만, 아직 연설은 시작되지 않았네. 그런데 자네들과 나는 요 옆 곁채에서 강연을 들어야 하네. 안채에는 모두 여인들뿐이라, 관례상 안으로 들어갈 수 없네."

모두 그러마고 대답할 수밖에 없었다. 원래 이 곁채는 모임의 간사와 서기의 침실이었다. 회원은 모두 여인들이었지만 간사와 서기 두 사람은 남자였다. 그들은 위방현과 함께 다섯 사람이 들어오자 즉시 일어나 자리를 양보했다. 그러나 애석하게도 그곳엔 의자가 둘밖에 없어 모두들 침대에 앉아야 했다. 여섯 가운데 위방현과 유학심 두 사람이 가장 신 나 했다. 그들은 시시각각 일어나 유리창을 통해 여인들을 훔쳐보았다. 한번은 유학심이 위방현을 잡아끌며, 연두색 옷을 입은 이가 누구인지 물었다. 그러고는 또 짙은 남색은 누구인지 물었다. 위방현은 하나하나 일러 주었다. 나중에는 또 온통 까만색 옷을 입은 이가 누구인지 물었다. 그런데 위방현은 웃기만 할 뿐 대답하지 않았다. 그러자 유학심이 모두를 향해 손짓하며 말했다.

"빨리 와서 보게, 방현 형의 부인일세."

그런데 그들이 막 자리에서 일어났을 때, 밖에서 한 무리의 여학생들이 들어오는 것이 보였다. 홍구여학당(虹口女學堂) 학생들로 특별히 초청한 것이라 했다. 모두들 전족을 하지 않은 발에 가죽 구두를 신고 있었다. 머리는 유해(劉海)[186]였고, 바지를 입었으며, 모두 까만 안경을 끼고 있었다. 스물 남짓한 여학생들은 모두 한결같은 복장으로 더없이 깔끔해 보였다. 그들을 보고 모두들 연신 칭찬을 그치지 않았다.

뒷일이 어떻게 되었는지 알고 싶으면 다음 회를 듣고 알아보기 바란다.

---

186 부녀자 혹은 아이들이 이마에 가지런하게 늘어뜨린 짧은 머리.

제20회

연설단에서는 갑자기 경쟁이 붙고
떠들썩한 장소에서 도로 돌아오다

각설하고, 가자유 형제는 요소통과 함께 위방현과 유학심을 따라 불전족회에 가서 여회원들의 연설을 들었다. 수많은 말들이 오 갔지만, 그들이 말하는 내용은 전부 신문에서 늘 하던 소리로 새로울 게 전혀 없었다. 그러나 강연장에서는 박수 소리가 끊이지 않았다. 모임 서기는 그들의 의론을 공손히 종이에 옮겨 적었다. 그는 신문사에 보내려 한다며, 특별히 유학심에게 봐 달라고 부탁했다. 유학심이 붓을 들어 다시 다듬고 새로운 명사(名詞) 몇 개를 고치며 말했다.

"이리하지 않으면, 문장에 빛이 나지 않지요."

위방현이 보더니 혼자 박수를 치며, 탄복의 뜻을 표했다. 가씨 형제와 요소통은 그것을 보고 속으로 부러운 생각이 들면서도, 한편으로 이상하다는 듯 말했다.

"이 정도 의론에 저 둘은 어째서 저렇듯 감탄한단 말인가? 정말 이해할 수 없군. 이 정도 의론이라면, 우리가 더 나을 것이다."

그리 생각하다가 문득 한번 해 보고 싶은 마음이 간절해졌다.

그때 곁에 있던 위방헌이 말했다.

"오늘 연설은 전부 여성들이었네. 친애하는 우리 동지들이 멀리서 오셨는데, 가만히 세어 보니 족히 60~70명은 되더군. 내 생각에 며칠 지나 서가화원(徐家花園)을 빌려 동지 대회(同志大會)를 한번 개최할까 하네. 날짜를 정해 전단을 뿌리고, 연설을 원하는 사람이면 누구나 연설하도록 할 생각이야. 그런 다음 우리도 그 내용을 신문사에 보내는 거지. 다른 것은 차치하고, 외국인들이 보고 중국이란 곳에 우리처럼 일심단결하여 단체를 결성하는 이들이 있다는 사실을 알게 되면, 우리 중국을 분할하려던 일도 한순간 감히 손을 쓸 수 없게 될 것일세."

그 말을 듣고 모두들 심히 지당하다고 여겼다. 곧이어 유학심은 나머지 일행과 함께 객잔으로 돌아갔다. 위방헌은 당장 전단을 인쇄하여 신문에 실으러 갔다. 자세한 사항은 더 이상 언급하지 않겠다.

시간은 쏜살같아, 눈 깜짝할 사이에 이틀이 지났다. 이날 가자유가 막 일어났을 때 차방(茶房)이 전단 네 장을 가져왔다. 자유가 가져다 보니 이렇게 쓰여 있었다.

'일요일 당일 오후 2시부터 5시까지, 노갑구(老閘區)[187]에 있는 서원(徐園)을 빌려 동지들의 연설회를 개최하고자 하니, 필히 참석해 주시기 바랍니다.'

그 밖에 또 다음과 같은 내용이 한 줄 더 새겨져 있었다.

'입회자는 참가비 5각(角)씩 휴대하여 위방헌 선생에게 수납하시오.'

가자유는 이것이 곧 그제 말하던 것임을 알고, 두 형제 및 요소

---

187 현재 상해시 황포구(黃浦區) 일부에 해당하는 지역.

통과 돌려 보았다. 그리고 심부름꾼 아이에게 유 나리를 불러오라 했다. 그런데 심부름꾼 아이가 돌아와 이렇게 말하는 것이었다.

"유 나리 방이 잠겨 있어 차방에게 물었더니, 엊저녁에 나간 뒤로 아직까지 돌아오지 않았답니다. 아마 또 사창가에서 밤을 새운 모양입니다!"

그 말을 듣고 가자유는 입을 꾹 다물었다. 그러고는 동생들과 요소통에게 어서 일어나 세수하라고 재촉했다. 막 밥을 먹고 서둘러 서원으로 가려는데 마침 유학심이 돌아왔다. 어디 갔느냐고 물으니, 그저 웃기만 할 뿐 아무 말이 없었다. 식사를 권하자, 그는 곧 자리에 앉아 밥을 먹기 시작했다. 가씨 형제는 객잔 요리가 입에 맞지 않아 별로 먹지 않았다. 그들이 남긴 음식은 유학심이 게눈 감추듯 깨끗이 먹어 치웠다. 그는 다 먹고 나서도 여전히 입맛을 다셨다. 가씨 형제 또한 할 말이 별로 없어 그만두었다. 준비가 끝나고 시계를 보니 벌써 1시였다. 유학심이 넷을 재촉하여 즉시 옷을 갈아입고 함께 길을 나섰다. 가자유는 네 사람의 참가비로 모두 2원을 꺼내, 서원에 도착하면 대신 내 달라며 유학심에게 주었다. 그러자 유학심은 돈이 없다며 가자유에게 1원을 빌려 달라고 부탁했다. 그리하여 총 3원을 손에 모아 들고 집을 나서, 인력거에 올라 곧장 서원으로 갔는데 얼마 걸리지 않았다. 인력거에서 내리니 위방현이 입구를 막고 두 손을 내밀며 사람들에게 돈을 요구하고 있었다. 그는 가씨 형제와 요소통 그리고 그 뒤로 유학심이 따르는 것을 보고, 문을 들어설 때 서로 인사를 나누었다. 위방현은 팔을 비켜 그들 다섯을 들여보내 주었다. 공원에 들어서 두 번 길을 꺾어 도니 어느새 홍인헌(鴻印軒)이었다. 군중들이 옹기종기 모여 있는데, 대략 세어 보니 백여 명은 되어 보였다. 그중에는 공원에 산책 나왔다가 시끌벅적한 광경에 호기심이 일어 구경하는 이들도 끼여 있었다. 가씨 3형제와 요소통은 공원 경치에는 관심도 없이 오직 그들의 연설을 듣겠다는 생각뿐이었다. 사람들 사이를 비집고 들어가 겨우 자리를 잡고 앉아 연설을 들었다. 그때는 벌써 두세 사람의 연설이 끝난 뒤였다. 얼마 지나지 않아 위방현도 자기 할 일을 끝내고 들어왔다. 가자유가 가만히 들어 보니, 여기 연설에서도 무슨 심오한 논의는 없고 어제 여학생들이 연설한 내용과 별반 차이가 없었다. 이에 속으로 크게 실망했다.

그렇게 주저하고 있는 동안, 한 사람이 막 연설을 끝냈다. 그러나 그를 이어 연단에 오르려는 사람이 아무도 없었다. 이에 위방현은 다급해져 왔다 갔다 하며, 연단에 올라 연설할 사람이 없냐고 소리쳤다. 한참을 외쳤지만 아무도 대답이 없자, 위방현은 할 수 없이 자신이 직접 연단에 올라 모자를 벗고 인사했다. 연단 아래서 박수 소리가 울려 퍼졌다. 모두들 "연설할 사람이 없으니 이젠 원수 자네가 직접 나설 수밖에 없겠는걸"이라고 말했다. 위방현은 인사를 한 뒤, 곧바로 탁자를 들어 한가운데 놓고 올라섰다. 그리고 마치 나무를 톱질하듯, 목을 길게 빼고 말했다.

"여러분, 여러분! 큰 재앙이 눈앞에 닥쳤소이다. 그 사실을 여러분은 알고 계십니까?"

그 말에 모두 깜짝 놀란 것 같았다. 위방현이 이어 말했다.

"오늘날의 중국을 여기 이 사람에 비유한다면, 천하 18개 성(省)은 나의 머리와 두 손, 두 발과 같다 하겠습니다. 지금 일본 사람들은 내 머리를 차지하고 있고, 독일 사람들은 왼팔을, 그리고 프랑스는 오른팔을 차지하고 있소. 러시아는 내 배를, 그리고 영국은 내 뱃가죽을 차지하고 있지요. 게다가 무슨 이탈리아인지 뭔지는 내 왼 다리를 차지하고 있고, 미국은 내 오른 다리에 올라타고 있소이다. 아~ 야~ 야~ 야~! 보십시오, 한 사람의 몸을 지금 이 사람들이 죄다 찢어 차지하고 있소이다! 생각해 보시오, 내 어찌 이렇게 살아갈 수 있겠소이까?"

이에 청중들은 일제히 박수를 보냈다. 위방현은 눈을 감고 정신을 가다듬으며, 한숨을 크게 내쉰 뒤 다시 말을 이었다.

"여러분! 상황이 이런데도 단체를 결성하지 않으시겠습니까? 단체를 결성하면 일본 사람들도 감히 내 머리를 차지하지 못할 것이고, 독일 사람들과 프랑스 사람들도 내 팔을 점거하지 못할 것이외다. 미국 사람들과 이탈리아 사람들도 내 다리를 차지하지 못할 것이고, 러시아 사람들 또한 감히 내 배를 후벼 파지 못할 것입니다. 그리고 영국 사람들도 감히 내 뱃가죽을 더듬거리지 못할 것이외다. 우리가 단체를 결성한다면 분할하지 못할 것이고, 단체를 결성하지 못하면 그 즉시 갈가리 찢겨 나갈 것입니다. 여러분, 생각해 보십시오. 단체를 결성하는 것이 좋겠소 아니면 결성하지 않는 것이 좋겠소?"

이에 청중들은 또다시 박수를 쳤다. 그러면서 위방현의 말이 아직 끝나지 않았고, 이후로도 반드시 고상한 의론이 더 있을 것이라 여겼다. 그런데 누가 알았으랴. 위방현이 마치 무언가를 잃어버리기라도 한 듯 갑자기 몸을 한참 더듬다가, 또 땅바닥을 한참 두리번거렸다. 그러나 한참을 찾았지만 결국은 아무것도 찾지 못했다. 그는 참을 수 없을 정도로 다급해져 머리에선 식은땀이 뚝뚝 흘러내렸다. 하지만 그 물건은 끝내 눈에 띄지 않았다. 그는 온몸을 마구 긁적거리며 더 이상 한마디도 하지 못했다. 청중들은 기다리기에 지쳤지만 대놓고 재촉하기가 껄끄러워 다시 박수만 쳐댔다. 청중들이 박수를 치자 자신을 비웃는 것으로 생각한 위방현은 더더욱 다급해져서 얼굴이 빨개지고 몸은 뻣뻣해졌다. 찾던 물건이 아무리 찾아도 보이지 않자, 그는 두 손으로 탁자를 부여

잡고 연신 기침을 두어 번 해 댄 연후 다시 한마디 내뱉었다.

"여러분, 여러분!"

그러나 이 말을 끝으로 더 이상 말을 잇지 못했다. 이에 다시 한 번 기침만 내뱉었다. 더 이상 할 말이 없어 걱정이던 차에 문득 머리를 들고 보니 유학심이 느릿느릿 걸어 들어오는 것이 보였다. 이에 그는 문득 한 가지 계책을 떠올리며 이렇게 말했다.

"본래 오늘 유학심 선생이 연설하려 했는데, 이제 도착하셨으니 유 선생에게 연설을 청하겠습니다."

그렇게 말을 마치고는 모자를 벗어 꾸벅 인사한 뒤 연단을 내려 갔다. 무슨 영문인지도 모른 채, 청중들은 다시 일제히 박수를 쳐야 했다. 유학심은 추천을 받은 것이 뜻밖이었지만, 연단에 오를 수밖에 없었다. 다행히 그는 일본에서 돌아온 터라 본 것도 여러 가지였기에 체면치레로 몇 마디 했다. 그러나 덧붙여 몇 마디 하고 났더니 더 이상 할 말이 없어, 순식간에 말을 마쳤다. 이어서 다시 뒤늦게 온 몇 사람이 연단에 올라 연설했다. 청중들은 그들의 말을 들으며 박수만 칠 뿐, 달리 따로 할 말이 없었다. 시간을 보니 어느새 5시 반인지라, 위방현은 연설을 마치게 했다. 청중들은 일제히 흩어졌다. 다만 가씨 3형제와 요소통만 유학심과 위방현을 쫓아 떠나지 않고 남아 있었다. 위방현은 수입을 점검했다. 오늘 연설회에 참가한 인원은 총 136명이었다. 그렇다면 응당 소은화 680각(角)이 걷혀야 했다. 그는 유학심에게 은밀히 저 네 사람도 참가비를 가져왔는지 물었다. 그러자 유학심이 품에서 16각을 꺼내 주었다. 위방현이 말했다.

"넷이면 이치상 20각이어야 마땅한데, 어째서 16각뿐인가?"

그러자 유학심이 말했다.

"여기 네 사람은 내가 데려왔으니, 한 사람당 2할씩 떼야지. 나라고 돈 좀 벌면 안 되나?"

이에 위방현이 되받았다.

"자네는 맨입으로 참가했으면서……. 자네한텐 돈을 받지 않는다지만, 어째 여기서 또 구전을 뗀단 말인가? 오늘 일은 우리가 국민으로서 해야 할 공적인 일일세. 자네도 국민의 한 사람일진대, 어찌 돕지 않겠다는 것인가?"

그 말을 듣자 유학심은 화가 난 듯 입을 삐죽거리며 말했다.

"허나 이 돈이 공공으로 돌아가지는 않을 터. 아마 자네가 다 차지하겠지. 복은 함께 누리고 어려움은 같이 감당하라 했거늘. 이깟 몇 푼이 아니라, 이보다 훨씬 많은 돈을 내가 쓴다 해도 이치에 어긋나는 것은 아니지."

위방현이 계속 말다툼을 하려 하자 가자유가 보고는, 다른 사람들이 들으면 볼썽사나울까 싶어 더 이상 다투지 말 것을 권했다. 그제야 둘은 입을 다물었다. 일행은 함께 문을 나섰다. 가씨 형제와 요소통 그리고 유학심은 객잔으로 돌아왔다. 마침 날씨가 좋지 않아 가랑비가 내리고 있었다. 가자유가 식사를 하자고 청했다. 그러자 유학심은 서둘러 밥을 먹고는, 예전처럼 다시 즐거움을 찾아 떠났다. 이에 대해서는 더 이상 말하지 않겠다.

가씨와 요씨 일행 넷은 객잔에 남아 오늘 연설에 대해 토론했다. 오늘 연설 중에는 누가 가장 좋았다는 둥, 누구 연설은 좋지 않았다는 둥, 시시콜콜 얘기했다. 가평천이 말했다.

"위 원수의 연설 초반은 논리가 아주 그럴싸하더니, 어찌 된 일인지 뒤로 가서는 아무 말이 없어졌어."

그러자 가갈민이 말했다.

"그가 처음 연단에 올랐을 때, 난 그 사람이 주머니에서 원고 같은 종이 꺼내는 걸 봤지. 그 사람은 그걸 여러 번 읽어 보고는 그제야 말을 시작하더군. 한마디 하고 난 뒤 사람들이 박수 칠 때, 그 사람이 한참 동안 말하지 않으면서 뭘 하는지 못 봤지? 그 틈에 몰래 그다음 단락을 훔쳐보더라고. 그렇게 훔쳐보고 난 뒤에는 다시 눈을 감고 정신을 가다듬는 체하면서 한참 머리를 굴리다 그다음 말을 이어 가더군. 그런데 세 번째 단락에서 원고를 찾으려는데 찾지를 못한 거야. 봐 봐, 한참 동안 여기저기 찾더니만, 결국은 찾지 못했지. 얼마나 다급했던지 낯빛이 싹 변하더라고. 내가 똑똑히 다 봤어."

그 말을 듣고서야 모두들 그가 왜 그리 당황했는지 알게 되었다. 이어서 가자유가 말했다.

"그런데 내가 유씨한테 은화 2원을 주었고, 그가 또 나에게 1원을 빌렸으니 전부 합치면 은화 3원인데, 어째서 뒤늦게 나타나서는 잔돈으로 꺼내 준 거지?"

그러자 가갈민이 말했다.

"잔돈으로 안 바꿨다면 어떻게 4각을 구전으로 떼어 갈 수 있었겠어? 우리가 안으로 들어갔을 때, 난 그가 슬쩍 나갔다 오는 걸봤지. 그는 나중에 위 원수의 연설이 반이나 지났을 때에야 돌아왔어."

전후를 따져 보니 상황이 딱 들어맞았다. 이런 지경이 되자 가씨 형제는 비로소 유학심과 위방현 등의 학문이 원래 이런 것에 불과하다는 것을 깨달았다. 보아하니 무슨 도리를 아는 인물들 같지 않아, 이후로는 마음에 두지 않기로 했다. 한 며칠 더 두고 지켜보다가 별로이면 그들을 멀리하는 것이 옳을 터, 보아하니 끝이 그리 좋을 것 같지는 않았다. 하지만 넷 가운데 요소통만은 여전히 흠을 보지 못하여, 그들이 하는 일이 매우 흥미롭다 여기고 있었다. 그날 저녁, 담소를 나누다 각자 잠자리로 돌아갔다.

다음 날 역시 객잔을 떠나지 않았다. 그런데 뜻밖에, 점심 후 가자유가 요 선생의 편지를 받게 되었다. 그 안에는 자기 집 편지도 있었다. 3형제는 집을 떠난 후 보름이 지나도록 내내 집안 편지를 받지 못한 터였다. 봉투를 뜯어 보니, 어머니가 형제를 꾸짖는 말이 아닌 것이 없었다. 내용인즉 다음과 같았다.

　　'너희들은 집을 떠나지 말아야 했다. 이 늙은이는 지금 걱정되어 죽을 지경이다. 나중에 겨우 소주의 요 선생 댁에 갔다는 소식을 들었다. 선생을 찾아가 물었더니, 숨기는 것 하나 없이 사실대로 다 말해 주었다. 편지를 받거든 속히 배를 사서 돌아와, 자식이 돌아오기를 기다리는 어미의 간절한 마음을 위로해 다오……'

　　3형제는 어머니의 편지를 본 뒤, 다시 요 선생이 보낸 편지를 읽었다. 거기엔 이렇게 쓰여 있었다.

　　'집으로 돌아온 뒤, 마침 그다음 날로 아들을 하나 낳았다. 그런데 뜻밖에도 아내의 몸이 허약해서 산후에 온갖 위험한 상황이 다 나타났다. 집에는 일 보는 사람이 적어, 지금 의원을 부르고 약을 달이는 등 온갖 일을 직접 하고 있다. 편지를 받자마자, 아들은 소주로 돌아오기 바란다. 학당 일은 이후에 다시 대책을 세우자꾸나. 또한 자당(慈堂)의 편지를 함께 부친다. 세 제자는 이번에 집을 떠나면서 어머님께 끝내 말씀을 드리지 않았더구나. 비록 잘못이긴 하나, 편지를 받거든 아들과 함께 소주로 돌아오기 바란다. 그런 연후에 배를 사서 집으로 돌아가 간절히 기다리는 어머님의 마음을 위로해 드리기 바란다. 거듭 당부하노니, 반드시 이렇게 하도록 하라.'

　　가씨 형제는 편지를 읽고 더 이상 할 말이 없었다. 다만 심부름꾼 아이를 시켜 반드시 사야 할 것들을 서둘러 사서 그날로 당장 떠날 수 있도록 준비했다. 한창 바쁜 와중에 유학심이 위방현과 웃으며 돌아왔다. 두 사람은 마치 무슨 득의한 일이라도 있는 듯 기분이 좋아 보였다. 두 사람은 문을 들어서다 네 사람이 짐을 챙기고 있는 것을 보더니 급히 무슨 일인지 물었다. 가자유가 돌아오라고 재촉하는 편지 받은 일을 얘기해 주었다. 그런데 위방현은 그런대로 덤덤했지만 유학심은 크게 실망하며 연신 발을 동동 굴렀다.

"하필이면 자네들이 떠나다니, 내 일은 또 가망이 없어졌구나."

모두들 무슨 일인지 물으며 말했다.

"우린 갔다가 금방 다시 올 것입니다. 무엇 때문에 이리 초조해하십니까?"

유학심이 탄식하며 말했다.

"일본에서 돌아온 뒤 내가 만난 사람들은 면전에서만 날 떠받들었지. 하지만 그대 3형제 외에 나머지는 어느 누구도 함께 일할 만한 사람이 없었다네. 마침 자네 세 사람의 도움을 받을 일을 계획했는데 그만 돌아가야 한다니, 상황이 이리 돌아가는 것은 우리 중국의 불행일세. 이미 일이 어긋나 버렸으니 더 말한들 무슨 필요가 있겠는가."

그러면서 말을 마치고는 연신 탄식을 그치지 않았다. 모두 그 말이 무엇을 뜻하는지 이해할 수 없었다. 그중 가갈민은 여전히 젊은이의 성깔이 남아 있었던지라, 그 둘을 바라보며 말했다.

"어제 우린 당신 둘이 돈 4각(角) 때문에 반목하는 것을 보았는데, 속으로 참 난처했습니다. 생각해 보면 모두 좋은 친구들인데 그깟 4각 때문에 서로 외면하다니, 친구란 것이 고작 그것밖에 안 되는가 싶었습니다. 그런데 이제 다시 사이가 좋아졌으니, 저도 한결 마음이 놓입니다."

위방현이 말했다.

"오늘부터 우린 하루 종일 함께 일해야 하네! 내 오늘은 돈 4각 따윈 요구하지 않을 생각이네. 나중에 돈이 생기면 돌려주겠지."

가자유가 두 사람에게 무슨 좋은 일자리가 생겼는지 묻자 위방현이 말했다.

"이곳에 유명한 자본가가 있는데, 그 사람이 독자적으로 학당을 열었다네. 한림(翰林)[188] 출신을 총교(總教)[189]로 초빙했지. 지금은 또 여러 선생들을 초빙하여 교과서를 편집하고 있다네. 그런데 어떤 사람이 우리 둘을 추천하여 거기 들어가게 되었네. 사나흘 후엔 그곳으로 일하러 가야 한다네."

그 말을 듣자 유학심은 다시 눈살을 찌푸리며 말했다.

"내가 도모했던 일이 글러서 참으로 애석해. 만약 그 일이 성공했다면 내가 총교가 됐을 게야. 그랬다면 남을 위해 교과서나 편집하러 갈 시간이 어디 있겠어?"

그러자 위방현이 말했다.

"이런 일자리라도 생긴 게 복 터진 일인 줄도 모르고. 조금만 참게. 말 타면 견마 잡고 싶다고, 자네 스스로 생각해 보게. 어찌 됐건 한 달에 몇 원어치 봉급이라도 늘 받게 되니 용돈으로 쓰기에도 도움이 되고, 게다가 방값이며 밥값도 자네 스스로 해결할 수 있지 않나. 지금 이곳저곳 정처 없이 떠돌며 얻어먹고 지내는 자네 처지와 비교하면 훨씬 낫지."

자신의 처지가 폭로되자 유학심은 저도 모르게 얼굴이 빨개졌다. 가자유 또한 권했다.

"조금만 참으시지요. 우리 형제는 이번에 돌아갔다가 머지않아

다시 나올 것입니다. 학심 형께 다른 계획이 있으시다면, 장차 저희 형제가 상해로 돌아와 전심전력하여 도와 드리겠습니다."

이에 두 사람은 그들이 바쁜 것을 보고, 오래 앉아 있기가 불편했는지 모자를 벗으며 나중에 다시 만나자는 말을 인사로 남기고 떠났다. 가씨와 요씨 일행 또한 각자 짐꾼을 불러 천후궁(天后宮)의 작은 증기선 부두로 가서 배에 올라 집으로 돌아갔다.

뒷일이 어떻게 되었는지 알고 싶으면 다음 회를 듣고 알아보기 바란다.

제21회

유산을 처분하여 장사로 집안을 일으키고
학당을 차려 벼슬길의 지름길로 삼다

각설하고, 상해에는 화천만(花千萬)이라는 부자가 있었다. 그는
원래 성이 화(花)요 이름은 덕회(德懷)이며, 호는 청포(淸抱)였다.
재산이 많아서 그렇게 불리지만, 원래는 은자 몇십만 냥에 불과했
다. 중국 경상계에는 큰 부자가 없어, 화청포(花淸抱)는 서양 상점
을 운영했다. 해마다 큰돈을 벌어, 5백만~6백만 냥 정도를 모았다.
모두들 부러워 마지않았다. 그를 배우고 싶었지만 따라 할 수 없
어, 그냥 화천만이라 부르며 부러워할 뿐이었다. 이에 대해서는 더
이상 언급하지 않겠다.

그런데 이 화천만이 어떻게 돈을 벌었는지 아시는가?

그 역시 원래는 가난뱅이 출신이었다. 대대로 절강(浙江) 영파부
(寧波府) 정해청(定海廳) 육호촌(六豪邨)에 살면서 농사를 업으로
삼고 있었다. 열여덟 살이 되던 해, 그는 농사를 지어서는 돈을 벌
수 없다는 것을 깨닫고 집을 떠나 세상을 구경하고자 했다. 그런
데 마침 옛 친구들이 함께 식견을 넓히기 위해 상해로 가기로 계
획하고 있었다. 이 친구들은 누구인가? 하나는 화비마차행(驊飛馬

車行)의 마부 왕아사(王阿四)이고, 또 하나는 한홍방사창(漢興紡紗廠)의 막노동꾼 엽소산(葉小山)이며, 나머지 하나는 투지서국(鬪智書局)의 잔사(棧師)[190] 이점오(李占五)였다. 넷은 조그만 주점에 모여 동무의 일을 상의했다. 화청포는 여비 한 푼 없었지만 체면을 잃는 말은 하고 싶지 않아, 모레 영파(寧波)에서 증기선을 타고 가기로 약속했다. 그러면 하룻밤 뒤에는 상해에 도착할 것이다. 나머지 셋은 상해를 오가는 것이 익숙해서 이 길은 그리 문제 되지 않았다. 허나 화청포는 여비를 마련할 길이 막연하여 마음이 무거웠다. 그날 그는 술자리를 파하고 집으로 돌아가다 문득 소 울음소리를 들었다. 순간 좋은 계책이 떠올라 혼자 헤아려 보며 중얼거렸다.

"어찌 이런 생각을 못했을까?"

생각을 정하자, 그는 집으로 돌아가지 않고 이웃집 육노둔(陸老鈍)을 찾아갔다.

"노둔(老鈍)! 전에 듣자 하니 네가 소를 사려고 한다던데, 그런 말을 한 적이 있나?"

노둔이 말했다.

"있지! 동쪽 마을 여노오(余老五)에게 황소 한 마리가 있는데, 30조전(吊錢)[191]을 달라더군. 너무 비싸다는 생각에 아직 정하지는 않았지!"

청포가 말했다.

"나한테 일소 한 마리 있는데, 20조전을 주고 사 온 거야. 노둔, 우리 사이는 형제와 같으니, 내 조금 깎아 18조전에 줄게. 어때?"

노둔이 말했다.

---

190 상점 매장이나 창고에서 일하던 직원을 일컫는 말.
191 옛날 돈 단위. 일정하지는 않으나 은 한 냥 혹은 1천 문(文)을 1조전이라고 한다.

"물건을 보고 값을 정하지."

청포는 곧 육노둔과 함께 자기 집 외양간으로 가서 물소를 가리키며 말했다.

"봐, 이 소의 가치는 30조전은 충분히 되지!"

노둔은 연신 좋다며 찬탄했다.

"내 터놓고 말하지. 어제 보리를 팔아 마침 15조전이 있어. 네가 팔겠다면 내 당장 끌고 가지. 넌 가서 돈을 실어 가! 어때?"

청포는 한참을 생각하다 말했다.

"그렇게 하지. 너와 나 사이의 정분을 그깟 한두 푼에 깨겠어? 너한테 팔지!"

그날 밤 두 사람은 거래를 마쳤다. 청포는 돈을 두 번에 걸쳐 실어 나르고서야 끝났다.

다음 날 이른 아침, 왕아사와 이점오가 와서 짐을 챙겨 함께 떠나자고 했다. 청포에게 무슨 짐이 따로 있겠는가? 보따리 하나에 낡은 옷가지 몇 벌을 챙기고, 15조전은 두 묶음으로 만들어 멜대에 메고 길을 나섰다. 아사가 그 모습을 보고 웃으며 말했다.

"이렇게 길을 나서면, 상해 사람들이 보고 널 촌뜨기로 부를 거야. 묵직한 돈 보따리하고 대나무 멜대가 썩 잘 어울리는구나. 너랑은 같이 못 가겠다! 그 돈을 보면, 해관에서 그 돈이 네 거냐고 물을 거야. 차라리 성으로 가서 몇 푼 손해 보더라도 은화로 바꾸는 게 좋겠어."

그 말에 청포는 얼굴이 빨개지며 아무 말도 못하고 그들과 함께 성으로 가서 은화 16원으로 바꾸었다. 그런데 그 돈을 몸에 지녀 보았더니 마치 아무것도 없는 것처럼 가벼웠다. 하여 그도 기분이 좋았다.

"과연 외국 것이 좋군."

얘기를 하고 있는 중에 마침 엽소산이 왔다. 네 사람은 함께 배에 올랐다. 과연 하룻밤 만에 상해에 도착했다. 왕아사와 이점오는 각자 저 갈 길로 떠났지만 청포는 머물 곳이 없었다. 엽소산은 그와 함께 양수포(楊樹浦)로 가, 그에게 자기 정부인 소아사(小阿四)네 집에서 하루에 2각(角)씩 내며 머물라고 했다. 며칠 지나자 청포는 아무리 많은 재산도 놀고먹으면 다 사라지고 말 터, 장차 돈을 다 쓰고 나면 그때는 어찌해야 할 것인가 하는 걱정이 들었다. 그래서 엽소산과 상의한 끝에 은화 10원으로 과자·비누·담배 등을 사서 증기선이 드나들 때 팔았다. 돈벌이는 나름 괜찮아 매일 쓰고도 남았다.

그날도 16포(舖)로 과자를 팔러 가고 있었다. 도중에 날은 벌써 어두워졌다. 그런데 문득 땅에 떨어져 있던 무언가가 발에 걸렸다. 집어 들고 보니 가죽 지갑이었는데 꽤 무거웠다. 청포는 곰곰이 생각했다.

'이건 분명 누군가 떨어뜨린 것이다. 안에는 필경 값어치 있는 것이 들어 있을 터이니, 다른 사람이 주워 가면 안 된다. 차라리 여기서 기다리다 주인이 찾으러 오면 그에게 돌려주는 것이 낫겠다. 이것도 따지고 보면 공덕을 쌓는 일이지 않겠나.'

생각을 마치고 가죽 지갑을 품속에 간직한 채 조용히 앉아 기다렸다. 일각이 채 지나기도 전에 서양인 하나가 땀을 뻘뻘 흘리며 달려와 내내 무언가를 찾았다. 청포는 본래 자질이 총명해서 이즈음에는 벌써 상해 조계지의 외국어도 몇 마디쯤 할 수 있었다. 하여 그 까닭을 물어, 그가 바로 물건을 잃어버린 사람이라는 것을 알고 가죽 지갑을 꺼내 두 손으로 바쳤다. 서양인은 기뻐하며 환히 웃는 얼굴로 지갑을 열어 지폐 한 뭉치를 꺼내 그에게 주었다. 하지만 청포는 그 돈을 받지 않고 자리를 떠나려 했다. 그러나 서양인이 어찌 그냥 보낼 수 있으랴? 그는 청포에게 함께 가자고 했다. 그러고는 손을 흔들어 인력거 두 대를 불렀다.

서양인이 앞서 길을 인도하여, 대마로(大馬路)에 있는 큰 양행 문 앞에서 내렸다. 이 양행에는 중국 글자라곤 전혀 없는 간판이 걸려 있었고, 내부 벽은 황금으로 휘황찬란하게 장식하였는데 이제껏 본 적도 없는 보물들이었다. 서양인은 그에게 잠시 기다리라 하곤 중국 사람을 하나 불러 상의한 뒤, 청포를 매달 월급으로 2백 냥을 주는 매판(買辦)[192]으로 쓰기로 했다. 청포가 어찌 마다할까? 양행에 매판으로 취직한 이후부터 교류가 넓어졌고, 월급은 써도 써도 다 쓰지 못하여 쌓여 가기만 했다. 돈을 모은 그는 밀수품을 사고팔기 시작했다. 그럴 때마다 또 항상 이익을 남겨 은자 10여만 냥을 손에 쥐게 되었다. 그런데 어찌 알았으랴, 10년이 채 못 되어 서양인이 귀국하게 되었다. 서양인은 현금은 가지고 가면서, 나머지 화물들은 사례로 청포에게 모두 주었다.

청포는 재산을 물려받고 또 많은 외국인을 알게 되어 사업은 형통했다. 모두 그의 상점을 이용하고 싶어 하여 몇 년 사이에 양행 몇 개를 더 개설했고, 어느새 3백만~4백만 냥짜리 사업을 일구게 되었다. 또 상해에서 결혼하여 아들 셋을 두었다. 그리고 다시 20여 년이 지나 청포의 나이 어느덧 60여 세가 되었다. 그는 신경을 너무 써서 병에 시달렸다. 다행히 그가 고용한 점원들은 모두 시골에서 뽑아 온 성실한 사람들로, 가게 일은 그들에게 맡겨 처리할 수 있었다. 대신 자신은 2품의 후보 도대 직을 사서 지식인들과 왕래하며, 유유자적 시를 지으며 여생을 즐겼다. 지식인들 가운데 수재 하나가 있었다. 그의 성은 전(錢)이요 이름은 기(麒), 호는 목선(木仙)이

---

192 외국 상인에게 고용되어 상업에 관한 일을 처리하던 중국인.

었는데 그와 얘기가 가장 잘 통했다. 청포는 자신이 일찍이 글공부를 하지 않은 것을 한스러워하며, 교육 사업을 통해 지식인 사회가 자신의 공덕을 널리 칭송해 주기를 바랐다. 그는 이런 생각을 전목선과 상의했다. 목선이 말했다.

"현재 세계는 유신을 하고 있습니다. 만약 명예를 취하고자 한다면, 그것을 얻는 데 학당을 여는 일만큼 좋은 게 없을 것입니다."

청포가 손뼉을 치며 말했다.

"맞소, 맞아! 우리 영파(寧波) 사람들이 상해에 흘러와 살면서 가장 힘든 것이 자식을 가르칠 좋은 선생이 없다는 것이었소. 당신 말이 참으로 옳소이다. 아이들을 가르칠 학당을 여는 것이 좋겠구려! 내가 은자 10만 냥을 내면 어떻겠소? 단, 학당과 관련된 일은 당신이 총판이 되어 다 알아서 해 주시구려."

그러자 목선은 연신 겸양하며 말했다.

"만생(晚生)[193]은 감당하기 어렵습니다. 관찰(觀察)[194]께 힘든 일이 있으면 제가 힘껏 도와 드릴 수 있지만, 교육 사업만은 감히 대답을 드릴 수 없겠습니다."

원래 목선은 몇 년간 막료를 지냈기에, 몇몇 성(省)의 독무(督撫)들을 잘 알고 있었다. 청포가 그들과 관계를 맺게 된 것도 그가 중간에 다리를 놓은 덕분이었다. 그러나 목선은 교육 분야에서는 말은 그럴싸했지만 실제로 그리 정통한 것이 아니었다. 때문에 섣불리 승낙할 수 없었다. 그러자 청포는 그에게 좋은 사람을 추천해 달라고 했다. 그는 한참을 생각하다 말했다.

"만생이 알고 있는 한림이나 진사가 적지는 않습니다. 다만 그들은 모두 서울에서 벼슬을 살면서 결원이 생기면 어떻게 그 자리로

---

193 후배가 선배에 대해 자신을 낮춰 일컫는 말.
194 도대(道臺).

승진할 수 있을까만을 고민하고 있으니, 누가 기꺼이 이곳으로 일하러 오겠습니까?"

더 이상 방법이 없다는 말을 듣자 청포는 얘기를 접을 수밖에 없었다.

그런데 어찌 알았으랴, 일은 아주 공교롭게 흘러갔다. 그해 북방에선 권민(拳民)[195]이 사달을 일으켜 몇몇 교회를 불질렀다. 이에 각 외국들은 군대를 일으켜 서울로 진주했다. 이번 소란은 그 자체로는 그리 큰 문제가 아니었다. 그러나 경관(京官)들은 불안에 떨며 안절부절못하여 가족들을 거느리고 남쪽으로 분분히 몸을 피했다. 그중에 편수(編修)[196]가 한 명 있었다. 그의 성은 양(楊)이고 이름은 지상(之翔), 호는 자우(子羽)였다. 그는 대대로 소주 원화현(元和縣)에 살았는데, 젊어서부터 학문이 뛰어났고 새로운 이치도 거칠게나마 알고 있었다. 목선도 그의 의견을 듣고 지극히 탄복하던 사람이었다. 양자우는 학문이 뛰어났을 뿐만 아니라 사교에도 능했다. 예전에 서울에서 공부할 때 그는 여러 원로들과 교유했는데, 모두 그를 명사(名士)로 중시했다. 뒤에 진사에 합격하고, 전시(殿試)[197]에서는 2등으로 합격했다. 조고(朝考)[198]를 칠 때는 마침 기인(旗人)[199] 출신의 선생 눈에 띄었다. 선생은 그의 글씨가 안자(顏字)[200]라 말하면서, 1등 다섯 가운데 그를 첫 번째로 취했다. 곧이어 성은을 입어 한림에 제수되었다. 그러나 한림에 제수

---

195 권비(拳匪), 의화단(義和團)을 가리킴.
196 관직의 하나. 청대에는 정7품 관직으로 주로 한림원(翰林院)에 배치되었으며, 주로 전적의 기록을 담당했다.
197 과거 제도 중 최고의 시험으로, 궁전의 대전에서 거행하며 황제가 친히 주재함.
198 진사에 급제한 사람을 천자가 직접 과제를 내어 시험 치는 것.
199 중국 청나라 때 팔기(八旗)에 딸렸던 사람. 팔기는 청나라 건국에 공이 많은 만주족의 군인들로 주로 짜였는데 일반 사람보다 좋은 대우를 받았다.
200 안진경(顏眞卿)의 글씨체.

되었어도 여전히 가난을 면하지는 못했다. 지방 관료 파견 시험을 다섯 번이나 쳤지만, 겨우 운남(雲南) 부주고(副主考)[201]에 한 번 임명되었을 뿐이었다. 친교를 맺을 만한 돈이 없어, 학대로는 선발되지 못했다. 다행히 시무를 알아 개명한 친구들과 왕래하면서, 그가 주창하여 몇몇 학당을 개설하는 데 전심전력을 다했다. 덕분에 그는 명망을 얻게 되었다. 사람들은 그가 서학(西學)에 아주 정통하다고 말하지만 기실 20~30년 동안 책만 보았고, 그러다 고발(高發)[202]된 후로 서학을 연구할 틈이 어디 있었겠는가? 그러나 운좋게 학당 출신의 장수재(張秀才)라는 사람과 교류가 있어, 그로부터 초보적인 격치(格致)[203] 관련 구설(舊說)들을 얻어듣고 새로운 낱말 몇 개를 알게 되어 마각을 드러내지 않을 수 있었다. 교류가 넓어지자 몇몇 친척들이 저마다 좋은 자리를 부탁하며 해마다 은자를 보태 주어 겨우겨우 생활을 꾸려 갈 수 있었다.

마침 그해 경찰(京察)은 도부(道府)[204]가 나와 간략하게 심사하기로 하였는데 하필 병란(兵亂)을 만나, 이에 그만두고 가족을 데리고 서울을 떠나게 되었다. 당시 바닷길은 아직 통하였으므로, 증기선에 올라 곧장 상해에 이르러 태안객잔(泰安客棧)에 머물렀다. 그리고 그 당장에 전목선을 방문하여, 한담을 나누다 서울에서의 일을 얘기했다. 양 편수(楊編修)는 마침내 노기가 충천하여, 원로들이 식견이 없어 이런 난리를 야기했으며, 지금 죽을 놈은 죽었고 산 놈은 아직 살아 있으되 장차 외국인들이 홍수를 내놓으라고 요구하면 아마 아무도 도망가지 못할 것이라고 격렬하게

---

201 각 성의 시험을 주관하는 주고(主考)의 다음 자리.
202 과거에 합격하여 임용되는 것.
203 청말에 물리·화학 등 자연 과학을 총칭한 말.
204 도급(道級) 지방 정부 또는 이 급에 해당하는 지방 정부의 장관.

욕을 해 댔다. 그가 감정이 복받쳐 말을 하자 평소에는 그를 존경하던 전목선이었지만, 지금은 오히려 그의 생각에 동의하지 않으며 피식 웃었다. 그러다 다른 얘기로 다급히 화제를 돌렸다. 양 편수 또한 눈치를 채고 시사(時事)는 더 이상 언급하지 않았다. 목선이 말했다.

"제가 보기에, 전반적인 정세는 큰 문제가 안 될 것 같습니다. 다만 북방의 난리가 이런 지경에까지 이르렀으니, 노형께서도 이런 곤란한 서울로 다시 벼슬 살기 위해 가실 필요는 없겠지요. 예컨대 상해에서 일자리를 찾아 도대 자리를 사서 성(省)으로 가실 방법을 찾을 수도 있지 않겠습니까. 노형, 그리하심이 어떠십니까?"

양 편수는 경솔하게 남쪽으로 돌아왔다며 자못 후회하고 있던 참에, 그 말을 들으니 크게 기뻐 목선의 귀에 대고 소곤거렸다.

"내 자네한테 숨김없이 말하겠네. 내 이번에 서울을 떠나면서 한 푼도 챙기지 못했네. 자네가 일자리를 추천해 준다면, 자넨 진정 나의 포숙(鮑叔)[205]이고 그 감격은 이루 말로 다 할 수도 없을 걸세."

두 사람이 서로 허물없이 얘기를 나누다 목선이 말했다.

"제가 알고 있는 기녀 하나가 육마로(六馬路)에 삽니다. 방도 깨끗하고 쓸데없는 손님도 없으니, 우리 거기로 가서 노형의 환영연(歡迎宴)을 하는 셈 치고 식사나 하시지요."

양 편수가 감사를 표하며 말했다.

"너무 많이 쓰지는 마시게."

"괜찮습니다."

목선이 말을 끝내고 옷을 갈아입으러 안으로 들어갔다가 한참 만에 나왔다. 그는 유행하는 옷차림으로 갈아입었다. 양 편수는 10년

---

205 고대 중국 춘추 시대 제(齊)나라 때 관중(管仲)이라는 출중한 인재를 추천한 인물.

은 젊어 보인다며 연신 칭찬했다. 그 말에 목선도 득의양양했다.

두 사람은 함께 육마로의 어느 집 문 앞에 이르렀다. 간판을 보니 '왕취아(王翠娥)'라는 세 글자가 쓰여 있었다. 곧장 2층으로 올라갔다. 과연 방은 넓고 먼지 하나 없이 깨끗했다. 취아(翠娥)는 집에 없었다. 아가씨 아금(阿金)이 나와 맞으며, 수건을 내놓고 물 담배를 챙기느라 분주했다. 목선이 지필묵을 가져오라 하여 요리 몇 가지를 적더니, 구화루(九華樓)에 가서 시켜 달라고 했다. 한편으로 목선은 일자리와 관련된 일을 꺼내며 문득 양 편수에게 물었다.

"화천만이라는 이름은 노형께서도 아실 겁니다. 그 사람이 봄에 저와 학당을 하나 차렸으면 하고 얘기했습니다. 그런데 총판(總辦)을 맡을 사람이 없어 그 뒤로 얘기가 더 이상 진척되지 못했습니다. 마침 노형께서 상해에 오셨으니, 이 일도 다소간 탄력을 받게 됐습니다. 우선 노형은 한림이시고, 또 노형께서는 서울에서 학당을 차려 보셨으니, 그 소문이 자자합니다. 그러나 경비가 넉넉하지 않아 봉급이 그리 좋지는 않습니다. 그래도 해 보실 의향이 있으시다면, 제가 한번 알아보겠습니다."

양 편수가 생각에 잠겨 있는 동안 왕취아가 돌아왔다. 그녀는 주인으로서의 도리로 그들을 접대했다. 잠깐 사이에 주안상이 마련되고 두 사람이 자리에 앉았다. 취아가 그들에게 술을 몇 순배 권하고 뒤로 가 휴식을 취했다. 이윽고 양 편수가 목선에게 말했다.

"학당을 차리는 일은 쉬운 일이 아닐세. 화청포 옹이 나를 믿고 맡겨 주신다면, 모든 일은 손을 쓰기 좋도록 내 말을 들어야 할 걸세. 보수가 많고 적은 것은 따질 일이 아닐세."

목선이 말했다.

"그거야 당연하지요. 노형 마음대로 하십시오. 노형이 응낙하셨으니, 내일 바로 가서 얘기해 보겠습니다. 어찌 될는지 보고 다시 애기하지요."

그러고는 저녁을 먹고 헤어졌다.

다음 날, 목선은 화 도대(花道臺)를 찾아갔다. 그런데 때마침 화 도대의 병이 중하여, 그의 소유 모든 양행의 총관(總管)들이 모두 병문안을 와 있었다. 목선은 그들 모두 잘 알고 있었다. 먼저 화 공(花公)의 병증을 물어, 다시 일어나지 못할 것임을 알게 되었다. 목선이 그들에게 문안을 부탁하고 돌아가려 할 때 성은 김(金)이요 호는 지재(之齋)라고 하는 총관이 그에게 말했다.

"가지 마십시오. 관찰께서 어제 분부하시길, 봄에 완결 짓지 못한 일을 부탁하신다며 당신을 청해 오라 하셨습니다! 제가 들어가 보고, 아직 말씀하실 수 있으면 안으로 드셔서 만나 뵈시지요!"

목선은 다시 앉았다. 지재가 가고 얼마 지나지 않아 다시 나오더니 목선을 청하여 함께 안으로 들어갔다. 화청포는 똑바로 누워 숨만 헐떡거리며 목선을 한참 동안 바라보다 겨우 한마디 했다.

"학당 일은 자네한테 부탁함세."

말을 마치고 눈을 한 번 치켜뜨더니 이내 혼절하고 말았다. 목선 또한 마음이 아파 눈물을 흘렸다. 안에서는 여자들이 손님이 있음에도 불구하고 통곡하기 시작했다. 목선은 그 틈에 바깥 대청으로 물러났다. 안에서 들리는 애통한 소리에 화청포가 이미 사망했음을 알았다. 각 양행의 총관들이 모두 물러 나와 목선에게 학당 일이 무어냐고 물었다. 목선은 자세히 설명했다. 그리고 또 한림 출신에게 부탁하여 조만간 시작할 것이라는 말을 덧붙였다. 그 말을 듣고 김 총관이 말했다.

"관찰의 유언이시니 거스를 수 없지요. 저희들이 자금을 모아 건물을 마련할 테니, 여타 나머지 일은 목선 형께서 마음을 써 주십시오."

각 총관들이 수락하자 일은 일사천리로 진행되었다. 목선은 돌아와 양 편수를 찾아 자초지종을 설명하고, 또 건물이 마련되는 대로 학당을 열 것이라고 말했다. 그러자 양 편수가 말했다.

　　"그러면 안 되네. 건물이야 일시에 마련되지 않는다 하더라도, 우선 얼마간 돈을 써서 사람들을 모아 규정도 마련해야 하고 교과서도 만들어야 하네. 그러지 않으면 개학할 때 뭘로 가르치란 말인가?"

　　목선은 고개를 끄덕이며 옳다고 했다. 양 편수는 곧 가족들을 소주로 보내고 보름쯤 있다가, 사람들을 초청하여 일을 처리하겠노라고 목선과 약속했다. 서로 작별한 일은 더 이상 말하지 않겠다.

　　한편 절강(浙江) 가흥부(嘉興府)에 성은 하(何)요 이름은 조황(祖黃), 호는 자립(自立)이라 하는 수재가 있었다. 어려서부터 매우 총명하여, 열여섯에 산학(算學) 시험에 1등으로 입반(入泮)[206]했다. 원래 그의 산학 수준은 가감승제에 능숙하였을 뿐 아니라, 제곱근을 구하는 방법도 개략적으로 이해하는 정도였다. 팔고 폐지 후처음으로 수재가 된 인물이었기에 모두들 그를 대단하게 여겼다. 그 역시 자신의 비범한 재능을 으스댔다. 게다가 또 1년 동안 일본어를 배워 초보적인 책 정도는 번역할 수 있을 정도였다. 그런데 부성(府城) 시험에서 성적이 그리 높지 않자 그만 삐쳐서 상해로 가서 일을 도모해 보고자 했다. 다행히 개통서점(開通書店) 주인을 알게 되어, 매달 월급 10원에 거기 머물며 번역을 하게 되었다. 그때 하자립(何自立)은 나이가 20여 세였으나 아직 장가들지 않았다. 객지에서의 생활이 무료하여 걸핏하면 여자를 찾았다. 마침 이 서점은 사마로 근처에 있어, 저녁이면 혼자 청련각(靑蓮閣)이며 사해

---

206 부·현의 학교인 반궁(泮宮)에 입학하여 생원이 되는 것.

승평루(四海昇平樓) 등을 드나들었다. 그러다 눈에 드는 기녀가 있으면 시도 때도 없이 찾아가 차를 마시며 놀았다. 서점 주인이 여러 차례 만류했지만, 그는 듣기는커녕 도리어 타박했다.

"우린 타인의 압제를 받지 않을 국민으로서의 자격이 있소. 그러니 당신은 내 하는 일 간섭 말고 그냥 놔두시오."

그 말에 주인은 입을 다물어 버렸다. 이 때문에 서로 마음이 맞지 않게 되었다. 자립은 여러 차례 일을 그만두고 싶었지만, 몸 둘 곳이 없어 꾹 참고 지낼 수밖에 없었다.

하루는 호가댁(胡家宅)이라는 기생집에 갔다가, 계수학당(啓秀學堂)의 옛 동학(同學) 장(張) 수재를 만났다. 그는 양 편수의 지기(知己)로, 호는 서생(庶生)이었다. 자립은 매우 기뻐하며 그를 끌고 안으로 들어가, 헤어지고 난 뒤의 일을 얘기했다. 서생이 자립에게 어디서 일하고 있느냐고 물었다. 자립이 탄식을 내뱉으며 말했다.

"우리는 최고의 인격체로 학당에서는 타인의 압제를 받지 않았는데, 지금은 책 장수의 눈치나 보고 있다네."

그러고는 개통서점에서의 일을 자세히 얘기했다. 이에 서생이 말했다.

"여보게, 자네도 너무 화를 내지 마시게. 예전에는 학생이어서 자유로울 수 있었지만, 지금은 남의 일을 하고 있으니 싫든 좋든 우선 아쉬운 대로 참고 견뎌야 할 걸세. 지금 양 편수께서 저영학당(儲英學堂)이라는 걸 개설하시는데, 도처에서 우리 같은 사람을 구하지만 쉽게 구하지 못하고 있네. 하여 유학심이나 위방현 같은 사람들을 불러다 거기서 책을 만들고 있다네. 생각해 보니, 그런 사람들도 일거리가 있는데, 자네 같은 큰 인재를 아무도 초빙하지 않았다는 게 정말 기이하군. 내일 내 자네를 초빙하라 부탁하겠네. 보수는 많지 않아, 매달 은화로 10여 원 정도라네."

자립은 기뻐하며 승낙했다. 다음 날 과연 서생이 소식을 보내왔고, 자립은 서점을 떠나 곧바로 서생이 있는 곳으로 갔다. 학당 건물은 아직 마련되지 않아 대마로의 양행에 있는 세 칸 방에서 책을 만들고 있었다. 그날로 양 편수를 만나 책 편집 방법 등을 얘기했다. 양 편수는 그에게 탄복하여, 보수로 매달 20여 원을 주기로 했다. 이어 유학심과 위방현 등을 불러 인사시켰다. 이때부터 하자립은 저영학당에서 책을 만들기 시작했다.

가까스로 학당 일이 마무리되었다. 응시한 인원은 2백~3백 명이나 되었는데, 대략 그중에서 반 정도를 받아들였다. 정말이지 시간은 쏜살같아 어느새 또 새해가 밝았다. 학당은 어느 정도 체계가 잡혔다. 받아들인 학생들은 전부 열너덧 살 내외여서, 개학한 이후로 규칙을 순순히 잘 따랐다. 이에 양 편수의 명성은 더욱 높아졌다. 그 무렵 그의 시운(時運)이 도래했는지, 재운까지 따라 은화 1만 원을 벌게 되었다. 그러자 그는 관직에 대한 욕심이 발동했다. 그때는 벼슬을 사는 일이 용이했고, 가격도 비교적 저렴했다. 그는 즉시 절강성(浙江省) 도대 자리를 샀다. 학당 일은 더 이상 간여하지 않았다. 화청포의 아들과 김지재가 거듭 만류했지만, 그는 고집을 꺾으려 하지 않았다. 그가 공명(功名) 쪽에 관심이 기울어 있다는 것을 안 사람들은 그가 하고 싶은 대로 내버려 둘 수밖에 없었다. 학당에서는 다른 총판을 초빙했다. 이에 대해서는 더 이상 언급하지 않겠다.

한편 그는 절강성을 희망하여 관례에 따라 성(省)으로 가서 알현했다. 그런데 공교롭게도 무대(撫臺)는 그가 거인이 되던 시험의 좌사(座師)[207]였다. 게다가 무대는 그가 학당 개설에 일가견이 있

다는 것을 알고 자연히 그를 다른 눈으로 대하게 되었다. 그리하여 본 성(本省)의 교육 업무는 일괄 그에게 위임했다. 반년이 지나 때마침 영파(寧波)·소흥(紹興) 도대에 결원이 생겼다. 영파·소흥 도대는 1년에 은자 수만 냥의 수입이 생기는 곳인지라, 그는 무대를 알현하여 그 자리를 부탁하며 무대에게도 이익을 나누어 바치겠다고 약속했다. 무대는 결국 그 자리의 서리로 그를 임명했다.

뒷일이 어떻게 되었는지 알고 싶으면 다음 회를 듣고 알아보기 바란다.

제22회

교묘히 줄을 타서 학계를 떠나고
두루 힘써 새로운 방도를 크게 떨치다

각설하고, 양 도대(楊道臺)는 이제 막 성(省)에 온 사람으로, 돌연 그 좋은 자리를 차지하게 되었으니 동료들 중에는 승복하지 못하는 이들이 많았다. 어떤 이는 그가 서울에 연줄이 있어 모 군기대신의 추천을 받았을 것이라 했고, 또 어떤 이는 은자 1만 냥을 주고 샀을 것이라며 수군거렸다. 그러나 무원(撫院)이 총애하는 은원국(銀圓局)[208]의 총관 호 도대(胡道臺)만은 그 내막을 잘 알고 있었다. 그는 이런 뜬소문을 듣고 쓸데없는 억측은 그만두라고 말렸다. 즉 '양 관찰(楊觀察)은 당금의 명사로, 그가 서울에서 교유한 친왕(親王)이나 고관들도 많다. 이번에 서리가 된 것은 사실 무헌(撫憲)께서 그가 학당을 개설하는 일을 잘하였기에, 이번 결원으로 그의 노고를 치하하려는 것이다'라고 타일렀다. 이에 모두들 그제야 쓸데없는 의론을 그쳤다. 그러나 호 도대는 도리어 밖에서 일던 뜬소문을 무원에게 고해바쳤다. 무원은 담이 작은 사람이었다.

---

208 청대에 각 성에서 은화를 주조하던 기관.

그는 혹여 소문이 커져 공평무사한 일이 도리어 의심받지나 않을까 하여 몰래 자격을 심사하였는데 공교롭게도 호 도대가 보결(補缺)에 합당했다. 이에 그를 영파·소흥의 도대로 보결할 것을 주청(奏請)했다. 부복(部覆)[209]이 내려왔다. 단 서너 달 만에 양 도대는 두 눈 멀거니 뜨고 살찐 고기를 빼앗기고 말았다. 호 도대와 양 도대의 교체에 관한 일은 더 이상 언급하지 않겠다.

한편 호 도대가 보결로 나간다는 소문이 일자, 몇몇 후보 도대들은 그가 맡던 은원국을 차지하려고 했다. 그중에는 학당 총판 주 도대(周道臺)도 있었다. 그는 본시 양 도대의 직책을 이어받았으나 그의 학당 업무 처리는 그리 순탄하지 않았다. 하여 그 직책에 더욱 관심을 가졌다. 그러면 주 도대는 어디 출신이던가? 그는 원래 한림(翰林)이라는 이름을 절취한 인물로, 이름은 이(頤)이고 호는 연생(燕生)이었다. 그는 비쩍 마르고 키가 큰 탓에 학생들은 등 뒤에서 그를 '새조교(賽曹交)'*라고 불렀다. 학당 총판 직책을 받았을 때 그는 직책을 수행하기 어렵다는 것을 알고 곧 융통성 있는 방법을 생각해 냈다. 학생들에게 미움을 받지 않을 뿐 아니라, 알랑거리는 말 몇 마디도 가려 뽑았다. 학생들이 하늘에 오르고자 하면, 최소한 그들을 위해 사다리를 갖다주었다. 그가 그러는 것을 보고 학생들도 그를 곤란하게 만들진 않았다. 다만 못된 학생 몇몇은 이를 틈타 화류계를 드나들어 몇 차례 신문에 실렸다. 이를 안 그는 더 이상 견디기 힘들어 하루빨리 그곳을 벗어나고 싶었다. 때는 마침 무원의 생일이었다. 무원은 널리 고시하기를, 일체의 선물은 받지 않는다고 했다. 주 도대는 겉으로는 받지 않지만, 속으로는 귀중한 선물을 요구한다는 것을 알아보았다.

---

209 중앙의 각 부서에서 내려 보내던 회신 공문.

또 선물을 보내는 데도 요령이 있어, 반드시 문상 등승(鄧升)의 손을 거쳐야 했다. 주 도대는 한 가지 묘책을 생각해 내고는 은세공 기술자를 불러 은자 천 냥 정도 하는 황금으로 된 금수성(金壽星)[210]과 금왕모(金王母)[211]를 만들게 했다. 그것들은 영롱하고 투명하여 광채가 눈부셨다. 주 도대는 자신이 직접 등 문상(鄧門上)과 관계하는 것이 껄끄러워, 하인 왕복(王福)에게 그와 친분을 맺으라고 시켰다. 그러면서 말하기를, 원상(院上)[212]께 생신 선물을 보내려 하니 잘 좀 말해 달라고 부탁하며, 반드시 보상이 있을 것이라 전하게 했다. 등 문상은 왕복의 말을 듣고 히죽히죽 웃으며 말했다.

"어쩐 일로 자네 대인께서도 생일 선물을 다 보내신다던가? 설마 책이나, 자네 어르신이 직접 지은 생신 축하 글을 보내는 것은 아니겠지?"

왕복이 말했다.

"다 틀렸네. 말씀하시는 걸 들으니, 금수성과 금왕모라더군."

그러자 등 문상이 말했다.

"황금으로 만들자면 하나당 최소한 백 원은 들 것이고, 그런 생각을 하기는 쉽지 않을 텐데."

왕복이 반박했다.

"자네 그를 그리 얕보지 말게. 그러다 주워 담을 수 없을지도 모르네."

그러자 등 문상이 말했다.

---

210 수성은 장수를 관장하는 노인성(老人星)을 가리키며, 주로 길고 하얀 수염을 기른 노인으로 형상화된다.

211 왕모는 중국 신화에 등장하는 서왕모(西王母)를 가리킨다. 그녀의 정원엔 불로장생을 가져다 준다는 천도복숭아가 열리며, 이에 서왕모는 불로장생을 상징하는 여신이 된다.

212 무원(撫院).

"자네, 물건 좀 보여 주게. 보고 괜찮으면 내 무원께 바침세. 그렇지 않으면 대인께선 받지 않으실 테니, 그리되면 쌍방의 체면이 말이 아니지 않겠나?"

왕복은 공관(公館)으로 돌아와 주인에게 그 말을 전했다. 그리하여 선물을 가지고 가 등 문상에게 보여 주었다. 등 문상은 세공이 아주 뛰어난 것을 보고는 아까워 손에서 놓지를 못했다. 손에 들고 어림잡아 보니 족히 스무 냥은 되어 보였다.

"이야, 정말 좋군. 게다가 둘로 짝을 맞췄으니, 선물로는 제격이겠는걸. 다만 우리도 관례에 따라 문포(門包)[213]에 대해 얘기를 좀 나눠야 하지 않겠나. 왕 형! 자네는 전문가이니, 많이는 말고……."

그러면서 손가락 다섯 개를 쫙 펴며 말했다.

"……이렇게만 하지."

왕복이 웃으며 말했다.

"정말이지 자네 계산은 정말 싸군. 내 돌아가서 주인께 말씀드리고 다시 얘기함세!"

과연 주 도대는 몇 가지 값나가는 선물을 함께 원상에게 보냈다. 문포도 가까스로 합의했다. 그제야 무대의 보상을 받게 되었다. 무대는 그의 선물을 받아들였을 뿐 아니라 등 문상이 또 몇 마디 말을 거들었다. 당연히 그 뒤에 따로 일이 진전된 상황이 있으니, 이는 나중에 다시 서술하기로 하겠다.

한편 무대는 성이 만(萬)이요 이름은 기(岐), 호는 이직(爾稷)이었다. 그는 유신을 극력 강구하는 인물이자, 또 외부의 명성을 소중히 여기는 인물이었다. 생일이던 그날, 그는 미리 순포(巡捕)들을 시켜 관원들은 생일을 축하하러 오지 말 것을 널리 고시하면서 관

---

213 문을 지키던 사람에게 뇌물로 주던 재물.

아에도 간단한 술상 둘만 차려 몇몇 막료들을 대접했다. 화청에서 술을 마시는데, 두어 순배 술이 돌자 그가 느릿느릿 걸어 나왔다. 모두들 일어나자 무대는 허허 웃으며, 모두에게 앉으라 하고는 등나무 의자를 가져오라 한 뒤 창에 비스듬히 기대앉아, 기다란 담뱃대를 입에 물고는 "이리 오너라!" 하고 소리쳤다. 곧바로 하인 서넛이 달려와 담뱃대에 불을 붙였다. 무대는 몇 모금 빨더니 '후~' 하고 내뱉으며 말했다.

"이치대로 따지자면 내 생일에 국수 몇 가락 먹는 것도 해서는 안 되지. 생각들 해 보시게. 나라가 내우외환에 시달려 신하 된 자들이 와신상담(臥薪嘗膽)하고 있는 이때에 안일을 도모해서야 쓰겠는가?"

그 자리에는 오(吳) 지방 군기대신이 추천한 접주(摺奏)[214]를 맡은 선생이 있었는데, 사람됨이 시원시원하고 직선적이었다. 그는 무대의 말을 들으며 무대가 겉 다르고 속 다르다는 것을 알고 그 말을 되받았다.

"대인께서는 너무 겸손하십니다. 대인께서는 한 성(省)의 본보기이시니, 생일을 다소 화려하게 지내신다 해도 그리 문제가 되지 않을 것입니다. 세상에는 겉으론 도덕군자인 체하면서 밤이면 뇌물 받기를 꺼리지 않는 이가 많습니다. 차라리 아예 대놓고 아첨을 받는 것이 훨씬 떳떳하지요!"

그 말을 듣자 무대는 얼굴이 붉으락푸르락해졌다. 그가 지금 하는 말은 바로 무대 자신의 고질병이었던 것이다. 하지만 그 선생은 대단한 내력을 가지고 있었기에 미움을 사고 싶지 않아 무대는 억지로 웃으며 말했다.

---

[214] 황제에게 직통으로 올리는 상소.

"선생의 가르침은 지당하십니다. 제 생각이 짧았습니다."

말을 마치고, 더 앉아 있기가 껄끄러워 멋쩍어 하며 일어나려
했다. 때마침 문상(門上)이 북경(北京)에서 온 전보를 들고 왔다. 열
어 보니 전부 암호로 쓰여 있었다. 그는 사람들에게 술을 더 권
하며 급히 자리를 떠났다. 혼자 첨압방(簽押房)으로 가 전보를 해
독하는 심복 하인을 불러 한 글자 한 글자 해독했다. 소군기(小軍
機)[215] 진 주사(陳主事)가 친 전보였다. 내용은 일 처리가 곤란하
여 호북성의 무대를 강소성으로 옮기고, 각하는 호북성으로 전근
시킨다는 것이었다. 이 같은 내용의 전보를 접한 무대는 눈살을
찌푸리며 급히 주머니에 쑤셔 넣었다. 그러고는 하인에게 이 소식
을 절대 발설하지 말라고 이른 뒤, 다시 느릿느릿 화청으로 나갔
다. 모두들 무슨 일이냐고 물었다. 그는 중요한 일이 아니라, 서울
의 자잘한 일에 관한 것이라고 대답했다. 그러자 아무도 더 이상
깊이 캐묻지 않았다. 호북성의 무대 자리는 아주 힘든 자리이고,
또 독무(督撫)와 같은 성(城)에 있어 독무가 사사건건 견제할 터였
다. 그래서 만수(萬帥)는 그리 원하지 않는 자리였다. 속으로 곰곰
이 생각해 보니, 어찌하여도 되돌릴 수 없는 일이었다. 당장 번대
를 오라 하여 그와 상의한 끝에 주 도대를 온처도(溫處道)[216]의 대
리(代理)에 임명했다. 학당을 벗어나려는 그의 마음을 헤아린 것이
었다. 다음 날, 호 도대에게 은자 1만 냥을 꾸어 달라는 전보를 쳤
다. 그러나 5천 냥만 가능하다는 답신이 와 그렇게 할 수밖에 없
었다. 며칠이 지나자 과연 황상의 교지가 내려왔다. 아울러 서울로
올 필요가 없다는 말도 적혀 있었다. 번대가 관아를 지켰다. 교대
를 말끔히 끝낸 뒤, 가족을 데리고 호북성으로 떠났다. 큰 배 다섯

---

215 대군기(大軍機)인 군기대신의 막료인 군기장경(軍機章京)을 가리킨다.
216 청대 절강성(浙江省) 행정 구역의 하나. 온주(溫州)와 처주(處州)의 두 부(府)를 관할했다.

을 고용하고 작은 증기선 두 척을 활용하여 상해까지 끌고 갔다. 각 관원들이 술을 마련하여 환송연을 베풀었다. 학당 두 곳도 둘러보았다. 여러 나라 영사들을 만나 중국의 앞날에 대해 얘기를 나누며, 개혁을 굳건히 할 것을 자임했다. 상해에서는 사나흘 머물렀다. 그리고 초상국(招商局)[217]의 강유(江裕) 증기선 대찬간(大餐間)[218]에 앉아 호북으로 떠났다.

도착하던 그날은 마침 5월 중순이었다. 관례상 관원들은 5월에는 인수인계를 하지 않았다. 그러나 만수는 금기를 따지지 않았다. 그날 당장 전임 무대를 찾아가 다음 날 인수인계하기로 약정하고 다시 양호(兩湖) 총독을 찾아뵌 뒤 가마를 타고 임시 관아로 돌아왔다. 그런데 채 문을 들어서기도 전에, 갑자기 외국인 분장을 한 사람이 소매를 휘날렸다. 그러자 '탕!' 하는 총소리와 함께 녹색 가마의 유리가 뚫리며, 총알이 대문에 가 박혔다. 네 명의 친병이 즉시 체포하려 했으나, 그는 이미 어디로 갔는지 알 길이 없었다. 사방을 수색해 보았지만 종적을 찾을 수 없었다. 다행히 무대는 다치지 않았다. 그러나 얼마나 놀랐던지 얼굴이 노래졌다. 당장 가마에서 내려 관아로 들어갔다. 만수는 첨압방으로 가 편복으로 갈아입고 좌정한 채 한마디도 하지 않았다. 친병들은 다급하여 등 문상에게 무릎을 꿇고 애걸했다. 한참 어수선하던 그때, 안에서 연신 등승(鄧升)을 부르는 소리가 들렸다. 등승은 부리나케 달려갔다. 만수는 화가 나서 씩씩거리며 말했다.

"내가 이런 험한 꼴을 당해 목숨이 달아날 뻔했는데, 너희들은 어째 아무 일도 없다는 양 불러도 오지 않느냐."

---

217 1872년 이홍장(李鴻章)이 상해에 설립한 중국 최초의 근대적 증기선 회사인 윤선초상국(輪船招商局).
218 여객선의 최고급 객실.

등승은 모자를 벗고 무릎을 꿇고 앉아 머리를 땅에 쿵쿵 찧으며 연신 둘러댔다.

"소인이 어찌 감히……. 실은 밖이 소란스러워 금방 들어오지 못했습니다요."

만수는 밖이 아직 소란스럽다는 말에 놀라 허둥지둥하면서, 저도 모르게 몸을 부들부들 떨며 물었다.

"무슨 소란?"

등승이 천천히 대답했다.

"무슨 소란이 아니옵고, 잡다한 무리들이 많다는 것입니다."

그러자 만수가 책상을 내리치며 꾸짖었다.

"이런 쳐 죽일 놈 같으니! 어서 친병들을 시켜 진압하지 않고 무엇하느냐?"

이에 등승이 대꾸했다.

"경찰병 둘은 휴가를 가고 없습니다요. 그리고 대인을 따라나섰던 친병 넷은 지금 동헌에 무릎을 꿇고 있습니다요."

그러자 만수는 더욱 부아가 치밀어 소리쳤다.

"누가 무릎 꿇고 있으라더냐. 어서 나가 진압토록 해라. 그리고 이후로 다시 한 번 소홀히 했다가는 지놈들 목을 내놓아야 할 것임을 유념토록 하라."

등승은 욕을 한 바가지 얻어 듣고 물러 나와, 친병들을 한바탕 혼쭐낸 뒤 밖으로 나가 진압토록 시켰다. 잡다한 무리들이 모두 물러가자 그제야 모두 마음을 놓았다. 곧이어 도(道)·부(府)·수현(首縣)이 만수를 찾아뵈러 왔다. 그리고 조금 뒤 양사(兩司)도 당도했다. 만수는 양사에게 지시하여, 경찰국(警察局)에 명하여 비밀리에 총을 쏜 사람을 조사하게 했다. 뒤따라 제대도 그를 방문했다. 만수는 방금 전 당했던 험한 꼴을 대강 설명했다. 그러자 제대가 말했다.

"잔당들이 너무 많아 처벌한다고 했는데도 아직 뿌리를 뽑지 못했소이다. 이 일은 경찰국이 엄정한 조사를 하여 사나흘이면 명백히 밝혀질 터. 필시 몇 놈을 엄하게 다스려야 할 것이외다."

만수가 말했다.

"역시 호북 민심은 사납습니다. 만약 강소나 절강 사람들이었다면, 모의 정도는 할지 모르겠지만 이런 행동은 감히 하지 못합니다. 예전에 이자량(李子梁)이 강소에 부임했을 때도 이 같은 희한한 사건을 만난 적이 있었습니다. 그때 한 이발사가 자수했습지요. 그가 전하는 말에 따르면, 몇몇이 비밀 조직을 결성하여 소설에 나오는 암살 방법으로 고관들을 해하려는 거사를 도모했습니다. 이발사도 일찌감치 무리에 끼였지요. 그런데 저들이 말하기를, 거사가 성공하면 신분을 바꾸어야 하므로, 이발사도 더 이상 장사를 할 수 없다는 것이었습니다. 그러자 이발사는 암살 모의가 정말인 줄로만 여겨 단단히 겁을 집어먹고 고발을 하게 되었지요. 이후 엄밀한 조사가 진행되자, 모두들 어디로 도망가야 할지 몰라 허둥거렸습니다. 전하는 말에 따르면, 그중 어떤 놈은 외국으로 나갔고, 또 어떤 놈은 상해에 몸을 숨긴 채 서양인들의 비호를 받으며 신문사를 열어 욕설을 퍼붓고 있다더군요!"

그러자 제대가 말했다.

"왜 아니겠소? 이 모든 것은 신문사에서 요망한 말로 백성들을 미혹하니, 제 분수를 모르는 어리석은 백성들이 해도 되는 일인 줄 알고 그와 같은 그릇된 생각을 내다가 결국에는 자기 목숨도 보전하지 못하게 된 것이지요. 나는 그 원인을 알기에 서양인의 간판을 내걸고 신문사를 개설하는 것을 허락하지 않았소이다. 지금 비록 한구(漢口)에 신문사가 있긴 하지만, 우리가 살펴본 뒤에야 신문을 발행할 수 있소이다."

만수가 진심으로 탄복하며 말했다.

"확실히 대선배님의 일 처리 방법은 대단히 훌륭하시군요. 만약 상해도 그렇게 할 수 있었다면, 어찌 그와 같은 뜻밖의 변고가 있을 수 있었겠습니까?"

그러자 제대가 말했다.

"그건 불가능하지요. 상해가 비록 조계(租界)라고는 하나, 우리 주권은 하나도 미치지 못하지요. 결국 도피처인 셈이라 치면 그뿐, 다른 말을 해 봐야 뭣하겠소?"

그 말을 듣고 만수는 장탄식만 내뱉을 뿐, 달리 할 말이 없었다.

손님을 배웅하고 안채로 돌아와 잠시 쉬고 있었다. 그런데 누가 알았으랴, 그때 밖에서 등 문상은 수현이 심부름 보낸 하인을 다그치고 있었다. 문간방의 침구가 제대로 갖춰지지 않았다는 둥, 안채의 램프가 부족하다는 둥, 안전등도 몇 개는 더 있어야 한다는 둥, 찻잎이 다 상했다는 둥, 심부름꾼을 핍박하여 일일이 바꿀 것은 바꾸고 더할 것을 더하라며 채근했다. 그러면서 그는 또 호인인 체하며 말했다.

"이런 것은 다 대인께서 아시고 화를 내시지 않도록 내가 자네들을 위해 닦달하는 것이네. 자네 어르신께 다음에는 좀 더 조심하라 이르시게."

수현에서 파견 나온 하인은 이런 장애에 부딪히자 답답한 기분으로 물러나, 동료에게 구시렁댔다.

"이런 제기랄! 제깟 놈도 결국은 하인에 불과하면서! 허세를 부리는 꼴이라니! 하루 이틀 새에 어떻게 다 처리한담? 문간방엔 분명 침구 두 벌이 있었는데, 지금은 큰 것 한 벌밖에 없더군. 한 벌은 일찌감치 저놈의 상자 속으로 들어갔지. 찻잎만 해도 우리 장방(帳房) 나리께서 직접 한구(漢口) 황피가(黃陂街)에 있는 큰 점포로 가서 사 온 최상급 모첨(毛尖)[219]인데 도리어 상했다고 하더군. 램프가 마흔 개에 안전등이 열세 개인데도 부족하다니, 뒷간에까지 안전등을 걸어야 저놈 마음에 흡족한가 봐! 자네 말 좀 해 보게. 내 이 심부름을 해야겠는가?"

그의 동료가 말했다.

"목소리 낮추게. 남이 들으면 우리 밥줄도 끊어지네! 속담에 큰 벌레가 작은 벌레를 잡아먹는다지 않던가. 큰 관리가 작은 관리를 잡아먹는 게지. 이치상으로야 우리 나리도 한림(翰林) 출신으로 무대 대인과 같다고 할 수 있지. 하지만 어쩌겠나, 저마다 운명이 달라 한 사람은 상사(上司)가 되어 무대로 임명된 것을. 저이는 양심도 없이 백성들의 돈을 착취하니, 이 기회에 저이가 돈 좀 덜 쓰게 해 주는 게 어떻겠나?"

두 사람은 내내 한담을 나누며 수현으로 돌아와 주인께 고했다. 수현은 본시 능수능란한 관리였던지라, 어찌 분부대로 처리하지 않을까. 급히 말한 대로 필요한 것들을 더하고, 덧붙여 문상에게도 후한 사례를 보내니, 그제야 다른 말이 없었다.

다음 날 만 무대의 취임식이 열렸다. 각 관원들이 찾아뵙고, 응당 처리해야 할 일이 무엇인지 물었다. 첫 번째가 자객을 잡아들이는 일이었다. 경찰국은 긴장했다. 각기 역할을 분담하여 이곳저곳 두루 조사했다. 조사 결과 그 자객은 외국 출신으로, 만 무대의 명망이 높아 그를 암살하여 자신의 재간을 자랑하려는 것이었으며, 지금은 벌써 귀국하여 추포할 방법이 없어 손을 놓을 수밖에 없다고 했다. 이때부터 독무는 출입할 때마다 열 명의 친병을 더

---

219 녹차 종류로, 중국 10대 명차의 하나.

하여 호위하게 했다. 쓸데없는 말은 그만두겠다.

사흘 뒤, 만수는 학당을 시찰하겠다고 한 뒤 이번에는 가마가 아니라 마차를 타고 갔다. 앞뒤로 경찰국 병사들이 호위했다. 학당에 당도하니 학생들이 열을 지어 환영했다. 만수는 매우 흡족했다. 그런데 체조장에 들어서니, 학생들 중 건장한 몇몇이 갑자기 그를 번쩍 들어 올리는 것이 아닌가. 순간 만수는 대경실색했다.

'이번엔 내 목숨이 끝장나는구나!'

그런데 누가 알았으랴, 아무 일 없이 다시 그를 내려놓는 것이 아닌가. 연후 총판을 접견했다. 총판은 매우 개방적인 사람으로, 성은 위(魏)요 이름은 조매(調梅), 호는 영선(嶺先)이었다. 본시 낭중(郞中) 출신으로 지부에 임명되었으나, 군장(軍裝) 관련 업무의 과실로 인해 처분을 받게 되었다. 제대가 그의 학문이 뛰어난 것을 애석하게 여겨 서원의 훈장으로 삼았다. 이후 학당으로 개편하면서 그를 총판 직위에 임명했다. 만수는 일찌감치 그의 명성을 들어 알고 있었다. 상면한 자리에서 위 총판은 국궁(鞠躬)[220]의 예를 차렸다. 만수는 오래전부터 명성을 들었다는 인사치레를 했다. 위 총판이 말했다.

"대인, 많이 놀라셨지요! 방금 저들은 외국의 예절에 따라 대인을 경애한다는 뜻을 표한 것입니다."

만수는 외국의 의식을 모른다는 사실을 들키고 싶지 않아 곧장 그 말을 받았다.

"그야 당연하지요. 나도 잘 알고 있소이다. 무슨 괴이할 것이 있겠소."

이어 함께 몇몇 과학 수업을 참관했다. 만수는 고개를 끄덕이며

---

220 허리를 크게 굽히며 하는 절로, 존경의 뜻을 나타낸다.

말했다.

"확실히 조예가 정심(精深)하군요. 이들은 모두 나라의 인재들입니다. 다행히 제군(制軍)의 육성과 노형의 교육 덕분에 이렇듯 훌륭하게 되었습니다."

위 총판이 겸양하며 말했다.

"과찬이십니다! 앞으로 대인께서 수시로 가르침을 주십시오."

만수는 학생들의 옷차림이 마치 해군 병사들처럼 좁은 소매에 대금(對襟)[221] 마고자 일색인 것을 보고 크게 찬탄하며 말했다.

"옷이 마땅히 이래야 사람들이 학당 학생들이 장래 나라를 위한 동량이 될 줄 알지요. 상해 학당에서는 체조를 할 때 외국 구호를 쓰는데, 여기서는 그들을 따르지 않으니, 어찌 됐든 알차고 우수한 점이 많습니다. 이 모두 제군의 뜻이 아닌 게 없겠지요?"

그러자 위 총판이 받았다.

"이는 모두 만생(晚生)이 제군과 협의하여 정한 것입니다."

쌍방이 의기투합했다. 만수는 학당에서 밥을 먹기로 했다. 위 총판이 음식을 준비하여 초대하며 만수에게 잠시 머물러 학생들과 함께 먹자고 말했다. 비록 말은 그렇게 했지만, 위 총판은 주방에 몇 가지 요리를 더 준비하라 시켰다. 만수가 식당으로 들어가니 식탁마다 학생들이 가지런히 앉아 있었는데, 전부 1식 3찬이었다. 자신은 위 총판과 같은 탁자에 앉았다. 몇 가지 요리가 더 올랐지만 맛은 없었다. 억지로 반 그릇을 먹고 목멘 소리를 몇 차례 했다. 그러나 위 총판은 그것을 보지 못하여 뜻을 알아채지 못했다. 그는 다만 무대가 스스로 고초를 겪어 보려 하는 것일 뿐, 결코 자신이 제대로 대접을 하고 싶지 않은 것은 아니라고 여겼다.

---

[221] 중국식 웃옷의 두 섶이 겹치지 않고 가운데에서 단추로 채우게 되어 있는 것.

그는 지금 무대의 뜻에 영합한다고 여겨 그와 같이할 뿐이었다. 식사를 마치자, 한 교원이 새로 번역한 외국 역사책을 바쳤다. 반듯한 해서(楷書)로 정성 들여 쓴 것이었다. 표지에는 붉은 종이로 된 간명한 글쪽지가 붙어 있었다. 거기에는 '5품직 주판(州判)[222] 후보 상해(上海) 격치서원(格致書院) 졸업생 담임 교원 모모가 삼가 바치오니 살펴보시고 가르침을 주시기 바랍니다'라고 쓰여 있었다. 그런데 만수가 책을 펼쳤을 때, 마침 솔론(Solon)이 아테네를 위해 입법할 때의 일과 관련된 내용이었다. 만수는 눈살을 찌푸리며 말했다.

"내가 알기로, 솔론은 민약(民約)[223]을 강구하던 사람이다. 풍속을 해치고 백성들의 마음을 어지럽히지 못하도록 이런 책은 출판하지 않는 것이 좋겠다."

교원은 말문이 막힌 채 의기소침하여 물러났다. 그리고 교원은 결국 해임되었는데, 이는 그 뒤의 이야기라 여기서는 설명하지 않겠다.

한편 무원은 관아로 돌아갔다. 위 총판이 학생들을 거느리고 열을 지어 공손히 배웅했다. 만수는 위 총판에게 한 차례 사양하고는 마차에 올랐다. 다음 날엔 각 공장을 시찰했다. 그때는 녹색 가마를 탔다. 각 기기창(機器廠)[224]을 둘러본 후, 그 김에 제대를 알현하여 아첨하는 말을 했다.

"호북이 개명한 정도는 우리 중국에서 으뜸일 것입니다. 이는 모두 대선배님이 심혈을 기울여 경영한 덕분입니다. 다만, 오늘날 중

히 여기는 것은 실업(實業)이라 할 수 있는데, 만생(晚生)의 우견(愚見)으로는 공업도 요긴하다 생각합니다. 선배님의 의향은 어떠신지요?"

제군이 말했다.

"내 어찌 공업 학당을 설치할 생각을 하지 않았겠소? 다만 본성(省)의 경비 지출이 종전에 학당 몇 곳과 기기창 몇 곳을 열고 났더니 거의 기진맥진해져서 이젠 현금 1만 냥도 헤아릴 수 없을 지경이 되었소. 다행히 전임 번사(藩司)가 방법을 고안하여 일종의 채권을 민간에 통행시켜 여러 항목의 용도를 감당할 수 있었소. 그런데 지금은 이 방법도 쓸 수 없게 되었소. 곳간의 지출은 조불모석(朝不謀夕)이라 미래를 걱정할 겨를이 없을 정도요. 그러니 어찌 두루 운용할 수 있겠소? 내 머릿속에는 하고 싶은 일이 아주 많소이다. 노형, 경비를 마련할 만한 묘책이 없겠소? 우린 모두 나라를 위해 힘써야 하는 같은 배를 탄 입장이니, 너나 할 것이 없지 않겠소."

만수가 말했다.

"그야 당연히 전심전력을 다해야지요. 다만 지금은 세금을 잘 정돈하고, 나중에 번사와 함께 대책을 강구하여 보고를 드리겠습니다."

얘기가 한창 무르익어 갈 즈음, 문상이 보고를 올렸다.

"철로를 담당하는 서양인이 일이 있어 대인을 뵙고자 합니다."

제군은 주저하며 말했다.

"철로에는 그들과 관계할 만한 일이 없는데, 무엇 때문에 날 찾아왔지?"

만수가 일어나 인사하려 하자, 제군이 만류하며 말했다.

"아마도 뭔가 상의할 일이 있는 모양이니, 노형도 함께 가서 그와 얘기를 나눠 봄이 어떠하오?"

그러고는 곧 서양인을 들라고 분부했다.

일의 진행이 어찌 될지 알 수 없으니, 다음 회를 듣고 알아보기
바란다.

제23회

유학을 가기 위해 아첨하여 쓰임을 받고

번대(翻檯)[225]를 막으며 바른말로 권하다

각설하고, 제군(制軍)은 서양인을 양옥으로 초청하여 무대와 함께 만나러 갔다. 그 서양인은 벨기에 사람이었다. 중국이 철로 개설 자금을 구하지 못해 벨기에와 합자를 맺었는데, 그가 그 일을 담당하게 된 것이다. 지금까지는 철로에 문제가 있어 관리와 상의할 일이 있으면 항상 중국 쪽 총판이 나섰다. 그런데 이번에는 제대가 서양인 접견을 좋아했기에 특별히 온 것이었다. 서양인은 그 자리에서 통역을 통해 자신의 뜻을 밝혔다. 내용인즉, 철로 착공과 관련하여 제군께서 주현(州縣)에 뒷바라지를 잘해 주라는 공문을 보내 주십사 하는 것이었다. 제군은 일일이 다 승낙했다. 서양인이 떠난 후, 만수(萬帥)는 관아로 돌아왔다. 그는 제군이 서양인을 그렇듯 정중하게 대우하는 것을 보고, 자신도 서양식 건물을 하나 수습한 뒤 문상에게 지시를 내렸다.

"서양인이 날 만나러 오거든 즉시 통보하여라. 꾸물거려서는 안

---

225 옛날 난봉꾼들이 기생집에서 손님을 대접한 뒤, 다시 다른 기생집으로 가서 손님에게 술대접하는 것.

되느니라."

그런 분부를 듣고 문상이 어찌 태만할 수 있으랴? 그런데 이상하게도 서너 달이 흐르도록 서양인이라고는 그림자도 비치지 않았다.

그러던 어느 날, 호남(湖南) 효법학당(效法學堂) 졸업생 하나가 바다 건너 유학을 생각하고 있었다. 그는 이곳 무대가 신학계의 태두라는 소리를 듣고, 졸업 증명서를 가지고 간청하러 왔다. 이 학생은 머리를 짧게 깎았고, 또 몸에는 외국 옷을 걸치고 있었다. 그리고 머리에는 밀짚모자를 쓰고 있었다. 마침 그의 코는 우뚝했고, 또 눈자위도 움푹하고 몸집도 우람하여 행색은 분명 서양인이었다. 그는 무원의 관아로 들어서다, 때마침 지난번에 무원의 지시를 받았던 문상을 만나게 되었다. 학생이 문상에게 말했다.

"너희 대인을 뵈야겠다!"

문상은 그가 외국인인 것을 보자 기뻤다. 다만 그의 말투가 중국 사람 같다는 의심이 들었다. 그러나 이 서양인은 분명 중국에 오래 살아서 중국 말도 잘하게 되었을 거라는 생각이 들자 의심도 곧 사라졌다. 학생이 호주머니에서 네모난 하얀 종이 명함을 꺼냈다. 그 위에는 좁고 긴 동그라미가 그려져 있었다. 이를 본 문상은 그가 서양인이든 아니든 아랑곳없이 덜렁대며 안으로 들어갔다. 한데 때마침 대인은 첨압방에 딸린 곁방에서 아편을 먹고 있었다. 이제껏 그런 때는 아무도 보고할 수가 없었다. 대인을 뵐 수 없자 문상은 다급해서 땀을 뻘뻘 흘리며 급히 등 문상(鄧門上)을 찾았다. 등 문상만은 이 곁방을 드나들 수 있었기 때문이었다. 등 문상은 그가 다급해하는 것을 보고 그 까닭을 물었다. 그리하여 그 이유를 알고는 냅다 욕을 해 댔다.

"야! 이 멍청한 놈아! 우선 양옥에 모셔 두면 되지 않더냐? 외국인을 대청에 그렇게 오래 세워 두는 것을 본 적이 있더냐?”

그 말을 듣고 문상은 급히 명함을 꺼내 등 문상에게 주고는 시중들기 위해 서둘러 다시 밖으로 나갔다. 등 문상도 몰래 양옥으로 따라가 훔쳐보았다. 그랬더니 과연 서양인인지라, 이에 보고를 드리러 갔다.

이때는 대인도 아편을 충분히 먹은 터라 등 문상은 서양인이 뵈러 왔다는 말을 전하며 명함을 바쳤다. 만수 또한 정말 외국인인줄 알고 서둘러 첨압방을 나섰다. 세숫물과 양치 그릇이 벌써 준비되어 있었다. 만수는 얼굴을 씻고 양치를 마친 뒤, 급히 마고자를 입고 모자를 쓰고는 양옥 화청(花廳)으로 갔다. 그런데 누가 알았으랴, 그 학생은 도리어 중국식 예를 행하는 것이 아닌가. 그 모습을 보고 나서야 만수는 중국인이 서양 복장을 한 것임을 알아차렸다. 그는 속았다는 생각에 저도 모르게 발끈 화가 솟구쳤다. 그러나 화를 내려다 곰곰 생각해 보니 좋을 게 하나도 없을 듯싶었다. 지금은 제군조차 학생들을 애지중지하는데, 자신이 야단을 피우면 학당 사람들이 분명 비판할 것이다. 그러면 지금까지 쌓아온 자신의 명성도 다 쓸려 가고 말 터. 어찌 애석하지 않으랴? 뭐라고 말하는지 지켜본 뒤에 다시 대책을 세우기로 했다. 생각이 정해지자 그에게 자리를 권했다. 학생은 불안한 듯 몸을 움츠리며 옆으로 비켜 앉았다. 만수가 무슨 일로 왔는지 물었다. 그러자 그가 일어나 허리 굽혀 절하며 말했다.

“대인, 호북학당(湖北學堂)의 졸업생들과 함께 바다 건너 유학을 보내 주십시오.”

그러자 만수가 다시 물었다.

“자네는 어느 학당 출신인가?”

학생은 급히 품에서 효법학당 졸업 증명서를 꺼내 바쳤다. 만수가 보니 과연 졸업 증명서였다. 원래 그의 성은 여(黎)요 이름은 정휘(定輝)로, 증명서 뒷면에는 서양 글자가 가득 적혀 있었다. 만수가 어느 나라 글을 배웠는지 묻자 그는 영어를 배웠다고 대답했다. 다시 어느 나라로 유학을 가려는지 물었다. 그는 미국으로 가고 싶다고 했다. 이에 만수가 말했다.

"이 학당은 개설한 지 3년이 채 되지 않아 졸업생을 배출하기에는 아직 일러서, 당분간 학생을 외국으로 보낼 수 없네. 듣자 하니 서울에 있는 대학당(大學堂)에서는 늘 학생들을 외국으로 보낸다 더군. 그렇지만 이것도 누군가 시험을 칠 수 있도록 추천해 주어야 하고, 거기서 서너 해 더 공부한 뒤에야 외국으로 나갈 수 있다네. 게다가 자네의 그런 모습으로는 서울에 갈 수도 없을 듯싶네."

그러자 여정휘가 말했다.

"대인께서 만약 인재를 키우실 의향이 있으시다면, 원컨대 모습을 바꾸겠습니다. 문하로 받아 주셔서, 서울로 갈 수 있도록 보증해 주십시오."

만수는 그가 배문(拜門)[226]하려 한다는 말을 듣자 정색하며 말했다.

"배문은 원래 관료 사회의 케케묵은 풍습인데, 어찌 자네가 이런 말을 하는가?"

그러자 정휘가 말했다.

"저는 태산북두(泰山北斗)와 같은 대인의 어진 명성을 진심으로 앙모해 왔습니다. 세속의 그것과는 다릅니다."

이렇게 아첨하자 만수는 저도 모르게 화가 누그러지며 기뻐 말했다.

---

[226] 스승으로 받든다는 뜻.

"알았네! 이런 정분이 더해지니, 우리 사이가 더없이 친숙해지는 것 같군. 사실 나는 인재를 아끼는 마음밖에 없네. 다만 자네가 말한 중국식으로 모습을 바꾼다는 일이 어찌 그리 쉽겠나? 내조금 미심쩍군. 다른 것은 그렇다손 치더라도 그 머리만은 단숨에 기르기 어려울 터, 이를 어찌할 텐가?"

그러자 정휘가 말했다.

"요즘 이발소에 가면 가발이 많습니다. 짧은 머리에 가져다 붙이면 가짜인지 아무도 구별하지 못합니다. 유신을 한다는 사람들도이를 믿고 감히 변발을 자를 수 있는 것입니다."

그 말에 만수는 크게 웃으며 말했다.

"변발도 가짜로 만들다니, 장차 오장육부도 가짜를 만들 수 있겠구먼."

이에 정휘가 말했다.

"들자 하니 상해에는 가짜 코나 가짜 눈, 틀니 등이 아주 많답니다!"

그런데 어찌 알았으랴, 만수 자신이 틀니를 하고 있었으니. 이에그 말을 듣고도 달리 반박할 길이 없었다. 그래서 다만 이렇게 말했다.

"자네가 그리 급히 모습을 바꾼 것은 절대 해서는 안 될 일이었네!"

이에 정휘가 말했다.

"이치로 따지자면야 분명 해서는 안 될 일이었지요. 다만 한뜻으로 외국에 나가 공부하고 싶은 마음에 이것저것 살펴보지 못했습니다. 이제 당분간 나갈 수 없게 되었으니 당연히 예전처럼 바꾸어야지요."

그는 입으로는 그리 말하면서도 속으로는 이렇게 생각했다.

'만약 내가 서양식으로 분장하지 않았다면, 당신도 날 만나 주지 않았을 것이다.'

만수는 그의 말이 침착하고 의론이 수수한 것을 보고 자못 마음에 들었다. 이에 모습을 중국식으로 바꾸고 거처를 관아로 옮겨 며칠 머물다 자기 둘째 아들과 함께 서울로 가라고 했다. 정휘가 일어나 허리를 굽혀 절하며 감사를 표했다. 곧이어 차를 마시고 헤어졌다. 정휘는 거처로 돌아와 중국식 복장으로 바꿨다. 그러고는 수업 첩자(帖子)를 준비하여 만수를 스승으로 모셨다. 그리고 자기 짐을 안으로 옮겨 그곳에서 머물렀다.

만수는 공무가 끝난 여가 시간이면 종종 그를 불러 학업에 대해 물었다. 서로 얘기가 잘 통했다. 그런데 이후로는 공사가 다망하여 자주 그를 만날 수 없었다. 서울로 함께 가라고 말한 그의 아들은 코빼기도 보지 못했다. 여정휘는 주변에 아는 이가 하나도 없었다. 침침한 관서(官署)에 얘기 나눌 이 하나 없어, 혼자 상자에서 책을 꺼내 외국어를 복습했다. 때마침 만수가 그 방을 지나가다 글 읽는 소리를 듣게 되었다. 순간 기분이 동하여 안으로 들어갔다. 그런데 누가 알았으랴, 그가 탁자 위에 두꺼운 서양 책을 펴놓고 있는 것이 아닌가. 그에게 물었다.

"서양 글을 읽고 있는가?"

여정휘가 대답했다.

"외국 시를 읽고 있습니다."

만수는 그가 열심히 공부하는 것을 보고 말했다.

"내 둘째 놈은 본시 서울로 가서 사학관(仕學館) 시험을 보려 한다네. 그러나 이제껏 서양 글이라곤 공부해 본 적이 없다네. 자네가 신경 써서 잘 좀 지도해 주시게. 조금이라도 배워 두면 나중에 입관(入館)한 후에 공부하는 데 많은 도움이 되지 않겠나."

그러자 기회를 엿보아 정휘가 대답했다.

　　"그런 일은 바로 시작할 수 있습니다. 하지만 제가 여기 온 지도 여러 날이 되었는데, 아직 아드님을 뵙지 못했습니다."

　　그러자 만수가 곧 소리쳤다.

　　"이리 오너라! 가서 둘째 도련님을 오라 하여라!"

　　그런데 심부름 갔던 하인은 떠난 지 오래도록 돌아올 줄 몰랐다. 만수는 기다리다 지쳐 다시 사람을 시켜 재촉했다. 그랬더니 그제야 붉은 술이 달린 댕기를 흔들며 오는데, 그 뒤에는 잘생긴 하인 둘이 따르고 있었다. 보아하니, 이 도련님의 나이는 열일고여덟 정도였다. 생김새인즉, 얼굴은 분을 바른 것 같았고 입술은 연지를 바른 듯 아주 붉었다. 그의 고고한 귀태(貴態)는 그림으로도 그려 낼 수 없을 것 같았다. 그러나 사람을 대하는 예의범절을 그럭저럭 갖추고 있어 먼저 부친께 문안을 여쭈었다. 그리고 몸을 돌려 정휘에게 인사했다. 정휘는 때맞춰 답례하지 못했다. 다리가 경직되어 인사를 하려다 겨우 반도 채 못했다. 아들은 별로 개의치 않았으나, 밖에 서 있던 두 하인은 일찌감치 웃는 눈빛을 숨기지 않았다. 이를 알고 정휘도 부끄러움에 얼굴이 빨개졌다. 그때 문득 만수가 아들에게 분부하는 소리가 들렸다.

　　"여기 있으면서 하루 종일 빈둥거리기만 하니, 끝내 아무 희망도 없겠구나. 내가 작년에 널 위해 낭중(郎中) 자리를 사 두었으니, 여기 여 선생과 함께 서울로 올라가거라. 사학관 시험에 붙기만 하면, 장차 그 낭중 자리가 크게 쓸모 있을 것이다. 비단 안에서만 쓰임이 있는 게 아니라, 밖으로 바다 건너 파견되는 흠차로 선발될 수도 있을 것이다. 다만, 내 듣기로는 사학관에 들어가려면 서양 글도 알아야 한다는구나. 여기 여 선생은 서양 글에 정통하니, 나중에 머리를 긁적이는 난처한 지경을 면할 수 있게 서둘러 그에게 가르침을 받도록 해라. 다음 달 초열흘에 떠날 때까지 아침나절에 한 시간 반 그리고 오후에 한 시간 반 매일 세 시간씩 공부하도록 하여라."

만수가 그리 말하자, 그의 아들은 "예!" 하고 대답했다. 만수는 내일부터 당장 시작하라고 말하며, 다시 한 번 정휘에게 정중히 부탁하고는 자리에서 일어났다. 그의 아들도 함께 떠났다.

다음 날 10시, 만수의 아들이 글방으로 찾아왔다. 뒤에는 여전히 시중드는 하인 둘이 따랐다. 서로 상면한 후에야 정휘의 아호(雅號)를 물었다. 정휘가 말했다.

"이름이 곧 호일세."

정휘도 그에게 물었다.

"이름은 외자로 박(樸)이고, 호는 화보(華甫)입니다."

이어 또 말했다.

"책이 없는데 어쩌면 좋습니까?"

이에 정휘가 말했다.

"괜찮네. 여기 있네."

그러고는 책을 꺼내 알파벳부터 가르치기 시작했다. 그런데 여러 번 거듭 가르쳤지만, 그는 끝내 쓸 줄을 몰랐다. 하지만 읽는 것은 자못 따라 배웠다. 그래서 정휘가 석필(石筆)을 꺼내 글자를 써서 물어보았더니, 그때는 또 모르는 것이었다. 정휘는 달리 방법이 없어, 잠시 있다 밥이나 먹으러 갔다. 식사 후 3시 반이 되자 그가 다시 왔다. 그렇게 사흘을 씨름했는데도 아직 알파벳을 숙지하지 못하자 정휘는 다른 방법을 생각해 냈다. 즉 그에게 매번 네 자씩 끊어 여러 번 읽도록 시킨 것이다. 그러자 읽기와 쓰기가 능숙해졌다. 그렇게 계속해 나가면 성공할 수 있을 것 같았다. 그런데 누가 알았으랴, 다음 날이 되자 만수의 아들은 하인을 보내 "병이 나서 오지 못한다"고 전했다. 다행히 그의 아버지 또한 성과를 살펴보지도 않았기에 그길로 그만두게 되었다.

　시간은 정말 쏜살같이, 눈 깜짝할 사이에 떠날 때가 되었다. 만화보(萬華甫)는 아버지의 엄명에 때맞춰 떠날 수밖에 없었다. 만수(萬帥)는 유승(柳升)이라는 수염 돋은 나이 든 하인을 하나 딸려 보냈다. 도련님을 따르던 동귀(董貴)와 한복(韓福)이라는 두 하인도 시중을 들기 위해 함께 떠났다. 게다가 또 경호 병사 둘에게 서양 총을 들려 호송하게 했다. 도중에 산동성(山東省)에 있는 외삼촌을 뵈러 가게 되었는데, 산동은 예로부터 길이 험하기로 유명하여 친병 둘을 보내 호위하려는 것이었다. 채비를 점검하는데, 도련님의 짐만 엄청났다. 이불이며 옷상자며 책 상자 그리고 음식 바구니 등으로, 족히 집 한 채는 채우고도 남을 정도였다. 정휘의 짐이라곤 이불과 커다란 가죽 가방 하나 그리고 외국 가죽 상자 하나 등 달랑 세 가지밖에 없었다. 다른 것은 아무것도 없었다. 만수는 여러 가지 요리를 준비했다. 정휘를 위한 송별연인 셈이었다. 그는 정휘에게 가는 내내 아들을 잘 보살펴 달라고 거듭 당부했다. 그러면서 "상해에 도착하면 여러 날을 지체해서는 안 된다. 초상국(招商局)에 이미 편지를 보내 잘 보살펴 달라고 부탁해 두었다. 청도(靑島)에서 친척이 있는 제남(濟南)에 이르는 동안은 시험까지 아직 시간이 많으니 여러 날 머물러도 괜찮다. 여비는 유승에게 모두 맡겨 두었으니, 자네는 따로 지불할 필요가 없다"는 등의 말을 덧붙였다. 그러고는 또 장방(帳房)에서 은자 2백 냥을 가져오라 하여 정휘에게 주며 학비에 보태라고 했다. 정휘는 감격하여 거듭 고마움을 표했다.

　다음 날, 홍선(紅船)[227]을 이용하여 강을 건너, 초상국의 배에 올랐다. 가는 내내 아무 말이 없었다. 상해에 도착해서는 태안객잔

---

227 옛날 장강(長江) 일대를 운항하던 구명정.

(泰安客棧)에 머물렀다. 정휘는 예전에 한 번 와 본 적이 있었고, 또 많은 동학(同學)과 친구들이 상해에서 학당에 다니고 있었다. 화보(華甫)는 말로는 상해에서 한구까지 여러 번 다녀 보았다고 했으나, 그때는 아버지와 함께 다녀 한 발짝도 곁을 떠날 수 없었으니 이런 번화한 세계를 어찌 꿈엔들 본 적이 있었으랴? 우선 정휘와 함께 강남춘(江南春)에 들러 서양 요리를 먹고, 천선희원(天仙戲院)에서 연극을 관람했다. 나중에 정휘의 동학 셋이 그들을 방문했다. 그들은 정휘에게 화주(花酒)를 권했다. 정휘는 사양하였으나 끝내 고사하지 못했다. 그들은 만화보에게도 권하였고 화보는 두말없이 받아 마셨다.

이즈음 화보는 관료의 꼴을 완전히 갖춘 것은 아니었으나, 사람을 만나면 할 줄 아는 것이 인사치례뿐이었다. 이에 정휘는 그에게 동학을 만나면 어떻게 응대해야 하는지 학생으로서의 태도에 대해 가르쳤다. 또 몇 가지 새로운 이치에 대해서도 설명했는데, 그때 나온 몇 가지 새로운 용어를 화보는 모두 짐작하여 알아들었다. 그는 본래 매우 총명했다. 어떤 상황의 공부든 배우기만 하면 곧잘 할 줄 알았다. 하여 정휘의 동학들도 그가 지체 높은 집안 자제임을 알아보지 못하고, 단지 정휘의 동지인 줄로만 여겼다. 저녁이 되자 그들을 초청하는 글쪽지가 전해졌다. 정휘는 화보와 함께 가기로 했다. 시중을 들기 위해 동귀를 대동했다. 동귀는 그들을 따라갈 수밖에 없었다. 마차는 덮개가 달린 것이었다. 두 사람은 마차에 오르고, 동귀는 마부와 함께 앞자리에 나란히 앉았다. 서회방(西薈芳)에 도착하여, 골목으로 들어가니 첫 집이 바로 모임 장소였다. 정휘의 동학들은 벌써 와서 기다리며, 그들에게도 기생을 부르라고 떠들썩하니 재촉했다. 두 사람은 알고 지내는 기생이 따로 없었다. 그러자 친구들이 몇 명 추천했다. 정휘는 발을 뺐으나 떡 본 김에 제사 지낸다고, 화보는 이런 화려한 여인들의 세계에 도취되어 저도 모르게 마음이 흔들렸다. 그는 기녀의 말을 듣고 곧 번대(翻檯)를 하겠다고 했다. 정휘는 눈살을 찌푸렸지만, 다른 동학들은 도리어 희색이 만면하며 계속 부추겼다.

때는 벌써 12시가 다 되어, 정휘는 사람들과 헤어져 객잔으로 돌아가 잠이나 자려 하였으나 동학들이 어찌 그러자 할까. 그들은 정휘가 지나치게 고리타분하고 너무 개방적이지 못하다며 타박했다. 그러자 정휘가 말했다.

"우연찮게 희롱하고 노는 것이라면 그리 중요하지 않네. 그러나 지나치게 깊이 빠져 돌아올 줄 모르면, 이 어찌 우리 같은 학생들이 할 일이라고 할 수 있겠나? 사람들이 우리 학생들을 존중하는 것은 본디 스스로 자신을 다스릴 수 있으리라 여겨서이네. 앞으로 일어날 일들은 모두 우리가 감당해야 할 터, 지금 이러는 것이 무슨 가치가 있겠는가? 이렇듯 내키는 대로 굴다가 끝 갈 데 없이 타락하게 되면, 장차 그런 의무를 어찌 감당할 수 있겠는가? 자네들도 반성하길 바라네!"

그중 몇몇은 모골이 송연해지며 부끄러운 낯빛으로 그의 말을 경청하였으나 그중 술에 취한 두엇은 그의 말에 승복하지 못했다. 그중 하나가 말했다.

"우린 진짜 오입쟁이들이 아닐세. 기껏 기생 몇 명 불러 동지들과 함께 모여 술이나 마시자는 것에 불과하네. 이런 자잘한 절개는 그리 얽매이지 않아도 되지 않겠나. 게다가 영웅과 여자는 본시 떼려야 뗄 수 없는 관계가 아니던가. 문명국에선들 어찌 이런 일이 없었겠는가? 그렇지 않다면 『차화녀(茶花女)』[228]라는 소설은 무엇

---

228 프랑스의 소설가 알렉상드르 뒤마의 장편 소설 『춘희』.

때문에 지었겠는가? 여보게 친구, 자넨 지나치게 완고하구먼!"

그러자 정휘가 말했다.

"그렇지 않네. 자네 말의 앞 반절은 그르지 않네. 그러나 문명 국에서도 여자를 희롱하고 노는 일이 있다는 말이 비록 틀리지는 않다지만, 우리가 그 같은 일까지 저들을 따라 해야겠는가? 그런 것만 배워서 어찌 그들과 우열을 다투겠다는 말인가?"

이 말에 모두들 흥이 가시고 말았다. 게다가 반박할 수도 없어 화보가 한턱내려는 술을 마시러 갈 생각이 싹 사라지고 말았다. 화보는 화가 나서 낯빛이 변한 채, 한참 있다 말했다.

"제가 생각 없이 폐를 끼쳤으니, 응당 제가 다시 대접을 해야지 요. 그런데 세형(世兄)께서 이리 흥을 깨는 말씀을 하셔서 여러분 의 마음을 흩어 놓으시니, 그러면 여러 동지들의 공적이 되시는 것 아닙니까?"

그 말에 정휘는 웃었다. 심지어 소리 내서 웃기까지 했다. 그 자 리에 있던 기녀들은 멍하니 듣고만 있었다. 그녀들은 저들이 무슨 말을 하는지도 몰랐다. 단지 술자리를 파해서는 안 된다는 만화보 의 말만 알아들었다. 그 기녀들 뒤에 기루의 큰언니 하나가 서 있 다가 끼어들며 말했다.

"술자리는 사람을 시켜 벌써 준비해 두었습니다. 여러분, 가지 마셔요. 만 도련님께서 한턱내신다지 않아요?"

화보는 어쩔 줄 몰라 하며 정휘의 귀에 대고 "저들을 초대해서 이 난감한 상황을 모면해야 한다"고만 속삭였다. 처음에 정휘는 그리하려 하지 않았다. 하지만 그가 난처하여 거의 울 것 같은 모 습을 보이자 정에 못 이겨 응낙하고 말았다. 그러고는 다시 자리 로 돌아가, "여러 동학께서는 화보와 함께 가서 미진하던 끝을 즐 기시라"며 말을 전했다. 그중에는 본래부터 왁자지껄한 것을 좋아하는 이들이 몇몇 있었다. 하지만 그들은 정휘의 말이 마음에 거리껴 함께 가는 것이 부끄러웠다. 그런데 지금 그가 이리 말해 주니, 순풍에 돛 단 듯이 기꺼이 응낙했다. 이에 죽을 가져오라 하여 먹고는 집으로 돌아갈 이는 돌아가고, 화보와 함께 가고 싶은 이들은 함께 갔다.

정휘는 혼자 객잔으로 돌아와, 호남(湖南)의 동학들에게 보내는 편지를 몇 통 썼다. 그런데 한참을 기다려도 화보가 돌아오지 않아 먼저 잠자리에 들었다. 그러나 자리에 누웠어도 한동안 잠이 오지 않았다. 온갖 생각들이 떠올랐다.

'화보가 기녀들과 저리 어울리는 모습을 보니, 어쩌면 여색에 깊이 빠질지도 모르겠구나! 끌고 가고 싶다만 한동안은 떠나지 않으려 할 텐데, 그러다 시험 때라도 놓칠까 걱정이구나. 어쩌면 좋은가?'

그러면서 또 생각을 이었다.

'내가 저 어르신께 몸을 의탁한 것은 바다 건너 유학을 가기 위한 임시방편이었지. 그런데 이번 일은 오히려 잘못 의탁했으니, 내 평생의 흠이 되겠구나. 여기서 벗어나지 못한다면, 계획했던 일도 성사되지 못할뿐더러 뒤끝도 좋지 않을 것 같아.'

여기까지 생각하다 보니 자신도 모르게 실의에 빠졌다. 그는 새벽 3시 종이 울리는 것을 듣고서야 겨우 잠이 들어 다음 날 9시까지 내처 잤다. 일어나 머리를 빗고 양치를 마쳤다. 그때 유승이 들어와 물었다.

"저희 도련님이 엊저녁에 나리와 함께 나가셨다가, 날이 밝아서야 객잔으로 돌아오셨습니다. 동귀가 하는 말을 들으니, 두 번이나 화주(花酒)를 마셨다더군요. 나리께선 생각 있는 분이어서 별다른 걱정이 없습니다만, 저희 도련님은 이제껏 그런 적이 없었던지라 혹시라도 여색에 빠져 떠나려 하지 않으실지 모르니, 어쩌면 좋겠습니까? 만약 일이 어그러지면, 유승은 이런 큰 짐을 감당하지 못합니다."

그의 말을 듣고 정휘도 낯빛이 어두워지며, 마지못해 그를 위로했다.

"어제 일은 본시 동학들이 날 초청한 것이었는데, 그 김에 자네 도련님도 청하게 되었네. 나는 친구를 접대할 생각이 따로 없었는데, 자네 도련님께서 기어코 번대(翻檯)를 하시겠다고 우겼다네. 말렸지만 듣지 않아 어쩔 수 없이 나만 먼저 돌아온 것이라네. 이제 그가 여색에 빠지지나 않을까 우려되니, 틈을 보아 서둘러 배에 오를 수밖에 없겠네. 마침 내일 저녁에 떠나는 배가 있으니, 채비를 마치고 배에 오르는 것이 좋겠네."

유승은 연신 "예, 예" 하고 대답한 뒤 자리를 물러났다. 다시 한참이 지나 12시가 되어서야 만화보는 겨우 일어났다. 그는 정휘의 방으로 와 관자(館子)[229]로 가서 식사하자고 했다. 정휘가 말했다.

"난 벌써 아침을 먹었네."

화보가 그에게 다가와 함께 가자며 잡아끌었다. 정휘는 일찌감치 떠나자고 권할 요량으로 사양하지 않았다. 아서원(雅敍園)에 가서 몇 가지 북방 요리를 시켰다. 화보는 술을 마셨다. 정휘는 일찍 떠나자고 권했다. 화보는 어제 그의 말을 듣고, 밤새 있었던 그 생각은 일찌감치 많이 퇴색된 참이었다. 아무래도 젊은이의 기상은 왕성했다. 화보는 유신(維新)의 영웅이 되고 싶은 생각에 곧 두말없이 승낙하고 다음 날 증기선을 타고 북상했다.

뒷일이 어떻게 되었는지 알고 싶으면 다음 이야기를 듣고 알아보기 바란다.

---

229 여러 사람들이 차나 음식을 먹을 수 있는 점포.

제24회

태사는 새로워져 기꺼이 총교에 응하고

중승(中丞)은 관료 평가로 교묘히 참된 인재를 선발하다

각설하고, 정휘와 화보는 증기선에 올랐다. 이번에는 대채간(大
菜間)[230]에 탔다. 확실히 넓고 편했다. 다음 날 출항했다. 바람은 잔
잔하고 물결은 고요했다. 두 사람은 난간에 기대어 바다를 구경했
다. 보이느니 물과 하늘이 잇닿은 수평선뿐, 사방은 끝이 없었다.
갈매기 몇 마리가 공중을 오르락내리락 빙빙 돌며 날았다. 정휘
는 측량 방법이나 기계의 작용 등을 화보에게 설명하며 갑갑한 기
분을 풀어 주려 했지만 화보는 하나도 알아듣지 못하고 이것저것
마구 묻기 시작했다. 정휘는 일일이 다 대답해 줄 방도가 없었다.
한참 성가시던 차에 마침 안에서 식사하라는 소리를 듣고 얘기를
멈췄다. 상에 오른 음식은 소고기였다. 정휘는 먹어 보고 참 맛있
다고 생각했다. 그러나 화보는 그게 뭔지도 모르고 한 입 베어 물
었다가 '왝' 하는 소리와 함께 토하고 말았다. 시중들던 이들이 모
두 코를 막고 급히 닦아 냈다. 그 모습을 보고 정휘는 속으로 웃다

---

230 특등 선실.

가 곧 지시를 내렸다.

"다음 식사는 중국 음식으로 올리게!"

저녁이 되자 바람이 커졌다. 화보는 침대에 누워 구역질을 그치지 않았다. 정휘는 속으로 생각했다.

'귀한 집 자제가 폐인이 다 됐구나. 4억 인구 중에 또 한 명이 사라지게 생겼군.'

청도(靑島)에 도착하여 뭍에 오르는 화보의 얼굴이 누렇게 뜨고 수척해져 있었다. 가까스로 제남(濟南)에 도착했다. 가는 내내 모래바람이 말도 못하게 불었다. 눈을 들어 보니 산하(山河)는 전혀 다른 모습으로 변해 있었다. 일행은 화보의 외삼촌네 공관(公館)에 당도했다. 이에 대해서는 잠시 거론하지 않겠다.

한편 그의 외삼촌 또한 장사(長沙) 출신으로, 기축년(己丑年) 과거 시험에서 한림이 되었다. 성은 왕(王)이고 이름은 문조(文藻)이며 호는 송경(宋卿)으로, 사람됨이 호방하고 거리낌이 없었다. 신정(新政)[231]이 이루어지던 그해, 그는 복식(服飾) 개량에 관한 상소를 올렸다. 그러나 예부(禮部)에서 방치하는 바람에 시행되지 못했다. 그는 울적했다. 이에 다른 방법을 모색해 보려는데, 때마침 다시 모든 것을 원상태로 복구하라는 교지가 내려와 손을 털 수밖에 없었다. 그의 명망도 덩달아 점점 쇠락했다. 이에 그는 소매 좁은 옷에 금테 안경을 쓰고 혼자 즐기며, 사람들의 조소를 면하기 위한 대충의 변명거리로 삼았다. 그런데 일은 꼬여만 가서, 두어 해가 지나자 의화단(義和團)의 난이 일어나 그는 금테 안경조차 감히 쓸 수 없게 되었다. 당시 의화단은 아직 북경까지 진출하지는

---

231 경자신정(庚子新政)이라고도 한다. 의화단 운동 이후 1900년(경자년)에 서태후를 중심으로 한 보수파는 더 이상 변법을 미룰 수 없다는 판단하에 새로운 정치 운동을 펼치게 되었는데, 이를 가리킨다.

않은 상태였다. 송경(宋卿)은 만나는 사람마다 이들을 반역의 무리라 욕하며 일찌감치 군사를 출동시켜 철저히 토벌해야 한다고 역설했다. 그날도 동년(同年) 채양생(蔡襄生)의 집에서 한담을 나누다 의화단을 욕했다. 그러자 양생이 급히 말리며 말했다.

"여보게 친구, 이목이 많으니 그리 말하지 마시게. 지금 윗전에서는 그들을 불러들여 외국을 저지하려는 뜻을 갖고 계시다네."

이 소식을 듣고 송경은 깜짝 놀랐다. 그러면서 속으로 잔머리를 굴렸다. 집으로 돌아와서도 한참 동안 이리저리 생각을 굴렸다.

'이제 뜻을 얻으려면 여차여차하지 않고서는 안 되겠구나.'

일단 생각을 정하자, 한밤중에 일어나 먹을 갈고 그 즉시 의화단을 귀순시키자는 글을 지었는데, 의화단을 아주 실감 나게 묘사했다. 이번 상소는 지난번과 확실히 달랐다. 윗전을 알현하게 되었을 때, 그는 또 기회를 보아 귀순시킬 방법을 길게 늘어놓았다. 그 결과, 의화단을 서울로 불러들여 경천동지할 일을 연출하게 되었다. 그러나 그는 이후 정세가 좋지 않음을 보고 가솔들을 데리고 서울을 떠났다. 그 상소의 허명(虛名) 덕분에 오히려 그는 피란가는 내내 아무런 저지를 받지 않았다. 게다가 다행스럽게도 그의 명성이 높지 않아, 외국인들이 흉수(凶手)를 수색할 때도 그를 염두에 두지 않았다. 덕분에 그는 무탈할 수 있었다. 다만 일이 수습되기는 했으되 아직 서울로 돌아갈 수는 없었다. 혹여 얼굴을 드러냈다가 사람들이 옛일을 꺼내기라도 하면 곤란할 것 같았기 때문이었다. 그러나 하는 일 없이 시골구석에 처박혀 지내는 것도 그리 달갑지 않았다. 게다가 그동안 조금 모아 두었던 가산도 다 써 버렸다. 당시 그의 자형 만 무대는 하남(河南)에서 번사로 있었다. 그는 곧 그를 찾아가기로 결심했다. 그런데 자형은 그를 보자마자 단단히 책망하는 것이 아닌가.

"이보게, 아우! 자넨 참을성이 너무 없군! 한림이란 좋은 품계를 가졌으니, 기다렸다 자격이 되면 내직(內職)으로는 시랑(侍郎)이나 상서(尚書), 외직으로는 사도(司道)[232]나 독무(督撫) 자리가 어련히 자네 차지가 되지 않을까 봐 그랬나? 어쩌자고 걸핏하면 상소를 올려 한림 자리도 건사하지 못하게 되었는가? 이 어찌 애석하지 않은가?"

그 말에 송경은 얼굴이 빨개진 채 한참 동안 머뭇거리다가 겨우 말을 꺼냈다.

"저야 공명심이 너무 열렬해서 그랬지요. 정세를 따져 거기에 맞춰 저도 전심전력을 다했던 것뿐입니다. 윗분께서 신정(新政)을 행하신다니 신정 얘기를 했고, 또 의화단을 부르시려 하기에 의화단을 귀순시키자는 말을 했던 것뿐입니다. 거기에 무슨 생각 못한 허점이 있단 말입니까? 시운(時運)이 들쑥날쑥하여 그런 것이니, 저도 달리 방도가 없지요. 지금이야 이것저것 따질 것도 없으니 한마디로 자형, 날 위해 힘 좀 써 주십시오. 유신과 관련된 업무가 있다면 그것을 찾아 처리하다가, 몇 년 지나 상황이 가라앉으면 다시 한림 자리를 찾으면 되지 않겠습니까."

이리 말하자 만 번대(萬藩臺) 또한 어쨌든 그가 육친인 데다, 또 한림이어서 장차 다시 방도를 찾을지도 모를 일이니 어찌 그를 중시하지 않을 도리가 있겠는가? 그리하여 이렇게 말했다.

"유신 관련 기관에는 당장 가야 할 필요가 없겠네. 내 동년(同年)인 산동(山童) 무대 희소산(姬筱山)에게 편지를 써서, 좋은 기회가 있는지 보고 자넬 위해 힘써 봄세."

그러고는 당장 그에게 관아에 머물게 했다. 그는 누이를 찾아보고, 한바탕 옛 얘기를 나누었다. 이에 대해서는 자세히 설명하지 않겠다.

한 달이 지나자 산동에서 답신이 왔다.

"친척분 왕 태사(王太史)는 유신의 영수로 오래전부터 그 명성을 들어 알고 있었습니다. 지금 저희 성(省)에서는 학당을 개설하려는데, 마침 시무(時務)를 잘 아는 총교습(總敎習)이 한 분 모자랍니다. 만약 흔쾌히 왕림하신다면 자리를 비워 두고 기다리겠습니다. 매달 수고비는 진관쌍수(秦關雙數)로 받들겠습니다."

만 번대는 이 편지를 보고 희색이 만면하여 얼른 송경을 불러 보여 주며 길을 재촉했다. 송경 또한 신이 나서 곧장 짐을 꾸려 길에 올랐다. 가는 내내 낮이면 걷고 저녁이면 잠자느라 아주 고달팠다. 그러나 북방의 모래바람은 이전에도 대충 겪어 본 터였다. 게다가 머무는 곳마다 시구(詩句)라도 짓노라니 자못 갑갑함을 풀기에 족하여, 날짜가 얼마나 흘렀는지도 몰랐다. 제남에 당도하여, 전에 알던 인화서옥(人和書屋)에 짐을 풀었다. 이어 교차(轎車)[233]를 한 대 불러 관아로 들어갔다. 희 무대는 즉시 중문(中門)을 열어 그를 맞이했다. 왕 한림은 그를 대선배로 모시면서 더없이 겸손을 떨었다. 희 무대가 말했다.

"송 공의 신정(新政)에 관한 상소는 일찌감치 서울에 널리 알려졌소이다만, 끝내 시행되지 못한 것이 못내 아쉽소이다. 요즘 시세(時勢)는 옛것만 지키고 있을 수는 없게 되었소이다. 하여 나는 학당을 열어 기풍을 진작하려 하오. 그런데 마침 교지가 내려와 일체의 모든 것이 다 정돈되었으니 천만다행이지요."

이에 송경은 겸양하며 말했다.

---

[233] 말이나 노새가 끄는 지붕 달린 이륜마차.

"대선배께서 교육을 제창하시니, 당연히 받들어 시행해야지요. 다만 측정 도구나 서적 등은 어찌 처리하셨는지, 그리고 또 교원은 몇 분이나 초빙하셨는지 모르겠습니다."

그러자 희 무대가 말했다.

"아직 다 처리하지 못했소이다. 송 공이 오셔서 지시해 주시기만을 기다리고 있었지요. 교원은 열 명 정도 있는데, 서양 글을 가르칠 만한 교원은 아직 결원 상태입니다."

이에 송경이 말했다.

"제게 상해학당 졸업생 조카가 하나 있는데, 지금 상해에서 지내며 외국 유학을 생각하고 있습니다. 만약 그에게 산학(算學) 교육을 맡기시면, 그의 전문 영역이니 분명 명(命)을 욕되게 하지는 않을 것입니다."

그러자 희 무대가 말했다.

"기왕 조카분께서 상해에 계시다면, 그에게 부탁하여 측정 도구나 서적 등을 구입하도록 하면 되겠군요. 비용이 얼마가 들지는 모르겠으나, 번사에게 비용을 내 드리라 일러 두겠소이다."

이에 송경이 말했다.

"책은 그렇다 치더라도 측정 도구는 외국에서 사 와야 하니 쉽지 않을 것입니다. 대략 갖추는 데만도 아마 은자 2만~3만 냥 정도는 들 것입니다."

이에 희 무대는 그 자리에서 당장 목록을 적어 주면 그대로 처리하겠다고 했다. 송경이 말했다.

"기구 목록이야 만생(晚生)이 적어 드릴 수 있으나, 온전히 다 갖추어질지는 장담하지 못하겠습니다. 제 조카는 상해에 여러 해 있었고, 또 화학이나 물리 관련 기구들도 익숙하게 보고 사용해 보았으니, 어떤 게 필요하고 필요 없는지 그에게 맡겨 처리하시면 될 듯합니다. 만약 그리하시겠다면 먼저 돈을 보내 그가 하자는 대로 알아서 처리하도록 하는 것이 좋을 듯합니다."

원래 산동성에서도 학당을 열었으나 사람들은 도리어 자식들을 밖으로 내보내 교육시켰다. 때문에 어찌해야 할지 방도를 몰랐는데, 마침 왕 태사가 이런 방법을 제시하니 어찌 따르지 않을 수 있겠는가? 희 무대는 일일이 그의 말을 따랐다. 왕 태사가 제시한 사항은 꽤 많았다. 이에 얘기는 족히 두 시간이나 걸려서야 겨우 끝났다. 송경은 또 양사(兩司)를 찾아갔으나 만나지 못했다. 다음 날 아침, 번대가 직접 찾아와 관서(關書)[234]하고, 은자 2만 냥짜리 어음을 내주었다. 더불어 조카에게 서적과 기구를 마련하면 곧장 학당으로 와 산학을 가르쳐 달라는 편지를 부탁했다. 송경은 크게 기뻐했다. 번대를 보내고 곧장 은호(銀號)[235]로 가서 어음을 세 장짜리로 나누었다. 그중 1만 5천 냥은 상해 조카에게 보내 서적과 기구를 사게 하고 2천 냥은 아내를 데려올 요량으로 장사(長沙)로 보냈다. 3천 냥은 공관을 임차하는 등의 용도로 남겨 두었다. 안배가 끝나자 날을 잡아 학당으로 이사했다.

원래 그 학당에는 인원이 많지 않았다. 학생 또한 아직 다 받아들이지 못한 상태였다. 교원은 세 명이었는데, 그중 둘은 이 학당 출신이었다. 재무를 맡은 이는 강소 출신으로 성이 오씨(吳氏)였다. 학감(學監)은 소흥 사람으로, 성은 주씨(周氏)였다. 그는 상해에 있는 양행(洋行)의 점원 출신으로, 외국어 발음 몇 개 정도를 대략 알고 또 읽은 책이래야 겨우 두세 권에 지나지 않았다. 그러나 일찍이 양행에서 번 돈으로 통판(通判) 자리를 사서 성(省)으로 왔는데, 모두들 그가 양무를 잘 안다고 하였기에 이 자리를 차지할 수

---

234 예를 갖추어 학자를 초빙하는 계약.
235 옛날 규모가 비교적 큰 전장(錢莊).

있었다. 총교습이 학당에 당도하자 주 학감은 급히 의관을 정제하고 찾아왔다. 송경이 그에게 지시했다.

"학감은 아주 중요한 자리입니다. 학생들의 음식과 기거(起居)는 모두 노형께서 보살펴야 할 것입니다. 만일 학생들이 공부를 등한히 하고 사달이나 일으킨다면, 모두 노형의 책임입니다."

그는 그 자리에서 "예, 예" 하고 대답한 후에야 겨우 물러났다. 오 재무도 찾아왔다. 송경이 그의 모양새를 보아하니, 예전의 자신처럼 좁은 소매 옷에 가죽 구두를 신어 똑똑한 티를 내고 있었다. 그는 들어와 인사하며 침구를 어느 방에 놓을지, 그리고 필수품 가운데 챙기지 못한 것을 말씀해 주시면 그대로 처리하겠노라고 말했다. 이에 왕 총교가 말했다.

"짐은 신경 쓰지 마시오. 나는 필수품 외에는 공금을 전혀 쓰지 않을 생각이외다. 노형은 내가 직접 작성한, 재물을 바라지 말라는 조칙을 보지 못하셨소?"

이에 오 재무 역시 "예, 예" 하고 대답만 하다 물러났다. 그런데 교원 셋은 오히려 거들먹거렸다. 그들은 반나절이 지나서야 겨우 명함을 들고 찾아왔다. 송경은 그들을 안으로 들게 했다. 각자 읍을 하고 의자에 앉았다. 송경은 그런 그들을 보고 형식적으로 몇 마디 했으나, 속으로는 단단히 혐오했다. 그달에는 별일이 없어 모두들 편안히 지냈다.

그런데 10여 일이 지나자 무대가 사람을 보내 상의할 일이 있다며 왕 총교를 청했다. 송경은 급히 가마에 올라 무대에게 갔다. 무대는 그를 첨압방으로 청하여 관리 평가에 관한 일을 설명했다. 그러고는 그에게 시무와 관련된 시험 문제를 내 달라고 부탁했다. 그런데 어찌 알았으랴, 이 왕 태사의 시무라는 것이 고작 책에 쓰인 글을 베낀 데 불과하다는 것을. 그런데 까닭 없이 그에게 제목을 내 달라 하니 실로 난처하기 그지없었다. 그렇다고 마각을 드러낼 수는 없는 법. 붓을 들고 무대의 공무 책상에 앉아 생각을 모을 수밖에. 식은땀이 방울져 목덜미를 타고 내려와 빳빳한 목깃을 적셨다. 가까스로 제목 두 개를 뽑고 정성 들여 써서 무대에게 두 손으로 바쳤다. 희 공이 받아서는 한참을 살펴보다 "좋소"라며 찬탄했다. 그러고는 또 나중에 시험을 마치거든 다시 한 번 평가해 달라고 부탁했다. 이는 새로 마련한 관리 평가로, 저들의 앞길과 관계되니 비밀에 부치는 것이 좋겠다는 말도 덧붙였다. 이어 그 자리에서 손님을 배웅한 일은 언급하지 않겠다.

한편 관리 평가 시험일은 아주 촉급했다. 새로 성(省)에 부임한 주(州)·현(縣)들 중 몇몇은 벼락치기를 하기에도 시간이 모자랐다. 응시자 명단에는 직예주(直隷州) 보용(補用)이던 김자향(金子香)도 들어 있었다. 그는 절강 소흥부(紹興府) 사람으로, 가산은 10여만 냥이 있었으나 학문이라곤 전혀 없었다. 이번 희 무대의 관리 평가는 매우 중요하여, 통과하지 못한 사람은 앞날이 위태로울 수 있다는 소리를 들었다. 이에 그는 가마를 타고 다니며, 잘 아는 후보들 가운데 대리 응시를 부탁할 만한 사람을 찾아다녔다. 그러나 재수가 없었던지 하루 종일 돌아다녀도 아무도 찾을 수 없었다. 그는 공관으로 돌아와 크게 욕을 내뱉었다.

"이런 네미 제기랄, 연반(捐班)[236] 도대나 지부에게 시험은 왜 본단 말인가. 이런 짐을 지워야 속이 시원하단 말인가. 이 궁지를 벗어나자면 또 얼마나 더 돈을 들여야 한단 말인가!"

이렇게 한참 불평불만을 쏟아 내던 차에 때마침 학당의 주 학감이 그를 찾아왔다. 주 학감은 그와 동향으로 서로 잘 아는 사이

---

236 청대에 돈으로 관직을 산 사람들.

였다. 김자향은 수심이 가득한 얼굴이었다. 이에 주 학감은 까닭을 물어 이유를 알고는 대책을 제시했다.

"듣자 하니, 우리 총교습께서 어제 관아로 갔을 때 무대께서 시험 문제를 내 달라 하셨다더군. 오늘 저녁에 돌아가면 내 자넬 위해 유세를 좀 함세. 다만 자넨 은자 2백~3백 냥은 내놓아야 할 걸세. 그러곤 가서 그의 학문을 앙모(仰慕)하여 문하에 들기를 바란다고만 말하는 게지. 돈이 있고 내가 유세를 하는데, 설마 그가 거둬들이지 않을까? 그런 다음, 내일쯤 그를 만나 부탁하면 분명 출처가 어딘지 알 수 있을 것이니, 답안 작성에 한층 편리할 걸세. 혹여 그가 출제하지 않았다 하더라도, 그에게 답안 몇 개 지어 달라 부탁하면 급한 대로 우선 대처할 수 있을 걸세. 어쨌든 시험관은 수험생에 비해 관대하니, 통과하는 데도 별 무리가 없을 걸세."

자향은 그의 말이 일리 있다고 생각했다. 게다가 그는 동향이어서 자신을 속일 리도 없을 것이다. 이에 그는 곧 안으로 들어가 백냥짜리 수표 세 장을 가지고 나와 두 손으로 바치며 다시 한 번 부탁했다. 주 학감은 수표를 들고 돌아가 왕 총교를 만났다. 그리고 기회를 엿보다가, 동향 누구누구가 당신을 어찌나 앙모하고 또 얼마나 존경하는지, 당신 문하에 들고 싶어 한다는 뜻을 전했다. 왕 총교가 이를 어찌 마다할까. 당연히 일사천리로 일은 성사되었다. 그는 수표 두 장을 바치고, 한 장은 자신이 챙겼다. 다음 날, 김자향이 명함을 들고 찾아왔다. 왕 총교는 확실히 그를 치켜세웠다. 그러고는 학당 재무에게 주방에 알려 따로 요리를 준비하라 하여 대접했다. 관리 평가 얘기가 나와 부탁을 하자 왕 총교가 말했다.

"그건 아주 쉽네. 시험 문제는 내가 낸 것이네. 허나 무대 대인께서 비밀에 부치라 하시니 밖으로 발설해서는 안 되네. 내 자네한테만 출처를 보여 주면 되겠지."

그러고는 즉시 자신의 책 상자를 열어 이리저리 뒤적이다 마침내 시험 문제와 관련된 글을 찾아냈다. 그것은 원래 격치서원(格致書院) 교과서에 있는 문장으로, 대여섯 편이나 되었다. 그중 몇몇 글자는 시험 문제와 달랐다. 김자향은 그나마 글자는 알아볼 수 있어 시험 문제와 글자가 다른 것을 보고 가르침을 청했다. 왕 총교가 말했다.

"이 글자들은 거의 차이가 없네. 다만 인쇄가 잘못된 것일 뿐이지. 자넨 내가 낸 문제에 따라 베끼면 될 걸세. 다행히 답안을 내가 보게 되면 자네를 제일 앞에 놓으면 그만이지."

자향은 기대 이상의 결과에 크게 기뻐 연신 고맙다는 말을 하고서야 자리를 물러났다. 다음 날이 시험일이었다. 모든 후보들과 주·현이 관아에 모여 조용히 시험을 기다렸다. 무대가 친히 시험을 감독했다. 몇몇은 나름 대강 준비해 둔 것이 있었다. 그러나 그들이 미리 써 온 것들은 모두 엉뚱한 것들뿐이었다. 오직 김자향만 만사형통이었다. 게다가 앉은 자리도 좋아서 담장 곁인 데다 무대와도 한참 멀었다. 하여 몰래 술수를 부릴 수 있었다. 그는 교과서를 꺼내 문제에 맞춰 아주 짧은 한 편을 골라 한 글자 한 구절 따라 썼다. 그는 틀리지 않도록 흥분을 꾹꾹 억눌렀다. 9시에 쓰기 시작해서 오후 5시에야 겨우 답안을 완성했다. 시험장을 나오니 학당의 주 학감이 공관에서 기다린 지 오래였다. 그를 보자 다시 한 번 감격하였음은 더 이상 말할 필요도 없었다. 그날 저녁, 북저루(北渚樓)로 주 학감을 초대했다. 더불어 동향 친구들도 불러 미리 축하주를 마셨다.

한편 무대가 답안지를 거둬 대략 훑어보니 모두 71장이었는데, 그중 30여 장은 백지였다. 그 나머지도 어떤 것은 10여 자, 또 어떤 것은 백여 자에 불과했다. 대부분 2백 자에 미치지 못하였고, 그나마도 무엇을 말하려는 것인지 알 수도 없었다. 그러다 또 하나를 펼쳤는데, 그 답안은 장장 6백 자에 달했다. 다만 서체가 반듯하지 않아 삐뚤빼뚤한 것이 마치 칠교판의 조각처럼 크기도 모양도 각양각색이었다. 그래도 애써 문의(文義)를 살펴보니 흥미로웠다. 앞면을 뒤집자 거기에 '보용(補用) 직예주(直隷州) 김자향(金子香)'이라 쓰여 있었다. 무대는 곰곰이 생각했다.

'연반 가운데 으뜸이라 할 만한데, 어째서 글자는 이토록 못 쓴단 말인가?'

그러고는 사람을 보내 왕 총교를 오라 하여, 그에게 답안지를 건네주며 평가를 부탁했다. 왕 총교에게 답안을 평가하는 일은 지난번 시험 문제를 출제하던 것에 비해 훨씬 수월한 일이었다. 그는 곧 붓을 들어 김자향의 답안지에 처음부터 끝까지 동그라미를 쳤다. 삐뚤빼뚤한 글자를 보고도 전부 동그라미를 치다니, 하나하나 남김없이 깨끗하게 다 마음에 들었는지 정말 기이한 노릇이었다. 이하 몇몇 답안은 마음대로 비점(批點)[237]을 찍고는 무대에게 바쳤다. 김자향을 1등으로 취한 것을 보고 평가한 글을 희 무대가 훑어보니, 거기엔 '있어야 할 것은 있고, 없어야 할 것은 없다'고 적혀 있었다. 무대가 웃으며 말했다.

"공의 안력(眼力)은 확실히 틀리지 않소. 나도 이 답안을 1등으로 여겼는데, 공의 평가는 정말 적당하오."

이어 그다음 답안에 있는 평가를 보니, '두 마리 꾀꼬리가 푸른 버드나무에서 우니, 글의 경계(境界)는 그럴듯하다'고 쓰여 있었다. 무대가 이해되지 않는다는 듯이 물었다.

---

237 비평을 가하고 방점을 찍는 일.

"이 답안은 내가 보기에 자못 문맥이 통하지 않는 점이 있는데, 어찌하여 이렇듯 좋게 평가한 것이오?"

이에 왕 총교가 말했다.

"만생의 이 평가는 문맥이 통하지 않음을 말한 것입니다. 두 마리 꾀꼬리가 버드나무 그늘에서 서로 얘기를 나누지만, 우리는 그들이 무슨 말을 하는지 알아들을 수 없다는 뜻입니다."

그러자 희 무대도 웃으며 말했다.

"공은 정말 소탈하면서도 익살스럽구려."

왕 총교가 또 말했다.

"김자향이란 자의 글을 보니 시무에 아주 통달한 사람이어서 유신과 관련된 일을 잘할 것 같습니다."

희 무대도 고개를 끄덕이며 동의를 표했다. 다음 날, 등수를 적은 팻말이 내걸렸다. 백지를 낸 자들은 정직 3년, 그리고 나머지 중 승진한 이는 아무도 없었다. 김자향은 자신이 1등 한 것을 보고 급히 선생의 은혜에 감사를 드리러 갔다. 이에 왕 총교는 탄식하며 말했다.

"우리 중국의 일이란 것이 죄다 이 모양일세. 보게, 윗분이 내린 명이 얼마나 재빠르고 말씀은 또 얼마나 대단하던가. 그런데 중요하게 처리해야 할 것은 도리어 형편없지. 나는 이번에 무대께서 관리를 평가하시는 것이 자네 후보들을 다시 한 번 평가하는 것이라고 생각했네. 그런데 무헌(撫憲)께서 친히 시험을 감독하시면서도 대리 시험조차 잡아내지 못하고 또 책을 들고 들어가 베끼는 것조차 이목이 가려졌지. 그가 친히 나에게 말씀하시길, 통과하지 못하면 그들의 장래와 관련 있을 것이라고 했네. 난 통과하지 못하는 사람들은 파직을 시켜야 한다고 말했지. 그런데 누가 알았겠나. 결과가 나와 백지를 낸 사람조차 정직 3년에 불과하다니. 71인 가운데 백지를 낸 30여 명과 1등을 한 자네를 제외한 나머지 수십 장의 답안 중에 통과할 만한 답안이 어디 있던가? 그들은 결원이 생겨 직책이 주어지기를 조용히 기다리면 되지. 식견이 높고 낮은 지 어떤지를 드러낼 필요도 없네. 기왕 이럴 것이라면 이번 시험은 무엇하러 봤단 말인지, 원? 자네의 글이 좋고 나쁜지는 그리 중요 하지 않네. 내 자넬 위해 무헌의 면전에다 자네가 시무를 잘 안다 고 몇 마디 천거해 두었네. 아마 머잖아 직책이 맡겨질 걸세. 하지 만 시무와 관련된 책은 이후라도 사서 봐 두게. 그래야 무슨 대응 을 할 밑천이라도 있을 게 아닌가."

김자향은 왕 총교의 가르침을 듣고 한마디 한마디를 가슴에 새 기며, 말도 할 수 없을 정도로 감격했다. 그는 곧이어 어떤 책들을 보아야 할지 가르침을 청했다. 왕 총교는 그가 가르침을 청하자, 너무 새롭지도 않고 그렇다고 너무 오래되지도 않은 시무 관련 책 목록을 적어 주었다.

뒷일이 어떻게 되었는지 알고 싶으면 다음 회를 듣고 알아보기 바란다.

제25회

중국 글을 배우던 사제 관계는 밤이슬 같고

연설을 듣고 중외(中外) 관계는 뒤얽히다

　각설하고, 왕 총관은 김자향을 보내고 침실로 돌아와 편지를 살펴보았다. 거기엔 상해의 조카가 보낸 편지도 들어 있었다. 어음은 이미 받았으나 기구 구매가 쉽지 않아 두어 달 더 걸려야 가져갈 수 있으리니 느긋하게 기다리시라는 내용이었다. 그리고 장사(長沙)로 보낸 어음은 어느 때 도착하여, 가족들은 언제나 제남으로 올 수 있을는지 알 수 없었다. 객지 생활은 무료하고 울적하니 즐겁지 않았다. 이에 대해서는 더 이상 언급하지 않겠다.

　한편 조카의 이름은 공부(公溥)이고 호는 제천(濟川)이었다. 그의 아버지는 이름이 문징(文澄)이고 호는 엄경(淹卿)으로, 송경(宋卿)과는 적당(嫡堂)[238] 형제였다. 장사의 문중에서는 이제껏 사촌 형제간일지라도 친형제나 마찬가지로 친하게 지내는 것을 중시해 왔다. 때문에 그는 송경과 자주 왕래하며 아주 친근하게 지냈다. 엄경은 젊은 나이에 상해를 떠돌며 대형양행(大亨洋行)에서 매판

---

[238] 친할아버지를 같이하는 친족, 즉 사촌.

으로 지냈다. 여러 해 고생한 끝에 자못 많은 돈을 저축하였고, 아내를 얻어 제천을 낳았다. 그는 제천이 열세 살이 되자 외국 학당에 보냈다. 제천은 타고난 재능이 뛰어나 채 3년도 되기 전에 외국어를 능숙하게 익혔다. 그런데 뜻밖에도 아버지가 병으로 돌아가시고 말았다. 제천은 시묘(侍墓)도 하지 않고 위패도 설치하지 않는 등 외국식으로 일찌감치 묘지를 택해 매장하려 하였으나 모친은 이를 받아들이지 않고, 백 일이 지나서야 탈상하겠다고 고집했다. 이로 인해 그의 외국어 공부는 한참이나 지체되고 말았다. 탈상하던 날, 모친은 또 많은 승려와 도사들을 청하여 집에서 염불하고 주문을 외웠다. 제천은 따를 수밖에 없었지만, 내심 불만이 가득하여 사당에 몸을 숨긴 채 승려나 도사들과 마주치려 하지 않았다. 겨우 부친의 시신을 안장하고 나니, 또 사효(謝孝)[239]를 하라고 했다. 일체의 부문(浮文)[240]까지 끝냈을 때는, 족히 네댓 달이 지났다. 그러고 나서야 모든 일이 마무리되었다. 그때는 이미 학당의 방학이 그리 머지않은 때였다. 제천은 급히 학당으로 달려갔다. 그는 원래 유급을 할 생각이었다. 그런데 어찌 알았으랴, 본래부터 그를 싫어하던 학당 선생은 이를 빌미로 그를 쫓아내고 말았다. 제천은 중도에 학업을 그만두게 되었다. 이에 여러 차례 울며 외국어를 공부할 수 있는 방법을 모색해 달라고 모친에게 떼를 썼다. 그러자 모친이 그에게 권하며 말했다.

"아들아! 너무 그렇게 슬퍼하지 마라! 너희 아버지가 비록 돌아가셨다만, 네가 먹고사는 데 아무 걱정이 없도록 많은 재산을 남겨 놓았단다. 그 힘든 외국어는 배워서 뭐하겠니! 이 어미 생각에는 집으로 선생을 모셔다가 중국 글을 배우는 게 좋겠구나. 네 아

---

239 조문객들에게 감사의 마음을 표하는 일. 특히 탈상 후에 하는 인사.
240 형식적인 감사 인사 글.

저씨도 한림(翰林)이시니, 네가 장차 시험에 합격하여 아저씨와 같은 반열이 된다면 얼마나 체면이 서겠니! 무엇하러 서양 글을 배우겠다는 것이냐? 아무리 잘 배운들 네 아버지처럼 외국인들과는 한자리에 앉지도 못하는 처지밖에 더 되겠느냐? 이 어찌 부끄럽지 않겠느냐?"

제천은 원래 효심이 깊었다. 어머니의 애절한 호소를 들은 데다 자신의 중국 글 실력이 모자란다는 생각이 겹쳐, 다음과 같이 생각했다.

'중국 글을 배운 뒤에 서양 글을 배워도 늦지는 않을 것이다. 다른 이들에 비해 훨씬 쉬울 테니 3년 정도면 될 거야.'

생각을 정하자 거듭 그리하겠다고 대답했다. 모친은 그가 응낙하자 곧바로 친척들에게 부탁하여 매년 수고비 120냥에 명사 한 분을 초청했다. 이때부터 제천은 집에서 글공부를 시작하게 되었다. 선생의 성은 무씨(繆氏)였다. 강음서원(江陰書院)을 이수한 인재로 자못 능력이 있었다. 그는 우선 경서(經書)를 가르쳤다. 그런데 온고지신(溫故知新)한 지 채 1년도 못 되어 오경(五經)을 모두 익혔다. 이에 선생은『동래박의(東萊博議)』를 강의하여, 그에게 문장 짓는 법을 전수하면서 또『좌전(左傳)』을 익히게 했다. 제천은 이제껏 명사로부터 가르침을 받은 적이 없었다. 그런데 이제 여태껏 들어보지 못한 수많은 새로운 이치들을 알게 되었으니, 어찌 따르지 않을 도리가 있으랴? 당연히 명을 받들어 힘썼다. 이에『좌전』을 읽으라 하니, 그는『좌전』을 가져다 이리저리 뒤적이며 읽기 시작했다. 그러다가 권 6 '선공(宣公)' 조에 이르러, "선자가 자주 간하자 공이 이를 싫어하여 서예에게 그를 죽이라 하였다(宣子驟諫, 公患之, 使鉏麑賊之)"는 구절에 이르게 되었다. 그런데 그의 사적(事蹟)이 괴이쩍었다. 이에 유의하여 세심하게 살펴보니, 허점이 보여 크게 의심이 일었다. 그래서 선생에게 물어보려는데, 선생은 마침 일이 있어 출타하고 없었다. 날이 어두워져서야 돌아온 선생에게 제천은 책을 펼쳐 보이며 물었다.

"생각건대, 책에서 하는 말은 결코 근거 없는 헛소리가 아닐 것입니다."

이에 선생이 말했다.

"이 책은 성현들의 경전이니 어찌 그런 근거 없는 말이 있겠느냐?"

그러자 제천이 다시 물었다.

"그렇다고 한다면, 학생은 이 구절을 이해하지 못하겠습니다. 저 서예가 한 말은 누가 들은 것이며, 또 어떻게 좌씨의 귀에까지 전해져 책에 실릴 수 있었습니까?"

이에 선생이 말했다.

"이는 조선자(趙宣子)의 하인들이 들은 것이니라."

그러자 제천이 말했다.

"조씨네에서 누군가 이미 들었다면 그가 자기 주인을 죽이려 한다는 걸 알았을 터인데, 어찌하여 그를 잡지 않고 제멋대로 홰나무에 부딪혀 자진하도록 놔두었습니까? 예를 들어 저희 집에 자객이 들어왔는데, 그를 혼자서 잡을 수 없으면 여러 사람을 불러 함께 잡아들일 것입니다. 선생님께서는 항상 『좌전』의 문장이 훌륭하다고 하셨는데, 이와 같은 것이라고 한다면 학생의 눈에는 분명 허점이 있는 것으로 보입니다."

선생은 더 이상 반박할 방법이 없자 화를 버럭 내며 말했다.

"글을 읽을 때는 전체를 보아야 하느니라. 너처럼 이렇게 구구절절에 매몰되어 일일이 사실을 따진다면 어느 한 책도 반박하지 못할 것이 없을 게다."

그는 선생이 벌컥 화를 내자 그만둘 수밖에 없었다. 시간이 훌러, 『구라파통사(歐羅巴通史)』에서 몇 단락을 뽑아 선생에게 물었다. 선생은 팔고(八股)를 익혀 습성에 젖은 사람들과 달리 사리에 널리 정통한 사람이긴 했으나, 그가 이처럼 따져 묻는 데는 별도리가 없었다. 그러던 차에 마침 다른 일이 있어 가정 교사 직을 그만두게 되었다. 그는 친구인 절강학당(浙江學堂) 출신의 구(瞿) 선생을 추천했다.

이듬해 정월에 구 선생이 가정 교사로 부임했다. 일반 관례에 따라 공부자(孔夫子)께 예를 올리고, 학업 시작을 알리는 술을 올렸다. 구 선생은 무 선생에 비해 훨씬 개명하여 책 상자를 여니, 안에는 루소의 『민약론(民約論)』이나 몽테스키외의 『만법정리(萬法精理)』 그리고 『음빙실자유서(飮氷室自由書)』와 같은 신서(新書)가 들어 있었다. 그가 강의하는 내용들도 어찌해야 자유로울 수 있는가, 어찌해야 평등해질 수 있는가와 같은 것들이었는데, 매우 그럴듯하고 감동스러웠다. 그 강의를 들으면서 제천은 마치 몇 년 동안 아무도 없는 무주공산에 처박혀 있는데, 불현듯 옛 친구가 찾아와 친밀하게 대화를 나누는 듯한 기쁨이 가슴 저 밑바닥에서 솟구쳐 올랐다. 그는 생각했다.

'이래야 내 선생이라 할 수 있지!'

그런데 누가 알았으랴, 구 선생은 의론만 높았지 구체적인 수업은 가르쳐 주지 않았다. 단지 한다는 것이 신서 몇 권을 보라고 던져 주고는 터무니없이 일장 연설만 늘어놓는 것이었다. 제천은 더 이상 참지 못하여 실질적인 수업을 가르쳐 달라고 청했다. 선생은 할 수 없이 암사 지도(暗射地圖)[241] 몇 장과 『지리 문답(地理問答)』을 사 오더니, 그에게 초급 지리를 가르치려 했다. 이에 제천이 말

---

241 백지도. 학습용으로 쓰기 위해 지명을 적지 않고 부호만 표기한 지도.

했다.

"이런 것들은 예전 학당에서 다 배웠습니다."

그러자 선생은 믿지 못하겠는지 섬 이름 몇 개를 뽑아 시험했다. 그랬더니 과연 모두 알고 있었다. 그를 곤란하게 만들 뾰족한 수가 더 이상 없었다. 이를 통해 유추해 보건대, 기초적인 물리학이나 생리학 등은 제천이 모두 알고 있을 것이었다. 그리하여 다시 원래대로 돌아가서 예전처럼 중국 글을 가르칠 수밖에 없게 되었다. 이에 다시 고문(古文) 선본(選本)이나 몇 권 사서 심법(心法)을 전수하려고 생각했다. 그런데 일단 펼쳐 보니 『전국책(戰國策)』인가 하는 것이었는데, 가만히 한 편을 읽어 보았더니 어떤 구절은 자신도 모르는 것이었다. 이에 구양수(歐陽脩)의 글 몇 편과 삼소(三蘇)242의 논설 몇 편을 가지고 강의하게 되었다. 그리고 또 매주 토요일마다 작문을 하도록 시켰다. 다행히 구 선생은 제천이 이미 감복하고 있던 바이라, 다소 틀린 곳이 있어도 아쉬운 대로 참고 견디며 공연히 선생을 트집 잡지는 않았다.

그러나 일이 꼬이려 그랬던지, 이렇듯 개명한 아들에게 꽉 막힌 어머니가 있었던 것이다. 제천의 모친은 남편이 죽은 뒤 자신이 미망인이라는 것을 깨닫고는 아무것에도 흥미를 느끼지 못했다. 그리하여 수행을 염두에 두고, 아예 소식(素食)을 하고 부처를 수놓으며 하루 종일 "아미타불! 나무관세음보살"만 읊어 댔다. 그러다가 결국 귀신을 신봉하여 뇌조(雷祖)243에게 향을 피우고, 두모(斗姆)244에게 절을 올리는 지경에 이르렀다. 7월 보름에는 귀신에게 제사를 지내고, 30일에는 지장등(地藏燈)*을 밝혔다. 제천은 여러

---

242 아버지 소순(蘇洵)과 아들 소식(蘇軾)·소철(蘇轍) 형제를 함께 부르는 말.
243 번개의 신.
244 북두칠성의 어머니. 모든 별들의 어머니.

차례 어머니를 말렸다.

"세상에 귀신이 어디 있습니까? 혹여 귀신이 있다손 치더라도, 귀신의 성격은 사람과 달라 아무리 아첨한들 그들이 어찌 알겠습니까? 번개가 사람을 때려죽일 수 있다지만, 그것은 결코 귀신이 그리하는 것이 아니라 사람들이 번개를 피하는 방법을 몰라서 그런 것입니다. 번개에 맞으면 죽는 것은 당연합니다. 제아무리 뇌조에게 향을 피워 올려도 번개를 피할 수는 없습니다. 북두칠성은 그저 별일 뿐입니다. 하늘에는 행성(行星)과 항성(恒星)이 있는데, 항성은 태양이고 행성은 우리가 사는 지구와 같은 것들입니다. 이것들은 모두 외국인들이 밝혀낸 사실입니다. 그러니 어디에 귀신이 있단 말입니까? 그들을 모신들 무슨 이익이 있겠습니까!"

그러자 그의 어머니가 말했다.

"애 좀 보게! 귀신까지 모독하다니, 너는 어찌 된 게 갈수록 형편없어지느냐. 네 말대로라면 조상님들도 가짜인데, 뭣하러 모신단 말이냐? 향연(香煙)[245]이나 혈식(血食)[246]도 모두 끊어야겠구나? 어젯밤 꿈에 네 아버지가 쓸 돈 좀 달라더구나. 난 염불을 하면서 명전(冥錢)을 태워 주었다! 넌 네 공부나 하여라, 내 일에는 간섭 말고."

제천은 어머니에게 한바탕 꾸중을 듣자, 속으로는 할 말이 많지만 감히 입 밖으로 뱉어 낼 수가 없었다. 할 수 없이 물러나 글방으로 돌아와 생각에 잠겼다.

'어머니가 저렇듯 깨닫지 못하고 미신에 집착하는 것은 모두 학문을 익히지 못해서이다. 여자들이 배우지 않는다면 중국엔 나아갈 희망이 없겠구나.'

---

245 향을 태운 연기 또는 그렇게 향을 태우며 자손들이 조상에게 드리는 제사.
246 제사에 쓰이는 음식 또는 그런 음식으로 드리는 제사.

이에 그의 머릿속에선 여학당을 열어야겠다는 생각이 꿈틀거리기 시작했다. 그러던 어느 날 구 선생과 얘기를 나누었더니, 구 선생은 매우 기뻐하며 말했다.

"과연 젊은이를 중시해야 한다더니. 네가 나이는 비록 어리지만 오히려 이 같은 식견을 가지고 있음을 알지 못했구나. 여학당은 몇 해 전에 누군가 개설하려 했으나 결실을 보지 못했다. 하여지금 나는 몇몇 동지들과 이 일을 상의하여 돈을 모으기로 했지. 각자 은화 50원씩 갹출하여 지금 5백 원 정도를 모았단다. 그런데 조그마한 여학당을 열려 해도 3천 원 정도가 필요하더구나. 지금으로선 나머지 2천5백 원을 마련할 방도가 달리 없는 실정이야. 네가 그럴 계획이 있다면 이번 일에 참여하는 게 어떻겠느냐? 그러면 역사적으로도 너는 영웅이 될 게야."

이 말을 듣자 제천은 더욱 기고만장했다. 그러나 다만 집에 모아둔 돈이 있으되 그것은 모두 전장(田莊)247에 묻어 둔 것인지라, 몇천이든 몇만이든 자기 마음대로 할 수 없었다. 만약 어머니께 말씀을 드린다면 반드시 반대하실 것인지라, 선생에게 묘책을 부탁드렸다. 구 선생은 미간을 찌푸리며 한참을 생각하다가 말했다.

"이 일은 그리 어렵지 않을 듯싶구나. 듣자 하니 네 어머님께서 염불 정진을 좋아하신다니, 공덕 있다는 일이라면 아마 다 하실 것이다. 내가 가짜 연부(緣簿)248를 하나 만들어 줄 테니, 용화사(龍華寺) 스님이 탁발하여 대전(大殿)을 지으려는데 은화 2천5백원이 모자란다고만 말하고, 보시를 하면 공덕이 무량할 것이라고 덧붙여라. 네가 가져가서 보여 드리며 내게서 나왔다고 말씀드리면, 분명 무슨 실마리가 있을 것이다."

---

247 밭과 장원. 자신이 소유하고 있는 경작지.
248 사원에 희사(喜捨)하기를 권유하는 기부장.

이 말을 듣고 제천은 박수를 치고 크게 웃으며 말했다.

"선생님의 묘책은 입신의 경지에 오르셨습니다! 중국 사람들은 제갈량(諸葛亮)만 아는데, 선생님이야말로 소제갈(小諸葛)[249]이십니다."

학생이 이렇게 비위를 맞추자 구 선생은 금테 안경을 쓱 밀어 올리며 득의양양했다. 그러고는 곧 서가에서 만장용으로 쓰고 남은 낡고 누런 종이를 찾아 연부를 만들었다. 그리고 공덕과 관련된 무수한 말들로 모금 취지의 글을 지었다. 뒷면에는 아무개 도대가 몇천, 아무개 총판이 몇천 그리고 아무개 부인이 몇천을 희사했는데, 아직 몇백 원이 모자란다는 내용을 썼다. 또 글자체를 변용해 가며 써서 가짜라는 사실을 조금도 눈치채지 못하게 만들었다. 다음 날 먹물이 말라 조금 오래된 듯이 보이자 절에서 쓰는 도장을 모방하여 낙인을 찍었다. 그런 다음 제천에게 주어 가져다 바치게 했다. 모친은 그것을 보더니 과연 사실로 믿어 연신 '아미타불'을 염하며, 선생께서도 본디 이것을 믿는데 너는 어째서 부처님을 비방하더니 이제는 또 이것을 가져왔느냐고 물었다. 제천은 급히 둘러대며 말했다.

"저는 귀신이 없다고만 말했을 뿐입니다. 부처님은 계시지요. 저는 원래부터 부처님은 믿었습니다."

그러자 어머니가 말했다.

"내가 오랫동안 상해에 있으면서, 일찌감치 용화사가 큰 절이라 향화객도 아주 많다는 소리를 들었는데, 아직 분향도 못했구나. 언제 한번 가 봐야겠다."

그 말에 제천은 식은땀을 흘리며 속으로 생각했다.

---

249 작은 제갈량. 지략이 뛰어난 총명한 사람을 일컬음.

‘어머니가 용화사에 가시면 지금 이 말이 거짓이라는 게 들통 날 텐데 어찌해야 하나?’

그리하여 이렇게 둘러댔다.

“용화사는 길이 멉니다! 게다가 평소에는 산문(山門)을 닫아, 3월이나 되어야 문을 연답니다! 선생님이 말씀하시길, 연부에 따르면 우리가 은화 2천5백 원만 내면 재료를 사서 대전을 수리할 수 있답니다. 이 공덕은 유일무이합니다. 서방 정토에 계신 부처님도 공로가 으뜸이라며 우리 이름을 기억하실 것입니다. 그러면 어머님은 무병장수하실 것이고, 자손들도 그 복이 무궁할 것입니다.”

그러자 모친이 말했다.

“네 말이 조금도 틀리지 않다. 부처님은 쌀 한 톨로도 온 세상의 흉년을 구제하시지. 우리 모두 그 덕에 먹고사는 거란다! 부처님을 위해 대전을 수리하는 것이라면 당연히 해야지! 빨리 가서 연부를 가져오너라. 선생께는 내가 사람을 보내 전장의 이 선생을 오라 하여 은화로 바꿔 주라고 하겠다.”

제천은 웃음을 머금으며 장부를 바쳤다. 그러고는 그 일을 선생에게 낱낱이 설명했다. 구 선생이 웃으며 말했다.

“과연 내 예상을 한 치도 벗어나지 않는군!”

그러고는 당장 그 자리에서 제천에게 장부에 쓰라고 했다. 제천이 말했다.

“제 글씨는 형편없으니 선생님께서 대신 써 주십시오!”

그러자 구 선생이 잠시 뺨을 어루만지다 말했다.

“그건 바람직하지 않구나! 형편없든 아니든 네 친필로 쓰는 게 좋겠다.”

제천은 할 수 없이 자신이 직접 썼다. 다음 날, 과연 2천5백 원짜리 양표(洋票)[250]를 가지고 왔다. 구 선생이 말했다.

"이 돈은 내가 갖고 있겠다. 지금은 아직 건물을 정하지 못했다! 안배가 모두 끝나 개학할 때쯤 함께 가 보자."

그러나 원래 이 구 선생이란 작자는 상해에서 오래 굴러먹어 자못 교활한 습성이 몸에 배어 있었다. 그런 그가 어찌 여학당을 열겠는가? 그는 다만 서점 점원 몇몇과 함께 책을 활판으로 간행하기로 약정하였기에, 이에 필요한 돈을 제천에게 빌리려는 수작에 불과했다. 그렇게라도 속여서 돈을 구한 뒤, 나중에 본전을 돌려주든가 아니면 여학교에 자리라도 사든가 해서 어떻게든 대충 해치울 생각이었다. 그러나 제천은 그런 속셈을 알지 못하고 그의 말이 사실인 줄로만 여겼다. 하여 두 달이나 흘러서야 겨우 다시 재촉하며 물었다.

"선생님! 어찌하여 아직까지 여학당을 열지 않는 것입니까?"

그러자 구 선생이 말했다.

"그게 어디 그리 쉬운가? 건물을 아직 마련하지 못했어. 생각해 보아라, 금싸라기 같은 상해에 조금이라도 넓은 건물은 사람들이 비워 둘 리 없지. 일찌감치 임차해서 가게를 내고 말지. 학당을 연다는 것은 밑지는 일이라, 결코 비싼 값에 임차할 수 없는 법. 그러니 더더욱 어렵지."

그 말을 듣고 제천은 조바심을 태웠다. 한데 때마침 예전의 동학 둘이 방학을 맞아 그를 찾아와 민권학당(民權學堂)에서 만나기로 약속했다. 제천은 흔쾌히 응낙했다. 그날따라 선생은 일이 있어 며칠 있다가나 돌아올 것이라며 출타했다. 제천은 한가한 틈을 타서 동학과 함께 민권학당으로 갔다. 학당은 그리 멀지 않은 곳

---

250 옛날 양행(洋行)이나 정부에서 발행하던 유가 증권이나 지폐.

에 있었다. 학당에 들어서니, 학생들의 복색은 모두 서양식 일색으로 변발한 이는 한 사람도 없었다. 그들은 세 사람의 복색을 보더니 모두 입을 가리며 웃었다. 제천은 그들의 모습과 자신의 모습을 번갈아 보았다. 등 뒤로 늘어뜨린 변발이 마치 돼지 꼬리처럼 느껴졌다. 게다가 몸에 걸친 허름한 장삼은 옛사람들이 말한 "스스로 행색이 더러움을 부끄러워한다(自慚形穢)"는 말과 꼭 합치되었다! 두 친구가 그를 데리고 건물 2층으로 올라갔다. 거기서 아는 이를 만나 중국의 부패한 상황에 대해 함께 얘기를 나누었다. 한참 신이 나서 떠들고 있는데, 그때 한 사람이 쓱 들어섰다. 그는 얼굴이 온통 땀으로 범벅이 되어, 모자를 벗고 손에는 부채를 들고 연신 부채질을 했다. 그러자 모두들 벌떡 일어나며 말했다.

"송(宋) 학장님, 앉으시지요."

그는 고개를 끄덕이더니 의자를 가져다 앉으며 말했다.

"제군들은 아직도 여기 앉아서 즐거이 한담이나 나누고 있는가? 밖에는 큰일이 났네!"

한편 제천의 옛 동학 중 하나는 방립부(方立夫)이고 다른 하나는 원이지(袁以智)였으며, 거기서 만난 아는 이는 호조웅(胡兆雄)이었다. 그리고 뒤늦게 온 그 사람은 송공민(宋公民)이었다. 그런데 거기서 공민이 갑자기 뜻밖의 소리를 하니, 모두들 깜짝 놀라 그 까닭을 물었다. 그가 한숨을 내쉬며 말했다.

"말하자면 정말 화가 난다네! 저 변경 운남(雲南) 백성들이 관부의 핍박을 받아 관부에 대항하려고 당(黨)을 결성했다는군. 그런데 관부에선 별다른 방법이 없었던지 외국 군대를 불러다 저들을 소탕할 생각이라더군. 제군들, 생각해 보게. 외국인들을 끌어들여야겠는가? 저들은 이를 빌미로 우리 동포를 죽이고 우리 영토를 빼앗으려 하는데, 어찌 반대하지 않겠는가? 이에 우리 몇몇 의무

교원들은 전단지를 인쇄하여 동지들과 외국화원(外國花園)에서 연설회를 개최하기로 약속했네. 지금 그들은 먼저 운동을 하러 갔네. 제군들도 전단지를 보면 반드시 참석하시게.”

이에 모두들 그러마고 응낙했다. 그들은 저마다 혈기가 솟아 다시 한바탕 관부를 통렬하게 매도하고 나서야 뿔뿔이 흩어졌다. 제천은 혈기가 뻗쳐, 즉시 운남의 관리들을 죽이지 못하는 것이 원통했다. 글방으로 돌아와서도 쉬이 잠들지 못하고 의자에 앉아 이를 부득부득 갈며 원통함을 그치지 않았다. 심부름꾼 아이가 몰래 훔쳐보고는, 무슨 일로 얼굴에 온통 노기를 띠고 있는지 몰라 속으로 생각했다.

‘도련님이 오늘 나가셨다가 분명 누구한테 따귀를 맞고 되받아치지 못해서 저렇게 화가 나신 게야. 괜히 들어갔다간 저 성깔에 최소한 한바탕 두들겨 맞고나 말겠는걸.’

그는 글방 입구에 서서 주저하며 들어가지도 못하고 그렇다고 그냥 물러나지도 못하고 있었다. 제천이 누구냐고 묻자, 그제야 안으로 들어갔다. 제천은 동복(童僕)의 모습이 마치 관리를 두려워하는 백성들의 모습과 같음을 보고 한숨을 내쉬며 말했다.

“너는 그렇게 날 무서워할 필요가 없다. 이치로 따지자면 너도 사람이고 나도 사람인 게지. 다만 넌 가난한 집에 태어나 우리 집 하인이 된 것뿐이야. 하니 내가 너보다 돈이 많은 것일 뿐, 너도 나와 같은 사람인 게야. 게다가 부모가 자식을 낳을 때 노예가 되라고 하지는 않을 것이다. 그러나 노예가 되고 나면, 싫든 좋든 주인집을 시중드는 구속을 받게 되지. 그래서 영원히 지식을 얻을 길도 없어져, 벗어나고 싶어도 어디서 어떻게 벗어나야 할 줄도 모르게 되지. 내가 최근에 『한서(漢書)』「위청전(衛靑傳)」을 읽었는데, 위청이 ‘노예로 태어나 태욕(笞辱)이나 당하지 않으면 그뿐!’이라고 말하더구나. 예부터 중국에는 노예 출신의 대장군이 많은데, 그도 노예였을 때는 생각하는 것이 오로지 태욕을 당하지 않는 것에 국한되어 있었지. 무슨 큰일을 해 보겠다는 생각은 결코 없었으니, 어찌 한탄하지 않을 수 있겠니? 내가 보기에 너처럼 키가 7척이나 되는 인간이 한평생 노예로 지낼 필요는 없겠구나. 부처님이 말씀 하시길, 부처와 중생은 평등하다고 하셨단다. 너에게 평등의 이치를 말해 주고 싶지만, 네가 알아들을지 모르겠구나. 다만 내가 주인과 노예의 구분에 매여 있다고 보지만 않으면 된다."

동복은 그의 말을 듣고도 전혀 알아듣지 못했다. 그런 데다 무슨『한서』니 하는 소리를 듣고는 곰곰 생각하다가 그것이『양한연의(兩漢演義)』인 줄만 알고 속으로 생각했다.

'과연 사람들이 우리 도련님 재능이 뛰어나다더니만,『양한연의』까지 다 기억하고 계시네.'

거기다 또 부처님 말씀을 얘기하니 더더욱 놀랄밖에.

'어찌 불경까지 다 외우고 계신대? 무슨 놈의 노예 평등 어쩌고는 하나도 모르겠군.'

그러니 어찌 알았으랴, 그런 말들은 제천이 이미 익혀 둔 것을 상대를 만나 발휘한 것으로, 가슴속 울분을 토로한 것이었음을. 쓸데없는 말은 그만두기로 하자.

다음 날, 제천은 아침 일찍 일어나 세수하고 빗질을 마친 뒤, 어머니에게 친구들을 만나러 간다고 말씀드렸다. 어머니는 아침을 먹고 가라고 했다. 그러나 어찌 뭉기적대고 있을 수 있으랴. 이에 곧 배고프지 않다고 말씀드리고, 글방으로 돌아와 구식 제복을 갈아입었다. 그리고 변발은 모자 속에 감춘 뒤 성큼성큼 길을 나섰다. 외국화원에 도착하니, 아직 조용하여 아무도 보이지 않았다. 그러나 의기(義氣) 있는 사람들이 어찌 약속을 어기랴는 생각이 들었다. 해는 어느새 중천에 떴는데, 아직 아무도 오지 않았다.
그러다 돌이켜 생각해 보았다.

'이런! 몇 시에 약속했는지 물어보는 걸 까먹었군! 속은 줄 알았
네! 이제 여기서 하루 종일 기다리는 수밖에 없겠군!'

정오가 되자 배가 고파 견딜 수 없을 지경이었다. 그제야 누군
가 연설 탁자를 옮겨 오는 것이 보였다.

뒷일을 알고 싶으면 다음 회를 듣고 알아보기 바란다.

제26회

각설하고, 제천은 사람들이 탁자와 의자를 정청(正廳)으로 들여오자, 그들에게 친구들은 왜 아직 보이지 않느냐고 물었다. 그러자 의자를 옮기던 이가 말했다.

"너무 이르지요! 3시에나 온다던데……"

제천은 어쩔 수 없이 근처 국숫집에서 국수 한 그릇을 사 먹었다. 멍하니 3시까지 기다리고 있자니, 과연 서양식으로 차려입은 두 사람이 담장 근처로 와 전단 두 장을 붙였다. 전단엔 크고 작은 글씨로 빽빽하게 적혀 있었다. 가까이 다가가 보니, 바로 송공민(宋公民)이 말하던 내용이었다. 아울러 동포 여러분과 함께 방법을 의논해 보자는 말이 덧붙어 있었다. 또 한참을 기다리니, 그제야 사람들이 하나둘 삼삼오오 짝을 지어 왔다. 거의 20세 전후였는데, 그중에는 수염 난 이도 한둘 섞여 있었다. 그리고 또 중국식 복장을 한 이도 몇몇 보였다. 제천은 동학들을 기다렸지만, 그들은 끝내 보이지 않았다. 사람들이 어느새 자리를 잡고 앉은 것을 보고 그도 할 수 없이 그 속에 끼여 앉았다.

가장 먼저 연단에 오른 이는 수염 난 사람이었다. 그런데 말하는 내용이 그리 대단할 것도 없었고, 말소리도 웅얼거려 들릴 듯 말 듯했다. 게다가 마지막에는 만세를 부르기까지 했다. 그러나 청중들은 그의 연설을 듣고 한바탕 박수를 쳤다. 두 번째는 광동(廣東) 사람이었다. 말하는 내용은 의병을 일으키자는 것이었다. 박수 소리가 더 크게 울렸다. 그러나 애석하게도 연설 후반부로 갈수록 말투가 광동 말로 변했다. 청중 대부분은 무슨 말을 하는지 알아듣지 못했지만, 그중에는 열렬히 박수를 치는 사람도 있었다. 곁에는 어느 학당 출신인지는 모르겠지만 여학생들이 앉아 있었다. 나이는 모두 18~19세 전후였다. 그런데 그때 갑자기 '뚝!' 소리와 함께 '어머!' 하고 놀라는 소리가 들려왔다. 청중들은 급히 주의를 돌려 살펴보았다. 그러나 별일 아니었다. 이번 연설회에 참석한 여학생 중 하나가 아주 뚱뚱했다. 그런데 그녀가 앉은 의자가 튼튼하지 못해, 다리가 부러지며 거의 뒤집어질 뻔한 것에 불과했다. 누군가 바로 의자를 바꿔 주었다. 그 자리에는 건달 둘도 정부(情婦)를 데리고 구경 왔는데, 마침 제천 바로 옆자리에 앉아 있었다. 정부가 묻는 소리가 들렸다.

　"이 사람들 여기서 뭐하고 있는 거예요?"

　건달이 대답했다.

　"죄다 교회에 다니는 사람들로, 여기서 설교를 하고 있는 거야!"

　그 말을 듣고 제천은 쓴웃음을 금치 못했다. 곧이어 검은 얼굴의 사내 하나가 연단에 올랐다. 성큼성큼 연단을 오르니, 박수 소리가 폭죽처럼 울렸다. 그러나 제천은 그가 누군지 몰라 박수를 치지는 않았다. 한데 과연 이 사람의 연설은 여느 이들과 달랐다. 그가 말했다.

　"나는 운남(雲南)에 직접 가 보았소이다. 거기 관부가 얼마나 잔

혹한지, 또 백성들을 어떻게 죽이는지 두 눈 부릅뜨고 다 보았소. 백성들이 그런 압제를 받았으니 그 반동으로 크게 들고일어나는 것도 당연하오이다."

그러면서 자기 역시 뜻을 얻지 못한 사람이라, 어떤 일에도 나서지 않으려 했다는 말을 덧붙였다. 여기까지 말을 마치자 박수 소리가 다시 울렸는데 귀가 먹먹할 지경이었다. 연단 아래에 있던 몇 사람은 얼굴까지 빨개지고 이마엔 힘줄이 불끈 솟았다. 제천 또한 코에서 불이 일었다. 그런데 누가 알았으랴, 그의 말은 열렸다 닫혔다 하다가 빙빙 돌더니, 마침내 평화로운 방법으로 정부에 전보를 쳐서 운남의 관리들이 외국 군대를 빌리려는 일을 막자는 것으로 귀결되었다. 그는 청중들에게 그리하기를 원하는지 물으며, 만약 그렇다면 서명을 해 달라고 부탁했다. 의외로 열기가 뜨거웠지만, 연설을 들으러 온 사람들 중 민권학당의 학생들을 제외하고 진정한 동지는 별로 없었다. 그 자리에서 박수를 치던 그 많은 사람들이 서명해 달라는 말을 듣자, 모두들 몰래 몸을 감추며 빠져나가고 말았다. 그러나 제천은 이해를 따지지 않는 우직한 사람이었던지라 사람들이 서명하는 것을 보고 자신도 따라 서명했다. 서명을 마치고 다시 한 번 모여 시끌벅적 얘기를 나눈 뒤 헤어졌다.

며칠 뒤, 제천은 그들이 정말 움직일 것이라 여기고 소식을 들으러 민권학당으로 갔다. 그런데 안으로 들어서니 일하는 사람 몇몇만 보일 뿐 아무도 보이지 않았다. 모두 어디 갔느냐고 물으니, 외국화원으로 갔다는 대답이 돌아왔다. 그 이유를 물었으나 아는 이가 아무도 없었다. 이에 곧장 외국화원으로 달려갔다. 도착하고 보니 마침 시간이 엇갈려 사람들은 이미 흩어지고 난 뒤였다. 제천은 되돌아올 수밖에 없었다. 오는 길에 찻집에 들러 다리를 쉬고 있는데 신문팔이가 보였다. 제천은 얼른 신문을 한 부 사서 찬찬히 읽어 나갔다. 전날 외국화원에서 열렸던 연설 사건이 실린 기사가 보였다. 거기엔 자신의 이름도 실려 있었다. 그 기쁨은 이루 말로 할 수 없을 정도였다. 그들이 자신을 동지로 여겨 준 것이 너무나 영광스럽게 느껴졌다. 다시 민권학당으로 가서 그들과 얘기를 나누고 싶었다. 그러나 날이 점점 어두워지고 있었다. 집이 멀어 귀가가 너무 늦을 것 같았다. 제천의 모친은 가정 교육이 엄해 귀가가 늦어서는 안 되었다. 할 수 없이 찻값을 계산하고 찻집을 나서 그길로 집으로 돌아갔다. 마침 구 선생이 집으로 돌아와, 하루 종일 어디를 쏘다녔느냐고 물었다. 제천은 마치 자신이 득의한 양, 이참에 선생에게 거만을 떨어 볼 요량으로 처음부터 끝까지 자세히 말했다. 그러자 선생이 말했다.

"아이고! 너 속았구나! 저 사람들은 제멋대로 소란을 피운 게야. 저들은 또 진정으로 무슨 일을 할 만한 사람들도 아니다. 단지 명분을 빌려 의론을 일으킨 뒤 신문에 싣고, 글이나 써서 몇 부 더 팔아 볼 생각으로 그런 것이다. 상해에 있으면 한동안은 관부에서도 그들을 어찌할 수 없다는 걸 알고 감히 이런 짓을 한 것이지. 무슨 저 운남에 관부가 외국 군대를 데려다 백성들을 죽인 일이 있을까. 모두 근거 없는 소문인데, 유감스럽게도 넌 저들을 믿고 말았구나. 장차 헛소문이 크게 일어 윗전에서 잡아들이라고 한다면, 그땐 너도 한통속으로 묶여 저들과 함께 감옥에 갇히게 될터, 참으로 큰일이로구나!"

제천은 이제껏 선생을 존경해 왔다. 그러나 지금 그가 하는 말은 너무 잘못되었다는 생각이 들었다. 게다가 의기양양하던 기분도 그의 말에 냉수를 뒤집어쓴 듯 차갑게 식고 말았다. 그는 저도 모르게 화가 나 씩씩거리며 말했다.

"선생님의 말씀은 틀렸습니다! 사람으로 태어나 큰일을 하려면 늘 다른 사람들에게 고통을 받습니다. 혼자 집에서 편안히 즐기고자 한다면 살아 봐야 무얼 하겠습니까? 신문에 나려고 한다거나 책 팔아먹으려 한다는 등 말이야 많지만, 그들이 왜 금기를 어기는 이런 말들을 했겠습니까? 그래서 전 그의 말이 사실이라 믿었고, 더 이상 자세히 들을 것도 없이 나름 이유가 있을 것이라 여겼습니다. 이렇게 뜨거운 가슴을 지닌 이가 운동을 하겠다는 것은 드문 일로, 진정 뜻있는 선비에게 부끄럽지 않다 하겠습니다! 하물며 그중에는 운남에 다녀온 이도 있어, 그곳 관부가 백성들을 얼마나 포학하게 대하는지 알게 되었습니다. 그 말이 얼마나 뼈에 사무치게 간절하던지요! 설마 그것도 거짓은 아니겠지요? 이런 말을 하는 것도 관부에서 듣고 사람들이 복종하지 않는다는 것을 알아 함부로 사람을 죽이지 못하게 하려는 것입니다. 그런데 선생님께서는 도리어 화를 초래한다며 말도 못하게 하고, 또 그들과 함께 감옥에 갇힐 것이라고 겁주며 학생에게는 가서 듣지도 못하게 하시는군요. 저는 영웅이 되려니 죽음도 두렵지 않습니다. 감옥 간다는 말은 그만두십시오! 우리 뜨거운 피를 가진 사람들은 말이 거칠고 무모하니 선생님께서는 화를 그치시지요."

이 말에 구 선생은 분노하며 손으로 탁자를 내려쳤다. 그 바람에 금테 안경이 떨어져 부서질 뻔했다. 구 선생이 크게 꾸짖었다.

"네 이놈, 갈수록 진퇴를 모르는구나. 내가 너에게 한 말은 너 좋으라고 한 말이거늘. 그게 다 혹여 네가 연루되지나 않을까 걱정되어 널 보호하기 위해서 한 말이거늘. 내 비록 거기 있던 사람들을 잘 알지는 못하나, 그들의 내력을 잘 아는 이들도 있다. 그들에게 무슨 뜨거운 가슴이 있겠느냐, 그저 떠들썩하게 사기를 치려는 심보에 불과하거늘. 예컨대 그 광동 사람은 아주 유명한 사기꾼이니라. 그런 그가 무슨 그런 말을 할 자격이 있더란 말이냐?

년 경험이 없어 그들을 믿다가 나중에 고생이라도 해야 뼈저리게 후회하게 될 것이야! 그래, 말 잘했다. 관부에선 사람들이 의론을 일으키는 게 두려워 사람을 함부로 죽이지 못한다고 했겠다? 너는 어디서 관부가 사람들을 함부로 죽이는 것을 봤더냐? 하물며 저 몇몇 의론이란 것도 관부를 놀라게 하진 못할 것이다. 네가 말하길, 넌 뜨거운 피를 가졌다는데, 그렇다면 나는 냉혈이란 말이더냐? 내게 네 피를 차갑게 만들지 말라면서 너는 학규(學規)도 지키지 않으니, 난 널 더 이상 가르칠 수 없다. 다른 고명한 분에게나 부탁하여라!"

구 선생은 말을 마치자 곧장 하인에게 짐을 싸라며 금방이라도 떠날 듯했다. 그러는 것을 보고 제천은 어머니가 허락하지 않을 것을 알고 다급해져 낯빛을 바꾸어 사죄하며 거듭 선생을 만류했다. 구 선생은 이곳처럼 좋은 가정 교사 자리를 얻기가 쉽지 않았다. 그러니 어찌 이를 버리고 떠나려 했겠는가? 짐짓 그런 체한 것은 더 이상 수습하기 어려워, 학생을 복종시킬 요량으로 그리한 것에 불과했다. 그랬기에 그는 기꺼이 창끝을 거두어들였다.

"기왕 네가 잘못을 안다 하니 더 이상 따지진 않겠다. 차후로는 공부에만 몰두하고, 다시는 밖으로 나가 이런 사특한 무리들을 불러들이지 않으면 그만이다."

이에 제천은 "예예" 하고 대답하면서도 속으로는 달리 생각했다. '이 선생은 이제껏 유신을 극도로 중시하여 말하는 것마다 모두 평등이나 자유더니, 어찌하여 외국화원에 참여한 사람들은 틀렸다고 하는가? 또 어째서 내가 그들에게 찬동해서는 안 된다는 것인가? 이렇게 보면, 유신이니 수구니 하는 것도 모두 거짓부렁이야. 또 선생의 말을 가만 들어 보면 관리들을 비호하는 것 같은데, 아무래도 무슨 천거라도 얻어 관직에 나가려는 게 틀림없어. 그래서 이리 말하는 것이리라. 아무튼 앞으로 그와 얘기할 땐 조심해야겠어. 다신 화를 벌컥 내서 사직하겠다는 말을 하지 않도록 말이야. 또 사과하기는 정말 재미없지! 그나저나 여학당 일은 도대체 어떻게 된 거야? 좀 물어봐야겠다.'

그러고 나선 곧 물었다.

"선생님, 요 근래 밖에 나갔다 돌아오신 것이 모두 여학당 일 때문인지요? 얼마나 진척이 있는지 모르겠습니다. 건물은 임차하셨는지요?"

그러자 구 선생이 한숨을 쉬며 말했다.

"건물이야 벌써 임차했지. 다만 우리 중국은 도대체가 개명하지를 못해서 지원자가 없구나. 최근에 두 사람이 지원했는데, 오히려 받아들일 수 없었다."

이에 제천이 깜짝 놀라며 말했다.

"배우러 오려는 사람을 어찌 받아들이지 않으셨습니까?"

그러자 구 선생이 말했다.

"그래서 넌 아직 경험이 없다고 말하는 것이다. 받아들일 만한 데도 우리가 받아들이지 않았겠느냐? 넌 지원자가 어떤 사람인지 아느냐? 그중 하나는 조귀리(兆貴里)에 있는 서우(書寓)[251]의 딸이고, 다른 하나는 장유리(長裕里)에 살고 있는 야계(野鷄)[252]의 딸이었다."

제천은 상해에서 태어나고 자라 서우란 곳은 아버지를 따라가 본 적이 있어 더 말하지 않아도 무엇인지 알았다. 그러나 '야계'는 도무지 알지 못했다. 평소 사람들이 '야계'라는 두 글자를 말하는

---

251 당시 상해의 기생집은 품위에 따라 몇 가지 등급으로 나뉘어 있었는데, 최고를 서우(書寓)라 하였다.
252 창녀.

것을 들으면, 요리해서 먹을 수 있는 '닭'을 말하는 것인 줄로만 알았다. 그런데 이번에 선생이 이런 새로운 낱말을 말씀하시니 가르침을 청했다. 다행히 구 선생은 가르치는 데 열심이어서 그 자리에서 곧 야계가 무엇인지 자세하게 한참 동안 설명해 주었다. 제천은 그제야 어렴풋이 알아듣고 속으로 생각했다.

'그렇다면 나는 여학당을 열어야 할 뿐만 아니라, 우선은 창기(娼妓)들을 축출해야겠구나.'

하여 곧 선생에게 물었다.

"이런 하등 인간들을 관부에서는 왜 축출하지 않는 것입니까?"

그러자 구 선생이 말했다.

"너 또 얼토당토않은 소리를 하는구나. 너희들이 외국화원에서 한 연설을 생각해 봐라. 거기서 말했던 것이 죄다 관리들을 난처하게 만들던 일이 아니더냐? 그런데도 아무도 그들을 쫓아내러 오지 않았지. 야계들은 이미 조계(租界)에 살고 있고 또 관료들을 애먹이지도 않는데 무엇하러 저들을 쫓아낸단 말이냐?"

그 말에 제천은 저도 모르게 웃고 말았다. 그리고 이후부터는 집에서 열심히 공부만 하며 바깥일은 더 이상 신경 쓰지 않았다. 보름이 지나자 선생은 또 일이 있다며 출타했다. 그때 마침 옛 동학들이 그를 찾아왔다. 제천은 그들을 책망했다.

"그날 외국화원 모임에 온다고 하고선 왜 오지 않은 거야? 이렇게 신의가 없다니?"

그러자 두 친구가 말했다.

"우린들 어찌 가고 싶지 않았겠어? 다만 외국 학당의 규율이 제 맘대로 할 수 있는 중국 학당보다 훨씬 엄격해서 그랬지. 만약 그날 참석했다면 우린 분명 제적되었을 거야. 게다가 그런 공리공담은 들어 봐야 아무 이익도 없을 것 같았어. 만약 그런 일로 제적된다면 무슨 가치가 있겠어? 그래서 안 갔지."

이에 제천은 속으로 생각했다.

'이렇게 말하는 걸 보니, 우리 선생님의 말도 틀리지는 않군.'

그때 방립부가 말했다.

"친구! 자넨 우리가 오지 않은 것을 꾸짖을 줄만 알지, 이번에 연설한 사람들이 이제 큰일 났다는 것은 모르는군."

그 말에 제천은 깜짝 놀라 급히 그 이유를 물었다. 방립부가 말했다.

"연설은 곧장 세 차례나 이어졌지. 매번 연설할 때마다 신문에 실렸는데, 내용은 반역과 유사한 것이었어. 기왕 이럴 거 아예 비밀리에 했다면 나도 감동받았을 텐데, 벌건 대낮에 대중들에게 반역을 하라고 충동질하다니? 여보게, 친구! 생각해 봐, 이거 미친 놈들 아냐? 가소롭게도 그들은 관부에서는 정당한 사무는 가볍게 여기는 줄을 모르지, 또 그 말들이 관부의 귀에 전해지는 줄도 모르고. 상해의 신문들을 거들먹거리지만 관부에선 이런 신문은 거들떠보지도 않아. 분명 누군가 그들에게 일러바쳤을 거야. 생각해 봐. 속담에도 '관리는 관리끼리 서로 보호한다'고 하지 않던가. 그들이 운남 관부를 이런 지경까지 모욕했으니, 관리들이 관리를 욕하는 사람을 어찌 용서하겠어? 하여 이곳 관리들은 지금 화가 나서 저들을 체포하려 하고 있어. 또 체포하지 못하면, 중국은 스스로 힘써 강해지지 못하여 도처에서 외국인들의 압박을 받는다고 수군거리겠지. 지금은 전제적 수완도 볼품없어졌어. 겨우 몇 사람이나마 체포하려 해도 외국인들이 모두 데려가 버리니 말이야."

여기까지 듣고 제천은 박수를 치며 크게 기뻐했다. 그러자 방립부가 말했다.

"이봐, 친구! 너무 기뻐하지 말게. 자넨 관부에서 사람을 잡아들이지 못하는 게 우리 중국인의 행운이라고 생각해? 연설한 사람들은 외국인을 믿고 저런 행동을 한 것이야. 그런 성격으로 보건대, 장차 외국인들의 노예나 되지 않겠어? 중국인의 노예가 되는 것도 부끄러운데, 외국인의 노예가 된다는 건 더한 수치지. 수치스러울 뿐만 아니라, 만약 모두가 그와 같다면 마침내는 이 나라도 사라지고 말 거야. 그러니 어찌 마음 아프지 않겠어?”

이런 깜짝 놀랄 만한 말을 듣자 제천은 저도 모르게 눈물이 목을 타고 흘렀다. 이 젊은이는 아직 천진무구하여 그나마 양심이 남아 있는 까닭이었다. 두 친구가 그런 그를 위로했다. 그는 자초지종을 물었다. 이에 방립부가 말했다.

“관부의 체포 방식은 거칠기 짝이 없었어. 외국인들과는 상의도 하지 않아 외국인들이 불응했지. 하여 사람을 잡아가려 해도 겨우 서넛 정도만 잡아갈 수 있었어. 나머지는 모두 소문을 듣고 멀리 도망갔지. 어떤 이는 외국으로 나갔고, 도망가지 못한 몇몇은 외국인이 데리고 가 버렸어. 관부에선 심문조차 맘대로 하지 못해 외국인들과 함께 합동 심문을 할 수밖에 없었지. 그러니 무시무시한 형구(刑具)는 아예 쓸 수도 없었지. 그러니 어찌 관부에서 분노가 치밀지 않았겠어? 하여 방도를 모색해 외국 공사와 얘길 나눠 봤지만, 아무 소득도 없어 결말을 짓지 못했어. 다만 나머지 무리는 모조리 끌려가 아마 과만초(瓜蔓抄)²⁵³를 당하게 될 테니, 이 어찌 큰일이 아니겠는가? 우리야 다행히 거기에 가지 않았으니 아무 일 없지. 이봐, 친구! 자네 서명했나?”

이에 제천이 말했다.

“까놓고 말하지. 연설을 들으러 가서 어떻게 서명하지 않을 수

---

253 호박이나 수박 따위의 덩굴을 따라 모조리 훑어 내듯이 봉건 시대에 신하나 백성의 가산(家産)을 몰수하고 일가친척 등 무고한 사람까지 모조리 잡아 죽이는 것.

있나? 이 일은 우리 선생께도 한 번 말씀드린 적이 있어. 이제 보니 그가 선견지명이 있었군. 어찌해야 이번 화를 면할 수 있을까? 차라리 장렬하게 한판 일을 벌인다면 그런대로 괜찮겠지만, 지금처럼 부질없이 암암리에 올가미에 걸린다면, 내 생각에도 가치가 없을 듯해. 친구! 좋은 방법 없어? 잘 좀 생각해 봐. 관부에서도 무슨 생각을 하고 있는지 모르겠군. 지금처럼 동족상잔하여 어찌 자강(自强)을 얻을 수 있단 말인가?"

그러자 방립부가 말했다.

"자네 말이 맞아. 예컨대 우리 같은 사람은 스스로 다스릴 줄 아니까 당연히 타인의 압박을 받지 않아. 때문에 관부가 비록 난폭하다 하지만 그래도 어찌할 수 없지. 관부에서 법으로 사람을 다스리면 우리도 법을 지킬 것이니, 백성들도 당연히 그걸 따지진 않을 게야. 이게 바로 유신의 비결이지. 그러나 문명국도 이 정도에 불과하니, 지금으로서는 아직 시기상조야. 자네가 서명한 일은 비록 중요하진 않다 하나, 그래도 화를 피할 방도를 미리 생각해 두는 게 좋을 거야. 한때의 큰 뜻 때문에 저들에게 한 묶음으로 잡혀간다면, 그야말로 어리석은 짓이 아니겠어?"

제천은 그들이 하는 소리를 듣고 안절부절못했다. 그리고 그들은 떠났다. 일은 공교롭게 흘러 그들이 얘기를 나누고 있을 때, 뜻밖에 제천네 계집종이 낱낱이 듣고는 안채로 들어가 부인께 일러바쳤다. 제천의 모친은 관부에서 사람을 잡아들인다는데 제천의 이름도 그 속에 있으며, 나중에는 화를 피할 방도를 의논하는 말까지 했다는 말을 듣자 몸을 부들부들 떨면서 급히 제천을 들라 했다. 제천은 모친이 부른다는 소리를 듣고, 방금 친구들과 나눈 대화를 저 어른이 다 알고 있음을 알고 실로 난감했다. 하지만 그렇다고 들어가지 않을 수도 없었다. 모친이 꾸짖었다.

"너는 어찌 공부를 하면 할수록 더 못나지느냐. 반도들과 함께 하다니, 아예 멸문지화를 당하려고 작정했구나?"

이에 제천이 급히 둘러댔다.

"그런 일 없습니다. 방금 들렀던 방립부와 원이지는 외국 학당에 함께 다녔던 동학들입니다. 그들이 절 찾아온 것은 다른 이들의 일을 의논하기 위해서였지, 저와는 상관없는 일입니다."

그러자 모친이 말했다.

"그래도 날 속이려 해? 내 다 들었다."

이에 제천이 말했다.

"어머니는 분명 계집아이가 하는 소리를 들으셨을 것입니다. 쟤는 제대로 알지도 못하면서⋯⋯. 우리가 말한 것이 무엇인지도 모르고 제대로 전하지 못해, 어머니를 놀라게 해 드렸습니다!"

그러자 모친이 말했다.

"네가 아무 일 없다면 그것으로 되었다. 앞으로 무슨 일이 있거들랑 일찌감치 내게 알려 의논하도록 해라."

이에 제천은 그저 "예예" 하고 물러났다. 그러나 속마음은 걱정으로 가득했다. 때마침 선생은 또 집에 없었다. 그에겐 터놓고 의견을 나눌 사람이 아무도 없었다. 한참을 주저하고 있는데, 그때 서동(書童)이 전갈을 전하러 왔다.

"밖에 누가 편지를 보내왔습니다. 말하기를, 도련님께서 직접 나와 받으셔야 한답니다."

그 말에 제천은 깜짝 놀랐다.

'누가 날 잡으러 온 건가?'

그러면서 다급하게 안방으로 몸을 숨겼다. 잠시 뒤 아무런 낌새도 보이지 않자 밖으로 나와 살피다가 서동과 마주쳤다. 서동이 말했다.

"도련님! 왜 나가지 않으십니까? 저 사람이 말하길, 산동에서 우편환을 보냈으니, 얼굴을 직접 봐야 내줄 수 있답니다. 기다리기도 지쳤답니다."

그러자 제천이 그를 꾸짖었다.

"이 빌어먹을 놈! 왜 진작 말하지 않았느냐?"

이에 서동은 도련님이 무슨 말을 하는지 몰라 한참을 멍하니 있다가 밖으로 나갔다. 제천도 뒤따라 나갔다. 과연 환전소의 점원이었다. 당장에 제천의 이름을 물어 편지에 쓰인 이름과 맞는지 확인한 연후에 편지를 건네주었다. 제천은 편지를 보고 숙부가 보낸 것임을 알았다. 그런데 편지 윗면에 또 어음 1만 5천 냥이라고 쓰인 것을 보고는 다소 의아하게 생각했다. 표장(票莊)[254] 점원은 표장으로 가서 은자로 바꾸길 요청했다. 제천은 편지를 다 읽고서야 그것이 서적과 측정 기구를 사라는 돈이고, 또 그에게 교원으로 와 달라고 부탁하는 것임을 알게 되었다. 그리하여 바삐 옷을 갈아입고 점원을 따라 표장으로 가서, 필요할 때마다 수시로 찾아 쓰기로 하고 은표(銀票) 한 장을 끊어 돌아왔다. 그런데 마침 길에서 구 선생을 만나 함께 글방으로 돌아왔다. 구 선생이 뭐하러 거기 갔느냐고 물어 제천은 산동의 일을 대충 설명했다. 그러면서 선생에게 화를 피할 방도를 물으려는데, 어찌 알았으랴, 구 선생은 그의 말을 듣자마자 일찌감치 꿍꿍이가 있어 이렇게 말하는 것이었다.

"네가 전에 피운 소란이 이제 문제가 되었으니, 과연 내 예상을 한 치도 벗어나지 않는구나. 전에 네 이름이 신문에 실린 걸 보았는데, 이제 관부에서 잔당들을 잡아들인다니 피할 방도를 찾아야겠구나."

제천은 마침 이 일로 걱정하고 있던 터라, 구 선생에게 몸을 피할 방법을 급히 물었다. 그러자 구 선생이 말했다.

"내 벌써 널 위해 한 가지 방도를 생각해 두었다. 일본으로 도망치는 것이 제일 좋겠더구나. 거기엔 내가 아는 사람들이 몇 있으니, 그를 찾아가 의탁하면 될 게다. 네 숙부를 대신해 책과 측정 기구 따위를 구입하는 일은 내가 대신 처리해 주마! 이 일은 지체해서는 안 되니 빨리 서두르는 것이 좋겠다."

이에 제천이 말했다.

"선생님의 말씀이 어찌 틀림이 있겠습니까? 다만 학생은 아직 어머님께 이 일을 말씀드리지 못했으니, 상의를 드린 뒤 다시 처리하지요."

그러자 구 선생이 말했다.

"네가 만약 빨리 방도를 마련하지 못하여 화가 닥치면 그때는 이미 늦을 게야."

뒷일이 어떻게 되었는지 알고 싶으면 다음 회를 듣고 알아보기 바란다.

제27회

호수 풍광은 잠시 즐기기에 족하고
관장의 교제, 그 일부를 엿보다

각설하고, 왕제천은 선생의 말이 더없이 다급한 것을 보고 어쩔 수 없이 모임에 참여한 일을 어머니께 고했다. 그러면서 또 화를 피해 일본으로 갈 생각이라는 말도 덧붙였다. 그러자 모친은 그를 한바탕 꾸짖은 뒤 이어 말했다.

"내겐 너 하나밖에 없다. 지금 죽을 둥 살 둥 모른 채 일을 저질러 놓곤, 또 뭐라고? 일본으로 가겠다고? 날 이리도 무정하게 내팽개치겠다는 것이냐?"

그렇게 말하며 모친은 목 놓아 통곡하기 시작했다. 이에 제천은 어쩔 줄 몰랐다. 잠시 뒤 모친이 다시 말을 이었다.

"일본에는 못 간다. 네 이모가 승현(嵊縣)에 살고 있는데, 오가는 길도 그리 멀지 않으니 거기 몇 달 가 있어라. 일이 잠잠해져서 더 이상 그 일을 꺼내는 사람이 아무도 없으면, 내 편지를 보낼 테니 그때 오면 될 것이야."

이에 제천은 더 이상 그 말을 거스를 수 없어 그리하겠다고 응낙했다. 그러면서 산동에서 온 편지 얘기를 꺼냈다. 그러자 모친이 말했다.

"네 숙부께서 널 오라고 편지하셨다니 좋기는 하구나. 허나 내 듣기로, 산동은 길이 험하다더구나. 게다가 넌 집을 떠나 본 적이 없으니 그리 가는 것은 마음이 놓이질 않는구나. 차라리 네 선생을 대신 보내도록 해라!"

그 말을 듣고 제천은 곧바로 선생에게 가서 알렸다. 기대 이상인지라 구 선생은 당연히 크게 기뻐했다. 그는 곧 제천을 대신하여 편지를 몸에 지니고 은표도 챙긴 뒤, 자신이 직접 책과 기구를 사가지고 산동으로 떠났다. 이 이야기는 더 이상 하지 않겠다.

한편 제천은 처음으로 집을 떠나게 되자 내심 겁이 났다. 그러나 다행히 모친께서 당신 전포(錢鋪)의 점원인 장(張) 선생에게 배웅하도록 부탁하여 두려움이 사라졌다. 출발할 때가 되자 모친은 또다시 눈물을 흘렸다. 제천도 슬펐다. 모친은 여러 당부의 말을 잊지 않았는데, 대부분 이모를 염려하는 것들인지라 자세히 언급할 필요는 없을 듯싶다. 제천은 장 선생과 함께 서동을 데리고 그날 저녁으로 작은 증기선에 올랐다. 다음 날 만안교(萬安橋)에 이르러 잠시 쉬었다. 그때 장 선생이 말했다.

"이곳 항주(杭州)는 산수가 뛰어나기로 유명한 곳입니다. 도련님, 여기서 며칠 놀다 가시지 않겠습니까?"

이에 제천이 대답했다.

"좋습니다."

그리하여 두 사람은 뭍에 올라, 짐꾼을 불러 짐 하나당 120전에 성안으로 짐을 옮기도록 했다. 장 선생은 아주 구두쇠였다. 그러나 그것은 좋은 점도 있었다. 그는 남을 위해 돈 아끼기를 자기 돈을 아끼듯 했던 것이다. 그는 짐삯을 깎았을 뿐만 아니라, 나머지 자잘한 봇짐들도 자신이 직접 들어 가벼운 짐 꾸러미 위에 갖다 얹었다. 짐꾼은 발끈하여 펄쩍 뛰며 연신 힘들다는 소리를 질러 댔다. 이런 정황을 본 제천은 한편 측은한 마음이 들어 짐 하나만 더 얹고는 그만두었다. 그러자 장 선생이 한숨을 쉬며 말했다.

"도련님! 도련님은 집 밖을 나서 본 경험이 없어 도처에서 손해를 보시더니, 또 저들에게 속고 말았군요! 저 짐꾼들은 성질이 천해 짐을 더 얹지 않는다고 해서 고마움을 알지 못합니다. 오히려 바가지나 씌우지요."

이에 제천은 웃으며 말했다.

"이렇듯 고생하는 사람들에게 관대함을 베푸는 것도 한계가 있겠지요. 큰 곳에서 아낄 때는 당신 말을 듣겠습니다!"

그들은 성으로 들어가 객점을 찾았다. 1인당 하루에 120푼. 밥은 그들이 주는 것을 먹기로 하고 나머지 요리는 각자 알아서 하는 것으로 했다. 바삐 짐을 정리하고 나니 어느새 날이 어두웠다. 정신없이 저녁을 먹고 잠자리에 들었다. 그런데 제천이 막 잠자리에 들었을 때, 목덜미에 큰 종기 같은 것이 생기더니 참을 수 없을 정도로 간지러워 밤새 한숨도 자지 못했다. 그러나 장 선생은 쿨쿨 깊은 잠에 빠져 아무리 불러도 깨지 않았다. 다음 날 식사로 절인 채소에 그냥 끓인 물을 부은 염채탕(鹽菜湯) 한 그릇과 부추 요리 한 접시가 올라왔는데, 어찌나 짜던지 입에 넣을 수가 없었다. 제천은 더 이상 먹을 수가 없어 젓가락을 내려놓고 말았다. 장 선생이 더 먹기를 권하자 제천이 말했다.

"배가 고프지 않군요. 먼저 드십시오!"

그러자 장 선생은 사양하는 기색도 없이 젓가락을 들고 후룩후룩 순식간에 한 그릇을 뚝딱 비우더니, 연이어 세 그릇을 더 비우고서야 손을 내려놓았다. 제천은 그의 모습을 보고는 할 수 없이 서동에게 객점 점원에게 국수 두 그릇을 가져오라 시켜 둘이서 배

부르게 먹었다. 식사 후에는 할 일이 별로 없었다. 이에 장 선생과 의논하여 하루에 은화 4각(角)을 더 주기로 하고 몇 가지 더 나은 요리를 준비하도록 주방에 부탁했다. 또 침대보를 갈고 난 연후에 놀러 나가기로 했다.

다음 날, 장 선생은 제천과 함께 번사(藩司) 관아 앞 연못으로 가서 자라를 구경했다. 제천은 영문을 알 수 없었다. 그런데 장 선 생은 지갑을 열어 여섯 푼을 꺼내더니 산동 만두 하나를 샀다. 그 러고는 반으로 잘라 연못 속으로 던졌다. 그랬더니 과연, 푸른 마름 풀이 갈라지며 수면 위로 자라가 모습을 드러냈다. 자라의 몸집은 족히 작은 탁자만 했는데, 놈은 단숨에 만두를 집어삼켰다. 그러나 그것을 보고도 제천은 아무런 재미를 느끼지 못했다. 장 선생은 또 전당강(錢塘江)을 구경하자며 그를 데리고 성황산(城隍山)으로 갔다. 거기서 찻집을 찾아 자리 잡고 앉았다. 종업원이 무슨 차를 마시겠느냐고 물었다. 장 선생은 그곳에서 나는 차 한 잔과 소유병(酥油餅)[255] 작은 것 두 개를 시켰다. 때는 마침 8월, 전당강은 바닷물이 아침에 밀려들었다가 나가는 것으로 유명했다. 제천은 장 선생과 한담을 나누었다. 그런데 때마침 사람들이 난간에 기대 저 멀리 구경하고 있는 모습이 보였다. 장 선생이 말했다.

"조수가 밀려옵니다!"

제천도 몸을 일으켜 난간에 기댔다. 과연 멀리서 은빛 실타래가 출렁이며 다가왔다. 물결은 가까이 다가오더니 마치 설산(雪山)처럼, 강물보다 몇 배나 더 높이 솟구쳐 올랐다. 그것은 마치 켜켜이 잘 쌓아 놓은 백옥(白玉) 섬돌 같았다. 그 아래로는 수많은 작은 배들이 노를 저으며 물결을 타고 있었다. 제천이 소리쳤다.

---

255 식용 유지(乳脂)로 만든 빵.

"아이고!"

장 선생이 무슨 일이냐고 물었다. 이에 제천이 대답했다.

"저 배들이 뒤집히고 말겠어요!"

말이 채 끝나기도 전에 배들은 한 척 한 척 물 위로 떠올랐다.
제천은 실로 기이했다. 장 선생이 말했다.

"도련님은 독서인이라 아직 모르시겠지만, 이들에게 이런 것쯤
은 아주 익숙한 일입니다."

이에 제천은 생각했다.

'어렸을 때 선생님이 파도타기 하는 사람에게 시집간 얘기를 들
려주신 적이 있는데, 바로 이 사람들인가 보다.'

그렇게 한참 바라보고 있는데, 찻집 종업원이 소유병을 탁자에
탁 내려놓으며 말했다.

"빵 왔습니다."

그 바람에 제천은 깜짝 놀랐다. 장 선생이 먹으라고 권하며 말
했다.

"이것도 항주의 명물입니다. 도련님께서 반드시 맛보셔야 할 것
이지요."

제천은 조그맣게 잘라 맛을 보았다. 그런데 생기름 맛이 나고
입에 맞지 않아 더는 먹지 않았다. 두 사람은 거기에 한참을 앉아
있었다. 날이 어두워진 것을 보고 거처로 돌아가기 위해 종업원을
불러 계산했다. 계산하고 보니 통틀어 제전(制錢)[256]으로 3백 푼이
었다. 이에 장 선생은 동전 몇 푼을 탁자 위에 펼쳐 놓으며 말했다.

"두 사람에 160푼, 빵값 32푼에 수고비로 10푼, 도합 202푼일세."

그러자 종업원이 말했다.

---

256 명·청 시대에 관부에서 감독하여 주조한 동전.

"저 소유병은 한 개에 120푼입니다."

그러자 장 선생이 그와 다투기 시작했다.

"내가 먹어 본 소유병만 해도 수만 가진데, 120푼이나 하는 소유병은 한 번도 먹어 본 적이 없어."

그러자 종업원이 말했다.

"손님은 모르시겠지만, 요즘 밀가루값이 많이 올랐습니다."

그렇게 두 사람은 한참 실랑이를 벌이다가 결국 빵 하나당 백 푼씩 지불하고서야 찻집을 나올 수 있었다. 종업원이 투덜거렸다.

"수만 가지 소유병을 다 먹어 봤다고요? 이리 인색한 손님이 소유병을 먹으러 온 것을 본 적이 없네요."

장 선생은 짐짓 못 들은 척하며 객점을 나와 그길로 하산하여 거처로 돌아왔다.

다음 날, 장 선생은 또 제천을 데리고 서호(西湖)로 놀러 갔다. 아침 일찍 일어나 밥을 든든히 먹고 용금문(湧金門)을 나서 곧장 서호를 향해 걸었다. 때는 아직 날이 일러 나들이객들이 드물었다. 두 사람은 호숫가로 가서 나룻배를 한 척 빌렸다. 가고 싶은 대로 노를 젓다, 좋은 경치를 만나면 곧바로 뭍에 올라 노닐거나 혹은 먼 곳을 바라보았다. 과연 천하제일 명승지다웠다. 더욱이 때는 8월이라, 버들은 바람에 나부끼고 계수나무 향기는 은은히 풍겨 왔다. 저녁이 되자 하늘은 온통 노을로 물들어 호수도 울긋불긋, 말로는 묘사할 수 없는 천연의 장관을 펼쳐 놓았다. 게다가 산들은 연이어 이어지고 뇌봉탑(雷峰塔)[257]은 우뚝하여, 대충 둘러보기에도 시간이 모자랐다. 다만 애석한 것은 상·중·하 삼천축(三天竺)[258]을 화상(和尚)들이 차지하고 있다는 것이었다. 두 사람은

257 서호 10경 중 하나. 특히 석양이 질 때 탑 그림자가 금빛 찬란한 것으로 더욱 유명하다.
258 절강성 항현(杭縣) 천축산에 있는 사찰. 상천축·중천축·하천축 세 개의 사찰을 총칭하는 말.

신 나게 구경했다. 그러면서 제천은 생각했다.

'저 화상들은 농사도 짓지 않고 옷감도 짜지 않으면서 사람들 틈에 편안히 앉아 먹으며 유유자적하는 행복을 누리니, 세상에서 제일 불공평한 일이다.'

한참을 놀며 이리저리 생각을 굴리노라니 날은 어느덧 어두워져 다시 배를 타고 뭍으로 돌아왔다. 장 선생은 거처로 돌아가 밥을 먹을 생각이었다. 그때 제천이 말했다.

"밥 먹은 지 한참 되었습니다. 저 앞 우향거(藕香居)에 음식이 늘어져 있으니 우리 맛이나 좀 봅시다."

그러자 장 선생이 말했다.

"저 우향거에서 먹을 수 있겠습니까?"

이에 제천이 대답했다.

"음식에 독약만 들어 있지 않다면 뭐든 먹을 수 있습니다."

그러자 장 선생이 말했다.

"도련님! 그 말이 아닙니다. 저 집 음식은 맛도 없으면서 값만 비쌉니다."

그러자 제천이 말했다.

"맛이나 좀 봅시다. 비싸도 괜찮아요."

장 선생은 달리 방법이 없어 함께 우향거로 들어갔다. 그곳은 서호에서 유명한 음식점으로, 술도 팔았다. 장 선생이 제천을 대신해 초류어(醋溜魚)[259]와 탄황채(攤黃菜)[260]와 초하인(炒蝦仁)[261]과 화조(花雕)[262] 반 근을 주문했다. 두 사람은 술을 마시며 즐겼다.

---

259 기름에 튀긴 생선에 갈분과 초장으로 만든 양념을 얹은 생선 요리.
260 달걀볶음.
261 새우 속살볶음.
262 질이 좋은 소흥 황주(黃酒).

난간 밖으로는 연못이 둘러싸고 있었는데 연잎으로 빽빽했다. 하지만 애석하게도 연꽃은 볼 수 없었다. 5~6월이면 얼마나 아름다울까! 지금은 가을인데도 맑은 향기가 아직 남아 있어 바람에 실려 와 기분이 좋았다. 잠시 뒤 술자리를 끝내고 거처로 돌아왔다.

다음 날, 항주를 떠나 배를 타고 강을 건넌 뒤 계속 갔다. 소흥(紹興)의 산수는 웅장하고 기이했다. 소흥에 당도하여 잠시 머물렀다. 다음 날은 또 우혈(禹穴)[263]을 찾아보고, 구루비(岣嶁碑)[264]도 구경했다. 그러나 한 글자도 알아볼 수 없었다. 산음(山陰)을 지나는 길은 좋은 경치가 많아 눈을 쉴 틈이 없었다. 그러나 서호와 같이 맑고 그윽한 기쁨은 없었다. 두 사람은 승현(嵊縣)으로 가는 길을 물어 그 길로 곧장 출발했다.

승현에 도착했다. 이곳은 원래 조그만 도시였다. 상해에서 들은 대로 길을 찾아가니, 보이는 것이라곤 사대부가(士大夫家)뿐이었다. 그중에는 '진사댁'이라는 편액이 걸린 집도 있었고, '대부댁'이란 편액이 걸린 집도 있었다. 그런데 마지막 한 집은 조금 달랐다. 대문 밖에 '봉헌위판진진진연일체허함봉전공감령지분국(奉憲委辦秦晉賑捐一切虛銜封典監翎枝分局)'이라고 쓰인 주전지(硃箋紙)[265]가 붙어 있었다. 게다가 '진연중지, 한인막입(賑捐重地, 閒人莫入)'[266]이라 쓰인 호두패(虎頭牌)도 걸려 있었다. 네 짝 대문 안으로는 또 홍흑모(紅黑帽)[267] 네 개와 군졸 방망이 두 개 그리고 가죽 채찍 두 개가 걸려 있었다. 제천은 이곳의 기개가 범상치 않음을 보고, 도대체 어떤 관직에 있는 사람인지 살펴보려다 문밖에 붉은

---

263 우임금의 묘지로 전해 오는 곳. 현재 절강성 소흥 회계산(會稽山)에 있다.
264 우임금이 치수(治水)할 때 새겼다고 전해 오는 비석.
265 붉은색 전지(箋紙)로, 길하고 경사스러운 문구를 쓰는 데 주로 사용되었다.
266 구제 의연금을 처리하는 중지이니 볼일 없는 사람은 출입을 금함.
267 옛날 지방 관아의 관졸들이 쓰던 붉은 모자와 검은 모자. 관졸들의 대칭으로도 쓴다.

바탕에 검은 글씨가 쓰인 팻말이 걸려 있는 것을 보았다. 그곳에는 '흠가사품함후선청군부사공관(欽加四品衛候選淸軍府佘公館)'이라 쓰여 있었다. 그것을 보고 제천은 기뻐하며 말했다.

"여기가 바로 이모 댁입니다."

그땐 아직 짐이 당도하지 않았다. 그는 장 선생과 함께 문을 두드렸다.

그런데 뜻밖에 대문이 열려 있었다. 문간방에선 마작하는 소리가 들렸다. 누군가 방문한 것을 보고 하인 하나가 밖으로 나왔다. 그는 검은 양추(洋縐)[268] 홑적삼에 번들거리는 변발, 온몸에선 담배 냄새가 훅 끼쳤다. 그가 누구신지, 누굴 찾아오셨는지를 물었다. 다행히 제천은 이곳 이모님 댁은 겉치레를 매우 중시한다는 모친의 말씀을 기억하고 있었다. 그래서 때가 되면 쓰려고 명함을 몸에 지니고 있었다. 그는 품에서 명함을 꺼내, 안에 말씀드리라고 주었다. 하인은 대청(大廳)으로 들어가더니 금방 다시 나와 방문객을 사절하며 말했다.

"주인어르신께선 포청(捕廳) 연회에 참석하러 가셔서 집에 안 계십니다. 두 분 나리께서 말씀을 남겨 주시면 소인이 전해 드리겠습니다!"

이에 제천이 말했다.

"노마님은 집에 계실 테니, 너는 가서 상해에서 외조카가 왔노라고 말씀드려라."

하인은 노마님의 친척이라는 소리를 듣자 감히 게으름을 피우지 못하고 공손히 말했다.

"화청으로 드시지요. 소인이 들어가 말씀드리고 오겠습니다."

이에 제천은 한 사람을 문간으로 보내 짐을 챙기게 하고, 자신은 장 선생과 함께 화청으로 들어갔다. 세 칸짜리 조그만 화청 중간에는 천연 안석(案席)이 하나 놓여 있었다. 그리고 그 아래 화리목(花梨木)으로 만든 탁자 두 개와 자단목(紫檀木)으로 화려하게 조각한 태사의(太師椅) 여덟 개 및 다궤(茶几) 네 개가 놓여 있었다. 그리고 위쪽에는 항상(炕床)이 있었고, 아래쪽 병문(屛門)은 열려 있었는데 안방으로 통했다. 중간에 걸려 있는 대련(對聯) 위쪽엔 '서경인제지속(西卿仁弟之屬)'이라 새겨져 있고, 아래쪽엔 '해정(郮亭) 왕명란(汪鳴鑾)'이라 새겨져 있었다. 양쪽 벽면엔 선비들이 쓴 족자가 어지러이 걸려 있었다. 제천은 장 선생과 함께 가운데 있는 의자에 앉았다. 한참을 기다리노라니 아까 그 하인이 다시 나와 말했다.

"안으로 드시지요!"

제천은 장 선생에게 화청에서 잠시 기다리라 부탁한 뒤, 하인을 따라 안으로 들어갔다. 원래 화청 뒤편 건물도 마찬가지로 세 칸짜리였는데, 한 칸은 뚫려 있었다. 두 칸은 네 개의 창문이 열려 있었는데, 부드러운 주렴이 높이 걸려 있는 것이 아마도 그 안은 글방일 것이다. 다시 안으로 더 들어가니 다섯 칸짜리 방이 있었는데, 한쪽으로는 두 칸짜리 곁채가 있었고 다른 한쪽은 복도였다. 그 복도를 끼고 들어서니 곧 안방이었다. 그곳은 온통 큰 유리창으로 이루어져 있었는데, 붉은 비단으로 햇빛을 가리고 있었다. 그리고 중간 방 안 뒤쪽으로 관음 향로가 놓여 있었는데, 누런 비단 휘장에 단향목 향을 피워 향기가 장막 밖을 은은히 휘감고 있었다. 이모는 포단(蒲團)[269]에 무릎을 꿇고 앉아 『고왕경(高王經)』

---

[269] 부들로 짠 둥근 방석.

을 읊고 있었다. 제천은 집에서 모친을 모셔 받드는 데 익숙하여, 경을 다 읽지 않으면 다른 사람과 얘기를 나눌 수 없다는 것을 잘 알고 있었다. 그래서 인사를 고하지 못하고 거기 한참을 그대로 서 있었다. 이모는 한편으론 경을 읊조리고, 다른 한편으론 제천을 향해 고개를 끄덕이며 앉으라는 시늉을 했다. 잠시 뒤, 주렴이 걷히더니 늙은 하녀가 대여섯 살쯤 되어 보이는 아이를 데리고 나와 제천에게 머리를 조아리며 인사를 시키고는 아저씨라 부르게 했다. 그 늙은 하녀는 또 노마님께도 문안을 여쭙게 했다. 그때 제천의 이모는 경을 다 읽은 뒤였다. 제천은 이모에게 절했다. 이모가 모친의 안부를 묻는데 그 말이 다정하기 그지없었다. 그러고는 사람을 시켜 제천을 바깥 글방에 안치하게 하고, 곧 자신이 직접 나가서 음식을 마련하려고 했다. 이에 제천이 말했다.

"여기까지 저를 데려다 주러 오신 장 선생이 화청에 계시니, 저는 그를 부르러 가겠습니다."

그러자 이모는 계집종을 보내 차를 내오게 하고 또 세숫물을 받고 침대보를 준비하게 했다. 그러면서 "주인어른이 집에 안 계신다고 손님이 와도 대접도 않고 게으름을 피우다니, 주인어른께 꾸지람을 들어야 정신을 차리겠느냐"며 하인들을 꾸짖었다. 제천은 사촌 형수를 뵈려고 하였는데, 안에서 병이 있어 나와 뵐 수 없다는 전갈이 왔다. 그런 다음에야 제천은 밖으로 물러났다. 하인이 그와 장 선생을 바깥 글방으로 데려갔다.

글방은 원래 화청 곁에 있었다. 중문(重門)이 하나 있는 남북으로 마주 보는 두 칸짜리로, 안은 그런대로 아늑하고 조용했다. 창밖엔 파초 두 그루와 계수나무 한 그루가 심겨 있었다. 애석하게도 꽃은 무성하지 않았다. 그러나 은은한 향기가 풍겨 왔다. 책상 옆으로 책장이 있고, 그 위에는 붉은 종이에 싸 둔 옛 진신(縉

紳)**270**과 누런 종이에 싸 둔 옛 주권(硃卷)**271**이 놓여 있었다. 하인들이 침대보를 더 가져와 정리했다. 마침 짐을 가진 심부름꾼 아이도 도착하여 하나하나 정리했다. 서동(書童)은 맞은편 방에 머물렀다. 제천은 잠시 쉬었다가 안방으로 가서 이모와 얘기나 나눌 생각이었다. 그런데 마침 밖에서 시끌벅적한 소리가 나더니 하인이 알리는 소리가 들려왔다.

"주인 나리께서 돌아오셨습니다!"

'끼익' 하는 소리와 함께 대문이 열리고, 가마에서 내리는 소리가 들렸다. 이어 나리께서 "이리 오너라!" 하니, 하인들이 "예예" 하는 소리가 들렸다. 이에 제천은 속으로 생각했다.

'사촌 형님은 현임 관리도 아니면서…… 어찌 이다지도 위세를 부리시나? 이 집에 머물면서 이런 사나운 꼴을 어찌 두고 본단 말인가? 기왕 여기 왔으니 어쩔 도리가 없지. 며칠만 견뎌 보자! 형님이 집에 오셨다니 먼저 찾아가 뵈어야지.'

그러고는 곧 장 선생과 함께 찾아뵈려고 했다. 그런데 장 선생은 이제껏 시장 통에서 굴러먹은 사람인지라 관부의 예의범절 같은 것을 본 적이 없었다. 이에 구속감을 느껴 가지 않으려 했다. 그러자 제천이 말했다.

"우리가 여기 머물면서 어찌 대면을 하지 않을 수 있단 말입니까? 당신은 곧 돌아가겠지만, 그래도 한나절은 머물러야 하지 않습니까."

장 선생은 달리 어쩔 수 없어 제천과 동행했다. 심부름꾼 아이

---

270 옛날 조회 때 관료들이 조복(朝服)에 갖추어 쥐던 물건인 홀(笏)을 허리춤에 꽂은 모양의 옷차림을 뜻하는데, 여기서는 홀을 꽂는 큰 띠(허리띠)를 뜻함.

271 원래는 과거 시험이 끝난 뒤 응시생들의 시험 답안지를 붉은 먹으로 베껴 적은 것을 가리킨다. 청대에는 거인에 합격한 사람이 자신의 시험 답안지를 인쇄하여 친한 벗들에게 보내기도 했는데, 이런 것도 주권이라 한다.

를 불러 먼저 명함을 들려 보냈다. 하인이 들어가더니 잠시 뒤 나와 말했다.

"나리께서 말씀하시길, 첨압방(簽押房)에서 뵙잡니다."

그러면서 제천과 장 선생을 데리고 안으로 들어갔다. 원래 첨압방은 화청 뒤에 있는 두 칸짜리 방이었다. 주렴을 걷고 들어서니, 사촌 형이 만면에 웃음을 띠며 그들을 맞았다. 제천은 읍을 하려다 사촌 형의 다리 자세가 청안(請安)[272]임을 보고 어쩔 수 없이 그에 맞춰 청안을 했다. 그러나 그의 다리는 뻣뻣하여 사촌 형의 원숙한 자세와는 거리가 멀었다. 장 선생은 자세가 더 불안했다. 그는 다리를 굽히다 몸이 한쪽으로 너무 기울어 그만 꽈당 하고 넘어지고 말았다. 그 바람에 사촌 형의 목에 걸려 있던 밀랍 조주(朝珠)가 그의 손에 끊어지며 땅바닥에 흩어지고 말았다. 원래 사촌 형은 연회에서 돌아온 뒤 먼 친척이 왔다는 것을 알고 관복을 벗지 않은 상태였다. 그런데 뜻밖에 장 선생을 만나 이런 모멸을 받았으니. 이에 그는 하인들을 들볶았다.

"이런! 쓸모없는 놈들 같으니! 빨리 줍지 않고 뭣하느냐!"

장 선생은 얼굴이 마치 관우(關羽)처럼 붉어져서 몸 둘 바를 몰라 했다. 그러자 사촌 형은 다시 유달리 자신을 낮추며 그들에게 구들 위에 앉으라고 청했다. 제천은 사양할 생각이었으나 장 선생은 어느새 가 앉았다. 사촌 형은 차를 대접했다. 장 선생은 또다시 찻잔을 떨어뜨리는 험한 꼴을 보일까 봐 다급히 사양했다. 그러자 제천이 공손히 말했다.

"우리는 손님인데, 의관이 불편하여 실로 불경스럽기 그지없습니다. 형님께서도 편안한 옷으로 갈아입으시지요."

---

272 청대의 인사 예절 중 하나. 오른손을 아래로 드리우고 왼쪽 다리를 앞으로 내밀어 굽히며 오른쪽 다리는 약간 굽혀서 하는 인사.

그러자 그가 말했다.

"동생은 너무 예의를 차리는군. 우형은 관장에서 교제하느라 이런 의관을 차려입는 것이 익숙해. 좋아, 이젠 날도 늦어 나를 찾는 손님도 없을 테니 편한 옷으로 갈아입고, 자세한 얘기를 나누지. 우린 가까운 친척이니, 너무 예의를 차리진 마시게."

제천이 그러마고 대답하려는데, 사촌 형은 곧장 "이리 오너라!" 하고 냅다 일갈했다. 그 소리가 마치 마른하늘에 날벼락 같았다. 그때 장 선생은 찻잔을 손에 들고 차를 마시려던 참이었다. 그런데 뜻밖에 깜짝 놀라 그만 손을 떨어 찻잔이 기울면서 차를 엎지르고 말았다. 그 바람에 은회색 비단 적삼이 크게 물들었다. 소매로 급히 닦아 보았지만 어찌 깨끗이 닦이겠는가. 그런데 저 사마공(司馬公)께서는 하인들이 화령(花翎)을 정리하는 것을 지켜보느라 그런 상황을 미처 보지 못했다. 그러다가 고개를 돌려 장 선생의 옷이 크게 젖은 것을 보고 말했다.

"노형의 옷이 젖었으니 그냥 입을 수는 없겠군요. 이리 오너라! 내 호추 접삼(接衫)[273]을 장 나리께 갖다 드려라!"

하인이 명을 받고 적삼을 가져오니 장 선생은 갈아입을 수밖에 없었다. 그런데 옷이 조금 작아 마치 서커스의 원숭이 같았다. 사마 공이 다시 말했다.

"관장에서의 교제는 항상 느긋해야 하지. 예전에 어떤 신임 지현이 무대를 알현한 적이 있었네. 날이 더워 지현은 연신 부채를 부치고 있었지. 이에 무헌은 한 가지 좋은 꾀를 생각해 내곤 그에게 모자를 벗고 옷을 헐렁하게 입으라고 권했지. 과연 지현은 모자를 벗고 옷을 벗었다네. 그런데도 그는 여전히 연신 부채질을

---

273 옛날 대괘(大褂)의 아랫부분을 마괘(馬褂)의 밑에 이어 만든 중국옷의 하나.

그치지 않았지. 이에 무헌은 그에게 발가벗으라고 청했지. 하지만 그가 그렇게 하겠나? 이에 무헌이 말했지. 여긴 아무도 없으니 더위나 즐기자고. 그러자 지현은 결국 그 말을 따라 발가벗었다네. 그때를 기다렸다는 듯 무헌은 차를 대접하다 말고 한 소리 냅다 질렀지. '손님 가신다.' 지현은 황망하여 한 손에는 모자를 집고 다른 한 손엔 옷을 들고 도망갔다네. 사흘이 채 못 되어 무헌은 그를 해임하고 말았어. 자네, 무섭지 않은가? 그래서 우형은 이런 예절에 특히 유의하고 있다네."

사마 공의 그 이야기는 그리 중요한 것이 아니었으나, 다만 장사를 하던 장 선생은 손님이 아니라 벌을 받고 있는 듯하여 부끄러워 쥐구멍에라도 들어가고 싶었다. 제천의 얼굴에도 불쾌한 기색이 역력했다. 그의 사촌 형은 더욱 묘한 사람이었다. 옷은 갈아입었으면서도 신발은 여전히 그대로 신고 있었다. 그는 하품을 했다. 아편 중독 증세가 발작한 것이었다. 하인들은 그가 언제 아편을 먹어야 하는지 때를 잘 알고 있어 일찌감치 구들장 탁자 위에 준비해 두었다. 두 사람은 그가 아편을 먹도록 내버려 둘 수밖에 없었다. 사촌 형이 말했다.

"우린 일가친척이니 예의를 차리지 않겠네. 우형은 병이 있어 몇 모금 먹는 것이라네. 늘 끊어야겠다고 생각하면서도 병이 발작하면 견디질 못하니, 낡은 구습을 버리지 못하고 있지. 아우도 한 모금 하겠는가?"

제천은 아편 먹는 것을 가장 증오했다. 예전에 그는 아편 먹는 사람들을 보면, "중국인들은 이 독에 중독되어 씨가 마를 것"이라며 정색하고 말렸다. 그런데 지금 사촌 형이 그런 꼴을 하고 있으니 더더욱 화가 치밀었다. 게다가 자신에게도 권하다니, 이에 그는 낯빛을 바꾸며 대답했다.

"피우지 않겠습니다. 소제는 다행히 병이 없으니, 무엇하러 아편을 피우겠습니까?"

사촌 형은 그의 말투가 퉁명스럽다는 것을 알고 다소 불쾌했으나, 아무 말도 하지 않았다.

뒷일이 어떻게 되었는지 알고 싶으면 다음 회를 듣고 알아보기 바란다.

제28회

선교사 살인으로 지현은 급히 사직하고
서양 군대가 무서워 향신들은 부 관아로 도망가다

각설하고, 제천의 사촌 형은 그의 말이 자신을 비웃는다는 것을 알고 불쾌했지만, 얼굴엔 아무런 낌새도 드러내지 않았다. 그러곤 한참 있다 말했다.

"아우는 기분을 푸시게. 우연찮게 한두 모금 피우는 것이야 상관없지. 내가 듣기로, 유신을 한다는 사람들은 항상 위생을 말하고 다닌다던데, 이건 위생에 아주 좋은 물건이야. 게다가 지금 높은 관직에 있는 사람들 중에서 이것을 먹지 않는 사람은 하나도 없지. 난 다른 것은 다 좇아 하지 않을 때도 이 아편만은 비록 병 평계를 댔지만 유행을 따를 생각이네."

제천은 그 말을 듣고 더욱 견디기 힘들었지만 단지 사양하기만 했다.

"저는 짐을 살피러 가 봐야겠습니다. 나중에 다시 얘기를 나누지요!"

사촌 형도 만류하지 않았다.

"아우, 여기서 머무는 동안 너무 예의는 차리지 말게."

이에 제천이 말했다.

"무슨 말씀이십니까. 폐를 끼치는 것이 아닌가 싶어 걱정입니다."

그날 저녁 사촌 형은 여러 가지 요리를 장만하여 그들을 대접했다. 다음 날 일찍 장 선생은 상해로 돌아갔다. 이제부터 제천은 사촌 형 집에 머물게 되었다.

독자 여러분은 제천의 사촌 형이 어떤 출신인지 아시는가?

그의 부친도 원래 양행에서 매판을 지냈다. 그는 어려서 아버지를 따라 상해에서 일찍이 학당에 진학하여 1년 동안 서양 글을 배웠다. 그러나 머리가 모자라 알파벳도 제대로 깨치지 못하여 중도에 그만두고 말았다. 하지만 중국 글은 곧잘 해서 몇몇 문장을 지으면 열 중 한둘만 문맥이 통하지 않을 뿐 나머지는 그런대로 괜찮았다. 이에 그는 과거에 응시하여 수재(秀才)라도 되어 가문의 영광을 빛내고 싶었다. 마침 본가(本家)의 숙부가 양주(揚州)의 소금 장수여서, 그는 곧 상적(商籍)에 이름을 올려 수재가 될 수 있었다. 그런데 향시(鄕試)를 한 번 보고 나서는 자신의 실력에 한계가 있어 합격을 기대하기 어렵다는 것을 알았다. 이에 그의 부친은 그를 위해 쌍월후선동지(雙月候選同知)[274]를 샀다. 그런데 얼마 지나지 않아 아버지가 세상을 떠나고 말았다. 하여 그는 승현(嵊縣)으로 돌아와 삼년상을 치렀다. 그는 자신의 앞길은 관리가 되는 것에 있다고 생각하여 오로지 관장을 왕래하길 즐겼다. 그러나 사람들이 그의 내막을 다 알게 되는 것은 어쩔 수 없었다. 수중에 많은 돈을 가지고 있었지만, 그럼에도 사람들은 오히려 그를 깔보았다.

---

274 두 달에 한 번씩 동지(同知)의 관직을 맡을 수 있는 자격. 후선(候選)은 청대에 관직에 결원이 생겼을 때 과거 급제자나 돈으로 관직을 산 자들 중에서 뽑아 그 자리를 채우는 것을 말한다. 동지는 정5품 관직으로 사마(司馬)라고도 부르며, 통상 지부(知府)를 보좌하여 소금 관리, 도적 체포, 해안 방어 등의 업무를 담당했다.

그는 생각했다.

'내가 체면을 유지하자면 단단한 뒷배의 후원을 받지 않고서는 안 되겠다. 그리되면 사람들은 날 경시하지 못할 것이다.'

그때 불현듯 부성(府城)에 대향신(鄕紳)275 사동경(佘東卿) 선생이 있다는 사실이 떠올랐다. 그는 호부시랑(戶部侍郎)을 역임한 사람이었다. 지금은 비록 나이 들어 관직에서 물러나 고향 집에 머물고 있다지만, 그의 문생(門生)276과 옛 친구들은 도처에 깔려 있었다. 때문에 관부(官府)에서도 감히 그를 거스르지 못했다. 그는 사동경 선생에게 의탁해 보리라 결심했다. 이에 곧 사동경 선생의 생일을 틈타, 사람에게 부탁하여 융숭한 선물을 보냈다. 그러면서 또 친히 생일을 축하하러 갔다. 인사를 나눌 차례가 되었다. 그는 비록 동경 선생과 같은 문중은 아니어도 동성인지라, 거슬러 올라가면 어쨌든 같은 조상으로부터 내려온 사이임엔 분명했다. 동경 선생은 소흥에 동족이 많지 않았던지라, 항렬을 따져 보려는 듯 열심히 족보를 뒤적거렸다. 자세히 조사해 보니 과연 같은 동족이었다. 다만 난리 이후로 족보를 수정하지 않은 데다 또 그들이 타지로 나가 살았기 때문에 중간에 끊기긴 했지만, 항렬은 오히려 같았다. 이때부터 동경 선생은 그를 일가로 인정하였으니, 앞길이 훤히 트이게 될 것은 당연한 일이었다. 제천의 사촌 형은 본명이 영(榮)이었는데, 동경 선생의 이름이 직파(直坡)였던지라 이를 따라 그도 곧 다른 사람에게 부탁하여 이름을 직려(直廬)로 개명했다. 또 동경 선생을 따라 서경(西卿)이라 호를 짓고, 그때부터 사직려(佘直廬)라는 명함을 파서 손님을 대접했다. 사람들은 그의 이름이 동경 선생과 장유(長幼)의 순서를 따르는지라 그가 동경 선

---

275 퇴직 관리로서 그 지방에서 학문과 덕망이 높은 사람.
276 문하생. 제자.

생의 친동생인 줄로만 알고 만나기를 청하지 않는 이가 없었다. 서경이 동경 선생을 어쨌든 '가형(家兄)'이라 부르고부터는 사람들이 그와 왕래하기 시작했고, 알게 된 부자들도 많아졌다. 서경은 도처에 자신을 추천해 달라고 부탁하여 화령(花翎)을 쓰는 4품직에 제수되었다. 그러니 충분히 신사(紳士)에도 끼일 수 있게 되었다. 조그만 승현(嵊縣)에는 큰 신사가 없었다. 그러니 그런 관직을 받았을 때 어느 누군들 감히 아부하지 않을 수 있으랴? 일은 또 교묘하게 되려고 그랬던지, 때마침 요 1년 동안 산서성과 섬서성 두 성에 흉년이 들고, 재해를 입어 황폐해진 땅이 끝이 없었다. 조정에는 목하(目下) 기부받기를 그만두었기에, 이런 이유로 구휼 자금이 나올 곳이 마땅찮았다. 당시 몇몇 원로들이 개연(開捐)을 언급하자, 조정에서는 실질적인 관직은 불가하다는 주장이 있어 다만 이름뿐인 공감(貢監) 등의 작위를 하사하기로 했다. 각 성(省) 독무들은 이런 교지를 받들어 위탁하여 기부 업무를 처리하기 바빴다. 이 소식을 듣고 서경은 급히 사람들을 찾아다니며 방도를 모색했다. 그 결과 그는 기부 업무를 위탁 처리하라는 공문을 얻게 되었다. 이때부터 그의 삶은 더욱 호사스러워져 입만 열면 겉치레를 따지게 되었던 것이다.

한편 신임 현령(縣令)은 갑과(甲科)[277] 출신에 산서성(山西省) 태생이었다. 그 자신의 말에 따르면 노윤(路閏) 선생의 삼전 제자(三傳弟子)[278]로, 팔고에 아주 뛰어나다고 자랑했다. 또한 북경 석(錫) 대군기(大軍機)[279]가 총애하는 문생(門生)이었는데, 단지 산관(散

---

277 명·청 시대, 과거의 진사 시험.
278 제자의 제자의 제자. 예컨대 맹자(孟子)는 공자 → 제자 증자(曾子) → 제자 자사(子思) → 맹자로 이어지므로, 공자의 삼전 제자가 된다.
279 군기대신.

館)**280**할 때 우스갯소리로 팔운시(八韻詩)**281**를 7운으로 지었다. 그런데 석 대군기가 사사로운 정에 치우치기가 어려워 그를 지현에 배치하였고, 그러다 이번에 이곳 보결을 얻었다는 것이었다. 이 현령의 성은 용(龍)이고 이름은 패림(沛霖), 호는 재전(在田)이었다. 그는 이곳 승현의 보결로 선발되자 급히 짐을 챙겨 성도(省都)에 도착했다. 또한 석 선생의 팔항서(八行書)**282**도 지니고 있었다. 이에 번사는 지체 없이 옛 관례에 따라 처리했다. 그는 즉시 신임 현령으로 부임했다.

마차에서 내린 다음 날 바로 사(佘) 향신이 인사를 왔다. 용(龍) 나리는 가난한 선비 출신이었다. 그는 지방 향신들이 관부를 좌지우지하며 백성들을 괴롭힌다는 것을 잘 알고 있었다. 이에 그는 하인들을 시켜 방문객을 사절하게 했다. 서경은 현령을 만나지 못하여 낙담했다. 집으로 돌아와 '후~' 하고 탄식을 내뱉었다. 그 모습이 마치 과거에 낙제한 수재와 같았다. 나중에는 현령의 성격이 별로 좋지 않다는 소리를 듣고 손을 털 수밖에 없었다. 집 안에 틀어박혀 있기에는 답답하여 부성(府城)으로 가서 기분이나 풀자고 생각했다. 하루는 일가친척 형님인 동경 선생이 그에게 손님을 접대하라고 부탁했다. 그런데 공교롭게도 그 손님이 바로 승현의 현령이었다. 용재전(龍在田)은 일이 있어 부(府)에 들렀다가, 사동경이 석 선생의 옛 친구라는 소리를 듣고 각별히 그를 찾아뵌 것이었다. 이에 동경 선생은 그를 식사에 초대했고, 서경이 그 자리에

---

280 명·청 시대에 한림원에서는 서상관(庶常館)을 설치하여, 신임 진사들이 시험을 쳐 서길사(庶吉士) 자격을 얻은 자들을 받아들여 공부하게 했다. 3년이 지난 후 다시 시험을 쳐 성적이 뛰어난 자는 관(館)에 남겨 편수·검토의 직책을 주고, 그 나머지는 어사·주사 또는 각 주·현(州縣)에 파견하였는데, 이를 산관이라 한다.

281 청대 과거 시험용의 시 형식으로 시첩시(試帖詩)라고도 한다. 팔고문과 함께 시험을 보았다. 처음은 5언 6운으로 짓고, 그다음은 5언 8운으로 짓는데 매우 엄격한 형식이 요구되었다.

282 편지. 옛날 편지지는 한 쪽이 여덟 줄로 되어 있었다.

배석하게 된 것이었다. 두 사람이 상면하였을 때, 서경은 전에 그를 찾아뵈러 갔던 일을 얘기했다. 용 현령은 일찌감치 잊고 있던 일이었다. 서경이 말했다.

"나리께서 현에 도착하신 바로 다음 날입니다."

용 현령은 심히 미안해하며 거듭 사과했다. 서경은 당연히 겸양했다. 그날은 서로 즐거이 담소를 나누다 헤어졌다. 서경은 부성(府城)에서 며칠 더 머무르다 승현으로 돌아왔다. 용 현령은 관아로 돌아온 지 벌써 며칠이 지난 뒤였다. 서경은 후한 선물을 준비하여 보냈다. 그런데 어쩐 일인지 이번에는 용 현령이 선물을 선뜻 받았을 뿐만 아니라, 다음 날은 그를 찾아 직접 방문하기도 했다. 애초에 서경의 이웃들은 서경이 현령을 만나러 갔다가 만나지 못한 것을 두고 말들이 많았다. 그들은 그가 사건에 연루되어 현에서 잡아들이려 하는데, 아직 그의 공명(功名)이 떨어져 나가지 않았기 때문에 손을 대지 못하는 것이라고 수군거렸다. 그런데 이제 현령이 친히 그를 찾아왔으니 사람들은 다시 말을 바꾸었다. 즉 서경이 성(省)으로 가서 돈을 썼기에 윗분께서 조치를 내려 무사하게 되었다는 것이었다. 그리고 현령은 그의 위세가 대단하다는 것을 알고 그에게 비위를 맞추려는 것이라고 말이다. 쓸데없는 말은 그만두기로 하자.

한편 서경은 현령을 집으로 초대하여 성심껏 대화를 나누었다. 애기인즉슨, 본성(本城)의 수많은 이로움과 폐단에 관한 것이었다. 용 현령은 이제껏 들어 보지 못한 말들을 듣게 된지라, 일찌감치 그와 만나지 못한 것을 후회했다. 이후 서경은 현령과 막역한 사이가 되었고, 그는 그 지방 공무에 일일이 참여하게 되었다.

한번은 그의 고향 일가 아저씨가 땅을 사려고 했다. 그런데 주인이 너무 높은 가격을 요구하는 바람에 시비가 생겼다. 그는 서경에게 부탁하며, 일이 성사되면 은화 백 원을 사례하겠다고 했다.
서경은 곧 그를 위해 방법을 만들어 냈다. 그리하여 말하기를, 땅
주인이 자기 아저씨에게 빚을 져 땅으로 대신하기로 했는데, 지금
에 와서는 도리어 발뺌하며 돌려주지 않는다고 소문을 냈다. 땅
주인은 이런 소문을 듣고 부당하다 생각했지만, 급히 싼값에 그의
아저씨에게 팔고서야 아무 일이 없게 되었다. 또 한 번은 서문 밖
도동(圖董)[283]이 몇몇 소작인을 비호하며 소작미를 지주에게 돌려
주지 않았다. 이에 지주가 현에 고발하여 그들을 잡아들이게 했
다. 다급해진 도동은 서경에게 일을 무마시켜 달라고 부탁하며 사
례로 2백 원을 주겠다고 했다. 서경은 현으로 가서 지주가 소작인
들을 학대하며, 일반적인 것보다 한 배 반이나 더 소작미를 걷는
다고 무고했다. 현에서는 한쪽 말만 듣고 지주를 엄히 꾸짖고는 물
리쳐 상대도 하지 않았다. 그러고는 도리어 소작인들을 풀어 주었
다. 이리하여 서경은 또 돈을 조금 벌게 되었다. 이후로 서경은 본
성의 자잘한 일들에 간섭하면서도 거리낌이 없었다. 하여 예전에
사람들에게 선물로 뿌렸던 돈의 본전을 도로 다 찾았을 뿐만 아
니라, 오히려 더 많이 남기게 되었다.

　이즈음 그의 사촌 동생이 오게 되었다. 그는 한껏 허세를 부려
보려고 고급 연회석을 준비하여 현의 관리들과 양청(糧廳) 및 포
청(捕廳)의 관리들을 초대하고, 사촌 동생을 배석하게 했다. 그런
데 이 사촌 동생은 기개가 오만하여 관장(官場) 사람들과 교제하
는 것을 좋아하지 않았다. 그러나 참석하지 않기도 그렇고 해서
자리에 앉긴 했으나 아무런 흥이 나지 않아 음식도 그리 많이 먹
지 않았다. 서경은 그들과 쓸데없는 장광설을 늘어놓고 있었다. 분

---

283 청대의 지방 행정 구역으로 현(縣) 아래 향(鄉)을 두고 그 아래 도(圖)를 두었는데, 각 도마다
　　도동을 두어 사무를 관장하게 했다.

위기가 한창 무르익어 갈 무렵, 뜻밖에 현의 하인 하나가 땀을 뻘뻘 흘리며 헐레벌떡 달려오더니, 허둥대며 관리들을 찾아왔다.

"큰일 났습니다! 나리께서 큰 사달이 났다며 빨리 오셔서 의논하자십니다!"

그 말을 듣고 모두들 깜짝 놀라 어안이 벙벙했다. 그나마 서경이 상황을 진정시키며 하인에게 무슨 일이냐고 물었다. 하인은 무슨 까닭인지 말은 못하고 다만 현령 나리께서 급히 병을 핑계 삼아 휴직하시겠다고 한다는 말만 전했다. 이에 관리들은 두말할 필요도 없이 서둘러 돌아갔다. 양청과 포청도 덩달아 떠났다. 남김없이 모두 떠나 버리자 먹지 않은 음식만 고스란히 남았다. 서경은 다음 날 다시 손님들을 초청하기 위해 그것들을 남겨 두라고 지시했다. 그러곤 제천과 함께 오리탕에 밥을 말아 배부르게 먹고, 자신은 아편을 피우러 갔다. 그는 이불 위에 누워 곰곰이 생각했다.

'현에 무슨 일이 생겼나? 하지만 이 양반은 서울에 뒤를 봐주는 사람이 있어 뒷배가 괜찮지. 아마 관직을 잃는 지경까진 이르지 않을 거야. 이것저것 따지지 말고 먼저 찾아가 봐야겠다.'

그렇게 생각을 정하고 즉시 시종에게 전하여 가마를 타고 현으로 갔다. 하인이 급히 명함을 올리고 한참을 기다리니, 안에서 방문객을 사절한다는 전갈이 왔다. 나리께서 공무가 있어 시간을 낼 수 없으니 내일 다시 오라는 것이었다. 서경은 할 수 없이 돌아왔다. 그런데 돌아오는 길에 사람들이 전하는 말을 듣게 되었다.

"선교사가 강도를 만나 살해되었다는군. 또 물건도 적잖이 빼앗겼고. 우리 현령 나리께선 이번에 정말 재수 없게 되었어. 탄핵을 받아 파면되는 것은 둘째치고, 범인을 잡지 못하면 외국 감옥에 갇힐 수도 있다는군!"

그제야 서경은 이번 일이 선교사 사건 때문임을 알았다. 그러고는 속으로 곰곰이 계산을 굴렸다.

'이번에는 네가 황상의 총애를 받는다 해도 방법이 없을 것이다. 군기대신의 비호를 받는다 해도 쓸모가 없으리니, 황상께선 널 쳐다보지도 않을 것이다. 안됐군, 용재전이 진흙탕 미꾸라지 신세가 되었으니. 날 만나지 않겠다고? 좋아, 나도 널 응대할 시간 없네.'

그러고는 당장 집으로 돌아와 잠을 청했다.

하루가 지나자 서경의 하인이 놀라 허둥대며 들어와 보고했다.

"큰일 났습니다! 전에 말한 강도가 선교사를 죽인 일로 지금 외국에선 해구(海口)에 군함을 보냈답니다. 용 나리께서 열흘 내로 흉수를 잡아내지 못하면 대포를 쏴서 여기를 쓸어 버린답니다. 나리, 빨리 피하셔야겠습니다!"

이 말을 듣고 서경은 몹시 다급하여 즉시 제천을 들라 하여 상의했다. 이에 제천이 말했다.

"외국 선교사를 죽였다면, 다른 곳의 전례에 비추어 볼 때 배상을 하면 그만입니다. 흉수를 잡지 못하는데 무슨 방도가 있겠습니까? 외국인들은 도리를 중시하므로, 이곳을 쓸어 버리는 일은 결코 없을 것입니다. 이 말들은 모두 와전된 것이니 상관할 필요가 없습니다. 못 믿으시겠다면 형님께선 어찌하여 관아로 가서 알아보시지 않습니까?"

그 말에 서경은 정신이 번쩍 들어 가마에 올라타 앉기도 전에 급히 포청으로 달려갔다. 그곳에 이르니, 보이는 것이라곤 대당에 꽁꽁 묶인 상자들뿐이었고, 포청은 현으로 가서 아직 돌아오지 않았다고 했다. 포청도 소문이 좋지 않기에 먼저 가솔들을 부(府)로 보내고, 밖으로는 숨긴 채 아무 말도 하지 않았다. 서경은 이런 정황을 보고 급히 집으로 달려와 고함쳤다.

"빨리 짐을 꾸려라. 부성으로 가야겠다!"

그러고는 단숨에 안방으로 달려가 어머니에게 고했다. 그의 모친은 오히려 식견이 조금이나마 있는 편이었다.

"무슨 일이기에 이리도 서두른단 말이냐? 천주교는 여래불(如來佛)이나 마찬가지다. 나는 매일 염불을 하고, 또 고난을 구제하는 『고왕관세음경(高王觀世音經)』을 읽느니라. 우리 불보살님께서 다 보살펴 주실 것이니, 저들은 결코 우릴 해치지 못할 것이다. 너희는 그냥 편안히 마음을 놓아라!"

그러자 서경이 말했다.

"어머니, 잘못 알고 계십니다! 지금 온 것은 선교사가 아니라 서양 군대입니다. 저들의 대포는 눈이 달려 있지 않아 쏘기만 하면 어느 집이 염불을 하는지 어느 집이 불교를 믿는지 분간을 못합니다."

그의 어머니는 서양 군대가 왔다는 소리와 또 대포도 있다는 소리를 듣자 그제야 다급해졌다. 그리하여 급히 며느리와 함께 짐을 쌌다. 서경은 자신이 직접 종복(從僕)을 불러 족자와 그림을 말고 골동품을 수습했다. 무겁기만 한 목기(木器)는 가져갈 수 없었다. 나머지는 하나도 남겨 두지 않았다. 다행히 부성에는 그가 벌여 놓은 가게가 몇 개 있어 몸을 편안히 할 수도 있었다. 비록 승현에 땅과 부동산이 있었지만, 돈은 따로 남겨 둔 것이 없어 연연해할 것이 없었다.

글방에 있던 제천은 바깥의 시끌벅적한 소리를 듣고, 사촌 형이 소식을 알아보고 돌아와 피란을 가려는 것인 줄 알았다. 속으로는 비웃었지만 겉으로 표현할 수 없어 밖으로 나와 상황을 살펴보았다. 서경은 굽 높은 가죽신이 아닌 바닥이 얇은 신을 신고 있었다. 또한 변발도 둘둘 말아 묶고 하인 하나와 함께 그림 족자 상자를 꾸리고 있었다! 그는 제천이 밖으로 나온 것을 보고 말했다.

"동생, 어서 짐을 꾸리지 않고 뭐하는가? 서양 군대가 곧 들이닥칠 것이야."

이에 제천이 물었다.

"도대체 어찌 된 일입니까?"

그러자 서경이 그의 귀에 대고 소곤거렸다.

"포청에서는 벌써 짐을 다 꾸려 놨더군. 가족들은 일찌감치 부성으로 다 보냈고. 그러니 우리도 지금 빨리 떠나야지, 언제까지 기다리고 있을 텐가?"

이에 제천이 말했다.

"사실, 아무 일도 없을 테지만, 부성에 가서 며칠 머물다 돌아오는 것도 좋겠지요."

서경은 여유작작인 그의 말에 조금 화가 났다.

"동생, 자넨 상해에서 서양인을 많이 만나 보았겠지만, 그들은 사업하는 사람들이어서 그나마 도리를 중시하지. 그렇지만 서양 군인들은 도리란 걸 따지지 않네. 언젠가 동경 형님께서 말씀하신 걸 들은 적이 있네. 몇 해 전 서양 군대가 천진(天津)에 들이쳐 사람들을 잡아다 일꾼으로 삼고, 기와며 나무를 가져다 길을 닦고 다리를 만들었다네. 조금이라도 게으름을 피우면 곧장 몽둥이로 마구 팼다더군. 그래서 머리가 깨져 피가 철철 흘러도, 아이고, 찍소리도 못했다더군. 심지어 대갓집 부녀자들까지 끌려가 막노동을 했다더라고. 게다가 북경(北京)에 대포 몇 방을 쏴 댔는데, 성밖 마을이 적잖이 폭격을 당했지. 동생! 이게 어디 재미난 일이던가? 힘으로는 저들과 상대도 되지 않으니, 일찌감치 피란이나 가는 게 옳으이."

제천은 그런 허튼소리에 더 이상 따지고 싶지 않아 자신도 짐을 수습했다.

한편 서경은 행장(行裝)을 정리하는 데 꼬박 하루가 걸렸다. 다음 날 짐꾼과 가마꾼이 모두 모이자 곧장 몸을 움직였다. 그의 부인은 아직 병이 있었고, 세 살 먹은 딸아이는 가는 내내 울며 보챘다. 그러니 피란길 고생은 충분하고도 남았다. 그러나 저 어르신은 그날도 아편을 만족할 때까지 두어 번이나 피웠다. 그런 까닭에 노정(路程)은 또 한참이나 늦어졌다. 제천은 여기저기 두루 쏘다니며 노니는 것을 좋아했다. 그런 점에서 이번 피란길은 그리 문제가 되지 않았다. 그는 사가(佘家)의 하인에게 자기 가마를 타게 하고, 자신은 말을 탔다. 가는 내내 말을 달리니 기분이 좋았다. 소흥성(紹興城)에 당도하자 서경은 자신의 전당포에 짐을 부리도록 했다. 그리고 거기 남는 방에 처자식을 안돈(安頓)시켰다. 그날로 모든 것을 정돈하려니 당연히 틈이 나지 않았다.

　　다음 날, 아침 아편을 먹고 나서 곧장 일가 동경 선생을 뵈러 갔다. 동경은 마침 서재에서 글씨를 쓰고 있었다! 동경의 예서(隸書)는 아주 유명해서 저마다 그의 글씨를 구하려고 안달이었다. 한 폭에 은자 열 냥에 판다 해도 서로 다투어 사 갈 정도였다! 서경은 일가친척이어서 그에게 족자 한 폭을 받은 적이 있었다. 이번에 그는 간편복을 입고 인사를 왔다. 하인들은 그가 일가 나리인 것을 알고 아무런 제지도 없이 곧장 서재로 안내했다. 덕분에 그는 동경이 글씨 쓰는 것을 구경할 수 있었다. 동경은 사람이 온 것을 보고 급히 붓을 내려놓으며 몸을 일으켜 인사했다. 서경이 한 걸음 앞으로 나서며 문안을 여쭙고, 아울러 형수의 안부도 물었다. 동경은 답례를 표하며, 답례로 숙모의 안부를 물었다. 서경이 탁자 위에 놓인 글씨를 가리키며 말했다.

　　"형님, 여전히 붓글씨를 공부하고 계시군요?"

　　이에 동경이 말했다.

"왜 아니겠나. 어떤 사람이 공묘비(孔廟碑)[284]를 부탁해서, 요즘 할 일도 없고 하여 이것으로 소일하고 있네."

그러면서 내친김에 무슨 일로 부성에 왔느냐고 물었다. 이에 서경이 말했다.

"형님, 말도 마십시오. 현에서 일 처리를 잘못하여 강도가 들끓어 외국 선교사를 죽이고 말았습니다. 외국인들은 기다리지도 않고 바로 군함을 해안에 진주시켰습니다. 들리는 소리로는 현을 싹 쓸어 버린답니다! 이런 소문을 듣고 모친께선 안심을 못하셨습니다. 하여 온 가족을 데리고 부성으로 옮겨 오게 되었습니다. 형님 덕분에 아무 일도 없었으면 좋겠습니다."

그러자 동경이 이상하다는 듯 말했다.

"설마 그런 일이 있으려고? 만약 사실이 그렇다면 큰일인데! 승현(嵊縣)은 부성에서 그리 멀지도 않은데, 어찌 모를 수가 있단 말인가? 게다가 부 관아의 내부 소식은 내 항상 듣고 있지. 그런데 어제 태존께서 날 식사에 초대했을 때도 그런 얘기는 없었네. 태존은 날 아주 존중해서 무슨 요긴한 공무가 있으면 나와 상의하지 않는 것이 없네. 이런 큰일이 있었다면 얘기하지 않을 리 없을 텐데? 내가 다년간 호부(戶部)에 있을 때, 종교 문제로 시끄러운 일을 수없이 겪었지. 우선, 나라가 강성할 때는 서양인들도 우릴 난처하게 만들지 못했지. 그런데 이후 전쟁에서 점차 패하게 되자, 우리의 약함이 간파되어 점점 쟁론이 일기 시작했다네. 몇몇 독무들은 또 이 틈에 되는대로 몇 사람을 잡아다 대충 처리하고 말았지. 지금은 흉수를 체포하면 그만이고, 아니면 배상을 하면 될 걸세. 지금 자네 말에 따르면, 이번 일은 결코 용 현령의 잘못이 아니

야. 살인은 강도가 저지른 일이고, 단지 종교를 시끄럽게 한 것에 불과하네. 그가 보호할 힘이 없어 감당하지 못했다고 할 수는 있지만, 어찌 그가 강도와 내통하여 선교사를 살해했다고 할 수 있단 말인가? 그리 어리석은 사람이 어디 있단 말인가? 만약 그렇다면, 그가 관리가 될 수 있었겠는가? 내 보기에 용 현령은 위인이 비록 갑과 출신이기는 하지만, 심지(心地)는 도리어 분명해서 결코 이런 지경에 이르진 않았을 것이네."

서경은 이처럼 상황에 정통한 의론을 듣자 우러러 탄복하며 속으로 생각했다.

'과연 그만한 식견이 있어야 그만한 일을 할 수 있다더니, 우리 형님 좀 보시게, 하시는 말씀이 얼마나 멋지신가. 그러니 시랑(侍郎)을 역임하셨지. 가만있자! 그리고 보니 형님은 곳곳에서 용 현령을 위해 변호하고 계시는군. 이건 분명 내 말이 틀렸기 때문일 터.'

그리하여 그는 급히 말을 바꾸었다.

"형님의 말씀은 하나도 틀리지 않습니다. 저도 처음부터 좀 의심스러웠습니다. 어떤 관리가 강도와 내통하여 선교사를 살해하겠습니까? 다만 백성들이 쉴 새 없이 말을 옮기니, 믿지 않으려야 믿지 않을 수가 없지요."

그 말을 듣고 동경은 고개를 끄덕였다. 그는 곧 서경이 이리로 온 것이 소문에 미혹되어서임을 알아챘다.

뒷일이 어떻게 되었는지 알 수 없으니, 다음 회를 듣고 알아보기 바란다.

제29회

법률을 고치려 흠차대신은 서울로 돌아가고
서리들을 자르려 현관(縣官)은 자리에 오르다

각설하고, 사동경은 서경의 말을 듣고 그가 소문에 미혹되었음을 알았다.

"만약 승현의 일이 사실이라면, 용재전은 결국 나에게 편지를 보내 방도를 상의할 것이네. 자네는 기왕 온 식구가 부성으로 왔으니, 며칠 머무르며 저쪽 소식을 들어 보는 것도 좋겠지."

그러면서 그날은 서경에게 화원(花園)에서 점심이나 먹고 가라며 잡았다. 서경은 비록 그와 일가이긴 했지만, 이제껏 화원에는 가 본 적이 없었다. 하여 이번에 시야를 크게 넓힐 수 있었다. 그 안에는 인공으로 만든 산과 연못이 있었는데, 배치가 아주 그윽하고 우아했다. 대청 전면에는 황금빛 어항이 둘 있었는데, 군요(軍窯)[285]에서 구운 것으로, 붉은빛이 퍼져 나오는 모습이 마치 강물 위에 저녁노을이 비낀 듯했다. 서경은 눈을 떼지 못했다. 이에 동경은 어느 방백(方伯)이 선물한 것이라고 설명했다. 어느새 음식이

---

[285] 군요(鈞窯). 하남성(河南省) 우주시(禹州市)에 위치하며, 송대(宋代)에는 5대 가마의 하나였고, 명·청 시대까지 명성이 이어졌다.

차려졌다. 비록 양은 많지 않았지만, 음식마다 입에 맞았다. 서경은 허겁지겁 먹으며 칭찬을 그치지 않았다.

저녁 중독 증세가 발작하여 인사를 고하고 집으로 돌아온 그는 속으로 '오지 말아야 했어, 괜히 적잖은 여비만 날렸어' 하며 후회했다. 게다가 집에는 돌볼 사람이 없어, 값비싼 물건들을 유실한 것도 아까웠다. 집안사람들에게 너무 우쭐댔기에 변명하기도 부끄러웠다. 또 왕씨 사촌 동생에게 비웃음을 살 것도 걱정이었다. 하지만 사촌 동생의 선견지명은 실로 탄복할 만했다. 그리하여 집에 돌아온 길로 동생을 불러 억지로 담배 방에 누워 잡담을 나누며 근심을 해소하려 했다. 그러다 저도 모르게 승현에서의 일을 다시 꺼내게 되었다. 이에 제천이 말했다.

"제가 보기에, 선교사를 살해한 것은 사실인 것 같습니다. 군함이 해안에 정박한 것도 사실인 것 같고요. 그러나 외국 병선은 도처에 정박하니 그 무슨 희한한 일이겠습니까? 다만 도시를 쓸어버린다는 말은 다소 믿기 힘듭니다. 형님께서도 나중에는 분명히 알게 되실 것입니다."

서경은 이번에는 그의 예상이 틀리지 않을 것임을 인정했다. 다만 체면상 잘못을 인정하기 싫어 이렇게 대꾸했다.

"당시에 우형도 그런 연고를 알았네. 다만 포청의 가솔들이 이미 피란 갔으니, 겁도 없이 남아 있었다면 아마 소문이 퍼져 가족들이 내게 어떻게 할 거냐며 책망했을 걸세. 게다가 노모가 집에 계시니 특히 더 세심하게 신경 써야지."

이에 제천이 대꾸했다.

"그야 당연하지요. 이렇게 피란 온 것도 그리 무익하지는 않습니다. 산음(山陰)과 회계(會稽)는 산수가 좋다던데, 소제가 이번 기회에 유람을 할 수 있게 되었으니 말입니다."

서경은 그가 신랄하게 풍자하는 소리를 듣고도 아무런 대꾸를 하지 않았다.

며칠 지나자 동경이 사람을 보내 편지를 보러 오라 청했다. 서경은 당연히 의관을 정제하고 급히 그를 방문했다. 서로 인사를 나눈 후, 동경이 껄껄 웃으며 말했다.

"아우, 승현에서의 일은 과연 우형의 예상을 한 치도 벗어나지 않더군."

그는 말을 마치고 뜯긴 편지 봉투를 탁자에 던지며 말했다.

"자네도 보면 알 것이네."

서경은 편지를 꺼내 보았다. 내용은 대략 다음과 같았다.

'모월 모일 모국 선교사가 영파(寧波)로부터 저희 현 경계로 접어들다가 불행히 강도를 만나 재물을 빼앗기고 목숨을 잃었습니다. 현재 교회 주교는 더 기다리지도 않고 흉수를 체포하라며 억지를 쓰고 있습니다. 그러나 이 강도들은 출몰이 일정치 않아 어디 가서 잡아들여야 할는지? 만약 체포하지 못한다면 저 외국인들은 분명 물러가려 하지 않을 것이고, 그리되면 자연스레 성도나 북경으로 가서 난리를 피울 터. 결국 모모는 공명도 부지할 수 없게 될 것입니다. 이 틈에 한 두어 달 병가를 내고 이곳을 잠시 떠나 있으려 생각하는데, 상헌(上憲)의 생각은 어떠하신지 모르겠습니다. 병선이 왔다는 이야기는 허튼 소문에 불과합니다. 다만 바라기로는 어르신께서 지부 대인께 잘 설명해 주시어 놀라시지 않았으면 합니다. 운운.'

이를 보고서야 서경은 불현듯 크게 깨달았다. 동경이 또 말했다.

"난 원래 병선 이야기는 명확하지 않다고 예상했네. 그런데 용재전도 담이 너무 작구먼. 이런 일을 단박에 처리할 수 있어야 상사들도 외교의 명수라고 칭찬할 텐데. 병을 핑계로 휴직한다면 전임과 후임이 서로 책임을 전가하게 될 터, 그리되면 어찌 이 일을 마무리할 수 있단 말인가? 하물며 이 일은 자기 부임지에서 발생한 것을, 어디로 숨겠다는 것인가? 너무 어리석지 않은가. 외국인이 흉수를 내놓으라고 하는 것은 그리 어렵지 않아. 비록 진범을 잡지 못한다 하더라도 다른 방도를 강구해 볼 수 있지. 저 사람은 큰일을 경험한 적이 없어 요령을 터득하지 못했군. 내 편지를 써서 그를 위로하고 살길을 터 주려는데, 자네 생각은 어떤가?"

이에 서경이 맞장구쳤다.

"용재전은 원래 서생인지라 관장의 요령을 모르는데, 형님께서 이렇게 돌봐 주시니 어찌 감격하지 않을 리 있겠습니까?"

그러자 동경은 크게 기뻐하며 곧 답장을 써 보냈다. 용 현령은 사(佘) 시랑의 답신을 받고, 그가 일러 준 대로 일을 처리했다. 그런데 누가 알았으랴. 흉수랍시고 잡아 보냈는데, 그가 다시 서양인에게 심문을 받아 거짓이 들통 나고 말았다. 서양인들은 계속 진범을 내놓으라며 고집을 부렸다. 주교가 용 현령은 강도를 잡을 능력이 없다는 것을 알고 곧장 부(府)로 달려가 지부와 담판 지었다. 용 현령은 일이 틀어진 것을 알고 부로 들어갔다. 이에 부에서는 이 일에 관한 의론이 일었다. 어쨌든 사람은 이미 살해되었고 강도는 체포하지 못했으니, 지부로서도 어쩔 수 없었다. 주교는 정부에 전보를 치겠다고 으름장을 놓았다. 그러나 다행히 태존이 그에게 전보 치는 것을 조금 늦춰 달라고 부탁하며, 한편으론 흉수 잡을 방도를 마련하겠노라고 응낙했다. 이러한 때에 마침 대향신 양반 하나가 소흥으로 돌아왔다.

그는 영국 흠차대신(欽差大臣)을 역임한 사람으로, 성은 육(陸)이요 이름은 조분(朝棻), 호는 희보(熙甫)였다. 그는 본시 영국 학당 졸업생으로, 본국으로 돌아온 뒤 대신들의 추천을 받아 주(駐)영국 대사를 역임했다. 지금은 임기를 마치고 귀국하여 서울로 가서 복명한 뒤, 휴가를 얻어 성묘하러 온 참이었다. 여정 내내 지방관들이 그를 떠받들었음은 두말할 필요가 없다. 배가 부두에 닿자, 산음과 회계 두 현의 현령들이 급히 마중을 나왔고, 잠시 뒤 태존도 나와 마중했다. 육 흠차는 간단히 몇 마디 응수만 했다. 뭍에 오르던 날, 그는 먼저 동경 선생을 방문하여 가향(家鄕)의 사정을 물었다. 동경은 곧 승현에서 선교사를 살해한 일을 상세히 설명했다. 그러자 육 흠차가 말했다.

"이 일은 별로 어려울 것도 없습니다. 그와 적절히 타협하면 됩니다. 다만 바다에 도적들이 횡행하여 지방이 안정을 얻지 못하니, 오히려 이것이야말로 걱정할 만한 일이지요."

동경 또한 크게 한숨을 쉬었다. 육 흠차는 이제 막 고향에 당도하여 일이 바빴기에 오래 앉아 있을 수 없어 이내 작별을 고하고 돌아갔다.

다음 날, 태존은 용 현령과 함께 그를 방문하여 이번 일을 부탁하니, 육 흠차는 단숨에 응낙했다. 그 당장에 세 사람은 함께 가마를 타고 갔다. 주교는 육 흠차의 명성을 오래전부터 들었으니, 그를 만나지 않을 이유가 어디 있겠는가? 모두 모자를 벗고 악수한 일 등의 형식적인 예절에 관해서는 세세하게 서술할 필요가 없으리라. 무슨 얘기를 나누었는지는 모르겠지만, 육 흠차는 주교와 함께 반나절 동안이나 두런두런 얘기를 나누었다. 주교는 때로 웃다가 때론 화를 내고, 때론 머리를 흔들며 또 때론 고개를 끄덕였다. 그러다 마지막으로 주교가 자리에서 일어날 때는 다시 육 흠차와 악수를 나누었다. 그는 만면에 웃음을 띠었다. 육 흠차 또한 몸을 일으켜 지부와 현령 두 사람을 데리고 함께 공관(公館)으로 돌아왔다. 태존이 더 이상 참지 못하고 어찌 되었는지를 급히 물었다. 그러자 육 흠차가 말했다.

"얘기는 잘되었네. 은자 10만 냥을 배상하고 죽은 선교사를 위해 동상 하나만 만들어 주면 마무리될 걸세."

태존은 그 말을 듣고 별로 개의치 않았다. 그러나 용 현령은 뜻밖인지라 아연실색했지만, 감히 아무 말도 하지 못했다. 두 사람은 물러나 배상금을 마련할 수밖에 없었다.

한편 육 흠차는 고향에서 채 한 달도 머물지 못하고 곧 북경으로 돌아가 황상을 알현했다. 조정에서는 그가 일 처리에 능하고 또 외국에 오래 살아 외국 법률에도 밝다는 것을 알았다. 이즈음 조정은 외국과 교섭하며 도처에서 손해를 보았다. 외국인들은 중국 법을 어겨도 처벌하지 못하면서, 중국인은 외국법을 어기면 한 가닥 삶의 희망조차 품을 수 없었고 심지어 무고한 이들에게까지 파급되었다. 하여 어떤 이가 상소를 올려 외국 법률과 마찬가지로 법을 고쳐 일을 쉽게 처리해야 한다고 주장했다. 조정에서는 상소대로 처리하려고 생각했다. 다만 중국 법률은 아는 사람이 많았지만, 외국법은 아는 이가 아무도 없었다. 때마침 육 흠차가 조정으로 돌아온 것이다. 그는 바깥 사정에 밝았다. 조정에서는 곧 그러한 의도로 그에게 법률 개정 임무를 전담케 했고, 육 흠차는 그 뜻을 받들어 법률 개정에 착수했다.

그때 형부(刑部)의 당관(堂官)[286]은 부조(部曹)[287] 출신으로, 법률에 밝아 형부에서 처리하는 일은 그의 손을 거치지 않는 것이 없을 정도였다. 그런데 뜻밖에도 이번 법률 개정은 한 주사(主事)를 분노하게 만들었다. 그는 보수적인 사람이었다.

독자 여러분은 이 주사가 어디 출신인지 아시는가?

---

286 명·청 시대에 중앙 각 부의 장관인 상서나 시랑 등을 가리킴.
287 중앙 관서의 각 부서 분과에서 일을 맡은 관리.

그는 15년 전에 진사가 되었는데, 하남(河南) 출신이었다. 그는 팔고에 매우 정통했다. 성조(聲調)를 잘 맞추었을 뿐만 아니라, 여타 사물들도 짜임새 있게 대구(對句)를 맞출 줄 알았다. 그래서 시험관은 그를 중시하여 향시와 회시(會試)에 모두 합격했다. 그러나 글씨가 아름답지 못하여 한림에는 낙점되지 못하고, 주사에 낙점되어 형부에 배속되었다. 이 주사의 성은 노(盧)요, 이름은 수경(守經)이며 호는 포선(抱先)이었다. 형부에 있은 지 오래되어 지금은 주고(主稿)[288]를 맡고 있었다. 이번에 법률을 개정한다는 소리를 듣고 속이 불편하여 만나는 사람마다 사사로이 불평을 늘어놓았다.

"이 법률은 태조(太祖)와 태종(太宗)으로부터 전해 내려온 것으로, 열성조께서 서로 이어받으며 더하기는 했어도 고친 것은 없었소이다. 그런데 지금 전부 내다 버리려 하다니. 이 무슨 군신(君臣)도 없고 부자도 모르는 법률을 뒤섞겠다니. 이리 난리 법석을 피우면 반석처럼 안정된 중국에 혼란이 생겨날 것이외다."

당시 보수적인 관료들은 그의 말을 듣고 옳다며 칭찬했다. 다만 학당의 일파는 그 말을 듣고 도리어 그를 비웃지 않는 이가 없었다. 그는 당관(堂官)에게 힘을 써 볼 요량으로 얘기를 꺼냈다. 그런데 어찌 알았으랴. 당관은 그가 하려는 모든 일에 반대하는 것이었다. 노 주사는 이처럼 수구적인데, 동연(同寅)[289]인 한(韓) 주사는 반대로 이상하리만치 개방적이었다. 그런 그가 벌써 당관의 면전에서, 이번 법률 개정은 매우 훌륭한 일임을 극력 찬동하였던 것이다. 당관은 그의 말을 신뢰했고 또 황상의 교지도 이미 내려

---

288 청대 조정에서는 매년 가을 각 성으로 관원을 파견하여 사형 사건들을 감찰했다. 이때 각 성의 안찰사와 포정사도 참여하는데, 안찰사를 주고관(主稿官)이라 하며, 주로 판결문을 작성하는 업무를 주관했다.
289 같은 관청에서 함께 근무하는 동료.

진 상황이니, 어찌 감히 거역할 수 있으랴? 이에 노 주사의 그럴듯하긴 하지만 실제와는 부합하지 않는 말을 따를 방도가 없었다.

그러나 법률을 개정한다고 해서 문제가 되지는 않았다. 관리는 관리를 낳고 기른다고, 아무 까닭 없이 파직할 수는 없었기 때문이다. 다만 한 종류의 인간들만은 아주 단단히 쓴맛을 보게 되었다. 이들은 누구인가? 바로 각 행정 기관의 서판(書辦)들이었다. 서판들의 폐단은 더 말할 필요가 없다. 그중에서도 으뜸은 이부(吏部)와 호부(戶部)의 서판들이었다. 그들은 평생 최소 은자 수십만 냥의 수익을 거두어들였다. 형부(刑部) 또한 차이는 있었지만 그럭저럭 무난한 편이었다. 그런데 법률 개정 명이 떨어지자마자 형부에서 직무를 보던 서판들이 사직하기 시작했다. 왜인가? 그것은 바로 조정에서 그들의 세습 직책을 없애 버렸기 때문이었다. 하지만 그들은 이미 돈을 벌 대로 벌었기에 향후 사업을 하거나 관직을 사는 등 모두 밥은 먹을 수 있었다. 다만 지방 부현(府縣)의 서판들은 법률을 개정한다는 소문이 파다하게 퍼지고, 게다가 서리(書吏)를 모두 해고한다는 소리를 듣고 크게 놀랐다.

지방 중에서는 하남(河南) 기현(杞縣)이 최고의 비결(肥缺)[290]이었다. 그곳에선 '금기현(金杞縣), 은태강(銀太康)'이란 풍문이 돌고 있었다. 기현의 지현은 매년 수익이 은자 10만 냥에 이르렀고, 그곳 서판들 또한 호가호위(狐假虎威)하며 당연히 한몫을 챙길 수 있었다. 그중에서도 양방(糧房)[291]이 가장 좋았다. 그리고 형방(刑房) 또한 그만은 못해도 경력이 오래되면, 일정치는 않지만 매년 최소 2백~3백 조전(吊錢)은 벌어들일 수 있었다.

한편 그 당시 신(申)씨 집안에 일가 형제 두 사람이 있었는데, 모

---

290 수입이 가장 좋은 관직.
291 해마다 바치는 공물이나 논밭에 부과하던 조세를 담당하던 부서.

두 형방의 서리를 맡고 있었다. 하나는 신대두(申大頭)이고, 다른 하나는 신이호(申二虎)였다. 둘은 평소 화목하여 공무를 처리하면서 이제껏 한 번도 책임을 전가하는 일이 없었다. 다만 돈을 나눌 때는 대두의 경력이 오래되었기에 당연히 좀 더 가져갔다. 이호는 신참인지라 기꺼이 더 적게 나눠 가졌다. 하지만 그래 봐야 그 차이는 서너 푼 정도였다. 그런데 한번은 이런 일이 있었다. 서쪽 마을에 한 과부가 아들과 함께 살며 수절하고 있었다. 그녀의 수중엔 약간의 돈이 있었다. 그녀의 친척 중에 몇몇 무뢰한들이 있어, 그녀를 어떻게 해 볼 요량으로 간통했다고 무고했다. 소작인을 간통한 남자라고 우기며, 잡아다 현으로 와서 처결을 청했다. 다행히 과부의 형제가 억울함을 호소하여 이 일은 조용해졌다. 이번 송사는 마침 이호의 손을 거치게 되어 조전 몇십 푼을 수중에 넣게 되었다. 한데 그때 공교롭게도 산동(山東) 기수현(沂水縣)에서 예기(藝妓) 몇 명이 그 고을로 왔다. 현의 고위 관리들은 충분히 즐겼다. 그다음으로 이들 급의 소관들에게 차례가 돌아왔다. 양방은 쏨쏨이가 컸기에 당연히 마음껏 돈을 썼다. 신이호 또한 크게 한번 호사를 부리고 싶어 대두에게 상의했다. 돈 좀 써서 기분 좋게 놀아 보자는 것이었다. 그러자 대두가 말했다.

"넌 분수도 모르고, 두꺼비가 백조 고기를 먹겠다는 격이구나. 이런 일은 돈 있는 관리들이나 하는 짓이다. 어쩌자고 네가 이런 것을 배우려 하느냐?"

이에 이호가 말했다.

"형님! 형님도 참 너무 소심하십니다. 양방들은 허구한 날 노래 부르고 술 마시며 우릴 초청한다는 소릴랑 한마디도 없습니다. 우리라고 저들과 같은 사람이 아닙니까? 왜 한턱내지 못한답니까?"

그러자 대두가 말했다.

"동생! 지금 꿈을 꾸고 있구나! 양방들은 1년에 거둬들이는 돈이 최소한 수천 냥은 된다. 눈처럼 새하얀 비단이랑 원보(元寶)[292] 등을 하나하나 다 집으로 가져가기만 하지, 가지고 나오는 것은 보질 못했다. 저들이 여자한테 돈 몇 푼 쓰는 것도 액땜할 때뿐이다. 우리는 정규 수입에 기대 겨우 옷 입고 밥 먹는데, 어찌 낭비할 수 있겠느냐? 동생! 다 안다. 서쪽 마을 그 소송으로 네가 날 속이고 꽤 많은 은자를 부수입으로 올렸다는 것을. 하여 네가 한턱내면서 놀아 보자는 것임을."

그 말에 이호가 무안하여 얼굴이 온통 빨개지며 겨우 대꾸했다.

"형님! 우리 형제는 평소 아주 친해서, 이제껏 한 가지도 속인 일이 없습니다. 제가 어찌 감히 형님을 속이고 돈을 놓치겠습니까?"

그러자 대두가 말했다.

"관아의 일을 어찌 내게 감추겠다고 그러는 게냐? 꺼내지 않았으면 모르겠으되, 얘기를 꺼냈으니 나도 말하지 않을 수 없구나. 서쪽 마을 일로 대장장이 왕씨 손을 거쳐 넌 족히 50전을 벌지 않았느냐. 그래도 네가 날 속일 수 있을 듯싶으냐? 얌전히 돈을 꺼내 4대 6으로 공평하게 나누자. 이번엔 네가 애를 많이 썼으니 6할을 가져라!"

이호는 자신의 약점이 노출되자 그제야 다급해졌다. 처음에는 발뺌할 생각뿐이었다. 그러나 돈을 나누자는 소리를 듣자 저도 모르게 화가 치밀어 올라 눈을 부릅뜨며 말했다.

"형님! 형님은 돈만 알고 남이야 죽든 말든 상관도 않는군요. 관아의 일로 고생한 것은 나 하나뿐이 아닙니다. 형님 눈은 돈만 보면 벌게져서 혼자 독차지하지 못하는 것을 못내 한스러워하시지

---

292 옛날 중국 화폐의 하나. 다섯 냥, 열 냥짜리 금원보와 쉰 냥짜리 은원보가 있음. 여기서는 많은 수익을 가리킴.

요. 당신의 후의를 입어 조전 백 전이면 나한테 20~30전을 나눠 주셨지요. 저도 별로 따지지 않았습니다. 저에겐 밀고자가 없어, 형님처럼 그렇게 소식이 빠르지는 않습니다. 형님은 밝은 곳에서 저를 보시니, 저는 두 눈이 깜깜할밖에요. 다행히 선한 이에게는 선한 결과가 주어지는 법. 서쪽 마을 일은 마침 저와 상의하게 되어 찻값으로 몇 푼 덕을 보았습니다. 그런데 형님은 3·7이니 4·6이니 하고 요구하시기만 합니다. 양심도 없이 그런 말을 입 밖에 내다니."

그러자 대두가 말했다.

"동생! 너무 성급히 굴진 마라! 나도 그냥 말해 본 것뿐이야. 설마 정말로 네 돈을 나누려 했을까. 내가 정말로 네 돈을 빼앗고자 했다면 그건 아주 쉬운 일이야. 네가 설사 내놓지 않으려 해도 말이야."

그러자 이호가 물었다.

"어떻게요?"

이에 대두가 대답했다.

"거 무슨 이해하기 어려울 게 있다고? 난 이(李) 나리께 사실대로 말씀드린 뒤, 나리께서 결정하여 셋이서 공평하게 나누자고 부탁하면 되지. 네가 수긍하지 않는다면, 나리께선 곧바로 윗분께 알려 널 파면시킬 게야. 네가 소탐대실을 할 리 있겠느냐?"

그러자 이호가 말했다.

"오! 그렇군요. 그런 방법이 있었다니, 잘 배웠습니다. 저도 형님의 비양심적인 일 몇 가지를 윗분께 말씀드릴 수 있습지요. 주가(周家)네 땅을 30전에 산 일, 노가(盧家)의 불효를 고발한다며 50전을 챙긴 일, 장가(張家)네 숙질(叔姪) 간의 분가(分家) 일로 40전을 챙긴 일 등등. 그 밖에도 많지만, 이 몇 가지만으로도 충분하겠지요.

제가 얻은 몇 푼은 윗분께 내 드리지요. 어디 형님이 견딜 수 있는 지 없는지 두고 봅시다."

처음 대두는 가볍게 농담하려 했을 뿐 입씨름하려는 것이 아니 었다. 그런데 지금 이호가 불평불만을 한 무더기나 쏟아 내며 구 구절절 자신의 고질병을 들춰내는 것을 보자, 불같은 분노가 치밀 어 더 이상 참지 못하고 달려들어 한 대 쳤다. 이호는 그가 손 쓰 는 것을 보고 그를 가볍게 밀쳤다. 대두는 몸은 뚱뚱했지만 힘은 약했다. 게다가 아편도 몇 모금 먹은 터였으니, 어찌 이호를 당해 낼 수 있으랴? 일찌감치 뒤로 벌렁 자빠지며 뒷머리를 책상 모서 리에 부딪히고 말았다. 그 바람에 머리가 깨져 피가 흘렀다. 그는 연신 "사람 살려!" 하고 외쳤다. 상황이 이렇게 되자 이호는 몸을 돌려 얼른 도망쳤다.

다음 날, 대두는 몇 사람과 함께 이호에게 복수하러 가기로 약 속했다. 그런데 가는 도중 한 동료를 만나게 되었다. 동료는 지금 이러는 까닭을 묻더니, 그에게 되돌아가길 권했다.

"쓸데없는 싸움일랑 그만두시게. 우리 밥그릇이 죄다 떨어져 나 가게 생겼단 말일세!"

대두는 깜짝 놀라 그 연유를 물었다. 동료가 대답했다.

"윗분께서 공문을 내려, 모든 서판들을 해고하고, 우리가 하던 일을 후보 나리들께 담당하게 하신다는군! 이 말은 이(李) 나리께 서 하신 말씀인데, 며칠 내로 관아에서 포고를 내리신다더라고. 게다가 우리한테 그간의 문서를 모두 내놓으라 하실 거라는군. 이 건 정말 생각도 못한 일일세!"

그 말을 듣자 대두는 마른하늘에 날벼락을 맞은 기분이었다. 그 는 더 이상 이호를 찾아갈 생각조차 없어졌다. 함께 가던 사람들 에게 돌아가라 하고, 급히 동료와 함께 관아로 달려갔다. 이 나리를 찾아 자초지종을 물어볼 요량이었다. 그런데 마침 이 나리는 공무로 관아에 불려 들어가고 없었다. 다시 자신의 형방으로 돌아왔다. 그런데 누가 알았으랴. 문은 벌써 잠겼고, 그 위에는 정당(正堂)[293]의 봉인이 붙어 있어 들어갈 수 없었다. 신대두는 어디로 가야 할지 몰라, 다른 동료들의 방으로 가서 이 나리가 돌아오길 기다렸다. 족히 두 시간이 지나서야 이 나리가 나왔다. 신대두는 황망히 달려가 비위를 맞추며 내막을 묻기 시작했다. 그러자 이 나리가 말했다.

"맞네, 그런 일이 있지. 내일 지현께서 직책을 내리실 것이고, 모레 각 태야(太爺)[294]들께서 친히 각 방(房)에 들러 문서를 조사할 걸세. 그다음부터 자네들의 일은 없어지는 게지. 자넨 모레 아침 일찍 관청으로 들어와 윗분의 분부를 듣게!"

그 말에 신대두는 어안이 벙벙해졌다. 그는 동료와 함께 집으로 돌아와 한숨을 내쉬며 말했다.

"나는 윗분들의 일은 그냥 말뿐이라 여겼는데, 정말로 그리할 줄 어찌 알았겠는가. 우리 평생의 밥그릇이 사라지게 되었으니, 어쩌면 좋은가? 전업하려 해도 너무 늦었지 싶으니, 이야말로 산 채로 굶어 죽으라는 꼴이 아닌가? 이 걱정은 지금부터 죽을 때까지 벗어나지 못할 성싶네!"

그러자 동료가 말했다.

"상관없네. 우리 스스로 패기를 꺾을 필요는 없네. 사실 의탁할 곳이 없다면, 변량(汴梁)의 상국사(相國寺)로 가서 탁자(拆字)[295]라도 하면 밥은 먹을 수 있을 것이네."

---

293 부·현 등의 지방 장관.
294 지부나 현령의 막료.
295 글자로 점을 치는 것. 한자의 편(偏)·방(旁) 등을 분석하거나 조합하여 길흉을 점침.

그 한마디가 신대두를 일깨웠다. 다음 날 관아로 가서 살펴보니, 보좌 태야(太爺)들의 의기양양해하는 모습이 보였다. 그중 어떤 이는 가마를 타고 있었고, 또 어떤 이는 걸어서 들어갔다. 신대두는 그들을 씹어 먹지 못하는 것이 한스러웠다. 그러면서 또 생각했다.

'그렇단 말이지. 이 염치도 없는 나리들께서 빌붙어 이익을 취하시겠단 말이지?'

또 하루가 지났다. 신대두가 태야를 모시고 문서들을 검사할 차례가 되었다. 그는 일찍부터 관아에서 기다렸다. 11시가 되자 현령이 대당에 앉아 육방을 모두 모이라 한 뒤 분부를 내렸다.

"너희들은 고시한 내용을 이미 다 보았을 터. 이는 윗분께서 내리신 공무이니 본관을 원망해서는 안 되느니라. 모두들 돌아가 자기 분수를 잘 지키는 양민이 되도록 하라. 땅이 있는 자는 농사를 짓고, 장사할 수 있는 자는 장사를 하도록 하라. 만약 사달을 일으킨다면 본관은 관례에 따라 처벌할 것이다. 너희들은 결코 본관의 관용을 기대해서는 안 될 것이니라. 잘 들었느냐?"

모두 고개를 끄덕이며 "예" 하고 대답했다. 현령이 또 분부를 내렸다.

"오늘 각 태야들이 각 방을 돌며 공무를 조사할 터이니 너희들은 잘 모셔야 할 것이다. 모두들 숨긴 것을 다 내놓고, 병폐를 숨겨선 안 된다. 만약 조사해서 밝혀지면 엄히 다스릴 것이니라."

이에 모두 "예예" 하고 물러났다.

뒷일이 어떻게 되었는지 알고 싶으면 다음 회를 듣고 알아보기 바란다.

제30회

형전(刑錢)을 처리하는 사문(師門)은 의지할 만하고
신구를 논하는 한림들은 잘난 체하다

각설하고, 신대두는 태야를 따라 형방에 이르러, 문을 열고 안으로 들어가 문서를 점검했다. 그는 태야에게 문서를 한 건 한 건 건네 심사를 거친 뒤 다시 거두어 보존했다. 점검을 마치고 보니, 옛것은 여남은 건이 모자랐고 새것도 온전하지 않았다. 이에 태야는 얼굴을 바꾸며 그에게 보완을 닦달했다. 신대두는 무서워 벌벌 떨며, 무릎을 꿇고 땅에 머리를 찧었다. 그러자 태야는 그의 가련한 모습을 보고 한결 마음을 누그러뜨리며 말했다.

"네가 보완하기만 하면 아무 일 없을 것이다."

신대두는 전전긍긍하며 말했다.

"새것은 이 나리께 초고가 있으니 서판이 가서 베껴 오면 될 것입니다. 그러나 옛것은 예전에 동료들이 밥을 해 먹다 불똥이 튀어 다 태워 버렸습니다. 이런 죽일 놈의 서판들은 현령께 보고도 올리지 않았습니다. 태야께서는 공덕을 쌓는 셈 치고 서판들의 죄를 한 번만 눈감아 주십시오! 이 문서들은 그리 중요하지도 않고 또 오래된 것들이라 필요도 없습니다요."

그러자 태야가 말했다.

"무슨 허튼소리! 필요가 없다고? 그래, 남겨 둬서 무엇하겠느냐고? 네놈은 방도를 잘 생각해 보아야 할 것이다. 그렇지 않으면 너희들을 가만두지 않을 것이야."

말을 마치자 그는 문을 닫고 나가 버렸다. 원래 이 서리(書吏)들은 교활하기 그지없었다. 그는 태야의 기색을 살펴보고 벌써 무엇 때문에 그런 말을 한 것인지, 그 의도의 8~9할은 이미 간파했다. 하여 밖으로 나와 동료들을 불러 상의했다.

"3년 전 그 일이 들통 났네. 지금 태야께선 화가 나서 현령께 보고하여 우릴 엄히 다스리려 하신다네. 그렇지만 난 우리가 선례에 따라 뇌물을 바치지 않았기 때문이라는 걸 벌써 간파했지. 억지로 버티는 것이야 그리 어렵지 않겠지만, 지난 일을 들춰내기 시작하면 우리 모두 난처해지고 또 장차 처세하기도 어려울 걸세. 내 생각에는 우리가 돈을 모아 바쳐 성가심을 면하는 것이 가장 좋을 듯하이."

그러나 동료들은 지금 둥지가 헐려 이제 더는 살 수도 없게 되었는데, 어찌 기꺼이 돈을 내놓으려 하겠는가? 이에 더 이상 참지 못하고 신대두가 이해득실을 한참 설명했다. 그러자 모두들 두려워 조전 20~30전씩 신대두에게 주었다. 하지만 신대두는 한 푼도 내놓지 않았다. 그는 다만 저들 대신 은자로 바꾸어 태야네 하인과 얘기하여 갖다 바쳤다. 그랬더니 과연 태야는 웃으며 받아들였다. 그리하여 옛 문서에 관한 일은 없던 일이 되었고, 새 문서는 초고를 베껴 바쳐 일은 마무리되었다.

신대두는 더 이상 할 일이 없는 것을 보고 속으로 주판알을 튀겨 보았다.

'동료가 말한 대로 상국사에 가서 탁자(拆字)나 하자는 얘기는 돈벌이가 되지도 않을 것이다. 다행히 아들놈이 무대가 계신 곳의 형전사야(刑錢師爺)[296]를 모시고 있지. 아들놈이 전날 편지를 보내, 나리께서 자신을 아주 총애한다고 했겠다. 녀석을 찾아가 나리께 부탁하여 전량(錢糧)[297] 문서를 다루는 문상 자리로 추천해 주신 다면, 어찌 여기 서판 자리만 못하겠는가? 서둘러야겠다. 지금 여비라도 있을 때 움직여야 마땅하지.'

생각을 정하자 아내와 얘기한 뒤 다음 날 아침 곧장 변량(汴梁)으로 떠났다. 신대두는 성(省)에 가 본 적이 없었다. 하여 남토가(南土街)며 북토가(北土街)의 와자지껄한 시장을 보고 크게 놀랐다. 겨우겨우 무대의 관아에 가서 신이야(申二爺)를 찾았다. 그러나 어디서 그를 찾을 수 있겠는가? 원래 그의 아들 이름은 신복(申福)이었는데, 형전사야를 따라 관아 안에서 살고 있었으니 신대두가 어찌 그를 찾을 수 있겠는가? 한데 일은 참으로 교묘하게 돌아갔다. 신대두가 아들을 찾지 못해 곤란해하며 하릴없이 무대의 관아 앞을 왔다 갔다 하고 있을 때, 마침 신복은 주인의 명을 받들어 어디론가 선물을 보내고 있었다. 신대두 또한 문간에 기대 있었다. 그때 두 사람이 오더니, 함께 상자를 들어 올리는데 '아이고~' 하며 힘겨워했다. 그런데 그 뒤에 따라오고 있는 이가 바로 신복이었다. 거기서 부자는 만났다. 신대두는 줄곧 뒤를 따라가며 자신의 신세를 호소하고, 주인에게 잘 좀 말해 달라며 신복에게 부탁했다. 그러자 신복이 말했다.

"우리 나리는 누구를 추천하는 일에 별로 힘쓰지 않습니다만, 바깥 부·주·현에 사야(師爺)로 추천한 이도 적지 않습니다. 그런데 요즘 그가 하는 말을 들어 보니, 여길 그만두고 서울로 가려더

296 형벌과 지조(地租)를 담당하는 막료.
297 지조(地租). 지세(地稅).

군요. 서리를 해고한 일은 선견지명이 있는 편입니다. 아마 형전사야께서도 해고될 날이 머잖은 것 같습니다. 일을 구하는 거야 말씀은 드려 볼 수 있겠지만, 허락하고 말고는 나리께 달렸습니다."

이에 신대두가 말했다.

"넌 상관 말고 얘기나 넣어 주렴. 그런 뒤에 어쩌나 보자꾸나."

신복은 응낙하고, 회신을 드릴 테니 여곽에서 소식을 기다리라고 했다. 그리고 각자 헤어졌다.

한편 이 형전사야는 성이 여(余)이고 이름은 호(豪), 호는 백집(伯集)으로 소흥부(紹興府) 회계현(會稽縣) 사람이었다. 원래 소흥부 사람들에겐 일종의 세습 직업이 있었는데, 그것은 바로 막료가 되는 것이었다. 막료가 된다는 것은 무엇인가? 대소를 막론하고 각 성(省) 관아에서는 법률을 관장하는 막료와 재정을 관장하는 막료를 두어야 했다. 다만 하남성(河南省)에서만은 법률과 재정을 한 사람이 처리하는 곳이 많았다. 그래서 이를 형전사야라고 부르는 것이다. 말이야 이상하지만, 형전사야는 소흥 사람이 아닌 이가 하나도 없었다. 하여 그들은 방(幇)[298]을 결성하여, 소흥 사람이 아니면 발을 붙이지 못하게 했다.

그렇다면 이 여백집(余伯集)은 어떻게 하남성 무대의 관아에서 형전을 맡게 되었는가? 말하자면 다 까닭이 있었다. 백집은 본시 관료의 자제로서, 공부도 곧잘 했다. 다만 열다섯에 부모를 모두 잃었고, 집안 경제 상황도 점차 쇠락했다. 다행히 변량으로 시집간 고모가 있었는데, 고모부가 개봉부(開封府)에서 형전을 맡고 있었다. 백집의 나이 약관에 이르렀을 때, 그는 자신이 자립할 수 있을까 걱정되었다. 공부 또한 진척이 없었다. 그는 과거에 급제하지 못

---

298 동향인들의 단체.

하여 뜻한 바를 성취하지 못할 것을 알았다. 이에 고모부에게 의
탁하여 일을 하기로 결심했다. 그리 결심하고는 곧 산 넘고 물 넘
어 변량에 당도했다. 고모부와 고모는 그가 오자 개봉부 내 학무
(學務)299의 막료에게 데려갔다. 그런데 마침 무대 관아의 형전사
야가 자신을 도와줄 학생을 필요로 했다. 고모부는 곧 그를 천거
하여 들여보냈다. 여백집은 이런 연줄을 얻자 형전 선생의 비위를
맞추기 시작했다. 그리하여 그로 하여금 마음으로 그를 받아들이
게 만들었다. 형전은 학생이 진심으로 자신을 역성든다고 말하며,
그를 아들이나 조카처럼 대했다. 이리하여 몇몇 중요한 격식이나
공무를 처리하는 비결 등을 모두 그에게 전수했다. 또한 여백집의
시운도 도래하여, 마침 형전 선생이 병으로 일어나지 못하게 되었
다. 이 선생은 공무를 잘 알 뿐만 아니라 문재(文才)도 출중하여
무대는 선생을 가장 존경했다. 임종 전에 무대가 그를 찾아가 훌
륭한 인물을 추천해 달라고 부탁하자 그는 여백집을 가리키며, 무
언가 말을 하려 했지만 아무 말도 하지 못했다. 백집은 선생이 이
미 죽은 것을 알고 슬피 곡을 했다. 주인은 그가 양심이 있다는 것
을 알아보았다. 또한 선생이 임종 전에 추천했던지라 필시 능력이
뛰어날 것이라 여겨 곧 그와 관서(關書)를 맺고 선생의 빈자리를
대신하게 했다. 그리고 보수의 반을 잘라 선생의 가솔들을 보살피
게 했다.

원래 관아의 형전 자리는 보수가 정해져 있어, 매년 은자 천여
냥에 불과했다. 그러나 외부 부·주·현에서 보내오는 절경(節敬)300
이나 연경(年敬)을 다 합치면 은자 3천~4천 냥 정도는 족히 되었
다. 백집은 이때부터 결혼을 하고 직업을 가져 독립생활을 할 수

있게 되었다. 그런데 누가 알았으랴. 그 자리는 감당하기가 쉽지 않았다. 문장이 막힘 없어야 가능한 자리였던 것이다. 허나 백집은 공부가 미흡하여 거기서 빌어먹자면 옛 문서들을 베끼는 수밖에 없었다. 다행히 그는 기꺼이 심혈을 기울였고, 또 도처에서 고찰하고 연구했다. 하여 자신이 잘 아는 것이 아니면 감히 쓰지 않았다. 그렇게 몇 년을 지내다 보니, 아직껏 별문제를 일으키지 않을 수 있었다.

무대는 나중에 다른 성(省)으로 옮겨 가면서 그를 후임에게 천거했다. 후임자는 기인(旗人)으로 다소 대충대충인 면이 있었다. 백집은 이미 노련한 전문가였다. 하여 그는 몇 가지 일을 아주 혹독하게 처리하여 사람들이 그를 원망하게 되었고 그에 대해 나쁜 말을 하게 되었다. 나중에 다시 무대가 바뀌었다. 이번 무대는 그가 좋지 못한 막료라 해임하려 한다고 했다. 이에 그는 연줄을 찾아 억울함을 변명하고서야 그 자리를 이어 갈 수 있었다. 그렇게 2년을 지내고 나니, 이번에는 법률을 개정한다는 교시가 내려왔고, 이어 서리를 해고한다는 공문이 이어졌다. 그는 속으로 이번 일은 불안하다고 여겼다.

'장차 법률이 개정되면, 우리 형전들을 계속 쓸 것인가? 분명 서리들과 마찬가지로 갈 길이 없어질 것이다. 이 틈에 일찌감치 방도를 모색하여 관직이나 사서 지내야겠다.'

때마침 조정에서는 남해(南海) 방어가 긴박하여, 독무의 상소에 따라 대대적으로 관직을 팔았다. 백집은 지난해 공무로 추천 보증을 받아 이미 지부 후보가 되어 있었기에 이번에 정식으로 돈을 바쳤다. 대략 한두 해 정도면 관료로 선출될 수 있을 것이다. 그는 마음을 놓았다.

그에겐 아들이 둘 있었다. 큰놈은 여덟 살, 작은놈은 여섯 살이었다. 그는 각별히 훈장을 초빙하여 공부시켰다. 훈장의 성은 오(吳)요 이름은 빈(賓), 호는 남미(南美)로 시무에 통달한 사람이었다. 백집은 여가가 있을 때마다 그와 얘기를 나누었다. 이를 통해 그는 신정(新政)의 비결을 적잖이 알게 되었다. 학당을 개설하는 일이며, 의회를 설치하는 일이며, 공업을 일으키는 일이며, 농업을 연구하는 등의 온갖 방법을 알게 되었다. 증기선이며 전보·철도·채광 등은 공무를 통해 이미 경험해 보았으므로 본시부터 잘 알고 있었다. 이런 식견을 갖추고 있었기 때문에 백집은 당연히 일반 무리들과는 달랐다. 이리하여 그는 오만하게도 유신을 자처하게 되었다. 다음 해 정식으로 보결되었다. 백집은 가벼운 수레에 느릿느릿, 하인 둘만 데리고 북상하여 서울로 들어갔다. 황하(黃河)를 건너 증기선을 타니, 며칠 되지 않아 서울에 당도했다. 과연 황실이 머무는 곳이라 하남과 또 달랐다. 성곽은 세 겹으로 둘러쌌고, 양쪽으로는 산이 둘러싸고 있었다. 그 장려함은 더 이상 말할 필요가 없었다. 백집은 객점을 골라 머물렀다.

한편 그가 데리고 온 두 하인 중 하나가 신복(申福)이었는데, 그의 아버지는 이미 허주(許州)의 고안(稿案)으로 추천되어 가 있었다. 그리고 요리사도 하나 데리고 왔는데, 그는 요리를 잘했다. 백집은 서울로 오는 내내 그가 만든 음식에 전적으로 의지했다. 백집은 여장을 풀고, 서울에 진출한 동향 출신의 관리들을 방문하러 갔다. 이에 곧 신복에게 나가서 장반(長班)[301]을 찾으라고 시켰다. 주소를 적은 명단을 살펴보니, 육 상서(陸尙書)는 동교민항(東交民巷)에 살고 있었고, 황 첨사(黃詹事)는 남횡가(南橫街)에 살고 있었다. 그리고 조 한림(趙翰林)은 면화상육조호동(棉花上六條胡同)

---

301 옛날 관원들의 신변에서 시중을 들던 노복.

에 살고 있었으며, 풍 중서(馮中書)는 승장호동(繩匠胡同)에 살고 있었다. 그 외 동향 사람들이 더 있었지만, 한 번에 다 기억할 수 없었다. 당장 노새 마차를 고용하여 동교민항으로 갔다. 그런데 육 상서는 외국 법률을 조사하느라 동향 사람을 접대할 겨를이 없어 만나지 못했다. 이에 성을 나서 남횡가로 갔다. 본시 황 첨사는 백집과 서로 이름은 들어 보았으나 이제껏 만난 적은 없었다. 그런데 얘기를 나누다 보니, 그들은 먼 친척 사이였다. 하여 더없이 친밀해졌음은 두말할 필요가 없을 것이다. 이에 곧 백집에게 밥이나 먹고 가라며 청하니, 백집도 사양하지 않았다. 황 첨사는 이제껏 검소함이 몸에 배어, 상에 내놓은 요리는 단 네 접시였다. 매건채(霉乾菜)[302]와 삶은 두부도 나왔다. 소흥 사람들은 한 상에 어류와 육류 그리고 채소가 어울린 상차림을 좋아하는데, 백집이 맛을 보니 음식마다 입에 맞아 배불리 먹었다. 식사를 마치고 나머지 두 곳도 방문하여 모두 만났다. 다음 날, 동향인들의 접대에 대한 보답으로 백집이 그들을 초대했다. 그 자리에서 육 상서 얘기가 나왔다. 그러자 황 첨사가 눈살을 찌푸리며 말했다.

"조용하던 중국에 유신을 한다는 저 사람들이 분란을 일으키는 바람에 이젠 수습할 수 없을 지경이 되었네. 생각들 해 보시게. 팔고문으로 선비를 취하는 일은 원래 명(明) 태조께서 생각해 낸 아주 훌륭한 방법이었네. 팔고가 완숙해진 이들은 모두 성품이 순수하고 조심성 많은 선비라 할 수 있지. 우리 열성조께서 바꾸려고 해 봤지만 바꿀 수 없다는 것을 깨달으시고 예전 그대로 이어 쓰면서 그제야 분란이 생기지 않게 되었네. 그런데 지금 이것을 폐기하겠다니. 그나마 아직 경의(經義)[303]가 남아 있어 다행이

---

302 소흥 일대에서 즐겨 먹는 갓을 절인 음식. 갓 대신 무청을 쓰기도 함.
303 과거 시험의 한 과목.

야. 경의는 팔고에 비해 그리 모자랄 것이 없으니 말일세. 올해 내 동년(同年) 몇이 시험 감독을 나갔다가 거둬 온 답안들을 보니 아직 팔고의 숨결이 남아 있더군. 그러나 이렇게 연명을 하고는 있지만, 이 역시 오래 의지할 바는 못 되지. 나는 다만 팔고를 폐기하고 과연 얼마나 대단한 인재를 뽑을 수 있을지는 의문이야. 대단한 인재를 뽑는다면야 나름 뚜렷한 효과라고 할 수 있겠지만, 누가 아는가, 바꿨는데도 여전히 뛰어난 인물이 전혀 배출되지 않을는지. 오히려 팔고에 비해 더 나빠지기라도 한다면, 이건 무얼 위한 것인가 말일세. 게다가 팔고는 성현을 대신하여 입언(立言)[304]을 하니 충군(忠君)·애국(愛國)·사친(事親)[305]·경장(敬長)[306] 등의 윤리 도덕과 떨어지려야 떨어질 수 없거늘. 날마다 이런 사람들을 빚어내니, 하여 아무도 은혜를 저버리고 배반하려 하지 않는 것일세. 배역의 말을 하면 그들은 반드시 폐기되었을 것이니. 정말 법률을 개정하겠다는 저의가 무엇인지 모르겠구먼!"

그렇게 말을 하고서도 원망을 그치지 않았다. 그런데 황 첨사의 말이 채 끝나기도 전에 조 한림이 그를 반박하기 시작했다. 원래 두 사람은 한 사람은 구파요 한 사람은 신파로 늘 물과 불 같은 관계였다. 그 당장에 조 한림이 끼어들었다.

"선배께서 말씀하신 것은 분명 틀리지 않습니다. 다만 만생(晚生)이 생각하기에 등만(鄧曼)·항욱(項煜) 같은 사람들도 팔고의 명수였는데 왜 불충불효하였습니까?"

이에 황 첨사가 노발대발했다.

"그건 그렇지 않다고 생각하네. 자네가 본 왕조의 육청헌(陸清

---

304 후세에 모범이 될 만한 훌륭한 말 또는 의견을 내세움.
305 어버이를 섬김.
306 어른을 공경함.

憲)이나 탕문정(湯文正)만 보아도 금방 알 수 있을 것이야. 그들의 팔고가 얼마나 훌륭한지 그리고 인품이 얼마나 훌륭한지 말일세.”

조 한림이 다시 그와 논쟁을 이어 가려 하였으나 황 첨사는 쉬지 않고 단숨에 말을 이었다.

“나는 팔고 폐기 때문에 말하려는 것이 아니네. 내가 하려는 말은 법률 개정에 관한 일일세. 지금 자네들 생각해 보시게. 중국 법률은 비단 지금까지 수천 년 동안 전해 내려온 것일 뿐만 아니라, 본조 성인들의 자세한 연구를 거쳐 구석구석까지 세밀하게 이르지 않은 곳이 없네. 그래도 빠진 곳이 있고 고칠 곳이 있단 말인가? 마침 조정에서는 육 상서의 말을 듣고 외국을 배워야겠다고 하는데, 저 외국은 배워서는 안 돼. 그들은 걸핏하면 황제를 암살하니, 그게 무어 그리 좋단 말인가? 대학당(大學堂) 제조(提調)께서 나한테 말씀하시더군. 무슨 미국의 총통인가가 연극을 보다가 누군가 쏜 총에 죽었는데 흉수를 처벌하지도 않았다더군. 또 러시아의 황제는 암살될까 두려워 다른 사람에게 자리를 물려주고 황제 노릇도 마다했다더군. 듣자 하니, 병사들을 데리고 있는데도 암살당한 경우는 더 많더군. 이렇듯 민심이 흉흉하고 사회가 어지러운 것은 모두 법률을 중시하지 않은 까닭이지. 우리가 그들을 배운다면, 그러면서도 태평세월을 보낼 수 있을 것이라 여기는가? 반드시 반역의 무리들이 더 많아질 걸세. 황상께선 궁궐에 머무는 것이 차라리 낫네. 관부(官府)가 그런 비결을 모르다니. 혹여 문을 나서 돌아다니다간 뜻밖의 변고를 면하기 어려울 테니 말이야. 그래서 나는 다른 것은 다 바꾸더라도, 이 법률만큼은 결코 바꿀 수 없다는 것이네. 자네들이 내 말을 못 믿겠다면, 어디 두고 보시게.”

여백집은 나름 법률 전문가였던지라 이런 일이라면 한마디 끼어들 수 있겠다 싶어 맞장구치려고 했다. 그런데 마침 조 한림이 먼저 불쑥 끼어들었다.

"선배님의 말씀은 아주 옳습니다. 그러나 우리 중국은 이미 서양인들 눈에는 한 푼의 값어치도 없게 되었습니다. 하여 저들은 우리 법을 어겨도 죄를 다스릴 수 없고, 우리 백성들은 저들의 개나 고양이를 다치게 해도 목숨을 단념해야 할 지경입니다. 때문에 조정에선 저들과 동등한 법률로 개정하자는 생각을 하게 된 것이지요. 그러면 외국인들도 아무 말 못하게 입을 막을 수 있다는 것이지요. 대강(大綱)의 항목은 여전히 옛 법을 참고하여 활용할 터이니, 완전히 폐기하는 데까지는 이르지 않을 것입니다. 그리고 대학당의 친구분이 하신 말씀은 대부분 외국 야사를 번역한 것들이라 믿기 어렵습니다. 저들은 매우 문명화되었습니다. 그러니 어찌 공양가(公羊家)들이 말하는 군주 시해 36건*과 같은 일이 있겠습니까?"

그 말을 듣고 황 첨사는 저도 모르게 화가 치밀어 증오하며 말했다.

"자네같이 젊은 사람들은 항상 외국을 찬탄하여 걸핏하면 그들이 훌륭하다고 칭찬하지. 기왕 그럴 거면 왜 그들의 관리나 그들의 백성이 되지 않고, 아직도 중국 곡식을 먹고 중국 땅을 밟으려 하는가? 도대체 뭐하자는 것인가?"

그러자 조 한림이 대꾸했다.

"이거 뭐하자는 겁니까? 전년에 외국에 귀순하겠다는 깃발을 올린 게 누구네 문상입니까?"

이 말을 듣자 황 첨사는 화가 나서 온몸을 부들부들 떨며, "예끼!" 하고 냅다 고함을 질렀다.

"그만두세, 그만둬! 자네 같은 사람들은 군친(君親)의 예를 너무 모르는군!"

백집은 동향 사람들을 초청하여 함께 술이나 몇 잔 마시며 즐겁게 보내자는 생각이었는데, 뜻밖에 조 한림과 황 첨사의 이런 다툼이 있어 모두들 재미가 시들해지고 말았다. 이에 가까스로 자리를 파하고 헤어졌다.

　다음 날, 황 첨사가 얘기나 나누자며 그를 초대했다. 백집은 급히 마차를 타고 방문했다. 황 첨사는 어제 일을 다시 꺼내며, 조 한림은 나쁜 놈이라며 극구 욕을 해 댔다.

　"그놈은 본래 학문도 보잘것없어, 서원 선생의 문장을 베껴 진사에 합격했지. 겨우 해서(楷書) 몇 글자 알아 요행히 한림에 점해졌다고 이렇듯 선배를 무시하는 것일세. 난 그가 요즘 학무대신을 찾아가 비위를 맞추며, 유신에 관한 화두 몇 개를 주워듣고 되는대로 이 말 저 말 함부로 지껄여 댄다는 걸 잘 알고 있네. 정말 염치도 없지. 저도 팔고 출신이면서, 그런 말을 해선 안 되는 것이야."

　백집은 그의 말에 순순히 응하면서 몇 마디 거들었다. 또 황 첨사의 말이 어찌해도 깨지지 않는 불변의 진리라며 착실히 그의 비위를 맞추었다. 황 첨사는 심히 기뻐하며 이렇게 말했다.

　"아우님도 관장에서 여러 해 경험했다더니, 하시는 말씀이 참 듣기 좋군."

　그날 저녁, 그는 백집에게 자기 집에서 술이나 한잔하자며 붙잡았다. 얘기를 나누는데 둘은 막역했다. 황 첨사는 감정을 억제하지 못하여 자신이 서울에서 한림에게 얼마나 곤란을 겪었는지 백집에게 하나하나 일러 주었다. 백집 또한 노련한 인간인지라, 그의 말을 들으면서 때맞춰 맞장구를 쳐 주었다. 그러다 불현듯 황 첨사가 취기를 띠면서 큰 소리로 말했다.

　"아우님! 자네도 비록 아전이었다고는 하나 관장에서 여러 해 굴러먹었으니, 보고 들은 것은 있다고 할 수 있지. 자네 경관(京官)

과 외관(外官)의 차이가 뭔지 아나?"

이에 백짐이 대답했다.

"모릅니다! 형님께서 가르쳐 주시지요!"

그러자 황 첨사가 말했다.

"내 자네와 우스갯소리 한번 할 테니, 자네 너무 화를 내지는 마시게. 외관은 성가시게 몸과 마음을 다해 애써야 하지. 그런데도 상사 앞에서 비굴하게 굴종하는 자신의 모습을 비춰 볼 거울도 없어. 누군가 말하더군. 오늘날 외관은 기녀만도 못하다고. 기녀들이야 비록 손님을 받들어야 하지만, 용모가 괜찮은 기녀들은 손님이 수청을 들라거나 술을 마시라 해도 신분을 따질 수 있지. 하여 낯선 손님에겐 얼음처럼 차갑게 대하고, 혹여 그들이 지분거리기라도 하면 발끈 화를 낼 수도 있지. 그러나 외관들은 아주 총애를 받더라도 상사를 뵈면 늘 머리를 조아리고 복종해야만 해. 비록 상사가 구들 위로 올라앉으라 해도 궁둥이의 반이나 겨우 걸칠 수 있네. 만약 상사가 해가 서쪽에서 뜬다고 해도 감히 동쪽에서 뜬다고 말하지도 못한 채, '예예' 하며 맞장구칠 수밖에 없지. 혹여 상사의 부인이나 첩이 생일을 맞거나 아들이라도 낳게 되면 또 비위를 맞추느라 선물을 보내야 해. 자기가 직접 못 가면 사륙문으로 된 편지라도 써서 썩은 내 나는 아첨을 떨어야 해. 그렇지만 어떤 상사들은 쳐다보지도 않고 한쪽 구석에 휙 던져 버린다네. 그들은 그저 관아에 결원이 생기기만을 기다렸다 직책을 얻으면, 호가호위의 기질이 발작하게 되지. 그래서 걸핏하면 천 대를 때려라, 8백 대를 때려라 하며 백성들이나 위협하곤 해. 그러면서 바치는 은자가 충분치 않으면 자비를 베풀 것이라는 생각은 아예 단념해야 하지. 그래서 사람들이 그들을 강도에 견주는 걸세. 내가 이리 말하는 것도 다 7품직 한림이라도 외성(外省)에 당도하면, 독무라

도 반드시 중문(中門)을 열고 영접해야 한다는 걸 말하려는 것이
네. 어느 해던가, 일이 있어 휴가를 얻어 서울을 나섰지. 가는 길에
소주를 들렀는데, 그때 마침 번대가 관아를 지키고 있었지. 왕(王)
부헌(副憲)[307]께서 내게 그에게 편지를 전해 달라고 부탁했다네.
아주 간곡히 부탁하시기에 내 직접 전해주러 갔지. 그런데 누가
알았겠나? 그는 만나 주지도 않으면서, 날 평범한 한림이라며 내
게 타추풍(打抽豐)[308]을 하라더군. 중문 또한 열어 주지 않고 말일
세. 한참을 기다리니, 그제야 하인이 첩자(帖子)를 가지고 나와서
는 방문객을 사절한다더군. 나 또한 그와 더 이상 따지고 싶지 않
아 하인에게 편지를 전해 주고 길을 떠났네. 이후 어떻게 되었는지
아시는가? 그는 나중에 관직을 박탈당하고 다시는 임용되지 못했
다네. 나처럼 이렇게 충직하고 온후한 사람에게 뜻밖에 그는 그런
장애를 만나게 된 게지. 난 또 외성의 독무가 북경에 도착하면, 몸
이 움츠러드는 것을 자주 보았네. 생각해 보게, 만약 자신의 성에
서라면 그 같은 태도가 가당키나 하겠는가? 분명 다른 사람 보기
를 지푸라기처럼 했을 걸세. 우리 중국의 이런 습성은 반드시 고
쳐야 마땅하지. 하지만 법률 개정은 필요가 없네."

이 말을 듣고 여백집은 화가 나기도 하고 또 우습기도 했다. 그
러면서 또 의문이 들었다. 그의 안색을 보아하니 취중 실언을 하
는 것 같지도 않은데, 도대체 왜 이런 이야기를 하는지 그 까닭을
알 수 없었던 것이다.

자초지종을 알고 싶으면 다음 회를 듣고 알아보기 바란다.

---

307 청대 도찰원(都察院)의 부장관(副長官)인 좌부도어사(左副都御史)의 별칭.
308 누군가와 교분을 맺을 때 돈이나 선물을 바라는 것.

제31회

각설하고, 황 첨사의 말을 들으며 여백집은 생각했다.

'이번 얘기는 자못 재미가 있군. 아마 특별한 선물을 보내라는 까닭이겠지.'

그는 그 자리에서 "예" 하고 대답하곤 별다른 말은 하지 않았다. 자리를 파하고 돌아간 다음 날, 황 첨사와 대거리했던 조 한림이 찾아왔다. 백집은 황급히 "드시지요" 하고 청했다. 조 한림이 문을 성큼 넘어 들어왔다. 백집은 한눈에 그의 왼쪽 발이 까맣게 물든 것을 보고, 신발 한 짝만 신고 있다는 것을 알았다. 옛사람의 즉사시(卽事詩)에 북경 풍경을 읊은 다음과 같은 구절이 있었다.

"바람이 불지 않으면 먼지는 석 자나 쌓이고, 비가 내리면 거리는 온통 진흙투성이다(無風三寸土, 有雨一街泥)."

백집이 머물던 객점은 양매죽사가(楊梅竹斜街)에 있었는데, 그곳은 질척거리는 도랑이 많았다. 마침 이즈음 큰비가 내린 뒤 막 갠 참이었다. 거리엔 바람에 날린 먼지가 켜켜이 쌓였고, 그 아래는 북방 사람들이 즐겨 먹는 지마장(芝麻醬)309처럼 진창이었다.

설마 조 한림이 마차를 타고 오지 않았으랴! 그런데 마침 마차가 거리 입구에 멈춰 옴짝달싹하지 못했다. 성미가 급한 그는 풀썩 뛰어내려 백집이 머무는 객점으로 찾아가려 했다. 한데 뜻밖에 발이 미끌하며 진흙탕에 빠지고 말았다. 그는 발을 빼고 빠른 걸음으로 객점에 들어 백집이 머무는 바깥방을 넘어서며 투덜거렸다.

"오늘은 정말 엉망이군, 신발이 한 짝뿐이야."

이에 백집이 하하 웃으며 말했다.

"형님, 어찌 마차를 타고 오시지 않고?"

그러자 조 한림이 받았다.

"왜 마차를 타고 오지 않았겠소? 다만 문 앞에 딱 멈춰 버리기에 뛰어내려 몇 발짝 걸었다가, 생각지도 않게 발이 진흙에 빠지고 말았지요."

이에 백집은 급히 하인을 불러 조 대인이 갈아 신을 신발을 가져오라 했다. 하인이 신발을 가져왔다. 조 한림이 신어 보니 크지도 작지도 않은 것이 발에 꼭 맞았다. 두 사람은 자리에 앉아 한담을 나누었다. 백집은 조 한림이 하는 이야기가 황 첨사에 비해 훨씬 신선하다고 생각했다. 이번 만남에서는 지방관이 된 자들이 어떻게 학당을 개설해야 하는지, 그리고 어떻게 교섭을 해야 하는지, 또 어떻게 실업을 일으키고 광산을 탐색해야 하는지에 대한 얘기를 나누었다. 이에 백집도 속에 있던 생각을 꺼냈다. 조 한림은 귀 기울여 들으며 연신 대꾸했다.

"원래 노형께도 그런 능력이 있었군. 장차 지부는 말할 것 없고 독무 자리도 거뜬히 해낼 수 있겠구려. 저 외성(外省)의 독무들이 노형이 말한 것처럼만 일을 처리해 낸다면 안 될 일이 뭐가 있겠소?"

---

309 참깨를 갈아서 걸쭉하게 만든 장.

이에 백집은 눈썹을 치키며 웃는 듯 마는 듯 말을 이었다.

"어제 황 선생께서는 우리 외관들을 그리 가치 있게 말씀하시지 않더군요!"

그러자 조 한림이 그의 말이 끝나기도 전에 급히 되물었다.

"뭐라고 하던가요?"

이에 백집이 낱낱이 털어놓자 조 한림이 탄식을 내뱉었다.

"우리 중국인에겐 남의 잘못을 꼬집는 특출한 재능이 있지. 그건 마치 거울과 같아서 눈꺼풀 위의 흉터가 어떤 모양인지, 얼굴에는 어떤 자국이 있는지 거의 한 치의 차이도 없으니, 과거를 숨길 생각일랑 아예 단념해야겠지요. 그런데 자기 자신을 말할 때는 거울로 되비춰 보려 하질 않소이다. 그러니 자신의 얼굴에 얼마나 많은 자국과 흉터가 있는지 전혀 모르지요! 황 선배는 제가 말하지 않더라도, 부자들이나 중당(中堂)[310] 또는 권세 있는 상서(尙書)를 만나면 고개를 숙이고 무릎을 꿇으며 비위를 맞춥니다. 또 외관 중에서 돈 있는 자가 서울로 오면 얼른 달려가 동년(同年)입네 세의(世誼)[311]입네 알은체를 한다오. 떠들썩한 것을 좋아하는 이에게는 몇 푼 아첨을 바치고, 아첨을 좋아하지 않는 이에게는 『논어』에 나오는 '그만두려 해도 그만둘 수 없어, 나의 재능을 다한다(欲罷不能 旣竭吾才)'는 두 구절처럼 영합하지요. 자기는 그러면서 다른 사람을 떠벌린단 말입니까?"

이에 백집이 말했다.

"말이야 별 상관 없습니다. 아마 그도 대충 개론적으로 말한 것이겠지요. 제 생각에는 외관들 중에도 기품이 고고하고 재능이 대단한 이들이 많습니다. 반드시 정도(正道)여야만 일을 처리할 수

있는 것은 아니지요. 제가 허풍을 떠는 것은 아닙니다만, 성(省)의 일이야 어려울 게 뭐 있겠습니까? 외국인들과 교섭하는 일도 저들의 성격을 잘 탐색해서 우선 아쉬운 대로 참고 견딜 것은 견디고, 참고 견디기 힘든 것은 한둘 반박하면 되지요. 또 그러다 형세가 불리하면 재빨리 다시 돌리면 그만이지요. 그러자면 아무래도 윗분께서 굳세어야 할 필요가 있습니다. 단지 지방관만 믿고 의지하는 것은 아무 소용이 없지요."

그러자 조 한림이 웃으며 말했다.

"노형의 교섭 방법이 맞소이다. 내 하문(廈門)에서의 교섭을 들은 적이 있는데, 거기선 너무 강경하게 처리했던 모양이외다. 하여 지방관은 그 즉시 파직되고 말았소. 그런데 영파(寧波)에선 너무 무르게 처리했소. 관리야 아무 일 없었지만 백성들만 손해를 보게 되었소. 몇 마디 되받아칠 수만 있었어도 좋았을 것을. 지금 신정(新政)을 강구하고 있는 이는 상무부(商務部)의 풍 주사(馮主事)인데, 이름은 외자로 렴(廉)이고 자호는 직제(直齊)라 하오. 오늘 성곽 서쪽 구대저(口袋底)에서 만나기로 했는데, 노형도 함께 가서 얘기를 나눠 보심이 어떻겠소?"

백집은 색(色)을 좋아해서 구대저가 남반자(南班子)[312]들이 머무르는 곳임을 잘 알고 있었으니, 어찌 마다하겠는가? 하여 급히 응낙하며 말했다.

"갈 수 있습니다. 좋아요, 좋아! 명사들의 풍류는 당연히 소탈해야 옳지요."

그러고선 당장 마차를 불렀다. 그러자 조 한림이 말했다.

"잠깐! 이제 겨우 12시니, 우리 근처 만복거(萬福居)에 가서 밥이

---

312 천진(天津) 사람들이 상해(上海)에서 온 기녀들을 일컫는 말.

라도 먹고 갑시다."

이에 백집이 말했다.

"그럴 필요 없습니다. 괜찮으시다면 요리를 주문하여 여기서 먹읍시다!"

조 한림 또한 사양하지 않았다. 이에 몇 가지 요리를 시켜 먹은 뒤 마차를 타고 구대저로 갔다.

구대저는 해대문(海岱門)에 있었는데, 길이 구불구불했다. 남반자 기루는 매우 정갈했다. 이곳은 석두호동(石頭胡同)이나 왕광복사가(王廣福斜街)처럼 떠들썩한 곳과 달리 하루 종일 놀 수 있었다. 그런 곳에선 문을 들어서자마자 싸구려 술 몇 잔 마시고 나면 금세 등불을 켜고 손님 가신다며 고함을 친다. 기녀 가운데 계지(桂枝)라는 이가 있었다. 백집은 그녀와 특히 친밀하여, 둘은 만나자마자 다른 사람은 아랑곳하지 않고 서로 엉겨 붙었다. 날이 어둑해지도록 기다렸다. 풍 주사는 그제야 나타났다. 백집은 조 한림의 말을 들으며 그가 재능과 학식이 뛰어나다는 것을 알고는 저도 모르게 숙연히 공경하는 마음이 일었다. 계지 역시 한동안 멍했다. 하지만 풍 주사는 전혀 개의치 않았다. 이미 술 한잔 거나하게 했던지 얼굴이 온통 불콰했다. 그러나 어쨌든 응대는 하지 않을 수 없는지라 먼저 조 한림과 공수하며 예를 표했다. 그리고 또 백집과 상면해서는 서로 통성명을 했다. 백집은 덕망을 흠모했다는 인사치레 말을 수없이 했으나 풍 주사는 대충 두어 마디 겸손을 표하며 자리에 앉아 한담을 나누었다. 한데 그 자리에서 풍 주사는 조 한림하고만 얘기를 나누는 것이었다. 우연히 백집이 한두 마디 끼어들어도 풍 주사는 아무런 대꾸도 하지 않았다. 백집은 마음이 갑갑하여 아예 두 번 다시 입을 열지 않고 귀 기울여 그들의 얘기를 공손히 듣기만 했다. 조 한림이 말했다.

"현재의 양무(洋務)를 집행하는 이들은 애매모호주의라고 해야 할 걸세. 쉬이 손해를 보는 것은 물론이요, 아무 일이 없다면 다행이지만 지금까지 조금도 실질을 강구하려 한 적이 없네. 외국인들이 이런 풋내기를 만나면 단지 어린애 소꿉놀이로만 여길 걸세. 사탕 속에 비상(砒霜)을 숨긴 것도 모를 게야. 학당을 운영하는 이들은 더더욱 가관이지. 저이들은 교육이 무언지도 모른 채 다만 중국에 인재가 없다고 말하며, 인재 몇을 길러 내는 것이 학당 운영 최상의 종지(宗旨)라고 여기지. 다음으로, 상사가 이를 중시하기 때문에 그 일을 착실히 임하는 이들이 있지. 개중에는 서원(書院)을 명목만 바꾸고 기구들이나 서적을 적당히 갖춘 곳도 있네. 서원의 고화(膏火)[313]를 학당 운영비로 충당할 수 있으니 일거양득이지. 상사 또한 그가 틀렸다고 말하지도 못해. 이외에 또 한 부류가 있는데, 자신은 공명을 얻지 못하였지만 학당 일을 진사나 한림과 차이 없는 매한가지로 여겨, 보결을 얻지 못한 대신 학당 운영을 통해 명예를 취하고 몇 푼 수고비를 취하려는 부류일세. 이들은 학생들을 시골 촌구석의 철부지 어린애들처럼 자신들이 가르쳐야 한다고 여긴다네. 하지만 자신들의 거동은 산만하고 터무니없지. 그러면서 도리어 학생들에게 착실히 예의범절을 요구하는데, 종종 사달을 일으켜 퇴학당하거나 하지. 내 보기에, 이리 계속되다간 좋은 결과를 얻기 어려울 것 같네. 대대적인 개정이 있어야 옳을 듯하이."

그러자 풍 주사가 말했다.

"자네 말이 어찌 옳지 않겠나? 다만 학당 운영을 빌려 명예를 취한다거나 몇 푼 수고비를 취하려고 굴러먹는다는 말은 하지 않

---

313 서원에 내던 야간 학비.

는 게 좋겠네. 아마 학당을 운영하는 이들의 저항을 적잖이 받게 될 걸세. 오랜 옛날부터 오직 명예를 더럽히는 것을 두려워하였으니, 명예를 드날릴 수만 있다면 이 사람들에겐 어쨌든 수익이 있다고 할 수 있지. 우린 다만 순순히 윗사람을 따르는 게 좋겠네. 남의 죄상을 신랄하게 폭로하는 말들일랑 하지 마시게. 그랬다간 괜히 저들이 듣고 기가 꺾일 테니. 나도 고향으로 돌아가 상무학당을 개설하려 하는데, 자네 말을 들으니 의기소침해지는구면."

이에 조 한림이 말했다.

"여보게, 직제(直齊). 자넨 걱정도 많구면. 자네와 난 절친한 친구인데, 우리 사이에 뭘 꺼릴 게 있겠는가? 내 말은 아무것도 모르면서 유신을 자처하는 부류의 인간들을 말하는 것일세. 자네가 하려는 상무학당이야 당연히 시급히 서둘러야 할 일이니, 어느 누가 자네가 잘못되었다 하겠는가?"

두 사람의 대화는 끊임없이 이어졌다. 백집은 한참 듣고 있기가 귀찮아 일찌감치 계지와 함께 아편을 먹으러 갔다. 그런데 조 한림의 마지막 말이 귓가를 스치며, 자신의 마음을 찌르는 것 같았다. 그는 생각했다.

'너희들은 날 안중에도 두지 않는구나. 나중에 내 몇 가지 일을 벌여서 보란 듯이 보여 주마!'

그날 저녁 얘기를 나누다 보니 저도 모르게 일경이 지났다. 풍 주사가 성 밖으로 나가려 하자 조 한림이 말했다.

"지금은 나가지 못할 걸세. 해대문이 비록 늦게 닫는다고 하나, 이 시각이면 벌써 문을 닫았을 것이네. 차라리 도간성을 하는 게 낫겠네!"

본시 북경에는 '도간성(倒趕城)'이라는 묘한 방법이 있다. 이는 성문을 일찍 닫는 대신 여는 것도 빨라서, 삼경이면 벌써 성문을 열어 출입할 수 있었다. 풍 주사도 그 말을 알아듣고 이렇게 말했다.

"처음에 난 여기 도착하자마자 미안하다 말하고 곧바로 성을 나설 생각이었네. 그런데 어찌 알았겠나. 얘기를 나누다 보니 내일 아침 일찍 상무부에 처리해야 할 공무가 많다는 것을 깜박 잊고 말았네. 어제도 밤새 한숨 못 잤는데, 오늘 또 이리 늦게까지 잠을 못 잤으니 더 이상 버티기가 힘들군."

이에 조 한림이 아편이나 몇 모금 마시고 정신을 차리라고 권했다. 그러자 풍 주사가 말했다.

"그건 내 평생 가장 혐오하는 것일세. 차라리 드러누울지언정 아편은 절대 먹지 않겠네."

그리고 잠시 뒤, 풍 주사는 더 이상 버티지 못하고 품에서 알약 몇 개를 꺼내 차와 함께 먹고는 백집이 누운 아편 침상 위에 드러누웠다. 그러곤 이내 코를 드렁드렁 골며 잠에 빠졌다. 조 한림 또한 피곤했다. 백집만 홀로 정신이 멀쩡하여 계지와 함께 잡담이나 나누려고 안으로 들어가 조 한림이 구들에서 쉴 수 있게 해 주었다. 어느새 삼경을 알리는 종소리가 들려왔다. 세 사람은 각자 자기 갈 길로 돌아갔다.

한편 여백집은 원래 후보로 왔다. 그런데 부비(部費)[314]가 충분치 않았던지, 이번 차례는 틀리고 말았다. 다음을 기다리는 수밖에 없었다. 이에 북경에서 더 이상 오래 머물기도 쉽지 않아 곧 떠나려고 마음먹었다. 보결을 얻지 못했기에 동향 관리들의 체면상 접대도 반으로 줄였다. 그래서 100을 보내야 할 곳에 50만 보냈다. 그래도 모두들 아무 말도 못했다. 다만 떠나기 며칠 전 계산을 하려는 이들로 방이 북적댔다. 인삼 가게, 가죽 점포, 신발 가게,

---

314 청대에 관원에 결원이 생겼을 때, 이부(吏部)의 관원들에게 힘써 달라며 뇌물로 바치던 비용.

지갑 가게, 요릿집, 기생집 등등 눈이 핑핑 돌도록 시끌벅적했다. 백집이 비록 계산에 능하다지만, 매 장부마다 할인을 절충하려면 하루 반나절 만에 어찌 계산을 끝낼 수 있으랴? 그러면서 한편으로 백집은 이상하다는 생각이 들었다.

"내가 서울을 떠나려는 계획은 아직 날이 정해지지 않았는데 너희들은 어찌 알았느냐?"

그러면서 앞에 있던 점원에게 말했다.

"난 아직 서울을 떠나지 않았다. 천천히 처리하면 될 것을, 이리 급히 요구하면 어쩔 수 없다."

점원들은 본시 어쨌든 수금하려는 속셈을 품고 있었다. 그런데 그가 이렇게 말하자 뒤가 켕겼는지, 어떤 놈은 이리저리 둘러대며 대답하는 꼴이 마치 문밖으로는 절대 내보내 주지 않겠다는 태도였다. 또 어떤 놈은 현금으로 당장 내놓으라고 압박했다. 이에 백집은 분노가 극에 이르렀다.

"내가 산 물건들은 여기 모두 있다. 너희들이 팔지 않겠다면 가지고 돌아가거라. 은자를 내놓으라고 재촉한다면, 없다! 밖에 나가 알아보아라, 내가 너희를 속이고 도망갈 사람인지?"

그제야 점원들은 감히 끽소리도 하지 못했다. 이에 백집은 그들에게 날을 나누어 결산하겠다고 했다. 다만 요릿집과 기생집은 그날로 계산을 마쳤다.

마침 맞은편 객점에 하남 출신의 고(顧) 거인이 머물고 있었는데, 그와 함께 서울을 나서기로 약속한 사이였다. 그가 문득 찾아왔다. 백집이 방금 전 결산을 요구하던 상황을 설명하자 그가 말했다.

"태존께서는 서울 풍속을 잘 모르시는군요. 후보들이나 회시를 치러 온 사람들을 보면, 그들은 금세 야단법석을 떨면서 있는 말

없는 말 다 늘어놓곤 물건들을 어지러이 들이밉니다. 입으로는 물건이 얼마나 좋고 또 얼마나 싼지 그리고 얼마나 유용한지를 떠벌리면서도 값은 말하지 않습니다. 마치 선물로 드리는 것인 양 억지로 그 물건들을 손님의 처소에 갖다 두지요. 서울에 처음 온 사람들은 그들이 이렇듯 은근하게 대하는 것을 보고 하나둘씩 물건을 사게 됩니다. 그러다 손님이 서울을 떠나려 하면, 사나흘 전에 벌써 소식을 들어 알고 우르르 몰려와서는 낌새를 살피지요. 얼마나 화가 나고 또 얼마나 가련한지. 저들이 어떻게 소식을 듣는지 아십니까? 원래 저들은 먼저 밑밥을 뿌립니다. 객점 점원이나 회관(會館) 문지기 등에게 두루 돈을 뿌려 두는 것이지요. 하여 그들은 저들을 대신해 주의를 기울이지요. 그러다가 서울을 떠날 낌새를 보이면 알려 주어 저들이 일찌감치 도망가지 못하게 하는 것입니다. 그렇게 미리 뿌려 두는 돈을 '문전(門錢)'이라 하는데, 태존께서 데려온 하인도 아마 저들에게 요구했을 것입니다. 기실 그런 돈은 구매한 물건값에 조금 더 얹어 합산합니다. 하지만 일반적으로 표장(漂帳)[315]이란 것도 있습니다. 제가 알기로, 제 동향 황(黃) 지현은 서울에서 오랫동안 곤궁하게 지내다 나중에 보결을 얻어 서울을 떠나게 되었지요. 그런데 결산할 돈이 없는 겁니다. 하여 짐과 옷가지 등을 몰래 딴 곳으로 옮겨 놓고, 객점엔 빈 상자 몇 개만 남겨 뒀지요. 그러던 어느 날 저녁 객점을 나서 그길로 다시는 돌아오지 않았습니다. 다음 날 빚쟁이들이 모두 알게 되었지요. 하여 급히 성을 나서 따지러 갔지만 그는 이미 멀리 도망가 손을 털 수밖에 없었습니다. 저들은 매년 이런 고객을 몇 명씩 겪습니다. 하지만 얼간이 몇 명만 만나면 이런 결손을 메우고도 남지요."

---

315 가장(假裝)하여 빚을 떼먹는 것.

이에 백집이 말했다.

"알고 보니 그렇구먼. 이런 풍속은 외성(外城)에는 거의 없네. 물건을 돈으로 바꾸면 그뿐, 그런 호구를 찾을 필요가 없지."

다음 날, 백집은 그들이 뭐라고 원망하며 아우성치든 말든 상관없고 일일이 값을 깎고 계산했다. 원성이 가득했지만 아랑곳없이 고 거인과 함께 서울을 떠났다. 말하자면 부아가 치미는 것은 저들 동향의 서울 관리들이었다. 그중에서 조 한림만 전송을 왔고, 나머지는 모두 하인에게 명함만 들려 전송했다. 병이 있다거나 관아에 등청했다는 핑계를 대면서 말이다. 백집은 부아가 치밀었지만 어쩔 수 없었다. 그는 속으로 생각했다.

'보결을 얻지도 못하였으나, 하남으로 되돌아갈 수는 없다. 하남 무대와는 이미 의견을 나눈 터라 아마 돌아간다 해도 직책은 장담할 수 없으니 어찌 부질없는 걸음이 되지 않겠는가? 듣자 하니 북양(北洋) 대신 공공쇠(孔公釗)는 힘껏 신정(新政)을 강구하는데 그의 의견에 찬동하는 사람을 얻지 못했다 하니, 내 어찌 진정서를 올려 보지 않을 수 있으랴?'

결심이 서자 곧 고 거인과 상의했다. 그러면서 자신이 뜻을 얻으면 그를 문안(文案)으로 삼겠다고 했다. 고 거인도 본시 일자리를 찾고 있었으니, 어찌 원하지 않겠는가? 이에 그도 적극 찬성했다. 백집은 곧 그 밤으로 객점에서 봇짐을 풀어 시무서(時務書)를 꺼낸 뒤, 그대로 모방하여 몇 가지 조목을 써 내려갔다. 그러곤 고 거인에게 첨삭을 부탁했다. 이를 출세의 도구로 삼으려는 것이었다. 당초 백집이 하남성 무대의 막부에 있을 때, 공(孔) 제대는 하(河) · 섬(陝) · 여수(汝水)의 도대를 지내고 있어 피차간에 교분이 조금 있었다. 진정서를 올리니 즉시 만나기를 청했다. 한 차례 옛일을 풀어 놓고 또 그의 계획이 주도면밀함을 칭찬하면서, 어쨌든 공무의 전문가이니 자기 관서에 머물며 일을 처리해 줄 것을 부탁했다. 백집은 예상대로 되어 가자 짐짓, 하남성 무대가 자기를 쓴 지 이미 오래되어 사직하기가 편하지 않으리라고 말했다. 그러자 공 제대가 말했다.

"그것은 그리 문제 될 게 없네. 하남 일은 간단하고 북양의 일은 번다하다네. 노형 같은 유용한 인재가 그런 곳에 처박혀서는 안 되지. 내가 편지를 써 보내면 될 걸세."

이 말을 듣고 백집은 서둘러 큰 혜(惠)를 입었다는 치사의 말을 하고 관서를 물러났다.

그날 저녁 제대는 저녁이나 먹자며 청했다. 그런데 마침 그 자리에는 풍 주사도 와 있었다. 원래 풍 주사는 상무학당을 개설하려는 염원이 오래전부터 있었다. 그는 산동 유현(濰縣) 사람으로, 공 제대와는 스승과 제자 사이였다. 이번에 휴가를 얻어 서울을 떠나 특별히 천진(天津)으로 길을 돌아서 온 것은 인사도 드릴 겸 선생에게 몇 푼 도움을 받을 생각이었다. 그는 여백집이 그 자리에 있는 것을 보더니 뜻밖에 친숙하게 대했다. 예전 구대저(口袋底)에서의 상황과는 비할 바가 아니었다. 공 제대는 두 사람이 아주 잘 통하는 것을 보고 백집을 더욱 중시했다. 풍 주사가 학당 설치 일을 꺼내자 제대는 눈살을 찌푸리며 말했다.

"우리 산동에 학당을 개설한다는 것이냐? 작년에 호(胡) 도대가 연주부(兗州府)에 학당을 개설하여 석 달 동안 모집했는데도 열 명이 채 차지 않았다. 그들의 말도 일리가 있지. 양학당에 들어가면 좋긴 한데, 외국인을 따라 배우다 보니 부모조차 거들떠보지 않아 부모도 저들을 관리할 수 없게 된다는 것이야. 직제가 학당을 열겠다니 분명 고견이 있을 터, 어떤 방법인지 모르겠구나?"

이에 풍 주사가 말했다.

"논리로 따지자면야 우리 산동은 개화가 꽤 일렀던 곳이라 할 수 있지요. 의화단의 난리가 있은 이후로, 모두들 두려움을 알고 감히 서양인들에게 죄를 짓지 않게 되었으니 말입니다. 독일인들이 저렇게 오만무례한데도 끝내 화목하게 지내니, 이야말로 진화의 증거라 할 수 있겠지요. 만생(晚生)이 개설하려는 학당은 결코 일반적인 외국 책을 공부하는 그런 곳이 아닙니다. 다만 제자가 지금 상무부에 있다 보니, 우리 중국 상인들이 도처에서 손해 보는 것을 보았습니다. 물건을 내다 팔려 해도 전부 외국인들에게 억류되어 어쩔 도리가 없었습니다. 저들이 장사에서 우리를 이겨 저들 손아귀에서 세월을 보내야 하니, 만약 방법을 도모하여 막아 내지 않는다면 장차 백성들은 곤궁해지고 재물은 다할 테니 어찌 다시 흥성할 시절이 있겠습니까? 하여 제자는 학당을 개설하여 대대적으로 기풍을 진작시키려 합니다. 시골 사람들은 아무것도 모른다는 것을 저는 잘 알고 있으니, 때에 맞추어 권도할 수밖에 없을 것입니다. 보아하니 동부(東府)의 민정(民情)은 연주(兗州)에 비해 훨씬 개명되었습니다. 저희 고향엔 상인들도 많으니, 아마 저들은 분명 간절히 바랄 것입니다. 다만 경비가 충분치 못하니 선생님께서 제자를 위해 방법을 도모해 주십시오."

동부가 연주에 비해 개명되었다는 그의 말을 듣고 공 제대는 기분이 나빴다. 게다가 그가 돈을 마련하려 한다는 데 더욱 무모함을 느꼈다. 다만 스승과 제자라는 정분에 막혀 화를 내지는 않았다. 하여 한참을 주저하다 말했다.

"학당을 개설하는 것은 그때뿐이라, 제대로 유용한 점이라곤 결코 없다. 지금은 상하가 모두 신정으로 야단법석이나, 실제로는 제대로 된 대책을 마련하지 못하고 있지. 게다가 제대로 모양새를 갖춘 학당 몇 개 개설하는 것도, 돈 마련하기가 쉽지 않다. 너도 알

다시피 나는 관리 노릇을 하고 있으니, 이 같은 유명무실한 일을 할 여윳돈이 어디 있겠느냐? 네가 말했듯이 네 고향엔 상인들이 많다니, 차라리 가까운 곳에서 방도를 찾아보아라!"

풍 주사는 선생이 본시 사람들이 신정을 얘기하는 것을 싫어한다는 것을 알고 있었다. 다만 지금은 사람들이 말하길, 그가 몇 가지 새로운 일을 한다는 소식을 전해 주었기에 혹여 명예라는 측면에서, 그리고 또 같은 고향의 정분을 생각해서 얼마간 도움이라도 받을지 모를 일이라며 각별히 타진해 보려 한 것이었다. 그런데 누가 생각이나 했으랴, 말을 꺼내자마자 이렇듯 못을 박고 나서니, 오지 말 걸 하는 후회가 깊이 들었다. 하여 이후에는 조용히 기다리며 한마디도 하지 않다가 자리가 끝나면 헤어질 생각이었다. 다행히 여백집은 관장에서의 접대에 명수였다. 그는 곧 한담을 생각해 내어 얘기하기 시작했다. 그러면서 사이사이 제대의 비위를 맞추는 말도 몇 마디 덧붙이며 상황을 이어 갔다. 하여 나중에 제대가 배웅할 때, 유독 백집에게만은 내일 관아로 짐을 옮기라고 약속했다. 풍 주사와는 그저 공수만 하고 헤어졌다.

백집은 거처로 돌아와 고 거인에게, 편지를 가지고 하남으로 돌아가 가족들을 천진으로 옮겨 오도록 부탁했다. 그리고 조만간 그를 서계(書啓) 겸 열권(閱卷)[316]에 천거하겠다고 했다. 고 거인은 당연히 기뻐했다. 다음 날 일찍 고 거인을 보내고 막 관아로 거처를 옮기려던 참이었다. 마침 풍 주사가 방문하여 그를 만날 수밖에 없었다. 풍 주사는 크게 걱정하며 말했다.

"우리 선생님은 관리 노릇에 너무 탁월하십니다. 몇 마디 말씀을 들어 보니, 분명 신정이 그르다고 말씀하시더군요. 또한 학당

---

316 문서의 조사나 시험 답안을 평가하는 직책.

도 무익하다 하시니. 한마디로 돈을 내놓기를 겁내는 것이 진짜입니다. 우리 유현(濰縣)에 전당포를 둘이나 갖고 있으면서도 관리가 되려면 청렴해야 한다고 하시니, 국경의 대신조차 이 모양인데 무슨 희망이 있겠습니까?"

백집은 그저 "예예" 하고 응대할 뿐, 감히 그에게 부합하는 말을 할 수 없었다. 풍 주사는 흥미를 잃었던지 곧 떠나고 말았다.

뒷일이 어떻게 되었는지 알고 싶으면 다음 회를 듣고 알아보기 바란다.

제32회

각설하고, 풍 주사는 여백집과 헤어진 뒤 곧장 독무의 관서로 가서 고별 인사를 했다. 제대는 그에게 여비로 50냥을 주었다. 풍 주사는 받고 싶지 않았지만, 스승과 제자 간의 체면상 받을 수밖에 없었다. 길에 오른 후 가는 내내 생각했다.

'학당 일은 비록 양(楊) 도대가 3천 냥을 도와주었다지만, 나머지 자잘하게 모은 것은 2천이 채 못 된다. 조사하고 검증할 재료와 필수적인 기구를 사 모으자면 아끼고 아껴서 방도를 마련한다 해도 최소 은자 1만 냥은 넘게 들 텐데. 그래도 일본의 규모에는 턱도 없지. 잠시 몇몇 중국 전문가들을 초빙하여 상업 교과서를 편집하고, 일본 책을 몇 권 번역해서 그럭저럭 처리해야겠다. 나머지는 천천히 바꿔 가는 수밖에 없지. 다만 목하 2천~3천 냥을 더 모아야 이 국면을 타개할 수 있을 터.'

이리저리 생각을 굴리다 불현듯 한 가지 묘책이 떠올라 혼자 중얼거렸다.

"오, 방법이 있다, 있어! 저 공 선생님은 비록 돈을 내려 하시진 않으셨으나, 그의 말이 오히려 내게 길을 열어 주는구나. 즉 상인들의 기부라는 말씀은 일리가 있지 않은가. 생각해 보니 우리 유현(濰縣)엔 부상(富商)도 적지 않다. 저들은 지난 여러 해 동안 성황묘의 새회(賽會)[317]에 기부했는데, 그 돈이 어찌 1년에 천금에만 그치겠는가? 또 성황묘에서 어찌 그렇게 많이 쓰겠는가! 분명 몇몇 묘동(廟董)[318]들이 꿀꺽했으리라. 내 이 몇 놈을 찾아내고 아울러 여러 상인들을 불러 모아 이 일의 이치를 명백히 밝히리라. 설령 이전의 것은 청산하지 못한다 하더라도, 이후의 것들은 학당으로 아우르게 하여 1년 경비로 삼으면 일거양득이 아니겠는가?"

그리 생각을 정하자 무척 기뻤다. 하여 성(省)에는 따로 들르지 않았다. 학당 개설에 관한 보고는 이미 상부에서 비준한 터라 별달리 고려할 것이 없어 곧장 유현으로 가 몇몇 신사들을 찾아 상의했다.

유현에 대신사라고는 유씨(劉氏) 성을 가진 한 사람뿐이었다. 그는 갑술년(甲戌年) 과거에 진사가 되어 감찰어사(監察御使)를 지내다가 고향으로 돌아온 터였다. 나이도 많고 덕망도 높아 사람들이 모두 그를 중시했다. 다만 이 유 공(劉公)에게는 두려워하는 일이 하나 있었는데, 다른 사람을 대신하여 부담을 지려 하지 않는다는 것이었다. 나머지 몇몇 신사들은 거인이나 늠생에 지나지 않아, 모두 풍 주사의 아래였다. 저들은 다만 땅과 돈이 많았기에 사람들이 존중하였고, 이에 지방 공무에 간여할 수 있었다. 풍 주사가 이번에 학당을 개설하는 데는 저들에게 기부를 받는 것도 모두 잡다한 모금 항목에 들어 있었다. 풍 주사는 먼저 유 공을 찾아갔다. 그러나 반드시 그에게 기부해 달라는 것은 아니었다. 원래

---

317 의장을 갖추고 음악을 연주하며, 신상(神像)을 모시고 나와 마을을 돌던 행사.
318 사당지기.

는 그와 사당의 기부 문제를 논의하려는 것이었다. 그런데 유 어사는 뜻밖에 정면으로 그에게 면박을 주었다.

"우리가 비록 지기이기는 하나 이번 일은 찬동할 수 없네. 내 평생 가장 미워하는 것이 사람들이 학당을 개설하는 일일세. 훌륭한 자제들을 학당에 입학시키고 나면, 책도 읽을 줄 모르고 글자도 쓸 줄 모르게 돼. 몸에는 외국 옷을 걸치고 머리엔 외국 모자를 쓰며 발에는 가죽 신발을 신고 입으로는 말도 안 되는 허튼소리만 지껄이면서 알아듣지도 못한다고 사람들을 업신여기지. 내 지난달에 성도에 들어갔다가 그런 희한한 꼴을 보고 돌아와서는 부아가 치밀어 죽는 줄 알았네. 한데 가소롭게도 우리 성의 중승(中丞)께서는 학당 개설이 올바르다 여겨 말끝마다 개설하도록 권하더군. 마침 즉묵현(卽墨縣) 현령이 성에 들어가 그를 알현했는데, 학당 개설에 성실하지 않다며 크게 질책받았네. 하여 지금 즉묵현에선 한 달 만에 학당을 뚝딱 개설하고, 매달 월급으로 은자 40냥에 감독(監督)도 한 사람 모셨네. 다행히 이 양반은 위인이 훌륭해서 알면서도 잘못된 행위를 하려고 하지는 않았네. 다만 몰래 감추고 또 성에도 들어가지 않았지. 내 비위에 맞네. 자네, 생각해 보시게. 우린 팔고 출신들이 아닌가. 어찌하여 하루아침에 근본을 잊는단 말인가? 물을 마실 때는 항상 그 근원을 생각해야 하는 법. 내 우견으로는 아직도 자네가 팔고를 회복하자는 상소문을 올려 이 우형의 미완의 뜻을 보완해 주기를 바라고 있네. 그런 자네가 어찌 도리어 유신당에 부화하여 학당을 개설하려 한단 말인가? 자네가 지난번에 보낸 편지는 나도 답신하지 않았네. 난 원래 자네가 곧 돌아와 얼굴을 맞대고 얘기할 수 있을 것임을 알았기 때문이네. 자넨 내가 돈을 기부해 주길 바라지. 허나 다른 좋은 일을 한다면 기꺼이 돈을 낼 수 있지만, 이 학당 일만큼은 자제들을 그르치는 큰 죄를 짓는 것이니 감히 자네 뜻을 따를 수 없겠네. 정말 학당을 개설하고자 한다면 반드시 내 생각을 따라야 할 걸세. 학생들이 다 자라서도 정도를 숭상하고 삿된 것을 물리치는 도리를 깨칠 수 있도록 훌륭한 거인이나 수재 몇 분을 초빙하여 사서오경을 가르치고, 『주자소학(朱子小學)』이나 『근사록(近思錄)』 등을 강의하게 해야 하네. 자네는 깨닫지 못하고 미혹을 고집하는 짓을 그만두시게."

한바탕 연설이 끝나자 풍 주사는 마치 찬물을 뒤집어쓴 듯했고, 배 속은 분노로 들끓었다. 이에 곧 얼굴이 파래지며 울화가 치밀었다. 그러나 평소 그와의 교분이 그나마 좋은 데다 또 노선배였기에 이번 일 처리에 비록 그의 도움을 얻을 필요는 없지만 그가 중간에서 일을 그르칠까 걱정되어 참을 수밖에 없었다. 그는 한참을 있다가 탄식하며 말했다.

"어르신, 어르신은 하나는 알고 둘은 모르시는군요. 요즘의 시세는 옛것을 지키는 것만으로는 안 됩니다. 외국인들이 우리 중국에서 저렇게 제멋대로 행동하는데, 사서오경이나 송대 유학자들의 성리학으로 어찌 그들과의 교제가 가능하겠습니까? 하여 소제가 개설하려는 학당은 본시 인재들을 길러 외국인들을 저지할 생각이지, 결코 외국인들에게 순종하게 하려는 것이 아닙니다. 더구나 제가 개설하려는 것은 상무학당입니다. 실질적으로 사업을 잘하는 데 있지, 단순히 외국 책 몇 권 읽고 그들에게 한두 마디 외국 말을 가르치면 끝인 그런 것이 아닙니다. 오해 없으시기 바랍니다."

그러자 유 어사가 말했다.

"자네의 그 말은 더더욱 부합되지 않네. 외국인들이 우리 산동에 와서 제멋대로 행동하는 것이야 조정에서 저들과 전쟁을 하지 않으려 한 까닭이지. 저들의 횡포가 극에 이르면 조정에서도 더이상 유화책을 고수하지 못할 테니 당연히 저들을 쫓아낼 걸세. 우리 독서인들은 글만 잘 읽으면 그로부터 앞날이 트이는데 무엇하러 그런 상무(商務)를 가르친단 말인가? 기왕 상무라고 하였으니, 그게 어디 학당에서 가르칠 이치라도 있던가? 자네는 학당을 나온 학생들이 장사하는 것을 어디서 보기라도 했는가? 장사하는 사람들은 각자 저마다 자신의 영역이 있지. 전포(錢鋪)나 전당포, 남방 특산물 가게, 포목점, 비단 가게, 피혁 제품 가게나 그 밖에 조그만 장사를 하는 이들도 있네. 다만 학당에서 배우지 않았다 뿐이지 그 주인들 중 누가 배우지 않고 된 이가 있던가? 어찌 학생들에게 장사를 가르칠 수 있단 말인가? 자네, 그런 생각일랑 일찌감치 접으시기 바라네. 유현 사람들을 건드리면 안 될 것이야."

이에 풍 주사는 생각했다.

'이 사람은 전연 이해를 못하는군. 정말 완고하기 그지없어. 잠시 그가 하자는 대로 할밖에.'

그러고는 아무 말도 하지 않고 인사를 하고 물러 나왔다. 이어 다른 몇몇 신사들을 찾아가 기색을 살피니 그런대로 괜찮았다. 개중에는 자신이 가려는 길과 부합하여 돈을 내겠다는 이도 있었다. 그 자리에서 직접 건네는 이도 있었고, 나중에 추가로 내겠다는 이도 있었다. 이에 풍 주사는 얼추 마음을 놓고, 그들과 후일 다시 논의하기로 약속했다. 그날 집으로 돌아가 당장 몇몇 큰 상인들과 묘동에게 상무 회관에서 회의를 하겠다는 초대장을 보냈다.

그날이 되자 상인과 신사들이 모두 참석했다. 다만 유 어사와 묘동만은 오지 않았다. 풍 주사는 미리 술자리를 마련하고 그들에게 좌정하여 일을 논의하길 청했다. 한편 묘동 중에 우두머리가 있었는데, 그는 본시 콩을 팔던 사람으로 교활하고 괴팍하였으며,

나이는 40여 세였다. 아편을 몇 모금 먹어 비쩍 마른 큰 키였다. 얼굴에 가득한 곰보 자국에 핼쑥한 얼굴, 뾰족한 뺨. 성은 도(陶) 요 이름은 기(起)였는데, 동료들은 동음이자(同音異字)를 써서 그를 도기(淘氣)[319]라는 별명으로 불렀다. 그는 장사에 뛰어난 재능이 있어 돈을 많이 벌었다. 비록 양심을 속이고 번 것이라며 욕하면서도, 손에 큰돈을 쥐고 있으면 사람들은 당연히 그를 떠받들게 된다. 마침 그때 섬서성과 하남성 지역에서 기부를 받았다. 그는 돈을 그러모아 바치고 4품직 후선동지(候選同知)를 사서 그때부터 향신으로 자처했다. 하지만 유감스럽게도 그는 성격이 좋지 않고, 평생 인색하기 그지없었다. 여름이나 겨울이나 할 것 없이 몸에는 늘 기운 두루마기만 걸치고, 입에는 대나무 담뱃대만 물었다. 집에서 먹는 음식은 수수팥떡이나 좁쌀떡 같은 것에 불과했다. 풍 주사가 초청했을 때, 그는 분명 무슨 일이 있으리라는 것을 알고 처음에는 오지 않으려 했다. 그러다 나중에 별로 좋지 않을 것 같다는 생각에 상무 회관으로 천천히 들어와 사람들과 얼굴을 마주했다. 풍 주사가 성황묘의 1년 기부금 얘기를 꺼냈다.

"제가 상무학당을 개설하려는데 여러분의 도움을 부탁드립니다. 기부를 할 수 있으면 많이 해 주십시오. 만약 할 수 없다면, 성황묘의 기부금을 조금 떼어 학당 경비로 충당했으면 합니다. 성황묘의 기부금은 매년 은자 1천여 냥이 됩니다. 제가 알기로 봄가을 두 차례 새회에 많아야 은자 1백~2백 냥 정도 쓰는 것으로 알고 있습니다. 여러분은 어떻게 생각하십니까?"

뜻밖에 이 몇 마디가 도기의 화를 돋웠다.

"풍 대인, 당신 생각은 틀렸소이다. 성황묘 기부금은 보살님이

우리 지역을 보우하여 태평하게 해 주신 데 대한 보답으로 올린 것이외다. 당신은 봄가을 새회만 알고 있는데 묘당을 수리하고 또 유리등(燈) 기름도 필요하고, 사르는 반향(盤香)[320]도 있어야 하며, 사시사철 제수품이며 공연이며 또 깃발·징·일산·부채·옷가지 등이 모두 이 돈에서 나옵니다. 게다가 관아에 지불할 비용도 필요합니다. 이런 일에 쓰기에도 부족한 것이 사실인데, 어찌 남는 것이 있겠습니까? 풍 대인께서는 다른 방법을 생각해 보십시오. 이 돈은 결코 손을 대서는 안 됩니다."

풍 주사는 그의 태도가 단호한 것을 보고 다시 에두르는 방법을 써서 말했다.

"그렇게 말씀하시니, 사당의 기부금은 쓸 수가 없겠군요. 그럼 당신이 나 대신 여러 상가(商家)들과 방법을 의논해서 사당 기부금을 조금 더 걷으면 되겠네요."

이 말은 원래 그를 놀리는 말이었다. 그런데 어찌 알았으랴, 도기는 이 기회를 역이용하여 안면 있는 몇몇 상인들을 끌고 뒤로 가서는 투덜거렸다. 그 내용은 풍 주사가 일을 벌이는데, 우리가 아끼는 돈을 가져다 별로 요긴하지도 않은 일에 쓰려 한다는 것이 전부였다. 상인들은 모두 어리석은 이들이어서, 그의 말을 듣고는 풍 주사의 의견에 단호히 거절하기로 했다. 그들이 자리에 앉자 풍 주사는 다시 앞서의 논의를 계속하려 했으나 사람들의 낌새가 그리 호의적이지 않은 것을 눈치챘다. 풍 주사 혼자서는 아무 일도 할 수 없었다. 날도 이미 저물어 손님들을 배웅하고 각자 흩어질 수밖에 없었다. 기부를 받는 일은 아무런 희망이 없었다.

풍 주사는 이리저리 생각을 굴려 보았으나 별다른 방법이 없었

---

[320] 나선형 모양의 모기향.

다. 만약 학당을 개설하지 못한다면? 그러나 이미 두루 떠벌렸기에 체면을 잃을 순 없다. 그렇다고 계속 밀고 나간다면? 하지만 실제로는 아무것도 할 수 없는 실정이었다. 양(楊) 도대의 은자 3천 냥은 이미 받았다. 나머지는 이리저리 아무리 끌어모아도 7천이 채 되지 않는다. 건물을 임대하고 기구들도 사야 하며, 교원 초청이며 책을 편집하고 번역하고 인쇄하는 것도 죄다 돈이 필요했다. 게다가 여전히 구식인 학생들은 입학하라고 하면 오기는 하겠지만 학비를 내라고 하면 오지 않을 것이다. 아무래도 이 일은 끝장이 난 듯싶었다. 그는 집으로 돌아와 형과 상의했다. 원래 풍 주사의 형은 사람됨이 고상했다. 거인이면서도, 이제껏 외부의 일에는 간여하지 않았다. 그러나 이번엔 동생의 말을 듣더니 곧바로 이렇게 말하는 것이었다.

"이 일에 무슨 어려움이 있단 말인가? 저 장사치들이 두려워하는 것은 관리들이지. 다만 여기 우리 어르신은 완고하기 그지없어, 학당을 개설한다고 하면 절대 기분 좋아할 리 없을 게야. 내게 방법이 있다. 너는 성(省)으로 가서 무대를 알현하여라. 그이는 학당 개설을 매우 좋아하니, 이 상황을 세세히 보고하고 현으로 공문을 내려 달라고 부탁해라. 하여 현이 나서서 얼마간 기부를 받겠다고 한다면 누가 감히 따르지 않겠느냐? 따르지 않는다면 그건 오랑캐나 진배없지!"

그 말을 듣고 풍 주사는 더없이 기뻐하며 형님의 고견에 찬탄했다. 그러곤 그 즉시 행장을 수습하여 다음 날 성으로 들어갔다.

그런데 누가 알았으랴, 집안 하인이 그 말을 듣고 소문을 퍼뜨렸다. 도기 무리가 그 사실을 알고 더욱 부아가 치밀어 끝장을 보고야 말겠다는 못된 생각을 하게 되었다. 누가 말했던가, 장사치들은 겁이 많아 쓸모가 없다고. 그러나 저들은 도리어 작은 점포 주인들과 동관(東關) 밖 마가점(馬家店)에서 모임을 갖기로 약속했다. 모두 모이자 도기는 풍 주사네가 평소 자신들을 얼마나 가혹하게 대했는지, 그리고 이번에 그에게 얼마나 피해를 입었는지를 토로하며 먼저 그들의 분노를 격발시켰다. 그리고 이어 말했다.

"허튼소리를 하자는 게 아니외다. 그가 이번에 성으로 간 것은 분명 윗분께 우리를 압박하도록 계획할 것임이 분명하오. 크고 작은 점포에서는 많으면 몇천, 적으면 몇십 냥씩 내놓아야 할 게요. 여러분, 무슨 방도가 없겠소?"

그러나 모두들 서로 얼굴만 빤히 쳐다볼 뿐 아무런 말이 없었다. 그러자 도기가 다시 말했다.

"우리 지역에 저 사람이 있으면 우리 모두 평온한 삶일랑 단념하고 점포를 거둬들이는 것이 제일 좋을 게요!"

이 말을 듣고도 여전히 아무 말이 없었다. 그중에는 잡화점 주인도 있었는데, 그는 본시 자기 분수를 지키지 않는 인간이었다. 오직 그만이 도기의 말을 이었다.

"도 장궤(掌櫃)[321] 말이 하나도 틀리지 않소. 우리는 고생고생해서 겨우 돈 몇 푼 법니다. 관부에서 착취하는 것이야 그렇다 쳐도, 신사들이 착취하는 것은 나는 따르지 못하겠소이다. 나중에 관부에서 우리더러 돈을 내놓으라고 하면 내가 제일 먼저 문을 닫겠소."

모두들 이 말을 듣고 옳다고 여겼다. 그중에는 제 분수를 지키지 않는 이들이 몇 있었다. 그들은 여세를 몰아 풍 주사네 집으로 쳐들어가 가산을 산산이 부숴 답답한 속이나 풀자고 모의했다. 그 말을 듣고 모두들 흥이 났다. 당장 풍 주사네로 우르르 몰려가 정문을 부수고 들어갔다. 풍 주사의 형은 마침 책을 보고 있다가

바깥에서 떠들썩한 소리가 나는 것을 들었다. 이에 무언가 사정이 여의치 않음을 알고 급히 노복들을 시켜 가솔들을 보호하여 뒷문으로 도망치게 했다. 그도 땅문서 등 몇 가지 중요한 것들을 품에 갈무리하고 뒷문으로 도망하여 곧장 향리로 피신했다.

한편 장사치 무리는 안방으로 짓쳐 들어갔다가 아무도 없는 것을 보고 그제야 손을 놓았다. 하여 막 돌아가려는데 불현듯 또 한 무리가 짓쳐 들어왔다.

당신은 이 사람들이 누구인지 아시겠는가?

그들은 원래 이 지방의 건달로, 예이마자(倪二麻子)[322]가 우두머리였다. 그날 예이마자는 신바람이 났다. 관아 문전에서 사람들과 도박을 해서 많은 돈을 땄던 것이다. 그런데 그것은 모두 그가 속인 덕분이었다. 예이마자는 씀씀이가 컸다. 하여 곧 회회관(回回館)[323]으로 몰려가 먹을 것을 찾았다. 그 식당에는 갓 잡아 벽에 걸어 놓은 양 한 마리뿐이었다. 모두들 다짜고짜 너는 양털을 태워라 나는 양 내장을 볶으마 하고 떠들썩했다. 또 어떤 이는 양고기를 구웠다. 양 한 마리가 이렇게 그들에 의해 반만 남고 말았다. 그들은 소주 몇 근도 기분 좋게 마셨다. 술자리가 끝나자 그들은 또 국수를 요구했다. 이에 점소이가 뒤에서 투덜거렸다.

"오늘도 공연히 양 한 마리가 절단 났구나!"

예이마자는 조금 취기가 있었던지, 그 말을 듣고 냅다 소리쳤다.

"너 뭔 소릴 지껄이는 거야?"

이에 점소이는 떨리는 목소리로 대답했다.

"아무것도 아닙니다요. 전 단지 어제는 날이 흐리더니 오늘은 해가 떴다고만 말했습니다요."

---

322 예씨네 둘째 곰보.
323 회족 식당.

그러자 예이마자가 말했다.

"무슨 헛소리! 어제 분명 해가 떴거늘, 어째서 날이 흐렸다는 거냐?"

이에 점소이가 말했다.

"아이쿠, 빌어먹을, 제 기억이 틀렸습니다요. 그건 지난달 16일이었습죠."

그러자 예이마자가 웃으며 말했다.

"넌 지금 멀쩡한 밥 처먹고도 어제 뭘 먹었는지 기억을 못한단 말이냐!"

이에 점소이는 아무 생각 없이 입에서 나오는 대로 지껄였다.

"밥 먹고 까먹은 것이……."

여기까지 말하다 그만 입을 다물었다. 그가 하고 싶은 말은 "계산하는 것입죠!"였다. 예이마자는 그의 말 반 토막만 듣고 도리어 화를 내며 말했다.

"뭘 까먹었단 말이냐?"

그러자 점소이가 말했다.

"아주 배불렀단 것입죠. 그래서 또 한 그릇을 먹었습죠!"

이에 예이마자는 더 이상 따지지 않고 그만두었다. 계산을 하고 보니 자잘한 것을 제외하고 세 냥하고도 520푼이었다. 예이마자가 말했다.

"장부에 기록해 둬."

이에 주인장이 말했다.

"그러실 필요 없습니다. 오늘은 제가 예 나리께 대접한 것으로 치겠습니다!"

그러자 예이마자가 눈을 희번덕거리며 말했다.

"너 언제 이 예 나리가 밥 먹고 계산하지 않는 것을 본 적이 있느냐? 네 대접 따윈 필요 없다!"

이에 주인장은 깜짝 놀라 목을 움츠리며 감히 끽소리도 못했다. 그러자 그를 따라온 친구들이 말했다.

"이런 재수 없는 놈들을 뭐하러 상관하십니까? 형님, 우리 아편이나 먹으러 왕계봉(王桂鳳)네나 갑시다!"

이에 예이마자는 돈주머니를 든 채 무리를 이끌고 식당 문을 나섰다. 뒤에서 점소이가 투덜거렸다.

"제기랄, 전생의 할아비다!"

그러자 예이마자가 뒤돌아서 손바닥을 툭툭 치며 소리쳤다.

"뭐라고? 누가 니 할아비란 것이냐?"

이에 점소이는 웃음 띤 얼굴로 대꾸했다.

"나리께서 잘못 들으셨습니다요. 제가 말한 것은 소금 통 속에 있는 구더기를 말한 것입니다요. 싹 없애 버려야 하는데, 이것도 생각해 보니 어제 일이군요."

그러자 예이마자가 벌컥 화를 내며 말했다.

"너 이 교활한 새끼, 그래도 터진 입이라고, 맞아야 정신을 차리겠구나!"

그러면서 한 발 쓱 다가서며 손을 쓰려 했다. 그러자 점소이는 어느새 땅바닥에 벌렁 드러누우며 사람 살리라고 소리쳤다. 예이마자는 무리들의 손에 이끌려 나갔다. 그것으로 일을 매듭지으려는 생각이었다. 그러나 점소이는 여전히 뒤에서 욕을 그치지 않았다. 다행히 예이마자는 멀리 떠났기에 듣지 못했다. 이웃들은 성질 더러운 몇 놈이 사달을 일으키는 것을 보고 누구 하나 감히 나와 보지 못하고 문을 단단히 닫은 채 상관하지 않았다.

한편, 예이마자는 친구들과 아편을 피우러 가는 길에 막 풍가(馮家) 문 앞을 지나던 참이었다. 보자 하니 대문은 활짝 열렸고,

안에서는 몇몇 사람들이 탁자를 부수고 창문 유리를 깨고 있었다. 또 와장창 하는 소리가 들렸는데, 알고 보니 안전등을 깨뜨리는 소리였다. 예이마자가 말했다.

"어라, 재미있겠는데! 이 사람들도 제대로 놀 줄 아는군!"

그들 중에 있던 윤왜두(尹歪頭)가 말했다.

"알겠다. 풍 거인네 사돈댁이 강제로 혼인을 하려는데, 뜻대로 되지 않자 '싸움 끝에 정이 든다'는 방식을 쓰는 것이로군."

그러자 예이마자가 말했다.

"왜두, 헛소리 집어치워! 우리 유현엔 강제로 혼인하는 일이 없단 말이야. 그러니 우리도 가서 함께 떠들썩하니 즐기며 도박 밑천이나 보태자고. 이거야말로 하늘이 주신 재물 아닌가."

이에 모두들 박수를 치며 절묘하다고 칭송했다.

"도대체가 예 형님은 계산도 빠르셔. 사람들이 형님을 지다성(智多星)* 오용(吳用)에 비견하는 것도 다 이유가 있었군."

당장 일고여덟이 변발을 둘둘 말아 상투 틀고 우르르 몰려 들어가 돈 될 만한 것은 다 챙겼다. 들고 갈 수 없는 것들은 옷을 벗어 싸 두었다. 도기는 그들의 기세가 흉맹한 것을 보고 풍가의 구원병인 줄로만 여기다가, 직접 대면하고서야 예이마자 일당이라는 것을 알고 소리쳤다.

"여보게! 어찌 자네도 왔는가!"

이에 예이마자는 기뻐하며 대꾸했다.

"오! 도 장궤이셨구먼. 내가 이런 일에는 빠질 수 없지. 뒤는 내가 맡으리다."

그러자 도기가 말했다.

"호의는 고맙네. 물건 부수는 건 되지만, 가져가지는 말게. 내 나중에 노고에 보답함세."

그러나 예이마자 무리가 그 말을 듣고 어찌 고분고분 따르겠는가? 그를 무시하고 곧장 방 안으로 짓쳐 들어가 장롱을 열어 제멋대로 강탈해 갔다. 그중에서도 옷가지는 버리고 금은 장식들은 하나도 남김없이 쓸어 갔다. 도기 일당은 일찌감치 흥이 깨져 흩어졌다. 예이마자는 방문을 나서며 그들이 보이지 않자 이미 떠난 것을 알았다. 이에 곧 무리들과 상의했다.

"우리가 돈을 빌긴 빌었는데, 어쩌면 소송을 면하진 못할 것 같다. 내 생각에 차라리 조사할 건더기도 없도록 불을 질러 싸그리 태워 버리는 게 좋겠다."

그러자 모두들 박수를 치며 좋다고 찬성했다. 이 흉악한 놈들은 곧 성냥을 그어 장작더미에 불을 붙였다.

뒷일이 어떻게 되었는지 알 수 없으니, 다음 회를 듣고 알아보기 바란다.

제33회

각설하고, 풍 주사네 장작더미는 예이마자가 놓은 불로 화르르 타올랐다. 삽시간에 연기가 하늘로 솟구치고 불빛이 사방으로 퍼졌다. 풍가네 집에 불길이 치솟는 것을 보고 이웃들은 징을 울려 위급한 상황을 알리고 소화기를 모두 모았다. 뒤늦게 관부에서도 달려왔다. 모두들 온 힘을 다해 불을 끄려 했지만, 불길이 너무 커서 일시에 끌 수 없었다. 불길은 연이어 몇 집을 태운 뒤에야 겨우 그쳤다. 예이마자 무리는 어디로 숨었는지 그림자도 비치지 않았다. 그들은 일찌감치 훔친 물건을 가득 싣고 돌아갔던 것이다.

한편 현령은 이날 한 장의 청원서를 받았는데, 풍 주사가 기부를 압박하여 제 배를 채우려 한다는 상인들의 고소장이었다. 마침 막 조사를 시작하려던 참에 풍 주사네에 불이 났다. 이에 곧 지보와 이웃들을 불러 모아 불이 일어난 원인을 탐문했다. 그러자 모두가 말하길, 저들 스스로 조심하지 않아서 불이 났다고 했다. 이에 현령도 더 이상 깊이 조사하지 않고, 아울러 상인들이 올린 청원서도 한구석으로 제쳐 두었다. 도기 무리는 현에서 자신들의 청원서를 무시하는 것을 보고, 또 풍가네 집도 남김없이 깨끗하게 불에 타 버렸기 때문에 일이 여의치 않을 것임을 알았다. 이에 끝장을 보려고, 모두의 생각이 모였을 때를 틈타 시장 문을 닫기로 모의했다. 그리하여 어느 집이든 문을 열어 장사를 하면 그의 물건을 모두 강탈하여 억지로 문을 닫게 만들자고 합의했다. 장사하는 저들이 어찌 감히 그의 고집을 꺾을 수 있으랴? 하여 다만 간판을 내리고 문을 꼭꼭 닫을 수밖에 없었다. 이날, 성(城)에는 나다니는 사람이 절반으로 줄었다. 또 하루가 지나자, 기도서원(旣導書院)이 건물이며 기구가 훼손되었다. 이 역시 누가 훼손한 것인지 알지 못했다.

현령은 구들에 누워 아편을 먹고 있었다. 첨고(簽稿)[324]가 바깥에서 사람들이 하는 얘기를 들어 상황이 너무 커진 것을 알고 위에 보고를 올렸다. 현령은 다른 것은 묻지 않고 다만 자신에게 처벌이 있을지 없을지만 따졌다. 이에 첨고가 대답했다.

"어찌 없겠습니까? 다만 해임될까 두렵습니다."

현령은 해임될지 모른다는 말에 다급한 나머지 담뱃대를 냅다 집어 던져 교주등(膠州燈)의 갓을 와장창 부숴 버렸다. 그러고는 데구루루 굴러 구들에서 내려서며 냅다 욕설을 내질렀다.

"이렇듯 큰 일을 너는 어찌하여 일찌감치 보고하지 않았느냐? 내 앞길이 너희 같은 빌어먹을 개자식들 때문에 두 눈 멀쩡히 뜨고 날아가게 생겼구나! 내 너희들을 다 죽여 버리고 말겠다!"

그가 성질을 부리자 첨고는 아무 소리도 못했다. 잠시 뒤 나리의 기세가 진정되기를 기다려 천천히 대꾸했다.

"이 일은 원래 크지도 작지도 않은 일이었습니다. 그날 상인들의

청원서가 들어왔을 때, 소인은 이 일이 아주 중요하다는 것을 알고 조금도 지체 없이 올렸습니다. 그런데 어찌 알았겠습니까, 나리께서는 더 이상 하문하시지 않으시고 또 막료 나리께서도 이런 일이 없었던 듯 여기셨습니다. 곧이어 풍가네 집에 불이 났는데, 듣자 하니 누군가 방화한 것이라더군요! 그날 또 그 연유를 묻지 않으셔서 그만두고 말았습니다. 상인들은 여전히 나리께서 이 일에 관심을 두지 않는다고 말합니다. 나중에 엉터리 계산으로 윗전께서 조사할 때 풍가네 방화죄가 자신들에게 돌아올까 두려워하고 있습니다. 그래서 시장 문을 닫아, 기부 압박으로 격분을 일으켜 그리하였다는 모양새를 취한 것입니다. 저들은 오히려 나리께서도 풍가와 한통속이 되어 자신들을 압박한다고 여기는 것 같습니다. 사실 이 일은 처리하는 데 어려울 것도 없습니다. 그저 풍가를 꾸짖는 질책 한 번이면 저들의 화를 풀기에 족합니다. 풍가에게 학당 차릴 돈을 기부하라는 말은 일괄 불허한다고 했다면, 저 장사치들도 더 이상 아무 말 없이 예전처럼 시장을 열었을 것입니다. 그러나 어찌하겠습니까, 풍가 또한 대단한 세력을 가지고 있는 데다 풍주사가 이미 성(省)으로 들어가 버렸으니, 무원 대인이 계신 그곳에 가서 무슨 말을 할지 두렵습니다. 이 일은 반드시 양쪽 다 만전을 기해야 할 것입니다. 제가 보기에 나리께선 막료분과 상의하시어 품신을 올리시는 것이 옳을 듯합니다."

첨고의 일장 연설에 현령은 정신을 번쩍 차리고 그를 달리 보게 되었다.

"네가 이토록 식견이 뛰어난 줄 몰랐구나. 네 말이 옳다. 내가 너를 책망한 것은 잘못이다. 다음에 무슨 일이 있으면, 사달이 난 뒤에 계책을 올릴 게 아니라 일찌감치 와서 나랑 상의하자꾸나."

이에 첨고는 연이어 "예예" 하고 물러났다.

현령은 곧바로 사람을 불러 연등을 바꾸게 하고 다시 드러누웠다. 이 일을 곰곰이 생각해 보니, 어쨌든 막료와 상의해야 할 것 같았다. 첨고가 말한 것처럼 멍청하게 굴다간 진짜로 해임될까 두려웠다. 그는 생각을 굴리며 아편을 피웠다. 열댓 모금 먹고 나니 만족스러웠다. 이에 곧 "이리 오너라!" 하고 소리쳤다. 첨압방을 시중드는 하인은 수건을 달라는 소리인 줄 알고 일찌감치 준비해 두었다. 따뜻한 물 한 대야와 대여섯 개의 수건을 준비하여 첨압방으로 올려 보냈다. 나리는 얼굴을 씻었다. 그러자 또 다른 하인 하나가 진한 차 한 잔을 갖다 바쳤다. 한 모금 한 모금 다 마시고 나니, 정신이 깨는지 말소리도 우렁찼다. 하인을 불러 막료가 자는지 깨어 있는지를 살펴보게 했다. 그때는 이미 야밤 1시경이었다. 하인은 간 지 한참 있다 돌아와 보고했다.

"아직 주무시지 않습니다요. 방금 죽 한 그릇 드시고 막 아편 한 대 피우시던 참입니다요!"

현령은 천천히 형명(刑名) 선생의 서재로 갔다. 그는 50여 세로, 팔자수염에 돋보기안경을 끼고 있었다. 현령이 들어서자 그는 구들에서 내려와 공손히 자리를 양보했다. 두 사람은 상인들의 파시 문제를 상의하기 시작했다. 이에 선생이 말했다.

"만생(晩生)은 이 일을 어제 바로 알았습니다. 만생의 생각으로는 죄명을 풍가에게 돌리면 모두들 아무 일 없을 듯합니다. 나리께선 어떻게 생각하십니까?"

그러자 현령이 말했다.

"왜 아니겠소? 나도 그럴 생각이었소. 선생께서 상신서를 써 주시면 좋겠소. 이 일은 지체해서는 안 되니, 내일 곧 상신서를 띄웁시다!"

이에 선생이 고개를 끄덕이며 말했다.

"모레 띄워도 괜찮을 것입니다."

현령은 마음을 놓았다. 그리고 오래 앉아 있을 수도 없어 안방으로 돌아갔다. 다음 날 선생이 상신서 초고를 만들어 첨압방으로 보내왔다. 현령은 쭉 살펴보고 나서 매우 적절하다고 생각했다. 이에 공무 도장을 찍고 서품(書稟)에게 주어 정서하게 한 뒤 신봉(申封)을 통해 성성(省城)으로 보냈다. 이때 희 무대(姬撫臺)는 공문을 내려 각 관속들에게 유학생 선발 시험을 재촉하며 학무를 정돈하고 있었다. 그러다 유현(濰縣)에서 보낸 상신서를 접하고 크게 놀랐다. 한참을 주저하다 문안과 상의했다.

"호(胡) 현령도 황당하기 그지없구먼! 이리 중대한 일을 어찌 일찌감치 보고하지 않았단 말인가? 하물며 이 보고서는 모호하기 그지없어 무슨 당(堂)의 건물이며 기구들을 훼손했다는데, 무슨 당을 말하는 것인지? 설마 교회당은 아니겠지? 만약 그렇다면 큰일 아닌가! 내가 알기로 유현 남관(南關)에 교회당이 있다던데."

유현의 지현이 초빙한 형명 선생의 글은 상황을 명확하게 설명하지 않아 문맥이 잘 통하지 않았다. 그는 희 무대가 학당 개설을 좋아한다는 것을 알고, 기도서원(旣導書院)을 기도학당(旣導學堂)으로 고쳐 적었는데, 그것을 또 '당'이라고만 말했기에 희 무대가 '교회당'이라고 의심하는 것도 당연했다. 희 무대의 막료 문안 가운데 유현 현령 자리를 노리고 있던 후보(候補)가 기회를 엿보아 대꾸했다.

"이 현령은 나이가 있고 전문가라지만, 애석하게도 그리 유능하지는 않은가 봅니다. 이런 소소한 일은 일찌감치 해소해야 하거늘, 어찌하여 상인들이 파시를 하는 지경에까지 이르렀는지? 비직이 보기에 그가 말한 '당'은 위에 '기도(旣導)'라는 두 글자가 있는 것으로 미루어 아마 무슨 학당일 것입니다. 비직은 유현에 가 본 적이 있어, 거기에 기도서원이 있다는 것을 알고 있습니다. 아마 지금은 학당으로 바꾸었는지도 모르겠습니다."

그러자 희 무대가 말했다.

"말은 비록 그렇지만, 위원을 보내 조사해 본 다음에 어찌할지를 정해야겠소. 노형께서 유현에 가 본 적이 있다니 잘됐소. 노형께 공문을 드릴 테니 번거롭지만 한번 다녀와 주셔야겠소!"

이 문안 후보 나리는 동료들 중 우두머리로, 성은 조(ㄱ)요 호는 우생(愚生)이었다. 그는 자신에게 조사를 맡긴다는 희 무대의 말을 듣고 속으로 몹시 기뻐하며 그 자리를 감사히 받고 다음 날 속히 행장을 꾸렸다. 행차를 간소하게 하여 하인 둘만 데리고 떠났다. 수레는 역성현(歷城縣)에서 대신 고용해 준 것이었다. 유현에 도착하여 우선 성 밖 나거점(騾車店)[325]에 머물렀다. 얼굴을 씻고 차를 마신 뒤 우선 남관으로 급히 가 교회당을 살펴보았다.

독자 여러분, 이 조 나리에게 유현은 익숙한 지방이어서 누군가 안내해야 할 필요가 없다는 사실을 꼭 알아 두시기 바란다.

남관에 당도하니 교회당은 멀쩡하였고, 거기서 신도들은 예수의 가르침을 듣고 있었다. 이에 한시름 놓았다. 내친김에 부근의 몇몇 사람을 만나 저들이 시장 문을 닫은 까닭을 탐문했다. 마침 한 노인이 이렇게 말했다.

"시장 파시의 원인은 원래 우리 현령 나리가 간여한 일이 아닙니다. 그것은 풍 주사가 돈을 기부하라고 압박하면서 또 저 사당의 돈을 가져가려 했기 때문입니다. 하여 성황신에게 죄를 입어 천벌을 받아 불이 난 것이니, 그를 탓할 필요도 없지요. 지금 우리 나리께서는 직접 나서서 그간의 일을 용서하시고 기부 헌납은 더

이상 거론하지 않기로 하셨습니다. 그러니 자연 다시 예전처럼 시장을 열게 되겠죠. 그런데 듣자 하니 나리께서 두려워하시는 것이 풍 주사여서 감히 나서지는 못하고 있습죠. 그래서 성내 가게들이 아직까지 문을 열지 않고 있습니다. 성 밖 가게는 그렇지 않습니다만. 이토록 오랫동안 파시를 하면서 어느 한 집도 문을 열지 않다니 이런 고약한 놈들이 어디 있습니까? 이 때문에 저들 일당도 소란을 피우지 못하는 것입죠."

조 나리는 그의 말을 듣고 상황을 분명히 알게 되었다. 이에 몇 마디 칭찬을 하고 헤어져 객점으로 돌아왔다. 현령이 어느새 하인에게 첩자를 들려 보내 조 나리께 행장을 관아로 옮기도록 청했다. 조 위원은 생각했다.

'이건 분명 나를 진정시키려는 뜻이리라. 그렇다면 나도 이 틈에 기꺼이 그와 친분을 좀 쌓아야겠다. 그럼 상의하기도 편할 테고.'

생각을 정하자 의관을 정제하고 가마에 올라 관아로 들어갔다. 현령은 성대한 연회로 대접하고 또 비위를 맞추는 말을 수없이 하며 온 마음을 다해 그를 구슬렸다. 하지만 그가 어찌 알았으랴. 조 위원이 관장에서 가장 능수능란한 인물이라는 것을. 그는 담담하게 두어 마디 답례했다. 게다가 그 말에는 다분히 조롱이 섞여 있었다. 현령은 웃지도 울지도 못할 상황에 넙데데한 얼굴이 온통 빨개졌다. 그러고는 곧 안절부절못하며 말을 해도 말소리가 기어들어 갔다. 조 위원은 그를 너무 곤경에 몰아넣지 않으려고 한담을 꺼내 그럭저럭 대꾸하며 말했다.

"귀하께서 기도서원을 지금 학당으로 고친 것은 아주 잘한 일입니다. 무헌께서 저와 얘기하시면서 귀하의 학무 처리가 매우 잘 정비되었다고 말씀하시더군요."

그런데 어찌 알았으랴. 이 말에 현령은 더욱 어리둥절해하며, 지금 저이가 날 놀리는 것인가 하고 생각했다. 사실 기도서원은 아직 학당으로 바꾸지도 않았거니와 걸려 있는 편액도 바꾸지 않은 터였다. 다만 공무상 잘 보이려는 욕심에 그리한 것인데, 지금 조위원이 그 말을 던진 것이다. 어쩌면 그는 벌써 조사를 마쳤으면서도 짐짓 모르는 척하며 넌지시 알아보려는 것인지도 모른다. 이런 생각이 들자 현령은 모골이 송연했다. 그러나 그도 나름 노련한 관료라 그대로 창피를 당할 수는 없는 노릇이었다. 이에 한참을 궁리하다 입에서 나오는 대로 대꾸했다.

"왜 아니겠습니까? 제가 돈을 추렴하여, 신사들에게 학당을 개설하라고 재촉했습니다. 그런데 어찌 알았겠습니까, 저들은 완고하기 그지없어 처음에는 개설하려 하지 않았습니다. 나중에 무헌의 뜻을 재삼 일깨우는 저의 거듭되는 간곡한 권유로 마침내 신사들이 응낙하더군요. 또한 졸업생들에게는 예전처럼 학당에 남아서 교원이 될 수 있다고 했습니다. 그제야 모두들 저의 일 처리가 공평무사한 것을 알고 아무 말도 없게 되었습니다. 지난달 말에 겨우 논의를 정하였는데, 마침 풍가의 일이 발생하여 논의를 잠시 뒤로 미룰 수밖에 없었습니다. 저는 무헌께서 학무를 정비하시려는 성의를 세세히 체득하였기에 학당이라는 명목을 먼저 품신하여 윗전께서 마음을 놓으시길 바랐습니다. 지금 서원의 규모는 아직 바꿨다고 하기에는 미흡합니다. 사실 이 역시 표면적인 일로, 내면을 제대로 하면 그만이지요."

그의 생각에 이 정도 거짓말이면 두루두루 원만하리라 여겼다. 하지만 뜻밖에도 조 위원에게 일찌감치 밑천이 드러나고 말았으니. 조 위원은 속으로 생각했다.

'네가 내 면전에서 거짓말을 해? 내 너에게는 네 거짓말을 들통내지 않겠다. 관리 노릇 하는 사람치고 이렇게 윗전을 기만하지 않는 이가 어디 있더냐. 넌 내가 무헌께 널 위해 잘 말해 주길 바라지. 어디 나한테 하는 것을 봐서 그때 보자. 지금은 이런저런 말이 필요 없지. 이를 일러 노반의 문 앞에서 도끼를 자랑한다(班門弄斧)[326]는 게야.'

그러나 그가 이런 지경까지 말을 하는 상황에서야 어쨌든 응대하지 않을 수 없어 그도 입에서 나오는 대로 몇 마디 비위를 맞추어 준 뒤 헤어졌다. 이로부터 조 위원은 유현 관아에 머물게 되었다. 닷새가 지나니 무헌에게서 빨리 성으로 돌아오라고 재촉하는 전보가 왔다. 그는 급히 행장을 정리하고, 현령에게 대략 낌새를 주어 관직 살 돈을 빌리고자 했다. 현령은 관직 살 돈이라는 소리를 듣자 그가 바라는 것이 적지 않은 양임을 알고 깜짝 놀라며 말했다.

"이 유현은 본시 상중(上中) 정도 되는 결원 자리입니다. 전임이 다 망쳐 놓은 바람에 제가 부임한 지 2년이 되었지만, 해마다 적자를 보아 비용이 충분치 않습니다. 그렇지만 우리가 어디 평범한 사입니까. 노형께서 이렇듯 긴요하게 쓰셔야 한다니, 제가 어찌 온 힘을 다해 돕지 않을 수 있겠습니까?"

그는 말을 마치고 곧 하인에게 분부하길, 장방(帳房) 어른께 이번 달에 형전(刑錢) 두 분께 드릴 수고비를 잠시 전용하여 각각 50냥씩 도합 은자 백 냥을 조 나리께 갖다 드리라고 지시했다. 하인이 "네이~" 하고 대답하곤 쏜살같이 달려갔다. 그러자 조 위원은 오히려 다른 말을 하기가 어려웠다. 잠시 뒤 그가 말했다.

"귀 관아가 이렇듯 궁색하다면 제게 따로 방도가 있으니 크게 마음 쓰지 마십시오."

---

326 없는 실력으로 전문가 앞에서 얄팍한 재주를 뽐내며 잘난 척함을 비유하는 말.

그러자 현령이 그에게 은근히 상의하길, 무헌의 면전에 선전 좀 해 달라고 부탁했다. 그러면서 기꺼이 따로 2백 냥을 더 빌려다 도합 3백 냥을 드리겠다고 했다. 조 위원은 정을 물리칠 수도 없어 그 돈을 받고 총총히 성으로 돌아갔다.

한데 누가 알았으랴. 유현의 장사치들은 성에서 위원이 내려와 이 일을 조사한다는 소리를 듣고 더욱 초조해졌다. 그리하여 성 밖 각 점포에 연통하여 절대 문을 열어서는 안 되며, 만약 장사를 할 때에는 그 화물을 거리에 쌓아 두고 일제히 불질러 버리겠다고 압박했다. 이러한 소문이 밖으로 새 나가니 저들 점포들은 깜짝 놀라 집집마다 문을 닫고 거리 곳곳에서 삼삼오오 짝을 지어 이 일을 의논했다. 관아 주방장이 고기와 채소를 사려 했지만, 어느 곳에서도 살 수 없었다. 하여 돌아와 보고를 올린 후 연초에 절여 둔 고기로 요리를 만들어 먹을 수밖에 없었다. 다행히 장작이나 쌀은 충분했다. 한편으론 이웃 현으로 사람을 보내 더 구입하여 후일에 쓸 것을 마련했다. 현령은 조급하여 쩔쩔맸다. 그는 첨고를 부르고 형명 선생을 청하여 함께 의논했으나 뚜렷한 묘수가 없었다. 자신은 또 백성들에게 두들겨 맞을까 두려워 감히 밖으로 나가지도 못했다. 이처럼 초조해하고 있을 때, 무헌이 다시 전보를 보내왔다. 현령이 꺼내 보니 모두 암호로 되어 있는지라 급히 『전보신편(電報新編)』을 꺼내 일일이 번역해 보니 전보의 내용은 이러했다.

'유현의 상인들이 파시를 했다니, 이로써 현령이 일 처리를 잘하지 못했음을 충분히 알 수 있다. 속히 상인들을 권유하여 시장을 열도록 하라. 만약 다시 또 두려워하여 교묘히 피하려 한다면 분명코 엄히 다스릴 것이다! 무원 인수(印綬).'

이를 보고 놀란 현령의 낯빛은 흙빛이 되었다. 이 시기 공명은 요긴했다. 어쩔 수 없이 시종들을 모두 집합시키고, 20명의 연용(練勇)[327]을 데리고 곧장 상무 회관으로 갔다. 그리고 몇몇 상인들을 불러 좋은 말로 타일렀다. 그랬더니 과연 모두들 말을 들어, 그날로 당장 시장을 열었다. 현령은 일이 잘 처리된 것을 보고 막료를 불러 상신서를 써서 무헌에게 보고했다. 이로써 자신의 앞날은 보장되리라고 여겼다. 그런데 어찌 알았으랴. 채 보름도 되지 않아 성에서 대신할 사람이 내려와 공무를 처리하게 되었다. 그는 전과 다름없이 해직을 면하지 못했다. 하여 어쩔 수 없이 후임에게 인계하고 성으로 돌아갔다.

한편 후임자는 성이 전(錢)씨로, 교활하고 사나운 인물이었다. 그는 부임하자마자 사달을 일으킨 흉수를 조사하여 한둘을 더 처벌하려고 했다. 도기 무리는 일찌감치 풍문을 듣고 도망가고 없었다. 하여 이 일과는 아무 상관도 없는 몇 사람을 잡아 성으로 압송하여 일을 마무리 지었다. 무헌은 다시 공문을 내려 각 상가(商家)에 풍 주사를 대신하여 집을 짓고 서원 수리를 배상하며 훼손한 기구들 다시 사들이도록 시켰다. 그리하여 일은 대충 마무리되었다. 전(錢) 나리는 무헌의 뜻에 영합하기 위해 이 지방의 기도서원을 학당으로 바꾸어 버렸다. 풍 주사가 개설하려던 상무학당도 다행히 전 나리가 전력을 다하여 얼마간 그 지방의 벌금을 지급해 주어 개설할 수 있었다. 풍 주사는 자신이 나서기 거북하여 요(姚) 거인을 내세워 책임자로 삼았다. 그는 교원들을 초빙하고 아예 서양 글로 가르쳤다. 시험을 치르던 날, 상인들은 자식들을 시험 치러 보냈다. 이를 보고 요 거인은 속으로 웃으며 생각했다.

'기부하라고 할 때는 외면하더니, 아들을 시험 치러 보내라니 반

---

[327] 청대에 지방의 자위를 담당하기 위해 각 지방에서 자체적으로 조직한 병사.

색을 하는구먼.'

그중에는 쌀집 주인도 있었다. 요 거인은 그가 기도서원의 등(燈)을 부순 것을 직접 목도했다. 이번에 그도 아들을 시험 치러 보냈기에 요 거인을 향해 인사를 했다. 요 거인은 그의 성명을 물어, 그의 성이 동(董)이고 이름은 추시(趨時)라는 사실을 알게 되었다. 그는 요 거인이 자신에게 말을 걸자 매우 영광스럽게 생각했다. 본시 학당 책임자와 교분을 맺고 싶은 마음이 있었던 터라 이번에 실수해서는 안 된다고 생각했다. 하여 궁둥이를 의자에 들이밀고 앉으며, 이 학당이 얼마나 좋은지 그리고 일 처리가 얼마나 공평한지 등을 뒤죽박죽 섞어 한바탕 아첨을 늘어놓았다. 그 말을 듣고 요 거인은 낯이 간지러워 견딜 수가 없었다. 이에 한참을 생각하다 대꾸했다.

"이 학당은 그럭저럭 괜찮은 편이지요. 다만 애석하게도 안전등 몇 개가 좀 더 많지요. 나중에 설령 누군가가 부수더라도 또 이 지방에서 돈으로 배상하면 그만이지만."

그 몇 마디 말에 동추시(董趨時)는 부끄럽고 무안하여 자리를 떴다. 요 거인은 가볍게 고개를 끄덕일 뿐, 배웅하지는 않았다. 한데 그의 아들은 오히려 그런대로 괜찮아 공부할 수 있도록 받아들였다. 이에 동추시도 더 이상 아무 말이 없었다.

뒷일이 어떻게 되었는지 알 수 없으니, 다음 회를 듣고 알아보기 바란다.

제34회

각설하고, 유현에선 파시로 인해 도리어 학당 둘을 개설하게 되었다. 이 소식이 성(省)으로 전해지자 희(姬) 무대는 크게 기뻐했다. 그는 막부 막료들과 한담을 나누며, 산동성을 통틀어 벌써 48개 학당이 개설되었다고 자랑했다. 희 무대는 학당 백 개를 채워야 그만두겠다는 뜻을 세웠다. 이 말은 널리 퍼져 나갔다. 그러자 몇몇 서점 주인들은 이를 통해 돈을 벌 수 있겠다는 생각을 했다. 이에 돈을 아끼지 않고 비싼 값에 교과서 원고를 사들여 인쇄하고 판매하여 이득을 취하고자 했다. 그러나 산동은 구석진 지방이어서, 비록 해안에 가깝기는 했으나 개화(開化)는 비교적 늦었다. 하여 독서인(讀書人)들은 아직 교과서를 편집하는 방법을 잘 알지 못했다. 그런데 마침 남방에서 온 10여 명의 교원들은 모두 강소(江蘇)나 절강(浙江) 일대의 사람들이었다. 그들은 세상 물정도 알고 책 편집 방법도 잘 알고 있어 곧 초급 학교의 교과서를 편집했다. 그들은 한 권 편집을 마치면 최소한 은자 몇십 냥은 받고 팔았다. 그런데도 판각하여 출판하면 항상 다 팔렸다. 그 결과 도서 편집인의 평판은 더 높아져 높은 값을 주지 않으면 쉽게 원고를 팔려 하지 않았다.

당시 제남부(濟南府)에는 예전 큰 서원 출신들이 있었는데, 이들은 자신의 학문이 매우 깊고 시무(時務)에도 두루 밝다고 여겼다. 그들이 보기에 이들 교과서는 몹시 천박하고 통속적이었다. 그런데도 사람들은 오히려 큰돈을 내고 사서 읽으려 하니 속으로 몹시 부아가 치밀었다. 그중에는 낙원서원(濼源書院) 출신 고등생(高等生) 몇 명과 상지당(尚志堂) 출신 고등생 몇몇이 있었다. 그들은 서원이 죄다 학당으로 바뀌자 학비를 받을 수 없어 생활비도 사라지고 말았다. 이에 저들 유신파의 뒤를 좇아 살아 나갈 조그만 이익이라도 찾아보기로 했다. 이에 그들도 어쩔 수 없이 밑천을 들여 새로 나온 교과서를 몇 종 샀다. 그러고는 팔고문의 상투적인 작문법으로 간판만 바꾸어 몇 종을 지어내 돈을 받고 팔았다. 그러나 자구가 너무 고상하고 우아하여 서점에서 원고를 검토하는 총교(總校)들도 무슨 말인지 알아보지 못해 원고를 사려 하지 않았다. 저들은 부아가 극에 치달았다. 공연히 시간을 들인 것은 셈하지 않더라도, 밑천을 날린 것만큼은 몹시 괴로웠다. 이에 유신하는 사람들과는 더욱더 철천지원수가 되었다.

마침 그해 산동 향시에서는 아직 완전히 폐기하지 못한 몇 가지 과거 시험을 보게 되었다. 그 때문에 멀리 사방의 책 장수들도 과거 시험장으로 가게 되었다. 그중에는 개통서점(開通書店)도 있었는데, 이제껏 팔던 것은 죄다 문명 기구나 도서 따위였다. 주인은 성이 왕(王)이요 유신(維新)의 일대 호걸로, 이름은 외자로 숭(嵩)이었으며 호는 육생(毓生)이었다. 그는 팔고문 출신으로 몇 년 동안 수재(秀才)로 지내기도 했다. 그러나 외국으로 유학을 떠나, 본 것이 많아 식견이 넓어지고 지식도 점차 개명되었다. 이후 나름 학문적 성취를 이루어 유신의 영수가 되었다. 그가 태어나 자란 곳은 제녕주(濟寧州) 운하 하안(河岸)이어서, 남북이 교차하고 성(省)으로 들어가기도 편리한 지역이었다. 육생은 제녕주에서 서점을 열었지만, 늘 장사가 잘되지 않는다고 생각했다. 그러다 다행히 향시를 보는 해를 만나게 된 것이었다. 하여 속으로 이번 장사는 내친김에 과거 시험장으로 들어가서 하는 편이 낫겠다고 판단했다. 이에 점원들과 상의하니 모두들 찬성하며 말했다.

"듣자 하니 무헌 대인께서는 유신을 극력 주창하시어 수많은 학당을 여셨다더군요. 우리가 장사를 잘하려면 성(省)으로 들어가야 할 것입니다. 지금은 우선 서적을 가져다 팔고, 나중에 기구며 그림 등도 모두 운반해 가시지요. 거기서 개점하시면 분명 여기보다 열 배는 나을 겁니다."

이 말을 듣고 육생은 자신의 뜻과 심히 부합하는지라 고개를 끄덕였다. 당장 행장을 서둘러 수습하고 곧이어 큰 배 한 척을 빌려 운하를 따라 나섰다. 성성(省城)을 40리 두고 수로는 더 이상 통하지 않았다. 다시 노새 수레로 바꾸어 책을 실었다. 점원이 일찌감치 공원(貢院)[328] 앞에 방을 임대해 두었다. 육생이 그곳에 도착해 살펴보니, 세 칸 방은 아주 넓고 또 도배도 깔끔하여 매우 기뻤다. 서둘러 점원을 불러 서적을 진열했다. 간판은 하얀 죽포(竹布)에 정문공(鄭文恭)의 북비(北碑) 글씨체로 썼다. 조금 민둥한 점이 있었지만 서체는 가늘고 힘찬 것이 대단했다. 점포를 본 육생은 잘 정제되었다고 여겨 저도 모르게 찬탄했다.

"아주 멋지구나! 멋져!"

그러자 점원들이 웃으며 말했다.

---

328 과거 시험이 있을 때 회시나 향시를 보던 곳.

"멋지든 말든 상관없으니, 돈이나 많이 벌었으면 좋겠습니다."

그 말을 듣자 육생 또한 저도 모르게 실소했다. 육생은 또 가져 온 일본 그림 몇 가지를 내다 걸게 했다. 그리고 안전등 두 개도 내 다 걸었다. 저녁이 되니 환하게 비치는 것이 오색이 더욱 선명했다. 이러한 분위기를 헤아려 보니, 도저히 돈을 벌지 않으려야 벌지 않을 수 없을 것 같았다.

시험 기간까지는 아직 멀었다. 육생은 서점에서 양반다리를 하 고 앉아 사흘이나 기다렸다. 그런데 어찌 알았으랴. 책을 사러 오 는 사람이 하나도 없었다. 속이 갑갑했다. 나흘째 되던 날, 푸른 무명 마고자에 옅은 남색 무명 장삼을 입고 만면에 주름이 가득 한 수재 하나가 구부정히 느릿느릿 서점으로 들어오며 물었다.

"현 정세에 관한 서적 같은 게 있으면 몇 개 골라 좀 보여 주시 겠소?"

이에 점원이 『시무통고(時務通考)』, 『정예총서(政藝叢書)』 등을 가 져다주었다. 그랬더니 그는 모두 싫다 하며 다시 말했다.

"『광치평략(廣治平略)』, 『십삼경책안(十三經策案)』, 『이십사사책요 (二十四史策要)』만 못하군. 간략히 총괄하여 찾아보기 쉬운 것을 가져와 보게."

이에 점원은 그가 문외한이란 것을 알고 다시 『세계통사(世界通 史)』, 『태서통감(泰西通鑒)』 등을 가져다주며 환심을 사려 이렇게 말했다.

"이것들은 외국에서 온 좋은 책입니다. 지금 과장(科場)에서 묻 는 외국 일은 죄다 여기 다 들어 있습니다."

그러자 수재는 고개를 도리질하며 말했다.

"아니, 아니! 과장에서도 외국의 일을 묻지는 않아. 난 단지 현재 의 시무서가 필요할 뿐이야. 부문별로 나눈 것이면 좋겠군."

이에 점원이 말했다.

"그런 것은 저희 서점에 없고, 『사론삼만선(史論三萬選)』한 가지만 있는데, 드릴까요?"

수재는 '삼만선(三萬選)'이란 세 글자를 듣더니, 예전의 『대제삼만선(大題三萬選)』이란 책의 명목과 부합하자 속으로 심히 기뻐하며 곧바로 가져오라 했다. 찬찬히 목록을 살펴보니 모두 역대 역사서의 사건들로, 일찍이 보지 못한 것이 태반이었다. 단지 『좌전(左傳)』에 나오는 '정장공론(鄭莊公論)' 따위만 자신이 아는 것들이었다. 가격을 물어보는데, 점원은 그가 망설이는 모습을 보고 너무 많이 요구할 수 없어 한 부에 은자 세 냥만 청구했다. 수재가 책을 세어 보니 모두 30권이었다. 게다가 조그만 석판 인쇄였다. 그런데 한 권에 은자 1전(錢)씩이라니 너무 비싸다는 생각이 들었다. 이에 1냥 5전만 내려 하자 점원이 책을 가지고 다시 서가에 갖다 꽂으며 말했다.

"이렇듯 크게 값을 후려치는 경우는 없습니다. 그만둡시다."

이에 수재는 나가려다 다시 몸을 돌리며 말했다.

"그럼 닷 푼을 더 줌세, 어떤가?"

그러자 점원이 웃으며 말했다.

"우리가 흥정하는 것은, 이런 자잘한 세 푼 닷 푼을 따지는 데 있지 않습니다. 선생께서 이 책을 사시려면 최소한 은자 2냥 8전을 내셔야 합니다."

이에 수재가 말했다.

"다시 한 번 보여 주시게."

이에 점원은 할 수 없이 다시 그에게 책을 가져다주었다. 수재는 한참 동안 목록만 살펴볼 뿐, 여전히 그 안에 어떤 것들이 선별되어 있는지는 살펴보지 않았다. 그 표정을 보아하니, 책이 좋기는 하나 선뜻 돈을 내놓기엔 아깝다는 기색이었다. 보태고 또 보태 결국 은자 1냥 8전까지 만들었다. 육생이 곁에 앉아 있다 보니 그가 불쌍했다. 게다가 첫 거래이기도 하고 또 합산하면 이미 반은 남기는 셈인지라 점원에게 팔라고 시키며, 그에게 말했다.

"이는 첫 거래인지라 턱없이 싸게 파는 것입니다. 오래오래 단골 손님이 돼 주십시오."

그러자 수재는 흔쾌히 피지(皮紙)로 싼 은자를 꺼냈다. 모두 55개의 대전(大錢)[329]이었다. 점원이 받아 저울에 달아 보니, 1냥 7전 5푼으로 여전히 5푼이 모자랐다. 그러나 수재가 어찌 부족분을 인정하랴. 그는 은자가 주인댁에서 수고비로 잘 재 보고 준 것이라 한 푼도 어긋남이 없으리니, 분명 저울이 너무 헐거워서 그럴 것이라, 그렇지 않다면 이렇듯 크게 차이가 나지는 않을 것이라 말했다. 이에 점원이 대꾸했다.

"이 저울은 당신네 고장에서 산 조평(漕平)[330]으로 한 치의 속임수도 없습니다. 못 믿으시겠다면 위에 글자가 새겨져 있으니 와서 살펴보십시오."

수재가 계산대로 가서 보니 과연 제남성(濟南省) 모 점포에서 제조한 조평이었고, 은자는 확실히 1냥 7전 5푼이었다. 그는 더 이상 아무 말 없이 서너 개의 대전을 더듬어 꺼내며 말했다.

"내겐 정말 더 이상 돈이 없네. 기다려 주게. 다음에 가져와서 갚겠네."

그러자 점원이 웃으며 말했다.

"좋습니다. 우리가 앞으로 거래할 날은 길지요. 가져가십시오."

그가 떠나자 육생이 욕을 했다.

---

329 동전의 일종. 일반 동전보다 크고 화폐 가치도 높았음.
330 옛날 표준 저울의 이름.

"이런 사람도 과장에 들어가다니, 정말 죄받을 짓을 하는군!"

그런데 누가 알았으랴, 이후 책을 사러 오는 이들은 모두 그 수재와 같은 부류였다. 그들은 서양 역사 속의 노덕(路德)[331]을 보면, 그를 산서(山西) 출신의 노윤생(路閏生)[332] 선생으로 알고, "원래 그도 여기에 들어 있었군"이라고 말했다. 또 필사마극(畢士馬克)[333]을 보면 또 "이건 무슨 말(馬)인가?" 하고 물었다. 이 같은 유의 웃음거리가 적지 않았다. 육생은 웃음을 참을 수 없어 이를 일일이 기록해 두었다. 그러고는 이를 『제남매서기(濟南賣書記)』라는 책으로 엮어, 책을 구매하던 이런 인간들을 조롱했다. 이는 뒷날의 이야기라 더 이상 얘기하지 않겠다.

한편 과장에 들어가던 그날, 왕육생은 쓸모 있을 만한 서적 몇 부를 가지고 시험장으로 들어갔다. 그런데 어찌 알았으랴, 그가 가져간 서적은 한 부도 소용이 없었고, 도리어 그 수재가 사 간 『사론삼만선』이 쓸모가 있었다. 이에 그는 저 수구적인 인간들이 머리를 굴리는 데는 능수능란하다는 사실에 탄복했다. 두장(頭場)[334]을 마치고 나왔지만, 결과가 그리 흡족하지는 않았다. 관례에 따라 이장(二場)에도 응시했다. 그런데 이장의 과제는 책(策)[335]으로, 『파란쇠망전사(波蘭衰亡戰史)』에서 출제되었다. 이번에 육생이 가져간 책은 자못 흡족했다. 그는 긴 글 한 편을 일필휘지로 통쾌하게 써 내려가며 거인(擧人)은 따놓은 당상이라 여겼다.

시험이 끝나자 여타 서점들은 일제히 판을 접고 돌아갔다. 육생

---

331 종교 개혁가 루터의 중국식 인명 표기.
332 청대의 인물로 이름은 노덕(路德)이다.
333 비스마르크의 중국식 인명 표기.
334 향시나 회시의 첫 번째 시험. 명·청대의 과거 시험 중 향시나 회시는 각기 삼장(三場)으로 치러졌는데, 합격의 관건은 첫 시험에 달려 있었다.
335 문체의 하나. 임금이 정치 문제를 간책(簡策)에 써서 의견을 묻는 것을 책문(策問), 이에 대하는 것을 대책(對策)이라 함.

은 계산을 해 보았다. 그랬더니 성성에 당도한 이후 지금까지 판매한 것은 겨우 은자 몇십 냥에 불과했다. 여비며 배의 운임이며 방값·밥값 그리고 기타 경비를 합산해 보니 적어도 은자 백여 냥은 필요했다. 도저히 만족할 수 없었다. 이에 곰곰이 생각했다.

'현재 제남부에 학당은 즐비하다. 내 비록 시험장에선 뜻을 얻지 못했지만 학당에서는 기필코 뜻을 얻으리라. 한 두어 달 더 버텨 보자.'

이에 곧 집주인과 방세를 반으로 하기로 합의하고, 경비도 줄여 장기 거주에 대비했다. 과연 문의하는 사람들이 점점 늘어났다. 나중에는 명성이 나날이 커져, 신서(新書)를 사려는 사람은 죄다 개통서점으로 오게 되었다. 한 달이 채 못 되어 족히 은자 천 냥을 벌었다. 그때는 이미 과거 시험 결과가 발표되었다. 육생은 낙방했지만 묘하게도 재운은 아주 좋아 거인이 되지 못한 것을 마음에 두지 않았다. 나중에 낙권(落卷)[336]을 받아 보니, 주임 시험관의 비평은 이랬다.

'전체적인 짜임새가 엄밀하고 원만하며, 공력이 깊고 수양이 잘 되었음. 다만 두 번째 시험 책(策)에서 상시(傷時)[337]하는 말이 너무 많아 채택하지 않음.'

그의 두 번째 대책(對策) 시험은 바로 폴란드의 쇠망을 논한 것으로, 가장 마음에 들어 하던 답안이었다. 그에 반해 전후 두 시험은 자기 마음에 들지 않던 곳에 유독 주 시험관은 수없이 동그라미를 쳐 두었다. 이에 그는 비로소 과장의 비결을 알게 되었다. 한참 후회하고 있는데 마침 지난번 『사론삼만선』을 사 갔던 수재가 다시 와서는, 『근과장원책(近科狀元策)』이 있는지 물었다. 육생

---

336 과거에 불합격한 사람의 답안지.
337 시국이 자신이 바라는 바와 같지 않아 슬퍼함.

은 그가 분명 거인에 합격하여 관례에 따라 성으로 왔음을 눈치챘다. 하여 물어보니 과연 틀리지 않았다. 그는 15등으로 합격하였고, 이번에 지난번 부족분을 갚으러 온 것이었다. 육생이 대답했다.

"『근과장원책』은 팔지 않습니다. 그런 것은 남지포(南紙鋪)에서 팝니다."

그러자 그는 떠났다. 육생은 『신과위묵(新科闈墨)』에서 15등을 찾아보았다. 그는 원래 제하현(齊河縣) 사람으로, 성은 황(黃)이고 이름은 안란(安瀾)이었다. 그의 저 13경(經)에 관한 웃음거리는 『제남매서기』에 비해 훨씬 많았다. 그는 두 번째 시험 두 번째 대책에서 파란(波蘭)[338]의 '파(波)'와 '란(蘭)'을 각각 단락을 따로 나누어 기술했다. 이것을 보고 육생은 소리 내어 크게 웃다가 아래턱이 빠지고 말았다. 이에 말은 못하고 미간을 찌푸리며 코를 찡그렸다. 다행히 점원 하나가 방법을 알아 천천히 턱을 밀어 올렸다. 그제야 육생은 말을 할 수 있었다.

"아이고! 이 고통은 저 귀인 때문이야! 과연 저이의 운세는 정말 대단하구나. 내가 비웃으니 바로 이런 벌을 받는구먼."

그러자 점원이 웃으며 말했다.

"왕 선생님, 손으로 아래턱을 잘 받쳐 드세요, 또 떨어지지 않게. 제가 우스갯소리 하나 할 테니 들어 보십시오."

그러자 육생은 과연 아래턱을 받쳐 들었다. 이에 점원이 말했다.

"제가 아래턱 빠진 것을 어떻게 고칠 수 있게 되었는지 말씀드리겠습니다. 이것도 다 제가 경험한 것입니다. 저희 고향 기수(沂水)에 성이 시(時)인 수재 선생 한 분이 있었습니다. 모두들 그가

---

338 폴란드의 중국식 표기.

단정하다고 말이 자자했지요. 그 스스로도 어떤 자리든 올바르지 않으면 앉지 않는다고 말했습니다. 또 어떤 선비든 길을 걸을 땐 급히 걸어선 안 되고 조심조심 걸어야 한다고 했습니다. 우산도 없이 비를 만나도 천천히 걸어야 하고, 가깝고 편한 것을 탐하여 샛길로 다녀선 안 되며 곧은길로 다녀야만 한다고 했습지요. 이에 사람들은 그를 효렴방정(孝廉方正)[339]으로 떠받들었습니다. 하루는 비를 만나 저는 우산을 받쳐 들고 읍내에서 집으로 돌아가고 있었습니다. 마침 저 앞에 시 선생이 있었습니다. 그는 손에 우산도 받쳐 들지 않아 빗방울이 목을 타고 흘러내리고 있더군요. 그런데 도랑을 우회하려다 다급했던지 한 반쯤 가다가 주변에 사람이 없는 것을 보고는 장삼을 걷고 훌쩍 뛰어 건너더군요. 그 뒤에 아이 둘이 있었는데, 녀석들은 눈치도 없이 큰 소리로 '시 선생이 도랑을 뛰어 건넌대요!' 하고 소리치지 뭡니까. 뜻밖에 뒤에서 누군가 보고 있다는 사실에 깜짝 놀란 그는 그만 풀쩍 뛰자마자 바로 진창에 빠져 온몸이 냄새나는 더러운 진흙투성이가 되고 말았지요. 저는 이를 보고 웃다가 그만 아래턱이 빠지고 말았습니다. 온 힘을 다해 손으로 밀어 올리고서야 겨우 턱을 맞출 수 있었습니다. 하여 이런 방법을 알게 되었습니다."

육생은 그의 말을 재미있게 듣다가 저도 모르게 웃음이 나왔지만 크게 웃지는 못했다. 그가 말했다.

"우리야 누가 거인이 되건 말건 상관없지. 이곳 제남성은 장사가 꽤 잘되니, 내 돌아가서 서적들을 다 가져올 생각이다. 인쇄기도 함께 가져와 교역해야겠다. 제녕주는 작은 동네라 이문도 그리 많지 않다. 너희들은 어떻게 생각하느냐?"

---

339 부모에게 효도하고 나랏일에 청렴하며 행동거지가 바르고 정직한 사람.

이에 점원들이 한목소리로 말했다.

"옳습니다."

다음 날, 육생은 아침 일찍 일어나 제녕주로 돌아갔다. 며칠 지나지 않아 서점 전부를 옮겨 왔다. 과연 장사는 나날이 번창했다. 육생은 또 꾀를 내어 남들이 번역한 서양 서적을 가져다 여기저기 베껴서는 자신이 번역한 일본어 원고라며 인쇄했다. 이에 사람들은 그를 찬탄하며 대하였고, 그의 명망을 흠모하여 찾아오는 몇몇 유신 친구들도 생겼다. 그날, 육생은 조금 늦게 일어나 계산대에서 막 얼굴을 씻고 이를 닦고 있었다. 그때 돌연 손님 셋이 들어왔다. 한 사람은 서양 복식이었다. 그는 외국 나사(羅絲)로 된 두루마기를 입고 발에는 가죽신을 신었으며, 모자는 손에 벗어 들고 땀을 뻘뻘 흘리며 들어왔다. 나머지 둘은 중국식 복장으로, 마고자를 겸한 죽포 장삼을 입고 있었다. 그들이 물었다.

"육생 군은 집에 있는가?"

이에 육생은 칫솔을 내려놓으며 급히 두루마기를 걸치고 계산대로 나가 그들을 맞았다. 그러고는 곧 존성대명이 어찌 되는지를 묻고, 소생이 바로 왕육생이라 인사했다. 그 세 사람은 말투가 조금 달랐다. 알고 보니 모두 상해에서 온 사람들이었다. 그들은 품에서 흰 종이로 된 조그만 명함을 꺼냈다. 온통 서양 글자였다. 육생은 한 글자도 알지 못해 얼굴만 붉혔다. 물어보기도 거북했다. 서양 복식을 한 이가 육생이 알아보지 못한다는 것을 알았는지 이렇게 말했다.

"제 성은 이(李)요 이름은 황(湟)이며 호는 회생(悔生)이라고 합니다."

그리고 두 사람을 가리키며 덧붙였다.

"저들은 형제로 성은 정(鄭)인데, 이분은 호가 연신(硏新)으로 형이고, 저분은 호가 구신(究新)으로 동생 됩니다. 저는 일본에 있다가 연태(煙台)로 돌아왔습니다. 귀 성(貴省)의 분위기가 크게 개명되었기에, 학당을 둘러보고 희 중승(姬中丞)께 학무에 관한 진정서를 올려 학당을 개량하고 싶습니다."

이에 육생은 저도 모르게 숙연해지며 삼가 말했다.

"노형은 진정 뜻이 있는 호걸이시군요. 이렇듯 교육에 성심성의를 다 하시다니."

그러자 회생이 대꾸했다.

"왜 아니겠습니까? 우리는 이 군중들 속에서 살아가니, 항상 동포들이 발전하기를 바라야 옳지요. 제가 귀 성에 당도하고 보니, 동지들이 매우 드물더군요. 다행히 연신 형제를 만났지요. 이들은 절강대학당의 옛 동학들로, 귀 성에서 3년 동안 교원으로 지냈습니다. 이들 덕분에 여기 머물며, 우리 몇몇 동지들이 아직도 뜨거운 피를 가지고 있다는 것을 알게 되었습니다. 다만 애석하게도 저 두 분은 외국 유학을 추천받아 조만간 떠나야 한다는 것이지요. 제 생각에 여기 머무는 것도 의미가 없으니, 저도 남쪽으로 가서 기회를 엿보다가 혹여 미국으로 몇 년 유학이라도 갈 수 있으면, 그 뒤에나 따로 방법을 생각해 볼까 합니다."

육생은 그 말을 들으며 그들의 내력이 대단한 것을 알고 저도 모르게 한껏 비위를 맞추는 말을 늘어놓았다.

"노형께서 저를 중시하시어 애써 찾아 주셨으니, 저희 서점에서 느긋하게 며칠 머무르며 학당을 둘러보시고 학계에 유익한 일을 좀 하시는 것도 괜찮지 않겠습니까. 소제 또한 외국 서적을 잘 배울 수 있겠지요. 음식이나 기거하시는 것은 좀 떨어지니 모독한다고 여기시지나 않으시면 좋겠습니다."

그러자 회생이 말했다.

"무슨 그런 말씀을? 저는 육생 형을 보자마자 바로 일가친척 형제나 진배없다는 것을 느꼈습니다. 4억 동포가 모두 육생 형과 같다면 우리 중국이 어찌 남들이 분할하는 것을 두려워하겠습니까? 기왕 이러하니, 저는 오히려 육생 형을 차마 버리고 갈 수 없겠습니다. 또한 귀 성의 학계에 반드시 밝은 빛을 크게 발해야겠지요."

그러고는 두 형제를 돌아보며 말했다.

"내가 말했지, 육생 형의 번역본을 보자마자 바로 북방의 호걸임을 알아보았다고. 내 안목이 어떤가?"

그러자 정씨 형제가 일제히 "맞네" 하고 맞장구쳤다. 그러면서 또 일개 책 장수 육생을 하늘 높이 띄워 올리는 아부를 몇 마디 덧붙였다. 육생은 저도 모르게 손이 근질근질하여 계산대에서 은표(銀票) 열 냥을 꺼내, 북저루(北渚樓)에서 밥이나 먹자며 그들을 초대했다. 그러자 이회생이 말했다.

"어찌 폐를 끼칠 수 있겠습니까? 오히려 제가 육 형께 서양 요리를 대접하는 것이 좋겠습니다."

이에 육생이 말했다.

"좋습니다. 새로 연 강남촌(江南村)이라는 서양 요릿집이 있는데, 저도 아직 가 보지 못했습니다. 오늘 그 집 솜씨가 어떤지 한번 알아보지요."

이에 회생은 크게 기뻐했다. 네 사람은 강남촌으로 갔다. 2호 방을 골라 자리했다. 그러나 아쉽게도 시간이 너무 일러, 다양한 요리가 완비되지는 못했다. 네 사람은 조개탕과 소갈비, 비둘기구이, 가자미, 망고 푸딩, 닭고기 카레 등만 먹을 수 있었다. 회생은 특별히 우둔살을 시켜 샴페인과 함께 마셨다. 계산을 하니 은자 세 냥 정도였다. 회생이 먼저 나서며 계산을 하려 했다. 그런데 누가 알았으랴, 육생이 벌써 계산한 뒤였다. 이에 감사의 말만 전할 수밖에 없었다. 육생은 또 회생에게 여장을 옮겨 오라고 말했다. 회생은 그러겠다고 대답하고 헤어졌다.

이틀이 지나자 과연 회생이 인력거에 여장을 싣고 왔다. 그의 짐은 아주 간단했다. 커다란 외국 가죽 가방 하나에 침구뿐이었다. 육생이 인쇄실 건넌방에 자리를 잡아 주며 말했다.

"저희 서점은 방이 협소합니다. 접대가 소홀하지만, 괜찮으시다면 여기 머무십시오."

그러자 회생이 말했다.

"무슨 말씀을? 저는 아주 일찍 일어나니, 조금 시끄러워도 괜찮습니다."

이때부터 이회생은 개통서점에 머물면서, 육생과 함께 학당 몇 곳을 둘러보았다. 그런데 그는 학당들이 죄다 규정에 어긋나게 설치되었다고 말하는 것이었다. 육생이 그에게 학당 개설에 관한 방법을 가르쳐 달라 청하자 그는 가죽 가방에서 규정집 한 묶음을 꺼냈다. 모두 강남 지방 학당의 규정집들이었다. 그가 말했다.

"이 규정집 중에는 훌륭한 것도 있고 그렇지 못한 것도 있습니다. 나는 이것들을 한데 모아 그중에서 한 편을 골라 간단명료한 규정집을 만들어 볼 생각입니다."

그러자 육생은 대단하다며 주억거렸다. 하루는 육생이 친구에게서 휘트먼의 『상업 역사(商業歷史)』라는 책을 얻었다. 그런데 영어로 된 책인지라 그에게 번역을 부탁했다. 그랬더니 그가 한참을 살펴보곤 이렇게 말하는 것이었다.

"이 책은 아무 소용이 없습니다. 상해에서 이미 누군가 번역하여 머잖아 출판될 것입니다. 이 책은 번역하지 마십시오."

그러자 육생이 말했다.

"이게 무슨 책인지, 저는 제목도 알아보지 못하겠습니다. 회생 형께서 가르쳐 주십시오."

이에 회생은 다시 그 책의 겉장을 한참 쳐다보다 서양 말로 몇 마디 하더니, 책 제목을 중국어로 번역해 주었다. 그러자 육생이 되물었다.

"상업 역사?"

이에 회생이 말했다.

"맞소! 이건 영국 사람이 지은 것이외다."

육생은 그가 영국인 휘트먼이 지은 것이라는 것을 알고 있자 더 이상 파고들지 않았다. 상해에서 이미 번역했다면, 자신이 구태여 돈을 낭비할 필요가 없었다. 시간이 흘러 회생은 육생과 소학당(小學堂)을 차릴 계획을 논의했다. 거기서 가르칠 외국어 교사 몇 분을 초빙하고, 학생들에겐 식사를 제공하면서 한 달에 은자 열 냥을 받기로 했다. 두 사람이 계산해 보니, 최소 학생 120명만 받아도 수익이 크게 남았다. 육생은 거기서 취할 이익이 많자 두말 없이 바로 응낙했다.

뒷일이 어떻게 되었는지 알 수 없으니, 다음 회를 듣고 알아보기 바란다.

제35회

무헌을 알현한 서생은 모욕을 받고
귀인을 만난 비밀 결사는 흉악한 짓을 저지르다

각설하고, 이회생(李悔生)이 학당을 개설하자고 했을 때, 육생 또한 이번 사업이 괜찮으리라 여겼다. 그러나 회생이 그에게 은자 6백 냥을 일본으로 보내 기구를 구입하자고 했을 때는 응낙하지 않으며 이렇게 말했다.

"학생들을 다 모집한 뒤에 천천히 구비해도 될 것입니다."

회생은 그가 돈만 중시하는 것을 보고, 아무래도 말에 비꼬는 투가 섞이게 되었다. 이로부터 두 사람은 의견이 맞지 않았다. 마침 그날, 서점 점원들은 식사 약속이 있다며 모두 출타하고, 서점에는 두 사람만 남게 되었다. 육생은 볼일이 급해 화장실로 가면서 회생에게 잠시 서점을 맡아 달라고 부탁했다. 그때 문득 문회당(文會堂)에서 책값 결산으로 3백 냥짜리 지폐를 보내왔다. 회생은 급히 받고 대신 영수증을 써 주었다. 그는 육생이 아직 볼일이 끝나지 않은 것을 보고, 지폐를 소매에 집어넣고 떠나 버렸다. 육생이 볼일을 끝내고 돌아와 보니 회생이 보이지 않았다. 그는 근처로 산책을 나갔으려니 생각했다. 그러나 어찌 알았으랴. 이제나저제나 기다려도 돌아오지 않았다. 날이 저물어 점원들도 모두 돌아왔다. 그러나 회생은 여전히 돌아오지 않았다. 그러다 문득 의심이 들었다. 이에 물품들을 점검해 보았으나 없어진 것은 하나도 없었다. 궤짝을 열고 살펴보았지만 한 푼도 줄어든 것이 없었다. 이상하다는 생각이 들어 그의 가죽 가방을 열어 보았다. 캘리코 셔츠 몇 벌뿐 군더더기 옷가지는 하나도 없었다. 침구는 비록 화려했지만, 인조 공단에 불과했다. 아무리 생각해 보아도 그 까닭을 알 수 없었다. 그러다 마침내 이즈음이 결산 대목이라는 데 생각이 미쳤고, 그제야 문회당에서 결산한 책값을 그가 들고 튀었다는 것을 깨달았다. 후회막급이었다.

이때부터 육생은 유신한다는 사람들과 왕래하지 않았고, 그들을 보아도 그냥저냥 담담히 대했다. 그러나 학당을 개설하겠다는 생각은 여전히 가지고 있었다. 하여 문을 닫아걸고, 하루 종일 아주 간절히 호소하는 상소문을 작성하여 겨우 마쳤다. 그리고 직접 무원에게 투서했다. 그것이 자못 희 무대의 눈에 들어 만남이 성사되었다. 육생은 본시 세공(歲貢)[340]으로, 후보 훈도(訓導) 직책을 갖고 있었다. 당장 의관을 정제하고 작은 가마를 고용했다. 그런데 의문(儀門)[341]에 이르러 가마에서 내렸으나 아무도 마중하는 이가 없었다. 육생이 수본(手本)을 들고 곧장 안으로 들어가자, 문지기가 그를 막으며 말했다.

"뭐하는 사람이기에 감히 안으로 곧장 들어가려 하는가!"

이에 육생이 말했다.

"나는 왕재(王材)라는 사람으로, 너희 대인이 청하여 온 사람

---

340 명·청 시대에 해마다 지방 학생 중에서 우수한 자를 선발하여 서울로 보내 국자감(國子監)에서 공부시키던 제도 또는 그렇게 선발된 자.

341 대문을 지난 두 번째 문.

이다."

그러자 문지기가 거들먹거리며 대꾸했다.

"당신은 어째서 대기실에서 전갈을 기다리지 않는가? 지금 대인 께서는 번대 대인을 만나고 계시므로, 당신을 만날 시간이 없다."

이에 육생은 대답도 하지 않고 안으로 들어가려 했다. 하지만 문지기가 어찌 들어가도록 그냥 두겠는가. 그렇게 둘이 실랑이를 하고 있는데 안에 있던 집첩(執帖)[342] 나리가 보고 호통을 쳤다. 이 에 육생은 자신이 온 까닭을 설명하며 그에게 수본을 건넸다. 그 런데 집첩 나리는 거들떠보지도 않고 말했다.

"대인께서는 오늘 공무가 있으셔서 손님을 맞을 수 없네. 내일 아침에 다시 오시게."

이런 모욕을 받자 육생은 부아가 치밀었지만 다시 서점으로 돌 아갈 수밖에 없었다. 돌아가는 길에 거리를 오가는 사람들이, "기 껏 서점 주인 주제에 지가 무슨 대단한 신분이랍시고 무대 대인을 뵈려 하다니, 결국 만나지도 못하고 돌아가는구먼" 하며 수군거렸 다. 이에 육생은 더욱 화가 치밀었다. 서점으로 돌아와 가마값을 계산하는데, 가마꾼이 두 배를 요구했다. 육생이 몇 마디 욕을 하 자 그들도 곧바로 대꾸했다.

"나리는 무대 대인과 왕래하시는 분이신데, 저희 같은 소인들을 상대로 이렇듯 쩨쩨하게 계산하시면 안 됩지요."

그 말에 육생은 창피해 그들이 말하는 대로 줄 수밖에 없었다. 그러고는 방으로 돌아와 탁자를 치며 몹시 심하게 욕을 했다.

"중국 관료가 이렇듯 신용이 없다니, 외국 개만도 못하군."

그러자 입이 가벼운 점원 하나가 끼어들며 말했다.

---

342 손님들의 첩자(帖子)를 접수·관리하고, 이를 상부에 전달하는 일을 맡은 관리.

"주인어른, 그 말씀은 틀렸습니다요. 설마 주인어른께서 외국 개를 아신단 말씀입니까?"

육생도 그게 우습다 여겼는지 저도 모르게 심중에 불길이 일었다. 이에 장편의 의론을 짓고 아울러 편지를 한 통 써서 사람을 시켜 신문에 싣게 했다. 그러고 나서야 화를 조금 누그러뜨렸다. 며칠이 지나자 상신서에 대한 비준이 내려왔는데, 숭복사(崇福寺) 건물을 빌려 학당 개설을 허락한다는 내용이었다. 숭복사는 이전의 선(先)황제가 남방을 순시할 때 행차가 잠시 머물렀던 곳으로, 모두 백 칸 건물이었다. 그리고 그곳 주지는 수완이 대단하여 서울의 왕야(王爺)[343]나 패자(貝子)[344]들을 많이 알고 있었다. 이를 내세워 제남성(濟南城)에서도 횡포가 심하여 어느 누구도 감히 그를 건드리지 못했다. 하지만 그런 내막을 모르는 왕육생은 좋은 장소를 찾았다고 생각하며, 희 무대가 비준한 증빙 서류를 들고 숭복사로 가서 주지와 의논하고자 했다.

객당에 한참을 앉아 있자니, 주지가 그제야 느릿느릿 걸어 나오며 태사의에 앉았다. 시자(侍者)가 수건을 바치자 연이어 몇 번을 문지르고 난 연후에야 입을 열어, 시주의 성함이 어떻게 되는지 그리고 자기 절에 온 것이 참회 기도를 하려는 것은 아닌가 하고 물었다. 왕육생은 성명을 말하고 나서, "결코 참회 기도를 하러 온 것이 아니다. 다만 우리 동지들이 학당을 개설하려는데 무대 대인께서 비준해 주시어 이 절 뒤의 빈 건물을 빌려 학사(學舍)로 쓰려 한다. 주지께서 허락해 주셔서 학당을 열 수 있기를 바란다"고 대답했다. 그러자 주지는 입을 크게 벌리고 히죽 웃더니 미륵불처럼 배를 쑥 내밀면서 말했다.

---

343 왕 작위를 받은 사람에 대한 존칭.
344 청대 종실(宗室) 및 몽고(蒙古) 귀족들의 작위 칭호.

"그것은 절대 안 됩니다. 저희 절은 예전 노불야(老佛爺)[345]께서 순행(巡幸)하신 곳으로, 이제껏 잡인의 출입을 금하였습니다. 하물며 청정한 이곳을 어찌 속인들이 짓밟도록 용납할 수 있겠습니까. 결단코 그 명을 따르기 어렵습니다. 무대 대인께서 직접 오셔서 말씀하신다 해도 응낙할 수가 없습니다. 당신은 대전(大殿)에 걸린 황제의 용패(龍牌)[346]를 보지 못하셨습니까?"

이에 육생이 말했다.

"주지께선 융통성을 좀 발휘하십시오. 지금 세계는 유신(維新)하고 있어 귀 교는 쓸모없게 되었습니다. 당신이 일찌감치 우리에게 건물을 빌려 주어 학당이란 명목이라도 갖고 있게 되면 그나마 뒷수습을 할 수 있겠지요. 만약 그렇지 않고 일단 위에서 뜻이 하달되어 사원을 폐하여 학당으로 바꾸라 하면, 그때 당신은 이 절을 어떻게 보전하시겠습니까? 이 어찌 후회막급이지 않겠습니까?"

이 말이 도리어 주지의 화를 돋우었다. 주지는 단호히 거절했다. 육생은 달리 방법이 없어 서점으로 되돌아왔다. 그런데 다음 날 아침, 한 화상이 사과하러 왔다. 누구냐 물으니, 숭복사에서 왔다고 했다. 그가 소매에서 2백 냥짜리 어음을 꺼내며 말했다.

"저희 절 원통 사부(圓通師父)께서 왕 시주께 안부를 전하라 하셨습니다. 그리고 말씀하시길, 절 뒤편 건물은 결코 빌려 드릴 수 없으며, 이 은자는 본사에서 귀 학당이 건물을 빌리는 데 기부하는 것이니, 시주께선 다른 방도를 생각해 보시라고 하셨습니다. 만약 무대께서 저희 절의 건물을 요구하신다면 서울로 올라가 왕야들을 뵙고 방법을 알아보시겠답니다."

---

345 부처. 청대의 황태후·태상황제에 대한 불교계의 존칭.
346 청대에 관청·학교·사원 등에 놓은 나무 위패. 그 위에 황제 만세 만만세(皇帝萬歲萬萬歲)라는 글자를 써서 예를 행할 때 사용하였음.

이때는 육생도 이미 이 절의 힘이 대단하다는 것을 들어 알고 있어 손을 놓을 수밖에 없었다. 이에 기꺼이 어음을 받아들였다. 그를 보낸 뒤, 제남성 도처에서 건물을 알아보았다. 그러나 어찌 쉬이 찾을 수 있으랴? 할 수 없이 이 일은 잠시 뒤로 미뤄 둘 수밖에 없었다.

　어느 날, 육생은 친구들과 함께 서양 요리를 먹으러 강남촌으로 갔다. 입구에 막 당도할 무렵, 관리 하나가 식당 안에서 걸어 나왔다. 그때 거리에서 서양 복식을 한 젊은이 하나가 갑자기 권총을 치켜들더니 그를 향해 쏘았다. 그러나 이 관리가 한 걸음 먼저 그 젊은이를 한 손으로 막았다. 젊은이가 곧장 몸을 돌리려는데, 관리의 뒤를 따르던 사람들이 어느새 그 젊은이를 붙잡았다. 거리에서 구경하던 이들의 놀라움은 잠시 접어 두고, 여기서 젊은이의 내력을 알아보자.

　젊은이는 산동 사람으로, 성은 섭(聶)이고 이름은 모정(慕政)이었다. 그는 일찍이 무비학당(武備學堂) 학생이었는데, 학업 3년 만에 소란을 일으키고 말았다. 집은 부유하고 부모는 애지중지하여 그가 제멋대로 하도록 놔두었다. 그는 부모님께 돈을 달라 하여 상해로 유학을 떠났다. 그런데 거기서 그는 이도 저도 아닌 하찮은 친구들과 함께 어울려 민권이나 공중도덕 등 밑도 끝도 없는 의론을 펼치며 설치고 다녀, 어느 누구도 감히 그와 가까이하려 하지 않았다. 상해는 중국 관부가 손을 쓸 수 없는 곳이었다. 하여 소란을 피워도 그들을 어쩌지 못했다. 이에 그들은 더욱더 기고만장했다. 섭모정(聶慕政)의 나이는 열여덟아홉에 불과했는데, 일신에는 갈고닦은 무예를 갖추고 있었다. 그는 친구 팽중상(彭仲翔)·시효전(施效全) 등과 같은 호걸들과 어울려 전심전력으로 군대나 전쟁에 관한 일을 강구하며 비밀 결사를 맺었다. 그중에선 팽중상의 지략이 풍부하다 할 만했다. 모두 후인들이 동상을 만들어 자신들을 숭배할 만한 경천동지할 일을 벌여 보자고 모의했다. 한참 밀담을 나누고 있던 그때, 밖에서 편지 한 통이 전해졌다. 중상이 받아 보니, 운남(雲南)의 동학 장지동(張志同)이 보낸 편지였다. 거기엔 운남 주민들이 반란을 일으켰는데, 관병들이 누차 진압했지만 굴복하지 않아 외국 군대를 빌려 반란을 평정하려 한다는 내용만 적혀 있었다. 중상은 편지를 보고 크게 분노했다.

"왜 다른 종족을 불러 우리 한족 사람들을 유린하려 한단 말인가?"

이에 모두 함께 상의하여 전단을 돌리고, 각처의 학생들을 격동시켜 보이는 대로 산산이 때려 부수는 난리를 피웠다. 그러고 나서야 학생들은 뿔뿔이 흩어졌다. 그런데 팽중상은 도리어 배후에서 수수방관하며 뒤로 물러나 있었다. 다행히 관부에서도 철저히 추궁하지는 않아, 아무 일도 아닌 것이 되었다. 팽중상과 시효전은 상해에서 굴러먹는 일에 진저리가 났다. 비록 일본어 서적을 번역하긴 했지만 벌이가 시원찮아 용돈으로 쓰기에도 부족했다. 이에 중상은 효전과 함께 몰래 계책을 세웠다.

"우리 셋 중 모정 동학이 돈 좀 많다고 할 수 있지. 그는 위인이 호쾌하니 돈을 좀 궁리하라 하고, 또 청년 동지들을 널리 모아 함께 일본으로 유학 가는 것이 어떤가?"

이에 효전이 크게 기뻐하며 말했다.

"계책이 참으로 절묘하군."

그러자 중상이 말했다.

"비록 그렇기는 하지만, 그래도 말품을 팔아 그의 마음을 움직여야 할 걸세."

두 사람은 서로 약속을 하고 모정이 돌아오기를 기다려, 일부러

일본의 장점을 얘기하며 그를 움직였다. 모정은 나이가 어리고 혈기가 왕성하여 그들의 말을 듣자 저도 모르게 가슴이 쿵쿵 뛰었다. 하루는 밥을 먹고 나니 노곤하여, 몸이나 단련하려고 신마로(新馬路)에서 황포강(黃浦江) 강변까지 대여섯 번을 왔다 갔다 했다. 그러다 창수(昌壽)의 거처로 돌아오니, 세 시간 정도 걸렸다. 막 계단을 올라서려는데 팽중상과 시효전이 방에서 손뼉 치는 소리가 떠들썩하게 들렸다. 하여 저도 모르게 성큼 방 안으로 들어갔다. 둘은 그가 들어오는 것을 보자 급히 몸을 일으켜 자리를 양보하며 말했다.

"모정 형, 정말 잘 왔네. 우리도 지금 막 자넬 찾으러 갈 생각이었네. 방금 우리 동학 하나가 일본에서 돌아왔는데, 그가 말하길, 그곳은 아주 문명화되었고 사람들도 저마다 자유가 있다더군. 우리는 거기로 갈 의논을 했는데, 자네 생각은 어떤가? 게다가 거긴 유학생도 많고 단체도 있어, 많은 동지들과 친분을 맺을 수 있지. 러시아의 표트르 대제처럼 큰일을 하려면, 전적으로 유학을 통해 학문을 이루고 능력을 발흥시켜야 하지 않겠나? 자네 생각은 어떤가?"

그 말을 듣고 모정은 연신 손뼉을 치며 말했다.

"좋아요, 아주 좋습니다! 저도 그럴 생각이었습니다. 다만 동무가 없어 걱정이었지요. 두 형께서 이런 장한 거사를 하신다면, 저도 반드시 함께하겠습니다."

그러자 중상이 눈살을 찌푸리며 말했다.

"가기는 반드시 갈 것인데, 다만 우리 둘은 빈털터리라 어디서 학비를 구한단 말인가?"

이에 모정이 말했다.

"괜찮습니다. 그 일은 제게 맡겨 주십시오. 어제 집에서 어음으로 은자 2천 냥을 보내왔습니다. 원래 유학용으로 준비한 것인데, 옷 몇 벌 사는 데 50여 냥만 썼을 뿐입니다. 두 형께서 마음대로 쓰십시오."

그러자 중상이 말했다.

"내 듣기로 도쿄(東京)에서의 비용은 서양에 비해 훨씬 적게 든 다더군. 그렇긴 해도 한 사람당 1년 학비로 최소한 5백 냥은 있어야 할 걸세. 하니 우리 두 사람의 3년 학비를 준비하자면 아무래도 은자 3천 냥은 필요할 듯싶네. 섭 형은 씀씀이가 우리보다 두 배는 더하니, 1년에 최소 천 냥은 필요할 걸세. 만약 춘부장께서 매년 은자 2천 냥을 보내 주실 수만 있다면, 우린 반드시 움직일 것이네."

이에 모정이 말했다.

"편지를 보내 천 냥을 더 보내라고 하겠습니다. 지금은 이미 받은 것만으로도 잠시 동안 얼추 쓸 수 있을 것입니다."

그러자 두 사람은 크게 기뻐하며, 한바탕 냄새나는 아부를 퍼붓고는 헤어졌다. 그날 저녁 모정은 산동으로 편지를 보냈다. 한 달이 채 못 되어 어음이 도착했다. 팽중상은 또 몇몇 학생들을 부추겼다. 그들은 모두 부자여서 스스로 비용을 갖출 수 있었다. 그들은 배를 타고 나라를 떠났다. 가는 내내 산수는 몹시 빼어났고, 바람은 잔잔하며 파도는 고요했다. 모두들 뱃전에서 바다 경치를 구경하노라니 저도 모르게 호기가 발동했다. 상해에서 가져온 브랜디가 있었다. 모정은 그중 두 병을 꺼내 땄다. 모두들 그 자리에 앉아 단숨에 마셔 버렸다. 함께 온 학생 셋은 추의보(鄒宜保)·후자오(侯子鰲)·진공시(陳公是) 등으로 모두 나이 스물을 넘지 않았다. 그 중에서도 진공시는 성격이 더욱 격했다. 그가 술 몇 잔 마시더니, 먼저 말을 꺼냈다.

"이제부터 우린 구속을 벗어났소. 이 모두가 팽 형 덕분이오. 다만 이런 행복이 항구적일는지 모르겠소이다."

그러자 중상이 말했다.

"진 형은 소제 덕분이라고 하시지만, 그 말씀은 내가 감히 가로챌 수 없는 것이오. 이는 모두 섭 형이 도와주셔서 성공한 일이외다. 만약 그가 내 여비를 도와주지 않았다면 여기까지 올 수 없었을 것이오. 남아 있는 동학들이 불쌍할 뿐이오. 우린 우리 나라 학당에서 총교습(總敎習)으로부터 충분히 수모를 받았소. 글을 지으면 정당한 도리는 감히 한 구절도 말하지 못하였소. 무엇을 관립 학당이라고 하는가? 금기를 범할 경우, 그 일이 작으면 점수가 없고 크면 퇴학을 당한다는 것을 반드시 알아야 하지요. 이는 언론의 자유가 없음을 말하는 것이외다. 외국어나 산학(算學)을 배우는 일은 더 어렵지요. 매일매일 공부해야 하고, 조금도 틈을 내서는 안 되오. 예컨대 하루 휴가를 내면 곧바로 다른 사람을 따라가지 못하게 되지요. 하여 50점이 못 되면 또 제적되지요. 이는 학업의 자유가 없다는 것이외다. 게다가 학생들이 혹여 연설을 하거나 조직을 결성하려 하면 누군가 와서 저지하지요. 이는 일체 거동의 자유가 없다는 것이오. 온갖 자유가 없는 것에 대해서는 말로는 한 번에 다 못할 지경이오. 하지만 유감스럽게도 저들은 참아 내야 하지요. 외국으로 가면 아마 이런 야만적인 금령(禁令)은 훨씬 덜할 것이오."

그러자 공시가 말했다.

"팽 형이 한 말에 어찌 틀림이 있겠소? 그러나 소제는 저 야만적 자유에는 도리어 물들고 싶지 않소. 스스로 법률을 지키는 것도 필요하지요. 다만 저 언론은 어찌 금지할 수 있겠소이까? 단지 공리에 위배되지만 않으면 되지요. 조직을 결성하는 일은 무리를 이루는 토대로 동서고금을 통해 걸핏하면 조직이요 걸핏하면 연설이니 그것을 금지할 수가 없소이다. 그런데 어째서 우리 중국은 이렇듯 사람들이 조직을 결성하여 연설하는 것을 두려워하는지?"

이에 중상이 말했다.

"이는 전제 국가가 쓰는 최상의 방법이지요. 지금의 러시아가 어찌 이와 같지 않겠소? 백성들이 사분오열되어 서로를 돌보지 않기만 하면, 가혹한 명령을 내려도 누구도 감히 그에 반대하지 못하지요. 그러다 인심이 흩어지고 뜻밖에 나라에 전쟁이라도 벌어지면 아무도 나서지 않게 된다는 것이오. 그리되면 아무리 큰 러시아도 일개 일본을 이기지 못하게 되지요. 전날 내가 신문에서 보았는데, 일본이 또 요동에서 이겼다는 것 아니겠소?"

그러자 공시가 말했다.

"맞소이다. 내 생각에, 남들은 우리 땅에서 제 이익을 위해 전쟁을 벌이고 있는데, 우린 중국인이면서도 아무 일 없다는 듯 유학이나 가고 있으니 부끄럽기 짝이 없소. 차라리 군인이 되는 게 나을 것이오."

이에 중상이 말했다.

"진 형, 자네 말은 너무 엉뚱하구려. 지금 러일 전쟁에서 우린 중립을 지키고 있소. 거기 어디에 당신이 끼어들 수 있겠소? 다만 배움을 마쳐야 군국민의 자격이 있게 되니, 그때 가서 다시 사업을 도모해 봅시다."

그러자 공시가 말했다.

"다만 이 뜨거운 피를 쏟아 낼 곳이 없어 그러오."

그러자 모정이 말했다.

"진 형의 말은 하나도 틀리지 않소. 난 공감할 수 있소. 다만 어느 날 대세에 영향을 줄 만한 기회가 생긴다면 장렬하게 한판 벌여 중국인을 위해 울분을 토하고 싶소. 어쨌든 우린 목숨을 걸고 후대인들의 본보기를 결행해야 할 것이오."

이 말이 끝나자, 다섯은 일제히 박수를 치고 발을 구르며 한껏 소리를 질렀다. 그러나 그 소리가 너무 컸던지 선장이 깜짝 놀라 달려와 살펴보았지만 아무 말도 못했다. 그런데 중국인이 뒤따라 오더니 그들에게 말했다.

"당신들, 왜 이리 소란스럽소? 여기는 문명국의 배 위요. 거칠게 굴어서는 안 됩니다!"

그 말을 듣고 모정은 가증스러워 저도 모르게 발끈 화를 냈다.

"우리가 뭘 그리 거칠게 굴었단 말이오! 우린 여기서 연설하고 박수를 친 것뿐이오."

그러자 그 사람이 말했다.

"연설하고 박수 치는 곳은 따로 있소. 여기는 선상이지 여러분의 연설장이 아니외다."

그러자 여섯은 아무런 대꾸도 못했다. 이에 그 사람이 다시 말을 이었다.

"더군다나 여러분은 도쿄로 가게 될 텐데, 그곳은 더 문명화된 곳이니 좀 더 조심해야 할 게요!"

이에 중상은 "예예" 하며 말했다.

"방금 술을 너무 많이 마셔 기분 좋게 얘기하다 보니, 여러분을 놀라게 해 드렸습니다. 이후로는 조심하겠습니다."

그제야 그 사람은 아무 말 없이 돌아갔다. 중상도 동료들과 함께 선실로 돌아갔다. 그러나 모정만은 승복하지 못했다.

"멀쩡한 중국인이 왜 외국인을 도와 오히려 우리더러 잘못했다고 거드는 거야?"

그러자 중상이 말했다.

"섭 형, 그를 나무라지 말게. 그의 말이 틀린 게 하나도 없지 않나. 선상은 연설하는 곳이 아니니, 그 사람은 그래도 도리를 안다고 할 수 있지. 자넨 지난번 해관(海關)의 천자수(扦子手)를 보지 못했나? 노예 모자에 노예 옷을 입고, 자기 동포에게 기세당당하게 짐을 열어 보고, 그것만으로는 부족해서 꽁꽁 싸 둔 상자를 열라고 했지. 그러고는 사천 비단을 수색해 내고는 밀수품이라며 이게 뭐냐고 호통쳤지. 그 사람이 대답하길, 그것은 친구가 부탁해서 가져가는 것이라고 했지만 그놈이 그 말에 신경 쓰기나 했나? 그냥 가져가 버렸지. 그 우쭐대는 꼴이라니 정말 꼴 보기 싫더군. 해관이라니 말인데, 그건 원래 중국 세관으로 단지 외국인의 손을 빌려 관리하는 것일 뿐이지. 그런데도 저들은 외국인의 세력을 믿고 자기 동포를 그렇듯 억압하니, 지금 저 사람보다 훨씬 더 지독하지."

그 말을 듣고 모정도 아무 말을 하지 않았다. 여섯은 배 위에서 하루 반을 보냈다. 어느새 나가사키(長崎)에 도착했다. 일본 의사가 배에 올라 사람들의 질병 유무를 검사했다. 검사를 해 보니 여섯 모두 건강했다. 그날 배는 정박하고 떠나지 않았다. 여섯은 뭍에 올라 한가하게 노닐었다. 산수는 곱고 아름다웠다. 거리는 정결하기가 중국보다 열 배는 나아 보였다. 모두들 찬탄을 그치지 않았다. 다행히 멀리 가지는 않아, 배에 다시 도착하니 배가 어느새 움직이기 시작했다. 요코하마(橫濱)에 도착할 즈음 중상이 갑자기 한 가지 사실을 떠올렸다.

"아이고! 잊을 뻔했군! 도쿄에선 멕시코 은화를 쓸 수 없다네."

그러자 효전이 말했다.

"이거, 어쩌면 좋지?"

이에 중상이 말했다.

"괜찮아. 여기서 일본 은화로 바꾸면 돼."

당장 여섯은 뭍에 올라 여인숙을 찾아 머물렀다. 모정은 상자에 있던 은화를 꺼냈다. 각자 은화를 가지고 거리로 나가 환전하려고 했다. 추의보·후자오·진공시 세 사람도 돈을 꺼내 그들에게 환전을 부탁했다. 중상이 막 문을 나서려던 참에 누군가와 어깨를 부딪쳤다. 그가 당황하여 사과했다. 중상이 그의 복색을 보니 서양 의복을 입기는 했으나 그 기색이 중국 사람 같았다. 이에 곧 중국 말로 어디서 오셨냐고 물었다. 과연 그 사람도 중국 말로 대답했다. 그의 사연을 들어 보니, '자신은 천진(天津) 사람으로 미국 유학을 가는 길에 여기를 지나게 되었는데 뭍에 올라 노닐다 해안가로 갔더니 배가 벌써 떠나 버려 바다만 바라보며 탄식하고 있다, 이제는 돈도 다 떨어져 같은 나라 사람을 찾아 여비를 빌릴 생각이다, 여러분은 같은 뜻을 지닌 사람들이니 좀 도와주시면 좋겠다, 지금 미국은 갈 수 없고 50냥만 도와주면 중국으로 돌아갈 수 있을 것'이라고 했다. 중상은 멍하니 한마디도 대꾸하지 않았다. 그런데 모정은 시원시원하게 말했다.

"기왕 이렇게 되었으니, 제가 도와 드리겠습니다. 50냥은 어렵고 50원(圓)으로 합시다. 그런데 족하(足下)의 존성대명이?"

그러자 그 사람이 말했다.

"성은 구(邱)요 이름은 경(瓊)입니다. 노형처럼 선뜻 남을 도와주겠다는 사람을 만나기 어려우니, 가르침을 청해야겠군요. 우리 요릿집에 가서 얘기합시다."

셋은 그와 함께 서양 요릿집으로 가서 피차 내력을 세세히 주고받았다. 모정은 그제야 은화를 꺼내 그에게 주었다. 그 사람은 고맙다는 말을 하고 음식값을 도맡아 지불하고는 헤어졌다. 그러자 중상이 모정에게 불평했다.

"우리 여비도 부족한 판에 자넨 어찌하여 보자마자 그리 많은 돈을 주었는가?"

그러자 모정이 말했다.

"저 사람도 우리 동포인데, 타향을 떠도는 것이 불쌍하니 당연히 도와줘야죠."

이에 중상이 말했다.

"이런 사기꾼이 많다네. 섭 형은 앞으로 사기 당하지 마시게."

모정은 그 말은 아랑곳하지 않았다. 다음 날 기차를 타고 도쿄로 달려갔다.

뒷일이 어떻게 되었는지 알 수 없으니, 다음 회를 듣고 알아보기 바란다.

제36회

배움에 뜻을 두고 이국으로 갔으나
공사를 알현하다 까닭 없이 재난을 당하다

각설하고, 팽중상 등은 도쿄에 도착하여 며칠 지나지 않아 학교 진학을 상의하기 위해 중국 유학생 공회(公會)를 방문했다. 거기서 광동(廣東) 사람을 하나 만났다. 그의 성은 장(張)이고 이름은 안중(安中), 호는 정보(定甫)였다. 그는 동지들을 위해 전심전력을 다하는 사람이었다. 그가 그 자리에서 중상과 함께 한참 동안 계획을 도모하며 말했다.

"여러분이 학교에 들어가자면 육군 학교가 제일 좋겠소. 배움을 마치면 관직에 나아갈 수도 있지요. 그런데 자송(咨送)[347] 문서는 가져오셨습니까?"

그 말에 중상이 깜짝 놀라며 대꾸했다.

"어찌 자송을 필요로 한단 말입니까? 그런 공문은 가져오지 않았습니다."

그러자 정보가 말했다.

---

[347] 관할 관계가 없는 관청 사이에 조회(照會)를 위해 주고받는 공문서.

"이거 어쩌면 좋지? 일본 학교에 들어가려면 자송이 필요한데, 그것은 신규 규정입니다. 지금의 감독(監督)은 얘기해 보기가 거북합니다. 그는 걸핏하면 어미 아비도 없는 놈들이라며 우릴 트집잡습니다. 자송을 가져온 학생들은 어쩔 수 없어 받지만, 자비로 온 학생들은 받아들이지 않을 것입니다. 이거 어쩌면 좋지?"

여섯 사람은 달리 생각이 없었다. 중상은 한참을 멍하니 있다가 다시 그에게 간절히 부탁했다.

"정보 형, 좋은 방법을 좀 생각해 주시오."

이에 정보가 말했다.

"사실, 달리 방법이 없습니다. 그에게 부드럽게 부탁해 보는 수밖에는요."

그러자 중상이 말했다.

"전적으로 정보 형만 믿겠습니다. 같은 동포이니 좀 봐주십시오. 우린 지금 진퇴양난입니다."

그러자 정보가 말했다.

"제가 여러분께 한 말씀 드리겠습니다. 감독을 만나러 갈 때는 온화한 얼굴로 머리를 조아리고 문안을 여쭙는 예절을 반드시 지켜 주셔야 합니다. 일자리를 구하려는 중국의 수재와 같이만 한다면 틀림없이 성공할 것입니다."

그 말이 끝나자마자 의협심 강한 섭모정이 번개처럼 벌떡 일어나 발을 구르며 화를 냈다.

"정보 형의 그 말씀과 같이 해야 한다면, 그것은 학문을 구하자는 것이 아니라 노예가 되자는 것과 진배없소. 난 못하겠소! 못해! 어디 한번 물어봅시다. 정보 형, 당신도 감독에게 머리를 조아리고 문안을 여쭙습니까?"

그러자 정보가 말했다.

"모정 형은 화를 멈추시오. 우리는 대학당(大學堂)에서 자송을 보내 그와 함께 왔습니다. 그가 도리어 우리를 예로써 대하지, 감히 그렇게는 못합니다. 하지만 나머지 학생들은 그의 모욕을 면치 못하고 있습니다. 이 모두 제 눈으로 똑똑히 본 사실입니다. 모정 형께서 학문을 위해 그런 기색을 꺾으실 의향이 있다면 함께 부탁하러 가겠습니다. 그렇게 못하시겠다면 달리 방법이 없습니다. 그냥 일본에 한번 둘러보러 왔다 생각하십시오. 그래도 견식은 다소 늘 것입니다. 우리는 또 동지의 연을 맺고. 어떻습니까?"

이에 모정은 한숨을 내쉬며 말했다.

"정보 형, 절 너무 나무라지 마십시오. 저는 천성이 이런 성질이라, 노예의 노예가 되는 것은 참지 못합니다. 다만 동료들이 이렇듯 향학열에 불타고 정보 형 또한 이렇듯 열심이시니 소제가 참을 수밖에 없지요. 번거로우시겠지만 정보 형께서 데리고 가 주신다면, 저는 형을 따라가 머리를 조아리라면 조아리겠습니다. 다만 문안을 여쭙는 것은 읍으로 대신하겠습니다. 다른 것은 죄다 벙어리처럼 입을 다물고 있겠습니다. 어떻습니까?"

이에 정보는 듣고 웃었다. 여섯은 서로 얘기가 정해졌다. 정보는 또 그들의 이름을 붉은 쪽지에 작은 글씨로 적었다. 그리고 모두 함께 감독이 있는 곳으로 갔다.

한편 감독은 진사 출신으로, 중앙 정부의 말단 관리로 있다가 산동의 도대 후보 자리를 샀다. 상사가 그를 매우 중시하여 제동(濟東)과 태무(泰武)의 도대를 역임하면서 손에 많은 돈을 넣게 되었다. 최근에는 또 지금의 직책을 얻게 되었는데, 기한이 만료되어 돌아가면 보결 가능성이 높았다. 그는 일본에 당도한 뒤로 일본인과는 마음이 잘 맞았다. 하지만 학생들은 그에게 고초를 당했다. 그는 늘 학생들에 대해 나쁜 놈들이라고 말하고 다녔다. 당면해서는 극도로 예의를 차리면서도, 뒤로는 사사건건 방해만 일삼았다. 쓸데없는 말은 그만두기로 하자.

한편 정보는 팽중상·시효전 등과 함께 공관 입구에 도착했다. 하인이 나와 맞이하자 첩자(帖子)를 들려 보냈다. 하인이 한참 있다 다시 나오더니 대답했다.

"대인께서는 오늘 몸이 좋지 않으셔서 손님을 맞을 수 없답니다. 나리들께서는 며칠 있다가 시간이 나시면 다시 오시지요."

이에 정보는 달리 방법이 없어 그들과 함께 돌아갔다. 중상이 걱정스러운 얼굴로 말했다.

"보아하니 이 일은 성공하지 못하겠군요. 제 생각에 그들이 이런 새로운 규정을 만들었다니, 감독으로서도 어쩔 수 없겠지요."

그러자 정보가 말했다.

"맞습니다. 저는 그가 산동 관장에 공문을 보충해서 보내 달라는 편지를 간곡히 써 주면 일이 쉽게 해결될 것이라 생각했습니다. 그런데 이제 그를 만나지 못했으니 어찌해야 좋을지……?"

그렇게 말하면서 한동안 고개를 숙이고 생각하다 말했다.

"있습니다. 우리 나라에서 학생들을 시찰하기 위해 새로 호 낭중(胡郎中)을 파견했는데, 그에게 가서 부탁해 봅시다."

중상 등은 그가 하자는 대로 할 수밖에 없었다. 그때 정보는 사람이 많으면 호 낭중을 놀라게 하지나 않을까 염려되어, 중상과 함께 둘이서만 가기로 약속했다. 2~3리 길을 걸어서야 호 낭중의 처소에 이르렀다. 호 낭중은 이름이 유성(惟誠)이고 호는 위경(緯卿)인데, 나이는 60여 세로 중국에서는 문명(文名)이 높았다. 그는 비록 나이는 많았지만 사리에 통달하였고, 세계의 유신에 대해서도 밝아 번역계의 몇몇 호걸들을 친구로 삼고 있었다. 이 때문에 대신들도 그를 중시하여 지금의 유신(維新) 직책을 맡게 된 것이었다. 그에게는 장점이 또 하나 있었는데, 젊은이들을 접대하길 자못 좋아한다는 것이었다. 그는 학생들이 배알하려 한다는 소리를 듣자 즉시 만나고자 했다. 중상이 보니, 호위경의 생김새는 비범했다. 마르고 큰 키에 가슴까지 드리운 검은 수염, 짙은 눈썹에 수려한 눈, 거기에 대모테 안경을 끼고 있었다. 두 사람은 그에게 읍을 했다. 그는 만면에 미소를 머금고 답례로 읍을 하면서 이름과 내력을 물었다. 중상은 그에게 부탁하러 왔음을 사실대로 말했다. 위경이 말했다.

"이렇듯 뜻있는 이를 얻기 어려우니, 노부는 확실히 자네들의 의기를 높이 사네. 다만 이곳 학당은 반드시 관의 자송이 있어야 하지. 그렇지 않으면 누군가의 보송(保送)[348]이 있어야 진학할 수 있다네."

이에 정보가 말했다.

"왜 아니겠습니까? 학생 또한 자송 문서가 없어서 감독에게 부탁하러 갔습니다. 그러나 감독을 만나지 못해 할 수 없이 선생님께 부탁을 드리러 온 것입니다. 선생님께서 강력하게 힘을 써서 방법을 마련해 주십시오."

그러자 위경이 말했다.

"난 곧 귀국해야 하니 보송을 할 수가 없네. 차라리 흠차대신께 부탁하는 것이 낫겠네. 다만 여러분이 이왕 멀리 유학을 올 것이었으면 자문(咨文)[349]을 잘 갖춰 오지 그랬나? 그랬다면 이와 같은 우여곡절을 줄일 수 있었을 텐데."

중상은 본시 그것을 모르고 있었다. 그러나 이제는 기꺼이 시원시원하게 말했다.

---

348 보증하여 추천함.
349 자송문(咨送文).

"우리 중국 관장은 사실 부탁하기가 어려워 거의 뵐 수가 없습니다. 게다가 문지기들은 뇌물을 강탈하니 학생 등은 수모를 받지 않으려고 일단 이곳으로 온 것입니다. 선생님은 문명국에 와서 일을 처리하시는 대신이시니, 분명 문명적일 것입니다. 그래서 감히 이리 와서 배알하는 것입니다."

위경은 그의 말이 귀에 거슬려 불쾌했지만 적당히 얼버무리며 말했다.

"그건 또 꼭 그렇지만은 않네. 기왕 이렇게 되었으니 내 여러분을 위해 흠차께 얘기는 해 봄세. 다만 흠차라는 위인은 내가 평소 경멸해 마지않았으나, 자네들을 위해 가 볼밖에. 난관에 부딪히면 그때 다시 얘기하세."

정보와 중상은 그의 말투를 듣고 믿음을 갖지 않았으나 달리 방법이 없어 감사의 말을 전하고 일어나 물러났다. 위경은 몹시 겸허하고 예절 바른 사람이라 문밖까지 그들을 배웅했다. 두 사람은 인력거를 고용하여 각자 거처로 돌아갔다. 이틀이 지나 위경에게서 연락이 왔는데, 흠차가 이미 응낙했으니 며칠 조용히 기다리면 회신이 있을 것이라고 했다. 다시 며칠이 지나자 위경에게서 소식이 왔다. 거기엔 일본 참모부에서 흠차에게 회신한 편지가 동봉되어 있었는데 이렇게 쓰여 있었다.

'진학을 하려면 관례에 따라 귀 대신의 보송이 필요합니다. 예전처럼 귀 대신의 보송을 청하니, 관례대로 해 주십시오.'

이를 보고 중상은 한참이나 궁리해 보아도 그러는 까닭을 알 수 없어, 다만 추측만 할 뿐이었다.

"흠차가 이미 자송을 했다면, 참모부에서는 왜 또 그에게 보송을 하라는 것인가? 알았다! 이건 분명 어물쩍 넘어가려는 수작이렷다. 사실 저들은 우릴 학당에 보낼 생각이 전혀 없는 것이야. 참모부에서 우리에게 반박 이유를 보내 우리가 저를 욕하지 못하게 하려는 것이겠지."

그 말을 듣고 모정은 분노를 이기지 못했다.

"외국에 와서 흠차를 지내는 이가 학생 몇 명조차 보송을 해 주려 하지 않다니. 이렇듯 동포를 돌보지 않는 사람은 우리도 상대할 필요가 없어."

그러자 중상이 웃으며 말했다.

"모정 형, 자네 말은 너무 어리석구면. 우린 이미 여기 왔는데, 어쨌든 진학할 생각을 해야지. 그리고 진학을 하려면 저들 말고 누구한테 부탁한단 말인가? 소제의 우견으로는 굴욕을 받더라도 참는 수밖에 없네. 이른바 대장부는 환경에 잘 순응해야 하는 법. 내 생각에는 차라리 그에게 직접 부탁하는 것이 낫겠네. 그에게 저항해서 화를 일으키는 것은 바람직하지 않아."

그 말에 모두 고개를 끄덕였다. 중상은 달리 방법이 없었다. 정보를 찾아갔지만, 그에게도 뾰족한 수가 없었다. 다시 유학생 공회의 몇몇 아는 사람을 찾아가 참모부의 편지를 보여 주었지만, 그들도 그렇게 한 까닭을 알지 못했다. 이 이야기는 잠시 접어 두기로 하자.

한편 이 흠차라는 양반은 원래 중국에서 가장 이른 시기의 유신파였다. 그는 젊어서 과거에 급제하여 도대(道臺)를 역임했다. 성은 장(臧)이고 이름은 봉조(鳳藻), 호는 중문(仲文)이었다. 다만 관직이 이미 높아진 까닭에 어쩔 수 없이 그도 보수화되어 정부의 대신들과 뜻을 함께하게 되었다. 일본으로 오기 전부터 그는 벌써 속으로 학생들을 미워하여, 그들을 모두 반역의 무리라며 욕하곤 했다. 하여 흠차가 되고 나서는 유학생들의 얼굴은 보지도 않겠다고 결심했다. 아울러 그는 각 성(省) 독무들이 시시때때로 학생들을 자송해 보내어 자신들의 우익(羽翼)을 돕는 것을 책망했다. 그 러했기에 이번에 학생들의 자송을 부탁하는 호위경의 편지를 받고선 속으로 매우 불쾌했다. 그러나 호위경의 명망이 몹시 높아 그에게 죄를 지을 수는 없었기에 허락할 수밖에 없었다. 이에 문안과 묘책을 상의했다. 편지를 한 통 써서 참모부에 보내면 분명 이의를 제기할 것이고, 그러면 호위경에게 거절하기도 그만이고 또한 학생들에게도 죄를 짓지 않을 수 있었다. 고민 끝에 그렇게 계책을 꾸몄다. 그러나 뜻밖에도 중상 등은 건드리면 안 될 인물들이었다. 이미 참모부의 편지에서 흠차에게 보송을 하라 했으니, 그들이 그만두겠는가? 중상은 당장 아는 사람을 찾아다녔으나 그들도 편지에 적힌 말뜻을 이해하지 못했다. 그는 다시 거처로 돌아가 시효전·섭모정 등과 상의했다.

"보아하니 학교 진학 일은 이미 그림의 떡일세. 다만 참모부에서 이런 답신을 보냈으니 증거로 삼을 수는 있겠네. 아무래도 힘 좀 써야 할 걸세. 내 생각에 호위경을 찾아뵙고, 자초지종을 여쭤 본 뒤 다시 얘기하세."

그러자 모두 함께 가려고 했다. 중상은 그들을 말릴 방법이 없어 함께 호위경의 거처로 갔다. 위경은 그들이 다시 온 것을 보고 매우 난처해하며 이렇게 말했다.

"자네들 일은 내 전심전력을 다했네. 흠차가 보송을 하지 않겠다면, 나도 방법이 없네."

중상은 그가 단호히 거절하는 말을 듣고 속으로 생각했다.

'이제는 어쩔 수 없다. 흠차께 직접 가서 부탁하는 수밖에.'

알아보니 흠차가 있는 그곳에서 학생들의 일을 관리하는 이는 문안이었다. 문안의 성은 정(鄭)이요 호는 운주(雲周)였다. 그 사실을 확실히 알아본 뒤 다섯 명을 이끌고 흠차의 관아로 갔다. 중상은 무리 지어 흠차를 뵙자 하면 분명 만나 주지 않을 것을 알고, 먼저 문안을 찾아 그에게 소개를 부탁했다. 당장 문안이 있는 곳을 물어 알고는 다짜고짜 쳐들어갔다. 문안은 영문을 알지 못하였으나, 그들의 행색을 보고 새로 온 학생임을 눈치챘다. 억지로 몸을 일으켜 자리를 양보한 뒤 통성명을 하고 온 뜻을 물었다. 중상은 일일이 설명하고 그에게 돌아가 흠차께 뵙기를 청한다는 뜻을 전해 달라고 부탁했다. 운주가 한참을 머뭇거리다 말했다.

"흠차께서는 일이 바빠 여러분을 뵐 시간이 없을 것입니다."

이에 중상이 거듭 운주에게 부탁했다. 그제야 그는 허락하고 직접 들어가 말씀을 올렸다. 한참을 기다리니 운주가 다시 나와 말했다.

"진학 관련 일은 여러분을 위해 흠차께서 도처에서 방법을 모색했지만 참모부에 부딪쳐 결국 성공하지 못했습니다. 여러분께서는 회신을 보지 못하셨습니까? 이젠 흠차께서 다시 저들에게 부탁하는 것이 절대 불가하니, 천천히 방법을 찾아봅시다."

중상은 그 말을 믿을 수 없어 반드시 흠차를 만나야겠다고 생각했다. 이에 자리에서 일어나 정운주(鄭雲周)에게 연이어 세 번 읍을 하고, 한 번 더 말씀을 올려 달라고 부탁했다. 운주는 그가 귀찮게 달라붙자 더 이상 방법이 없었다. 또한 자신도 중국인이고, 어쨌든 책이라도 몇 구절 읽은 터여서 근본을 잊지는 않았다. 이에 할 수 없이 다시 보고하러 들어갔다. 그런데 어찌 된 영문인지 한번 들어가더니 마치 실 끊어진 연처럼 이제나저제나 초조하게 아무리 기다려도 오지 않았다. 모정이 발끈하여 하인에게 소리쳐 따지려 하자 중상이 급히 말렸다.

"지금은 아주 중요한 순간이네. 만약 소란을 일으킨다면 분명 결렬되고 말 것이야."

모정은 울분을 참았다. 그러나 한 가지 참을 수 없는 것이 있었다. 새벽에 일어나 오후가 된 지금까지 밥 한 술 먹지 못했던 것이다. 참기 힘든 배고픔이 활활 타올랐지만 별다른 도리가 없었다. 문안의 방은 원래 서재였다. 흠차의 아들이 거기서 『중용(中庸)』의 주석을 읽는 소리가 들렸다. "명(命)은 영(令)과 같고, 성(性)은 곧 이(理)이다(命猶令也, 性卽理也)"라는 글귀였는데, 그 두 구절을 읽고는 한참을 쉬었다. 그 목소리 또한 나지막한 것이 마치 잠이 덜 깬 듯했다. 모두들 웃음을 참을 수 없었다. 또 한참을 기다리자니 바깥에서 서양식 호의(號衣)[350]를 입은 사람 하나가 걸어 들어왔다. 그는 검고 큰 키에 뚱뚱하고 두 눈이 불쑥 튀어나온 것이 마치 상해 대로변에 서 있던 인포(印捕)[351] 같았다. 그는 일본 말로 혼자 중얼거리며 그곳을 왔다 갔다 했다. 여섯은 이 광경을 보고 기이하다 여겼지만 아무도 신경 쓰지 않았다. 그 사람은 한 번 다가오더니 이내 가 버리고 말았다. 다시 한참을 기다렸지만 정운주는 여전히 오지 않았다.

원래 장(臧) 흠차는 학생들이 이미 자기 수행원의 방에 와 있었으므로 반드시 만나야 했다. 아무리 생각해 보아도 그들을 쫓아낼 방법이 없었다. 그는 학생들의 성깔이 온갖 예사롭지 않은 일도 저지를 수 있다는 것을 잘 알고 있었다. 만나지 않는다 해도 좋지 않고, 그렇다고 그들을 만나면 모욕을 당할 것이 두려웠다. 정문안과 상의해 보았지만 달리 방법이 없었다. 이에 흠차는 원망을 토했다.

"이 모든 것이 호위경 때문이야!"

그러고는 곧 가복(家僕)에게 명함을 들고 가 호 대인을 오시라

350 번호 달린 제복.
351 인도인 경찰관.

청하게 했다. 얼마 지나지 않아 위경이 왔다. 흠차는 학생들이 가지도 않고 어떻게든 자신을 만나려 한다는 말을 꺼냈다. 이에 위경이 말했다.

"그게 무슨 대수라고, 저들을 한번 만나 보는 것도 무방하지 않겠소? 내가 저들을 두 번 만나 보았는데, 아주 침착하더이다. 하니 흠차대인께 감히 죄를 짓지는 못할 것이오."

흠차는 그의 말이 자기와 의기투합하지 않는다는 것을 알고 한참 동안 멍하니 아무 말도 하지 않았다. 그러자 위경이 작별을 고하고 떠나려 했다. 이에 흠차가 말했다.

"위경 선생, 가시면 안 되오. 오늘 이 일은 아마 크게 사달이 날 것이오! 저들이 떠난 뒤에나 가십시오."

이에 위경은 냉소를 날리며 다시 앉을 수밖에 없었다. 흠차는 다시 정 문안과 상의했다. 정 문안이 말했다.

"만생에게 방법이 있습니다. 상해에 오래 살아 본 우리 중국인은 다른 것은 두려워하지 않지만 외국 경찰만은 두려워합니다. 저들은 이미 흠차 관아에서 일을 저질렀으니, 어쨌든 조금은 의기소침하여 있을 것입니다. 제가 대인이 계신 이곳의 문지기 하나를 보아 두었습니다. 양(羊)씨 성을 가진 이인데, 몹시 위풍당당하더군요. 그에게 호의(號衣)를 입혀 한두 마디 일본 말로 위협하면 혹시 저들이 떠날지도 모르겠습니다."

그 말을 듣고 흠차가 크게 기뻐하며 말했다.

"선생의 생각이 정말 좋소. 이리 오너라!"

이리하여 양승(羊升)을 불렀고, 얼마 지나지 않아 양승이 왔다. 흠차가 그의 모양새를 보니 과연 외국인 같았다. "일본 말을 할 줄 아느냐?" 하고 묻자, 양승이 대답했다.

"소인은 일본에 있은 지 오래되어 간신히 몇 마디 할 줄 압니다."

이에 흠차는 그에게 여차여차하라는 분부를 내렸다. 양승은 명령을 받고 나갔다. 그런데 얼마 지나지 않아 양승이 돌아와 보고하는 것이었다.

"소인, 대인께서 분부하신 대로 정 나리의 서재로 가서 저들에게 이렇게 말했습니다. '너희들이 떠나지 않는다면, 우리 대인께서 너희들을 경찰서로 압송하시겠다고 분부하셨다.' 그렇게 여러 번 말했는데도 저들은 꿋꿋하게 버티고 앉아 저를 거들떠보지도 않았습니다. 쇤네는 대인께서 저들을 쫓아 버리라는 분부가 없었기에 감히 손을 쓰지 못했습니다."

그 말을 듣고 흠차는 마음이 언짢았다.

"이런 쓸모없는 것 같으니!"

이에 양승은 연신 "예예" 하고 대답하며 대꾸했다.

"소인, 다시 가서 쫓아 버리겠습니다! 다시 가서 쫓아 버리겠습니다요!"

그러자 흠차가 화를 내며 말했다.

"썩 꺼져라! 쓸데없이 사달을 일으키지 마라!"

양승은 뭐가 뭔지도 모른 채 비틀거리며 물러갔다.

아무런 방법도 없을 때, 마침 일본인 하나와 서양인 하나가 찾아왔다. 흠차는 당장 그들을 접견했다. 듣자 하니 일본인 역시 관리로, 이름은 이나다 로쿠로(稻田雅六郎)였다. 서양인은 이름이 카림이었다. 흠차는 그들과 인사를 주고받자 곧바로 학생들의 일을 언급하며 그 둘에게 방법을 마련해 달라고 부탁했다. 로쿠로가 말했다.

"그게 뭔 대수라고 그럽니까. 저들이 가지 않겠다면, 공사(公使)께서 만나 보시는 것도 무방하겠지요. 경찰에서 사람을 파견하는 것도 어렵지는 않습니다."

이에 홈차가 말했다.

"좋소, 아주 좋습니다. 선생께서 경부(警部)에 신경 좀 써 주시오."

로쿠로는 바로 응낙하고 편지에 서명한 뒤 사람을 시켜 보냈다. 세 사람이 한참 얘기를 나누고 있을 때, 경부에서 사람이 왔다. 로쿠로는 그에게 열 명을 뽑아 오되 함부로 손을 쓰지 말고, 반드시 공사의 명을 따르라고 일렀다. 말을 마치자 그는 작별을 고하고 곧 떠나려 했다. 이에 카림도 동행하려 했다. 그러자 홈차가 자신을 도와 달라며 그를 만류했다. 카림의 평소 성격은 남을 위해 나서는 것을 좋아하여 단숨에 승낙했다. 로쿠로가 떠난 일은 더 이상 거론하지 않겠다. 홈차는 또 호위경과 정운주를 청하여 카림과 인사하게 했다. 서로 인사를 주고받은 뒤 카림이 말했다.

"지금은 날도 이미 늦었으니, 홈차께서 저들을 만나시겠다면 만나 보시지요. 제가 저들을 만나서 떠나게 할 수 있다면 일을 줄일 수 있어 더욱 좋겠지요."

그러자 홈차가 말했다.

"모두 맡기겠소!"

이에 카림은 그들이 있는 곳을 물어 직접 나섰다.

이즈음 팽중상 등은 더 이상 참을 수가 없었다. 그런데 문득 서양인이 다가오는 것이 보였다. 알면서도 기이했다. 한데 그는 아주 예절 바른 데다 중국 말을 할 줄 알았다. 여섯 사람은 기대 밖이라 크게 기뻐했다. 중상은 속으로 정 문안이 오지 않으니, 이 사람에게 부탁하는 것은 그나마 신뢰할 수 있겠다고 생각했다. 이에 곧 학교에 진학하려 한다는 말을 처음부터 끝까지 그에게 들려주고 참모부의 회신도 보여 주었다. 카림이 말했다.

"당신네 홈차의 보송을 얻지 못하면 이 일은 성사되지 못할 것입니다. 저는 당신네 호남(湖南) 감독이 제게 준 명단을 여기 가지고 있습니다.”

말끝에 명단을 꺼내 보여 주었다. 과연 호남에서 보낸 다섯 명의 학생 이름이 있었다. 카림이 또 말했다.

“참모부도 제 맘대로 못합니다. 후쿠자와(福澤) 소장(少將)이 돌아오면 그때 내가 당신네 오(吳) 선생과 함께 보송을 약속하여 진학하면 되지 않겠습니까.”

이에 중상은 감격했다. 그러나 생각을 굴려 보니, 이 일은 그리 타당하지 않았다. 지금의 흠차가 차려 주는 밥상을 마다하고 서양인의 말을 들으려 하다니. 만약 나중에 그가 본체만체하면 어찌할 것인가. 이에 반드시 흠차를 만나야겠다 마음먹고 카림에게 재삼 전해 달라며 간곡히 부탁했다. 카림은 별다른 방법이 없어 그들에게 명단을 달라고 했다. 중상은 일찌감치 준비해 두었기에 즉시 꺼내 주었다. 카림은 명단을 받아 들고 가서 한참 있다 다시 와서 말했다.

“찾아뵐 때는 한두 사람만 가야 하오.”

이에 그들이 동의하지 않고 반드시 함께 가야겠다며 고집했다. 카림이 여러 차례 오갔지만 여전히 승낙을 구하지 못했다. 이에 중상 등은 그를 따라 흠차가 머무는 집 곁 큰 나무 아래에 섰다. 카림은 그들이 이러는 상황을 보고 몹시 불쾌하다는 듯 말했다.

“당신들이 이렇게 고집을 피우면, 나도 방법이 없소. 작별을 고할 수밖에.”

그러고는 총총히 인력거를 타고 가 버렸다. 중상 등은 매섭게 쏘아볼 뿐, 어찌할 수 없었다. 그나마 중상은 담이 커서 나머지를 데리고 객당(客堂) 문 밖에 이르러 다시 한참을 기다렸다. 날은 점점 저물어 갔다. 그제야 호위경이 느릿느릿 걸어 나오며 말했다.

“자네들, 이렇게 하루 종일 기다리다니, 이게 뭐하자는 건가? 흠차가 만나지 않겠다는데, 이렇게 해서 그를 압박할 수 있다고 여기는가? 어리석은 짓 하지 말고 나와 함께 밥이나 먹으러 가세."

중상은 화도 나고 우습기도 해서 아무 대답도 하지 않았다. 모정은 두 눈을 부릅뜬 것이 금방이라도 울화통을 터뜨릴 기세였다. 그러나 중상의 당부를 받은 터라 잠시 참을 수밖에 없었다. 호위경은 그들이 상대도 하지 않는 것을 보고 달리 방법이 없었다. 잠시 뒤 카림이 다시 돌아왔다.

"자네들 어찌하여 아직 돌아가지 않았는가? 여기 있는다고 무슨 이득이 있겠는가? 내 말을 듣게. 희망이 있으니, 하여간 자네들 여섯은 홈차께서 반드시 보내 주실 것이네. 그를 만나고 못 만나고는 마음에 두지 말게. 만나려 해도 한두 사람이면 충분할 걸세."

하지만 중상 등은 그러려고 하지 않았다.

뒷일이 어떻게 되었는지 알 수 없으니, 다음 회를 듣고 알아보기 바란다.

제37회

경찰서를 나서는 가슴은 뜨거운 피로 가득하고
서양 종교에 입교하여 한 가닥 삶의 희망을 얻다

각설하고, 카림은 팽중상에게 여럿이 함께 들어가 뵐 필요가 없다고 했다. 그것은 원래 말이 많아져 번거로워질까 싶어서였다. 중상이 이를 눈치채고 급히 말했다.

"우린 더 이상 흠차께 죄를 짓지 않을 것입니다. 만약 무례한 점이 있다면 죄로 다스려 주십시오."

마침 여기까지 말을 하고 있는데, 갑자기 경부(警部) 사람이 다가오더니 인원수를 세고는 연필을 꺼내 장부에 기록하는 것이었다. 중상 등은 아무 잘못도 없다는 생각에 전혀 두려워하지 않았다. 위경은 그들이 흠차를 만나지 못하면 그만두지 않을 것임을 확실히 알고, 그들을 객청으로 데리고 갈 수밖에 없었다. 위경은 또 어린애를 속이는 방법을 써서, 한 번 들어갔다 나와 이렇게 말했다.

"흠차께서 어디로 가셨는지 찾을 수가 없군."

그런데 카림은 정직한 사람이라 이렇게 말하는 것이었다.

"흠차께서 방 안에 계시는데, 다만 자네들을 만나려 하지 않는 것이네. 그 이유는 자네들이 소동을 피울까 두려워해서지."

이에 중상은 거듭 맹세했다. 카림이 다시 들어가더니 한참이 지나도 나오지 않았다. 그때 창밖으로 많은 사람들이 무리 지어 달려오는 것이 보였다. 경부 사람이 문밖에 서 있는 것이 보였다. 그제야 흠차가 나오며 문으로 들어서기도 전에 큰 소리로 말했다.

"너희들이 날 보자 했으니, 할 말이 있으면 빨리 말하여라! 너희들은 산동에서 자송을 보내온 것이 아닌데도 나는 너희들을 위해 거듭 방도를 모색해 보았으니 너희들에게 떳떳하다. 참모부에서 응답을 주지 않은 것인데도 날 힐책한단 말이냐?"

이에 중상이 채 말을 꺼내기도 전에 모정이 불쑥 끼어들었다.

"관에서 보냈건 자비로 왔건 간에 모두 다 같은 학생들입니다. 우린 모두 능력을 배우고 길러 나라를 위해 온 힘을 바치려고 합니다. 그러니 흠차께서는 한결같이 대우해야 마땅합니다."

중상이 이어 말했다.

"참모부의 뜻은 흠차께서 보송을 해 주신다면 받아들이지 않을 리 없다는 것입니다."

그러자 흠차가 말했다.

"그게 무슨 말이냐? 내가 언제 학생을 보송한 적이 있다더냐? 단지 자송을 한 적이 있을 뿐이다."

이에 중상이 말했다.

"학생의 어리석은 생각으로는 흠차께서 보송이냐 자송이냐 그 체제를 따지시겠다니, 참모부와 얘기해 보면 될 것입니다. 참모부가 저희들의 진학을 허락하지 않으면 흠차께선 힘써 다투셔야 마땅합니다. 만약 방법을 만들어 내지 못한다면 사직하는 것이 도리이지요."

그러자 흠차가 말했다.

"좋다, 좋아! 넌 도리어 내가 잘못했다고 책망하는구나! 나도 원래 관직에 연연하는 사람이 아니다. 다만 천은(天恩)을 입어 달리 방법이 없었기 때문이다!"

그러자 중상이 말했다.

"그 말씀, 학생은 그렇다고 생각하지 않습니다."

이에 흠차는 크게 격노하여 표정이 굳어지며 매서운 목소리로 꾸짖었다.

"너희 같은 조무래기들이 뭘 알아? 달려와 소란이나 피울 줄 알지. 난 지금 우리 중국의 불행이 이런 젊은 놈들 때문이라고 생각해. 입만 열면 혁명일세 자유네 민권이네 떠들면서 루소를 창시자로 떠받들지. 내가 뭘 모르는 게 있느냐? 프랑스엔 나도 가 보았고 저들 사대부들과 얘기를 나눠 보았으나 그들 모두 루소가 틀렸다고 꾸짖었다. 너희들은 외국에는 임금도 아비도 없는 줄 아느냐? 젊은 놈들은 하늘이 얼마나 높은지 땅이 얼마나 두꺼운지도 모르고, 하는 말이라곤 죄다 모반이나 반역 같은 것들이지. 이런 학생 놈들이 배워서 능력을 갖춘들 어찌 조정을 위해 온 힘을 다할 것이라는 희망을 가질 수 있겠는가? 나라에 소란이나 피울 뿐이지! 몇 년 전 호북(湖北)에서 많은 학생들이 죽었지? 너희들은 청년이니 반드시 안신입명(安身立命)의 도리를 알아야 할 것이다. 대저 부모가 길러 주고 황상의 밥을 먹고 황상가의 보살핌을 받아 자라지. 그러다 10~20세가 되면 겨우 책 몇 권 읽고 오륜도 모르면서 제멋대로 소란이나 피우지. 너는 네 부모가 아직도 거기서 너희들이 세상에 명성을 드날리길 기다리고 있다는 것을 아느냐! 어찌하여 죽을 길로만 가려는 것이냐? 우리 관리들은 비록 능력은 없다만, 그러나 충효의 대의만큼은 잘 알고 있느니라. 지금 너희들은 도리어 내가 잘못되었다고 모함하려는데, 어디 그 이치가 무엇인지 한번 들어나 보자꾸나."

말을 마치는데 분노가 치밀어 수염이 꼿꼿이 섰다.

중상은 그의 말을 듣고 모양새를 보니 저도 모르게 가소로웠다. 모정은 두 눈이 분노로 튀어나올 것 같았지만, 중상의 당부를 들어 감히 경솔하게 나서지는 않았다. 중상이 조소를 띠며 말했다.

"흠차의 말씀에 어디 잘못된 것이 있겠습니까? 다만 학생 등도 그런 사람이 아닙니다. 흠차께서 잘못 보셨습니다. 그래서 감히 보송을 해 주지 않는 것이겠지요. 군부의 도리에 있어서도 모두 마찬가지입니다. 다만 흠차께서는 나라에서 받은 은전이 각별하신 셈이니, 특히 더 힘을 쓰셔야 당연하지요. 우리 같은 학생들도 모두 황상가의 백성임을 잊지 마십시오. 예를 들어 집안에 자제가 있는데, 그가 향상심이 강해서 공부를 하려 할 때 좋아하고 기대하지 않는 부모가 없을 것입니다. 우리가 기꺼이 외국으로 와서 공부를 하려 하니, 아마 황상께서도 들으시면 기뻐하시고 또 기대하실 것입니다. 황상께서도 그렇듯 좋아하시고 기대하시는데, 흠차께서는 오히려 힘을 쓰려 하지 않으시니 이것이 충성을 다하는 것입니까? 학생들도 중국 관장의 기질을 잘 압니다. 오가는 말이야 아주 고상해서 자신은 결코 관직에 연연하지 않고, 어서 관직에서 물러나 은거하여 유유자적하는 행복을 간절히 바란다고 하지요. 그러나 일단 후임자에게 인수인계하고 나면 돈도 들어오지 않고, 위세도 부릴 수 없지요, 비위를 맞추는 사람도 없으니 다만 향리의 몇몇 노선배들과 왕래할 뿐이지요. 게다가 가난한 친척과 벗들은 끈덕지게 들러붙는 바람에 어쨌든 몇 푼이라도 써야 하니 좋을 게 하나도 없지요. 그래서 관리가 되고 나면 곧 관직을 자신의 사업으로 여겨 죽기 전에는 그만두지 않습니다. 이를 일러 목숨을 바쳐 충성을 다한다는 것이지요. 그러면서 기꺼이 긴요하지도 않은 일 한두 가지 골라 상주서를 올려 한두 마디 직언을 합니다. 그리고 나라에는 유익하되 자신에겐 손해가 없는 일이 걸리면 한두 가지 처리합니다. 그러면 백성들은 목을 빼고 그를 바라보며 입을 모아 훌륭한 관리라고 칭찬하지요. 학생이 어렸을 때는 어느 관리가 훌륭하고 어느 관리는 못하다는 소리를 들었습니다. 한데 지금은 그런 소리를 듣지 못한 지가 오래되었습니다."

한바탕 의론에 장(臧) 흠차는 화가 치밀어 거의 가슴이 터질 듯했다. 낯가죽이 새파래지고 입술은 새하얘졌다. 그는 분노를 터뜨리려다 그만두었다. 중상은 그런 그를 거들떠보지도 않고 다시 말을 이었다.

"흠차께서는 학생들이 자기 분수를 지키지 않을까 걱정하시느니 차라리 학당으로 더 보내 그들의 학문이 높아져서 자연스레 소란을 피우지 않게 되기를 기다리는 편이 나을 것입니다. 우리 중국인의 성격에 자신에게 이익이 되면 세상사에 상관할 시간이 어디 있겠습니까? 학생 중에서도 외국어를 잘 배운 이는 통역관이 되고 참사관이 될 것입니다. 군사학을 배운 학생들은 상비군이나 예비군이 될 것입니다. 각자 자신의 직업을 갖게 될 터인데 반역할 시간이 어디 있겠습니까? 만약 그렇지 않으면, 군중들은 한숨 쉬고 개인들은 탄식할 것입니다. 옛말에 '언덕에서 밭 갈고, 동문에 기대어 휘파람 분다(輟耕隴上 倚嘯東門)'고 했습니다. 이는 예전에는 하류 사회에서나 하던 일입니다. 과거가 폐기되고 학당 길도 없으면, 저 총명하고 재지(才智) 넘치는 사람들이 어찌 자기 분수를 지킬 수 있겠습니까? 이런 일들을 배울 필요가 있겠습니까? 말씀하신 루소의 『민약(民約)』 등의 서적은 모두 저들의 부적이요 비책입니다. 흠차께서는 학생들을 단속할 책임이 있으시니, 터무니없고 놀기 좋아하는 학생들을 골라내시는 데 유의하시면 되지, 도리를 잘 아는 학생들을 의심하고 시샘할 필요는 없습니다."

그 말에 흠차는 더욱더 화가 치밀었지만 못 들은 것으로 칠 수밖에 없었다. 위경이 다가와 말했다.

"됐다, 너희들의 말도 충분히 했다만, 중요한 문제는 한마디도 하지 않는구나. 물어보자. 흠차와 계속 변론할 것이냐? 아니면 흠차께 학교에 진학시켜 달라고 부탁할 것이냐?"

이에 중상이 말했다.

"호 선생님의 말씀이 지당하십니다. 우린 흠차께 육군 학교 입학을 부탁드리러 왔습니다. 이제 흠차께 세 가지를 요구하겠습니다. 첫째, 흠차께선 우릴 육군 학교에 보내 주십시오."

그러자 위경이 말했다.

"두 번째는?"

이에 중상이 말했다.

"두 번째는 참모부가 받아 주지 않겠다면, 흠차께서는 힘써 싸워 주십시오. 세 번째는 힘써 싸웠는데도 안 되면 흠차께서는 사직하시길 요청합니다."

이에 흠차의 얼굴이 붉으락푸르락했다. 그 말을 듣고 카림도 승복하지 못했다.

"제군들은 유학생에 불과한데, 어찌 흠차께 사직을 강요한단 말인가?"

그러자 중상이 말했다.

"사직은 반드시 흠차 자신의 뜻에서 나와야 합니다. 이런 마음으로 학생들을 위해 힘을 써야, 관직에 연연하며 부끄러움도 모르는 사람들과 달리 참되다고 할 수 있지요."

그러자 흠차가 크게 화를 내며 말했다.

"내가 어찌 관직에 연연하며 부끄러움도 모른단 말이냐. 네 어찌 이리도 악독하게 욕설을 퍼붓는단 말이냐!"

그는 말을 마치고 씩씩거리며 떠났다. 위경과 카림도 그를 따라 방을 나갔다. 중상 등은 조용히 앉아 기다릴 수밖에 없었다. 추의보(鄒宜保)는 기다리다 잠이 들었다. 잠시 뒤 문득 바깥에서 함성 소리가 들리며 대낮처럼 등불이 밝았다. 군장(軍裝)을 한 많은 사람들이 손에 무기를 들고 벌 떼처럼 몰려왔다. 이런 상황을 보고 모두들 불길함을 느끼고 일어서려는데, 중상이 움직이지 말라고 지시했다. 이에 다시 꼿꼿이 앉아 움직이지 않았다. 경찰들 중에 관원이 하나 있어, 그가 중상에게 말을 걸었지만, 중상은 한마디도 알아들을 수 없었다. 그는 경찰 둘을 불러 중상을 부축해 일으키고는 팔짱을 끼고 데려갔다. 시효전 등은 중상이 잡혀가는 것을 보고 일제히 함께 따라갔다. 경찰서 입구에 이르자 그들은 중상만 데리고 들어가고 다섯은 문밖으로 쫓겨났다. 얼마 지나지 않아 대문이 다시 열리고 경찰 몇몇이 나오더니 나머지 다섯도 끌고 들어갔다. 경찰관은 치안을 해쳤으므로 압송하여 강제 귀국시키겠다고 말했다. 이렇게 되자 중상도 별수 없이 그 말을 따를 수밖에 없었다.

다음 날 아침 고베(神戶)로 가는 기차에 몸을 싣고 해변에 당도했다. 섭모정은 가슴 가득한 울분을 토해 낼 길이 없었다. 그는 이제까지 이렇게 큰 모욕을 받아 본 적이 없었다. 한순간 어리석은 생각에 바다로 뛰어들었다. 그러나 힘이 약했던 까닭에 반도 채 가지 못했다. 수면으로부터 반 장(丈)도 채 못 가서 몸이 진흙에 빠지고 말았다. 중상은 그가 이러는 것을 보고 몹시도 비참했다. 그는 급히 작은 배 한 척을 불러 필사적으로 그를 구했다. 그러고는 옷을 갈아입힌 뒤 증기선으로 끌고 올라가 거듭 당부했다.

"모욕은 우리 여섯이 함께 받았네. 자넨 절대 짧은 생각을 하지 말고 몸 보중을 하시게. 분명 이 원한을 씻을 날이 있을 걸세!"

그러자 모정이 말했다.

"제가 어머니 배 속에서 나온 이후로 이런 모욕을 받은 적이 없습니다. 대장부는 영예롭게 죽을지언정 비굴하게 목숨을 보전하지 않습니다."

이에 중상이 말했다.

"각각의 일은 사리의 옳고 그름을 물어야 하네. 가령 우리가 잘못해서 이런 굴욕을 받았다면 당연히 부끄럽겠지. 그러나 우리는 잘못한 게 하나도 없는데 무고하게 이런 좌절을 겪었으니, 귀국하여 사람들에게 말할 때도 떳떳할 터인데 무엇을 두려워한단 말인가? 저 중국 관리는 기꺼이 외국인의 노예가 되려고 나라의 체면을 욕되게 하는 것도 돌아보지 않으니 우리에게 무슨 방법이 있겠는가? 비록 그렇기는 하지만 저 유학생 공회(公會)에서 어찌 그만두려 하겠는가? 당연히 누군가 무슨 말이 있을 터이니, 우리는 돌아가서 소식을 기다리세! 또한 이번 일은 돌아가는 대로 신문에 실어 저이가 저지른 치욕을 모두가 알도록 만드세. 우리에게 무슨 부끄러워할 것이 있겠는가? 다 함께 방법을 생각하여 학당에 들어가 몇 년 외국어를 공부한 뒤 다시 서양으로 유학 가면 되지 않겠나."

그 말에 모정은 여러 길이 있음을 알고 바다로 뛰어들겠다는 생각을 단념했다. 배가 상해에 도착했다. 여섯은 다시 객잔에 짐을 풀었다. 곧 이 일과 관련하여 긴 글을 한 편 지었다. 그러고는 자유보관(自由報館)을 찾아가 며칠 동안 등재하고서야 끝났다. 그제야 여섯은 한숨을 돌렸다. 그러나 일본 유학이 성공하지 못하여 마음은 내내 따분했다. 그러던 어느 날 중상이 말했다.

"우리 여섯이 지금 한곳에 모여 있으니, 어쨌든 학문을 익혀 사람들을 놀라게 할 일을 한 번 해야 지난번 모욕을 씻을 수 있지 않겠나!"

그러자 나머지 다섯이 동의했다. 이에 곧 교과 과정표를 만들고, 외국어 서적 몇 권과 중영(中英) 사전을 샀다. 그리고 영어 야학당을 찾아 열심히 공부했다. 배운 지 3년 만에 영어는 일취월장하여 말도 할 수 있고 문법도 얼추 이해하게 되었다. 이에 외국으로 나갈 것을 도모했다. 그런데 마침 모정이 집에서 온 편지를 받게 되었다. 내용인즉슨, 부친의 병환이 엄중하니 밤을 도와 급히 돌아오라는 것이었다.

모정은 비록 유신파이긴 했으나, 천성은 정이 깊었다. 그는 편지를 받자마자 그 자리에서 두 눈에 눈물을 흘렸다. 그렇지 않아도 오랜 객지 생활에 고향이 그립던 차인지라 곧 팽중상·시효전과 상의하여, 외국으로 나가는 일은 잠시 미루고 이번에 산동으로 돌아가 아버지의 병이 호전되면 그때 가서 다시 얘기하자고 했다. 팽중상과 시효전의 집은 가난했다. 그들은 원래 상해에 와서 관지(館地)[352]를 찾아 지내 볼 생각이었다. 그런데 일본에서 돌아와 이름을 날리고 나니 도리어 아무도 그들을 청하지 않았다. 입고 먹는 비용은 다행히 모정의 도움을 받을 수 있었다. 그런데 지금 그가 고향으로 돌아가려 하고 있으니, 외국으로 나갈 희망은 끊어지고 말았다. 이에 곧 기꺼이 그와 함께 산동으로 가겠다고 했다. 모정은 크게 기뻐했다. 추의보 등이 고향으로 돌아갔음은 더 이상 말할 필요가 없다. 세 사람은 청도(靑島)로 가는 증기선에 올랐다. 사흘이 채 못 되어 어느새 제남(濟南)에 도착하여 각자 집으로 돌아갔다.

모정이 집에 도착하니, 부친의 병은 이미 위중했다. 그는 눈을 부릅뜨며 "아들아" 하고 부르고는 더 이상 말을 잇지 못한 채 죽

---

352 막료나 사숙 선생.

고 말았다. 모정은 대성통곡했다. 모친 또한 몹시 슬피 울었다. 모정이 장례를 치렀음은 말할 필요가 없을 것이다. 그리고 이때부터 집에 머물러 수효(守孝)[353]하며 삼년상을 치렀다. 그리고 중상과 효전에게 상해로 다시 가서 외국으로 나갈 방도를 만들어 보자고 약속했다.

셋은 백화주반관(百花州飯館)에서 얘기를 나누었다. 술이 얼큰해졌을 즈음, 중상은 또 궁색한 고향에 대해 끝없이 불만을 토로했는데, 죄다 관장을 욕하는 말이었다. 세 사람이 얘기를 나누고 있을 때, 마침 한 친구가 올라왔다. 그의 성은 양(梁)이고 호는 도보(弢甫)로 그 역시 유신파였다. 그는 중상이 있다는 소리를 듣고 그와 얘기하러 찾아온 것이었다. 모정 또한 그와 안면이 있어 함께 자리했다. 도보는 한담을 나누다 얘기 끝에 이런 말을 했다. 운남 총독 육하부(陸夏夫)가 지금 파면되어 집에 있는데, 정부에선 그가 예전에 어떤 나라와 사이가 좋았고 또 근자에 그가 외국 군대를 빌려 내란을 평정하자는 상소를 올렸기에 자못 기용하려는 뜻이 있어 서울로 불렀고, 곧 이곳을 지나간다는 것이었다. 그 말을 듣고 모정은 가슴에 새겨 두었다. 그는 술자리가 파하도록 아무 말도 하지 않았다.

다음 날 아침, 모정은 중상을 찾아가 육하부를 암살하겠다는 뜻을 전했다. 그 말을 듣고 중상은 깜짝 놀랐으나 이번엔 그를 말리지 못할 것임을 알았다. 하여 그의 말에 순순히 따르며 함께 가겠다고 응낙했다. 두 사람은 곧 날마다 육 제군(陸制軍)이 어느 날에 도착하는지를 탐문했다. 그럼 그렇지, 변고가 생기기에 딱 맞으려 그랬는지 마침 육 제군이 가마에 올라 회 무대를 만나러 가

---

[353] 부모의 상을 당하여 탈상하기 전까지 오락과 교제를 끊고 애도를 표하는 것.

고 있었다. 그들은 이때부터 그가 머무는 임시 거처 주변을 염탐했다. 그러나 호위하는 인원이 너무 많아 당장은 손을 쓸 수가 없었다. 그날, 해가 저물어 갈 무렵, 어떤 이가 서양 요릿집으로 육 제군을 초대했다. 그는 예전처럼 가마를 타고 왔다. 이번에는 모정에게 포착되었다. 이에 뒤를 따라가 강남촌(江南村) 입구에 이르자 총을 들었다. 맞힐 수 있을 것 같았다. 그런데 어찌 알았으랴, 총이 말을 듣지 않아 쏘기도 전에 체포되고 말았다. 당장 역성현(歷城縣)으로 압송하여 수감되었다. 육 제군은 희 무대에게 이 일을 설명하고, 다음 날 친히 역성현으로 가서 모정을 심문했다. 모정은 아무 거리낌 없이 직언하며 그를 질책했다.

"어찌하여 외국 군대를 빌려 중국인을 죽이려 하는가. 이에 분노가 치밀어 당신을 쏘아 죽이려 한 것이다."

그러자 육 제군이 말했다.

"내가 언제 외국 군대를 빌린 적이 있더냐. 토비(土匪) 몇몇을 평정하자고 하면 전혀 힘들이지 않고도 할 수 있느니라. 그러나 차마 저들을 학살할 수 없어 귀순시키려 한 것이다. 하여 아직까지 평정되지 않은 것이니라. 너희가 뜬소문을 잘못 듣고 이와 같은 반역을 저지르다니, 어떤 죄에 합당하는가? 서울로 가 상소를 올려 성지를 청한 뒤에 다시 그 죄를 엄히 다스릴 것이다."

그러고는 지현에게 족쇄를 채워 수감하라고 분부했다. 이제 모정은 어찌할 도리가 없었다. 활로를 모색하려 해도 방법이 없고, 죽고자 하여도 할 수가 없었다. 그와 함께 있던 팽중상은 모정이 잡혀가는 것을 보고 급히 그의 집에 소식을 알렸다. 그 말을 들은 모정의 모친은 마른하늘에 날벼락을 맞은 것 같았다. 이에 아무 의심 없이 곧바로 중상과 상의하길, 아들의 목숨을 보전할 수만 있다면 돈은 얼마든지 내겠다고 했다. 중상은 두말없이 그렇게 하기로 했다. 먼저 은자 3천 냥을 가지고 역성현으로 가서 모정이 고초를 당하지 않도록 손을 썼다. 중상은 또 리울라이라는 외국 선교사를 찾아가 사건의 자초지종을 설명한 뒤 그에게 구명을 부탁했다. 그리하면 기꺼이 그 종교의 신도가 되겠다고 약속했다. 선교사는 크게 기뻐하며 당장 육 제군을 만나러 갔다. 이때 육 제군은 다음 날 아침에 떠나려고 벌써 행장을 단단히 묶어 준비하고 있었다. 그때 불현듯 선교사 리울라이 대인이 뵙기를 청한다는 보고가 올라왔다. 제군은 만나지 않을 수 없어 객청으로 그를 청하여 인사를 나누었다. 선교사가 말했다.

"듣자 하니 전날 대수(大帥)[354]께서 큰일을 당하셨더군요! 그런데 이 사람은 우리 교회당 학생으로 정신병이 있어 밖에서 소란을 피운 모양입니다. 그 권총은 빈 것으로 총알이 없었습니다. 정말 대수를 죽이려 한 것은 결코 아닙니다. 지금 그 사람 어디 있습니까? 대수께선 제가 데려갈 수 있도록 내주시기 바랍니다. 병을 다 치료하고 나서 그때 다시 따지시지요."

그러자 육 제군이 말했다.

"그놈은 생각이 불량하여 나를 쏘아 죽이려 했소. 그나마 내가 아직 능력이 있어 한 손으로 총을 빼앗았기에 다행히 상해를 입지 않을 수 있었소. 귀국의 법률에 비추어 보더라도 당연히 몇 년은 감옥에 있어야 할 터, 지금 역성현 감옥에 있소이다. 우리 나라는 나름대로 처리하는 방법이 있으니, 내가 간여할 일이 아니지요. 선교사께서는 역성현으로 가서 얘기해 보시오."

그러자 선교사가 말했다.

"그렇다면 저는 대수의 명을 받들어 현령을 만나야겠군요."

---

354 총독·순무를 이르는 다른 말.

이에 육 제군은 한참이나 멍하니 있다가 그를 배웅할 수밖에 없었다. 그러고는 서둘러 편지를 써서 사람을 시켜 나는 듯이 역성현으로 보냈다. 편지에 범인 섭모정을 절대 풀어 줘서는 안 된다고 신신당부했다.

당시 역성현 현령은 본시 일방(一榜) 출신으로, 성은 전(錢)이고 이름은 대훈(大勳), 호는 소운(小篔)이었다. 사람됨이 융통성만 부릴 뿐, 조그만 일도 감당하려 하지 않았다. 그런데 이번에 육 제군이 자객을 잡아 보냈으니, 어찌 처리해야 할지 몰라 걱정만 하고 있었다. 그날은 등청했다가 돌아와 간단히 아침을 먹었다. 이어 가마를 타고 육 제군에게 전송을 가려고 생각하고 있었다. 때마침 선교사가 찾아왔다. 전 현령은 선교사가 인사 왔다는 소리를 듣고, 섭모정을 위해 온 것이라고 생각했다. 하여 먼저 화청으로 모시게 했다. 그리고 자신은 대처할 방도를 찾아보았다. 그러나 한참을 생각해 보았지만 어찌할지 결심이 서지 못했다. 그때 하인이 다시 와서 보고했다.

"서양 대인께서 기다리다 지쳐 곧장 안으로 들어오시려는 것을 소인이 막았습니다요. 나리께서 만나 보셔야 할 것 같으니 그만 가시지요!"

현령은 달리 방법이 없어 의관을 정제하고 성큼성큼 화청으로 나갔다. 두 사람은 서로 안면이 있어 몹시 친밀했다. 원래 이 선교사는 수시로 현 관아를 드나들었던 것이다. 전 현령도 그를 초청하여 서양 요리를 몇 번 먹었다. 따지고 보면 외국의 지기를 사귄 셈이었다. 하여 이번이라고 그를 만나지 않을 수는 없었다. 만약 만나지 않는다면, 그는 제 맘대로 첨압방으로 들이닥칠 것이었다.

뒷일이 어떻게 되었는지 알 수 없으니, 다음 회를 듣고 알아보기 바란다.

제38회

간단한 말로 죄를 벗고
재물에 기대 교섭을 처리하다

각설하고, 전(錢) 현령은 리울라이 선교사를 만나 그가 온 뜻을 물었다. 선교사는 육 제군에게 했던 말을 다시 한 번 늘어놓으며 이렇게 덧붙였다.

"육 제군의 뜻은 더 이상의 추궁을 생략하라고 허락하는 것이오. 번거롭겠지만 귀 현에서는 그를 방면하여 제가 데려갈 수 있도록 내어 주시면 되겠습니다!"

이에 전 현령은 한동안 멍하니 있다가 말했다.

"이 사람은 비록 육 제군께서 압송해 보내기는 했지만, 어쨌든 범죄를 저질렀으니 방면하고 말고는 육 제군께서 마음대로 할 수 있는 것이 아닙니다. 반드시 무헌께 품명(稟明)[355]하고 나서 그때 가서 다시 대책을 세워야 합니다. 비직은 감히 독단적으로 처리할 수 없으니, 바라건대 리울라이 대인께서는 양해 바랍니다."

그런데 지금 전 현령은 어찌하여 그에게 '대인'이나 '비직' 등과

---

[355] 윗사람에게 자세히 설명함.

같은 호칭을 쓰는가? 원래 리울라이 선교사는 일찍이 성은을 입어 2품 정대(頂戴)를 상으로 받았기 때문이었다. 선교사는 그의 간교한 말을 듣자 속으로 화가 치밀었다.

"이처럼 소소한 일은 귀 현이 마음대로 처리할 수 있을 것이오. 육 제대의 분부가 아니라 해도, 귀 현께서는 나의 체면을 보아서라도 마땅히 방면해야 할 것이오. 난 당신네 중국 관장을 잘 아오. 서로 미루며 한 가지도 완성하지 못하고 그저 대충대충 처리하려고만 하지요. 자기와 상관없으면 그만이지요. 그러나 이번에는 나를 만났으니, 그렇게 쉽게는 안 될 것입니다. 오늘은 귀 현께서 이 사람을 방면해 주셔야겠습니다. 무대께서 물으시거든 제가 와서 데려갔다고 하시면 됩니다. 만약 그가 허락하지 않는다면 나는 당신네 정부에 말할 것입니다. 하여간 당신이 할 일은 없지요. 나는 당신과 평소 교분이 좋았기에 당신한테 먼저 와서 상의를 드리는 것입니다. 만약 다른 사람이었다면 곧장 당신네 무대께 바로 가서 따지지 않았겠습니까?"

그 말을 듣고 전 현령은 깜짝 놀라 전전긍긍하며 즉시 비위를 맞추었다.

"대인께서는 화를 그치시지요! 비직이 말을 잘못해 대인께 무례를 범했습니다. 그러나 바로 방면하는 것은 비직이 감히 할 수 없는 일입니다. 비직이 즉시 상원(上院)하여 대인의 말씀을 무헌께 보고하겠습니다. 무헌께서 허락하시면 즉시 대인께서 데리고 가실 수 있도록 조치하겠습니다."

이에 리울라이 선교사가 말했다.

"그건 말이 되는군요. 추측건대 당신네 무헌께서도 감히 내 말을 들어주지 않을 수 없을 것입니다. 당신은 지금 바로 가시오. 난 여기서 기다릴 테니."

그의 압박에 전 현령은 할 수 없이 장방(帳房)을 청하여 서양 요리 한 상을 차려 그를 대접하라고 지시했다. 그리고 자신은 몸을 일으켰다. 때마침 육 제대의 편지가 당도했다. 그것을 보고 전 현령은 눈살을 찌푸릴 뿐, 곧바로 가마를 타고 무대의 관아로 갔다. 그때 희 무대는 임시 거처에 들러 육 제대를 전송하고 있었다. 전 현령도 급히 임시 거처로 가서 어찌할 바를 모른 채 선교사의 말을 보고했다. 희 무대가 크게 놀라며 육 제대에게 말했다.

　"이 사람은 그에게 죄를 짓기가 어렵소. 지금은 외국인이 산동에서 횡포를 부림이 심해 걸핏하면 군대를 모아 전쟁을 벌이려 하오. 나는 교섭을 오래도록 해 본 데다 본 것도 많소이다. 어쨌든 마음을 가라앉히고 간소하게나마 대접해야 하오. 실제 우리 나라의 힘이 이 지경까지 약해졌으니, 어찌 저들과 대적할 수 있겠소? 이번 일은 동년(同年)께서 대범하게 행동하시는 것이 좋겠소. 동년께는 조금도 손해가 없지 않겠소."

　이에 육 제대는 분노가 치밀어 '흥' 하고 콧방귀를 뀌고, 한참을 있다가 말했다.

　"그건 이 역도에게 편의를 봐주는 것이 아니겠소? 그러고서도 우리가 관리가 되어 백성들을 관리한다고 할 수 있겠소?"

　이에 희 무대는 '허~' 하고 한 번 웃고는 말했다.

　"동년께서 장차 출경하시자면, 호위를 많이 준비하는 것이 가장 좋을 것이외다. 내가 있는 이곳에 호위병이 적지 않으니 몇 명 나눠 드리리다. 그런데 이 역도를 방면하지 않으면, 저 리울라이 선교사는 스스로 외무부에 통지하여 끝내 그를 방면하고 말 것이오. 차라리 우리가 인정을 베푸는 것이 낫지 않겠소! 하물며 리울라이 선교사는 분명히 동년의 면전에서 그를 방면하라고 허락했다 하지 않소. 지금 만약 방면하지 않는다면, 분명 내가 그렇게 한 것이라 여길 것이오. 저들 외국인이 나를 난처하게 만들면 나는 곧 파면될 것이고, 후임 또한 이런 교섭을 처리하지 못할 터이니 이 지방에 분명 손해를 끼칠 것이오. 백성들을 위해 명을 청하니, 동년께서 자비를 베풀어 주신다면 형제 또한 고맙기 그지없겠소."

육 제대는 희 무대가 이렇듯 간절히 말하고, 또 지금 풀어 주지 않으면 나중에 분명 풀어 주게 될 것이라는 그의 말이 틀리지도 않다는 생각이 들어 갈등했다. 다만 자신이 성(省)을 떠나 권한이 없어 마음대로 할 수 없다는 것이 원통할 뿐이었다. 한참을 생각해 보았지만 달리 방법이 없어 허락할 수밖에 없었다.

"섭모정이 비록 나를 위험하게 했지만, 어쨌든 국법이 있으니 동년 마음대로 하시지요."

이에 희 무대가 말했다.

"그렇다면 난 그를 선교사에게 내주겠소. 이는 어쩔 수 없어서 그런 것이외다."

그러고는 당장 역성현에 분부를 내렸다.

"노형은 서둘러 돌아가 리울라이 선교사를 정중히 대하시오. 만약 범인을 데려가겠다면 거스를 필요 없이 그가 하자는 대로 데려가게 하시오."

전 현령은 자신의 곤란함을 덜 수 있도록 그 말이 나오기를 간절히 바랐다. 때문에 그 말을 따르지 않을 까닭이 없었다. 그렇지만 아닌 척 일부러 이렇게 말했다.

"다만 육 대인께 면목이 없습니다."

그러자 육 제대가 탄식하며 말했다.

"중국이 주권을 잃으니, 소소한 범인 하나 처리하는 것도 외국인의 말을 들어야 하는구나. 난 할 말이 없으니, 동년께서는 자객을 조심하시게."

희 무대는 아무 말이 없었다. 전 현령은 물러나 자기 관아로 돌아갔다. 선교사는 여전히 가지 않고 있었다. 서양 요리는 벌써 다 먹은 뒤였다. 그는 현령이 돌아온 것을 보고 곧장 섭 군의 일이 어찌 되었는지를 물었다. 전 현령이 말했다.

"원래 무대께선 방면하려 하지 않았습니다만, 비직이 재차 사정하고 리울라이 대인의 체면을 말씀드렸더니 그제야 윤허하셨습니다."

이에 선교사가 말했다.

"귀 현령을 난처하게 해 드렸군요. 내 말했지요, 귀 성의 무대께서는 견식 있는 분이라 이런 자잘한 일은 의논해서 해결되지 않는 것이 없다고. 현령께서는 어서 섭 군을 데려오시오!"

이에 전 현령은 "예예" 하고 대답하곤, 급히 밖으로 나가 하인에게 족쇄를 벗겨 첨압방으로 데려오라 명했다. 머리를 빗기고 깨끗이 세수한 뒤 그와 함께 객청으로 올 생각이었다. 적절하게 조치하고 자신은 다시 객청으로 들어가 선교사를 접대했다. 하인은 명을 받고 옥사장에게 감옥에서 섭모정을 꺼내 오라고 시켰다. 그런데 누가 알았으랴, 모정은 일찌감치 팽중상에게 귀띔을 받아 선교사가 자신을 위해 대책을 강구하고 있음을 알고 있었다. 하여 이번에 자신을 끌어내는 것이 분명 좋은 소식이라는 것을 눈치채고 있었다. 족쇄와 수갑은 그가 감옥에 들어간 뒤 쓴 뇌물이 많아 이미 벗은 상태였다. 그러나 이번에 나올 때는 오히려 장면을 연출해야 했으므로 다시 차고 나왔다. 내내 비틀거리며 이당(二堂)에 이르렀을 때 한 하인이 오더니 물었다.

"이 사람이 섭씨인가?"

이에 간수들이 일제히 대답했다.

"예!"

그러자 하인이 말했다.

"나리께서 그의 족쇄와 수갑을 벗겨 나를 따라 객청으로 데려가서 물어보시겠다고 분부하셨다."

간수들이 일제히 대답하고 곧 손을 움직였다. 그런데 누가 알았으랴, 섭모정은 오히려 화를 내며 말했다.

"난 본래 죄를 지은 것이 없다. 그런데 너희들이 내게 이런 굴욕을 주다니. 지금 내 손발에 있는 이 꼴사나운 것을 제거하려면 반드시 너희 나리께서 직접 와서 제거해야 할 것이다. 어찌 너희 같은 노비들의 한마디 말에 쉬이 벗어 던질 수 있겠느냐? 그렇게 한다면 너희들에게 희롱당하는 나는 노비보다 못한 놈이 되지 않겠느냐?"

하인은 그가 계속 '노비, 노비' 하며 욕을 해 대자 저도 모르게 화가 치밀었다.

"죄인인 주제에. 나리께서 네놈을 방면하시려는 것도 내가 옆에서 몇 마디 좋게 말해서이거늘. 그러니 난 너의 구세주와도 같다. 내 너의 보답은 바라지도 않는다만, 그런데 도리어 입만 열면 노비, 노비 하며 나를 모욕해 대느냐. 네 맘대로 해라, 나도 상관하지 않을 테니!"

그는 말을 마치고 훌쩍 가 버렸다. 그러자 간수들은 손을 멈추고 감히 족쇄를 벗기지 못했다. 모정은 땅바닥에 웅크리고 앉아 씩씩거렸다.

하인은 객청으로 돌아와 보고를 올렸다.

"저 범인은 족쇄를 벗으려 하지 않고 나리께서 직접 벗겨 주길 요구합니다요!"

이에 전 현령은 크게 노하며 질책했다.

"이런 고얀 놈! 잘 얘기하라고 일렀거늘, 누가 너더러 죄를 지으라고 하더냐."

그러자 선교사도 내막을 알고 급히 말했다.

"너희 중국 관아의 일은 나도 잘 아니, 숨길 필요 없다. 내가 현령과 함께 가 보겠다."

이에 전 현령은 만면에 부끄러움을 안고 연신 "예예" 하며 선교사와 함께 이당으로 갔다. 섭모정이 족쇄에 칭칭 묶인 채 웅크리고 앉아 있는데 간수 둘이 지키고 있었다. 선교사가 말했다.

"이 불쌍한 사람을 잡아다 금수처럼 대하다니, 이러고서도 하느님께 부끄럽지 않단 말인가?"

이에 전 현령은 다급하게 한발 앞서 섭모정 곁으로 달려가 말했다.

"화내지 말게. 족쇄를 벗게나. 이는 육 제대께서 분부하신 일로 나와는 관계가 없네."

그러자 모정이 말했다.

"나리, 당신도 한 지방의 주인이라 할 수 있지요? 그런데 어째서 저 역적 육씨의 지휘를 받는단 말입니까? 기꺼이 그의 노예가 되려는 것입니까?"

전 현령은 그와 더 이상 말을 섞고 싶지 않아 간수들을 시켜 족쇄를 벗기게 했다. 그러고는 그의 손을 이끌고 선교사와 함께 객청으로 돌아왔다. 선교사가 짐짓 그를 아는 체하며 말했다.

"네가 지난번에 집에 간다고 할 때, 네 정신병이 발작할 것이라고 내 말하지 않았더냐. 결국 이런 사달을 일으키고 말았구나. 다행히 내가 이 소식을 듣고 너를 구하러 왔으니 망정이지, 그렇지 않았다면 얼마나 더 고초를 당했겠느냐! 여러 말 필요 없다. 함께 돌아가자꾸나!"

그러고는 고개를 돌려 전 현령에게 말했다.

"작은 가마 하나 마련해 주시오. 난 그와 함께 교회당으로 돌아가겠소."

전 현령은 선교사에게 비위를 맞추려는 의도가 있었다. 이에 급히 자신의 큰 가마를 대령시켜 선교사와 모정을 태워 보냈다. 그러자 거리에선 사람들의 의론이 분분했다.

"죄를 짓더라도 제대로 지어야지. 저 섭씨 좀 봐. 한때는 쇠고랑을 찼다가 지금은 큰 가마를 타고 가질 않나. 그러니 여러분도 죄를 지으려거든 기댈 언덕부터 마련해 두고 지으시구려."

사람들의 의론은 더 이상 언급하지 않겠다.

한편 선교사를 보내고 나자 전 현령은 무거운 부담을 내려놓은 듯 몸이 한결 가벼워진 느낌이었다. 이에 즉시 무대의 관아로 가서 섭모정을 방면한 상황을 보고했다. 무대 또한 기뻐하며, 그의 일 처리 능력을 극찬했다. 한참 서로 경하하고 있을 때, 불현듯 밖에서 전갈이 들어왔다.

"제성현(諸城縣) 지현 무강(武強)이 알현을 청합니다. 긴요한 공무가 있어 특별히 성으로 들어와 직접 뵙고 보고를 올리겠답니다."

무대는 즉시 들라 했다. 이에 전 현령이 작별을 고하고 떠나려하자 무대가 잠시 무 현령을 만나고 가라며 말렸다. 조금 있으니무 현령이 들어와 문안을 여쭈었다. 희 무대가 그에게 자리를 권하며, 무슨 일로 왔는지 물었다. 이에 무 현령이 대답했다.

"비직은 한 가지 교섭 건으로 특별히 대수 뵙기를 청한 것입니다. 비직은 인수인계를 마친 후, 곧바로 외국 총독께 뵙기를 청하였습니다만 뵙지 못하여 그만두었습니다. 그런데 누가 알았겠습니까, 석 달도 채 못 되어 저들의 총사령관이 보병 5백을 거느리고북문 밖에 주둔하였습니다. 흙을 날라 병영을 짓는데, 며칠 되지도 않아 막사가 번듯하게 지어졌습니다. 이에 비직은 통역관을 이끌고 그에게 온 뜻을 물었습니다. 그랬더니 그가 말하길, 잠시 주둔했다가 곧 떠날 것이라 하였습니다. 비직도 잠시 지나가는 길이 겠거니 생각하고, 며칠 머무는 것은 그리 큰 대수가 아니라고 여겼습니다. 그래서 보고를 드리지 않았습니다.”

여기까지 말을 마치자 무대가 말했다.

“잠깐! 외국 군사가 성 밖에 주둔하고 있는데, 그것이 중요하지 않다? 그럼 성을 다 잃고 나서야 중요하다는 말인가?”

이 한마디에 제성현 무 현령은 깜짝 놀라 끽소리도 못한 채 두려워 몸을 움츠렸다. 무대가 말했다.

“노형은 어서 말하시게. 난 더 이상 기다리지 못하겠네.”

이에 무 현령은 계속 보고를 올릴 수밖에 없었다.

“비직이 죽일 놈입니다. 대수께선 살펴 주십시오. 그 외국 군대가 북문 밖에 주둔했으니, 그거야 도리가 없지요. 한데 사령관이 병사들을 단속하지 못하여, 날마다 부근에서 술에 취해 소란을 피웠습니다. 이에 백성들은 밤낮으로 불안하여 의론이 들끓게 되었습니다. 지난번엔 동네 어른들이 비직에게 무릎을 꿇고 엎드려 절하며 방법을 강구해 달라 하였습니다. 비직도 달리 방법이 없어 통역관을 데리고 가서 사령관에게 사정을 설명하고, 군영을 성의 서북쪽 고가집(高家集)으로 옮겨 달라고 부탁했습니다. 하지만 그는 도리어 한바탕 크게 말했습니다. ‘우리 본국 군대가 어디에 주둔하든 마음대로 주둔할 것이다. 어쨌든 너희 중국 땅은 우리의 땅이다. 현재 산동 지방은 우리 본국의 세력권이 미치는 곳이니 누가 감히 우릴 막는단 말인가? 너 같은 소소한 지현은 말할 것도 없고, 너희 산동의 무대라 해도, 흥! 흥!’ 그가 말한 것은 대수라 해도 감히 자기 말을 들어주지 않을 수 없다는 것이었습니다. 게다가 대역무도한 말까지 했습니다만, 비직은 감히 보고를 드리지 못하겠습니다.”

그러자 무대가 말했다.

"자네는 숨길 필요 없으니, 어서 말해 보시게!"

이에 무 현령은 이어 말할 수밖에 없었다.

"그가 말하길, 너희 산동 무대뿐만 아니라 너희 중국 황제도 감히 내 말을 들어주지 않을 수 없을 것이라고 했습니다. 그때 그의 말은 더욱 패역무도해서 황상의 휘(諱)까지 대놓고 불러 댔습니다. 비직은 이런 망령된 말을 듣고 더 이상 다툴 만한 가치도 없어 다만 애매모호하게 몇 마디 '예예' 하며 대꾸하고 말았습니다. 밤낮으로 궁리해 보아도 별다른 방도가 없기에, 그저 백성들을 단속하는 수밖에 없었습니다. 한데 누가 알았겠습니까, 백성들은 저들에게 하도 유린을 당하여 수천 명이 모여서 저들과 끝장을 보려 하였습니다. 비직은 이런 풍문을 듣고 그들을 진압할 수 없다는 것을 알았습니다. 이에 할 수 없이 지방의 신사들에게 절대 일을 벌여서는 안 되니, 그들을 해산시킬 방도를 마련해 줄 것을 간절히 부탁했습니다. 그런데 저들은 도리어 핑계만 댈 뿐이었습니다. 다행히 아직까진 사달을 일으키지 않았습니다. 하여 비직은 시간을 내서 성으로 왔습니다. 대수께서 미리 방도를 마련해 주시길 바랍니다. 혹여 군사들을 보내 진압해도 괜찮겠습니까?"

이 말을 듣고 무대는 의구심이 들었지만, 겉으로는 당황한 기색을 전혀 내보이지 않았다. 그러곤 한참 있다 입을 열었다.

"노형께선 한 현(縣)의 일을 관장하시니, 스스로도 나름 생각이 있어야만 할 터. 외국인이야, 당연히 그들에게 죄를 지으면 안 되지. 수습하기 어려운 곳도 이치에 의거해서 다뤄야만 하네. 한편으로 백성들도 사리에 합당하게 깨우쳐야지. 만약 저들이 무리를 이뤄 크고 작은 사달이라도 일으킨다면 어쩌려고 그러나? 군사를 보내는 일은 어렵겠네. 혹여 저 외국 사령관이 병사들이 오는 것을 보고 전쟁이라도 하자는 것으로 의심할 수도 있으니. 경솔하게 손을 썼다가는 자네나 나나 목숨을 잃을 수도 있지 않겠나? 이 일은 노형이 처리할 수 없을 것 같으니, 내 다른 사람에게 맡기겠네!"

그러고는 고개를 돌려 수현인 전 현령에게 말했다.

"아무래도 교섭을 처리해 본 경험도 많고 상황도 익숙하시니, 노형께 도움을 좀 받아야겠소."

이에 전소운(錢小贇)은 기쁘기도 하고 놀랍기도 했다. 기쁜 것은 제성현(諸城縣)은 좋은 자리라, 매년 조전(弔錢)으로 최소 2만 냥은 남는 곳이기 때문이었다. 한편으로 놀란 것은 이리 골치 아픈 교섭이 혹여 자신의 앞길에 누가 되지는 않을까 하는 두려움 때문이었다. 그러나 돈이야말로 진정한 공무이니, 어쩔 수 없이 한 번 고생을 할 수밖에. 생각을 결정하자 곧바로 대답했다.

"비직이 비록 교섭에 대해 한두 가지 알고는 있으나, 다만 이 일은 근본적으로 너무 커져 버려 일시에 진정시키기는 어려울 것입니다. 대수의 보살핌을 받은 터라 감히 사양할 수는 없겠으나, 그래도 대수께서 몇 마디 가르침을 주시기 바랍니다."

그 말에 무대는 몹시 기뻐하며 서둘러 말했다.

"역시 전 형은 분명하시군. 내 곧 번사(藩司)에게 공시하라고 통지할 테니, 서둘러 먼저 가 주시게."

이에 소운은 황급히 맡겨 주신 일에 감사를 올렸다. 애만 쓴 무현령은 풀이 죽어 그를 따라 함께 물러났다. 전 현령은 비록 기분이 좋았지만, 교섭의 어려움도 고려했다. 이에 관아로 돌아오는 길로 하인에게 행장을 점검하라고 분부한 뒤, 개인 주택을 빌려 가솔들을 거주시켰다. 당일로 다른 위원이 와서 직무를 인계했다. 그러고는 곧 장방과 조수로 쓸 만한 외국어를 잘 아는 이를 찾는 일을 의논했다. 그때 장방이 계책을 올리기를, 학당에 가서 찾으면 되지 않겠느냐고 했다. 그 말에 정신이 들어 서둘러 왕 총교를 배방했다. 이 왕 총교는 바로 앞에서 말한 왕송경(王宋卿)이었다. 두 사람은 인사를 나누었다. 소운이 통역을 요청하는 말을 꺼내자 왕 총교는 함께 갈 사람으로 성은 뉴(鈕)이고 이름은 불제(不齊), 호는 봉지(逢之)라는 학생을 추천했다. 급료는 매달 50냥으로 정했다. 소운이 뉴봉지(鈕逢之)를 만나 보니, 생김새가 속되지 않고 목소리도 크고 낭랑하며 말투도 시원시원하여 몹시 기뻤다. 두 사람은 함께 제성현으로 가면서 내내 교섭할 방도를 상의했다. 봉지가 말했다.

"공법(公法)에 의거하여 반박해 보자면, 저들은 우리 지방을 어지럽혀서도 안 되고 주둔 또한 미리 상의해야 합니다. 우리 주권과 관련되지 않은 것이 없으니, 자기 마음대로 아무 곳에나 주둔할 근거가 없지요. 여기가 저들의 영토는 아니지 않습니까? 만약 주인께서 어조를 관대하게만 하시지 않는다면, 제가 그와 다퉈 볼 수 있습니다."

그러자 소운이 고개를 저으며 말했다.

"그건 바람직하지 않네, 바람직하지 않아! 자네도 알다시피 우리 중국은 계속해서 약해져 왔지. 게다가 우리 무대께서는 유독 외국인에게 죄를 지어 전쟁이 벌어지는 것을 두려워하시네. 자네가 말한 것은 틀리지 않네. 그러나 만에 하나 그가 말을 듣지 않고 즉시 낯이라도 바꾸어 버리면 어쩌는가? 저 사람이 자네 공법을 상관이나 하겠는가? 지금 중국 땅은 이름이야 우리 중국 것이라지만, 사실은 외국이 자기네 것이라며 가져가는 것도 아주 쉬운일이야. 그럭저럭 버텨서 어떻게든 저들이 자신의 영토로 삼지 못하게 막는 것만 해도 천만다행이거늘, 어디 도리를 따질 수 있단말인가? 내 생각에는 저들에게 군영을 옮기라고 할 필요가 없을 것 같네. 차라리 다달이 군량을 보조하여 병사들이 소란을 피우지 못하도록 단속해 달라고 부탁하는 것이 낫겠어. 자네가 전적으로 내 걱정을 좀 덜어 주길 바라네."

그가 이렇듯 저들을 두려워하는 말을 듣고 뉴봉지는 속으로 몹시 가소로웠다. 그러나 다행히 봉지는 경험이 많아, 이제 갓 학당을 졸업한 학생들과 달리 덮어놓고 억지를 쓰지는 않았다. 그는 의견이 맞지 않는다는 것을 알고 급히 말머리를 돌렸다.

"주인의 말씀이 참으로 틀리지 않습니다. 외국인과 말다툼을 했을 때 좋게 끝나면 다행이지만 그렇지 않고 수가 틀어지면 곧바로 무기를 쓰게 되지요. 주인께서 군량을 내시겠다는데, 어찌 말을 듣지 않을 도리가 있겠습니까? 그리되면 이 교섭은 자연스레 해결될 것입니다. 다만 외국의 군향(軍餉)은 중국과 달라, 병사 하나당 한 달에 최소 조전 10여 냥은 줘야 할 것입니다. 주인께선 내놓을 수 있겠습니까?"

그러자 소운이 말했다.

"이는 전적으로 자네가 어떻게 말하느냐에 달려 있네. 명목이야 군향이라지만, 저 사령관에게 매월 백여 냥만 보낼 생각이네. 비용이 더 들면 할 수 없는 일이네."

이에 봉지가 말했다.

"백 냥으로 얘기해 볼 수 있겠지만, 주인께서 그런 돈을 보조해 줄 필요는 없습니다."

그러자 소운이 말했다.

"논리로야 우리 관리들이 돈을 많이 버니, 이런 자잘한 것은 따질 필요도 없지. 예컨대 상사께 효경(孝敬)을 드리는 것만 해도 아마 적지 않을걸? 자네도 알다시피, 나는 반년 동안 수현(首縣)을 지내면서 상사들이 시킨 일 처리를 하느라 은자 3만 냥가량 밑졌

네. 좋은 자리야 바라지도 않지만 다시 또 이런 거친 곳이 걸렸으니 나도 어쩔 도리가 없네. 혹여 신사들과 상의해서, 그들이 평안무사하고 편안하게 살 수 있기를 바란다면, 부자들한테 분담시키면 되지 않을까 싶네. 자네 생각은 어떤가?"

이에 봉지는 속으로 생각했다.

'어쩐지 노련한 주현(州縣)은 교활하다더니, 과연 지독하구나.'

그러나 겉으로는 이렇게 대답했다.

"주인의 생각이 틀리지 않습니다. 그리하시면 되겠습니다."

두 사람은 계책을 결정한 뒤, 며칠 지나지 않아 제성현에 도착했다. 신·구임이 교체되면서 매우 분주했다. 제성현 백성들은 무리를 이루긴 했지만, 외국인들을 감히 어쩌지는 못하였으니, 그저 허장성세를 부릴 뿐이었다. 백성들은 이 사건 때문에 새로운 관리가 부임했다는 소리를 듣고 노인 몇을 뽑아 알현을 청했다. 신관(新官) 전 현령은 그들을 일일이 접견하고 좋은 말로 위로하며 다음 날 일을 의논하기로 약속했다. 다음 날, 군중들이 모여들자 전현령은 친히 나가 만났다. 인사치레를 마친 뒤, 곧장 외국 군대가 소란을 일으킨 일을 꺼내며, 그들에게 무슨 방법이 있는지를 물었다. 하지만 모두 서로 얼굴만 쳐다볼 뿐이었다. 한참 뒤 한 노인이 끼어들며 말했다.

"나리의 의견에 따르겠습니다만, 저들에게 고가집으로 군영을 옮겨 달라는 것이 실상은 상책입니다."

이에 전 현령이 말했다.

"그 일은 본관이 처리할 수 없는 일이오. 여러분도 아시다시피, 현재 산동에서 외국인의 세력은 누구도 양보하지 않을 수 없소. 다만 본관에게 목전의 상황을 잠시 돌볼 계책이 있는데, 여러분이 도와주실는지 모르겠소."

그러자 모두들 이구동성으로 대답했다.

"나리께 무슨 계책이 있으신지 말씀해 주십시오. 저희들이 할 수 있는 일이라면 어찌 감히 말을 듣지 않겠습니까?"

이에 전 현령이 말했다.

"본관이 여러분께 바라는 것은 그리 어려운 일이 아니오. 미안하지만 여러분이 돈 몇 푼만 쓰시면 됩니다."

그 말을 듣고 모두들 멍해졌다.

뒷일이 어떻게 되었는지 알 수 없으니, 다음 회를 듣고 알아보기 바란다.

제39회

부자에게 기부받아 탐관오리의 주머니를 채우고
혼인을 논하다 어머니의 뜻을 거스르다

각설하고, 전 현령은 신사와 부자들의 돈을 기부받아 외국 병사의 군향을 보조할 생각이었다. 모두들 한동안 멍하니 있자 전 현령이 말했다.

"현재의 외국은 결코 우리와 도리를 따지려 하지 않소이다. 하여 만약 저들에게 이로움을 주지 않는다면, 이후의 일은 본관으로서도 어찌할 수 없소. 여러분께서 태평세월을 보내고자 하신다면, 본관의 말대로 각자 매달 조전 몇백씩 내놓지 않고는 안 될 것이오. 본관이 그걸 가지고 가서 온 힘을 다해 방도를 마련해 볼 텐데, 그러면 혹여 무사할지도 모르겠소."

신사와 부자들은 한참이나 주저했지만, 별다른 방법이 없다는 것을 알고 받아들일 수밖에 없었다.

"오직 나리께서 하시자는 대로 하겠습니다."

이에 전 현령은 몹시 만족했다. 곧 지필묵을 대령하라 하여 각자 얼마를 기부할지 수락하면 그것을 단자(單子)에 적고, 그들 중 이중심(李仲心)이라는 이에게 주어 단자에 적힌 대로 돈을 걷게 했다. 그리고 또 땅의 크기에 따라 기부를 분담하는 방법도 생각해 내어, 신사들에게 시험적으로 시행해 보게 했다. 삽시간에 자리가 파했다.

전 현령은 그제야 뉴 통역을 청하여 가마를 타고 함께 외국 사령관을 배방했다. 병영 앞에 이르니, 생각 외로 규율이 엄격했다. 양쪽에 늘어선 병사들이 일제히 총을 들어 경의를 표했다. 그러나 전 현령은 도리어 깜짝 놀라며 연신 뒤로 물러났다. 이에 뉴 통역이 말했다.

"주인께선 긴장하실 필요 없습니다. 이는 저들의 예의 표시로, 응당 이렇게 합니다."

그제야 전 현령은 감히 앞으로 나아갔다. 뉴 통역이 그들과 몇 마디 나눈 뒤 누군가 안으로 들어가 통보했다. 얼마 지나지 않아 두 사람을 안으로 들게 했다. 얼굴을 마주한 후 서로 인사를 나누었다. 이 모두 뉴 통역이 통역했다. 전 현령은 속으로 이상하다고 생각했다.

'외국 사령관은 어찌하여 우리 중국 독서인과 마찬가지로 예의를 이토록 중시하는가. 군영의 습성은 하나도 없군.'

이런 생각이 들자 담도 조금 커져, 병사들이 술 마시고 취하여 소란 피운 이야기를 꺼냈다. 그런데 어찌 알았으랴, 사령관에게 그 말을 통역해 주자 그는 두 눈을 동그랗게 뜨며 뉴 통역과 얘기를 나누었다. 그러나 전 현령은 한마디도 알아들을 수 없었다. 다만 그의 기색이 좋지 않다는 것은 느낄 수 있었다. 몹시 의구심이 들어 무서워 벌벌 떨지 않을 수 없었다. 사령관이 말을 마치자, 뉴 통역이 대략 설명해 주었다. 그런데 알고 보니 그가 말한 내용은 저들 외국 군대의 규율로, 결코 백성들에게 폐를 끼쳐서는 안 된다는 것이었다. 다만 일요일에는 관례상 술을 마시도록 허락하는데,

이마저 금지한다는 것은 불가능하다는 것이었다.

전 현령은 특별히 군비를 보내 드릴 테니, 병사들이 술 마시고 횡포를 부리지 못하도록 해 달라고 부탁했다. 그 말을 전하자 그는 매우 예의를 차리며 성의는 고맙지만 받지 않겠다고 했다. 다만 병사들이 조심하도록 타이르겠다고 했다. 전 현령과 뉴 통역 두 사람은 더 이상 할 말이 없어 작별을 고하고 관아로 돌아왔다.

다음 날, 전 현령은 또 그 지역에서 만든 서양 요리를 준비하여 사령관을 초대했다. 그는 초청을 받아들였다. 전 현령은 정신을 차리고 그가 흡족하도록 비위를 맞추었다. 이로부터 병사들은 과연 사령관의 말을 듣고 더 이상 소란을 피우지 않았다. 전 현령은 재운(財運)이 좋았다. 부자들의 기부금을 고스란히 꿀꺽 삼킬 수 있었던 것이다. 뉴 통역에게 사례로 은자 3백 냥을 주고, 땅의 크기에 따라 기부를 분담하던 일을 그만두었다. 혹여 백성들이 불복하여 난리 법석이라도 부리는 것을 미연에 방지하기 위해서였다. 이후로 제성현 백성들은 다시 예전처럼 편안하게 살 수 있었는데, 어쩌면 이전보다 더 평온하였다고 할 수 있었다. 전 현령은 자신이 교섭을 잘 처리했다고 품신했다. 무대는 크게 기뻐하여 제성현 현령 자리를 그에게 맡겼다. 이는 그 뒤의 이야기이다.

한편 뉴봉지는 제성현에서 통역을 맡았지만 1년 내내 별일이 없었다. 그는 다른 것은 다 좋은데, 다만 천성적으로 타고난 두 가지 단점이 있었다. 그 두 가지가 무엇이냐? 하나는 물욕이요, 다른 하나는 여색이었다. 재물이야 주인에게서 은자 3백 냥을 받은 데다 또 매달 50냥씩 봉급으로 받으니 그런대로 여유롭다고 할 수 있었다. 다만 화려한 옷을 좋아하는데, 제성은 작은 현성(縣城)인지라 볼품 있는 옷감이 어디 있겠는가? 하여 제남부(濟南府)로 사람을 보내 구해 오는 수밖에 없었다. 그의 머리는 일찌감치 8할을 잘라 버렸지만, 가짜 변발을 덮어써 남들이 알아보지 못하게 했다. 이런 내지에서는 중국식 옷차림을 할 수밖에 없었다. 하여 무늬가 있는 남경산(南京産) 비단으로 사시사철 옷을 해 입다 보니, 3백 냥은 어느새 다 써 버리고 없었다. 다행히 바깥에선 위세가 대단하여, 몇 푼 위협하고 사기 쳐서 오입질 비용으로 썼다. 그러나 애석하게 도 제성현의 기생들 중에 생김새가 예쁜 이는 하나도 없었다.

하루는 어느 집 문 앞을 지나다 한 여인을 보게 되었는데, 무척 맘에 들었다. 달걀 같은 얼굴에 가을 물결 같은 맑은 눈매, 발은 비록 전족을 하지 않았지만 유신파는 그런 것을 따지지 않았다. 뉴봉지는 저도 모르게 멍하니 바라보았다. 속담에 이르길, "여색 에 빠지면 간이 커진다"는 말이 있다. 지금 뉴봉지는 하늘이라도 품을 기세였다. 그는 더 이상 참지 못하고 가서 물었다.

"나는 관아의 막료인데, 오늘 성을 나서 외국 병영으로 가는 길 입니다. 그런데 가다 지쳐서 그러니, 아주머니 댁에서 잠시 쉬었다 가도 되겠습니까?"

그 말을 듣고 여인은 화를 내기는커녕 웃는 얼굴로 말했다.

"어쩐지 풍채가 남다르다 했더니, 막료 나리셨군요. 나리, 안으 로 들어와 앉으세요."

봉지는 아무렇지도 않은 듯 대문을 성큼성큼 들어갔다. 안에는 작은 방이 세 칸 있었는데, 둘은 밖으로 나 있고 하나는 뒤에 숨 어 있었다. 알고 보니 여인의 남편은 관아의 서판으로, 성이 반(潘) 씨였다. 여인도 봉지의 성씨를 묻고는, 그가 통역관이며 외국의 사 령관도 잘 알고 있다는 것을 알고 각별히 존중하여 특별히 뒤켠으 로 가서 차를 타 가지고 와 목을 축이도록 주었다. 봉지는 잠시 앉 았다가 적당히 얼버무리고 집을 나왔다. 이후로 자주 왕래했다. 별 다른 일이 있었는지 없었는지는 알 수 없었다. 다만 이웃들이 수군거리기 시작했다. 반(潘) 서판도 이런 풍문을 희미하게 들었지만 밥그릇에 지장을 줄까 싶어 드러내 놓고 따지지는 못했다. 그런데 마침 한 부자가 고소를 하게 되었는데, 봉지가 기회를 틈타 소송에서 이기도록 해 주겠다며 그의 돈 천 냥을 사취했다. 그런데 어찌 알았으랴, 그 부자는 도리어 재판정에서 한바탕 전 현령의 훈계를 듣고 말았다. 그리고 며칠 지나지 않아 또 반 서판은 공무를 잘못 처리했다고 파직되어 집으로 돌아가게 되었다. 봉지는 그런 내막을 모른 채 스스로 덫에 걸려들고 말았다. 어느 날, 득의양양하게 그 집에 들어선 봉지는 반 서판에게 속아 뒷방으로 갔다가 꽁꽁 묶여 한바탕 흠씬 두들겨 맞았다. 그는 복변(伏辯)을 쓰고서야 풀려날 수 있었다.

나중에 반 서판은 지난번에 굴욕을 당한 그 부자와 함께 부(府)로 가서 상소했다. 부에서는 뉴 통역이 전 현령을 대신하여 교섭에 공을 세운 인물이란 것을 알고 치죄하기가 다소 곤란했다. 이에 전 현령에게, 서둘러 이런 못된 막료를 물리치고 알맞은 인물로 교체하라는 훈령을 내렸다. 화가 난 전 현령은 봉지를 불러 훈령을 보여 주었다. 봉지는 말문이 막혔다. 그러다 한참 뒤에 겨우 입을 열었다.

"제성현 백성들도 참 교활하군요. 아무 근거도 없이 이런 일을 날조하여 무고하다니? 하지만 저는 곧 외국으로 나갈 생각이니 저들과 시비를 따질 시간이 없습니다. 주인께선 학비로 은자 천 냥만 빌려 주십시오. 내일 바로 떠나겠습니다."

그 말에 전 현령은 화가 치밀며 아연실색했다.

"내 부임한 지 이제 겨우 1년도 채 못 되었는데, 자네에게 빌려 줄 만큼 그렇게나 많은 돈이 어디 있겠나? 지금 이 자리는 벌이가 시원찮은 자리네. 자네도 알고 있는 일인데, 어찌 또 나에게 사기를 치려 하는가?"

그러자 봉지가 말했다.

"주인의 벌이가 좋은지 나쁜지는 저도 모릅니다. 다만 그 기부금에서 1~2할 정도 꺼내 주시면 제 외국 유학비로 충분할 것입니다. 이는 우리의 교분을 중시해서 드리는 말씀이니, 도가 지나친 말은 아닐 것입니다."

전 현령은 그가 이렇게까지 말하는 것을 보고 깜짝 놀라며, 만만한 놈이 아님을 알아보았다. 때문에 이렇게 말할 수밖에 없었다.

"뉴 옹(鈕翁), 잠시 마음을 편히 가지시고, 며칠 더 있다 다시 얘기하세. 나야 당연히 생각이 있지."

이에 봉지는 그가 감히 허락하지 않을 수 없으리란 것을 확신하여 급히 대꾸했다.

"기왕 그러시다면, 저는 주인의 분부를 조용히 기다리고 있겠습니다."

그날 저녁, 장방이 봉지와 거듭 절충하여 은자 5백 냥에 합의하고 그럭저럭 처리하여 보냈다. 다음 날, 봉지는 일찌감치 일어나 짐을 챙기고, 현에다 자신을 호송할 연용(練勇) 둘을 보내 달라고 요청했다.

그는 본시 강녕부(江寧府) 상원현(上元縣) 사람이었다. 그런데 친척을 방문하러 산동에 들렀다가 근처 학당을 수료하게 된 것이었다. 이번에 이런 웃음거리를 저지르고 말았으니, 다시 강녕으로 돌아갈 수밖에 없게 되었다. 다행히 제성에서 청강포(淸江浦)까지는 줄곧 육로여서 며칠 걸리지 않아 도착했다. 작은 증기선에 올라 진강(鎭江)에 도착한 뒤 다시 큰 증기선을 타고 곧장 고향으로 갔다. 그의 집에는 모친 한 분만 남아, 조상이 물려주신 논밭으로 살아가고 있었다. 봉지는 집을 떠난 이후 3년 동안 한 번도 집으로 돌아가지 않았기에 모친은 눈이 빠지도록 기다렸다. 그날은 아침부터 까치가 처마에서 쉬지 않고 울어 댔다. 모친은 오마(吳媽)에게 도련님이 돌아오실지 모르니, 문 앞에 나가 살펴보라고 시켰다. 말하기에도 이상하지만, 마침 봉지가 거기서 문을 두드리고 있었다. 오마는 문을 열어 보고 기쁨을 감추지 못했다.

"과연 도련님께서 돌아오셨군요. 마님께선 어찌 미리 아셨는지 모르겠네?"

뒤에는 짐꾼 셋이 짐을 들고 들어왔다. 몹시 무거웠는지 끙끙 앓는 소리가 끊이질 않았다. 봉지는 안으로 들어가 어머님께 큰절을 올렸다. 모친이 말했다.

"아이고! 네가 떠난 뒤로 몇 년 동안 편지 한 통 오지 않아 몹시 걱정했단다. 언젠가는 네가 강에 빠져 죽는 꿈을 꾸었단다. 또 어느 날 저녁엔 네가 많은 물건을 가지고 가다가 강도를 만나는 꿈을 꾸기도 했단다. 강도는 널 칼로 베어 죽이고 물건을 강탈해 갔지. 난 울다가 깼는데, 정말 슬펐단다. 그런데 어제는 내 방 등화(燈花)[356]가 맺히고 또 맺히더니, 오늘은 또 아침부터 까치가 울어 대기에 혹여 네가 돌아오는 게 아닐까 하는 생각이 들더구나. 그런데 과연 네가 돌아오다니, 천지신명이시여, 감사합니다."

봉지는 어머니의 말이 이리도 간절한 것을 보고 감동하여 눈물을 흘렸다.

"아들이 어찌 일찍 돌아오려 하지 않았겠습니까? 다만 학당에 들어가 빨리 능력을 익혀 마쳐야겠다는 생각에 급급했지요."

한데 그의 말이 채 끝나기도 전에 밖에서 짐꾼들이 시끄럽게 떠들었다.

---

356 불똥. 불꽃. 좋은 징조를 나타냄.

"빨리 짐삯을 주십시오. 우리도 돌아가 장사해야 합니다요."

이에 봉지는 할 수 없이 밖으로 나가 삯을 계산했다. 그러자 마부가 적네 마네 투덜거렸다.

"상자가 이렇게 무거운 걸 보면 그 속에 은자가 적잖은 것 같은데, 우리도 기력이 다했으니 좀 더 주셔야겠습니다."

봉지는 할 수 없이 은화 3각(角)씩 더 주고서야 보낼 수 있었다. 그런 다음 다시 안방으로 들어가니 모친이 물었다.

"넌 무슨 재주를 익혔느냐?"

이에 봉지가 대답했다.

"아들은 집을 떠난 후, 글공부에는 한계가 있었습니다만 외국어 공부는 성공하여 서양인들과 대화를 나눌 수 있게 되었습니다."

그러자 모친이 말했다.

"그렇다면 평생의 밥그릇이 마련되었구나. 옆집 위육관(魏六官)은 무슨 서양 글인가를 배웠는데, 지금은 대학당의 훈장으로 있으면서 해마다 은자 5백 냥씩 벌고, 사람들도 그를 나리라고 부르며 떠받들더구나. 네가 이미 외국인과 얘기를 나눌 능력을 갖고 있다니, 설마 저이보다 못할까? 장차 훈장 자리라도 차지한다면 매달 백 냥에만 그치지는 않을 게다. 그게 또 내가 아침저녁으로 염불하고 분향하며 보살님께 빌고 비는 일이니라."

이에 봉지가 말했다.

"어머님, 걱정 마세요. 산동에서 반년 넘게 막료로 지내면서 많은 은자를 가지고 돌아왔습니다."

그러자 모친이 말했다.

"무슨 막료로 취직했다고?"

이에 봉지가 말했다.

"제성현 현령의 막료로 취직해서 매달 은자 50냥씩 받고 그를 위해 통역하며 외국인들과 얘기를 나눴습니다.”

모친은 한 달에 많은 돈을 받았다는 말을 듣고 아쉬워했다.

“한 달에 이렇게 많은 돈을 받는다면 돌아오지 말았어야지. 다시 돌아가는 게 좋지 않겠니?”

이에 봉지가 말했다.

“다시는 돌아가지 않겠습니다. 저는 어머니가 마음에 걸려 일부러 사직하고 돌아온 것입니다. 봉급 외에 전 현령께서 여비로 주신 돈도 있는데, 모두 합치면 천 몇백 냥은 될 것입니다.”

그러자 모친이 말했다.

“아미타불! 오랫동안 돈 구경을 못해 봤구나. 네 아버지와 결혼할 때, 금여의(金如意)[357]며 열 냥짜리 은원보(銀元寶)[358]를 본 적이 있는데, 난 그때 은자가 얼마나 사랑스러운지를 알았단다. 지금 그렇게 많은 은자를 가지고 있다면 얼른 내게 보여 다오.”

봉지는 모친이 은자를 그토록 중시하는 것을 듣고 몹시 통쾌하여 얼른 열쇠를 찾아 상자에 든 은자를 꺼냈다. 둘둘 말린 비단 덩어리가 보였다. 모친은 싱글벙글 웃음을 참지 못하며 그중 원보(元寶) 두 개를 가져다 머리맡에 두고 한동안 만지작거렸다. 봉지는 밥을 먹고 싶었다. 그러자 모친이 말했다.

“아이고! 오늘은 시금치나물하고 지진 두부 외에는 먹을 게 없구나. 오마(吳媽), 도련님이 드시게 30전짜리 오리 한 마리 사 오게.”

그러자 봉지가 말했다.

“그럴 필요 없습니다. 제가 가서 사 오지요.”

봉지는 어려서부터 이 거리를 익숙하게 쏘다녀, 요리를 파는 곳이 어디인지 잘 알고 있었다. 당장 가서 각각 은화 1각(角)을 주고

판압(板鴨)[359]과 햄을 샀다. 또 오마에게 진소(陳紹)[360] 반 근을 사 오라 하여 밥을 먹었다. 모친은 채식만 하여 비린내 나는 음식은 입에 대지 않았다. 밥을 먹으면서 봉지가 농토의 수입은 어떤지, 쓰기에는 충분한지를 물었다. 그러자 모친이 말했다.

"말도 마라. 네가 떠난 후 반년도 못 되어 종산(鐘山) 앞의 소작 인들은 소작료를 한 놈도 내지 않았단다. 집에서는 대부분 가게 두 곳에서 한 달에 열 냥 나오는 돈으로 살았단다. 왕씨 아저씨도 바빠 대신 소작료를 거둬 줄 시간이 없었단다. 요즘은 땔감도 부 족하고 쌀값도 올라 지내기가 무척 고생스럽구나."

이에 봉지가 말했다.

"아이고! 이런 가증스러운 놈들 같으니라고. 제가 내일 당장 가 서 받아 오겠습니다."

며칠 지나, 봉지는 직접 시골로 내려가 소작인들을 찾아 소작료 를 요구했다. 소작인들은 도련님이 돌아온 것을 보고 감히 떼를 쓰지 못했다. 다만 그들은 이후로는 제때에 낼 테니 도련님께서는 화를 푸시라며 사정사정했다. 이에 봉지도 그만둘 수밖에 없었다.

때는 벌써 초겨울이었다. 모친은 여전히 사천 비단으로 만든 얇 은 면 저고리를 입고 있었다. 봉지는 모친을 위해 두툼한 솜옷을 장만했다. 친척들과 외숙모, 고모 등이 봉지가 크게 돈을 벌어 돌 아왔다는 것을 알고 모두 모친을 방문하러 왔다. 고모가 말했다.

"언니는 복도 많으시구려! 예전에 내가 조카를 그렇게나 끔찍이 아꼈지요. 소질도 좋고 생김새도 뛰어나 분명 출세할 줄 알았는데, 이제 예상대로 되었군요."

그러자 외숙모가 말했다.

---

359 오리를 통째로 소금에 졸였다가 납작하게 눌러서 건조시킨 것으로, 남경(南京)의 것이 유명함.
360 여러 해 묵힌 소홍주(紹興酒).

"맞아요. 하늘은 고생한 사람을 저버리지 않는다는 속담처럼 큰 형님이 이리 고생하셨으니 당연히 이런 훌륭한 아들을 두어 노년에 복을 누리시는 게지요. 우린 어떻게 해도 형님만은 못하겠소."

이에 봉지의 모친은 겸손을 부리며 말했다.

"아가씨와 올케는 그런 말 마소. 나중에 외조카가 어른이 되면, 설마 학당에 들어가 거인이 되지 못하려고? 우리 아들은 외국어를 배워 남에게 기대 몇 푼 벌었을 뿐, 무슨 출세랄 것도 없네."

그러자 고모가 말했다.

"아이고, 언니! 쟤를 너무 그렇게 얕보지 마슈. 요즘 세상은 외국인들이 권력을 장악하고 있수. 하니 외국인의 비위만 맞추면 어찌 관직이 없다고 걱정하겠소? 학당에 들어가 거인이 되는 것보다 훨씬 낫지요. 그런데 우리 봉지는 나이도 적지 않으니, 일찌감치 혼사를 정해야 하지 않겠수. 언니도 며느리 시봉을 받아야 할 테고. 큰일 하는 사람들은 항상 집 밖으로 나도니, 언니도 며느리가 있으면 적적하지 않을 테고 말이우."

이 몇 마디가 봉지 모친의 마음을 두드려 저도 모르게 은근히 물었다.

"맞네. 나도 그런 생각을 했지. 아가씨 의중에 괜찮은 규수가 있는지 모르겠소? 있으면 중매 좀 서 주시구려."

그러자 고모가 말했다.

"어찌 없겠수? 언니가 마음에 드신다면, 우리 종질녀가 하나 있는데, 올해 나이 열여덟에 바느질도 잘하고 음식 솜씨도 좋다우. 생김새야 말할 것도 없지요. 조카랑 아주 잘 어울리는 한 쌍이 될 거유. 언니도 아실 텐데, 재작년에 우리가 비로사(毘盧寺)에서 불공을 드리던 그날 걔도 거기 있었지 않소? 걔 신발 수가 예쁘다고 언니가 칭찬하기도 했잖우. 그것도 걔가 직접 수놓은 것이라우."

이에 봉지의 모친이 곰곰이 생각해 보니 문득 떠오르는 인물이 있었다.

'맞아, 그런 규수가 있었지. 피부색이야 희고 깨끗했지. 하지만 뻐드렁니에 생김새는 평범해서 우리 봉지와는 어울리지 않아.'

그러나 고모의 흥을 깰 수는 없어 다만 이렇게 대꾸했다.

"생각났소! 참 잘되었소. 점 좀 쳐 보게 내 대신 아가씨가 개 사주팔자를 좀 받아다 주시구려. 만약 궁합이 맞으면 그렇게 하기로 하지요."

그러자 고모가 만면에 웃음을 띠며 말했다.

"언니는 마음을 놓으셔. 분명 궁합이 맞을 게요. 애들은 천생연분이라니까."

이렇게 얘기를 나누고 있는데, 봉지가 돌아왔다. 모친은 그를 불러 두 존장께 인사를 시켰다. 고모는 수다를 떨며 상투적인 말을 늘어놓았다. 봉지는 계속 듣고 있기가 불편하여 자리를 피해 서재로 갔다. 그날 봉지의 모친은 돈 몇 푼 써서 점심을 대접하고 저물녘이 되어서야 헤어졌다. 봉지는 손님들이 떠나고 나서야 모친의 방으로 와 한담을 나누었다. 모친은 고모가 한 말을 그에게 들려주었다.

"우리 아들 혼인 대사는 나도 엇비슷한 집안으로 고르고 싶구나. 너희 고모가 그렇게 말했지만, 내 생각엔 그래도 두루두루 찾아봐야 할 성싶다."

그러자 봉지가 말했다.

"어머니 생각이 옳습니다. 아들이 생각하기에 외국인들은 자유 혼인을 합니다. 부부란 날마다 늘 함께 지내야 하므로 성격이 맞고 재능이 같은 수준이어야 결혼할 수 있습니다. 어머니께 솔직히 말씀드리면, 아침엔 머리 빗고 저녁이면 전족을 하면서 오직 남자들의 놀이개나 되려는 보수적인 여자에겐 결코 장가들 수 없습니다. 요 몇 해 사이 우리 남경도 많이 개화되었습니다. 여학당도 적지 않고요. 아들은 학당에서 어머님께 시봉 잘 들고 집안을 꾸리고 큰일을 하는 데 도움을 줄 수 있는 그런 사람을 고르고 싶습니다. 고모가 중매를 선다 해도 저는 장가들지 않을 것입니다. 선녀처럼 예쁘다 해도 학문이 없으면 말짱 쓸데없습니다."

그런데 모친은 그의 말을 듣고 조금 이상하여 물었다.

"아들아, 사람들은 장가들 때 늘 솜씨 좋고 예쁘기를 바라는데, 네 생각은 좀 다르구나. 말은 비록 그렇게 하지만, 학당을 나온 여자애들은 발이 크고 날마다 제멋대로 거리를 쏘다녀 성정이 거칠단다. 그런데 어떻게 널 도와 집안을 이루고 사업을 일으킬 것이며, 나를 시봉할 수 있겠니? 난 그 이치를 모르겠구나."

그러자 봉지가 말했다.

"그렇지 않습니다. 학당 여학생들이 맨날 바깥으로 싸돌아다니긴 하지만 규율은 있습니다. 그녀들은 공부를 해서 도리를 알아 자립할 수 있으니 어느 누가 감히 업신여길 수 있겠습니까? 또 세상 물정도 잘 알아 일을 할 수도 있고, 평등을 중시하여 질투 같은 그런 성정이 없습니다. 그래서 아들은 이런 여자를 아내로 맞고 싶은 것입니다. 결코 얼굴을 따지는 게 아닙니다. 발이 작은 것은 좋은 점이 하나도 없습니다. 걸음걸이가 자늑자늑해서 한 걸음도 제대로 걷지 못합니다. 불길한 얘기이긴 하지만, 만약 세상이 흉흉해서 변고라도 생기면 피란조차 못 갑니다."

그의 모친도 본래 전족이었다. 그런데 그가 이처럼 야박하게 대하자 자못 화가 났다.

뒷일이 어떻게 되었는지 알 수 없으니, 다음 회를 듣고 알아보기 바란다.

제40회

물가의 아름다운 풍경과 찰랑이는 물결,

제방의 여인에게 기우는 은근한 마음

각설하고, 봉지의 모친은 그가 중국 여자를 비방하는 소리를 듣고 자못 화가 났다.

"난 그런 방탕한 며느리는 필요 없다! 남들은 혼인 대사를 부모가 모두 주관한다. 너희 아버지가 안 계시니 응당 내 말을 들어야 하거늘, 어찌 자신이 직접 나서서 결정한다는 것이냐? 어찌 이런 도리가 있더란 말이냐!"

봉지는 모친이 노한 것을 보고 에둘러 말했다.

"어머니께선 집에만 계셔서 바깥세상의 시사(時事)를 잘 모르시지요. 지금은 외국인들이 중국 땅을 요구하며 온갖 방법을 동원해 중국을 속이고 있습니다. 다만 그들은 백성들이 불복하는 것을 두려워하여 잠시 손을 쓰지 못하고 있는 것입니다. 그러니 부득불 종족의 측면에서 자강(自强)을 이루어야 합니다. 저들의 말이 옳습니다. 우리 중국에 비록 4억의 인구가 있다지만 2억은 도리어 쓸모가 없다 하는데, 그건 바로 전족한 여자들을 가리키는 말입니다. 어머니도 들으셨겠지만, 현재 곳곳에서 천족회(天足

會)[361]를 결성했습니다. 그런데 이는 외국인들이 선도한 것으로, 입회한 사람들이 각처에 있습니다. 아들이 생각하기에, 남들조차 우릴 위해 저렇게 조급해하는데, 우리 자신은 알면서도 도리어 잘못을 저지르는 것은 저들에게 미안한 일입니다. 하여 아들은 자연 그대로의 발을 가진 여인을 아내로 맞이하기로 뜻을 세웠습니다. 그러니 어머니께서도 이번 일은 이 아들에게 맡겨 주시길 꼭 바랍니다!"

모친은 그가 이렇듯 부드럽게 부탁하자 화가 누그러져 한숨을 내쉬며 말했다.

"에휴! 난 늙은이라 너희 혼인 문제는 그리 관여할 수도 없으니, 네 마음대로 하여라."

다음 날, 고모는 사람을 시켜 질녀의 사주팔자를 보내왔다. 모친은 점쟁이를 청하여 점을 보았다. 점괘는 여자의 팔자가 아주 좋다고 했다. 도화성(桃花星)[362]이나 소추성(掃帚星)[363] 등 제반 액도 없고, 오히려 20년 동안 남편의 좋은 운을 돕는 점괘였다. 남자의 팔자는 더 말할 필요도 없다고 했다. 일신에 의식이 풍족하고, 공명은 비록 다른 길이지만 4품 황당(黃堂)[364]의 분수가 있을 것이라 했다. 다만 둘이 합치면 백호성(白虎星)[365]을 건드리니, 부모에게 불리하여 약간의 재난이 있을 것이라 했다. 봉지의 모친은 점쟁이의 말을 듣고 처음부터 궁합이 맞지 않기를 바랐기에 당장 동전(銅錢) 2백 냥을 주고 점쟁이를 돌려보냈다. 그리고 바로 오마(吳媽)를 시켜 점괘 단자를 고모에게 보내며 한마디 분부를 곁들였다.

---

361 전족하지 않은 자연 그대로의 발 모임.
362 남자가 끊이지 않는 이성을 부르는 색기를 의미함.
363 혜성, 재수가 나쁨을 의미함.
364 태수의 관아.
365 마주치면 불길한 흉신.

"고모를 뵙거든, 우리 마님께선 친척끼리 겹사돈을 맺는 일이라 이번 혼사가 맺어지기를 간절히 원했는데, 점쟁이가 액운을 건드린다고 하기에 도련님께서 효심에 그리하기를 원치 않아 마님께서는 그 말을 따를 수밖에 없었다고 전하여라. 그리고 고모님이 애쓰신 데 대해선 감사를 드린다고 전하여라."

오마는 그 말대로 가서 전했다. 이에 고모도 포기할 수밖에 없었다.

봉지는 이번 혼사가 성사되지 않은 것을 듣고 한시름 놓았다. 이에 밥을 먹고 얘기나 나누려 친구 장자유(蔣子由)를 찾아갔다. 문을 들어서니 안에서는 왁자지껄 웃고 떠드는 소리가 들렸다. 아는 이들이 적잖이 모인 듯싶었다. 성큼성큼 서재로 들어서니, 여대괴(余大魁)·허소년(許筱年)·육천민(陸天民)·우보종(牛葆宗)·적심여(翟心如) 등이 모두 와 있었다. 그리고 일찍이 만난 적이 없는 서양 복식을 한 친구도 하나 있었다. 모두 그가 들어오는 것을 보고 일어나 인사하는데, 장자유만은 보이지 않았다. 봉지는 그들에게 인사를 했다. 그리고 서양 복식을 한 친구와는 악수를 나누며 이름을 물었다. 그러자 대괴가 대신 대답했다.

"이분은 서소산(徐筱山) 형으로, 최근 일본에서 돌아왔네. 저이는 도쿄(東京) 성성학교(成城學校) 졸업생일세."

그리고 또 서소산에게 말했다.

"이분은 뉴봉지(鈕逢之) 형으로 산동학당(山東學堂) 졸업생인데, 독일어를 잘해서 외국 사령관과의 교섭을 처리했다네. 그 역시 돌아온 지 얼마 되지 않아 두 분이 만날 기회가 없었지."

둘은 서로를 치켜세웠다. 봉지는 또 그에게 일본 풍경을 물으며 한참 신 나게 얘기를 나눴다. 잠시 뒤, 자유가 안채에서 나오니, 다들 말들이 많았다.

"자유 형, 어찌 이리 오래 들어가 계셨나? 혹여 형수께서 우리가 여기서 소란을 피운다고 자넬 벌준 것은 아닌가?"

그러자 자유가 웃는 듯 마는 듯 대답했다.

"무슨 그런 소릴? 안사람을 너무 얕보는군. 안사람이 비록 현대적이진 않다 하나, 그래도 개화여학교(開化女學校)에서 3년간 교육을 받았네. 평소 제군들의 명성을 듣고 크게 감복하고 있지. 오히려 제군들이 찾아와 주지 않을까 걱정하는 판에 어찌 싫어할 까닭이 있겠는가?"

그 틈에 봉지가 끼어들며 말했다.

"그렇지, 난 아직 형수를 뵙지 못했으니, 대신 안부를 전해 주시게. 그런데 저 개화여학당에는 지금 학생들이 얼마며 가르치는 내용은 어떠한지 자네는 분명 상세히 알겠지? 좀 가르쳐 주시게."

그러자 자유가 대답했다.

"거긴 모두 합쳐 여학생 40명에, 교사가 두 분 있네. 한 분은 전(田) 도대의 부인이고, 다른 한 분은 왕 포의(王布衣)의 부인이지. 교과 내용은 아주 현대적일세. 저들이 쓰는 교과서는 모두 상해에서 출판된 것들이고, 기구도 잘 갖춰져 있네. 산학(算學)이며 생리(生理)며 박물(博物) 등도 모두 갖춰져 있지. 바느질 등의 과목은 두말할 필요도 없네."

이에 봉지가 감탄하며 말했다.

"여자라면 이렇듯 학문을 배울 수 있어야 해. 그것이야말로 장래 우리 중국의 행복이며, 장차 강한 종족을 낳을 희망이지."

그러자 자유가 거들었다.

"왜 아니겠나? 그녀들은 밖으로 나갈 때도 몸을 꼿꼿이 세우고, 부끄러워 움츠리는 기색도 전혀 없네. 난 저들이 수구적인 여자들보다 훨씬 대범하다고 생각하네."

그러자 천민이 끼어들었다.

"봉지 형은 아직 부인이 없지? 어째서 자유에게 부인 하나 골라 달라질 않나? 형수한테 중매를 서 달라고 하면 좋지 않겠나?"

이에 자유가 되받았다.

"천민, 자네 또 야만스러운 소릴 하는군. 결혼은 두 사람이 원해야 비로소 자유라고 할 수 있네. 그가 직접 가서 문명화된 여학생들과 교분을 맺지 않는데, 내가 어찌 저를 대신해서 고를 수 있단 말인가?"

그 말에 육천민은 부끄러워하며 얼굴이 빨개졌다. 자유가 말을 이었다.

"내일 2시에 개화학당에서 연설이 있네. 오늘 일찌감치 전단이 왔으니, 안사람은 분명 갈 것이네. 여러 동무들도 가서 들을 생각이 있다면 내 반드시 함께 가겠네."

그러자 모두들 가고 싶다고 했다. 천민이 말했다.

"이런 행복을 누가 마다하겠는가? 난 여성계에서 이미 영예를 누리고 있는 이런 형수를 둔 자유가 부럽네. 우린 예의 풍속에 구속되어, 교육에 뜨거운 마음이 있어도 발현시킬 길이 없지."

그는 말을 마치고 연신 탄식했다. 봉지는 자유의 말이 마음에 꼭 들었다. 모두들 1시에 자유네 집에 모여 함께 가기로 약속했다. 그리고 한참 더 얘기를 나누다 헤어졌다.

봉지는 육천민·서소산과 함께 돌아갔다. 가는 길에 진회하(秦淮河) 아래 둑을 지났다. 마침 석양이 지고 산들바람이 불었다. 일대의 수양버들은 물가에 그늘을 드리웠다. 붉은 누각과 푸른 물결이 잘 어울려 가슴이 탁 트였다. 강에서는 아름답게 장식한 놀잇배에 악기를 타며 부르는 노랫소리가 귓가에 은은히 들려왔다. 맞은편 수변 가옥은 전부 인가였는데, 비단 창은 반쯤 열렸고 주렴은 모두 걷혀 있었다. 어떤 이들은 화장대에서 거울을 보고 있었고, 또 어떤 이들은 비췻빛 소매를 난간에 기대고 있었다. 연수환비(燕瘦環肥)366는 이루 말로 다 할 수 없어 하나하나 눈에 새겨 두었다. 세 사람은 이렇듯 좋은 날을 맞아 이같이 아름다운 미인들을 목도하게 되었으니, 어찌 즐거움에 빠져, 돌아가는 것을 잊지 않을 도리가 있었겠는가? 한담을 나누노라니 절로 흥이 돋아 누가 예쁘고 누가 못났는지 평가하기 시작했다. 천민은 저기 머리 빗고 있는 여자가 예쁘다 하고, 소산은 저 여자의 몸매가 맵시 있다고 했다. 봉지는 서쪽 귀퉁이 작은 수변 누각을 바라보고 있었다. 네 짝으로 된 긴 창문이 모두 열려 있고, 그 속에 한 여자가 있었다. 길게 드리운 머리에 뺨에 담박하게 바른 분, 그러나 입술만은 붉어 정말 사랑스러웠다. 손에는 책을 들고 있는데, 소창(小唱)367인지 곡본(曲本)368인지 모르겠지만 눈길을 모으고 자세히 들여다보고 있었다. 그렇게 한동안 보다가 문득 손을 뺨에 대고 미소를 머금는데, 그 천진한 표정은 화가조차 그려 낼 수 없을 것 같았다. 한순간 그녀가 탁자에 책을 내려놓고 몸을 일으켜 몇 발짝 걸었다. 그 모습은 마치 바람이 연잎을 흔드는 듯, 뭐라 표현할 길이 없었다. 다만 그녀의 두 발은 가련하게도 전족이었다. 뉴봉지는 유신파로 자연 그대로의 발을 중시했지만, 지금은 저도 모르게 발길을 멈추고 미동도 없이 멍하니 바라만 보고 있었다. 육천민과 서소산은 여전히 눈길을 수변 가옥에 둔 채 한담을 나누며 길을 갔다. 그들은 봉지가 뒤에 처졌다는 것은 전혀 마음에 두지 않았다. 그

---

366 미인. 소식(蘇軾)의 시에 나오는 구절. 한대의 조비연(趙飛燕)은 말랐으나 미인이었고 양옥환(楊玉環, 양귀비)은 살쪘으나 미인이었다는 말에서, 미인을 지칭하는 말.
367 악곡(樂曲) 형식의 하나로, 짧은 소곡(小曲)을 가리킴.
368 악보집, 노래책.

들 중 소산만은 식견이 열려 담담하게 바라보았다. 그런데 한참을 가다가 문득 고개를 돌려 보니 봉지가 보이지 않았다.

"이런! 봉지 형은 어디 갔지?"

이에 천민도 고개를 돌려 보니 과연 그가 보이지 않았다. 두 사람은 아직 흥이 다하지 않고 마침 집으로 돌아가기도 일러, 다시 발길을 돌려 봉지를 찾아보기로 했다. 그런데 얼마 가지 않았을 때, 저 앞 다리 곁에 있는 봉지가 보였다. 그는 맞은편 수변 누각에 넋을 잃고 있었다. 천민이 소산을 잡아끌며 아무 소리도 내지 말라고 했다. 그리고 자신은 몰래 봉지의 등 뒤로 갔다. 맞은편을 바라보니 그곳은 본시 누군가의 수변 누각이었다. 눈길을 모으고 바라보았지만 안에는 침대 하나에 옷장 두 개 그리고 탁자 하나와 작은 화장대 하나 외에는 아무것도 보이지 않았다. 천민은 벌써 그가 누군가의 아내를 훔쳐보느라 이리 멍하니 쳐다보고 있다는 것을 눈치챘다. 하여 등 뒤로 몰래 가서 그의 등을 내리쳤다. 봉지는 깜짝 놀라 번쩍 정신이 들었다.

"아야!"

고개를 돌려 보니 천민이었다. 그는 만면에 부끄러운 기색이 역력했다.

"내가 왜 여기 있지? 넌 왜 날 때렸어?"

그러자 천민이 말했다.

"봉지 형, 설마 무슨 악마라도 본 거 아냐? 그렇지 않고서야 왜 혼자 여기서 멍하니 넋을 놓고 있나? 우린 벌써 한참을 갔다가 자네가 보이지 않아 다시 돌아왔지. 그런데 자네가 아직 여기 있을 줄 어찌 알았겠어?"

이에 봉지가 말했다.

"난 여기 수면 경치에 정신을 빼앗겨 뒤로 처진 줄도 몰랐네. 이

물도 정말 기괴하기 짝이 없어. 저 몇 가닥 빛줄기가 멀어지라 하면 멀어지고 가까이 오라 하면 또 가까이 오더군. 수면에 꼭 달라붙어 있는 것처럼 몇 걸음 옮기면 저 빛도 따라 움직이니 이게 무슨 까닭인가? 두 분, 어디 나한테 설명 좀 해 주시게."

소산과 천민은 일반 서학(西學)은 조금 알고 있었으나 광학(光學)의 이치는 아직 경험한 적이 없었으니 어찌 대답할 수 있으랴? 미안하다고 할밖에.

"우린 아직 학문이 일천하여 그 이치는 알지 못하네. 봉지 형, 날도 저물었으니 이만 돌아가세."

이에 봉지도 달리 군말이 없었다. 모두들 웃고 떠들며 함께 돌아갔다.

그날 저녁엔 별다른 일이 없었다. 다음 날, 봉지는 개화학당으로 가서 천생연분을 맺을 생각에 일찌감치 밥을 재촉하여 먹고는 서둘러 자유네 집으로 갔다. 그 집 문지기는 곱사등이에 귀머거리였다. 봉지가 물었다.

"도련님은 집에 계시는가?"

그러자 문지기가 웃으며 말했다.

"우리 도련님은 정말 자기 분수도 모릅니다요. 일부일처로 평생 잘 해로하면 그만이지. 비록 발이 크긴 하지만 제가 보기에 얼굴은 눈처럼 하얗고 부드러우니 그럭저럭 지낼 만합죠. 그런데 도련님은 기어코 또 첩을 들이시려 하십니다요. 오늘 아침에 중매쟁이가 대보(大保)라나 뭐라나 하는 아가씨 하나를 보내왔습죠. 우리 도련님은 그 아가씨를 보고는 넋이 하늘로 날아가 버렸습죠. 그래서 살금살금 그녀를 서재로 데려갔는데, 무슨 얘기를 나눴는지는 모릅지요. 뉴 도련님, 도련님은 바깥 경험을 하신 분이긴 하지만 아직 장가를 드시지 않았으니 이 속에 든 비밀은 모르실 겁니다.

제가 말씀드립죠. 우리 아씨는 학당 출신으로 본시 대범하셨습니다. 외국 가죽신에 외국 저고리를 입고 반질반질한 머리는 등 뒤에 드리운 채, 남자도 아닌 것이 그렇다고 여자도 아닌 모양새로 거리를 쏘다니셨지요. 그러니 무슨 서재든 어디든 신경이나 쓰시겠습니까? 생각해 보니 아마 도련님께서 대보에게 하신 말소리가 너무 커서 아씨께 들렸나 봅니다. 하여 아씨께서 쫓아오셨지요. 도련님과 갈라서나 했는데, 뜻밖에 화도 내지 않고 서재로 들어가시더군요. 우리 도련님은 그때 마침 대보에게 뽀뽀를 하고 있었는데, 아씨께 들키고 말았습죠. 하여 아씨께서 한 대 철썩 때리니, 우리 도련님 얼굴이 순식간에 빨개지셨죠. 당시 아씨는 즉시 대보를 쫓아내라는 분부를 내리시곤 도련님을 끌고 안으로 들어가셨죠. 그런데도 도련님은 여전히 이렇게 말씀하셨지요. '난 그녀와 한 게 아무것도 없어. 그건 그냥 뽀뽀야. 외국인들이 일상적으로 하는 예의 표시지. 내 잘못이 아니라고!' 그 말을 듣고 아씨는 또 뺨을 한 대 때리고는 재빨리 안으로 끌고 갔습죠. 그 뒤로 아직까지 나오시지 않았습니다요."

봉지는 뒤죽박죽인 그의 말을 들으며 그가 귀머거리라는 것을 알고는 더 이상 아무 말도 하지 않았다. 곧장 서재로 갔지만 자유는 없었다. 그렇다고 안에서 크게 다투는 소리도 들리지 않았다. 하여 대담하게 안채로 들어가 '자유(子由)' 하고 불렀다. 그러자 안에서 백발의 늙은 하녀가 나오며 대꾸했다.

"도련님께선 일이 있으셔서서 조금 있다 나오실 것입니다. 서재에서 잠시 기다리시지요."

봉지는 어쩔 수 없이 서재에서 조용히 기다렸다. 얼추 1시가 되자 여대괴를 비롯한 여럿이 속속 도착했다. 다시 조금 지나자 바깥에서 가죽 신발 끄는 소리가 들렸다. 아마 안주인께서 문을 나서시는 것이리라. 그제야 자유도 나왔다. 봉지도 그에게 물어보기가 불편했다. 모두들 서둘러 함께 개화학교로 갔다.

이 학교의 사무원은 남자 둘이 있었는데, 하나는 하인설(何人說)이고 다른 하나는 호죽촌(胡竹村)이었다. 그들은 사람들이 들어오자 서무실로 안내했다. 원래 그 방은 강당 맞은편에 있었는데 유리창으로 되어 있어 구경하기 딱 좋았다. 조금 있으니 학생들이 모두 모였다. 그중에는 뚱뚱한 이도 있었고 마른 이도 있었다. 중년의 두 부인이 앞에서 이끌고 있었다. 아마 전 도대의 부인과 왕 포의의 아내일 것이다. 봉지는 유의하여 세심히 살펴보았다. 하지만 그중에는 미인이 하나도 없어 흥이 깨지고 말았다. 그들은 강당에 올라 자유를 비롯한 일행을 연설회에 초청했다. 그러나 사무원 둘은 초청하지 않아 봉지는 그들을 따라 올라갈 수밖에 없었다. 여학생들 중 그가 아는 이는 하나도 없었다. 그러나 서소산과 허소년 등은 모두 아는 이들이 있었다. 서로 인사를 나눈 후, 전 도대의 부인이 가장 먼저 연단에 올라 연설을 했다. 내용은 여권을 신장하여 남편의 압제를 받지 말아야 한다는 것이었다. 모두 박수를 쳤다. 이어 왕 포의의 부인이 연설했다. 내용은 다음과 같았다.

'삼종지도(三從之道)와 같은 황당무계한 논리는 깨부수어야 한다. 여자 또한 남자와 마찬가지로 이 세상에 태어났으면 응당 큰일을 해야 한다. 의무를 방기하지 말고 항상 이익을 낼 방법을 모색해야 한다. 스스로 자기 삶의 기초를 마련해야지, 남에게 기댈 생각을 해서는 안 된다. 그리되면 자연히 남들도 쉬이 억압하지 못할 것이다.'

이번 의론은 전 도대의 부인에 비해 훨씬 간절했다. 박수 소리도 우레와 같았다. 두 교사의 연설이 끝나자, 반장 넷이 순서대로 연단에 올랐다. 그러나 그 내용은 자유·평등과 같은 상투적인 말이 아닌 것이 없었다. 그냥 관례대로 박수를 쳤으니, 세세히 언급할 필요는 없을 것이다. 연설이 끝나자, 학생들이 자유 일행에게 연설을 부탁했다. 자유 등은 저들의 훌륭한 의론을 듣고 이미 경탄한 마당이니, 어찌 감히 번데기 앞에서 주름을 잡을 수 있겠는가? 다만 서소산만큼은 일본에서 돌아왔고 과학에도 익숙했다. 하여 기꺼이 이번 기회에 자신의 실력을 보이고자 조금도 사양하지 않고 곧바로 연단에 올라 연설을 시작했다. 그는 허리 굽혀 인사한 뒤, 입을 열어 먼저 생리학에 대해 연설했다. 그런데 신체상의 그 얘기를 하는 데 이르자, 급히 입을 다물고 말았다. 그러자 아마 스물한두 살은 되었음 직한 과년한 학생 하나가 자리에서 일어나며 말했다.

"선생님, 마음 놓고 말씀하십시오. 왜 갑자기 멈추십니까? 여기에 뭐 그리 심각한 것이 있다고요? 불교에서는 아상(我相)[369]도 없고 인상(人相)[370]도 없다 했습니다. 그런데 선생님을 보니 아상·인상을 모두 갖고 계시군요."

그 말에 학생들은 모두 박장대소하여 서소산이 이러지도 못하고 저러지도 못하게 만들었다. 다시 연설을 이어 가자니 아무도 자신을 거들떠보지 않을 것 같았다. 다행히 그는 허리를 굽히며 양해를 구하고 연단을 내려왔다. 그가 이런 민망함을 당하자 남자들 중 어느 누가 감히 연단에 오를 수 있으랴? 그저 고사할밖에. 봉지는 혀를 내둘렀다.

"과연 대단하군! 소산 형처럼 깊은 학문을 가진 이도 여자아이 하나 당해 내질 못하니. 내 생각에 중국 여자의 머리는 남자보다 훨씬 영리하겠는걸? 다만 수천 년간 압제를 당해 왔고 또 교육을

---

369 자기라는 실체가 있다고 여기는 잘못된 견해.
370 타인이라는 실체가 있다고 여기는 잘못된 견해.

제대로 받지 못해 무용(無用)의 극치에 이르게 되었으니, 정말 애석하군, 애석해!"

그러자 소산이 말했다.

"봉지 형의 말씀은 참으로 옳소. 허나 저 여학생은 나를 반박하긴 했지만 생리학은 전혀 모르고 있소. 이로 미루어 보아 저들은 겸허함을 몰라 자신이 아직 섭렵하지 않은 학문은 들으려고도 하지 않는다는 것을 알 수 있소."

자유는 육천민·적심여와 학생들의 우열을 품평하는 데 정신이 쏠려 서소산과 뉴봉지의 대화를 들을 틈이 없었다. 그들은 함께 웃고 떠들며 자유네 집으로 갔다. 날은 점점 저물어 각자 돌아가 저녁을 먹기에는 시간이 늦었다. 자유네 집에는 또 그들을 대접할 만한 음식이 준비되어 있지 않았다. 이에 봉지가 그들을 요릿집으로 초대했다. 그러자 자유가 미안하다는 듯 말했다.

"그럼 우리 별란(撤蘭)[371]으로 하지."

자유가 종이를 꺼내 연꽃을 그리기 시작했다. 보종이 칭찬하며 말했다.

"그림 잘 그리는데. 나중에 부채 그림 하나 부탁해."

그러자 자유가 말했다.

"예전 북양학당(北洋學堂)에서 한 친구한테 연필그림을 배웠지. 덕분에 그림의 이치를 조금 알게 됐어. 하지만 어디 내놓을 만큼은 안 돼."

세어 보니 모두 여덟 명이었다. 하여 많게는 4각(角), 적게는 2각씩 걷기로 하고 한데 모으니 3원 정도 되었다. 그길로 모두 함께 기생이 있는 요릿집으로 가서 술과 음식을 먹었다. 종업원은 그들

---

371 음식 등의 비용을 걷는 방식으로 놀이의 성격이 강함. 사다리 타기 게임과 유사함. 인원수대로 연꽃을 그리고 그 밑으로 줄기를 그려 그 끝에 각자 내야 할 돈의 액수를 적음.

의 옷차림이 중국식도 아니고 서양식도 아닌 뒤죽박죽인 것을 보고 학당의 책벌레들이라고 확신했다. 여덟은 요리 여섯 가지에 술 세 근, 밥 열여섯 그릇을 먹었다. 그런데 계산을 하고 보니 한 푼 에누리 없이 족히 4원은 되었다. 자유가 계산서를 들고 자세히 계산해 보며, 우리가 먹은 것이 이렇게 비쌀 턱이 없다고 말했다. 그러자 종업원이 말했다.

"저희 가게는 여기서 장사한 지 20~30년이나 되었지만 이제껏 사기 친 적이 없습니다. 못 믿으시겠다면 확인해 보십시오. 새우 살하고 두부가 5전, 청어(靑魚)가 8전……."

이에 자유가 말했다.

"헛소리 집어치워! 두부를 5전에, 물고기를 8전에 팔다니, 그런 가격이 어디 있어? 주인장 오라 그래!"

그러자 종업원이 말했다.

"우리 주인께선 시간도 없는 데다 또 여기 계시지도 않습니다요. 못 믿으시겠다면 직접 계산대로 가서 확인하십시오."

이에 자유는 할 수 없이 일행과 함께 나가며 그에게 3원만 지불했다. 하지만 그가 어찌 고분고분 따르랴? 쌍소리에 거의 주먹을 휘두를 기세였다. 이런 광경을 본 봉지는 볼썽사나운 일이라도 생길까 걱정되어 주머니를 뒤져 은화 1원을 꺼내 계산대에 휙 집어 던졌다. 음식점을 나선 뒤에도 계산원의 투덜거리는 소리가 들렸다. 돈도 없으면서 요릿집에 왔냐는 것이었다. 봉지는 못 들은 척하며 일행을 재촉했다.

봉지는 이런 경험을 한 뒤에도 여전히 유신(維新)한 여자를 아내로 맞겠다는 생각을 포기하지 않았다. 마침 하루는 봉지 혼자 한 가로이 돌아다니게 되었다. 압자당(鴨子塘)을 따라 걷노라니 앞쪽에 수양버들이 드리워진 사이로 작은 집들이 몇 채 보였다. 그런데 그 안에서 책 읽는 소리가 특하나 맑고 낭랑했다. 여자가 읽고 있는 것 같았다. 가까이 다가가 보니, 문 위로는 붉은 칠을 한 나무 간판이 걸려 있었는데, 그 위엔 검은 글씨로 홍화여학숙(興華女學塾)이란 다섯 글자가 쓰여 있었다. 봉지는 그 학숙 문 앞을 한참 동안 배회했다. 어느덧 해는 서산으로 지려 하고, 안에서는 글 읽는 소리도 멈추었다. 열일곱쯤 된 여학생 하나가 밖으로 나왔다. 우연히 서로 마주치게 되었다. 봉지는 저도 모르게 깜짝 놀라 연신 뒷걸음치며 생각했다.

'뜻하지 않게 이 학숙에 이렇듯 단정한 여인이 있다니. 다만 누구네 집 아가씨인지 모르겠구나. 만약 이 여인을 아내로 맞는다면, 내 숙원을 성취하는 것이리라.'

그 여학생은 봉지가 문 앞에서 은밀히 살피는 것을 보고는 걸음을 멈추고 그를 몇 번 살폈다. 이에 봉지는 혼비백산했다. 집으로 돌아온 뒤, 다음 날로 바로 사람에게 부탁하여 사방으로 알아보았다. 나중에 알아보고서야 그 아가씨가 방직업을 운영하는 집안의 여식이란 것을 알게 되었다. 그러나 지나치게 자유로워 스스로 남편감을 몇 명 골라 불러들였다가 대부분 중도에 그만두고 말았다고 했다. 봉지의 모친은 절대 안 된다며 고집했다. 이에 봉지도 어찌할 수 없었다.

뒷일이 어떻게 되었는지 알 수 없으니, 다음 회를 듣고 알아보기 바란다.

제41회

각설하고, 뉴봉지가 산동에서 돌아온 이후 눈 깜짝할 사이에 몇 개월이 지났다. 그는 하루 종일 친구들과 어울려 빈둥빈둥 돌아다니며 세월을 보냈다. 그는 산동에 다녀온 뒤로 눈이 커져 돈을 쉽게 보았다. 하여 자기 하고 싶은 대로 다 하며 돈을 낭비했다. 그렇게 몇 개월이 지나자 돈은 몇 푼 남지 않게 되었다. 모친은 그런 모습을 보고 속으로 초조하여 시간이 날 때 그에게 말했다.

"아들아, 집으로 돌아온 지 몇 달이 지났으니 이젠 무슨 일이라도 해야 하지 않겠느냐. 우선, 일을 하게 되면 몸도 단속할 수 있을 것이고, 또 집에서 쓸 돈도 좀 마련할 수 있지 않겠느냐. 그렇지 않으면 네가 산동에서 가져온 은자는 갈수록 줄어들 것이니, 나중에 다 써 버리고 나면 그때는 어찌할 것이냐?"

그러자 봉지가 대답했다.

"어머니 말씀이 틀리지 않음을 저도 잘 알고 있습니다. 돌아와서 먹고 놀기만 하며 재산을 탕진하지는 않을 것입니다. 다만 한동안 제게 맞는 일을 손에 넣기가 쉽지 않군요. 목하 방법을 생각하고 있습니다. 어쨌든 고향을 떠나지 않는 것이 좋겠지요. 버는 돈은 좀 적더라도 그러고 싶습니다."

이에 모친이 말했다.

"우리 아들이 급한 줄 안다면 됐다. 내 마음이 너보다 열 배는 더 초조하다는 것을 너는 모를 게다. 하루에도 몇 번씩 마음을 졸인단다."

과연 이때부터 봉지는 도처에서 사람들에게 부탁하고 다녔다. 혹여 관장의 통역을 맡거나 혹은 학당의 교사가 되거나, 어쨌든 고향에서 일할 생각이었다. 몇몇 친분 있는 친구들에게 부탁하니, 모두들 힘써 보겠다고 응낙하며 비위를 맞추었다.

"자네가 외국 말을 할 줄 알고 외국 글을 읽을 줄 아니, 이야말로 진정한 실학(實學)이지. 하지만 관장에서 알아보지 못하는 게 문제지, 만약 알아보기만 한다면 반드시 자네를 청할 걸세."

그 말에 봉지는 스스로 자부심을 느꼈다. 그런데 어찌 알았으랴. 기다리고 기다리고 몇 달을 기다려도 소식은 감감했다. 추천한 사람은 적지 않았으나 결국엔 어느 누구도 그를 부르지 않았다. 그는 다급한 나머지 밖으로 나가 친구들에게 수소문해 보았다. 그제야 가까스로 내막을 듣게 되었다.

당시 양강총독(兩江總督)은 호남(湖南) 출신의 백(白)씨 성에 홀관(笏縮)이라는 이름을 가진 이였는데, 전공을 세운 무장 출신이었다. 강남 지방은 태평군(太平軍)의 난 이후 군영 가운데 대부분이 호남인들이었다. 하여 총독이 그들을 이끌려면, 그들 모두가 인정하는 이를 임명해야만 했다. 혹여 위엄과 명망에 약간의 문제라도 있으면, 그들은 가로회(哥老會)[372]와 내통하여 도처에서 민심

---

372 청 건륭 연간에 만들어진 비밀 결사.

을 움직였다. 그래서 양강총독은 실상 저들 호남인들에게 파는 것이나 다름없었다. 호남인이 총독이 되면, 동향인은 동향인을 보살필 것이기에 소란을 피우려 해도 피울 수 없을 것이었다. 백홀관(白笏縮) 제군(制軍)은 양강총독이 된 후, 아편을 먹거나 첩을 끼고 노는 것 외에 기타 나머지 일은 전혀 신경 쓰지 않았다. 그런데 희한하게도 그가 부임한 후로 수하의 호남인들은 조용했다. 하여 조정에서는 도리어 그를 몹시 신뢰하여, 임명한 지 5~6년이 다 되도록 다른 곳으로 옮기지 않았다.

요 몇 년간 조정에서는 유신(維新)을 예의 주시하여, 방치하였던 많은 일들을 대거 새롭게 시작했다. 그중에서도 학당 개설에 더욱 치중하였는데, 백홀관은 이제껏 어떤 일도 관리하지 않았다. 게다가 또 아편을 크게 피웠다. 그는 해가 서쪽으로 넘어갈 즈음에야 겨우 일어났다. 하여 일할 시간이 없었다. 그렇다고 해서 학당 몇 곳을 개설하는 일을 하지 않을 수는 없었다. 그는 조정의 계획을 대충대충 해치울 생각이었다. 자신이 관장하지 못할 터라, 이 일을 곧 강녕부 지부에게 일임했다. 그러고는 또 자신은 전혀 관여하지 않으면서 기꺼이 유유자적했다.

당신은 이 강녕부 지부가 누구인지 아시겠는가?

그의 내력을 이야기하자면 그것도 적지 않다. 그의 성은 강(康)이요 이름은 이방(彝芳)이고 호는 지려(志廬)로, 광서(廣西) 임계현(臨桂縣) 사람이었다. 열일곱에 진사가 되어 주사(主事)에 임명되고, 스무 살 때 중앙 부서에 임명되었다. 이듬해 어사(禦史)[373] 시험을 보아 어사가 되었다. 당시 그는 젊고 기운이 왕성하여 세상사의 험난함을 알지 못했다. 당시 연로한 군기대신(軍機大臣)이 하나

---

373 주로 탄핵을 담당하던 벼슬. 청대에는 통칭 시어(侍御)라 했음.

있었다. 그런데 황상이 중용하던 시절, 그는 유독 그이와 대립했다. 오늘 상소를 올려 그이가 나쁘다 하고, 다음 날도 상소를 올려 헐뜯었다. 상부에서는 우선 언로를 넓게 열고자 하여 그를 어찌하려 하지는 않았다. 비록 상주 내용이 실제와 부합하지 않아도 상소를 받아 두고 불문에 부쳤다. 그런데 어찌 알았으랴. 정신이 나갔는지 한 번, 두 번, 세 번 연이어 상소를 올려 황상의 골치를 아프게 했다. 이에 황상이 말했다.

"대신을 비방하는데 그 말이 실제와 부합하지 않음이 많도다."

그러고는 조서를 내려 그의 관직을 파했다. 당초 그가 상소를 올릴 때는 스스로 '만약 누군가를 타도하여 일단 천하를 떨어 울리고, 이로부터 조정에 중용되기 시작하면 국내외에 명망을 뿌릴 테니, 어느 누가 일대의 명신인 나에게 비위를 맞추지 않을 수 있으랴' 하고 생각했다. 그런데 이제 좋은 곳은 언감생심, 오히려 뿌리까지 뽑히고 말았다. 비록 관직이 없어 몸이 가볍고 아직 나이도 젊다고 말은 했지만, 파직된 후로는 도리어 할 수 있는 일이 아무것도 없다는 것을 알게 되었다. 북경(北京)이란 곳은 부와 권세를 보고 사람을 대하는 지방이었다. 관직이 떨어져 나간 사람을 누가 흔쾌히 상대하랴? 궁하기도 하고 화가 나기도 했지만, 사람들이 그와 말하기를 꺼리는 것도 당연했다. 그 자신도 몰골이 혐오스럽다는 것을 깨달았다. 이에 어쩔 수 없이 미친 척하며 세상을 피해 방랑하면서 자신의 처지를 감추는 수밖에 없었다.

이듬해 나이 스물한 살 때 갑자기 수염을 기르기 시작하더니, 이후로 남북을 분주히 쏘다니며 일찍이 여러 성(省)을 나다녔다. 독무들은 그의 이런 모습을 보고 아무도 부르지 않았다. 이후 사천(四川)에 이르렀을 때, 마침 그가 거인에 합격했을 때의 좌사(座師)가 사천 총독을 지내고 있었다. 때는 11월 말이었다. 강지려(康

志廬)는 여전히 낡고 해진 얇은 면 두루마기를 입고 있었다. 좌사는 그의 가련함을 보고 또 근황을 물으며, 그에게 막부에 남아 서계를 담당하라고 했다. 그렇게 몇 년 흐르자 그가 탄핵했던 군기대신도 죽고, 조정 내에서는 그를 적대할 이도 없었다. 좌사는 곧 그를 위한 방법을 도모하여, 연줄을 좇아 원래의 품급(品級)을 되찾을 방도를 모색해 주었다.

때마침 조정에서는 각 성(省)에 인재들을 추천하게 했다. 좌사는 그를 추천했다. 조정에서는 상주문에 의거하여 그를 서울로 자송하여 이부(吏部)에서 인견(引見)할 수 있도록 하라는 교지를 전했다. 그는 파직된 지 이미 오래여서 북경엔 연줄이 하나도 없었다. 좌사는 다시 그를 위해 여러 통의 편지를 써 주었다. 모두 조정 내의 대신들에게 잘 보살펴 달라는 내용이었다. 인견이 끝나고 이튿날엔 황상을 알현하게 되었다. 대전에 올라 머리를 조아리자 황상은 그의 얼굴에 난 구레나룻을 보고 마음이 심히 불쾌하여 모습이 꼭 한간(漢奸)[374] 같다고 했다. 그러나 다행히 천자의 물음에 답한 것은 도리어 흡족하여 지부(知府)를 상으로 하사받아 간방(簡放)[375]에 기록되었다. 또 다행히 좌사가 그를 위해 조정 내에 부탁을 해 두어 반년이 채 못 되어 강소(江蘇) 양주부(揚州府) 지부로 파견되었다. 그는 비록 지부를 지내기 전에 파직되었지만, 이 어르신은 이제껏 독무를 만나도 간단히 읍만 하고 지내 왔다. 그러나 이제 지부가 된 마당에는 어쩔 수 없이 몸을 굽혀 문안을 여쭈어야만 했다. 관운이 트여 조정에 다시 기용되자 그의 됨됨이도 당연히 원만해졌다. 자신과 비슷한 이를 만나면 호형호제했고, 상사를 만나면 대인(大人)이라 칭하며 예전처럼 자신의 재능만 믿고 남

---

374 매국노.
375 청대에 관직을 수여받아 도(道)·부(府) 이상의 관직을 담당하게 된 외관(外官)을 이르는 말.

을 업신여기지 않았다.

양주에서는 1년여만 지냈다. 상부에선 다시 그를 강녕부(江寧府) 지부로 자리를 조정했다. 그때는 이미 백홀관 제군의 수중에 있었다. 백 제군은 그가 갑과 출신이며 또한 문명(文名)도 있어 학당 개설에 관한 일을 일임했다. 처음 일을 맡았을 때 강 태수는 여전히 교시를 청하곤 했다. 그러나 나중에 제대(制臺)는 그것이 번거로워 이렇게 말했다.

"학당과 관련한 일은 전적으로 노형에게 맡길 테니, 노형이 하고 싶은 대로 하시오. 나는 결코 간섭하지 않을 거요."

강 태수는 제헌(制憲)이 이토록 자신을 중시하자 당연히 감격하여 눈물을 흘렸다. 하여 이후로는 더욱 성실하게 마음을 쏟았다. 허다한 규칙을 만들고 건물을 짓고 교사를 초빙하는 등의 일에 전심전력을 쏟았다. 그렇게 바삐 1년여의 시간이 흐르자 그제야 점차 일의 두서가 잡혔다. 매번 학당 하나를 개설할 때마다 그는 반드시 하나의 규칙을 마련하여 상신서를 올렸다. 그러면 제대는 이제껏 한 번도 반대한 적 없이 그대로 비준하여 처리했다. 이에 그 외 부(府)·주(州)·현(縣)에서 학당의 장정을 마련하거나 교부금을 신청하면, 제대는 그 역시 반드시 수부(首府)에게 주어 상세히 대조 고찰하게 했다. 수부가 허락하면 그대로 처리하고, 반대하면 처리하지 않았다. 그 역시 제대는 한마디도 참견하지 않았다. 이에 강남 일대의 학당과 관련한 권력은 죄다 강 태수 일인의 손에 쥐여지게 되었다. 나중에 제대는 또 특별히 그에게 온 성의 학무를 총괄하는 직책을 주자는 상소를 올렸다. 이로 인해 그의 권력은 더욱 커졌다. 이에 외부 부·주·현에서 교원을 초청하는 것도 모두 그에게 편지를 보내 상의하게 되었다. 그가 써도 좋다고 하면 그제야 초빙하였고, 그가 안 된다고 하면 어느 누구도 감히 교원을 초빙하지 못했다.

뉴봉지가 스스로 외국어에 정통하고 외국 글에도 투철하여 학당 교사 자리는 누워서 떡 먹기로 쉽게 손에 넣을 수 있으리라 여겼지만, 어찌 된 일인지 집으로 돌아온 지 수개월이 지나도록 도처에 손을 써 보아도 아직까지 이 강 태수의 연줄을 찾아보지 않은 연고로 이제까지 성공하지 못했던 것이다. 제대의 관아나 양무국 각처 등 관장에서 쓰는 통역은 이미 숙련자들이 있어 멀쩡한 사람을 쉬이 바꿀 수 없으니 당연히 학당의 교사보다 구하기 어려울 것이다. 당시 봉지는 강 태수와의 연줄을 벌써 찾았다. 하여 온갖 방법을 동원하여 먼저 강 태수의 친척 하나를 먼저 만났다. 그는 후보 도대(候補道臺)였는데, 그를 중매인으로 삼았다. 후보 도대가 허락하며 봉지에게 말했다.

"관함(官銜)을 써 주시면 내가 대신 제출하리다."

그러나 봉지는 자신은 아무런 공명(功名)이 없다고 대답했다. 그러자 도대가 말했다.

"공명은 없을지라도 감생(監生)[376] 직함은 있을 것 아니오. 가짜 감생이어도 그리 문제 되지는 않소. 중국어 교원은 반드시 진사나 거인이어야 하는 것과 달리, 다행히 외국어 교사는 감생이어도 얻을 수 있소."

봉지는 그 말을 듣고 붉은 쪽지를 가져다 '감생 뉴 모모'라는 다섯 글자를 써서 도대에게 건넸다. 그러자 도대가 말했다.

"이걸로 끝이오? 내 듣기로 노형은 예전에 산동 관장에서 경험이 있으셨다던데, 어찌 이런 규정을 아직도 모른단 말이오? 당신이 그에게 어떤 일을 상의하려 한다면, '머리 조아려 헌은(憲恩)[377]

---

376 명·청 시대 국자감(國子監) 학생.
377 옛날, 상사의 은혜를 가리킴.

을 바라옵건대, 학당의 외국어 교사 직책을 내려 주십시오(叩求憲恩, 賞派學堂西文敎習差使)'라는 이 몇 글자조차 쓰는 걸 귀찮아 한단 말이오? 빨리 덧붙이시오. 만약 당신이 써 준 원래 쪽지 그대로 제출했다면, 당신은 평생 성공하지 못했을 것이오."

봉지는 그의 훈계를 듣고 얼굴이 빨개지며 속으론 화가 났다. 그러나 호구지책을 위해선 참을 수밖에 없었다. 그는 도대가 일러 준대로 이름 아래에 몇 글자를 더 채워 넣었다. 그런데 '헌은(憲恩)'이란 두 글자를 쓰려 할 때, 도대가 다시 지적하며 이름보다 두 배 높여 쓰라고 했다. 봉지는 일일이 그가 지시하는 대로 따랐다. 도대는 심히 기뻐하며 다음 날로 그 쪽지를 강 태수에게 건넸다. 당시 강 태수는 기세가 하늘을 찌를 듯하여, 일반 후보 도대들은 눈에 뵈지도 않았다. 그러나 이 사람만은 그의 친척이었던지라 그래도 때때로 만날 수 있었다. 그 자리에서 그는 명함 쪽지를 받아 두었다. 이튿날, 도대는 다시 사람을 시켜 봉지에게 수부를 찾아뵈라는 편지를 보냈다. 봉지는 그의 말대로 찾아갔으나 만나지 못했다.

다음 날 또 갔더니 안에서 전갈이 왔다. 고재학당(高材學堂)에 임명되었으니, 후일 학당에서 보자는 것이었다. 봉지는 일이 이미 이루어진 것을 보고 몹시 기뻤다. 집으로 돌아와 모친께 알리고, 곧장 짐을 꾸려 학당으로 가서 머물렀다. 강 태수가 관장하는 학당은 크고 작은 것이 열두어 군데가 넘었다. 하여 매 학당마다 한 달에 겨우 한두 번밖에는 가 볼 수가 없었다. 봉지가 학당에 들어간 이후, 다행히 학당 감독은 일찌감치 태수의 명을 받들어 그를 외국어 교사로 충당하고, 학교 규정에 따라 매일 수업하도록 했다. 그렇게 7~8일이 지나고서야 강 태수가 학당을 시찰하러 왔다. 봉지는 그제야 다른 교사들과 함께 그를 볼 수 있었다. 그러나 별다른 분부는 없었다. 그 후 다시 보름쯤 지나 다시 한 번 왔고, 이후로는 오랫동안 들르지 않았다. 하루는 수업 시간이 되어 봉지는 이전처럼 강의하러 교실로 갔다. 그가 가르치는 반 학생은 20명이었다. 한데 그때는 반이나 출석하지 않았다. 봉지가 급히 한 학생에게 모두 어디로 갔는지 묻자 학생이 대답했다.

"선생님, 아직도 모르셨어요? 강녕부 강 대인의 도련님이 병이 나셨대요. 오늘 아침에 소식을 들어, 우리도 돌아가면서 문병 가기로 했어요. 우리 반 20명은 두 패로 나눠, 그들이 돌아오면 우리가 가기로 했습니다. 우리뿐만 아니라, 감독·제조(提調) 및 여기서 일하는 대소 관원들이며 중국어 교사, 일본어 교사, 산학(算學) 교사 등도 모두 문병을 간다고 해요. 이 학당은 그가 개설했으니, 그가 없다면 우리가 어찌 이렇게 편안한 곳에서 공부를 할 수 있겠습니까?"

그 말을 듣고 봉지는 한동안 멍했다. 그러면서 속으로, 그렇다면 자신도 가 봐야겠다고 생각했다. 이에 다른 교사에게 물어보니, 어떤 이는 다녀왔고 또 어떤 이는 가 볼 것이라 했다. 이에 모두들 그날 수업을 작파하고 부 관아로 문병을 가기로 결정했다. 봉지는 학당에 온 지 얼마 되지 않아 이런 규정들을 몰랐다. 그러나 지금, 이미 알고 난 다음에야 어쩔 수 없이 학생들에게 일괄 수업을 작파한다 하고, 자신 또한 옷을 갈아입고 다른 사람들을 쫓아 부 관아로 함께 갔다. 그런데 또 보니, 다른 이들은 모두 수본을 갖고 있는데 자신은 조그만 명함 한 장만 들고 있었다. 동료 중 하나가 그를 배려하여 알려 주었다.

"태존께서는 이런 예절을 가장 중시하신다네. 수본으로 바꾸는 게 좋겠네."

봉지는 어쩔 수 없이 수본 하나를 사서 이름을 쓰고 함께 갔다. 부 관아에 당도하여 먼저 집첩(執帖)을 찾으니, 대인께서 분부하시길 교사 이상은 모두 안방으로 들어와 문병하고, 학생들은 등록만 하라는 것이었다. 교사들이 수본을 건네고 잠시 기다리니 안에서 들어오라는 전갈이 왔다. 교사들은 줄을 지어 안으로 들어갔다. 안방으로 들어가니 강 태존이 안에서 나와 맞았다. 모두들 먼저 허리를 굽혀 예를 표한 후 방에 앉았다. 언뜻 보니, 침대 위에 잠든 이가 도련님이고, 늙은 하녀 서넛이 그를 둘러싸고 있었다. 강 태존이 두 눈 가득 눈물을 머금은 채 교사들에게 말했다.

"내가 파직된 후 실의에 빠져 수만 리를 떠돈 이전 일은 이루 말로 다 할 수 없소이다. 그러다 중년에 들어 성도(成都)의 우리 선생님 막부에 있을 때, 지금의 안사람을 얻어 장가를 들었지요. 그리고 연이어 두 아들을 낳았으니, 큰놈은 이름이 진충(盡忠)으로 올해 열한 살이고, 작은놈은 보국(報國)으로 올해 아홉 살입니다. 이 두 녀석은 어려서부터 창칼을 들고 놀기 좋아하여 자못 상무(尙武) 정신이 있었지요. 하여 나는 저들을 무비학당(武備學堂)에 보낼 생각이었소. 저 두 녀석이 장차 기예(技藝)를 익혀 창과 방패를 들고 사직을 보위하여, 위로는 조정에 쓰이고 아래로는 집안의 영광이 되기를 몹시 기대했지요. 그래서 이름도 '진충', '보국'이라 지었소이다. 그런데 뜻밖에도 어제 오후 학교 체조 시간에 작은놈이 어찌 된 영문인지 갑자기 돌부리에 부딪혀, 머리가 터져 피를 흘리며 인사불성이 되고 말았소이다. 관아로 들고 돌아와 급히 중국 정형외과와 외국 정형외과를 불러 치료하게 했지만 소용없었습니다. 외국 의사 말로는 머리가 깨져 뇌를 다친 것 같답니다. 내 생각에 사람의 뇌는 매우 중요하지요. 일체의 생각이 모두 뇌에서 나오지 않소? 만약 부서져 못 쓰게 된다면 평생 폐인이 되는 것 아니겠소? 이 때문에 나는 더욱 초조하여 급히 약방에서 보뇌즙(補腦汁)인가 뭔가를 사다 먹였소이다. 그런데 누가 알았겠소. 그 보뇌

즙은 맹물이나 마찬가지여서 먹어도 전혀 효과가 없었소이다. 지금은 방금 외국 의사의 약을 처방받고 조금 편히 잠들었습니다. 불쌍한 이 늙은이는 벌써 이틀이나 눈을 붙이지 못했습니다. 그런데도 이 어린 생명이 돌아올지 어떨지는 아직 모른다오.”

교사들 가운데 사령(詞令)[378]에 능한 두 사람이 있어 그에게 응대했다.

“대인께서는 길상(吉相)을 타고난 분이라 충효(忠孝)로 가문을 이어 가실 것입니다. 보아하니 도련님께서 입은 부상은 피부의 상처인 듯하니, 며칠 쉬면서 몸조리하시면 쾌차하실 것입니다.”

이에 강 태존은 겸양의 말을 몇 마디 했다. 이어 또 다른 학당의 교원들이 와서 모두 인사를 고하고 나와 각자 돌아갔다. 그리고 다음 날 아침 다시 문병을 오기로 약속했다. 그런데 어찌 알았으랴. 다음 날 채 날이 밝기도 전에 부 관아에서 이미 초상을 알려 왔다. 교사들은 어쩔 수 없이 다시 향을 피우고 제를 올리고 조문하며 염을 하여 관에 넣는 등의 일을 거들었다. 그리고 수본을 올려 강 태존을 조문했다. 해야 할 일들은 모두 했으니, 더 이상 언급하지 않겠다.

한편 강 태존은 어린 아들이 죽은 것을 보고 눈물을 흘리며 애통해했다. 체조를 가르쳤던 무비학당 교사는 그날 사고가 나자마자 강 태존에게 잡혀가 호되게 꾸지람을 들었다. 잘못 가르쳤으니 먼저 ‘큰 과오’ 3차를 기록하게 한다는 것이었다. 그 후 도련님이 귀천(歸天)하자 강 태존의 원한은 극에 이르렀다. 하여 당장 그를 잡아다 영전에 무릎을 꿇린 뒤 상복을 입고 복상을 다하라고 시켰다. 나중에 다른 대인들이 겨우 권유하여, 교사에서 해임하고

<hr />

378 외교적 응대에 쓰는 말 또는 응수하는 말.

학당에서 쫓아내며 아울러 각 권속에게 이후로는 절대 그를 초빙해서는 안 된다는 명을 내리는 것으로 일은 마무리되었다.

강씨 둘째 도련님의 나이는 비록 아홉 살에 불과했지만, 강 태존은 그가 몸을 단련하다 죽었으므로 나라를 위해 몸을 바친 것이나 다름없다고 여겼다. 게다가 그가 일곱 살이던 해, 섬서성·산서성 일대의 기근에 대한 기부금 명부에 이름을 올려 후보 지부 직을 사 두었다. 지부는 종4품인데, 거기에 5급을 더하여 봉해 주기를 청하여 자정대부(資政大夫)가 되었다. 이미 조정의 실질적인 관리로 봉전(封典)을 받았으니, 미성년으로 대할 수 없는 노릇이었다. 이에 강 태존은 특별히 총독의 관아로 가서, 아침저녁으로 영전에서 일체의 것을 보살필 수 있도록 반복(反服)[379] 기간으로 21일을 청했다. 그는 제대가 믿고 맡기는 사람인지라 관원들은 당연히 모두 달려와 비위를 맞추었다. 사도(司道) 같은 고관들도 그를 다른 눈으로 대하여, 듣자 하니 그의 아들이 죽자 일제히 달려와 조문했다고 한다. 소관들은 영전에 머리를 조아렸고, 고관들은 강 태존의 손에 이끌려 머물렀다. 사람들은 손으로 얼굴을 파묻고 있는 모습을 보고 그가 이 어린 아들을 몹시 애지중지했다는 것을 알았다. 강 태존은 눈물 콧물로 범벅된 얼굴로 그들을 돌아보며 말했다.

"솔직히 말씀드리자면, 이 자식 놈은 원래 무곡성(武曲星)이 속세로 내려온 화신이었습니다. 당초 속세에 내려올 때 제 안사람이 꿈을 꾸었는데, 구름 끝으로 황금 갑옷을 입은 신이 어린애 하나를 안고 있더랍니다. 그런데 나중에 홀연히 한 줄기 황금빛이 번쩍이며 나팔 소리가 들리더니, 황금빛 끝에서 무곡(武曲)이라는

---

379 존장(尊長)이 나이 어린 친속을 위해 복상하는 일.

두 글자가 번쩍하며 집사람을 깨우더랍니다. 그리하여 낳은 자식이 저놈이었습니다. 그래서 저는 이 아이를 낳은 후 장차 분명 나라를 위해 선로(宣勞)[380]할 것이라 여겨 몹시 사랑했지요. 위엄을 세워 치욕을 씻어 버릴 줄 알았더니, 하루아침에 이리 비명횡사할 줄 어찌 알았겠습니까? 이는 비단 저희 집안의 박복함일 뿐만 아니라 나라의 불행입니다."

이렇게 말하고는 사람을 시켜 자신이 아들을 위해 지은 묘비명을 가져오라 하여 일람시켰다. 살펴보니 위에 쓰인 것은 그가 말한 망언(妄言)과 같지 않은 것이 없었다. 그러나 어쩔 수 없이 냄새 나는 아첨을 몇 마디 떨다 연이어 작별을 고하고 나왔다. 상가에서 조문을 받던 그날, 위로는 관장(官場)에서부터 아래로는 학당에 이르기까지 모두 와서 애도를 표하고 추모했다. 심지어 제대는 만장을 보내기도 했다. 들리는 소문에 의하면, 문안(文案) 나리께서 대신 써 준 것이라 했다. 다음 날 발인했다. 일체의 의장(儀仗)은 2품 자정대부의 의식에 준하여 처리했으니, 자연 떠들썩했다. 강 태존은 속으로 계산해 보았다.

'내가 지금 한 성의 학무를 관장하고 있으니, 어쨌든 각처의 학생들에게 발인 때 영구를 전송하도록 하면 보기에 족히 장관이지 않겠는가.'

이에 미리 각 학당 감독들에게 귀띔하길, 교사들에게 일러 학생들에게 일제히 체조복을 입히고 손에는 꽃다발을 들고 영구를 전송하게 인솔하여 오도록 시켰다. 감독들은 더 잘 보이려고 일률적으로 하얀 두루마기를 입어 분위기에 맞췄다. 이를 보고 강 태존은 몹시 흡족해했다. 장사가 끝난 후, 각 학당의 교사와 학생들이

---

380 왕이 선지를 내려 노고를 위로함.

도리를 안다며 크게 칭찬했다. 그러고는 또 제를 올리는 것에서부터 출관(出棺)·노제(路祭) 등에 이르기까지 모두 얼마가 들었는지 묻고는 그 비용을 모두 돌려주겠다고 했다. 그러자 모두들 이렇게 대답했다.

"도련님의 초상은 저희가 은혜에 보답하고자 기꺼이 한 것이니, 감히 돌려받을 수 없습니다."

강 태존은 그들이 이렇듯 지극정성인 것을 보고는 그만두었다. 이후 학당 시찰 기회를 빌려, 교사들에게는 학생들을 아주 잘 가르쳐 학생들의 기예가 날로 발전하였으니 일률적으로 봉급을 올려 주고, 학생들에게도 따로 상을 주어 장례식 때 애쓴 것을 사례했다. 강 태존의 이번 행위에 학계 사람들은 그의 뜻이 어디에 있는지 더욱 잘 알게 되었다.

뒷일이 어떻게 되었는지 알고 싶으면 다음 회를 듣고 알아보기 바란다.

제42회

새로운 학문을 막으려는 경찰은 서점을 뒤지고
별난 옷차림의 서생을 징벌하여 감옥에 가두다

각설하고, 강 태존은 강남 성성(省城)의 교육계에서 자신이 명령을 내리면 사람들이 두려워하며 반드시 행하는 것을 보고 속으로 몹시 기뻤다. 하여 가만히 짐작해 보았다.

'유신당(維新黨)은 날이면 날마다 평등이네 자유네 떠들어 대지. 지금 이런 풍조는 많이 수그러들었다지만, 상해에서 나온 신문을 보니 여전히 많은 신서를 출판하고 있어. 그런데 자유 평등을 권하는 일파의 화두가 아닌 게 없단 말이야. 내 생각에 이런 책들을 젊은이들이 보게 되면 저들의 성격이 나빠질 터이니 큰일이야. 게다가 내가 지금 관장하고 있는 학당들은 압제 수단으로 저들을 부륵(部勒)[381]하고 있는데, 만약 저들이 하나하나 평등을 주장하고 나서며 내 통제를 듣지 않는다면, 이 일을 감당할 수나 있을까? 그러니 지금 근본부터 바로잡는 방법은 먼저 이런 책들을 금지하는 것이야. 서점에서 팔지 못하게 하고 학당에서도 보지 못하게 하면,

---

[381] 부서를 정하여 인원을 배치하거나 혹은 부대를 나누어 인원수를 갖춤.

민심을 돌이킬 수 있을 것이야. 허나 이 책들은 죄다 상해에서 출판된 것들이니, 어쨌든 제헌께 상해도(上海道)에 공문을 보내 깨끗이 정리하도록 청해야겠다. 본 성성의 서점들은 내가 이러이러한 책들은 판매를 금지하며, 만약 따르지 않는다면 서점은 봉쇄될 것이고 판매자는 엄중히 처벌할 것이라는 유단(諭單)[382]을 보내면 될 것이야. 한편으론 각 서점 주인에게 일제히 전갈하여, 우선 결산하고 문서를 보관하여 조사에 대비하게 하자. 그리고 다른 한편으론 경찰국에 다방면으로 조사하도록 명하여, 그중에서 한둘 잡아다 징치하여 다른 이들에게 경계로 삼도록 만들자.'

생각이 정해지자 다음 날로 총독 관아로 가서 이런 내용을 제대에게 품신했다. 백 제군(白制軍)은 본시 좋은 게 좋은 사람이라, 그가 하자면 그대로 했다. 즉시 상해도에 공문을 내려 조사하고 금하도록 시켰다. 그러나 기실 큰 서점 대부분은 모두 조계에 있었고 또 대부분의 책들이 서양에서 온 것들이라, 일시에 조사하여 금지한다고 해도 할 수 없는 노릇이었다. 이에 저들에게 고시(告示) 한 장 달랑 보내 판매하지 말 것을 권유할 뿐이었다. 성성의 서점들은 예전에는 전적으로 시문(時文)이나 시첩(試帖)[383] 판매에 기대 돈을 벌었다. 그러나 과거 제도가 바뀐 이후 관심을 가지는 이들이 없어 죄다 판매가 부진했다. 이에 어쩔 수 없이 상해로 가서 몇몇 신서와 신보(新報)를 구입해 판매하며 겨우 명맥을 지탱하는 방책으로 삼았는데, 이도 하루 이틀에 그치는 것이 아니었다. 또 어떤 서점들은 오직 신서만 판매하는 곳도 있었는데, 그 서점의 서적은 온갖 종류를 다 갖추어 필요로 하는 것은 무엇이든 다 있었다. 아울러 학당용 도서를 모두 갖추었다는 광고를 하얀 담장 위

382 옛날 상급자가 하급자에게 내리던 명령 또는 훈계 문서.
383 시첩시(試帖詩). 과거 시험 때, 옛사람의 시구를 명제로 하여 짓게 하던 시의 한 형식.

에 큰 글씨로 써 붙여 학당 학생들을 끌어들였다. 이에 학생들이 너도나도 사러 오니 응대하기에도 바빴다. 이윤이 세 배는 되었다.

그런데 한창 신명이 나 있을 때 갑자기 머리에 번호 달린 두건을 두른 사람들이 여럿 들이닥쳤다. 그들은 책을 사려는 고객들을 모두 쫓아내고, 서가를 들쑤셔 뒤지며 눈에 거슬리는 책이 보이면 일제히 들고 가 버렸다. 책만 가져갔다면 그렇다 치겠지만, 서점 주인이며 회계 등도 모두 한 묶음으로 잡아갔다. 게다가 장부도 수거해 가 버렸다. 강녕부 관아로 줄줄이 끌고 가니, 부 관아에서는 그들을 받아들이지 않고 상원현(上元縣)에서 관리하도록 분부했다. 현에 당도하여 조사하고 보니, 크고 작은 서점이 도합 열셋이고 잡혀 온 인원은 도합 20~30명이었다. 강 태존의 뜻에 따르면, 원래는 이번에 그들을 제대로 한 번 징치하는 것이었다. 이는 제대도 허락한 일이었다. 그러나 도리를 아는 번대가 이를 만류했다.

"신서가 사람들을 그릇되게 한다는 것은 진실이므로 당연히 판매를 금지해야 하오. 그러나 우리가 저들에게 미리 고시를 내려 일깨우지 않았으니, 저들이 어찌 알았겠소? 저들을 깨우친 뒤에, 만약 그래도 따르지 않는다면 그때 엄히 처벌해도 될 것이외다. 그때는 저들도 마음으로부터 달게 복종할 것이오. 지금처럼 교화도 않고 벌을 주는 것은 결단코 불가하오."

그러나 강 태존은 여전히 강경했다.

"이런 책들은 모두 대역무도한 것들입니다. 저들은 감히 이런 대역무도한 책을 팔았으니 응당 엄히 처벌해야 합니다."

번대는 그가 반드시 처벌하려 하는 것을 듣고 화가 나서 몹시 분개하며 말했다.

"옹(翁)께서 반드시 처벌하시겠다면 그렇게 하시오. 어쨌든 나는 옳지 않다고 생각하외다."

강 태존이 비록 제대의 총애를 받는다지만 번대는 직속상관인지라 그의 말을 따르지 않을 수 없었다. 하여 지금 번대가 화난 것을 보고 다소 부드럽게 나가지 않을 수 없었다. 이에 상원현에 분부하길, 서점 주인들에게 '이와 같은 반역의 책들은 앞으로 영원히 판매하지 않을 것이며, 위반할 시에는 엄벌을 달게 받겠다'는 각서를 쓰게 했다. 그런 다음 보증을 받고서야 돌려보냈다. 수색해 온 도서는 일괄적으로 강녕부 대청 아래 쌓아 놓고, 강 태존이 친히 보는 앞에서 불을 붙여 모두 태워 없앴다. 그런 다음 또 각 책 이름을 거리마다 게시하여 영원히 판매를 금지했다. 강 태존은 학당 학생들 중 몇몇 젊은이들이 혹여 몰래 이런 책을 보지는 않을까 여전히 걱정되었다. 이에 다시 유단(諭單)을 내려, 각 학당 감독과 교사들은 학생들에게 만약 이전에 잘못 산 것들이 있으면 자수하여 바치는 것에 한하여 문초를 면해 주겠다는 점을 효유(曉諭)하게 했다. 그러나 만약 자수하지 않았다가 나중에 조사하여 발각되면, 학당에서 쫓겨날 뿐만 아니라 엄히 치죄하겠다고 했다. 당시 학생들은 이런 압박에 더하여 감독과 교사들이 옆에서 겁을 주는 바람에 하나하나 죄다 내놓을 수밖에 없었다. 본래 그럴 생각이 없었지만, 감독과 교사들은 자신의 몸을 깨끗이 씻고자 모조리 가져다 저들을 대신해 일찌감치 불 질러 없애 버렸다. 하여 이번 일은 얼추 처리되었다. 그러나 강 태존은 서점들을 징치하지 못한 것이 못내 찜찜했다.

당시 강녕성(江寧城)에선 경찰국을 설치했다. 마침 황(黃)씨 성을 가진 같은 지부 반열의 동년이 경찰국의 제조를 맡고 있었다. 강 태존은 그를 초청하여, 몇몇 서점을 징치해서 체면을 세우려 하니 도와줄 것을 부탁했다. 황 제조는 본시 강 태존이 제대에게 부탁하여 그 자리를 얻었는지라, 동년이 일을 부탁하니 어찌 힘을 보태지 않을 리 있겠는가? 게다가 자신도 이번 기회를 빌려 얼굴을 내밀어 보기에 좋을 것 같았다. 이에 경찰국으로 돌아오자마자, 각 서점으로 불시에 인원을 파견하여 수색하게 했다. 내륙의 상인들은 조계와 달라서, 자신의 위세가 얼마나 대단하든 간에 지방관에게 감히 맞설 수 없었다. 게다가 패역무도라는 죄명은 더더욱 감당할 수 없었다. 이에 몇몇 서점들은 신서라면 덮어놓고 모두 팔지 않을 정도로 놀랐고, 어떤 서점들은 신서를 팔더라도 다만 몰래 팔았을 뿐 감히 공공연히 드러내 놓고 팔지는 못했다. 보아하니 이 강 태존도 법령을 발포하면 반드시 집행해야 하는 사람으로 보였다. 옛사람이 말하기를 "기이한 일이 있어야 책이 된다(無巧不成書)**384**"라고 했다. 강 태존은 한사코 아주 흉흉하게 일을 처리하며 기어코 사람들을 잡아들이려는 것이었다.

한편 요 몇 년간 각 성(省)에서는 학생들을 정치·법률·일반·전문 등으로 나누어 일본으로 유학 보냈다. 그중에는 3년 만에 졸업하거나, 6년 만에 졸업하는 경우도 있었다. 모두들 공부를 마치고 돌아오면 나라에서 반드시 중용할 것이라고 했다. 이에 각 성에서는 학생들을 외국으로 내보내게 되었는데, 관에서 보내는 이들을 관비생(官費生)이라 불렀다. 그리고 스스로 비용을 마련하여 나간 이들도 있었는데, 이들을 자비생(自費生)이라 불렀다. 관비생들이 나갈 때는 항상 감독을 파견하여 인솔하도록 하였고, 모든 일을 그가 보살폈다. 그러나 자비생들은 동지 몇 사람과 단체를 조직하여, 일이 생기면 자체적으로 서로 도움을 주고받았다. 몇 년 전에 이런 기풍이 일어 지금은 일본에 유학하는 학생들이 적지 않았다.

그러나 인원수가 많아지면 자연히 똑똑이와 어중이떠중이가 구

---

384 매우 공교로움을 나타냄.

분 없이 마구 뒤섞이는 것을 면할 수 없는 법. 그중에는 중국 글도 제대로 모르면서 유학을 빌미로 해외에 나가 놀려는 이, 또 유학을 명분 삼아 부모를 기만하여 집안의 돈을 가져다 물 쓰듯 하는 이들도 있었다. 이런 인간들이 끼여 있는 것을 면할 수 없었으니, 이 때문에 혈기 방자한 많은 자제들이 무엇이든 보고 그대로 따라 배워, 혁명군의 의용대가 되지 않으면 장차 중국의 주인공이 되리라며 천방지축 찧고 까불었다. 그런 자신들의 품격은 자기 자신조차 제대로 알지 못했다. 한데도 이야말로 무슨 자유니 평등이니 하고 떠들어 대니, 참으로 가소롭기 그지없었다. 이제 내가 얘기하려는 사람이 바로 그런 병폐를 가진 이였기에, 이와 같은 시비가 생긴 것이었다. 쓸데없는 말은 그만두자.

이 사람의 성은 유(劉)이고 이름은 제례(齊禮)인데, 그 역시 남경 사람이었다. 열일곱 살 되던 해, 그는 오경(五經) 가운데 겨우 두 경 정도만 읽었다. 때마침 누군가 그를 일본에 유학하도록 데려가겠다고 했다. 부모는 그가 명성을 이루기를 간절히 바랐기에 그 자리에서 당장 허락했다. 그런데 누가 알았으랴, 이 아이는 일본에 당도하여 영어도 배운 적이 없고 일본어에도 무지했다. 이에 어쩔 수 없이 먼저 사람을 청해다가 한 구절 한 구절 따라 배우기 시작했다. 일본 유학 비용은 서양에 비해 적게 들었다. 그래도 1년에 몇백 원씩은 보내 주어야 했다. 그런데 뜻밖에 유제례(劉齊禮)의 소질은 별로 좋지 않아, 1년 6개월을 배웠는데도 몇 구절 되지 않는 일본어조차 다 배우지 못했다. 하여 3년째 되던 봄이 되어서야 겨우 아주 조그만 학당에 진학할 수 있었다. 그의 부모는 벌써 천여 원의 돈을 보낸 상태였다. 나중에 그의 부친은 돈이 아깝기도 하고, 또 이제 그만 돌아오기를 간절히 바라게 되었다. 이에 그에게 돌아오라는 편지를 보내려 생각하고 있었다.

마침 그 자신도 일본에 머무는 것이 질려 돌아가려던 참이었다. 하여 그해 여름 방학 때 증기선을 타고 상해를 거쳐 남경에 도착한 뒤 집으로 돌아가 부모를 배알했다. 학문은 비록 성취하지 못했지만, 모양새는 도리어 일찌감치 변해 있었다. 몸에는 외국 옷을 걸치고 머리에는 밀짚모자를 썼으며 발에는 가죽신을 신고 있었다. 부모를 만나서는 모자를 벗어 손에 들고 하는 짓이 외국식 인사였다. 처음 보았을 땐 그의 부모도 그런 그를 책망하지 않았다. 하지만 머리를 들고 보니 그의 머리가 반 촌(寸) 정도의 길이밖에 남아 있지 않았다. 예전에 집을 나설 때는 건실하고 긴 변발이었는데, 지금은 어디로 가 버렸는지 도무지 알 수가 없었다. 이를 보고 부모는 마음이 아파, 어찌하여 변발을 잘라 버렸느냐고 물었다. 그는 변발을 자른 것은 장차 혁명을 하는 데 용이하게 하려고 그랬다고 대답했다. 나중에 그의 친구들이 일본에서 돌아와 말하기를, 어느 날 잠을 자고 있는데 옆에 있던 이가 가위로 그의 변발을 잘라 버렸다는 것이었다. 당시 그의 부모는 이런 잡담을 듣고 또 그의 그런 모습을 보고 속으로 멀쩡하던 아들놈이 외국 가서 망가졌다며 후회했다. 그러나 일은 이미 이렇게 된 것, 말해 봐야 아무 소용 없어 속으로 꾹 눌러 참고 입 밖으로 꺼내지 않을 뿐이었다. 그런데 누가 알았으랴. 이 유제례는 외국에서 족히 2년은 머물다 집으로 돌아왔으니, 어쨌든 무언가 마음에 들지 않는 것 같았다. 방이 너무 작다거나 공기가 통하지 않는다거나, 아니면 먹는 것들이 비위생적이라 외국의 요릿집에서 만든 서양 요리만 못하다고 투덜댔다. 부모는 처음에 그가 말하는 것을 듣고도 그리 마음에 담아 두지 않았으나 이후에도 계속 그런 소리를 듣게 되자 부친이 버럭 소리 질렀다.

"우리 집에는 이런 것밖에 없다. 네가 머물기 싫으면 외국으로 돌아가거라. 난 중국인이라 감히 너 같은 외국인 아들은 두지 못하겠다."

한데 누가 알았으랴. 그 한마디가 도리어 그의 부아를 돋우고 말았다. 그는 자기 방으로 돌아가 필요한 짐들을 커다란 가죽 가방에 대충 수습하여 짊어지고는 집을 나가 버렸다. 그는 길을 걸으며 혼자 중얼거렸다.

"내 이제야 집이란 곳이 이토록 지독한 압박이었단 것을 알게 되었다. 난 두렵지 않아. 오늘날 혁명을 하자면 반드시 집안부터 혁명을 시작해야지?"

그렇게 중얼거리며 어느새 대문을 나섰다. 부친이 어디 가느냐고 물었지만 아무런 대답도 하지 않았다. 부친은 급히 주방장을 딸려 보내며, 어디로 가는지 알아 오도록 했다. 그는 대문을 나서 인력거를 타고 곧장 장원경(狀元境)의 신학서점(新學書店)으로 가자고 했다. 주방장이 돌아와 보고했다. 부친은 그 서점은 그가 자주 가는 곳으로, 거기엔 친구들도 많다는 것을 알고 마음을 놓았다.

한편 유제례는 신학서점에 당도하여 저들에게 집에 머무는 것이 상쾌하지 않아 여기 며칠 머물런다고 말했다. 서로 잘 아는 사이라 당연히 되고 말고가 없었다. 연이어 사나흘 줄창 머물며 집으로 돌아가지 않았다. 그러나 서점에만 있기엔 답답하여 친구들과 함께 부자묘(夫子廟) 앞 공터로 산책을 가거나, 혹은 작은 배를 빌려 진회하에 띄우고 두어 바퀴 돌면서 여자들을 구경하며 소일했다. 그런데 일이 생기려고 그랬는지, 그날 마침 경찰국 제조 황지부(黃知府)가 큰 배를 한 척 빌려 기생 서넛을 끼고 친구들과 마작을 하고 있었다. 서점 친구는 눈이 날카로웠다. 그가 한 번 쓱 보더니, 이 황 제조란 분이 늘 병사들을 이끌고 서점을 수색하러 와서 지금은 어떤 책도 팔 수 없게 만들었다고 말했다. 또 다른 친구

역시, 자신은 늘 조어항(釣魚巷)을 걸어 다녀 황 제조가 부른 기생의 이름이 소희자(小喜子)란 것을 알고 있다고 말했다. 유제례는 문득 의기(意氣)가 발동하여 친구들을 향해 말했다.

"너희들은 저 사람을 사람으로 보기에 두려워하지만, 나는 저 사람을 민적(民賊)으로 간주한다네!"

유제례가 그 말을 할 때, 마침 작은 배는 흔들려 큰 배 창가로 다가가 있었다. 때는 7월이라, 사방 선창(船窓)이 모두 열려 있어 곧장 얼굴을 대면하는 것이나 진배없었다. 황 제조는 일면으론 마작을 하면서 귀로는 똑똑히 다 듣고 있었다. 나쁜 놈들을 상세히 조사하는 것은 본시 경찰국의 의무였다. 하물며 이의를 제기하며 복종하지 않는 자들은 더욱 유의해야 마땅했다. 작은 배가 막 지나갈 무렵, 큰 배에서는 일찌감치 친병을 파견하여 그들의 종적을 뒤쫓아 조사하게 했다. 나중에 그들이 돌아와 황 제조에게 보고했다.

"이들 모두 장원경 신학서점에 머물고 있습니다."

그 말을 듣고 황 제조는 고개를 끄덕일 뿐, 아무런 내색도 않은 채 여전히 마작을 두었다. 마작이 끝나자 술자리를 펴고 술을 마셨다. 원래는 술자리가 파한 후, 바로 일을 처리하려 하였으나 아직 시간이 일러 우선 소희자네 집으로 가서 분위기를 바꿔 보기로 했다. 말하자면 기묘하지만, 뜻밖에 유제례 일행도 거기로 왔다. 유제례 일행은 서점으로 돌아가 저녁을 먹었다. 그런데 날이 더워 잠을 잘 수가 없었다. 그러다 문득 기생을 데리고 놀 흥이 발동하여 다시 옷을 입고 나왔다. 그 친구 중 하나가 소희자를 데리고 놀아 본 적이 있었기에 결국 소희자네로 오게 된 것이었다. 때마침 방 안에 손님이 있어 그들은 벽을 사이에 둔 옆방에 자리를 잡게 되었다. 꽃밭에 처음 발을 들여놓은 유제례는 너무 기뻐 덩실덩실 춤을 추며, 어찌해야 좋을지 몰라 밑도 끝도 없이 입에서 나오는 대로 지껄여 댔다. 그러면서 또 소희자를 향해 말했다.

"너는 황 대인과 친하지? 다른 사람은 그를 무서워할지 몰라도 난 그를 두려워하지 않아. 내가 그이의 주변을 다 잘라 버릴 거야."

여기서 한참 기분에 들떠 있을 때, 황 제조는 옆방에 앉아 일찌감치부터 한 글자도 빼놓지 않고 다 새겨들었다. 몸을 일으켜 문발 틈을 열고 살펴보니 바로 낮에 작은 배에서 보았던 이들이었다. 저도 모르게 화가 치밀고 악에 받쳐 반은 공적인 일로 또 반은 사심으로 즉시 마고자를 입고 밖으로 나와 가마를 탔다. 그러고는 공관으로 돌아가지 않고 곧장 경찰국으로 가서 병정들을 모두 집합시켰다. 각자 손에 무기를 들고 일제히 장원경으로 출발했다. 그곳에 도착해 신학서점을 찾았다. 그때는 이미 한밤중이라 유제례 등도 돌아와 있었다. 황 제조는 서점의 앞뒤 문을 모두 지키게 했다. 그리고 자신은 병정들을 이끌고 다짜고짜 문을 따고 들어가 보이는 족족 잡아들였다. 또 친히 서점을 세세하게 수색했다. 비록 위배되는 서적은 없었지만, 유제례의 가죽 가방 안에서 『자유신보(自由新報)』 두 부를 찾아냈다. 황 제조는 이리저리 살펴보다 말했다.

"이런 신문을 만드는 사람은 반역도라, 지금 이게 있는 것을 보니 저놈이 반역도와 사사로이 내통한 증거다."

그리 말하면서 서점을 봉쇄하고 체포한 사람들을 일제히 오랏줄에 묶어 경찰국으로 끌고 갔다.

다음 날 총독 관아로 가서 강 태수를 만나 한 차례 내용을 알렸다. 강 태수는 이미 엄히 처벌할 생각을 군혔기에 이리 말했다.

"이런 반도들은 한둘 처형을 하지 않으면 아니 되오!"

이후 제대를 만났을 때 황 제조는 품신을 하는데, 자신에 대한 공치사가 아닌 것이 없었다. 강 태수도 옆에서 그를 위해 좋은 말로 거들고 또 제대를 겁박하면서 즉시 명을 내려 줄 것을 요구했다. 그러나 제대는 그리하려 하지 않고 심문국에서 심문하라고만 분부했다. 한데 심문국의 인원 또한 대부분 강 태수의 사람들이라, 일찌감치 그의 교시를 청해 둔 터였다. 그들을 끌어내 심문할 때, 유제례는 무릎을 꿇지 않았다. 왜 무릎을 꿇지 않느냐고 물었다. 그러자 대답하길, 자신은 외국 학당의 학생으로, 무릎을 꿇지 않는 외국 학당의 규칙에 의거한다는 것이었다. 그러자 심문관이 말했다.

"여기는 중국 법정이고 너 또한 중국인인데 어찌하여 무릎을 꿇지 않겠다는 것이냐? 무릎을 꿇지 않겠다면 매를 때리겠다!"

그러자 유제례는 맞는 것이 두려워 무릎을 꿇을 수밖에 없었다. 이어 왜 복식을 바꾸었는지 물었다. 그가 대답했다.

"학당 학생은 일률적으로 이와 같이 해야 하니, 저는 부득불 저들을 따를 수밖에 없었습니다."

그러자 또 왜 『자유신보』를 만든 반도들과 내통했느냐고 물었다. 그가 대답했다.

"나는 단지 신문을 보았을 뿐, 그것을 가지고 내가 그들과 사사로이 내통했다고 말할 수는 없습니다."

심문관은 이어 서점에 있던 자들을 일제히 불러오라 하여 심문했다. 그들은 서점 주인과 점원들뿐이었다. 일률적으로 잠시 옥에 가둔 뒤 감시하도록 명했다.

다음 날 다시 제대의 심문을 받았다. 제대는 강 태수의 체면도 고려해야 했다.

"유제례는 중국인이면서 서양식으로 복식을 바꾸었고, 또 금지된 서적과 신문을 사사로이 소장하고 있었다. 이로 보아 자기 분수를 지키는 무리가 결코 아니다. 관용을 베풀어 죽이지는 않겠으나 어쨌든 몇 년 동안 구금하여 거친 성격을 다스려야 마땅할 것이다."

이에 강 태수는 10년 감금을 주장했으나 제대는 구금 6년만 허락했다. 이후 설왕설래하다 감금 6년으로 죄가 확정되었다. 서점은 범죄자를 받아들여 머물게 한 죄로 즉시 봉쇄했다. 서점 주인 또한 구금 1년의 죄가 확정되었다. 나머지 점원들은 보증을 받아 석방했다. 유제례를 강녕현으로 보내 수감할 때, 강녕현에서는 상부의 공문을 그에게 보여 주며 수갑과 족쇄를 채우려 했다. 그제야 그는 울며불며 아버지를 한 번 뵙기를 부탁했다. 강녕현은 이를 허락하여, 사람을 보내 아버지를 찾아오게 했다. 불쌍한 그의 아버지는 아들이 화를 내며 집을 나가 버린 후 며칠이나 돌아오지 않자 마음이 조급했다. 그는 저들이 소란을 일으켜 서점이 봉쇄되고, 아들은 잡혀간 사실을 아직 모르고 있었다. 그날 마침 서점으로 아들을 찾아가 보려 생각하고 있었다. 그런데 갑자기 지보(地保)가 현에서 온 심부름꾼과 함께 와서, "당신 아들이 현에 잡혀 있는데, 당신을 보기를 기다린다. 곧 하옥될 것이니 어서 가자"라고 했다.

늙은이는 그 말을 듣고도 처음에는 무슨 말인지 알아듣지 못하여 그 까닭을 물었다. 그러자 심부름 온 사람이 세세하게 쭉 말해 주었다. 늙은이는 깜짝 놀라 초조하고 마음이 아파 설설 기면서 현으로 따라갔다. 부자가 상면하자 한바탕 대성통곡을 금할 수 없었다. 늙은이가 아들의 손발에 쇠고랑이 채워져 있는 것을 보았다. 서양 복장을 한 멀쩡한 아들이 지금은 죄수와 같은 모습으로 변했으니, 어찌 마음이 아프지 않으랴? 이제는 원망하려 해도 원망할 수 없고 훈계를 하려 해도 너무 늦어, 이 한마디밖에 할 수 없었다.

"날마다 혁명을 한다며 날뛰더니 이젠 네 목숨이 날아가게 생겼구나. 오히려 네 인생을 망쳐 버렸으니, 진정 널 일본에 보내지 말아야 했다."

말을 마치고는 또 통곡을 했다. 아들을 감시하던 이는 일찌감치부터 참고 있기가 힘들었던 터라 서둘러 늙은이에게 떨어지라 소리치고, 쇠고랑을 채운 아들을 끌고 감방으로 보냈다. 늙은이는 옥문을 바라보며 또 한바탕 통곡했다. 그는 집으로 돌아온 뒤 돈을 모아 보내, 감옥에서 고생을 덜 수 있도록 아들을 위한 만반의 준비를 갖추게 했다. 그러나 얼마나 많은 돈을 쓰든, 감옥에 있는 아들은 다른 죄수와 평등할 수밖에 없었다. 그에겐 더 이상 자유가 없었다.

뒷일이 어떻게 되었는지 알고 싶으면 다음 회를 듣고 알아보기 바란다.

제43회

화족을 과시하는 증승은 학교를 개설하고
술집을 차린 파면 관리는 공사를 창립하다

각설하고, 강 태존이 유제례를 처리한 후, 때를 보니 벌써 7월 중순이 지나 학당을 다시 열어야 할 시기가 되었다. 당연히 총판 (總辦) 강 태수의 교시에 따라 성성(省城)의 대소 학당들은 일률 적으로 7월 21일을 기해 개학했다. 학생들은 다시 학당에 나와 예전처럼 강 총판이 정한 규정에 따라 수업을 받았다. 강남 학계 는 벌써 그의 손아귀에 들어 있어, 어느 누구도 감히 털끝만큼 도 그를 거스를 수 없었다. 여기서 강남의 일은 잠시 접어 두기 로 하자.

한편 안휘성(安徽省) 성성 안경(安慶)에서는 요즈음 조정에서 유 신에 마음을 두고 있었기에, 순무를 역임한 이들은 자신의 체면을 차리기 위해 크고 작은 학당들을 적잖이 개설했다. 그해 여름 방 학을 지낸 뒤, 관례에 따라 7월 하순 25일을 기해 다시 학당을 열 었다. 당시 안휘 순무는 성이 황(黃)이고 이름은 승(升)이었다. 그 는 세가(世家)의 자제도 아니었고, 진사나 한림 출신도 아니었다. 예전에 독무 두 분을 수십 년 모시다, 어느 날 갑자기 막료에서 관리가 되어 봉강(封疆)[385]의 대신이 되었으니 가히 파격적인 일이라 할 만했다. 누군가는 "황승(黃昇) 무대의 외자 이름은 본시 승관(升官)[386]의 '승(升)'이었는데 나중에 관리가 되고 바꾼 것"이라 했지만, 이에 대해서는 자세히 살펴볼 필요가 없겠다. 다만 그의 됨됨이는 매우 오만했다. 한 성의 순무가 되자 그 성내에서는 당연히 독존(獨尊)인지라, 이에 스스로도 몹시 방자하고 오만해졌다. 번사이하 관료들도 눈에 뵈지 않았으니, 그 이하의 말단 관리는 두말할 필요도 없었다. 그러나 간은 아주 작았다.

우선 그가 가장 두려워하는 것은 외국인이었다. 말하기를, 지금 외국인은 조정에서조차 한발 양보하는 지경이니 우리는 말할 것도 없다고 했다. 두 번째로 유신당을 두려워했다. 그는 사람들이 "유신당은 가로회와 몰래 서로 밀통하여 협력한다. 장강 이내엔 온 천지가 가로회다. 만약 유신당에 죄를 지으면 설혹 그들이 무슨 짓을 벌여도 순무조차 저들을 막지 못한다"는 말을 들었다. 하여 겉으로는 어쩔 수 없이 대충대충 저들에게 보여 주기 위해 유신과 관련된 일을 한두 가지 처리함으로써 그들에게 자신은 결코 완고한 보수의 무리가 아니라는 것을 보여 줄 셈이었다. 그리하면 혹여 저들이 자신의 임기 중에는 난리를 피워 자신을 곤란하게 만들지 않을지도 모르는 일이었다. 몇 개월 동안 뜻밖의 일들이 많았다. 이미 산동에서는 자객 하나가 육 제군(陸制軍)을 죽일 뻔했다. 그 소식을 듣고 그는 일찌감치 놀라 족히 두 달은 문밖을 나서지 못했다. 그 일이 겨우 지나가자, 이번에는 갑자기 남경에서 또 유신당을 잡아들였다는 소식이 들렸다. 안경은 남경에서 증기선으로 하루 거리에 불과했다. 또 어디서 온 소문인지는 모르겠

385 국경.
386 벼슬이 높아져 출세하다.

지만, 한번은 양강제대(兩江制臺)가 어느 날 유신당 18명을 죽였는데, 성문 구멍 석판 아래에서 수많은 폭약이 발견되어 지금 남경은 성문을 폐쇄했다는 소식도 들렸다. 또 어떤 이는 말하기를, 강녕부 강 모가 유신당을 너무 흉포하게 잡아들이다가 자객에게 죽임을 당했다고도 했다. 이런 소문들이 관장에서 나온 것인지 아니면 민간에서 나온 것인지 알 수는 없었지만, 황 무대는 그 말을 듣고 사실로 여겨 즉시 각 군영의 통령(統領)과 경찰 총수에게 조금도 나태함 없이 엄밀히 조사하도록 지시했다. 그러면서 자신은 줄곧 관아에 몸을 숨기고 있었다.

앞서 고시(告示)하기를, 7월 15일에는 성황묘에서 향을 피운다고 예고했었다. 그때는 부인도 대동하여 환원(還願),[387] 상편(上匾),[388] 상제(上祭)[389]를 한다고 했다. 하지만 그날이 되자 아무도 감히 나서지 못했다. 무대는 수부(首府)에게 맡겨 대신 향화하게 하고, 부인의 환원은 늙은 하녀에게 대신 맡겼다. 조용하던 안경성에선 본시 아무 일도 없었건만, 그가 이리 야단을 피우는 바람에 민심이 오히려 동요하여 백성들은 편히 잠들지 못했다. 그렇게 5~6일이 지났다. 하루는 남경에서 누가 왔길래, 물어보니 결코 그런 일이 없었다. 제대가 유신당을 죽였다거나, 자객이 강녕부 지부를 죽였다는 말은 모두 거짓이었다. 그리되자 황 무대가 대충 얼버무리며 말했다.

"비록 사건은 없었다 하나, 방비해야 할 것은 미리 방비해야 한다."

다음 날 번사와 도대가 관아로 등청했다. 상면한 자리에서 서로 치하하고 위로한 뒤, 민심을 안정시킬 고시를 낼 것을 상의하여,

---

387 발원한 일이 이루어져 신에게 감사의 예를 올리는 것.
388 사당 등에 편액을 거는 것.
389 제단에 공물을 바치고 제사를 지냄.

저들에게 절대 소문에 현혹되어 분분히 이주하지 말 것을 당부했다. 두 관리는 또 중승(中丞)을 청하여 25일 이날, 친히 각처 학당을 두루 살펴볼 것을 상의했다. 안경의 학무는 번대가 총감독을 맡고 있었다. 번대가 황 무대에게 이런 뜻을 진술하며 덧붙였다.

"각처의 학당을 개설한 이후로 대수께서 몇 번 돌아보지 않으셨으니 이번에 친히 한 바퀴 도시면, 첫째, 대수께서 이렇듯 학무에 진지하다는 것을 학생들에게 보여 주시게 되니 분명 몹시 감격하여 더욱 힘을 내 공부할 것입니다. 둘째, 지금은 소문이 잠잠해졌다고 하나 민심은 의심을 그치지 않으니 대수께서 한 바퀴 도시면 가히 민심을 진정시킬 수 있을 것입니다."

그러자 황 무대가 말했다.

"맞네! 전날 바깥소문이 좋지 않을 때, 난 친병들을 더 보내 주야로 순찰하게 했네. 지금은 비록 아무 일이 없다지만, 난 어쨌든 방비를 튼튼히 하고 있네. 자고로 '유비무환'이라 했네. 나는 이제껏 담이 작았지만, 천만다행으로 지금은 잠잠해졌으니 25일에는 분명 문을 나서겠네."

이에 얼대(臬臺)가 다시 말했다.

"25일 그날, 저희 사법부에서 경찰국 인원을 파견하여 연도를 따라 모시도록 조치하겠습니다."

그러자 황 무대가 말했다.

"그래 준다면 좋지."

이에 번대와 얼대는 비로소 물러났다.

25일이 되자 번대는 일찌감치 소식을 알아보았다. 이에 무대는 오늘 10시에 전 성을 통틀어 가장 큰 대학당을 먼저 들르기로 했다는 사실을 알고, 앞서 그곳으로 가 기다렸다. 그런데 누가 알았으랴, 10시 반이 되도록 아무 소식이 없었다. 이에 급히 관아로 사

람을 보내 알아보았다. 원래 무대는 간이 작았다. 그는 호위하는
인원이 적어 길에서 유신당의 해코지나 당하지 않을까 겁을 내고
있었다. 이에 자신의 친위병 외에 특별히 또 모든 군영(軍營)을 불
러 모아, 무릇 지나가는 곳 거리마다 호용들을 파견하여 지키게
했다. 이날 무대는 가마에 앉아 문을 나섰다. 가마 전후좌우로는
수십 필의 말이 에워쌌고, 말에는 무관들이 타고 있었다. 그들은
저마다 육혈포(六穴砲)나 번득이는 칼을 들고 있었다. 그 모습이
마치 누군가와 전쟁을 하러 가는 것 같았다. 이렇게 배치하느라
12시나 되어서야 대학당에 도착했다. 무릇 학당 일을 맡은 관원들
이 일제히 의관을 정제하고 공손히 맞았다. 교사와 학생들도 모두
대문 밖에 열을 지어 서 있었다. 무대는 가마에서 내려 곧장 안으
로 들어갔다. 그는 이렇듯 질서 정연한 모습을 보고 몹시 기뻐했
다. 학당 안에 이르러 잠시 쉬노라니, 번대가 연설을 청했다.

"대수께서 오늘 이렇듯 어려운 걸음을 하셨으니, 학생들은 대수
께서 저들에게 더욱 열심히 공부할 수 있도록 말씀 한번 해 주시
기를 바라고 있습니다."

무대는 그 말을 듣고 한참을 멍하니 있다가 생각에 생각을 거듭
한 끝에 말했다.

"자네가 그들을 지도했으니, 그 또한 나와 별반 다르지 않을 터.
내가 군이 연설할 필요가 있겠는가? 게다가 이건 나도 아직 준비
를 못했네."

무대는 막료 출신이지만 학당에서의 연설은 나름 조금 알고 있
었다. 어느 해던가, 어느 외국 선교사가 개설한 학당이 연말 학당
을 마칠 때, 선교사가 편지를 써서 대수의 연설을 부탁한 적이 있
었다. 처음에는 그도 연설이 뭔지 몰랐다가 통역관에게 물어보고
서야 알게 되었다. 당시 문안이 원고를 대신 지어 다시 베끼며, 또

한 번 가르쳐 주었다. 그곳에 도착하니 사람들은 그가 무대였기에 가장 먼저 연설을 청했다. 그는 즉시 종이를 꺼내 한 번 쭉 읽어서 그런대로 그럭저럭 연설을 마칠 수 있었다. 비록 몇 글자를 잘못 읽기도 했지만, 다행히 서양인은 중국 글을 몰랐으므로 허물이 드러나지 않을 수 있었다.

이번에 번대가 그에게 연설을 청했을 때, 사실 그는 밤새 아무 준비도 못한 상태여서 거절하려 했다. 그런데 뜻밖에도 눈치 없는 번대는 한사코 청을 받아 달라고 부탁했다. 이후 설왕설래하였지만, 무대는 끝내 허락하지 않았다. 번대는 달리 방법이 없어 위원을 청해 대신하도록 부탁했다. 다른 사람에게 대신 연설을 시킬 수 있다는 말을 듣자 황 무대는 그제야 허락했다.

"나는 오늘 손님을 맞느라 말을 너무 많이 해서, 더 떠들게 되면 천식이 발작할 걸세. 차라리 다른 사람을 대신 파견하는 것이 좋겠네."

이리하여 함께 온 총문안(總文案)을 대신 보내게 되었다. 그는 한림 출신으로, 성에 새로 부임한 도대였다. 성은 호(胡)이고 호는 난숙(鸞叔)이었다. 그가 번대와 함께 나갔다. 그러나 이 호난숙이란 위인은 팔고문에는 매우 고명했지만, 신정(新政)이나 신학(新學)과 관련해서는 아는 게 하나도 없었다. 이번에 무대를 따라 이곳에 온 것이 처음으로 눈을 뜬 셈이었다. 무대가 그에게 연설을 하라고 보냈으나, 사실 그는 아무것도 몰랐다. 그렇지만 감히 받들지 않을 수도 없었다. 번대를 따라나서며 가는 내내 세세한 가르침을 청할 수밖에 없었다. 그러자 번대가 말했다.

"뭐 어려울 게 있겠습니까? 거기 도착하면 마치 선생이 학생들을 가르치는 것처럼 하십시오. 장차 학문을 이룬 뒤 조정에 충성할 수 있도록 사람의 도리에 관한 몇 마디를 해 주시거나 혹은 힘써 공부하라고 격려해 주시면 됩니다. 어쨌든 이런 몇 마디를 예를 들어 가며 들려주시면 됩니다."

그러자 호난숙이 말했다.

"아, 알고 보니 아주 쉽군요."

이에 강연장으로 곧장 갔다. 교사와 학생들이 벌써 강당에 새까맣게 모여 있었다. 번대가 먼저 말했다.

"오늘은 본시 대수께서 친히 오셔서 연설하기로 하였으나, 말씀을 많이 하신 까닭에 천식이 발작할까 걱정하여 각별히 호 도대를 대신 보내셨다."

모두들 그가 무대를 대신하여 연설한다는 말을 듣고 일제히 세 번 허리 굽혀 인사했다. 그런 뒤 두 편으로 갈라서서 아무 소리도 내지 않은 채 조용히 연설을 들었다. 그런데 누가 알았으랴, 호 도대는 이렇듯 많은 사람들이 모인 것을 보고 놀란 나머지 한마디도 못한 채 멍하니 서 있을 뿐이었다. 번대가 눈짓을 보내고 또 몰래 그의 소매를 잡아당겼다. 허나 그 때문에 오히려 얼굴이 빨개졌다. 한동안 쩔쩔거리다 또 기침을 두어 번 하고 한바탕 가래를 내뱉었다. 청중들은 우스웠지만 다행히 웃음소리를 내지는 않았다. 호 도대는 한참 동안 가만히 서 있다가, 더 이상 가만히 있을 수도 없어 순간 당황하여 머리가 쭈뼛했다. 번대가 일러 준 말도 어느새 잊고, 또다시 한참을 쩔쩔대다 겨우 한마디 내뱉었다.

"보아라, 너희들이 있는 이 건물은 얼마나 높고 큰지, 또 얼마나 쾌적한가!"

이쯤 되자 그중 몇몇이 더 이상 참지 못하고 낄낄대며 웃기 시작했다. 번대는 분위기가 어수선해져 난처해질까 걱정되어 급히 한소리 했다.

"웃지 마라!"

호 도대는 번대가 기세를 도와주자 일순간 대담해져 다음 말을 이었다.

"너희 집에 어디 이리 큰 건물이 있더란 말이냐? 게다가 여기선 방값도 받지 않는다. 본 도대가 어렸을 때는 이런 좋은 건물엔 살지도 못했다. 너희가 지금 이런 좋은 건물에 머물면서도 열심히 공부하지 않는다면, 어찌 대수를 떳떳하게 대면할 수 있겠느냐? 첫째는 어쨌든 팔고문을 열심히 공부해야 한다."

얘기가 여기에 이르자 청중들은 더 이상 참지 못하고 또다시 키득키득 웃었다. 번대가 급히 그를 논박했다.

"이곳은 학당이라 팔고를 시험 보지 않습니다."

그러자 호 도대 또한 즉시 말을 바로잡았다.

"팔고를 시험 보지 않는다면, 고학(古學)[390]을 시험 보아야 한다. 고학을 잘 익혀 두면 장차 학당에 남을 경우 쓰임새가 있을 것이다."

번대는 그가 또다시 뚱딴지같은 말을 한다는 것을 알고, 다시 그를 반박하기도 불편한지라, 이에 그를 대신하여 말을 이었다.

"호 도대의 뜻은 너희들이 열심히 공부하길 바라는 것이다. 너희들은 그의 뜻을 오해해선 안 된다. 호 대인, 고생하셨습니다. 이상 해산!"

말을 마치자 청중들은 또 한 차례 허리를 굽혀 인사하고 물러났다. 그들은 건물을 벗어날 때까지 크게 웃기를 그치지 않았다.

"어디서 온 귀신이래? 시무라곤 하나도 모르면서. 제기랄, 뭐하자는 거야!"

호 도대는 저들의 말을 다 들었지만 모른 체했다. 그러고는 곧 무대에게 가서 시킨 일을 마쳤노라고 품신했다. 번대는 황 무대를

---

390 송나라 정주학파(程朱學派)의 의리(義理)를 주로 하는 학문에 대하여, 한당(漢唐)의 주소(註疏)를 주로 하는 학문을 이르는 말.

모시고 곳곳을 한 바퀴 돌다가 장서루(藏書樓)에 올랐다. 둘러보니 사방 서가가 모두 책으로 꽂혀 있었다. 그때 무대가 불현듯 뭔가 생각이 난 듯 각별히 번대를 부르며 말했다.

"내 당신과 할 얘기가 있소."

번대는 저도 모르게 숙연해지며 말했다.

"대수의 분부를 받잡습니다."

그러자 황 무대가 말했다.

"이 책들을 보니, 내 두 손자가 생각나는구려. 그 두 녀석은 어려서부터 책을 곧잘 읽었고, 열세 살에 시문을 짓기 시작하여 이듬해에는 문장을 지을 수 있게 되었소. 당시 모두들 두 아이를 신동이라 했지요. 나도 다른 것은 녀석들을 시험하지 않았지만, 그러나 이 두 아이가 읽은 책은 실로 적지 않소. 이 서가에 꽂힌 책들도 아마 다 보았을지 모르겠소. 하니 내 생각은 두 아이를 학당에 보내 서양 글을 배우게 하는 것이오. 장차 외국 말을 할 수 있고 외국 편지도 쓸 줄 알게 되어, 사람들이 중·서(中西)를 모두 배웠다고 칭찬한다면 이 어찌 아니 좋겠소."

그러자 번대가 한마디 거들었다.

"다만 손자 대인들의 학문 수준이 너무 높아서 저 교사들이 미치지 못할까 염려됩니다."

이에 황 무대가 말했다.

"단지 외국어를 가르치는 정도라면 무슨 수준이 미치지 못하는 것을 걱정할 필요가 있겠소. 다만 이곳은 학생들이 너무 많고 또 잡다하게 뒤섞여 다소 불편한 점이 있소."

그러자 번대가 말했다.

"만약 손주분들께서 이곳에 오신다면, 소신이 뒤쪽 2층 누각을 서둘러 수습하겠습니다. 또 손주분들이 서양식 건물에 머무시면 날마다 외국어 교사를 불러다 한두 시간 가르치게 하겠습니다. 그리고 쓸데없는 사람들은 출입을 금하겠습니다. 이렇게 한다면, 대수께서 보시기에 어떻습니까?"

이에 황 무대는 여전히 고개를 도리질하며 말했다.

"좋기는 하오. 허나 그렇다 해도 우리 아이들에게 여기 와서 저들과 함께 지내게 하고 싶지는 않소. 내 지금 한 가지 방법이 떠올랐소. 내가 호북의 얼사(臬司)로 있을 때 일본인 둘과 얘기를 나눈 적이 있소. 그런데 그들이 말하기를, 일본에는 화족(華族)[391] 학교가 따로 있는데, 그곳을 졸업하는 이들은 모두 부잣집 자제들이라 하더군. 내 생각엔 우리도 이를 모방해서 학교를 개설할 수 있을 듯싶으이. 학교를 개설한 후에 내 손자들과 자네 아들들 그리고 본성의 몇몇 부자나 유지의 자제들, 무릇 관생(官生)[392]이나 음생(蔭生)[393] 등, 그런 신분을 지닌 자들에게만 입학을 허락하는 걸세. 그러면 저 학생들과는 조금 구분이 되지 않겠나. 자네 생각은 어떤가?"

번대는 "좋습니다"라고 대답할 수밖에 없었다. 황 무대가 이어 말했다.

"자넨 사리를 잘 아는 사람이니, 이 일이 옳은 일임을 잘 알 터. 어쨌든 올해 안에 개설하기로 약정함세."

번대는 또 "예" 하고 대답할 수밖에 없었다. 황 무대는 여기서 너무 시간을 지체한 까닭에 다른 학당은 가 볼 수 없어, 호 도대 등 몇몇 사람에게 대신 가 보도록 일제히 위임했다. 그는 누각을 내려와 다시 한 번 번대와 얘기를 나눈 연후에 가마를 타고 관아로

---

[391] 지체가 높거나 나라에 공훈이 있는 사람의 집안이나 자식들.
[392] 청대에 상급 관리의 자제로서 향시에 응시한 자.
[393] 선조의 유덕으로 입학한 국자감 학생.

돌아갔다. 일을 맡은 위원 및 교사와 학생들이 관례에 따라 열을 지어 공손히 배웅했음은 두말할 필요가 없다.

대학당을 나선 황 무대는 가는 내내 가마에서 화족학당을 차릴 만한 빈 건물이 있는지, 혹은 건물을 지을 만한 빈터가 있는지를 유심히 살펴보았다. 그런데 뜻밖에 문을 나서자마자 학당 동쪽에 새로 지은 큰 건물이 보였다. 게다가 그 건물은 서양식으로 내장 공사가 되어 있었다. 보아하니 페인트칠만 하면 완공될 터인데, 거기엔 아직 아무도 살고 있지 않았다. 황 무대는 속으로 계산해 보았다.

'이 건물에 화족 학교를 차린다면, 장엄하고 당당한 데다 아주 가지런해. 게다가 대학당과도 가까워서 교사들이 날마다 드나들 수 있으니, 따로 교사 초빙에 드는 비용을 아낄 수 있겠구나. 그러나 누구 건물인지 또 빌려 주기나 할는지 알 수 없구나.'

그런 생각에 가마에서 내려 들어가 살펴보려다가 유신당이 매복하고 있다가 자신을 어찌할까 봐 겁이 나서 곧장 관아로 되돌아갔다. 나중에 물어서 확인한 뒤 다시 생각을 정하기로 했다. 이후의 일은 잠시 서술하지 않기로 한다.

한편 학당 옆에 이런 서양식 건물을 지은 이는 누구인가?

그는 본래 안휘성 안독무 후보이자 직예주(直隸州) 지주(知州) 반열로, 성은 장(張)이고 이름은 보찬(寶瓚)이었다. 본시 지금의 대학당은 그가 공사 감독을 맡아 지은 것이었다. 처음 상부에서는 공사비로 5만 냥을 내놓았는데 그는 목수와 결탁하여 1만 5천 냥만 들여 학당을 지었다. 나머지 3만 5천 냥은 그의 허리춤에 찬 돈주머니로 고스란히 들어갔다. 나리께서 이리하는 것을 알고 목수도 기꺼이 제멋대로 노동 시간을 줄이고 재료를 훔쳤다. 그리하여 실제 이 건물에 들어간 돈은 8천여 냥에 불과했다. 목재는 잘고, 담장 대부분은 진흙으로 쌓았는데 심지어 벽돌조차 사용하지 않았다. 그러다 마침 그해 봄 큰비를 당했다. 한바탕 비가 쏟아질 때는 그럭저럭 버텼는데, 얼마 안 있어 산장(山牆)[394]이 무너지고 기둥 또한 쓰러지고 말았다. 학생들의 짐이며 서적은 모두 젖어 버렸다. 게다가 기둥에 깔려 머리가 깨진 이도 둘이나 있었다. 삽시간에 소란이 일며 모두들 무대의 관아로 몰려갔다. 무대는 번대에게 조사시켰다. 그 결과, 건물을 튼튼하게 만들지 않았음이 밝혀졌다. 자연히 공사 감독을 맡은 위원을 조사하게 되었고, 이내 장보찬(張寶瓚)임이 밝혀졌다. 번대는 그를 잡아다 한바탕 크게 꾸짖은 뒤 무대에게 보고했다. 그리하여 한편으로는 그를 탄핵하고 한편으론 배상하게 했다. 이즈음 장보찬은 이미 사주(泗州)를 대리 위임하고 있었다. 번대는 즉시 그의 관직을 삭탈하고 다른 사람에게 맡겼다. 장보찬은 실로 난처했다. 배상을 하는 이외에도, 돈을 내어 위로는 각 관아에서부터 아래로는 장인(匠人)들에게까지 뇌물을 줄 수밖에 없었다. 상부에서 더 이상 트집 잡지 못하게 하고, 또 아랫사람들이 폭로하지 못하게 하기 위해서였다. 이리하여 전부 1만여 냥을 써야 했다. 반은 건물을 배상하는 데, 그리고 나머지 반은 뇌물로 썼다. 자고로 돈은 귀신도 부린다고 했다. 비록 1만여 냥을 썼다지만, 나머지 2만여 냥은 내놓지 않았다. 그는 무대가 자신을 복직시켜 줄 것이라 여겼다. 무대는 이번 일로 대중들이 크게 분노한 까닭에 줄곧 꾸물거리며 허락하려 하지 않았다. 이리되자 그는 기대가 꺾이고 말았다. 그러나 마음만은 아직 죽지 않아, 결국 친구들과 함께 거기서 장사를 시작했다. 당시 누군가는 양화점(洋貨店)을 열자고 했고, 또 누군가는 전장(錢莊)을

---

394 '人' 자형 지붕 가옥 양 측면의 높은 벽.

열자고 했다. 하지만 그는 어느 것에도 동의하지 않았다. 그의 생각은 첫째, 항상 부자들을 만날 수 있고, 둘째, 안경성에선 이제껏 어느 누구도 해 본 적이 없는 그런 가게를 내는 것이었다. 그런데 어찌 된 영문인지, 그는 상해의 양식을 따라 커다란 서양 요릿집을 차리고자 했다. 그러면서 말했다.

"안경에는 이제껏 이런 요릿집이 없었다. 하니 이런 요릿집 문을 열면 부자나 관리들이 손님을 초대할 때 어쩔 수 없이 이곳으로 와야 할 것이다. 하면 나는 그들을 항상 만날 수 있을 것이고, 그러면 장차 기회를 도모할 수 있을 것이다. 앞으로 관직에 올라 돈을 버는 일 따위가 모두 여기에 달려 있다."

요릿집은 미끼에 불과하므로, 본전을 까먹든 돈을 벌든 별로 따질 생각이 없었다. 생각이 정해지자 곧 친구들과 상의했다. 친구들은 그가 대주주인 셈이라 따를 수밖에 없었다. 이에 대학당 옆에 터를 확정하여 요릿집을 지은 것이었다. 이름은 열래공사(悅來公司)라 했다. '공사'라 이름 지은 것은 남들이 그 혼자서 식당을 연 것이라는 의심을 피하기 위해서였다. 본시 8월 초하루에 개장하려 했기에, 25일 그날은 무대가 근처로 지나가도 냉담하였던 것이다. 그러나 기실 건물 안의 기물들은 일찌감치 갖추어져 있었다. 이야기는 다시 갈라진다.

한편 황 무대는 관아로 돌아온 뒤 그 건물이 생각나 순포를 보내 알아보게 했다. 그런데 공교롭게도 심부름을 간 순포는 장보찬과 일당이었다. 그는 무대가 바라는 바를 그에게 몰래 알려 주었다. 장보찬은 애가 타서 순포에게 이곳엔 외국인의 지분도 있다고 말해서 무헌이 더 이상 추궁하지 않도록 눈을 가려 주기를 거듭 부탁했다. 이에 순포는 관아로 돌아가 제멋대로 꾸며 댔다. 그러자 과연 무대는 생각을 접고, 번대를 재촉하여 다른 곳을 찾아보게 했다. 그 건물은 더 이상 생각할 것도 없었다. 장보찬은 배치를 끝내고, 초하루에 와서 드시라며 사람들을 초청했다. 초청한 사람들은 대부분 부자들이었다. 그중에서 세력이 없어 급이 떨어지는 이들은 돈을 받았다. 장보찬은 또 손님들의 흥이 깨지지 않을까 염려하여 각별히 기원(妓院)의 여인들을 불러와, 놀기 좋아하는 이들이 있으면 술자리에 어울리게 하여 흥을 돋웠다. 영업을 개시한 지 닷새가 채 못 되어 이미 수천 냥을 벌었다. 진정 문전성시를 이루어 생업이 번성했다. 안경성의 술집 중에 그를 압도하는 곳은 더 이상 없었다.

뒷일이 어떻게 되었는지 알고 싶으면 다음 회를 듣고 알아보기 바란다.

제44회

　각설하고, 장보찬(張寶瓚)은 안경대학당(安慶大學堂) 옆에 서양 요릿집을 열었다. 그는 사람들을 상·중·하 3등으로 값을 매겨 그들과 술을 마시며 하루 종일 즐겼다. 밤새 노랫소리가 이어졌고, 불은 환히 밝았다. 비록 상해 사마로(四馬路)에 비할 바는 아니었지만, 남경(南京)이나 진강(鎭江)에 비해서는 양보할 생각이 없었다. 장보찬은 이를 기회로 요직에 있는 이들과 부유한 상인들을 몇몇 알게 되었다. 그는 이를 성공의 지름길로 여겼다. 그리하여 이 작디작은 주루에 있으면서도 기분이 좋았다. 그런데 어찌 알았으랴. 이웃이 바로 대학당이어서, 학생들을 수고롭게 만들고 말았다. 학생들은 밤새 잠을 잘 수 없었고, 낮에도 열심히 공부할 수 없었다. 더욱이 나이 어린 학생들은 악기를 연주하며 부르는 노랫소리에 야단법석을 떨며 요릿집 앞으로 몰려가 구경하기도 했다. 나중에 부모들이 알고 일제히 편지를 써, 학당에서 금지해 주도록 방법을 마련해 달라고 부탁했다. 만약 그냥 내버려 둔다면, 학생들이 학업을 이루지 못하여 방랑하지 않도록 집으로 데리고 가

다시는 학당에 보내지 않겠다고 했다. 학당 감독은 감히 이를 숨기지 못하고 번대에게 알릴 수밖에 없었다.

번대는 사람을 보내 명확히 조사하여, 그것이 파직당한 장보찬의 소행임을 알고 곧장 수부(首府)를 시켜 불러들였다. 그리고 면전에서 단단히 타일러 훈계하길, 그날로 당장 장사를 그만두고 다른 곳으로 옮기되, 만약 명을 따르지 않는다면 즉시 봉쇄할 것이라 했다. 장보찬은 다급한 마음에 수부에게 수없이 머리를 조아리며, 돌아가는 즉시 장방에게 지시하여 악기를 연주하며 노래 부르는 것을 금지하고 떠돌이 창기(娼妓)들을 쫓아낼 터이니, 다만 다른 곳으로 옮기라는 명만 면해 주시면 그 은혜가 하해와 같을 것이라며 매달렸다. 수부는 그의 이런 모습이 불쌍하여 그를 위해 중간에서 조정해 보마고 허락했다. 그러나 이후로는 악기를 연주하며 노래 부르는 것을 금할 뿐만 아니라, 할권(猜拳)[395]으로 시끄럽게 떠드는 것도 허락하지 않을 것이니, 만약 이를 따르지 않는다면 결코 용서가 없을 것이라 했다. 장보찬은 연신 "예예" 하며 또다시 수부에게 머리를 조아리고 나서야 관아를 나설 수 있었다. 과연 이후로는 많이 조용해졌다. 그러나 장사는 예전에 비해 훨씬 못했다. 장보찬은 다른 계획을 세울 수밖에 없었다. 이에 대해서는 더 이상 설명하지 않겠다.

한편 이즈음 성성(省城)의 풍조는 점점 개명되어 갔다. 소학당(小學堂)의 경우, 관립 말고도 민간에서 설립한 것 또한 적지 않았다. 아울러 개인이 장서루(藏書樓)를 세우기도 했고, 서로의 지식을 교환하고 문명을 받아들이기 위한 목적으로 신문 읽기 모임을 결성한 곳도 몇 생겼다. 또 누군가는 상해에서 만든 활자판을 들

---

395 술자리에서 두 사람이 손가락을 내밀면서 숫자를 말하는데, 말하는 숫자와 쌍방에서 내미는 손가락의 수가 맞으면 이기는 것으로, 지는 사람은 벌주를 마시는 놀이.

여와 인쇄소를 열었다. 또 어떤 이는 마찬가지로 상해의 활자판을 들여와 무호(蕪湖)에서 '무호일보(蕪湖日報)'라는 이름으로 조그만 신문을 내기도 했다. 이 신문의 본사는 무호에 두고, 첫 번째 지국을 안경(安慶)에 개설했다. 신문사를 설립한 이는 일찍이 상해에서 여러 해 지내며, 지금까지 신문사는 관장에서 꺼리는 바이라 개설하기가 쉽지 않은 일임을 잘 알고 있었다. 하물며 내지(內地)는 상해 조계에 비할 바가 아니어서 온갖 간섭이 있을 게 틀림없었다. 이리저리 생각을 굴려 보아도 별 뾰족한 방법이 없었다. 할 수 없이 서양인의 투자를 받아 그와 함께 경영하기로 했다. 서양인에게는 한 달에 따로 약간의 돈을 더 주었는데, 그가 얼굴을 내밀어 주는 값인 셈이었다. 준비가 다 갖추어지자 신문을 발행하기 시작했다.

신문사에서는 매우 열성적인 지사(志士) 둘을 주필로 모셨다. 그들은 신문을 내던 첫 달에 논설 몇 편을 썼는데, 관장을 풍자하는 내용이었다. 신문이 성(省)에 전해지자 관장에선 몹시 거북했다. 본시 성성(省城)인 안경성에선 위로는 순무부터 아래로는 사대부와 서민에 이르기까지 어느 누구도 신문을 읽는다는 것에 대해 잘 알지 못했다. 이후 관장에서는 신문에 자신들을 욕하는 이야기가 실린 것을 보고 선동이 일었다. 무대부터 시작해서 부·현의 각 관원에 이르기까지 신문을 보지 않은 이가 없었다. 하여 『무호일보』뿐 아니라, 상해의 신문까지 보게 되었다.

관장에서는 『무호일보』에서 황 무대를 질책하는 말을 보게 되었다. 황 무대는 화가 나 반드시 조사하여 처리하고자 했다. 그는 일면 무호도(蕪湖道)에 공문을 보내 『무호일보』의 주인이 누구며 주필은 누구인지를 명확히 조사하여 품신하라고 지시했다. 다른 한편으로는 수현에게 명하여, 지국에 있는 이들을 잡아다 주인이 누구이며 방사(訪事)396가 누구인지 알아보게 했다. 그러자 지국 직원이 말하길, 자신들은 신문 판매만 관장할 뿐 그 외의 일은 전혀 모르며, 신문사는 서양인이 설립하였으니 그에게 물어보면 될 것이라고 대답했다. 수현은 그에게 서양 세력을 믿고 관장은 눈에 뵈지 않느냐며 질책했지만 감히 어쩌지는 못했다. 그러나 무대의 명을 받들지 않고 감히 그를 석방할 수도 없었다. 하여 그를 감시하면서, 한편으론 무대에게 교시를 청하러 갔다. 그런데 황 무대를 알현하니, 황 무대는 벌써 영사(領事)의 전보를 받은 뒤였다. 전보는 무호신문사 지국 사람들을 멋대로 구금해선 안 되며, 장차 신문 판매가 부진하여 사업을 망치게 되면 관장에서 모두 배상해야 한다는 내용이었다. 이 전보를 보고 무대는 벌써 놀라 기절할 지경이었기에, 수현과 얘기를 나눌 겨를도 없이 서둘러 그를 석방한 뒤 다시 얘기하자고 지시했다.

현 관아로 돌아온 수현은 영사의 전보가 어찌 이리 빨리 올 수 있었는지를 조사했다. 알고 보니, 이쪽에서 그들을 체포하러 갔을 때 신문사에 있던 방사가 전보국에 가서 신문사 사장에게 전보를 쳤고, 사장은 다시 영사에게 보고하여 이렇듯 재빨리 온 것이었다. 뒤에 무호도는 그들과 관련된 내용을 명백히 조사하였는데 전보 내용이 누설될까 걱정하여, 각별히 황 무대에게 이곳 신문사의 사장이자 주필은 성이 심(甚)이요 이름은 수(誰)라는 사실을 조사해 두었노라고 은밀히 보고했다. 이를 보고 황 무대는 신문사가 서양인이 설립한 것임을 알고 한숨을 내쉬며 보고를 한쪽으로 치워 두었다. 다음 날 사도(司道)가 등청하여 이 일을 의논했다. 황 무대는 탄식하는 것 외에 달리 아무런 말이 없었다. 그 자리에는

---

396 통신사 혹은 신문사에서 각지에 파견하여 뉴스를 취재하던 사람. 탐방원, 기자.

양무국 총판이 하나 있었는데, 그 역시 도대였다. 그가 입을 열어 의견을 올렸다.

"비직에게 방법이 하나 있는데, 대수께선 어찌 생각하실지 모르겠습니다."

황 무대가 다급하게 무슨 방법인지 물었다. 그러자 양무국 총판이 말했다.

"외국인들은 신문사를 차려 우릴 욕할 수 있습니다. 우리가 그들과 대거리를 할 수는 없다지만, 신문사를 설립하는 것이야 무슨 문제가 있겠습니까. 하여 불평한 일을 만나면 우리 스스로 씻어 내면 되지요. 하물며 성성에선 기존의 인쇄소를 빌려 신문을 인쇄하는 일도 가능할 것입니다. 혹은 은자 몇만 냥을 써서 상해에서 인쇄 기계를 사다가 우리 스스로 인쇄할 수도 있을 것입니다. 아마 후보 주·현(州縣) 가운데는 갑과 출신으로 글재주가 좋은 이들도 적지 않을 것입니다. 그중 몇 명을 선발하여 뉴스를 논평하고 수정하게 하여 신문을 인쇄한 뒤, 외부 부·주·현에 일률 공문을 내려 큰 것은 20푼, 중간 것은 15푼, 작은 것은 10푼에 팔게 합니다. 신문값은 각자에게 양렴(養廉)으로 주어 번사가 공제하게 하면 신문도 팔고 경비도 충족되니, 저들 민간에서 하는 것보다 훨씬 용이할 것입니다."

그러자 황 무대가 물었다.

"좋기는 한데, 우리 신문엔 뭘 싣는다?"

이에 양무국 총판이 말했다.

"실을 것은 많습니다. 조서는 전보국에 명하여 날마다 부본을 보내게 하고, 관보(官報)나 조칙·상소 등은 서울 보방(報房)[397]을

---

[397] 신문을 만드는 곳. 청조에 만들어졌고 주로 북경(北京)에 집중되어 있었다.

통해 부쳐 달라 하시면 될 것입니다. 대수 및 각 관아에서 내는 고시와 선포하실 공문 등 온갖 것을 다 실을 수 있으니, 일체의 소식이 저들 민간 신문사에 비해 훨씬 빠를 것입니다. 만약 대수께서 설치하시겠다면, 비직이 가서 장정을 만들어 오겠습니다."

그러자 황 무대가 웃으며 말했다.

"이리 보니 노형은 신문사 전문가 같군. 연전에 신문사 사람들은 타락한 문인이라 꾸짖는 조서가 내려온 적이 있는데, 설마 자네가 배운 것이 그런 재능은 아니겠지?"

이에 양무국 총판은 얼굴이 빨개지며 말했다.

"비직이 말씀드린 것은 관보로, 저들 상보(商報)[398]와는 전연 다릅니다."

황 무대는 그가 당황해하는 것을 보고 급히 변명했다.

"웃자고 하는 소리니 너무 신경 쓰지 마시게. 그 방법이 좋기는 하지만 내 생각에 서양인이 신문사를 열었는데 우리도 신문사를 설립하면, 저들의 사업을 빼앗거나 의견을 다투자는 것이 너무 뻔히 보이지 않겠소? 이제 겨우 풍파가 잠잠해졌는데, 다시 악감정을 만들 필요가 있겠소? 이 문제는 좀 더 상의해 보고 그때 가서 처리하는 것이 좋겠소."

이에 양무국 총판은 동의하고 물러날 수밖에 없었다. 그런데 어찌 알았으랴. 『무호일보』엔 황 무대를 심하게 꾸짖는 글이 며칠 동안 연이어 실렸다. 이에 황 무대는 무호도에 급히 편지를 보내 방법을 알아보게 했다. 다행히 무호도는 재능이 뛰어나고 말소리와 낯빛이 흔들리지 않는 사람이었다. 그는 먼저 『무호일보』의 서양 사장을 찾아 얘기를 나누었다.

---

398 상업적 이득을 목적으로 하는 신문.

"지금 우리 무호도(無湖道)에서 이 신문사를 사려고 하니, 더 이상 문을 열 필요가 없을 것이오. 얼마면 되겠소?"

그러자 서양인이 대답했다.

"돈을 댄 주인이 여럿 있으니, 그들에게 물어보고 답장을 올리겠습니다."

이에 무호도가 말했다.

"내 알기로 주인은 여럿이나, 현재 모든 일은 당신이 나서고 있으니 당신만 허락하면 되오이다. 신문사를 나에게 파시겠다면 당신이 투자한 자본을 전부 계산해 드리고, 2만 냥을 더 드리겠소. 당신 의향은 어떠시오?"

그러자 서양인은 곰곰이 생각해 보았다.

'신문사를 열 때 초기 비용이 너무 많이 들어, 우리 자본은 곧 바닥이 드러날 것이다. 지금 자본을 더 투입하는 일을 상의하고 있지만, 달리 방도가 없으니 지금 허락하는 것만 못할 것이다. 첫째는 잃어버린 자본을 모두 회수할 수 있고, 둘째는 그 외에도 내겐 2만 냥의 수입이 생긴다. 셋째는 투입한 자본을 모두 계산해 주겠다고 이미 승인했다. 그 돈을 나눈다면 모두 덕을 볼 것이고, 저 둘에게도 이익이 없지 않을 것이다.'

이리저리 생각하다, 이익은 있지만 손해는 없다는 생각에 단숨에 허락했다. 무호도는 언제 인계할 것인지를 묻고, 자신이 사람을 보내 접수하겠다고 했다. 서양 사장은 사흘 말미를 주었다. 무호도는 몹시 기뻐하며 즉시 서명하여 증빙으로 삼았다. 서양인도 당연히 서명했다. 서양인은 돌아가자마자 주필과 경영자를 불러 그 내용을 알려 주었다.

"당신들은 사흘만 일하고 더 이상 일하지 않아도 됩니다. 신문사를 팔았습니다."

그 말을 듣고 모두들 대경실색하여 다급히 누구에게 팔았는지 물었다. 그는 무호도(無湖道)에 팔았다고 대답했다. 그러자 사람들이 말했다.

"이 신문사는 우리가 자본을 투자하여 만든 것이오. 만약 당신이 팔고자 해도 우리에게 의향을 물어보아야 하거늘, 어찌 당신 혼자 제멋대로 결정한단 말이오?"

그러자 서양인이 말했다.

"난 벌써 팔아 버렸소. 당신들이 내게 얼굴마담을 해 달라는 것은 곧 내가 주도적으로 해도 된다는 뜻이었소. 그렇지 않다면 까먹은 본전을 다 돌려주시오. 그럼 나도 상관하지 않을 테니."

신문사는 요즘 투자금을 까먹고 있던 중이라, 모두들 기분이 별로 좋지 않았다. 하여 그의 말을 듣고 생각을 돌려먹었다. 게다가 모두들 오래 활동하기도 했다. 그리하여 무호도(無湖道)에 어떻게 팔았는지, 또 얼마를 받기로 했는지 물었다. 서양인은 저들이 약간 수긍하는 기미를 보이자 무호도가 한 말을 들려주었다. 그러나 그에게 따로 2만 냥을 더 주겠다는 말은 숨겼다. 그 말을 듣자 모두들 까먹은 자본을 회수할 수 있을 뿐 아니라, 적잖은 혜택을 볼 수도 있어 더 이상 아무 말 없이 기꺼이 그리하기로 동의했다. 다만 초청해 온 주필만은 그 말을 듣고 몹시 화를 냈다. 그는 그들이 단체를 결성해 놓고 협력하지도 못하고 일을 처리하는 데도 의지력이 없다고 말하며, 이렇게 용두사미로 끝난다면 장차 큰일은 결코 성공할 수 없을 것이라고 했다. 나중에 몇몇 투자자들이 이중장부를 꾸미며, 본래 40원이던 월급을 특별히 백 원으로 고쳐 주겠다고 했다. 아마 무호도는 그대로 인정할 테니, 그러면 주필도 기꺼이 몇 푼 더 벌 수 있지 않겠냐는 것이었다. 이쯤 되자 주필은 그제야 더 이상 아무 말이 없었다.

신문사 투자자들은 장방을 감독하여 족히 3일 낮밤을 꼬박 장부 정리에 매달렸다. 때마침 무호도가 신문사를 접수하라고 파견한 사람도 도착했다. 그들이 신문사를 운영한 것은 두 달이 채 못되었으니, 지금껏 쓴 경비는 설비를 포함해 도합 몇천 냥을 넘지 않았다. 그런데 무호도는 족히 5만 6천 냥이나 주고 샀다. 이렇게 많은 돈을 쓰고도 그는 스스로 득의했다.

"만약 서양인과 먼저 얘기를 잘해 두지 않았다면 어찌 이리 쉽게 해결할 수 있었겠는가? 이른바 적과 싸울 때는 우두머리를 먼저 잡아야 한다고 했으니, 이것이 바로 일을 처리하는 비결이니라."

이 신문은 일보(日報)인 까닭에 하루도 거를 수 없었고 또 주필도 일시에 초청할 수 없었으므로, 무호도는 신문사를 접수한 뒤 원래 있던 몇몇 주필 가운데 성정이 온순한 인물을 가려 예전처럼 주필로 삼았다. 봉급은 한 달에 백 원씩으로 정했다. 그리되자 그 주필도 기꺼이 일을 계속했다. 그러나 신문의 종지(宗旨)는 바꾸어야 했다. 윗분을 거스르는 말은 한마디도 할 수 없었을 뿐 아니라, 눈에 거슬리는 말도 고려하고 고려해야만 했다. 처마 아래를 걷자면 어찌 고개를 숙이지 않을 수 있겠는가? 이는 그도 어쩔 수 없는 노릇이었다.

무호도는 일이 제대로 처리된 것을 보고 그제야 황 무대에게 상세히 보고했다. 황 무대는 그가 일 처리에 능하다며 톡톡히 칭찬했다. 아울러 본 부원(部院)[399]도 그 생각을 오래 했는데, 지금 무호도가 그 뜻을 미리 헤아려 일을 잘 처리하였으니 특히 갸륵하다고 말했다. 그러면서 상소문 뒤에 그 말을 적어 두고 다른 한편으로는 문안에게 12조(條)의 세부 규정을 짓게 하여 회신 공문과

---

399 청대 순무(巡撫)의 별칭.

함께 내려보내, 신문 주필은 이 12조의 범위를 넘어서는 안 된다는 점을 명시했다. 또한 '무호일보'라는 명칭을 '안휘관보(安徽官報)'로 고치고, 아울러 활자판을 성성으로 옮겨 신문을 발행하게 했다. 뒤에 무호도가 다시 품신하길, 일보는 하루도 걸러서는 안 되기 때문에 성성으로 모두 옮기는 일은 연말에나 시행하게 해 달라고 청했다. 황 무대는 그 글을 보고 포기할 수밖에 없었다.

무릇 상해의 신문에서 황 무대를 험담하는 기사라도 실리면, 황 무대는 반드시 문안에게 논설을 짓거나 새로운 소식을 쓰게 했다. 그 내용은 무대가 얼마나 열심히 정사를 돌보는지, 그리고 얼마나 백성들을 사랑하는지와 관련되지 않은 것이 없었다. 원고가 작성되면 곧 『안휘관보』에 실어 상황을 해명하고 반박했다. 그런데 마침 요 며칠 상해의 어느 신문에서 회상 형식으로, 그가 지난번 남경 소문을 듣고 놀라 감히 관아를 나서지 못하였다는 사실과 나중에 문을 나서는데 수많은 군사들이 호위하고서야 겨우 학당을 시찰했다는 사실, 그리고 매일 오후까지 늦잠을 자고 일어나며 밤낮 놀기만 할 뿐 공무는 내팽개치고 있다는 등의 얘기를 실었다. 이를 본 황 무대는 몹시 화를 내며 문안에게 이를 해명하는 긴 글 한 편을 지으라고 지시했다. 그리고 관아의 봉인을 써 급히 무호도에게 보내 당일로 관보에 실으라고 명했다. 이를 통해 해명의 뜻을 보이고자 한 것이었다.

또 한동안 시간이 흐르자, 각국의 외국인들이 통행증을 요청하러 안휘성으로 왔다. 그들은 전도하려는 것이 아니면 광산을 현장 답사하려는 것이었다. 또 어떤 서양인들은 사업에 지장이 있다는 것을 빌미로 안경성에 상수도를 설치하라거나 아니면 관아에 전기등을 설치할 것을 권했다. 그는 본시 외국인에게 비위를 맞추는 것을 목표로 삼고 있었다. 하여 어떤 인물이건 상관없이 외국인이라면 한결같이 대하며 식사를 대접했다. 또 한결같이 양무국에 명하여 그들을 접대하게 했다. 서양인들은 처음에는 예의를 차렸지만, 나중에는 그의 성질을 건드리며 강경한 수단을 써서 그에게 요구하는 일도 많아졌다. 그는 허락하기도 그렇고 불허하기도 어려웠다. 서양인들은 여러 차례 난리를 피워 그를 초조하게 만들었다. 그러던 어느 날 그가 사도(司道)들에게 말했다.

"사람들은 모두 안휘가 작은 지방이라 서양인들이 크게 염두에 두지 않을 것이라 하였는데, 저들은 어찌하여 우리한테 몰려와 찾고 난리란 말인가? 이 무슨 까닭인가?"

그러자 사도들이 일제히 대답했다.

"이는 대수의 유원(柔遠) 방법이 효과가 있어 저들이 소문을 듣고 찾아오는 것입니다."

그러자 황 무대는 미간을 찌푸리며 말했다.

"반드시 그렇다고는 할 수 없네. 다만 자네들이 말한 유원의 '유(柔)' 자와 관련해서는 나름대로 조금 터득한 게 있지. 현재 나라가 이 지경까지 약해졌으니, 저들에게 조금 부드럽게 하지 않으면 안 되지. 생각해 보게, 어디서 강경함이 나올 수 있겠나? 한마디로 말해서, 도대체 어떻게 해야 외국인들이 기뻐할는지, 우리가 저들 배 속의 회충이 아닌 다음에야 어찌 알 수 있겠나? 아무것도 모르면서 장님처럼 좌충우돌하니 어찌 저들의 기분을 맞출 수 있겠나? 장님이 되지 않으려면, 장님을 부축해 주는 사람이 있어야만 하는데 그 일을 중국 사람 중 누구에게 부탁할 수 있겠나? 그런 일을 감당할 만한 사람이 누가 있겠는가? 내 자네들한테 터놓고 말하겠네. 난 어제 문안에게 상소를 짓게 하여 상부에 상주하였네. 보아하니 외국인들이 많이 오는데, 그 나라 사람 가운데 우리와 친한 이를 하나 선발하여 고문으로 초빙하고, 이후 교섭할 때 그와 상의하도록 말일세. 그이는 외국인들의 성격을 잘 알 테니, 어떤 일을 허락하고 어떤 일을 불허해야 할지 그가 얘기한다면, 외국인들도 자연히 더 이상 비판이 없을 걸세. 천하 18성의 무대(撫臺)들이 각 성마다 한 사람씩 초청하고, 외국인들이 많은 큰 성에선 두 명을 청하면 될 걸세. 나의 이 방법을 쓴다면 이후로 무슨 처리하기 어려운 교섭이 있을지를 걱정하겠는가?"

그 말을 듣고 사도들이 일제히 말했다.

"대수의 생각이 아주 옳습니다. 진정 혼란을 평정할 훌륭한 방책이요, 외교의 상책입니다. 다만 이 고문관에게 1년 봉급으로 얼마를 주어야 할지 모르겠습니다. 너무 적어서는 안 되겠지요?"

그러자 황 무대가 말했다.

"그야 당연하지. 내 생각에, 그가 있으면 양무국을 없애도 될 것이야. 그렇게 양무국 비용으로 봉급을 주면 충분할 걸세."

그러자 거기에 있던 후보 도대가 끼어들었다.

"대수의 생각은 그 뜻이 매우 심원합니다만, 모든 일을 고문관의 말만 듣고 처리한다면 대권이 그의 손아귀에 떨어져 대수께선 주도권이 하나도 없어질 터이니, 이 또한 나라의 복은 아닐 것입니다."

이 후보 도대는 이제껏 그리 큰 직책을 맡은 적이 없어 속으로 불만이 가득했다. 그런데 지금 황 무대의 말을 듣자 불현듯 양심이 발동하여 분개한 나머지 이런 말을 한 것이라, 원래는 퇴짜 맞을 각오를 하고 있었다. 그런데 어찌 알았으랴, 그 말을 듣고 황 무대는 그를 질책하지 않았을 뿐 아니라, 당황한 기색이 역력한 얼굴로 목을 길게 빼고 조용조용 말했다.

"지금 우리 중국에서 무슨 주도권을 따질 것이 있겠나? 현재 저 외국인들의 것이 아닌 지방이 어디 있나? 이 무대 자리를 유지하느냐 못하느냐도 저들의 한마디에 달려 있네. 저들이 날더러 떠나라면 내 어찌 떠나지 않을 수 있으랴. 내가 만약 게으름을 피우고 떠나지 않는다면, 저들은 조정에 알릴 것이고 그러면 어쨌든 나를 다그쳐 떠나게 만들고 말 것이야. 그래서 난 저들을 고문관으로 초빙하려는 것이네. 저들이 기꺼이 나의 고문관이 되고 거기다 나를 사람으로 여겨 내 체면을 세워 준다면, 자네가 그에게 무슨 일을 시켜도 그는 자네를 거들떠보지 않을 것이야. 게다가 자네에게 알리지도 않고 스스로 일을 주도할 것인데, 그럴 경우 그를 어찌하겠는가? 이것저것 따질 것 없이 한마디로 말해 우린 그럭저럭 일을 처리하면 그뿐, 오로지 예전 대신들처럼 면전에서 매국노라는 욕이나 먹지 않으면 되네."

황 무대가 이어서 계속 말을 하려는데, 갑자기 양무국 총판이 한 가지 일을 떠올리며 보고했다.

"어제 서문 밖에 몇몇 외국 무관들이 당도했습니다. 저들을 어찌 대접하여야 할지 대수의 교시를 바랍니다."

그러자 황 무대가 말했다.

"어찌 진즉 말하지 않았느냐? 그가 관원이라면 먼저 나의 첩자(帖子)를 가지고 가 맞이하여 성(城)으로 들어와 머물게 하면서 어찌 말하는지를 봐야지? 너희들은 일을 너무 가볍게 보는구나. 어제 일이면 어제 와서 말하지 않고 어찌하여 오늘에야 말한단 말이냐. 그가 어떤 관직인지를 알아보고, 저들에게 질책 받을 죄는 짓지 말아야지."

그러자 번대가 말했다.

"생각해 보니, 외국을 떠도는 관리라면 직위가 그리 높지는 않을 것입니다. 만약 외국의 친왕(親王)이나 대신이라면 다른 성(省)에서 소식을 보내와 알았을 것입니다. 아마 관직이 그리 높지는 않을 것입니다."

그러자 황 무대가 말했다.

"관직이 높든 그렇지 않든 간에 어쨌거나 예의를 차려야지. 내보기에 차라리 내가 먼저 그를 찾아가는 것이 나을 듯싶네."

그러자 번대가 말했다.

"관직이 얼마나 높건 나그네가 주인을 찾아뵈어야 하는 법, 대수께서 먼저 몸을 낮추어 찾아가지는 마십시오."

그러자 황 무대가 말했다.

"내 이렇게 오랜 세월 교섭을 해 왔는데 그 정도도 모를 것 같나? 내가 이러는 것은 우리가 외국인에게 죄를 지으면 그야말로 장난이 아니기 때문일세!"

그리 말하면서 무대는 화가 치미는 듯 수염까지 부르르 떨었다. 번대는 감히 더 이상 아무 말도 못했다. 무대 또한 그쯤에서 손님들을 배웅했다.

뒷일이 어떻게 되었는지 알고 싶으면 다음 회를 듣고 알아보기 바란다.

제45회

각설하고, 황 무대는 외국의 떠돌이 무관이 왔다는 소식을 듣고 그를 배방하려다가 번대의 저지를 받았다. 그는 수염이 곧추서도록 화가 나서 서둘러 손님을 보내고, 다른 한편으론 가마를 대령하라 시켰다. 과십합(戈什哈)이 와서 보고했다.

"오늘은 시간이 너무 늦은 것 같습니다."

그러자 황 무대가 욕을 퍼부었다.

"이런, 썩을 놈이! 네놈이 감히 외국인을 우리 중국인과 같다고 여기느냐? 지금은 아직 12시도 지나지 않았다. 설령 야반삼경이 되었다 해도 누군가 와서 찾으면 저들은 일어나지 않은 적이 없느니라. 네놈은 지난번 열두 번째 마님이 급성 성홍열이 나던 그날, 새벽 3시가 되었는데도 사람을 보내 외국 의사를 불렀던 일을 기억 못하느냐? 그는 소식을 듣고 바지도 제대로 입지 못한 채 달려오지 않았더냐."

그러자 과십합이 다시 대꾸했다.

"외국 의사는 사람 목숨을 구하려는 것이어서 이르든 늦든 상관없지만, 지금은 외국 관원입니다요. 그들은 거드름을 피우는 사람들입니다. 그런 사람은 어쨌든 느긋하고 편안하게 잠을 자야 합니다. 지금 갔는데 그가 잠이라도 자고 있으면 대수께서는 들어가시겠습니까 아니면 들어가지 않으시겠습니까?"

그러자 황 무대가 곧바로 욕을 했다.

"이런, 멍청한 놈! 네놈도 나를 놀리는 게냐?"

이에 과십합은 감히 끽소리 못하고 한쪽으로 물러날 수밖에 없었다.

황 무대는 당장 안방으로 돌아가 점심을 먹고, 가마를 준비하라 일렀다. 가마가 갖추어져 막 몸을 움직이려는데, 황 무대가 다시 물었다.

"너희들은 무관들이 성 밖 어디에 머물고 있는지 아느냐?"

그 한마디가 모두를 일깨웠다. 모두 머리를 저으며 대답했다.

"모릅니다."

황 무대는 발을 구르며 말했다.

"네 이놈들! 외국 무관의 거처조차 제대로 알아보지 않고 내게 보고한단 말이냐?"

그중 영리한 하인이 하나 있어 품신을 올렸다.

"대수께서 출타하시면 양무국을 지나시게 될 터이니, 소인이 들어가 물어보면 될 것입니다요."

황 무대는 그제야 고개를 끄덕이며 가마에 올랐다. 관아를 나서자 하인이 얼른 양무국으로 달려가 물으니, 외국 무관은 성 밖 큰길 중화점(中和店)에 머물고 있다고 알려 주었다. 황 무대는 중화점으로 길을 놓을 것을 지시했다. 중화점에 이르니, 양무국 총판도 통역을 데리고 달려왔다. 전령이 첩자를 들여보냈다. 외국 무관 둘은 러시아인이었는데, 카드를 치면서 소일하고 있었다. 첩자를 보더니 통역관에게 무슨 일인지 물었다. 통역관이 본성의 무대가 배방 왔다고 알리자, 안으로 모시라고 했다. 황 무대는 가마에서 내려 가장 앞서 들어갔다. 양무국 총판이 두 번째, 그 뒤로 의관을 정제한 통역이 뒤따랐다. 객점 문 앞에 이르니, 러시아 무관 셋이 군장에 칼을 차고 서서 영접했다. 황 무대는 한 발 앞으로 나서며 한 손으로 수염 난 러시아 무관과 악수했다. 이어 몸을 돌려 또 젊은 러시아 무관 둘과 악수를 나누었다. 양무국 총판과 통역도 인사를 나누었다. 러시아 무관이 객점을 둘러보니, 한 무리 인원이 객점에 가득했다. 객당(客堂)에 이르자 수염 난 무관이 먼저 입을 열었다.

"사지!"

황 무대는 알아듣지 못하여 눈을 동그랗게 뜨고 통역만 바라보았다.

그런데 누가 알았으랴, 통역은 영국과 프랑스 두 나라 말만 알 뿐, 러시아어는 알지 못했다. 그는 다급한 듯 땀을 뻘뻘 흘리며 한마디도 대꾸하지 못했다. 황 무대는 몹시 이상하다 여겼고, 양무국 총판 또한 불쾌했다. 다행히 나중에 러시아 무관의 통역관이 급히 나서서, 그 말은 대인들께 앉으시라는 뜻임을 설명해 주었다. 황 무대는 그제야 이해했다. 통역이 영어로 물었다.

"윗츠 유어 네임?"

그의 이름을 묻는 것이었다. 러시아 무관도 눈을 동그랗게 떴다. 통역관이 그 말을 알아듣고, 수염 난 이를 가리키며 말했다.

"그의 이름은 오스카입니다."

그리고 또 젊은 두 사람을 가리키며 말했다.

"상석에 앉은 이는 만차오이고, 하석에 앉은 이는 스투시입니다."

그렇게 말하는 동안 황 무대는 겸손히 좌정했다. 양무국 총판은 의자 하나를 끌어다 멀리 아랫자리에 앉았다. 통역도 그의 등 뒤에 앉았다. 통역관이 객점 점원에게 차를 가져오라 시켰다. 오스카가 다시 한마디 했다.

"쿠스."

통역관이 끼어들었다.

"대인, 차를 드시지요."

황 무대는 손을 저으며 속으로 생각했다.

'이제 방금 통성명을 했는데, 벌써 차 마시고 손님을 보내려 하다니.'

그가 일어나려는 몸짓을 취하자 통역관이 다급히 말했다.

"러시아 사람들은 중국의 예절을 모릅니다. 대인께선 손님을 보내려는 것으로 여기지 마십시오."

그제야 황 무대는 마음을 진정시켰다. 그러자 통역관이 또 세세히 설명했다.

"저 세 분은 모두 러시아 해군 소장(少將)으로, 중국의 천총(千總)과 비슷한 직위입니다. 지금 이 성에 온 것은 두루 돌아보려는 것으로, 내친김에 이 성의 제조국(制造局)을 살펴보려는 것입니다."

그러자 황 무대가 통역관에게 말했다.

"알고 보니 그렇군. 다만 내 접대가 세밀하지 못하니, 이후로 무슨 일이 있더라도 양해를 구할 필요가 있겠네."

통역관이 무관들에게 그 말을 통역해 주니, 그들은 연신 고개를 끄덕였다. 황 무대는 더 이상 말할 필요가 없음을 알고 곧 자리에서 일어나며 말했다.

"이따가 세 분께서 성(城)으로 들어와 주시길 바라네. 관아에서 환영연을 마련할 테니, 꼭 왕림해 주길 부탁하네."

그러자 통역관이 말했다.

"대인, 식사 대접은 몇 시에 하실 생각이십니까?"

이에 황 무대는 손가락을 꼽아 계산하면서 입으로는 중얼중얼 거렸다.

"안 되겠어, 안 되겠어."

그러곤 고개를 숙이고 생각하다가 말했다.

"저녁 8시로 하지."

이에 통역관이 다시 세 사람에게 통역하여 들려주었다. 그러자 세 사람이 일제히 말했다.

"헤이지스."

통역관이 말했다.

"저들이 말하길, 그 시간에는 잠을 자야 한답니다. 다행히 저들은 며칠 더 머무를 것이니, 대인께서는 너무 조급해하지 마십시오. 다른 날 초청해 주시면 감사히 받겠습니다."

황 무대는 어쩔 수 없이 실망에 젖어 물러났다. 무관 셋과 통역관이 관례에 따라 대문 밖까지 배웅을 나갔다. 황 무대가 먼저 가마에 오르고, 양무국 총판은 통역을 데리고 그 뒤를 따랐다. 황 무대가 가마에서 말을 전했다. 전갈하길, 양무국 총판께서는 돌아가실 필요 없이, 대인께서 상의하실 말씀이 있으니 관아로 함께 가시자는 것이었다. 양무국 총판 장현명(張顯明)은 할 수 없이 그를 따라 관청으로 가서 알현을 기다렸다. 황 무대는 안으로 들어가 옷을 갈아입고 순포관을 시켜 장 대인을 첨압방으로 불렀다. 장현명이 첨압방으로 가니 황 무대는 일찌감치 좌정하고 있었다. 장현명이 인사를 드리자, 황 무대는 먼저 예전의 연갱요(年羹堯)[400] 대장군도 그만 못했을 것이라며, 러시아 무관의 모습이 얼마나 건장하고 기상이 얼마나 위맹한지를 칭찬했다. 장현명은 감히 반박하

---

400 청나라 5대 황제 옹정제(雍正帝)의 즉위에 지대한 공을 세운 장군.

지 못하고 그저 "예예" 하며 맞장구칠 수밖에 없었다. 뒤에 통역의 신상을 언급하자, 황 무대는 미간을 찌푸리며 말했다.

"안 되겠어. 평소엔 자신이 무엇이든 할 수 있다며 자랑하더니, 어찌하여 오늘 거기선 꿀 먹은 벙어리가 되고 만 것인가? 노형도 생각해 보시게. 그는 가만히 앉아서 한 달에 은자 2백 냥을 받고 있네. 이렇게 그를 먹여 살리다간 무엇을 더 탐낼지 모르겠어. 내일 그에게 편지를 보내 스스로 사직하도록 해야겠네."

그러자 장현명이 대경실색하며 급히 대꾸했다.

"심(沈) 통역은 영어와 프랑스어 두 나라 말만 알 뿐, 러시아어는 모릅니다. 다른 것은 차치하더라도, 지금 외무부에 있는 몇몇 통역 가운데서도 러시아어를 아는 이는 적을 것입니다."

이에 황 무대가 반박했다.

"자네가 이리 말하는 것을 보니, 북경의 러시아 공사(公使)가 일 때문에 외무부를 찾으면, 거기서도 손짓 발짓을 한다는 겐가?"

그러자 장현명이 말했다.

"대수께 올린 말씀은 저들 외국에서는 공사를 막론하고 영사로 나가는 이들도 어쨌든 우리 중국 말을 할 줄 안다는 것입니다. 하여 북경 러시아 공사는 관화(官話)⁴⁰¹를 할 줄 압니다. 그이뿐만 아니라 영국·프랑스·독일·미국·일본·이탈리아·포르투갈·노르웨이·스웨덴 및 여타 작은 나라에서도 공사를 지내는 이들은 중국 관화를 모르는 이가 하나도 없습니다. 지금 이 러시아 무관 세 사람은 여순구(旅順口)⁴⁰²를 통해 들어왔고, 또 해군에 있는 사람들은 중국어를 알아야 할 필요가 없기에 저들은 중국어를 모르는 것입니다."

---

401 관청에서 쓰는 말이란 뜻으로, 중국 청나라 때의 공용어이자 표준어를 이르는 말.
402 요령성 대련시(大連市)의 관할 구역으로, 요동반도 남단에 위치해 있다.

그제야 황 무대는 아무 말도 없었다. 그러나 잠시 뒤 다시 작심한 듯 말했다.

"이유야 어쨌든, 심 통역은 내쫓아야겠네."

이에 장현명이 일어나 그의 곁으로 한 발 다가서며 목소리를 낮추어 말했다.

"대인! 심 통역을 방 궁보(方宮保)께서 추천했단 사실을 잊으신 건 아니시겠지요?"

황 무대는 그제야 문득 깨닫고 말했다.

"맞네, 맞아. 심 통역은 사돈 방 궁보께서 추천했지. 내 어찌 잊었겠나? 이런, 멍청이! 그나마 다행이야. 지금 이 말은 하지 않은 것으로 치게. 자칫 방 사돈께서 아시기라도 한다면, 단단히 책망을 듣지 않겠나? 지금 나는 사돈께 의지하는 곳이 정말 많다네."

그리 말하면서 한편으론 장현명에게 고마움을 표했다.

"다행히 노형이 날 일깨워 줬으니 망정이지, 그렇지 않았으면 야단날 뻔했네."

그리 말하고는 크게 웃었다. 황 무대가 말을 이었다.

"그런데 내일 러시아 무관들을 어찌 대접하지? 관아가 낫겠나 아니면 양무국이 낫겠나?"

이에 장현명이 대답했다.

"대수께선 너무 서두르지 않으셔도 될 것입니다. 저들이 답방을 온 이후, 연회석을 마련하여 객점으로 보내는 것도 한 방법이 될 것입니다. 굳이 관아로 부르거나 양무국으로 불러 대수께서 마음 쓸 필요가 없을 것입니다."

그러자 황 무대는 한동안 망설이다 말했다.

"그건 그렇게 하도록 하지."

장현명이 얘기가 끝난 것을 보고 자리에서 일어나며 물었다.

"대수께선 다른 분부가 없으신지요?"

그러자 황 무대가 말했다.

"별다른 일은 없네, 없어."

그러고는 하인에게 소리쳤다.

"손님 가신다."

장현명이 물러가니, 황 무대가 두어 걸음 배웅하다 갑자기 다시 멈추며 말했다.

"그렇지, 잊을 뻔했군. 전에 말한 고문관 초빙 건 말인데, 아직 두서가 없긴 하지만 노형께선 항상 마음에 두고 유의해 주시게."

장현명은 다시 "예" 하고 대답한 뒤에야 계단을 내려섰다. 문을 나서 대당에 이르니 일찌감치 가마가 준비되어 있었다. 하여 더 이상 별다른 말 없이 가마를 타고 양무국으로 돌아갔다.

한편 황 무대가 방금 어쩌고저쩌고 하던 사돈 방 궁보는 현임 양강총독으로 명성이 대단했다. 황 무대는 주변의 도움에 힘입어 자기 셋째 딸을 그의 둘째 아들에게 시집보낼 수 있었다. 그런데 아직 시집을 보내기도 전인데 선물은 끊이지 않았다.

심 통역은 예전 양강 육사학당 출신이었다. 어느 날 방 궁보가 학당에 들러 학업 성적을 시험 보았을 때, 그가 매우 잘생긴 데다 응대가 상세하고 분명한 것을 보고 몹시 좋아했다. 감독은 그의 뜻을 받들어 자주 그에게 고등 시험을 보게 했다. 졸업을 하게 되자 누군가 왜 방 궁보를 찾아뵙지 않느냐며 부추겼다. 나중에 수많은 계략을 통해 권세 있는 자의 집을 드나들고서야 방 궁보의 문하에 인사를 드릴 수 있게 되었다. 방 궁보는 그를 관아에 머물게 하여 번역처를 도와 공무를 처리하게 했다. 봉급은 매달 30냥이었다. 그런데 어찌 된 영문인지 심 통역은 뜻밖에 남경의 조어항과 진회하를 노닐며 소란을 피워 난처한 지경이 되었다. 방 궁보도 그 풍문을 들었다. 그는 자신이 특별히 선발한 선비라 이런 사소한 일로 직책을 뺏을 수는 없다고 생각하여, 사람을 시켜 알아보게 하였더니 말하기를, 자신은 좋아하고 싫어하는 일이 수시로 바뀐다는 것이었다. 이에 생각을 정하고 추천서를 써서 황 무대에게 추천했다.

황 무대는 사돈의 체면을 보아 그에게 양무국 통역이라는 자리를 맡겼다. 평소에는 하는 일도 별로 없으면서 먹고 입는 것이 풍족했고, 양무국으로 등청하는 일도 한 달에 한두 차례로 드물었으니 편안한 셈이었다. 그런데 오늘 무대를 쫓아 러시아 무관을 배방하러 갔다가 말을 알아듣지 못하여 면전에서 체면을 구기고 말았으니 흥이 크게 깨지고 말았다. 이튿날, 총판을 뵙는데 여전히 난처했다. 장현명은 어제 황 무대와 나누었던 말은 숨긴 채 일언반구도 꺼내지 않았다. 다만 현재 중승(中丞)께서 고문관을 초빙하려는데, 자네 양무(洋務) 친구들 중 수완이나 능력이 그 일에 맞을 만한 이가 있으면 천거하라, 그러면 자신이 명단을 작성하여 올리겠다고 했다. 그러면 첫째로는 자신의 걱정거리를 덜 수 있고, 둘째로는 자네 친구들 중 인재를 드러낼 수 있다는 것이었다. 그러자 심 통역이 말했다.

"제가 좀 더 생각해 보고 대인께 다시 보고를 드리겠습니다."

이에 장현명이 말했다.

"좋네, 그러게나."

집으로 돌아와 한밤까지 생각하다가 문득 동창 하나를 떠올렸다. 그의 성은 노(勞)이고 이름은 항개(航芥)로, 원적은 호남(湖南) 장사부(長沙府) 선화현(善化縣) 사람이었는데, 수환(隨宦)[403]으로

---

403 아버지가 타향에 벼슬하러 갈 때, 그 자제나 형제가 임지로 함께 따라가는 일.

강남에 왔다가 남경에 적을 두게 되었다. 열두 살에 육사학당 학생이 되었으나 그 학당이 자신의 적성에 맞지 않은 것을 알고 스스로 비용을 마련하여 일본의 선진소학교(先進小學校)로 유학했다. 나중에는 또 와세다(早稻田) 대학교에 들어가 법률을 배웠다. 그런데 2년이 지나자 일본 학당 수준이 낮다며 다시 미국 뉴욕으로 가서 폴리테크닉 대학교에 들어갔다. 여전히 법률을 공부했다. 졸업 후에는 홍콩으로 가서 변호사가 되었다. 중국인이 홍콩에서 변호사가 된 것은 그가 처음이었다. 심 통역이 육사학당에 있을 때 두 사람은 아주 친해서, 노항개(勞航芥)는 일본에 갔을 때나 미국에 갔을 때나 그리고 홍콩으로 갔을 때도 그에게 편지를 보냈다. 이번에 그를 떠올리고, 그 사람 정도면 얼추 고문관을 맡을 만하다고 여겼다. 이에 총판 장현명에게 알렸고, 장 총판은 황 무대에게 보고했다. 황 무대는 크게 기뻐했다. 그와 같은 고문관만 있다면, 외국인과의 교섭도 충분할 것 같았다. 이에 장현명에게 분부를 내렸다.

"그러하다면 어찌 심 통역에게 시켜 전보를 쳐서 의향을 물어보게 하지 않았는가? 만약 그가 오지 않겠다면 논외로 할 수밖에 없겠지만, 오겠다고 한다면 봉급도 대략 고려해야 하지 않겠나."

그 말을 따라 장현명은 심 통역에게 통보했다. 이에 심 통역이 전보 초고를 짓고 장현명에게 검토를 부탁했다. 그런 다음 전보국으로 보냈다.

한 자루 붓으로 두 곳의 일을 다 적기는 어려우니, 여기선 안경(安慶)의 일은 잠시 뒤로 미루고 노항개에 관해서만 이야기하겠다.

원래 노항개는 홍콩에 도착한 이후 홍콩 총독부에 등록하고 소송 등의 일을 다루었는데, 속어로는 변호사라고 했다. 중환(中環)에 살면서 간판을 내걸었는데 그럭저럭 영업이 잘되었다. 그러나 홍콩은 비용이 너무 많이 드는 데다 변호사들도 많았다. 사람들은 대부분 외국인 변호사를 찾았고, 중국인 변호사를 찾는 이가 적었다. 그 바람에 점점 지탱하기가 어려웠다. 하여 본래는 상해로 가서 변호사 간판을 내걸려 하였는데 뜻밖에 안휘 무대가 고문관으로 삼으려 한다는 동창 심 모의 전보를 받게 되었으니, 어찌 마다하겠는가? 그는 곧바로 응낙한다는 회신을 보냈다. 황 무대는 장현명과 며칠 동안 숙고하여 봉급은 한 달에 은자 8백 냥, 봉급 외 수당은 은자 2백 냥으로 결정했다. 그는 입도선매하고픈 마음에 더 이상 참지 못하고 심 통역과 협의하여, 한 달 내에 중국으로 돌아오라는 전보를 다시 보냈다. 황 무대가 간절히 바랐음은 세세히 말할 필요가 없으리라.

한편 노항개에게는 지기가 하나 있었는데, 이름은 안소산(安紹山)이라 했다. 그는 광동(廣東) 남해현(南海縣) 사람으로, 거인과 진사에 합격하여 주사에 임용되었다. 회시를 볼 때 마침 중국과 어느 나라 사이에 전쟁이 발발하자 그는 만언서(萬言書)를 올렸다. 사람들은 모두 그의 경제 학식에 찬탄하여 그를 안 지사(安志士)로 존경했다. 나중에 북경에서 꼴사나운 일이 벌어지자 유신회(維新會)를 설립했다. 처음에 그는 모임의 취지를 알리지 않고, 다만 모모 회관에 모여 의논이나 하자며 사람들을 초청했다. 사람들이 도착하자, 모르는 사람들은 일일이 존성대명을 물었다. 그들이 대답하면 그는 붓을 들어 하나하나 기록했다. 사람들은 개의치 않았다. 다음 날, 그 사람들의 이름을 하나하나 써서 선남일보(宣南日報) 신문사에 보내 신문에 싣게 했다. 말하기를, 유신회 회원 명단이라는 것이었다. 사람들은 그에게 따질 수도 없었다. 그의 동지들은 날로 늘어났고 그의 평판도 날로 커졌다. 그런데 두 명의 어사대부가 함께 그를 탄핵하는 상소를 올렸다. 그가 무리를 이루어

사익을 꾀하며 삿된 언설로 혹세무민한다는 것이었다. 이에 황상은 안소산의 관직을 삭탈하고 형부로 송부하여 심문하되, 자백을 받은 후 다시 응당 그에 합당한 죄로 다스리라는 회신을 내렸다. 그에게는 군기처한장경달랍밀(軍機處漢章京達拉密)[404]로 지내는 동년이 하나 있었는데, 그가 몰래 그 소식을 전해 주었다. 이번에 그는 깜짝 놀랐다. 삼십육계 줄행랑이 최선이었다. 침구며 짐 꾸러미는 필요 없었다. 그는 달랑 은자 부스러기 몇십 냥만 지니고, 그 밤으로 서울을 떠났다. 기차를 타고 천진으로 간 뒤, 증기선을 타고 상해로 갔다. 상해에 도착해서는 다시 공사(公司)의 배를 타고 일본으로 갔다. 그 꼴은 초라하기가 마치 상가(喪家)의 개와 같았고, 막막하기는 그물을 빠져나간 물고기(漏網之魚)[405] 신세와 같았다. 북경의 보군통령(步軍統領)[406]이 뜻을 받들어 화급히 그의 거처를 급습했으나 이미 텅 비어 있었다. 이에 보고를 올리고, 각 성을 전부 조사하여 체포하는 데 착수했다. 안소산은 일본에 도착한 뒤 도쿄에서 잠시 머물다 다시 홍콩으로 가 머물렀다. 중국 사업가들은 모두 만언서를 읽은 터라 그의 이름을 모르는 이가 하나도 없었다. 이번에 국사범이 되어 외국으로 망명을 떠나자, 더더욱 모르는 사람이 없게 되었다. 이에 모두들 담력과 식견이 두루 훌륭하다며 그의 비위를 맞추었다. 이에 그도 이러한 찬사를 빌려 어리석은 이들의 돈을 그러모으는 처지로 전락하고 말았다. 이는 뒷날의 이야기이다.

---

404 군기처는 청나라 황제의 고문부이고, 장경은 공문 수발을 관장하는 관원, 달랍밀은 만주어로 우두머리란 뜻이다. 청대 군기처에는 군기장경으로 만주인 16명과 한인 16명을 두었다. 만주인 장경 8인과 한인 장경 8인씩 각각 두 반으로 나누어 각 반마다 우두머리를 하나씩 두었는데, 이를 달랍밀이라 한다.

405 법망을 피해 달아난 범인을 비유하는 말.

406 경성(京城)의 방어·사찰·성문 경비·야간 순찰·경찰·검거·체포·사건 심리·범인 감금 등의 업무를 맡은 요직.

이날 노항개는 심 통역의 전보를 받고, 문득 그가 생각나 방문하러 갔다. 막 문을 두드리는데, 광동 사람 하나가 눈을 동그랗게 뜨고 신발을 끌며 달려 나와 문을 열었다. 그러면서 누구냐고 묻는데, 그 기세가 등등했다. 감옥을 지키는 인도인 경찰도 그보다 매섭진 못할 것이었다. 노항개는 곧바로 암호를 말했다.

　　뒷일이 어떻게 되었는지 알고 싶으면 다음 회를 듣고 알아보기 바란다.

제46회

지사 만나는 일은 검은 감옥으로 들어가는 것 같고
나그네를 전송하며 일제히 하얀 수건을 내걸다

각설하고, 노항개가 안소산의 거처 문 앞에 이르니, 광동 사람 하나가 위풍당당하고 기세 드높게 나오더니, 손을 허리춤에 차고 섰다. 노항개는 '난말사(難末士)'라는 암호 세 글자를 말했다. '난말사'는 '둘째'라는 뜻이었다. 안소산은 항렬이 둘째였다. 이에 그는 종종 자신을 공자에 비유했다. 그가 말하길, 공자도 둘째고 자신도 둘째라는 것이었다. 공자의 형이 맹피(孟皮)라는 것은 모두 다 알고 있는 사실이었다. 그러나 안소산의 형에 대해서는 믿을 수 없었다. 그에게는 친척 하나가 있었는데, 말하자면 오히려 그가 더 유명했다. 그의 이름은 소안자(小安子)[407]로, 동치(同治) 초기에 평판이 대단했었다. 안소산은 처음에 사람들이 하는 말을 듣고 득의 양양했다. 하지만 나중에 회시를 보러 경성에 도착하여, 그 이유를 알고는 화가 머리끝까지 치밀었다. 쓸데없는 얘기는 그만두자.

한편 문지기는 노항개의 암호를 알아듣고 복도를 따라 그를 데

---

[407] 본명은 안덕해(安德海). 자희 태후(慈禧太后)가 가장 사랑하던 환관이었음.

리고 갔다. 그곳은 손을 뻗어도 다섯 손가락이 보이지 않을 정도로 어두웠다. 대략 20~30보쯤 가서야 빛이 보였다. 그곳은 커다란 정원이었다. 정원으로 들어서자 넓은 방이 나타났는데, 거기엔 다른 것은 없고 정중앙에 의자 하나만 달랑 놓여 있었다. 그야말로 "바깥방에 모신 조왕신, 독좌아(獨座兒)[408]만 난만하다[409]"는 북경 사람들의 속담과 같았다. 그 곁에 미공의(眉公椅)[410] 두 개가 기러기 날개처럼 배치되어 있었다. 문지기가 노항개를 넓은 방으로 인도하고는 손을 뻗어 초인종을 눌렀다. 안에서 간간이 소리가 들리더니, 산발한 떠꺼머리 동자가 나와 무슨 일이냐고 물었다. 노항개는 외국어로 된 명함을 꺼내 건넸다.

동자가 들어가고 얼마 지나지 않아 안소산이 지팡이를 짚고 신발을 끌며 나왔다. 노항개가 앞으로 나가 그의 손을 잡았다. 본시 안소산은 손톱이 길어 매의 발톱처럼 휙 굽어 있었다. 하여 노항개의 손을 몹시 아프게 하여 서둘러 놓았다. 안소산이 노항개에게 좌정을 청하며 광동식 북경 말로 물었다.

"노 공, 많이 바쁘신가 봅니다! 여기 오신 게 처음이시지요!"

그러자 노항개가 말했다.

"여러 번 오려 했지만, 토요일이고 일요일이고 번번이 일이 생겨 몸을 뺄 수가 없었습니다. 게다가 이곳은 쉬이 들어올 수 없다는 걸 이제야 알았습니다. 저 사람도 내가 암호를 말하고서야 데려다 주더군요. 그러지 않았으면 아마 문을 닫아걸고 들여보내 주지도 않았을 겁니다."

---

408 음력 정월에 집집마다 집 안의 작은 문이나 입구의 문 또는 가난한 집의 한쪽 문에만 신상(神像)을 붙인 것.
409 유일무이하다는 뜻.
410 명말의 문학가 진계유(陳繼儒)는 이것저것 발명하기를 좋아했는데, 그가 발명한 의자이다.

이에 안소산이 말했다.

"노 공, 당신은 그 연유를 모르시지요? 상소를 올려 집권자들의 심기를 건드린 이후로, 저들은 하나같이 날 잡아먹지 못해 안달이지요. 내 비록 여기에 숨어 있으나, 저들은 여전히 수시로 자객을 보내 절 죽이려 하고 있습니다. 죽는 것이야 애석할 게 없지만, 내가 죽고 나면 위로는 조정과 아래로는 이 사회에서 어느 누가 이 책임을 감당할 수 있겠습니까? 이리 생각하다 보니 부득불 매사에 신중을 기할 수밖에 없어 특별히 순덕현(順德縣)으로 가서 유명한 무술가를 초빙하게 되었지요. 당신을 인도하던 문지기가 바로 그이입니다. 모르셨지요, 그 사람 정말 대단합니다!"

그러자 노항개가 물었다.

"이곳은 두 짝 대문 안이 칠흑 같아 길도 보이지 않던데, 이는 무슨 까닭입니까?"

이에 안소산이 말했다.

"허~! 당신도 아실 게요. 프랑스 비밀 조직은 대문을 들어선 뒤, 길을 알면 마루에 올라 방에 들 수 있지만 길을 모르면 평생 더듬어도 찾지 못합니다. 하여 저들의 방법을 본떠 대문 안쪽 복도를 벽돌로 묻고, 경찰의 수사에 대비하여 따로 대여섯 개의 문을 만들어 어디가 어디인지 알 수 없게 했습니다."

이에 노항개가 말했다.

"알고 보니 그렇군요."

그리 말하면서 전보를 손에 꺼내 들고 말했다.

"소산 선생의 가르침을 청할 일이 있으니, 부디 일러 주시기 바랍니다."

그러자 안소산이 말했다.

"무슨 일이신지요? 설마 저 썩어 빠진 정부가 또 무슨 수작을 부린 것은 아니겠지요?"

이에 노항개가 말했다.

"바로 그렇습니다."

그러고는 곧 안휘성 황 무대가 자신을 고문관으로 초빙한 자초지종을 쭉 늘어놓았다. 그러자 안소산은 고개를 숙이고 망설이며 말했다.

"썩어 빠진 정부가 분통을 불러일으키는구나! 허나 저 어린놈이 근자에 바깥 풍조의 자극을 받더니 이제야 조금씩 하나둘 이해하게 되었나 보군. 이 행동은 비록 빈말일지라도 그런대로 마음에 드는군. 게다가 노 공은 경세(經世)의 학문을 지닌 유용한 재목이니, 그곳으로 가서 정세에 따라 유리하게 이끌면 혹여 한 가닥 희망이 생길지도 모르겠구려. 허나 선조들의 무덤도 돌보지 못하고 부평초처럼 국외를 떠도는 이 외로운 신하는 노 공의 그 말을 들으니 감개무량함을 금할 길이 없구려. 정말이지 조자건(曹子建)[411]이 말한, '만 리 밖 궁성, 북소리 들으니 마음이 아프구나.'"

그리 말하면서 그렁그렁 눈물이 맺혔다. 노항개는 평소 사람들이 안소산은 충성스러운 마음과 의로운 용기가 일월과 빛을 다툰다 하는 소리를 들었는데, 오늘 눈물을 줄줄 흘리는 것을 보고 내심 탄복하지 않을 수 없었다. 이후 다른 얘기를 좀 더 나누다 노항개는 물러났다. 문을 나설 때 안소산이 다시 공수하며 말했다.

"앞으로 노력하여 나라 위해 헌신하고, 자중자애하십시오."

그는 이 말을 마치자 얼굴을 가리고 안으로 들어갔다. 노항개는 또다시 탄식을 금할 길이 없었다.

중환의 거처로 돌아오니, 시중드는 이가 쟁반을 들고 들어왔는

---

411 중국 삼국 시대의 조식(曹植).

데 쟁반에는 외국 명함이 가득했다. 그중에는 귀를 접은 것도 있고 접지 않은 것도 있었다. 이는 외국의 예절로, 귀를 접은 것은 본인이 직접 온 것이고, 귀를 접지 않은 것은 급히 보낸 것이나 진배 없었다. 노항개는 일일이 살펴보고, 수많은 명함 가운데 하나를 집어 들었다. 위에는 안일회(顏軼回)라 쓰여 있었고, 아래엔 하환(下環) 249호 대동여관(大同旅館)에 머무른다고 쓰여 있었다. 노항개는 품에서 수첩을 꺼내 연필로 기록한 뒤, 내일 답방 갈 준비를 했다. 그리고 나머지는 모두 불에 태워 버렸다.

독자 여러분은 안일회가 어떤 인물인지 아시겠소?

원래 그는 안소산의 가장 뛰어난 제자로, 복건(福建) 사람이라고 했다. 예전에 발공(拔貢)을 취득한, 자못 재학(才學)이 있는 이로, 문장에 있어서는 견줄 이가 없을 정도로 뛰어났다. 안소산에게서 사상을 전해 받았기에 그가 하는 일은 당연히 안소산과 약속이나 한 듯 의견이 일치했다. 그러나 한 가지, 안소산은 세상사에는 두루 밝았지만 어떤 지점에선 여전히 암둔했다. 이에 비해 안일회는 수완이 활기차며, 머리가 영리하고 민첩했다. 특히 돈을 마련하는 데 요령이 있었다. 그는 지난날 경성에서 조고(朝考)를 치를 때, 만나는 사람마다 과거는 쓸모없으니 장차 학당을 개설해야 인재를 얻는 효과를 거둘 수 있으리라고 말했다. 그러자 어떤 이가 그를 반박했다.

"과거가 쓸모없다면, 당신은 무엇하러 조고를 보러 왔소?"

그러자 그가 강변했다.

"내가 공명이나 얻자고 온 것 같소? 난 사실 북경의 풍토와 인정(人情)을 조사하러 온 것이오. 돌아가면 우리 회장님께 보고하여 미리 준비할 수 있도록 말이오."

그러자 사람들이 무엇을 준비하냐고 물었다. 그가 어찌 다 얘기하지 않았으랴. 어느 날은 이보다 더 우스꽝스러웠다. 한 친구가 함께 요릿집에 가기로 약속하고, 복주회관(福州會館)으로 가 그의 방 앞에 이르렀다. 그런데 방문에 커다란 자물쇠가 채워져 있는 것이 아닌가. 그래서 분명 출타한 줄 알고 실망하여 나가려 했다. 요릿집에 가서 찾아볼 생각이었다. 그 방에는 뒤 창문이 하나 있었는데, 주렴이 내려져 있었다. 그는 무의식중에 창문을 통해 안을 엿보게 되었다. 그랬더니 거기에 누군가 단정히 앉아, 붓을 쥐고 접어 만든 백지에 해서체 글씨를 쓰고 있었다. 자세히 살펴보니 안일회가 아니고 누구겠는가? 이에 당장 창문을 두드리며 가볍게 말했다.

"안일회, 정말 열심이군!"

그 말을 듣자 그는 급히 붓을 내려놓고 침대로 뛰어들며 휘장을 내렸다. 그러고는 드렁드렁 코를 골기 시작했다. 진짜 잠이 들었는지 아니면 잠이 든 척하는지 알 수 없었다. 친구는 더할 수 없이 화가 나서 이후로는 더 이상 그와 왕래하지 않았다. 이 같은 한두 가지 일로 보건대, 안일회의 대략은 미루어 짐작할 수 있을 것이다.

노항개는 그와 미국에서 알게 되었다. 안일회는 미국에 도착하여 뉴욕에 머물렀는데, 미국에 유학하는 중국 학생들과는 모르는 이가 없었다. 그는 귀국하기 전에 그들에게 운동할 생각으로 수많은 책을 보내 주었다. 그중 대부분은 그 자신이 지은 것이었고, 어떤 것은 다른 이의 저작을 베낀 것도 있었지만 자신의 저작에 포함하여 총서로 묶어 출판했다. 겉에는 '신안자(新顏子)'라고 쓰여 있었다. 듣건대 『신안자』 가운데 어느 편은 한 글자도 바꾸지 않고 남의 것을 그대로 베꼈다고 한다. 나중에 그 사람에게 들켜 신문에 실으려 하자 안일회는 몹시 안달하며 거듭 사정사정하고 또 은자 5백 냥을 보내고서야 매듭지었다. 안일회의 저작은 어떤 곳은

"이런, 이런! 쯧쯧쯧!"처럼 천편일률적이었다. 그래서 어떤 이들은 그의 문장을 들어 그를 조롱했다.

"고양이 발은 네 개, 개도 발이 네 개라. 그러므로 고양이는 곧 개다. 연밥은 둥글지 네모나지 않고, 달지도 짜지도 않다, 연밥은 사람들이 먹는 것이지 사람을 잡아먹는 것이 아니다. 바나나 만세, 배 만세, 바나나 배 모두 만세!"

이 같은 우스갯소리가 끝없이 나오니, 필자도 다 적을 수 없을 정도이다. 노항개와 그의 친분도 그런 정도에 불과했다. 하지만 노항개는 평소 그의 중학(中學)이 깊고 굳음에 탄복하였고, 그 역시 노항개가 서학에 해박하다는 데 탄복하고 있었다. 이에 두 사람은 서로 기대는 지점이 있었기에 서로 꽤 몹시도 마음이 맞았다. 그러나 사실 등 뒤에서 노항개는 안일회를 욕하였고, 안일회 또한 노항개의 흉을 보았다. 이는 저들 유신당의 일상사였으니, 그리 희한한 일도 아니었다.

이날 식사 후, 노항개는 의복을 갈아입고 지팡이를 들었다. 오토바이를 불러 타고 곧장 하환의 대동여관으로 갔다. 명함을 들여보내니, 안일회는 마침 집에 있었다. 둘은 만나 흉금을 터놓고 즐겁게 이야기를 나누었다. 대화 끝에 노항개는 안휘성 순무가 자신을 고문관으로 초빙한 이야기를 꺼냈다. 그런데 안일회는 안소산처럼 불평하지도 않고, 오히려 만면에 웃음을 띠며 말했다.

"참으로 공교롭군요! 참으로 공교로워! 마침 양강총독이 교원으로 초청한 동지가 하나 있는데, 이젠 또 노 형께서 안휘 고문관으로 가신다니. 그럼 나는 양자강 상·하류 해외 기관 자리를 저절로 얻을 수 있겠군요."

한편으론 그리 말하면서, 한편으론 아랫사람에게 자신의 자동차를 준비하라 시키고 말했다.

"노 형께서 곧 떠나신다니 소제가 오늘 노 형을 모시고 주루에 가서 한잔하며 분위기를 버젓하게 하고 싶은데, 노 형께서 허락하실는지?"

이에 노항개도 흔쾌히 말했다.

"곧 헤어질 터라, 안 공과 흉금을 터놓고 얘기하고 싶었소. 때에 이르러 힘이 소진하지 않도록 일체의 방침에 대한 가르침을 청합니다."

그러자 안일회가 말했다.

"가르침을 청한다는 말씀은 과분합니다. 소제를 불초하다 여기시지 않는다면, 소제, 노 형께 몇 말씀 올리겠습니다."

이에 노항개가 말했다.

"좋습니다! 아주 좋아요!"

두 사람은 손을 잡고 밖으로 나갔다. 노항개는 2원을 꺼내 오토바이 값을 계산한 뒤, 안일회의 자동차를 탔다. 자동차는 부릉부릉 소리를 울리며 큰길 몇 개를 지나, 의상가(衣箱街)에 이르렀다. 외국어로 '홍콩 아스트하우스'라고 쓰인 서양 요릿집으로 들어갔다. 안으로 들어가선 3층에 있는 조그만 방을 골랐다. 창문을 열고 보니 구룡(九龍) 반도가 지척이었다. 은은한 바람에 돛이 나부끼고 갈매기 날아 자못 흉금이 후련했다. 둘이 자리에 앉았다. 종업원이 그날의 식단을 건넸다. 각자 좋아하는 요리를 몇 가지 시켰다. 안일회는 종업원에게 또 위스키며 브랜디며 샴페인 등의 술을 가져오라 하여 식탁 위에 펼쳐 놓았다.

두 사람은 맛을 본 뒤 안일회가 입을 열어 말했다.

"노 형! 형께서도 중국의 대세가 이제는 더 이상 수습할 수 없는 지경이라는 것을 아시겠지요?"

이에 노항개가 얼결에 대답했다.

"제가 어찌 모르겠습니까?"

그러자 안일회가 한숨을 내쉬며 말했다.

"현재 각국에서는 우리 중국을 분할하기로 결심하고, 머잖아 실행에 옮길 것입니다."

이에 노항개가 말했다.

"내가 서양 신문에서 그런 의론을 본 것이 한두 번에 그치지 않고, 또 시끄럽게 떠들어 대는 것을 들은 것도 벌써 2~3년이 되었습니다. 그러니 빈말만 하고 실천에 옮기지는 않을 것입니다."

그러자 안일회가 말했다.

"노 형께서 어찌 아시겠습니까. 저들이 지금 하려는 짓은 무형의 분할이지, 유형의 분할이 아닙니다. 예전 영국의 해군 제독 베레스퍼드가 『중국장렬(中國將裂)』이란 책에서 그렇게 말했지요. 그러나 지금 저들은 베레스퍼드의 방법을 따르는 것이 아니라, 오직 경제적인 측면에 진력하고 있습니다. 그야말로 4억 중국 백성이 전부 송곳 하나 꽂을 땅이 없을 정도로 가난해져, 저들의 마소가 되고 노예가 되어 버리는 것이 바로 무형의 분할입니다."

이에 노항개가 말했다.

"그렇군요."

그러자 안일회가 또 말했다.

"현재 중국은 외국과의 교섭이 날로 많아지지만 이를 처리하는 데는 몹시 애를 먹고 있습니다. 왜이겠습니까? 저들은 양심을 저버리고 달려듭니다. 여기엔 공리도 없고 공법(公法)도 없습니다. 한 치의 땅이라도 더 뺏으면 그만큼 더 이득인 것이지요. 믿지 못하시겠다면, 중국에 가셨을 때 조약(條約)을 찾아보십시오. 도광(道光) 22년부터 시작해서 지금까지 1년 1년 비교해 보시면, 처음에 저들은 자신을 굽혀 우릴 따랐습니다. 그러다 나중에는 우리가 저들에게 굽히고 들어가게 되었지요. 짐작건대 이렇게 두어 해 더 지나고 나면, 우리가 굽히고 들어가는 것도 더 이상 필요 없다 할 것입니다. 노 형, 노 형께선 이미 고문관으로 초빙을 받으셨으니, 이 조약은 절대 소홀히 할 수 없는 지극히 요긴한 일입니다. 가장 좋기로는 하나하나 잘 읽고 기억하여, 공법·공리를 통해 비교해 본 뒤 반드시 합당하고 공평하게 할 수 있다면, 장차 무슨 교섭이 있을 때 이치에 의거하여 다툴 수 있을 것이고, 비록 그것이 쓸모없다 하더라도 남이 시키는 대로 하는 이들과는 달리 실력이 뛰어나다는 명망은 얻을 수 있을 것입니다. 이것이 제가 노 형께 바라는 생각입니다. 노 형께선 꼭 그렇게 하십시오."

이 말을 듣고 노항개는 저도 모르게 낯빛을 바꾸며 감사의 말을 드렸다. 그러자 안일회가 또 이어 말했다.

"예를 들어 북경에서 의화단이 외국 공사관을 포위하여 공격하는 사달을 일으켰을 때 중국에 세상 물정을 아는 이가 있었다면, 먼저 저들에게 가서 24시간 내로 북경을 떠날 것이며 그 뒤엔 중국으로서도 보호할 수 없다고 통지했다면, 저들도 할 말이 없었을 것입니다. 저들이 군사를 동원하여 자위(自衛)하는 것은 공법엔 없는 내용입니다. 공법에 없는 것이니 그리하면 적으로 간주할 뿐, 더 이상 공사(公使)로 대접할 수 없는 일입니다. 그러나 애석하게도 이렇게 큰 중국 어디에 그런 사실을 아는 사람이 있었겠습니까? 당시에 노 형께서 중국 외무부나 총리아문에 재직하셨더라면 분명 이렇게 되지는 않았을 것입니다."

이에 노항개가 말했다.

"안 공은 저를 너무 높이 보시는군요. 기실 제가 법률을 배웠다지만 겉치레에 불과합니다. 다른 이를 위해 소송을 벌이고 재산을 다투는 일은 남음이 있지만, 나라를 위해 교섭하고 권리를 다투는 일은 부족합니다. 안 공, 당신 같은 분이야말로 탁월한 인재라 할 수 있지요."

둘이 또 한바탕 담소를 나누다 날이 늦은 것을 알고 그제야 헤어졌다.

다음 날, 노항개는 여장을 수습하고, 평소에 친분이 있던 이들과 고객들을 찾아가 인사를 드렸다. 그중에는 전별금을 주는 이도 있었고 물건을 선물하는 이도 있었다. 이에 대해서는 자세히 서술할 필요가 없으리라.

증기선이 출발하기 한나절 전에 짐을 올려 보낸 뒤, 사람을 시켜 정리하도록 하고 자신은 갑판 위에 서서, 배웅 나온 친구들과 한담을 나누었다. 이곳저곳에서 무리 지어 한담을 나누다 보니 몹시 떠들썩했다. 잠시 후 서양 복식을 한, 검은 얼굴에 키가 작달막하고 뚱뚱한 이 하나가 배 위로 뛰어오르며 미스터 노(勞)를 찾았다. 그는 가슴에 생화를 꽂고 손에는 금으로 장식한 스틱—이 스틱은 막대기였다—을 들었으며, 발에는 몹시 반들거리는 가죽신을 신고 있었다. 선상의 복구(僕毆)[412]가 노항개 앞으로 그를 데려갔다. 찬찬히 보니 안일회였다. 안일회는 노항개를 방으로 데려가더니 50분이나 긴밀히 얘기를 나누었다. 기적이 울리자 그는 노항개와 헤어져 황급히 뭍으로 올랐다. 배웅 나온 이들도 총총히 뭍으로 올랐다. 잠시 뒤, '뿌웅~' 하는 소리와 함께 배가 움직였다. 안일회와 배웅 나온 이들이 모두 손수건을 흔들었다. 노항개는 모자를 벗어 대머리를 드러낸 채 그들을 향해 예를 표하고 선실로 돌아갔다.

노항개가 예약한 선실은 일등칸이었다. 매번 식사 때마다 선장과 함께 먹었다. 그는 외국어를 할 줄 알고 또 홍콩에서 몇 년간 변

---

412 영어 boy의 음역. 시중드는 아이 또는 고용인.

호사로 지냈기에 나름 명망이 있던 터라 선장은 그를 자못 존중하여, 동석한 외국의 신사 숙녀와도 얘기를 나눌 수 있었다. 그러던 어느 날, 증기선이 바다를 지나고 있을 때 갑자기 큰 폭풍이 몰려왔다. 하늘엔 새까만 먹구름이 끼었고, 바다엔 산더미 같은 파도가 밀려왔다. 선장은 급히 닻을 내렸다. 폭풍이 지나길 기다려 움직일 생각이었다. 노항개는 풍랑에 흔들려 견디기가 몹시 힘들어 밖으로 나가 조금 거닐 참이었다. 막 선실을 나서려는데, 옆방에서 남녀 두 사람이 염불하는 소리가 들렸다. 게다가 쿵쿵거리는 소리도 들렸다. 노항개는 문틈 사이로 들여다보았다. 50여 세쯤 되어 보이는 짙은 수염에 준수한 용모를 한 중국인이었다. 곁에는 아리따운 여인이 하나 있었는데, 보아하니 그의 처인 듯했다. 풍랑이 일자 두 사람은 무릎을 꿇고 앉아 굽어살펴 주십사 기도를 드리며, 합장하고 『고왕관세음경(高王觀世音經)』을 읊조렸다. 그제야 방금 전 쿵쿵거리던 소리가 무엇인지 알 것 같았다. 바로 머리를 부딪히며 절하는 소리였던 것이다. 노항개는 저도 모르게 크게 웃었다. 다시 자세히 보니 그 사람이 누구인지 어렴풋이 기억났다. 그는 특등 식당에서 날마다 함께 식사하던 이로 통성명도 한 적이 있는데, 외국으로 나가 두루 돌아다니고 돌아온 도대(道臺)였다. 노항개는 하늘을 우러러 탄식했다. 잠시 뒤 폭풍이 지나가고 하늘이 점차 개었다. 무릎을 꿇고 『고왕관세음경』을 염불하던 도대도 엉금엉금 기어 일어났다. 며칠 뒤 증기선은 상해에 도착했다. 승객들은 저마다 분주히 뭍으로 올랐다. 노항개는 상해의 예사객점(禮查客店)이 머물 만하다는 소리를 들은 지 오래라, 마차를 불러 여장을 모두 싣고 곧장 예사객점으로 달려갔다.

  뒷일이 어떻게 되었는지 알고 싶으면 다음 회를 듣고 알아보기 바란다.

제47회

　각설하고, 노항개는 안휘 순무 황 중승(黃中丞)의 초빙을 받아, 홍콩에서 공사(公司)의 증기선을 타고 상해에 도착했다. 예전 홍콩에서 그는 상류 외국인들과 왕래했기에 자기 자신도 부득불 몸값을 추어올리지 않을 수 없었다. 하여 상해에 도착하자마자 곧장 예사객점으로 짐을 옮겼다. 그는 하루에 5원 하는 방을 빌려 머물렀다. 그리한 것은 다른 사람들이 자신의 속사정을 눈치채지 못하도록 겉치레를 화려하게 치장해 보자는 목적이었다. 그는 또 스스로 생각했다.

　'나는 홍콩에 오래 머문 사람이다. 홍콩은 영국의 속지(屬地)로 모든 것이 문명화되었으니, 결코 썩어 빠진 중국과 비교할 수 없다. 따라서 중국의 옛 동포들이 날 하찮은 인간으로 여기지 않도록 부득불 스스로 내 몸값을 올리지 않을 수 없다.'

　매번 사람을 만날 때, 혹여 백인을 만나면 당신은 그가 묘사할 수 없을 정도로 비위를 맞추기 위해 아양 떠는 모습을 볼 수 있을 것이다. 그러나 혹여 유럽인과 마찬가지로 대하는 일본인을 제외한 황인종을 만나는 모습을 보면, 예컨대 중국인의 경우, 그가 누구든 상관없이 변발을 늘어뜨리고 있으면 그는 어느 누구보다 더 오만한 태도로 대하는 것을 볼 수 있을 것이다. 쓸데없는 말은 그만두기로 하자.

한편 그는 홍콩에서, 상해에 도착하면 바로 배를 갈아타고 안휘로 달려오라고 단단히 부탁하는 전보를 받았다. 그런데 누가 알았으랴. 그는 상해에 도착하자 며칠 더 머무르며 떠나려 하지 않았다. 그가 말하길, "중국에선 오직 상해만이 외국인의 교화와 가르침을 받아 그나마 문명의 기상이 있다, 이곳을 떠나 내지(內地)로 들어가면 그곳은 야만인들이 사는 곳으로, 이와 같이 좋은 세계는 더 이상 없으리라"는 것이었다. 그러나 혼자서 객점에 머물자니 적막하기 그지없어, 속에는 온갖 생각으로 가득했다. 비록 상해에 임시로 거주하는 친구들은 많았지만, 모두 사업하는 이들뿐이었다. 그는 그들을 업신여기고 있었기에 그들에게 인사 간다는 것이 마음에 내키지 않았다. 마음으로부터 우러러 공경하는 이를 이리저리 생각해 보니, 오직 홍구(虹口)에 사는 관찰(觀察) 여유충(黎惟忠)과 경경(京卿) 노모한(盧慕韓)뿐이었다.

이 두 사람은 모두 상업으로 집안을 일으켰는데, 예전 홍콩에서 무역을 할 때 노항개는 변호사를 하면서 두 사람의 보살핌을 많이 받았다. 두 사람은 모두 큰돈을 벌었다. 홍콩의 본점엔 당연히 지배인이 있었다. 여 관찰(黎觀察)은 본성(本省) 신상(紳商)[413]으로 추대되어 본성의 철로를 관리하게 되었고, 노 경경(盧京卿)은 상해에 은행을 열 생각을 가지고 있었기에 두 사람 모두 상해에 있었다. 노항개는 비록 중국인을 업신여겼지만, 유독 이 두 사람만큼은 상

---

413 인격이 고상하고 수양이 잘되어 있는 상인.

해에 도착한 다음 날로 곧장 마차를 타고 친히 인사를 하러 방문했다. 그것은 첫째로는 그들도 외국을 가 보았고, 둘째로는 부자들이며, 셋째로는 권세 있는 일을 하고 있었기 때문이었다. 그런데 여 관찰은 북경에 가 있어 뵙지 못하고, 다만 노 경경만 배방하게 되었다. 만나자마자 노 경경은 이미 그가 안휘 무대의 고문관으로 초빙된 사실을 알고 축하한다며 인사를 건네고 다시 말을 이었다.

"노 형께선 크게 포부를 펼칠 수 있겠습니다!"

사실 고문관이 된다는 것에 노항개는 속으로 몹시 기분이 좋았다. 그러나 다른 이를 만날 때면 체면상 다소 고상한 체하며, 그것은 자신이 바라던 바가 아니라는 뜻을 내비쳤다. 그런데 지금 노 경경이 비위 맞추는 소리를 하자 웃는 듯 마는 듯하다가 갑자기 눈살을 찌푸리며 말했다.

"선생께는 숨김없이 말씀드리건대, 현재 중국 사정이 아직 어찌해 볼 수 있겠습니까? 제가 안휘에 도착하여 황 중승께서 만약 사람 쓰는 일이나 행정 등 일체를 저에게 맡겨 절대 간섭하지 않고 제가 하자는 대로 따라 주신다면 그래도 어찌해 볼 수 있겠지요. 그래도 제가 생각하기에 안휘성은 너무 작아서 제 능력을 펼치기엔 좀 협소하지요. 만약 그렇지 않다면, 저는 차라리 목이 떨어질지언정 가지 않을 것입니다. 모한(慕韓) 선생께서 설립하시려는 은행 일은 오히려 실질적인 데다 오래 할 수 있으니 저는 차라리 이 일을 하고 싶습니다."

그러자 노 경경은 속으로 생각했다.

'가소로운 놈. 홍콩에서 다른 이와 건축 부지 매입 건으로 소송이 걸렸을 때, 너에게 은자 3천 냥을 주었는데도 너는 일을 제대로 처리하지 못했지. 나중에는 또 은자 2천 냥을 사례금으로 내게 사기 치려 했지. 내가 주지 않으니까 넌 소송을 걸려고 했지. 결국 네

게 은자 천 냥을 주고서야 일을 매듭지을 수 있었다. 그런데도 지금 네가 나와 함께 일하겠다고? 난 절대 널 부르지 않겠다. 안휘 무대도 눈이 멀었지. 너 같은 놈을 고문관으로 초청하다니, 정말 안됐군. 차라리 안휘로 가서 그 사람하고나 굴러먹어라.'

속으로는 그리 생각하면서도 입으로는 연신 이렇게 대꾸했다.

"은행이 뭐 대단할 게 있습니까? 노 형께선 차라리 안휘로 가서 무대를 도와 나라를 위한 사업을 하시는 게 좋을 것입니다. 그러면 그 이름이 영원히 전해지겠지요."

그러고는 또 다른 한담을 나누었다. 그런데 노 경경이 보니 그는 여전히 외국 복장을 하고 있었다. 모자를 벗으니 머리는 짧았고, 게다가 사람을 만나도 악수만 하고 머리를 조아리거나 읍을 하지는 않았다. 이에 노 경경이 말했다.

"노 형께선 현재 안휘성 무대의 초빙을 받아 가시니, 이제부터는 중국의 관료입니다. 제가 보기엔 중국식으로 복장을 갖추시는 것이 좋을 듯합니다. 목하 노형께선 관직을 사 둔 적이 있습니까? 만약 지부를 사 두셨다면, 보증만 있어도 도원(道員)[414]이 쉬이 될 것입니다."

그러자 노항개가 말했다.

"썩어 빠진 정부의 관리가 무슨 보람이 있겠습니까? 저는 결코 그런 데 헛돈을 쓰지 않습니다. 더군다나 저는 관직을 산 것도 아닙니다. 이 고문관 제도에 대해서는 사도(司道)나 마찬가지라는 것을 저도 일찌감치 들은 적이 있습니다. 현재 강남 지방에 고문관이 둘 있는데, 독무를 알현하는 것을 제외하고는 마음대로 할 수 있다더군요. 게다가 그 사람이 내게 도움을 청하는 것이지 제가

---

[414] 청대에 한 성 각 부처의 장관 또는 각 부·현의 행정을 감찰하는 관리.

그에게 도움을 청하는 게 아닙니다. 복장을 바꾸는 문제는 제가 전보를 받았을 때 곧 그런 생각을 전했습니다. 그러나 너무 빨리 바꾸면 도리어 사람들에게 업신여김을 받을 터인지라, 안휘에 도착한 뒤 일이 순조로워 과연 사업을 할 만하다 싶으면 그때 바꿔도 늦지 않을 것입니다."

이에 노 경경이 말했다.

"복장을 바꾸는 것이야 옷을 갈아입는 데 불과하여 아주 쉽지만 머리가 너무 짧아 변발을 하려면 한동안 어렵겠습니다."

그러자 노항개는 미간을 찌푸리며 말했다.

"우리 중국은 이 변발 때문에 무너질 것입니다. 만약 이런 변발이 없었다면 저들처럼 일찌감치 강성해졌을 것입니다."

노 경경은 그의 말에 과장이 심한 것을 보고 더 이상 얘기를 나누고 싶지 않아 담담히 몇 마디 부연하고 말았다. 노항개 역시 더 이상 앉아 있을 수 없어 작별을 고하고 몸을 일으켰다. 노 경경은 대문까지 배웅한 뒤 서로 목례하고 헤어졌다.

노항개는 예사객점으로 돌아와 또 하루를 머물렀다. 그러자니 마음이 울적했다. 노 경경이 큰 사업을 하는 사람이란 것은 알겠는데, 자신과 좀처럼 친해지려 하지 않으니 이에 부득이하게 그다음을 고려해야 했다. 거듭 생각하다 장사하는 몇몇 친구들을 찾아갔다. 이들은 노 경경에 비할 바가 아니어서, 식견이 천박했다. 그들은 안휘 순무의 초빙을 받았다는 소리를 듣고, 고문관이 뭐 하는 것인지도 모르면서 분명 대단할 것이라 여기고 모두 그를 노 대인이라며 떠받들었다.

그중에는 득법양행(得法洋行)에서 군장(軍裝)을 판매하는 이도 있었다. 그의 성은 백(白)이고 호는 추현(趨賢)인데, 광동 향산(香山) 사람이었다. 얘기를 나누다 보니 동향인 데다 먼 친척뻘이었다. 백추현은 연줄에 의지하려고 그를 기쁘게 해 주었다. 노항개가 안휘에 도착한 뒤로 그를 대신해 군장 이외 철로에 필요한 철이라든가 동원국(銅元局)에서 쓸 구리 등 일체의 매매를 자신의 양행에서 독점할 심산이었다. 관례에 따라 머리를 땅에 조아리는 외에도 별도로 성의를 다하여 서양 주인을 대하듯 말했다. 이렇게 아첨을 받자 노항개는 두말없이 허락했다. 백추현은 더없이 기뻐하며 오늘은 서양 요릿집으로, 내일은 화주(花酒)로 그를 대접했다. 또 노항개에게 애인이 없다는 사실을 알고 자신의 처제를 추천했다.

그런데 백추현의 처제가 어찌하여 기루에 있단 말인가? 본시 그의 처제에겐 언니가 하나 있었다. 언니는 장보보(張寶寶)라 하고 동생은 장원원(張媛媛)이라 하는데, 둘 다 동회방(東薈芳)의 기생이었다. 백추현은 먼저 장보보와 가깝게 지내다 나중에 그녀를 첩으로 삼았다. 그래서 장원원은 백추현을 보면 형부라 불렀고, 백추현 역시 그녀를 처제로 여겼다. 지금 처제를 노항개에게 추천한 것은 친척을 돌보아 주려는 뜻이었으니 그리 이상한 일도 아니었다.

한편 장원원은 나이도 적지 않았다. 자기 말로는 열여덟이라 하지만, 사실은 스물이 넘었다. 상해에 오기 전, 노항개는 상해 기생들은 서양 복장을 한 이와 왕래하기를 몹시 바란다는 소리를 들었다. 첫째, 양장을 입은 이들은 의복이 깨끗할 뿐 아니라, 또 매일 씻기 때문에 불결한 냄새가 나지 않는다는 것이었다. 둘째, 기루에 외국인이 출입하면 사람들이 무서워하여 감히 그곳 기생들을 업신여기지 못한다는 것이었다. 모두 양장 입은 이들 덕분이란 것이었다. 그때 노항개는 그 말을 듣고 가슴속에 새겨 두었다. 지금은 자기 차례가 되었다 하여 속으로 양장으로 갈아입으면 꽤 많은 이점이 있으리니 스스로도 힘껏 뽐낼 수 있으리라 여겼다. 그는 높다란 서양 밀짚모자를 썼다. 가운데가 움푹 파이고, 깃은 빳빳하게 풀을 먹인 것이었다. 옷깃에 달린 단추는 노랗게 반짝였다. 하얀 셔츠를 입고, 하얀 바지에 하얀 양말 그리고 백구두를 신었다. 전신이 더 이상 깨끗할 수가 없을 정도였다. 입에는 밀랍으로 만든 담배 파이프를 물었고, 금테 안경을 썼다. 손에는 다이아몬드 반지를 꼈는데, 반짝반짝 빛나는 것이 눈이 어질어질할 지경이었다. 스스로 생각하기에, 이 정도 차림새면 그 여인이 분명 자신을 사랑하게 될 것이라 여겼다.

백추현은 먼저 구안리(久安里)에서 술을 대접하며, 그를 위해 장원원의 출장 수발을 추천했다. 원원은 술자리에 당도하자, 가짜 외국인이 부른 출장이냐고 물었다. 그러더니 얼굴을 정색하고 한두 자쯤 떨어져 앉아 관례대로 노래 한 곡 불렀다. 그러고는 눈을 흘기며 형부의 담뱃대에 담배를 재워 주고, 전국(轉局)[415]을 이유로 미안하다고 한마디 하더니 어느새 가 버리고 말았다. 그때 노항개는 그녀와는 첫 대면인지라 전국이 있다면 더 앉아 있을 수 없다고 여겨 별로 개의치 않았다. 술을 다 마시자 백추현은 처제를 부탁하려고, 노항개에게 주연을 베풀어 그녀를 부르자며 함께 동회방으로 차위(茶圍)[416]를 가기로 했다.

문을 들어서 기루에 오르자 장원원은 관례에 따라 해바라기씨를 받쳐 들고 오더니, 형부 옆에 앉아서는 한마디도 하지 않았다. 노항개가 머뭇거리며 그녀에게 말을 붙여 보려 했으나, 장원원은 쳐다보지도 않았다. 나중에는 백추현이 더 이상 보고 있을 수가 없어 급히 장원원에게 말했다.

"노 대인께서 널 예뻐하시니 곁에 앉아서 얘기나 좀 나누렴. 그

---

415 이미 손님을 받고 있던 기녀가 다른 손님을 접대하는 것.
416 기루에서 기생을 상대로 차를 마시며 노는 것.

래야 저분이 내일도 여기서 주연을 베풀지 않겠느냐."

그 말을 할 때, 백추현과 노항개는 아편 피우는 침대에 자리 잡고 누워 있었다. 장원원이 백추현을 잡아 일으키더니 그의 귀에 대고 속삭였다.

"저 외국인은 여기 오지 않았으면 좋겠어요. 사람들이 보고 내가 외국인과 왕래한다는 소문이 새 나가면 난처하단 말이에요. 형부, 내일은 저 사람 부르지 마세요. 오늘 제가 수발 든 걸 저 사람이 마음에 들어 하든 말든 상관없어요. 어쨌든 저 사람이 내일 또 와서 수발을 들라 하면, 난 됐네요."

그 말을 듣고 백추현은 한동안 멍하니 있다가, 미루어 짐작하며 그녀에게 말했다.

"노 대인은 부자인 데다 관리야. 최근에 안휘 무대가 전보를 쳐서 그를 초청했지. 그가 만약 너를 예뻐해서 널 취하여 데려간다면, 너는 가마를 타고 다니는 마님이 될 텐데 나쁠 게 뭐 있느냐? 그런데 너는 어째서 그의 수발을 들지도 않고, 오지도 말라며 죄를 지으려는 것이냐? 네가 직접 말하여라, 난 못하겠다."

그러자 장원원이 말했다.

"저 사람이 얼마나 부자건 또 얼마나 대단한 관리든 간에 저 사람은 외국인이니 전 시집가지 않겠어요. 억만금을 들고 오든 으리으리한 가마에 날 태우든, 내가 가지 않겠다는데 저 사람이 날 어찌할 수 있겠어요?"

이에 백추현이 말했다.

"저 사람이 너랑 얘기하지 않고 네 엄마랑 얘기해서, 네 엄마가 허락하면 아마 너도 시집가지 않고는 못 배길걸."

그러자 장원원이 냉소를 지으며 말했다.

"그럼 콱 죽어 버리지! 그리고 형부도 날 속일 생각일랑 마셔요.

중국 사람만 중국 관리가 될 수 있지, 외국인이 중국 관리가 된다는 이치가 어디 있답디까? 그 말, 난 못 믿겠어요."

이에 백추현이 말했다.

"네 말은 틀렸다. 넌 외국인은 중국 관리가 될 수 없다고 했는데, 너에게 증거를 보여 주마. 다른 것은 말할 것 없고, 바로 여기 황포탄(黃浦灘)에 새로 설치한 해관인 신관(新關)을 관리하는 세무사가 바로 외국인이면서 중국 관리가 된 사람이다. 네깟 기생들이 뭘 안다고?"

그 말을 듣고 장원원은 한동안 멍하니 있다가 말했다.

"어디 신관?"

그러자 백추현이 말했다.

"커다란 자명종이 있는 곳이 바로 신관이다. 상해 신관에는 상해의 세무사가 있고, 북경에는 총세무사가 있지. 그 사람은 그해 이곳 사교(斜橋)[417] 성공관(盛公館)[418]의 성행손(盛杏蓀)[419]과 함께 천자의 눈에 들어 태자소보(太子少保)[420]가 되어 역시 홍정자(紅頂子)[421]를 썼다. 아무것도 모르면서 함부로 지껄이다니."

하지만 그의 말이 끝나기도 전에 장원원이 여전히 도리질을 치며 말했다.

"그가 홍정자를 쓰든 백정자를 쓰든, 무슨 13태보(太保)[422]로 불리든 14태보로 불리든 난 상관없어요. 외국인에겐 절대 시집가지 않을 거니까요."

---

417 상해 남경서로(南京西路) 오강로(吳江路)에 있음.
418 성행손의 집.
419 성선회(盛宣懷, 1844~1916)로 그의 자가 행손(杏蓀)임. 청말의 정치가로 양무운동의 대표적 인물 가운데 하나.
420 태자의 안전을 보위하던 태보의 '부(副)'에 해당하는 직위.
421 청대에 2품 이상 관리의 갓 꼭대기에 다는 붉은 산호 구슬. 고관, 고위 관직을 가리킴.
422 태자의 안전을 보위하던 정2품 관직.

백추현은 처음엔 그를 놀려 줄 생각이었으나, 이렇듯 딱 부러지게 말하는 것을 보니 사실대로 털어놓을 수밖에 없었다. 이에 목소리를 높여 노항개를 가리키며 말했다.

"봐라, 저 사람이 중국인이냐 외국인이냐?"

이쯤 되자 장원원도 그제야 노항개를 자세히 살펴보게 되었다. 그런데 속으로 외국인이라 하자니, 거리에 서 있는 인도 경찰보다 구변도 훨씬 나았고 게다가 피부도 하얗고 몸매도 준수했다. 그렇다고 가짜 외국인이라고 하자니, 어째서 코가 높고 눈은 또 움푹하단 말인가. 이래저래 의문이 들어 한순간 대답을 못했다.

노항개는 둘이 소곤거리는 것을 보고 처음에는 못된 생각이 들었다. 하지만 나중에 백추현이 자신을 가리키며 장원원에게 중국인인지 외국인인지 묻는 것을 보고, 장원원이 외국인을 싫어한다는 것을 알게 되었다. 중국 여자들은 지식이 아직 개명되지 않았으니, 이렇듯 고지식한 것도 당연했다. 장원원이 멍하니 아무 말도 못하는 것을 보자 그는 침상에서 벌떡 일어나 자신의 머리를 움켜잡고 말했다.

"내가 중국인인지 외국인인지 똑똑히 알려면 내 머리카락을 보면 될 것이다."

그러자 장원원이 머리를 들고 쳐다보았다. 그의 머리카락은 새까맸다. 그리고 이어 그의 코며 눈이며 자세히 살펴보았다. 백추현은 그제야 그녀에게 알려 주었다.

"노 대인은 본시 우리 중국 사람인데, 외국에 오래 머무셨기에 외국 복장을 하신 게다. 지금 안휘 무대가 관리로 초청한 것은 사실이다. 나중에 관리가 되면 자연히 복장을 바꾸실 게야. 게다가 난 너희 기생들은 모두 외국인을 좋아한다고 생각했는데, 너는 어찌하여 외국인을 싫어하니? 정말 이해할 수 없구나."

그러자 장원원이 말했다.

"전 천성이 외국인을 싫어해요. 남들이 수군거리는 게 듣기 싫단 말이에요. 노 대인께서 절 돌봐 주시겠다면; 이런 모습으로라면 내일 오실 필요 없어요."

이에 백추현이 말했다.

"정말 웃기는구나. 세상천지에 기생이 손님을 고르는 법이 어디 있더냐? 노 대인을 화나게 만들지 마라. 그렇지 않아도 내일은 오지 않을 것이다."

그런데 누가 알았으랴, 장원원이 아직 입을 떼지도 않았는데, 노항개는 첫눈에 원원이 맘에 들었다. 하여 반드시 그녀를 어떻게 해 볼 생각으로 급히 말했다.

"난 본시 중국 사람이다. 비록 여기에 중국옷이 없지만 재봉사에게 지으라면 금방 될 게야. 아니, 한두 벌 사도 되겠지. 신발이나 양말이야 말할 것도 없지. 그런데 지금 가장 골치 아픈 건 이놈의 변발이다. 이발사와 상의해서 가발을 하나 만들어 달라는 수밖에 없지. 그런데 내 머리가 너무 짧아 이어지지 않을까 걱정이니, 그러면 어떻게 하지?"

그러자 장원원이 말했다.

"가발이 필요하시면 여기 아주 많아요. 필요하실 땐 언제든 마음대로 들러 가져가세요. 다만 어떻게 걸쳐야 할지는 아무래도 이발사와 상의해야 할 거예요."

백추현이 둘의 얘기가 점점 의기투합해 가는 것을 보고 말했다.

"그건 쉽습니다. 제가 전에 어느 신문에서 전문적으로 가발을 치장해 주는 사람 광고를 보았습니다. 하나에 2원밖에 하지 않습니다. 오늘 돌아가서 찾아보고, 찾으면 우리 가서 치장합시다."

모두들 웃고 떠들었다. 장원원은 노항개가 복장을 바꾸겠다는 소리를 듣고, 또 거기다 형부가 말하길 그 사람은 부자에 관리라고 하니, 처음처럼 그를 거절하지는 않았다. 게다가 저녁엔 죽을 먹고 가라며 붙잡기까지 했다. 백추현과 노항개는 얼추 2시 종이 울린 뒤에야 그 자리를 떠났다.

노항개는 여전히 예사객점으로 돌아와서도 장원원의 환심을 살 생각뿐이었다. 다음 날 거리로 나가 재봉사를 찾아 치수를 재고 유행하는 옷으로 지어 달라고 했다. 그러자 재봉사가 최소 사흘은 걸린다고 얘기했다. 노항개는 너무 늦다고 생각했지만 달리 방도가 없어 헌 옷 가게로 가서 몸에 맞는 옷을 찾아 두 벌 샀다. 헌 옷 가게 점원들은 외국인이 중국옷을, 게다가 유행하는 옷을 찾는 것을 보고 모두들 이상하게 생각했다. 그러나 물건을 사려고 방문한 사람을 내쫓는 일은 결코 없는 법, 그저 속으로만 웃었다. 옷과 신발은 다 갖추어졌다. 백추현은 일찌감치 『신보(申報)』에 실린 광고를 조사한 뒤, 대양(大洋)[423] 두 개를 내어 그를 위해 가짜 변발을 샀다. 바닥은 그물로 되어 있고, 위는 머리카락으로 덮여 있었다. 게다가 반질반질하게 닦여 있는 것이 틈이라곤 전혀 보이지 않았다. 그것을 보고 노항개는 몹시 기뻐했다. 모두 가지고 돌아가, 방문을 닫아걸고 머리부터 발끝까지 갈아입었다. 혼자 왔다 갔다 하며 거울에 비춰 보니 확실히 말쑥했다. 이렇게 차려입고 동회방에 들러 장원원에게 보여 주고 싶었다. 그러다 나중에 다시 생각해 보니, 예사객점에 머물고 있는 외국인들이 보고 이상하게 여길까 걱정되어 다시 벗어 버렸다. 그날 밤새도록 주저하다 다음 날 아침 일찍 방값을 계산하고 주인과 인사한 뒤 헤어졌다. 그 밖에 짐들은 삼양경교(三洋涇橋)에 있는 큰 객잔으로 옮겼다. 이후로

---

[423] 옛날의 1원짜리 은화.

는 어떤 옷을 입고 문을 나서든 어느 누구도 자신을 신경 쓰지 않으리라 여겼다.

뒷일이 어떻게 되었는지 알고 싶으면 다음 회를 듣고 알아보기 바란다.

제48회

중국식 복장으로 바꾼 뒤 교묘한 말로 행적을 꾸미고
화폐 제도를 논하며 시대를 구원할 포부를 펼치다

각설하고, 노항개는 삼양경교의 객잔으로 짐을 옮겼다. 중국 객
잔을 출입하는 사람들은 대부분 남을 상관하지 않았다. 그는 즉시
옷을 갈아입었다. 처음엔 보기에 쑥스러웠고, 또 괜스레 웃음거리
가 되는 게 아닌가 걱정되었다. 하여 우선 거울에 비춰 보았다. 그
리고 두어 바퀴 성큼성큼 걸어 보았다. 몹시 말쑥하다고 생각되자
급히 마차를 불렀다. 동회방 장원원네로 갈 생각이었다. 그러다 또
장원원네 사람들이 이상하게 볼까 걱정되어 마부를 불러 세웠다.
동회방으로 가지 말고 우선 일품향(一品香)으로 가서 서양 요리를
먹고, 원원을 오라 하여 터놓고 얘기한 뒤, 다시 저들에게 술자리를
준비하라 하여 그리로 2차를 갈 생각이었다. 생각을 결정하고 일품
향으로 곧장 갔다. 그때는 벌써 불을 밝힐 시간인지라, 방은 어느
새 다른 이들이 다 차지하고 있었다. 한참을 기다려서야 겨우 작은
방을 차지할 수 있었다. 노항개는 잠시 앉아, 초대장을 써서 백추현
을 초대했다. 다행히 백추현은 그 근처에 있었던지 곧바로 도착했
다. 그때 백추현은 만나자마자 연신 위아래로 자세히 살펴보더니,

만면에 웃음을 지으며 용모가 빼어나다고 칭찬했다.

"이렇게 차려입으시니, 장원원은 물론이요 보는 이들마다 좋아하겠습니다."

그러자 노항개는 웃기만 할 뿐 대답은 않고 급히 메뉴판을 펴 국표(局票)[424]를 썼다. 그리고 또 백추현에게 이번에는 자신이 술자리를 마련하겠노라고 얘기했다. 그러자 백추현은 온 힘을 다해 찬성했다. 그러면서 또 말하기를, 만약 손님이 적을 것 같으면 친구들을 몇 명 부를 수 있다고 했다. 그러자 노항개가 말했다.

"만난 적도 없는 친구를 어떻게 술자리에 초대할 수 있겠나?"

그러자 백추현이 말했다.

"상해의 친구는 여느 곳과 다릅니다. 관계를 맺을 수만 있다면 하루에도 수많은 친구를 사귈 수 있습니다. 며칠 동안 날마다 바깥에서 교제를 하면, 나름 면목 있다는 사람들의 7~8할은 사귈 수 있습니다."

그 말을 듣고 노항개는 그제야 상해에서 나름 면목이 있다는 친구들은 주로 사마로(四馬路)에서 교제한다는 것을 알게 되었다. 백추현이 또 말했다.

"친구들을 술자리에 부르려는 것은 그들의 후의를 받자는 것이지요."

하지만 노항개는 그 말이 무슨 뜻인지 막연하여 이해하지 못했다. 그러자 백추현이 말했다.

"예컨대 오늘 장원원네 집에서 손님을 초대한다면, 당신이 교제하는 것은 장원원이니 그녀가 당신의 애인입니다. 그런데 오히려 친구들이 돈을 써서 기생을 불러 당신을 모시게 하면, 당신은 어

---

[424] 기생을 부르는 데 쓰는 종이쪽지.

떻게 친구들의 호의를 거절하시겠습니까?"

그러자 노항개가 말했다.

"그 말에 따르자면, 내가 초대하는 것은 내 애인을 돌봐 주는 것이니, 그들이 기생을 부르려면 그 또한 각자 자기 애인을 돌봐 주면 되지. 난 또 저들이 기생을 부르게 할 생각도 없으니 어떻게 내가 저들의 호의를 받는단 말인가?"

그러자 백추현이 말했다.

"역시 변호사분이라 사리에 딱 맞군요. 당신 말이 맞습니다. 시간도 늦었는데, 손님 초대를 하시려면 어서 음식을 내와야겠습니다."

요리가 반쯤 올라왔을 때, 두 사람의 기생도 도착했다. 모두 노항개를 보고 가짜 변발을 비웃었지만, 노항개는 오히려 득의양양하여 그 자리에서 장원원에게 술자리 얘기를 하며 사람을 보내 미리 준비하도록 시켰다. 백추현은 일품향의 지필묵을 빌려, 초대장 다섯 장을 써서 역시 장원원을 따라온 기생에게 주어 먼저 손님을 부르게 했다. 삽시간에 요리가 다 올라왔다. 서새(西崽)가 커피를 올리고 또 계산서를 올렸다. 노항개는 가죽 지갑을 꺼내 돈을 지불했다. 그러자 백추현이 말리며, 반드시 자신이 서명하겠다고 했다. 노항개는 그를 꺾을 수 없었다. 그가 서명하기를 기다려 공수하고 감사의 말을 전했다. 두 사람은 함께 누각을 내려왔다. 그때는 벌써 그들이 부른 기생들도 일찌감치 돌아간 뒤였다. 노항개는 백추현과 동회방으로 가서 누각을 올랐다. 이에 대해서는 자세히 얘기할 필요가 없으리라.

장원원이 머무는 곳은 누각 북쪽 방으로, 계단을 올라 후문으로 들어가는 곳인데 객청과 단절되어 있었다. 남쪽 아랫방은 객청과 이어져 있었다. 그곳도 기녀의 방이었는데, 이름은 화호호(花好好)였다. 이날 화호호는 장사가 아주 잘되었다. 술자리 하나가 끝나자 바로 이어 마작판을 벌인 손님이 술자리를 마련하여 그리로 들어갔다. 노항개는 창문을 통해 그곳을 들여다보았다. 그런데 맞은편 창가에 앉은 이가 다른 사람이 아닌 바로 경경(京卿) 노모한(盧慕韓)이었다. 나머지는 무엇하는 사람들인지 알 수 없었지만, 기세를 보아하니 예사롭지 않았다. 그 방에 앉은 사람들이 '아무개 대인, 아무개 대인' 하며 부르는 소리가 떠들썩했다. 그러면서 한편으론 아무개 대인께서 취임하셨다거나, 또 아무개 대인의 마차는 아직 당도하지 않았는지 물었다. 술자리에 여남은 사람들이 있었으나, 주빈은 안쪽에 앉아 있어 똑똑히 볼 수가 없었다. 그때 노항개는 노 경경이 맞은편에 앉은 것을 보고 저도 모르게 벌떡 일어나며 당황하기 시작했다. 혹여 복장을 바꿔 입은 것을 들키지나 않을까, 게다가 또 화주(花酒)를 한다며 비웃음을 사지는 않을까 두려웠다. 이에 한동안 멍하니 있다가 곧장 하녀에게 창문을 닫게 했다. 때는 초가을이라 창문을 닫으니 더웠지만 그로서는 어쩔 수 없는 일이었다. 백추현은 견디기 힘들었으나, 주빈이 시킨 일인지라 어찌할 수도 없었다.

잠시 뒤 백추현이 대신 초청한 변호사 통역관 뇌생의(賴生義), 영사 공관의 문안 첨양시(詹揚時), 혁필양행(赫畢洋行)의 매판 조용전(趙用全), 호남군장위원(湖南軍裝委員) 후보 지주 난토장(欒吐章), 복건판동위원(福建辦銅委員) 후선도(候選道) 위찬영(魏撰榮) 등이 연이어 도착했다. 노항개와 백추현은 그들을 맞으며 당연히 기뻐했다. 노항개와 통성명을 하고, 서로 오래전부터 존함을 들었다는 인사치레를 했다. 백추현이 노항개를 띄우자 모두들 더욱 존경했다. 이에 백추현은 술상을 차리게 하고, 또 자리에 앉은 이들을 위해 일일이 기생을 불렀다. 자신은 몹시 흥이 올라 둘을 불렀다. 금세 술자리가 마련되고, 모두들 자리에 앉으며 일제히 말했다.

"날씨가 몹시 더운데, 어찌하여 창문을 열지 않습니까?"

노항개는 자신의 심사를 말하기가 거북했다. 그러나 다행히 자신이 앉은 곳은 맞은편이 보이지 않는지라 별다른 토를 달지 않고, 모두가 하자는 대로 창문을 열었다.

한편 맞은편 방에서 술자리를 마련한 주빈은 김씨 성을 가진 강남의 후보 도대로, 재정에 밝고 상무에 정통했다. 이번에 출장 명령을 받아 상해 조계지로 왔는데, 이곳은 본래 중국 법률로 관할할 수 없는 곳이었다. 하여 관장에서는 대부분 상해에 도착하면 기생을 불러 화주 마시기를 사소한 일로 여겨 공공연히 행했다. 쓸데없는 얘기는 그만두고, 여기서는 김 도대에 대해서만 얘기하자.

김 도대는 노모한이 은행을 개설하려 한다는 이유 때문에 왔기에, 그와 친해지려고 자세한 세부 규정을 탐문했다. 노모한 또한 김 도대가 재정에 밝았기 때문에 친해지기를 원하여 그와 일체를 상의했다. 이날은 김 도대가 주빈이고 노모한은 손님이었다. 노항개는 맞은편 방에서 그를 보고 있자니 스스로 켕겨서 창문을 닫으라 했다. 그러나 기실 노모한의 눈에 그는 전혀 보이지도 않았다. 우선 등불 아래라 모습이 흐릿한 데다 노모한은 나이가 들면서 눈이 침침하여 한 자 정도 떨어져 있는 것도 똑똑히 볼 수 없었다. 둘째, 노항개와 같은 인물을 노모한이 마음에 두고 있다고 할 수도 없었다. 게다가 지금은 복장까지 바꾸어 전날에 만났던 형상과 크게 달라졌기에 코앞에서 만난다 해도 그리 주의하지 않을 것이었다. 그런데 하물며 이렇게 멀리 떨어져 있으니 두말할 필요가 없었다. 하여 술자리가 다하도록 장원원의 방에서 일어난 일을 남쪽 방에서는 아무것도 알 수 없었다.

나중에 화호호의 술자리 주빈 김 도대는 다시 기생들을 불러 술판을 벌였다. 마침 노모한은 장원원을 데리고 논 적이 있어 그녀를 불렀다. 장원원이 불려 갔을 때, 이쪽은 반쯤 먹은 상태였다. 노모한이 장원원에게 그 방에서 술자리가 있는지, 그리고 누가 마시고 있는지 물었다. 이에 장원원은 사실대로 대답했다. 노씨 성을 가진 이인데, 이제 막 외국에서 돌아와 곧 안휘로 관리가 되어 간다는 내용이었다. 듣지 못했으면 그만이되, 들은 뒤에야 노모한은 마음에 걸리는 것이 있었다. 전날 노항개가 찾아왔는데, 그는 아직 답방을 하지 않은 것이었다. 외국에서 돌아왔고 또 안휘로 곧 간다는 장원원의 말을 들으니, 그가 아니면 누구겠는가? 이에 자신이 그를 안다 말하고, 그가 외국 복장을 하고 있지 않느냐고 물었다. 그 말을 듣고 장원원이 웃으며 말했다.

"처음 오던 날은 외국 복장을 하고 있었지만, 오늘은 복장을 바꾸었습니다."

노모한은 처음엔 외국 복장을 하고 있었다는 말을 듣자 노항개가 틀림없다고 확신했다. 하지만 나를 만나서는 중국인들의 변발을 몹시 증오한다더니 어찌하여 자신은 그렇듯 복장을 바꾸었단 말인가? 이에 장원원에게 물었다.

"노씨 성을 가진 그 손님은 변발이 없었는데, 어찌 그리 쉽게 바꿀 수 있었다더냐?"

그러자 장원원이 웃으며 말했다.

"변발은 은화 2원을 주고 대마로(大馬路)에서 산 것입니다. 덮어 썼는데 자세히 보지 않으면 분간할 수 없습니다."

그 말을 듣고 노모한은 이상하다는 듯이 말했다.

"술자리가 파하면 내가 만나 봐야겠다."

이에 장원원이 말했다.

"제가 먼저 통지하겠습니다."

그러자 노모한이 말했다.

"그럴 필요 없다. 나중에 내가 직접 가겠다."

이야기를 나누는 동안 기생들을 대동한 술자리가 갖추어졌다. 노래하고 떠들며 한바탕 왁자지껄 놀고 각자 헤어졌다. 손님들은 밥을 달라 하여 먹고 나서 뿔뿔이 흩어졌다. 노모한 또한 장삼을 걸치고 주빈에게 이별을 고했다. 그는 다른 이들을 쫓아 누각을 내려가지 않고 후문을 통해 안으로 들어갔다. 전면을 향해 잠시 발을 멈추고 바라보았다. 때마침 노항개가 고개를 돌리고 하녀와 얘기를 나누고 있었다. 똑똑히 보니, 과연 그였다. 이에 소리를 높여 불렀다.

"항개 형!"

그리고 이어 한마디 했다.

"어찌하여 손님을 부르면서 난 부르지 않았소?"

노항개는 등 뒤에서 누군가 부르는 소리에 몹시 이상하여 자세히 보았다. 그는 방금까지 창문을 닫아걸고 만나길 두려워하던 그 사람, 바로 노모한이었다. 지금 그가 자신을 찾아온 것이었다. 고개를 숙이고 자신의 분장을 보고 있자니, 저도 모르게 속에서 열이 올라 순간 귀까지 빨개졌다. 다행히 그는 법률을 배운 사람이라 임기응변 능력은 다른 사람들에 비해 훨씬 뛰어나 반박에 능했다. 그는 생각을 굴리다 노 경경이 다른 말 하기 전에 먼저 일어나며 자리를 권했다. 노모한이 이미 배불리 먹었다고 말했지만, 노항개가 어찌 그 말을 순순히 따르겠는가. 노모한은 옷을 벗고 앉아 술을 마실 수밖에 없었다. 주빈에게 사례하고 나머지 사람들과 통성명했다. 노항개가 먼저 나서며 말했다.

"저는 어르신께서 재삼 저에게 복장을 바꿀 것을 권하셨기에, 비록 좋아하지는 않지만 어르신의 호의를 물리치기 어려워 서둘러 갈아입었습니다. 내일 이렇게 입고 문안을 여쭈렸더니, 오늘 뜻하지 않게 먼저 만나게 되었습니다. 지금은 먹다 남은 술안주뿐이라 너무 무람없으니 내일 다시 청하도록 하지요."

말을 마치고 술을 채우며, 젓가락을 들어 그에게 요리를 집어 덜어 주었다. 노모한은 그가 먼저 털어놓고 말하자 무어라 더 말하기도 거북하여 이렇게 말할 수밖에 없었다.

"노 형께서 안휘에 당도하시면 그길로 곧장 계속하여 영달하실 터이니, 당연히 복장을 바꾸시는 편이 좋겠지요."

그러자 노항개가 말했다.

"바로 그런 연유이지요."

그렇게 서로 주거니 받거니 하다 술자리를 파했다. 노모한은 내일 답례로 김 도대를 초대하려 했는데, 내친김에 노항개도 초대했다. 노항개는 반드시 함께하겠다며 단숨에 응낙했다. 노모한은 먼저 마차를 타고 돌아갔고, 나머지 사람들도 모두 인사를 하고 떠났다. 방에는 노항개와 백추현 두 사람만 남았다. 백추현은 그의 비위를 맞추려고 급히 작은 장모인 장원원의 어머니를 찾았다. 둘은 한참 쑥덕거렸다. 그 내용이란 것이, 노 대인이 얼마나 돈이 많고 힘이 센지, 그리고 원원이를 얼마나 특별히 여기는지 등이었다. 그날 밤 일은 자세히 설명할 겨를이 없다.

한편 다음 날 노항개는 아침 일찍 일어나 객잔으로 돌아갔다. 노모한의 술자리 초대 편지가 이미 와 있었다. 구안리(久安里) 화보옥(花寶玉)의 집에서 6시에 술자리를 마련한다는 내용이었다. 노항개는 하루 종일 별다른 일이 없어 6시 종이 울리자 서둘러 그곳으로 갔다. 그런데 주빈 혼자만 있어 서로 한담을 나누었다. 곧이어 손님들이 속속 도착했고, 뒤이어 특별한 손님 김 도대도 당도했다. 세어 보니 손님과 주인 모두 일곱 명이었다. 이에 기생을 불러 자리를 마련하게 했다. 당연히 김 도대가 상석이었고, 두 번째 세 번째도 도대들이었다. 노항개는 네 번째에 자리했다. 주인이 술을 바치자 모두들 사례했다. 그 자리에서 김 도대는 몹시 예의를 차렸다. 노항개가 외국에서 변호사를 지내다 돌아온 사람이고, 또 안휘 무대가 초빙한 고문관이란 소리를 들었기 때문이었다. 분명 학문이 넓고 깊으며 시무를 통찰하고 있을 터. 이에 이것저것 자세히 물으며 정성스레 대했다. 다행히 노항개는 눈치가 빠른 사람이라, 자신이 잘 아는 일을 가지고 일일이 대꾸하여 한참을 담소하면서도 약점을 드러내지 않았다. 나중에 노모한이 은행 개설에 관한 일을 설명하자, 노항개가 먼저 입을 열었다.

"은행은 재정의 근원이니, 재정에 밝지 못하면 아무 일도 할 수 없습니다. 그러니 은행을 개설하지 않으면, 이런 재원이 또 어디서 나오겠습니까?"

그러자 김 도대가 말했다.

"제게 조금 우매하고 무지한 생각이 있는데 말씀드려 보겠습니다. 노 선생께선 언짢아 마시고 가르침을 주시기 바랍니다."

그러자 노항개가 말했다.

"제가 어찌 감히!"

이에 김 도대가 말했다.

"노항개 선생께서 말씀하시길, 어떤 일이든 돈이 없으면 할 수 없다는 말은 참으로 틀리지 않습니다. 그리고 노 경경 옹께서 은행을 개설하는 일도 이재를 위한 매우 중요한 수단입니다. 허나 제가 보기에 이는 근본을 헤아리지 않고 그 말단만 갖춘 의론이라 생각됩니다."

이에 모두들 깜짝 놀랐다. 김 도대가 이어 말했다.

"책에서 말하기를, '백성이 풍족하면 군주 혼자 부족하겠는가'라고 하였습니다. 또 말하기를, '백성들의 믿음이 없다면 나라가 설

수 없다'라고 했습니다. 외국에서는 어떤 일이 생기면 일찍이 백성들에게 공채를 모집하지 않은 적이 없습니다. 백성들은 이를 믿기에 기꺼이 돈을 내놓습니다. 그런데 어찌하여 우리 중국에서는 '모금'이라는 두 글자만 들으면 백성들은 골머리를 앓고 이맛살을 찌푸리며, 피할 겨를이 없을까만 생각하는 것입니까? 그 까닭은 바로 믿음과 불신, 이 둘의 차이에 달려 있습니다. 어느 해인가 중국에서 주식을 모집했지요. 방법도 그리 나쁘지 않았고 돈 모으기도 쉬웠습니다. 그러나 중간에서 일을 처리하는 사람들이 백성들에게 거듭 신뢰를 잃어, 급기야 전국의 민심이 뿔뿔이 흩어지고 말았지요. 하여 이후로 다시 돈을 조달하려 해도 사람들은 전철이 있었던지라 부득불 위험한 것으로 간주하게 되었습니다. 하니 이제 와서 과거의 인심을 돌이키려 하지만 이 일이 어찌 쉽겠습니까? 따라서 지금 중국은 돈을 조달할 방법이 없음을 걱정할 것이 아니라, 백성들의 신뢰를 견고히 할 방도가 없음을 걱정해야 합니다. 대저 우리가 어떤 일을 할 때, 무너뜨리기는 쉽지만 회복하기는 몹시 어렵습니다. 이제 와서 백성들에게 잃어버린 신뢰를 회복하려면 결코 서둘러서는 안 됩니다."

김 도대는 그리 얘기를 하면서 또 한편으론 난처한 표정을 지었다. 그러자 노모한이 말했다.

"그 말씀에 따르자면, 중국은 끝내 구제할 수 없다는 것입니까? 결국 은행도 개설할 수 없다는 것입니까?"

그러자 김 도대가 말했다.

"천천히 하면 방도가 있지요. 지금의 사태는 아래에 책임을 지울 수 없습니다. 응당 먼저 위에서 책임을 져야지요. 각 성에서 사용하는 은화를 예로 들어 봅시다. 북양(北洋)에서 제조한 것은 강남에서 사용할 수 없고, 절강성과 복건성에서 제조한 것은 광동에서 쓰지 못합니다. 강남과 호북에서 제조한 것만은 두루 쓸 수 있습니다. 그러나 전장(錢莊)에 가서 돈을 바꾸면, 그것도 여전히 외국 은화에 비해 함량이 1~2할 모자랍니다. 자기 나라의 돈이 되레 외국에서 온 것보다 쓰임새가 미치지 못하니, 기가 찰 노릇입니다. 지금 제 생각으로는 칙령을 내려 무릇 은화는 각 성에서 주조하는 것을 금하고, 호부(戶部)에서만 제조하도록 조치해야 합니다. 이를 천하에 반포하여 시행하되, 함량을 일률적으로 하면 자연 각 성에서 두루 통용될 것입니다. 무릇 지조(地租)나 상품의 관세 및 관직을 사는 따위의 돈은 일률적으로 본국의 은화로만 걷고 다른 나라의 은화는 수용(收用)을 허락하지 않습니다. 그리하여 이러한 조치가 오래되면, 외국 은화는 금하지 않아도 저절로 끊어질 것이요 간교한 상인들은 술수를 부릴 수 없을 터이니, 자연스레 백성들이 이용하게 되겠지요. 금화나 동전도 모두 이에 준하여 처리합니다. 더구나 주조하는 것이 많으면 많을수록 좋습니다. 이는 무슨 까닭인가? 예컨대 은자 한 냥을 사용하면, 다만 한 냥의 쓰임새에만 상당하게 됩니다. 이에 은화를 개량하여 주조한 뒤, 한 냥이나 7전 2푼이 어찌 정말로 있었겠습니까만, 이름은 한 냥 혹은 7전 2푼이라 합니다. 은화 한 덩이당 이익을 보는 것은 비록 적겠지만, 티끌모아 태산이라고 1년을 통계하면 적지 않을 것입니다. 중국 백성은 가난해서, 금화를 간직할 수 있는 사람은 아직 적으니 미루었다가 다시 의논해도 되겠지요. 10원짜리 동전이나 20원짜리 동전의 경우, 제조 원가는 20~30푼에 불과합니다. 그 정도의 밑천을 들여 10전 혹은 20전의 사용 가치를 만들어 낼 수 있다면, 그 이득은 계산할 수 없을 것입니다. 지폐의 경우, 제조 원가는 한 장당 몇 푼에 불과한데 그것으로 1원·5원·10원·50원·100원 등의 사용 가치를 만들어 낼 수 있으니 그 이익은 더욱 크지요. 여러분, 생각해 보십시오. 우리 중국의 상해나 천진에 개설한 외국 은행 가운데 어느 누가 지폐를 사용하지 않습니까? 우리 나라 내지의 전장을 예로 들어 봅시다. 1천 문(文)이나 5백 문짜리 전표가 도처에 있습니다. 전표를 내면 돈처럼 사용할 수 있지요. 그리고 원래의 돈으로 바꾸어 다른 장사를 할 수도 있습니다. 그러니 이것이 두 배의 이익이 아니겠습니까? 사람들이 당신을 믿기만 한다면, 지폐 발행이 많아질수록 이문도 많아진다는 것은 분명한 이치이지요. 지폐 제조의 경우, 기계는 부득이 사 와야겠지만 제조는 반드시 우리 스스로 해야 합니다. 만약 남에게 맡길 요량이면, 전년의 통상은행(通商銀行) 위조지폐 사건 같은 것은 반드시 방비해야 합니다. 지금 이를 만회할 방법은, 실현 가능성이 없는 일은 하지 말고 반드시 한 걸음 한 걸음 현실에 발을 디디는 것입니다. 만약 지폐를 사용한다면, 우리 중국은 현재 9천만 냥의 수입이 있으니, 외국의 방법에 비추어 보면 2억여 냥어치의 지폐를 발행할 수 있습니다. 우리가 지금 실사구시하여 9천만 냥의 지폐를 발행하고, 백성들이 그것이 1, 1에 상당하며 조금의 거짓도 섞이지 않은 것을 알게 된다면, 거기에 무슨 불신이 있겠습니까? 이런 몇 가지 일들이 제대로 처리되면, 중앙은행의 기초는 이미 마련되었다고 할 수 있습니다. 그런 연후에 이를 각 성도(省都) 및 항구, 각국의 개항장, 내지의 지폐에까지 확대해 나간다면 일망타진하는 것도 어렵지 않을 것이니, 원근의 환어음도 곳곳에서 유통될 것입니다. 게다가 마찬가지로 각국 은행의 지폐도 상해의 것은 상해에서만 사용할 수 있고 천진의 것은 천진에서만 사용할 수 있게 합니다. 우리 나라 중앙은행에서 제조한 것은 18개 성과 각국의 개항지에서 두루 통용할 수 있게 하여 사람들에게 편리하도록 합니다. 이와 같이 한다면, 우리 자신의 이익의 근원을 지킬 수 있을 뿐만 아니라, 저들의 유입을 철저히 막을 수 있습니다. 이때가 되면 나라에서 돈이 없어 일을 못한다는 걱정을 할 필요가 있겠습니까?"

이에 노모한이 말했다.

"이번 의론은 한 점 틀림이 없소이다. 참으로 탄복하는 바입니다!"

그러자 김 도대가 말했다.

"이는 피상적인 의론일 뿐이니, 어떻게 할 것인가 하는 방법의 경우, 결코 우리가 이 술자리에서 몇 마디 말로 결론지을 수 있는 것이 아닙니다. 제가 『부국말의(富國末議)』란 책을 한 부 지었는데, 나중에 보내 드릴 테니 가르침을 바랍니다."

이에 노모한과 술자리에 함께한 좌중들은 모두 배독(拜讀)하겠노라며 칭송했다. 노항개는 김 도대를 비롯한 몇몇과 상면하던 처음에는 스스로를 대단하게 여겨 눈에 뵈는 것이 없었다. 그런데 지금 노모한이 그에게 이토록 경탄하고 또 그의 의론이 틀리지 않음을 보자 자신은 그에 못 미침을 알고 순간 기세가 반이나 꺾이고 말았다. 그러면서 속으로 생각했다.

'중국엔 아직도 일 처리에 유능한 인물들이 있구나. 다만 권력을 얻지 못해 그 능력을 발휘할 수 없음이 애석하구나. 안휘에 가면 곳곳에서 유의해야겠구나.'

얘기를 나누다 보니 술자리는 어느새 파했다. 이후에도 노항개는 상해에서 며칠 더 머물며, 오직 장원원과만 붙어 지냈다. 마음 같아서는 며칠 더 머물고 싶었지만, 안휘에서 거듭 재촉하는 전보를 보내는 데다 여비도 바닥을 보였다. 할 수 없이 모질게 마음먹고 눈물을 뿌리며 이별했다. 후일 뜻을 얻으면 다시 너를 데리러 오겠노라 약속하고.

뒷일이 어떻게 되었는지 알고 싶으면 다음 회를 듣고 알아보기 바란다.

제49회

재수가 없어 까닭 없이 귀중품을 배상하고
술김에 서양인의 편지를 읽어 재능을 과시하다

각설하고, 노항개는 증기선을 타고 상해를 떠나 사흘이 채 못 되어 안휘성에 당도했다. 먼저 양무국 총판의 공관을 알아본 후, 도시 큰 거리에 있는 객점에 잠시 머물렀다. 노항개는 이제껏 쾌적함이 몸에 배어 있었다. 한데 객점에 당도하여 문을 들어서고 보니 낮고 좁아 견딜 수가 없었다. 잡일하는 이들은 옷차림이 모두 남루했다. 짧은 셔츠에 바지를 입었는데, 머리를 둘둘 말아 올린 것이 모자인 셈이었다. 옷깃엔 붉은 글자를 수놓았고 단추는 구리로 장식한 질박한 장삼을 입은, 깔끔한 상해 예사객점(禮查客店) 노복들과는 천지 차이였다. 허나 이곳에 도착한 이상 달리 방법이 없어 노항개는 짐을 정리하고, 물을 달라 하여 세수했다. 이어 하인을 시켜 명함을 들고 뒤를 따르게 한 뒤, 곧장 양무국으로 갔다. 노항개가 외출한 것은 말하지 않겠다.

한편 안휘성은 비록 중등 정도의 성이라고는 하나, 기풍이 아직 개명하지 못하여 모든 일을 여전히 예전처럼 변변치 못한 대로 처리하고 있었다. 그런데 지금 갑자기 이런 분장을 한 사람이 객점에 머물게 되었으니, 모두들 신기한 소식으로 여겼다. 처음에는 그를 외국인으로 생각해 그리 이상하게 여기지 않았다. 그런데 나중에 들어 보니 중국인이 분장한 외국인이라는 것이었다. 이에 모두들 기이하게 여기기 시작했고, 그 소문은 삽시간에 퍼져 나갔다. 하여 노항개가 문을 나설 즈음엔 수많은 사람들이 그를 에워싼 채 눈을 부릅뜨고 여기저기 모여 의론이 분분했다. 그가 객점을 나서자 사람들이 우르르 객점으로 몰려갔다. 그의 방문 앞에 이르니 잠겨 있었다. 이에 모두들 창문으로 안을 들여다보았다. 가죽 가방이며 등나무 바구니 등에 많은 것들이 불룩이 싸여 있었다. 추측이 분분했다.

"저 안엔 분명 알록달록한 보석이나 다이아몬드가 들었을 거야."

사람이 많이 몰리면 물건을 잃기도 쉬운 법. 객점 주인은 저들이 무언가라도 들고 가 버리면 그 책임이 자기에게 돌아올까 걱정되어, 큰 소리로 고함쳐 볼일 없는 사람들을 죄다 내쫓았다.

한편 노항개는 양무국에 도착하여 입구를 찾아 명함을 넣었다. 한참 지나서야 누군가 나와 말을 전했다.

"총판 대인께선 서문 만안교(萬安橋)에 사시는데, 공관에 가시면 찾을 수 있을 겝니다요. 여기엔 자주 오지 않습니다요."

노항개는 그의 말대로 서문 만안교를 찾아갔다. 공관이라 적힌 곳을 보니, '이품정대안휘즉보도총판양무국(二品頂戴安徽即補道總辦洋務局)'이라는 직함이 적혀 있었다. 이곳이구나 싶어 이전처럼 명함을 들여보냈다. 하인이 용건을 묻고는 곧장 안으로 들어가 보고했다. 얼마 있지 않아 하인이 '끼익~' 하며 중문을 열더니 "드시지요" 하고 말했다. 노항개는 서둘러 따라 들어갔다. 멀리 양무국 총판이 보였다. 그는 40여 세로 세 가닥 검은 수염이 있었다. 연두색 비단 겹저고리에 대추색 눈이 가는 철망 겹마고자를 걸치고 있었다. 발에는 비단 신발을 신고 만면에 웃음을 띠며 맞으러 나왔다. 그는 "오래전부터 존함을 들었습니다!" 하고 인사했다. 노항개는 관장의 예절을 잘 몰랐다. 그는 요즈음에야 사람들이 관장을 뵈면 안부를 묻고 읍을 해야 한다는 소리를 들었다. 그러나 불편하여 그저 모자를 벗고 허리를 굽혔다. 두 사람은 객청으로 들어가 좌정한 뒤 차를 마시며 몇 마디 잡담을 나누었다. 노항개는 광동 관화로 가까스로 몇 마디 대답했다. 양무국 장 총판이 머무는 곳을 묻자 노항개는 주머니에서 조그만 수첩을 꺼내 삐뚤빼뚤 연필로 주소를 적었다. 그러곤 그것을 찢어 건넸다. 장 총판은 한 번 쓱 보고는 신발 윗부분에서 꽃이 수놓인 가죽 클립을 꺼내 안에 갈무리하며 말했다.

"제가 내일 관청으로 가서 중승께 보고를 드리고 나면 양무국에 오셔서 머무십시오."

이에 노항개는 감사 인사를 전하고는 더 할 말이 없어 몸을 일으켜 작별을 고했다. 양무국 장 총판은 대문까지 배웅하고서야 안으로 들어갔다. 이는 그를 고문관으로 대접하는 것으로, 다른 사람이라면 꿈도 꾸지 못할 정중한 대접이었다. 노항개 일행은 양무국 장 총판의 공관을 나와 다시 객점으로 돌아왔다. 문을 열고 들어가 막 앉으려던 참에 관청 관리처럼 생긴 이가 노(勞) 나리의 방이 어디냐고 묻는 소리가 들렸다. 점소이가 서둘러 응대하며 말했다.

"이곳입니다요."

관리가 주렴을 걷으며 안으로 들어왔다. 그는 노항개를 보자 문안을 여쭙고 말했다.

"대인께서 말씀하시길, 나리께 문안을 여쭈라 하셨습니다. 여기 환영연을 준비했으니 나리께선 받아 주십시오."

말을 마치고 명함을 한 장 꺼내더니 탁자 위에 내려놓았다. 그러면서 창밖을 향해 말했다.

"너희들은 가져온 것을 이리 들고 오너라."

이에 노항개가 말했다.

"별말씀을 다 하십니다. 어찌 대인께 금전상의 폐를 끼치겠습니까?"

그러면서 일어나 말했다.

"중간 방에 두시지요."

그러고는 지갑을 열어 은화 1원을 꺼내 관리에게 주고 인수증을 써 주며 말했다.

"돌아가시면 저 대신 감사를 전해 주십시오."

심부름 온 관리는 편히 쉬시라 말하며 감사를 전하고 물러갔다. 함께 시중들러 온 짐꾼들도 빈 짐을 들고 돌아갔다. 노항개가 방으로 들어가 보니 풍성한 술과 안주가 한 상 가득했는데, 해삼이며 상어 지느러미 따위였다. 그는 점소이를 불러 주방으로 가져가 찜통에 찌라 하고 식사를 준비시켰다. 조치가 끝나자 다시 자리에 앉아 시가를 한 대 꺼내 피우며 속으로 머리를 굴렸다.

'이번에 안휘성에 온 것은 고문관 직이다. 고문관은 통역관 위이니, 고문관에 대한 예우가 있을 것이다. 그러나 일면 생각해 보면 양무국이 좋기는 하지만 어쨌든 불편하니 다른 공관을 찾아봐야겠다. 가마꾼 몇과 시중들 하인들도 고용해서 호사스럽게 꾸며야겠다. 그렇지 않으면 남들이 깔볼 테니……'

이리저리 생각하다 보니 어느새 주인장이 불을 밝혔다. 점소이는 양무국 총판 대인이 주연을 보내고 또 차사(差使)가 잘 모시라고 분부했기에 조금이라도 잘못하면 관아로 끌려가 곤장이라도 맞을까 봐 감히 게으름을 피우지 못하고 부지런히 오가며 열심히 시중들었다. 요리가 상 위에 오르자 노항개는 넉넉한 해삼과 상어

지느러미를 쓱 보았다. 위에는 기름이 둘려 있었다. 그 밖에도 튼실한 돼지 허벅지며 물고기며 맑은 탕 등이 있었다. 그러나 노항개는 미간을 찌푸리며 젓가락을 내려놓고는 데려온 하인 아이를 불러 상해에서 사 가지고 온 통조림 식품을 가져오라 했다. 거기엔 염장한 소고기며 절인 생선, 참새 고기 등이 있어 간신히 배를 채웠다. 그런 다음 또 하인 아이를 불러 커피 주전자를 가져오라 하여 뜨거운 물을 부어 채웠다. 그러고는 등불 아래서 『전구총도도서집성(全球總圖圖書集成)』을 몇 쪽 훑어본 뒤에야 잠자리를 마련하라 시켰다.

그날 밤은 아무 일이 없었다. 다음 날 노항개는 아침 7시쯤 일어났다. 세수를 마치고 시간을 확인하려고 손을 뻗어 시계를 찾아 주머니를 뒤적였다. 그런데 불현듯 아무것도 잡히지 않아 저도 모르게 대경실색하며 말했다.

"내 항상 사람들이 중국 내지엔 도적이 많다는 말을 들었다만, 어찌 겨우 하룻밤 머무는 사이에 시계를 잃어버린단 말인가?"

생각하면 할수록 화가 났다. 그는 즉시 객점 주인을 불렀다. 객점 주인은 무슨 일 때문인지 몰라 전전긍긍했다. 노항개가 눈을 부릅뜨고 말했다.

"허허, 좋구나, 좋아! 네놈들 여기가 도적 소굴이구나! 내 겨우 하룻밤 잤는데 시계 하나를 잃어버렸으니, 이렇게 가다간 내 침구며 짐들을 모두 훔쳐 가겠구나! 알겠다, 알겠어! 네놈들 모두 한통속이란 걸 내 알고 있으니, 그놈을 내놓으면 만사 없던 일로 치겠다. 허나 그렇지 않는다면, 흥! 내가 얼마나 무서운 줄 알게 될 것이야!"

객점 주인이 땅바닥에 꿇어앉아 이마가 땅에 닿도록 절하며 말했다.

"아이고, 하느님 맙소사, 천벌을 받습니다요. 양(洋) 나리 양 대인의 물건은 말할 것도 없고, 일반 손님들의 물건조차 감히 털끝만큼도 손대지 않았습니다요. 그런데 지금 나리께선 저더러 도적을 내놓으라 하시니, 제가 어디 가서 그 도적놈을 찾습니까요?"

그러자 노항개는 더욱 화를 내며 말했다.

"좋게 말했더니, 네놈이 결코 인정하지 않으렷다?"

그리 말하면서 한편으론 손을 들어 몇 대 때리고, 발로 걷어찼다. 객점 주인이 땅바닥을 데굴데굴 굴렀다. 하인 아이놈은 곁에서 "밧줄을 가져와 저놈을 매달아라, 쇠사슬을 가져와 저놈을 묶어라" 하고 고함을 지르며 기세를 도왔다. 이에 객점 주인은 더욱 다급해져서 간절히 애원했다.

"배상하겠습니다요. 제발 관아로 보내 처벌받게만 하지 말아 주십시오."

그러자 노항개가 말했다.

"내 시계는 미국에서 가져온 것으로, 값어치가 은화 7백 원에 달한다."

그 말에 객점 주인은 깜짝 놀라 혀를 쑥 빼문 채 집어넣을 줄 몰랐다. 나중에 하인 아이가 어르고 달래서 은화 2백 원을 배상하게 했다. 불쌍한 객점 주인은 비록 큰 객잔을 열어 돈이 좀 있다고는 하나, 매달 방값을 받아 먹고사는 것을 때워야 하는 처지였다. 하는 수 없이 객점 손님들에게 선금으로 몇 원씩 빌려 주시면, 나중에 방값과 밥값을 공제하여 계산하겠다고 거듭 상의했다. 그중에는 응낙하는 이들도 있었고, 거절하는 이들도 있었다. 그리하여 도합 70~80원을 모았다. 객점 주인은 달리 방법이 없어 자신의 옷가지와 마누라의 머리 장식까지 저당 잡혀야 했다. 그리하여 2백 원을 끌어모아 갖다 바치고서야 겨우 일이 마무리되었다. 이렇게 한바탕 야단법석을 피우고 나니 어느새 오후가 되었다. 노항개는 하인 아이에게 이런 놈은 도둑놈이며, 그렇지 않다면 어째서 2백 원을 배상하려 하겠느냐고 말하고 있었다. 그런데 말이 채 끝나기도 전에 점소이가 창가에 서서 낮은 목소리로 알렸다.

"양무국 총판 대인께서 납시셨습니다."

노항개는 즉시 몸을 일으켰다. 양무국 장 총판이 성큼성큼 방으로 들어왔다. 서로 상견례를 마치자 노항개는 좌정을 청하고는 하인 아이에게 사이다와 샴페인을 따게 하고, 담배와 궐련을 가져오게 했다. 장 총판은 몇 년간 양무 직책을 맡아 서양인을 자주 만났기에, 준비해 둔 담배와 술이 있었다. 그것은 모두 상해로 사람을 보내 사 온 것들이었다. 그러나 이번에 노항개의 술·담배와 비교해 보니 자신의 것과 전연 달랐다. 이에 극구 칭찬하며 부러워했다. 몇 마디 한담을 나누고는 곧 본론으로 들어갔다.

"오늘 제가 관청에 들러 중승께 보고를 드렸습니다. 중승께선 몹시 기뻐하시며 찾아뵈려 하십니다. 하여 제게 미리 언질을 주라 하셨습니다."

이에 노항개가 급히 말했다.

"그럴 수는 없습니다. 그분은 한 성의 주인이시니, 응당 제가 먼저 찾아뵈어야지요."

그러자 장 총판이 고개를 끄덕이며 말했다.

"선생께선 참으로 겸손하시군요. 허나 저희 중승께서는 예의와 겸손으로 어진 이를 대하시는, 아주 드문 분입니다. 선생께서 먼저 찾아뵙겠다면 제가 인도하지요!"

그리 말하면서 "이리 오너라" 하고 소리쳤다. 그러자 붉은 깃이 달린 모자를 쓴 시종 하나가 들어왔다. 장 총판이 분부를 내렸다.

"어서 공관으로 가 녹색 사인교를 들고 오너라. 내 노(勞) 나리를 뫼시고 관청으로 가야겠다!"

시종이 "예" 하고 대답한 뒤 나가 분부를 전했다. 얼마 안 있어 가마가 왔다. 시종이 보고하니, 노항개가 재촉했다.

"가시지요. 더 늦다간 그분이 먼저 오시겠습니다."

이에 장 총판도 맞장구를 쳤다.

"옳습니다, 참으로 옳습니다!"

노항개는 머리를 다듬고 의복을 갖췄다. 그리고 또 그 자리에서 만든 붉은 종이 명함을 하인에게 주고 나서야 객점을 나섰다. 양무국 장 총판은 노항개에게 먼저 가마에 오르라며 양보했다. 처음에 노항개는 응하지 않다가 나중에 장 총판이 거듭 청하자 할 수 없이 그 말을 따랐다. 그런데 누가 알았으랴. 노항개는 마차를 타는 데는 선수였지만, 가마는 문외한이었다. 가마는 뒷걸음으로 타야 한다는 것을 그는 알지 못했다. 이에 가마가 땅에 놓이자 그는 몸을 굽히고 기어서 들어갔다. 가마꾼들이 소리를 외치며 어깨 위로 들어 올리자, 그가 소리쳤다.

"잠깐, 잠깐만 기다려라. 이렇게 하면 내 얼굴이 가마 뒤에 부딪히지 않느냐!"

가마꾼들이 가마를 다시 땅에 내려놓았다. 그가 웅크리고 나왔다가 다시 들어가 앉자, 가마꾼들은 가마를 들쳐 메고 나는 듯이 달렸다. 그때 그 모습을 본 사람들은 모두 몰래 웃었다. 얼마 지나지 않아 관청에 이르러 대당 아래 가마를 내려놓고 나오시라 청했다. 이곳 순포는 양무국 장 총판이 미리 시중들도록 준비해 둔 이였다. 순포가 그에게 잠시 화청에 좌정하시라 청하고는 명함을 들고 들어가 보고했다. 황 무대는 노항개가 왔다는 소리를 듣고 서둘러 나와 맞이했다. 노항개는 무대를 뵙자 쭈그려 앉는 것도 아니고 무릎을 꿇는 것도 아닌 어정쩡한 자세로 허리를 굽혔다. 황 무대는 손을 뻗어 구들에 앉으라고 청했다. 노항개는 거듭 거절했다. 그러자 황 무대가 말했다.

"노 형께서 처음부터 이런 형식에 구애되시면, 장차 일이 있을 때 가르침을 청하기가 어렵습니다."

노항개는 그제야 자리에 앉았다. 황 무대가 먼저 입을 열었다.

"노 형께선 홍콩에 오래 머무시며 중외(中外) 간의 일체 교섭을 아주 잘 아신다니 정말 탄복했습니다. 전에 장 도(張道)[425]가 하는 말을 듣고 제가 초대한 것입니다. 그런데 과연 기대를 저버리지 않고 저희 성으로 와 주시니, 장차 모든 일을 믿고 의지하겠습니다. 허나 저희 성은 규모가 작고 험한 곳이라 난봉(鸞鳳)이 깃들일 만한 곳이 못 되는 것이나 아닌지 걱정입니다."

그리 말하고는 크게 웃었다. 노항개도 더듬더듬 대꾸했다. 황 무대가 또 순포에게 물었다.

"장 대인은?"

그러자 순포가 대답했다.

"방금 오셨다가 양무국에 서양인이 방문했다 하여 다시 서둘러 돌아가셨습니다."

그 말을 듣고 황 무대는 아무 말이 없었다. 그러다 잠시 후 다시 노항개에게 말했다.

"제 뜻은 모두 장 도에게 말해 두었으니, 장 도가 노형께 잘 말씀드릴 것입니다."

말을 마치고는 찻잔을 내려놓으며 밖에다 소리쳤다.

"손님 가신다!"

노항개는 그가 이리할 줄 몰랐기에 깜짝 놀라 찻잔도 제대로 내

---

425 장(張)은 제45회에 나왔던 총판 장현명(張顯明)을 가리키고, 도(道)는 도대(道臺)·관찰(觀察) 등의 고명(古名)인 도원(道員)을 말함. 청대에 특수 직무에 해당하는 관제.

려놓지 못한 채 일어섰다. 그는 무대가 앞장서는 것을 보고 속으로, '기왕 손님을 배웅할 것이라면 뒤따르며 배웅해야지, 어찌하여 앞장서서 배웅한단 말인가?' 하고 생각했다. 속으로 의문을 품으며 화청을 나서 대문 앞에 이르렀다. 황 무대는 일찌감치 그 자리에 서서 그를 향해 허리를 굽히고는 곧장 안으로 들어갔다.

노항개는 다시 녹색 사인교에 앉아 객점으로 돌아왔다. 채 일각도 지나지 않아 무대께서 답방을 오시겠다는 전갈이 왔다. 관례에 따라 다른 이들의 방문을 사절했다. 이런 행사에 대해서는 노항개도 잘 알고 있었다. 잠시 후에 양무국 장 총판이 왔다. 이어 본성(本城)의 수현이며 지부, 도대 등이 왔다. 숨 돌릴 틈도 없이 바빠 노항개의 머리엔 구슬 같은 땀이 뚝뚝 흘러내렸다. 그렇게 저녁 무렵이 되어서야 겨우 잠잠해졌다. 하여 막 등나무 의자에 앉아 잠이 들려는데, 무언가 침대 아래서 반짝이는 것이 보였다. 이에 자세히 살펴보니 아침에 난리를 치며 객점 주인에게 배상을 요구했던 그 시계였다. 아마 이른 아침에 일어나 마음이 어지럽고 생각이 산란하던 차에 옷을 입다가 떨어뜨린 듯했다. 속으로 괜스레 객점 주인을 억울하게 만들었다는 생각이 들었다. 그러나 이내 생각을 바꾸었다. 혹여 남들이 알기라도 하면 내가 속임수를 써서 **빼앗았다**고 할 것이 아닌가? 이에 조용히 침상 가로 가서 그것을 주워 가죽 가방을 열고 은밀한 곳에 숨기고서야 마음을 놓았다.

이틀이 지나 양무국에서 그리 멀지 않은, 한길에 있는 큰 집을 찾아 이사했다. 입구에는 '양무중지, 금지훤화(洋務重地, 禁止喧嘩)'[426]라는 여덟 글자가 새겨진 호두패 두 짝이 걸려 있었다. 노항

개는 으쓱하여 기분이 좋았다. 음식이나 기거(起居)는 물론이요
모든 것이 꼼꼼했다. 원래 안휘성은 개항장이 아니어서 서양인들
의 왕래도 적고 교섭 사건은 더욱 드물었다. 노항개는 아무런 구
속도 받지 않고 자유를 누렸다. 그러던 어느 날, 양무국 장 총판
이 불현듯 상의할 공무가 있다며 그를 불렀다. 노항개는 마침 브랜
디 반병을 마셨기에 흐리멍덩한 상태로 양무국에 갔다. 안으로 들
어가니 총판이 대청에서 그를 기다리고 있었다. 그는 양무국 총판
을 보자 두 눈을 게슴츠레하게 뜨며 물었다.

"무슨 일이십니까?"

장 총판이 자초지종을 늘어놓았다. 이에 노항개가 말했다.

"어째서 통역관을 찾지 않으셨습니까?"

그러자 총판이 말했다.

"이 일이 너무 크기에 선생을 찾은 것입니다."

그리 말하고는 품속에서 편지를 꺼냈다. 노항개가 받아 자세히
살펴보니, 그 내용은 다음과 같았다.

To, H. E. The governor of Anhui,

Your Excellency

I have the honour to inform you that our Syndicate
desires to obtain the sole right of working all kinds of
mines in the whole province of Anhui, and we shall
consider it great favour if you will grant the said concession
to us. Hoping to receive a favourable reply.

I beg to remain

Your obedient servant F. F. Falsename

노항개는 편지를 보고도 한마디 말이 없었다. 양무국 장 총판이 다가와 묻자 노항개는 손가락을 접으며 한마디 했다.

　뒷일이 어떻게 되었는지 알고 싶으면 다음 회를 듣고 알아보기 바란다.

제50회

전문을 발휘하다 두 번이나 난관에 부딪히고
극장에 갔다가 천 리 밖으로 돌아갈 채비를 차리다

각설하고, 노항개는 편지를 다 읽은 뒤 즉석에서 간략하게 말해 주었다.

"폴스라는 영국 사람이 안휘성 전체의 광산 업무를 도맡아 개발하고 싶다는 내용입니다. 그런데 이런 자잘한 일로 절 귀찮게 하십니까?"

양무국 총판은 인격 수양이 매우 잘된 사람이었다. 이에 웃음 띤 얼굴로 말했다.

"선생께서 답장을 좀 써 주십시오!"

그러자 노항개가 말했다.

"싫든 좋든 남의 밥을 얻어먹으려면 시키는 대로 해야겠지."

그러고는 사람을 불러 펜과 종이를 가져오라 하여 술술 답장을 썼다.

Anching, 15th day 8th moon

Governor's Yamen

Sir,

In reply to your letter of the 1st day of the 6th moon, re Mines in this my Province of Anhui, I have the honour to inform you that, although I have done everything in my power in trying to obtain for your syndicate the privileges desired by you, an imperial rescript has been received refusing sanction thereafter. Under the circumstances, therefore nothing can be done for you in the matter.

I have the honour

to be, Sir
Your obedient servant
HUANG SHENG
Governor

To

Mr. FALSENAME

etc, etc.

다 쓰고 나서는 또 중얼중얼 한 번 쭉 읽었다. 그런 다음 양무국 총판에게 보라고 주었다. 그러자 총판은 그에게 해석을 부탁했다. 이에 노항개는 머리를 흔들며 말했다.

"이렇게 말했습니다. '당신의 편지를 받고 무슨 말을 하려는지 알았다. 당신은 안휘성 전체의 광산 업무를 독점하고 싶다 했는데, 이 일은 여러모로 어렵다. 우리 정부에 전보를 쳐서 알아보았는데, 정부에서는 불가하다고 한다. 내가 보기에 지금은 이런 일을 처리할 수 있는 시기가 아니니, 단념하시기 바란다!' 아래에는 날짜와 무대의 이름을 적었습니다."

양무국 장 총판이 그 말을 듣고 연신 말했다.

"대단하십니다. 참으로 탄복했습니다."

그러자 노항개는 더욱 득의양양하여 화청에서 외국 식탁 주위를 빙빙 돌았다. 양무국 장 총판은 그에게 편지 봉투도 써 달라고 부탁하여 사람을 불러 폴스에게 보냈다. 그런 뒤 다시 노항개와 몇 마디 잡담을 나눴다. 일이 끝난 것을 보고 노항개가 일어나려 하자, 장 총판이 서둘러 말했다.

"편한 대로 하시지요."

노항개는 돌아오는 내내 주흥이 일어 노래를 불렀다.

"왔구나, 왔어, 만났구나! 왔구나, 왔어, 만났구나!"

그러면서 발길 가는 대로 성큼성큼 걸었다.

다시 며칠이 지났다. 노항개는 황 무대가 있는 곳으로 갔다. 바깥 첨압방에서 담소를 나누고 있는데 순포가 양식 명함 하나를 전해 왔다. 위에는 알아보지 못할 글자가 쓰여 있었다. 말하기를, 서양인이 대인을 방문하려 한다는 것이었다. 황 중승은 명함을 보았지만, 무자천서(無字天書)[427]나 마찬가지여서, 고개를 돌려 노항개에게 보라 시켰다. 그런데 노항개가 자세히 보더니, 이것은 독일어로 자신은 모른다고 했다. 원래 황 무대는 줄곧 외국인에게 잘 보이려 애써 왔고, 그중에서도 특히 독일인을 가장 좋아했다. 그는 예전에 어느 성(省)에서 번대를 지냈는데, 어떤 일 때문에 거의 파직을 당할 뻔했다가 독일 관료가 힘을 써 준 덕분에 무사할 수 있었다고 했다. 독일 관료가 어째서 그를 도와주게 되었는지는 워낙 오래된 일이라 필자도 기억하지 못하겠다. 쓸데없는 이야기는 그만두자.

---

427 아무 글자도 없는 경전.

한편 황 무대는 독일인의 명함을 보고 서둘러 안으로 모시게 했다. 잠시 뒤, 저벅저벅 발소리가 나더니 서양인 하나가 들어왔다. 그는 황 무대를 보더니 고개를 까닥였다. 황 무대는 독일인을 만나는 것이 익숙하여 저들의 예절을 잘 알고 있었다. 이에 손을 내밀었다. 독일인도 손을 내밀어 그와 악수했다. 한편으론 노항개와도 고개를 까딱하더니, '슈미터'라는 세 글자를 말했다. 황 무대는 독일인의 이름이 슈미터라는 것을 알았다. 노항개는 영어로 그의 이름을 물어보려다가, 그가 이미 이름을 말했다는 것을 알고는 그 말을 목구멍으로 삼키고 말았다. 원래 독일의 예절에서는 낯선 사람을 만났을 때, 다른 사람이 묻기 전에 먼저 자기 이름을 밝힌다. 그리고 남이 자기 이름을 묻는 것을 바라지도 않았다. 그러나 불쌍한 노항개가 이를 어찌 알았겠는가? 황 무대가 앉기를 권하자, 슈미터가 먼저 입을 열었다.

　"저는 지금 산동에서 왔습니다. 어떤 사람이 제게 은자 5천 냥을 빚졌는데, 제가 달라고 했더니 주질 않습니다. 대인께서 좀 도와주십시오."

　슈미터의 말은 심오한 뜻이 있는 것도 아니었다. 그러나 노항개는 독일어를 배운 적이 없으니, 어찌 알아듣겠는가? 다만 눈을 크게 뜨고 그를 쳐다볼 뿐이었다. 슈미터는 다시 한 번 얘기했다. 아무래도 황 무대는 독일인과 접촉이 많았던 터라, 독일어는 알지 못해도 숫자는 알아 '5천 냥'이라는 세 글자만큼은 알아들었다. 이에 고개를 돌려 노항개에게 물었다.

　"저 사람이 5천 냥을 말했는데, 설마 배상하라는 것은 아니겠지?"

　노항개는 한마디도 대꾸하지 못하고, 그저 "예예" 할 뿐이었다. 그러나 황 무대는 정녕 그럴 생각이 없었다. 슈미터는 황 무대와 외국인 분장을 하고 옆에 앉은 사람 둘 다 독일어를 모르는 것을 보고, 아무래도 안 되겠다 싶어 내일 통역을 데리고 다시 오기로 마음먹었다. 이에 황 무대와 노항개에게 고개를 숙여 인사하고는 다시 뭐라 한마디 하더니 아무렇지도 않은 듯 훌쩍 가 버렸다. 이 튿날, 그는 통역을 데려와서는 처음 부탁했던 내용을 설명했다. 이에 황 무대는 수현(首縣)을 오라 하여, 이 일을 처리하게 했다. 이는 그 뒷이야기이다.

한편 황 무대는 노항개가 각국의 언어에 모두 통달한 것이 아니라, 영어만 할 줄 안다는 것을 알고 속으로 그를 다소 깔보았다.

'영어만 아는 이라면, 상해에 가서 찾아도 차에 가득 실을 정도로 많을 터. 왜 그리 많은 돈을 써 가며 홍콩까지 가서 이런 고문관을 모셨겠는가?'

이리하여 안휘성에서 노항개에 대한 무대의 대접은 점점 쇠락하게 되었고, 양무국 장 총판 또한 예전처럼 비위를 맞추지 않게 되었다. 노항개는 속으로 후회했다.

자고로 복은 겹쳐 오지 않고, 화는 혼자 오지 않는다고 했다. 시간은 흘러 어느새 겨울이 되었다. 그때 불현듯 프랑스 부영사가 안휘성을 두루 돌아다니게 되었다. 황 무대는 주인 된 도리로 그를 양무국으로 초청하여 성찬을 대접했다. 자리에 배석한 이들은 번대와 수현을 비롯하여 몇몇 주교(主敎) 등이었다. 노항개도 배석했음은 두말할 필요가 없다. 프랑스 부영사는 샴페인을 마시고 취기가 돌아 노항개와 얘기를 나누기 시작했다. 처음에는 영어로 말해서 노항개도 자연히 유창하게 대꾸했다. 그런데 얘기 도중에 부영사가 프랑스어로 말하기 시작했다. 노항개가 전혀 알아듣지 못하자, 다시 영어로 바꾸어 물었다. 노항개는 그제야 그가 말한 뜻을 알아들었다. 여기에 놀기 좋은 곳이 있느냐는 것이었다. 이에 사실대로 대답했다. 그는 속으로 황 무대가 듣고 안 된다고 할까 봐 차

가운 눈초리로 그를 흘깃 보았다. 마침 황 무대는 한 손에 칼을 들고 소갈비를 자르고 있었는데, 좀처럼 잘리지 않는지 온 힘을 칼에 쏟고 있었다. 그제야 마음을 놓았다.

그런데 하필 프랑스 부영사는 알아듣지 못한 눈치라, 다시 프랑스어로 그에게 물었다. 이에 노항개는 또다시 눈을 동그랗게 뜨고 그를 쳐다보았다. 황 무대는 소갈비를 씹으며 두 사람이 나누는 대화에 귀를 기울이고 있었다. 그런데 노항개가 또다시 대답하지 못하는 것을 보고는 더욱 기분이 나빠 냉소를 날렸다. 부영사가 다시 영어로 말했다. 노항개는 그가 황 무대에게 언제 함께 놀러 가겠느냐고 묻는다는 것을 알아듣고, 이를 황 무대에게 알렸다. 그러자 황 무대가 말했다.

"내 비록 나이는 많지만, 산수 유람은 좋아하네. 허나 이렇듯 추운 날씨에 집에서 따뜻하게 지내다 밖으로 나돌면 그야말로 고생할 것이야. 또 한 가지 말할 것이 있네. 그를 모시는 것이야 그리 긴요하지 않지만, 프랑스어를 통역할 사람이 없다는 것이 문젤세. 우리 안휘성에 있는 통역들은 프랑스어를 듣기만 하면 모두 꿀 먹은 벙어리가 되어 버리니, 그때가 되어 내가 손짓 발짓을 해야 한다면 그를 무시하는 것이 아니겠는가?"

그 말을 듣자 노항개는 얼굴이 온통 빨개지며, 앉아 있기도 그렇고 자리를 뜰 수도 없었다. 프랑스 부영사는 난처해하는 그의 모습을 보고, 몹시 괴로울 것이라 생각한 듯 더 이상 묻지 않았다. 잠시 뒤, 주연이 파하자 황 무대는 부영사를 배웅했다. 이어 각처의 주교들도 자신들의 관아로 돌아갔다. 이곳 번대와 수현도 각각 자신의 관아로 돌아갔다. 노항개는 공관으로 돌아와 옷을 벗고 좌정하며 탄식했다.

"내가 꾐에 빠졌구나! 내 본시 오려 하지 않았는데, 이 모든 게 저들이 부추겼기 때문이야. 고문관은 체면도 있고 남들은 하고 싶어도 못하는 것을 너는 왜 거절하느냐며 마음을 흔들어 놓았지. 하여 홍콩에서 하던 일을 버리고 이곳으로 왔건만, 하필이면 독일인이며 프랑스인이 와서 실마리를 종잡을 수 없게 만들다니. 지금 윗분의 뜻도 이렇지 않겠나. 나중에 혹여 변고라도 생길지 모르니, 차라리 일찌감치 사직하고 홍콩으로 돌아가 하던 일이나 해야겠다.”

그러다가 또 생각을 돌렸다.

‘안 되지, 안 돼! 자고로 대장부는 때에 잘 순응해야 한다고 했다. 내 비록 두 번이나 난관에 봉착했다만, 이는 내가 독일어와 프랑스어를 배우지 못한 때문이니 난들 어쩔 수 없는 일이지, 결코 내 능력이 모자라서 그런 것은 아니다. 만약 지금 사직하고 홍콩으로 가 버린다면 분명 멸시와 조소를 받게 될 터. 우선 아쉬운 대로 참고 견디느니만 못할 것이다.’

이리저리 생각하느라 저녁밥도 먹지 않았다. 그날 밤은 별다른 일이 없었다.

이튿날, 아침 일찍 일어났다. 옷과 모자를 걸치고 손에는 지팡이를 든 채, 가마도 타지 않고 혼자 문을 나섰다. 어디든 가서 울적한 기분을 달랠 생각이었다. 발길 닿는 대로 거리를 걷는데 패루(牌樓)**428** 하나가 보였다. 패루 안쪽으로는 붉은 종이 포스터가 빽빽이 걸려 있었다. 듣자 하니 극장이라고 했다. 노항개가 인파를 뚫고 안으로 들어가자, 누군가 대문 안으로 데리고 들어가 넓은 방으로 인도했다. 그곳엔 2백~3백 개의 좌석이 있었다. 아직 공연

---

428 문짝이 없는 대문 모양의 건축물. 궁전이나 능(陵)을 비롯하여 절 앞쪽에 세우며, 도시의 십자로 등에도 장식 또는 기념으로 세운다. 기둥은 두 개에서 여섯 개이고, 지붕을 여러 층으로 얹은 것도 있다.

을 시작하지 않아 자리엔 두어 무리만 앉아 있었고 나머지는 비어 있었다. 기다리다 지쳐 갈 무렵, 사람들이 조금씩 자리에 앉기 시작했다. 무대 위에선 징과 북을 쳐 시작을 예고했다. 삽시간에 「유백아조금(俞伯牙操琴)」이 공연되었다. 노항개는 홍콩에서 광동 지방의 연극 공연을 여러 번 본 적이 있었다. 그러나 경반(京班)[429]이나 휘반(徽班)[430]은 본 적이 없었다. 하여 이번에 자세히 음미해 볼 생각이었다.

그런데 무대 위에서 노생(老生)[431]이 연이어 한참이나 울부짖는데도, 무대 아래에선 끄덕끄덕 졸거나 물 담배를 피우고 또 어떤 이들은 잡담을 나누었다. 저들은 무대 위에서 연극이 펼쳐지는 것을 아랑곳하지 않았다. 이에 노항개는 '그렇다면 뭐하러 왔느냐? 이럴 것이면 차라리 집에 있는 게 더 편하지 않느냐?'는 생각이 들었다. 순식간에 무대는 「법장환자(法場換子)」로 바뀌었다. 소생(小生)[432]이 노래를 부르자, 무대 아래선 곧 왁자지껄 갈채를 보내기 시작했다. 노항개는 비록 알아듣지 못했지만, 그들을 따라 부화뇌동하여 박수를 크게 쳤다. 옆에 있던 두 사람이 연극을 보느라 정신을 놓고 있다가, 그의 박수 소리에 깜짝 놀랐다. 고개를 돌리고 보니 서양인이었다. 그러다 잠시 뒤 다시 위아래로 몇 번을 훑어보니, 눈동자도 붉지 않고 머리카락도 노랗지 않은 것이 분명 변장한 중국인이 틀림없었다. 입에서 곧장 안휘 사투리가 튀어나왔다.

"이런 잡종, 어디서 온 놈이야? 멀쩡한 중국 놈이 외국 개 노릇

---

429 경극(京劇)을 공연하는 극단.
430 안휘 전통의 휘극(徽劇)을 공연하는 극단.
431 연극에서 재상·충신·학자 따위의 중년 이상 남자로 분장하는 배우.
432 젊은이 역을 맡은 배우.

이나 배웠구먼."

노항개는 안휘에서 대략 여섯 달은 굴러먹었기에 얼추 사투리도 알아들었다. 그 말을 듣자마자 저도 모르게 분노가 치밀어 무슨 짓이라도 할 수 있을 것처럼 대담해졌다. 그는 자리에서 벌떡 일어나 손을 뻗어 자신을 욕한 놈을 때리고 발로 걷어찼다. 그 사람은 그의 내력을 몰랐으니, 그가 손 쓰는 것을 보고 어찌 대응하지 않으랴?

"이런 고얀 놈, 이놈! 세상천지에 까닭 없이 사람을 패는 경우가 어디 있느냐?"

그리 말하면서 노항개의 멱살을 꽉 붙잡았다. 노항개는 체조를 배운 적이 있어 손발이 재빨랐다. 노항개가 뒤로 슬쩍 몸을 빼자, 그의 손이 허공을 갈랐다. 그 틈을 노려 노항개는 그의 변발을 붙잡았다. 그러고는 땅바닥에 내리누르고, 주먹으로 그의 등을 북 치듯 두들겨 팼다. 삽시간에 함성이 끓어오르며, 무뢰배들이 멀리서 외국인이 중국인을 패는 것을 보고 달려와 약자의 편을 들었다. 노항개는 이런 상황을 전혀 예상하지 못했다. 그의 손이 느슨해지자 땅바닥에 눌려 있던 이가 일어나며 머리로 노항개를 들이받았다. 노항개가 막 몸을 피하려는데, 등 뒤에서 주먹이 날아왔다. 노항개의 허리를 겨냥하여 날린 주먹이었다. 그 즉시 노항개는 온몸의 기력이 쑥 빠지면서 정신이 아뜩하고 귀가 먹먹해졌다. 누군가 주먹질하는 것을 보자 나머지 사람들도 그리해 보고 싶어 안달했다. 노항개는 생각했다.

'사내대장부는 눈앞의 손해를 먹지 않는다.'

틈을 보아 몸을 굴려 바깥으로 빠져나갔다. 그때 지팡이도 잃어버리고 모자도 짓밟혔으며 옷도 다 찢기고 말았다. 그러나 노항개는 일체를 무시하고 상가의 개처럼, 그물을 빠져나간 물고기처럼 한달음에 공관으로 달아났다. 막 문턱을 넘어 대청으로 들어가니, 하인 둘이 앉아 낄낄거리며 얘기를 나누고 있었다. 그들은 노항개를 보자마자 일제히 일어났다. 노항개는 화를 쏟아 낼 곳이 없어 그들을 꾸짖었다.

"이런 개 같은 놈들. 이 대청마루도 네놈들이 앉았더란 말이냐?"

두 하인은 조짐이 별로 좋지 않은 것을 알고 멀리 달아났다. 노항개는 거울에 자신을 비춰 보았다. 머리에 혹이 생겼다. 황망히 도망가다 담장에 부딪혀 생긴 것이었다. 노항개는 화가 머리끝까지 치솟았다. 이에 앞뒤 돌아보지 않고 당장 옷을 갈아입고 총총히 양무국 장 총판의 공관으로 갔다. 물으니 화청에 계신다고 하여 곧장 안으로 들어갔다. 양무국 장 총판은 거기서 후보 도대 세 사람과 한 판에 2백 원짜리 마작을 두고 있었다. 그는 노항개를 보자 와서 앉으라며 불렀다. 그러고는 그의 기색이 심상치 않아 필경 무슨 일이 있었음을 알고 급히 "이리 오너라!" 하고 불렀다. 그러자 바깥에서 하인 하나가 들어오며 대답했다. 장 총판이 말했다.

"너는 장방 왕 사야(王師爺)께 가서 내가 노(勞) 나리와 얘기 나눌 것이 있으니, 나 대신 몇 판 치시라고 부탁드려라."

하인이 가고 얼마 안 있어 장방이 허겁지겁 달려와 장 총판 옆에 섰다. 장 총판은 곧 자리에서 일어나 대신 치게 하고, 노항개와 함께 구들로 가 앉았다. 노항개는 방금 자신이 극장에서 연극을 보다가 사람들에게 한바탕 두들겨 맞은 일을 모두 털어놓았다. 양무국 장 총판은 한편으로는 노항개의 말을 들으면서도 한편으로는 여전히 마음이 마작판에 가 있었다. 왕 사야의 앞 차례에 있던 후보 도대가 그 판을 이겨 소리쳤다.

"도합 280이요, 내가 선이니, 자네들은 각자 96원씩 내시고, 거기다 은화 4원씩이니, 삼사 십이라 한 사람당 모두 108원씩이네."

양무국 장 총판은 저도 모르게 큰 소리를 냈다.

"낭패로구나, 낭패야!"

그 말을 듣고 노항개는 장 총판이 자신에게 낭패라고 말하는 것으로 들었지, 어찌 그 마작판을 보고 한 말로 생각이나 했겠는가? 이에 즉시 뾰루퉁하여 말했다.

"이 일은 어쨌든 당신이 날 대신해 화풀이를 좀 해 주셔야겠습니다."

양무국 장 총판은 한참을 망설이다가 겨우 대답했다.

"할 수 있습니다. 그렇게 하지요!"

그러고는 다시 "이리 오너라!" 하고 하인을 불러 자기 명함을 들고 현으로 가서 그들에게 이리 전하라 했다.

"노 나리께서 누군가에게 한바탕 두들겨 맞으셨다. 이 지방 백성이 이리도 사나워 무대 대인의 고문관조차 능욕하다니, 이래서야 되겠는가! 빨리 사람을 보내 흉수를 잡아 내게 끌고 오너라. 엄히 처벌해야겠다!"

하인이 대답하고 떠났다. 장 총판은 또 노항개에게 말했다.

"선생께서는 돌아가셔서 잘 조리하십시오. 만약 부상을 입으셨다면 탕약이라도 드십시오. 사달을 일으킨 놈은 제가 현에 사람을 보내 잡아 오라 하였으니, 잡아 오면 선생께서 하시자는 대로 처리하겠습니다. 그때 다시 선생의 처분을 듣겠습니다!"

말을 마치고 일어나 그를 배웅했다. 노항개는 다시 돌아갈 수밖에 없었다. 다음 날, 양무국 장 총판은 이 일을 무대에게 보고하고 어찌하면 좋을지 하교를 청했다. 그러자 황 무대가 말했다.

"이는 그가 자초한 치욕이다. 극장에서 멀쩡히 연극을 보다가, 어찌하여 사람들과 다툼을 벌였단 말인가? 그놈은 자기 분수를 지키는 무리가 아니다! 허나 지금은 내가 청해서 온 고문관이니, 만약 사달을 일으킨 놈을 처결하지 않는다면 내 체면도 말이 아니지."

양무국 장 총판은 연신 "예예" 하고 대꾸했다. 이후 현에서는 상전의 뜻을 받들어 사달을 일으킨 이에게 곤장 8백 대를 때리고, 석 달 동안 칼을 씌우는 것으로 일을 매듭지었다. 노항개는 무대가 자신이 독일어와 프랑스어를 몰라 싫어하는 것을 알고 속이 몹시 거북했다. 게다가 극장에선 체통도 돌보지 않고 싸움을 벌이고 말았기에, 양무국 장 총판에게 사직하겠노라고 몰래 귀띔했다. 노항개는 전별금으로 은자 천 냥과 몇 달 치 봉급을 받고, 홍콩으로 돌아가 예전에 하던 일을 다시 했다. 그야말로 신이 나서 왔다가 실망하여 돌아간 꼴이었다!

뒷일이 어떻게 되었는지 알고 싶으면 다음 회를 듣고 알아보기 바란다.

제51회

공사의 선상 메뉴를 보며 전문가인 척하고
무도회에선 모자 깃에 숙녀가 놀라다

필자는 이야기를 둘로 나누어 전개하다가 사건을 다시 하나의 측면으로 돌려보내는 방식을 주로 취한다. 이제 초점을 축소하여, 노항개가 홍콩에서 상해로 갈 때 공사(公司)의 선상에서 만났던, 외국을 두루 유람한 도대 얘기를 해 보자.

이 도대의 성은 요(饒), 이름은 우순(遇順), 호는 홍생(鴻生)이었다. 그의 집은 돈이 많아, 스물이 채 되기 전에 돈을 주고 후보 도대 자리를 샀다. 황제를 알현한 후 양강(兩江)에 배치되었다. 양강은 큰 지방이라 뭇 도대 역시 무척 많았다. 하여 자격이 충분한 이들도 직책을 얻을 수 없는 상황이었다. 하물며 그는 이제 갓 성에 부임했으니 어떠했겠는가? 요홍생(饒鴻生)은 온갖 방법을 동원하여, 번대의 연줄을 구했다. 번대가 제대와 의형제간이란 사실을 알고 있었기에, 그에게 제대 면전에서 힘 좀 써 주기를 부탁했다. 제대는 지난 정을 물리칠 수 없어, 그에게 보갑차사(保甲差使)를 맡겼다. 봉급은 매달 은자 백 냥이었다. 그러나 요홍생은 부자였으니 은자 백 냥의 봉급을 어찌 마음에 두었겠는가? 다만 체면치레에 불과했다. 그는 이번에 직책을 얻어 기분이 몹시 좋았다. 이에 관청에 들러 맡겨 주신 소임에 감사를 전한 후, 서둘러 번대에게 가서 감사의 말을 전했다. 부임한 후로 아무 일 없이 한가하여 마작이나 하고 아편을 피울 뿐이었다. 임기가 끝나 교대하니 약간의 은자가 수당으로 나왔다. 요흥생은 이를 접대에 다 썼다. 나중에 제대는 요흥생이 부잣집 아들인 데다 나이도 젊어 기꺼이 자기 돈을 쓰고도 일하리라는 것을 알았다.

이즈음 남경에선 공예국(工藝局)[433]을 설립하였는데 만들어 낸 물건들이 죄다 촌스러워 어떻게 개선해 볼 수도 없었다. 이에 제대는 누군가를 외국에 파견하여 새로운 방법을 조사하고 돌아와, 공인들에게 단점을 버리고 장점을 쓸 수 있도록 교육하고, 내친김에 인력(人力)을 대신할 기기들도 주문해 오도록 할 생각이었다. 이 소문이 전해지자 수많은 이들이 그 직무를 차지하기 위해 온갖 방법을 동원했다.

제대는 이번 직무가 손해 보는 일임을 잘 알고 있었다. 그런데 도대 반열에는 가난뱅이들이 아주 많았다. 이에 이리저리 생각하다가 그래도 요 아무개라는 자가 기중 낫겠다 싶어 공문을 내려 그에게 맡겼다. 요흥생은 기뻤다. 그런데 나중에 알아보니, 제대가 선후국(善後局)[434]에서 여비와 기기 주문비로 은자 3천 냥만 내주려 한다는 것이었다. 다른 이였다면 크게 실망했겠지만, 요흥생은 전혀 개의치 않았다. 그는 서둘러 언제 필요할지 모르니 은자 2만 냥을 보내 달라고 고향에 편지를 보냈다. 관청에 들러 임무를 맡긴 데 대해 인사를 전하던 날, 제대는 그에게 일본에 가서 조사하

---

[433] 공업 관련 제반 업무를 관장하는 기구.
[434] 청대 후기에 군사적 사무가 있는 성에서 특수한 사무를 처리하기 위해 설치한 기구. 해당 성의 총독은 이 기구의 돈을 임의로 지출하여 사무를 처리할 수 있었다.

는 것으로도 충분하다고 말했다. 그러자 그가 대답했다.

"일본의 공업은 죄다 영미를 본받은 것이니, 비직은 이번에 일본으로 갔다가 태평양을 건너 미국을 들르고, 다시 영국으로 갔다가 귀국하겠습니다. 그리되면 첫째, 안계(眼界)를 넓혀 식견을 기를 수 있고, 둘째, 이 공업이란 것의 근본을 탐구할 수 있을 것입니다."

제대는 그가 스스로 용기 내어 말하는 것을 보고 무어라 가로막을 수도 없어 이렇게 말했다.

"기왕 그렇게 하겠다면 참으로 좋으이."

요홍생은 물러나 통역 하나와 요리사 둘, 하인 네다섯과 잡역부 열댓 명을 데리고 날을 잡아 장강(長江) 증기선을 타고 상해로 갔다. 상해에 도착해서는 기생집 기녀 하나가 맘에 들어 은화 5백 원을 주고 데려다 첩으로 삼고, 그녀를 데리고 외국으로 갔다. 이틀 후, 일본 우선 회사(郵船會社)의 배가 출항했다. 선실 한 칸을 예약했다. 하인과 요리사 및 잡역부는 전부 삼등칸으로 보냈다. 며칠 지나지 않아 나가사키에 도착했다. 그곳에서 기차로 갈아타고 오사카로 갔다. 그리고 다시 오사카에서 도쿄로 갔다.

때는 바야흐로 늦은 봄, 가벼운 홑겹 옷을 입고 있으니 기분이 몹시 상쾌했다. 도쿄에선 제국대객점(帝國大客店)에 짐을 옮겼다. 하루 숙식비로 각자 은화 5원짜리 방에 마차까지 빌리니 하루에 총 백 원이 들었다. 객점엔 가스등이며 모든 것이 갖추어져 있었다. 그리고 매끼 성찬을 즐겼다. 조그만 생선 두 쪼가리에 나물 한 접시만 주던 여인숙 따위와는 전혀 달랐다. 그러나 애석하게도 일본으로 데려온 통역은 영어만 할 줄 알고, 일본어는 겨우 몇 마디밖에 할 줄 몰랐다. 그것조차 설들은 것들로 완전하지 않아 거리로 나가 인력거를 고용하는 것조차 불가능했다. 요홍생은 이것이 몹시 고생스러웠다. 이에 여기저기 수소문하여 동향의 유학생 하나를 불러다 말을 전하게 했다. 유학생은 수고비로 하루에 10원씩 요구했다. 요홍생은 들어줄 수밖에 없었다. 그리하여 며칠 동안 돌아다니며, 아사쿠사 공원(淺草公園)이며 우에노 공원(上野公園) 등을 얼추 알게 되었다.

그중에서 가장 오묘한 것이 도쿄 성 밖 벚꽃이었다. 벚나무는 높이 10여 길에 열 아름 정도 굵기여서, 중국 등위산(鄧尉山)의 매화와 큰 차이가 없었다. 꽃이 필 무렵이면 하루 종일 붉게 피어 근방이 온통 비단으로 수놓은 것 같았다. 꽃구경 나온 인파가 거리를 메웠다. 그중엔 술병을 든 이도 있고, 도시락을 든 이도 있어 왁자지껄했다. 요홍생이 어디서 이런 광경을 본 적이 있었던가? 너무 좋아 어찌할 줄 몰랐다. 그리고 또 공장 여러 곳을 유람하며, 각종 기계의 형식이며 가격 등을 물어 일일이 수첩에 기록했다. 이어 고요칸(紅葉館)에 들러 식사를 했다. 그러나 먹고 나니 크게 억울했다. 콩나물과 나물 서너 접시에 맥주 대여섯 병 그리고 가기(歌妓) 몇을 불러 30분 남짓 춤을 추었을 뿐인데, 물경 은화 110원을 써야 했던 것이다. 그러나 요홍생은 가진 것이 돈뿐이라, 크게 염두에 두지는 않았다.

일본에서 열흘 남짓 머무르다 보니 조금 싫증이 났다. 알아보니 시드니 공사(公司)의 배가 미국으로 간다고 하여 20호 선실을 하나 예약하고, 아울러 이등칸 하나를 사서 통역이 머물게 했다. 그리고 일반석 입장권 몇 장을 사서 나머지 인원들이 머물게 했다. 그날 새벽에 바로 배에 올랐다. 선상은 몹시 소란하여 도무지 종잡을 수가 없었다. 다행히 통역이 배의 총무를 맡은 이와 얘기를 나누고서야 명확해졌다. 그에게 열쇠를 주어 20호 방을 열고 여장을 하나하나 옮겼다. 그런데 쓱 훑어보니, 가지고 온 여장은 전혀 쓸모가 없었다. 배의 선실 창에는 벨벳 커튼이 걸렸고, 바닥엔 꽃이 새겨진 카펫이 깔려 있었다. 쇠 침대 위에는 최고급 침구가 깔려 있어 더없이 따뜻했다. 그 밖에 세면대며 세면도구 등 어느 것 하나 세련되지 않은 것이 없었다. 심지어 타호(唾壺)[435]조차 세밀한 자기로 만든 것이었다. 요홍생은 속으로 생각했다.

'어쩐지 뱃삯으로 천 원이나 받더니, 이렇게 정교하단 말인가? 이만하면 값어치가 있구면.'

통역은 적절히 처리되어 더 이상 별일이 없음을 보고, 복구(伏歐)를 따라 이등칸으로 가서 짐을 정리했다. 이 배의 일등칸에는 선실마다 복구가 하나씩 있어, 찻물이나 음식 등은 모두 시중들었다. 복구는 요홍생에게 선상의 관례로는 절대 아편을 피워서는 안 되며, 만약 아편 흡입 도구가 발견되면 죄다 바다에 버리겠다고 신신당부했다. 아울러 선상 특등 식당에서 식사하실 때는 절대 머리를 긁거나 손톱을 깎는 등 사람들이 혐오하는 어떤 일도 해서는 안 된다고 거듭 당부했다. 요홍생은 하나하나 다 이해했다.

오후가 되자 요홍생은 '땅' 하는 소리를 들었다. 이어 '땅, 땅' 하고 두 번 울렸다. 요홍생은 통역이 가르쳐 준 것이 있어 몸을 일으켜 첩과 함께 식당으로 갔다. 수많은 외국인들도 또각또각 신발 끄는 소리를 내며 연이어 왔다. '땅, 땅, 땅' 하고 세 번 울리자, 줄줄이 우르르 들어갔다. 모두 자기 자리를 알고 있었다. 요홍생은 다행히 복구가 옆쪽 네 번째 자리로 인도했다. 그는 첩과 같은 자리에 앉았다. 그 자리엔 요홍생 외에 남녀도 있었다. 선장이 주석(主席)에 앉았다. 잠시 뒤 수프가 올라왔다. 다 먹고 나니 두 번째는 생선이었다. 복구가 커다란 은쟁반을 들고 왔는데, 쟁반이 큰 생선 하나로 꽉 차 있었다. 선장은 칼과 포크를 들고 잘라 한 조각

---

[435] 가래나 침을 뱉는 그릇.

씩 테이블에 앉은 손님에게 나누어 주었다. 이어 외국인들은 메뉴판을 보고 자신이 좋아하는 음식을 몇 가지 골라 주문했는데, 나머지도 마찬가지였다. 메뉴판이 요홍생의 손에 들어왔다. 요홍생은 비록 외국 글자는 몰랐지만, 외국 숫자는 알고 있었다. 그는 그 자리에서 수프를 포함하여 두 가지 요리를 먹은 것을 알고 손가락으로 '3' 자를 가리켰다. 시중들던 복구가 고개를 절레절레 흔들며 가더니, 얼마 있지 않아 과일 쟁반을 들고 왔다. 세 번째 음식은 푸른 올리브였던 것이다. 요홍생은 얼굴이 빨개졌다. 그러자 복구가 목소리를 낮추어 말했다.

"전문가인 척하실 필요 없습니다. 제가 드실 만한 것들로 갖다 드리겠습니다."

그 말을 듣고 요홍생은 크게 감격할 뿐, 복구가 자신을 놀렸다는 것은 전혀 눈치채지 못했다. 잠시 뒤 양고기에 닭고기, 밥과 간식 등이 식탁 위에 올라왔다. 그리고 복구는 관례에 따라 커피를 올렸다. 요홍생은 스푼으로 저어 마셨다. 그러면서 스푼은 여전히 커피 잔 속에 놓아두었다. 이를 보고 외국인들이 웃었다. 복구가 스푼은 찻잔 옆 접시 위에 놓아야 한다고 알려 주었다. 커피 다음으로 과일이 올라왔다. 요홍생의 첩은 쟁반에 든 무화과가 볼그레하니 예뻐서 손을 뻗어 하나를 주머니에 집어넣었다. 많은 외국인들이 그것을 보고 또 '하하' 하며 크게 웃었다. 요홍생은 그녀에게 눈을 부라렸다.

식당을 나서니 다른 사람들은 모두 갑판 위로 가서 운동을 하고 있었다. 요홍생은 첩을 방으로 돌려보낸 뒤, 슬리퍼를 끌며 수연통(水煙筒)[436]을 들고 갑판으로 나가 난간에 기대 멀리 바라보았

---

436 담배 연기가 물을 거쳐서 나오게 되어 있는 담뱃대의 통. 중국 사람들이 쓰던 것으로, 담배를 담는 곳과 물을 넣는 곳, 연기가 나오는 관으로 되어 있다.

다. 그의 통역 또한 판연통(板煙筒)**437**을 들고 나와 그와 한담을 나누었다. 그때 문득 한 외국인이 요홍생 앞으로 오더니 모자를 벗고 공손히 예를 취했다. 요홍생은 무슨 까닭인지 종잡을 수 없었는데, 그가 또 무어라 물었다. 통역이 끼어들어 말했다.

"노, 노. 차이니즈!"

그러자 외국인은 아연실색하여 저 앞으로 가더니, 대머리 외국인과 뭐라고 중얼중얼 한참을 얘기하고는 함께 선실로 내려갔다. 요홍생은 거들떠보지도 않았다. 그러나 통역은 한참 동안 귀 기울여 듣고, 그제야 무슨 일인지 알았다. 알고 보니 그 외국인은 요홍생에게 이렇게 물었던 것이다.

"귀하는 일본에 귀속된 곳 사람이지요?"

이에 통역이 말했다.

"아니요, 중국인이오."

그 둘은 요홍생을 두고 내기를 한 것이었다. 한 사람은 그를 에조(蝦夷)**438**라 했고, 다른 이는 에조가 아니라고 우겼던 것이다.

독자 여러분은 '에조'를 아시는가?

그들은 일본의 여러 섬에 사는 토착민들인데, 헝클어진 머리에 그 모습이 몹시 지저분했다. 요홍생은 그날 풍랑을 만나 뱃멀미를 했다. 그러나 옷을 갈아입지 않아 확실히 더러웠다. 선상엔 다양한 사람들이 있었지만, 오직 중국 이발사만은 없었다. 이에 요홍생은 매일 첩에게 자신의 변발을 빗질하게 했다. 첩은 비록 '아가씨' 출신이었지만, 변발 빗질만은 문외한이었다. 그녀는 자신의 머리 빗질조차 나이 든 하녀에게 시켰는데, 나리를 위해 변발을 빗질하려니 엉망진창이었다. 양쪽 단발이 모두 흐트러졌다. 때문에 에조

---

437 담뱃대.
438 혼슈의 일본인들이 홋카이도에 사는 아이누를 야만족이라는 차별의 의미를 담아 일컫는 말.

를 닮기도 했다. 외국인들이 그를 보고 일본인이라 내기를 거는 것도 무리가 아니었다. 통역은 그 사실을 분명히 알았지만 화를 낼까 두려워 감히 요홍생에게 말하지 않고 한참 딴 얘기를 나누다 헤어졌다. 이로부터 별다른 얘기는 없었다.

항구에 도착할 때면 배는 매번 화물을 싣고 내리기 위해 몇 시간씩 정박했다. 요홍생은 시간이 날 때마다 통역을 데리고 뭍에 올라 사방을 둘러보며 자잘한 물건들을 샀다. 배는 20여 일을 달려 뉴욕 항구에 도착했다. 승객들은 분분히 뭍에 올랐다. 요홍생은 가솔을 거느리고 마차를 불러 화득부객점(華得夫客店)[439]으로 갔다. 화득부객점은 뉴욕에서 가장 유명한 객점으로 5층 건물인데, 일본의 제국대객점에 비하면 천양지차였다. 요홍생은 객실을 적절히 수습하고 짐들을 가지런히 정리했다. 그러고는 마차를 불러 통역을 데리고 거리로 나가 한 바퀴 돌아다녔다. 통역이 여기엔 미국 대통령 그랜트의 무덤이 있는데, 아주 그윽하고 품위 있다고 말해주었다. 그러자 요홍생은 즉시 통역을 시켜 마부에게 그리로 가자고 했다. 마부는 채찍질을 하며 구불구불 10~20리 길을 달려 그랜트의 무덤에 당도했다. 묘지 가운데로 길이 있고, 사방 수풀은 푸르렀다. 비석 하나가 서 있었는데, 외국 글자 외에 '미국 대통령 그랜트의 묘, 대청국(大淸國) 이홍장(李鴻章)이 쓰다'라는 두 줄의 중국어도 새겨져 있었다. 그것을 보고 요홍생은 매우 의아하게 생각했다가 나중에 통역에게 물어보고서야 이홍장과 그랜트가 매우 친밀했으며, 하여 그랜트 사후 이홍장이 그를 위해 묘비를 새겼다는 사실을 알게 되었다. 한참을 배회하다 날이 저물자, 요홍생은 통역과 함께 마차에 올라 마부에게 화득부객점으로 돌아가

---

439 월도프 호텔(Waldorf Hotel).

자고 분부했다.

마부는 말을 돌려, 얼마 지나지 않아 화득부객점에 이르렀다. 마차 삯을 지불하고 계단을 올랐다. 자기 방문 앞에 막 이르니, 복구 같은 이가 거기서 손짓 발짓을 해 가며 싸우고 있었다. 그 곁엔 하인 아이 여럿이 서 있었는데, 피차 말이 통하지 않아 나무나 흙으로 만든 인형처럼 멀뚱멀뚱 쳐다보고 있을 뿐이었다. 통역이 앞으로 나서 그 까닭을 알아보니 요홍생의 첩은 본래 전족하지 않은 발이었는데, 부인 흉내를 낸답시며 조그맣게 둘둘 싸고 붉은 치마를 입었다. 그런데 이번에 뭍에 올라 객점에 들고 나서, 나리는 놀러 나가는 바람에 혼자 아무 하는 일도 없게 되었다. 하여 늙은 하녀를 불러 수돗물을 받아다 발싸개를 빨게 했다. 그런데 빨고 나니 널어 말릴 데가 없었다. 이에 하인을 불러 아래로 내려가 상수도관 하나를 찾아오라 하여 대나무 장대 삼아, 그 위에 발싸개를 하나하나 넌 다음, 말리려고 상수도관을 창밖에 내걸었다. 때마침 복구가 와서 보고는 이런 더러운 물건을 길거리에 내다 말리는 것은 규정에 어긋난다고 말했던 것이다. 이에 통역이 복구에게 몇 마디 말을 하고, 이어 늙은 하녀에게 발싸개를 거두어들이라고 시켰다. 복구는 그제야 아무 말 없이 물러갔다. 이로부터 요홍생은 경계하고 삼가며, 길에서조차 한 걸음도 함부로 내딛지 않고 말도 함부로 하지 않으면서 항상 조심했다.

그럭저럭 10여 일을 머물며 중국 주미공사(駐美公使)도 찾아뵈었다. 아울러 공사관의 참찬(參贊)이며 수행원, 통역 학생 등이 그를 초대했다. 그 역시 몇 차례 그들을 대접했다. 통상 한 번에 금화 1백~2백 원이 들었다. 미국의 금화는 1원당 중국 돈 2원 2각 9푼에 해당했다. 요홍생은 돈을 물 쓰듯이 하면서도 별로 아까워하지 않았다. 그러던 어느 날 아침, 중국어로 쓰인 편지 한 통을 받았다. 이름 있는 사업가 셋이 집에서 다과회를 갖는데 모임에 와 달라고 초청한 것이었다. 요홍생은 이참에 식견을 넓힐 겸 초청에 응했다.

시간이 되어 의관을 정제하고 마차에 올라 사업가의 집으로 갔다. 문을 들어서니 곧바로 열댓 평은 됨 직한 넓은 홀이었다. 홀에 장식된 것들은 보석 궁궐이나 진배없어, 곳곳이 눈부셨다. 홀 위아래로 전등이 눈부시게 켜져 있어, 홀 아래가 남김없이 다 보였다. 피아노 소리가 끊어졌다 이어졌다 끝이 없었다. 모임에 참석한 사람은 중국인과 외국인, 남녀노소 불문하고 벌써 적잖았다. 요홍생은 앞으로 나가 주인과 악수하고 인사를 나누었다. 주인은 그에게 자리를 권하며 샴페인을 뜯고 담배를 가져다주었다. 그런데 요홍생이 입은 옷은 넓은 띠에 헐렁한 옷이라 몹시 불편했다. 한 손에 샴페인이 가득한 잔을 받아 들고, 또 한 손에 담배를 드니 곁에 있던 복구가 라이터를 켜 주었다. 요홍생은 사람들이 너무 많아 실수할까 두려웠다. 그런데 실수를 두려워할수록 더욱 당황하여 어찌해야 좋을지 몰랐다. 하여 거의 샴페인 잔을 쏟고 담배를 떨어뜨릴 지경이었다. 주인은 그런 그를 보고 웃으며 물러갔다.

잠시 뒤, 한 사람이 당당하게 들어왔다. 그 역시 중국 의관을 차려입고 있었다. 알고 보니 주미공사관의 황 참찬(黃參贊)이었다. 요홍생은 황 참찬과 몇 번 만난 적이 있어 서로 잘 알았다. 그런데 이번에 그를 보게 되니, 옛 신동(神童)[440]의 시에서 말한 "타향에서 고향 친구를 만나는 것(他鄕遇故知)"이나 진배없었다. 그는 만면에 웃음을 지으며 자리에서 몸을 일으켰다. 황 참찬이 그를 보고 다가와 인사를 나누었다. 두 사람은 같은 자리에 앉았다. 꿀 먹

---

440 송대 홍매(洪邁)를 말함.

은 벙어리 같던 요홍생은 그제야 말문이 트였다. 두 사람이 한창 대화를 나누고 있을 때, 뒷자리에서는 귀한 집 숙녀가 앉아 잠시 쉬고 있었다. 그런데 문득 그녀의 목덜미로 무언가 더부룩한 털이 스쳐 지나가는 것이 느껴져 깜짝 놀랐다. 곰곰이 생각해 보니, 아주 부드러운 무엇이 피부를 간질이는 것 같았다. 그렇게 생각하고 있는데 그것이 다시 오기에 눈여겨보았더니, 요홍생이 머리에 쓴 공작 깃털 뭉치였다. 그것이 무언지 알고 그녀는 급히 자리를 떠났다. 요홍생은 거기서 한참 동안 앉아 춤을 구경하고, 술을 마시며 담배를 피웠다. 그러다 시계를 보니 어느새 10시를 가리키고 있었다. 이에 주인에게 감사를 전하고 황 참찬과 헤어져 마차를 타고 객점으로 돌아왔다. 그날은 밤새 아무 일도 없었다.

이튿날, 황 참찬이 와서 당인가(唐人街)[441]로 놀러 가자고 약속했다. 당인(唐人)은 곧 중국인인데, 그 거리에 점포를 연 것은 죄다 중국 사람들이었다. 그곳엔 다방도 있고 주점도 있고, 게다가 북경식이나 안휘식의 다양한 음식들도 있었다. 주점에서 하는 말을 들으니, 이홍장면(李鴻章麵)이나 이홍장잡쇄(李鴻章雜碎)라는 이름의 음식이 있다고 했다. 그 말을 듣고 요홍생은 속으로 찬탄했다.

'이야말로 사랑을 끼침이 사람에게 남아 있다는 말이로구나.'

당인가를 거닐다 되는대로 식사를 했다. 황 참찬이 말했다.

"요 형, 내 당신을 묘처로 안내하겠소."

요홍생은 기꺼이 발을 내디뎠다. 그들은 골목 몇 개를 돌아 어느 곳에 이르렀다. 검게 칠한 두 짝 대문에 팻말이 걸려 있었다. 팻말은 금빛으로 쓰여 있었는데, 전부 영어였다. 요홍생이 뭐하는 곳인지, 그리고 팻말에 쓰인 말이 무슨 뜻인지를 묻자 황 참찬이 말

---

[441] 차이나타운.

했다.

"여기가 바로 묘처요. 팻말에 쓰인 것은 '이곳은 중국인의 주택이니 외국인은 들어오지 마시오'란 뜻입니다."

요흥생이 몹시 의아해하고 있을 때, 황 참찬이 그를 끌며 문을 두드렸다.

뒷일이 어떻게 되었는지 알고 싶으면 다음 회를 듣고 알아보기 바란다.

제52회

입국 금지법 소식에 중도에 몹시 놀라고
다섯 글자에 깜짝 놀라 헌납금을 내다

각설하고, 황 참찬은 요홍생을 어느 집 문 앞으로 데려갔다. 그곳은 조그만 층집으로, 돌계단 위에 화분 몇 개를 놓아두었는데 향기롭고 아름다웠다. 문 위에는 검은 바탕에 황금색 글씨로 된 영어 편액이 걸려 있었다. 요홍생이 무슨 글자냐고 묻자 황 참찬이 말했다.

"해석하면, 이곳은 중국인의 주택이니 서양인들은 들어오지 마시라는 뜻입니다."

그 말을 듣고 요홍생은 더욱 의아해했다. 황 참찬은 그리 말하면서 초인종을 눌렀다. 안에서 낭랑한 소리가 들리더니, 이내 대문이 활짝 열렸다. 광동의 빗질 하녀인 듯한 이가 나와 용건을 묻더니 안으로 들어오라 했다. 황 참찬이 앞서고 요홍생이 뒤를 따라 돌계단을 올라 들어섰다. 그 안의 방들은 마치 벌집 같았다. 방들은 모두 문이 닫혀 있었는데, 문 위엔 작은 팻말이 걸려 있었다. 요홍생은 이번에는 1·2·3·4와 같은 영어 숫자를 확실히 알았다. 황 참찬은 7호를 골라 가볍게 문을 두드렸다. 그러자 문이 열려 두 사람은 안으로 들어갔다. 한가운데에 쇠 침대가 있고, 바닥 가운데에는 큰 테이블과 양쪽으로 의자 몇 개가 놓여 있었다. 방은 깔끔하게 정리되어 있었다. 요홍생이 목소리를 낮추어 황 참찬에게 물었다.

"여긴 뭐하는 곳입니까?"

그러자 황 참찬이 그를 쳐다보며 말했다.

"웃고 노는 곳입니다. 아직 모르시겠습니까?"

요홍생은 그제야 무엇인지 알았다. 두 사람이 자리에 앉자, 광동의 빗질 하려 모습의 하녀가 아편과 차를 내왔다. 잠시 뒤 주렴이 걷히면서 광동 기녀 하나가 들어왔다. 그녀는 원수원(袁隨園)[442]이 말한, "신발 질질 끌고 나와 불꽃을 부는 파란 입술, 가까이하기 어려움은 모두 귀신의 손 같아서지(靑脣吹火拖鞋出 難近都如鬼手馨)"와 같은 형국이었다. 요홍생은 진저리를 치며 일언반구도 하지 않았으나 황 참찬은 도리어 히죽거리며 광동 기녀와 온갖 추태를 다 보이며 희롱했다. 하녀가 술을 내오자, 어린 시녀가 냉큼 오더니 술을 땄다. 광동 기녀는 술잔 가득 술을 따라 요홍생에게 먼저 주었다. 요홍생은 한 모금 맛보고 그것이 샴페인인 줄 알았다. 한데 냄새가 고약했다. 아마 곰팡이가 핀 모양이었다. 시녀는 술을 따고 나서 다시 안으로 들어가더니 과자와 그 밖에 버터 토스트를 한 접시 내왔다.

황 참찬은 먹고 마시며 웃고 떠드느라 신이 났지만 요홍생은 이런 지경에 이르자 마치 꼭두각시나 마찬가지였다. 광동 기녀는 그가 부자연스러워하는 모습을 보자 제멋대로 샴페인 잔을 들고 곁으로 오더니, 손으로 요홍생의 귀를 잡고 한 잔을 곧장 들이부었다. 요홍생은 그녀에게 잡힌 귀가 뼛속까지 고통스러워 샴페인을

<hr />

442 청대의 시인 원매(袁枚)를 가리킨다. 그의 호가 수원노인(隨園老人)이다.

꿀떡꿀떡 들이마셨다. 그러다 사레가 들려 기침을 하며 내뿜는 바람에 옷이 흠뻑 젖고 말았다. 황 참찬이 곁에서 박장대소했다. 요홍생은 속으로 생각했다.

'이건 즐거움을 찾아온 게 아니라, 고생을 찾아온 것이다.'

하여 당장 황 참찬에게 돌아가자고 재촉했으나 황 참찬은 거들떠보지도 않았다. 요홍생이 몇 번을 거듭 재촉하고 나서야 황 참찬도 별수 없이 일어났다. 그러곤 금화를 한 움큼 꺼내 광동 기녀에게 주었다. 요홍생이 언뜻 보니, 미국 금화 열 개는 됨 직했다. 황 참찬이 의복을 정리하니 광동 기녀가 단추를 채워 주었다. 그리고 쟁반과 접시에 있던 과자와 버터 토스트를 요홍생의 품에 넣어 주었다. 요홍생은 거듭 사양했다. 그러나 황 참찬이 이런 것은 감사히 받아야 한다고 말하는 터라 요홍생은 어쩔 수 없이 불룩하게 쑤셔 넣도록 내버려 둘 수밖에 없었다. 그러자 광동 기녀가 또 한바탕 미친 듯이 웃고는 그들이 나가도록 해 주었다. 문을 나서자 요홍생이 물었다.

"방금 그녀에게 은자 얼마를 주셨습니까?"

"미국 금화 열 개에 불과합니다."

요홍생이 계산해 보니, 금화 열 개면 거의 22원 8각이었다. 이에 혀를 쑥 빼물며 말했다.

"정말 비싼 차위(茶圍)로군."

그러자 황 참찬은 콧바람을 일으키며 냉소를 내뱉었다. 아마 그가 너무 인색하다고 여기는 모양이었다. 요홍생은 그것을 느끼고 입에서 나오는 대로 몇 마디 날조하여, 누구누구를 찾아뵈어야 한다며 황 참찬과 헤어져 그길로 당장 화득부객점으로 돌아갔다. 객점으로 돌아오니 첩이 맞으며, 어쩌다 옷에 기름얼룩이 졌느냐고 물었다. 요홍생이 고개를 숙이고 보니, 흰 비단 두루마기가 버터 토스트에서 흘러나온 기름기로 크게 얼룩져 있었다. 이에 곧 "낭패로구나, 낭패야" 하며 서둘러 옷을 벗어 속에 든 과자를 땅바닥에 내다 버렸다. 그것을 보고 모두들 웃음을 참지 못했다.

또 하루가 지나 요홍생은 계산을 마친 뒤 가솔을 데리고 밴쿠버로 가기 위해 기차에 올랐다. 일등칸 두 장과 이등칸 한 장 그리고 삼등칸 몇 장을 사고, 짐들은 먼저 실었다. 해 질 녘이 되자 기차는 기적을 울리더니 전광석화처럼 달렸다. 그날 하루만 4천4백 리를 달렸다. 기차의 일등칸 손님들은 대부분 점잖은 외국인이었다. 그중 어떤 이들은 우아하게 대화를 나누었고, 또 어떤 이들은 담배를 피웠다. 모두들 기운을 차린 모습으로 지친 기색은 아무도 없었다. 그러나 요홍생은 더 이상 버티지 못하고 의자에 엎드려 꾸벅꾸벅 졸았다. 외국인들이 그런 그를 손가락질하며 우스갯소리를 했지만 요홍생은 그런 그들을 상관하지 않았다. 나중에는 목구멍에서 소리를 내며 가래를 뱉으려는데, 사방 어디에도 타호를 찾을 수 없었다. 속으로 생각해 보니, 일본 기차에는 어디나 타호가 있었는데, 어찌하여 이 기차에는 없단 말인가? 다행히 통역이 미국의 금지 조항을 미리 말해 주기를, 무릇 길거리에서 가래를 뱉으면 경찰서나 재판정으로 끌려가 미국 금화 5백 원을 벌금으로 물어야 한다고 했다. 그 이유는 그 사람에게 혹여 돌림병이라도 있어 병균이 가래에 섞여 길거리에 뱉게 되면, 모래흙에 말라붙었다가 마차 바퀴에 묻거나 바람에 날려 사방으로 퍼지면서 돌림병이 전염되기 때문이라는 것이었다. 쓸데없는 말은 그만두자. 이 지경이 되자 요홍생은 소매에서 수건을 꺼내 가래를 뱉고서야 그 일은 끝났다.

저녁이 되자 기차에 전등이 켜지니 온통 눈부시게 밝았다. 연도(煙道)에 쉬면서 요기를 하는 것 이외에는 내내 침상 이부자리에

누웠더니 몹시 편안했다. 이튿날은 4천1백여 리를 달렸고, 셋째 날에
엔 4천8백여 리를 달렸으며, 넷째 날에는 천여 리를 달렸다. 기차
는 오후 3시쯤 밴쿠버에 도착했다. 이에 객점을 찾아 잠시 쉬었다.
밴쿠버는 뉴욕처럼 번화하거나 화려하지 않았지만, 사람이 빼곡
했으며 거마(車馬)도 시끌벅적했다. 객점에서 시중드는 이들은 모
두 황색 얼굴에 검은 머리였다. 그런데 말하는 것을 보니 도저히
알아듣지 못할 이상한 말투였다. 통역에게 물으니, 이들은 모두 일
본인이라고 했다. 요홍생은 그제야 이해가 되었다. 요홍생은 긴 여
정에 지친 터라 서둘러 저녁을 먹고 이내 곯아떨어졌다. 이튿날이
되자 통역이 그에게 말했다.

"현재 미국에서는 중국인 노동자 입국 금지법을 새로 제정하여
중국인은 모두 입국을 불허한다고 합니다. 유학생이나 유력하는
관료는 금약(禁約)에서 제외된다고는 하나 수색은 매우 엄하답니
다. 이런 소식을 들은 이상 대인께 말씀드리지 않을 수 없었으니,
대인께선 어찌하실지 고려해 보시기 바랍니다."

원래 요홍생이 양강제대의 면전에서 자진하여 나섰을 때는 허
장성세에 불과한 것으로, 영국·프랑스·일본·미국 등 네 나라를
유력(遊歷)하겠다고 기세를 올린 것은 아무래도 과장이었다. 이에
명을 받게 되자 후회를 금치 못했다. 게다가 지금은 고향에서 보
내온 은자 2만 냥도 3천~4천 냥밖에 남지 않았다. 좁은 기차에서
고생도 했고, 배에서는 멀미 때문에 고통도 받았다. 첩은 날마다
이런 흐리멍덩한 짓은 하지 말았어야 한다며 시끄럽게 굴었다. 가
슴이 두근거리고 마음이 혼란스러웠다. 그러던 차에 오늘 또 통역
이 미국에서 중국인 노동자를 금지한다는 말을 전하니, 그만 맥이
풀리고 말았다. 주저하며 결정을 내리지 못하고 여러모로 궁리하
고 있던 차에 집사가 와서 말했다.

"어제 작은 마님께서 저녁을 드실 때, 철판 닭갈비 1인분을 더 시키셨습니다. 하여 오늘 객점에서 계산할 때 미국 금화 10원을 더 내라고 했습니다. 그런데 작은 마님께선 그 말을 듣지 않고 그와 다투었습니다. 그래서 지금 지배인이 책임을 지라며 대인과 따지고자 합니다."

그 말이 채 끝나기도 전에 온몸에 하얀 옷을 두르고, 귀에는 연필을 꽂고, 눈은 동그랗게 크게 뜨고 수염은 한껏 비벼 꼰 미국인 하나가 요홍생을 보더니 악수도 하지 않고 씩씩거리며 한바탕 말을 쏟아 냈다. 그러나 요홍생은 하나도 알아듣지 못했다. 곁에 있던 통역이 요홍생에게 말해 주었다.

"이렇게 말하는군요. 자신들의 객점 술과 요리에는 정해진 가격이 있어, 당신네 중국인들처럼 값을 깎아 제멋대로 계산하지 않는다. 당신은 중국에서 체면이 있는 인물인데, 이처럼 치사하게 구는 것은 당신 스스로를 욕보이는 것이다. 하물며 당신이 돈을 아끼려 한다면, 어찌하여 거지 객점으로 가지 않느냐. 보아하니 우리 객점은 당신이 머물기에는 어울리지 않는다."

통역이 말을 마치자 요홍생은 화가 나서 눈앞이 어찔할 지경이었다. 하여 한편으로는 사람을 시켜 그가 달라는 대로 계산하게 하고, 또 한편으론 더 이상 여기서 모욕을 당하지 않기 위해 다른 객점으로 옮길 채비를 하라 시켰다. 하인이 대답하고 짐을 수습하러 물러났다. 요홍생은 한참 동안 궁리하다 생각을 정한 뒤, 통역에게 물었다.

"오늘 출항하는 배가 있는가?"

통역이 대답했다.

"오늘 아침에 신문을 보니, 일본으로 가는 영국 회사의 퀸엘리자베스호가 있습니다. 프랑스로 가시려면 내일이나 되어야 출항하는 배가 있습니다."

그러자 요홍생이 말했다.

"난 일본으로 가는 배를 탈 것이네. 퀸엘리자베스호라, 잘됐군. 얼른 가서 선실을 예약하게."

이에 통역이 놀라 물었다.

"대인, 어찌하여 일본으로 돌아가려 하십니까?"

그러자 요홍생이 털어놓았다.

"내 솔직히 말함세. 제대께선 원래 일본으로 가서 공업을 시찰하도록 날 파견하셨지. 그런데 내가 영국·프랑스·미국 등 세 나라를 다녀오겠노라고 자진해서 나선 것이네. 그런데 이젠 고생도 충분히 했고, 모욕도 충분히 받았으며, 돈도 다 써 버렸네. 그러니 어쩌겠는가?"

통역이 되물었다.

"대인께서 돌아가신다면 어떻게 임무를 완수하시겠습니까?"

그러자 요홍생이 말했다.

"자네가 방금 미국이 중국 노동자의 출입을 금하는 법을 정했다고 말하지 않았는가? 난 이를 핑계로 삼을 생각이네."

이에 통역은 아무 말 없이 물러나 시킨 대로 처리했다. 요홍생은 또 안으로 들어가 첩을 위로하며, 지배인은 자신이 이러이러하게 한바탕 혼을 내 주었노라고 말했다. 그 말을 듣고 첩은 그제야 화를 누그러뜨렸다. 오후가 되자 통역이 돌아와 2호 방과 여타 객실을 예약했으며, 오늘 저녁에 출항한다고 말했다. 그 말을 듣고 요홍생은 고개를 끄덕였다. 점심을 먹고 요홍생은 첩과 함께 마차에 올랐다. 통역은 집사 등과 함께 뒤를 따랐다. 집사는 짐이 너무 많아 왜건을 불렀다. 왜건은 짐 싣는 외국의 수레를 가리킨다. 짐을 다 싣고 모두 거기에 올라탔다. 통역도 할 수 없이 그들을 따라 올라탔다. 집사가 특별히 중간 자리를 양보했다. 마차 두 대가 덜커덩거리며 퀸엘리자베스호를 향해 갔다.

퀸엘리자베스호는 태평양에서 열하루를 달렸다. 처음에는 평온했지만 나중에는 풍랑이 일며 이리저리 요동쳤다. 어느 날 저녁엔 날씨가 조금 더웠다. 요홍생은 방 안에 있자니 갑갑하여 창을 열어 공기를 마시고 싶었다. 이에 당장 핀을 뽑아 블라인드 창문 두 짝을 양쪽 벽으로 열어젖혔다. 설명은 길지만 그 시간은 짧았다. 그러자 곧장 산더미 같은 파도가 방문을 때리며 들이쳤다. 요홍생은 다급한 나머지 창문도 닫지 못했다. 그 바람에 파도가 연이어 들이쳤다. 요홍생은 "날 살려라" 하고 크게 소리쳤다. 복구가 그 소리를 듣고 문밖에서 뛰어 들어와 사력을 다하여 겨우 창문을 닫았다. 그러고 나서 바닥을 보니 어느새 흥건했다. 요홍생과 첩의 몸이 흠뻑 젖었음은 당연히 설명할 필요가 없었다. 복구도 온몸이 흠뻑 젖어서는 장삼을 걸은 채 바닥을 닦으며 투덜거렸다.

"선생! 어찌 이다지도 조심성이 없으십니까? 선상의 창문을 어찌 그리 가볍게 여기십니까? 다행히 창밖에 철망이 있었기에 망정이지, 그렇지 않았다면 당신도 휩쓸려 갔을 것입니다!"

요홍생은 자신이 잘못했음을 알았기에 얼굴을 붉히며 원망하는 소리를 들을 수밖에 없었다. 그가 방바닥을 깨끗이 수습해 주면 따로 사례하겠다고 부탁하니, 복구는 그러겠다고 대답했다. 이어 하인들을 불러 여럿이 함께 기구를 이용해 방 안의 물을 퍼내고 복구는 떠났다. 하인들이 와서 이부자리를 보니 흠뻑 젖었기에 먼저 둘둘 말아 가져갔다. 그러고는 대인과 작은 마님이 옷을 갈아입게 했다. 그렇게 밤새 소동을 벌이고 났더니, 다음 날 아침엔 벌써 온 배에 퍼져 웃음거리가 되어 있었다.

그러던 어느 날 밤, 요홍생은 깊은 잠에 빠져 있었는데 갑자기

하늘이 무너지고 땅이 갈라지는 요란한 소리에 깜짝 놀라 벌떡 일어났다.

"큰일 났구나! 배가 암초에 부딪혔나 보다!"

첩은 비몽사몽간에 암초에 부딪혔다는 말을 듣고 그리되면 누구도 생명을 보전할 수 없다는 생각에 저도 모르게 통곡하기 시작했다. 조금 있다 귀를 기울여 보니, 바깥에선 아무런 움직임이 없기에 그제야 마음을 놓았다. 그런데 잠시 후 와장창 하는 소리가 한꺼번에 들려왔다. 아마 유리 식기들이 깨진 것 같았다. 이에 요홍생은 더 이상 잠을 자지 못하고 첩과 함께 앉아 값어치가 나가는 보석들을 몸에 챙겼다. 그러면서 생각하길, 뜻밖의 상황을 대비하여 일찌감치 낮에 배 옆에 걸려 있던 구명 튜브를 가져오지 않은 것이 애석했다. 가까스로 날이 밝았다. 승객들은 모두 일어났다. 요홍생은 사람을 보내 소식을 알아보게 했다. 알고 보니, 어젯밤 파도가 얼마나 컸던지, 파도가 배에 부딪히면서 쇠사다리가 끊어졌다고 했다. 그러니 그 힘이야 미루어 짐작할 수 있을 것이다. 요홍생은 두 번의 공포를 경험한 뒤로는 '긴 바람을 타고 만리 파도를 넘고자(乘長風破萬里浪)' 하는 생각을 일찌감치 저 멀리 갖다 버리고, 오직 이제나저제나 귀국하기만을 바랐다. 열이틀째 되던 날, 배는 일본 요코하마에 도착했다. 그러자 요홍생은 흥취가 다시 솟아 객점에 묵으며 손님을 찾아뵙고 공원을 유람했다. 이런 것들은 그리 자세히 얘기할 필요가 없겠다.

그러던 어느 날 거리에서 상아 조각 점포를 발견했다. 조각은 매우 정교했으며, 가게 안에는 도장 등도 있었다. 견물생심이라, 요홍생은 바로 들어가 도장 하나를 사서 '증경창해(曾經滄海)[443]'라는

---

443 일찍이 창해를 건넜노라.

네 글자를 새겨 달라고 부탁했다. 가게 주인은 중국어는 할 줄 몰랐지만 중국 글자는 알고 있었다. 이에 그가 네 글자를 쓰는 것을 보고는 그를 위아래로 훑어보며 웃었다. 그러고는 동료와 무어라 중얼중얼 얘기하니 그 동료도 웃었다. 요홍생은 그 까닭을 알지 못하고 다시 종이에 내일까지 부탁한다고 썼다. 그러자 가게 주인이 고개를 끄덕였다. 요홍생은 상아 가게를 나온 뒤 크레이프(crape)나 갈포(葛布)와 같은 자잘한 물건들을 사서 거처로 돌아갔다.

자고로 이르기를, "복은 겹으로 오지 않고 재앙은 혼자 오지 않는다"고 했다. 어느 날 저녁 무렵, 일찌감치 변발을 자른 학생 복장을 한 두어 명의 중국인이 찾아왔다. 우두머리가 장부를 가져와서는 요홍생의 면전에 펼쳐 보이며 당신이 요씨인가 하고 물었다. 요홍생은 어리둥절했다. 그러자 학생이 말했다.

"아마 맞는 모양이군. 잘됐군, 잘됐어."

그리고 이어 말했다.

"나는 쵀지회(淬志會) 회장이오."

그러곤 또 나머지 둘을 가리키며 말했다.

"이 사람들은 쵀지회 회원이오. 현재 우리 모임에 경비가 부족하여 1천8백 냥을 기부해 달라고 당신을 찾아왔소."

이에 요홍생이 말했다.

"족하(足下), 그 모임은 어느 지역에 있소? 그리고 관립(官立)이오, 사립이오? 난 도무지 종잡을 수 없는데, 어찌 돈을 낼 수 있겠소?"

그러자 그 학생은 화를 참지 못하고 나무랐다.

"마소나 진배없는 너희 같은 노예들은 진정 무엇이 좋고 나쁜지를 모르지. 설마 우리가 너희를 속일 성싶으냐? 우리 모임은 관립도 아니고 민립도 아니다. 그것은 몇몇 동지들의 뜻으로 만들어진 것이다. 너는 이런 것조차 모르면서 유력을 나섰단 말이냐?"

요홍생은 무어라 대꾸할 말이 없어 욕을 얻어먹으며 속만 끓였다. 학생들은 붉으락푸르락하며 요홍생에게 돈을 헌납하라고 다그쳤다. 이에 요홍생은 "날 욕하는데도 돈을 헌납한다면, 그것은 돈을 주고 욕을 사는 꼴이 아닌가?" 하고 말하며 내놓지 않겠다고 고집을 부렸다. 통역이 이 사실을 알고 서둘러 들어와 비밀 방으로 요홍생을 끌고 들어가 말했다.

"저들을 건드려 봐야 좋을 것 없으니, 대인께선 몇 푼 쓰시는 게 좋겠습니다."

이에 요홍생이 말했다.

"지놈들이 뭘 어쩔 건데?"

그러자 통역이 말했다.

"대인께서 돈을 쓰지 않는다면, 저들은 야밤중에 사람을 보내 대인의 변발을 자른 뒤 대인께서 어떤 몰골로 귀국하실지 두고 볼 것입니다. 때문에 외국을 유력하던 많은 관리들이 저들의 요구에 응대할 수밖에 없었던 것입니다. 그 명목을 변발 보험료라고 합니다."

이에 요홍생은 달리 방법이 없어 백 원을 내놓을 수밖에 없었다. 그런데 학생들은 여전히 말을 듣지 않았다. 통역이 여러 차례 설득한 끝에 학생들을 돌려보냈다. 이렇게 되자 요홍생은 흥미를 잃고 말았다.

뒷일이 어떻게 되었는지 알고 싶으면 다음 회를 듣고 알아보기 바란다.

제53회

　각설하고, 요홍생은 도쿄에서 쵀지회 학생들에게 은화 백 원을 뜯기고 또 수많은 모욕을 당하여 마음이 답답하고 울적했다. 통역이 몇 마디 설득으로 그들을 쫓아냈다. 지난번엔 미국에 가느라 바빠 대엿새 만에 일본을 떠나야 했다. 때문에 아사쿠사 공원이나 우에노 공원 등만 대략 유람할 수 있었다. 그러나 이번에는 별다른 일 없이 한가하여, 하루 종일 마차를 타고 한 곳 한 곳 자세히 둘러보았다.

　그러던 어느 날 시노바즈노이케(不忍池)에 갔다. 시노바즈노이케 주변으로 작은 집들이 죽 늘어서 있었는데, 들리는 바에 따르면 기생집이라고 했다. 예전 기생집들은 신바시(新橋)나 야나기바시(柳橋) 등에 있었는데, 지금은 이곳으로 옮겨 왔다고 했다. 시노바즈노이케에 바짝 붙어서 유명한 주루가 하나 있는데, 세이요켄(精養軒)이라고 했다. 세이요켄은 중국 상해에 있는 예사객점과 큰 차이가 없었다. 요홍생은 이번이 처음인지라 세이요켄에 가서 방을 하나 골라 앉았다. 시자(侍者)가 차림표를 올렸다. 이에 요홍생이 말했다.

"근자에 서양 요리는 물리도록 먹었으니, 이번엔 일본 요리를 먹는 게 좋겠어."

시자가 대답하고 준비하러 물러났다. 얼마 지나지 않아 소반을 받쳐 들고 오는데, 말린 과일 접시와 간식 등이었다. 그 밖에 화로도 가져왔다. 시자는 화로를 받치고 그 위에 신선로를 올렸다. 불을 피우자 물이 끓었다. 거기에 날달걀을 넣고 또 닭고기를 한가득 가져왔다. 통역과 요홍생은 나무젓가락으로 닭고기를 집어 들고 신선로에 넣어 익혀 먹었다. 또 다른 풍미가 있었다.

시자는 요홍생이 돈 많은 손님이라 돈 몇 푼은 능히 쓸 것이라 여겨, 몰래 배석할 가기(歌妓)들을 몇 명 불러 그 방으로 들여보냈다. 요홍생은 이미 맥주 몇 잔을 마셔 취기가 돈 터에 가기들을 보니 모두 미인이었던지라, 저도 모르게 홍취가 돌아 춤을 추며 노래를 시켰다. 통역이 샤미센(三味線)이라고 말해 준 삼현금(三絃琴) 비슷한 악기를 들고 한 가기가 '띠리링~ 띠리링~' 연주를 시작했다. 그러자 또 한 가기가 두 쪽으로 된 판을 들고 위아래로 탁탁 치며 음절을 맞추었다. 두 가기가 노래를 부르는데, 무슨 내용인지는 모르겠지만 귀를 적시며 마음을 움직였다. 노래가 끝나자 한 가기가 쟁반을 들고 팁을 요구했다. 요홍생은 목소리를 낮추어 통역에게 얼마를 주면 되느냐고 물었다. 통역이 말했다.

"일본 돈으로 최소 30원은 주어야 합니다."

그러자 요홍생은 품속에서 일본 돈 10원짜리 지폐 세 장을 꺼냈다. 팁을 받은 가기들은 악기를 들고 호호 웃으며 다시 다른 방으로 갔다. 요홍생이 그렇게 한 차례 먹고 나자, 시자가 밥을 가지고 왔다. 조그만 나무 찬합이었는데, 열어 보니 위에는 장어가 놓였고 그 아래로 눈처럼 하얀 밥이 가득 담겨 있었다. 요홍생과 통역은 대충 한 술 떴다. 남은 음식을 거두어 가고 차 한 주전자를 끓여 올렸다. 찻주전자는 편원식(扁圓式)[444]이었다. 찻잔은 광동 사람들이 우롱차를 마실 때 사용하는 것과 별 차이가 없었다. 차 색깔은 진녹색이었다. 차를 다 마시자 시자가 계산서를 올렸다. 요 홍생은 돈을 지불하고 세이요켄을 나와 곧장 고라쿠엔(後樂園)으로 갔다. 정원에는 소나무·전나무가 하늘 높이 솟아 짙은 그늘을 드리우고 있었다. 수많은 석가산(石假山)이 정교하고 아름답게 쌓여 있었다. 통역이 설명해 주었다.

"이 정원은 미토 번(水戸藩)의 영주 도쿠가와 요리후사(德川賴房)와 도쿠가와 미쓰쿠니(德川光國)가 만든 것인데, 이를 위해 설계도를 그려 준 것은 주순수(朱舜水)입니다. 주순수는 절강 여요(餘姚) 사람으로, 명말청초(明末淸初)에 일본으로 건너와 이 정원에 머물며, 한 발짝도 문밖을 나서지 않은 채 건물을 짓고 담장에 백이숙제(伯夷叔齊)의 상을 새겼지요. 일본에선 모두들 그를 무척 존중합니다."

그 말을 듣고 요홍생은 고개를 끄덕이며 탄식했다. 두 사람은 태호석(太湖石)[445] 위에 앉아 다리를 쉬며 남녀 관광객들을 바라보았다. 그렇게 둘은 한참을 앉았다가 객점으로 돌아왔다. 요홍생은 세이요켄에서 헛돈으로 몇십 원을 썼지만, 고라쿠엔에서 옛일한 가지를 알게 되었으니 그리 손해를 봤다고 할 수는 없었다. 거처로 돌아와 시계를 보니 아직 4시를 넘지 않았는데, 하늘은 벌써 어둑해져 있었다. 요홍생이 이상하다는 듯 말했다.

"요즘 같으면 우리 중국에서는 7시가 되어야 날이 어두워지는

---

444 전체적으로 납작한 원형.
445 강소성(江蘇省) 태호(太湖)에서 나는 기이한 모양의 석회암 덩어리. 주름과 구멍이 많아 가산(假山)을 만들기도 하고 정원을 꾸미는 데 쓰임.

데, 여기서는 어찌하여 4시인데 벌써 날이 저문단 말인가?"

그는 실제 그 이유를 알지 못했다. 밤이 되어 얼마 자지 않았는데 이내 날이 밝았다. 다시 시계를 보니 겨우 2시였다. 나중에 통역에게 물어보고서야 그것은 해가 선회하기 때문이란 것을 알게 되었다. 통역이 덧붙여 말했다.

"만약 겨울에 러시아의 상트페테르부르크로 간다면 매일 2시 정도면 벌써 날이 저물고, 밤 1시 전에 날이 밝습니다. 왜 그런고 하니, 러시아는 북극 바로 밑에 있어 겨울이면 해가 황도(黃道)에서 곧장 나오기에 날이 일찍 어두워지고 일찍 밝아집니다. 여름에 해가 적도(赤道)에서 떠서 천천히 도는 것과는 비교가 되질 않지요."

그 말을 듣고 요홍생은 크게 탄복하며 속으로 생각했다.

'이번에 귀국하면 『외국 유람기』를 하나 써야겠다. 내가 직접 쓸 수 없으면 다른 사람에게 부탁해서라도 통역이 말한 이 내용들을 실어야겠다. 그러면 사람들이 보고 분명 내 견해가 탁월하다고 여겨 어쩌면 문인 학사들이 나에게 비위를 맞출 것이야.'

그리 생각하니 얼굴에 득의한 기색이 역력했다.

하루가 지났다. 요홍생은 통역을 데리고 닛코 산(日光山)에 놀러 가기 위해 우에노(上野)에서 아침 열차를 탔다. 세 시간이 채 못 되어 닛코 산에 도착했다. 산 아래는 도쿠가와(德川) 장군의 사당이었다. 사당 안은 황금 벽으로 휘황하여 눈이 부셨다. 사당 뒤가 도쿠가와 장군의 무덤이었다. 위로 올라가는 계단이 3백여 개였다. 두 사람은 용기를 내어 앞으로 나아갔다. 당도하고 나니 두 사람은 기진맥진했다. 가나야 호텔(金谷客寓)에 머물렀다. 가나야 호텔은 완전 서양식이었다. 건물 뒤로 강이 흐르는데, 바닥이 보일 만큼 맑고 투명했다. 앞은 닛코 산이라 난간에 기대 바라보니 심신이 상쾌했다. 잠자리에 누우니 산에서 들려오는 샘물 소리가 천

군만마 같아서 오랜 시간이 지나서야 겨우 꿈자리에 들었다. 다음 날 새벽, 가나야 호텔을 나섰다. 마차를 고용하려 했지만, 사람이 끄는 인력거밖에 없었다. 요즘 상해에 있는 일본 인력거였다. 한 대에 한 사람씩 타고 닛코 산 골짜기를 따라 천천히 돌았다. 꽃이 날리듯 눈송이가 쏟아지듯 산골짜기 개울물은 보기에 매우 좋았다. 반 리 정도 갔더니 다리가 이어졌다. 다리 건너편엔 바위를 깎아 만든 10여 기의 불상이 있었다. 얼굴 가득 웃음을 머금은 것이 마치 살아 있는 듯했다. 두 사람은 자세히 감상했다.

다시 좀 더 길을 가니 마을이 나타났다. 밭에는 채소가 심겨 있고, 울타리엔 꽃이 피어 있어 그야말로 '조용한 시골' 풍경이었다. 계속해서 2~3리를 더 가니 산속이었다. 머리를 들고 보니, 층암절벽에 수많은 계곡이 하늘 끝까지 우뚝 솟았다. 그 양편으로 고목이 무성하여 짙은 그늘을 드리웠고 멀리선 폭포 소리가 들려왔다. 다시 더 들어가니 길이 미끄러웠다. 길섶엔 유명한 명승지가 있었는데, 그곳을 우마가에시(馬返)[446]라고 했다. 여기엔 정자와 누각이 있었다. 조그만 연못이 있는데, 연못 물이 더없이 맑았다. 무성한 개구리밥과 마름 등이 얽혀 있고, 양쪽에는 사발만 한 노란 국화가 향기를 뿜으며 눈부시게 피어 있었다.

우마가에시를 지나니 길은 더욱 구불구불해졌다. 마부는 고개를 숙이고 등을 구부린 채 개미처럼 땅바닥을 기어올랐다. 그렇게 한참을 오르고서야 겨우 정상에 이르렀다. 검봉(劍峰)이라 불리는 곳도 있었고 화암(華岩)이라는 곳도 있었다. 화암 위로 더욱 기이한 경치가 펼쳐지는데 곧 폭포였다. 폭포는 폭이 20여 길에 길이가 70여 길로, 위를 쳐다보니 운무가 자욱했다. 폭포는 아래로 떨

---

446 길이 험하여 말을 타고 갈 수 없기에 바로 여기서부터 '말을 돌려보내고' 사람만 넘어갔기 때문에 생긴 지명.

어져 서로 부딪치며 솟구쳐 오르는데, 그 소리가 천둥소리 같았다. 그 밖에 큰 비석이 하나 있었다. 비석에는 일본인이 지은 「화암폭포가(華岩瀑布歌)」가 새겨져 있었는데, 글씨 크기가 주먹만 했다. 폭포를 구경하고 주젠지(中禪寺)로 발길을 돌렸다. 주젠지는 장엄하고 정갈한 것이 일반 절과는 전혀 달랐다. 다시 망호루(望湖樓)에 올랐다. 사방으로 쇠 난간이 둘려 있는데 매우 정교했다.

독자 여러분, 생각해 보시오. 산 위에 어떻게 호수가 있을 수 있을까요? 큰 틈새가 아니겠습니까? 이 호수는 본래 산이 갈라진 틈인데, 오래도록 폭포가 끊이지 않고 흘러내려 만들어진 큰 호수입니다. 전후로 길이가 18리나 되며, 사람들은 그 호수에서 작은 배를 타고 낚시를 하는데, 그야말로 천연의 그림입니다.

두 사람은 되는대로 간식을 사서 잠시 허기를 채웠다. 요홍생은 『유림외사(儒林外史)』의 마이(馬二) 선생이 서호(西湖)를 보고 "거대한 산 화악을 짊어지고도 무겁다 하지 않고, 큰 강과 바다를 흔들어도 한 방울도 새지 않으며, 만물을 싣고 있다(載華嶽而不重, 振河海而不洩, 萬物載焉)"라는 『중용(中庸)』의 세 구절을 말한 것을 떠올리며, 고인들의 문장 표현이 절묘함에 찬탄을 금할 길 없었다. 한참을 배회하며 끝내 그곳에 머물러 차마 떠나지 못할 광경이었다. 통역이 여러 차례 재촉하고서야 갔던 길을 되돌아 산을 내려왔다. 돌아와서는 7언 절구 한 수를 지어 소중히 간직했다. 그러면서 말하기를, 장차 『외국 유람기』 뒤에 새기면 사람들이 보고 인품이 고상하고 정취가 심원하다고 칭찬하지 않을 수 없을 것이라고 했다. 이제 한가한 얘기는 그만두자.

한편 요홍생은 일본에 머문 지 보름 정도 지나자 다소 싫증이 나서, 날을 잡아 귀국 여정에 올랐다. 그가 탄 배의 선실은 안휘 순무가 고문관으로 초청했던 노항개(勞航芥)와 벽을 사이에 두고 바로 붙어 있었다. 도중에 별일은 없었다. 그러다 등주(登州) 부근에 이르렀을 때 갑자기 풍랑이 일었다. 요홍생은 너무 놀라 어찌할 줄 모르고 경황이 없었다. 그의 첩은 그보다 더 간이 작아 어찌하지도 못하고, 그의 손을 잡고 선상에 꿇어앉아 천지신명께 보호를 빌었다. 그때 마침 노항개에게 들키고 말았으니, 이를 일러 저도 모르게 발각되고 만다는 것이다. 노항개가 상해에 짐을 부리는 사이에 그는 벌써 강을 오르내리는 배로 갈아타고 곧장 남경으로 갔다. 이튿날 제대의 관청으로 가서 도중에 되돌아오게 된 까닭을 보고했다. 제대 또한 외국의 전보를 받고 중국인 노동자를 억제한 일을 잘 알고 있었다. 그 일은 큰 국면과 관계된 일이어서 뭐라 탓할 수도 없어 다만 몇 마디 위로의 말을 전할 수밖에 없었다. 이는 관장의 통속적인 격식이니 자세히 언급할 필요가 없을 것이다.

이제 남경의 한 향신(鄕紳)에 대해 얘기해 보자.

그의 성은 진(秦)이고, 이름은 외자로 시(詩)이며, 별호는 봉오(鳳梧)이다. 그의 아버지는 갑과 출신으로 한림원 시독학사(侍讀學士)를 지내고, 절강 주고(浙江主考)를 역임한 뒤에 돌아가셨다. 그 자신은 본시 화령동지(花翎同知)[447]였는데, 크게 기부금을 걷던 해에 수천 금을 쓰고 후선도(候選道)를 사서 관찰(觀察)이 되었다. 그러나 진봉오(秦鳳梧)가 비록 관찰이기는 했으나, 관직을 사던 때 일찍이 지성(指省)[448]을 하지 않아 마땅히 후보로 갈 곳이 없어 다만 허울뿐인 관직이었다. 그럼에도 그는 몹시 기뻐했다. 손님을 배방하러 출타할 때는 반드시 녹색 사인교에 붉은 일산을 쓰고, 길

---

447 화령은 관리들이 쓰던 모자를 가리킴. 동지는 지방의 지부(知府)를 보조하여 정무를 처리하는 관직임.
448 관원 자격을 산 뒤 다시 돈을 더 써 자신이 희망하는 성을 지정하여 후보로 가는 것.

나장이[449]에 뒤따르는 말을 갖추었다. 그리고 돌아올 때는 조어항(釣魚巷)을 지나며, 그곳의 기둥서방들을 놀라게 했다. 그러니 자연히 부끄러움도 모르는 하류배들이 진 대인 어쩌고저쩌고하며 그의 비위를 맞추게 되었다. 그런데 진봉오는 의외로 그런 것을 별로 부끄러워하지 않았다. 남경에서 정식 관료들은 그와 왕래하지 않았다. 가진 것이 없는 가난한 후보들은 그가 돈이 많다는 것을 알고, 때때로 그와 가까이 지내며 명절이나 연말을 대비하여 열 냥, 스무 냥을 꾸었다. 진봉오의 공명이 이러하고 지향하는 바가 이러하며 교유 관계가 이러하니, 그 나머지는 미루어 짐작할 수 있을 것이다.

아침부터 저녁까지 먹고 마시고 기생질에 도박이었다. 한번 마작 판을 벌이면 한 판에 2백 원짜리였다. 그와 늘 안부를 묻는 사이인 친구 몇몇이 있었다. 그중 하나가 강녕(江寧) 후보 지현(候補知縣)으로 이름은 사득룡(沙得龍)이었다. 그는 응석받이로 자란 부잣집 도련님으로 사람들은 모두 그를 사과(傻瓜)[450]라는 별명으로 불렀다. 또 한 명은 동원국(銅圓局)의 막료로 이름은 왕록(王祿)인데, 사람들은 모두 왕팔(王八)[451] 나리로 불렀다. 그리고 또 후보 좌잡(佐雜) 둘이 더 있었는데, 그들은 성이 모두 '변(邊)'이어서 사람들은 그 둘을 '대변(大邊)', '소변(小邊)'으로 불렀다. 이 네 사람은 날마다 함께 어울렸다. 진봉오는 천성이 사치스러워 기분이 좋을 때면 사람들에게 큰돈을 뿌렸다. 하여 그의 환심을 얻기 위해 자연 그를 봉황이라 떠받들며 여기저기 돌아다녔다. 그렇게 2년이 채 못 되어 진봉오의 가산은 점점 줄어들었다.

---

449 예전에, 수령이 외출할 때 길을 안내하는 것을 업으로 하던 사령.
450 '바보'라는 뜻. 성이 '사'써이기에 같은 발음으로 별명을 붙인 것임.
451 오쟁이를 진 남자라는 뜻. 이 역시 성이 '왕'이기에 같은 발음의 별명을 붙인 것임.

강포(江浦)에 한 향동(鄕董)[452]이 있었는데, 그의 이름은 왕명요(王明耀)였다. 그는 사람됨이 교활하여, 그 지방 백성들은 그를 늘 대나 호랑이처럼 무서워했다. 왕명요는 심계(心計)가 뛰어나 무슨 돈이든 농간을 부리려 했다. 물불 가리지 않고 열심히 뛰어다니긴 했으나 반평생 헛수고만 하여 돈은 조금도 모으질 못했다. 이는 무슨 까닭인가? 그는 원래 다른 일에 있어서는 어느 한 가지도 모르는 것이 없고 환하지 않은 것이 없었다. 다만 기생집이나 도박장, 이 두 곳만은 들어가기만 하면 어찌할 줄 모르고 정신없이 빠져들었다. 그는 매달 몇 차례씩 남경을 왔는데, 대개 진회하의 조어항에 머물렀다. 그러다 우연히 진봉오를 알게 되었고, 서로 마음이 잘 맞았다. 하루는 기녀 옥선(玉仙)의 집에서 크게 연회가 벌어졌는데, 거기엔 당연히 진봉오가 없을 수 없었다. 그 자리에서 철로 부설이나 광판학당(礦辦學堂) 개설, 동서양 유람 따위와 같은 시사에 대한 얘기가 거론되었다. 이에 왕명요는 진봉오를 끌고 다른 방으로 가서 그의 귀에 대고 소곤소곤 밀담을 나누었다.

"지금 크게 돈을 벌 만한 일이 있는데, 당신이 나서 주신다면 장차 이익이 있으리니, 그러면 우리가 절반씩 나누어 가지는 것이 어떻겠소?"

그러자 진봉오는 무슨 일이냐며 급히 물었다. 왕명요가 말했다.

"우리 현에 취보산(聚寶山)이란 산이 있는데, 그 산 절반이 내 것입니다. 그런데 두어 달 전, 어떤 사람이 우리 친척을 끌고 나를 찾아와 하는 말이, 상해의 어느 양행에 매판이 하나 있는데 장사도 잘되고 주머니 사정도 넉넉하답니다. 그 사람이 서양인 하나를 아는데, 아주 유명한 광사랍니다. 이 광사가 얼마 전에 내지를 한

---

452 지방의 명망 높은 선비.

번 둘러본 적이 있는데, 그때 각처의 광맥을 살펴봤다더군요. 하여 취보산을 지나게 되었는데, 그가 깜짝 놀라며 '아깝다, 아까워!' 하더랍니다. 통역이 무엇이 그리 아까우냐고 물었지요. 그랬더니 그가 말하길, '이 취보산의 광맥은 노천 탄광이라 개발하면 대규모 탄광이 될 것이니, 개평(開平)이나 막하(漠河)에 못지않다'고 하더랍니다. 그는 돌아간 뒤에 개발하기로 작정하고, 매판에게 나서서 남경으로 가 채굴을 청하는 품신을 올리도록 했답니다. 그런데 그 매판은 남경 정황에 익숙하지 않아 혹여 장애라도 생기지 않을까 걱정하여, 반드시 지방 향동과 합작해야만 일을 할 수 있다고 했답니다. 하여 여기저기 부탁하다 마침내 저에게까지 오게 되었지요. 생각해 보십시오. 강포현은 제 고향이고 저는 또 그곳의 향동이니, 나 말고 더 나은 사람을 찾을 수 있겠습니까? 당연히 제게 부탁을 하게 되겠지요. 그런데 제 생각에, 저들에게 개발을 시키기보다 우리가 직접 하는 것이 낫지 않을까 합니다. 우리가 부자들을 전면에 내세워 지방 신사들이 그 지역의 탄광을 개발하게 한다면, 위에서도 허락하지 않을 까닭이 없지 않겠습니까? 그러나 제가 친구는 많지만 죄다 믿을 만하지 못하니, 이리저리 생각하다가 노형, 당신을 떠올리게 되었습니다. 노형께선 대대로 선비 집안이시고 또 당신 자신은 도대(道臺)라 관장도 잘 아시고 사방으로 명망도 두루 통하시니, 지금으로서는 노형께서 제대께 가서 자초지종을 설명하시면 제대께서 허락하실 것입니다. 그러면 나머지 일은 간단합니다."

이에 진봉오가 한참을 주저하다 말했다.

"제대께서 이 일을 허락하여 맡겨 주시면 생각건대 뭐든 할 수 있으니 이후의 모든 일은 간단할 것이다? 그 말을 어찌 신뢰할 수 있소?"

그러자 왕명요가 얼굴을 굳히며 말했다.

"또 그러시는군요. 우리가 알고 지낸 지 하루 이틀도 아닌데, 만약 제가 당신께 사기를 친다면, 그러고서도 제가 사람이겠습니까? 제가 이후의 일은 간단하다고 말씀드린 것은 이런 겁니다. 제대께서 허락하시고 다시 현에 고시를 청해 주시면, 이 두 가지 실질적인 증거가 있는데도 사람들이 믿지 않겠습니까? 사람들이 일단 믿고 또 탄광에서 절대적인 이익을 볼 수 있다는 것을 알게 되면, 저들에게 주식을 투자하라 할 때 기꺼이 그리할 것입니다. 당신도 아시겠지만, 이 산의 반은 제 것이라 땅값을 지불할 필요도 없습니다. 그저 외국에서 기계만 사 오면 바로 개발에 착수할 수 있습니다. 만약 파악이 잘 안 되신다면 상해로 가서 그 광사를 만나 보시는 것도 괜찮겠지요. 그를 산으로 청하여 둘러보게 한 뒤, 석탄이 발견되어 돈을 벌게 되면 그에게 배당금은 어떻게 줄 것인지, 사례금은 어떻게 줄 것인지 등을 놓고 그와 계약을 체결하면 됩니다. 그가 응낙하면 기계도 그에게 맡겨 처리할 수 있으니 어찌 간편하고 빠르지 않겠습니까?"

진봉오는 왕명요의 감언이설을 듣고 웃으며 말했다.

"노형의 생각은 정말 훌륭하오. 탄복했소이다! 지금 바로 그렇게 하기로 결정합시다."

그러자 왕명요가 말했다.

"이 역시 하루 이틀에 끝날 일이 아닙니다. 우린 계약도 체결해야 하고, 그다음엔 장정(章程)도 만들어야 하고 또 품신할 원고도 작성해야 하는데, 그것만으로도 며칠은 걸릴 것입니다! 그러니 지금은 술이나 마시러 갑시다."

말을 마치고 그는 곧 진봉오를 끌고 밖으로 나와 친구들이 기다리는 곳으로 가 자리에 앉았다. 진봉오는 오늘 유달리 기분이 좋아 기생들을 수없이 불러 가운데 앉아서는 술내기 가위바위보를 하며 떠들썩하게 놀았다. 그렇게 다음 날까지 놀고서야 술자리를 파했다.

왕명요는 가마를 타고 돌아갔다. 그러고는 이튿날로 곧장 고향으로 내려갔다. 진봉오가 며칠을 기다려도 왕명요는 일자무소식이어서 저도 모르게 마음이 초조했다. 왕명요는 열흘 남짓 지나서야 성(省)으로 올라와 그의 집에 찾아왔다. 만나자마자 왕명요는 이 일 때문에 고생했지만 그럭저럭 처리되었다고 말했다. 진봉오는 어찌 되었느냐며 급히 물었다. 왕명요가 말했다.

"시골 쪽은 이미 적절하게 처리되었으니, 오로지 성(省)에서의 일만 기다리고 있습니다."

그러자 진봉오가 말했다.

"여기는 쉬웠소. 당신이 간 이튿날로 곧 품신서를 작성했지요."

말을 마치자 하인을 불러 마님 방에 가서 빨간 봉투에 든 것을 가져오라 시켰다. 하인이 "예이~" 하고 대답한 뒤 얼마 지나지 않아 그것을 가져왔다. 진봉오는 한편으로는 차와 아편을 준비시키고, 한편으로는 품신서를 왕명요에게 건넸다. 왕명요는 품신서를 받더니, 품에서 돋보기안경을 꺼내 쓰고 숨을 죽인 채 품신서를 펼쳐 살펴보았다.

뒷일이 어찌 되었는지 알고 싶으면 다음 회를 듣고 알아보기 바란다.

제54회

각설하고, 왕명요는 진봉오가 강포현(江浦縣) 탄광 개발을 요청하는 품신서를 받아 들고 자세히 살펴보았다. 쭉 살펴보고 나서 연신 고개를 끄덕이며, "훌륭합니다" 하고는 이어 말했다.

"역시 노형의 재능은 뛰어나십니다. 만약 저였다면 한 구절도 지어내지 못했을 것입니다."

이에 진봉오가 말했다.

"욕보이지 마십시오."

그러자 왕명요가 물었다.

"이 품신서를 누군가에게 살펴보게 하신 적이 있습니까?"

이에 진봉오가 대답했다.

"없소이다."

그러자 왕명요가 말했다.

"전에 동석했던 변(邊) 형은 관장에 오래 계셔서 정황을 아주 잘 알고 글재주도 뛰어나시던데, 어찌하여 그를 불러 살펴보시게 하지 않으십니까?"

그 말에 진봉오는 퍼뜩 정신이 들어 급히 하인을 석패가(石壩街) 변 나리의 공관으로 보내 나리를 청하여 오게 하며, "강포의 왕 나리께서 얘기 좀 나누자며 기다리신다"고 전하게 했다. 하인이 대답하고 떠났다. 진봉오가 다시 하인을 불러, 대변(大邊) 나리지 소변(小邊) 나리가 아니니 틀리지 말라고 주지시켰다. 그러자 하인이 말했다.

"소인, 잘 알았습니다요."

하인이 간 지 얼마 지나지 않아 대변이 왔다. 그는 푸른색 대금 (對襟) 마고자에 발에는 목이 긴 신발을 신고 있었다. 그러나 모자는 쓰지 않았다. 상면을 하여 문안 인사를 나누고, 또 왕명요와는 읍을 하였다. 진봉오가 좌정을 청하고 차를 대접했다. 대변이 말했다.

"나리께서 비직을 부르셨는데, 무슨 분부라도 있으신지요?"

이에 진봉오가 왕명요를 가리키며 말했다.

"우리 왕 형께서 나와 한 가지 사업을 공동으로 경영하려 하는데, 지금 품신서를 대충 지어 사람을 청해다 의논을 좀 하고자 합니다. 그런데 왕 형이 노형께서 모든 일에 능숙하다는 말을 꺼내시기에, 왕림해 주시어 글을 좀 다듬어 주실 것을 청하게 되었습니다. 장차 일이 성사되면 그때 다시 당신께 신세를 좀 져야 할 것입니다."

그러자 대변이 말했다.

"별말씀을, 그저 황송합니다. 비직은 사실 서투르기 짝이 없으니, 어찌 나리의 훌륭하신 문장을 손볼 수 있겠습니까? 기왕 나리의 분부를 받았으니, 품신서를 비직에게 보여 주시면 이를 빌려 저의 우둔함을 깨칠 수 있을 듯합니다."

그들이 이렇듯 예의를 차리자 왕명요가 옆에서 끼어들었다.

"됐습니다. 대변께선 이런 자잘한 일에 신경 쓸 필요 없습니다. 이제 우린 모두 한패가 되었소이다."

그러고는 내친김에 품신서를 그에게 주었다. 그가 일어나 공손히 받아 곁에 있는 탁자 위에 펼치고는 한 글자 한 줄씩 읽어 내려갔다. 그러면서 연신 칭찬했다.

"나리의 식견은 역시 대단하십니다."

진봉오가 급히 물었다.

"고칠 곳이 있소이까?"

그러자 대변이 말했다.

"사실, 없습니다."

그러나 진봉오는 그가 예의를 차려 그렇게 말한다는 것을 알고, 하인에게 지필묵을 가져오라 했다.

"너무 예의를 차리지 않는 것이 좋겠습니다."

그러나 대변이 어찌 붓을 들려 하겠는가. 진봉오가 거듭 말하고 왕명요도 곁에서 한마디 거들자, 그제야 대변은 손에 붓을 들고 자세히 들여다보았다. 때마침 '도(蹈)' 자로 써야 할 것을 진봉오는 '질(跌)'로 잘못 썼다. 대변은 옆에서 공손히 '도(蹈)' 자를 위에 쓰고, 진봉오가 쓴 글자 사방 주위로 동그랗게 점을 찍어 표시했다. 그러고는 붓을 놓고 갖다 바쳤다. 진봉오는 정말 더 이상 고칠 것이 없다고 여겨 속으로 몹시 득의했다. 왕명요가 말했다.

"변 형은 해서(楷書)를 아주 잘 쓰시니, 그에게 정자로 정서해 달라 부탁하는 것이 어떠하십니까?"

그러자 진봉오가 말했다.

"참으로 지당하오."

이에 좋은 종이를 가져오고, 다시 대변에게 마고자를 벗게 했다. 상황이 이리되자 대변은 문안이란 자리가 계약금을 거는 것과 비슷하다는 것을 알고, 곧 마고자를 벗고 먹을 진하게 갈아 붓에 흠뻑 묻혔다. 그러고는 마음을 가라앉히고 필사하기 시작했다. 진봉오는 하인을 불러 변 나리께 차며 물이며 시중을 잘 들라 하며 조금도 게으름을 부려서는 안 된다고 분부했다. 그러곤 한편으로 왕명요에게 말했다.

"여기서 방해하지 말고, 우린 안에 들어가서 얘기합시다."

그러자 왕명요가 맞장구쳤다.

"지당하십니다, 지당하고말고요."

그러면서 두 사람은 안으로 들어갔다. 그곳은 모든 것이 갖추어진 방으로, 청아하게 정돈되어 있었다. 게다가 아편 구들도 있었는데, 거기엔 아주 정교한 연반(煙盤)[453]도 갖추어져 있었다. 왕명요가 말했다.

"당신도 이런 걸 피우십니까?"

그러자 진봉오가 말했다.

"아니요, 친구들을 위해 마련해 둔 것이외다."

이에 왕명요가 고개를 끄덕이며 구들에 앉아 한 대 피우고자 했다. 하인이 연등(煙燈)[454]에 불을 붙였다. 왕명요는 몸을 기울여 불을 붙였다. 진봉오는 그 곁에 앉아 얘기를 나누었다. 바깥방에서 대변은 족히 두 시간은 쓰고서야 겨우 필사를 마쳤다. 아주 힘들었는지 온몸이 땀으로 절었다. 하인이 수건을 바치자 대변은 얼굴을 문질렀다. 그러고는 정서한 품신서를 갖고 들어와 비굴하게 아첨하듯 방 가운데 서서 나리께서 살펴봐 주십사 하고 말했다. 진봉오는 그에게 자리를 양보하고 품신서를 받아 일별하며 말했다.

"노형의 서법은 아주 고르고 정연하니 분명 한림(翰林)의 재목이

---

453 아편 도구를 담는 쟁반.
454 아편에 불을 붙이기 위해 켜는 등.

신데, 어찌하여 이런 외관(外官)에 취임하셨소? 정말 안타깝구려!"

그러자 대변이 말했다.

"나리께 웃음거리나 된 것이 아닌지 모르겠습니다."

진봉오는 문서를 잘 살펴보고 수습했다. 그런 뒤 주방에 시켜 저녁을 차리라 하고, 왕명요와 대변 두 사람에게 간단히 한잔하자며 붙잡았다. 세 사람은 얘기를 나누었다. 그러다 등불을 밝힐 시간이 되자 주방에서 요리를 내왔다. 비록 간단한 술자리였지만 꽤 풍성했다. 왕명요는 매우 교활하고 간사했다. 그는 얘기하는 내내 청산유수였다. 그러나 대변은 말끝마다 '나리'라며, 누구에게나 낯간지러운 말을 했다. 진봉오는 그가 그렇게 몇 번 하도록 내버려두다가 틈을 보아 말했다.

"나는 첫째, 관직에 있지 않고, 둘째, 보결에도 있지 않소이다. 지정된 성(省)도 없는 후보로, 노형과는 통괄하고 예속하는 관계가 없는데 이렇듯 예의를 차리시니 너무 서먹서먹합니다. 이후로 우린 함께 일을 처리해야 하니, 어쨌든 이런 칭호는 쓸 수 없겠습니다."

그러자 옆에 있던 왕명요가 거들었다.

"맞습니다! 우리 광산이 만약 성사된다면 공사(公司)를 설립해야 하는데, 공사에서 가장 중요한 것은 서양인과 접촉할 통역이고, 통역 다음으로 중요한 것이 문안(文案)이라 할 수 있습니다. 지금은 비록 보잘것없지만, 비준이 떨어지면 곧 전반적인 국면이 자리를 잡을 터. 변 형은 재능이 뛰어나고 일체의 모든 것 또한 능하시니, 장차 우리 공사의 문안 자리를 어찌 부탁하지 않겠습니까?"

그러자 진봉오가 말했다.

"좋기는 하나, 다만 이분 노형께서 너무 자잘한 일이라 맡지 않으려 하실까 걱정입니다."

그 말을 듣고 대변이 급히 일어나며 말했다.

"이는 비직이 구하려 해도 얻지 못하는 일입니다. 나리께서 맡겨만 주신다면, 장차 무슨 일이든 전심전력을 다할 것입니다."

그러자 진봉오가 말했다.

"방금 우리가 '나리'라고 부르지 말자 했는데, 당신은 또 그러시는구려."

그러자 대변이 농담에 끼어들며 말했다.

"기왕 그렇게 말씀하시니, '관찰'이라 부르겠습니다. 조금 전엔 확실히 제가 과오를 범했으니 저를 벌하시지요."

말을 마치고는 큰 술잔을 들어 한달음에 마셨다. 왕명요가 박수를 치며 말했다.

"시원시원하시군. 나도 따라 한 잔 마시겠소."

왕명요가 한 잔을 따라 마시자, 진봉오 역시 주인 된 입장으로 한 잔 마시지 않을 수 없었다. 순식간에 술이 다하고, 왕명요와 대변 두 사람은 식사를 요구했다. 식사가 끝나고 세수를 마친 뒤 왕명요가 자리를 뜨려 하자 진봉오가 말했다.

"어찌 여기서 머무시지 않고?"

그러자 왕명요가 말했다.

"아니요, 난 또 들러야 할 데가 있습니다."

"오, 알겠다. 애인을 만나러 조어항으로 가시는 게지요?"

"꼭 그렇다고는 할 수 없지만, 간다고 했으니 가야지요."

"조심해 가십시오. 하인에게 등롱을 밝히고 배웅하라 하겠습니다."

그러자 왕명요가 말했다.

"남경의 크고 작은 거리는 다 알고 있는데, 뭐하러 배웅이 필요하겠습니까? 여러분이 배웅하시면 제가 더 불편합니다."

그는 히죽히죽 말하면서 벌써 문턱을 넘어서고 있었다. 진봉오는 서둘러 배웅했다. 왕명요를 보내고 나니, 대변 또한 떠나려 했다. 진봉오는 하인에게 등롱을 밝히라 시켰다. 하인이 말했다.

"변 나리 댁 하인이 진즉부터 등롱을 들고 문간방에서 한참을 기다렸습니다."

진봉오는 대변을 배웅하고 돌아와 편안히 잠을 잤다.

이튿날, 진봉오는 제대 관아의 권력을 쥔 막료를 찾아, 그에게 품신서를 올리며 안에서 힘 좀 써 줄 것을 부탁했다. 만약 비준을 받으면 나중에 반드시 후하게 보답하겠다며, 만반의 준비를 마치고서야 품신서를 올렸다. 그런데 품신서를 올리고 보름 정도 지났는데도 아무 소식이 없었다.

진봉오가 다시 여기저기 유력한 사람들을 찾아다닌 끝에 비준이 떨어졌다. 이에 강포현에 사실과 일치하는지 실사를 의뢰하여 주식을 모집하고, 그런 연후 개발을 개시할 것이라는 등의 말을 전했다. 진봉오는 몹시 기뻤다. 이즈음, 남경엔 이런 소문이 두루 퍼졌다. 진봉오는 주식을 모집하는 한편, 왕명요에게 상해의 양행으로 가서 광사를 초빙하여 오라는 전보를 쳤다.

광사의 이름은 베일리라고 했다. 들리는 말에 의하면, 그는 외국 학당에서 수석으로 졸업했다고 한다. 그는 왕명요와 진봉오의 전보를 받고 곧장 회신을 보내, 단독으로 경영할 것인지 공동으로 경영할 것인지를 물었다. 이에 왕명요는 남경으로 와서 논의해 보자고 회신을 보냈다. 그러자 베일리는 다소 성가시다는 듯이 말했다.

"중국인들의 일 처리는 이제껏 용두사미였으니, 내가 만약 거기 갔다가 혹여 일이 성사되지 않는다면 여비만 헛되이 쓰는 꼴이 아니겠는가?"

그러고는 곧 통역에게 이렇게 확실히 편지를 쓰라고 말했다.

"이번에 남경에 갔다가 광산 일이 성사되지 못한다면, 비단 왕복 여비뿐만 아니라 상해의 양행 지배인 봉급에 맞추어 하루하루 계산해 주셔야 합니다. 만약 이에 응하시겠다면 모일 장강 증기선을 타고 갈 것이고, 이를 허락하지 않겠다면 회신을 주십시오.”

편지를 보낸 지 채 일주일도 되지 않아 '그렇게 하겠다'는 편지가 왔다. 베일리는 즉시 통역 장로죽(張露竹)을 데리고 남경으로 갔다. 항구에 도착하여 증기선이 닻을 내리자, 일찌감치 진봉오가 보낸 사람들이 증기선에 뛰어올라 장방에게 상해에서 온 베일리라는 서양인이 있는지 물었다. 장방이 대답했다.

“그건 모르겠는데요.”

그런데 때마침 장로죽이 그 옆을 지나다 듣고 그들을 맞아 모든 것을 설명했다. 그러자 그 사람이 연신 웃으며 말했다.

“알고 보니 통역 나리셨군요.”

장로죽은 기민하고 총명한 사람이었다. 그가 당신은 진 관찰과 어떻게 되는 사이냐고 물었다. 그 사람이 말했다.

“소생은 변가인데, 가형께선 진 관찰의 문안(文案)이십니다. 저는 거기서 조금 도와주고 있을 뿐입니다. 지금은 관찰의 분부를 받고 특별히 두 분을 모시러 왔습니다.”

그러자 장로죽이 말했다.

“천만의 말씀입니다, 천만의 말씀.”

소변이 곧 사람을 불렀다.

“이리 오너라.”

하인 둘이 “예이~” 하는 일성과 함께 왔다. 소변이 말했다.

“짐꾼은 왔느냐?”

하인이 대답했다.

“왔습니다.”

그러자 소변이 말했다.

“장 선생, 먼저 서양 나리를 뵙게 해 주십시오.”

이에 장로죽은 소변을 데리고 앞장서서 베일리를 만나게 해 주었다. 장로죽은 외국 말로 설명해 주었다. 베일리는 소변과 악수를 나누었다. 소변은 짐이 모두 얼마나 되는지를 묻고, 전부 자신한테 맡기라고 했다. 이에 장로죽은 하나하나 소변에게 점검시켜 주었다. 소변이 연필을 꺼내 휴대용 장부에 기록한 뒤 말했다.

"저희 주인께서 가마를 준비했으니, 두 분은 가마에 오르십시오."

베일리와 장로죽은 감사의 말을 전하고, 배에서 내려 가마를 타고 성(城)으로 들어갔다. 소변도 짐꾼에게 짐을 들려 보낸 뒤, 직접 호송하며 뒤따라 성으로 들어갔다.

베일리와 장로죽이 진봉오의 집에 도착했다. 진봉오는 일찌감치 세 칸짜리 깨끗한 방을 수습하여 두었다. 얼추 큰 식탁과 의자가 갖추어져 있었고, 또 금릉춘번채관(金陵春番菜館)에서 주방장을 데려와 서양 요리를 만들어 베일리에게 제공했다. 이 시각, 진봉오의 집에는 대변과 소변 그리고 왕팔 등이 모여 아주 시끌벅적했다. 진봉오와 왕명요는 장로죽의 통역을 거쳐 베일리와 인사를 나누었다. 진봉오가 비준 공문을 꺼내 베일리에게 보여 주었다. 베일리는 중국에서 오래 살아 관장의 정황을 잘 알고 있었다. 하여 공문서에 찍힌 제대의 관방(關防)[455]을 보고 틀림없다는 것을 알았다. 그리하여 진봉오, 왕명요 등 두 사람과 방법을 상의했다.

한참을 상의한 뒤, 공동 경영을 하기로 합의했다. 주식은 베일리가 반을 떠맡고, 나머지 반은 진봉오와 왕명요 두 사람에게 돌아갔다. 그리고 장차 석탄이 발견되면, 이익은 어느 누구도 서로를 기만할 수 없도록 공평하게 나누기로 했다. 당장 필요한 경비는 진봉오와 왕명요가 잠시 부담하기로 하고, 베일리의 돈이 도착하면

---

[455] 옛날 관청이나 군대에서 사용하던 관인(官印). 공문서 위조를 방지하기 위해 쓰였으며, 모양은 장방형이다.

그때 균등하게 분담하기로 했다. 그렇게 대여섯 명이 하루 이틀 교섭한 끝에 계약 초고가 마련되었다. 대변이 중국어로 적고 장로죽이 외국어로 썼다. 피차간에 도장을 찍고 서명한 뒤 베일리가 그중 한 부를 가지고 또 남경 주재 본국의 영사에게 가서 설명했다. 진봉오가 상부의 비준 공문서를 가지고 있고 또 서양인이 온 것을 보자, 주식에 투자하는 이들도 점점 늘어났다. 본디 밑천으로 은자 20만 냥을 정했는데, 베일리가 그중 10만을 떠맡았으니 진봉오와 왕명요는 10만 냥만 마련하면 되었다.

보름도 채 되지 않아 은자 4만 냥이 모였다. 진봉오는 자신이 모아 둔 2만 냥을 집어넣고, 또 부동산을 2만 냥에 저당 잡혀 거의 마련했다. 왕명요는 산을 담보로 2만 냥을 확보했다. 나머지는 필요하면 그때그때 마련했다. 진봉오는 일의 두서가 얼추 잡혀 가는 것을 보고 그제야 마음을 놓았다. 하여 한편으로 자기 집 문 앞에 보흥매광공사(寶興煤礦公司)라는 팻말을 내걸고, 장정(章程) 몇 천 부를 새기고 또 주식이며 서명 장부 등을 마련하느라 또 약간의 돈을 지출했다. 베일리와 진봉오, 왕명요, 장로죽 등은 또 각자의 봉급을 정했는데 베일리는 총광사(總礦師)로 매달 5백 냥, 장로죽 백 냥, 진봉오는 정총판(正總辦)을 맡고 왕명요는 부총판(副總辦)을 담당하며 각각 3백 냥, 대변은 문안으로 60냥, 소변과 왕팔은 잡역을 맡으며 각자 30냥이었다. 그리고 다음 달 1일부터 봉급을 지급하기로 하니, 모두들 신이 났다.

베일리는 여러 날 연거푸 손님을 방문하고, 또 여러 날 산을 오르며 강포현뿐만 아니라 남경 일대를 모두 둘러보았다. 그러고는 돌아와 외국어로 살펴본 내용을 적으니, 장로죽이 중국어로 번역하였는데 다음과 같았다.

강녕(江甯) 상원현(上元縣) 성 동쪽 30리 서하산(棲霞山) 탄광: 광맥이 풍성하지 않음. 광상(礦床)[456]이 점판암(粘板巖) 사이에 있는데, 두께가 여섯 자에 불과하여 질이 좋지 않음. 운송로는 가까워 수구(水口)와 약 3리 거리임. 하(下).

상원현 동남 30리 동협산(銅夾山) 동광(銅礦): 광맥이 왕성함. 광상 광맥이 아주 큼. 지질은 점토로, 관찰 결과는 훌륭한 광산임. 시험 굴착을 해 보아야 정확히 파악할 수 있음. 운송로는 부근에 영호철로(甯滬鐵路)가 있음. 상(上).

상원현 성 부근 곽종산(郭鐘山): 온 산이 석회암(石灰巖). 건축 재료로 쓸 수 있음. 옥석(玉石) 또한 많음. 광물은 전혀 없음.

상원현 서북 25리 12동(洞) 주사광(朱砂礦): 점판암으로 그 가운데 자갈질(紫褐質)을 머금고 있는데, 주사(朱砂)로 보임. 굴착하여 화학 실험을 거쳐야 확실히 알 수 있음. 하.

상원현 흥안산(興安山)·보화산(寶華山)·배두산(排頭山)·호산(湖山)·묘두(墓頭)·파휘산(把輝山): 탄광. 광맥은 모두 왕성하지 않음. 질 또한 좋지 않음. 하.

상원현 동쪽 25리 청룡산(靑龍山): 탄광. 광맥이 왕성함. 전임 강녕 번사(藩司)가 개발했음. 옛 갱도 깊이는 약 5백 척(尺). 지금 물이 고여 있어 물을 퍼내고 말린 뒤에야 석탄의 질을 가늠할 수 있음. 중(中).

육합현(六合縣) 성 동쪽 15리 영암산(靈巖山): 보석(寶石)은 미석(美石)임. 계류(溪流)에 매끄럽게 깎이고 또한 산화철(酸化鐵)에 물들어 있어 보석으로 오인할 수 있음. 하.

육합현 성 동쪽 25리 서양산(西陽山): 탄광. 일반 암석. 중간에

---

456 지표 혹은 지중에 매장되어 있어, 채굴하여 이용할 수 있는 광물의 집합체.

식물의 숯이 섞여 있는데, 석탄은 아님. 석질은 자못 좋아서 충분히 제조할 수 있음. 하.

육합현 성 북쪽 45리 야산(冶山): 은광. 광맥이 왕성하고 질이 우수함. 금은을 포함하고 있으며, 동과 철도 섞여 있음. 품질은 화학 분석을 거쳐야 명확히 알 수 있음. 운송로는 물길과 약 3리 떨어져 있음. 상.

강포현 성 북쪽 50여 리 양가촌(楊家村): 철광. 광맥이 왕성하며 12리에 걸쳐 광맥이 형성되어 있음. 질은 우수함. 반드시 시험 굴착을 해 보아야 정확히 파악할 수 있음. 운송로는 편리함. 상.

강포현 성 북쪽 50리 참룡교(嶄龍橋): 탄광. 흑색 점토는 석탄이 아님. 하.

마지막으로 그들이 개발하려는 산의 탄광에 대해서는, 광맥이 왕성하고 품질이 우수하며 산길도 편리하여 상급이라고 말했다. 진봉오와 왕명요 두 사람은 그것을 보고 기쁘기 한량없었다. 베일리는 고찰을 마치자 곧 상해로 돌아가 양행에 기계를 주문하려 했다. 그러면서 덧붙이길, "지금 남경에선 달리 할 일이 없으니, 두 분도 함께 상해로 가셔서 설계도를 살펴보고 기계를 주문하시지 않습니까? 또 더 상의할 일도 있지 않겠습니까?"라고 말했다. 그 말을 듣고 두 사람은 연신 옳다 하며, 각자 짐을 꾸렸다. 장로죽과 대변은 그들을 따라가야 했다. 그러자 소변과 왕팔도 서로 상의했다.

"지금 우리도 할 일이 없으니, 어찌 저들과 함께 가지 않으랴? 듣자 하니 상해는 놀기도 좋다는데, 우리도 이번 기회에 시야를 넓혀 봅시다."

이에 두 사람은 이구동성으로 진봉오와 왕명요에게 말했다. 두 사람은 당연히 허락했다. 떠날 날이 되자, 진봉오와 왕명요는 먼저 남경의 유명한 전장(錢莊)에 부탁하여, 상해에 도착하면 잡비 및 기계 주문비로 쓰기 위해 은자의 반을 환어음으로 바꾸었다. 준비를 마치니, 외국인 하나와 중국인 여섯 그리고 외국인이 데리고 온 시자와 요리사, 중국인이 데리고 가는 하인과 잡역부 등 도합 20~30명이 되었다. 증기선은 매우 빨라 하룻밤을 지나니 곧 상해에 도착했다.

베일리는 장로죽과 함께 양행으로 돌아갔다. 진봉오와 왕명요 및 대변, 소변, 왕팔 등은 뭍에 올라 태안잔(泰安棧)에 머물렀다. 하인과 잡역부 등을 포함하니 족히 큰 방 여섯 개가 필요했다. 매일 방값과 밥값으로 8~9원이 들었지만 누구도 그것을 따지지 않았다. 그러고는 곧 친척을 찾아볼 사람은 친척을 찾아보고 친구를 만날 이는 친구를 만나느라 왔다 갔다 하며 몹시 떠들썩했다. 진봉오와 왕명요는 아직 기계 주문이 확정되지 않았기에 객잔에서 기다렸다. 마침내 베일리와 함께 어느 양행으로 가서 기계를 주문했다. 계약이 완료되자, 진봉오와 왕명요 두 사람은 공무가 끝났으니 당연히 즐겨야 하지 않겠느냐며, 이때부터 뒤죽박죽 소란스럽게 야단법석을 떨기 시작했다.

뒷일이 어떻게 되었는지 알고 싶으면 다음 회를 듣고 알아보기 바란다.

제55회

각설하고, 진봉오와 왕명요 두 사람은 대변과 소변, 왕팔 등을 대동하고 기계를 주문하러 상해에 도착하여 태안잔(泰安棧)에 머물렀다. 기계 주문을 마친 뒤 계약금을 지불하고 계약서를 작성했다. 베일리는 토요일과 일요일 이틀은 항상 객잔으로 와서 일체의 상황을 물었다. 그 외의 날에는 쉬이 나오기 어려웠다. 다만 장로죽만은 매일 4시 이후 별일 없으면 양행의 동료 두화두(杜華寶)·소초도(蕭楚濤) 등과 허구한 날 객잔으로 와서, 진봉오·왕명요와 함께 출타했다. 그러면서도 대변·소변·왕팔 등은 초청하지 않았다. 그들은 부러웠다. 하여 처음에는 그나마 진봉오와 왕명요 두 사람이 출타한 뒤에나 객잔을 빠져나갔다. 그러다 나중에는 공공연하고 대담해져서 점심을 먹고 나면 각자 자신의 장삼을 입고, 진봉오와 왕명요 등과 헤어져 제 갈 길을 갔다. 친척이나 친구가 있어 그들을 만나러 갈 때는 항상 방문을 닫아 두었다. 심부름꾼에게 물어보아도 그들의 종적을 알 수 없었다.

한편 진봉오는 본래 어수룩한 봉이어서, 돈을 쓰며 잘사는 티를 내는 데는 그만한 사람이 없었다. 하여 이번에 돈이 들어오자 더욱 대담해져, 서양 요릿집에서 요리를 먹고 극장에서 전통극을 보며, 마차를 타고 장원(張園)과 우원(愚園)을 돌아다니느라 매일 수십 원을 써 댔다. 왕명요는 한 푼도 내지 않으면서 그와 어울려 공짜로 먹고 마셨다. 사람들은 그를 좋아하지도 않았지만, 싫어하지도 않았다. 이는 무슨 까닭인가? 원래 왕명요는 사람됨이 극히 원만한 데다 다른 사람의 비위를 맞추어 기분 좋게 만드는 재주가 있었다. 하여 다른 사람이 별로 말할 것이 없는데도 맞장구를 쳐 주었고, 별달리 웃기지 않는데도 일부러 웃어 주었다. 때문에 진봉오의 비위에 잘 맞아 그는 왕명요를 무척 신임했다. 번다한 얘기는 그만두자.

진봉오는 장로죽의 양행 동료들을 따라 날마다 함께 어울리며 먹고 마시고 웃고 떠들었다. 모두들 그가 부자라는 것을 알고서, 어쩌고저쩌고하며 아첨을 늘어놓았다. 진봉오 또한 그렇게 지내는 것에 일말의 의심도 없었다. 그러던 어느 날 진봉오는 연회석에서 사람들 모두 손에는 다이아몬드 반지를 끼고 가슴엔 황금 주머니 시계를 차고 있는 것을 보고 저도 모르게 부러워 은근히 티를 드러냈다. 소초도가 어떤 인물인데 이를 놓치랴! 그는 곧 그 일을 마음속에 기억해 두었다.

다음 날, 양행 일이 끝나자마자 마차를 대절하여 사마로(四馬路)의 승평루(昇平樓) 문 앞에 멈추었다. 누각을 올라 연당(煙堂)[457]으로 들어가니, 심부름꾼 아이 아호(阿虎)가 맞이하며 말했다.

"소 선생님, 오랜만에 오셨군요."

이에 초도가 물었다.

"장 선생 여기 계시지?"

그러자 아호가 손가락으로 가리키며 말했다.

"저기, 저기입니다!"

초도가 그곳에 가 보니, 장운신(莊雲紳)은 아편을 자욱이 피우고 있다가 초도를 보더니 아편 곰방대를 내려놓고 자리를 양보하며 맞이했다. 초도는 그의 귀에 대고 목소리를 낮추어 말했다.

"자네, 장사거리가 생겼네."

그 말을 듣자 운신이 한 걸음 더 다가섰다. 초도가 말했다.

"다이아몬드 반지 하나와 황금 주머니 시계 하나를 사려는 어리벙벙한 봉 하나가 있는데, 자네 방도가 있는가?"

그러자 운신이 미간을 찌푸리며 물었다.

"전부 얼마나 내시겠답니까?"

"반지는 반드시 크고 번쩍거려야 하네. 1천~2천 냥 정도는 일도 아닐세. 주머니 시계는 금 비율이 8할 정도면 될 걸세."

"있습니다, 있고말곱쇼. 오늘 저녁 영춘방(迎春坊) 화여의(花如意)네 집에서 기다리십시오."

이에 초도가 공수하며 말했다.

"애 좀 쓰시게."

그러고는 자리에서 일어났다. 그러자 장운신이 양경화(洋涇話)[458]로 '커미션'이란 세 글자를 말했다. 그 말이 채 끝나기도 전에 초도는 '예스'라고 받아 말하고는 뒤도 돌아보지 않고 떠났다. 저녁이 되어 초도가 때맞춰 가니, 운신은 벌써 와 있었다. 그가 품에서 작은 상자를 꺼내더니 뚜껑을 열어 보여 주었다. 반짝이는 다이아몬드 반지였다. 초도가 그것을 받아 들고 물었다.

---

[458] 양경빈화(洋涇濱話)를 말함. 상업 항구에서 외국인과의 거래를 위해 중국어식으로 말하던 영어.

"얼만가?"

운신이 대답했다.

"족히 9캐럿은 됩니다. 상해에서 거래되는 가격으론 1캐럿에 2백 원입니다. 당신 친구라니 조금 깎아, 도합 1천5백 원에 드리죠. 더 이상은 깎아 드릴 수 없습니다."

초도가 다시 주머니 시계를 물었다. 그러자 운신이 단추를 하나 끌러내며 말했다.

"금 비율 8할이면 백 원 정도에 불과하니, 당신이 알아서 짐작하십시오."

초도는 두 가지를 갈무리한 뒤 운신과 헤어져 화여의네 집을 떠났다. 그러면서 속으로 여차여차하면 분명 이익이 있을 것이라 생각했다. 생각을 결정한 뒤 곧장 서안방(西安坊)을 나와 평안리(平安里)에 당도했다. 이어 고상란(高湘蘭)이란 간판을 찾아 쿵쿵쿵 위로 올라가 진 대인이 오셨는지 물었다. 하녀가 오지 않았다고 대답하자 다시 상란은 집에 있는지 물었다. 그러자 하녀가 외부로 술 접대 나갔다며, 곧 돌아오실 것이니 잠시 기다리시라 했다. 초도는 특실로 들어갔다. 하녀가 전등을 밝히고, 관례에 따라 차와 아편을 바쳤다. 얼마 지나지 않아 상란이 돌아왔다. 초도는 그녀에게 방금 전에 했던 생각을 꼬치꼬치 일러 주었다. 상란은 어찌나 총명한지, 단숨에 응낙했다. 초도는 당연히 기뻤다. 그는 얘기를 마치고 곧바로 돌아갔다.

다음 날, 진봉오는 상란네 집에서 크게 술자리를 벌였다. 거기에 자리한 이들은 당연히 왕명요·장로죽·두화두·소초도 등이었다. 초도는 온 정성을 쏟아 진봉오를 접대하는 데 바쳤다. 모두 자리에 앉자 몇 가지 요리가 올라왔다. 상란은 그제야 천천히 들어왔다. 술을 따르고 진봉오 등 뒤에 앉아 북경의 곡조를 불렀다. 모두 갈채를 보냈다. 잠시 후, 다른 이들이 부른 기생들도 속속 들어왔다. 죽을 먹고 나니, 어느새 술자리가 끝나고 등불을 켜야 할 시간이 되었다. 모두들 인사를 전하고 자리를 떠났다. 오직 초도만 구들에 누워 담배를 피우고, 진봉오는 방 안을 빙글빙글 돌아다녔다. 상란이 화장을 지우고 들어와, 구들 옆 작은 걸상에 앉으며 초도에게 물었다.

"소 오라버니, 반지 참 예쁘네. 언제 장만하셨수?"

그러자 초도가 거드름을 피우며 대답했다.

"응, 친구가 은화 3천 원에 나한테 저당 잡힌 거야. 아무리 봐도 싫증 나지 않는 것이 그만한 가치가 있지?"

그렇게 말하면서 반지를 뺐다. 상란은 그것을 손에 받아 들고, 아까워 잠시도 손을 떼지 못하겠다는 시늉을 하며 말했다.

"확실히 예쁘네. 상해에선 아마 이 비슷한 것도 없을 거야."

둘이 그렇게 묻고 대답하는데, 진봉오의 눈빛은 벌써 반지에 꽂혀 있었다. 급기야 그 말을 듣자 저도 모르게 다가갔다. 그러자 상란이 진봉오의 손에 건네며 말했다.

"진 대인, 어째, 보시게요?"

진봉오는 반지를 받아 자기 손가락에 끼워 보았다. 마침 딱 맞았다.

"내 이것을 바로 사려는데, 노형께서 제게 양보하실는지 모르겠습니다?"

이 말을 듣자 초도는 걸렸구나 싶었다. 그러나 일부러 이렇게 말했다.

"진 형께서 원하신다면 제가 무엇인들 못하겠습니까. 허나 이 반지는 제 것이 아니라 친구가 제게 저당을 잡힌 것입니다. 그 친구는 목돈을 마련하지 못한 까닭에 제게 3천 원에 잠시 저당 잡한 것뿐입니다. 곧 갚을 것입니다. 진 형께서 마음에 드신다면 제가 그 친구에게 물어보고 난 뒤에나 어쩔 수 있을 겁니다. 지금은 답을 드릴 수가 없습니다."

이에 진봉오가 망설이며 말했다.

"3천 원이라, 좀 비싼 것 같군."

그러자 초도가 웃으며 말했다.

"제 친구가 살 때는 족히 3천5백 원이 들었습니다. 진 형께서 그만한 가치가 없다 말씀하시니, 상란에게 물어보면 금방 알 수 있을 것입니다. 게다가 지금 제 친구는 결코 팔려고 하지 않으니, 진 형께선 값을 따질 필요도 없지요."

그 말에 진봉오의 얼굴이 벌게졌다. 상란이 어느새 다가와 한마디 거들었다.

"소녀가 외국의 다이아몬드 반지 만드는 사람은 아니지만, 소녀의 손에서 들고 난 반지가 백은 못 되어도 80개는 될 거예요. 진 대인께서 이 반지가 그만한 값어치가 없다고 말씀하신다면, 진 대인 화내지 마셔요, 진 대인께선 아직 모르시는 게 많다고 할 수밖에요."

진봉오는 두 사람에게 놀림을 받자 크게 부끄러웠다. 이에 속으로 체면을 만회해야겠다 싶어 말했다.

"내 평생 보석과 옥기(玉器)를 좋아하여, 무엇이든 집에 다 있으니 모르는 게 뭐 있겠나? 방금 말한 것은 농담이오. 이렇듯 크고 빛나는 반지가 어찌 3천 원의 가치가 없겠소? 지금 아예 소 형이 친구한테 가셔서, 제가 기꺼이 원가에 살 것이라 말씀드려 주시오. 어쨌든 나한테 양보하게 만들어 주시구려."

그러자 초도가 고개를 끄덕이며 말했다.

"그렇게 하지요. 내일 다시 와서 회신 드리겠습니다."

그러자 상란이 옆에서 중얼거렸다.

"소 오라버니, 알았어요. 틀림없이 내가 마음에 들어 사려고 할 줄 뻔히 아시면서, 오히려 진 대인께 허락하신단 말이지요?"

그러자 초도가 말했다.

"진 대인은 친한 친구이시니, 부득불 먼저이시지. 만약 진 대인께서 내일 싫다 하시면, 내 그 친구에게 너한테 파는 게 어떻겠느냐고 말해 보마."

상란은 아무 말 없이 반지를 초도에게 돌려주었다. 초도가 다시 담배 한두 개비를 피운 뒤 말했다.

"날이 저물었으니 돌아가야겠다."

그렇게 말하면서 한편으로 주머니 시계를 꺼내 누르니, '팅~' 하는 소리가 났다. 진봉오는 또 한참을 빌려 보고 말했다.

"참 좋군. 소형께선 한 번 더 애를 쓰셔서, 내일 이런 것도 하나 구해다 주시구려."

그러자 초도가 말했다.

"진 형께서 이걸 좋아하신다면, 제가 내일 선물로 드리겠습니다."

그러자 진봉오가 말했다.

"천만의 말씀입니다."

그러자 초도가 말했다.

"우린 친구 사이니, 어찌 예의를 차릴 필요가 있겠습니까?"

말을 마치고 다시 감사를 표한 뒤, 그제야 진봉오·고상란 두 사람과 헤어져 돌아갔다.

다음 날 오후, 진봉오는 늦게 일어났다. 서둘러 밥을 먹고 마차에 올라 후마로(後馬路)에 있는 전장에 들러 3천 원짜리 약속 어음을 끊어 접이식 지갑에 보관했다. 저녁이 되자 상란의 집에서 밥을 먹고 소초도를 기다렸다. 10시쯤 초도가 오더니 우물쭈물

횡설수설했다.

"우선, 그 친구가 내놓으려 하지 않았습니다. 말하기를, 아직 물건을 넘길 날짜가 지나지 않았으니, 내가 그런 궁색한 지경이 되면 방법을 생각해 보자고 하였습니다. 아무 까닭 없이 이런 곤란한 지경에 봉착하게 되었으니, 어찌 억울하지 않겠습니까?"

이에 진봉오가 다급하게 물었다.

"그래서 어찌 되었습니까?"

그러자 초도가 말했다.

"나한테 그런 퇴짜를 주었으니, 나도 어쩔 수 없이 반박할 수밖에 없었지요. 그래서 이왕 이렇게 되었으니, 물건 대금을 치르고 저당을 도로 찾아가라고 말했습니다. 내가 지금 그 돈을 쓸 데가 있으니 신경 좀 써 달라고 말이죠. 그랬더니 그가 '기한도 아직 다 차지 않았는데, 어째서 독촉하느냐?'고 묻더군요. 그래서 내가 말했지요. '기한이 아직 덜 찼기에 너랑 상의하는 것이 아니냐. 만약 기한이 다 찼다면, 네 물건은 내 것이 되었을 것이니, 내가 뭣하러 너한테 물어보겠어?' 그렇게 설왕설래하다가 결국 그가 받아들이게 되었지요. 하여 다행히 진 형께서 부탁하신 일은 욕되이 하지 않게 되었습니다."

그렇게 말을 마치고는 작은 상자를 꺼내 진봉오의 손에 건네주었다. 진봉오는 연신 고맙다며, 지갑에서 어음을 꺼내 초도에게 주었다. 초도가 이번에는 주머니 시계를 꺼내며 말했다.

"어제 선물로 드리겠다고 했으니, 진 형께선 아무 말씀 마시고 받아 주시기 바랍니다."

진봉오는 여러 번 사양하다가 결국은 미안하다는 듯 받아들였다. 그러자 상란이 말했다.

"기껏 알람 시계일 뿐이니, 그리 부담 갖지 마세요. 소 오라버니가 드린다고 했으니, 하시자는 대로 하세요. 나중에 필요 없게 되면 그때 돌려주시면 되지요."

초도가 말했다.

"역시 상란 선생 말씀이 옳군. 진 형, 예의를 차릴 필요가 없습니다."

이에 진봉오가 말했다.

"기왕 그렇다면, 그 말씀을 따를 수밖에 없군요."

이 일에 관한 인수인계가 끝나자, 두 사람은 다시 다른 얘기를 나누었다. 그렇게 12시가 지나 죽을 먹고 헤어졌다. 초도는 뜻밖에 2천 원의 큰 이익이 생기자, 너무 기뻐 밤새 잠도 자지 못했다. 이튿날 현금으로 바꾼 뒤 장운신을 찾아가 1천5백 원을 지불했다. 나머지 2천 원을 고상란과 어떻게 나누었는지는 모르겠다.

한편 진봉오는 두 가지 물건을 얻은 뒤 득의양양하여 객잔에 돌아와 모두에게 보여 주었다. 모두들 이구동성으로 칭찬하니 진봉오는 더욱 신이 났다. 다시 이틀이 지났다. 진봉오가 고상란의 집으로 갔는데, 때는 벌써 9월 초였다. 그런데 진봉오는 아직도 은회색 두루마기를 입고 있었다. 상란이 말했다.

"진 대인의 두루마기는 때에 맞지 않는군요!"

그러자 진봉오가 미간을 찌푸리며 말했다.

"내 옷은 모두 고향에서 가져온 것들로, 원래는 달포쯤 있다가 돌아갈 생각이었지. 그런데 석 달여를 머물게 되어, 하인을 보내 옷을 가져오라 하였는데 아직 오지 않았구먼. 상해에서 사려 해도, 괜찮은 걸 살 수 있으려나 몰라. 정말 난감하군."

그러자 상란이 말했다.

"걱정하지 마셔요. 제 바느질 솜씨가 그런대로 좋아요."

그러자 진봉오가 말했다.

"그럼 너한테 부탁하지."

사흘이 채 못 되어 다시 상란네로 갔더니, 상란이 헤헤 웃으며 하녀를 불러 진 대인의 옷을 가져오라 했다. 진봉오가 보니, 참신한 연두색 외국 비단을 덧댄 진회색 두루마기에 원색 외국 비단을 덧댄 진회색 마고자와 붉은 외국 비단을 덧댄 일자 옷깃의 진회색 조끼였다. 가뿐하고 고왔다. 진봉오는 급히 갈아입고 체경(體鏡)에 비춰 보았다. 풍도(風度)가 훤칠하여 속세를 벗어난 인물 같았다. 이에 상란에게 재료비며 수공비가 모두 얼마인지를 물었다. 상란이 말했다.

"제 재봉비는 나중에 한꺼번에 계산해 주세요."

진봉오는 그녀가 하자는 대로 할 수밖에 없었다.

일은 참으로 공교로워서, 그날 저녁 상란과 함께 극장으로 연극을 보러 갔다가 관람석에서 뜻하지 않게 아는 이 몇몇을 만났다. 한 사람은 남경 후보도(候補道)로 현재 항구의 세관을 담당하고 있는 관찰(觀察) 여양화(余養和)였고, 다른 하나는 제대의 막료로 후선도(候選道)인 관찰 진소전(陳小全)이었다. 그 두 사람과 진봉오의 아버지는 교분이 있었다. 하여 진봉오는 그 자리에 서서 어르신들 안녕하시냐며 인사를 드렸다. 여 관찰이 안경을 닦아 다시 쓰고는 자세히 살펴보며 말했다.

"봉오 군, 참 잘 지내는구먼!"

그러고는 칭찬해 마지않으며 말했다.

"예쁘군, 참 예뻐!"

진 관찰도 한마디 따라 했다. 진봉오는 더 이상 앉아 있을 수가 없어 반쯤 보다가 몰래 빠져나갔다. 이 두 관찰은 제대가 한 가지 일을 은밀히 조사하러 보낸 사람들이었다. 그들은 하루 이틀 만에 조사를 마치고 서둘러 성으로 돌아갔다. 남경으로 가서는 만나는 사람마다 수군거렸다.

"진 아무개가 얼마나 방탕한지, 기생 년을 끼고 아주 대놓고 극장에서 연극을 보더군. 게다가 옷 입은 꼬락서니는 꼭 광대 같더라고."

그 말은 퍼지고 퍼져 결국 보흥매광공사 주주들의 귀에까지 들어갔다. 모두들 기분이 언짢았다. 대주주 두 명이 소주주들을 모아 공개 서신 한 통을 써서, 일이 어떻게 되었는지를 물었다. 그리고 한편으론 남경 전장(錢莊)에 은자를 어음으로 바꿔 주지 말도록 막았다. 진봉오는 편지를 받고도 그리 조급하지 않았다. 상해 전장에 맡겨 둔 은자 2만 냥으로, 기계 주문비 6천~7천을 지불한 것 외에 동료들의 봉급이며 숙박비·식비·잡비 등으로 거의 1만여 냥을 썼다. 또 진봉오 자신이 이것저것 물건을 사고 친구들을 접대하고, 술 마시고 도박하며 또 기둥서방질 등에 1만 여를 썼다. 그러나 남경 전장에 아직 은자 2만 냥이 남아 있다는 믿는 구석이 있어 크게 걱정하지 않았다. 이에 전보를 쳐서 은자를 어음으로 바꿔 달라고 재촉했다. 그러나 연이어 두 번 세 번 거듭 전보를 보내도 감감무소식이었다. 그제야 그는 당황하기 시작했다.

이에 베일리에게 문의하니, 베일리는 기계가 도착하면 바로 돈을 마련하겠다고 했다. 달리 방법이 없어 진봉오는 다시 장로죽에게 잠시 은자 천 냥을 빌렸다. 그러나 어찌 그것이 충분하겠는가? 며칠 되지도 않아 벌써 다 써 버리고 말았다. 남경 주주들의 편지는 눈발처럼 날아들었다. 보아하니 제대 관아에서 정한 시험 비용 기한도 곧 다가오는데, 기계는 아직도 소식이 없었다. 그리고 베일리의 주식은 기계와 함께 도착할 터. 마음이 몹시 편치 않았다.

고상란은 그에게 이미 3천 원을 빌려주었는데, 이리 궁지에 빠졌으니 가지 않는 수밖에 없었다. 상란은 여러 차례 태안잔으로 사람을 보내 그를 찾았으나 끝내 찾지 못했다. 이에 상란도 초조해졌다. 하여 매일 사람을 보내 기다리게 했다. 이틀하고 반나절이나 지키고 있으니, 진봉오는 마부에게 달리는 말에 채찍을 가하여 빨리 도망가라 분부했다. 마부는 그 말을 따르지 않을 수 없었으니, 눈 깜짝할 사이에 달아났다. 상란은 극도로 증오했다. 하여 진봉오가 어느 날 누군가의 집에서 밥을 먹는다는 소식을 듣고, 마차를 타고 그 집 문 앞에서 기다렸다. 진봉오는 오후가 되어서야 문을 나서다 상란을 발견하고는 급히 마차에 올랐다. 상란이 바짝 따라붙었다. 그를 따라 큰 거리 일대를 한 바퀴 빙빙 돌았다. 진봉오는 쥐구멍에라도 들어갔으면 좋겠다고 생각했다. 곧장 후마로의 전장까지 따라왔다. 진봉오는 안으로 들어가 전장 주인에게 간청하길, 내일 반드시 갚겠다며 상란을 돌려보내 달라고 부탁했다. 이에 전장 주인에게 상란이 말했다.

"오늘 아침에도 도망쳐 숨고 내일도 도망쳐 숨으리니, 소녀도 찾아다니느라 힘들어요. 당신은 안에 들어가 한 말씀 전해 주세요. 만약 내일까지 결과가 없으면 소녀가 길거리에서 그 사람을 만나 볼썽사나운 꼴을 보이더라도 탓하지 마시라고요."

말을 마치고는 마부 아계(阿桂)를 시켜 마차를 몰아 곧장 떠났다. 전장 주인은 안으로 들어가 진봉오에게 그대로 전했다. 진봉오는 하도 놀라 멍하니 있었다. 전장 주인의 말을 듣자니, 심장이 한참 동안 쿵쾅거렸다. 그러다 할 수 없이 소초도를 찾아가야겠다는 생각이 들었다. 이에 사람을 보내 소초도를 찾아 자초지종을 들려주었다. 그러자 소초도가 웃으며 말했다.

"진 형, 내 당신을 탓하자는 건 아니지만, 이 일은 당신이 잘못한 것입니다. 생각해 보십시오. 그녀가 당신에게 바가지를 씌우자는 것이 아니라면, 그녀가 어찌 그런 밑천을 댔겠습니까?"

그제야 진봉오는 깨닫고, 다시 초도에게 간청했다. 초도가 가더니 장부를 들고 왔다. 술자리 값이며 옷 재봉비 등 모두 천여 원이었다. 진봉오는 너무 놀라 혀를 쑥 내밀며 그녀에게 깎아 줄 것을 부탁해 달라고 초도에게 간청했다. 이후 설왕설래하다 결국 사흘 기한으로 8백 원을 주기로 했다. 진봉오는 동분서주하여 이 일을 끝맺었다. 보아하니 상해엔 더 이상 머물 수 없을 듯싶어 배를 타고 연기처럼 빠져나와 남경으로 돌아갔다.

뒷일이 어떻게 되었는지 알고 싶으면 다음 회를 듣고 알아보기 바란다.

제56회

천진위(天津衛)에서 대규모 군사 훈련을 접고하며 무력을 과시하고
막수호(莫愁湖)에서 절구(絶句)를 읊조리다 교분을 맺다

　각설하고, 남경으로 빠져나온 진봉오는 주주들을 찾아다니며
거듭 설명했지만, 주주들은 모두 고개를 가로저으며 응낙하지 않
았다. 그들은 은자를 돌려 달라고 압박하며, 은자를 돌려주지 않
으면 광산을 빌미로 사기 쳤다며 소송을 걸겠다고 했다. 진봉오는
사람은 비록 황당했지만 어쨌든 선비 출신이라 친척들이며 옛 친
구들이 있어, 그들이 대신하여 사태를 원만히 수습했다. 이에 일
괄 7할로 깎아 돈을 돌려주고 주식을 회수했다. 주주들도 동의했
다. 어쩔 수 없이 부동산을 절매(折賣)하여 일을 마무리 지었다. 그
런데 누가 생각이나 했으랴. 상해의 베일리가 소식을 듣고 장로죽
을 시켜, 그에게 서둘러 다시 새로운 주식을 모집하라고 재촉했다.
기계가 도착하면 바로 개발하기 위해. 만약 계약을 따르지 않는다
면 자기 맘대로 본국 영사에게 가서 고소할 것이며, 본국 영사가
양강총독에게 심문하고 처벌을 논의하는 전보를 치게 할 것이라
고 했다.

　이 소식을 들은 진봉오는 마치 벼락을 맞은 것 같았다. 짐을 정

리하여 북경으로 도망가는 수밖에 없었다. 이렇게 되자 베일리도 그만둘 수밖에 없었다. 다만 고생하기는 보흥매광공사에서 일하던 이들이었다. 대변·소변·왕팔 등은 상해의 객잔에 머물며 가진 것을 다 털어먹고, 돈을 부쳐 자신들을 풀어 달라고 집에다 편지를 썼다. 그 가운데 왕명요만은 형편이 괜찮았다. 그는 돈 한 푼 쓰지 않고 이제껏 따라다니며 먹고 마셨다. 진봉오가 떠난 이튿날, 그 역시 몰래 빠져나갔다. 경천동지할 일이 얼음 녹듯 와해되고 말았다. 중국인이 하는 일은 대개 이랬다.

이제는 이 일을 잠시 치워 두고, 여 관찰(余觀察)에 대해 얘기해 보자.

여 관찰은 무비(武備)학당의 총판이었다. 그는 예전에 일본대신(日本大臣)으로 나갔던 최 흠사(崔欽使)를 따라 일본을 다녀온 적이 있었다. 최 흠사는 멍청이여서 아무것도 몰랐다. 당시 여 관찰은 쌍월선(雙月選)**459** 지부(知府)로, 최 흠사가 있던 그곳에서 참찬(參贊)을 맡고 있었는데, 무슨 일이든 그에게 물어야 했다. 이에 그는 권력을 쥐게 되었다. 최 흠사는 임기가 만료되어 귀국하면서 그를 천거하여 그는 분성보용(分省補用)의 도대가 되었다. 이후 다시 성(省)을 지정하여 양강의 후보로 배치되었다. 제대는 본래 그와 교분이 좀 있었고, 또 외국을 나갔다 온 적이 있다는 것을 알기에 그를 매우 중시했다. 이에 후보가 된 지 반년이 채 못 되어 무비학당 총판을 위임했다.

그는 됨됨이가 원만하고 학생들에게 비위를 맞출 줄 알아 학생들도 모두 그를 좋아했다. 하여 그에게 반대하는 이가 하나도 없었다. 그는 외교에 더욱 특출했다. 일본에 있을 때, 날마다 연회장

---

459 청대의 관리 선발 제도. 매년 짝수 달에 관리를 선발하는 것.

에서 귀족이며 화족(華族)들을 만났기에, 귀국 후 무릇 남경에 온 상급의 일본인들 중에서 그를 찾지 않는 이가 없었다. 그 역시 온 정성을 다하여 그들을 대접했다. 때문에 사람들은 그에게 외호(外號)를 붙여 여일본(余日本)이라 불렀다. 나중에는 그것이 습관이 되어, 당면해서도 모두들 여일본이라 불렀고, 그 역시 어쩔 수 없었다.

그해 가을, 북양(北洋)에서는 대규모 군사 훈련을 거행하면서 각 성 독무들에게 사람을 파견하여 열병식을 관찰하라고 했다. 여일본은 무비학당의 총판이고 또 제대가 총애하는 인물이라, 이 직무는 당연히 그에게 돌아갔다. 두 달 전에 위임 공문이 내려와 여일본은 인사를 고한 뒤, 교원 몇 명과 학생 몇 명을 대동하고 증기선에 올라 천진에 도착했다. 그리고 잠시 객잔에 머물렀다. 다음 날 직예총독(直隸總督) 행원(行院)에 들러 인사를 여쭈었다. 같은 반열의 사람들을 따라 직예총독 방 제대(方制臺)를 알현했다. 관례에 따라 차를 마시며 한담을 몇 마디 나누고 물러났다. 내친김에 각 도부(道府)를 배방했는데, 그중엔 만난 이도 있고 만나지 못한 이도 있었다. 이에 대해서는 세세히 밝힐 필요가 없겠다.

한편 이번 군사 훈련은 특별한 훈련으로, 일반 군사 훈련과는 달랐다. 방 제대는 접대원을 파견하여 각국의 공사와 영사 및 각국 군함의 제독을 청하게 하고, 또 동서양 각국의 신문 기자들까지 모두 초대하고 보니, 가히 현대적이라 할 만했다. 사흘 전 미리 친필 지시를 내려, 제○○ 군영은 어느 곳에 주둔하고 제○○ 군영은 어느 곳에 주둔하되, 의복과 깃발은 각각 나누어 따로 표시하라고 지시해 두었다. 대규모 군사 훈련이 있던 그날, 날이 밝자마자 방 제대는 말을 타고 호위대를 대동하여 중앙 군영에 당도했다. 각 군영의 대관(隊官)[460]과 대장(隊長)들이 예절에 맞춰 당(堂)에 참여하였고, 밖에선 군악대가 나팔을 불고 북을 치며 현악기에 리듬을 맞춰 군악을 연주하기 시작했다. 방 제대는 의복을 갈아입었다. 마고자를 걸쳤는데, 소매엔 전부 합쳐 서른 개의 금테가 둘려 있었다. 그는 허리에 지휘도(指揮刀)를 찬 뒤 말을 타고 중앙 군영을 나서, 사방을 둘러볼 수 있는 높은 언덕을 골라 삼군사명(三軍司命)의 큰 깃발을 세웠다. 그 아래로 무슨 무슨 군영들이 양편으로 대열을 이루어 진지를 확고히 정비하고 적을 기다리는 형국을 연출하고 있었다.

양쪽에서 군악이 연주되자, 서양 교관이 탄 말 한 마리가 앞에 나서며 독일 군사 훈련 구호로 '정렬'이라고 외쳤다. 그러자 양쪽으로 일제히 정렬하기 시작했다. 서양 교관이 다시 '좌향좌'라고 소리쳤다. 그러자 양쪽 대오는 일제히 왼쪽으로 몸을 돌렸다. 서양 교관이 다시 '우향우'라고 소리쳤다. 그러자 양편 대오는 오른쪽으로 몸을 돌렸다. 서양 교관이 다시 '전방 주시'라고 소리쳤다. 그러자 양쪽의 대오는 일제히 앞을 향했다. 대열은 매우 엄숙하고 걸음걸이는 가지런했다. 방 제대는 이를 보고 수염을 매만지며 미소를 지었다. 서양 교관이 다시 '어깨총'이라고 소리쳤다. 그러자 양편의 대오는 일제히 총을 어깨에 올렸다. 서양 교관이 또 '내려 총'이라고 소리쳤다. 그러자 양편 대오는 일제히 총을 내려놓았다. 서양 교관이 다시 '거총'이라고 소리쳤다. 그러자 양편 군대가 일제히 두 손으로 총을 감싸고 들었다. 서양 교관은 구령을 훈련하고 곧 군진(軍陣) 뒤로 물러났다.

이때 훈련을 검열하던 각국 공사관 및 영사관 대표들은 참판서

---

460 청대의 군제로, 한 부대의 장관(長官)을 가리킴.

기 및 여일본을 포함한 중국 각 성의 독무들이 파견한 도부(道府)
를 따라 몸에 붉은 십자 표기를 달고, 동쪽에 한 무리 그리고 서
쪽에 한 무리를 이뤘다. 설명은 길지만 그 시간은 빨랐다. 양쪽 대
오는 어느새 갑·을 두 개의 진지로 나뉘어 일정한 지역을 점거하
고, 멀리서 서로 대적하는 형세를 취했다.

그때 불현듯 갑 진영에서 정탐(偵探) 하나가 보고하길, 을의 진
영에서 기마병을 보내 공습했노라고 했다. 그러자 갑의 진영에서
는 적을 맞을 준비를 하는데, 각각 길목을 나누어 매복하여 하나
하나 수풀 사이에 조용히 몸을 웅크렸다. 을 진영의 기마대가 짓
쳐 들자 갑 진영의 매복이 일제히 일어났다. 총소리가 끊이지 않
았고, 그 사이로 귀청이 떨어질 듯한 대포 소리도 울려 퍼졌다. 을
진영에서는 대적할 수 없음을 알고 퇴각하라는 명령을 내렸다. 그
러자 갑 진영에서는 기세를 타고 추격했다. 그런데 추격한 지 얼마
지나지 않아, 을 진영의 공격을 받아 포위망 안에 갇히게 되었다.
갑 진영은 좌충우돌했지만 출로가 없었다. 양쪽에서 천지를 찢을
듯한 총소리가 울려 퍼졌다. 온 사방이 화약 냄새로 자욱했다. 몇
몇 나이 많은 도부들은 구역질을 해 댔다. 갑 진영이 더 이상 버티
지 못하던 순간 갑자기 하늘이 무너지고 땅이 갈라지는 듯한 소
리가 울리며, 앞을 분간하지 못할 정도로 검은 연기가 뭉게뭉게
피어올랐다. 모두들 갑 진영이 분명 전멸했으리라 여겼다. 비록 가
상 훈련이었지만 구경하던 이들도 한심하게 여겼다.

한데 누가 알았으랴, 그 소리는 갑 진영의 지뢰 암호였던 것이
다. 검은 연기가 점차 걷히고 보니, 언제 그랬는가 싶게 을 진영은
어느새 갑 진영에 점거되어 있었다. 을 진영은 자신들의 주 군영
을 빼앗긴 것을 보자 즉시 포위를 풀고, 부대를 둘로 나누어 전후
로 응전할 태세를 갖추었다. 한 부대는 밖으로 공격하여 부대 후

방을 엄호하고, 또 한 부대는 안으로 공격하여 주 군영을 구원했다. 갑 진영은 이제 막 을 진영을 점거하여 기마병을 보내 길목을 지킬 생각이었다. 그러다가 을 진영이 이미 돌아온 것을 보고 미처 손을 쓸 새가 없어, 군대를 둘로 나눠 길목을 지킬 수밖에 없었다. 을 진영의 사령관은 갑 진영이 아무 준비도 갖춰져 있지 않은 것을 보고, 깃발을 흔들며 소리쳐 공격해 들어갔다. 길목을 지키던 갑 진영 두 부대는 자신들이 부족하다는 것을 알고 각기 자기 군대로 달려가 그들과 합쳐 큰 무리를 이뤄 필사적으로 방어했다. 을 진영은 거듭 맹렬하게 달려들었다. 그러나 갑 진영은 조금의 동요도 없었다. 갑 진영은 다시 작은 부대 둘을 출격시켜 상호 협력하여 손쉽게 처리할 요량이었다. 그런데 갑자기 을 진영의 기마병에게 격파되어, 순식간에 두 조각이 나서 수미(首尾)가 서로를 돌보지 못하는 처지가 되고 말았다. 갑 진영의 사령관은 자신의 군대를 지휘하여 고원으로 물러나 수비하게 했다. 이리되니 을 진영에선 위를 향해 공격하기가 어려워 도리어 갑 진영의 반격을 받고 대패하여 물러났다.

방 제대가 전령을 보내 군대를 거두라 명하니, 징 소리와 동시에 갑·을 양 군영은 각자 군대를 철수했다. 때는 이미 오후 4시였다. 방 제대는 여전히 말을 타고 고원을 내려와 많은 수행원에 둘러싸여 관아로 돌아갔다. 그곳에 있던 도부들 중 건량(乾糧)을 가지고 있던 두 사람은 가까스로 버티고 있었다. 그러나 건량을 가지고 있지 않던 두 사람은 아편 중독이 발작하여 모두 핏기를 잃고 창백하게 질렸다. 하여 하인들이 가마에 태우고 나는 듯이 달려 돌아갔다. 그 외 많은 외국인들이 모두 사진기를 들고 걸음을 맞춰 담소를 나누며 돌아갔다. 여일본은 막 정신이 어찔하고 어리벙벙하여 아무것도 기억나지 않았다. 잠시 후에야 허리가 시큰거리고 다리에 힘이 없음을 깨닫고, 그도 곧 그들을 따라 객잔으로 돌아갔다. 연이어 열흘 남짓 구경하다 보니, 진법(陣法)의 변동만 있을 뿐 승리할 수 있는 기묘한 계략이나 방법은 보이지 않았다. 군사 훈련이 끝나자 각 독무들이 파견하여 훈련을 검열하러 온 도부들도 분분히 돌아갔다. 여일본도 증기선을 타고 남경으로 돌아와 관청에 들러 임무를 마쳤다. 갖가지 자세한 정황은 더 이상 거론할 필요가 없겠다.

세월은 쏜살같아 어느새 또 1년이 지났다. 관장에서 여일본은 위로는 제대의 총애를 입고 아래로는 학생들의 환심을 얻어 무사 평온했다. 이듬해 6월, 여일본에게는 여소금(余小琴)이라는 아들이 하나 있었는데, 그는 외국에서 유학하고 있었다. 그곳은 당연히 일본 도쿄였다. 6월이 되자 학당은 관례대로 방학을 했고, 여소금은 이미 2년이나 귀국하지 않은 터라 이번 방학을 맞아 먼저 여일본에게 전보를 쳐 중국으로 돌아가려 한다고 전했다. 여일본은 기뻐하며 곧 회신을 보내 서둘러 오라고 재촉했다. 여소금은 나가사키 공사의 배를 타고 며칠 지나지 않아 상해에 도착했다. 그리고 다시 상해에서 장강(長江) 증기선을 타고 남경에 도착했다. 객잔에선 그를 위해 초상국의 표를 끊어 주었다. 그런데 여소금은 다른 배로 바꿔 달라고 요구했다. 그러자 객잔 사람이 물었다.

"초상국 배는 넓고 편안하며 선상이 익숙하실 텐데 어째서 다른 배로 바꿔 달라는 것입니까?"

그러자 여소금이 말했다.

"내가 초상국 배를 타지 않으려는 까닭은 애국심이란 조금도 없기 때문이오."

객잔에서는 그의 뜻을 꺾을 수 없어, 다른 표로 바꿔 주었다. 남경에 도착한 뒤, 아버지를 만났다. 그때 여일본은 저도 모르게 깜짝 놀라고 말았다.

왜 그런지 아시겠는지?

여소금은 진즉 서양식 복장으로 바꾼 데다 변발을 자르고 팔자 콧수염을 기르고 있었다. 여일본은 변발을 자르는 것이 관장에서 가장 혐오하는 일이라 여기고 있었다. 그런데 지금 자기 아들이 바로 그런 금기를 어기고 있었으니, 만약 제대가 알기라도 한다면 어찌 걱정거리가 아니랴? 이에 곧 소금에게 잠시 동안 나다니지 말고 변발을 기르고 복식을 바꾼 뒤에나 손님들을 찾아뵈라고 권했다. 그러나 여소금이 어떤 놈인데. 그런 말을 들었으니 어찌 참을 수 있으랴? 그는 아버지의 얼굴을 가리키며 딱 부러지게 말했다.

"어쩌다 근자에 갈수록 이리 완고해지시고, 배울수록 더 야만스러워지십니까? 이것이 문명의 기상이란 걸 모르신단 말입니까?"

그 말에 여일본은 화가 나서 손발이 얼어붙을 지경이었다.

"이런 못된 놈! 이런 못된 놈! 네놈이 이런 식으로 내게 대들다니, 네놈이 내 아들이 아니라 내가 네 아들이로구나, 이놈아."

그러자 여소금이 냉소를 지으며 말했다.

"명분을 따지자면야 나와 당신은 부자지간이지만, 권리로 따지자면 우린 평등합니다. 영국 풍습을 아십니까? 저들의 아들은 스물한 살이 되면 부모도 그가 마음대로 하게 놔둡니다. 나는 지금 스물네 살이나 되었는데, 당신은 아직도 나를 강압적인 수단으로 억누를 수 있다고 여기시는 겁니까?"

그 말에 여일본은 더욱 화가 났다. 이에 부인들이 달려와 여소금을 나가게 했다. 여소금은 떠날 때도 여전히 발을 구르고 이를 갈며 말했다.

"이놈의 집구석, 결국 혁명을 해야 되겠군."

이로부터 여일본은 아들이 없다 생각하고 아무것도 간섭하지 않았다. 덕분에 여소금은 기꺼이 자유를 누렸다. 당시 제대에겐 아들이 있었는데, 그 역시 일본 유학을 마치고 돌아왔다. 그의 성질도 여소금과 별 차이가 없었다. 같은 학교 친구들은 그를 충천포(沖天礮)라고 불렀다. 귀국할 때 누군가 귀국하면 무슨 일을 할 것인지 묻자 그는 당당하고 차분하게 말했다.

"영감한테 운동 좀 하려네."

그러자 또 물었다.

"자네 영감님을 어느 지위까지 이르도록 운동해야 자네 목적을 달성했다 하겠는가?"

그러자 그가 대답했다.

"내 생각에는, 아버지를 당고조로 만들고 나는 당 태종이 되어야지."

그 말을 듣고 모두 혀를 내둘렀다. 그는 남경에 도착하여 제대 관아에서 며칠 머물렀다. 그러자니 실로 성가셔서 장탄식을 하며 말했다.

"이번 일은 헛수고이지 싶군!"

어째서 그리 말하느냐고 물었다. 그랬더니 그가 말했다.

"영감님은 일이 너무 많아 비는 시간이라곤 조금도 없네. 만약 조금이라도 비는 시간이 있으면 내 당장 그에게 민족주의를 강론할 텐데 말일세. 그런데 어찌 알았겠나. 그는 아침부터 저녁까지 이런 일 아니면 저런 일로 하루 종일 바빠, 내가 입을 들이밀 틈이라곤 전혀 없으니 어쩌겠나?"

어느 날 그는 하인 아이 두엇을 데리고 막수호(莫愁湖)에서 한가로이 빈둥빈둥 돌아다니고 있었다. 막수호는 남경의 명승지로, 여름이면 호수가 연꽃으로 가득하여 울긋불긋 몹시 눈부셨다. 호수엔 승기루(勝棋樓)라는 높은 누각이 하나 있는데, 누각엔 명조(明

朝) 중산왕(中山王) 서달(徐達)의 초상이 모셔져 있었다. 태평천국 (太平天國) 말기에 청나라 군대가 남경을 공격했는데, 소문으로는 그것이 모두 증국번(曾國藩) 한 사람의 힘이었다고 한다. 하여 그의 공적을 기리기 위해 중산왕의 초상 한 켠에 증국번의 신주를 모시 고, 그 위에 '증서천고(曾徐千古)'라는 편액을 하나 걸어 두었다.

이날, 충천포는 간단한 차림에 시종 몇만 데리고 집을 나섰다. 하 여 사람들은 그를 보고도 현임 제대의 도련님이라는 사실을 알아 보지 못했다. 호숫가를 대충 돌아보고 나니 날이 더워서인지 얼굴 가득 땀으로 흠뻑 젖었다. 하인들이 급히 누각으로 모시고, 누각 아래 호숫가 난간 안쪽에 의자 두 개를 갖다 놓고 찻상을 차려 앉 아 더위를 식히라 청했다. 충천포는 머리에 쓴 밀짚모자를 벗어 손 에 쥐고 부채질했다. 그러면서 입으로는 양계초(梁啓超)의 「욕서입 온대화차중구점(溽暑入溫帶火車中口占)」이라는 절구(絶句)를 읊었다.

황사망망적오학(黃沙莽莽赤烏虐, 누런 모래 끝없고 태양은 모 지니)

염풍자뇌뇌위학(炎風炙腦腦爲涸, 뜨거운 바람 뇌를 구워 뇌가 마른다)

내지장주수정반(乃知長住水精盤, 이제야 알겠네, 수정 쟁반에 오래 머물러)

삼백만년무차악(三百萬年無此樂, 3백만 년 지나도 이런 즐거움 없음을)

어수선하던 중에 멀리 버드나무 그늘 사이로 말 한 마리가 천 천히 다가오는 것이 보였다. 시선을 집중하고 자세히 보니, 말 위 에 앉은 이도 서양 복식을 하고 있었다. 손에는 지팡이를 들고 말을 매섭게 때리고 있었다. 한데 그가 때리면 때릴수록 말은 더 천천히 걸었다. 그렇게 다시 몇 걸음 가다가 그는 조급했던지 말에서 내려, 큰 나무에 말을 매어 두었다. 그러고는 뚜벅뚜벅 구곡교(九曲橋)를 건너 승기루로 들어서다 우연히 충천포와 마주치게 되었다. 충천포는 낯이 익었지만, 어디서 만났는지는 잘 떠오르지 않았다. 한참 골똘히 생각하고 있는데, 그 역시 충천포를 힐끗 쳐다보았다. 그러고는 승기루를 몇 바퀴 빙빙 도는 것이 마치 시를 읊고 있는 듯했다. 그러다 잠시 후 몽당연필 한 자루를 꺼내더니 깨끗한 벽에다 쓱쓱 몇 줄 써 내려갔다. 충천포는 그가 쓴 것이 외국어겠거니 여겼다. 그런데 자세히 보니 중국어로 쓴 7언 절구였다. 충천포가 속으로 깜짝 놀라 시선을 집중하고 자세히 보니 벽면엔 이렇게 쓰여 있었다.

정대호천유소사(靜對湖天有所思, 고요히 호수를 마주하니 생각이 이는도다)
하화족족류사사(荷花簇簇柳絲絲, 연꽃 빽빽하고 버들은 늘어졌네)
휴언여국동휴척(休言與國同休戚, 나라와 고락을 함께하리란 말은 마소)
여차강산공미지(如此江山恐未知, 이 강산은 아마도 모를 것이오)

충천포는 저도 모르게 깜짝 놀라며 말했다.
"좋군, 좋아! 민족의식을 갖고 있지 않으면 일언반구도 할 수 없지."
그러자 그 사람이 겸손히 말했다.
"웃음거리가 될까 부끄럽습니다."

충천포는 다짜고짜 그를 끌고 오더니, 하인들에게 의자를 준비하라 이른 뒤 마주 앉아 이름을 물었다. 알고 보니 그는 여소금이었다. 그 자리에서 충천포는 외국어로 된 명함을 꺼내 주었다. 그역시 외국어로 된 명함을 꺼내 주었다. 둘은 시무(時務)에 대해 고담준론을 펼쳤다. 그러다가 다시 자세히 물어 그제야 도쿄 고요칸(紅葉館)에서 만난 적이 있다는 것을 알게 되었다. 둘은 얘기를 나눌수록 서로 마음에 들어 했다. 그러나 그 얘기란 것이 자유니 평등이니 따위를 벗어나지 못했다. 충천포의 하인이 다가와 말했다.

"날이 곧 저물려고 하니, 돌아가시지요."

충천포가 시계를 보니 벌써 5시가 넘어 여소금에게 금릉춘(金陵春)에 가서 서양 요리나 먹자고 하니, 여소금은 단숨에 응낙했다. 두 사람은 말에 올라 제방을 따라 천천히 걸었다. 성(城)으로들어가 거리 몇 개를 지나 금릉춘에 이르렀다. 두 사람은 안으로들어가고 마필은 하인들이 돌보았다. 두 사람이 방으로 들어가니시자(侍者)가 차를 따르고 메뉴판을 들고 왔다. 두 사람은 각자 평소 좋아하던 음식을 몇 가지 적었다. 시자가 메뉴를 들고 갔다. 그런데 잠시 후 다시 달려오더니 희희 웃으며 말하는 것이었다.

"한 가지가 없는데 다른 것으로 바꾸시지요."

무슨 요리냐고 물으니, 시자가 '소갈비'를 가리켰다. 그러자 두사람이 이구동성으로 말했다.

"이상하군. 다른 것이 없다면 믿겠지만, 어찌 소갈비가 없을 수있단 말인가?"

그러자 시자가 말했다.

"원래는 있었습죠. 그런데 요 며칠 상해에서 가져오지 못했습니다요."

충천포는 화를 참지 못하고 시자의 뺨을 때리며 말했다.

"무슨 헛소리를 하는 게냐!"

시자는 그들의 내력을 알지 못한 터라 고래고래 소리 지르며 다투기 시작했다. 충천포의 하인이 듣고 곧장 위로 달려와 시자에게 몇 마디 호통을 쳤다. 시자는 그제야 그의 집안을 알고 바닥에 머리를 쿵쿵 찧었다. 충천포가 말했다.

"노예 같은 그런 모습을 보일 필요는 없다. 용서하겠다."

시자는 그제야 허둥지둥 아래로 내려갔다. 두 사람은 두 가지 술을 더 시켜 대작하며 해가 지도록 마셨다. 그런 뒤 손을 잡고 헤어져 각자 집으로 돌아갔다.

뒷일이 어떻게 되었는지 알고 싶으면 다음 회를 듣고 알아보기 바란다.

제57회

각설하고, 충천포는 비록 유신(維新)이 극도에 이른 사람이었으나, 수구(守舊) 또한 절정에 이른 인물이었다. 이는 무슨 까닭인가? 충천포가 겉은 유신이나 속은 수구적이기 때문이었다. 그의 아버지는 현임 제대로, '일인지하 만인지상(一人之下 萬人之上)'의 자리에 있었다. 그 역시 확실히 젊은 나리였으니, 처한 위치에 따라 기상이 달라지고 먹고 입는 것에 의해 몸이 달라진다고 했듯이 그도 평소엔 자연스레 달라졌다. 비록 외국 유학을 했다지만 남들과 달랐다. 남들은 관비 유학도 있었고 자비 유학도 있었다. 이 중 관비 유학생이 그래도 나았다. 자비 유학생의 고생은 이루 말로 다 할 수 없을 정도였다. 그러나 충천포의 외국 유학은 양자의 경우와 달랐으니 당연히 따로 얘기해야 할 것이다. 먼저 그의 아버지가 편지를 써서 해당국 공사에게 돌보아 주기를 거듭 부탁했다. 그리고 집을 나설 때 은자 몇만 냥을 가지고 갔는데, 반도 못 가서 다 써 버리고 말았다. 이에 할 수 없이 전보를 쳐서, 그곳에서 끊임없이 도움을 받았다. 하여 충천포는 외국에서 하지 못할 일이 없었다. 요릿집을 가고 기생집을 가는 일 등은 일부분에 지나지 않았다.

인간은 다 같지 않다는 옛사람들의 말이 옳다. 유학생 중에는 괜찮은 이도 있었고 얼치기들도 있었다. 동문들은 그가 대단한 부자임을 알고 걸핏하면 무슨 회(會)에 은자를 기부해라, 무슨 당(黨)에 기부하라며 부추겼다. 충천포는 나이도 젊고 도량도 커서 남들이 '학계의 거두'라는 둥 '중국의 젊은이'라는 둥 하며 몇 마디 떠받들기만 하면 뭐라도 된 듯이 기뻐했다. 어떤 동문들은 이런 길을 찾아 먼저 그 의중을 헤아려 아부하기 위해 글을 지어서는 그의 이름으로 출판하거나 또는 번역한 책을 그의 이름으로 인쇄하여 내통하는 자를 통해 그에게 건네기도 했다. 처음에는 그도 남이 세운 공을 가로챌 마음이 없었지만, 그런 일이 오래되다 보니 자신의 지위에 대해 조금도 의심하지 않게 되었다. 그리되자 동문들은 오늘은 50원, 내일은 또 백 원을 기대게 되었다. 충천포가 어찌 그들을 접대하지 않을 수 있으랴? 하여 그는 외국에서 존귀함을 버리고 비천한 일을 했던 표트르 대제만큼은 못 되어도, 기꺼이 베풀기를 좋아했던 맹상군(孟嘗君)은 될 수 있었다. 이번에 귀국할 때 동문들은 헤어지기 몹시 아쉬워했다. 그러나 충천포는 그들과 어울리는 것이 질려 부모님을 찾아뵙는다는 핑계로 증기선에 올라 돌아왔다.

남경에 도착한 뒤로, 영감님이 사방 한 길이나 되는 상에 요리를 차려 먹고 시첩(侍妾)이 수백이나 되는 것을 보고는 부러움을 금치 못했다. 하여 속으로, '내 당초 생각이 틀렸구나. 어찌하여 복을 걷어차 버려 누리지 않고서 도리어 이 사회의 노예가 되고 나라의 희생이 되려는가?' 하고 생각했다. 그렇게 머무는 시간이 길어지자, 교활하고 간사한 막료들과 음험하고 악랄한 하인들은 그의 본심을 간파하고 주색과 돈으로 그를 유혹했다. 충천포는 본시 선하게도 악하게도 될 수 있는 인물이었다. 그러니 어찌 저들의 함정에 빠지지 않을 수 있으랴? 이즈음 그의 절친한 친구는 바로 막수호에서 우연히 만난 여소금이었다. 금릉춘에서 얘기를 나눈 이후 지기(知己)가 되어, 여소금이 충천포를 찾아오지 않으면 충천포가 여소금을 찾아가며 매일같이 만났다. 이 어린 한 쌍은 피차일반이라, 문명적인 일을 충분히 하였으니 자연스레 야만적인 일을 떠올리게 되고, 유신 관련 일을 충분히 하였으니 자연스레 수구적인 일에 미치게 되었다.

마음씨를 논하자면 충천포는 바보 천치요, 여소금은 약은 놈이었다. 여소금은 생각했다.

'저이는 제대 댁 도련님으로 재력과 세력이 있는데, 우리 집 영감님은 감사(監司) 직분이라지만 그와 비교하면 하늘과 땅 차이다. 지금 내가 저이에게 함부로 대하면 난 저이에게 무슨 덕을 보지도 못할 것이고, 무슨 호의를 바라면 저이도 나를 의심할 것이다. 차라리 이 길로 쭉 그가 돈 몇 푼을 쓸 때, 난 끼여 앉아 자적하며 즐기는 것이 낫지 않겠나?'

이렇게 생각을 굳히고, 곧 아첨을 떨며 신세를 지는 문객 노릇을 하기 시작했다. 충천포는 본래 그를 지기로 여겼는데, 그가 이처럼 몸을 낮추고 절개를 굽히는 것을 보자 더욱 만족했다. 산수를 즐긴 것은 더 말할 필요도 없고, 진회하(秦淮河)나 조어항(釣魚巷) 등에도 함께 드나들었다. 충천포는 유신이 극도에 이른 인물이었지만, 여인의 전족에 관해서만큼은 오히려 아주 작은 부분까지 빈틈이 없고 정확하게 따졌다. 당시 진회하에는 두 명의 명기(名妓)가 있었는데, 하나는 이름이 은작약(銀芍藥)이고 다른 하나는 금목단(金牡丹)이었다. 둘의 치마 아래 전족한 발은 가냘프기가 한

줌도 되지 않았다.

이번에는 충천포의 구미에 맞았다. 여소금은 아무래도 상관없었으니 당연히 맞장구를 쳤다. 이리하여 어제도 오늘도 성대한 연회를 베풀며 돈을 아낌없이 물 쓰듯 했다. 여소금은 떡고물을 주워 먹으면서 만족했다. 포주는 그가 현임 제대가 애지중지하는 아들임을 들어 알고, 말로는 형용할 수 없는 온갖 아첨을 갖다 바쳤다. 또한 여소금이 충천포의 지기라는 것을 알고, 몰래 금목단과 은작약을 시켜 은근히 그와 가깝게 지내라고 시켜, 충천포의 면전에서 그가 역성들도록 만들었다. 이미 이런 이득을 얻고 있었으니, 여소금이 어찌 전력을 다하지 않으랴? 그런데 마침 이즈음 제대가 병이 들었다. 천식이었다. 충천포가 서양 의사를 불러 보이려 하였더니 사람들이 이렇게 권하는 것이었다.

"예전 유곡원(兪曲園) 만사(輓詞)에 증혜민(曾惠敏) 공이 아들에게 한 '이제야 비로소 양약(洋藥)이 중국에 맞지 않음을 알았다'는 말이 있습니다. 도련님께선 유의하시기 바랍니다."

그러자 충천포가 말했다.

"이런 완고한 것들!"

그러고는 당장 상해로 전보를 쳐서 트렌바라는 서양 의사를 초청했다. 사흘 후 그가 남경에 도착하여 통역을 대동하고 관아에 들어섰다. 충천포가 맞이하며 몇 마디 한담을 나눈 뒤 함께 안방으로 들어가 진찰했다. 트렌바가 충천포에게 말했다.

"병이 심하니 주사약을 써야겠습니다."

그러자 충천포도 얼떨떨하여 무심코 응낙했다. 다행히 곁에 있던 첩이 저지했다.

"대인께선 연세도 높으시고, 요 며칠 계속 숨차 하셨습니다. 그러니 주사약을 어찌 이겨 내실 수 있겠습니까?"

이 말을 듣고 트렌바는 속이 난로와 같은 조그만 기기를 이용하여 알코올을 불살랐다. 그리고 그 위에 약물을 가득 부은 유리잔을 올렸다. 아래에서 약을 데우니, 약물이 보글보글 끓었다. 그 밖에 조그만 가죽 통이 있었는데, 제대에게 한쪽 끝을 입에 물리고 거기서 올라오는 김을 마시게 했다. 그러자 잠깐 사이에 가래가 한결 잦아들었다. 충천포는 몹시 감복하여 트렌바에게 바깥뜰에 있는 서재에 머물며 매일같이 치료해 달라고 부탁했다. 그렇게 일주일쯤 지켜보니 제대 또한 손님을 맞을 정도가 되었다. 그제야 충천포도 몸을 빼 바깥으로 나갈 수 있게 되었다.

이즈음 여소금과 금목단·은작약은 사이가 불처럼 뜨거워져, 기둥서방 포주와 한통속이 되어서는 충천포를 속이고 부추겼다. 불쌍한 충천포가 어찌 그런 사실을 알았으랴? 이날 충천포는 시간이 나서 조어항으로 가서 문을 들어섰다. 기둥서방들이 일제히 일어나며 맞이했다.

"나리 오셨다."

충천포는 느긋하게 곧장 금목단의 방으로 갔다. 그런데 방이 텅비어 있었다. 충천포가 몹시 이상하게 여겨 귀를 기울여 들었더니 은작약의 방에서 여러 사람이 웃고 떠드는 소리가 들렸다. 이에 충천포는 발소리를 죽여 조용히 들어갔다. 그런데 하필이면 하녀에게 들키고 말았다. 하녀가 말했다.

"아이고! 나리! 누굴 놀라게 하려고 그러십니까?"

은작약의 방에서 들려온 웃고 떠들던 소리가 순간 조용해졌다. 주렴을 열고 들여다보니, 두 사람만 침상 가에 앉아 있고 제3자는 없었다. 충천포는 금세 의심이 풀렸다. 두 사람은 충천포를 보더니 서둘러 맞으며 말했다.

"나리, 여러 날 오시지 않으시기에, 우리 둘은 보고 싶어 죽는 줄 알았어요."

그러자 충천포는 관아에서 아버지의 병환을 돌본 이야기를 쭉 들려주었다. 한참 왁자지껄하던 참에 주렴을 걷고 여소금이 들어오며 말했다.

"잘됐군요! 지금 막 당신을 찾아가려던 참인데, 쥐 죽은 듯 조용히 벌써 달려와 계실 줄은 몰랐습니다."

충천포는 서둘러 자리를 양보했다. 때는 벌써 9월이었다. 여소금은 비록 서양 복장을 하고 있었지만, 머리는 네 치가량 길게 자라 등 뒤로 헝클어진 것이 마치 야차 같았다. 금목단과 은작약은 그런 그의 모습을 보고 웃었다. 여소금이 갑자기 은화 1원 5각을 꺼내며 저들에게 말했다.

"점원에게 과일하고 아편 좀 사 오라 하여라."

그러자 충천포가 한편으로 돈을 빼앗으며 "됐네!" 하고 말하더니, 자기 바지 주머니를 뒤졌다. 여소금이 말했다.

"또 무엇 때문에 이러십니까? 어차피 다 같은 돈 아닙니까?"

원래 남경 조어항의 예절로는 과일을 사든 간식을 사든 막론하고 손님을 부른 이가 허리춤 돈주머니를 끌러야 했다. 즉 요릿집이나 주점에 가서 영수증을 감당하는 이는 자리를 떠날 때 손님들에게 은화 2각의 뱃삯을 빌리는 것과 같다고 할 수 있다. 쓸데없는 이야기는 그만두기로 하자.

한편 여소금은 충천포를 만나, 그가 허리춤 돈주머니를 끌러 과일과 아편을 사게 하고 싶지 않다고 고집했으나 어쩔 수 없이 그리하고 말았다. 잠시 뒤 쟁반에 배가 담겨 나오고, 또 맑은 기름도 가져왔다. 여소금은 그것을 등잔에 옮겨 아편에 불을 붙였다. 충천포가 말했다.

"어쩌다 자네도 이런 걸 배웠는가?"

이에 여소금이 말했다.

"재미로 그러는 것뿐이지요. 설마 중독이 되겠습니까?"

그러자 충천포가 말했다.

"그렇지 않네. 우리 관아에 황귀민(黃貴敏)이라는 서계사야(書啓師爺)가 있는데, 그 양반이 서울서 가져온 '육작도(陸作圖)'⁴⁶¹란 아편은 정말 좋더군. 전날 내가 아버지를 시중드느라 바빠 쩔쩔매다가 몸도 가누기 힘들 지경이 되었을 때 황귀민이 나한테 두어 모금 피워 보라더군. 처음엔 나도 정색을 하고 말했지. '이는 나라를 망치는 재료요, 종족을 약화시키는 물건이올시다. 족하께서는 자신의 잘못으로 다른 이를 그릇되게 만들어서는 아니 될 것이오!' 그랬더니 황귀민이 희희 웃으며 말하더군. '나리, 별로 문제 되지 않습니다. 이런 물건은 외국에선 약품으로, 이것을 가지고 바람으로 인해 생긴 기침 등을 치료합니다. 다만 중국으로 건너오면서 물 아편이나 말린 아편 두 종류로 피우게 되었는데, 그것이 오래되면서 사람을 해치는 물건이 되고 말았습니다. 지금 나리를 보아하니 피곤에 지치신 것 같기에 두어 모금 피워 보시라 권한 것입니다. 그런데 나리께선 아무리 목이 말라도 도천(盜泉)의 물은 마시지 않고 아무리 굶주려도 썩은 고기는 먹지 않겠다는 뜻을 고집하시니, 저도 감히 더 이상 말씀드릴 수 없겠군요.' 이런 말을 듣고 났더니, 한동안 내 마음이 편치 않더군. 게다가 그의 체면도 그럭저럭 세워 줘야 할 것 같아서 이렇게 말했지. '선생, 그리 화내지는 마시구려. 내 말은 농담이외다. 기왕 이렇게 된 것, 한번 먹어 보지요.' 그제야 황귀민은 좋아라 하며 서둘러 한 대 채워 건네더군. 난 누워서 한두 모금 피웠지. 그랬더니 기이한 향기가 만발하

---

461 원래는 뛰어난 생아편을 만들던 광동 사람 이름이다. 여기서는 그의 방법을 따라 만든 생아편을 가리킨다.

고, 나중에는 정신이 백배는 더 번쩍 들면서 피곤한 기색이라곤 조금도 없더군. 자네 생각해 보게. 이 물건, 정말 신기하지 않나?"

이에 여소금이 말했다.

"그래서 당신도 이제는 믿게 되었군요."

그리 말하는 중에 충천포는 맞은편에 눕고, 금목단과 은작약은 양쪽으로 나눠 앉았다. 충천포가 여소금에게 말했다.

"내가 한 두어 주 출타를 못했지. 날이면 날마다 관아에서 갑갑해 죽는 줄 알았더니, 오늘은 좀 낫군. 마치 황은을 입어 대사면을 받은 것 같아. 보아하니 날도 저물었는데, 우리 요릿집으로 갈 필요 없이 저이에게 간단한 식사를 준비하라고 하세."

그러자 여소금이 말했다.

"좋습니다."

금목단과 은작약은 그 말을 듣고 곧바로 점원을 불러 주방에 간단한 식사 한 상을 준비하라 일렀다. 그리고 잔돈은 가지라고 말하며 2원짜리 오리고기를 더 주문했다. 원래 남경 조어항의 규정에 따르면, 만한전석(滿漢全席)은 정해진 가격 없이 주문에 따라 백 원짜리도 있고 2백 원짜리도 있었다. 그 외 여덟 가지 이상의 성찬은 28원이었고, 여섯 가지 성찬은 24원이었다. 그리고 술은 11원이고 간단한 식사는 5원이었다. 여기에 2원을 더 주면 상어 지느러미가 올라온다. 그리고 '음식 구전'이라고 부르는 것이 있는데, 2원을 더 주면 오리가 올라온다. 지금 충천포가 준비하라 시킨 간단한 식사는 상어 지느러미와 오리가 더해져 도합 9원짜리였다. 손에 등불을 켜고 점원이 와서 술잔과 젓가락을 정렬해 놓았다. 충천포도 손님을 청하지 않은 채, 곧 여소금과 얼굴을 마주하고 앉았다. 금목단과 은작약이 그 곁에 앉았다.

술을 마시는 중에 충천포는, 아버지가 발병한 뒤로 원기가 떨어져 공무를 처리하지 못하여, 막료들이 공무를 마음대로 농단하니 일이 엉망이라는 말을 꺼냈다. 여소금은 고개를 숙인 채 아무 말이 없었다. 마치 무슨 걱정거리가 있는 것 같았다. 충천포는 세심하지 못한 사람인지라 그런 그를 거들떠보지 않았다. 식사를 마치자 점원이 상을 치우고 차를 내왔다. 두 사람이 애기를 나누는데, 금목단과 은작약 두 자매가 시중을 드니 적막하지는 않았다. 하여 아편 평상에서 함께 밤을 보냈다.

다음 날, 잠을 깨니 어느새 12시였다. 세수를 마치고 밥을 먹었다. 금목단과 은작약이 머리를 빗겨 주었다. 그런데 그 둘이 그에게 마차를 타고 하관(下關)으로 놀러 가자 청했다. 두 사람은 거절할 수가 없어 그러마고 응낙한 뒤 당장 짐을 수습했다. 충천포는 일찌감치 하인을 불러 두 사람이 한 대씩 탈 수 있도록 마차를 준비시켰다. 그러고는 쏜살같이 달려 곧장 하관으로 갔다. 원래 남경의 하관은 구경 다닐 만한 것이 없고, 양화점(洋貨店) 몇 곳이 있을 뿐이었다. 그리고 이어 차와 술을 파는 가게가 있었는데, 이름이 제일루(第一樓)였다. 마차가 제일루 문 앞에 이르자 충천포는 금목단을, 그리고 여소금은 은작약을 옆에 끼고 거리를 다니며 구경했다. 금목단과 은작약 두 자매는 한 양화점에 기이하고 색채가 다양한 물건들이 진열되어 있는 것을 보고 안으로 들어갔다. 여소금은 속이 불편하여 말했다.

"너희는 여기서 기다려라. 내 저 앞에 가서 소변 좀 보고 와야겠다."

말을 마치고는 훌쩍 떠났다. 충천포는 내막을 모른 채, 두 자매를 데리고 양화점으로 들어갔다. 두 자매는 이걸 사겠다 저걸 사겠다며 온통 난장판 야단법석을 떨었다. 주인은 충천포가 제대 관아의 귀공자임을 알고, 일부러 듣도 보도 못한 진귀한 물건들을 꺼내 왔다. 그러자 두 자매는 더더욱 사겠다며 한참을 고르고 고르다 한 가지를 골랐다. 주인은 점원을 불러 하나하나 잘 포장했다. 그러고는 계산서를 끊어 충천포의 손에 쥐어 주었다. 충천포가 힐끗 보니 모두 296원 3각이었다. 충천포는 별소리 없이 지필묵을 달라 하여 영수증을 끊어 주고 수결했다. 그러면서 내일 제대 관아 장방에 가서 물건값을 받으라고 했다. 금목단과 은작약 두 자매는 하하 호호 웃으며 따라온 점원을 시켜 물건을 마차에 잘 갖다 두라고 시켰다. 충천포는 그들을 데리고 제일루로 갔다. 막 계단을 오르려는데, 등 뒤에서 또각또각 하는 가죽 구두 소리가 들려왔다. 고개를 돌려 보니 여소금이 아니던가. 이에 충천포가 말했다.

"자네는 이리 오랫동안 어디 갔었나?"

그러자 여소금이 말했다.

"저 앞에서 소변을 보고 당신들을 찾으러 양화점으로 돌아가려는데, 뜻밖에 아는 사람을 만났지 뭡니까. 거리에 서서 한참 얘기를 나누다 당신들을 찾으러 돌아갔더니, 벌써 어디로 갔는지 알 수 없더군요. 속으로 곰곰이 따져 보니 반드시 이곳으로 올 것 같았습니다. 하여 문을 들어서다 당신 뒷모습을 보게 되었지요. 원래는 당신을 놀라게 해 줄 생각이었는데, 그만 들키고 말았습니다 그려."

그렇게 말을 마치고는 '하하' 하고 크게 웃었다. 충천포는 고개를 끄덕이며 아무 말도 하지 않았다. 2층으로 올라가 자리 잡고 앉았다. 그러자 급사가 인삼차를 타서 올렸다. 네 사람은 차를 마시고 또 간식을 달라 해서 먹었다. 마부가 와서 몇 번 재촉하자 충천포가 돈을 지불하고 누각을 내려왔다. 다시 마차를 타고 그길로 곧장 달리니 얼마 지나지 않아 성으로 들어섰다. 마차가 멈추자 점원들이 금목단과 은작약을 업고 조어항으로 돌아갔다. 충천포는 지난밤 집으로 돌아가지 않았기에 조금 죄송하여 여소금과 작별하고 관아로 총총히 돌아갔다. 여소금은 충천포가 오늘 밤에는 조어항으로 다시 돌아오지 않으리라는 것을 알고 거리에 있는 회교 식당에서 저녁을 시켜 먹은 후 자기 일을 보러 갔다. 이에 대해서는 더 이상 자세히 얘기할 필요가 없겠다.

한편 충천포는 아주 거칠어서 바깥세상의 이해관계는 조금도 알지 못했다. 그는 관아에서 별달리 간여하지 않았으나, 막료들은 수하들과 결탁하여 그의 이름을 가져다가 바깥에서 돈을 후리고 다녔다. 이 역시 대소 관아의 일반적인 병폐였으나, 남경 제대 관아에선 좀 더 심하였을 뿐이다. 여소금은 비록 말이야 학계의 지사라지만, 연줄을 찾아 명리를 도모하는 일을 다툼에는 하지 못하는 것이 없었다. 그는 충천포와 오래 지내며 그의 성격을 알게되었다. 충천포는 그를 형제처럼 여겼다. 여소금은 이런 연줄이 생기자 자연스레 허장성세로 협잡질을 하기 시작했다.

당시 남경의 후보도(候補道)는 2백~3백 명이 되었다. 그중 가난한 이들의 고생은 이루 말로 다 할 수 없을 정도여서, 공석이 되는 관직 몇 개에 목숨을 거는 지경이었다. 그 가운데 시(施)씨 성을 가진 봉광(鳳光)은 본시 있는 집안이었다. 집안에서 괜찮은 전당포를 열어 도대(道臺) 자리를 살 때만 해도 수중에 10여 만금을 가지고 있었다. 그런데 생각지도 못하게 연이어 실패하면서, 몇몇 전당포가 적자를 보지 않으면 재난을 입었다. 이리하여 해마다 사정은 더욱 나빠지다가, 결국 씻은 듯이 말아먹어 빈곤해지고 말았다. 그나마 다행히 당초 관직을 사 두었고 또 부자 친척들이 돈을 보태 주어, 관지(官地)를 배치받아 성(省)으로 온 지 어언 3년이 되었다.

그런데 이곳 제대는 평소 황로학(黃老學)을 중시하여 청정무위 (淸淨無爲)를 종지(宗旨)로 삼는 양반이었다. 하여 평소 긴요한 공무가 없으면 쉬이 사람들을 만나지도 않았다. 하물며 병이 난 마당에는 더더욱 집 안에만 틀어박혀 좀처럼 외출하지 않았다. 시봉광에겐 권력자의 공문도 없고, 또 믿을 만한 사람의 추천도 없었다. 그러니 어찌 뜻을 얻을 수 있으랴? 시봉광은 본시 부잣집 자제였으나 집안이 몰락한 이후 고생을 겪으며, 세상에 아직도 이런 방법이 있다는 것을 알고 온 마음 온 뜻으로 과거를 회복하려 했다.

남경에 도착한 뒤로 후미진 골목에 거주하면서도 처음에는 동인(同寅)들과 왕래하다가 나중에 동인들이 자신을 무시하는 것을 보고 그 또한 밥을 사거나 시간을 낭비할 만한 가치가 없게 되었다. 나중에는 뜻이 통하지 않자, 관청에 볼일이 있을 때를 제외하고는 문을 닫고 조용히 지냈다. 그에게는 이귀(李貴)라는 늙은 하인이 있었다. 그는 주승(周升)이라 하는 여소금의 부친 여일본의 하인과 의형제를 맺고 친구로 지내고 있었다. 이귀는 주인이 매일같이 근심에 젖어 한탄하는 것을 보자니 그의 마음도 좋지 않았다. 그런데 주승이 하는 말이, 자기 집 도련님이 제대 댁 도련님과 지기라는 소리를 듣고 마음이 동하여, 다시 주승에게 몇 마디 더 물어보고는 급히 집으로 달려가 시봉광에게 말을 늘어놓았다.

뒷일이 어떻게 되었는지 알고 싶으면 다음 회를 듣고 알아보기 바란다.

제58회

각설하고, 이귀는 집으로 돌아와 시 도대에게 말했다.

"나리께서 이러는 모습을 뵈니, 쇤네의 마음도 울적합니다. 나리께선 가족을 부양할 무거운 짐을 지고 계신 데다 또 이렇게 오랜 세월 후보로만 계셨으니 밑천도 얼추 다 떨어져 갈 겝니다요."

시 도대가 미간을 찌푸리며 말했다.

"언제는 그렇지 않은 적이 있더냐?"

그러자 이귀가 한 걸음 더 다가서며 목소리를 낮추었다.

"제가 한 가지 방도를 얻어들은 게 있어 나리와 상의하려고 합니다."

이에 시 도대가 급히 물었다.

"무슨 방도?"

이귀가 말했다.

"지금 제대 대인께서는 아무 일도 상관 않으시고, 직책을 주거나 보결(補缺)하는 등의 일은 모두 막료들이 도맡아 하고 있답니다. 여일본이라 부르는 멋진 수염을 가진 나리의 동인(同寅) 여 대인이 계시지 않습니까. 그분의 자제가 제대 대인 댁 큰도련님과 아주 친하다더군요. 해서 그분이 하시자는 대로 두말 않고 그대로 한답니다. 쇤네 생각에, 제대 대인 주변의 사야(師爺)조차 제멋대로 하시는데, 하물며 그 댁 도련님이야 일러 무엇하겠습니까? 제대 대인 댁 큰도련님께 한두 마디 추천을 해 달라 부탁하면, 혹여 무슨 희망이라도 있지 않을까 모르겠습니다."

시 도대가 말했다.

"네가 말하는 여 대인 댁 도련님이 설마 변발을 잘라 버린 그 사람은 아니겠지? 듣자 하니 그는 일본에서 유학하고 돌아와 사람이 아주 개화되었다더구나. 그러니 이런 청탁은 분명 힘써 주지 않을 것이다."

그러자 이귀가 말했다.

"나리께서도 분명히 아시겠지만, 지금은 유신파든 수구파든 '돈'이라는 한 글자를 벗어나지 못합니다요. 쇤네가 수소문해 보니, 여씨 댁 도련님은 제대 댁 도련님과 허구한 날 함께 어울리며 많은 돈을 썼다더군요. 하여 지금은 수중의 상황이 바짝 말라 버렸답니다. 그러니 만약 나리께서 천이건 8백이건 많으만 갖다준다면, 아마 그이는 나리와 의기투합하지 않겠습니까?"

그 말을 듣고 시 도대는 한참을 머뭇거리다 말했다.

"좋아, 알겠다. 내일 내가 먼저 그를 찾아가 보지."

이에 이귀는 물러났다. 시 도대는 밤새 망설이다 다음 날 아침 일찍 가마를 타고 여일본의 공관을 물어 찾아갔다. 문전에 이르러 첩자(帖子)를 안으로 들여보냈더니 문지기가 나와 이렇게 대답하는 것이었다.

"대인께서는 서주(徐州)로 출장을 가셨으니, 방문 사절입니다."

이에 시 도대는 가마에 앉아 분부했다.

"대인께서 출장을 가셨다면, 내가 면담할 긴요한 일이 있으니 도련님이라도 잠깐 만나야겠다고 말씀드려라."

그러자 문지기가 말했다.

"도련님께서는 아침 일찍 제대 관아로 가셨는데, 아마 날이 저물어서나 돌아오실 겝니다. 대인께서 상의하실 일이 있으시다면, 내일 다시 말씀하시지요."

이에 시 도대는 답답한 기분으로 집으로 돌아올 수밖에 없었다. 이어 사람을 시켜 내일 금릉춘(金陵春)으로 가서 두 사람분 요리와 술·담배 등을 준비시키라고 일렀다. 또 한편으로는 '내일 오시(午時)에 술자리를 마련하고 기다리겠습니다. 자리는 저희 집입니다'라는 몇 글자 첩자를 써서, 그 밤으로 심부름꾼에게 들려 보냈다. 여소금이 집으로 돌아오자 문지기가 자초지종을 일일이 고했다. 그러자 여소금이 중얼거렸다.

"이 사람은 평소 면식이 전혀 없는데, 오늘 인사를 왔다니 필경 무슨 부탁을 하려는 모양이군."

첩자를 받아 들면서도 여소금은 여전히 이상하게 여겼지만, 그 문제는 더 이상 따지지 않고 생각을 돌렸다.

'내일 충천포는 집에서 손님을 접대해야 하니, 어쨌든 저녁에나 나올 수 있을 게야. 그러면 나는 어차피 할 일이 없으니, 저이에게 폐를 좀 끼치는 것도 괜찮겠지.'

그날 밤은 아무 일이 없었다. 다음 날, 여소금은 진시(辰時)가 되어서야 일어나 세수를 마쳤다. 그때 문지기가 와서 아뢰었다.

"시 대인께서 벌써 두 번이나 청하는 전갈을 보내왔습니다."

여소금은 천천히 옷을 갖춰 입고, 가마도 타지 않은 채 곧장 중정가(中正街)에 있는 시 도대의 집으로 찾아갔다. 시 도대는 명함을 보자마자 서둘러 안으로 청했다. 두 사람은 서로 대면하고 몇 마디 한담을 나누었다. 여소금이 먼저 말문을 열었다.

"어제 들르셨다는데, 부친께선 출타하여 마중에 실례가 많았습니다. 실로 죄송하기 그지없습니다. 그런데 오늘 또 초대하시다니 무슨 가르침을 주실는지요?"

그러자 시 도대가 말했다.

"천천히 자리에 앉아 얘기를 나누시지요."

그러고는 곧장 소리쳤다.

"이리 오너라!"

하인 하나가 달려와 대답했다. 시 도대가 물었다.

"금릉춘의 요리사는 왔느냐?"

하인이 대답했다.

"온 지 한참 되었습니다요."

그러자 시 도대가 말했다.

"그럼, 어서 음식을 차리라고 하여라."

여소문이 물었다.

"다른 분도 계십니까?"

그러자 시 도대가 대답했다.

"다른 사람은 없습니다."

이에 여소금은 속으로 생각했다.

'보아하니 필시 부탁하려는 게 있는 모양이군. 무슨 얘긴지 들어나 봐야겠다.'

그때 집사가 네모난 탁자를 펼치고 그 위에 침대 시트 비슷한 것을 깔았다. 그리고 칼과 포크 두 벌과 빈 접시 둘을 놓았는데, 최고급이었다. 여소금은 서양 요리인 것을 알고 곧 말했다.

"어찌 이리 마음을 쓰십니까?"

그러자 시 도대가 말했다.

"부끄럽습니다. 그냥 이를 빌미로 얘기나 나누자는 것에 불과합니다."

두 사람이 자리를 잡고 앉자 낡고 해진 리넨 천 두루마기를 입은 시종 하나가 빵을 받쳐 들고 왔다. 그런데 막 손을 뻗어 빵을 집으려는 순간 여소금은 그의 두 손이 지저분하기 짝이 없는 것을 보고는 급히 포크로 빵 두 덩이를 찍어 자기 앞에 놓인 빈 접시에 놓았다. 관례대로 하면 처음은 탕(湯)이 나와야 하는데 우차(牛茶) 두 잔이 나온 것이었다. 이에 여소금은 속으로 중얼거렸다.

'이 사람은 조찬(早餐)을 오찬(午餐)으로 여기는 모양이군.'

우차를 마시자 시종이 맥주를 따며 유리잔을 올렸다. 여소금은 더러울까 봐 소매에서 손수건을 꺼내 깨끗이 닦은 뒤 맥주를 따르게 했다. 우차를 마신 지 한참이 지났는데도 물고기 요리가 올라오지 않았다. 이에 시 도대는 연신 재촉했다.

"다음 요리는 어째서 실 끊어진 연 꼴이냐?"

그러자 집사 하나가 달려와 조용히 대답했다.

"방금 물고기 요리를 다 튀겨 놓았는데, 아, 글쎄 누가 알았겠습니까요. 요리사가 잠깐 소변 보러 나간 사이에 이웃 진(陳) 나리 댁 고양이가 담을 타고 넘어와 물고 도망가 버렸지 뭡니까."

그러자 시 도대는 분기가 탱천하여 욕을 퍼부었다.

"너희들은 바보 천치더냐?"

그러자 집사가 대답했다.

"저놈은 네 발이고 쇤네들은 두 발이니, 어찌 쫓아갈 수 있겠습니까요?"

이 말에 시 도대는 다시 화가 치밀었다. 그러나 여소금의 면전이라 마음껏 화를 내기도 면구스러워 이렇게 말했다.

"기왕 이렇게 되었으니, 다른 것을 내오너라."

집사가 대답하고 물러나 소고기 요리를 내왔다. 그런데 시 도대는 그것을 먹지 않고 도리어 돼지고기로 바꾸라 했다. 요리를 몇 점 먹고 술이 두어 순배 돌고 나자 시 도대가 입을 열었다.

"까놓고 말씀드리겠습니다. 저는 본시 조상 대대로 얼마간 돈이 있었던지라 결코 가난 때문에 벼슬에 나가고자 한 것은 아니었습니다. 다만 몇 년 동안 연이어 넘어지고 엎어지다 보니 가산을 탕진하고 말았기에 이에 비로소 관로(官路)에 나서게 되었습니다. 그런데 생각지도 못하게, 성(省)에 당도한 지 몇 년이 다 되도록 위임장은 구경도 못하였습니다. 가세 기울기가 이리 엄중한데, 정말이지 설상가상입니다. 연줄을 구하여 청탁 쪽지 한 장 건네는 일도 저는 치지도외한 채 전혀 받아들이지 않았습니다. 첫째는 평소 저들과 왕래가 없었기 때문이고, 둘째는 저들과 교제를 하지 않았기 때문이지요. 이제 가산도 거진 다 바닥을 드러내니, 머잖아 집집이 돌아다니며 구걸이나 하게 생겼습니다. 그런데 지금에야 형장께서 대호걸이시라는 걸 알게 되었고, 하여 분수도 모르고 주제넘게 제군(制軍) 댁 공자 면전에 제 얘기를 좀 해 주시길 부탁드립니다. 그러면 그 은혜, 백골난망이겠습니다."

말을 마치고 연신 읍을 했다. 여소금은 답례는 하지 않은 채 고심하는 시늉을 지으며 말했다.

"제가 비록 제군 댁 공자와 오랜 사귐이 있다고는 하나, 이제껏 우린 사사로운 얘기를 나눈 적이 없습니다. 그런데 지금 갑자기 직책을 준다거나 보결과 같은 일을 부탁하면, 비록 면전에서야 거절하지 않는다 해도 뒤돌아서는 결국 뒷말이 없지 않을 것입니다. 게다가 제군 댁 공자께서는 평소 사람을 쓰거나 행정을 하는 등에 이제껏 참여한 바가 없으니, 그에게 부탁한다고 한들 별 소득이 없을 것입니다."

그러자 시 도대가 미간을 찌푸리며 말했다.

"저는 지금 막다른 지경에 이르렀습니다. 만약 살길이 하나라도 있었다면 어찌 감히 형장께 모독을 드리겠습니까. 이제는 어찌 되었건 형장께서 한 말씀 거들어 주시길 부탁드릴 수밖에 없습니다. 모든 일은 귀댁 주(周) 집사에게 이미 말해 두었으니, 형장께서 공관으로 돌아가시면 귀댁 집사가 자연히 모든 일을 품신할 것입니다. 이 일은 어쨌든 형장만 믿습니다."

말을 마치고는 또다시 읍을 했다. 그 자리에서 여소금은 아무 말 없이 침묵했다. 잠시 후, 연이어 요리가 올라왔다. 시종은 샴페인을 따고 또 커피도 내왔다. 그러고는 쟁반 위에 단단하고 거뭇거뭇한 시가 두 대를 받쳐 들고 왔다. 소금은 시가를 피워 물며 "대접 잘 받았노라"고 인사한 뒤 집으로 돌아갔다. 시종이 쟁반이며 접시 따위를 수습한 일은 더 이상 거론하지 않겠다.

한편 집으로 돌아온 여소금은 서재에 앉아 주승(周升)을 불러 오라 고함쳤다. 주승이 불려 오자 여소금이 말했다.

"시 대인과 무슨 얘기를 나누었느냐?"

이에 주승이 낮은 목소리로 대답했다.

"도련님께 쪽지를 건네는 얘기를 나누었습니다. 시 대인께서 말씀하시길, 무슨 일이라도 맡겨 주신다면─손가락을 펼치며─효경(孝敬)으로 이만큼 드리겠답니다."

여소금은 마침 곤궁하던 때라 1천 은자를 주겠다는 소리를 들었으니 어찌 마다할까? 그러나 입으로는 도리어 이리 말하는 것이었다.

"내가 무엇하러 그 사람 돈을 요구하겠느냐. 분명 네놈이 내 이름을 사칭하여 밖에서 협잡질한 게지. 어디 이래서야 되겠느냐!"

그러자 주승은 깜짝 놀라 무릎을 꿇으며 말했다.

"쇤네가 죽일 놈입니다요. 쇤네가 어리석었습니다요. 쇤네에게 의형제가 하나 있는데 바로 시 대인 댁 하인 이귀(李貴)입니다요. 한데 그놈이 쇤네에게 말하길, 시 대인 댁 곤궁하기가 다리는 있으되 입을 바지가 없을 지경이라 이젠 먹을 것도 다 떨어진 지경이랍니다. 하여 쇤네가 차마 두고 볼 수 없어 그놈이랑 이런 생각을 내게 된 것입니다요. 도련님, 제발 저들을 불쌍히 여겨 주십시오!"

그러자 여소금이 말했다.

"그걸 말이라고 하느냐! 너는 그에게 가서 운수 나름이고, 일이 성사되지 않더라도 날 원망 말라고 이르거라."

주승은 연신 인사하며 말했다.

"도련님의 너그러움 덕분에 시 대인 댁 온 식구가 살게 되었습니다요."

그제야 여소금은 내실로 들어갔다. 주승은 시 도대에게 가 통지하고, 어음을 한 장 끊되 기한은 되도록 멀리 잡아서 쓰게 했다. 만약 일이 성사되지 않으면 어음을 돌려주되, 서로 마음이 바뀌는 일이 없자 했다. 시 도대는 당연히 그러마고 했다. 과연 며칠 지나지 않아 제대(制臺) 관아에서 공문서가 발표되었다. 시봉광은 재능과 식견이 탁월하고 외부 사정을 잘 알아 양무국에서 소임을 맡을 만하니 일을 맡기라는 내용이었다. 시 도대의 공관에 공문이 당도하자 시 도대는 당연히 기뻤다. 그는 친히 의관을 갖춰 입고 관아에 들러 상사들에게 머리를 조아리며 사례했다. 당연히 여소금의 손에 천 냥이 들어갔을 뿐 아니라, 주승 또한 5백 냥을 손에 쥐게 되었다. 이렇게 보자면, 여소금은 진정 대단한 로비스트라 하기에 부끄럽지 않다 하겠다.

여기서 이야기가 갈리니, 다시 본론으로 돌아가자.

한편 제대는 나이 들고 병이 많아 늘 가래가 끓고 두통이 심했다. 하여 관아를 순시할 때면 항상 수레 난간에 기대 있었다. 이즈음 황세창(黃世昌)이라는 후보 지부(候補知府)가 하나 있었는데 사람됨이 극히 교활했다. 그는 제대에게 이런 지병이 있고, 게다가 기질도 비천하다는 소리를 들었다. 어느 날 등청하였더니, 제대가 말했다.

"난 이제 나이 들어 쓸모없게 되었네. 조그마한 일에도 신경을 쓰면 도통 헤어나질 못해. 게다가 이놈의 두통은 30여 년이나 되었는데, 시시각각으로 발작을 하는군."

그러자 곁에 있던 후보도(候補道) 하나가 끼어들며 말했다.

"나리께선 위로는 사직을 보위하고 아래로는 백성들을 거두시며 나라를 대신해 일을 처리하셔야 하니, 항상 몸조리를 잘하셔야 합지요."

그러자 제대가 말했다.

"몸조리라, 말이야 옳지. 나도 얼마나 많은 의원들을 청했는지 몰라. 그런데 도대체 어찌 된 영문인지 이놈의 두통은 약으로는 치료가 안 되니, 어찌하면 좋겠는가?"

그러자 황세창이 불쑥 끼어들었다.

"약은 아무 상관 없습니다. 가장 좋기로는 옛사람들의 안마법을 쓰는 것입니다. 그러면 혹시라도 효험이 있을지 모르겠습니다."

그러자 제대는 고개를 끄덕이며 말했다.

"자네 말이 맞네. 허나 당장 어디 가서 안마사를 찾는단 말인가?"

황세창이 또 대답했다.

"비직의 안사람이 할 줄 압니다. 대인께서 믿지 못하시겠다면, 불러서 한번 시험해 보십시오."

제대가 깜짝 놀라며 말했다.

"자네 이제 겨우 서른쯤이니, 영정(令正)⁴⁶²의 나이 또한 그리 많지 않을 터. 이목이 많아 명성에 누가 될 터인데, 그게 어디 될 법한가?"

그러자 황세창이 또 급히 대답했다.

"어르신께선 덕망이 높은 데다 나라를 관리하고 계시며, 비직은 어르신의 수하로 직책을 맡고 있습니다. 그러니 어르신께 저는 자식이나 마찬가지요, 어르신은 비직의 부모님과 마찬가지입니다. 부모님께 병환이 있는데 며느리가 가서 시중들 수 없다고 말할 수는 없지 않겠습니까?"

그러자 제대가 말했다.

"말이야 그렇지만, 어쨌든 편치는 않구먼."

황세창이 말했다.

"어르신은 지금 이런 연세에 그런 병을 얻었습니다. 방금 누가 말한 것처럼, 어르신은 위로는 사직, 아래로는 백성들의 삶과 연관이 있습니다. 하물며 비직은 어르신의 두터운 은혜를 입었으니, 분골쇄신한다 해도 그 은혜에 다 보답할 수 없을 것입니다. 비직의 처자가 어르신께 안마를 해 드려 어르신의 건강이 좋아지기라도 한다면, 이는 그 복이 더없이 크다 할 것입니다. 어르신, 달리 또 무엇을 꺼리십니까?"

그제야 제대도 고개를 끄덕이며 말했다.

"좋네."

이에 황세창은 당장 일어나며 말했다.

"비직은 물러가는 대로 당장 안사람에게 전갈하여 들어오라 하겠습니다."

---

462 남의 부인을 높여 부르는 말.

제대가 말했다.

"언제든 괜찮네. 하루든 반나절이든 한정할 필요도 없겠지."

황세창은 "예예" 하고 대답했다. 그러자 제대가 손님을 물렸다. 황세창과 후보도는 물러나 각자의 공관으로 돌아갔다. 황세창은 가마꾼에게 이르길, 급한 일이 있어 공관으로 돌아가야 하니 서둘러 길을 달리라 분부했다. 가마꾼이 대답하고 나는 듯이 달려 일각이 채 되기도 전에 당도했다. 황세창이 가마에서 내리니 아내가 마중을 나왔다. 황세창은 아내에게 자초지종을 낱낱이 알려 주었다. 그의 아내는 올해 스물일고여덟 살로 나이가 그리 많지 않았다. 그러나 성정은 도리어 자신이 사는 방식에 이골이 난 터라 두말없이 그리하기로 대답했다. 황세창은 크게 기뻐하며 다시 집을 나서 관아에 당도하여 내순포(內巡捕)를 찾아 일의 자초지종을 설명하며 협조를 부탁했다. 그러면서 수고비를 주겠다고 약속했다. 내순포는 기꺼이 그리하기로 동의하며 말했다.

"황 대인께선 마음을 놓으십시오. 제가 모두 알아서 하겠습니다!"

황세창은 다시 집으로 돌아가 급히 밥을 먹었다. 그러면서 한편으론 아내에게 화장을 해라, 상자에 든 옷 중에서 가장 좋은 옷을 입으라며 재촉했다. 겉은 옛것을 따라 붉은 치마에 피풍(披風)[463]을 입고, 조주(朝珠)·보괘(補褂) 등을 착용하게 했다. 아내는 그의 말을 따랐다. 경대를 열고 섬세하게 화장을 고쳤다. 이제 곧 날이 저물려고 했다. 황세창은 작은 가마 하나를 불러 아내를 태우고, 자신은 가마 앞에 앉아 길을 나섰다. 관아에 도착하여 가마에서 내린 황세창은 부인에게 잠시 기다리라 말하고, 내순포를 찾아 말했다.

---

463 옛날 부녀자들이 바람막이로 입던 외투.

"내자가 왔으니, 위에 말씀드려 주시게."

내순포가 말했다.

"이미 대인과 잘 말씀해 두셨다니 필요 없을 것 같습니다. 제가 부인을 모시고 갑지요!"

황세창이 말했다.

"그게 좋겠군."

그러고는 몸을 돌려 부인의 가마 옆으로 가서 이것저것 간략하게 말했다. 아내는 일일이 고개를 끄덕이며 응낙했다. 잠시 뒤 내순포가 왔다. 황세창은 급히 아내에게 가마에서 나와 인사를 나누게 했다. 아내는 시원시원하게 공손히 절을 했다. 내순포가 답례하며 말했다.

"부인께선 저를 따라 올라가시면 됩니다."

황세창은 조금 전 그에게 했던 부탁의 말을 다시 한 번 늘어놓았다. 내순포가 말했다.

"그야 당연합지요."

황세창의 부인은 내순포를 따라 사뿐사뿐 안으로 들어갔다. 황세창은 문밖에 서서 멍하니 서너 시간을 기다렸다. 어느새 황혼이 졌다. 원문(轅門)에서 문을 닫는다는 포를 쏘았다. 황세창은 할 수 없이 풀이 죽은 채 집으로 돌아가 혼자 잠들었다. 밤은 쉬이 지나고 다시 날이 밝았다. 서둘러 관아로 달려갔으나, 아무런 소식이 없을 뿐 아니라 내순포 또한 나타나지 않았다. 황세창은 마치 뜨거운 솥에 든 개미처럼 몹시 초조했다. 하루가 지나고 또 하루가 지났다. 황세창은 차도 생각나지 않고 밥도 생각이 없었다. 마치 무언가를 잃어버린 것처럼, 홀로 집에 앉아 눈물을 흘리며 속으로 생각했다.

'일찌감치 이럴 줄 알았어야 했어. 하필이면 이렇다니? 그야말

로 벙어리 냉가슴 앓는 격이구나.'

하루는 두통에 열이 나서 침상에 누워 꼼짝도 못했다. 나리는 병이 났고 마님은 아직 돌아오지 않으니 하인들은 어찌할 바를 몰라 했다. 그중 왕영(王榮)이라는 수행 집사가 그를 대신해 관아로 가서 병가를 내고 또 급히 의원을 불러 약을 지어 달여 먹였다. 그러면서 마음을 가라앉히고 보양하길 권했다. 황세창은 몽롱한 상태로 며칠이나 앓아누웠는지 가늠할 길이 없었다. 그러다 문득 누군가 휘장을 열고 들어와 좀 어떠냐고 묻는 소리를 들었다. 황세창이 번쩍 정신이 들어 눈을 뜨고 쳐다보니, 아내가 꽃처럼 아름답게 침상 곁에 앉아 있는 것이 아닌가. 황세창은 아내의 얼굴을 보자마자 저도 모르게 목구멍이 막히면서 눈물만 줄줄 흘렸다. 아내가 웃으며 말했다.

"어찌 이렇게까지? 겨우 이틀 지났는데 이리 급병(急病)이 들다니 당신도 참 쓸모없구려."

말을 마치고는 소매에서 손수건을 꺼내 황세창의 눈물을 닦아 주었다. 그러면서 한 손으로는 품속을 한참 뒤져 무언가를 꺼내 황세창의 손에 쥐여 주었다. 황세창이 보니 붉은 인장이 찍힌 공문 봉투였다. 가슴이 쿵쿵 뛰었다. 급히 봉투를 열고 보니, 제대가 그를 동원국(銅圓局) 제조(提調)에 임명하는 공문이었다. 주필(硃筆)로 표기한 연월일은 채 마르지도 않은 상태였다. 황세창은 침상에서 벌떡 일어나 뭐라고 할 새도 없이 아내에게 넙죽 엎드려 절했다. 아내가 급히 그를 잡아 일으키며 말했다.

"조심하세요. 늙은 하녀들이 보고 비웃겠어요!"

황세창은 공문을 본 즉시 병이 다 나은 것 같았다. 하여 한편으로 긴 옷을 걸치며 하녀에게 세숫물을 대령하라 일렀다. 막 세수를 하고 있을 때, 문간 주렴 너머로 왕영의 말소리가 들렸다.

"고마(高媽)가 말하길, 강녕(江寧)·상원(上元) 두 현의 왕(王)·주(朱) 두 분 나리께서 강녕부(江寧府)의 추(鄒) 대인을 따라 모두 오셨는데, 나리를 뵙고 축하드리고자 한답니다."

황세창이 급히 말했다.

"이런 황송할 데가. 지금은 감당할 수 없으니 방문을 사절한다고 하여라."

그러자 왕영이 다시 대답했다.

"모두들 대청에 들어와 계십니다!"

이에 황세창은 급히 의관을 가져오라 일러 대충대충 걸치고 달려 나갔다. 잠시 뒤 강녕·상원의 두 현과 강녕부를 배웅했다. 그러고는 다시 감사 인사를 전하기 위해 관청으로 올라가자고 했다. 그야말로 "기쁜 일을 만나면 정신이 상쾌해지고, 번민이 닥치면 졸음이 많아진다"는 말에 진배없었다.

뒷일이 어떻게 되었는지 알고 싶으면 다음 회를 듣고 알아보기 바란다.

제59회

각설하고, 황세창은 의관을 갖추어 가마를 타고 제대의 관아에 당도했다. 가마에서 내리자마자 자기 아내에게 길을 안내했던 순포를 만났다. 순포가 "축하합니다!"라고 했다. 이에 황세창이 화답했다.

"모두가 힘써 주신 덕분입니다. 참으로 감사하기 그지없습니다. 다른 날 공관에 들르시면 정중히 인사 드리겠습니다."

그러자 순포가 말했다.

"천만의 말씀입니다, 천만의 말씀."

그리 말하면서 한편으로 황세창에게 물었다.

"수본은? 제가 대신 다녀오겠습니다."

이에 황세창이 말했다.

"그렇다면 한 번 더 노형께 신세를 지겠습니다."

순포는 어느새 시종에게서 수본을 건네받아 쿵쿵거리며 곧장 안으로 들어갔다. 황세창은 예전처럼 관청에 올라가 기다렸다. 동인들이 그를 보더니, 하나하나 돌아가면서 능란한 솜씨로 알랑거리며 축하했다. 황세창은 일일이 답례했다. 평소 황세창과 뜻이 맞지 않던 몇몇은 한 켠에서 투덜거렸다.

"마누라 재주에 기대 직책을 얻은 것도 무슨 능력이라고!"

황세창은 모른 척할 수밖에 없었다. 잠시 뒤 순포가 총총히 나오며 말했다.

"황 대인, 드시지요. 어르신께서 여러 대인들께 수고하셨다고 전하라 하셨습니다."

이는 관장에서의 허울 좋은 소리요, 골자는 만나지 않겠다는 뜻이다. 모두들 이젠 희망이 없다는 걸 알고 우르르 흩어졌다. 황세창은 순포를 따라 곧장 안으로 들어갔다. 제대를 알현하자 넙죽 엎드려 절하며, 관례에 따라 감격에 겨운 말 몇 마디를 했다. 제대 또한 관례에 따라 격려의 말 몇 마디를 하고, 이후로 부지런히 공무에 힘쓰라고 일렀다. 말을 마쳤으나, 제대는 속으로 달리 또 더 하고 싶은 말이 있었다. 그런데 주위를 둘러보니 순포와 시종 등을 포함하여 대여섯이나 더 있었다. 문득 부끄럽다는 생각이 들어 더 이상 얘기하지 않았다. 다만 고개를 두어 번 끄덕여 피차 이심전심을 표했다. 그런 다음 차를 대접하고 배웅했다. 황세창은 물러났다. 부임하여 정사를 돌보는 등의 입에 발린 말은 더 이상 세세하게 말할 필요가 없으리라.

한편 충천포는 여소금과 어울려 빈둥빈둥 날을 보냈다. 그런데 충천포는 사람됨이 솔직한 반면, 여소금은 음험한 인물이었다. 허나 그들의 구두선은 '유신'이라는 두 글자였기에 서로 동지로 여겼다. 그러니 누구도 그들의 성정이 영 딴판이리라곤 생각지 않았다. 여소금은 충천포와 친하다는 것을 빌미로 어떤 일을 말하면, 충천포는 늘 양해하지 않는 것이 없었다. 하지만 막부(幕府)들은 그러한 상황을 훤히 꿰뚫어 보았다. 그들은 속으로, 자신들은 상하가 철통처럼 한통속으로 엮여 있는데, 지금 여소금이란 놈이 불쑥 끼어들어 자신들의 앞길을 무너뜨리고 있으니 거북하기 그지없다고 여겼다. 처음엔 충천포가 제대의 사랑하는 자식이라, 그가 안에서 몇 마디라도 움직이면 모두들 꼼짝하지 못했다. 그런데 나중에 충천포가 밖에서 소란을 피운 일이 간간이 풍문으로 돌고, 게다가 충천포가 무슨 당 태종(唐太宗)이니 당고조(唐高祖)니 하는 말을 하며 밖에서 공공연히 혁명을 떠들고 다닌다는 소리를 누군가 제대에게 고해바쳤다. 제대는 화가 나서 아들에게 몇 차례 단단히 훈계했다. 그러나 충천포는 도리어 아버지께 대들었다. 이 일로 제대도 그를 싫어하게 되었다. 막부들이 그 소식을 들었다. 무릇 충천포에게 여소금의 청탁을 듣는 것과 같은 일이 있기라도 하면, 그는 막부에서 논의하여 초고를 작성하라고 시켰다. 막부들은 체면상 모호하게 대답하지만, 암암리에 기회를 엿보면서 실제로는 행동에 옮기지 않았다. 그러니 충천포로서도 어쩔 수 없었다. 처음에는 여소금도 충천포를 의심했지만, 나중에는 그가 마음대로 할 수 없다는 것을 알고 크게 실망했다. 충천포 또한 여소금이 귀찮게 떠들어 대는 것이 싫어 자연히 소원해졌다. 요즈음은 도리어 추소연(鄒紹衍)이라는 신진 막부와 친하게 지냈는데 서로 의기투합이 잘되었다.

추소연은 절강(浙江) 사람으로, 주사(主事)였다. 신학문과 구학문에 두루 심득(心得)이 있어 충천포는 그를 심히 존경하며 진심으로 감복했다. 추소연은 열정적인 사람이어서 충천포에게 유신의 나쁜 습성이 지나치게 깊이 밴 것을 알고 때때로 그를 교화하려 했다. 그리하여 한담을 나눌 때면 기회를 틈타 충고했다. 그러나 유감스럽게도 충천포는 꽉 막혀 전혀 변하지 않았다. 추소연은 온갖 방법을 다 썼다. 그제야 충천포도 약간의 깨달음을 얻었다.

어느 날, 점심을 먹고 나서 추소연은 『경자기략(庚子紀略)』을 읽고 있었다. 그때 충천포가 불쑥 들어오며 그 책을 흘깃 보더니 경자년(庚子年)의 일을 더듬었다. 그러다 얘기가 격렬한 지점에 이르자 저도 모르게 몹시 분개했다. 추소연은 이 틈을 타 한바탕 혁명에 대한 논쟁을 펼쳤다. 그러면서 혁명이 옳지 않음을 통렬하게 비판했다. 그때 문밖에서 누군가 묻는 소리가 들렸다.

"추 나리 안에 계시는가?"

집사가 대답했다.

"안에서 도련님과 얘기를 나누고 계십니다."

그리고 다시 불쑥 들어오는 소리가 들리더니, 주렴이 걷히며 두 사람이 들어왔다. 막부의 시휘산(施輝山)과 왕약허(汪若虛)였다. 그들은 충천포와 인사를 나눈 뒤, 일제히 추소연에게 말했다.

"어제 마작에서 우리 두 사람 돈을 따먹고 가더니, 오늘은 염치도 없이 오지 않을 생각인가? 어서 가세. 셋 중 하나가 빠져 자네를 기다리고 있네!"

추소연이 자리에서 일어나 기지개를 쭉 켜며 말했다.

"지는 게 두렵지 않다면, 얼마든 받아 주지. 다만 자네들의 돈을 거절하자니 실례 같고, 그냥 받자니 쑥스럽구먼."

그러자 시휘산과 왕약허가 일제히 말했다.

"말본새 한번 야박하구먼. 이번에는 자네 등골을 요절내 주지."

말을 마치더니 추소연을 이끌고 부리나케 나갔다. 하여 충천포도 그곳을 나설 수밖에 없었다. 이러저리 빈둥빈둥 반나절을 쏘다니다 맥이 풀려 집으로 돌아오니, 관아 대청에 수많은 승려와 도사들이 보였다. 게다가 포수도 있고 예생(禮生)[464]들도 보였다. 기

---

464 옛날 제사를 지낼 때, 제의를 집행하던 사회자.

이하다는 생각을 금할 길이 없었다. 그 뒤로 까만 종이에 하얀 글씨를 쓴 팻말도 보였다. 그제야 비로소 오늘 호월(護月)[465]하는 것임을 알았다. 충천포는 천문학 서적을 읽은 적이 있어 그 이치를 잘 알았다. 화가 나기도 하고 우습기도 하여 추소연의 처소로 되돌아갔다. 그러나 추소연은 마작을 하느라 아직 돌아오지 않았다. 이에 집사에게 물었다.

"추 나리께선 어디서 마작을 하느냐?"

집사가 말했다.

"접주(摺奏)[466] 주(朱) 대인 댁입니다."

충천포는 속으로 생각했다.

'어쨌든 오늘은 할 일이 없으니, 저들이 마작하는 것이나 구경해야겠다!'

이당(二堂)의 난각(暖閣)을 막 돌아서는데 낭랑하게 울려 퍼지는 피리 소리가 들렸다. 거기서 어린아이 두엇이 하릴없이 한가하게 곤곡(崑曲)을 부르고 있었다. 그들이 부르는 것은 누회(樓會)[467]로, 마침 목이 메어 울먹이며 "남교 어디인지 원상에게 물으려, 가벼이 징 울려 보지만 메아리만 돌아오네(藍橋何處問元霜, 輕輕試叩銅環響)"라는 소절을 부르고 있었다. 충천포는 속으로 생각했다.

'저놈들도 음악을 할 줄 아는군.'

하여 그들을 놀라게 하지 않으려고 조용히 지나갔다. 왼쪽 행랑을 지나 빙 돌아서 접주 주석강(朱錫康)의 뜨락에 이르렀더니, 마작을 두면서 어울려 웃고 떠드는 소리가 들렸다. 원래 패가 오른

---

465 옛날 월식 때, 달을 구하려 천구(天狗)가 달을 먹지 못하도록 막기 위한 의식.
466 황제에게 직통으로 전달되는 상소문. 여기서는 제대에게 직통으로 전달되는 상소문을 관장하는 직책을 가리킴.
467 「쌍주봉(雙珠鳳)」이라는 곤곡의 한 소절.

것은 240이었는데, 추소연은 상대방에게 속아 한 번 선을 빼앗겼다. 충천포가 계단을 오르자 시중들던 종자가 일찌감치 주렴을 걸어 올리며 안에 아뢰었다.

"도련님께서 오셨습니다."

주석강은 천천히 일어났다. 나머지 세 사람도 그를 따라 일어나 인사를 나누었다. 주석강이 먼저 물었다.

"세형(世兄)께선 어쩐 일로 밖에 나가 노시지 않고 여길 찾아오셨습니까?"

충천포가 말했다.

"밖으로 쏘다니는 것도 지겨워, 세숙(世叔)을 뵈러 왔습니다."

본시 주석강과 제대는 예전에 의형제를 맺었다. 지금은 제대가 그를 막부에 청하여 접주를 맡기고 있었다. 그래서 세숙이라 부르는 것이다. 주석강이 이어 말했다.

"그렇군요. 하지만 지금 두 판이 더 남았으니, 다 치고 나서 한담을 나눕시다. 세형, 앉으시지요. 저 세 사람이 제게 돈을 좀 뜯을 모양인데, 오늘은 제가 돈을 좀 땄습니다. 그래, 벌써 주방에다 요리를 좀 마련해서 대접하라 일러 두었습니다. 잠시 있다가 여기서 식사하시지요!"

충천포가 말했다.

"좋습니다, 좋아요."

이에 네 사람은 다시 자리에 앉았다. 과연 일각이 채 지나지 않아 마작이 끝났다. 추소연이 기지개를 켜며 말했다.

"아이고, 피곤해라!"

그러자 시휘산과 주석강 두 사람이 일제히 말했다.

"우린 돈도 잃고 고생도 했으니, 정말 억울하군!"

추소연이 말했다.

"그러게 누가 패 가지고 장난을 치라던가?"

그러자 시휘산과 주석강 두 사람이 말했다.

"자네도 이기지 못했으니, 더 이상 말하지 말게!"

그러자 추소연이 반박했다.

"나야 이긴 적은 없지만, 진 적도 없으니 그만하면 괜찮지."

그들은 얘기를 나누며 자리에서 일어섰다. 시중들던 종자가 수건을 내오자 각자 얼굴을 닦았다. 어린 종자 하나가 오더니 탁자에 놓인 골패를 정리했다. 주석강이 말했다.

"탁자는 따로 펼 필요 없다. 여기서 밥을 먹도록 하지!"

시중들던 종자가 알았다며 대답했다. 잠시 뒤 불이 밝혀졌다. 주석강이 물었다.

"요리는 다 되었느냐?"

시중들던 종자가 말했다.

"주방에 가서 재촉했더니, 아직 오리가 다 익지 않아 잠시 더 기다리랍니다."

그러자 주석강이 말했다.

"기왕 이렇게 되었으니, 우선 술 단지부터 가져오너라. 술을 먼저 마셔야겠다!"

시중들던 종자가 "네이~" 하고 대답하고는 쿵쿵거리며 달려 나갔다. 눈 깜짝할 사이에 술 단지가 올라오자 늙은 집사가 술잔과 젓가락을 놓았다. 다섯은 자리에 앉아 술잔을 기울이며 한담을 나누었다. 충천포가 먼저 호월에 관한 이야기를 꺼냈다. 그러자 주석강이 끼어들었다.

"이것도 관례에 불과하지. 경자년 그해 일식에 천진(天津)의 제대가 아직 철군하지 않은 연합군에 외교 문서를 보내 이렇게 말했다는군. '붉은 해가 하늘에 있어 만고에 빛을 비추는데, 오늘 조사해 보니 합개(蛤蚧)처럼 생긴 무언가가 장차 해를 삼켜 세상을 암흑천지로 만들려 하고 있습니다. 이에 본 총독은 좌시할 수 없어, 각 군영에 대포를 쏘아 해를 보호하라 명하였습니다. 삼가 귀 총통께서 저간의 속사정을 몰라 놀랄까 싶어 조속히 문서를 보냅니다. 엎드려 바라건대, 참조하시길 바랍니다.'"

애기가 끝나기도 전에 좌중은 일제히 웃기 시작했다. 추소연과 충천포는 포복절도했다. 충천포는 좌중의 웃음이 걷히기를 기다려 추소연에게 물었다.

"추 형께선 어찌 생각하시오?"

그러자 추소연이 말했다.

"여기 무슨 모를 일이 있습니까? 월식이야 달이 태양 빛에 가려지는 것이고, 일식은 해가 달빛에 가려지는 것이지요. 세형께선 천문학 서적을 숙독하셨으니, 일찌감치 아실 텐데요."

그러나 시·주 두 사람은 이해하지 못하여 이구동성으로 물었다.

"어떻게 달이 해를 가리고, 태양이 달을 가릴 수 있단 말이오?"

추소연이 말했다.

"물어봅시다. 해가 하늘에서 움직입니까, 움직이지 않습니까? 달이 지구를 싸고돈다는 것은 모르는 사람이 없습니다. 달이 지구를 싸고돈다는 것을 안다면 움직이지 않을 수 없고 돌지 않을 수 없다는 것은 명명백백한 이치이지요. 달이 돈다면 어째서 태양이 있을 때는 달을 볼 수 없는가? 본시 이 달은 태양 빛에 미치지 못합니다. 하여 해가 있을 때는 달을 볼 수 없는 것이지요. 그렇게 빙빙 돌다가 태양을 만나게 됩니다. 이때 태양 빛은 달빛에 가려지는데, 그것이 일식입니다. 월식 또한 마찬가지 이치이지요."

그 말을 듣고 시·주 양인은 고개를 끄덕였다. 한참 애기를 하고 있는 중에 오리가 올라왔다. 모두들 맛을 보더니 훌륭하다고 칭찬했다. 그러자 주석강이 말했다.

"좋기는 한데, 맛이 조금 진한 감이 있습니다."

그러자 충천포가 말했다.

"세숙께선 손님을 불러 놓고 자기 요리를 칭찬하는 법이 없지요. 하여 일부러 이렇게 까탈을 부리시는 것입니다."

이에 주석강이 말했다.

"세형은 참으로 총명한 사람이외다."

말을 마치고 다시 한 번 크게 웃었다. 식사를 마친 시·주 양인은 담배를 피우며 작별을 고하고 먼저 떠났다. 추소연도 말했다.

"좀 쉬어야겠습니다."

충천포는 그들이 모두 떠나는 것을 보고 할 수 없이 자신도 따라 일어섰다. 주석강은 관례대로 그들을 배웅했다. 집사가 명각등(明角燈)468을 손에 들고 그들의 처소까지 배웅했다. 충천포 또한 처소로 돌아가 쉬었다. 그야말로 "그대를 만나 하룻밤 얘기 나눔이 10년 독서보다 낫다(得君一夕話, 勝讀十年書)"는 말과 같았다.

뒷일이 어떻게 되었는지 알고 싶으면 다음 회를 듣고 알아보기 바란다.

---

468 양각등(羊角燈). 양의 뿔을 삶아 반투명하게 만든 얇은 조각으로 덮개를 만든 등.

제60회

선물 하나가 골동품의 명가를 놀라게 하고
잠깐의 담론으로『문명소사』를 끝맺다

　각설하고, 북경 정부는 요즈음 유신에 관한 거의 모든 일을 시행했다. 심지(心地)가 분명한 독무들은 조목별로 하나하나 상소를 올렸으니, 목하 지극히 긴요한 일은 무엇인가? 그것은 바로 '입헌(立憲)'이라는 두 글자이다. 만약 10년 전에 그 말을 꺼냈더라면, 사람들은 그것이 외국 사람 이름인 줄 여겼을 것이다! 그러나 지금에 이르러서는 사정이 좋아져 사대부들도 기꺼이 신서를 훑어보게 되었다. 정치를 설명하는 신서에서는 서두에 주지를 밝혀 두는데, 어떤 나라는 전제 정치요 어느 나라는 공화정이며 또 어느 나라는 입헌제라는 사실을 필히 밝혀 두고 있었다. 여기서 '입헌'이라는 두 글자를 발견하여, 어떤 이가『헌법신론(憲法新論)』이라는 책을 번역했다. 거기서 말하는 처음과 끝은 조리가 있어, 이에 사대부들도 보고 '입헌'이라는 두 글자의 의미를 명확히 알게 되었다.

　이즈음 양호(兩湖) 총독 장탁(蔣鐸)이 입헌을 호소하는 상주문을 올렸다. 황제가 보고 매우 감동하여 군기처(軍機處) 각 대신들에게 이 문제를 토의하여 의견을 올리게 했다. 그러나 가련하게도 군기처 대신들은 귀머거리에 소경들인지라, 신서를 보아 시사를 이해하고 싶어도 그리할 수 없었다. 그들은 여전히 골동품이나 사모으고, 기생들과 코담배나 피울 줄 알 뿐이었다. 그런데 이번에 황제가 그런 공문을 내려 토의한 뒤 의견을 올리라 하였으니, 그 야말로 청천벽력이요 평지풍파였다. 이를 어찌하면 좋단 말인가? 두말할 것 없이 시사에 밝은 유신당(維新黨)에 가르침을 청하는 수밖에 없었다. 하여 외국에서 유학하고 돌아와 한림 진사에 합격한 치들에게 문서를 작성하게 하되, 황제가 하문한 뜻을 참작하여 은근히 부합하도록 부탁했다.

그런데 이 문서에 적힌 말들은 대부분 일본에서 만든 명사(名詞)인 데다 군기처 대신들은 신문조차 보지 않던 사람들인지라, '목적(目的)'이니 '방침(方針)'이니 하는 일반적으로 통용되는 단어조차 삼대(三代)[469] 이전의 글자보다 더 이해하기 어려웠다. 그러니 대충대충 주복(奏覆)[470]하기를, 입헌은 아주 좋은 일이라고 말할 수밖에. 이 소식이 외부로 전해지자, 날이면 날마다 "입헌이오, 입헌!" 하고 외쳐 대는 인물들도 생겼다. 그러나 사실 군기처에서 토의한 논의 또한 단지 '입헌, 입헌!'만 겨우 아는 데 불과했다. 군기처 대신들은 비록 외국을 다녀온 한림 진사들에게 한 번 가르침을 받기는 했지만, 여전히 '입헌, 입헌!'만 겨우 알 뿐이었다. 조정의 일을 논평하는 사대부들 또한 '입헌, 입헌!', '입헌, 입헌!'만 겨우 알 뿐, 그에 관한 글은 하나도 없었다.

그렇게 또 1년이 지났다. 그동안 군기처의 몇몇 대신들은 늙음을 핑계로 사직할 이들은 사직하고 갈아 치울 이들은 갈아 치워, 새로운 인물들로 교체되었다. 그리고 외무부며 경찰서·재정처(財

---

469 중국 고대의 세 왕조인 하(夏)·상(商)·주(周)의 삼대를 가리킨다.
470 제왕이 묻는 말에 대답하는 것.

政處)·학부(學部) 등이 설립되어, 입헌과 관련된 일 역시 더 이상 잠시도 늦출 수 없게 되었다. 황상은 대단히 현명하여 입헌이란 것이 탁상공론으로는 불가능하며, 반드시 누군가 시찰을 다녀와 그것의 득실을 제대로 파악해야만 장차 실행할 때 손발이 묶이는 사태가 없을 것임을 알았다. 이에 모모를 파견, 정치를 고찰하게 하여 장차 입헌을 위한 뿌리로 삼고자 한다는 유지(諭旨)를 내렸다. 이번에 외국으로 나가 정치를 고찰할 대신으로 파견된 이들은 모두 똑똑하고 능력 있는 인물들로 식견이 탁월했다.

그들 가운데 만주인이 하나 있었다. 그의 성은 평(平)이요 이름은 정(正)이었는데, 부조(部曹) 출신으로 심지가 분명하며 뜻이 높고 심원했다. 아울러 시문(詩文)을 매우 좋아하고, 금석문(金石文)이나 서화(書畵)에 특히 뛰어났다. 이런 인물은 한인(漢人)들 가운데서도 드무니, 만주인들 중에서는 더더욱 드물었다. 이후 부조로부터 내부의 관직으로 돌아 고생고생하다가, 뜻밖에 등용되어 갑자기 유명해지며 섬서성(陝西省) 안찰사에 제수되었다. 이후 안찰사에서 번대로 승진하였다가 다시 번대에서 호리무대(護理撫臺)[471]가 되었으며, 머지않아 진제(眞除)[472]되었다. 이리하여 순식간에 두각을 드러냈다. 섬서 지방은 척박하였지만 아무 일 없이 안정된 곳이라, 평 중승(平中丞)은 자기 마음에 꼭 들었다. 그의 막부에는 풍존선(馮存善)과 주지걸(周之杰)이라 불리는 인물이 있었는데, 그들 역시 금석문과 서화에 조예가 깊었다. 평 중승은 본시 벌열(閥閱) 가문이라, 조상 대대로 유산이 꽤 많았다. 비록 국부(國富)에 비견할 수는 없겠으나, 북경에선 손에 꼽을 정도였다. 당초

---

471 호리란 본래 직책보다 직위가 낮은 관원이 상위 직책의 직무를 대행하는 것을 가리킨다. 따라서 호리무대란 무대의 직책을 대행한다는 뜻이다.
472 어떤 관직을 잠시 대행하다가, 나중에 실제로 그 관직을 제수받는 것.

청한(淸閑)하고 조용한 부조를 맡고 있을 때, 등청 이외에는 유리창(琉璃廠)에 들러 사람들이 별로 찾지 않는 작은 가판을 뒤졌다. 거기서 그는 자신이 이미 한 질을 가지고 있는 『서악화산비(西嶽華山碑)』 잔질을 구하기도 하고, 또한 벌써 3백~4백 개나 가지고 있는 '당경당(唐經幢)' 석탑(石榻)[473]을 구매하기도 했다. 그는 멈추지 않고 두루 뒤지며 널리 채집하여 10년 후엔 온 집안이 그것들로 가득할 정도가 되었다. 외직으로 전출되었을 때는 이것들을 배 세 척에 가득 채우고서야 겨우 섬서성에 도착할 수 있었다. 무대로 승진한 뒤에는 특히 관아에 아홉 칸짜리 누각을 지어 자신의 청비각(淸祕閣)으로 삼았다. 공무를 마치고 식사 후에는 풍(馮)·주(周) 양인과 함께 어루만지며 감상했다.

하루는 평 중승의 생일이었다. 그는 미리 순포에게 알려 생일 축하 대련이나 깃발 등을 일절 받지 않겠다고 예고했다. 그러니 그 외 다른 것들이야 일러 무엇하랴! 각 주현(州縣)들은 그가 물처럼 맑은 사람임을 알고 있었고, 게다가 미리 얘기도 있었으니 어느 누가 감히 그 말을 거역할 수 있으랴? 그런데 당시 장안현(長安縣)에 성은 소(蘇)요 이름이 우간(又簡)인 자가 있었다. 그는 즉용(卽用)[474]에 합격하였는데, 사람됨이 몹시 교활하고 기회를 틈타 윗사람의 비위를 잘 맞추었다. 그는 평 중승이 골동품을 애호한다는 사실을 알고 있었다. 이에 생일을 빌미로 특별히 하인을 시켜 선물을 보냈다. 선물은 두 가지였다.

독자 여러분은 이것이 무엇인지 아시는가?

하나는 당육여(唐六如)의 「지옥변상도(地獄變相圖)」 두루마리였다. 확실한 진품이었다. 장식이 매우 화려하고 두루마리 표면은 다

---

473 돌로 된 의자.
474 청대에 관원을 선발하던 제도의 하나로, 관직에 결원이 생기면 뽑아 사용하던 제도이다.

채로운 빛깔의 촉(蜀) 지방 비단이었다. 그리고 그 위는 옛 선주(宣州) 지방의 옥판(玉版) 선지로 받침을 댔다. 게다가 징심당(澄心堂)의 채색 냉금지(冷金紙)[475]로 된 종이쪽지가 붙었는데, 거기에 제첨(題簽)[476]을 쓴 이는 태창(太倉)의 왕규(王揆)였다. 다른 하나는 「동미인비(董美人碑)」였다. 여기엔 장숙미(張叔未)*의 제발(題跋)도 붙어 있었다. 일설에 따르면, 이 비석은 출토되고 얼마 지나지 않아 종전에 출토되었던 것이 땅속으로 들어갔다가 다시 출토되었다고 한다. 때문에 심히 얻기 어렵다고 했다. 게다가 녹나무로 작은 상자를 만들어 포장까지 뛰어났다. 그러고선 순포에게 웃전에 바쳐 달라고 부탁했다. 순포는 다른 것들은 감히 바치지 못하였으나, 서화나 비문만큼은 중승 대인이 워낙 좋아하는 것들인지라 아마도 퇴짜 맞을 일이 없을 듯하여 가져다 바쳤다.

그때 평 중승은 풍·주 양인과 함께 『소장공전집(蘇長公全集)』이라는 송대(宋代)의 판본(板本)을 살펴보고 있었다. 평 중승은 대모테 안경을 끼고 담배를 문 채 첨압방 반죽탑(斑竹榻)에 앉아 책장을 넘기며 풍존선에게 말했다.

"여기 작은 소인(小印) 좀 보시게. 하나는 '요포과안(蕘圃過眼)'[477]이고, 또 하나는 '유장왕랑원가(留藏汪閬源家)'[478]라고 되어 있지 않소? 그런데 요 옹(蕘翁)의 진장본이라면, 무엇하려 또 왕씨의 도인(圖印)이 필요하단 말이오?"

이에 풍존선이 말했다.

"듣자 하니 요 옹의 유물은 그가 죽은 뒤 모두 왕씨에게 넘어갔

---

475 금가루 혹은 금박을 입힌 종이.
476 표지에 직접 쓰지 않고 다른 종이쪽지에 써서 앞표지에 붙인 책의 제목.
477 요포가 훑어보았다는 뜻.
478 왕랑원의 가문에서 소장하였다는 뜻.

다가, 왕씨 또한 중간에 몰락하여 다시 유출되었답니다. 하여 경서와 사서는 상숙(常熟)의 구(瞿)씨에게 넘어가고, 제자서와 문집 및 잡집(雜集) 등은 요성(聊城)의 양(楊)씨에게 귀속되었답니다. 그러니 이 책은 혹 양씨에게서 유출된 것인지도 모르겠습니다."

그 말을 듣고 평 중승은 고개만 끄덕일 뿐 아무 말이 없었다. 순포는 첨압방 밖에서 어찌할 바를 모른 채 감히 들어가지 못하고 있었다. 평 중승이 고개를 돌리다 발견하곤 누구냐고 물었다. 순포가 안으로 들어가 녹나무 상자 두 개를 바치며 대답했다.

"이것은 장안현의 소우간이 선물로 바치는 것입니다."

그러자 평 중승이 말했다.

"흥! 그놈이 감히 법을 알면서 목숨 걸고 시험하려 드는 것이냐?"

주지걸이 한참을 지켜보다 말했다.

"이 안에 든 게 뭐지? 열어 보고 나서 다시 얘기합시다."

그러자 순포가 황급히 상자를 열었다. 주지걸이 먼저 두루마리를 펼쳤다. 두루마리에는 수많은 거지들이 그려져 있었다. 어떤 이는 뱀을 희롱하고, 또 어떤 거지는 원숭이를 끌고 있었다. 간략한 필치로 20여 명을 그렸는데, 그야말로 붓질이 입신의 경지에 이른지라, 평 중승은 연신 찬탄을 금치 못했다. 다시 다른 첩(帖)을 펼쳐 뒷면의 도인을 본 풍존선이 먼저 입을 열었다.

"이 물건은 참으로 얻기 어려운 것입니다. 중승께서 소장하고 계신 「장흑녀지(張黑女誌)」와 가히 쌍벽을 이룰 만합니다."

그러자 평 중승은 화가 누그러져 연신 감탄하며 말했다.

"그 사람을 난처하게 만들었구먼, 난처하게 만들었어."

순포는 여전히 한쪽에 멍하니 서서 명을 기다렸다. 평 중승이 말했다.

"이런 생일 선물은 속되지 않으니, 받아들여도 그 사람의 청렴함은 손상되지 않을 것이다."

순포는 평 중승의 분부를 받잡고 물러나 소우간의 하인에게 일렀다.

"대인께서 생일 선물을 거두어들였으며, 게다가 아주 흡족해하셨네."

소우간의 하인은 당연히 득의양양하여 돌아갔다.

평 중승과 풍·주 양인은 작품을 세밀히 평하며 말했다.

"소우간이 이렇듯 고상하고 풍류가 있는 줄 몰랐는데, 보아하니 그 사람도 우리와 같은 부류인 것 같습니다."

풍존선이 말했다.

"중승의 그림 상자에는 송원(宋元) 시대의 그림이 가장 많고, 명대(明代)의 그림은 적은데, 이걸 얻었으니 일격(一格)을 갖추게 되었습니다."

그러자 평 중승이 말했다.

"어찌 그렇지 않겠소? 일전에 내가 유리창 문한재(文翰齋)에서 당육여(唐六如)의 「죽심유객처, 하정납량시(竹深留客處, 荷淨納凉時)」*라는 횡폭(橫幅)**479**을 발견했는데, 가격이 무려 8백 냥이나 하더군. 그런데 나중에 그만 장련숙(張蓮叔)에게 선수를 빼앗기고 말았소. 그것이 지금까지 후회가 되더군요. 이제 이것이 있으니 서울로 돌아가면 장련숙에게 자랑할 수 있겠구려."

풍존선이 말했다.

"그 장련숙이란 분이 혹시 국자감(國子監) 좨주(祭酒) 장병이(張秉彝)가 아닙니까? 그분은 수장품이 아주 많지만, '사왕오운(四王吳惲)'**480**의 그림은 없다더군요. 그분 말씀이, 사왕오운의 그림은

---

479 가로로 그린 그림.
480 청대 초기의 유명한 화가 여섯 명을 말한다. 사왕(四王)은 왕시민(王時敏)·왕감(王鑒)·왕구(

이놈 저놈 누구나 가지고 있어, 따로 방책을 세우지 않고 오직 송원 시대의 그림만 모았다더군요. 그것은 중승의 견해와 별 차이가 없는 셈이지요. 하지만 애석하게도 서울에 있던 그때 안면을 익히지 못하여 그가 소장한 물건들을 보지 못했으니, 아마도 제 안복(眼福)이 얇은 연고이겠지요."

그러자 평 중승이 말했다.

"그 사람이 소장한 것 중 가장 유명한 것은 서희(徐熙)의 「백조도(百鳥圖)」, 조창(趙昌)의 「명월이화도(明月梨花圖)」, 관부인(管夫人)의 대나무 그림과 유여시(柳如是)의 난초 그림 등이지. 그런데 관부인의 대나무 그림에는 조송설(趙松雪)의 제영(題詠)이 붙어 있고, 유여시의 난초 그림에는 전몽수(錢蒙叟)의 제영이 붙어 있어 대저 아귀가 딱딱 맞으니, 그야말로 참으로 쉽지 않은 일이야!"

그러자 주지걸이 말했다.

"중승께서 소장하고 계신 황학산초(黃鶴山樵)의 「장하강촌도(長夏江村圖)」, 조송설(趙松雪)의 「강산춘효도(江山春曉圖)」, 동사옹(董思翁)의 「구룡청폭도(九龍聽瀑圖)」 등도 그의 것에 못지않습니다."

이에 평 중승이 말했다.

"하지만 그에겐 아주 좋은 비문이 더 있지 않나! 「유맹룡비(劉猛龍碑)」, 「정문공비(鄭文恭碑)」, 「모산비(茅山碑)」 등은 전부 다 비문의 정수(精髓)지. 그나마도 이것들은 그리 진귀하다고 할 수 없을지 몰라도 동향광(董香光)의 필사본 『사기(史記)』나 조송설의 필사본 『묘법연화경(妙法蓮花經)』은 가히 보물이라 할 만하지. 지금 이 세상은 저마다 유신을 외치며 신서를 섭렵하기에도 바쁘니, 고서 더미에서 살길을 강구할 시간이 어디 있겠나! 내 보기에 이런 것

王□·왕원기(王原祁) 등 네 명이고, 여기에 오력(吳歷)과 운수평(惲壽平)을 합쳐 '사왕오운'이라고 한다.

을 강구하는 일은 앞으로 점차 끊어지고 말 것이네."

말을 마치곤 훌쩍거림을 그치지 않았다. 세 사람은 한나절을 감상하다, 평 중승이 다소 피곤함을 느껴 풍·주 양인은 물러났다. 다음 날, 우소간이 등청하자 그를 불러 몇 마디 과장해서 말했다.

"요즘은 옛것을 부여잡고 간직하려는 이들이 거의 없는데, 노형께서 이러한 안목을 갖고 계시다니 참으로 탄복했습니다. 앞으로 종종 가르침을 바라겠소."

소우간은 평 중승의 치사를 듣고 마치 구석(九錫)[481]을 받은 것처럼 물러날 때는 얼굴에 전혀 다른 기색을 띠었다. 한편 소우간이 이러한 기풍을 열어젖힌 뒤로 섬서성에서는 각 부·주·현 들이 앞다투어 서화와 비문을 바쳐, 무대의 관아는 골동품점으로 변했다. 그럼에도 불구하고 평 중승은 이런 것에 전혀 흔들리지 않고, 직책을 주거나 보결을 시행함에 예전과 마찬가지로 지극히 공평무사하게 처리했다. 그러자 모두들 별 희망이 없다는 것을 알고 곧 낙담하여 돌아갔다.

평 중승은 섬서성 무대로 3~4년을 보냈다. 조정에서는 변법을 시행함에 즈음하여 평 중승이 총명하고 정세에 정통하다는 것을 알고 서울로 돌아오게 했다. 평 중승은 후임자에게 관인(官印)을 넘긴 다음 인수인계를 깔끔하게 처리한 뒤, 일찌감치 황하를 건너 서울로 들어갔다. 황제를 알현할 때, 황제는 그를 크게 격려한 다음 곧 호부시랑(戶部侍郞)에 임명했다. 비록 일은 다소 번잡하였으나 그는 여전히 시와 술을 즐기고, 서화와 비문을 수집하는 데 전념하며 스스로 즐거움을 삼았다. 섬서성 무대로 있으면서 또 많은 물건들을 얻었다. 개중에는 몇몇 청동기를 제외하고 원석(原石)

---

481 중국 한나라 때 천자가 공이 큰 신하나 황족에게 준 아홉 가지 특전.

도 있었다. 그중 대당(大唐) 귀비(貴妃) 양(楊)씨 묘의 묘비는 이미 부서진 상태였다. 그럼에도 평 중승은 4백 냥이나 들여 사서 붉은 나무로 시렁을 만들어 그 위에 안치했다. 그 묘비는 마석(麻石)이라 거칠고 투박했다. 게다가 이미 반이나 부서져 '대당귀비양씨(大唐貴妃楊氏)'라는 여섯 글자만 남고, '지묘(之墓)'라는 두 글자는 사라지고 없었다. 그럼에도 평 중승은 이를 지보(至寶)로 여겨 자신이 만든 '백송천원재(百宋千元齋)'에 특별히 소장한 뒤, 이러한 기풍을 이해하는 지기나 친구만 겨우 한 번 보여 줄 뿐, 여타 나머지 사람들은 쉬이 볼 수도 없었다. 그래서 어떤 사람들은 '백송천원재'를 '무덤'이라 부르기도 했다. 무덤이 아니라면 무엇하러 묘비를 세우냐는 것이었다.

이번 입헌 과정에서 그는 정치를 고찰할 대신으로 파견되었다. 청훈(請訓)[482]을 마친 후 많은 이들이 그를 위해 전별연을 베풀었다. 그런데 그 장소는 도연정(陶然亭)이 아니라 팔조괴(龍爪槐)라는, 경치가 아주 뛰어난 곳이었다. 개중에 어떤 이들은 외국으로 나갈 기회를 도모하기 위해 수행원을 추천하기도 했는데, 이는 관장의 구태이니 더 이상 언급할 필요가 없을 것이다. 떠나기 전 며칠이 되자, 정치를 고찰하러 함께 외국으로 나갈 이들이 날이면 날마다 찾아와 출발 일정이며 수행원 조정 등을 의논하느라 끝날 기미가 보이지 않을 정도로 바빴다. 보아하니 함께 외국으로 나가 정치를 고찰할 몇몇 이들은 제반 업무가 자리를 잡았다. 그런데 자신에겐 풍존선과 주지걸처럼 항상 함께하는 이들을 제외하고, 통역 몇몇과 학생 몇 명뿐 별로 없었다.

그날은 오후 반나절에 마침 짬이 났다. 서재로 들어가 서랍을

---

482 청대의 제도. 흠차(欽差)나 3품 이상의 관원이 외직에 부임할 때 황제를 알현하고 작별을 고하는 것.

열고 수행원으로 추천된 이들의 명단을 정리했는데 모두 백여 명이었다. 이름을 보아하니 평 중승이 아는 이들도 있었고, 모르는 이들도 있었다. 이에 문상에게 분부를 내려, 외국으로 나갈 수행원으로 천거된 이들에게 이틀 내로 찾아오라 통지하게 했다. 첫날 온 이들은 50여 명이었다. 개중에는 품이 넉넉한 옷에 넓은 허리띠를 두른 이도 있었고, 또 밀짚모자에 가죽 구두를 신은 이도 있었다. 또 젊은이도 있었고, 늙어 수족이 부자연스러운 이까지 별의별 인간들이 다 있었다. 평 중승은 인간됨이 세심하여, 하나하나 돌아가며 몇 마디 질문을 던졌다. 이날은 피곤하고도 당황스러웠다. 하여 속으로 다음과 같이 생각했다.

'내일 하루 더 남았으니, 이참에 정신 바짝 차리고 면밀하게 선별한다면, 개중엔 혹여 특별한 재능을 지닌 인재가 있을지 모를 일이다.'

다음 날이 되자 또 50~60명이 와서 객청을 가득 메우고 앉았다. 평 중승은 어제와 마찬가지로 돌아가며 몇 마디 질문을 던지다가 저도 모르게 크게 웃으며 말했다.

"여러분, 여러분은 각자 전문 분야가 있소이다. 어떤 이는 교습(敎習)을 지냈고, 또 어떤 이는 통역을 지냈으며, 어떤 이는 두루 유람하셨고, 또 어떤 이는 보송을 받았습니다. 또 어떤 이는 학무를 관장한 적이 있고, 또 어떤 이는 광무(礦務)를 관장한 적이 있으며, 어떤 이는 막료를 지냈고, 또 어떤 이는 한 고을의 수령을 지냈소이다. 인재가 많아야 제대로 일할 수 있는 법. 여기 계신 분 중에는 훌륭한 분이 많아 이루 다 헤아릴 수 없을 정도요. 여러분은 이렇듯 총명하고 또한 재능을 구비하고 계신데, 지금은 모두들 이번에 외국으로 나갈 기회를 빌려 입신출세의 섬돌을 도모하시려 하십니다. 이 또한 제군들이 심혈을 기울여 찾은 방도이니 저로서도 저버릴 수가 없소이다. 허나 제게 어리석은 생각이 하나 있으니, 서책에서 말한바, 덕을 세우고 공을 세우며 말을 세우는 이 세 가지는 후세에 길이 드리울 불후의 공적이라 할 수 있으니, 결코 부귀공명으로 따질 일이 아니지요. 제군들의 평소 행위는 『문명소사(文明小史)』에 하나하나 수집되어 기록될 터인데, 모두 60회의 자료를 만들 것이외다. 이는 서양의 사진보다 더 또렷하고, 유화(油畵)보다 더 적나라할 것입니다. 나중에 제군들이 이를 보면 조금이나마 위로가 되고 속이 뚫릴 것이오. 그리고 장차 『문명소사』를 읽는 이들은 혹여 여러분의 처지에서 무언가 방도를 취할 수도 있을 것이니, 불길이 끊이지 않고 의발(衣鉢)이 연이어 서로 전해질 것이외다. 하니 이는 어쩌면 제군들에게 장생록(長生祿)을 제공해 드리는 것이 되지 않겠소이까? 저는 능력과 견식이 비천하고 학문도 평범한데 이번에 황상의 은전(恩典)을 입어 정치를 고찰하러 서양으로 파견되었소이다. 내친김에 두루두루 살펴보고 배워서 장차 귀국했을 때 조목별로 글을 지어, 일으켜야 할 것은 일으키고 제거해야 할 폐단은 제거하여 위로는 조정의 과실을 보완하고 아래로는 이 사회의 치우침을 구하고자 하오이다. 제게 지워진 이런 부담을 생각할 때마다 저는 한바탕 땀을 흠씬 훔칩니다. 제군들은 저마다 훌륭한 명성이든 악명이든 먼 후세까지 남기게 될 터인데, 어찌하여 하필이면 여기 섞이려 하십니까? 하물며 여기엔 이미 사람은 많고 일거리는 적소이다. 그러니 여러분에게 자리를 찾아 드릴 방도가 없소이다. 제군들은 저의 고충을 넓은 도량으로 잘 헤아려 주시기 바랍니다. 다들 돌아가 마음을 가라앉히고 제가 드린 말씀을 곰곰이 생각해 보신다면, 분명 큰 깨달음이 있을 것이외다."

평 중승의 말이 끝나자, 거기 모인 이들은 망상이 끊어지며 저마다 풀이 죽고 기가 꺾여 돌아갔다.

　지금까지 쉬지 않고 글을 쓰느라 혀가 갈라지고 입술이 탈 지경이다. 이미 『문명소사』를 60회까지 썼으니, 잠시 필묵(筆墨)을 멈추어도 가하리라. 이에 다음과 같은 내 심정을 전하는 것으로 가름하고자 한다.

　　구주(九州)의 쇠로 만든 우임금 솥 흔적 없고
　　삼첩양관(三疊陽關) 이별 노래 여운이 남는구나.

24 **비직** 卑職. 지위 낮은 관리가 상관에 대해 자신을 낮추어 부르는 말.

118 **그 사람을 불태우고, 그 거처를 민가로 만들어야 한다** 火其人 廬其居. 한유의 「원도(原道)」에 나오는 내용으로, 원문은 '人其人 火其書 廬其居(도사나 승려를 민간인으로 환속시키고 그들의 책을 불사르며 그들의 거처인 절이나 도관을 민가로 만들어야 한다)'이다.

154 **조계** 租界. 19세기부터 제2차 세계 대전까지 중국의 개항 도시에 있던 외국인 거주 지역. 이 지역에서는 외국이 행정권과 경찰권을 행사했다.

187 **선비도 한 자리** 士一位. 『맹자』「만장하(萬章下)」에서 주대(周代) 의 봉록 제도를 언급하며, 선비도 여섯 계급 중 하나로 거론했다. 즉 선비도 주요 직위의 하나임을 가리키는 말이다.

241 **격구장** 擊毬場. 폴로 경기장.

253 **봉헌설립 배현학당** 奉憲設立 培賢學堂. 황제의 뜻을 받들어 설립한 인재 배양 학당.
　　학당중지 한인면진 學堂重地 閑人免進. 학당은 매우 중요한 곳이니 관계자 외 출입 금지.

268 **보국강종 불전족회** 保國强種 不纏足會. 나라를 지키고 건강한 아이를 낳는 전족을 하지 않는 사람들의 모임.

298 **새조교** 賽曹交. 조교(曹交)와 우열을 겨룰 수 있다는 뜻. 조교는 전국 시대 조(曹)나라 군주의 아우로, 키가 9척 4촌(약 2미터)이나 되었다고 한다.

346 **지장등** 地藏燈. 지장(地藏)은 지장보살을 가리킨다. 그리고 중국에선 음력 7월 30일을 '지장절(地藏節)'이라 한다. 이날은 지장보살에게 공양을 올리고 등을 밝히는데, 이를 지장등이라 한다.

424 **군주 시해 36건** 공자가 지은 『춘추(春秋)』에는 신하가 군주를 시해한 사건이 36건, 멸망한 제후국이 52개국에 이른다고 기록하고 있다.

455 **지다성** 智多星. 『수호전』에 나오는 오용의 별명으로, 지모가 뛰어난 사람을 말함.

812 **장숙미** 張叔未. 장정제(張廷濟, 1768~1848)를 가리키며, 청대의 저명한 금석문의 대가이다.

814 **죽심유객처, 하정납량시** 竹深留客處 荷淨納凉時. 객이 머무는 곳에 대나무 그늘 깊고, 더위 피해 서늘한 바람 쐴 때 연꽃은 깨끗하다.

지난날의 소동? 여전한 현실!

백승도(가산불교문화연구원 상임 연구원)

1. 개관

청말 중국 소설계에서 정치·사회적 비판 의식이 가장 두드러진 작가 중 하나인 이보가(李寶嘉, 1867~1906)는 강소성(江蘇省) 무진 (武進) 사람이다. 원래 이름은 보개(寶凱)였는데 보가(寶嘉)로 바꿨다. 자(字)는 백원(伯元), 별호(別號)는 남정정장(南亭亭長), 필명으로는 유희주인(遊戲主人)·구가변속인(謳歌變俗人) 등이 있다. 정치적·사상적 입장은 보수적이다. 또한 변법 운동(變法運動)·혁명 운동 등에 비판적이고, 유교 도덕의 회복과 청(淸) 조정 자체에 의한 점진적인 개혁을 추구했으며, 이러한 성향은 그의 작품에 그대로 반영되었다. 주요 작품으로는 『관장현형기(官場現形記)』, 『문명소사(文明小史)』, 『남정필기(南亭筆記)』, 『남정사화(南亭四話)』, 『우향실인보(芋香室印譜)』, 『예원총화(藝苑叢話)』, 『골계총화(滑稽叢話)』, 『진해묘품(塵海妙品)』, 『기서쾌도(奇書快睹)』, 『성세연탄사(醒世緣彈詞)』, 『해상번화몽(海上繁華夢)』 등이 있다. 그는 『관장현형기』를 발표한 이래로, 다양한 작품을 통해 당시 중국 관료 사회의 부패 및 무능, 주요 정치적 사건, 기녀와 같은 기층민들의 삶, 설익은 지식인들의 이중성 등 정치·사회적 이면을 두루 다루었다. 그중에서도『문명소사』는 다루는 제재나 예술적 성취, 당시에 끼친 영향력 등에서 가장 중요하고 뛰어난 작품으로 평가된다.

이 소설의 시대적 배경은 1898년 강유위(康有爲), 양계초(梁啓超) 등을 중심으로 진행된 정치 개혁 운동인 무술변법(戊戌變法) 이후 유신(維新)의 물결이 격동하던 시대이다. 당시는 청일 전쟁에서 패하고 잇달아 경자 사변(庚子事變)을 겪으면서 자존심에 큰 타격을 받은 청 정부가 새로운 정치와 새로운 학문을 내세워 근대화를 추진하던 시기이다. 공간적 배경으로는 북경·남경·상해 등의 대도시를 비롯하여 호남(湖南)·호북(湖北) 등의 궁벽진 시골 지역까지 아우르며, 나아가 일본·미국까지도 넘나든다. 이를 통해 작가는 유신의 물결이 격동하던 당시, 위로는 최상위 관료 및 선진 문물을 습득한 유학생으로부터 아래로는 구습이 몸에 밴 시골 무지렁이에 이르는 경향 각지의 다양한 군상들이 새로운 시대와 새로운 문물에 어떻게 대응하였는지를 다양한 일화를 통해 구체적으로 보여 주고 있다. 작가의 다른 소설에서와 마찬가지로 이 소설에 등장하는 정부 관료들은 대부분 부패하고 무능하다. 작가는 여기서 시대가 변화하고 있음은 알아채지만, 그것의 변화가 무엇을 의미하고 어떤 방향으로 나아가야 하는지를 제대로 읽어 내지 못한 채 여전히 구습에 얽매여 입으로만 신학문 및 새로운 정치 실험을 부르짖는 이들의 모습을 사실적으로 폭로하면서 질책과 비난을 아끼지 않는다. 아울러 새로운 사상과 구습이 어떤 방식으로 충돌하고 있는지 그리고 근대로 전환하는 시대적 격변기에 얼치기 가짜 문명인들이 이끄는 근대화의 모습이 어떤지를 유학생이나 자칭 개명했다는 지식인의 이중성을 통해 가감 없이 보여 준다.

『문명소사』의 서사 방식은 『유림외사(儒林外史)』나 그의 이전 작품인 『관장현형기』처럼, 한 사건이나 특정 인물의 사적을 중심으로 하나의 에피소드가 전개되는 단편이 구성되고, 이후 그와 관련된 이야기가 다시 새로운 가지를 뻗어 다른 인물, 다른 이야기를 구성하는 옴니버스 방식이다. 일테면 각각의 이야기는 분절하면 각기 독립된 하나의 단편이 되고, 이것들이 큰 물줄기를 이루며 하나로 엮여 장편을 이루는 형식이다. 이러한 형식을 통해 '문명'을 화두로 한 이 소설은 문명인을 자처하며 근대화를 이끄는 관료 및 유학생을 포함한 지식인의 이중성과 이로 인한 소동 그리고 실소를 자아내는 어이없는 일화들을 풍자와 유머를 곁들인 묘사로 그려 내면서 유신과 혁명, 서양인에 대한 관료들의 공포, 문명화의 방식은 어떠해야 하는가 등에 대한 자신의 견해를 드러낸다.

2. 유신과 혁명에 대하여

작가의 주 관심은 국가의 미래였다. 이와 관련하여 새로운 정치나 신학문이 과연 국가의 앞날에 새로운 문명 세계를 열어젖힐 수 있을까에 관심을 가졌던 것으로 보인다. 이에 그는 근대화·문명화에 앞장섰던 당시 지식인 활동가들을 성패와 상관없이 활동 자체만으로 상찬을 받아 마땅하다고 본다.

이 활동가들이 성공했건 실패했건 간에, 그리고 부흥시켰건 아니면 황폐화시켰건 간에, 공적이든 아니면 사적이든 간에, 진짜든 아니면 가짜든 간에, 장래 이들은 결국 문명 세계의 공신으로 기록될 터. 때문에 필자는 특별히 이 책을 지어 그들을 표창하려 하니, 부디 그들이 심혈을 기울인 고독한 뜻을 저버리지 말기 바란다.(설자)

이처럼 작가는 국가의 앞날이 문명 세계가 되리라는 낙관적 전망을 품고 풍자와 해학을 섞어 『문명소사』를 썼던 것으로 보인다. 그러나 작가가 당시 개명 군자들에 대해 찬사만 보낸 것은 아니다. 오히려 풍자와 해학을 섞어 그들을 희화화하는 장면이 더 많고, 특히 과격한 혁명에 대해서는 매우 비판적인 시각을 보여 준다. 우리는 소설 속에 묘사된 인물의 형상을 통해 작가의 정치적 시각을 엿볼 수 있다. 작품을 통해 거칠게 살펴보면, 작가는 평화롭고 점진적인 근대화에 호의적인 반면, 폭력을 수반한 격렬한 혁명에는 동의하지 않으며, 오히려 혁명 운운하는 인물들의 미숙한 사유와 충동적 행위 방식을 비판하고 있음을 볼 수 있다.

그가 묘사한 유신 관련 인물들은 대체로 유신을 수박 겉핥기 식으로만 배워 피상적으로 겨우 아는 정도인데 하는 말은 모두 새로운 낱말이요, 그것도 제멋대로 입에서 나오는 대로 떠벌리기 일쑤이며, 변발을 자르고 양복을 입어 가짜 서양인 행세를 하는 얼치기 개화꾼으로 묘사된다. 더군다나 혁명 운운하는 인물들은 유행하는 단어나 몇 마디 떠벌리는 데 그치고, 그나마 조금 진지한 인물은 관료에 대한 암살을 시도하는 정도이다.

그런데 우리가 짚고 넘어가야 할 점은 이 작품에서 작가가 쓰고 있는 '혁명'이란 말의 의미가 상당히 피상적이고 단편적이며 당시 혁명에 투신했던 실존 인물들의 실상과 다소 동떨어진 것이란 사실이다. 예컨대 유제례(劉齊禮)가 "변발을 자른 것은 장차 혁명을

하는 데 용이하게 하려고 그랬다"(제42회)고 대답하는 장면이 나
오는데, 여기서 변발을 자른 것을 혁명과 연결하는 작가의 의도는
당시 혁명 운운하는 인물들을 희화화하기 위한 묘사로 보인다. 또
한 제35회에서 제38회까지 등장하는 열혈남아 섭모정(聶慕政)은
일본에서 강제 귀국하게 되자 자기 분을 못 이겨 바다에 뛰어들기
도 하고, 전후 사정을 주도면밀하게 파악해 보지도 않고 무모하게
운남(雲南) 총독 암살을 시도하기도 한다. 그러나 정작 그의 모델
이 되었던 실존 인물 진천화(陳天華)는 개인적 감정이 아니라 시국
에 대한 울분으로 바다에 투신했으며, 그 이유에 대한 유서를 남
겨 자신의 뜻을 자세히 밝혀 두었다. 그러니 이들을 두고 '혁명'이
란 말을 갖다 붙인 작가의 '혁명'에 대한 인식을 미루어 짐작할 수
있을 것이다.

이와 더불어 등장인물들 중 문명을 표방하는 인물들이 있는데,
그들은 변발을 자르고 양복을 입으며 입으로는 새로운 낱말을 읊
조리지만 사실 문명을 위해 어떻게 유신할 것인지에 대한 진정한
인식은 전혀 없는 것으로 그려진다. 예컨대 충천포(沖天礮)는 일본
유학에서 돌아오며 '자기 아버지에게 문명과 관련된 운동을 하겠
노라'(제56회)고 다짐하며, 여소금(余小琴)이란 인물 또한 구습에
얽매인 아버지에게 "명분을 따지자면야 나와 당신은 부자지간이지
만, 권리로 따지자면 우린 평등"하다거나 "이놈의 집구석, 결국 혁
명을 해야 되겠"(제56회)다는 말을 거침없이 내뱉는다. 그러나 그
들은 막수호(莫愁湖) 정자에서 우연히 만나 의기투합하며 서서히
본성을 드러낸다. 충천포는 "겉은 유신이나 속은 수구적"(제57회)
이라는 말을 거리낌 없이 내뱉고, 나아가 "영감님이 사방 한 길이
나 되는 상에 요리를 차려 먹고 시첩(侍妾)이 수백이나 되는 것을
보고는 부러움을 금치 못했다. 하여 속으로, "내 당초 생각이 틀렸

구나. 어찌하여 복을 걷어차 버려 누리지 않고서 도리어 이 사회의 노예가 되고 나라의 희생이 되려는가?"(제57회) 하고 생각을 고쳐먹게 된다. 여소금 또한 매관매직을 통해 뒷돈을 챙기며 "지금은 유신파든 수구파든 '돈'이라는 한 글자를 벗어나지 못"(제58회)한다는 조롱을 받는다. 어쩌면 이것이 작가가 보고 느낀 당시 얼치기 가짜 문명인들에 대한 인식일 터. 하니 그들이 향후 어떤 길을 걸어가게 되었을지는 충분히 짐작하고 남지 않을까 싶다.

여담 한마디. 소설에 등장하는 인물들의 이름과 행적을 통해 그들의 모델이 되었던 구체적인 인물을 유추해 보는 것도 이 소설을 읽는 작은 재미이겠다. 예컨대 제45회에 등장하는 유신의 영수 안소산(安紹山)은 그의 행적을 살펴보면 강유위가 실제 모델이고, 제46회에 등장하는 안소산의 제자 안일회(顏軼回)는 양계초가 모델이다. 또 제35회에 등장하는 섭모정은 『사기(史記)』 '자객열전(刺客列傳)'에 나오는 섭정(聶政)과 당시 혁명 열사였던 진천화를 모델로 했다. 그렇다면 여타 인물들은?

3. 서양인에 대한 관료들의 공포

"서양인은 백성을 두려워하고, 백성은 관리를 두려워하며, 관리는 서양인을 두려워한다"는 말이 있듯, 청말의 중국 소설을 통해 우리는 힘없는 백성들에겐 득달같이 달려들어 고혈을 빨면서도 서양인들에 대해서는 한없이 나약한 모습으로 굽실거리는 관료들의 군상을 심심찮게 발견할 수 있다. 기실 백성들에 대한 관의 권위는 청말에도 대단했고, 지금까지도 여전하다. 그러나 청말 당시 중국은 국력이 쇠약해져 서구 열강들과의 전쟁에서 연이어 패하였고, 이에 따라 청 정부나 이하 관료들의 위신은 서양인들에 의해 여지없이 깨지고 말았다. 하니 자연스레 서양인들을 두려워할 수밖에.

그런 의미에서 이 소설이 "풍속이 완고하기 그지없는" 호남성(湖南省)을 배경으로 양무(洋務)를 강조하는 관리가 부임하여 서양 광산 기술자의 깨진 찻잔 사건을 수습하는 장면으로 시작한다는 점은 시사하는 바가 적지 않다. 즉 옛 풍습을 완고하게 고수하려는 백성과 양무를 중시하는 개명한 관리 사이에서 신구사상 간의 충돌이 있을 수밖에 없고, 관료와 서양인 간에는 굴종과 안하무인이 남게 된다. 하여 서양인에 대한 관료들의 두려움과 패배 의식은 다시 백성들에 대한 억압과 착취로 전환된다. 이 같은 '백성—관리—서양인'의 구도가 이 소설의 주선율을 이루면서 다양한 모습으로 전개된다.

그중에서도 특히 서양인들을 두려워하고 굴종하는 관료들의 모습은 소설 첫 부분부터 적나라하게 그려진다. 유계현(柳繼賢)은 민풍(民風)을 개선하겠노라는 나름 원대한 포부를 가지고 영순부(永順府)에 부임하였지만, 느닷없이 관내에서 서양인의 찻잔을 깨뜨리는 사건이 발생한다. 이때 유계현은 만사 제쳐 두고 그 사건을 수습하려고 서양인을 찾아간다. 그러나 이는 본말이 전도된 형국이다. 실상 그 지역을 방문한 서양인이 그 지역 존장을 먼저 찾아뵙는 것이 도리일 터. 그러나 유계현은 일개 찻잔에 대해 '배상' 운운하고 요란을 떨며 서양인에게 먼저 고개를 숙인다. 어쩌면 그 이면에는 전쟁에서 연이어 패하며 배상금을 지불해야 했던 상처가 트라우마로 작용했는지도 모르겠다. 허나 사소하기 짝이 없는 조그만 찻잔 하나에도 벌벌 떠는 관료의 모습은 상당히 선명한 인상을 남긴다. 어쨌든 찻잔 문제를 수습하는 과정에서 백성들의 사정을 돌보아야 할 관리는 그 역할을 제대로 하지 못했고, 이에 대한 백성들의 분노가 서양인에게로 향하면서 사달이 벌어지는데, 그 발단은 결국 서양인에 대한 관료의 두려움에서 비롯된 셈이다. 이와 같은 당시 서양인에 대한 청나라 관료들의 두려움은 다음 말에서 잘 드러난다.

> 지금 중국 땅은 이름이야 우리 중국 것이라지만, 사실은 외국이 자기네 것이라며 가져가는 것도 아주 쉬운 일이야. 그럭저럭 버텨서 어떻게든 저들이 자신의 영토로 삼지 못하게 막는 것만 해도 천만다행이거늘, 어디 도리를 따질 수 있단 말인가?(제38회)

말인즉슨 서양인에게는 무조건 먼저 고분고분 굽히고 들어가라는 말이렷다. 하여 위로는 총독을 비롯하여 아래로는 말단 관리에 이르기까지 서양인의 말이라면 무조건 따르고 볼 일이라. 이에 눈치 빠른 이들이 사건 해결을 위해 서양인을 찾는 것은 당연한 일일 터. 그들을 통하면 조그마한 죄야 당연히 무사방면이요(제9회), 크게는 고위 관료를 살해하려 한 자객조차도 서양 선교사의 한마디면 무사방면을 얻게 된다(제38회). 이와 같은 관료들의 어처구니없는 조처는 당시에도 백성들의 조롱거리가 될 것임은 당연했다.

> 죄를 짓더라도 제대로 지어야지. 저 섭씨 좀 봐. 한때는 쇠고랑을 찼다가 지금은 큰 가마를 타고 가질 않나. 그러니 여러분도 죄를 지으려거든 기댈 언덕부터 마련해 두고 지으시구려.(제38회)

4. 문명화의 방식에 관하여

이 소설에는 새로운 사상, 유신의 물결이 구습과 충돌하는 장면이 자주 등장한다. 어쩌면 이는 동서고금을 막론하고 무언가 변화가 꿈틀거리는 과도기에는 피할 수 없는 현상일 것이다. 그런 현상은 지금–여기에서도 진행 중이다. 기실 무언가 새로운 것이 등장하면 그로 인해 존재의 위협을 느낀 옛것의 반격은 당연하고 격렬할 수밖에 없다. 그리고 이러한 충돌을 통해 새로운 것은 자리를 잡고, 다시 시간의 흐름과 함께 옛것으로 전환한다. 그러나 이러한 변화의 흐름을 간과하거나 또는 기득권에 안주하면, 그것이 가지는 폐단에 아예 눈을 감고 옛것에 집착하게 된다. 하여 어떤 이들은 시대적 효용성의 한계를 드러낸 팔고문에 대해 그것이 충효를 배양하는 데 장점이 있다 하여 다시 회복시킬 것을 주장하고, 어떤 이들은 팔고문을 통해 관직에 나섰으니 근본을 어찌 잊을 수 있는가 하며 반문한다. 또 어떤 이는 자유니 평등이니 하는 것들을 가르쳐 젊은이들을 망친다며 신학문과 신서를 금지하고, 심지어는 신서들을 수거하여 불태우기까지 한다.

이와 더불어 얼치기 문명인들의 이중적이고도 어쭙잖은 모습 또한 다양하게 그려진다. 예컨대 위생을 위해 양복을 차려입었노라고 자랑하는 사람의 어깨 위를 기어 다니는 이[蝨]라든가, 그가 양복을 선호하는 이유란 것이 기실 사시사철 한 벌 옷으로 버틸 수 있다는 너스레 등은 절로 헛웃음을 짓게 만든다. 또 겉으로는 여인들이 개명해야 하고 천연 그대로의 발을 보존하는 것이 장래 강국의 밑거름이 될 것이라 입에 침이 마르도록 상찬하지만 뒤로는 전족한 구식 여인의 아리따운 자태에 넋을 잃는 젊은 개명 군자들의 모습은 어떤가. 위생이니 개화니 하는 말을 구두선처럼 달고 다니는 이들이 보여 주는 아편에 대한 변명은 또 어떠하며, 앞에서는 유학을 통해 배운 지식으로 혁명을 하겠노라 호언장담하지만 뒤로는 아비의 힘에 기대 권력을 누리거나 또는 몰래 뇌물을 받아 제 잇속을 챙기는 등 구습을 답습하는 신지식인들의 작태는 무엇이던가. 이처럼 언행이 불일치하고 표리부동한 얼치기 개화꾼들에 대한 작가의 조롱은 신랄하다.

하지만 소설에 등장하는 인물들의 입을 통해 개진되는 당시 중국의 상황에 대한 진단이나 시대적 판단 및 새로운 제도에 대한 제안 등은 매우 정확하면서도 실질적이고 그 수준 또한 높다. 당시 "시무를 잘 아는 경향 각지의 몇몇 고관들은 나라가 빈약한 까닭이 이로움은 있으되 그것을 제대로 개발하지 못한 데서 연유한다는 사실을 깨달았다".(제2회) 이는 중국 자체엔 경제적 개발을 통해 도모할 수 있는 이익이 상당하지만 이를 위해서는 제도적 뒷받침이 필요하다는 진단에 다름 아니다. 또한 위방현(魏榜賢)이란 인물이 "중국이란 곳에 우리처럼 일심단결하여 단체를 결성하는 이들이 있다는 사실을 알게 되면, 우리 중국을 분할하려던 일도 한순간 감히 손을 쓸 수 없게 될 것"(제20회)이라고 주장하는 장면에서는 비록 얼치기 개화꾼일지언정 유신에 뜻을 둔 인물들의 위기의식이나 대처 방안이 꽤 정확하고 실질적임을 알 수 있다. 무엇보다 은행을 설립하고 국가적 단위에서 공신력을 지닌 화폐를 주조·발행하자는 김 도대(金道臺)의 제안(제48회)은 당시 시대적 상황을 감안할 때 유신파가 지닌 식견이 상당한 수준이었음을 보여 주는 것이기도 하다.

이러한 사실로 미루어 볼 때, 작가는 당시 과도기적 상황에서 다양한 모순들이 적나라하게 드러남에도 불구하고 앞으로 자신의 나라가 걸어가야 할 길은 새로운 문명을 향한 점진적인 근대화의 길밖에 없음을 자각하고 있었던 것이 아닌가 싶다. 나아가 유신을 추구한다는 인물들에 대해 실없이 농지거리하거나 조롱하기 일쑤이지만, 작가 자신은 도리어 비폭력적이고 점진적인 개혁파로 보인다. 이는 이 소설의 처음과 끝에 잘 드러난다. 먼저 소설 제1회에서 요사광(姚士廣)은 지방의 지부(知府)로 부임하는 유계현(柳繼賢)에게 일을 진행함에 있어 점진적이고 부드럽게 처리할 것을 당부한다.

> 우리에겐 일으켜 세워야 할 일도 많고, 혁파하여 제거해야 할 일도 많다네. 그러나 결국, 가장 필요한 것은 물을 부어 가며 숫돌을 갈듯, 자신도 모르는 사이에 저들을 은연중 교화시켜야 한다는 것일세. 결코 조급하게 일을 처리하다 타초경사(打草驚蛇)의 우를 범해 도리어 더 나쁘게 만들어서는 안 될 걸세.(제1회)

이와 더불어 마지막 제60회는 청렴하고 서화를 애호하며 원리원칙에 충실한 관리 '평정(平正)'에게 희망을 기탁하는 것으로 끝맺고 있음 또한 간과할 수 없다. 여기서 우리가 눈여겨보아야 할 것은 작가가 희망을 기탁하는 인물의 이름이 '평정(平正)'이란 사실이다. 이는 작가가 그 이름을 통해 변혁의 수단은 평화롭고 사심 없이 올곧은 방식이어야 한다는 바람을 표출한 것이 아니겠는가?

사족 한마디.

현재의 시점에서 지나간 과거의 잘잘못을 따지며 시비를 가름하는 것은 참 쉬운 일이다. 결과론적 측면에서 역산해 보면, 과거의 잘잘못은 손바닥 들여다보듯 어렵지 않게 판가름 날 것이고,

그 당시에 누가 어떤 행위를 했는가에 대한 역사적 평가도 어렵지 않게 부여할 수 있을 것이다. 허나 지금-여기라는 구체적인 당장을 살아가는 지금 나의 눈으로 나 자신이 취하는 사유나 행위가 역사의 도도한 흐름 속에서 올바른 위치에 서 있는지 어떤지, 그리고 먼 훗날 어떻게 평가될 것인지를 판가름하는 일은 쉽지 않다.

마찬가지로, 지나간 시절의 소동을 그린 이 소설을 통해 드러나는 얄팍한 지식을 뽐내는 어쭙잖은 태도나, 콩인지 보리인지도 분간하지 못하는 설익은 문명 담론, 구습에 얽매여 있으면서도 입으로는 개화니 문명이니 떠들어대는 얼치기 개화꾼들의 소동, 제 잇속 차리는 데 재빠르기 그지없는 부패한 관료들의 교활한 이면, 언행이 일치하지 않는 표리부동한 지식인들의 이중성 등을 보며 우리가 '어찌 그럴 수 있나' 하며 비웃고 조롱하고, 한심하기 그지 없다는 듯 한숨을 내쉬기는 어렵지 않다.

그러나 돌이켜 보면, 이러한 모습들을 꼭 과거의 얼치기 가짜들이 벌인 어이없는 소동으로만 일소할 수 있을 것인가? 이런 질문 앞에 '그래!'라며 떳떳이 답하기는 쉽지 않다. 어쩌면 그 내용은 비록 다르지만, 머리와 가슴, 말과 행동, 구호와 실천이 제각기 따로 노는 삶이며, 제대로 알지 못하는 지식을 농하면서 저 잘난 체 뽐내는 작태며, 열등의식에 사로잡혀 서양인들을 경원하는 떠받듦이며, 무엇보다 잇속 챙기기에는 재빠르되 시민들의 삶을 책임질 일에는 복지부동 변치 않는 모습을 보여 주는 관료들의 행태며, 그리고 그로부터 빚어지는 온갖 웃기고도 슬픈 소동은 지금-여기에도 여전히 편재되어 있는 것은 아닌가? 하여 근대로 전환하는 과거 격변의 시대에 얼치기 가짜들이 저도 모르게 벌이는 한심한 소동과 어처구니없는 일화들로 구성된 60회라는 길다면 긴 편

폭의 소설을 읽는 내내 내게서 떠나지 않은 것은 저들에 대한 비웃음이나 조롱이 아니라 나를 비롯한 우리의 지금-여기 현실에 대한 낯뜨거움이었다.

　원본으로는 타이완에서 출판된 삼민서국(三民書局) 2007년판 장소정(張素貞) 교주(校注), 무천화(繆天華) 교열본(校閱本)을 사용했고, 참조 판본으로는 중국 대륙에서 출판된 중화서국(中華書局) 2002년판 한추백(韓秋白) 점교본(點校本)을 활용했다.

1867	1세. 강소성(江蘇省) 무진(武進)에서 태어남. 할아버지와 아버지 그리고 큰아버지가 모두 과거에 급제한 관료 집안이었음.

1869 3세. 부친 사망. 모친을 따라 산동(山東)의 큰아버지 댁으로 이주함. 당시 큰아버지는 산동성에서 지부(知府) 벼슬을 하고 있었는데, 그의 보살핌을 받으며 관직에 뜻을 두고 공부함.

1880 14세. 동자시(童子試)에 합격하여 현학(縣學)에 입학함.

1881 15세. 수재(秀才) 시험에 1등으로 합격함. 이후 여러 차례 향시(鄕試)에 응시하였으나 실패하여 거인(擧人)이 되지는 못함. 이에 더 이상 관직에 마음을 두지 않음. 향시에 실패하면서 목도한 부패한 관료 사회에 대한 인상은 향후 그의 소설에서 다양한 방식으로 그려짐.

1892 26세. 가족과 함께 고향으로 돌아옴. 2년 후 큰아버지 사망.

1896 30세. 가족을 동반하여 상해(上海)로 이주함. 조계(租界)인 상해는 청나라 조정의 압력으로부터 자유로운 곳이어서, 진보적 성향의 작품이 발표될 수 있는 공간이었음. 그해 상해에서 『지남보(指南報)』를 발행함.

1897 31세. 중국 최초의 타블로이드 신문 『유희보(遊戲報)』를 창간함. 『유희보』는 『지남보』와 더불어 당시 관료 사회의 이면을 폭로하는 데 주

안점을 두고, 풍자와 유머를 다룬 시사(詩詞)·잡문을 실었음. 일반 시민들은 물론 관료 사회에 진입하지 못한 식자층으로부터 폭넓은 지지를 받음.

1901 35세. 타블로이드 신문『세계번화보(世界繁華報)』를 발간함. 의화단운동(義和團運動)을 묘사한『경자국변탄사(庚子國變彈詞)』, 관료 사회의 부패를 폭로한 장편『관장현형기(官場現形記)』, 상해 기녀의 생활을 묘사한 장편『해천홍설기(海天鴻雪記)』등을 연재함. 정식 소설로서의 처녀작이라 할 수 있는『관장현형기』가 견책 소설(譴責小說)의 유행을 불러일으키는 등 동시대에 미친 영향이 매우 큼.

1903 37세. 상무인서관(商務印書館)의 초빙으로『수상 소설(繡像小說)』편집을 담당함.『문명소사(文明小事)』,『활지옥(活地獄)』,『중국 현재기(中國現在記)』등의 장편을 연재하여 명성을 떨침. 연재 도중 폐 질환으로 쓰러져 이들 소설이 대부분 미완성으로 끝남.

1906 40세. 폐병으로 상해에서 사망.

새롭게 을유세계문학전집을 펴내며

을유문화사는 이미 지난 1959년부터 국내 최초로 세계문학전집을 출간한 바 있습니다. 이번에 을유세계문학전집을 완전히 새롭게 마련하게 된 것은 우리가 직면한 문화적 상황에 적극적으로 대응하기 위해서입니다. 새로운 을유세계문학전집은 세계문학의 역할이 그 어느 때보다 중요해졌다는 인식에서 출발했습니다. 오늘날 세계에서 타자에 대한 이해는 우리의 안전과 행복에 직결되고 있습니다. 세계문학은 지구상의 다양한 문화들이 평등하게 소통하고, 이질적인 구성원들이 평화롭게 공존할 수 있는 문화적인 힘을 길러 줍니다.

을유세계문학전집은 세계문학을 통해 우리가 이런 힘을 길러 나가야 한다는 믿음으로 만들어졌습니다. 지난 5년간 이를 준비하기 위해 많은 노력을 기울였습니다. 세계 각국의 다양한 삶의 방식과 문화적 성취가 살아 있는 작품들, 새로운 번역이 필요한 고전들과 새롭게 소개해야 할 우리 시대의 작품들을 선정했습니다. 우리나라 최고의 역자들이 이들 작품 속 한 문장 한 문장의 숨결을 생생히 전하기 위해 심혈을 기울였습니다. 또한 역자들은 단순히 번역만 한 것이 아니라 다른 작품의 번역을 꼼꼼히 검토해 주었습니다. 을유세계문학전집은 번역된 작품 하나하나가 정본(定本)으로 인정받고 대우받을 수 있도록 최선을 다했습니다. 세계문학이 여러 경계를 넘어 우리 사회 안에서 주어진 소임을 하게 되기를 바라며 을유세계문학전집을 내놓습니다.

을유세계문학전집 편집위원단
박종소 (서울대 노문과 교수)
김월회 (서울대 중문과 교수)
손영주 (서울대 영문과 교수)
신정환 (한국외대 스페인어통번역학과 교수)
최윤영 (서울대 독문과 교수)

을유세계문학전집